Handbuch psychologischer und pädagogischer Tests

Handbuch psychologischer und pädagogischer Tests

2., vollständig überarbeitete und erweiterte Auflage

herausgegeben von

Rolf Brickenkamp

Autoren der Testbesprechungen:

Dieter Barkowski, Rolf Brickenkamp, Gabi Büscher, Ferdinand Eder, Karl-Heinz Eser, Ulrich Grauberg, Jörg Hampe, Helga D. Herzfeld, Reinhold S. Jäger, Thomas Jäger, Anja Kaiser, Claudia Kaiser, Petra Katz, Margit Krause, Rolf Kühn, Johannes Otto, Harald Petermann, Wolfgang Pfeiffer, Thomas Rammsayer, Inka Saldecki-Bleck, Andreas R. Schmidt, Bernhard Speidel, Anne Stratmann, Rainer Tielsch, Georg Warzecha, Susanne Weidinger, Christian Wendt

Hogrefe · Verlag für Psychologie
Göttingen · Bern · Toronto · Seattle

Prof. Dr. Rolf Brickenkamp, geb. 1929 in Hannover. Studium der Psychologie an den Universitäten Erlangen, Innsbruck und Göttingen. 1959 Promotion an der Universität Göttingen. Mitarbeitertätigkeiten im Institut für Sicherheit in Bergbau, Industrie und Verkehr in Essen, an der Universität Marburg/Lahn und an der Technischen Universität Berlin. 1970 Habilitation an der TU Berlin. Seit 1973 Professor für Psychologie in Köln, zunächst an der Pädagogischen Hochschule Rheinland, später am Institut für Psychologie der Universität zu Köln. 1979- 1993 Mitherausgeber der Diagnostica, zuständig für Tests und andere Erhebungsmethoden.

Die Deutsche Bibliothek - CIP-Einheitsaufnahme

Handbuch psychologischer und pädagogischer Tests /
hrsg. von Rolf Brickenkamp. - 2., vollst. überarb. und erw. Aufl. -
Göttingen ; Bern ; Toronto ; Seattle : Hogrefe, 1997

ISBN 3-8017-0993-0
NE: Brickenkamp, Rolf [Hrsg.]

Umschlaggraphik: Rolf Brickenkamp
Gesamtherstellung: Allgäuer Zeitungsverlag GmbH, Kempten
Printed in Germany
Auf säurefreiem Papier gedruckt

ISBN 3-8017-0993-0

INHALTSVERZEICHNIS

Vorwort zur zweiten Auflage

Bisher haben das Handbuch psychologischer und pädagogischer Tests und der 1983 veröffentlichte Ergänzungsband einen systematischen und komprimierten Überblick über psychodiagnostische Verfahren und Schultests im deutschen Sprachraum gegeben. Inzwischen hat sich auf diesem Gebiet manches verändert: Einige der besprochenen Tests stehen nicht mehr zur Verfügung. Sie sind vergriffen, Neuauflagen nicht geplant. Von anderen, bekannten Verfahren erschienen überarbeitete, mehr oder weniger verbesserte Versionen, teilweise mit zusätzlichen computergestützten Evaluationsmöglichkeiten. Dem Trend der Zeit folgend, wurden bewährte Papier- und Bleistift-Tests im computergestützte Fassungen umgewandelt und in umfangreiche Batterien integriert. Beispiele dafür sind die Hogrefe-Testsysteme LEILA (Leistungsdiagnostisches Labor), PERSYS (Computerbasierte Persönlichkeitsdiagnostik), CORA (Computerbasiertes Ratingsystem psychopathologischer Urteilsdaten) und KIDIS (Kinderdiagnostisches System). Darüber hinaus wurden in den vergangenen Jahren zahlreiche neue Verfahren entwickelt und publiziert, die im Rahmen einer repräsentativen Dokumentation psychodiagnostischer Tests und Erhebungsmethoden berücksichtigt werden sollten. Jedenfalls ergaben sich so viele Neuerungen, daß die Herausgabe eines zweiten Ergänzungsbandes dem Benutzer zuviel Sucharbeit zugemutet und ihn eher verwirrt als umfassend informiert hätte. Aus diesem Grund wurde das Handbuch psychologischer und pädagogischer Tests mit seinem ersten Ergänzungsband durch die vorliegende Neuauflage abgelöst. Sie enthält u. a. sehr viel mehr Besprechungen klinischer Verfahren (Fragebogen, Interviewtechniken und sonstige klinische Tests) und erstmals auch einige Tests, die in der ehemaligen DDR entwickelt wurden. Letztere fordern zu einem interessanten Vergleich mit jenen Verfahren heraus, die zur gleichen Zeit in der Bundesrepublik entstanden.

Die Überarbeitung und Erweiterung der neuen Auflage des Testhandbuches begann bereits im Frühjahr 1993. Damals hatte sich Herr Prof. Dr. Reinhold S. Jäger dankenswerterweise vertraglich bereiterklärt, als Mitherausgeber tätig zu werden und einen Großteil der Lasten zu übernehmen. Wie so oft traten leider auch hier in der Folgezeit unvorhergesehene Probleme auf, die zu erheblichen Verzögerungen und zeitweise sogar zu einem Stillstand führten. In ernsthafte Gefahr geriet die Verwirklichung des Projekts dadurch, daß Herr Kollege Jäger im Januar 1996 seine Tätigkeit als Mitherausgeber aus persönlichen Gründen aufgab; eine Entscheidung, die ich sehr bedauert, aber auch respektiert habe. Wäre ich nicht von verschiedenen Seiten ermutigt worden, das Handbuchprojekt trotz allem zu einem erfolgreichen Abschluß zu bringen, hätte ich angesichts der Unmenge noch unerledigter Arbeiten einerseits und der knappen Terminvorgabe andererseits ebenfalls resigniert.

So ist es letzten Endes der guten Zusammenarbeit mit dem Verlag, verläßlichen Freunden und den beteiligten Autoren zu verdanken, daß der Rückstand in relativ kurzer Zeit aufgeholt werden konnte. Ihnen allen, die an diesem Handbuch in irgendeiner Funktion mitgearbeitet haben, spreche ich hiermit gern meinen Dank aus. Ohne die Verdienste derer schmälern zu wollen, die womöglich ungerechterweise ungenannt bleiben, möchte ich vor allem Herrn Dr. Michael Vogtmeier, Herrn Bernhard Otto, Frau Dipl.-Psych. Susanne Weidinger und Herrn Dipl.-Psych. Jörg Hampe erwähnen, die sich mit besonderem Engagement und unter einem extremen Zeitdruck für das fristgerechte Erscheinen des Testhandbuches eingesetzt haben.

Müden/Örtze, im Juli 1996 Rolf Brickenkamp

Vorwort zur ersten Auflage

Meine Suche nach einem Nachschlagewerk, das einen systematischen Überblick über deutschsprachige Tests gibt und in objektiver und komprimierter Form über Grundkonzepte, Anwendbarkeit und Gütekriterien informiert, reicht viele Jahre zurück. Damals habe ich nicht geglaubt, daß ich mich selbst einmal der Herausgabe eines solchen Werkes widmen würde. In den folgenden Jahren stellte ich fest, daß nicht nur ich, sondern auch viele Kolleginnen und Kollegen, Lehrer, Juristen und Ärzte im Rahmen ihrer praktischen Tätigkeit oder bei der Bearbeitung theoretischer Probleme ein Nachschlagewerk dieser Art benötigen.

Das Buch, das hiermit vorgelegt wird, soll den jeweiligen Bestand an deutschsprachigen psychologischen Test, die im Handel erhältlich und damit Fachleuten allgemein zugänglich sind, sichten und darstellen. Unter psychologischen Tests verstehen wir nicht allein die psychodiagnostischen Verfahren im engeren Sinne, sondern auch jene Tests, die z. B. das Erreichen von Lernzielen anzeigen, die schulische Leistungen messen, kurzum, die den Anspruch erheben, Variablen menschlichen Verhaltens zu erfassen. Da jedoch diese erweiterte Definition nicht von vornherein verständlich ist und Zweifel auftauchen könnten, ob ein „Handbuch psychologischer Tests" auch Schultests, Tests für die Hand des Lehrers, enthält, haben wir uns entschlossen, den ursprünglich vorgesehenen Titel in „Handbuch psychologischer und pädagogischer Tests" zu ändern. Dabei soll die Bezeichnung „pädagogische Tests" jene Verfahren umfassen, die im Rahmen pädagogischer Zielsetzungen (z. B. Lernerfolgskontrolle, Einschulung, Umschulung, schul- und heilpädagogische Beratung) angewendet werden können. Von anfänglichen Plänen, auch apparative Untersuchungsverfahren, Anamnesebogen und Interviewtechniken aufzunehmen, wurde Abstand genommen, weil sie den Entwurf eines neuen Beschreibungssystems notwendig gemacht und den vertretbaren Umfang dieses Buches gesprengt hätten. Es ist vorgesehen, zu einem späteren Zeitpunkt u. U. ein Handbuch psychologischer Apparate und Untersuchungstechniken folgen zu lassen. Zunächst jedoch beschränken wir uns auf Tests, d. h. auf nicht-apparative wissenschaftliche Verfahren zur Messung menschlicher Verhaltensvariablen.

Ein solches Buch, das sich darauf beschränkt, nüchtern und sachlich den jeweiligen Entwicklungsstand psychologischer Tests darzustellen, muß – zumindest noch heute – ein kritisches Buch sein, das kritische Leser verlangt.

Auch als mitbetroffener Testautor muß ich zugeben, daß die wissenschaftlichen Anforderungen, die man an psychologische Tests idealiter stellen müßte, gegenwärtig nicht immer hinreichend realisiert sind. Ein Seitenblick auf weniger selbstkritische, dafür aber allgemein hochgelobte Nachbarwissenschaften lehrt uns aber, daß dies kein

Grund für Pessimismus oder Resignation sein muß oder sein darf. Auch unzulängliche psychologische Tests stellen meist noch einen Fortschritt im Vergleich zu dem dar, was ohne Tests tagtäglich bei der Personalauslese, in Schul-, Ehe- und Erziehungsberatungsstellen, bei forensischen Begutachtungen, im Rahmen von Verkehrstauglichkeitsbegutachtungen und anderswo praktiziert würde. Die noch bestehende Entfernung vom Ziel sollte uns vielmehr Ansporn sein, den mühseligen Weg der Verbesserung unserer Verfahren unentwegt und unbeirrt voranzuschreiten.

Die Konzeption und Fertigstellung des Buches war mit zahllosen, unerwarteten Schwierigkeiten verbunden, die an dieser Stelle nicht alle aufgezählt werden können. Leider ließen sich nicht alle Probleme im ersten Anlauf in zufriedenstellender Weise ausräumen. Der Anspruch auf relative Vollständigkeit der Testsammlung gehörte zu den Problemen, die am schwersten lösbar waren. Es ist jedoch vorgesehen, das Handbuch von Zeit zu Zeit durch Supplementlieferungen zu verbessern, zu erweitern und auf dem jeweils neuesten Stand zu halten. Damit ist gewährleistet, daß das Buch seinen Informationswert – auch bei einer zu erwartenden rapiden Entwicklung neuer Tests – auf längere Sicht behalten wird. Die Praxis wird zeigen, inwieweit es schon jetzt den Ansprüchen genügt und was getan werden kann, um es noch praktikabler, instruktiver und umfassender zu machen. Dabei sind wir auf die freiwillige Mitarbeit der Testautoren, der Testverlage und auf Anregungen der Benutzer angewiesen.

Danken möchte ich allen, die an dem Zustandekommen dieses Nachschlagewerkes teilhaben. In erster Linie sind es natürlich die Mitarbeiter des Handbuchs, die Diplom-Psychologinnen und -Psychologen Inka Bleck (Entwicklungs- und Kenntnistests), Wolfgang Dzida (Eignungs- und Interessentests), Dr. Peter Heinrich (Persönlichkeitsstrukturtests und Einstellungstests), Hans-Joachim Hellwig (Intelligenztests), Rose Krüger-Naumann (Formdeuteverfahren und zeichnerische Verfahren), Rainer Rothe (Schultests), Dieter und Renate Speck (Verbal-thematische Verfahren und Gestaltungsverfahren) und Lieselotte Thiede (Klinische Tests und Persönlichkeitsstrukturtests). Über sein eigentliches Aufgabengebiet hinaus hat Herr Dr. Heinrich organisatorische Arbeit geleistet. Herr und Frau Speck haben an der Erarbeitung des Gesamtkonzepts entscheidend mitgewirkt. Frau Inka Bleck, Herrn Hellwig und Frau Hildegard Loewe habe ich für die Mithilfe bei der redaktionellen Bearbeitung und der Erstellung der Register zu danken. Nicht zuletzt ist noch den Verlagen an dieser Stelle Dank zu sagen, die ihre Tests zur Verfügung gestellt, Informationen bereitwillig geliefert und Genehmigungen für die Reproduktion urheberrechtlich geschützter Abbildungen erteilt haben. Mein besonderer Dank gilt Herrn Dr. Hogrefe und Herrn Dr. Lundberg für die tatkräftige Förderung dieses Projekts.

Widmen möchte ich dieses Buch dem Andenken meines Göttinger Lehrers, Professor Dr. Kurt Wilde, der frühzeitig die Bedeutung einer sachgerechten Information über psychologische Tests und Untersuchungsmethoden erkannte und sie s. Z. durch die Gründung der „Diagnostica", des Informationsorgans über psychologische Tests und Untersuchungsmethoden, anbahnte. Ihm verdanke ich die entscheidenden Anstöße für die Beschäftigung mit psychologischen Tests und psychologischer Diagnostik.

Köln, im Februar 1974 Rolf Brickenkamp

Einleitung

Zur Konzeption des Handbuchs

Vor nunmehr zweiunddreißig Jahren mahnte WEWETZER (1964, S. 357), es sei schlechterdings nicht mehr wissenschaftlich vertretbar, „immer nur an Hand eines einzigen Verfahrens alle Fragen, die sich in der Praxis stellen, beantworten zu wollen". WEWETZER kritisierte damals eine psychodiagnostische Praxis, die sich am allzu eng begrenzten Erfahrungshintergrund einiger „Testspezialisten" orientierte, die auf ein ganz bestimmtes Verfahren, beispielsweise auf den Rorschach-Test oder den TAT, fixiert waren und dessen diagnostische Aussagequalitäten bei weitem überforderten.

Abseits theoretischer Vorstellungen führte dann die zunehmende Anzahl psychologischer Tests vorübergehend zu einem massenhaften und ziemlich wahllosen Einsatz dieser Verfahren. Als Alternative zum einseitigen Vorgehen des „Testspezialisten" kamen Slogans auf, wie z. B.: „Ein Test ist kein Test – die Masse (an Daten) muß es bringen." Auf diese Weise hoffte man, die „Gesamtpersönlichkeit" erfassen zu können.

Inzwischen ist man in der Regel bescheidener geworden. Beide Extrempositionen gehören längst der Vergangenheit an. Gegenwärtig dienen Tests und andere Erhebungsmethoden der Klärung spezifischer diagnostischer bzw. prognostischer Fragestellungen. Dementsprechend kommt der gezielten Auswahl optimal geeigneter Tests von Fall zu Fall eine besondere Bedeutung zu. Voraussetzung für die Auswahl und Anwendung der jeweils bestmöglichen Verfahren ist eine hinreichende Information über die diagnostischen Hilfsmittel, die für den intendierten Zweck und die zu untersuchende Person zur Verfügung stehen. Die Frage, welches Verfahren gut oder weniger gut geeignet ist, läßt sich also nicht immer pauschal, sondern oft nur auf dem Hintergrund der zur Lösung anstehenden individuellen Fragestellung feststellen.

Das Handbuch psychologischer und pädagogischer Tests wurde konzipiert, um diese Voraussetzungen zu schaffen. Es soll den Benutzern, vor allem Psychologen und Pädagogen, einen repräsentativen Überblick über deutschsprachige Verfahren, die im Handel erhältlich sind, geben und in objektiver und komprimierter Form über ihre Grundkonzepte, Durchführungsbedingungen, Auswertungsmöglichkeiten und Gütekriterien informieren. Für die vorliegende zweite Auflage wurde das bewährte Grundkonzept beibehalten, der Inhalt jedoch vollständig überarbeitet und aktualisiert.

Die Gestaltung unseres Testhandbuchs knüpft an Erfahrungen an, die mit seinen Vorläufern gemacht wurden. Wenigstens drei, nämlich die Bücher von STERN (1954, 1955), HILTMANN (1960) und INGENKAMP (1963), sollen an dieser Stelle erwähnt werden. Während STERN klinische Tests von mehreren Autoren in freier Form referieren ließ, bevorzugte HILTMANN ein klar gegliedertes Beschreibungssystem. INGENKAMP, Herausgeber zahlreicher Schultests, wandte sich mit seinem Buch nicht an Psychologen, sondern an Lehrer, die in der Schule Tests einsetzen wollen. Wegen des Vorteils der besseren Übersichtlickeit, die dem Benutzer eine schnellere Orientierung im Nachschlagewerk ermöglicht, wurde auch für das Handbuch psychologischer und pädagogischer Tests ein Beschreibungssystem entwickelt, daß sich jedoch hinsichtlich seiner Differenziertheit von dem HILTMANN'schen Modell unterscheidet. Außerdem hebt sich das vorliegende Werk inhaltlich von seinen Vorgängern ab. Es beschränkt sich nicht auf klinische Tests, sondern bezieht ein breites Spektrum psychologischer und pädagogischer Tests (Schultests) mit ein. Diese Zusammenführung erscheint in doppelter Hinsicht sinnvoll: erstens, weil es in der psychologischen Praxis durchaus vorkommen kann, daß auch Schultests angewandt werden müssen, und zweitens, weil in der Schulpraxis gelegentlich auch psychologische Verfahren benötigt werden.

Klassifikation von Tests

Wie bei SPECK und SPECK (1973) näher ausgeführt, können Testverfahren einerseits aufgrund formaler und andererseits aufgrund inhaltlicher Kriterien klassifiziert werden. Formale Klassifikationsaspekte sind Konstruktionsmerkmale des Tests, Testmaterialien, die verwendet werden, Arten der Durchführung des Verfahrens, Reaktionsarten, die verlangt werden, und Auswertungsgesichtspunkte. Übersichten über formale Klassifikationskriterien finden sich u. a. bei CRONBACH (1960), EYSENCK (1953), INGENKAMP (1963), IRLE (1956), LIENERT (1961), LYMAN (1963), MICHEL (1964).

Formale Klassifikationsgesichtspunkte können für den Praktiker durchaus von Bedeutung sein. Zur Organisation einer Untersuchung ist es wichtig zu wissen, ob ein Verfahren nur im Einzel- oder auch im Gruppenversuch angewandt werden kann, ob es besondere Ansprüche an das Sprachverständnis des Probanden stellt, der vielleicht Ausländer ist, oder ob das Verfahren motorische Reaktionen verlangt, die vielleicht ein Körperbehinderter nicht zu leisten vermag. Ein wesentlicher Nachteil einer nur nach formalen Gesichtspunkten vorgenommenen Klassifikation wird bei der Frage nach der Testindikation deutlich. Formale Gesichtspunkte sagen nichts über den Zweck eines Verfahrens aus, d. h., sie informieren nicht über das, was ein bestimmter Test erfassen will. Darum geht es jedoch in der Praxis in erster Linie. Wichtig ist die Stellung einer genauen Testindikation (WEWETZER, 1964, 1966). Zunächst geht es darum, welche Verhaltensvariable gemessen werden muß, und danach, unter welchen formalen Bedingungen das in dem betreffenden Fall am besten geschehen kann. Aus diesem Grunde sind inhaltliche Klassifikationsaspekte, so unzulänglich sie sich auch darstellen mögen, für den praktisch tätigen Psychologen und Pädagogen unentbehrlich. Nun könnte man unter dem inhaltlichen Aspekt den Anwendungsbereich der verschiedenen Tests verstehen. Ein derartiger Versuch wäre nach IRLE (1956) allerdings zum Scheitern verurteilt. Es wäre kaum möglich, Testverfahren eindeutig bestimmten Anwendungsbereichen zuzuordnen. Ein Intelligenztest ließe sich beispielsweise, wie IRLE (1956, S. 61) schreibt, „in nahezu jeder Ordnungsgruppe" unterbringen. Gemeinhin versteht man unter der inhaltlichen Klassifikation von Tests etwas anderes. TYLER (1964) sieht das als Basis einer Testklassifikation an, was die Verfahren jeweils messen sollen. INGENKAMP (1963) hält eine derartige Klassifikation für die gebräuchlichste. IRLE (1956) geht darüber noch einen Schritt hinaus, indem er sagt, daß die existierenden Tests selbst an erster Stelle zur Formung der klassifikatorischen Ordnung beitragen. Es handelt sich hierbei also nicht um eine theoretisch übergeordnete Einteilung, sondern um ein ungezwungen und pragmatisch aus dem Arsenal vorhandener Tests abgeleitetes System. Akzeptiert man eine inhaltliche Klassifikation in dieser Art, ist zu fragen, welche inhaltlichen Klassen aufgestellt werden können. SPECK und SPECK (1973, S. 22) unterscheiden zwei Möglichkeiten: „Einerseits können mehrere inhaltliche Klassen im Sinne einer Aufzählung nebeneinander gestellt werden, andererseits kann eine Einteilung nach inhaltlichen Oberbegriffen vorgenommen werden, die sich wieder ihrerseits näher unterteilen lassen." Als Beispiel für eine Klassifikation nach der ersten, aufzählenden Art kann cum grano salis die von WILDE gelten, die in den Anfangsjahren der „Diagnostica" praktiziert wurde. Sie enthielt folgende neun Bereiche:

I. Intelligenz
II. Fähigkeit, Begabung, Eignung (Aptitude)
III. Einstellungen, Haltungen (Attitudes)
IV. Interessen, Werthaltungen
V. Persönlichkeit
VI. klinische Diagnose (z. B. Neurose, Aphasie)
VII. Entwicklungsdiagnose (und Schulreife)
VIII. Kenntnisse, (Schul-)Leistungen
IX. Übriges (z. B. Soziogramm)

Die Inhaltsbereiche (I.) Intelligenz und (V.) Persönlichkeit sind allerdings noch nach weiteren formalen Kriterien untergliedert worden. Schwierigkeiten einer aufzählenden Klassifikation ergeben sich daraus, daß die Testverfahren 1.) vollständig und 2.) überschneidungsfrei klassifizierbar sein müssen. Die erste Forderung ist durch die Kategorie IX (Übriges) hinreichend erfüllt. Die zweite Forderung ist sicherlich nicht vollständig erfüllt.

Eine größere Verbreitung scheinen die Einteilungen nach inhaltlichen Oberbegriffen gefunden zu haben. Derartige Klassifikationen, die sich als *Strukturklassifikationen* kennzeichnen lassen, findet man etwa bei ANASTASI (1969), INGENKAMP (1963), IRLE (1956), LIENERT (1961) und TYLER (1964). LIENERT (1961, S. 19) hält folgende Einteilung für weit verbreitet:

Intelligenzteste:
a. allgemeine Intelligenzteste
b. spezielle Intelligenzteste oder Begabungsteste

Leistungsteste:
a. motorische Leistungsteste
b. sensorische Leistungsteste
c. psychische Leistungsteste

Persönlichkeitsteste:
a. Eigenschaftsteste
b. Interessenteste
c. Einstellungsteste
d. Charakterteste
e. Typenteste

Diese Einteilung befriedigt natürlich nicht, da Intelligenz in der Regel aufgrund von Leistungen geprüft wird.

MARSOLEK und INGENKAMP (1968) halten eine ganz andere Einteilung für üblich:

I. Entwicklungs- und Schulreifetests
II. Intelligenz- und Begabungstests
III. Spezielle Fähigkeits- und Eignungstests
IV. Schulleistungstests
V. Konzentrationstests
VI. Interessen- und Persönlichkeitstests
VII. Soziometrische Verfahren

IRLE (1956, S. 63) schlägt folgende Gruppierung vor:

1. Allgemeine Intelligenztests
2. Fähigkeits-Begabungstests
3. Kenntnis-Leistungstests
4. Persönlichkeitstests

Diese vier Hauptgruppen werden noch weiter aufgeschlüsselt.

HILTMANN (1966) ordnet die von ihr beschriebenen Testverfahren nach folgenden Gesichtspunkten:

I. Leistungstests
II. Entwicklungstests
III. Schulreifetests
IV. Interessentests
V. Persönlichkeitsfragebogen
VI. Entfaltungstests
VII. Objektive Tests zur Messung der Persönlichkeit
VIII. Interpersonale Wahlen

Ein Jahr nach Veröffentlichung der ersten Auflage dieses Handbuchs erschien in dem amerikanischen Lehrbuch von ANASTASI (1976) das folgende Klassifikationsmodell:

1. Tests of general intellectual development
2. Tests of seperate abilities
   2.1 Measuring multiple abilities
   2.2 Special aptitude tests
   2.3 Educational tests
   2.4 Occupational tests
3. Personality tests
   3.1 Self report inventories
   3.2 Measures of interests and attitudes
   3.3 Projective techniques
   3.4 Other techniques for personality assessment

Wie MICHEL und CONRAD (1982) zusammenfassend festgestellt haben, bestehen die größten Übereinstimmungen zwischen den verschiedensten Autoren hinsichtlich einiger äußerer, formaler Aspekte. Sie zählen die für psychometrische Verfahren bedeutsamen Ordnungsgesichtspunkte auf:

Aufgrund äußerer Merkmale kann man unterscheiden
- nach Testmedium zwischen mündlichen Reaktionstests, Papier- und Bleistift-Tests, Manipulations- oder Materialbearbeitungstests, Bildtests, Film- oder Bildschirmtests, apparativen Tests usw.
- nach der Verwendung von Sprache im Test zwischen verbalen (kulturgebundenen) und nicht-verbalen (kulturfreien bzw. kulturfairen) Tests
- hinsichtlich der Möglichkeit einer gleichzeitigen Untersuchung von mehreren Probanden in Individual- und Gruppentests
- nach der Anzahl der erfaßbaren Dimensionen in ein- und mehrdimensionale Tests bzw. Einzeltests und Testbatterien.

Weiterhin kann unterschieden werden (diesen Einteilungsmöglichkeiten messen die Autoren eine größere theoretische Bedeutung bei)
- nach dem Strukturiertheitsgrad der verhaltensauslösenden Reizkonfiguration zwischen hoch- und niedrigstrukturierten Tests
- nach der Art des provozierten Verhaltens zwischen Verfahren, die maximales Verhalten (Leistungstests), und solchen, die typisches Verhalten (Persönlichkeitstests) hervorrufen sollen (vgl. CRONBACH, 1960, 1970; LYMAN, 1963; HELMSTADTER, 1964; DRENTH, 1969)
- nach der Zeitbegrenzung, die nur für Leistungstests relevant ist, zwischen Geschwindigkeitstests (speed tests) und Niveautests (power tests) und den Varianten zwischen diesen beiden Extremen (vgl. ISELER, 1969)
- nach dem Freiheitsgrad der Reaktionsmöglichkeiten zwischen dem offenen bzw. kreativen und dem gebundenen bzw. selektiven Itemtyp.

Darüber hinaus wird differenziert zwischen Rating-Items und Forced-choice-Items, zwischen normativen und ipsativen Tests (vgl. z. B. GUILFORD, 1954; CATTELL, 1962; TODT, 1968; HORST, 1971). Im Bereich der Schulleistungsdiagnostik haben sich Unterscheidungen zwischen norm- und kriteriumsorientierten, formellen und informellen Verfahren etabliert (vgl. z. B. GLASER, 1963; INGENKAMP, 1970; KLAUER, 1972; SCHWARZER & SCHWARZER, 1977). Schließlich weisen MICHEL und GROFFMANN noch auf die Unterscheidung nach den syntaktischen und semantischen Strukturen der zugrundeliegenden Modelle hin (FISCHER, 1974), die eine Zuordnung zur Gruppe der klassischen oder probabilistischen psychometrischen Tests ermöglichen.

Die Aufzählung von Klassifikationssystemen könnte beliebig fortgesetzt werden. Aber die wenigen Beispiele dürften bereits verdeutlichen, wie schwer es ist, zu einer allgemein akzeptablen Klassifikation zu kommen, die möglichst wenig logische Unstimmigkeiten aufweist und praktikabel ist. Nur eines kann mit hinreichender Sicherheit festgehalten werden: Oberstes Ziel eines Nachschlagewerkes muß eine benutzergerechte Klassifikation sein, die das Suchverhalten so weit wie möglich erleichtert. Dies wurde mit unserem 1975 eingeführten Klassifikationsmodell versucht. Obschon es durchaus noch Schwächen zeigt, die sich aus den historischen Gegebenheiten der Testentwicklung herleiten und durch den Mangel einer einheitlichen Persönlichkeitstheorie erklären lassen, hat es sich offenbar im großen und ganzen bewährt. Deshalb wurde es auch in der vorliegenden zweiten Auflage nicht grundlegend geändert.

Zunächst wird in diesem Modell eine Grobklassifikation in die Sammelkategorien *Leistungstests* und *Persönlichkeitstests* vorgenommen. Diese Zweiteilung findet sich auch bei zahlreichen anderen Autoren, obwohl der Begriff „Persönlichkeit" im gegenwärtigen psychologischen Sprachgebrauch den Aspekt der „Leistung" impliziert (vgl. MICHEL & GROFFMANN, 1982). Es soll damit auch keineswegs behauptet werden, daß es sich hier um zwei voneinander unabhängige Systeme handelt. Sinnvoll wird die Unterscheidung aber dadurch, daß Leistungstests und Persönlichkeitstests – wie oben gesagt – unterschiedliche Reaktionsweisen zu erfassen trachten, nämlich *maximales* versus *typisches* Verhalten.

Die weitere Aufteilung der Persönlichkeitstests in *Psychometrische Persönlichkeitstests* und *Persönlichkeits-Entfaltungsverfahren* läßt sich durch unterschiedliche Konstruktionsprinzipien rechtfertigen, die diesen Verfahren zugrunde liegen. Während psychometrische Persönlichkeitstests spezifische, klar strukturierte Stimuli vorgeben, um spezifische Verhaltensaspekte direkt oder indirekt (über Selbstauskünfte in Fragebogen) zu messen, verwenden Entfaltungsverfahren relativ unspezifische, wenig strukturierte Reize bzw. globale Aufgabenstellungen, die den Reaktionen der Probanden einen weitgespannten Freiraum lassen, in dem sie sich „individuell bewegen und entfalten" können. Es geht hierbei weniger oder gar nicht darum, *bestimmte* Verhaltensaspekte zu *messen,* sondern Individualität, z. B. Äußerungen über irgendwelche persönlichen Konflikte, zu provozieren. Manche Autoren verwenden für diese Kategorie den Namen *Projektive Tests.* Wegen des umstrittenen Projektionsbegriffs, der die Autoren dieser Verfahren weniger verbindet als entzweit, und weil „Projektion" nicht immer das wesentliche Charakteristikum dieser Tests ist, wurde hier von dieser Benennung abgewichen. Von der Art der Namensgebung einmal abgesehen, hat sich die Abgrenzung der beiden Testkategorien weitgehend durchgesetzt (vgl. z. B. DRENTH, 1969; LIENERT, 1969; AIKEN, 1971; HORST, 1971; KERLINGER, 1973; MALONEY & WARD, 1976; MEILI & STEINGRÜBER, 1978).

Die Gruppe 1 der Leistungstests wird gelegentlich auch als Gruppe der „Fähigkeitstests" bezeichnet. Direkt meßbar sind allerdings nur aktuelle Leistungen, die in einer bestimmten Situation, an einem bestimmten Ort und an einem bestimmten Material erbracht wurden. Ob und inwieweit von diesen Leistungen auf Fähigkeiten geschlossen werden kann, die diesen Leistungen womöglich zugrunde liegen, muß eine Frage der Interpretation bleiben, die ihrerseits natürlich auch noch von der impliziten Persönlichkeitstheorie des Diagnostikers abhängt. Jedenfalls messen wir streng genommen keine Fähigkeiten, keine Dispositionen, sondern Verhaltensausschnitte, die mit jeweils mehr oder weniger Sicherheit repräsentativ sind für den Probanden und damit Rückschlüsse auf analoges Verhalten außerhalb der Testsituation zulassen. Der Begriff „Fähigkeitstest" würde dem Laien suggerieren, daß er mit diesem Verfahren Fähigkeiten unmittelbar messen kann. Der Begriff Leistungstest hat demgegenüber den Vorzug, in dieser Hinsicht neutraler zu sein.

Die weitere Untergliederung der drei Testgruppen ist dem folgenden Klassifikationsmodell psychologischer und pädagogischer Tests zu entnehmen:

Klassifikationsmodell psychologischer und pädagogischer Tests

1. LEISTUNGSTESTS

1.1 Entwicklungstests
1.2 Intelligenztests
1.3 Allgemeine Leistungstests
1.4 Schultests
1.5 Spezielle Funktionsprüfungs- u. Eignungstests

2. PSYCHOMETRISCHE PERSÖNLICHKEITSTESTS

2.1 Persönlichkeits-Struktur-Tests
2.2 Einstellungs- und Interessentests
2.3 Klinische Tests

3. PERSÖNLICHKEITS-ENTFALTUNGSVERFAHREN

3.1 Formdeuteverfahren
3.2 Verbal-thematische Verfahren
3.3 Zeichnerische u. Gestaltungsverfahren

Die verschiedenen Untergruppen bedürfen noch einer kurzen Erläuterung:

1. LEISTUNGSTESTS

1.1 Entwicklungstests

Unter Entwicklungstests sollen diejenigen Verfahren verstanden werden, die primär den Entwicklungsstand eines Probanden erfassen sollen. Reinert (1964) unterscheidet primäre von sekundären Entwicklungstests. Primäre Entwicklungstests sind nach ihm diejenigen, die Entwicklungsverläufe definieren bzw. normieren und unmittelbar darauf abzielen, den Entwicklungsstand des Verhaltens zu erfassen. Unter sekundären Entwicklungstests versteht er solche Verfahren, deren eigentliches Anliegen außerhalb des entwicklungsdiagnostischen Bezugssystems liegt. Das könnten beispielsweise allgemeine Leistungstests oder Intelligenztests sein, die über einen weiten Altersbereich hin normiert sind und somit gewisse Entwicklungstendenzen erkennen lassen. Unter die Rubrik Entwicklungstests unseres Handbuchs fallen nur die primären Entwicklungstests im Sinne Reinerts.

1.2 Intelligenztests

Da es keine einheitliche Definition von Intelligenz gibt, werden Testverfahren dieser Kategorie zugeordnet, die von ihren Autoren als solche charakterisiert werden. Dabei wird im Einzelfall auf das jeweilige Konzept einzugehen sein, das die Testautoren ihrem Test zugrunde legen. Dieser Kategorie nicht zugeordnet wurden Verfahren, die quasi „nebenbei“ auch noch intellektuelle Faktoren zu messen beanspruchen.

1.3 Allgemeine Leistungstests

Diese Testkategorie, die auf BARTENWERFER (1964) zurückgeht, umfaßt Verfahren, die allgemeine Voraussetzungen der Leistungsfähigkeit erfassen sollen, nämlich das, was mit *Aufmerksamkeit, Konzentration, allgemeiner Aktiviertheit* oder dergleichen bezeichnet wird. Nach ihm beziehen sich die Hauptmerkmale dieser Tests auf einen Faktor, den er als „anhaltende Konzentration bei geistiger Tempoarbeit" beschreibt. BARTENWERFER ordnet dieser Gruppe der allgemeinen Leistungstests auch noch Reaktionsverfahren zu, die wir nicht aufgenommen haben, da sie zu den apparativen Methoden gehören, die in diesem Handbuch grundsätzlich nicht besprochen werden sollen.

1.4 Schultests

Die Gruppe der Schultests umfaßt Verfahren, die die Frage der Schulfähigkeit (Schulreife bzw. Umschulung) direkt betreffen. Sie enthält aber auch Tests, die den Leistungs- und Kenntnisstand der Lernenden in bestimmten Fächern erfassen sollen. Es sind dies nach SÜLLWOLD (1964) pädagogische Tests im engeren Sinne. Lese-, Rechtschreib-, Mathematiktests gehören hierher. Ausschlag für die Zuordnung zur Gruppe der Schultests gibt nicht die Standardisierung eines Tests an Schulkindern, sondern der direkte, inhaltliche Bezug zur Schule und Ausbildung. Wegen der Vielzahl und Heterogenität dieser Gruppe von Tests wurde sie in folgende Teilbereiche gegliedert:

1.4.1 Einschulungstests
1.4.2 Spezielle Schuleignungstests
1.4.3 Mehrfächertests
1.4.4 Lesetests
1.4.5 Rechtschreibtests
1.4.6 Mathematik- und Rechentests
1.4.7 Sonstige Schultests.

1.5 Spezielle Funktionsprüfungs- und Eignungstests

Innerhalb dieser Gruppe finden sich Tests zur Prüfung spezieller Funktionen wie Händigkeit, Psychomotorik. In der Regel stehen diese Funktionen in einem engen Zusammenhang zur Berufseignung. Deshalb wurden sie auch mit den Berufseignungstests zusammengelegt. Die Vielzahl und Differenziertheit beruflicher Anforderungen bedingt die heterogene Struktur dieser Testkategorie.

2. PSYCHOMETRISCHE PERSÖNLICHKEITSTESTS

2.1 Persönlichkeits-Struktur-Tests

Der Begriff „Struktur" ist in diesem Zusammenhang nicht an bestimmte strukturale Persönlichkeitstheorien gebunden. Er meint, daß es sich hier um eine Gruppe mehrdimensionaler Persönlichkeitstests handelt, denen jeweils eigene Ordnungsgesichtspunkte zugrunde liegen. Als gemeinsame Charakteristika gelten: die Messung mehrerer Persönlichkeitsmerkmale ohne apparativen Aufwand, wobei zu spezifizieren ist, daß die Persönlichkeitsmerkmale im Bereich der sog. „normalen" Persönlichkeit quantifizierbar sein müssen. Ausgegliedert werden, wie das üblicherweise geschieht und u. a. auch von MITTENECKER (1964) praktiziert wurde, jene mehrdimensionalen, psychometrischen

Persönlichkeitstests, die Einstellungen, Werthaltungen oder Interessen erfassen sollen.

2.2 Einstellungs- und Interessentests

Einstellungen werden häufig „Haltungen" und „Gesinnungen" gleichgesetzt (OERTER, 1970). Einstellungstests messen die Einstellung zu Sachverhalten oder die Meinung über bestimmte Bezugsobjekte. In der Regel sind das soziale Gegebenheiten, z. B. nationale Gruppen, Minoritäten, Institutionen. Von HART (1923) über THURSTONE (1932) und viele andere bis hin zu TORGERSON (1958) und darüber hinaus ist die Entwicklung von Einstellungsskalen und theoretischen Meßmodellen vorangetrieben worden, die im Rahmen der Sozialpsychologie eine besondere Bedeutung erlangt haben. Zahllose Skalen sind konstruiert, viele davon sind veröffentlicht worden; aber nur eine verschwindend geringe Zahl ist in Form von standardisierten Tests über den Handel der praktisch-psychologischen oder pädagogischen Verwendung zugänglich gemacht worden. Aus diesem Grunde und weil sich zwischen Einstellungs- und Interessentests fundamentale Gemeinsamkeiten feststellen lassen, wurden in diesem Handbuch beide Testarten zusammengefaßt. Auch die Interessentests messen einen bestimmten Objektbezug, der allerdings mehr intentionalen Charakter hat. GUILFORD (1964, S. 9) definiert Interessen als „konstante Wünsche nach bestimmter Betätigung (Handarbeit, Denken, Unterhaltung etc.)". Sowohl Einstellungs- als auch Interessentests gehören zu den sog. „subjektiven Persönlichkeitstests". Sie setzen voraus, daß der Proband – wie MITTENECKER (1964, S. 461) schreibt – „in der Lage ist, in der direkten Reaktion auf die verbalen Elemente des Tests (Entscheidungsantworten auf Fragen, Zustimmung bzw. Ablehnung von Feststellungen) Auskünfte über sein eigenes Verhalten ... über Vorlieben, Abneigungen und sonstige Einstellungen zu geben".

2.3 Klinische Tests

Klinische Tests werden im allgemeinen für differentialdiagnostische Zwecke im psychopathologischen Bereich und im Grenzbereich zur Normalität eingesetzt. Sie dienen häufig als Entscheidungshilfe bei der Auswahl von Interventionsmaßnahmen und diversen Therapieformen. Außerdem läßt sich mit einigen Verfahren der Verlauf und Erfolg von medikamentösen und nicht-medikamentösen (Psycho-)Therapien kontrollieren. Zur Erleichterung des Überblicks über diese Erhebungsmethoden wurden sie jetzt, in der zweiten Auflage, aufgeteilt in:

2.3.1 (Klinische) Fragebogen
2.3.2 (Klinische) Interviews
2.3.3 Sonstige (klinische) Verfahren

3. PERSÖNLICHKEITS-ENTFALTUNGSVERFAHREN

Während das hervorstechende Merkmal psychometrischer Persönlichkeitstests in der *quantitativen* Erfassung *bestimmter* Verhaltensmerkmale besteht, wird durch sog. „Entfaltungsverfahren" der persönliche Ausdruck mehr oder weniger *unvorherbestimmter* Verhaltensaspekte des Probanden provoziert, aus denen der Diagnostiker – nach heterogenen, meist qualitativen Deutekonzepten – seine Schlüsse zu ziehen hat. HEISS (1964) unterscheidet den „Zwangscharakter" psychometrischer Tests vom „Aufforderungscharakter" der Entfaltungsverfahren. Dieser Aufforderungscharakter ist aber nicht eindeutig (HILTMANN, 1966). Infolgedessen ist auch das mögliche Reaktionsspektrum weit und nicht auf einzelne Eigenschaftsdimensionen festgelegt (vgl. HÖRMANN, 1964). Insofern kann man derartige Verfahren als „Breitbanddiagnostika" bezeichnen. Irgend etwas, eine belanglose Erinnerung oder ein für die Person charakteristischer Problemkomplex vielleicht, wird angesprochen und einer Analyse zugänglich gemacht.

Eine Untergliederung dieser Gruppe ist aus Gründen, die sich unmittelbar aus dem Gesagten ergeben, nach inhaltlichen Kriterien kaum möglich. Deshalb haben wir eine weitere Klassifikation nach formalen Gesichtspunkten vorgenommen, die sich auf der Basis unterschiedlicher Reaktionsweisen oder „Ausdrucksfelder" ergibt.

3.1 Formdeuteverfahren

Der Name dieser Gruppe psychodiagnostischer Verfahren besagt, daß den Probanden relativ unstrukturiertes, nicht eindeutig erkennbares Reizmaterial vorgelegt wird (z.B. Tintenkleckse), das gedeutet werden soll. Grundsätzlich wird die Deutung mehrdeutiger Gebilde verlangt. Diese Deutungen klassifiziert, signiert und interpretiert der Diagnostiker nach vorgegebenen Richtlinien verschiedener Autoren. Die Richtlinien sind nur teil- und näherungsweise zur Deckung zu bringen, was die Objektivität der Auswertung zwischen Experten unterschiedlicher „Schulen" prinzipiell in Frage stellt. Der „Rorschach-Test" gilt als Prototyp der Formdeuteverfahren.

3.2 Verbal-thematische Verfahren

Die verbal-thematischen Verfahren konfrontieren den Probanden mit thematischen Reizen (z.B. Wörtern, Sätzen, Bildern), die ihn zu einer verbalen Auseinandersetzung (mit sich selbst) anregen sollen. Zu den verbal-thematischen Verfahren zählen wir Assoziations-, Ergänzungs- und Erzählverfahren. Assoziationsverfahren bestehen aus Reizwörtern, die der Proband mit dem ersten Einfall beantworten soll. Die Thematik der Ergänzungsverfahren ergibt sich aus Satzanfängen, unvollständigen Geschichten, offenen sozialen Situationen, die dem Untersuchten einen weiten Spielraum der Beantwortung und Ergänzung lassen. Am bekanntesten wurde der Thematische Apperzeptionstest von MURRAY, der zu den Erzählverfahren gehört. Zu Bildvorlagen, die mehrdeutige (soziale) Situationen zeigen, sind Geschichten zu erzählen. Ein Problem grundsätzlicher Art liegt darin, *inwieweit* eigentlich diese Geschichten ausgewertet und interpretiert werden können. Es ist versucht worden, so unterschiedliche Aspekte wie dominante Triebe, Konflikte, Einstellungen, Intelligenz, Gefühle, Leistungsmotivation und Kreativität – um nur einige zu nennen – damit zu erschließen. Zu fragen bleibt jedoch, welche Persönlichkeitsvariablen sich mit Hilfe verbal-thematischer Verfahren besser, d.h. objektiver, verläßlicher, valider und vielleicht auch ökonomischer, feststellen lassen.

3.3 Zeichnerische und Gestaltungsverfahren

Zeichnerische Verfahren fordern, wie der Name sagt, den Probanden zu Zeichnungen auf, die etwas über den Urheber aussagen sollen. Nach SEHRINGER (1964) lassen sie sich aufteilen in solche, die ein Thema für die Zeichnung vorgeben (z.B. Mensch-Zeichnung, Apfelbaum), die thematischen, und in die übrigen, die keine thematische Bindung vorschreiben, dafür aber u.U. die Beachtung formaler Elemente oder Richtlinien verlangen. Beispiel für die thematisch ungebundenen, formal aber eingeschränkten Zeichentests ist der weithin bekannte Wartegg-Test. Die Auswertung von Zeichentests kann nach formalen und inhaltlichen Kriterien erfolgen.

Den Gestaltungsverfahren ordnen wir diejenigen Tests zu, die den Probanden auffordern, mit vorgegebenem Testmaterial bestimmte oder freie Themen darzustellen. Das Testmaterial kann aus den verschiedensten Dingen bestehen. Es kann sich um Spielzeug, Farbplättchen, geometrische Figuren oder was auch immer handeln. Entscheidend ist, daß keine Leistungs-, sondern Gestaltungsabsichten im Vordergrund stehen, die dem Individuum persönliche Ausdrucksmöglichkeiten eröffnen.

Damit sind die hauptsächlichen Testkategorien des Handbuchs kurz beschrieben. Je nach Anzahl konkurrierender Tests innerhalb einer Kategorie kann es sich als zweckvoll oder unnötig erweisen, die genannten Kategorien weiter zu unterteilen. Zweckvoll erschien zunächst die bereits aufgeführte Unterteilung der „Schultests".

Die Angemessenheit eines Testklassifikationsmodells für ein Nachschlagewerk kann am Grad der Auffindbarkeit gesuchter Verfahren überprüft werden. Der Benutzer muß in die Lage versetzt werden, diejenigen Verfahren möglichst schnell und unkompliziert herauszufinden, über die er sich näher informieren möchte. Die Auffindbarkeit hängt davon ab, in welchem Ausmaß unabhängigen Beurteilern eine zweifelsfreie und übereinstimmende Zuordnung der Verfahren gelingt. Nun darf man jedoch nicht darüber hinwegtäuschen, daß kein Klassifikationssystem eine eindeutige, überschneidungsfreie Ordnung in die historisch gewachsene Testvielfalt zu bringen vermag. Auch unser Modell schließt die Möglichkeit unterschiedlicher Einstufungen nicht völlig aus. Ein Beispiel dafür sind die Einschulungstests, die früher unter dem Namen „Schulreifetests" bekannt waren. Es handelt sich dabei um Verfahren, die Auslesezwecken der Schule dienen und in sofern natürlich den Schultests zuzurechnen sind. Man könnte aber auch davon ausgehen, daß diese Tests ein bestimmtes Stadium in der Entwicklung eines Menschen messen sollen. Unter diesem Aspekt wären sie als Entwicklungstests zu klassifizieren. Wenn wir uns schließlich dafür entschieden haben, sie den Schultests zuzuordnen, dann geschah das vor allem deshalb, weil dieser Ordnungsgesichtspunkt uns als der gewichtigere erschien, über den es zudem weniger Zweifel geben kann als über die Frage, ob Einschulungstests wirklich einen entwicklungspsychologisch bedeutsamen „Reifezustand" und nicht nur bestimmte Voraussetzungen für die Teilnahme am Unterricht eines spezifischen Schulsystems messen. Es ist jedoch nicht zu umgehen, daß solche Entscheidungen von unterschiedlichen Standpunkten aus getroffen werden können und darum bis zu einem gewissen Grade willkürlich bleiben müssen.

Die Darstellungsweise psychologischer und pädagogischer Tests

Stellt man sich die Frage nach der optimalen Darstellungsweise von Tests, muß man sich erst einmal zwischen einer freien und einer gebundenen Darstellungsweise entscheiden. Die freie Darstellungsweise hat den Vorteil, daß sie variabler ist, den Besonderheiten einzelner Tests besser angepaßt werden kann und somit die Chance bekommt, abwechslungsreicher und interessanter zu sein. Demgegenüber hat eine an strenge Systematik gebundene Darstellungsweise den Vorzug größerer Übersichtlichkeit, besserer Vergleichbarkeit und größerer Informationsdichte. Da wir uns das Ziel gesetzt hatten, dem Benutzer des Nachschlagewerks detaillierte Informationen zur Testindikation schnell zugänglich, überschaubar und vergleichbar zu machen, entschieden wir uns für eine systematische Darstellungsform.

Schon WILDE hat mit der Gründung der Zeitschrift „Diagnostica" im Jahr 1955 den Versuch unternommen, psychologische Testverfahren systematisch nach ihren wichtigsten Charakteristika darzustellen. Eine Kurzformel umfaßte die Art des Verfahrens, die erfaßte Altersspanne und die Durchführungsart (Einzel- oder Gruppenversuch). Die weiteren Informationen wurden mehr oder weniger schematisch, aber nicht streng untergliedert, abgehandelt. Besonderer Wert wurde auf die Darstellung der Gütekriterien gelegt. Eine kritische Stellungnahme zu den Angaben, die nahezu ausschließlich den Handanweisungen entnommen wurden, erfolgte nicht.

HILTMANN (1966) beschrieb in ihrem „Kompendium der psychodiagnostischen Tests" die im deutschen Sprachraum gebräuchlichen psychodiagnostischen Hilfsmittel der klinischen Psychologie nach folgenden sechs Gesichtspunkten: (1) Allgemeine Information über den Test, (2) Untersuchungsgang, (3) Auswertung der Testresultate, (4) Normen, (5) Brauchbarkeit und Verläßlichkeit des Verfahrens, (6) Anwendungsbereich des Tests. In Einzelfällen wurde dieses Schema modifiziert. Als Informationsquellen nutzte HILTMANN (1966, S. 9) „die Originaltests mit den dazugehörigen Anleitungen, Text- und Lehrbüchern" sowie einschlägige Periodika. Die Tests wurden keiner strengen Kritik unterzogen, jedoch gelegentlich mit persönlichen Kommentaren versehen.

MARSOLEK und INGENKAMP (1968) charakterisieren Schultests kurz nach Anwendungsbereich, Testdauer, Zuverlässigkeit, Gültigkeit und Normen. Einen Überblick über ein noch engeres Gebiet gibt MANDL (1970), in dem er über deutschsprachige Schulreifetests systematisch und kritisch referiert. Sein Darstellungssystem, das aus drei Hauptteilen (allgemeine Angaben, Aufbau und statistische Angaben) besteht, die wiederum fünffach untergliedert werden, ist das differenzierteste unter den genannten.

Von diesen deutschsprachigen Testinformationen hebt sich das Mental Measurement Yearbook von BUROS prinzipiell ab. Es bietet dem Leser keine kurzgefaßte, möglichst objektive Testinformation, sondern stellt ihm kritische Expertenmeinungen über die theoretische Fundierung und praktische Brauchbarkeit der einzelnen Tests vor. Ein solches Buch dient in erster Linie der theoretischen Auseinandersetzung mit den Testverfahren, verfolgt also einen etwas anderen Zweck als das vorliegende Handbuch.

Die meisten deutschen Bücher über Tests erfassen (1.) nur einen mehr oder weniger engen Teilbereich und ermöglichen (2.) keine Synopse gleichartiger Tests.

(Zu 1.) Das Problem der Selektion geeigneter Tests, die Planung problemorientierter Strategien läßt sich u. E. dadurch erleichtern, daß man möglichst viele psychologische und pädagogische Tests in *einem* Buch zusammenfaßt. Es wäre naiv anzunehmen, daß Lehrer nichts anderes als Schultests, klinische Psychologen ausschließlich klinische Tests und Eignungsdiagnostiker nur Eignungstests verwenden. Vielmehr müssen relevante Verfahren gefunden werden, die geeignet sind, eine verläßliche und rationale Basis für anstehende Entscheidungen zu liefern. Dabei kann u. U. ein praktizierender Psychologe darauf angewiesen sein, gelegentlich auch pädagogische Tests (z. B. zur

Objektivierung des Schulleistungsniveaus) zu verwenden. Oder es kann im Rahmen einer klinisch-psychologischen Untersuchung die Frage auftauchen, ob bestimmte persönliche Probleme eines Klienten mit einer beruflichen Fehlanpassung (z. B. Über- oder Unterforderung) verknüpft sind, wobei eignungsdiagnostische Verfahren nützlich und aussagekräftig sein könnten. Aus all dem geht bereits deutlich hervor, daß man sich als Diagnostiker nicht auf einen engen Bereich von Verfahren beschränken darf, sondern sich den Überblick über ein etwas breiteres Angebot diagnostischer Hilfsmittel verschaffen muß. Das vorliegende Handbuch versucht, dieser Aufgabe gerecht zu werden, indem es Tests unterschiedlicher Bereiche einbezieht.

(Zu 2.) Eine komprimierte, synoptische Darstellung vergleichbarer Tests wäre prinzipiell die beste Hilfe bei der Selektion geeigneter Verfahren. Leider können Tabellen nicht die vielen Informationen speichern, die der Testbenutzer braucht. Eine konsequente tabellarische Erfassung aller wichtigen Daten würde diese Tabellen ausufern lassen und damit unübersichtlich machen. Aus diesem Grund haben wir uns entschlossen, nur jenen Teil an Informationen tabellarisch darzustellen, der einer Vorauslese dienen kann und mit einfachen Symbolen abbildbar ist.

(a) Erläuterungen zu den Übersichtstabellen

Die Übersichtstabellen sind nach dem Testklassifikationsmodell benannt, geordnet und durchnumeriert worden. Sie sind den Einzeldarstellungen der Tests innerhalb der einzelnen Gruppen (z. B. 1.1 Entwicklungstests, 1.2 Intelligenztests, 1.3. Allgemeine Leistungstests) vorgeordnet.

Die Tabellen bestehen im wesentlichen aus fünf Abschnitten. Der erste Abschnitt enthält die *Namen der Tests* (einschl. Abkürzung), der *Testautoren* und einen Hinweis auf die Seitenzahl der Einzeldarstellung dieses Verfahrens. Die Reihenfolge der Tests ist nach dem vollständigen Testnamen alphabetisch angeordnet.

Der zweite Abschnitt informiert über Durchführungsgesichtspunkte. Es ist darin vermerkt, ob ein Test nur im Einzelversuch oder auch im *Gruppenversuch* durchführbar ist. Weiter erhält man darüber Auskunft, ob eine *Parallelform* existiert. Außerdem wird eine Zeitangabe über die Brutto- und Netto-Durchführungsdauer gemacht. Diese – wie alle anderen Angaben der Tabellen – stützen sich in der Regel auf die Angaben des Autors in der Handanweisung. Gelegentlich werden die Schätzungen von den Bearbeitern ergänzt. *Nettodurchführungszeiten* umfassen nur die reine Testzeit, nicht aber den Zeitbedarf für die Instruktionen, der zusätzlich einkalkuliert werden muß. *Bruttozeiten* können wegen ihrer Abhängigkeit von äußeren Bedingungen nur grob kalkuliert werden. Die Zeitangaben bei zeitlich nicht begrenzten Verfahren sind naturgemäß nur als ungefähre Anhaltspunkte zu verstehen. Bei Zeitdifferenzen (z. B. 10 bis 20 Min.) erscheint zuweilen in der Tabelle nur der höhere Schätzwert, in diesem Fall also 20. Und dies deshalb, weil sich Unterschätzungen auf den geplanten Untersuchungsgang in der Regel negativer auswirken als Zeitüberschätzungen. In der Praxis sind die Durchführungsbedingungen oft begrenzt: Es kann beispielsweise sein, daß nur ein Gruppentest in Frage kommt, daß nur eine begrenzte Zeit zur Verfügung steht oder eine Wiederholung mit einem Paralleltest vorgesehen ist.

Der zweite Abschnitt der Tabelle gibt somit im wesentlichen Auskunft über Kontraindikationen und Ökonomieaspekte der Tests.

Der dritte Abschnitt befaßt sich mit Auswertungsmodalitäten, die den Zeitaufwand des Auswerters bestimmen. Es wird festgestellt, ob die Auswertung mit Hilfe von *Schablonen* oder *maschinell* erfolgen kann. Sofern Angaben vorliegen, wird auch die ungefähre Auswertungszeit mitgeteilt.

Der vierte Abschnitt schließlich behandelt die wichtigsten Aspekte, nach denen Tests vorrangig beurteilt und ausgewählt werden sollten, nämlich die *primären Gütekriterien: Objektivität, Reliabilität, Vailidität* und *Normen.* Es ist aber kaum möglich, den Grad der Realisation jener Gütekriterien in einer einigermaßen lesbaren Tabelle exakt zu fixieren, da die Angaben dazu nach Art und Größe der Stichproben und nach den angewandten Methoden aufgeschlüsselt werden müßten.

Die Beurteilungen der Reliabilität oder Validität eines Verfahrens sind wesentlich komplizierter, als daß man sie alternativ mit „vorhanden" oder „nicht vorhanden" bezeichnen könnte. So erwünscht auch immer hohe Reliabilitäts- und Validitätskoeffizienten sind, kann man Tests mit mäßigen oder sogar niedrigen Koeffizienten nicht immer und in jedem Fall für unbrauchbar halten. Es kommt dabei auf den Verwendungszweck an und die Funktion, die diese Tests innerhalb einer bestimmten Strategie haben sollen. Vereinfachend kann man sagen, daß mit abnehmender Zuverlässigkeit und Gültigkeit der hypothetische Charakter der Testergebnisse zunimmt und nach einer Absicherung durch andersartige Ergebnisse verlangt. Es gibt auch keinen allgemeingültigen Nachweis der Bewährung eines Verfahrens, sondern nur mehr oder weniger spezifizierte Anhaltspunkte, daß sich ein Test im Rahmen bestimmter Prognosen oder Diagnosen bewähren wird. Deshalb wird fast immer der Benutzer eines Tests genötigt sein, selbst innerhalb seines Verwendungsbereichs Bewährungsdaten zu erheben und auszuwerten. Die Tabellen unseres Handbuchs geben lediglich Auskunft darüber, ob der Testautor der Minimalforderung nachgekommen ist, die Gütekriterien konstruktiv bzw. durch empirische Kontrollen abzusichern. Sie sagen dagegen nichts darüber aus, inwieweit derartige Versuche als ausreichend oder gelungen bezeichnet werden können. Damit kein Zweifel auftauchen kann, muß noch einmal betont werden, daß z. B. ein Zeichen für „Ja" bzw. „vorhanden" in der Rubrik Reliabilität lediglich angibt, daß Angaben zur Reliabilität vorliegen. Keinesfalls ist damit zugleich festgestellt, daß die Testzuverlässigkeit wissenschaftlichen Ansprüchen voll genügt. Ein „Nein" bzw. „nicht vorhanden" in der gleichen Spalte besagt lediglich, daß der Testautor keine Angaben über die Zuverlässigkeit seiner Testwerte gemacht hat bzw. daß innerhalb der Einzeldarstellungen des Handbuchs keine Angaben dazu gemacht werden konnten, was natürlich zunächst einmal erhebliche Zweifel an der Reliabilität des Verfahrens rechtfertigt.

Im fünften Abschnitt wird schließlich der *Anwendungsbereich hinsichtlich Alter bzw. Schulklasse* umrissen. Diese Angaben sind für den Testbenutzer von besonderer Wichtigkeit, denn das Alter als bekannte Variable des Probanden kann u. U. allein schon darüber entscheiden, ob ein bestimmtes Verfahren überhaupt in Betracht kommt oder nicht.

Damit keine Verwirrung durch die Benutzung vieler unterschiedlicher Symbole auftauchen kann, werden nur drei Symbole verwendet: Ein ausgefüllter, geschwärzter Kreis bedeutet soviel wie „Ja“ bzw. „vorhanden“, ein leerer Kreis bedeutet „Nein“ bzw. „nicht vorhanden“ und ein fett umrandeter Kreis bedeutet „teilweise“. Sofern im Einzelfall zusätzliche Angaben erforderlich sind, werden diese innerhalb der Tabelle besonders erläutert.

Wie die Tabellen zu lesen sind, läßt sich am besten an der Mustertabelle zeigen. Der erste Tabellenabschnitt enthält den Testnamen. In der nächsten Spalte stehen die Namen der Testautoren. (Sie sind in dieser Mustertabelle ebenso wie die Testnamen rein fiktiv.)

Die Spalte der Tabelle, „Seite“ überschrieben, gibt den Ort an, wo die Einzeldarstellung des Tests zu finden ist.

Dem Abschnitt „Durchführung“ kann man entnehmen, ob der Test nur im Einzel- oder auch im Gruppenversuch durchgeführt werden kann. Der „Alpha-Test“ kann nach der Tabelle nur teilweise im Gruppenversuch Verwendung finden. Der „Omega-Test“ wird in der Tabelle als reiner Individualtest gekennzeichnet. Parallelformen existieren nur für die ersten beiden Tests der Tabelle. Der „Omega-Test“ hat nur teilweise, d. h. für einen Teil seiner Untertests, Parallelformen. Alle Zeitangaben der Tabelle sind grundsätzlich in Minuten ausgedrückt. Die Angabe der Netto-Durchführungszeit von 14 Minuten für den „Beta-Test“ bezieht sich auf die „reine“ Testzeit ohne Instruktionen. Rechnet man den zusätzlichen Zeitbedarf für Instruktionen, Übungsbeispiele u. dgl. hinzu, ergibt sich die sog. Brutto-Zeit von – in diesem Fall – annähernd 20 Minuten. Es liegt in der Natur der Sache, daß Angaben der Brutto-Testzeit nur sehr grobe Anhaltspunkte darstellen können. In der Regel enthält die Tabelle die Maximalschätzungen der Testautoren, sofern diese überhaupt vorliegen.

Im Abschnitt „Auswertung“ kann man sich informieren, ob der Test mit Hilfe von Auswertungsschablonen bzw. Auswertungsschlüsseln (Gamma- und Omega-Test) oder maschinell (Beta-Test) ausgewertet werden kann und wieviel Zeit in etwa dafür zu veranschlagen ist (Alpha-Test: 8 Minuten; Gamma-Test: 15 Minuten). Auch bei diesen Angaben handelt es sich in der Regel um Maximalschätzungen. Da die Testautoren in den meisten Fällen dazu keine Angaben machen, bleibt diese Spalte häufig leer. Der Benutzer des Handbuchs kann u. U. aus eigener Erfahrung Richtwerte in die Tabelle einsetzen.

Wichtig ist, daß die Angaben des Abschnitts „Gütekriterien“ nicht überinterpretiert werden. Die Mustertabelle zeigt z. B., daß Angaben zur Objektivität für drei der aufgeführten Tests vorliegen. Das bedeutet jedoch, wie gesagt, *nicht unbedingt,* daß die Objektivität dieser Verfahren als gesichert anzusehen ist. Analog verhält es sich mit den anderen Angaben zur Reliabilität, empirischen Validität und Normierung innerhalb dieses Abschnitts. Wenn nicht für alle wesentlichen Testwerte Angaben vorliegen, wird das Zeichen „teilweise“ in die Tabelle eingesetzt. Auf die Mustertabelle angewandt, heißt das, daß für den „Omega-Test“ Objektivität gegeben ist, teilweise Reliabilitätsprüfungen vorliegen, Validitätsbelege und Normen fehlen.

Der letzte Tabellenabschnitt „Alter“ gibt den Altersbereich (bzw. die Schulklassen) an, innerhalb dessen ein Verfahren anwendbar ist. Das Kürzel „k. A.“ bedeutet, daß keine Angaben dazu seitens des Testautors vorliegen. Ein Blick auf die Mustertabelle läßt erkennen, daß der „Alpha-Test“ für die Altersspanne von fünf bis vierzehn Jahren ge-

1.2 Intelligenztests

MUSTER

● = ja
o = teilweise
○ = nein
k.A.= keine Angaben

Testname	Autor(en)	Seite	Durchführung				Auswertung			Gütekriterien				Alter
			Gruppentest	Parallelform	Zeitangabe netto (Min.)	Zeitangabe brutto (Min.)	Schabl./Schlüss.	maschinell	Zeitangabe (Min.)	Objektivität	Reliabilität	emp. Validität	Normen	(Jahre oder Schuljahre (J/Sj))
Alpha-Test	Xerxes	XXX	**o**	●		25	**o**	○	8	●	●	○	○	5–14 J
Beta-Test	Agamemnon	XXX	○	●	14	20	○	●		○	○	○	●	7–13 J
Gamma-Test	Pluto u.a.	XXX	●	○		25	○	○	15	○	●	●	○	ab 9 J
Omega-Test	Apollo u. Mars	XXX	○	**o**		30	●	○		●	**o**	○	○	k.A.

eignet ist, während der „Beta-Test“ bei Sieben- bis Dreizehnjährigen und der „Gamma-Test“ ab neun Jahren angewendet werden kann.

(b) Erläuterungen zur Einzeldarstellung der Tests

Die Einzeldarstellungen sollen die Übersichtstabellen in einigen wesentlichen Punkten ergänzen. Das folgende Schema bildet den Rahmen für die systematische Darstellung der Verfahren.

Testname (Abk.)*
Autor
Erscheinungsort: Verlag, Jahr, Auflage

1. Testart
2. Testmaterial
3. Testgliederung
4. Grundkonzept
5. Durchführung
   - 5.1 Alter
   - 5.2 Formen
   - 5.3 Handhabung
   - 5.4 Zeit
6. Auswertung
   - 6.1 Modus
   - 6.2 Zeit
7. Gütekriterien
   - 7.1 Objektivität
   - 7.2 Reliabilität
   - 7.3 Validität
   - 7.4 Normen
8. Literatur

Das Schema ist relativ differenziert angelegt, um die Auffindbarkeit spezifischer Informationen zu erleichtern. Zu den acht Hauptkategorien und ihren Untergliederungen seien einige erklärende Anmerkungen hinzugefügt, die den Bearbeitern im wesentlichen als Richtschnur dienten. Die Formulierungen zu diesem gemeinsam erarbeiteten Konzept stammen zum größten Teil von Speck und Speck (1973). Hier werden sie teilweise etwas verkürzt oder ergänzt wiedergegeben.

(1.) Testart

Die hier verwendeten Bezeichnungen folgen unserem eingangs dargelegten Klassifikationsmodell für Testverfahren. Die erste Ziffer gibt jeweils an, ob es sich bei einem

---

* Die Schreibweise der Abkürzungen von Testnamen ist z. T. sehr unterschiedlich. Wir praktizieren im Handbuch eine vereinheitlichte Schreibweise ohne Bindestriche und Punkte. (Beispiel: nicht I-S-T, sondern IST; nicht S.O.N., sondern SON.)

Verfahren um einen Leistungstest oder um ein Persönlichkeitstestverfahren handelt. Gehört das zur ersten Gruppe, wird ihm nach dem Klassifikationsmodell als erste Ziffer die 1 zugeschrieben. Bei einem psychometrischen Persönlichkeitstest lautet die erste Ziffer 2 und bei einem Persönlichkeits-Entfaltungsverfahren heißt die erste Ziffer 3. Die zweite Ziffer kennzeichnet die jeweilige Untergruppe. Steht also in dem Kästchen die Zahl 1.1, so bedeutet das die Zugehörigkeit des Verfahrens zu den Entwicklungstests.

(2.) Testmaterial
Unter „Testmaterial" werden die zur Durchführung und Auswertung eines Testverfahrens benötigten Unterlagen verstanden. Zu unterscheiden ist hierbei zwischen dem eigentlichen Testmaterial, welches vom jeweiligen Verlag bezogen wird, und den zusätzlichen Dingen, die außerdem gebraucht werden. Hier kommen Stoppuhren, Schreibgeräte und ähnliches in Betracht. Auf diese zusätzlichen Materialien wird besonders hingewiesen.

(3.) Testgliederung
Dieser Punkt enthält eine kurze Charakteristik des Testaufbaus, wobei hierunter die zu einem Testverfahren gehörigen Untertests, evtl. die Anzahl der Items sowie eine Angabe der Bereiche, denen sie entnommen sind, verstanden wird. Es ist daraus ersichtlich, ob es sich um einen homogenen Test (mit oder ohne zeitliche Gliederung) oder einen heterogenen Test handelt.

(4.) Grundkonzept
In diesem Abschnitt sollen die theoretische Fundierung und besondere Charakteristika des Tests in den wesentlichen Zügen umrissen werden. Da Begriffe immer in Relationen zu ihrem jeweiligen Bezugssystem zu sehen sind, erscheint es notwendig, unter diesem Punkt eine kurze Darlegung der Annahmen und Absichten sowie des Bezugssystems der Testautoren zu geben. Gleichzeitig wird hier auch der Unterschied zu (1.) „Testart" deutlich: Geht es dort um eine einfache Zuordnung eines Testverfahrens zu einer der im Klassifikationsmodell dargestellten Testgruppen, so wird hier eine nähere Erläuterung und Präzisierung dessen gegeben, was die Testautoren selbst unter ihren Verfahren verstehen. So würde beispielsweise die Klassifizierung „Intelligenztest" nicht mehr ausreichen, da hier näher ausgeführt werden muß, welches Konzept die Testautoren selbst bei der Entwicklung ihres Verfahrens dem Test zugrunde gelegt haben. Sofern entsprechende Angaben fehlen, wird dieses vermerkt. Ist das Verfahren auf einen spezifischen Anwendungsbereich hin konzipiert, wird dies hier ebenfalls erwähnt.

(5.) Durchführung
Bei den *Altersangaben (5.1)* wird Bezug auf die Informationen der Testautoren selbst genommen. Werden Angaben anderer Autoren zugrunde gelegt, so wird dies ausdrücklich vermerkt. Gibt der Bearbeiter selbst eine Empfehlung, wird diese ohne Namensnennung dem Vermerk „keine Angaben", der sich auf die Handanweisung bezieht, beigefügt und evtl. zur Verdeutlichung, daß es sich hier lediglich um eine empirisch nicht abgesicherte Meinung handelt, eingeklammert.

Im Abschnitt *(5.2) „Formen"* erläutert der Referent, ob ein Testverfahren als Einzel- und/oder Gruppentest angewendet werden kann, inwieweit Parallelformen vorhanden sind, ob es Lang- und Kurzformen gibt, welche Testvarianten zur Verfügung stehen und so weiter. Wenn der Test auch in einer computergestützten Fassung vorliegt, z. B. in einem der Hogrefe-Testsysteme, findet der Benutzer hier einen entsprechenden Hinweis. Erläutert werden die Testsysteme KIDIS, LEILA, PERSYS und CORA auf Seite 991f..

Unter *(5.3) „Handhabung“* wird die Art und Weise des Untersuchungsganges beschrieben, wobei vor allem drei Aspekte von Interesse sind:

1. Wie wird den Probanden das Testmaterial gegeben? Dies impliziert zugleich die Frage, ob es für verschiedene Personengruppen verschiedene Testinstruktionen und Durchführungsmöglichkeiten gibt und ob Vorübungen notwendig sind.
2. Welche Aufgaben kommen während der Untersuchung dem Diagnostiker zu? Dieses impliziert die Frage nach seiner Aktivität, ob man dem Probanden etwa Fragen stellt, in welcher Form die Antworten festgehalten werden und ähnliches.
3. In welcher Weise setzt sich der Proband mit dem Testmaterial auseinander? Diese Frage schließt zugleich die Art der Sprachgebundenheit seines Verfahrens mit ein, wobei schriftliche Testverfahren als sprachgebunden anzusehen sind. Gleichzeitig wird angegeben, ob der Proband z. B. seine Antworten nur auf binärer Entscheidungsgrundlage treffen kann, ob mehrere Wahlmöglichkeiten bestehen usw. Als sprachfrei werden diejenigen Verfahren bezeichnet, die bei der eigentlichen Testdurchführung, d. h. der Reaktion des Probanden, der Werkzeugfunktion „Sprache“ nicht bedürfen. Zeichentests gehören dazu.

Aus diesen Angaben lassen sich Kontraindikationen unmittelbar ableiten. Sie werden von den Testautoren in der Regel nicht besonders erwähnt, obwohl ihnen eine erhebliche Relevanz zukommen kann. Bei der Entwicklung neuer Testverfahren sollte dem Problem der Kontraindikation mehr Beachtung geschenkt werden.

Die *Durchführungszeit (5.4)* wird nach den Angaben der Testautoren in Minuten ausgedrückt. Sofern derartige Informationen fehlen, wird das vermerkt. Zuweilen geben die Testautoren die Nettozeit, d. h. die reine Durchführungsdauer ohne Instruktionen, an. Da aber die Testanweisungen teilweise sehr umfangreich sind und die Zeit erheblich verlängern, wäre natürlich die Angabe der Bruttozeit informativer. Die Bearbeiter haben in solchen Fällen die Bruttozeit gelegentlich abgeschätzt. Auch bei solchen Tests, die keiner zeitlichen Beschränkung unterliegen, werden nach Möglichkeit ungefähre Zeitschätzwerte mitgeteilt.

(6.) Auswertung

Hier werden Angaben über Art und Dauer der Testauswertung gemacht. Unter *(6.1) „Handhabung“* fällt der formale Gang der Auswertung, während unter *(6.2) „Zeit“* die Angaben der Tabelle ggf. ergänzt oder erläutert werden.

(7.) Gütekriterien

Die Darstellung der Gütekriterien wird von den Testautoren leider recht unterschiedlich gehandhabt. Bezeichnungen wie innere Konsistenz, Stabilität, Bewährung und Konstruktvalidität werden nicht immer einheitlich, teilweise sogar weitab von ihrer ursprünglichen Bedeutung gebraucht. Wir halten eine Vereinheitlichung der Terminologie für unbedingt wünschenswert, sie sollte aber eher durch ein neues Lehrbuch der psychologischen Diagnostik als durch ein Handbuch psychologischer und pädagogischer Tests eingeführt werden. Zunächst haben wir uns zu einer strikten Vereinheitlichung der Begriffe nicht durchringen können.

Im übrigen sollen in diesem Abschnitt die wesentlichen Ansätze zur empirischen Kontrolle der Gütekriterien knapp umrissen werden, damit der Benutzer sich ein Bild davon machen kann, in welchem Umfang die Standardisierung des Tests vorangetrieben worden ist. Auf die besondere Bedeutung der Gütekriterien wurde im vorigen Kapitel bereits hingewiesen.

(8.) Literatur
Die an dieser Stelle gegebenen Literaturhinweise sollen auf die Quellen von Zitaten hinweisen und auf eine begrenzte Auswahl wichtiger Literatur zu den Testverfahren aufmerksam machen. Ein Anspruch auf Vollständigkeit kann angesichts des großen Umfangs vieler Literaturbelege weder angestrebt noch erhoben werden.

Literatur

AIKEN, L. R. (1971). *Psychological and educational testing.* Boston, Mass.: Allyn & Bacon.

ANASTASI, A. (1969³). *Psychological testing.* London: MacMillan.

ANASTASI, A. (1973). *Psychological testing.* London: MacMillan.

BARTENWERFER, H. (1964). Allgemeine Leistungstests. In R. HEISS (Hrsg.) *Handbuch der Psychologie,* Band 6. Göttingen: Hogrefe.

BIERKENS, P. B. (1968). *Die Urteilsbildung in der Psychodiagnostik.* München: Barth.

BRICKENKAMP, R. (1975). *Handbuch psychologischer und pädagogischer Tests.* Göttingen: Hogrefe.

BRICKENKAMP, R. (1983). *Erster Ergänzungsband zum Handbuch psychologischer und pädagogischer Tests.* Göttingen: Hogrefe.

BÜSCHER, P. (1974). Einige theoretische Aspekte kriterienbezogener Leistungsmessung. In K. HELLER (Hrsg.) *Leistungsbeurteilung in der Schule.* Heidelberg: Quelle und Meyer.

CATTELL, R. B. (1962). Psychological measurement: Normative, ipsative, interactive. *Psychological Review, 51,* 292–303.

CRONBACH, L. J. (1960²). *Essentials of psychological testing.* New York: Harper & Row.

CRONBACH, L. J. (1970³). *Essentials of psychological testing.* New York: Harper & Row.

DRENTH, P. J. D. (1969). *Der psychologische Test.* München: Barth.

EYSENCK, H.-J. (1953). Fragebogen als Meßmittel der Persönlichkeit. *Zeitschrift für experimentelle und angewandte Psychologie, 1,* 291–335.

FISCHER, G. H. (Hrsg.) (1968). *Psychologische Testtheorie.* Bern: Huber.

FISCHER, G. H. (1974). *Einführung in die Theorie psychologischer Tests.* Bern: Huber.

FÖRSTER, E. & WEWETZER, K.-H. (Hrsg.) (1968). *Systematik der psychogenen Störungen.* Bern: Huber.

FREEMAN, F. S. (1962³). *Theory and practice of psychological testing.* New York: Holt, Rinehart & Winston.

GLASER, R. (1963). Instructional technology on measurement of learning outcomes: Some questions. *American Psychologist, 18,* 519–521.

GUILFORD, J. P. (1954²). *Psychometric methods.* New York: McGraw-Hill.

GUILFORD, J. P. (1964). *Persönlichkeit.* (Deutsche Übersetzung.) Weinheim: Beltz.

GULLIKSEN, H. (1950). *Theory of mental tests.* New York: Wiley.

HEISS, R. (1964). Psychologische Diagnostik. In R. HEISS (Hrsg.) *Handbuch der Psychologie,* Band 6. Göttingen: Hogrefe.

HELMSTADTER, G. C. (1964). *Principles of psychological measurement.* New York: Appleton-Century-Crofts.

HILTMANN, H. (1966²). *Kompendium der psychodiagnostischen Tests.* Bern: Huber.

HÖRMANN, H. (1964). Theoretische Grundlagen der projektiven Tests. In R. HEISS (Hrsg.) *Handbuch der Psychologie,* Band 6. Göttingen: Hogrefe.

HORST, P. (1971) *Messung und Vorhersage. Eine Einführung in die psychologische Testtheorie.* Weinheim: Beltz.

INGENKAMP, K. (1963). *Psychologische Tests in der Hand des Lehrers.* Weinheim: Beltz.

INGENKAMP, K. (1970). Normbezogene und kriterienorientierte Tests. *Didacta medica, 3,* 65–70.

IRLE, M. (1957). Die Klassifikation von Tests. *Diagnostica, 4,* 61–66.

ISELER, A. (1969). *Leistungsgeschwindigkeit und Leistungsgüte.* Weinheim: Beltz.

KERLINGER, F. N. (1973²). *Foundations of behavioral research.* New York: Holt, Rinehart & Winston.

KLAUER, K. (1972). Einführung in die Theorie lehrzielorientierter Tests. In K. KLAUER et al. (Hrsg.) *Lehrzielorientierte Tests.* Düsseldorf: Schwann.

KREVELEN, D. A. van (1966). Möglichkeiten und Grenzen der Psychodiagnostik. In E. FÖRSTER & K.-H. WEWETZER (Hrsg.) *Jugendpsychiatrische und Psychologische Diagnostik.* Bern: Huber.

LANGFELDT, H.-P. (1974). Die klassische Testtheorie als Grundlage standardisierter Schulleistungstests. In K. KELLER (Hrsg.) *Leistungsbeurteilung in der Schule.* Heidelberg: Quelle und Meyer.

LIENERT, G. A. (1961). *Testaufbau und Testanalyse.* Weinheim: Beltz.

LIENERT, G. A. (1969[3]). *Testaufbau und Testanalyse.* Weinheim: Beltz.

LIKERT, R. (1932). A technique for the measurement of attitudes. *Arch. Psychology, 140,* 1–55.

LYMAN, H. B. (1963). *Test score and what they mean.* Englewood Cliffs, N.J.: Prentice Hall.

MALONEY, M. P. & WARD, M. P. (1976). *Psychological assessment: A conceptual approach.* New York: Oxford University Press.

MANDL, H. (1970). *Kompendium deutschsprachiger Schulreifetests.* München: Oldenbourg.

MARSOLEK, T. & INGENKAMP, K. (1968). *Literatur über Tests im Bereich der Schule.* Weinheim: Beltz.

MEILI, R. & STEINGRÜBER, A. J. (1978[6]). *Lehrbuch der psychologischen Diagnostik.* Bern: Huber.

MICHEL, L. (1964). Allgemeine Grundlagen psychometrischer Tests. In R. HEISS (Hrsg.) *Handbuch der Psychologie,* Band 6. Göttingen: Hogrefe.

MICHEL, L. & CONRAD, W. (1982). Theoretische Grundlagen psychometrischer Tests. In K.-J. GROFFMANN & L. MICHEL (Hrsg.) *Grundlagen psychologischer Diagnostik. Enzyklopädie der Psychologie,* Serie II, Band 1. Göttingen: Hogrefe.

MITTENECKER, E. (1964). Subjektive Tests zur Messung der Persönlichkeit. In R. HEISS (Hrsg.) *Handbuch der Psychologie,* Band 6. Göttingen: Hogrefe.

OERTER, R. (1970[7]). *Moderne Entwicklungspsychologie.* Donauwörth: Auer.

REINERT, G. (1964). Entwicklungstests. In R. HEISS (Hrsg.) *Handbuch der Psychologie,* Band 6. Göttingen: Hogrefe.

SCHWARZER, C. & SCHWARZER, R. (1977). *Praxis der Schülerbeurteilung.* München: Kösel.

SEHRINGER, W. (1964). Zeichnerische Gestaltungsverfahren. In R. HEISS (Hrsg.) *Handbuch der Psychologie,* Band 6. Göttingen: Hogrefe.

SPECK, D. & SPECK, R. (1973). *Klassifikations- und Darstellungsproblematik psychologischer Testverfahren.* Unveröffentlichte Diplomarbeit, Technische Universität Berlin.

STERN, E. (1954). *Die Tests in der Klinischen Psychologie I.* Zürich: Rascher.

STERN, E. (1955). *Die Tests in der Klinischen Psychologie II.* Zürich: Rascher.

THURSTONE, L. L. (1929). Theory of attitude measurement. *Psychol. Review, 36,* 222–241.

TODT, E. (1968). Probleme der Interessenmessung. In K. INGENKAMP & T. MARSOLEK

(Hrsg.) *Möglichkeiten und Grenzen der Testanwendung in der Schule.* Weinheim: Beltz.

TORGERSON, W. S. (1958). *Theory and methods of scaling.* New York: Wiley.

TYLER, L. E. (1964^3). *Tests and measurements.* Englewood Cliffs, N.J.: Prentice Hall.

WEWETZER, K.-H. (1964). Intelligenzdiagnostik, Intelligenzmessung und Faktorenanalyse. *Aktuelle Fragen der Psychiatrie und Neurologie, 1,* 320–371.

WEWETZER, K.-H. (1966) Prinzipien des Testens in der Klinischen Psychologie.In E. FÖRSTER & K.-H. WEWETZER (Hrsg.) *Jugendpsychiatrische und Psychologische Diagnostik.* Bern: Huber.

1. LEISTUNGSTESTS

1.1 Entwicklungstests

● = ja
o = teilweise
○ = nein
k.A.= keine Angaben

Testname	Autor(en)	Seite	Durchführung				Auswertung			Gütekriterien				Alter
			Gruppentest	Parallelform	Zeitangabe netto (Min.)	Zeitangabe brutto (Min.)	Schabl./Schlüss.	maschinell	Zeitangabe (Min.)	Objektivität	Reliabilität	emp. Validität	Normen	(Jahre oder Schuljahre (J/Sj))
Aktiver Wortschatztest für 3–6jährige Kinder (AWST 3–6)	Kiese u.a.	5	○	○		10–15	○	○		●	●	●	●	3–6 J
Bildwortserie zur Lautagnosieprüfg. u. zur Schulung ...	Schäfer	7	○	○			○	○		●	○	○	○	ab 6 J
Columbus	Langeveld	9	○	○			○	○		○	○	○	○	5–20 J
Frostig Test der motorischen Entwicklung (FTM)	Bratfisch u.a.	11	●	○		ca. 25	○	○		●	●	●	●	6–10 J
Frostigs Entwicklungstest der visuellen Wahrnehmung (FEW)	Lockowandt	13	○	○		30–40	●	○		●	●	●	●	4–9 J
Graphomotorische Testbatterie	Rudolf	17	○	○			●	○		●	●	●	●	4–7 J
Griffiths-Entwicklungsskalen (GES)	Brandt	20	○	○		30–60	○	○		○	○	○	●	0–1 J
Heidelberger Sprachentwicklungstest (HSET)	Grimm u.a.	22	○	○		ca. 70	○	○		●	●	●	●	3–9 J
Kinderbeobachtungsbogen (KBB)	Ettrich	25	○	○		ca. 10	**o**	○	3	●	●	●	**o**	5–6 J
Körperkoordinationstest für Kinder (KTK)	Kiphard u.a.	28	○	○		ca. 20	○	○		●	●	●	●	5–13 J
Lautbildungstest für Vorschulkinder (LBT und DLBT)	Fried	30	○	○		5 u. 12	○	○		●	●	●	●	4–7 J
Lincoln-Oseretzky-Skala Kurzform 18 (LOS KF 18)	Eggert	31	○	○		ca. 25	○	○	10	●	●	●	●	5–13 J
Motoriktest für 4–6jährige Kinder (MOT 4–6)	Zimmer u.a.	33	○	○		ca. 20	○	○		●	●	●	●	4–6 J

1.1 Entwicklungstests (Forts.)

● = ja
o = teilweise
❍ = nein
k.A.= keine Angaben

Testname	Autor(en)	Seite	Durchführung				Auswertung			Gütekriterien				Alter
			Gruppentest	Parallelform	Zeitangabe netto (Min.)	Zeitangabe brutto (Min.)	Schabl./Schlüss.	maschinell	Zeitangabe (Min.)	Objektivität	Reliabilität	emp. Validität	Normen	(Jahre oder Schuljahre (J/Sj))
Ordinalskalen zur sensomotorischen Entwicklung	Sarminski	34	❍	❍			●	❍		❍	**o**	●	●	0–1 J
Prüfung optischer Differenzierungsleistungen (POD)	Sauter	36	●	❍		15	❍	❍		●	●	●	●	5–7 J
Psycholinguistischer Entwicklungstest (PET)	Angermaier	38	❍	❍			❍	❍		●	●	●	●	3–10 J
Testbatterie zur Erfassung kognitiver Operationen (TEKO)	Winkelmann	41	❍	❍		ca. 60	**o**	❍		●	●	●	●	5–8 J
Wie weit ist ein Kind entwickelt?	Kiphard	44	❍	❍			❍	❍		❍	❍	❍	❍	0.5–4 J

Aktiver Wortschatztest (AWST 3–6)

für drei- bis sechsjährige Kinder
CH. KIESE und P.-M. KOZIELSKI
Weinheim: Beltz, 1979

---

1. Testart Entwicklungstest

2. Testmaterial Manual (DIN A4, 38 Seiten), Bildvorlagen (Spiralblock), Protokollbogen; *zusätzlich:* Schreibgerät.

3. Testgliederung Der AWST 3 bis 6 umfaßt 82 Begriffe, die in zeichnerischer Form auf Bildkarten in einem Spiralblock dargestellt sind und dem Kind der Reihe nach zur Beurteilung vorgelegt werden. Die zu überprüfenden Begriffe sind 64 Substantive, 17 Verben und ein Adjektiv.

4. Grundkonzept Der AWST 3 bis 6 prüft eine isolierte sprachliche Fähigkeit. Er läßt aufgrund der Summe richtig benannter Bilder Rückschlüsse auf die Größe des aktiven Wortschatzes zu. Der Test kann hauptsächlich in der Diagnostik von Sprachentwicklungsverzögerungen eingesetzt werden und ermöglicht die Ableitung therapeutischer Erfordernisse im Hinblick auf Worterwerb und Begriffserweiterung, da gerade der Wortschatz das Rohmaterial für den Sprachgebrauch und die Sprachdarstellung zur Verfügung stellt.

5. Durchführung **5.1 Alter–Klasse:** 3 bis 6 Jahre.

5.2 Formen: Der Test wird als Einzeltest durchgeführt.

5.3 Handhabung: Der Testleiter legt dem Kind den Spiralblock mit den einzelnen Bildkarten vor und fragt es, was das sei. Benennt das Kind anstatt des zu prüfenden Details den Gegenstand insgesamt, darf der Testleiter gezielt nachfragen. Ansonsten sind weitere Hinweise nicht erlaubt. Die von den auf den Protokollbogen angegebenen richtigen Antworten abweichenden Testantworten werden auf dem Protokollbogen wörtlich vermerkt. Richtige Lösungen werden nur mit einem Pluszeichen vermerkt.

5.4 Zeit: ca. 10 bis 15 Minuten; es besteht keine zeitliche Begrenzung.

6. Auswertung **6.1 Modus:** Als richtige Antworten werden alle im Protokollbogen vorgegeben Itemnamen, Synonyma, zusammengesetzte Worte, in denen der betreffende Begriff enthalten ist, und Benennungen von Gegenständen, die das Bild auch darstellen kann, gewertet. Die Summe der richtigen Antworten ergibt den Rohwert, der anhand der Normentabelle in den Prozentrangplatz umgewandelt werden kann.

6.2 Zeit: Keine Angaben.

7. Gütekriterien

7.1 Objektivität: Bei strikter Einhaltung der Durchführungs- und Auswertungsanweisungen dürfte der Test als objektiv bezeichnet werden können.

7.2 Reliabilität: Split-half-Koeffizient: $r_{tt} = 0{,}94$.

7.3 Validität:

Diskriminante Validität
Eine Korrelation mit der Columbia Mental Maturity Scale (Intelligenztest) ergab einen Koeffizienten von $r = -0{,}12$, der nicht signifikant ist.

Konvergente Validität
Korrelation mit dem Subtest „Wortschatz" des Landauer Sprachentwicklungstests für Vorschulkinder: $r = 0{,}74$ ($p \leq 0{,}05$), Korrelation mit dem Frankfurter Test für Fünfjährige „Wortschatz": $r = 0{,}62$.

Inhaltsvalidität
Aufgrund der Testaufgaben kann dem Test eine logische Validität unterstellt werden.
Varianzanalysen zeigen – wie zu erwarten ist – signifikante Unterschiede in der mittleren Lösungshäufigkeit zwischen den einzelnen Altersstufen.

7.4. Normen: Der Test wurde an 469 Jungen und Mädchen im Raum Göttingen unter Kontrolle der sozialen Schichtzugehörigkeit geeicht. Es wurden Prozentrangnormen, getrennt nach Geschlecht und Alter, berechnet.

Bildwortserie zur Lautagnosieprüfung und zur Schulung des phonematischen Gehörs

H. Schäfer

Weinheim: Beltz Test Gesellschaft, 1986

---

1. Testart
Entwicklungstest

2. Testmaterial
Manual
Lautagnosieprüfung: als Ringbücher gebundene Tafeln zur Übungsserie (blau) und 2 Prüfserien (rot und gelb), Protokollbogen
Lautdifferenzierungsprobe: 24 Einzelbilder, die 6 unterschiedlichen Prüfungsabschnitten zugeordnet sind (die jeweils vier Karten der 6 Prüfungsabschnitte haben unterschiedlich farbige Rückseiten), Legetafel mit vier Feldern, deren Farbe mit denen der Rückseiten der Karten übereinstimmt, Protokollbogen
Bildwortserie: Arbeitsblatt, Lottobilder, Lottobilder auf Karton (6 Sätze unterschiedlicher Farben zu je 9 Bildern), Wortkärtchen, Tonbandcassette
zusätzlich: Schreibmaterial, Cassettenrecorder.

3. Testgliederung
Die Bildwortserie besteht zum einen aus der Lautagnosieprüfung und der Lautdifferenzierungsprobe und zum anderen aus dem Übungsmittel zur Schulung des phonematischen Gehörs, das die sieben Übungen „Das falsche Wort", „Fehler im Satz", „Das passende Wort", „Reihenlegen", „Zuordnung: Bild und Wort – Stille Leseübung", „Memory für gute Leser", „Ungleiche Verwandte" umfaßt.

4. Grundkonzept
Mit der Bildwortserie soll ein Stammeln erkannt werden, das durch Wahrnehmungs- und Unterscheidungsschwäche für phonematische Klanggestalten verursacht ist, die partielle auditive Lautagnosie. Darüber hinaus bietet die Bildwortserie Therapiemöglichkeiten für sensorisch Gestörte. Mit diesem Übungsprogramm können dann auch die Folgeerscheinungen nach Abbau des Stammelns behandelt werden, die sich langfristig zu neuen Störungsbildern entwickeln könnten, z. B. auditive Unaufmerksamkeit oder Lese-Rechtschreibschwäche.

5. Durchführung
5.1 Alter: Kinder ab 6 Jahren. Einige der Übungen können aber erst bei Kindern ab dem 2. Schuljahr, eine sogar erst bei Kindern ab 12 Jahren durchgeführt werden. Es wird empfohlen, das Manual aufmerksam zu lesen.

5.2 Formen: Einzelverfahren.

5.3 Handhabung: Sowohl die Aufgaben des Prüfungsteils als auch die unterschiedlichen Übungen des Übungsteils werden im Manual ausführlich dargestellt. Prinzipiell wird so vorgegangen, daß dem Kind erst alle vorkommenden Begriffe vorgestellt und nötigenfalls erklärt werden und die Prüfwörter so mit dem Kind eingeübt werden. Anschließend muß der Proband entweder Bilder Begriffen zuordnen, sie wiedererkennen o. ä. Die Ergebnisse werden im Protokollbogen eingetragen. Aufgrund der Fehleranzahl lassen sich dann Interpretationen bezüglich unterschiedlicher Diagnosen treffen.

5.4 Zeit: Keine Zeitbegrenzung; die Durchführung erfordert erfahrungsgemäß nur wenige Minuten.

6. Auswertung

6.1 Modus: Die bezüglich der Prüfungsaufgaben in den Protokollbogen eingetragenen Ergebnisse werden addiert. Eine auf dem Protokollbogen eingetragene Interpretationshilfe erlaubt das Stellen der Diagnosen.

6.2 Zeit: Keine Angaben.

7. Gütekriterien

7.1 Objektivität: Die ausführliche Anweisung zu den einzelnen Aufgaben, die einfache Protokollierung der Ergebnisse und die Vorgaben zur Interpretation lassen von einer hohen Durchführungs- und Auswertungsobjektivität ausgehen.

7.2 Reliabilität: Keine Angaben.

7.3 Validität: Keine Angaben.

7.4 Normen: Keine Angaben.

Columbus

Analyse der Entwicklung zum Erwachsensein durch Bilddeutung

M. J. LANGEVELD

Basel: Karger, 1969

---

1. Testart Entwicklungstests (Verbalthematische Verfahren)

2. Testmaterial Handbuch, Bildtafeln; *zusätzlich:* Schreibpapier, Schreibutensil oder Tonbandgerät.

3. Testgliederung Der Columbus besteht aus 24 Bildtafeln (3 farbige, 21 schwarz-weiße). Die Tafeln 1–5 sind für die Altersgruppe 5 bis 7 Jahre optimal geeignet, die Tafeln 5–14 und 24 sind für 8- bis 12jährige, die Tafeln 9–18 und 24 für 10- bis 16jährige, die Tafeln 15–24 für 15- bis 20jährige gedacht.

4. Grundkonzept Der Autor will mit seinem Verfahren eine Möglichkeit zur „projektiven" Untersuchung der Entwicklung von Kindern bis zum Erreichen des Erwachsenenalters schaffen. Untersucht werden – nach Angaben des Autors – besonders die Einstellung des Kindes zur Zukunft und sein Verhältnis zu seiner Lebensbasis (Familie, Freunde etc.). LANGEVELD weist darauf hin, daß der Test nicht als alleinige Grundlage einer diagnostischen Aussage genommen werden soll, sondern mit anderen – sowohl projektiven als auch psychometrischen – Verfahren zu kombinieren ist. Eine spezifische Entwicklungstheorie, auf der der Test basiert, nennt der Autor unter dem Hinweis auf die Vielzahl der bereits vorhandenen Theorien nicht.

Der Columbus kann für Fragestellungen in Erziehungsberatungsstellen und anderen Institutionen, die sich mit dem Verhalten von Kindern und Jugendlichen befassen, angewendet werden.

5. Durchführung **5.1 Alter:** 5 bis 20 Jahre.

5.2 Formen: Der Columbus wird als Einzeltest durchgeführt. Keine Parallelform.

5.3 Handhabung: Nachdem der VI die dem Alter und/oder der Problematik des Pb entsprechenden Bildtafeln herausgesucht hat, legt er diese dem Pb nacheinander vor. Die Reihenfolge der Darbietung ist dabei beliebig. Der Pb soll zu jeder Tafel eine Geschichte ersinnen. Beginnt der Pb nicht, von sich aus zu erzählen, dann sollte der VI stimulierende Fragen stellen. – Die Geschichte wird handschriftlich oder durch ein Tonbandgerät protokolliert. Anschließend wird die nächste Bildtafel vorgelegt usw.

5.4 Zeit: Keine Angaben. Die Testzeit ist natürlich sehr unterschiedlich. Sie hängt ab von der Anzahl der dargebotenen Tafeln und der Produktivität des Pb.

6. Auswertung

6.1 Modus: Die erzählte Geschichte wird zunächst unter bestimmten Gesichtspunkten formal analysiert. Anhand einer Tabelle wird dann der Test auch inhaltlich ausgewertet und interpretiert. Die Tabelle dient dabei als Leitfaden, sie muß jedoch nicht benutzt werden. Auf diese Weise lassen sich nach Ansicht des Autors Aussagen zur Entwicklung des Pb treffen.

7. Gütekriterien

7.1 Objektivität: Dem VI bleibt bei der Durchführung, der Auswertung und Interpretation des Tests ein großer Freiraum, so daß der Mangel an empirischen Objektivitätskontrollen besonders nachteilig ins Gewicht fällt.

7.2 Reliabilität: Keine Angaben.

7.3 Validität: Keine Angaben.

7.4 Normen: Der Columbus wurde in drei Vorstadien entwickelt, in denen sich die Anzahl der Bilder von 56 auf 24 reduzierte. Dafür lagen über 4000 Testprotokolle (3/8 von weiblichen Pbn, 5/8 von männlichen Pbn) als Ausgangsmaterial vor. Normentabellen sind für den Test jedoch nicht vorhanden.

Frostig Test der motorischen Entwicklung (FTM)

Deutsche Bearbeitung: O. Bratfisch und A. Ivath
Stockholm, Schweden: AOB Studium AB, 1985

---

1. Testart Entwicklungstests

2. Testmaterial Handanweisung, Testmaterial, Auswertungsbogen (Testmaterial und Auswertungsbogen lagen dem Testbesprecher nicht vor), *zusätzlich:* Stoppuhr, Tisch (Höhe 70–75 cm), Gymnastikmatte, ausreichende Anzahl von Stühlen und Tischen.

3. Testgliederung Die deutsche Version der „Frostig Movement Skills Test Battery" (Orpet, 1972) lehnt sich stark an die schwedische Bearbeitung „Frostigs rörelseprov, FRP" (Holmgren, 1982) an, die selbst von Frostig als Weiterbearbeitung angesehen und von ihr bevorzugt wird. Hauptunterschiede zur amerikanischen Form liegen in der veränderten Abfolge der Untertests.

Das Verfahren enthält 13 Untertests: 1. Holzklötze auffädeln, 2. Faust, Handkante, Handfläche, 3. Holzklötze versetzen, 4. Liegestütze, 5. Weitsprung aus dem Stand, 6. Oberkörper aufrichten, 7. Sitzen-Beugen-Strekken, 8. Körperhaltung verändern, 9. Pendel-Lauf, 10. Gezieltes Werfen und Gleichgewicht, 11. Schwebebalken, 12. Einbeiniges Balancieren, 13. Einbeiniges Balancieren mit geschlossenen Augen.

4. Grundkonzept Das Verfahren ist zur Beurteilung der sensomotorischen Entwicklung von Kindern im Alter von 6–10 Jahren vorgesehen. Ziel bei der Auswahl der Testaufgaben war es, dem Test jene Meßeigenschaften zu geben, die die hauptsächlichen Komponenten der menschlichen Bewegung erfassen. Anschließend an die mit diesem Verfahren bestimmte Entwicklungsstufe des einzelnen Kindes können dann mit Hilfe des vorliegenden Trainingsprogramms „Bewegungserziehung: Bewegen-Wachsen-Lernen (BWL)" eventuelle Defizite ausgeglichen werden.

5. Durchführung **5.1 Alter:** 6–10 Jahre.

5.2 Formen: Es können maximal drei Kinder gleichzeitig getestet werden.

5.3 Handhabung: Die einzelnen Untertests werden entsprechend der ausführlichen Anleitungen im Begleitheft durchgeführt.

5.4 Zeit: Keine Zeitbegrenzung; die Durchführung erfordert erfahrungsgemäß ca. 25 Minuten.

6. Auswertung **6.1 Modus:** Zu jedem Untertest wird eine ausführliche Richtlinie zur Punktebewertung gegeben. Die erreichten Punkte werden im Auswertungsbogen vermerkt. Diese Rohwerte werden dann in Stanine-Werte umgerechnet. Mit

Hilfe der Normentabelle für jede Altersgruppe kann dann auf den Entwicklungsstand des Kindes geschlossen werden.

6.2 Zeit: Keine Angaben.

7. Gütekriterien

7.1 Objektivität: Aufgrund der sehr ausführlichen Durchführungsanweisungen und den unkomplizierten Aufgaben kann von einer hohen Durchführungs- und Auswertungsobjektivität ausgegangen werden.

7.2 Reliabilität: Die Zuverlässigkeit für den gesamten Test wurde für jede Altersgruppe berechnet. Er ergaben sich Koeffizienten zwischen 0,73 und 0,88.

7.3 Validität: Es wurde (in der amerikanischen Version) eine Bestimmung der Gültigkeit des Verfahrens über eine faktorielle Validierung durchgeführt. Vier Faktoren konnten bestätigt werden, nämlich Augen-Hand Koordination, Kraft, Gleichgewicht und Gelenkigkeit. Der angenommen Faktor Beweglichkeit konnte nicht nachgewiesen werden, und ein nicht vorhergesagter Faktor trat in Erscheinung: visuell gesteuerte Bewegung.

7.4 Normen: Es liegen unterschiedliche Normen für 8 Altersgruppen von 5;9 bis 9;8 Jahren vor. Sie beziehen sich auf eine schwedische Standardisierungsstichprobe.

8. Literatur

ORPET, R.E. (1972). *Frostig Movement Skills Test Battery.* Experimental Edition. Examiner's Manual. Palo Alto, Calif.: Consulting Psychologists Press.

HOLMGREN, B. (1982). *Frostigs rörelseprov, FRP.* Stockholm: Psykologiförlaget.

Frostigs Entwicklungstest der visuellen Wahrnehmung (FEW)

Deutsche Fassung des „Developmental-Test of Visual Perception" von

M. Frostig
O. Lockowandt
Weinheim: Beltz, 1993[7]

---

1. Testart Entwicklungstest

2. Testmaterial Manual (128 Seiten); Testheft (20 Seiten); Demonstrationskarten mit geometrischen Schema-Figuren, 3 Auswertungsschablonen, Buntstifte.

3. Testgliederung Das Verfahren gliedert sich in 5 Untertests:

I. Visuo-motorische Koordination (VM)
II. Figur-Grund-Unterscheidung (FG)
III. Formkonstanz-Beachtung (FK)
IV. Erkennen der Lage im Raum (LR)
V. Erfassen räumlicher Beziehungen (RB)

4. Grundkonzept Der Test, der mittlerweile in seiner 3. Version vorliegt, basiert auf einem zu erwartenden Leistungsniveau von Kindergartenkindern im Wahrnehmungsbereich, aus dem in der ersten Testversion sehr einfache Aufgaben als Ausgangsmaterial abgeleitet wurden. Diese Aufgaben, die sich in der ersten Version im Rahmen der Normierung als zu „einfach" erwiesen, wurden in der 2. Version z. T. ersetzt. Die 3. Version, 1961 erschienen, stellte die Grundlage für die deutsche Restandardisierung dar. Das Konzept des ursprünglichen Frostig-Test, das davon ausging, daß „Störungen der visuellen Wahrnehmung die Hauptursachen von schulischen Lernproblemen sind" (FEW, Manual, S. 73), basiert auf der Differenzierungshypothese der visuellen Wahrnehmung bei Kindern, wonach die Wahrnehmungsfunktionen – erfaßt durch die 5 Untertests – relativ unabhängig voneinander sind. Dies konnte auch empirisch bestätigt werden. Die in den 5 Untertests repräsentierten Wahrnehmungsleistungen wurden aus dem Gesamt der Wahrnehmungsfunktionen zur Testkonstruktion ausgewählt, weil sie die gesamte Persönlichkeit viel stärker beeinflussen als andere Funktionen wie z. B. die Farbwahrnehmung oder die Tonunterscheidung. Die grundlegende Fähigkeit des Organismus zur Anpassung, seine Handlungseffektivität, das Gefühl der Sicherheit in seiner Umwelt und seine seelische Gesundheit sind hauptsächlich abhängig von der Intaktheit und störungsfreien Funktion der visuellen Wahrnehmung in diesen fünf Regionen.

5. Durchführung **5.1 Alter:** 4;0–8;11 Jahre.

5.2 Formen: Das Verfahren ist als Individualtest und als Gruppentest anwendbar; es steht in zwei Kurzformen zur Grobauslese bzw. zu Forschungszwecken zur Verfügung.

5.3 Handhabung: Wichtig ist das genaue Verständnis des Tests vor Arbeitsbeginn. Hierzu demonstriert der Versuchsleiter an einer Tafel oder mit Schaubildern jeden Subtest. Die Kinder bearbeiten entsprechend der Anweisung des Versuchsleiters immer eine Seite des Testheftes, wobei die anderen Seiten untergeschlagen sind, damit Ablenkungen vermieden werden. Alle Aufgaben werden – unabhängig von der Händigkeit – von links nach rechts ausgeführt, das Testheft darf nicht gedreht werden. Die verbale Instruktion durch den Versuchsleiter ist standardisiert und kann wiederholt werden. Kinder in diesen Altersstufen sollten während der Testdurchführung häufiger ermutigt werden.

5.4 Zeit: Individualverfahren: ca. 30–40 Minuten; Gruppentest: Keine Angaben; Sehbehinderte Kinder: ca. 50–70 Minuten.

6. Auswertung

6.1 Modus: Für die Auswertung stehen in Kap. 13 des Manuals detaillierte und bebilderte Auswertungsrichtlinien zur Verfügung; pro Subtest sind Maximalrohwerte angegeben; die möglichen Punktwerte der Einzeltests variieren zwischen 0 und 2 Punkten. Für den Subtest 1 stehen die transparenten Auswertungsschablonen zur Verfügung.

6.2 Zeit: Keine Angaben.

7. Gütekriterien

7.1 Objektivität: Durchführungs- und Auswertungsobjektivität sind durch sorgfältige Standardisierungen bei Instruktions- und Auswertungsvorgaben („Signierungsregeln") gegeben.

Für die Subtests I und II wurden Objektivitätskoeffizienten zwischen r = 0,90 bis r = 0,95 angegeben.

7.2 Reliabilität: Die Retestreliabilität der Rohwerte liegt zwischen r = 0,33 bis r = 0,83 (Gesamt: 0,69) bei Kindergartenkindern und Erstklässlern. Nach der Test-Halbierungs-Methode (Split-Half-Koeffizient mit Korrektur nach Spearman-Brown) ergaben sich Gesamtwerte zwischen r = 0,78 und r = 0,89 für die Altersstufen 5;0–8;11 Jahre (amerikanische Stichprobe); für die Altersstufen 4;0–8;11 (deutsche Stichprobe, N = 1500) ergaben sich Reliabilitätskoeffizienten zwischen r = 0,22 bis r = 0,63 (Untertest „Erkennen der Lage im Raum") und r = 0,69 bis r = 0,83 (Untertest „Erfassung räumlicher Beziehungen").

7.3 Validität:

Kurrikulare Validität
Zwischen Tests der allgemeinen Schulreife und der Leseleistung in der 1. und 2. Klasse ergaben sich Koeffizienten zwischen r = 0,40 und r = 0,50 für den Wahrnehmungsquotienten sowie r = 0,44 und r = 0,34 für den Subtest „Erkennen der Lage im Raum"; insgesamt waren die Korrelationen der FEW-Untertests mit anderen Schulreife- und Lesetests signifikant.

Prognostische Validität
Im Hinblick auf die Anfänger-Schulleistung: Niedrige FEW-Leistungen korrelieren mit Schwierigkeiten im Erstlese- und -rechenunterricht.

Zwei Aufgaben aus Subtest II des FEW „Figur-Grund-Unterscheidung“

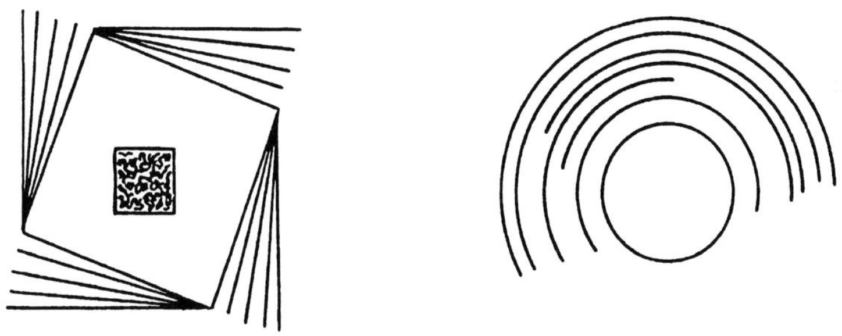

Zwei Aufgaben aus Subtest III des FEW „Formkonstanz-Beachtung“

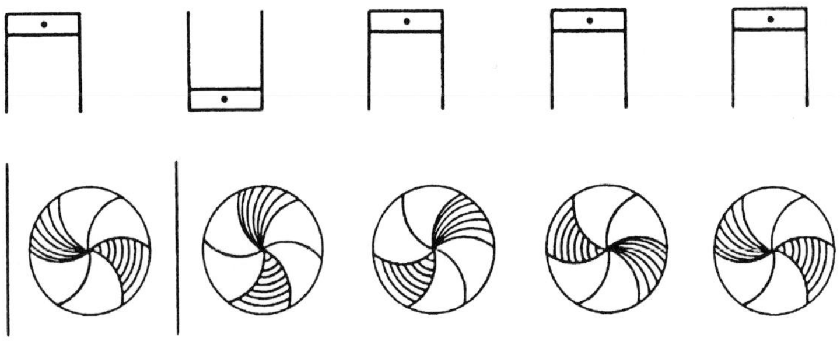

Zwei Aufgaben aus Subtest IV des FEW „Erkennen der Lage im Raum“

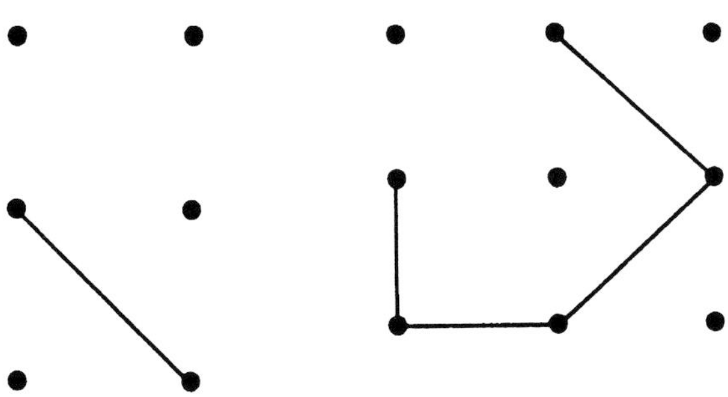

Zwei Aufgaben aus Subtest V des FEW „Erfassen räumlicher Beziehungen“

Konstruktvalidität
wurde bezüglich einer Reihe von Kriterien nachgewiesen:
- FEW-Wahrnehmungsquotient und Intelligenzleistungen (r = 0,57 bis r = 0,91 für die Altersgruppen 4;0–8;3 Jahre)
- signifikante Beziehungen zwischen den Einzelleistungen im FEW und der Testbatterie zur Erfassung kognitiver Operationen („TEKO“, WINKELMANN, 1975) bis zu r = 0,53.
- Bei FEW-Leistungen und Sprachleistungen (normalsprechend und stammelnd) ließen sich in mehreren Untersuchungen signifikant verschiedene Leistungsgruppen (Alter zwischen 4 und 8 Jahren) unterscheiden.
- Mittelschicht- und Unterschichtkinder ließen sich mit Hilfe der FEW-Subtests signifikant unterscheiden (Ausnahme: „Viso-motorische Koordination“).
- Signifikante Unterschiede zwischen anpassungsgestörten und nicht-gestörten („konform – nicht konform“) Kindern hinsichtlich Wahrnehmungsleistungen (r = 0,44 für Kindergartenkinder; r = 0,28 für Zweit- und Drittklässler).

Weitere Untersuchungen mit Hilfe kontrastanalytischer Methoden bezogen sich auf den Faktor Geschlecht, Lernbehinderung, Gehörlosigkeit, Sehbehinderung, Epilepsie und weitere klinische Bilder.

7.4 Normen: Altersnormen als Prozentränge und T-Werte für die Stufen 4;0–8;11 Jahre und alle Untertests des FEW.

8. Literatur

FROSTIG, M., LEFEVER, D.W. & WHITTLESEY, J.R.B. (1961). A developmental test of visual perceptions for evaluating normal and neurologically handicapped children. *Perceptual and Motor Skills 12,* 383–384.

Es existieren zwei umfangreiche Literaturverzeichnisse zum FROSTIG-Forschungsprogramm, insgesamt über 300 Arbeiten, die beim Testautor (O. LOCKOWANDT, Bielefeld) angefordert werden können.

Graphomotorische Testbatterie

H. RUDOLF
Weinheim: Beltz, 1986

---

1. Testart Entwicklungstest

2. Testmaterial Handanweisung (59 Seiten), Arbeitsheft, Auswertungsschablone; *zusätzlich:* Schreibgerät.

3. Testgliederung Die Graphomotorische Testbatterie besteht aus 7 Einzelskalen mit insgesamt 19 Items, die die Wahrnehmungsfähigkeit, die visuo-motorische Koordination, die visuelle Form- und Gestaltungsauffassung, die Bewegungskontrolle, die Hand- und Fingergeschicklichkeit sowie die Fähigkeit zum Umgang mit dem Schreibgerät erfassen:

1. Labyrinth-Test (LT)
2. Task-Test (TT)
3. Symmetrie-Zeichen-Test (SZT)
4. Synergie-Schreibversuch (SSV)
5. Graphestesia-Test (GT)
6. Graphomotorischer Test (GMT)
7. Form- und Gestalt-Test (FGT)
8. Synergie-Schreibversuch (SSV)

4. Grundkonzept Schreibfähigkeit setzt generell mehr voraus als das visuelle Erfassen und Differenzieren vorgegebener Symbole und die Transformation der rezeptiven Wahrnehmung bis zum Bild. Sie wird vielmehr begleitet und fortlaufend reguliert von Bewegungen, Vorwegnahmen, Vergleichen, Rekonstruktionen usw., also letztlich von Regulationsvorgängen, die bei PIAGET „Wahrnehmungsaktivität" genannt werden. Grundlage des Verfahrens ist eine umfangreiche Untersuchung zur Entwicklung der Graphomotorik von Kindergartenkindern im Alter von 4–7 Jahren, mit der nachgewiesen werden konnte, daß „Schreiben weder eine zu erwerbende technische Fertigkeit noch das Kopieren vorgegebener graphischer Symbole ist, sondern ein hochkomplexer psychomotorischer Prozeß, der von einer Vielzahl von Funktionen und Fähigkeiten abhängt" (Manual, S. 4). Das vorliegende Verfahren ist daher als Hilfe gedacht für Einblicke in die graphomotorische Entwicklung sowie für Diagnose und Therapie bei der Früherkennung und Förderung auffälliger Kinder.

5. Durchführung **5.1 Alter:** Kinder im Alter zwischen 4 und 7 Jahren.

5.2 Formen: Einzeltest; Gesamtform mit 7 Untertests.

5.3 Handhabung: Es handelt sich um einen Paper-Pencil-Test, der mit Filzstift oder Bleistift durchgeführt wird. Der vorzugsweise als Einzelversuch durchgeführte Test beginnt mit einer Instruktion, die ggf. für jüngere Kinder wiederholt werden kann. Es wird immer nur jeweils ein Untertest dem Kind vorgelegt. Bis auf den Labyrinth-Test („Lateralitätsbestimmung“) werden alle Tests mit der Vorzugshand ausgeführt. Zur Motivation der Pbn sollten alle Untertests als Spielsituation gestaltet werden.

5.4 Zeit: Keine Angaben.

6. Auswertung

6.1 Modus: Die Auswertung erfolgt für jeden Test unterschiedlich nach detaillierten Angaben in der Handanweisung (S. 15–21). Darüber hinaus steht als Einstufungshilfe für Zeichen und Symbole eine Auswertungsschablone zur Verfügung. Zur weiteren Orientierung sind in der Handanweisung Auswertungsbeispiele angegeben.

6.2 Zeit: Keine Angaben.

7. Gütekriterien

7.1 Objektivität: Bei Berücksichtigung der Anweisungen in der Handanweisung sind Durchführungs-, Auswertungs- und Interpretationsobjektivität gegeben.

7.2 Reliabilität: Die Reliabilitätsuntersuchungen wurden über Homogenitätsbestimmung („Interne Konsistenz“ nach HOYT) sowie Stabilitätsbestimmung (Retest-Reliabilität) und Split-Half-Reliabilität nach Kuder-Richardson durchgeführt.
Die Berechnung der Internen Konsistenz ergab für die 7 Einzeltests Werte zwischen r = 0,34 und r = 0,89; nach der Split-Half-Methode wurden Koeffizienten zwischen r = 0,53 und r = 0,89 ermittelt. Die Gesamttest-Reliabilitäten liegen bei r = 0,82 bzw. r = 0,90. Die Retest-Reliabilitäten lagen für die 7 Einzeltests zwischen r = 0,90 und r = 0,97, für den Gesamttest bei r = 0,98.

7.3 Validität: Untersuchungen zur internen Validität erbrachten z. T. hohe Korrelationen mit dem Manual-Form-Perception-Test (MFP) von AYRES (1966), dem Bender-Gestalt-Test (BGT) von BENDER (1938) und dem „Zielpunktieren-Hampelmann“, einem Aiming-Verfahren von SCHILLING (1974). Die höchsten Zusammenhänge zeigten sich bei den Summenwerten zwischen dem BGT und dem GMT-Untertest (r = 0,71 bis r = –0,84 über die Altersstufen.
In weiteren Validitätsuntersuchungen zur diagnostischen Valenz der Graphomotorischen Testbatterie wurden die Testergebnisse von 44, gerade eingeschulten Kindern mit der durch Lehrer und Experten eingestuften Schreibleistung (Diktat) korreliert. Es ergaben sich Validitätskoeffizienten für den Graphomotorischen Test zwischen r = 0,35 und r = 0,84 sowie für die Schreibleistung zwischen r = 0,93 (Experten) und r = 0,85 (Lehrer). Die Ergebnisse belegen die diagnostische Valenz und den prognostischen Wert des Verfahrens.

7.4 Normen: Für die Rohwerte stehen Prozentrangtabellen für die einzelnen Untertests, differenziert nach fünf Altersstufen, zur Verfügung. Für die Untertests und den Gesamttest sind darüber hinaus Prozentränge und T-Werte, ebenfalls differenziert nach Altersstufen, verfügbar. Zusätzlich ist als vergleichender Gesamt-Score ein Grapho-motorischer Quotient (GMQ) angegeben, der mit Hilfe einer Umrechnungstabelle dem entsprechenden Prozentrang zugeordnet werden kann.

8. Literatur

RUDOLF, H. (1973). *Schreiberziehung und Schriftpsychologie.* Bielefeld: Pfeffer.

RUDOLF, H. (1981). Entwicklung eines graphomotorischen Testverfahrens zur Diagnose leichter Bewegungsstörungen. *Motorik, 1,* 3–8.

SCHILLING, F. (1973). *Motodiagnostik des Kleinkindalters.* Berlin.

Griffiths-Entwicklungsskalen (GES)

I. Brandt
Weinheim: Beltz Test Gesellschaft, 1983

---

1. Testart

Entwicklungstest

2. Testmaterial

Handbuch, Testmaterial, Protokollbogen für Kinder im Alter von 1–12 Monaten, Protokollbogen für Kinder im Alter von 13–24 Monaten; *zusätzlich:* Schreibgerät.

3. Testgliederung

Das Verfahren besteht aus fünf Subskalen. Jede dieser Skalen, insbesondere Subskala C, kann auch allein durchgeführt werden:
A: Motorik
B: Persönlich-Sozial
C: Hören und Sprechen
D: Auge und Hand
E: Leistungen

4. Grundkonzept

Es handelt sich bei den Griffiths-Skalen um die deutsche Bearbeitung eines Entwicklungstests für die ersten beiden Lebensjahre, der sich vor allem in englischsprachigen Ländern und Skandinavien bewährt haben soll. Ein Vorzug dieses Verfahrens liegt darin, daß es bereits sehr frühzeitig, wenn die Chancen einer gezielten Entwicklungstherapie noch besonders günstig sind, eine eventuell vorliegende Retardierung oder geistige Behinderung aufdecken kann.

5. Durchführung

5.1 Alter: Kinder im Alter von 1 bis 24 Monaten sowie ältere Kinder mit geistiger Behinderung.

5.2 Formen: Individualtest.

5.3 Handhabung: Die Durchführung des Verfahrens setzt eine genaue Beachtung der Anleitung und Einübung voraus.

5.4 Zeit: Die Testdurchführungszeit hängt in erster Linie vom Alter des Kindes ab. Im ersten Lebensjahr wird etwa eine halbe Stunde, im zweiten Lebensjahr bis zu einer Stunde benötigt. Es kommt hinzu, daß in bestimmten Fällen, bei besonders ängstlichen Kindern oder solchen mit mehr oder weniger schweren Behinderungen, auch erheblich mehr Zeit zu veranschlagen ist.

6. Auswertung

6.1 Modus: Berechnet werden das Entwicklungalter (EA) und der Entwicklungsquotient (EQ). Innerhalb der einzelnen Subskalen sind jeweils 2 Punkte pro Monat maximal erreichbar. Für alle fünf subskalen sind das beispielsweise 10 Punkte pro Monat. Das EA wird errechnet, indem die erreichte Gesamtpunktzahl durch 10 geteilt wird. Zur Ermittlung des Gesamttest-EQ wird das EA durch das Lebensalter (LA) dividiert. Neben dem Gesamttest-EQ können zur Differentialdiagnose und Profildarstellung auch noch für jede Subskala separate Entwicklungsquotienten berechnet werden.

6.2 Zeit: Keine Angaben.

7. Gütekriterien

7.1 Objektivität: Da sich subjektive Einflußmöglichkeiten des Untersuchers auf das kindliche Verhalten bei derartigen Verfahren nicht völlig ausschließen lassen, kann es zu Beeinträchtigungen der Objektivität kommen.

7.2 Reliabilität: Die Zuverlässigkeit der Skalen ist derzeit nicht eindeutig nachgewiesen.

7.3 Validität: Hinweise auf den Erfahrungshintergrund, der auf langjähriger klinischer Arbeit mit gesunden und behinderten Kindern beruht, liegen vor.

7.4 Normen: Die deutsche Version der GES wurde auf der Basis einer Zufallsauswahl von 102 Kindern (51 Jungen und 51 Mädchen) standardisiert, die in eine Longitudinalstudie mit insgesamt 1750 Untersuchungen einbezogen wurden. Im Anhang des Manuals befinden sich Tabellen mit diversen statistischen Angaben, die eine Interpretation der Ergebnisse erleichtern sollen.

Heidelberger Sprachentwicklungstest (HSET)

H. GRIMM und H. SCHÖLER
Göttingen: Hogrefe, 1991

---

1. Testart Entwicklungstest

2. Testmaterial Handanweisung (DIN A4, 92 Seiten), Protokollbogen, Testkarten mit Durchführungsanweisung, Spielfiguren, Bildkarten und Bildband; *zusätzlich:* Puppenwaschlappen.

3. Testgliederung Das Verfahren gliedert sich in 6 Bereiche (A bis F), die mit insgesamt 13 Subtests erfaßt werden:

A. Satzstruktur:
1. Verstehen grammatischer Strukturformen (VS) 17 Aufgaben
2. Imitation grammatischer Strukturformen (IS) 12 Aufgaben

B. Morphologische Struktur:
1. Plural-Singular-Bildung (PS) 18 Aufgaben
2. Bildung von Arbeitsmorphemen (AM) 4 Aufgaben
3. Adjektivableitungen (AD) 5 Aufgaben

C. Satzbedeutung:
1. Korrektur semantisch inkonsistenter Sätze (KS) 9 Aufgaben
2. Satzbildung (SB) 10 Aufgaben

D. Wortbedeutung:
1. Wortfindung (WF) 14 Aufgaben
2. Begriffsklassifikation (BK) 6 Aufgaben

E. Interaktive Bedeutung:
1. Benennungsflexibilität (BF) 2 Aufgaben
2. In-Beziehung-Setzen von verbalen und non-verbalen Informationen (VN) 8 Aufgaben
3. Enkodierung und Rekodierung gesetzter Intentionen (ER) 9 Aufgaben

F. Integrationsstufe:
1. Textgedächtnis (TG) 1 Aufgabe

4. Grundkonzept Der HSET ist eine Testbatterie zur Ermittlung des Entwicklungsstandes sprachlicher Fähigkeiten. Dabei gibt er nicht nur Auskunft über das sprachliche Leistungsprodukt, sondern auch über die Konstruktionsmittel, die diesen zugrunde liegen. Dies bedeutet, daß er Aussagen über die vorhandene Regelkompetenz auf verschiedenen Struktur- und Inhaltsebenen zuläßt. Bezüglich der linguistischen und entwicklungspsychologischen Grundlagen, auf denen der Test aufbaut, verweisen die Autoren auf ihre Untersuchungen und Forschungsberichte (GRIMM u.a., 1975; GRIMM & WINTERMANTEL, 1975).

5. Durchführung **5.1 Alter–Klasse**: von 3 bis etwa 9 Jahren.

5.2 Formen: Der Test wird als Einzeltest durchgeführt.

5.3 Handhabung: Die Testaufgaben sind mit einer genauen Instruktion in der im Testkasten separat enthaltenen Durchführungsanweisung (DIN A5, 35 Seiten) zusammengestellt. Hierin werden genaue Vorschriften für die Vorbereitung der Testsituation (äußere Gestaltung, Einstimmung der Testperson), die verschiedenartige Durchführung der einzelnen Tests und die Protokollierung der Antworten auf dem separaten Antwortbogen gemacht. Der Testleiter ist gehalten, sich genau nach den vorgegebenen Instruktionen und Anweisungen zu richten und die Durchführung vorher ausreichend zu üben.

5.4 Zeit: Insgesamt ca. 1 Stunde und 10 Minuten.

6. Auswertung

6.1 Modus: Da die Entwicklung der sprachlichen Fähigkeit einer bestimmten Logik folgt, können die Antworten nicht nach dem Schema richtig-falsch, sondern müssen in Stufen bewertet werden. Die Antworten werden deshalb mit einer Skala (0–1–2) beschrieben, die in der Lage ist, Entwicklungszwischenschritte zu erfassen. Außer bei den Untertests ER und TG sind bei allen Aufgabengruppen die Lösungen angegeben, die entweder mit 0, 1 oder 2 Punkten zu bewerten sind. Sofern die Zusammenstellung nicht vollständig ist, kann sie auf der Grundlage der genau spezifizierten Kriterien ergänzt werden. Für die korrekte Auswertung der Untertests ER und TG sind neben allgemeinen Auswertungsrichtlinien mehrere Protokolle mit kommentierten Bewertungen dargestellt. Die auf den Protokollbogen eingetragenen Punktwerte der einzelnen Aufgaben werden über alle Aufgaben eines Untertests summiert. Die Summen können dann in T-Werte und Prozentränge umgewandelt werden. Aus diesen T-Werten wird das Leistungsprofil erstellt.

6.2 Zeit: Keine Angaben

7. Gütekriterien

7.1 Objektivität: Die Durchführung des Tests scheint aufgrund der genauen und ausführlichen Instruktionen objektiv zu sein. Für die Auswertungsobjektivität stellten die Autoren Berechnungen an und fanden zwischen den Bewertungen zweier Bewerter bezüglich einiger Untertests Interraterkorrelationswerte von r = 0,86 bis r = 0,99 mit einem Mittelwert von r = 0,966.
Es wird aber betont, daß die Zuverlässigkeit von einer sehr exakten Einhaltung der Instruktionen und Auswertungsrichtlinien abhängt.

7.2 Reliabilität: Es wurden bisher nur Konsistenzschätzungen vorgenommen. Für die einzelnen Tests ergaben sich Lambda-Werte nach Guttmann für die Gesamtstichprobe zwischen 0,74 und 0,95 und für die Gesamttestbatterie ein Wert von 0,98. Die Profilreliabilität liegt bei 0,71.

7.3 Validität:

Interne Validität
Interkorrelationen der Untertests: Die inneren Zusammenhänge der verschiedenen Untertests nehmen mit dem Alter zu (von im Mittel 0,32 bei Kindern unter 3 Jahren bis zu 0,42 bei Schulkindern). Die jeweils bestehenden Zusammenhänge sind aber nie hoch genug, um aus den Leistungen in einem Bereich sichere Schlüsse auf den gesamten Sprachentwicklungsstand ziehen zu können.
Faktorenstruktur: Es konnten zwei Faktoren extrahiert werden. Die hohen Interkorrelationen der zwei aufgefundenen Faktoren deuteten die Existenz

eines Generalfaktors an. Es könnte von daher naheliegen, die Informationen, die durch den Test gewonnen werden, durch einen einzigen Kennwert zu charakterisieren. Dies ist aber nicht gerechtfertigt, da die Zahl der gemeinsamen Faktoren gering ist und die Varianzaufklärung durch diese noch zu niedrig ist (42–50%), so daß den spezifischen Faktoren noch ein beträchtliches Gewicht zukommt. Die einzelnen Untertests weisen zum Teil hohe spezifische Varianz auf, so daß die Annahmen von sogenannten Markierungsvariablen, die die spezifische Varianz binden, naheliegt. Deshalb erscheint eine Profildarstellung der Testleistungen angemessen.

Externe Validität
Das Alter übt den höchsten variationsfördernden Effekt auf die Testleistung aus; der Test ist geschlechtsunabhänig. Eine Milieuabhängigkeit zeigt sich in der Form, daß die Leistungsprofile sich zwar nicht im Verlauf, aber in der Höhe unterscheiden. Eine Korrelation der HSET Untertests mit den Progressive Matrices nach RAVEN (1963) führte zu einem mittleren Koeffizienten von 0,29, wobei außer den Subtests PS ($r = 0,61$), VS ($r = 0,44$) und AM ($r = 0,41$) die Interkorrelationen nur auf einen geringen Zusammenhang hinweisen. Die Untertests VS ($r = 0,65$) und PS ($r = 0,58$) korrelieren auch stark mit dem IQ des Bildertests BT 1–2 (1976), weiterhin die Subtests TG, AD, ER, AM und VN.

7.4 Normen: Es wurde noch keine Normierung im eigentlichen Sinne durchgeführt. Die im Anhang zu findenden T-Wert-Tabellen, getrennt nach 8 Altersstufen (ca. ½-Jahres-Stufen), die anhand einer 791 Kinder umfassenden Stichprobe erstellt wurden, dienen daher nur zu einer vorläufigen Orientierung. Die T-Werte können in Prozentränge umgewandelt werden.

8. Literatur

GRIMM, H., SCHÖLER, H. & WINTERMANTEL, M. (1975). *Zur Entwicklung sprachlicher Strukturformen I. Empirische Untersuchung zum Erwerb und zur Entwicklung sprachlicher Wahrnehmungs- und Produktionsstrategien bei Drei- bis Achtjährigen.* Weinheim: Beltz.

GRIMM, H. & WINTERMANTEL, M. (1975). *Zur Entwicklung von Bedeutungen. Forschungsbericht zur Sprachpsychologie II.* Weinheim: Beltz.

KÜHN, R. & HECK-MÖHLING, R. (1976). *BT 1–2. Bildertests 1–2.* Weinheim: Beltz.

SCHÖLER, H. & MOERSCHEL, D. (1983). Differentialdiagnostik bei Sprachbehinderten mit dem Heidelberger Sprachentwicklungstest HSET. *Die Sprachheilarbeit, 28,* 173–179.

GRIMM, H. & SCHÖLER, H. (1985). *Sprachentwicklungdiagnostik. Was leistet der Heidelberger Sprachentwicklungstest?* Göttingen: Hogrefe.

Kinderbeobachtungsbogen (KBB)

K. U. Ettrich
Berlin: Psychodiagnostisches Zentrum der Sektion Psychologie
der Humboldt-Universität, 1985

---

1. Testart

Entwicklungstest, Einschulungstest

2. Testmaterial

Handanweisung (DIN A4, 24 Seiten), Beobachtungsbogen (DIN A4, 4 Seiten mit Antwortblatt und Auswertungsschema), Karten für eine Aufgabe (Mengenerfassen); *zusätzlich:* für eine Aufgabe 20 einfarbige Legestäbchen und eine Kartonunterlage.

3. Testgliederung

Die Konzeption des KBB ist eine standardisierte schriftliche Befragung, bestehend aus 23 Fragen mit zugeordneten Antwortkategorien. Mit den Fragen sollen 5 Bereiche abgedeckt werden:

1. Beobachtungen zum Sozialverhalten (5 Fragen)
2. Beobachtungen zum Leistungsverhalten:
   a) Entwicklung des Sprechens und Beherrschung der Sprache (5 Fragen)
   b) Mengenkenntnisse (3 Fragen)
   c) Lernfähigkeit im Sinne von Gedächtnis und Merkfähigkeit (3 Fragen).
3. Beobachtungen zum Arbeitsverhalten (5 Fragen)
4. Einschätzung des Erziehungsinteresses und des Erziehungsstils im Elternhaus (2 Fragen)
5. Beurteilung der Schulfähigkeit und Schulprognose (2 Fragen)

4. Grundkonzept

Mit dem KBB sollen im Rahmen von Schulfähigkeitsuntersuchungen Beobachtungen von Erzieherinnen im Kindergarten (als sachkundige Auskunfts- und Gewährspersonen) objektiviert werden, um entwicklungsgefährdete Kinder im Einschulungsalter zu erkennen. Mit Hilfe dieses Instruments soll auf Problemfälle, insbesondere auf neurotische und hilfsbedürftige Kinder aufmerksam gemacht werden, um sie einer eingehenden differentialdiagnostischen Untersuchung zuzuführen, mit dem Ziel, ungünstige Auswirkungen von Überforderungen im Leistungs- und Sozialbereich zu vermeiden. Verhaltensdefizite sollen festgestellt werden, um therapeutische Maßnahmen anbieten zu können.

Bei dem Ziel, Defizite im Umfeld individueller Lernvoraussetzungen abzuklären, geht der Autor von einem an der Gesamtpersönlichkeit orientierten Ansatz aus, wobei kognitive Fähigkeiten, Aspekte der sozio-emotionalen Entwicklung und Einstellungen der Eltern zur Entwicklung des Kindes berücksichtigt werden.

5. Durchführung

5.1 Alter: Kinder im Vorschulalter.

5.2 Formen: Einzeltest, Fremdbeurteilung.

5.3 Handhabung: Auf der 1. Seite des Beobachtungsbogens befinden sich Fragen zur Person und Situation des zu beurteilenden Kindes sowie zur Handhabung des Bogens. Den Fragen auf den Seiten zwei und drei sind mehrere verbale Antworten zugeordnet, von denen die zutreffende angegeben werden soll. Zu zwei Fragen gibt der Autor auf Seite drei Hinweise, wie Aufgaben mit dem Kind durchgeführt werden sollen, um die notwendigen Beobachtungen machen zu können. Der Test ist ein Papier-Bleistift-Test und eine Fremdbeurteilung. Bei 2 Fragen handelt es sich um Materialbearbeitungsaufgaben des zu beurteilenden Kindes.

5.4 Zeit: Zur Testdauer werden keine exakten Angaben gemacht. Für das Ausfüllen des Beobachtungsbogens werden etwa 10 Minuten benötigt.

6. Auswertung

6.1 Modus: Die Auswertung der Antworten über die Symptomwerte erfolgt anhand des Auswertungsschemas auf dem Antwortblatt. Aus der Summe aller Symptomwerte (Anzahl der Verhaltensauffälligkeiten) resultiert eine Gesamtskala zur Kennzeichnung von Entwicklungsauffälligkeiten. Diese Skala kann in C-Werte transformiert werden. Eine differenzierende Auswertung zu den 5 Fragenbereichen ist möglich, indem die Summe der Symptomwerte innerhalb dieser Bereiche gebildet und in C-Werte übertragen wird. Anstelle der Symptomwerte für die einzelnen Fragen kann die Auswertung auch über C-Werte erfolgen; es gibt allerdings keine Anhaltspunkte dafür, daß dieser Modus zu verbesserten Aussagemöglichkeiten führt. Die Interpretation wird durch Fallbeispiele erläutert.

6.2 Zeit: Genaue Zeitangaben zur Dauer der Auswertung liegen nicht vor. Sie dürfte aber nur wenig Zeit erfordern, ca. 2 bis 3 Minuten.

7. Gütekriterien

7.1 Objektivität: Die Durchführungsobjektivität soll lediglich durch Hinweise zur Handhabung und Instruktionen zur Ermöglichung von Beobachtungen für zwei Fragen gewährleistet werden. Die Auswertungsobjektivität kann als gesichert gelten. Interpretationsobjektivität soll lediglich durch Erläuterung der Interpretation an Fallbeispielen erreicht werden.

7.2 Reliabilität: Aspekte der Reliabilität des KBB werden im Sinne der Zuverlässigkeit bei Wiederholung durch denselben Beurteiler, im Sinne der Beurteilerübereinstimmung und im Sinne der Konsistenzanalyse der Fragen untersucht. Dabei liegt die Zuverlässigkeit des Gesamtsymptomwertes bei Wiederholung durch denselben Beurteiler bei 4 bis 6 Wochen bei $r_{tt} = .97$ und $r_{tt} = 1.00$ (!). Nach einem Jahr beträgt $r_{tt} = .37$. Die Beurteilerübereinstimmung wird mit .95 angegeben. Die Konsistenzanalyse ergibt Koeffizienten von $r_{tt} = .83$ bis $r_{tt} = .95$.

7.3 Validität: Es wurde ein Extremgruppenvergleich von schulfähigen und nichtschulfähigen Kindern anhand eines klinischen Urteils durchgeführt. Dabei traten bei allen Fragen zwischen den Extremgruppen signifikante Mittelwertsunterschiede auf. Eine Interkorrelationsmatrix (N = 212) der Bereiche und des Gesamtwertes mit dem klinischen Urteil, dem Simon-Binet-Test, einem Erziehungsfragebogen und den Schulnoten belegen darüber hinaus die Validität des KBB. Eine explorative Faktorenanalyse weist darauf hin, daß sich die Gesamtskala zur Erfassung von Entwicklungsauffälligkeiten in deutlich trennbare Merkmalsbereiche auflösen läßt.

7.4 Normen: Anhand der Häufigkeitsverteilungen der Antwortkategorien und anhand der Korrelationen der Antwortkategorien mit der Durchschnittszensur in Lesen, Rechtschreiben und Mathematik im 1. Schuljahr hat der Autor für 19 der 23 Fragen sogenannten Symptomwerte ermittelt, in denen Abweichungen zur Entwicklungsnorm zum Ausdruck kommen.

Körperkoordinationstest für Kinder (KTK)

E. J. KIPHARD und F. SCHILLING

Weinheim: Beltz, 1974

---

1. Testart

Entwicklungstest

2. Testmaterial

Manual (DIN A4, 54 Seiten), 3 kantige Balancierbalken 300 cm lang, 3 cm hoch und 3 cm, 4,5 cm und 6 cm breit; 12 rechteckige Schaumstoffplatten 50 × 20 × 5 cm; zwei Sperrholzplatten (60 × 50 × 0,8 cm) zusammengehalten durch Klavierband mit Holzleiste darüber ((60 × 4 × 2 cm), *zusätzlich:* Stoppuhr.

3. Testgliederung

Der KTK enthält vier Aufgaben: 1. Balancieren rückwärts (BR), 2. monopedales Überhüpfen (MÜ), 3. seitliches Hin- und Herspringen (SH) und 4. seitliches Umsetzen (SU).

4. Grundkonzept

Der KTK soll den Entwicklungsstand der Körperbeherrschung und -kontrolle erfassen. Motorische Störungen können als Indikator frühkindlicher Hirnschäden und als Bedingungsfaktoren von Schulversagen und Konzentrationsstörungen angesehen werden (z. B. SCHILLING, 1973).

Von den drei grundsätzlich verschiedenen Wegen der Erfassung von Bewegungsmerkmalen Motoskopie, Motographie und Motometrie wird im KTK der dritte Weg eingeschlagen und die Gesamtkörperbeherrschung anhand von vier Bewegungsaufgaben geprüft.

5. Durchführung

5.1 Alter–Klasse: 5 bis 13 Jahre und ältere behinderte Kinder.

5.2 Formen: Einzeltest.

5.3 Handhabung: Vor Anwendung des Verfahrens muß sich der Testleiter genauestens mit der Durchführung vertraut machen, u. a. auch durch Probedurchführungen. Außerdem muß sichergestellt sein, daß der Proband nicht durch momentane Verletzungen und Behinderungen beeinträchtigt ist. Für jede Aufgabe sind Vorübungen vorgeschrieben, um dem Kind die Möglichkeit zu geben, sich auf die Aufgabe und das Testmaterial einzustellen. Es gibt keine allgemeingültige, verbindliche Versuchsanleitung – jedoch Vorschläge für eine Testanweisung –, so daß der Versuchsleiter dem Kind die Aufgabe durch Demonstration und Erklärungen verständlich machen muß. Jede der vier Aufgaben wird dann mehrmals durchgeführt.

5.4 Zeit: ca. 20 Minuten.

6. Auswertung

6.1 Modus: Je nach Aufgabe gelten unterschiedliche Kriterien der Bewertung und Punktvergabe. Die Testauswertungsanweisungen sind jedoch ausführlich und genau. Die Punktwerte in den einzelnen Versuchsdurchgängen werden zu einem Rohwert aufsummiert. Dieser kann dann mit dem Durchschnittswert der entsprechenden Altersgruppe verglichen werden. Man erhält dadurch MQ-Werte für jede Aufgabe. Die Summe der MQ-Werte über alle Aufgaben wird dann in einer weiteren Normentabelle zu einem Gesamt-MQ-Wert umgerechnet. Dieser Wert ist die Basis für weitere Interpretationen.

6.2 Zeit: Keine Angaben.

7. Gütekriterien

7.1 Objektivität: Bei genauer Beachtung der Durchführungs- und Auswertungshinweise dürfte eine hinreichende Objektivität möglich sein, wenn auch besonders bei jüngeren und behinderten Kindern Versuchsleitereinflüsse eine Rolle zu spielen scheinen. Unterschiedliche Versuchsleiter erzielten MQ-Unterschiede von 20 bis 25 MQ-Werten.

7.2 Reliabilität:

Retest-Reliabilität:
Testwiederholungen nach vier Wochen ergaben – je nach Aufgabe – Werte zwischen 0,80 und 0,96. Die Halbierungszuverlässigkeit, aufgewertet nach Spearman-Brown, liegt zwischen r = 0,92 und r = 0,97.

7.3 Validität: Mittels Diskriminanzanalyse konnten 91 % frühkindlich Hirngeschädigte von einer Vergleichsgruppe nicht geschädigter Kinder abgehoben werden.

7.4 Normen: Für die verschiedenen Altersstufen existieren Normen in Form von Prozentrang- und T-Werten.

Lautbildungstest für Vorschulkinder (LBT und DLBT)

L. Fried
Herausgeber: K. Ingenkamp
Weinheim: Beltz Test Gesellschaft, 1980

---

1. Testart Entwicklungstest

2. Testmaterial Mappe komplett, LBT-Protokollbogen, DLBT-Protokollbogen; *zusätzlich:* Schreibgerät.

3. Testgliederung Entfällt.

4. Grundkonzept Die Kurzform des Verfahrens (LBT) dient dazu, die Lautbildungsfähigkeit von Vorschulkindern mit Hilfe von Bildkarten zu überprüfen. Der LBT soll Kinder mit unterentwickelter Lautbildungsleistung von anderen unterscheiden, die altersentsprechende Lautbildungsleistungen erbringen. Differenzierte Diagnosen soll die Langform (DLBT) ermöglichen. Sie gibt, falls erforderlich, genauere Hinweise für ein gezieltes Ausgleichstraining.

5. Durchführung **5.1 Alter:** 4 bis 7 Jahre.

5.2 Formen: Es existieren eine Kurzform (LBT) mit 43 Bildkarten und eine Langform (DLBT) mit 101 Karten, die als Individualtests anwendbar sind.

5.3 Handhabung: Die Kinder haben die auf den Karten dargestellten Begriffe zu benennen.

5.4 Zeit: Kurzform LBT: ca. 5 Minuten; Langform DLBT: ca. 12 Minuten.

6. Auswertung **6.1 Modus:** Innerhalb der Langform werden neben der Fehleranzahl noch die Fehlerart und die Position des Lautes in der Lautfolge berücksichtigt.

6.2 Zeit: Keine Angaben.

7. Gütekriterien **7.1 Objektivität:** Keine wesentlichen Einschränkungen.

7.2 Reliabilität: Die Zuverlässigkeit, ermittelt mit der Retest-Methode bei einem Intervall von 6 Wochen, beträgt r = 0,85 (N = 250).

7.3 Validität: Logische Gültigkeit wird beansprucht. Außerdem zeigt die Korrelation mit dem Brenner Lautartikulationstest eine hinreichende Übereinstimmung (r = 0,51; N = 442).

7.4 Normen: Für zwei Altersstufen (4–5 Jahre und 5–6 Jahre) liegen Prozentrangnormen vor.

Lincoln-Oseretzky-Skala Kurzform 18 (LOS KF 18)

Deutsche Bearbeitung: D. EGGERT
Weinheim: Beltz, 1971

---

1. Testart Entwicklungstest (Klinischer Test)

2. Testmaterial Handbuch, Protokollbogen, 1 Meterstab, 1 Seil, 1 Tennisball, 3 Streichholzschachteln mit a) 20 Streichhölzern ohne Köpfe, b) 40 Streichhölzern ohne Köpfe, c) 20 einzelnen Pfennigen, 1 Block mit Labyrinthen, 1 Block mit Kreisen, 1 Schere mit abgerundeten Spitzen, 1 Stück Kreide; *zusätzlich:* Stoppuhr, Bleistift. Weitere Voraussetzung für den Test ist ein 4–5 m langer, mit einem Tisch und zwei Stühlen möblierter Raum.

3. Testgliederung Die LOS KF 18 ist aus der Hamburger Version der Lincoln-Oseretzky-Motor-Development-Scale (LOS) von WEGENER entwickelt worden. Die LOS war im Rahmen der Testbatterie für geistig behinderte Kinder (TBGB) für deutsche Verhältnisse bearbeitet worden. Aus dieser Skala wurden 18 Aufgaben entnommen und zur LOS KF 18 zusammengestellt.

4. Grundkonzept Der Autor der LOS KF 18 hat die Erfahrungen mit der motometrischen Stufenleiter von OSERETZKY, der Lincoln-Oseretzky-Scale (LOS) von SLOAN und der Hamburger Version des LOS analysiert und sie bei der Entwicklung der LOS KF 18 verwertet. Der vorliegende Test prüft die motorische Entwicklung von geistig behinderten, lernbehinderten und normalen Kindern im Alter von 5 bis 13 Jahren. Die Grundlage des Tests bildet die Annahme, daß besonders bei geistig Behinderten, aber auch bei Lernbehinderten das Bewegungsverhalten (die Motorik) verändert ist und daß durch die Behebung von Störungen des Bewegungsverhaltens auch Störungen des sozialen und emotionalen Verhaltens positiv zu beeinflussen sind. Um objektive Aussagen zum Stand der motorischen Entwicklung von Pbn treffen zu können, wurde die LOS KF 18 entwickelt. Sie soll dazu beitragen, normale und gestörte motorische Entwicklung besser voneinander abgrenzen zu können.

5. Durchführung **5.1 Alter:** 5 bis 13 Jahre.

5.2 Formen: Die LOS KF 18 wird als Einzeltest durchgeführt.

5.3 Handhabung: Der Vl sollte mit den Instruktionen der Testaufgaben vor der Testdurchführung gut vertraut sein. Er liest die Instruktion zu jeder Aufgabe vor und demonstriert gleichzeitig die Bewegungen, die der Pb nachvollziehen soll. Auf die Demonstration wird großer Wert gelegt, da sichergestellt sein muß, daß der Pb die Aufgabe richtig verstanden hat. Die Reihenfolge der Aufgaben muß eingehalten werden. – Es wird an dieser Stelle darauf verzichtet, die Instruktionen aller Aufgaben zu besprechen.
Der Pb führt die geforderten Bewegungen aus und der Vl bewertet, ob eine

Aufgabe gelöst wurde (1 Punkt) oder nicht (0 Punkte). Diese Punktzahl trägt er in den Protokollbogen ein.

5.4 Zeit: Die Aufgaben sind meist zeitbegrenzt. Die Gesamttestzeit beträgt in der Regel 20–25 Minuten.

6. Auswertung

6.1 Modus: Die Summe der richtig gelösten Aufgaben bildet den Rohwert, der im Protokollbogen eingetragen wird. Je nachdem ob der Pb geistig behindert, lernbehindert oder normal ist, wird die entsprechende Normentabelle aufgesucht und in der Altersgruppe des Pb der T-Wert ermittelt. Danach werden die Vertrauensgrenzen des T-Werts bestimmt. Zur besseren Interpretation lassen sich die T-Werte anhand einer Tabelle in Prozentränge transformieren. So können Aussagen über den motorischen Entwicklungsstand eines Pb innerhalb seiner Bezugsgruppe bzw. zwischen den Bezugsgruppen (geistig behindert, lernbehindert, normal) sowie seiner Altersstufe getroffen werden.

7. Gütekriterien

7.1 Objektivität: Die Objektivität des Tests kann als weitgehend gesichert gelten. Zwei Untersuchungen zur Objektivität zeigen, daß bei verschiedenen Beurteilern nur geringe Bewertungsunterschiede entstehen.

7.2 Reliabilität: Innerhalb eines Zeitraums von vier Wochen erwiesen sich die Testleistungen als sehr stabil. Selbst bei einem größeren Intervall (9 Monate) war noch eine zufriedenstellende Retest-Stabilität ($r = 0,64$) nachweisbar. Bei geistig Behinderten und Lernbehinderten ist eine tendenziell höhere Reliabilität des Verfahrens zu erwarten als bei sog. Normalen, deren motorischer Entwicklungsstand sich altersentsprechend schneller ändert.

7.3 Validität: Korrelationen mit anderen Verfahren zur Messung des motorischen Entwicklungsstandes (z. B. Purdue Perceptual Motor Survey und Körperkoordinationstest (KKT)) zeigen relativ hohe Übereinstimmungsgrade.
Untersuchungsergebnisse zur divergenten Validität, darunter Korrelationen mit der Intelligenz, mit verschiedenen Sprachtests und mit dem Lebensalter liegen vor. Beispielsweise korreliert die LOS KF 18 bei normalen Kindern erwartungsgemäß höher mit dem Lebensalter ($r = 0,77$) als bei geistig Behinderten und Lernbehinderten ($r = 0,29$ bzw. 0,40).
Nach Ergebnissen einer Faktorenanalyse, die auch andere Motoriktests einbezog, laden die Aufgaben der LOS-Kurzform vor allem auf den Faktoren Kraft, Geschwindigkeit, Gleichgewichterhaltung, Auge-Hand-, Auge-Fuß- und Doppelkoordination.

7.4 Normen: Normen existieren sowohl für normalentwickelte Kinder als auch für Lernbehinderte und geistig Behinderte.

Motoriktest für vier- bis sechsjährige Kinder (MOT 4–6)

R. Zimmer und M. Volkamer

Weinheim: Beltz Test Gesellschaft, 1985[2]

---

1. Testart Entwicklungstest

2. Testmaterial Test komplett (Manual, 40 Protokollbogen, Materialsatz: Gymnastikreifen, Gymnastikball, Seil, Zielscheibe aus Pappe, Balancierstreifen, Tennisring u. a.); *zusätzlich:* Schreibgerät.

3. Testgliederung Die 18 Aufgaben des Verfahrens erfassen folgende Aspekte:
- gesamtkörperliche Gewandtheit und Beweglichkeit
- feinmotorische Geschicklichkeit
- Gleichgewichtsvermögen
- Reaktionsfähigkeit
- Sprungkraft und Schnelligkeit
- Bewegungsgenauigkeit
- Koordinationsfähigkeit

4. Grundkonzept Der MOT 4–6 soll der Diagnose des Entwicklungsstandes der Motorik vier- bis sechsjähriger Kinder dienen. Bei retardierten Kindern ist die Anwendung über die Altersgrenzen hinaus möglich, bis ihre motorischen Leistungen das Niveau von normalentwickelten Sechsjährigen erreicht haben.

5. Durchführung **5.1 Alter:** Normalerweise 4 bis 6 Jahre; bei Entwicklungsrückstand auch darüber hinaus.

5.2 Formen: Individualtest.

5.3 Handhabung: Die Anwendung des Verfahrens setzt die Vorbereitung der erforderlichen Materialien und einen geübten Versuchsleiter voraus.

5.4 Zeit: ca. 20 Minuten.

6. Auswertung **6.1 Modus:** Die Auswertung erfolgt nach den vorgegebenen Richtlinien. Die Ergebnisse werden in den Protokollbogen eingetragen und anhand der Normen beurteilt.

6.2 Zeit: Keine Angaben.

7. Gütekriterien **7.1 Objektivität:** Hinreichende Objektivität bei Beachtung der Durchführungs- und Auswertungsbedingungen.

7.2 Reliabilität: Angaben zur Split-Half-Reliabilität ($r = 0{,}74$) und zur Retest-Stabilität über einen Zeitraum von vier Wochen ($r = 0{,}85$) liegen vor.

7.3 Validität: Berichtet werden Untersuchungen zur Kriteriumsvalidität und zur inhaltlichen Gültigkeit des MOT 4–6.

7.4 Normen: Es liegen Altersnormen für 4, 5 und 6 Jahre vor.

Ordinalskalen zur sensomotorischen Entwicklung

Deutsche Bearbeitung: K. SARMINSKI
Weinheim: Beltz, 1987

---

1. Testart Entwicklungstest

2. Testmaterial Handanweisung (DIN A4, 82 Seiten), 10 Auswertungsbogen (à 16 Seiten); *zusätzlich:* Untersuchungsmaterialien, Schreibgerät.

3. Testgliederung Das Verfahren ist eine deutsche Adaptation der „Infant Psychological Development Scales" von I. UZGIRIS und J. MCV. HUNT. Es handelt sich dabei um Verhaltensbeobachtungen, die auf der Stufenkonzeption PIAGETs basieren.

4. Grundkonzept Im Anschluß an PIAGET werden sechs Phasen angenommen, die die sensomotorische Entwicklung eines Kleinkindes in den ersten 1,5 Lebensjahren charakterisieren sollen:

I Reflexe
II Primäre Zirkulärreaktionen
III Sekundäre Zirkulärreaktionen
IV Koordination von sekundären Zirkulärreaktionen
V Tertiäre Zirkulärreaktionen
VI Repräsentation und Antizipation

Jede dieser Stufen wird im Diagnostikum durch eine Anzahl von Verhaltensbeobachtungen repräsentiert. Insgesamt handelt es sich um 139 verschiedene Beobachtungen. Sie sind in einer Entwicklungsmatrix, die zwischen den Dimensionen Entwicklungszeit und Sensomotorische Bereiche aufgespannt ist, angeordnet. Es entsteht ein Entwicklungsprofil, wenn die höchsten beobachteten Entwicklungsschritte der sensomotorischen Bereiche miteinander durch Verbindungslinien verknüpft werden. Zudem sind gemäß dem Auswertungsbogen Umrechnungen der Schritte in EA-Einheiten vorgesehen.

5. Durchführung **5.1 Alter:** Die Analysestichprobe wird ausschließlich von Kindern im ersten Lebensjahr gebildet. Eine Altersbegrenzung ist nicht angegeben.

5.2 Handhabung: Die Testsituation ist nicht standardisiert. Es ist zum Beispiel zugelassen, daß im Vertrauen auf die Guttmann-Eigenschaften der Skalen nur ein Teil der den Test ausmachenden Beobachtungen durchgeführt werden.

5.3 Zeit: Keine Angaben.

6. Auswertung **6.1 Modus:** Die Auswertung ist einfach und verwendet eine auf der Rückseite der Auswertungsbogen abgedruckte Entwicklungsmatrix. Mit ihrer Hilfe lassen sich Fähigkeitsprofile erstellen, die entwicklungspsychologisch interpretiert werden. Es ist eine Reihe von Beispielen angegeben.

6.2 Zeit: Keine Angaben.

7. Gütekriterien

7.1 Objektivität: Die Durchführungsobjektivität ist schon wegen der geringen Standardisierung der Testsituation nicht hinreichend gesichert.

7.2 Reliabilität: Eine Gesamtzuverlässigkeit wird nicht angegeben. Die Homogenität der sensomotorischen Bereiche ist mit Hilfe der Skalogrammanalyse Guttmanns überprüft.

7.3 Validität: Es werden verschiedene Korrelationsanalysen zitiert, die Angaben zur Validität des Verfahrens darstellen sollen.

7.4 Normen: Normen für die einzelnen Skalen werden referiert. Sie haben aber im Zusammenhang mit der Testauswertung und der Interpretation der Testergebnisse eine untergeordnete Bedeutung.

8. Literatur

UZGIRIS, I. & HUNT, J. MCV. (1975). *Assessment in infancy: Ordinal scales of psychological development.* Urbana, Ill.: University of Illinois Press.

Prüfung optischer Differenzierungsleistungen (POD)

F. CH. SAUTER

Braunschweig: Westermann, 1979

---

1. Testart

Entwicklungstest

2. Testmaterial

Handanweisung (DIN A4, 29 Seiten), Testheft; *zusätzlich:* zwei weiche Blei- oder Filzstifte pro Kind, Stoppuhr, Wandtafel oder großer Karton, Kreide.

3. Testgliederung

Das Verfahren besteht aus 33 Testitems, bei denen jeweils aus einer Reihe von 6 Bildern das herausgesucht werden muß, das mit einem 7. Bild identisch ist.

4. Grundkonzept

Aufbauend auf der Bedeutung, die der optischen Differenzierungsfähigkeit für die Entwicklung höherer geistiger Prozesse zukommt (SAUTER, 1977), verfolgt der POD zwei Intentionen: zum einen als pädagogisches Hilfsmittel, zum anderen als Forschungsinstrument.

Stellt man in Schulreifetests mangelhafte Leistungen fest, so könnten zum einen die optimotorische Koordination und die Feinmotorik gestört sein, oder es könnte sich um eine unzureichend entwickelte optische Differenzierungsfähigkeit handeln. Der POD soll helfen, unter diesen Möglichkeiten zu differenzieren, um dann den Anstoß für eine Förderung auf diesem Gebiet zu geben.

Eine Aufgabe der Forschung ist es, Methoden und Instrumente für die wissenschaftlichen Begleituntersuchungen der Vorschulversuche zu entwikkeln. Der POD eignet sich als Maß für die Entwicklung der optischen Differenzierungsfähigkeit.

5. Durchführung

5.1 Alter–Klasse: 5 bis 7 Jahre; Vorschulkinder.

5.2 Formen: Der Test ist als Gruppentest anwendbar.

5.3 Handhabung: Die Handanweisung gibt genaue und detaillierte Anweisungen zur Vorbereitung und Durchführung des Verfahrens. Als erstes ist darauf zu achten, daß jedes Kind alleine an einem Tisch sitzt. Außerdem sollte eine individuelle Betreuung der Kinder möglich sein. Daher sollten je nach Alter nicht mehr als 5 bis 10 Kinder gleichzeitig untersucht werden. Nach Austeilen der Testhefte liest der Leiter dann die Instruktionen vor und kontrolliert, ob alles verstanden wurde. Nach Bearbeitung der Beispiele wird dann die erste Seite des Testheftes aufgeschlagen und der Test Seite für Seite bearbeitet.

5.4 Zeit: Pro Seite 3 Minuten, insgesamt 15 Minuten.

6. Auswertung

6.1 Modus: Für jedes richtig gelöste Item (Lösungsschlüssel in der Handanweisung) gibt es einen Punkt, wobei auf den Seiten 4 und 5 die obersten

Items nicht mitgezählt werden, da es sich bei ihnen um „Motivationsitems" handelt. Mehrfachanstreichungen zählen als Fehler. Die Summe der positiven Lösungen ergibt den Rohwert, der dann ein der Altersgruppe entsprechender T-Wert und Prozentwert zugeordnet werden kann.

6.2 Zeit: Keine Angaben.

7. Gütekriterien

7.1 Objektivität: Aufgrund der sehr genauen Durchführungsanweisung und der sehr einfachen Auswertung darf der Test als objektiv bezeichnet werden.

7.2 Reliabilität: Split-Half-Methode: In den Voruntersuchungen ergab sich ein Koeffizient von $r_{tt} = 0{,}91$.

Innere Konsistenz:	Vorschulkinder:	Cronbach-Alpha = 0,89
	Schulkinder:	Cronbach-Alpha = 0,84
Standardmeßfehler:	Vorschulkinder:	SE = 2,22
	Schulkinder:	SE = 2,04
Vertrauensintervall:	Vorschulkinder:	$CL_x = 4{,}35$ (5%-Niveau)
		$CL_x = 5{,}73$ (1%-Niveau)
	Schulkinder:	$CL_x = 3{,}99$ (5%-Niveau)
		$CL_x = 5{,}26$ (1%-Niveau)

7.3 Validität: Bei diesem Verfahren kann man mit Recht von einer „Face-Validity" sprechen, da es einsichtig ist, daß man bei der Lösung der Aufgaben die vorgegebenen Gebilde visuell genau wahrnehmen und analysieren muß. Eine Faktorenanalyse ergab eine 1-Faktoren-Lösung mit einem Hauptfaktor, der bei den Vorschulkindern 46,7% und bei den Schulkindern 41,9% der Varianz aufklären konnte.
Bei einer Untersuchung der prognostischen Validität verschiedener Beobachtungs- und Testverfahren hinsichtlich des Kriteriums Erfolg oder Versagen im ersten Grundschuljahr wies der POD den höchsten punktbiserialen Korrelationskoeffizienten (r = 0,47) auf.

7.4 Normen: Die Normierung wurde in den Jahren 1977/78 an 1237 Vorschul- und 616 Schulkindern in Orten unterschiedlicher Größe in Bayern durchgeführt. Es wurden Tabellen der Prozentränge und T-Werte, getrennt nach Vorschul- und Schulkindern und getrennt nach Alter (jeweils 3-Monats-Stufen), errechnet.

8. Literatur

SAUTER, F. CH. (1977). *Diagnose und Förderung kognitiver und sprachlicher Fähigkeiten bei Vorschulkindern auf dem Lande.* Paderborn und München.

Psycholinguistischer Entwicklungstest (PET)

Deutsche Bearbeitung des „Illinois Test of Psycholinguistic Abilities“ (ITPA) von S. A. KIRK

M. ANGERMAIER

Weinheim: Beltz, 1977

---

1. Testart Entwicklungstest

2. Testmaterial Der umfangreiche Testsatz besteht aus einem Manual, zwei Bildbänden, Testvorlagen „Symbolfolgen-Gedächtnis“ mit dem dazugehörigen Material, 25 Streifensätzen „Objekte Finden“, fünf Lösungsschlüsseln, Testmaterialien für die Untertests „Gegenstände Beschreiben“ und „Gegenstände Handhaben“ und (25) Protokollheften. Einzeln lieferbar sind nur das Manual, die Protokollhefte und die Streifen „Objekte Finden“, die beiden letzten je zu 25 Stück gebündelt.

3. Testgliederung Die 12 Subtests des PET gliedern sich wie folgt: Auf der Ebene des rezeptiven Prozesses (Entschlüsselung) werden zwei Subtests zur Verfügung gestellt, die das Verständnis des Kindes für akustische und optische Signale prüfen sollen, (WV) „Wortverständnis“ (60 Items) und (BD) „Bilder Deuten“ (40 Items). Zwei weitere Subtests, (SE) „Sätze Ergänzen“ (35 Items) und (BZ) „Bilder Zuordnen“, sollen die Fähigkeit, Beziehungen aus Gehörtem bzw. Gesehenem abzuleiten, meßbar machen. Die Subtests (GB) „Gegenstände Beschreiben“ und (GH) „Gegenstände Handhaben“ versuchen, die verbale und mimisch-pantomimische Ausdrucksfähigkeit zu erfassen. Der (GT) „Grammatik-Test“ prüft die Benutzung syntaktischer und grammatischer Regeln. (WE) „Wörter Ergänzen“ heißt der Untertest (36 Items), der Organisationsprozesse der sog. Integrationsstufe messen soll. Hier sollen vom Kind Laute ergänzt werden, die der VI ausgelassen hat. Auf der gleichen Stufe soll der Subtest (LV) „Laute Verbinden“ die Fähigkeit des Kindes prüfen, isoliert vorgesprochene Laute eines Wortes zusammenhängend nachzusprechen. Der Subtest (OF) „Objekte Finden“ verlangt das rasche Erkennen teilweise verdeckter Gegenstände. Zwei zusätzliche Untertests sollen kurzfristiges Behalten von „Zahlenfolgen“ (ZFG) und „Symbolfolgen“ (SFG) messen.

4. Grundkonzept Es handelt sich bei dem Verfahren um die deutsche Bearbeitung des Illinois Test of Psycholinguistic Abilities (ITPA) von KIRK und MCCARTHY, der seinerseits auf Untersuchungen der kognitiven Entwicklung geistig behinderter Kinder aufbaut. Als theoretische Basis dient OSGOODs Modell der Kommunikationsprozesse (1957 a, 1957 b). Die erste Form des ITPA erschien 1961, die Revision 1968. Das Verfahren soll differentialdiagnostische Aufschlüsse über die spezifischen Fähigkeiten und Störungen kommunikativer Prozesse lernbehinderter Kinder geben, damit ihnen mittels geeigneter Interventionstechniken geholfen werden kann. Die gleiche Zielsetzung, nämlich Ermittlung von Schwerpunkten individueller Kommunikationsprobleme in erster Linie und Diagnose der allgemeinen sprachlichen Leistungsfähigkeit in zweiter Linie, verfolgt der PET, der auf der ITPA-Revision von KIRK und MCCARTHY aus dem Jahr 1968 beruht.

5. Durchführung

5.1 Alter: 3;0 bis 9;11; insbesondere Lernbehinderte und geistig behinderte Kinder.

5.2 Formen: Individualtest.

5.3 Handhabung: Die sachgerechte Anwendung des PET ist teilweise etwas kompliziert und setzt daher unbedingt eine mindestens zehnmalige Einübung voraus. Beispielsweise muß die Expositionsrate von zwei Zahlen pro Sekunde beim Subtest „Zahlenfolgen-Gedächtnis" (ZFG) trainiert werden. Der VI muß auch die Aussprache der Testwörter bei den Untertests „Wörter Ergänzen" und „Laute Verbinden" vorher einüben. Die Anwendung des Tests verlangt unterschiedliche Einstiege, die nach dem Intelligenzalter der Kinder zu wählen sind.

5.4 Zeit: Die individualisierte Form der Durchführung erlaubt keine genauen Angaben über den Zeitbedarf.

6. Auswertung

6.1 Modus: Das Manual enthält differenzierte Auswertungshinweise zur Bewertung der Antworten. Trotzdem kann es (zumal beim „Gegenstände Beschreiben") zu Schwierigkeiten kommen, weil nicht immer alle Antwortmöglichkeiten erfaßt werden können.

6.2 Zeit: Keine Angaben.

7. Gütekriterien

7.1 Objektivität: Die Durchführungsobjektivität hängt von der Beachtung der Instruktionen ab. Bei der Auswertung können Codifizierungs-Unsicherheiten die Objektivität beeinträchtigen. Da solche Unsicherheiten nach Meinung des Autors am ehesten bei dem Subtest „Gegenstände Beschreiben" auftreten können, hat er Interraterkorrelationen für diesen Subtest an mehreren Stichproben (N = 25 bis 89) berechnet. Danach korrelierten die Bewertungen von zwei unabhängigen Beurteilern (trainierte Pädagogik-Studenten) zwischen r = 0,81 und 0,98.

7.2 Reliabilität: Die Konsistenzschätzungen der Untertests (Split-Half, Spearman-Brown und Kuder-Richardson) streuen, global betrachtet, relativ breit zwischen r_{tt} = 0,49 und 0,96. Legt man die an drei Altersgruppen (Kindergarten, N = 153; 2. Schuljahr, N = 100 und 4. Schuljahr, N = 114) mit der Untersuchungsmethode (Split-Half, nach Spearman-Brown korrigiert) ermittelten Korrelationen zugrunde, zeigt sich, daß die Subtests „Wortverständnis" (WV) und „Zahlenfolgen-Gedächtnis" (ZFG) mit durchgängigen Werten von r_{tt} > 0,90 sehr hoch reliabel sind, während der Subtest „Wörter Ergänzen" (WE) mit Koeffizienten r_{tt} < 0,80 keine zufriedenstellende Konsistenz nachweisen kann.
Die Stabilität wurde an verschiedenen Altersgruppen (Vorschulalter, N = 46; 2. Schuljahr, N = 100; 4. Schuljahr, N = 114) über einen Zeitraum von 1 und 3 Wochen bzw. 3 Monaten geprüft. Die Testwiederholung nach einer Woche erbrachte bei Kindern im Vorschulalter einen Koeffizienten zwischen r = 0,86

und 0,99 für die einzelnen Subtests. Die Stabilität des Gesamttests betrug r = 0,97.
Nach dreimonatigem Intervall beliefen sich die Stabilitätskoeffizienten der Subtests auf Werte zwischen r = 0,47 und 0,80. Bei Kindern des 2. Schuljahres erwiesen sich 8 von 12 Subtests als wenig stabil (r < 0,70). Bei Kindern des 4. Schuljahres erreichten immerhin 7 von 12 Untertests Koeffizienten von r ≤ 0,70. Der Gesamttestwert ist mit r = 0,84 bzw. 0,88 recht stabil.

7.3 Validität: Es liegen Validierungsansätze zur faktoriellen Gültigkeit an drei Altersgruppen vor, die relativ beständige Faktorenstrukturen erbrachten und den PET als eine Batterie verhältnismäßig unabhängiger Untertests erscheinen lassen, die neben einem „psycholinguistischen Generalfaktor" spezifische Aspekte der Sprachentwicklung und der Kommunikationsfähigkeit messen.
Auf der Altersstufe des 2. Schuljahres (N = 100) werden beispielsweise vier Faktoren beschrieben. Faktor 1: Kommunikationsniveau klärt 25,5% der Gesamtvarianz auf. Faktor 2: Visomotorisches Entschlüsselungs- und Ausdrucksvermögen (14,8% Ges.-Var.). Faktor 3: Sprachliche Ausdrucksfähigkeit und Merkfähigkeit für Symbole (11,2% Ges.-Var.). Faktor 4: Sprachlich-visuelle Merk- und Synthesefähigkeit (9,0% Ges.-Var.).
Ein Extremgruppenvergleich zwischen Legasthenikern erbrachte bei fünf Subtests signifikante Differenzen (t-Test). Damit leistet der PET mit Hilfe der Diskriminanzanalyse eine Trennung dieser Gruppen, die auf dem 1%-Niveau gesichert ist.
Ergänzt werden die Validitätsstudien durch Interkorrelationsuntersuchungen mit dem Allgemeinen Schulleistungstest (AST 2 und AST 3) sowie dem HAWIK, BTS von Horn und Test d2 von Brickenkamp. Mit einer Kurzform des PET, die sich aus den Subtests SE, OF, GT und WE und einzelnen Untertests zusammensetzt, werden weiter Korrelationsstudien und eine Faktorenanalyse durchgeführt.

7.4 Normen: Geschlechterspezifische Altersnormen, nach Jahresdritteln gestaffelt, liegen in Form von T-Werten vor. Mit Hilfe einer beigefügten Tabelle können sie in Prozentränge umgewandelt werden.

8. Literatur

McCarthy, J. J. & Kirk, S. A. (1961). *The Illinois Test of Psycholinguistic Abilities, experimental edition.* Urbana, Ill.: University of Illinois Press.

Osgood, Ch. E. (1957 a). A behavioristic analysis. In: *Contemporary approaches to cognition.* Cambridge, Mass.: Harvard University Press.

Osgood, Ch. E. (1957 b). Motivational dynamics of language behavior. In: *Nebraska Symposium on Motivation.* Lincoln: University of Nebraska Press.

Testbatterie zur Erfassung kognitiver Operationen (TEKO)

W. WINKELMANN

Braunschweig: Westermann, 1975

---

1. Testart Entwicklungstest, Intelligenztest

2. Testmaterial Handanweisung (DIN A4, 112 Seiten), zwei Testhefte (1 und 2), sechs Zeichenblätter, zwei Maße, ein Protokollbogen und vier Antwortschablonen; *zusätzlich:* Schreibgerät.

3. Testgliederung Die Batterie besteht aus neun Tests:

SE Substanzerhaltung (13 Items)
ZE Zahlerhaltung (6 Items)
KI Klasseninklusion (6 Items)
MA Matrizen (8 Items)
RL Raumlage (6 Items)
AS Asymmetrische Seriation (12 Items)
OZ Ordinale Zuordnung (10 Items)
RF Reihenfolgen (16 Items)
Me Messen (7 Items)

4. Grundkonzept Das Verfahren gründet sich auf entwicklungspsychologische Arbeiten von PIAGET und seinen Mitarbeitern. Die Testaufgaben haben einen engeren Bezug zu Publikationen von PIAGET und SZEMINSKA (1969) und PIAGET und INHELDER (1973). Neben den zahlreichen Veröffentlichungen von PIAGET gibt z. B. PETTER (1966) eine leicht verständliche, deutschsprachige Einführung in das Werk PIAGETs zur geistigen Entwicklung des Kindes.

In der PIAGETschen Entwicklungstheorie sind sog. konkret-operatorische Denkleistungen charakteristisch für das „Stadium der konkreten Operationen", das ungefähr mit sieben Jahren beginnen soll. Die Tests der Batterie sollen prüfen, „ob und in welchem Ausmaß ein Kind verschiedene ‚konkrete Operationen' erworben hat" (s. 5). Dabei zeigte sich eine „ziemlich ausgeprägte Inkonsistenz des Verhaltens von einer Operationsart zur anderen" (S. 5), die es nicht sinnvoll erscheinen läßt, das Erreichen des konkret operatorischen Stadiums als solches global diagnostizieren zu wollen. Es kommt vielmehr darauf an, *einzelne* konkrete Operationen, die bewältigt werden, zu erfassen und ein differenziertes Bild von der kognitiven Leistungsfähigkeit des Kindes zu gewinnen. Aus diesem Grund werden die Ergebnisse der einzelnen Tests auch nicht zu einem Gesamtwert zusammengefaßt.

Im Test SE (Substanzerhaltung) soll beispielsweise geprüft werden, ob und inwieweit Invarianzkonzepte vom Kind übernommen wurden, ob es also erkennt, daß sich eine Flüssigkeitsmenge (= Substanz) durch Umschütten in ein anders geformtes Gefäß (= Transformation) nicht mengenmäßig verän-

TEKO: Item Kl, 1, Originalgröße 18,4 × 27 cm. Im Test befinden sich die Anweisungen für den Vl nicht auf der Abbildung, sondern auf der gegenüberliegenden Seite.

dert (= Invarianz). Derartige Transformationen werden vom Tl nicht realistisch vorgeführt, sondern nur bildlich-schematisch dargestellt. In anderen Tests geht es z. B. darum, den Umfang eines Oberbegriffs mit dem Umfang eines Unterbegriffs zu vergleichen (Kl), den Inhalt von Leerstellen in Matrizen(-teilen) durch logische Multiplikation von Klassen(-merkmalen) zu ermitteln (MA) usw. Da die Standardisierung (Eichung) des Verfahrens noch nicht abgeschlossen ist, sollte es vorerst nur als Experimentalform für Forschungszwecke eingesetzt werden.

5. Durchführung

5.1 Alter: ca. 5 bis 8 Jahre.

5.2 Formen: Individualtests ohne Parallelformen. Sie können auch einzeln, in individuellen Zusammenstellungen oder als Kurzform angewendet werden.

5.3 Handhabung: Die Instruktionen der Handanweisung geben die notwendigen Anweisungen für die Durchführung des Verfahrens. Vorherige Einübung ist erforderlich.

5.4 Zeit: Die einzelnen Tests der Batterie dauern etwa zwischen vier und acht Minuten. Insgesamt dürfte sich die (Brutto-)Testzeit auf ungefähr eine Stunde belaufen. Individuelle Abweichungen davon sind einzukalkulieren.

6. Auswertung

6.1 Modus: Die Antworten des Kindes werden im Protokollbogen vermerkt und nach Anweisung bewertet. Teilweise wird die Auswertung durch Schablonen (vier Stück) erleichtert.

6.2 Zeit: Keine Angaben.

7. Gütekriterien

7.1 Objektivität: Zur Gewährleistung der Durchführungsobjektivität darf von den Instruktionen nicht abgewichen werden. Die Auswertungsobjektivität erscheint partiell gesichert.

7.2 Reliabilität: Es werden Daten der Itemanalyse (Trennschärfe- und Schwierigkeitsindices) mitgeteilt, die 1972 mit der ursprünglich aus zwölf Tests bestehenden Vorform durchgeführt wurde (Regionalstichprobe, N = 280, Alter 5 bis 8 Jahre). Die Zuverlässigkeitskoeffizienten nach Split-Half (aufgewertet nach Spearman-Brown) und Koeffizienten nach Kuder-Richardson Formula 20 bzw. Hoyt-Stunkard differieren je nach Test und Altersgruppe z. T. recht erheblich. Wenn auch die Mehrzahl noch über $r_{tt} = 0{,}80$ liegen dürfte, gibt es doch auch Fälle, in denen die innere Konsistenz unter $r_{tt} = 0{,}60$ absinkt.

7.3 Validität: Erste Ansätze zur Validierung des Verfahrens sind vorhanden. Eine Faktorenanalyse auf Itembasis (93 Item-Informationen) wurde an der Gesamtstichprobe (N = 280) durchgeführt. Der Scree-Test zeigte 15 Faktoren, die 55% der Gesamtvarianz erklären. Die meisten, nämlich 13 Faktoren, erwiesen sich als testspezifisch, nur zwei waren testübergreifend.

7.4 Normen: Die Handanweisung enthält Orientierungsdaten in Form von Prozentrangskalen für die Altersgruppen 5, 6, 7 und 8 Jahre.

8. Literatur

PETTER, G. (1966). *Die geistige Entwicklung des Kindes im Werk Jean Piagets.* Bern: Huber.

PIAGET, J. & INHELDER, B. (1973). *Die Entwicklung der elementaren logischen Strukturen, Teil I und II.* Düsseldorf: Schwann.

PIAGET, J. & SZEMINSKA, A. (1969²). *Die Entwicklung des Zahlbegriffs beim Kinde.* Stuttgart: Klett.

Wie weit ist ein Kind entwickelt?

E. J. Kiphard

Dortmund: verlag modernes lernen, 1991

---

1. Testart	Entwicklungstest
2. Testmaterial	Handbuch (DIN A5, 119 Seiten); *zusätzlich:* Papier, Schreibgerät.
3. Testgliederung	Das in dem Buch enthaltene „sensomotorische Entwicklungsgitter" umfaßt 240 Aufgaben. Jeweils 48 entfallen auf die Bereiche A. Optische Wahrnehmung B. Handgeschick C. Körperkontrolle D. Sprache E. Akustische Wahrnehmung.
4. Grundkonzept	Der Test entstand aus der Notwendigkeit, den Eltern rückständiger und behinderter Kinder Hilfe zu geben. Er gestattet, den konkreten Entwicklungsstand des untersuchten Kindes zu ermitteln. Das so gewonnene Entwicklungsprofil dient als Ausgangsbasis weiterführender Trainingsprogramme.
5. Durchführung	**5.1 Alter:** 6 Monate bis 4 Jahre. **5.2 Formen:** Der Test ist als Einzeltest konzipiert, es existiert keine Parallelform. **5.3 Handhabung:** Der Testleiter (z. B. Eltern oder Therapeut) wählt die Fragebogen entsprechend dem Alter des Kindes aus. Gefundene Lösungen bzw. vorhandene Fertigkeiten werden markiert, wobei auch Halblösungen berücksichtigt werden. **5.4 Zeit:** Keine Angaben.
6. Auswertung	**6.1 Modus:** Die richtigen Lösungen werden addiert. Die Summe der gelösten Aufgaben ergibt das Spättestentwicklungsalter des Kindes. Die gewonnene Punktzahl in den fünf o. a. Bereichen führt zur Erstellung eines Entwicklungsprofils, das Stärken und Schwächen des untersuchten Kindes in den Entwicklungsbereichen markiert. **6.2 Zeit:** Keine Angaben.
7. Gütekriterien	**7.1 Objektivität:** Da es sich um einen Einschätzungstest handelt, erscheint die Durchführungsobjektivität als nicht gesichert. Die Auswertung kann als objektiv angesehen werden. **7.2 Reliabilität:** Keine Angaben. **7.3 Validität:** Keine Angaben.

7.4 Normen: Die Normierung des Verfahrens ist noch nicht abgeschlossen, die Angaben über Leistungsvermögen in bestimmten Entwicklungsstufen entstammen „langjähriger klinischer Erfahrung".

1. LEISTUNGSTESTS

1.2 Intelligenztests

● = ja
o = teilweise
○ = nein
k.A.= keine Angaben

Testname	Autor(en)	Seite	Durchführung				Auswertung			Gütekriterien				Alter
			Gruppentest	Parallelform	Zeitangabe netto (Min.)	Zeitangabe brutto (Min.)	Schabl./Schlüss.	maschinell	Zeitangabe (Min.)	Objektivität	Reliabilität	emp. Validität	Normen	(Jahre oder Schul-jahre (J/Sj))
Abzeichen-Test	Busemann	53	●	○	20	30	○	○		●	○	○	●	6–14 J
Adapt. Intelligenz Diagnostikum (AID)	Kubinger u.a.	55	○	**o**		20–60	**o**	○	10–20	●	●	●	●	6–15 J
Analytischer Intelligenz-Test (AIT)	Meili	59	●	●		45–60	○	○		**o**	●	●	●	12–17 J
Aufgaben zum Nachdenken (AzN 4+)	Hylla u.a.	64	●	●	53	110	●	○		●	●	●	●	9–11 J
Begabungs-Test-System (BTS)	Horn	66	●	●		90	●	○		●	●	●	●	ab 7;7 J
Berliner Intelligenz-Struktur-Test (BIS-Test)	Jäger u.a.	69	●	○	95	130/47	**o**	**o**	30	●	●	●	●	16–19 J
Bildertest für 1. und 2. Klassen (BT 1–2)	Horn u.a.	75	●	○	29,5	85–110	○	○		●	●	●	●	6–8 J
Bildertest für 2. und 3. Klassen (BT 2–3)	Ingenkamp	78	●	●	13,5	45	●	○		●	●	●	●	2. Sj
Columbia Mental Maturity Scale (CMM 1–3)	Schuck u.a.	80	●	○		20–30	●	○		●	●	●	●	6–9 J
Denksport-Test (DST)	Lienert	82	●	●	45		●	○		●	●	●	●	17–19 J
Diagnostic. f. bildl. angeregte kognit. Leistung (BILKOG)	Berg u.a.	85	**o**	○		3x30	○	○		●	●	●	●	3;6–9;6 J
Dreidimensionaler Würfeltest (3 DW)	Gittler	90	●	○			●	○		●	●	●	●	ab 13 J
Figure Reasoning Test (FRT)	Daniels	92	●	○	30		●	○		●	●	●	●	10–16 J

1.2 Intelligenztests (Forts.)

● = ja
◉ = teilweise
○ = nein
k.A.= keine Angaben

Testname	Autor(en)	Seite	Durchführung: Gruppentest	Durchführung: Parallelform	Durchführung: Zeitangabe netto (Min.)	Durchführung: Zeitangabe brutto (Min.)	Auswertung: Schabl./Schlüss.	Auswertung: maschinell	Auswertung: Zeitangabe (Min.)	Gütekriterien: Objektivität	Gütekriterien: Reliabilität	Gütekriterien: emp. Validität	Gütekriterien: Normen	Alter (Jahre oder Schuljahre (J/Sj))
Figuren von Rybakoff	Meili	95	●	○	10		○	○		●	○	●	●	ab 11 J
Frankfurter Analogietest 4–6 (FAT 4–6)	Belser u.a.	97	●	●		60	○	○		●	●	●	●	4.–6. Sj
Frankfurter Analogietest 6–9 (FAT 6–9)	Barth	99	●	●		45	○	○	1	●	●	●	●	6.–9. Sj
Grundintelligenztest Skala 1 (CFT 1)	Weiss u.a.	103	●	●		45–60	●	○		●	●	●	●	5–9 J
Grundintelligenztest Skala 2 (CFT 20)	Weiss	106	●	●		60/37	●	●		●	●	●	●	8;7–70 J
Grundintelligenztest Skala 3 (CFT 3)	Cattell u.a.	111	●	●	25	50	●	○		●	●	●	●	ab 14 J
Gruppenintelligenztest für lernbehinderte Sonderschüler (CMM-LB)	Eggert u.a.	113	●	○		30–45	●	○		●	●	●	●	9–14 J
Hamburg-Wechsler-Intelligenztest f. Erw. – Revision (HAWIE-R)	Tewes	115	○	○		60–90	◉	○	15–30	●	●	●	●	16–74 J
Hamburg-Wechsler-Intelligenztest für Kinder – Revision (HAWIK-R)	Tewes	120	○	○		90–120	◉	○	15–30	●	●	●	●	6–15 J
Hamburg-West Yorkshire-Gruppentest (HWY)	Schultze u.a.	124	●	○	60	80	○	○		●	●	●	●	9;6–12;6 J
Hannover-Wechsler-Intelligenztest für das Vorschulalter (HAWIVA)	Eggert	127	○	○		30–45	○	○		●	●	●	●	4–6;6 J
Heidelberger Intelligenztest (HIT 1–2)	Kratzmeier	129	●	●		90	○	○		●	●	●	●	1.–2. Sj
Heidelberger Intelligenztest (HIT 3–4)	Kratzmeier	131	●	●	75	90–100	○	○		●	●	●	●	3.–4. Sj

1.2 Intelligenztests (Forts.)

● = ja
o = teilweise
❍ = nein
k.A.= keine Angaben

Testname	Autor(en)	Seite	Durchführung				Auswertung			Gütekriterien				Alter
			Gruppentest	Parallelform	Zeitangabe netto (Min.)	Zeitangabe brutto (Min.)	Schabl./Schlüss.	maschinell	Zeitangabe (Min.)	Objektivität	Reliabilität	emp. Validität	Normen	(Jahre oder Schul-jahre (J/Sj))
Heidelberger Nonverbaler Test (HNT)	Kratzmeier	133	●	●		50	❍	❍		●	●	●	●	ab 14 J
Intelligenz-Struktur-Test (IST)	Amthauer	135	●	●	72	90	●	❍		●	●	●	●	13 - 60 J
Intelligenz-Struktur-Test 70 (IST-70)	Amthauer	140	●	●	72	90	●	●		●	●	●	●	12–60 J
Intelligenztest für 6–14jährige körperbehinderte und nichtbehinderte Kinder (ITK 6–14)	Neumann u.a.	144	❍	❍		60–180	❍	❍		●	●	●	●	6–14 J
Kaufman Assessment Battery for Children (K-ABC)	Melchers u.a.	146	❍	❍		40–90	❍	❍		●	●	●	●	2;6–12;5 J
Kognitiver Fähigkeits-Test für 1. bis 3. Klassen (KFT 1–3)	Heller u.a.	149	●	❍		30–45	●	❍		●	●	●	●	1.–3. Sj
Kognitiver Fähigkeits-Test für 4. bis 13. Klassen (KFT 4–13⁺)	Heller u.a.	151	●	●		135	●	❍		●	●	●	●	4.–13. Sj
Kognitiver Fähigkeits-Test, Kindergartenform (KFT-K)	Heller u.a.	153	●	❍			●	❍		●	●	●	●	4;7–7 J
Kramer-Test	Kramer	156	❍	❍		60–90	❍	❍		●	●	●	●	3–15 J
Kurztest für Allgemeine Intelligenz (KAI)	Lehrl u.a.	162	❍	❍		5–8	❍	❍		●	●	●	●	17–65 J
Labyrinth-Test	Chapius	164	❍	●		10–15	●	❍		❍	❍	❍	●	16–30 J
Leistungs-Prüf-System (LPS)	Horn	167	●	●		90/40	●	❍		●	●	●	●	9–50 J
Leistungsprüfsystem für 50–90jährige (LPS 50+)	Sturm u.a.	171	●	●		80/35	●	●		●	●	●	●	50–90 J

1.2 Intelligenztests (Forts.)

● = ja
◉ = teilweise
○ = nein
k.A.= keine Angaben

Testname	Autor(en)	Seite	Durchführung				Auswertung			Gütekriterien				Alter
			Gruppentest	Parallelform	Zeitangabe netto (Min.)	Zeitangabe brutto (Min.)	Schabl./Schlüss.	maschinell	Zeitangabe (Min.)	Objektivität	Reliabilität	emp. Validität	Normen	(Jahre oder Schuljahre (J/Sj))
Lern- und Gedächtnistest (LGT 3)	Bäumler	173	●	●		ca. 40	◉	○	5	●	●	●	●	ab 16 J
Mannheimer Intelligenztest (MIT)	Conrad u.a.	175	●	●	34	60	●	●		●	●	●	●	12–45 J
Mannheimer Intelligenztest f. Kinder u. Jugendl. (MIT-KJ)	Conrad u.a.	179	●	○		ca. 60	○	●		●	●	●	●	9–15 J
Mehrfachwahl-Wortschatz-Intelligenztest: MWT-A (MWT-A)	Lehrl	182	●	●		ca. 5	○	○	5	●	●	●	●	ab 20 J
Mehrfachwahl-Wortschatz-Intelligenztest: MWT-B (MWT-B)	Lehrl	184	●	●		ca. 5	○	○	5	●	●	●	●	ab 20 J
Memo-Test	Schaaf u.a.	186	○	●		20–30	○	○	5–10	●	●	●	●	k.A.
Prüfsystem für Schul- und Bildungsberatung (PSB)	Horn	188	●	●		60	●	○		●	●	●	●	9–20 J
Raven-Matrizen-Test: Advanced Progressive Matrices (APM)	Kratzmeier	190	●	○	10 + 40	60	○	○		●	●	●	●	ab 15 J
Raven-Matrizen-Test: Coloured Progressive Matrices (CPM)	Becker u.a.	192	●	○		ca. 45	○	○		●	●	●	●	4;9–11 J
Raven-Matrizen-Test: Standard Progressive Matrices (SPM)	Kratzmeier u.a.	194	●	○		ca. 45	○	○		●	●	●	●	10–65 J
Schlauchfiguren	Stumpf u.a.	197	●	●	12	16	●	○	1	●	●	●	●	15–20 J
Snijders-Oomen Nicht-verbaler Intelligenztest (SON-5½–17)	Snijders u.a.	199	○	○		60/120	○	●		●	●	●	●	5;6–17 J
Standardisierter Waben-Test (SWT)	Müller	204	●	○		ca. 10	○	○		●	●	●	●	k.A.

1.2 Intelligenztests (Forts.)

● = ja
○ = teilweise
❍ = nein
k.A.= keine Angaben

Testname	Autor(en)	Seite	Durchführung				Auswertung			Gütekriterien				Alter
			Gruppentest	Parallelform	Zeitangabe netto (Min.)	Zeitangabe brutto (Min.)	Schabl./Schlüss.	maschinell	Zeitangabe (Min.)	Objektivität	Reliabilität	emp. Validität	Normen	(Jahre oder Schul-jahre (J/Sj))
Testbatterie für geistig behinderte Kinder (TBGB)	Bondy u.a.	206	❍	❍		ca. 150	❍	❍		●	●	●	●	7–12 J
Verbaler Kreativitätstest (VKT)	Schoppe	211	●	●	37		❍	❍	5	●	●	●	●	ab 14 J
Verbaler Kurz-Intelligenztest (VKI)	Anger u.a.	213	●	❍	5		●	❍	5	●	●	●	●	ab 16 J
Wiener Matrizen-Test (WMT)	Formann	215	●	❍		25	❍	❍		●	●	●	●	14–18 J
Wilde-Intelligenz-Test (WIT)	Jäger u.a.	217	●	●		130–240	●	●		●	●	●	●	ab 13 J
Wortschatztest (WST)	Schmidt u.a.	224	●	❍		10–15	●	❍		●	●	●	●	16–90 J
Würfelabwicklungen	Meili	226	●	❍	10		❍	❍		●	❍	❍	●	14–19 J
Zahlen-Verbindungs-Test (ZVT)	Oswald u.a.	229	○	❍		5–10	❍	❍	1–2	●	●	●	●	8–60 J

Abzeichentest

A. BUSEMANN
Göttingen: Hogrefe, 1955

---

1. Testart Intelligenztest

2. Testmaterial Handanweisung, Testblätter; *zusätzlich:* Bleistifte, Uhr.

3. Testgliederung Vier Vorlagen: ein Quadrat, ein Rhombus, zwei sich teilweise überlappende Quadrate und ein Wabenmuster mit acht Zellen sollen abgezeichnet werden. Das Wabenmuster stammt von RUPP (1923). Quadrat und Rhombus finden sich ebenfalls im Binetarium und im Kramer-Test, jeweils in den Altersstufen 5 bzw. 7.

4. Grundkonzept Der Autor weist auf den häufigen Gebrauch von Aufgaben, die das Abzeichnen oder Fortsetzen von vorgegebenen Mustern verlangen, in Intelligenztests hin. Bereits BINET und SIMON verwandten solche Aufgaben und begründeten die Tradition, Quadrate 5jährigen und Rhomben als auf dem Kopf stehende Quadrate 7jährigen zum Nachzeichnen vorzulegen. Eine Verwandtschaft besteht ebenso zu den im klinischen Bereich üblich gewordenen Abzeichentests, zum Bender-Gestalt-Test und zum Benton-Test.
Bezüglich des theoretischen Hintergrundes von Abzeichenaufgaben verweist der Autor auf den Artikel von RUPP (1923).
Der Abzeichentest ist nur als Ergänzung anderer Intelligenztests einzusetzen.

5. Durchführung **5.1 Alter:** 6–14 Jahre.

5.2 Formen: Einzel- und Gruppentest.

5.3 Handhabung: Wörtliche Instruktionen teilt der Autor nicht mit. Die Kinder sollen alle Muster erst einmal abzeichnen und dann, falls ihnen diese oder jene Reproduktion nicht gut genug erscheint, weitere Nachzeichenversuche unternehmen. Lineale und Radiergummis dürfen nicht verwendet werden.

5.4 Zeit: Die Testzeit ist nicht begrenzt. Der Autor setzt je nach Altersstufe 15 bis 20 Minuten für die Testbearbeitung an. Insgesamt dauert die Testdurchführung etwa 25 bis 30 Minuten.

6. Auswertung **6.1 Modus:** Auswertungsrichtlinien sind für jedes Muster angegeben. Sie orientieren sich in erster Linie an der korrekten Wiedergabe. Jedes Muster wird nach „richtig“ oder „falsch“ klassifiziert. Strichführung, Verkleinerungen und Vergrößerungen sowie Zeichenfehler, die zu Lasten motorischer Ungenauigkeiten gehen, bleiben unberücksichtigt. Werden Korrekturen vorgenommen, so werden sie positiv bewertet. Im Falle mehrere Abzeichenversuche bei einem Muster wird die Reproduktion bewertet, die vom Kind als die beste angegeben wird.

6.2 Zeit: Keine Angaben.

7. Gütekriterien

7.1 Objektivität: Keine Angaben. Die Auswertungskriterien ermöglichen nicht in jedem Falle eine eindeutige Bewertung, zumal keine Beispiellösungen angegeben sind. So erscheint der Aspekt der Auswertungsobjektivität zumindest in Frage gestellt.

7.2 Reliabilität: Keine Angaben.

7.3 Validität: Keine Angaben.

7.4 Normen: Es wurden 2436 Kinder im Alter von 6 bis 14 Jahren im Kreis Marburg getestet, und zwar alle Kinder der Grundschule und Schüler der 5. bis 8. Klassen der Hauptschulen und weiterführenden Schulen. Außerdem wurden alle Schüler der Marburger Sonderschule zur Eichung herangezogen. Aufgrund dieser Eichstichprobe wurden prozentuale Häufigkeiten pro Muster und Lebensjahr ermittelt. Die Prozentzahlen beziehen sich auf die Mitte des entsprechenden Lebensalters, also 6;6, 7;6 usw. Die Werte geben an, wieviel Prozent der Kinder einer Altersstufe ein Muster exakt nachzeichnen können. Nach den Daten gelten die Muster für folgende Altersstufen als adäquat:

Quadrat:	7;3 Jahre
Rhombus:	9;1 Jahre
2 Quadrate:	11;6 Jahre
Wabenmuster:	14,3 Jahre

8. Literatur

RUPP, H. (1923). Über optische Analyse. *Psychol. Forschung, 4.*

Adaptives Intelligenz Diagnostikum (AID)

1.2

K. D. Kubinger und E. Wurst
Weinheim: Beltz, 1985

---

1. Testart Intelligenztest

2. Testmaterial Testkoffer bestehend aus: Manual (DIN A4, 184 Seiten), Protokollbogen (incl. Beiblatt für Beobachtungen der „Arbeitshaltungen"), Bildkarten für die Untertests 2 und 4, Testheft für die Untertests 3 und 10, Arbeitsblatt 1 und 2, Testblatt und Auswertungsschablone für den Untertest 7, Vorlageteile für den Untertest 8, 9 Würfel für den Untertest 10; *zusätzlich:* Stoppuhr, Schreibgerät.

3. Testgliederung Der Test besteht aus zwei Testteilen mit standardmäßig 11 Skalen, die zwischen 7 und 15 Items enthalten. Außerdem ist die Möglichkeit gegeben, für bestimmte Fragestellungen eine Version von 6 Untertests, eine *Kurzform* mit 5 Untertests und reduzierter Anzahl von Items, Vorgabe des Gesamttests für „Über"-Langformen in 3 Teilskalen, *Parallelformen* für 8 Untertests sowie personenspezifische oder -unspezifische Testformen für 8 Teilskalen vorzugeben.

4. Grundkonzept Das AID besteht – in Anlehnung an den HAWIK bzw. HAWIK-R – aus zwei Teilskalen „Verbal-akustische Fähigkeiten" und „Manuell-visuelle Fähigkeiten". Mit ihnen soll in insgesamt 11 Untertests ein breites Spektrum an Fähigkeiten erfaßt werden, die für intelligentes Verhalten verantwortlich erscheinen (S. 36).
Die Untertests sind:

Teil:	*Verbal-akustische Fähigkeiten*	Standardmäßige adaptive Vorgabe
1	Alltagswissen (Fragen beantworten)	3 Aufgabengruppen zu je 5 Items
3	angewandtes Rechnen (Textrechnungen lösen)	3 Aufgabengruppen zu je 5 Items
5	unmittelbares Reproduzieren – numerisch (Zahlenreihe wiederholen)	* bis zu 9 Items
6	Synonyme finden (Fragen beantworten)	3 Aufgabengruppen zu je 5 Items
9	Funktionen abstrahieren (Fragen beantworten)	3 Aufgabengruppen zu je 5 Items

	11	soziales Erfassen und sachliches Reflektieren (Fragen beantworten)	3 Aufgabengruppen zu je 5 Items
Teil:		*Manuell-visuelle Fähigkeiten*	Standardmäßige adaptive Vorgabe
	2	Realitätssicherheit (fehlende Details erkennen)	2 Aufgabengruppen zu je 5 Items
	4	soziale und sachliche Folgerichtigkeit (Bilderfolgen zuordnen)	2 Aufgabengruppen mit 7 Items
	7	Codieren und Assoziieren (Symbole zuordnen)	* Vorlage mit 12 Items
	8	Antizipieren und Kombinieren – figural (Teile zusammensetzen)	2 Aufgabengruppen mit 7 Items
	10	Analysieren und Synthetisieren – abstrakt (Muster nachlegen)	2 Aufgabengruppen mit insgesamt 7 Items

* Keine adaptive Vorgabe

Außerdem werden erfaßt: *Range* aller T-transformierten Untertestleistungen, der minimale Untertestwert gilt als sogenannte *Intelligenzquantität, Lernfähigkeit,* die Aufschluß über die Lernfähigkeit eines Kindes geben soll (bestimmt aus dem Untertest 7), sowie „Arbeitshaltungen", bestimmt aufgrund der Beobachtung von 20 Merkmalen.
Die Items sind skaliert nach dem logistischen Modell von RASCH. Die Aufgabenvorgabe ist antwortabhängig (= adaptiv). Dabei wird das Prinzip des branched-testing realisiert, d. h., es sind bei den entsprechend konzipierten Teilskalen altersspezifische Startgruppen festgelegt; danach wird der Testleiter – je nach Aufgabenlösung des Probanden – auf eine andere Aufgabengruppe verwiesen.
Die Einsatzmöglichkeiten des Tests liegen bei der allgemeinen Leistungsdiagnostik, der Differential-Diagnostik, Schulpsychologie und Sonder- und Heilpädagogik (S. 8).

5. Durchführung

5.1 Alter: 6;0–15;11 Jahre.

5.2 Formen: Der Test kann nur als Einzeltest eingesetzt werden. Es bestehen – je nach Fragestellung – verschiedene Testversionen (s. o.), für Wiederholungsmessungen Parallelformen für 8 Untertests.

5.3 Handhabung: Es handelt sich um einen Test, bei dem der Proband in der Regel mündlich antworten muß. Zum Teil wird die Zeit mit ausgewertet (vgl. Untertest 7 und 8).

5.4 Zeit: Je nach Form kann der Test innerhalb von 20 bis 60 Minuten bearbeitet werden.

6. Auswertung

6.1 Modus: Bei adaptiver Vorgabe muß der Testleiter die Aufgabenlösung sofort als richtig bzw. falsch beurteilen. Hierfür stehen im Testhandbuch zum

Teil Beipiele zur Verfügung. Für den Untertest 7 existiert eine Auswertungsschablone.
Die Instruktionen sind im Testhandbuch abgedruckt. Der Testleiter liest sie vor.

6.2 Zeit: Nach Angaben der Autoren beträgt die Auswertung ca. 10 Minuten, für Ungeübte dürfte die Zeitspanne mindestens 20 Minuten betragen.

7. Gütekriterien

7.1 Objektivität: Bei der Durchführung des Tests ergaben sich insbesondere in zwei Untertests (6 und 9) signifikante Testleitereffekte. Die Durchführungsobjektivität ist damit nur in Teilen gesichert, Auswertung und Interpretation (für deren Gewährleistung ist ein Beispiel angegeben) sind aber objektiv.

7.2 Reliabilität: Beim AID wurden verschiedene Reliabilitätsparameter bestimmt; sie sind in der nachfolgenden Tabelle summarisch aufgelistet:

Untertest	split-half (a)	Re-Test (b) (Standardform)	Re-Test (c) (Parallelform)
1	0.95	0.95	0.92
3		0,94	0.90
5		0,71[1]/ 0,67[2]	
6	0,94	0.85	0,84
9	0,93	0,83	0,86
11	0,94	0,90	0,90
2	0,70	0,75	0,59
4	0.91	0,82	0,59
7		0,83[3] / 0,77[4]	
8	0,81		
10	0,95	0,91	0,85

(a): N = 1460 1: «vorwärts»
(b): N = 92 2: «rückwärts»
(c): N = 56 3: Kodiermenge
4: Assoziationen

Die mitgeteilten Re-Test-Reliabilitäten wurden aufgrund eines Zeitabstands von einem Monat bestimmt.

Mit Ausnahme der Untertests 5 und 7 wurden Analysen nach dem logistischen Modell von RASCH durchgeführt. Das Erfordernis hierzu ergibt sich aufgrund der adaptiven Teststrategie. Es zeigt sich, daß die Untertests die jeweiligen Merkmale eindimensional erfassen (s. S. 61–78). Angaben aufgrund einer Analyse nach der klassischen Testtheorie fehlen. Dagegen sind Informationen zum Standardmeßfehler der Skalen vorhanden.

7.3 Validität: Die Validität des AID wurde aufgrund diverser Zugangsweisen bestimmt: (a) Es wurde die Übereinstimmungsvalidität zum PSB berechnet (N = 153). Erwartungsgemäß korrelieren die IQ-Werte beider Tests hoch (r = 0,62), die höchste Korrelation auf der Ebene der Skalen ergibt sich zwischen der Skala „Alltagwissen" (AID) und „Allgemeinbildung" (PSB) mit r = 0,55 sowie „Synonyme finden" (AID) und „Allgemeinbildung" (PSB) mit r = 0,52.

(b) Eine Extremgruppenvalidierung wurde mit Kindern von Eltern, die der Vereinigung Mensa (N = 22) angehören, und Kindern (N = 40) aus Sonder-

schulen (L) durchgeführt. Aufgrund von Diskriminanzanalysen kam nur eine Fehlklassifikation zustande, und die mittleren T-Werte beider Gruppen unterschieden sich signifikant.
(c) Eine Faktorenanalyse aller Maße, die aus dem AID bestimmt wurden, erbrachte vier Faktoren.

7.4 Normen: Die Standardisierungsstichprobe (N = 2144) entstammt aus Österreich (N = 1778) und der BRD (N = 366). Die Mittelwertunterschiede aufgrund „Stadt-Land" und der Länderzugehörigkeit haben praktisch keine Bedeutung, dagegen die schicht- und schulspezifischen.
Die Normen werden aufgrund der Punktsummen in den Aufgabengruppen bestimmt. Zunächst werden für vier Altersgruppen (6–7Jahre, 8–9 Jahre, 10–11 Jahre, 12–15 Jahre) Fähigkeitsparameter zugeordnet, die dann in alters- und geschlechtsspezifische T-Werte umgewandelt werden. Das gleiche Vorgehen ist für die Parallel- und Kurzform gewährleistet.
Für den Range und die Intelligenzquantität werden definitionsgemäß keine gesonderten Normtabellen benötigt.

8. Literatur

KUBINGER, K. D. (Hrsg.) (1983). *Der HAWIK – Möglichkeiten und Grenzen seiner Anwendung.* Weinheim: Beltz.

Analytischer Intelligenztest (AIT)

R. MEILI
Bern: Huber, 1971[2]

---

1. Testart Intelligenztest

2. Testmaterial Textband, Testhefte Form I und II; *zusätzlich:* Bleistift, Stoppuhr; bei Gruppenuntersuchungen Wandtafel und Kreide.

3. Testgliederung Der AIT setzt sich aus 6 Untertests zusammen, die nach dem Intelligenzmodell des Autors unter zwei verschiedenen Gesichtspunkten zusammengefaßt werden können: unter dem der abstrakten und konkreten Intelligenz (je 3 Tests) und unter dem der analytischen und erfinderischen Intelligenz (mit intermediären Stufen, je 2 Tests).
Der Test existiert schon seit 1930; erst 1966 erschien der Textband.

4. Grundkonzept Der Autor entwarf den Test nach seinem Konzept der Intelligenzformen (siehe unter Punkt 3.), welches er mit seinem faktorenanalytischen Intelligenzmodell (Faktoren der Komplexität, Plastizität, Globalisation und Fluency) verbindet. Die Intelligenzstruktur soll von der Testbatterie analytisch unter einem psychometrischen und unter einem qualitativ-interpretativen Aspekt erfaßt werden. Der letztere kommt in einem spinnennetzförmigen Profil (siehe Abb.) zum Ausdruck.

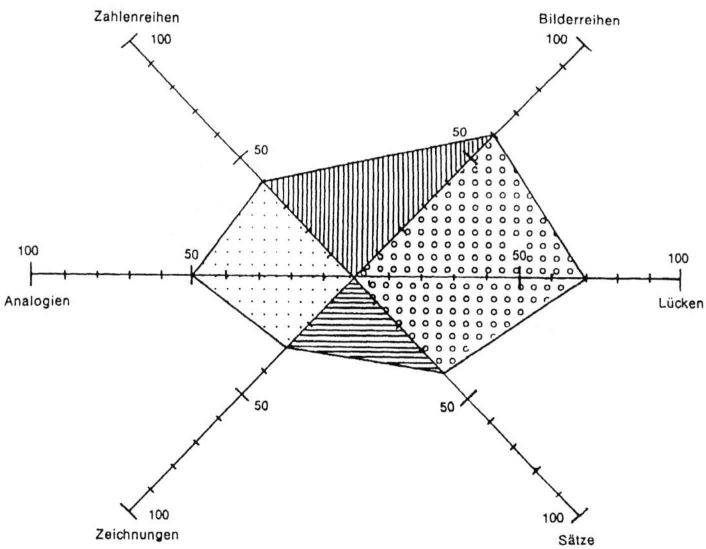

Beispiel eines Testprofils (Skalierung in Prozenträngen)

Die Skalenachsen der längsgestreiften Fläche repräsentieren die analytische Intelligenzform, die der quergestreiften Fläche die erfinderische Intelligenzform. Die Tests Analogien und Lücken stellen intermediäre Formen dar. Die Skalenachsen der gepunkteten Fläche repräsentieren die abstrakte Intelligenzform, die der mit Kreisen gekennzeichneten Fläche die konkrete Intelligenzform. Jeder Untertest wird also zweifach bestimmt.
Der intelligenztheoretische Ansatz läßt sich allerdings nur teilweise mit dem Faktorenquartett veranschaulichen. Die „analytischen" Tests laden dominant auf dem Faktor Komplexität (Beziehungserfassen), die „erfinderischen" Tests auf dem Faktor Fluency („Flüssigkeit", thematisch bestimmte Ideenproduktion). Für die intermediären Tests dieser Intelligenzdimension sowie für die konkret-abstrakte Polarität können keine so ausgeprägten Faktorenbilder mitgeteilt werden. Der faktorenanalytische Unterbau gelangt allerdings nicht in Form von individuellen Faktorenwerten zur Interpretation, sondern durch Abschätzen des faktoriellen Anteils nach der Ausprägung des Testprofils, das sich auf die Untersuchungsergebnisse stützt. Gegen individuelle Faktorenwerte führt der Autor an, daß sie „praktisch unmöglich" seien, da jede Leistung nur zum Teil von den vier Faktoren abgedeckt werde und die damit notwendige Voraussetzung, „daß ein bestimmtes Resultat in einem Test bei allen Versuchspersonen auf dieselbe Weise zustande kommt" (S. 40), nicht stimme. Im Zusammenhang mit der zum Test qualitativen Testauswertung mag dies mit den Worten HÖGERs (1967, S. 41) „unter testtheoretischen Gesichtspunkten nicht unproblematisch" erscheinen.
Der Test wurde hauptsächlich für Schüler ab 12 Jahren entworfen. Testform I differenziert am besten im mittleren Intelligenzbereich, Testform II dagegen im oberen Intelligenzbereich. Der AIT kann auch in der Berufsberatung angewendet werden.

5. Durchführung

5.1 Alter: Testform I: 12 bis 15 Jahre (Jungen), 13 bis 15 Jahre (Mädchen)

Testform II: 12 bis 18 Jahre (Jungen), 12 bis 17 Jahre (Mädchen)

5.2 Formen: Einzel- und Gruppentest; Parallelformen I und II mit unterschiedlichen Anforderungsniveaus.

5.3 Handhabung: Der Autor gliedert den Instruktionsablauf in drei Teile: Darstellung des Materials, Erklärung der Aufgabe und knappe, zusammenfassende Formulierung der Aufgabe. Auf den letzten Teil legt der Autor großen Wert, besonders auf die exakte Einhaltung der vorgegebenen Anweisungen.
Für jeden Subtest werden Instruktionen angegeben, die bei intelligenteren Jugendlichen in Einzeldurchführung auch gekürzt werden können. Die Anweisungen für Testform I und Testform II sind identisch. Bei einigen Subtests (Sätze, Zeichnungen) demonstriert der Testleiter die Beispiele an der Tafel, sofern es sich um Gruppenuntersuchungen handelt.
Weitere Durchführungshinweise sind angegeben. Die Jugendlichen bearbeiten die zum Teil verbalen, zum Teil non-verbalen Subtests schriftlich oder zeichnerisch. Die Beantwortung der Aufgaben ist entweder frei oder richtet sich nach dem Ergänzungstyp.

5.4 Zeit: Für jeden Untertest wird die Bearbeitungszeit angegeben. Insgesamt beträgt sie für Testform I ca. 30 Minuten, für Testform II ca. 35 Minuten (Angaben vom Ref.).
HILTMANN (1960) nennt eine Testdauer von ca. 45 bis 60 Minuten (inklusive Instruktionen).

6. Auswertung

6.1 Modus: Die Bewertung der Ergebnisse geschieht bei vier Untertests anhand von eindeutigen Lösungsmöglichkeiten, bei den Untertests „Sätze" und „Zeichnungen" – also bei den Tests zur Prüfung der erfinderischen Intelligenz – nach dreistufigen Bewertungskriterien (belegt mit vielen Beispielen), die an Eindeutigkeit sehr zu wünschen übrig lassen. Die Rohwerte werden pro Subtest alters- und geschlechtsspezifisch in Prozentrangwerte (PR) transformiert, wobei nur Centil-Werte zu erhalten sind. In das Profil werden die Centil-Werte eingetragen.
Das Gesamtresultat erfährt man durch Mittelwertsverteilung der Subtestergebnisse. Dieser Gesamtwert, der nun keinen Prozentrangplatz mehr darstellt, wird interpretiert nach einer Intelligenzklassifikation, die mit der IQ-Verteilung des HAWIE und der Standardwert-Verteilung des IST verglichen werden kann (S. 16 des Textbandes).
Der Profilinterpretation mißt der Autor großes Interesse bei: Typische Profilarten leiten sich von der jeweiligen Dominanz einer Intelligenzform ab. Die Zugehörigkeit eines individuellen Profils zu einer bestimmten Intelligenzform ist aber nur dann anzunehmen, wenn die Differenz der entsprechenden Tests dieser Intelligenzform zu den übrigen Subtests größer als 20 PR im mittleren Bereich ist; in den Extrembereichen (PR < 30 und > 70) können die Unterschiede auch kleiner sein. Ebenso wird auf die faktorenanalytische Interpretation der Profile ausführlich eingegangen (siehe hierzu Punkt 4. und 7.4).
Neben der Erörterung von Profilunregelmäßigkeiten, bei denen wegen der geringen Reliabilität „kleinere" Abweichungen von 20 PR im Mittelbereich und 10 PR in den Extrembereichen der Skala nicht berücksichtigt werden sollen, werden Hinweise für die Deutung der Intelligenzformen gegeben. Die besprochenen Unterschiede zwischen der analytischen Intelligenzform der Deutsch-Schweizer und der erfinderischen Intelligenzform der Französisch-Schweizer beruhen wohl kaum auf signifikanten Testdifferenzen. Letztlich sind für die Subtests „Bilder", „Lücken" und „Analogien" kritische Fehlergrenzen angegeben, oberhalb derer Fehlerhäufigkeiten nicht mehr als zufällig angesehen werden können.

6.2 Zeit: Keine Angaben.

7. Gütekriterien

7.1 Objektivität: Vom Autor keine Angaben. Zumindest bei der Auswertung können Bedenken hinsichtlich der intersubjektiven Konkordanz erhoben werden.

7.2 Reliabilität: Für jede Aufgabe aller Subtests und beider Testformen (ausgenommen Subtest „Analogien" Form II) werden Lösungshäufigkeiten angegeben, wobei sich die Angaben nach dem Auswertungsmodus eines Subtests richten (verschiedene Stichprobengrößen). Die Lösungshäufigkeiten, die sich nur auf diejenigen Versuchspersonen beziehen, die die Aufgaben in der begrenzten Testzeit in Angriff nahmen, dürfen nicht mit Schwierigkeitsindizes verwechselt werden. Angegeben sind die richtigen und falschen Lösungen pro Item sowie Auslassungen. Für die Untertests „Sätze" und „Zeichnungen" werden die Häufigkeiten der Noten (0 bis 3) für jede Wort- bzw. Zeichengruppe aufgeführt (N je 100 bei Form I, 14/15jährige Jungen; N = 268 bei Form II des Untertests „Sätze", 12- bis 19jährige; für Untertest „Zeichnungen" Form II, kein N angegeben).

Interne Konsistenz
Split-Half-Methode (korrigierte Koeffizienten für jeden Subtest):

Form I, 14/15jährige Jungen:	im Mittel $r_{tt} = 0{,}74$ (N = 100)
Form I, 13jährige Jungen:	im Mittel $r_{tt} = 0{,}81$ (N = 96, ohne „Zeichnungen" und „Sätze")
Form II, 13- bis 18jährige:	im Mittel $r_{tt} = 0{,}79$ (N zwischen 155 und 555)

(Alle Mittelwertsangaben vom Ref.)

Äquivalenzkoeffizienten der Subtests zwischen Form I und II:
r_{tt} von 0,41 („Bilder" und „Lücken") bis 0,70 („Sätze") mit einem Mittel von 0,54.
Außerdem werden diese Korrelationen korrigiert (correction for attenuation), wobei der Autor eine durchschnittliche Erhöhung der gefundenen Werte von 0,18 erreichte ($_{corr}r_{tt}$ von 0,50 bis 0,99).
Der Autor sieht in den Daten keinen befriedigenden Nachweis für die Äquivalenz beider Testformen. Allerdings ergaben faktorenanalytische Befunde eine relativ gute Übereinstimmung der Ladungen der parallelen Tests, zumindest was die Faktoren Komplexität, Plastizität und Fluency betrifft.

Stabilität
Der Autor versteht unter Stabilität generell Reliabilität, während hier lediglich die Retestreliabilität mit Stabilität bezeichnet wird.

Retest nach zwei Jahren:

für den Gesamttest:	$r_{tt} = 0{,}61$ (N = 73–78, Jungen),
	$r_{tt} = 0{,}67$ (N = 63–64, Mädchen)
für die Subtests:	$r_{tt} = 0{,}48$ im Mittel (N = 73–78, Jungen),
	$r_{tt} = 0{,}52$ (N = 63–64, Mädchen)

(Mittelwertsberechnung vom Ref.)

Retest nach 4 bis 5 Tagen: $r_{tt} = 0{,}85$ (N nicht angegeben)
Retest mit der Parallelform nach 1 Woche:
$r_{tt} = 0{,}74$ (N = 78)

7.3 Validität: Korrelation zwischen AIT und Stanford-Binet:
$r_{tc} = 0{,}60$ bis 0,69 (N = 233, 15 bis 18 Jahre, männliche Jugendliche)
$r_{tc} = 0{,}72$ (N = 50, 13 bis 16 Jahre)
Korrelation zwischen AIT (Form II) und IST:
$r_{tc} = 0{,}81$ (N = 233, 15 bis 18 Jahre, männliche Jugendliche)
Die größere Korrelation zum IST als zum Stanford-Binet-Test begründet der Autor mit der geringen verbalen Ausrichtung des AIT.

Kriterienbezogene Validität
Korrelation zwischen AIT und Batterie der „Begabung für Mechanik" von WALTHER:
$r_{tc} = 0{,}61$ (N = 510, 11 bis 18 Jahre, männliche Jugendliche)

t_{tc} = 0,56 (N = 97, 15 bis 17 Jahre, Technikum)
Korrelation zwischen Schulnoten der Hauptfächer mit AIT-Leistung:
1. Trimester des 1. Jahres: r_{tc} = 0,56 im Mittel, von 0,33 bis 0,77
3. Trimester des 2. Jahres: r_{tc} = 0,55 im Mittel, von 0,38 bis 0,73 (8 Schweizer Mittelschulklassen mit je 20 bis 30 Schülern beider Geschlechter).

1.2

Der Zusammenhang zwischen der Testleistung besser/schlechter als Schulleistung und einer Intelligenzform war nicht signifikant, der zwischen Testleistung besser/schlechter als Schulleistung und Beschreibungsvariablen wie Sorgfalt, Disziplin und Aktivität vs. Gegenteil signifikant (N = 36, Extremgruppen hinsichtlich der Diskrepanz Test-/Schulleistung).
Ferner wird eine Häufigkeitsverteilung der AIT-Ergebnisse von Abiturienten (N = 111) im Vergleich zu IST-Ergebnissen angegeben und im Zusammenhang mit dem Schulerfolg interpretiert.
Der Vergleich der Testresultate mit dem Alter (11 bis 17 Jahre) erbringt für die Subtests „Lücken" und „Analogien" einen Leistungsanstieg von 11 bis 13 Jahren, für „Bilder" und „Zahlen" einen solchen von 11 bis 12, für „Zeichnungen" einen relativ kontinuierlichen Leistungsabfall – wahrscheinlich aufgrund der zunehmenden produktbezogenen Selbstkritik des Jugendlichen – und schließlich für „Sätze" ein relativ konstantes Leistungsniveau. Die Kurven für den 20., 50. und 80. Prozentrang verlaufen hinreichend parallel.

Faktorielle Validität
Es wurden 6 Faktorenanalysen durchgeführt, in die unterschiedliche andere Aufgaben einbezogen wurden. Fast durchgängig konnten alle vier Faktoren nachgewiesen werden.

7.4 Normen: Der AIT wurde standardisiert nach PR (N = 1490). Das Gesamtergebnis, der Mittelwert aller Subtest-PR, ist verteilt mit einem Mittelwert von 50 und einem Sigma von 18. Diese Parameter wurden gewonnen an 876 Versuchspersonen im Alter von 12 bis 18 Jahren aller Schularten. Normen liegen in Dezilwerten vor für alle Subtests:

Form I: Jungen von 12 bis 15 Jahren,
Mädchen von 13 bis 15 Jahren;
Form II: Jungen von 12 bis 18 Jahren,
Mädchen von 12 bis 17 Jahren.

Die Mediane aller Subtests werden für verschiedene Populationen aus Schweizer Stadt-, Mittelland- und Berggebieten angegeben (N zwischen 293 und 468, Kinder zwischen 10;10 und 12;1).

8. Literatur

HILTMANN, H. (1960). *Kompendium der psychodiagnostischen Tests.* Bern: Huber.

HÖGER, D. (1967). Rezensionen über den AIT. Interpretation und Prüfungsanweisungen. *Diagnostica, 13,* 41–42.

Aufgaben zum Nachdenken (AzN 4+)

E. Hylla und B. Kraak – Neubearbeitung: H. Horn, E. Schwarz und U. Raatz

Herausgeber: Deutsches Institut für Internationale Pädagogische Forschung, Frankfurt/Main („Deutsche Schultests")

Weinheim: Beltz, 1976²

---

1. Testart

Begabungstest für den Übergang auf weiterführende Schulen

2. Testmaterial

Handanweisung, Testhefte Form A und B, transparente Auswertungsschlüssel; *zusätzlich:* Bleistifte, Radiergummis, Stoppuhr oder Uhr mit Sekundenzeiger, Wandtafel und Kreide für Demonstrationszwecke, Schild mit Hinweis auf die Testprüfung.

3. Testgliederung

Der Test konstituiert sich aus 5 Untertests: Rechnen, Analogien, Zahlenreihen, Satzergänzung und Instruktionsverständnis.

4. Grundkonzept

Um für die Übergangsauslese auf weiterführende Schulen (im 4. Volksschuljahr) ein objektives Verfahren für die Erfassung der „intellektuellen Begabung" – die für die Autoren mit Intelligenz synonym ist – zur Verfügung zu haben, wurde der Test AzN 4+ entwickelt. Er berücksichtigt logisches und abstrahierendes Denken, die Anpassungsfähigkeit an neue Situationen, die Lernfähigkeit und den Leistungsgrad bei Arbeiten mit numerischen und sprachlichen Symbolen. Schulische Fertigkeiten und Kenntnisse sollen ausgeklammert bleiben.

5. Durchführung

5.1 Alter: 9;0–11;0 Jahre. Schulklasse: 4. Klasse.

5.2 Formen: Gruppentest; Parallelformen A und B.

5.3 Handhabung: Exakte Instruktionen mit Zeitangaben für die Übungsbeispiele und Testzeiten, Angaben zur Testvorbereitung (Klassenraum, Test- und Schreibmaterial) und zum Verhalten des Testleiters (Lehrers) während der Testbearbeitung sind vorhanden.
Nach dem 3. Subtest wird eine zehnminütige Pause eingelegt.
Der AzN 4+ ist ein Papier- und Bleistift-Test, dessen Bearbeitung z. T. durch multiple Antwortwahl, z. T. durch Beantwortung nach der Ergänzungsmethode erfolgt.

5.4 Zeit: Testdauer (brutto) 110 Minuten, reine Testzeit 53 Minuten.

6. Auswertung

6.1 Modus: Der Rohwert für den Gesamttest wird per Auswertungsschlüssel gewonnen und in Normwerte (Prozentrangplatz, T-Wert) anhand von Tabellen transformiert.

6.2 Zeit: Keine Angaben.

7. Gütekriterien

7.1 Objektivität: Auf die Objektivität des Tests wird hingewiesen.

7.2 Reliabilität:

Item-Analyse
Aus den ursprünglich 3 Parallelformen wurden aufgrund der Item-Analyse 2 Formen mit Trennschärfenindizes über r_{it} = 0,30 und parallelen Schwierigkeiten erstellt.

Interne Konsistenz
Hohe Reliabilitätskoeffizienten (r = 0,95 bzw. 0,92) wurden für die 4. Klasse und das 5. Schuljahr im Gymnasium gefunden. Etwas darunter liegen die Koeffizienten für die Haupt- und Realschule (r = 0,88).

Stabilität
Ein Retest nach 4–6 Wochen (N = 344, 4. Klasse) erbrachte einen Stabilitätskoeffizienten von r = 0,90.

7.3 Validität: Die Ergebnisse mehrerer Validitätskontrollen von KÜHN (1976), LINDER (1975) und GEBAUER (1964) werden referiert. Danach korreliert der AzN 4+ mit dem Leistungsprüfsystem von HORN substantiell (r = 0,53 bis 0,67). Noch etwas höher fielen die Korrelationen mit Schulnoten der 4. Klasse aus (r = 0,58 bis 0,75). Mit dem Schulerfolg (ausgedrückt als Alternativmerkmal „versetzt"/„nicht versetzt") korreliert das Verfahren auch nach Jahren noch deutlich höher als andere Prüfverfahren (Grundschullehrerurteil, Aufnahmeprüfung, Kretschmer-Höhn-Test u. a. m.).

7.4 Normen: Die neue Normierung wurde von KÜHN 1974 durchgeführt. Die Eichstichprobe kann als repräsentativ für die Bundesrepublik (Bundesstatistik 1973) gelten. Folgende Normentabellen können für die Interpretation herangezogen werden: (1.) Normwerte für Schüler in 4. Klassen Grundschule, (2.) Altersnormen für Schüler in 4. Klassen, (3.) Normwerte für Schüler in 5. Klassen Hauptschule, (4.) Normen für 5. Klassen Realschule, (5.) Normwerte für Schüler in 5. Klassen Gymnasium, (6.) Altersnormen für Schüler in 5. Klassen). Außerdem gibt es vier Tabellen für Subtestergebnisse und eine Tabelle zur Umwandlung von Prozentrangplätzen in T-Werte und Abweichungs-Intelligenzquotienten (IQ).

Begabungstestsystem (BTS)

W. HORN
Göttingen: Hogrefe, 1972²

---

1. Testart Intelligenztest (Schultest)

2. Testmaterial Testbogen, Handanweisung, Auswertungstafel; *zusätzlich:* Bleistifte, Radiergummis, Stoppuhr.

3. Testgliederung Das BTS besteht aus 9 Untertests, die z. T. Weiterentwicklungen bekannter Tests von RUPP (Wabentest), GOODENOUGH (Draw-a-Man-Test), THURSTONE (Regelfinden), BOURDON (Durchstreichtest) und WEINSCHENK (Konzentrationstest) darstellen. Neben einem Rechen- und einem Rechtschreibtest wurden zwei Verbaltests aufgenommen.

4. Grundkonzept Die Auswahl der Untertests erfolgte nach ihrer Differenzierungsfähigkeit zwischen guten und schlechten Schülern. Dabei sollen „Intelligenz-, Schul- und Konzentrationsleistungen in einem wohlabgewogenen Verhältnis" (S. 7) erfaßt werden. Der Autor weist darauf hin, daß sich der Test besonders eignet für Sonderschulauslese und für die Begabtenauslese im Rahmen der Schullaufbahnberatung. Daher ist der Schwierigkeitsbereich der Aufgaben recht breit gestreut, um auch Schwachbegabten einen Einstieg in den Test zu ermöglichen und ein positives Leistungsgefühl zu geben.

5. Durchführung **5.1 Alter:** Ab 7;7 Jahren; nach oben wird keine Begrenzung angegeben.

5.2 Formen: Einzel- und Gruppentest; Parallelformen A und B.
Im Falle geringer Auswertungserfahrung und/oder Zeitmangel kann die Testbatterie gekürzt werden, wobei die beiden zeichnerischen Tests, die ca. ein Viertel der gesamten Testzeit einnehmen, ausgelassen werden.

5.3 Handhabung: Die Instruktionen werden nach exakten Angaben des Autors für jeden Untertest gegeben. Die Informationen betreffen auch die Verhaltensweisen des TI bei den Anweisungen. Vor fünf Untertests wird die zur Verfügung stehende Zeit den Probanden angesagt. Ebenso wird vor den meisten Untertests ein äquivalentes, im Antwortbogen nicht verzeichnetes Beispiel angeführt.
Die Probanden bearbeiten den Testbogen sowohl zeichnerisch als auch schriftlich.
Der Rechtschreibtest wird jüngeren Schülern in einer leichteren Form geboten, Schülern von der 6. Volksschulklasse an bzw. vom Ende der Sexta ab und Erwachsenen in einer z. T. schwierigeren Form.
Nach WEWETZER (1964) wird der Test wegen seiner breiten Aufgabenstreuung „am ehesten ... auf dem unteren Intelligenz-Niveau einzusetzen sein" (S. 212).

5.4 Zeit: Knapp 90 Minuten.

6. Auswertung

6.1 Modus: Ausführliche Auswertungsrichtlinien für die beiden zeichnerischen Untertests findet man in der Handanweisung. Die restlichen Untertestergebnisse können anhand einer praktischen Auswertungstafel kontrolliert werden.

Von allen Untertests wird die Punktsumme des Gesamttests ermittelt, wobei die Halbierung einiger Untertestsummen zu beachten ist. Die Punktsumme wird – auch für die gekürzte Form – unter Berücksichtigung des Alters in T-Werte transformiert. Für berufsspezifische Vergleiche stehen Quartilwerte zur Verfügung.

Außerdem sind für jeden Untertest altersbezogene T-Normen berechnet worden, die Profilinterpretationen von Gruppen und Einzelpersonen ermöglichen. Der Test ist vom Autor allerdings nicht zum Strukturtest entwickelt worden, da die Interkorrelationen relativ hoch sind (im Mittel r = 0,47) und bei einer Faktorenanalyse vom 1. Zentroidfaktor im Sinne des Spearman'schen g-Faktors voll ausgeschöpft wurden. Soll trotzdem eine Profilanalyse durchgeführt werden, so schlägt der Autor aufgrund eines anderen Drei-Faktoren-Ansatzes einen Vergleich von drei Untertestgruppen gemäß des Grundkonzeptes – Intelligenz/Schulleistung/Konzentration – vor.

Schließlich werden Interpretationshinweise in Form von Grenzwerten für Sonderschulbedürftigkeit und -verdacht sowie für eine Übernahme auf weiterführende Schulen gegeben.

6.2 Zeit: Keine Angaben.

7. Gütekriterien

7.1 Objektivität: Die genauen Durchführungs-, Auswertungs- und Interpretationshinweise legen eine objektive Testanwendung nahe. Speziell der Mannzeichentest muß anweisungsgemäß ausgewertet werden.

7.2 Reliabilität:

Interne Konsistenz
Halbierungsreliabilität (Korrektur nach Spearman-Brown): r_{tt} = 0,96 (N = 100, 10jährige Schüler).

Stabilität
Retest der Testbatterie
nach 2–5 Tagen: r_{tt} = 0,93 (N = 173, 2./3. Schuljahr)
nach 9 Monaten: r_{tt} = 0,90
Retest der Untertests
nach 2–5 Tagen: im Durchschnitt r_{tt} = 0,74 (Berechnung vom Ref.)
Vergleich der Normalform mit der gekürzten Form (ohne Zeichentests):
Differenz der Mittelwerte = 0,1 T-Werte (N = 183)

7.3 Validität:

Interne Validität:
Subtesttrennschärfe (Untertest: Gesamttest):
im Durchschnitt $r_{t(bat)}$ = 0,72 (Berechnung vom Ref.)
Korrelation zwischen BTS und Binet-Test:
r_{tc} = 0,48 (N nicht angegeben)

Einige Korrelationen zwischen einzelnen Untertests und äquivalenten Tests liegen bei geringem Stichprobenumfang (N = 34) zwischen 0,60 und 0,68.

Kriterienbezogene Validität
Korrelation zwischen Testergebnis und Lehrerurteil (Intelligenzkriterium: Schnelligkeit des Begreifens neuer Aufgaben): $r_{tc} = 0{,}70$ ($N = 231$), dabei in unteren Volksschulklassen weit höher als in den oberen ($r_{tc} = 0{,}80$ vs. 50).
Nach WEWETZER (1964) wird die gute Übereinstimmung nicht zuletzt deswegen erreicht, „weil die Gewichtigkeit des Untertests Rechtschreibung innerhalb des Gesamtwertes künstlich erhöht worden ist“ (S. 212).

7.4 Normen: Der Umfang der Eichstichproben umfaßt mehr als 5000 Prüfungsergebnisse, wobei die Kriterien Alter, Wohnort, Schulart bzw. Beruf, Geschlecht, Beruf des Vaters und Repetenten Berücksichtigung finden.
Mittelwert und Streuung des BTS entsprechen den gemittelten Werten vom HAWIK und SIT, was als Beleg der Repräsentativität der Eichstichprobe angesehen wird.
Bei den Erwachsenen beruhen die Normen allerdings vorwiegend auf männlichen Versuchspersonen. In allen Altersstufen wurde nicht nach Geschlechtern differenziert.
Man findet nach Alter aufgeschlüsselte T-Normen für alle Untertests, für den Geamttest, für die Kurzform; Quartilwerte für Berufsklassen (die jedoch zu einem Großteil auf sehr kleinen N beruhen). Die T-Werte können mit anderen Normen (PR, IQ, C, Z, S der 1. BTS-Auflage) verglichen werden.
Die T-Werte haben in der 2. Auflage eine andere Verteilung als die S-Werte in der 1. Auflage (1956), was für eine Interpretation in Art der Schulnoten wichtig ist.

8. Literatur

WEWETZER, K.-H. (1964). Intelligenztests für Kinder. In R. HEISS (Hrsg.), *Handbuch der Psychologie, Band 6: Psychologische Diagnostik,* 200–225. Göttingen: Hogrefe.

Berliner Intelligenzstruktur-Test (BIS-Test)

1.2

Form 4

A. O. JÄGER, H.-M. SÜSS und A. BEAUDUCEL

Göttingen: Hogrefe, 1996

---

1. Testart Intelligenztest

2. Testmaterial Handanweisung, 3 Aufgaben- und Instruktionshefte, Schablonen, Auswertungsmappe; zusätzlich: Schreibgerät, für den Untersuchungsleiter Stoppuhr und ggf. Paginierstempel oder Stanzgerät.

3. Testgliederung Der BIS besteht aus 45 Aufgaben, die eine große Bandbreite von Intelligenzleistungen erfassen. Die stellen eine empirisch fundierte Auswahl bekannter Intelligenz- und Kreativitätsaufgabentypen dar, die alle Komponenten des Berliner Intelligenzstrukturmodells (BIS) optimal repräsentieren sollen (Unberücksichtigt blieben bisher Aufgaben zur Erfassung der Praktischen und Sozialen Intelligenz und Aufgaben, die keine Leistungen, sondern Selbsteinschätzungen fordern.)

Insgesamt werden die Ausprägungsgrade von acht Fähigkeiten erfaßt, die sich vier operative, drei inhaltsgebundene und eine integrale einteilen lassen.

Operative Fähigkeiten:

K Verarbeitungskapazität
E Einfallsreichtum [mißt nicht nur Flüssigkeit (fluency), sondern auch kreative Ideenvielfalt]
B Bearbeitungsgeschwindigkeit
M Merkfähigkeit

Inhaltsgebundene Fähigkeiten:

V Sprachgebundenes Denken
N Zahlengebundenes Denken
F Anschauungsgebundenes Figural-bildhaftes Denken

Integrale Fähigkeit:

AI (bzw. g-BIS) Allgemeine Intelligenz

Die Verteilung der 45 Aufgaben auf die Skalen und Zellen ist der Tabelle zu entnehmen.

Mit der Kurzform (BIS-S) können lediglich zwei Kurzskalen gebildet werden: AI-S (Allgemeine Intelligenz), die 15 unabhängige Messungen umfaßt, und K-S (Verarbeitungskapazität), die auf 6 unabhängigen Messungen beruht.

Tabelle: Verteilung der Aufgaben auf die Skalen und Zellen

AI	F		V		N	
B	BD	Buchstaben-Durchstreichen	TG	Teil-Ganzes	XG	X-Größer
	OE	Old English	KW	Klassifizieren von Wörtern	SI	Sieben-Teilbar
	ZS	Zahlen-Symbol-Test	UW	Unvollständige Wörter	RZ	Rechen-Zeichen
M	OG	Orientierung-Gedächtnis	ST	Sinnvoller Text	ZP	Zahlen-Paare
	FM	Firmen-Zeichen	WM	Worte-Merken	ZZ	Zweistellige Zahlen
	WE	Wege-Erinnern	PS	Phantasiesprache	ZW	Zahlen-Wiedererkennen
E	LO	Layout	EF	Eigenschaften-Fähigkeiten	DR	Divergentes Rechnen
	ZF	Zeichen-Fortsetzen	MA	Masselon	TN	Telefon-Nummern
	OJ	Objekt-Gestaltung	IT	Insight-Test	ZG	Zahlen-Gleichungen
	ZK	Zeichen-Kombinieren	AM	Anwendungsmöglichkeiten	ZR	Zahlenrätsel
K	AN	Analogien	WA	Wortanalogien	ZN	Zahlenreihen
	CH	Charkow	TM	Tatsache-Meinung	Sc	Schätzen
	BG	Bongard	SV	Schlüsse-Vergleichen	TL	Tabellen-Lesen
	FA	Figuren-Auswahl	WS	Wortschatz	Rd	Rechnerisches Denken
	AW	Abwicklungen	SL	Schlüsse	BR	Buchstabenreihen

Randspalte und -zeile: Die BIS-Fähigkeiten
AI Allgemeine Intelligenz: Aggregat aller 45 Aufgaben

4. Grundkonzept

Das hierarchisch und bimodale Berliner Intelligenzstrukturmodell (BIS) von JÄGER (1982) bildet die fähigkeitstheoretische Grundlage des Verfahrens. Unter Hierarchie der Fähigkeitskonstrukte versteht der Autor die Rangfolge ihrer Generalitätsgrade. Die Bimodalität bezieht sich auf die Annahme, daß Intelligenzleistungen durch mindestens zwei Fähigkeiten unterschiedlicher Art und Weise, nämlich einer operativen und einer inhaltsgebundenen, bedingt sind. Die eingefügte Abbildung zeigt die gegenwärtige Fassung dieses Modells.

Im Gegensatz zur üblichen Skalenkonstruktionen, bei der nur typgleiche Aufgaben verwendet werden, handelt es sich hier um Skalen, die aus typenverschiedenen Aufgaben baukastenartig zusammengestellt wurden. Ziel dieser Skalenbildung war die Maximierung *fokussierter* Varianzanteile bei gleichzeitiger Minimierung *nicht intendierter* Varianzanteile. Ausschlaggebend war also die funktionale Äquivalenz (Ähnlichkeit der Varianzanteile) innerhalb der Skalen und nicht die Typgleichheit der Items. In der Handanweisung wird die Testentwicklung detailliert dargestellt.

Das Modell ist offen für Ergänzungen und für eine Binnendifferenzierung der in sich komplexen Konstrukte. Nach entsprechenden Konstruktionsprinzipien lassen sich aus den vorliegenden Aufgaben neue Skalen entwickeln, die der Klärung spezieller diagnostischer Fragestellungen dienen können.

5. Durchführung

5.1 Alter: Das Verfahren wurde für Jugendliche und jüngere Erwachsene mit Ober- und Mittelschulbildung entwickelt. Die Autoren empfehlen seine

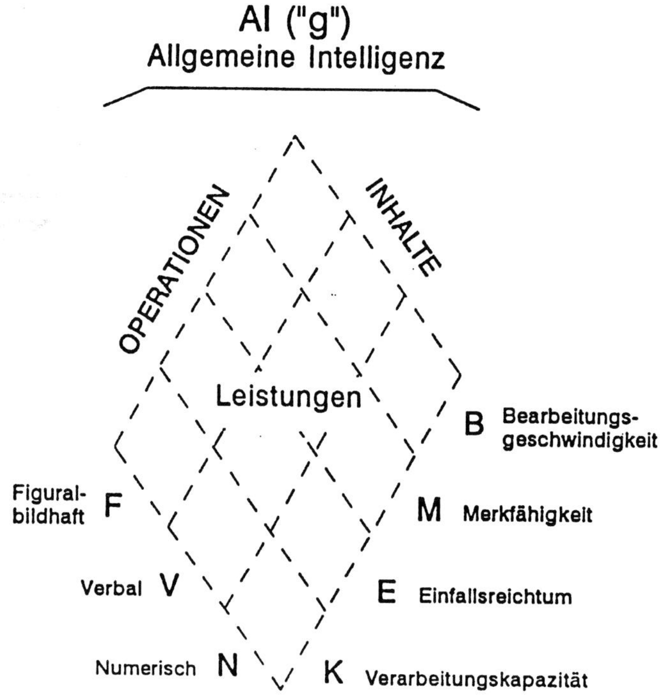

Berliner Intelligenzstrukturmodell (BIS)

Anwendung im Altersbereich von 15 bis 25 Jahren. Vorläufige Normen existieren nur für 16- bis 19jährige.

5.2 Formen: Das Verfahren, das auch in einer Kurzform (BIS-S) vorliegt, ist als Gruppen- oder Einzeltest durchführbar.

5.3 Handhabung: Vor Anwendung des BIS-Tests im Ernstfall müssen die Untersuchungsleiter/innen (UI) unbedingt Vorerfahrungen im Selbstversuch und in einem Vorversuch mit einer Gruppe gesammelt haben! Zu den Rahmenbedingungen von Gruppenuntersuchungen gehören u. a. folgende Forderungen: Limitierung der Gruppengröße auf maximal 30 Probanden und Einsatz von (möglichst *zwei* UI, die für eine streng standardisierte Testdurchführung zu sorgen haben. Damit die drei zu bearbeitenden Aufgabenhefte eindeutig individuell zugeordnet werden können, müssen die Deckblätter entsprechend (z. B. mit Kennummern) signiert werden.
Der/die leitende UI gibt zu Beginn der Untersuchung die «Einführung und allgemeine Instruktion der Proband/inn/en», die den jeweiligen örtlichen Verhältnissen anzupassen ist. Alsdann sind die Testaufgaben in der vorgeschriebenen Reihenfolge und unter strikter Einhaltung der Bearbeitungszeiten (Stoppuhr!) vorzugeben. Zwei Pausen von ca. zehn Minuten Dauer müssen eingelegt werden, wenn die Gesamtform durchgeführt wird. Die erste nach Beendigung des ersten Testheftes, die zweite nach Bearbeitung des zweiten Heftes. Die Aufgaben der Kurzform (BIS-S) befinden sich ausnahmslos in Heft 2.

Der/die zweite UI hat die Aufgabe, unabhängig vom ersten UI die Bearbeitungszeiten zu kontrollieren und das Untersuchungsprotokoll zu führen. Darin werden alle für den Untersuchungsablauf relevanten Ereignisse (z. B. Abweichungen von den vorgeschriebenen Bearbeitungszeiten, Störungen, Täuschungsversuche, gravierende Rückfragen) dokumentiert.

5.4 Zeit: Die Bearbeitungszeit (Netto-Testzeit ohne Instruktionszeit) für den Gesamttest beträgt eine Stunde, fünfunddreißig Minuten und vierzig Sekunden. Rechnet man die Instruktionszeiten, die auf modifizierbaren Erfahrungswerten beruhen, hinzu, dauert die Testdurchführung insgesamt etwa zwei Stunden und zehn Minuten.
Die Kurzform des Verfahrens kann in ca. 47 Minuten durchgeführt werden.

6. Auswertung

6.1 Modus: Zur Vermeidung von Auswertungsfehlern wird dringend empfohlen, bei Gruppenuntersuchungen aufgabenweise und nicht, wie sonst üblich, personenweise auszuwerten. Da dabei die Aufgabenhefte auseinandergenommen werden müssen, sind zuvor *alle Aufgabenseiten* mit den Kennummern der Proband/inn/en (am besten mit einem Paginierstempel oder Stanzgerät) zu signieren. Wichtig ist auch, daß die ermittelten Rohwerte durch einen unabhängigen zweiten Auswerter zumindest stichprobenweise kontrolliert werden. Damit bei E-Aufgaben eine konsistente Anwendung des Kategoriensystems gewährleistet wird, bedürfen diese unbedingt einer kompletten Zweitauswertung.
Für die Auswertung der Rohwerte von K-, B- und viele M-Aufgaben stehen Schablonen zur Verfügung. E-Aufgaben werden erstens nach dem U-Modus (Ideenflüssigkeit: Anzahl instruktionsgemäßer Lösungen) und zweitens nach dem X-Modus (Ideenflexibilität: Anzahl unterschiedlicher Kategorien, aus denen die instruktionsgemäßen Lösungen stammen) ausgewertet. Ein dafür vorgesehenes PC-Programm („SEED-V2.3" von FAULHABER) kann den Arbeitsaufwand verkürzen und die Objektivität der Bewertungen erhöhen. Allerdings läßt sich kaum vermeiden, daß in einigen Fällen Zusatzklassifikationen notwendig werden.
Grundsätzlich gilt, daß für alle Auswertungsmöglichkeiten genaue und differenzierte Vorschriften angegeben werden, die unbedingt einzuhalten sind. Dies trifft auch auf die Erstellung der Leistungsprotokolle für den Gesamt- bzw. Kurztest zu, die der manuellen Bestimmung der vorläufigen Normwerte für die individuellen Skalenleistungen dienen. Neben den Skalenleistungen können aber auch Faktorwerte als Fähigkeitsmaße benutzt werden. Die Verwendung der Faktorwerte, die ebenfalls vorläufig normiert sind, wird empfohlen, weil sie unabhängiger voneinander sind als die Skalenleistungen und sich daher für Profildarstellungen von Fähigkeiten besser eignen.
Das PC-Programm („BIS-PC V4.2") kann die Auswertung erheblich erleichtern. Nach Eingabe der ermittelten Rohwerte und Probandenmerkmale erstellt es u. a. Dateien für Roh- und Normwerte, Profilbogen für Skalen und Faktorwerte sowie eine ASCII-Datei, die z. B. zur Weiterverarbeitung in Statistikprogrammen genutzt werden kann.

6.2 Zeit: Die Auswertungszeiten hängen von der Erfahrung der Auswerter ab. Als grober Anhaltspunkt kann ungefähr eine halbe Stunde für die Auswertung des Gesamttests eines Pb veranschlagt werden.

7. Gütekriterien

7.1 Objektivität: Mit einigen unvermeidbaren Einschränkungen, die vornehmlich den „X-Modus“ der E-Antworten betreffen, kann die Objektivität des Verfahrens als gegeben angesehen werden.

7.2 Reliabilität: Die Handanweisung enthält Daten zur inneren Konsistenz, Split-Half-Koeffizienten und Retest-Koeffizienten zur Beurteilung der zeitlichen Stabilität. Die Angemessenheit der Reliabilitätskontrollen wird kurz diskutiert.
Die *innere Konsistenz* der Skalen liegt mit Cronbach Alpha zwischen 0,75 für M (Merkfähigkeit) und 0,89 für AI (Allgemeine Intelligenz)).
Ähnliche Werte ergab die Zuverlässigkeitsprüfung nach der *Unterteilungsmethode (Split-Half)* mit Korrektur nach der Spearman-Brown Formel. Die Teilung der Skalen in zwei Hälften erfolgte nach Zufall. Den höchsten Reliabilitätskoeffizienten (0,90) erreichte erwartungsgemäß die Allgemeine Intelligenz-Skala (AI), gefolgt von K (Verarbeitungskapazität) mit r = 0,84. Die Skalen V (Sprachgebundenes Denken) und N (Zahlengebundenes Denken) mit jeweils r = 0,82 und die E-Skala (Einfallsreichtum) mit r = 0,80 liegen knapp darunter. Zwischen r = 0,77 und 0,75 rangieren die übrigen Skalen: F (Figural-bildhaftes Denken), B (Bearbeitungsgeschwindigkeit) und M (Merkfähigkeit).
Da *Retest*-Messungen mit dem BIS-4 bisher nicht vorliegen, werden Stabilitätsprüfungen der beiden Vorformen BIS-2 und BIS-3 als „lower bound“-Schätzungen angegeben. SCHMIDT et al. (1986) ermittelten Retest-Koeffizienten nach 4 Monaten für die BIS-Skalen im Bereich von 0,75 bis 0,88 (N = 112). Die Retest-Stabilität, die SÜSS et al. (1991) nach einem Jahr fanden, streute zwischen 0,65 und 0,90 (N = 137). Nach einem Zeitraum von 4 Jahren konnte JÄGER (1982) noch relativ hohe Stabilitätskoeffizienten von 0,70 bis 0,88 (N = 347) nachweisen.
Außerdem wurde die *Stabilität der Faktorwerte* nach einem Jahr von SÜSS et al. (1991) festgestellt. Diese Stabilitätswerte, die tendenziell etwas niedriger liegen als die der Skalen, reichen von 0,65 bis 0,85 (N = 137).
Insgesamt gesehen streuen die mit verschiedenen Methoden ermittelten Zuverlässigkeitswerte zwischen 0,65 und 0,90. Als verhältnismäßig reliabel und zeitstabil ($r_{tt} > 0,80$) erwiesen sich durchweg die Skalen und Faktorwerte von AI, K und N.

7.3 Validität: Im Rahmen der *Konstruktvalidierung* wurde anhand der Normierungsstichprobe überprüft, wie gut der BIS-4 Test das Berliner Intelligenzstrukturmodell repräsentiert. Das Ergebnis bestätigte die Erwartungen: Die postulierte Struktur des BIS konnte vollständig repliziert werden.
Außerdem werden topographische Analysen von HUDI (1992) und Ergebnisse einer Grazer Untersuchung (NEUBAUER & BUCIK) referiert.
Belege zur *Kriteriumsvalidierung* werden noch ergänzt.

7.4 Normen: Es liegen vorläufige Normen (Standardwerte) für den Gesamttest und für die Kurzskala vor. Aufgeschlüsselt sind die Normentabellen nach zwei Altersgruppen (14- bis 17jährige und 18- bis 19jährige). Die Normierungsstichprobe, die in der Handanweisung näher beschrieben wird, bestand aus 478 deutschschweizerischen Proband/inn/en im Alter von 16 bis 19 Jahren. Ihr Bildungsgrad ist mit Oberschülern (Gymnasiasten) und Mittelschülern der Bundesrepublik Deutschland vergleichbar. Auf den Abdruck der Normentabellen für die Faktorwerte wurde wegen der Fehleranfälligkeit einer aufwendigen manuellen Auswertung verzichtet.

8. Literatur

FAULHABER, J. (1987). *Dokumentation zum Verfahren für bimodale Skalenkonstruktion und dem Programm Verbis.* Werkauftrag im Forschungsprojektschwerpunkt „Produktives Denken/Intelligentes Verhalten". Freie Universität Berlin, Fachbereich Erziehungs- und Unterrichtswissenschaften, Institut für Psychologie.

HULDI, M. (1992). Replikation des Berliner Intelligenzstrukturmodells bei Schweizer Mittelschülern. In L. MONTADA (Hrsg.) *Bericht über den 38. Kongreß der Deutschen Gesellschaft für Psychologie in Trier 1992, Bd. 2* (S. 207). Göttingen: Hogrefe.

JÄGER, A. O. (1982). Mehrmodale Klassifikation von Intelligenztestleistungen. Experimentell kontrollierte Weiterentwicklung eines deskriptiven Intelligenzstrukturmodells. *Diagnostica, 28,* 195–226.

SCHMIDT, J. U., BROCKE, B., JÄGER, A. O., DOLL, J. & KÖNIG, S. (1986). *Entwicklung eines Tests für das Berliner Intelligenzstrukturmodell.* Arbeitsbericht 4 des Forschungsprojektschwerpunkts „Produktives Denken/Intelligentes Verhalten". Freie Universität Berlin, Fachbereich Erziehungs- und Unterrichtswissenschaften, Institut für Psychologie.

SÜSS, H.-M., KERSTING, M. & OBERAUER, K. (1991). Intelligenz und Wissen als Prädiktoren für Leistungen bei computersimulierten komplexen Problemen. *Diagnostica, 37,* 334–352.

Anmerkung: Als Besprechungsexemplar lag ein noch ergänzungsbedürftiges Manuskript der Handanweisung vor.

Bildertest 1–2 (BT 1–2)

Deutsche Bearbeitung des Moray House Picture Intelligence Test 1 von H. HORN et al. – Neubearbeitung: R. KÜHN und R. HECK-MÖHLING
Herausgeber: Deutsches Institut für Internationale Pädagogische Forschung, Frankfurt/Main („Deutsche Schultests")
Weinheim: Beltz, 1994[2]

---

1. Testart Intelligenztest, Schultest

2. Testmaterial Testanleitung, Testhefte, Auswertungsschlüssel, bei Klassenuntersuchungen eine Klassenliste; *zusätzlich:* Bleistifte, Stoppuhr oder Uhr mit Sekundenzeiger, Wandtafel und Kreide für Demonstrationszwecke, Schild mit Hinweis auf die Testprüfung.

3. Testgliederung Der BT 1–2 besteht aus 8 Untertests und stellt die deutsche Bearbeitung des „Moray House Picture Intelligence Test 1" von MELLONE und THOMSON dar. Beispiele für das verwendete Bildmaterial zeigt die folgende Abbildung.

Das nicht zu den anderen passende Bild soll herausgefunden werden.

Das linke Bild soll ergänzt werden.

Das Bild, das etwas Unsinniges darstellt, soll ermittelt werden.

4. Grundkonzept

Der Test soll zuverlässige Diagnosen und Prognosen der intellektuellen Begabung für Schüler der ersten und der zweiten Volksschulklasse (6- bis 8jährige) liefern. Aufgrund der Ergebnisse von KEMMLER und HECKHAUSEN (1962), wonach Intelligenztests Voraussagewert für Schulreife und -erfolg besitzen, bietet der BT 1–2 dem Lehrer einen Überblick über das klassenspezifische Leistungsniveau, vor allem wenn keine Schulreifeuntersuchungen durchgeführt wurden.
Geprüft werden in 8 Untertests das Instruktionsverständnis, die Begriffsbildung, die Differenzierungsfähigkeit in der optischen Wahrnehmung und beim Ordnen räumlicher und zeitlicher Folgen und schließlich das Umweltverständnis und die Fähigkeit, Gesetzmäßigkeiten zu entdecken.
Bei der Anwendung des BT 1–2 im zweiten Schuljahr muß auf eine geringe Differenzierungsleistung im oberen Intelligenzbereich aufmerksam gemacht werden. Besser differenziert das BT 1–2 im unteren Intelligenzbereich.

5. Durchführung

5.1 Alter: 6–8Jahre. Schulklasse: 1 bis 2.

5.2 Formen: Gruppentest ohne Parallelform.

5.3 Handhabung: Es handelt sich um einen Papier- und Bleistift-Test, der nach dem Multiple-Choice-Verfahren (4- bis 6fache Antwortwahl) bzw. nach dem Ergänzungsverfahren bearbeitet wird. Genaue Anleitungen zur Testdurchführung liegen vor.

5.4 Zeit: Für den gesamten Testablauf inklusive Pause in der 1. Schulklasse ca. 110 Minuten, in der 2. Schulklasse ca. 85 Minuten. Die reine Testzeit beträgt 29,5 Minuten. Empfohlen wird, die Testdurchführung auf zwei Tage zu verteilen.

6. Auswertung

6.1 Modus: Mit Hilfe des Auswertungsschlüssels werden die richtigen Lösungen ermittelt. Die Gesamtzahl richtiger Lösungen bildet den Gesamtrohwert, der anhand der Normentabellen in den Prozentrangplatz bzw. T-Wert transformiert wird. Zusätzlich besteht die Möglichkeit, den T-Wert in den Abweichungsintelligenzquotienten (IQ) umzuwandeln.

6.2 Zeit: Keine Angaben.

7. Gütekriterien

7.1 Objektivität: Auf die Objektivität des Tests wird hingewiesen.

7.2 Reliabilität: Die Handanweisung enthält Angaben sowohl über Schwierigkeits- und Trennschärfeindizes der einzelnen Items als auch über die Interkorrelationen der Teiltests. Die interne Konsistenz des Gesamttests, nach der Halbierungsmethode berechnet (korrigiert nach der Spearman-Brown-Formel) kann als gut bezeichnet werden (r = 0,94 bzw. 0,95). Die Stabilität über einen Zeitraum von vier bis sechs Wochen beträgt r_{tt} = 0,75 für das 1. Schuljahr (N = 278) und r_{tt} = 0,85 für das 2. Schuljahr (N = 259).

7.3 Validität: Der BT 1–2 korreliert mit anderen Intelligenztests („Primary Mental Abilities“ von THURSTONE, „Prüfsystem für Schul- und Bildungsberatung“ von HORN und „CCM 1–3“ von SCHUCK et al.) um 0,58 bis 0,67. Etwas geringer ist der Zusammenhang zwischen dem BT 1–2 und den „Frankfurter Denkaufgaben für 3. und 4. Klassen (FDA 3–4)“: r = 0,36 (3. Klassen, N = 280) und r = 0,40 (4. Klassen, N = 306).

7.4 Normen: Die umfangreiche Eichstichprobe ist für die (alten) Bundesländer der Bundesrepublik Deutschland annähernd repräsentativ. Drei Normentabellen enthalten Prozentrangplätze und T-Werte (1.) für das erste Halbjahr des ersten Schuljahres, (2.) für das zweite Halbjahr des ersten Schuljahres und (3.) für das zweite Halbjahr der zweiten Klasse. Die Stichprobengrößen, auf denen die Normen basieren, liegen jeweils bei N ~ 1600. Eine vierte Tabelle ermöglicht die Umwandlung der T-Werte in Abweichungsintelligenzquotienten (IQ).

Bildertest 2–3 (BT 2–3)

K. INGENKAMP
Herausgeber: K. INGENKAMP („Deutsche Schultests")
Weinheim: Beltz, 1976²

---

1. Testart Intelligenztest, Schultest

2. Testmaterial Testanweisung, Testhefte, Klassenliste, transparente Auswertungsschablone; *zusätzlich:* Bleistifte, Stoppuhr, Tafel und Kreide für Demonstrationszwecke.

3. Testgliederung Die 1976 erschienene neue Bearbeitung des BT 2–3 besteht aus 5 (früher 7) Testteilen mit insgesamt 67 Aufgaben: (1.) Anweisungsverständnis, (2.) Unterscheidungsfähigkeit, (3.) Verständnis von Folgen, (4.) Raumorientierung und (5.) Analogiebildung.

4. Grundkonzept Das Verfahren ist aus dem „Deeside Picture Test For Seven-Year-Olds" von EMMET (1956) hervorgegangen. Auf der Grundlage langjähriger Erfahrungen konnte es weiterentwickelt und an deutsche Verhältnisse besser angepaßt werden. Der Bildertest 2–3 ist kein sprachfreier Test im eigentlichen Sinne, er benötigt verbale Anweisungen und soll „die für den Schulerfolg wichtigen verbalen Faktoren der Intelligenz in angemessenem Maße" (S. 4) erfassen. Er wird in Schulklassen als Gruppentest zur Untersuchung der allgemeinen intellektuellen Leistungsfähigkeit („generalibility") eingesetzt.

5. Durchführung **5.1 Alter–Klasse:** Vom 4. Quartal der 1. Schulklasse bis 1. Hälfte der 3. Schulklasse. Vorzugsweise 2. Klassen.

5.2 Formen: Gruppentest mit Parallelformen A und B.

5.3 Handhabung: Exakte Instruktionen werden gegeben. Weiterhin sind Hinweise für die Vorbereitung und für das Verhalten des Testleiters – und ggf. des Helfers – vorhanden.
Der BT 2–3 ist ein Papier- und Bleistift-Test, den die Schüler nach dem Multiple-Choice-Verfahren bearbeiten.

5.4 Zeit: Testdauer (mit Pause) ca. 45 Minuten, reine Testzeit 13,5 Minuten.

6. Auswertung **6.1 Modus:** Die Auswertung erstreckt sich auf die Rohwertermittlung für den Gesamttest (per Schablone), Transformation in Normwerte und ihre Interpretation, die detailliert beschrieben werden.

6.2 Zeit: Keine Angaben.

7. Gütekriterien **7.1 Objektivität:** Die Voraussetzungen für eine objektive Durchführung, Auswertung und Interpretation sind gegeben.

7.2 Reliabilität: Die nach Spearman-Brown aufgewertete Halbierungszuverlässigkeit des Gesamttests beträgt r = 0,95, während die Zuverlässigkeitskoeffizienten der Subtests im Bereich zwischen 0,58 und 0,91 liegen. Die Paralleltestzuverlässigkeit, an 251 Schülern der 2. Klassen bei einem Intervall von 3 bis 10 Tagen ermittelt, ergab r = 0,785.

7.3 Validität: Angegeben werden die Ergebnisse mehrerer Untersuchungen zur Überprüfung der Übereinstimmungsgültigkeit. Sie zeigen u. a. mittlere Zusammenhänge des BT 2–3 mit dem Lehrerurteil über die Intelligenz der Schüler (r = 0,55), mit der als sprachfrei bezeichneten Columbia Mental Maturity Scale (r = 0,63), mit den Zensuren in den Fächern Deutsch, Mathematik und Sachkunde (r = 0,62 bis 0,68), mit dem HAWIK-Verbal-IQ (r = 0,54), dem Handlungs-IQ (r = 0,63) und dem HAWIK-Gesamt-IQ (r = 0,63). Hinsichtlich der Untertests ist zu sagen, daß sie in keinem differenzierten fachspezifischen Zusammenhang mit bestimmten Unterrichtsfächern stehen. Daher kann von den Untertestergebnissen nicht auf fachspezifische Lernerfolge geschlossen werden. Eine Faktorenanalyse verdeutlicht, „daß der BT 2–3 mit seinem Untertests praktisch nur auf einem Faktor ‚Allgemeine intellektuelle Leistungsfähigkeit' lädt" (S. 29).

7.4 Normen: Elf Normentabellen, getrennt nach Form A und B, stehen für die Interpretation der Gesamt- bzw. Teiltestwerte zur Verfügung. Sie berücksichtigen normalaltrige und überalterte Schüler der ersten, zweiten und dritten Klassen. Tabelliert sind Prozentrangbänder bzw. Prozentrangplätze, mittlere T-Werte und IQ-Bänder. Die entsprechenden Eichstichproben sind von unterschiedlicher Größe, umfangreiche Stichproben (n > 700) liegen den Normen für normalaltrige Schüler der zweiten und dritten Klassen zugrunde.

Columbia Mental Maturity Scale (CMM 1–3)

K.-D. SCHUCK, D. EGGERT und U. RAATZ

Herausgeber: Deutsches Institut für Internationale Pädagogische Forschung („Deutsche Schultests")

Weinheim: Beltz, 1994[2]

---

1. Testart Sprachfreier Intelligenztest

2. Testmaterial Handanweisung (DIN A4, 25 Seiten), Testheft (einmal verwendbar), Auswertungsschablone; *zusätzlich:* Schreibwerkzeug.

3. Testgliederung Der CMM 1–3 besteht aus 50 Items, die nicht weiter untergliedert sind.

4. Grundkonzept Es handelt sich um einen sprachfreien Intelligenztest für die Grundschule, der eine Abschätzung der allgemeinen Intelligenz in relativ kurzer Zeit und im Gruppenversuch ermöglichen soll.

5. Durchführung **5.1 Alter–Klassen:** Für 6- bis 9jährige Grundschüler, 1. bis 3. Klassen.

5.2 Formen: Gruppentest ohne Parallelform.

5.3 Handhabung: Als Testvorlagen dienen verkleinerte und leicht modifizierte Original-Items der amerikanischen Ausgabe, die im 4-Farben-Druck hergestellt sind. Die Items enthalten jeweils fünf bildhaft dargestellte Objekte, von denen eines sich dem zugrundeliegenden Ordnungsprinzip nicht zuordnen läßt. Dieses Objekt, das zu den übrigen Objekten „nicht paßt", soll von der Vp herausgefunden werden.

5.4 Zeit: Die Testdauer beträgt 20–30 Minuten (brutto).

6. Auswertung **6.1 Modus:** Die Auswertung wird durch eine Schablone vereinfacht.

6.2 Zeit: Der Zeitbedarf für die Auswertung ist relativ gering.

7. Gütekriterien **7.1 Objektivität:** Durchführungs- und Auswertungsobjektivität sind gesichert.

7.2 Reliabilität: Die Zuverlässigkeit des Verfahrens wurde nach der Unterteilungs- bzw. Halbierungsmethode geprüft. Die Werte liegen knapp unter r = 0,9. Die Prüfung der inneren Konsistenz nach Kuder-Richardson erbrachte (bei N = 771) einen Koeffizienten von r = 0,87, die Halbierungszuverlässigkeit (Spearman-Brown) beträgt r = 0,88 (N = 771).

7.3 Validität: Korreliert wurden Ergebnisse des CMM 1–3 mit denen des Frankfurter Analogietests (FAT 4–6 bzw. FAT 7–8), die an Schülern 7. und 9. Hauptschulklassen erhoben worden waren. Die Validitätskoeffizienten erreichen eine Höhe von r = 0,56 bzw. 0,61.

7.4 Normen: Angegeben sind Alters- und Klassennormen für eine repräsentative Stichprobe (N = 8437) aus dem gesamten Bundesgebiet. Dargestellt sind die Normen in Form von Prozentrangplätzen und T-Werten, die ggf. mit Hilfe einer beigefügten Tabelle in T-Werte transformiert werden können.

Denksport-Test (DST)*

G. A. Lienert

Göttingen: Hogrefe, 1964

---

1. Testart Intelligenztest

2. Testmaterial Handanweisung, Testbogen, Antwortblätter, Lösungsschablonen; *zusätzlich:* Bleistifte, Uhr.

3. Testgliederung Der DST setzt sich aus 15 Problemaufgaben zusammen, die eine Auswahl von 60 Aufgaben darstellen und nach „ansteigender Schwierigkeit, höchster Trennschärfe und gleichmäßiger Verteilung der falschen Antwortmöglichkeiten" (S. 4) selegiert wurden.

4. Grundkonzept Der Test verlangt Einfallsreichtum sowie schlußfolgerndes und kritisches Denken. Mathematische Kenntnisse und Gedächtnisleistungen sollen möglichst nicht zum Tragen kommen. Nach diesen inhaltsvaliden Kriterien wurden die Items ausgewählt.

Es handelt sich beim DST um einen Niveautest mit einem Niveauindex von $w = 0{,}82$ (reiner Niveautest $\approx 1{,}00$).

Die Anwendungsmöglichkeiten des DST erstrecken sich auf Intelligenzprüfungen, bei denen der Testleiter für den Test wenig Zeit zur Verfügung hat, denn beim DST ist er weitgehend entlastet; auf Diagnosen der geistigen „Schärfe und Wendigkeit (im Problemlösungsverhalten)" (S. 13); auf Testfälle neurotischer Personen, die auf Niveautests am besten ansprechen.

5. Durchführung **5.1 Alter:** 17 bis 19 Jahre, Primaner und Primanerinnen. Der Test ist außerdem adäquat für Oberschüler, Abiturienten, Studenten und Akademiker, allerdings nur im Vergleich zur Normpopulation. Das Alter der Testpersonen sollte 14 Jahre nicht unterschreiten und 50 Jahre nicht übersteigen.

5.2 Formen: Einzel- und Gruppenuntersuchungen. Für letztere stehen zwei Pseudoparallelformen A und B zur Verfügung, die sich lediglich in den Positionen ihrer Antwortmöglichkeiten unterscheiden.

5.3 Handhabung: Der Autor gibt einige Bedingungen zur Gruppendurchführung an, die die Vorbereitung und Kontrolle während der Bearbeitung betreffen. Die Instruktionen stehen im Testbogen und werden von den Testpersonen gelesen. Jede Aufgabe ist nach dem Multiple-Choice-Verfahren mit 5 Alternativen auf gesonderten Antwortblättern zu beantworten.

5.4 Zeit: 45 Minuten Bearbeitungszeit.

---

* Der DST ist nicht mehr komplett lieferbar, eine Neuauflage ist nicht geplant.

6. Auswertung

6.1 Modus: Der Rohwert wird per Schablone (A oder B) ausgezählt und anhand der Normentafeln in Standardwerte übertragen.

6.2 Zeit: Keine Angaben.

7. Gütekriterien

7.1 Objektivität: Die Durchführungs- und Auswertungsobjektivität sind gewährleistet, während die Interpretationsobjektivität aufgrund der schmalen Eichbasis für große Teile des angesprochenen Konsultantenbereichs nicht eindeutig zu bestimmen ist.

7.2 Reliabilität:

Interne Konsistenz
Split-Half-Methode: r_{tt} = 0,83 (N = 323, Primaner und Primanerinnen, getrennt)
Inter-Item-Konsistenz:
Schätzung nach Kuder-Richardson-Formel 8:
r_{tt} = 0,75 (N = 513, Primaner und Primanerinnen, koedukativ)
r_{tt} = 0,78 (N = 323, Primaner und Primanerinnen, getrennt)

Schätzung nach GULLIKSEN:
r_{tt} = 0,82 (N = 513, Primaner und Primanerinnen, koedukativ)

Retestuntersuchungen mußten wegen der grundsätzlichen Erinnerungsmöglichkeit an die erste Darbietung unterbleiben. Bei der Vorauswahl der Items blieben zu wenig Aufgaben zurück, als daß es zu einer Parallelform gereicht hätte.

Kritische Differenz für interindividuelle Vergleiche
bei zweiseitiger Fragestellung U_{crit} = 8,7 SW
bei einseitiger Fragestellung U_{crit} = 7,3 W

Die einseitige Fragestellung kommt dann zur Anwendung, wenn anderweitige Quellen ein höheres Leistungsniveau des Probanden wahrscheinlich machen.

7.3 Validität:

Kriterienbezogene Validität
Korrelationen mit Schulnotenurteil über produktive (vs. reproduktive) Intelligenz nach Lehrerbeurteilung: r_{tc} = –0,22 (N = 81).
Die negative Korrelation ergibt sich aus der Korrelation hoher DST-Ergebnisse mit guten Noten (= niedrige Zahlen).
Nach Minderungskorrektur mit der Annahme von r_{cc} = 0,50 (!) steigt der Validitätskoeffizient lediglich auf 0,31.
Die reproduktive Intelligenzeinschätzung korreliert gegen 0 mit dem Testergebnis. Wenn der Autor feststellt, „daß hohe Korrelationen schon aus dem Grunde nicht zu erwarten waren, weil das, was ein Lehrer unter ‚produktiver' Intelligenz versteht, und das, was der Test erfaßt, nur entfernt vergleichbar ist" (S. 9), dann muß kritisch die Frage gestellt werden, wieso eigentlich auf solch ein labiles Validitätskriterium zurückgegriffen wurde.
Kontrastvergleiche zwischen Primaner- und Berufsschülerleistungen im DST: r_{tc} = 0,35 (N = 666). Diese sehr signifikante Differenz spricht nach Ansicht des Autors dafür, „daß der Test u. a. jenen Aspekt der Intelligenz erfaßt, hinsichtlich dessen sich Primaner(innen) von gleichaltrigen Berufs-

schüler(innen) unterscheiden" (S. 9). Diese Feststellung läßt allerdings den Intelligenzaspekt offen und setzt voraus, daß Primaner a priori eher etwas mit einfallsreichem, schlußfolgerndem und kritischem Denken zu tun haben als Berufsschüler. Diese Voraussetzung ist aber aufgrund der Ergebnisse nicht-verbaler Intelligenzforschung – vor allem infolge der Distanzierung von schulischen Intelligenzkriterien – in ihrer Eindeutigkeit unhaltbar.

Faktorielle Validität
Eine Faktorenanalyse ergab 4 interpretierbare Faktoren (von 5) mit durchweg niedrigen Kommunalitäten (im Mittel 0,40), so daß gemäß des Autors anzunehmen ist, daß neben den extrahierten Faktoren noch zahlreiche nicht erfaßte testspezifische Faktoren die Testleistung mitbestimmen. Das Testergebnis sollte allerdings wegen der zu geringen Prägnanz der Faktorenstruktur nach dieser nicht interpretiert werden.

7.4 Normen: Die Standardisierung wurde an 836 Primanern und Primanerinnen vorgenommen. Die Repräsentativität der Stichprobe hinsichtlich ihrer geographischen Verteilung bleibt unklar und scheint durch eine von der Normalverteilung durch Schiefe (Rechtsasymmetrie) und Exzeß signifikant abweichende Verteilungsform der Rohwerte nicht bestätigt zu werden.
Da Primaner eine andere Leistungsverteilung aufweisen als Primanerinnen (M = 8,37 vs. M = 6,68), wurden geschlechtsspezifische Normen errechnet. Die Normen lassen sich in folgende Standardwerte überführen: PR, SW (M = 100, Sigma = 100) und IQ-Äquivalent (M = 113,5, Sigma 12,5), berechnet nach einer Untersuchung mit dem IST von AMTHAUER. Die IQ-Werte sind wie repräsentative Stichprobendaten zu behandeln, d. h. nicht allein auf Primaner bezogene Ergebnisse. Da der DST jedoch kein Maß für die allgemeine Intelligenz, sondern nur für die Fähigkeit des Problemlösungsverhaltens vermittelt, weisen die Normen IQ-Äquivalente statt IQ-Werte auf.

Diagnosticum für bildlich angeregte kognitive Leistung (BILKOG)

1.2

M. Berg und U. Schaarschmidt
Berlin: Psychodiagnostisches Zentrum HUB, 1989

---

1. Testart Intelligenztest

2. Testmaterial 1 Testkassette mit 1 Handanweisung (DIN A4, 21 Seiten), 1 Buch zum Test (DIN A5, 78 Seiten), 50 Auswertungs- und Protokollbogen, 50 Auswertungs- und Rückantwortbogen, 1 Magnettafel mit 12 Magnetsteinen. Bildkarten: 10 × OF: beinhaltet 2 Beispielkarten und 8 Testkarten; 10 × WBN: 2 Beispielkarten, 8 Testkarten; 10 × WBP: 2 Beispielkarten, 8 Testkarten; 6 × GA-Vorlagebilder; 33 × AE: 1 Beispielvorlage bestehend aus 3 Karten, 10 Testvorlagen mit je 3 Karten; 30 × RF: 1 Beispielvorlage mit 2 Karten, 8 Testvorlagen mit je 2 Karten, 4 Zusatzvorlagen mit je 3 Karten; 30 × GF: 1 Beispielvorlage mit 6 Karten, 4 Testvorlagen mit je 6 Karten; 30 × BB: 1 Beispielvorlage mit 6 Karten, 4 Testvorlagen mit je 6 Karten; 30 × GA: Auswahlkarten; 2 × 6 Tierkarten zu RF und AE.

3. Testgliederung Der Test gliedert sich in 7 Untertests:

1. Objekte-Finden: OF
2. Wort-Bild-Vergleich: WB mit WBP (positiver Vergleich) und WBN (negativer Vergleich)
3. Reihen-Fortsetzen: RF
4. Bild-Bild-Vergleich: BB
5. Geschichten-Folgen: GF
6. Analogie-Ergänzung: AE
7. Geschichten-Analogien: GA

Dies ist die Reihenfolge, in der die verschiedenen Tests durchgeführt werden sollen, wenn alle durchgeführt werden. Jeder Untertest ist als Einzeltest durchführbar.

4. Grundkonzept Das Testinstrumentarium ermöglicht die Frühdiagnostik intellektueller Leistungsfähigkeit. Durch die Anwendung des BILKOG-Testmanuals erhält man Hinweise auf Entwicklungsdefizite und -verzögerungen, man kann aber auch Hochbegabte erkennen.
Der Test ist einsetzbar im Vorschulbereich in der Schulfähigkeitsdiagnostik. Er ist auch geeignet zur Kontrolle von Entwicklungsverläufen. Mittels BILKOG wird die „bildgestützte“ oder „bildlich induzierte“ Informationsverarbeitung als Teil der Intelligenz erhoben.
Die 7 Untertests berücksichtigen drei Bedingungen:

– die zu erbringenden geistigen Operationen in Anlehnung an Klix (1983, S. 7)

- die Art des Materials, auf das sich diese Operationen beziehen. Hier wurde ausschließlich bildliches Material verwendet. Variiert werden die Relationen zwischen den Bildvorlagen.
- und das jeweils geforderte Resultat. Gesucht wird immer eine Ordnung über der Bildmenge. Die gesuchte Ordnung variiert in den verschiedenen Untertests in drei Stufen. Auf der ersten Stufe soll ein Bild gegenüber anderen abgegrenzt werden. Die Anforderung besteht in der Herauslösung eines Objektes aus einer Menge. Auf der zweiten Stufe soll eine Menge nach vorgegebenen Kriterien geordnet werden, entweder durch den Rückgriff auf vorhandenes Wissen oder durch Bezug auf eine zum Vergleich angebotene Ordnung. Auf der dritten Stufe soll eine Ordnung ergänzt werden durch das Generieren von „neuem" Wissen oder gerade gewonnenem Wissen.

5. Durchführung

5.1 Alter: 3;6- bis 9;6jährige Kinder, d. h. Kindergarten- und frühes Schulalter.

5.2 Formen: Alle Untertests sind als Einzeltests durchführbar, einzelne Untertests auch als Gruppentest.

5.3 Handhabung: Im Kopfbereich des Auswertungsbogens werden die Personalien des Kindes eingetragen. Für die einzelnen Untertests sind genaue und detaillierte Anweisungen in der Handanweisung gegeben. Während der Testdurchführung werden Beobachtungsdaten in den Protokollbogen eingetragen.

5.4 Zeit: Es werden drei Sitzungen à 30 Minuten empfohlen. Die einzelnen Sitzungen sollen nicht länger als 3 Tage auseinanderliegen. Die Anzahl der Sitzungen wird durch die Leistungsfähigkeit eines Kindes bestimmt.

6. Auswertung

6.1 Modus: In jedem Untertest kann eine bestimmte Anzahl von Punkten für richtige oder teilrichtige Antworten erreicht werden.
Die maximale Punktzahl beträgt für den Untertest OF: 24, für WB (WBP und WBN): jeweils 24, für RF: 32 (für die Zusatzaufgaben 16), für BB: 12, für GF: 12, für AE: 20 und für den Untertest GA: 15 Punkte.

6.2 Zeit: Keine Angaben.

7. Gütekriterien

7.1 Objektivität: Wenn der Untersucher mit dem Material vertraut ist und die Instruktionen genau befolgt, ist die Durchführungsobjektivität gegeben. Auch in bezug auf die Registrierung, Auswertung und Interpretation sind genaue Richtlinien gegeben, durch deren Einhaltung Objektivität gewährleistet ist.

7.2 Reliabilität: Konsistenzschätzung über Testhalbierung: Angewandt wurde die Spearman-Brown-Formel.
Im Falle ungleicher Testhälften wurde die modifizierte Formel von FLANAGAN eingesetzt.
Es liegen Reliabilitätskoeffizienten vor, die von r= 0,70 bis 0,89 reichen.

7.3 Validität: Erhoben wurde die Konstruktvalidität.
Validierung erfolgte für die einzelnen Untertests über:
a. Gruppenvergleich
b. Validierung an Außenkriterien
c. Validierung an Binnenkriterien.

I. WB (Wort-Bild-Vergleich)

a. Gruppenvergleich

Altersgruppenvergleich: Für die jüngsten Kinder ist der Positiv-Vergleich geeignet, für die mittleren und älteren Kinder der Negativ-Vergleich.

b. Validierung an Außenkriterien

Zwischen der Skala I1 (Intelligenz im engeren Sinne) des EFB 86 (Erzieherfragebogen von GUTJAHR, 1986) und den BILKOG-Untertests sind für die verschiedenen Altersstufen die jeweils höchsten Korrelationswerte feststellbar.

c. Validierung an Binnenkriterien

Vergleich WB und Sprachtest (HÄUSER & KASIELKE, 1988). Zwischen beiden Verfahren besteht ein deutlicher Zusammenhang (r = 0,29–0,49).

Vergleich WB und Lerntest-Vorform (LT-V von KRICKOW, 1988). Bei LT-V wird zwischen Spontanwert und Lernwert unterschieden. Wird der Lernwert in den Vergleich miteinbezogen, ergeben sich Korrelationen bis r = 0,46.

Im Vergleich mit dem Schulfähigkeitstest (SFT von WITZLACK, 1968) ergaben sich für den Negativ-Vergleich und die Aufgaben „Verslernen" und „Farb-Form-Differenzierung" Korrelationen von r = 0,84 und r = 0,89. Zwischen dem Positiv-Vergleich und den Aufgaben „Zahlen-Folgen" und „Gedächtnis" wurden Korrelationen von r = 0,52 und r = 0,58 erreicht. Generell wird der Negativ-Vergleich als valider angesehen, da mit diesem Verfahren auch zwischen Stotterern und Agrammatikern Leistungsunterschiede festgestellt werden können. Für den Positiv-Vergleich konnten keine Unterschiede festgestellt werden (vgl. SCHAARSCHMIDT, 1986).

II. BB, GF und GA (Bild-Bild-Vergleich, Geschichten-Folgen, Geschichten-Analogien)

a. Gruppenvergleich

Altersgruppenvergleich: Je älter die Kinder, desto weniger Zeit wurde gebraucht zur Lösung der Aufgaben.

Vergleich der Stichprobe der normal bildungsfähigen Kinder mit der Stichprobe der Hilfsschüler und Vorschulkinder der Hilfsschule: Die Vorschulkinder und Hilfsschüler benötigten mehr Zeit und erreichten weniger Punkte als die Kinder der Stichprobe normal bildungsfähiger Kinder.

b. Validierung an Außenkriterien

Auch hier sind die höchsten Korrelationen zwischen den Untertests des BILKOG und der Skala I1 des EFB 86 zu finden. Allgemein sind die Ergebnisse nicht so eindeutig wie für den Untertest WB.

BB und EFB I1: r = 0,16 bis 0,49
GF und EFB I1: r = 0,17 bis 0,32
GA und EFB I1 : r = 0,21 bis 0,32

c. Validierung an Binnenkriterien

Korrelationen zwischen BB, GF und GA mit dem Sprachtest (HÄUSER & KASIELKE, 1988): Da die drei Untertests wissensabhängig sind, bestehen Korrelationen bis r = 0,52 zu dem Sprachtest.

Vergleich mit dem Lerntest-Vorform (LT-V von KRICKOW, 1988): Unter Einbeziehung des Lernwertes ergaben sich Korrelationen zwischen den drei Untertests und den verschiedenen Aufgaben des LT-V von bis zu r = 0,66.

Der Vergleich der drei Untertests mit dem SFT (WITZLACK, 1968) ergab mäßige Korrelationen bis maximal r = 0,60, wobei bei dem Untertest GA nur zu der Aufgabe „Zahlen-Folgen“ aus dem SFT eine signifikante Korrelation erreicht wurde (r = 0,57).

III. OF (Objekte-Finden)
a. Gruppenvergleich
Altersgruppenvergleich: Bis zur Altersgruppe 5 (1. Klasse) ist ein Anstieg der Lösungshäufigkeiten feststellbar.
Bei einem Vergleich der Gruppen normal bildungsfähiger Kinder mit der Gruppe der Hilfsschüler und Vorschulkinder der Hilfsschule ergeben sich deutliche Unterschiede für die Altersgruppen 4, 5 und 6. Die Gruppe der Hilfsschüler und Vorschulkinder der Hilfsschule lösen signifikant weniger Aufgaben.

b. Validierung an Außenkriterien
Im Vergleich mit dem EFB 86 wurden keine hohen (und zum Teil auch nicht signifikanten) Korrelationen erreicht.

c. Validierung an Binnenkriterien
Vergleich mit dem Sprachtest: Es wurden signifikante, wenn auch zum Teil geringe Korrelationen erreicht (r = 0,32 bis r = 0,53).
Vergleich mit dem Lerntest-Vorform (LT-V): Auch hier wurden höhere Korrelationen durch Einbeziehung des Lernwertes erreicht (r = 0,37 bis r = 0,52).

IV. RF und AE (Reihen-Fortsetzen und Analogie-Ergänzung)
a. Gruppenvergleich
Altersgruppenvergleich: Ältere Kinder sind deutlich überlegen. Es ist aber im Gegensatz zu den anderen Untertests kein monotoner Anstieg feststellbar.

b. Validierung an Außenkriterien
Im Vergleich des Untertests RF mit dem EFB 86 konnten bezüglich der Altersgruppen 5, 6 und 7 keine signifikanten Ergebnisse erreicht werden.
In den anderen Altersgruppen ergaben sich nur sehr geringe Korrelationen mit dem EFB 86. Dies wird von den Autoren durch die Wissensunabhängigkeit der Aufgaben im BILKOG erklärt. Da der Vergleich mit dem EFB 86 im Hinblick auf die Intelligenzskalen stattfindet, ist es notwendig, daß die Korrelationen geringer ausfallen.

c. Validierung an Binnenkriterien
Im Vergleich mit dem Sprachtest von Häuser und Kasielke wurden keine signifikanten Ergebnisse erreicht.
Im Vergleich mit dem Lerntest-Vorform wurden für den Untertest RF nur zu den Aufgabe 4 und 5 signifikante Korrelationen von r = 0,40 (Aufgabe 4, Spontanwert) bzw. r = 0,31 (Aufgabe 4, Lernwert) und r = 0,26 (Aufgabe 5, Lernwert) erreicht. Für den Untertest AE ergaben sich keine signifikanten Ergebnisse.
Zwischen den Untertests RF, AE und dem Schulfähigkeitstest (SFT) wurden signifikante Korrelationen zwischen r = 0,37 und r = 0,48 erreicht.

7.4 Normen: Vorläufige T-Normen für 7 Altersgruppen des Normalbereichs (N= 739; im Alter von 3;6 bis 9;6 Jahren) und für Hilfsschüler der 2. und 3. Klasse sind vorhanden.

8. Literatur

GUTJAHR, W. (1986). *Erzieherfragebogen (EFB 86).* Berlin: PDZ (Psychodiagnostisches Zentrum).

HÄUSER, D. & KASIELKE, E. (1987). Ein kognitionspsychologischer Zugang zur Differentialdiagnostik von Sprachentwicklungsstörungen. In U. SCHAARSCHMIDT (Hrsg.), *Neue Trends in der Psychodiagnostik.* Berlin: PDZ.

KLIX, F. (1983). Begabungsforschung – ein neuer Weg in der kognitiven Intelligenzdiagnostik? *Z. Psychol., 191(4),* 360–387.

KRICKOW, S. (1988). *Entwicklung und Erprobung einer Lerntestvorform für 3- bis 6jährige Kinder.* Berlin: PDZ.

WITZLACK, G. (1968). *Zur Diagnostik und Entwicklung der Schulfähigkeit.* Berlin: PDZ.

Dreidimensionaler Würfeltest (3 DW)

G. GITTLER

Weinheim: Beltz Test GmbH, 1990

---

1. Testart

Intelligenztest

2. Testmaterial

Manual, Testheft, Durchschreibeantwortbogen; *zusätzlich*: Schreibgerät.

3. Testgliederung

Der 3 DW ist ein eindimensionaler Niveautest, bestehend aus 18 Items für die jeweils 7 Antwortalternativen vorgegeben werden.

4. Grundkonzept

Der 3 DW erfaßt das „räumliche Vorstellungsvermögen", als abgesicherten Primärfaktor der Intelligenz. Das Verfahren wurde nach dem RASCH-Modell (probabilistische Testtheorie) konstruiert, nach dem alle Aufgaben homogen ausschließlich ein latentes Merkmal messen sollen.

5. Durchführung

5.1 Alter: Ab 13 Jahren.

5.2 Formen: Als Einzel- und Gruppentest durchführbar.

5.3 Handhabung: Jeder Proband erhält ein Testheft und einen Antwortbogen. Die Testinstruktion befindet sich im Manual und wird vom Testleiter mündlich vorgetragen. Vor dem eigentlichen Testbeginn bearbeiten die Probanden zwei Beispielaufgaben.

5.4 Zeit: Prinzipiell unbegrenzt. Die Möglichkeit Kurztestvarianten einzusetzen ist durch den Testaufbau gegeben (z. B. Limitierung der Bearbeitungszeit auf minimal 10 Minuten).

6. Auswertung

6.1 Modus: Nach Aufreißen des Antwortbogens kann auf dem Durchschlag die Anzahl der richtig gelösten Items als Rohwert ausgezählt und anhand der Normwertetabellen in Prozentrangwerte und T-Werte transformiert werden. Mit dem Personenparameter (PAR) ist eine noch genauere, differentialdiagnostische Bestimmung der Fähigkeitsdifferenzen zwischen Probanden möglich.

6.2 Zeit: Keine Angaben.

7. Gütekriterien

7.1 Objektivität: Durchführung, Auswertung und Interpretation können als objektiv gelten.

7.2 Reliabilität: Die Split-half-Reliabilität nach der Odd-even-Methode beträgt bei einer Stichprobe von N = 866 Schülern r = 0,90 und bei N = 432 Studenten r = 0,87. Zur Bestimmung der Retest-Reliabilität wurden N = 231 Schüler im Abstand von ca. eindreiviertel Jahren getestet. Die Übereinstimmung der Testergebnisse lag bei r = 0,61.

7.3 Validität: Die Korrelation des 3 DW Testwertes mit verschiedenen Schulnoten zeigt eine Rangfolge des Zusammenhangs in der erwarteten Richtung (z. B. 3 DW/Darstellende Geometrie: r = –0,37; 3 DW/Geschichte und Sozialkunde: r = –0,03). Mit dem Testergebnis im WMT (FORMANN & PISWANGER, 1979) besteht ein Zusammenhang von r = 0,48, mit dem Subtest „Würfelaufgaben" aus dem I-S-T 70 (AMTHAUER, 1970) von r = 0,32 und mit dem Gesamtwert von r = 0,35. Techniker erbringen gegenüber Nicht-Technikern bei einer Effektgröße von d = 0,82 ein signifikant höheres Testergebnis.

7.4 Normen: Die für Österreich repräsentativen Schulnormen (N = 4064) sind nach Klassenstufen und Schultypen eingeteilt. Außerdem werden nicht repräsentative Normen für Studenten (differenziert in technische und nicht-technische Universitäten, männliche und weibliche Probanden) sowie Vergleichswerte für Probanden von 30–39,40–49 und 50–72 Jahren angegeben.

8. Literatur

AMTHAUER, R. (1970). *I-S-T 70 Intelligenz-Struktur-Test.* Göttingen: Hogrefe.

FORMANN, A. K. & PISWANGER, K. (1979). *WMT – Wiener Matrizen-Test.* Ein Rasch-skalierter sprachfreier Intelligenztest. Weinheim: Beltz Test.

Figure Reasoning Test (FRT)

Figuren Intelligenz Test

J. C. DANIELS

London: Crosby Lockwood & Son Ltd., 1971[6]

---

1. Testart Intelligenztest

2. Testmaterial Testheft, Testbogen, Instruction Manual (im gleichen Verlag, 1967[3]) oder Handanweisung (Übersetzung von J. W. LINDEMAN), Auswertungsschablone; *zusätzlich:* Schreibmaterial, Uhr oder Stoppuhr.

3. Testgliederung Auf 6 Übungsaufgaben folgen 45 ihrer Schwierigkeit nach gestaffelte Aufgaben des gleichen Typs planimetrischer Figuren (siehe Abb.).

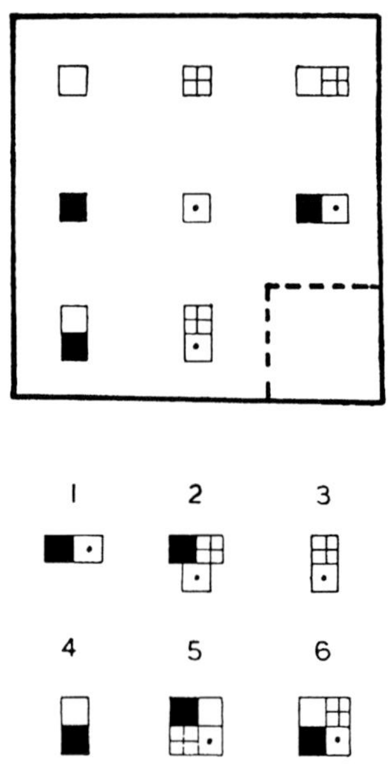

4. Grundkonzept Der Test ist ein sprachfreies Verfahren zur Erfassung der allgemeinen Intelligenz, jedoch kein Culture-Free-Test, da Faktorenanalysen des FRT mit anderen Intelligenztests signifikante Ladungen des g-Faktors im Verbalbereich erbrachten. Der Autor weist auf komplexe sprachliche Prozesse beim Lösen der nonverbalen Aufgaben hin.

Das Anwendungsfeld umspannt die Schullaufbahn, Studien- und Berufsausbildungsberatung speziell höherer Schüler.

5. Durchführung

5.1 Alter: 10–16 Jahre und Erwachsene.

5.2 Formen: Einzel- und Gruppentest.

5.3 Handhabung: Die deutsche Übersetzung der Handanweisung ist so oberflächlich angefertigt worden und mit solch ernstlichen Fehlern behaftet, daß ein kritischer Vergleich mit dem englischen Original vor der ersten Untersuchung in jedem Fall angebracht erscheint!
Nach den Instruktionen hat der Testleiter lediglich auf das Zeitlimit zu achten.
Die Aufgaben werden beantwortet nach dem Modell der sechsfachen Wahl.

5.4 Zeit: 30 Minuten.

6. Auswertung

6.1 Modus: Nach Ermittlung des Rohwertes durch Addition wird dieser nach Jahrgang sondiert in einen Standardwert transformiert, der als IQ zu interpretieren ist. Der Standardwert ist außerdem mit fünf prozentual festgelegten Leistungsgruppen von Grammar Schools (entspricht dem deutschen sprachlichen Gymnasium) vergleichbar.
Bei der Interpretation des Ergebnisses muß man sich bewußt bleiben, daß der deutsche Schüler im Vergleich zu englischen Altergenossen eingestuft wird, was aufgrund der unterschiedlichen Bildungsgänge und -ansprüche recht problematisch erscheint. Zumindest ist nicht bekannt, inwieweit Unterschiede und Ähnlichkeiten bestehen und ob diese ins Testergebnis einfließen oder nicht.

6.2 Zeit: Keine Angaben.

7. Gütekriterien

7.1 Objektivität: Vom Autor keine Angaben. Die Durchführung des Tests, seine Auswertung und Interpretation sind objektiv.

7.2 Reliabilität:

Interne Konsistenz
Split-Half-Methode: $r_{tt} = 0{,}96$ (N = 4000 Schüler, 11–17 Jahre, und über 3000 Studenten)

Stabilität
Retest nach 14 Tagen: $r_{tt} = 0{,}97$ (N = 443, 11–16 Jahre)
Retest nach 1 Jahr: $r_{tt} = 0{,}89$ (N = 443, 11–16 Jahre)

7.3 Validität:

Interne Validität

FRT und Alexander Performance Scale:	$r_{tc} = 0{,}90$
FRT und Standard Progressive Matrices 1938 (RAVEN):	$r_{tc} = 0{,}93$
FRT und Stanford-Binet, Form L:	$r_{tc} = 0{,}86$
FRT und Wechsler Intelligenz Test for Children (WISC):	$r_{tc} = 0{,}87$

(N jeweils nicht angegeben, 11- bis 14jährige Schüler)

Faktorielle Validität
Ladungsanteil am g-Faktor über 0,80 (Faktorenanalyse des FRT mit Tests der Raumbeziehung, des Zahlenrechnens und des verbalen Bereichs).

7.4 Normen: Die Standardisierung (N nicht angegeben) ist, durch Kontrollversuche bestätigt, für England repräsentativ. Die Ergebnisse zweier Stichproben, die eine für das Gesamtclassement (N = 4000 Schüler), die andere

für den speziellen Vergleich (N = 800 Schüler der „grammar school"), erwiesen die Gültigkeit der Normen der Erstauflage.
Es findet sich allerdings nirgends ein Hinweis darauf, welche Altersgruppe die Erwachsenennormen betreffen. Diese Werte sind wahrscheinlich nicht empirisch, sondern extrapolativ gewonnen worden, so daß diese Normen nur bei jüngeren Erwachsenen Anwendung finden sollten (wegen des querschnittserrechneten Maximums der Intelligenzkurve) und dann auch nur als Schätzwerte. Andere Testinstanzen könnten bei der diagnostischen Untersuchung klären.
Die Standardwerte sind IQ-Werte (100;15). Die spezielle Klassifikation wird nach Prozenträngen (1–5, 6–30, 31–70, 71–95, 96–100) vorgenommen. Eine empirische Überprüfung der Normen (und der Instruktionen, vgl. Punkt 5.3) ist bei der häufigen Verwendung des FRT im deutschen Sprachraum wünschenswert, auch wenn LINDEMAN, der Übersetzer der Handanweisung, eine gute Korrelation zwischen dem FRT und dem IST mitteilt.

Figuren von Rybakoff*

R. MEILI
Bern: Huber, 1955

1. Testart Intelligenztest

2. Testmaterial Anweisungsblatt, Lösungsblatt und Testblätter; *zusätzlich:* Bleistifte.

3. Testgliederung Der Test besteht aus 21 planimetrischen Figuren und 3 Übungsaufgaben. Er wurde 1910 vom Psychiater RYBAKOFF entwickelt und 1922 von STERN standardisiert (Angaben nach HILTMANN, 1960).

4. Grundkonzept Die Rybakoff-Figuren sind der Testgruppe innerhalb der Intelligenzdiagnostik zuzuordnen, die die visuelle räumliche Vorstellungsfähigkeit erfassen (MEILI, 1961). Es sind unregelmäßige planimetrische Gebilde durch einen geraden Strich so in zwei Teile zu zerlegen, daß sie zu einem Quadrat zusammengesetzt werden können (siehe Abb.). Das Zusammenlegen der Teile geschieht also nicht konkret, sondern nur vorstellungsmäßig – wie beim Untertest „Figurenauswahl" des IST.

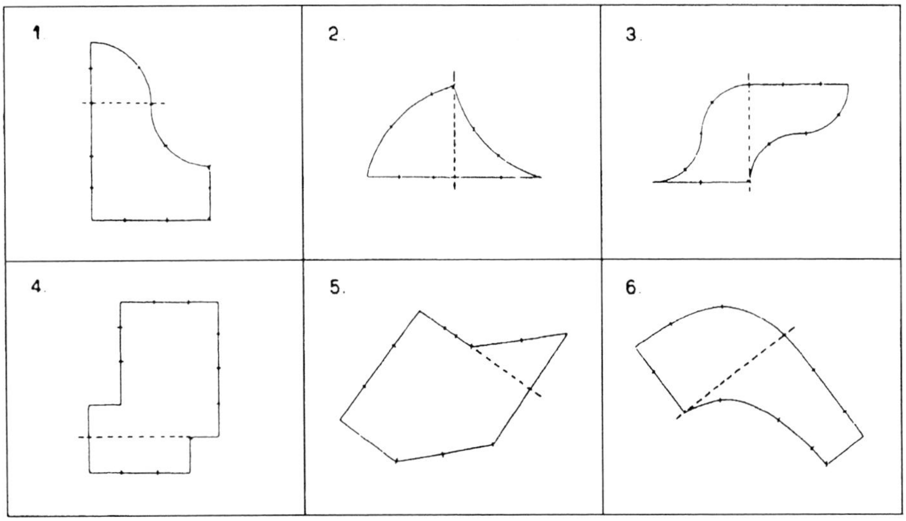

* Nicht mehr komplett lieferbar, Neuauflage nicht geplant.

MEILI weist darauf hin, daß das Resultat nicht nur von der Raumvorstellung, sondern auch vom allgemeinen Intelligenzniveau beeinflußt wird.
Einzusetzen ist der Test in der Berufsberatung, in der Eignungsdiagnostik, speziell bei Bewerbern in der Maschinenindustrie, und bei Problemen des Berufswechsels. Allerdings ist ein Urteil über praktisch-technische Begabung nicht allein auf der Basis dieses Tests zu fällen.

5. Durchführung

5.1 Alter: 11–17 Jahre und Erwachsene.

5.2 Formen: Einzel- und Gruppentest.

5.3 Handhabung: Anhand der drei Beispiele wird den Probanden ihre Aufgabe demonstriert. Dabei dürfen ihnen die übrigen Testaufgaben nicht zu Gesicht kommen. Die Markierungen am Umriß einer Figur dienen der exakten Bearbeitung. Die Probanden werden ggf. angehalten, sich nach diesen Markierungen zu richten. Weiterhin soll darauf geachtet werden, daß sie nicht zu lange an einer Aufgabe kleben oder zu oberflächlich arbeiten.

5.4 Zeit: 10 Minuten

6. Auswertung

6.1 Modus: Jede richtige Lösung wird mit einem Punkt bewertet. Der Rohwert ist in einen Prozentrang-Wert zu überführen.
Die Interpretation richtet sich nicht nur nach dem Grad der Raumvorstellung, sondern auch nach dem der kognitiven Flexibilität.

6.2 Zeit: Keine Angaben.

7. Gütekriterien

7.1 Objektivität: Keine Angaben. Die Auswertung ist als objektiv anzusehen.

7.2 Reliabilität: Keine Angaben.

7.3 Validität: Es werden Korrelationen von r_{tc} = 0,40 bis 0,50 mit allgemeinen Intelligenztests angegeben.

7.4 Normen: Die Standardisierungsstichprobe wird nicht angeführt. Die Normen (Prozentränge) liegen in Dezilen vor. Sie sind für die Jugendlichen jahrgangsgetrennt. Eine Differenzierung nach Geschlechtern wird nicht erwähnt.

8. Literatur

HILTMANN, H. (1960). *Kompendium der psychodiagnostischen Tests.* Bern: Huber.

MEILI, R. (1961^{4}). *Lehrbuch der psychologischen Diagnostik.* Bern: Huber.

Frankfurter Analogietest 4–6 (FAT 4–6)

H. Belser, H. Anger, R. Bargmann und U. Raatz
Herausgeber: Deutsches Institut für Internationale Pädagogische Forschung, Frankfurt/Main („Deutsche Schultests")
Weinheim: Beltz, 1973

---

1. Testart

Intelligenztest, Schultest

2. Testmaterial

Testanweisung, Testhefte, bei Klassenuntersuchungen eine Klassenliste; *zusätzlich:* Bleistifte, Radiergummis, Uhr, Schild mit Hinweis auf Testprüfung, Tafel und Kreide für Demonstrationszwecke.

3. Testgliederung

Der FAT 4–6 besteht aus 95 Analogieaufgaben, die unterscheidbar sind in Wort-, Bild-, Figuren- und Mischanalogien, letztere als Kombinationen der ersteren.

4. Grundkonzept

Mit Analogieaufgaben wird vornehmlich der Reasoning-Faktor (Faktor R von Thurstone) erfaßt, nämlich „die Fähigkeit, Gesetzmäßigkeiten zu erkennen und anzuwenden" (S. 4), wobei Wörter, Bilder und Figuren in analogische Reaktionen zueinander gesetzt werden. Besonderen Wert legten die Autoren auf die Erfahrungsunabhängigkeit der Aufgaben, d. h. daß allen Kindern aus verschiedenen Milieus die verbalen Inhalte der Tests ohne Unterschied verständlich sind, wozu spezielle Wortschatzuntersuchungen durchgeführt wurden. Somit sollte sichergestellt werden, daß sich das Testergebnis allein auf relationenstiftendes Denken bezieht und nicht auch auf die Kenntnis bestimmter Vokabeln.
Als Anwendungsbereiche werden die Schullaufbahnberatung sowie die Diagnose und Beratung von Schulschwierigkeiten genannt.

5. Durchführung

5.1 Alter: 4. bis 6. Schuljahr an Haupt-, Realschulen und Gymnasien.

5.2 Formen: Gruppentest; Parallelformen A und B.

5.3 Handhabung: Der Ablauf wird bestimmt von einer informativen Einführung über den Test, von Vorarbeiten (Testheftverteilung, persönliche Angaben über den Schüler), von der Bearbeitung der Übungsaufgaben und der Testaufgaben. Die Instruktionen sollten vom Testleiter möglichst genau eingehalten werden.
Daneben werden Hinweise auf Vorbereitung und Testleiterverhalten gegeben.
Der FAT 4–6 ist ein Papier- und Bleistifttest vom Multiple-Choice-Typ mit fünffacher Antwortwahl.

5.4 Zeit: Insgesamt 60 Minuten.

6. Auswertung

6.1 Modus: Die Rohwertermittlung wird anhand des Testschlüssels in der Handanweisung auf Seite 7 vorgenommen. Für den Gebrauch der Normenskalen zu verschiedenen Interpretationszwecken liegen ausführliche Hinweise vor.

6.2 Zeit: keine Angaben

7. Gütekriterien

7.1 Objektivität: Der Test erfüllt die Anforderungen der Objektivität.

7.2 Reliabilität: Der FAT 4–6 kann trotz verschiedener Aufgabenarten (verbale, figurale und bildliche Analogien) als weitgehend homogen gelten. Hinreichend gleiche Mittelwerte, Streuungen und mittlere Zuverlässigkeiten (Halbierungsmethode) sprechen für die Parallelität der Formen A und B. Mehrere Reliabilitätskontrollen, an Grund-, Haupt-, Realschülern und Gymnasiasten durchgeführt (N = 25 bis 386), erbrachten Korrelationskoeffizienten von r = 0,71 bis 0,91 (Paralleltestverfahren bei einem Intervall von einem Tag). Die Zuverlässigkeitskoeffizienten, die jeweils an N = 100 Schülern nach der aufgewerteten Halbierungsmethode berechnet wurden, streuen zwischen 0,83 und 0,92. Die mit der Kurzformel KR 21 ermittelten Zuverlässigkeitskoeffizienten (N = 83 bis 520) betragen r = 0,91 bzw. 0,94.

7.3 Validität: Zum Nachweis der Gültigkeit des Verfahrens werden moderate punktbiseriale Korrelationen (0,46 bis 0,66) mit Intelligenzeinschätzungen durch den Lehrer und annähernd gleich hohe Produkt-Moment-Korrelationen (0,43 bis 0,59) mit dem FDA 4–6 berichtet. Während im ersten Fall die Stichproben relativ klein (N = 48) waren, hatten die Stichproben im zweiten Fall einen überdurchschnittlich großen Umfang (N = 428 bis 936).
Bei Schülern der Grund- und Hauptschule zeigen sich mäßige Zusammenhänge (r = 0,34 bis 0,53) zwischen der Deutsch- und Mathematiknote einerseits und dem FAT 4–6 andererseits. Geringer fallen die entsprechenden Zusammenhänge bei Gymnasiasten aus (r = 0,23 bis 0,29). Die niedrigsten Korrelationen (r = 0,12 bis 0,25) bestehen bei Realschülern zwischen den genannten Schulnoten und dem Testergebnis. Alle Daten basieren auf großen Stichproben (N = 360 bis 913).

7.4 Normen: RAATZ eichte das Verfahren 1972 an über 12000 Schülern neu. Detaillierte Angaben über die Zusammensetzung der Eichstichprobe liegen vor. Die Normentabelle, gegliedert nach Schulform und Schulklasse, ermöglicht eine Grobklassifikation nach T-Werten, die der Zuverlässigkeit und dem Standardmeßfehler des Tests entspricht. Zwar zeigten Jungen im Gegensatz zu Mädchen eine Tendenz zu geringfügig besseren Testleistungen, die Notwendigkeit einer geschlechtsspezifischen Normierung ergab sich daraus jedoch nicht.

Frankfurter Analogietest 6–9 (FAT 6–9)

N. BARTH

Weinheim: Beltz, 1989

1. Testart Intelligenztest, Schultest

2. Testmaterial Manual (DIN A4, 68 Seiten); ein Aufgabenheft für jede der beiden Parallelformen; je ein Antwortblatt pro Parallelform; *zusätzlich:* Schreibgerät.

3. Testgliederung Jede der beiden Parallelformen beinhaltet 50 Aufgaben zum analogen Schlußfolgern, die nach dem Muster: „A:B=C:?" aufgebaut sind. Es sind jeweils fünf Antwortalternativen vorgegeben, von denen eine richtige auszuwählen ist (multiple choice). „Im Test finden insgesamt vier Darstellungsarten von Aufgaben Verwendung: Wort-, gegenständliche und abstrakte Bild- sowie gemischte Aufgaben. Davon sind die Wortanalogien die häufigsten" (S. 5).

4. Grundkonzept Der FAT 6–9 zielt auf das Anwendungsfeld Schule und stellt das Ergebnis des Versuchs dar, Lehrerinnen und Lehrern ein einfach zu handhabendes, also arbeitsökonomisches Verfahren anzubieten, mit dem sie die Intelligenz ihrer Schülerinnen und Schüler wissenschaftlich fundiert abschätzen können. Den Nutzen des Testverfahrens sieht der Autor in erster Linie in der Heranziehung objektiver Daten bei Fragen der Schullaufbahnberatung.

Der Test hat als theoretisches Fundament die faktorenanalytische Intelligenztheorie in der Tradition von SPEARMAN und THURSTONE, mit Betonung eines besonders bedeutungsvollen ersten Faktors der „Allgemeinintelligenz". Innerhalb dieses ersten Faktors wiederum wird „schlußfolgerndes Denken" als repräsentativ angesehen, so daß der FAT 6–9 den Anspruch erhebt, einen bedeutenden Teil der Allgemeinintelligenz zu messen (S. 23).

5. Durchführung **5.1 Alter:** Schülerinnen und Schüler der sechsten bis neunten Jahrgangsstufen aller Schultypen.

5.2 Formen: Der FAT 6–9 ist als Gruppentest konzipiert; er besteht aus den Parallelformen A und B.

5.3 Handhabung: Der Testleiter/die Testleiterin soll sich vor der Testanwendung mit zentralen Kapiteln des Manuals beschäftigt haben, die als „kurzer Leseweg" vorgeschlagen sind.

Zur Durchführung werden nebeneinandersitzenden Schülerinnen und Schülern jeweils unterschiedliche Parallelformen von Aufgabenheft und Antwortbogen ausgegeben. Der Testleiter/die Testleiterin ist gehalten, sich streng an den vorgegebenen Instruktionstest zu halten. Das Durchspielen von fünf Übungsaufgaben ist vorgesehen.

5.4 Zeit: Die zur Durchführung des Tests benötigte Höchstdauer veranschlagt der Autor mit 45 Minuten.

6. Auswertung

6.1 Modus: Die Antwortbogen bestehen aus zwei Papierlagen, wobei die auf dem oberen Blatt angekreuzten Antworten auf das untere (Auswertungs-)Blatt durchgedruckt werden. Nach der Testdurchführung wird der perforierte Rand, welcher die beiden Blätter zusammenhält, abgetrennt, und die aus dem unteren Blatt ersehbaren korrekten Antworten werden zu Rohpunktwerten aufsummiert.

6.2 Zeit: Für diesen Vorgang wird ca. eine Minute pro Schülerin/Schüler benötigt.

7. Gütekriterien

7.1 Objektivität: Eine Maximierung der Durchführungsobjektivität wird angestrebt, indem der gesamte Instruktionstext, incl. Übungsaufgaben und Wortschatzerläuterungen, vorgegeben ist.
Auswertungsobjektivität ist gewährleistet.
Da der Lehrerin/dem Lehrer die Integration objektiver und subjektiver Daten zu Urteil und Entscheidung auf der Grundlage der jeweiligen Fragestellung selbst anheim gestellt ist, kann Interpretationsobjektivität nur eingeschränkt angenommen werden.
Im Manual sind lediglich einige Beispiele zur Interpretation von Testergebnissen im Rahmen typischer Fragestellungen erläutert.

7.2 Reliabilität: Geschätzt wurden die Reliabilitätsaspekte Äquivalenz, Stabilität und Homogenität.

Äquivalenz:
Die Korrelation der beiden Parallelformen des Tests lag nach zweieinhalb Monaten bei $r_{AB} = 0{,}76$ (N = 1966). Zusätzlich wurden die beiden Parallelformen auf Verteilungsgleichheit überprüft (nach KOLMOGOROV-SMIRNOW und Wilks-κ), jeweils mit dem Ergebnis der Annahme der Nullhypothese.

Stabilität:
Der Re-Test-Koeffizient betrug nach zweieinhalb Monaten $r_{tt} = 0{,}86$ (N = 743).
Weiterhin wurden „mittlere Übungsgewinne" durch Testwiederholung berechnet. Diese Werte liegen jedoch als Rohpunkte vor und sind auf die Normentabelle nicht direkt anwendbar.

Homogenität:
Die Übereinstimmung des Tests mit sich selbst liegt nach Formel acht von KUDER und RICHARDSON bei $r_{12} = 0{,}92$ (N = 13245).

7.3 Validität: Zur Begründung der Vorhersagevalidität des FAT 6–9 verweist der Autor auf Erkenntnisse aus der Intelligenzforschung, welche die „Bedeutung der Allgemeinintelligenz in Schule und Beruf" hervorheben (S. 25f.).
Die Ergebnisse der umfangreichen Studien zur Übereinstimmungsvalidität werden hier nur auszugsweise wiedergegeben. Zur Berechnung wurden varianzanalytische Verfahren sowie multiple Korrelationen eingesetzt.
Der FAT 6–9 korreliert
- mit Verbaltest 4 (V 4) des „Kognitiven Fähigkeitstests" von HELLER et al. (1976) zu r = 0,66 (unter Einbeziehung der Kovariable „Klasse");
- mit dem Untertest „Analogien" des IST (AMTHAUER, 1970) zu r = 0,61;

- mit dem Lehrer-Rating des „logisch-schlußfolgernden Denkens“ zu r = 0,33;
- mit V 4, Analogien und Lehrer-Rating zu r = 0,70;
- mit dem Fach Deutsch am höchsten von allen Schulnoten; r = 0,29;
- mit dem Gesamttest IST zu r = 0,65.

Die Konstruktvalidität, d. h. die Frage, ob der FAT „Allgemeinintelligenz“ gültig mißt, wurde überprüft mittels Faktorenanalyse (orthogonale Rotation).

Als Variablen dienten Meßergebnisse aus folgenden Test-Ratings:
- FAT-Eichung;
- FAT-Wiederholung;
- V 4;
- die IST-Subskalen: Satzergänzung, Wortauswahl, Analogien, Gemeinsamkeiten, Rechenaufgaben, Zahlenreihen, Figurenauswahl, Würfelaufgaben, Merkaufgaben;
- Lehrer-Rating;
- die Zensuren in fünf Schulfächern.

Es wurden vier Faktoren extrahiert. Die Analyse des Eigenwertverlaufs ergab einen sehr starken ersten Faktor mit einer Varianzerklärung von 43,4 %, auf dem die Variablen V 4 (0,81), FAT-Eichung (0,79), Analogien (0,78) und FAT-Wiederholung (0,76) am höchsten laden. Der Autor sieht darin die Hypothese von der Existenz eines „g-Faktors“ der Intelligenz bestätigt, mit dem der FAT hoch korreliert. Auch die Untersuchung der Kommunalitäten bekräftigt die Gültigkeit des FAT vor seinem theoretischen Hintergrund: Die extrahierten Faktoren leisteten die beste Varianzaufklärung bezüglich der beiden FAT-Variablen.
Anzumerken ist jedoch hinsichtlich des Vorgehens, daß der FAT als Variable quasi doppelt in die Faktorenanalyse eingegangen ist (Eichungs- und Wiederholungsmessung). Aus der Ergebnisdarstellung im Testhandbuch ist marginal zu entnehmen, daß sich bei Verzicht auf die Einbeziehung der Wiederholungsmessung die durch den ersten Faktor erklärte Varianz auf 40,8 % vermindert und der FAT in der Rangfolge der Variablen mit den höchsten Kommunalitäten auf die sechste Stelle abfällt.

7.4 Normen: An der Untersuchung zur Eichung des FAT 6–9 nahmen im Jahre 1982 13245 Schülerinnen und Schüler teil, die sich aus den sechsten bis neunten Klassenstufen (bzw. Orientierungsstufe und Teilhauptschule) aller Schultypen und Bundesländer (einschließlich Westberlins) rekrutierten. Aus der Kombination von Schultyp, Klassenstufe und Testform ergaben sich 28 zu normierende Gruppierungen. Überrepräsentationen einzelner Bundesländer und Schultypen wurden statistisch eliminiert.
Die Normentabellen geben folgende Rohpunktwert-Transformationen an:
- Prozentrangband mit den Vertrauensintervallen $\pm 1s_e$;
- die mittleren T-Werte;
- T-Wert-Band mit den Intervallen $\pm 1s_e$;
- Quartile Q_3 und Q_4 als Grobnormen aufgrund des starken Deckeneffektes des FAT 6–9 bei Gymnasien ab der siebten, bei Realschulen ab der achten Klasse.

Weiterhin wurde die Möglichkeit systematischer Geschlechtsunterschiede nach diesbezüglichen Überprüfungen ausgeschlossen.

Als „Ausländer" definiert und auf deren Leistungsverhalten hin untersucht wurden solche Schülerinnen und Schüler, die „ (...) nach Einschätzung des Lehrers Schwierigkeiten mit der deutschen Sprache hatten, weil sie z.B. unter Ausländern aufwuchsen" (S. 58). Hier zeigte sich im Mittel ein deutliches Leistungsdefizit gegenüber den „Nicht-Ausländern" von ca. neun Rohpunktwerten. Dieses Phänomen ist nach Ansicht des Testautors mit der Sprachabhängigkeit des FAT zu erklären.

7.5 Ökonomie: Unter Voraussetzung der Konstruktgültigkeit des FAT 6–9 als Instrument zur Erfassung der „Allgemeinintelligenz" zeichnen diesen Test besonders seine relativen zeit- und arbeitsökonomischen Vorteile gegenüber den üblichen, umfangreichen Verfahren zur Intelligenzmessung aus.

8. Literatur

GUTHKE, J. (1988). Intelligenzdaten. In R. S. JÄGER (Hrsg.), *Psychologische Diagnostik. Ein Lehrbuch*, S. 333–337. München: Psychologie Verlags Union.

INGENKAMP, K.-H. (1989). *Die Testaversion des deutschen Intellektuellen.* Eine Streitschrift. Weinheim: Beltz.

JÄGER, A. O. (1984). Intelligenzstrukturforschung: Konkurrierende Modelle, neue Entwicklungen, Perspektiven. *Psychologische Rundschau, 35,* 21–35.

KLIX, F. (1983). Begabungsforschung – ein neuer Weg in der kognitiven Intelligenzforschung? *Zeitschrift für Psychologie, 191(4),* 360–387.

STERNBERG, R. J. (1983). Components of human intelligence. *Cognition, 15,* 1–48.

WIEDL, K. H. (1984). Lerntests: Nur Forschungsmittel und Forschungsgegenstand? *Zeitschrift für Entwicklungspsychologie und pädagogische Psychologie, 16,* 245–281.

Grundintelligenztest Skala 1 (CFT 1)
Culture Fair Intelligence Test – Scale 1

R. B. Cattell
Bearbeitung: R. Weiss und J. Osterland
Braunschweig: Westermann, 1980[4]

---

1. Testart Intelligenztest

2. Testmaterial Handanweisung (DIN A4, 64 Seiten), Testhefte; *zusätzlich:* 2 rote Buntstifte, Abdeckblatt, Stoppuhr, Tafel oder Karton Größe DIN A3.

3. Testgliederung Der CFT 1 stellt eine nur partielle Adaptation des „Culture Fair Intelligence Test – Scale 1" dar. Er gliedert sich nun in die 5 Untertests: Substitutionen (60 Items), Labyrinthe, Klassifikationen, Ähnlichkeiten und Matrizen mit jeweils 12 Items. Diese insgesamt 108 Items sind sprachfrei in zeichnerischer Form dargestellt.

4. Grundkonzept Der CFT 1 ermöglicht die Bestimmung der Grundintelligenz, d. h. der Fähigkeit des Kindes, in neuartigen Situationen und anhand von sprachfreiem, figuralem Material Denkprobleme zu erfassen, Beziehungen herzustellen, Regeln zu erkennen, Merkmale zu identifizieren und rasch wahrzunehmen. Der Test gibt darüber Aufschluß, bis zu welchem Komplexitätsgrad das Kind bereits in der Lage ist, insbesondere nonverbale Problemstellungen zu erfassen und zu lösen.

Als Anwendungsbereiche kommen alle Beratungsanlässe in Betracht, bei denen die Bestimmung der Grundintelligenz relevant ist. Dies trifft besonders für die Legastheniediagnose, für die Überprüfung der Sonderschulbedürftigkeit und zur Definition von „Underachievern" zu.

5. Durchführung **5.1 Alter–Klasse:** 5–9 Jahre; Kindergarten, Vorschule, Grundschule Klasse 1 bis 3, Sonderschule für Lernbehinderte Klasse 1 bis 4.

5.2 Formen: Einzel- und Gruppenuntersuchung möglich. Es gibt zwei Parallelformen A und B, wobei es sich hier jedoch nur um Pseudoparallelformen handelt, da lediglich die Reihenfolge der Aufgaben bei sonst identischen Items variiert wurde.

5.3 Handhabung: Es werden genau zu beachtende Instruktionen für die Vorbereitung der Testsituation (maximale Gruppengröße, Motivation usw.) und die Durchführung gegeben. Diese sollten vor der erstmaligen Anwendung des Verfahrens eingeprägt werden. Je nach Altersgruppe werden zwei verschiedene Durchführungsanweisungen gegeben, die die unterschiedlichen Voraussetzungen jüngerer und älterer Kinder berücksichtigen. Es muß jeweils geprüft werden, welcher Durchführungsform (hauptsächlicher Unter-

schied in der Testeinführungsinstruktion) die zu untersuchenden Probanden zuzuordnen sind.
Jeder Untertest wird getrennt bearbeitet und ist mit einer separaten Instruktion versehen.

5.4 Zeit: Die durchschnittliche Untersuchungsdauer beträgt inklusive Instruktion und Pausen:

Kindergarten und Vorschule	ca. 55–60 Minuten
Sonderschule	ca. 50–55 Minuten
Grundschule Klasse 1	ca. 50 Minuten
Grundschule Klasse 2 und 3	ca. 45 Minuten

Die genau einzuhaltenden Testzeiten pro Subtest sind für die Kinder ab dem 2. Schuljahr teilweise anders als für jüngere Kinder. Sie sind in einer Tabelle in der Handanweisung genau angegeben.

6. Auswertung

6.1 Modus: Die Ermittlung der Rohwerte ist für die einzelnen Subtests unterschiedlich. In der Handanweisung werden jedoch genaue Vorschriften für die Auszählung angegeben. Die Rohwerte werden auf der Rückseite des Testheftes eingetragen und zum einen für alle Subtests, dann nur für die Subtests 1 und 2 und zuletzt für die Subtests 3, 4 und 5 aufsummiert. Diese drei Rohwertsummen werden dann in Normwerte transformiert. Es existieren Normwerttabellen für die Klassenstufen/Schulart und die jeweiligen Altersstufen (Prozentränge, T-Werte und IQ-Werte).

6.2 Zeit: Keine Angaben.

7. Gütekriterien

7.1 Objektivität: Die genauen Durchführungsanweisungen und Auswertungsvorschriften lassen die Annahme einer hohen Objektivität gerechtfertigt erscheinen.

7.2 Reliabilität: Es wurden bisher nur Zuverlässigkeitsberechnungen für die Subtests 3, 4 und 5 durchgeführt. Je nach Testform und Schulart schwankten die Reliabilitätskoeffizienten zwischen 0,65 und 0,86; der Zuverlässigkeitswert für den Summenwert aus diesen drei Subtests lag zwischen 0,90 und 0,96.

Standardmeßfehler für Summenwert 3:	SE = 3,16 T-Werte
	SE = 4,74 IQ-Punkte
Vertrauensintervall für Summenwert 3:	CLx = ± 6,2 T-Werte
	CL_x = ± 9,3 IQ-Punkte
	(beide Werte 5%-Niveau)
Kritische Differenz für Summenwert 3:	für T-Werte: 8,8 (5%-Niveau)
	für IQ-Werte: 13,1 (5%-Niveau)

7.3 Validität:

Faktorielle Validität
Die für die beiden Durchführungsarten getrennt durchgeführten Faktorenanalysen ergaben bei beiden Probandengruppen einen dominanten Hauptfaktor, der bei der Durchführungsart für die jüngeren Vpn einen Anteil von 82%, bei der Durchführungsart für die älteren Vpn einen Anteil von 75% besitzt. Mit zunehmendem Alter kommt es zu einer gewissen Reduktion der g-Beteiligung im Subtest 1 und 2 bei gleichzeitiger stärkerer Herausdifferenzierung spezifischer Fähigkeiten in einem Sekundärfaktor.

Kriterienbezogene Validität
Die CFT 1 Gesamtleistung korreliert mit dem HAWIK-Gesamttestergebnis mit 0,66, mit dem HAWIK-Verbalteil jedoch nur mit 0,48, was darauf hinweist, daß der CFT 1 ein sprachfreier Intelligenztest ist.
Bezüglich Einschulungstests können Korrelationen des CFT 1 mit dem Duisburger Vorschul- und Einschulungstest (DVET) in Höhe von 0,59 und den Weilburger Testaufgaben für Schulanfänger von 0,62 festgestellt werden.

7.4 Normen: Die Eichungsuntersuchungen fanden 1976 an 6078 Schülern und Schülerinnen (einschließlich Kindergarten- und Vorschulkindern) im gesamten Bundesgebiet statt. Da sich hinsichtlich der Leistungen keine regionalen Unterschiede, keine wesentlichen Differenzen zwischen Kindergarten- und Vorschulkindern und keine Geschlechtsunterschiede zeigten, brauchten diese Variablen bei der Normierung nicht berücksichtigt zu werden.
Es wurden Tabellen berechnet, die die Prozentränge, T-Werte und IQ-Werte für die einzelnen drei Summenwerte angeben, getrennt nach Durchführungsart und jeweiliger Alters-/Klassenstufe.

Grundintelligenztest-Skala 2 (CFT 20)

3., verbesserte und erweiterte Auflage mit Wortschatztest (WS) und Zahlenfolgentest (ZF)

R. H. WEISS

Göttingen: Hogrefe, 1987[3]

---

1. Testart

Intelligenztest

2. Testmaterial

Handanweisung, Testhefte der Formen A und B, Antwortbogen, Auswertungsschablonen, Handanweisung zu den Ergänzungstests WS und ZF, Testbogen, Auswertungsschablonen; *zusätzlich:* Bleistift, Stoppuhr.

3. Testgliederung

Beim CFT 20 bestehen zwei Pseudoparallelformen (Form A und B), wobei die identischen Items nur in ihrer Reihenfolge sowie die Lösungspositionen verändert wurden. Jede Parallelform besteht aus zwei Testteilen, und jeder Testteil setzt sich wiederum aus je 4 Subtests zusammen (Series, Classifications, Matrices, Topologies). Jeweils 46 Items bilden einen Testteil (insgesamt 92 Items). Auch für die Ergänzungstests (Wortschatztest und Zahlenfolgentest) gibt es zwei Parallelformen, bei denen es sich überwiegend um Pseudoparalleltests handelt.

4. Grundkonzept

Ausgangspunkt für die ursprüngliche Testkonstruktion durch CATTELL waren die Ziele, ein ökonomisches psychologisches Verfahren zur validen Diagnose der grundlegenden geistigen Leistungsfähigkeit („general mental capacity", „g-Faktor"), das soweit als möglich frei von Einflüssen soziokultureller, erziehungsspezifischer oder rassischer Merkmale ist, zu entwickeln. Der Gesamtwert aus beiden Testteilen ist ein gutes Maß für die „allgemeine intellektuelle Leistungsfähigkeit". Das dem Test zugrundeliegende Intelligenzkonzept basiert auf der Unterscheidung von zwei Allgemeinfaktoren:

- General Fluid Ability
- General Crystallized Ability

Die „flüssigen Fähigkeiten" werden interpretiert als „Fähigkeit, komplexe Beziehungen in neuartigen Situationen wahrnehmen und erfassen zu können" (CATTELL, 1968, zit. nach WEISS' Handanweisung). Sie können am besten durch sprachfreies und kulturunabhängiges Testmaterial erfaßt werden.
Mit dem CFT 20 werden im wesentlichen nur diese Fähigkeiten gemessen. Die aktuelle schulische Leistung jedoch hängt in erster Linie von den „kristallisierten" (verbal, numerisch, reasoning) Fähigkeiten ab, die vom CFT 20 nur partiell miterfaßt werden. Diese kristallisierten Fähigkeiten können durch die beiden Ergänzungstests (WS und ZF) annähernd diagnostiziert werden.
Mit dem WS wird der über den Grundwortschatz der deutschen Sprache hinausgehende Wortschatz der Umgangssprache getestet. Es ergeben sich hieraus Hinweise auf Allgemeinbildung und verbale Verarbeitungskapazität.

Beim ZF sollen Regeln und Gesetzmäßigkeiten bei einfachen und komplexen numerischen Aufgaben erkannt werden. Dadurch soll die numerische Verarbeitungskapazität festgestellt werden.
Der CFT 20 zusammen mit dem WS und dem ZF findet in folgenden Bereichen Anwendung:

- Schullaufbahnberatung
- Schulische Fördermaßnahmen
- Berufsberatung
- Bildungsforschung
- klinischer Bereich
- Wehrpsychologie
- Legasthenieberatung
- Sonderschulbedürftigkeit
- Erziehungsberatung
- Verkehrspsychologie
- neuropsychologische Forschung

5. Durchführung

5.1 Alter: 8;7–70 Jahre (3.–10. Schuljahr und Erwachsene mit einfacher Schulvorbildung).

5.2 Formen: Einzel- und Gruppentest; Langform (Testteil 1 und 2) oder Kurzform (Testteil 1) bei CFT 20; Speed-Test; Pseudoparallelformen A und B bei CFT 20 und den Ergänzungstests WS und ZF.
Computergestützte Fassung im Hogrefe-Testsystem KIDIS für Form B, WS und ZF.

5.3 Handhabung: Die Handanweisung enthält ausführliche Instruktionen für jeden Subtest mit der jeweiligen Zeitangabe und Hinweise für das Verhalten des Testleiters. Er sollte vor der Testdurchführung mit dem Test und den Instruktionen vertraut sein, diese möglichst wörtlich wiedergeben, ohne sie jedoch abzulesen. Für jeden Subtest gibt es zwei bis drei Beispielaufgaben zur Demonstration und Übung, die jeweils vor Bearbeitung des entsprechenden Untertests gelöst werden müssen.
In Gruppenuntersuchungen sollen die Parallelformen A und B abwechselnd benutzt werden, um ein Abschreiben zu verhindern.
Zwischen den Testteilen kann eine Pause eingelegt werden.
Der Autor empfiehlt aufgrund der höheren Testreliabilität, möglichst beide Testteile (Langform) durchzuführen.
Die Probanden bekommen vor Testbeginn jeweils ein Testheft mit den dazugehörigen Antwortbogen für den CFT 20 und die Testbogen für die WS- und ZF-Ergänzungstests.
Bei den Aufgaben handelt es sich um Multiple-Choice-Items. Die Lösung wird auf dem Antwort- bzw. Testbogen markiert.

5.4 Zeit: Mit der allgemeinen Testeinführung werden bei Gruppenuntersuchungen mit dem CFT 20 für die Langform ca. 60 Minuten, für die Kurzform ca. 37 Minuten benötigt: Detailangaben siehe Tabelle.
Bei WS und ZF braucht man für beide Tests zusammen bei Klassenuntersuchungen (4. Schuljahr) mit einer Einführung ca. 45 Minuten. Bei Einzeluntersuchungen beträgt die Testdauer ca. 35–40 Minuten. Die reine Testzeit beträgt beim WS 12 Minuten. Nach Angaben des Autors werden in der Regel nur 8–10 Minuten benötigt, d. h., die Zeitbegrenzung ist ohne Bedeutung. Beim ZF beträgt die Testzeit bis 16 bzw. bis 20 Minuten, für die es separate Normtabellen gibt.

Subtest	Item-Anzahl	Exakte Testzeit		mit Instruktion	
Einführung		Teil 1 in Min.	Teil 2 in Min.	Teil 1 ca. 10 Min.	Teil 2 ca. 5 Min.
Series	12	4	3	ca. 7	ca. 5
Classifications	14	4	3	ca. 7	ca. 5
Matrices	12	3	3	ca. 6	ca. 5
Topologies	8	3	3	ca. 7	ca. 5
zusammen:	46	14	12	ca. 37	ca. 25 Min.
beide Testteile	92	26 Min.		ca. 1 Zeitstunde	

6. Auswertung

6.1 Modus: Die Auswertung erfolgt mit Hilfe von Schablonen oder kann (bei größeren Gruppen) maschinell durch Belegleser erfolgen (letzteres nur beim CFT 20).

6.2 Zeit: Keine Angaben.

7. Gütekriterien

7.1 Objektivität: Die Tests sind hinsichtlich Durchführung, Auswertung und Interpretation völlig objektiv.

7.2 Reliabilität:

Itemanalyse
Die Daten für die Aufgabenanalyse beim CFT 20 stammen zum großen Teil aus Untersuchungen zum CFT 2 und sind durch Daten aus der Neunormierung zum CFT 20 ergänzt. Die Schwierigkeitsindizes aller Testitems korrelieren im Durchschnitt um 0,97. Beide Testformen können daher als gleichwertig angesehen werden. Ein Vergleich der altersspezifischen Schwierigkeitsindizes ergibt bei nahezu allen Subtests relativ kontinuierlich verlaufende P-Reihung (11jährige und 15jährige). Zwischen beiden P-Reihen ergibt sich eine Rangkorrelation von Rho = 0,93 für den 1. Testteil, 0,91 für den 2. Testteil und 0,92 für den Gesamttest. Der mittlere Schwierigkeitsindex beim Gesamttest beträgt bei den 11jährigen P = 0,52 und bei den 15jährigen P = 0,66. Die Trennschärfeindizes liegen bei den 11jährigen Schülern im Durchschnitt um 0,48, bei den 15jährigen um 0,46. Dabei liegen die Trennschärfen von 84% bzw. 90% aller Aufgaben zwischen 0,30 und 0,75.

Beim WS wurde die Itemanalyse mit Hilfe einer Faktorenanalyse der Items vorgenommen. Die Analysestichprobe setzte sich dabei aus je 166 Schülern der 4. Grundschul- und 8. Realschulklassen zusammen. Der erste unrotierte Eigenwert (= α-Koeffizient nach Cronbach) umfaßt 17,2% bzw. 24,3% der Gesamtvarianz. Der zweite Eigenwert folgt in einigem Abstand (7,2% bzw. 6,5%). Von hier aus fallen die restlichen 23 Item-Eigenwerte kontinuierlich ab. Die Faktorenladungen zeigen daher auch eine Dominanz im Zentroidfaktor der Hauptachsenlösung. Die Varimaxrotation erbrachte eine 9-Faktoren-Lösung bei den Schülern der Klasse 4 und eine 7-Faktoren-Lösung bei den Realschülern. Die Items des ZF wurden einer Homogenitäts-Überprüfung nach dem Rasch-Modell unterzogen.
Außerdem wurden für beide Ergänzungstests Trennschärfe und Schwierigkeitsgrad der Items berechnet. Die Trennschärfeberechnung erbrachte für

fast alle Items gute Indizes. Die Schwierigkeitsanalysen beim ZF erbrachten eine P-Reihung von 0,93 bis 0,21. Beim WS liegen die Item-Schwierigkeiten zwischen 0,5 und 0,99 bei einem Mittelwert um 0,60 (über beide Stichproben und Formen hinweg). Mittelwert, Standardabweichung und Trennschärfeindizes der Formen A und B weisen keinen bedeutsamen Unterschied auf, so daß beide Formen bei WS und ZF als gleichwertig gelten können.

Zur Ermittlung der Zuverlässigkeit wurden für CFT 20 und die Ergänzungstests Split-Half- und Retest-Koeffizienten bestimmt sowie ein Äquivalenzkoeffizient bei CFT 20. Die Daten zur Bestimmung der Reliabilität bei den Ergänzungstests stammen von Schülern der Klassen 4–8 in Grund-, Haupt-, Realschulen und Gymnasien (N = 618). Die CFT 20-Reliabilitätskoeffizienten beruhten auf einer Gesamtstichprobe aller Altersgruppen (N = 4350) bei Konsistenzkoeffizient; N = 70 Gymnasiasten, 13–15 Jahre bei Stabilität; der Gesamt- und einer Teilstichprobe (N = 817) beim Äquivalenzkoeffizienten (nur deutsche Untersuchungen). Außerdem werden der Standardmeßfehler und der Übungsgewinn bei Testwiederholung angegeben. Ferner sind beim CFT 20 die Interkorrelationen zwischen den Subtests sowie zwischen dem 1. und 2. Testteil im Vergleich zum CFT 2 gestiegen:

	CFT 2 (N = 1548)	CFT 20 (N = 4350)
Series	0,46	0,52
Classifications	0,33	0,39
Matrices	0,56	0,61
Topologies	0,45	0,51

Stabilitätskoeffizient (0,77) und Konsistenzkoeffizient (0,95) bei CFT 20 sind statistisch ausreichend, um individuelle Differenzierungen hinreichend verläßlich beurteilen zu können.

7.3 Validität (nur deutsche Untersuchungen zum CFT und den Ergänzungstests WS uns ZF)**:** Alle Subtests des CFT 20 laden hoch auf dem $_{gf}$-Faktor und fast mit 0 auf dem $_{gc}$-Faktor. Bei Faktor $_{gc}$ handelt es sich um einen sprachgebundenen Leistungsfaktor, der eher der crystallized intelligence zuzuordnen ist, während Faktor $_{gf}$ die flüssige Intelligenz repräsentiert.
Auch bei der Faktorenanalyse der beiden Ergänzungstests ergeben sich zwei essentielle Faktoren. Für Faktor 1 ist verbal-sprachgebundenes Denken kennzeichnend, für Faktor 2 numerisch-zahlengebundenes Denken.
In den beiden Faktoren laden Persönlichkeitsmerkmale wie Leistungsmotivation nicht essentiell.
Der CFT 20 korreliert mit komplexen Begabungstests im Durchschnitt zu 0,64 (z. B. PSB, LPS ...). Die durchschnittliche Korrelation mit konstruktnahen eindimensionalen (Sub-)Tests liegt bei 0,54, mit konstruktfernen bei 0,16. Korrelationen mit Tests, die weder konstruktnah noch -fern sind, liegen bei 0,39.
Mit Schulnoten im Fach Mathematik korreliert der CFT 20 zu 0,50, mit Deutsch nur zu 0,29 und mit Englisch zu 0,25 (alle Klassenstufen).
Der Wortschatztest korreliert zu 0,50 mit der Deutschnote und zu 0,53 mit der Englischnote. Zu 0,60 im Durchschnitt korreliert der Zahlenfolgentest mit der Mathematiknote. Beide Tests korrelieren darüber hinaus signifikant höher mit konstruktnahen Verfahren als mit konstruktfernen. Persönlichkeitsmerkmale korrelieren in keinem einzigen Fall signifikant mit WS und ZF.

Prognostische Validität des CFT 20

Prognostische Korrelationen bei Schülern der 3. Klasse mit der Schulleistung im Fach Mathematik liegen bei 0,45. Außerdem kann mit Hilfe des CFT 20 am besten zwischen erfolgreichen und nicht-erfolgreichen Realschülern getrennt werden.

Korrelationen des CFT 20 mit dem Sozialstatus liegen um 0,17–0,19, und mit der schulischen Verhaltensbeurteilung korreliert CFT 2, Teil 1 lediglich zu 0,12.

Beim CFT 2 werden ferner Gruppenvergleiche durchgeführt, die aus seinem Anspruch als Culture-Fair-Test abgeleitet wurden. Sie betreffen sozio-kulturelle Zugehörigkeit, regionale Herkunft (Stadt-Land) und besondere Merkmale von Schülern. Dabei zeigt sich eine Nivellierung der Unterschiede im Gegensatz zu anderen komplexen Begabungstests (z. B. PSB). Auch Ausländerkinder schneiden beim CFT 20 nicht signifikant schlechter ab als vergleichbare deutsche Kinder.

Die gilt nicht bei den beiden Ergänzungstests: Die Testleistung hängt stark zusammen mit der Sozialschicht. Außerdem schneiden Ausländerkinder besonders im Wortschatztest signifikant schlechter als vergleichbare deutsche Kinder ab.

7.4 Normen: Die Eichstichprobe beim Wortschatztest umfaßt 2715 Schüler, beim Zahlenfolgentest 2768 Schüler. Es werden T-Werte und Prozentränge beim Wortschatztest für 8 Altersstufen (8;7 bis 15;6 Jahre) angegeben sowie Schulstandardwerte für 3.–9. Klassenstufen, getrennt für die Schularten (Haupt-, Grund-, Volks-, Realschule und Gymnasium). Beim Zahlenfolgentest wird darüber hinaus die Testzeit berücksichtigt. Es gibt Altersnorm- und Schulstandardwerte bis 16 Minuten Testzeit und bis 20 Minuten Testzeit. Zur Eichung des CFT 20 wurden insgesamt 4400 Schülerinnen und Schüler der Klassen 3–10 aller Schularten getestet.

Es existieren Normen für 7 Altersgruppen bei Kindern und Jugendlichen (8;7–18;0 Jahre) und Normen für 20jährige und ältere Probanden (IQ, T und PR). Außerdem werden Schulstandardwerte für die Klassenstufe und Schulart angegeben (IQ und PR).

Grundintelligenztest Skala 3 (CFT 3)

R. B. CATTELL und R. H. WEISS
Göttingen: Hogrefe, 1971

---

1. Testart Intelligenztest

2. Testmaterial Handanweisung, 2 Testhefte (Form A und B), 2 Auswertungsschablonen (A und B), Antwortbogen.

3. Testgliederung Aufbau und Gliederung der Skala 3 entspricht der Skala 2.

4. Grundkonzept Der CFT 3 erfaßt die Grundintelligenz („general fluid intelligence" nach CATTELL) und eignet sich als sprachfreies Verfahren besonders zur Intelligenzdiagnostik bei Jugendlichen und Erwachsenen mit geringen Sprachkenntnissen und eingeschränkten Kulturtechniken.
Der CFT 3 entspricht in seinem Aufbau der Skala 2. Der Schwierigkeitsgrad der Aufgaben ist jedoch – der Altersgruppe angemessen – höher.

5. Durchführung **5.1 Alter–Klasse:** Jugendliche ab 14 Jahren und Erwachsene. Bei jüngeren Probandengruppen (unter 14 Jahren) mit hoher Intelligenz kann der CFT zur Leistungsdifferenzierung eingesetzt werden.

5.2 Formen: Parallelformen A und B für Einzel- und Gruppenuntersuchungen.

5.3 Handhabung: Die Probanden haben die jeweils richtigen Antworten aus vorgegebenen Alternativen herauszufinden und auf dem separaten Antwortbogen zu markieren.

5.4 Zeit: Die Durchführung des Tests dauert ca. 50 Minuten. Die reine Testzeit beträgt 25 Minuten.

6. Auswertung **6.1 Modus:** Die Summe richtiger Antworten wird mit Hilfe einer Schablone ermittelt und anhand von Tabellen in den Normwert umgewandelt.

6.2 Zeit: Keine Angaben.

7. Gütekriterien **7.1 Objektivität:** Die Objektivität des Verfahrens ist sicher.

7.2 Reliabilität: Die Gesamtzuverlässigkeit liegt bei r = 0,95 (Halbierungsmethode mit Aufwertung nach Spearman-Brown).

7.2 Validität: Der CFT 3 korreliert mit anderen Intelligenztests substantiell (IST r = 0,74; PSB r = 0,66). Geringe Zusammenhänge bestehen erwartungsgemäß zwischen dem CFT 3 und diversen konstruktfernen Verfahren wie beispielsweise Persönlichkeitsfragebogen und sprachgebundenen Verfahren.

7.4 Normen: Normen werden angegeben für folgende Gruppen: Berufsschüler von 14 bis 18 Jahren (N = 905); Schüler mit „mittlerem Schulabschluß" (N = 187); Gymnasiasten der Klasse 12 (N = 1012); Gesamtstichprobe der 16- bis 19jährigen (N = 608). Außerdem wurden Vergleichswerte für Studierende aus 10 Fachrichtungen (N = 409) mitgeteilt. Eine neue Normierung wird vorbereitet.

Gruppenintelligenztest für lernbehinderte Sonderschüler (Gruppenform der Columbia Mental Maturity Scale) – (CMM–LB)

D. EGGERT und K.-D. SCHUCK unter Mitarbeit von U. RAATZ
Herausgeber: Deutsches Institut für Internationale Pädagogische Forschung („Deutsche Schultests")
Weinheim: Beltz, 1973

---

1. Testart Spezieller Intelligenztest für Lernbehinderte

2. Testmaterial Beiheft (DIN A4, 22 Seiten), Testheft (einmal verwendbar), zwei Schablonen (DIN A4); *zusätzlich:* Schreibwerkzeug.

3. Testgliederung Keine.

4. Grundkonzept Der CMM–LB sollte als „Screening"-Test lediglich einer Vororientierung oder Vorauslese für die Intelligenzdiagnose lernbehinderter Schüler dienen, die beispielsweise beim Umschulungsverfahren in die Sonderschule notwendig wird. Das Verfahren soll eine (grobe) Klassifikation von Schülern in Leistungsgruppen ermöglichen und ein Hilfsmittel bei sonderpädagogischen Beurteilungen sein.

5. Durchführung

5.1 Alter: Neun- bis vierzehnjährige lernbehinderte Sonderschüler.

5.2 Formen: Gruppentest.

5.3 Handhabung: Relativ unkomplizierte Anwendbarkeit durch entsprechend ausgearbeitete Instruktionen.

5.4 Zeit: Die Durchführung des Verfahrens dauert etwa 30 bis 45 Minuten (brutto).

6. Auswertung

6.1 Modus: Einfache, schablonisierte Auswertung

6.2 Zeit: Wenig zeitaufwendig.

7. Gütekriterien

7.1 Objektivität: Die Objektivität kann hinsichtlich Durchführung und Auswertung als gesichert gelten.

7.2 Reliabilität: Die Zuverlässigkeit wurde nach der Halbierungsmethode (mit Spearman-Brown-Korrektur) geschätzt. Danach ergab sich an einer umfangreichen Stichprobe (N = 900) ein Reliabilitätskoeffizient von r = 0,95.

7.3 Validität: Die Gültigkeit des CMM–LB wurde auf dem Wege einer Kreisvalidierung zu ermitteln versucht. Dabei ließ sich zu dem zeitaufwendigen Hamburg-Wechsler-Intelligenztest für Kinder (HAWIK) ein Zusammenhang von r = 0,45 (N = 2531) feststellen. Mit dem Bildertest (BT 1–2 und BT 2–3) korrelierte das Verfahren in Höhe von r = 0,40 (N = 1088).

7.4 Normen: Die Normen basieren auf einer repräsentativen Stichprobe aus dem gesamten Bundesgebiet. Sie sind nach Alter und Geschlecht gegliedert und in T-Bändern dargestellt.

Hamburg-Wechsler-Intelligenztest für Erwachsene Revision 1991 (HAWIE-R)

Herausgeber: U. TEWES
Bern: Huber, 1991

---

1. Testart Intelligenztest

2. Testmaterial Handanweisung (DIN A5, 124 Seiten), Protokollbogen, Materialkasten mit folgendem Inhalt: Testheft mit 17 Bildvorlagen für den Untertest „Bilderergänzen" und neun Mustern für den „Mosaik-Test", Kästchen mit neun mehrfarbigen Würfeln für den „Mosaik-Test", Kästchen mit 10 Kartonbildserien mit je drei bis sechs Bildern für den Untertest „Bilderordnen", vier Plastikbeutel mit zerlegten Figuren und ein Karton mit Vorlagen für das „Figurenlegen", eine Auswertungsschablone für den „Zahlen-Symbol-Test"; *zusätzlich:* Bleistift, Stoppuhr.

3. Testgliederung Der HAWIE-R besteht aus einem Verbal- (sechs Untertests) und einem Handlungsteil (fünf Untertests). Die strikte Unterteilung in Verbal- und Handlungsteil des HAWIE (HARDESTY & LAUBER, 1956) wurde aufgegeben. Die Neubearbeitung lehnt sich in höherem Maße als die Kinderversion an das amerikanische Vorbild der WAIS-R (WECHSLER, 1981) an. Zahlreiche Items bzw. ganze Untertests (ZN, BO, MT, FL und ZS) sind aus der WAIS-R übernommen. Alle Subtests wurden gegenüber der Version von 1956 abgeändert (Näheres siehe Testhandbuch, S. 8 ff.).
Die Tabelle bietet eine Übersicht über die Meßbereiche sowie die Itemanzahl der einzelnen Untertests. Die Numerierung der Untertests entspricht ihrer Reihenfolge bei der Testdarbietung. In der Spalte „Item" ist in Klammern zusätzlich die ursprüngliche Anzahl der Items des HAWIE (HARDESTY & LAUBER, 1956) aufgeführt.

Das Gesamtergebnis des HAWIE-R gibt Hinweise auf das allgemeine geistige Leistungsvermögen des Probanden. Unterschiede zwischen Verbal- und Handlungsteil lassen Schlüsse zu, ob die getestete Person eher praktisch oder mehr verbal-theoretisch begabt ist.

4. Grundkonzept Dem HAWIE-R liegt ebenso wie allen anderen Wechsler-Tests das Konzept der allgemeinen Intelligenz zugrunde (vgl. Grundkonzept des HAWIK).

5. Durchführung **5.1 Alter:** 16–74 Jahre.

5.2 Formen: Einzeltest.

5.3 Handhabung: Die Testanweisung enthält neben genauen Anweisungen zu Testabbruch und -bewertung zahlreiche möglichst wörtlich zu gebende Testanweisungen. Der gegenüber dem HAWIE erheblich verbesserte Pro-

Skalen		Items	Meßbereich
Verbalteil:			
1.	Allgemeines Wissen (AW)	24 (25)	Breite des Allgemeinwissens, Aufgeschlossenheit gegenüber der Umwelt
3.	Zahlennachsprechen (ZN)	28 (28)	akustische Merkfähigkeit, Aufmerksamkeit, Selbstkontrolle
5.	Wortschatz-Test (WT)	32 (42)	allgemeine Sprachentwicklung, Bestand an sprachlichen Kenntnissen
7.	Rechnerisches Denken (RD)	14 (10)	Fähigkeit, Operationen leichter Art im Kopf durchzuführen
9.	Allgemeines Verständnis (AV)	13 (10)	praktische Urteilsfähigkeit, Fähigkeit, aus Erfahrung zu lernen und in Ursache-Wirkungs-Zusammenhängen zu denken
11.	Gemeinsamkeitenfinden (GF)	16 (12)	logisches und abstraktes Denken in Kategorien
Handlungsteil:			
2.	Bilderergänzen (BE)	17 (15)	Fähigkeit, bekannte Formen, Gegenstände und Figuren zu erkennen und dabei wesentliche von unwesentlichen Details zu unterscheiden
4.	Bilderordnen (BO)	10 (7)	Fähigkeit, auf visuellem Wege soziale Handlungsabläufe zu erfassen, Ordnung und Sequenzen herzustellen und dabei wesentliche von unwesentlichen Details zu unterscheiden
6.	Mosaik-Test (MT)	10 (7)	räumliches Vorstellungsvermögen, psychomotorische Koordination, Kombinationsfähigkeit, Flexibilität des Denkens
8.	Figurenlegen (FL)	4 (3)	Fähigkeit zur Wahrnehmung und Reproduktion konkreter Figuren
10.	Zahlen-Symbol-Test (ZS)	93 (67	allgemeine psychometrische Geschwindigkeit, visuell-motorische Koordination, Konzentrationsvermögen bei Routineaufgaben

tokollbogen enthält ebenfalls Angaben zu Abbruchkriterien und Bewertung der einzelnen Untertests.

5.4 Zeit: Die Testdurchführung nimmt ungefähr 60 bis 90 Minuten in Anspruch. Für mehrere Untertests sind Zeitgrenzen angegeben. So beträgt die Höchstzeit für die Lösung eines Bildes beim Untertest BE 20 Sekunden, beim BO je nach dargebotener Bildserie 60, 90 oder 120 Sekunden, beim MT 60 bzw. 120 Sekunden, beim RD 15 bis 120 Sekunden, beim FL bis zu 180 Sekunden und beim ZS 90 Sekunden.

6. Auswertung

6.1 Modus: Die Auswertung der erhobenen Daten erfolgt nach festgelegten Kriterien, die sowohl in der Testanweisung als auch im Protokollbogen aufgeführt sind. Bei den Untertests BE, ZN, BO, MT, RD, FL und ZS erfolgt die Bewertung nach objektiven Kriterien. Bei den Untertests AW, WT, AV und GF werden dem Auswerter zwar Bewertungsrichtlinien vorgegeben, es bleibt aber ein gewisser Ermessensspielraum. Während die Items der Untertests AW und WT mit jeweils 0 bzw. 1 Punkt bewertet werden, liegt für die Untertests AV und GF eine dreikategorielle Bewertung (0-, 1-, 2-Punktantworten) vor. Die Rohwertsumme der Untertests wird in Wertpunkte (WP) transformiert. Die WP werden für den Verbal-, den Handlungs- sowie für den Gesamttest aufsummiert und können wiederum in entsprechende IQ-Werte umgewandelt werden. Auf der Vorderseite des Protokollbogens ist eine Tabelle zu finden, auf der die den Rohwerten entsprechenden Wertpunktäquivalente abgelesen werden können. Die angekreuzten Rohwerte können zu einem Profil verbunden werden.

6.2 Zeit: Genaue Angaben fehlen. Die Auswertung des HAWIE-R dürfte zwischen 15 und 30 Minuten in Anspruch nehmen.

7. Gütekriterien

7.1 Objektivität: Aufgrund der detaillierten Handanweisung kann davon ausgegangen werden, daß die Durchführungsobjektivität gewährleistet ist. Das Problem der geringen Auswertungsobjektivität der Untertests AW, WT, AV und GF im Verbalteil aller Wechsler-Tests wurde beim HAWIE-R gemildert, ein gewisser Ermessensspielraum, der bei der Punktvergabe zur Objektivitätsminderung führt, ist jedoch nicht zu vermeiden. Bei der Beurteilung von 4 Testprotokollen der oben genannten Untertests durch 16 Auswerter ergaben sich Abweichungen zwischen 0,35 und 1,85 Wertpunkten (vgl. Testhandbuch, S. 23). Die höchste Auswertungsobjektivität wies der Untertest GF mit einer durchschnittlichen Abweichung von 0,57 Rohwertpunkten auf. Die Abweichungen für die übrigen Subtests betrugen im Durchschnitt 0,78 (AW), 1,40 (AV) und 1,09 (WT). Es zeigte sich darüber hinaus, daß erfahrene Auswerter mit größerer Übereinstimmung urteilen als unerfahrene.

7.2 Reliabilität:

Itemanalyse:
In der Handanweisung sind Angaben zu Mittelwert und Trennschärfe (0,08 bis 0,66) aller Items aufgeführt.

Interne Konsistenz:

Verbalteil: r_{tt} = 0,57 bis 0,92 für alle 9 Altersgruppen (16 bis 74 Jahre) und alle 6 Untertests
r_{tt} = 0,93 bis 0,97 für alle Altersgruppen und den Gesamt-Verbalteil

Handlungsteil: rtt = 0,60 bis 0,95 für alle Altersgruppen und die 5 Untertests
r_{tt} = 0,89 bis 0,97 für alle Altersgruppen und den Gesamt-Handlungsteil

Gesamtteil: r_{tt} = 0,95 bis 0,97 für alle Altersgruppen und den Gesamttest

Mit 0,95 weist der Untertest ZS die höchste mittlere Konsistenz auf, während der Untertest BE mit 0,72 die niedrigsten Werte aufweist.

Stabilität: Keine Angaben.

Standardmeßfehler:

Verbalteil: s_e = 0,87 bis 1,64 (Wertpunkteinheiten) für alle Altersgruppen und die 6 Untertests
s_e = 2,60 bis 3,97 (IQ-Einheiten) für alle Altersgruppen und den Gesamt-Verbalteil

Handlungsteil: s_e = 0,46 bis 1,92 (Wertpunkteinheiten) für alle Altersgruppen
und die 5 Untertests
s_e = 3,97 bis 4,74 (IQ-Einheiten) für alle Altersgruppen und den Gesamt-Handlungsteil

Gesamtteil: s_e = 2,60 bis 3,35 (IQ-Einheiten) für alle Altersgruppen und den Gesamttest

Homogenität:
Subtestinterkorrelationen im Verbalteil: $r_{tT} = 0{,}10$ bis 0,82; im Handlungsteil: $r_{tT} = 0{,}05$ bis 0,68; zwischen Verbal- und Handlungsteil: $r_{tT} = 0{,}01$ bis 0,70. Aufgrund der teilweise recht bedeutsamen Untertest-Interkorrelationen (vgl. Testhandbuch, Tabelle 8, S. 27–36) sollte von einer Profilinterpretation abgesehen werden.

7.3 Validität: Eine Faktorenanalyse der Korrelationsmatrix für die Gesamtstichprobe ergab zwei Faktoren, die zusammen knapp 56% der Gesamtvarianz aufklären. Die sechs Subtests des Verbalteils haben ihre höchsten Ladungen auf dem ersten Faktor, der einen Varianzanteil von 45,6% aufweist. Die Untertests WT, AV Und AW sind die besten Indikatoren für Leistungen auf diesem Faktor. Die fünf Untertests des Handlungsteils laden am höchsten auf dem zweiten Faktor, der einen Varianzanteil von 10,7% besitzt. Die besten Prädiktoren für diesen Faktor stellen die Untertests FL, BE und MT dar.
Eine Varianzanalyse, die gesondert nach Altersgruppen und Schulbildung vorgenommen wurde, ergab, daß mit höherer Schulbildung auch die Leistungen in den einzelnen Untertests besser ausfallen. Die Unterschiede zwischen Hauptschülern und Gymnasiasten, die im Handlungsteil etwas geringer sind, betragen dabei ungefähr eine Standardabweichung (vgl. Testhandbuch, S. 38).
Bei einem Vergleich der Testleistungen über alle getesteten Altersstufen hinweg konnte eine mit zunehmendem Alter stärker werdende Leistungsminderung beobachtet werden. Diese fiel für den Verbalteil stärker aus.
Untersuchungen zu familiären Ähnlichkeiten ergaben höhere Korrelationen zwischen eineiigen Zwillingen als zwischen zweieiigen, die wiederum höhere Korrelationen aufweisen als Geschwister. Die Korrelationen der Leistungen der eineiigen Zwillinge sind im Verbalteil höher als im Handlungsteil.
In einer klinischen Studie wurden eine Gruppe von Alkoholikern und eine Kontrollgruppe mit dem HAWIE-R getestet. Eine Diskriminanzanalyse ergab eine bedeutsame Trennfunktion ($p = 0{,}04$). Die Trennung zwischen den beiden Gruppen bleibt relativ schwach (Wilks' Lambda = 0,66). Die richtige Reklassifikation betrug 76 Prozent.
Untersuchungen an klinisch nicht auffälligen Probanden mit dem HAWIK-R sowie dem Gießen-Test und dem STAI ergaben niedrige Korrelationen. Man kann daher vermuten, daß der Einfluß von sog. nichtintellektuellen Faktoren, wie sie WECHSLER vermutete, zumindest bei klinisch unauffälligen Probanden gering bleibt.

7.4 Normen: Der HAWIE-R wurde an einer Stichprobe von N = 2000 Personen geeicht. Die Stichprobe ist in neun Altersgruppen unterteilt, die mit unterschiedlicher Häufigkeit besetzt sind. Der Umfang der altersspezifischen Stichproben bewegt sich zwischen je 300 Probanden in den beiden Altersgruppen von 20 bis 24 und von 25 bis 34 Jahren und 200 Probanden in den restlichen 7 Altersgruppen, wobei sich der HAWIE-R an der Unterteilung der WAIS-R orientiert. Die Zusammensetzung der Normierungsstichprobe orientiert sich an repräsentativen Angaben des Statistischen Bundesamtes zu Alter, Geschlecht und Schulbildung, die 1986 in den alten Bundesländern erhoben wurden.
Die Rohwerte aus den Untertests werden in Wertpunkte (WP) umgeformt.

Die Wertpunktsummen aus den sechs Verbaltests und den fünf Handlungstests dienen als Basis für die Berechnung des Verbal-, Handlungs- und Gesamt-IQs.

In Anlehnung an die WAIS-R erfolgt die Umrechnung in WP auf der Basis der Rohwertverteilungen der 20- bis 34jährigen, da nach Ansicht WECHSLERS in dieser Altersgruppe die geistige Entwicklung ihr Maximum erreiche und relativ konstant bleibe (Testhandbuch, S. 13). Das Testhandbuch enthält neben einer Tabelle mit Wertpunktäquivalenten für die Rohwerte (die ebenfalls auf der Vorderseite des Protokollbogens zu finden ist) noch Tabellen mit altersspezifischen Wertpunktäquivalenten der erhobenen Rohwerte (für alle neun Altersgruppen) sowie Tabellen mit Wertpunktäquivalenten für die Rohwerte von Gymnasiasten bzw. von Probanden mit Abitur (nur für die vier Altersgruppen im Bereich von 16 bis 34 Jahren, da in den Gruppen mit höherem Lebensalter der Anteil der Personen mit höherer Schulbildung stark abnimmt). Darüber hinaus steht eine Tabelle für eine Umrechnung der IQ-Werte in Prozentränge zur Verfügung (S. 15).

Hamburg-Wechsler-Intelligenztest für Kinder Revision 1983 (HAWIK-R)

D. WECHSLER
Deutsche Bearbeitung und Herausgabe: U. TEWES
Bern: Huber, 1985[3]

---

1. Testart

Intelligenztest

2. Testmaterial

Handanweisung (DIN A5, 140 Seiten), Protokollbogen, Materialkasten mit folgendem Inhalt: Testheft mit 33 Bildvorlagen für den Untertest „Bilderergänzen", Kästchen mit 13 Kartonbildserien mit je drei bzw. vier Bildern für den Untertest „Bilderordnen", Kästchen mit neun vierfarbigen Würfeln sowie ein Testheft mit Testvorlagen für den „Mosaik-Test", 10 Plastikbeutel mit zerlegten Figuren für das „Figurenlegen", ein Karton mit Aufgabenreihen sowie ein Testheft für das „Rechnerische Denken", eine Auswertungsschablone für den „Zahlen-Symbol-Test"; *zusätzlich:* Bleistift, Stoppuhr.

3. Testgliederung

Der HAWIK-R ist in einen Verbal- (fünf Untertests und einen Zusatztest) und einem Handlungsteil (fünf Untertests) unterteilt, die im Gegensatz zum HAWIK (HARDESTY & PRIESTER, 1966) nicht mehr getrennt sind. Die Reihenfolge der Untertestdarbietungen wurde verändert, um die Testdurchführung für die Kinder abwechslungsreicher zu gestalten. Die Untertests wurden gegenüber dem WISC-R (WECHSLER, 1974) und dem HAWIK in mehreren Punkten abgeändert, wobei unter Beibehaltung des Wechsler-Konzepts die instrumentelle Tauglichkeit des Tests verbessert werden sollte. Die folgende Tabelle (S. 121) gibt einen Überblick über die Meßbereiche und die Untertests des HAWIK-R. Die Numerierung der Subtests entspricht deren Reihenfolge bei der Testdarbietung. Die Spalte „Items" gibt einen Überblick über die Itemanzahl der Subtests des HAWIK-R sowie in Klammern über die Anzahl der Items der vorhergehenden Version des HAWIK. Genauere Angaben zu den Meßbereichen der Subtests und den Abänderungen gegenüber dem HAWIK sind dem Testhandbuch und der 1984 von TITZE und TEWES veröffentlichten Publikation „Messung der Intelligenz mit dem HAWIK-R" zu entnehmen.

4. Grundkonzept

Dem HAWIK-R liegt das Intelligenzkonzept nach WECHSLER zugrunde. Demzufolge ist Intelligenz „die zusammengesetzte oder globale Fähigkeit des Individuums, zweckvoll zu handeln, vernünftig zu denken und sich mit seiner Umgebung wirkungsvoll auseinanderzusetzen. Sie ist zusammengesetzt oder global, weil sie aus Elementen und Fähigkeiten besteht, die, obwohl nicht völlig unabhängig, qualitativ unterscheidbar sind" (MATARAZZO, 1982, S. 121). Im Handbuch zur Kinderform des Tests, der WISC-R, wird Intelligenz noch allgemeiner definiert: „Intelligenz ist die allgemeine Fähig-

Skalen		Items	Meßbereich
Verbalteil:			
2.	Allgemeines Wissen (AW)	33 (30)	Breite des Allgemeinwissens, Aufgeschlossenheit gegenüber der Umwelt
3.	Zahlennachsprechen (ZN)	28 (28)	akustische Merkfähigkeit, Aufmerksamkeit, Selbstkontrolle
4.	Wortschatz-Test (WT)	44 (40)	allgemeine Sprachentwicklung, Bestand an sprachlichen Kenntnissen
6.	Rechnerisches Denken (RD)	29 (16)	Fähigkeit, Operationen leichter Art im Kopf durchzuführen
7.	Allgemeines Verständnis (AV)	20 (16)	praktische Urteilsfähigkeit, Fähigkeit, aus Erfahrung zu lernen und in Ursache-Wirkungs-Zusammenhängen zu denken
10.	Gemeinsamkeitenfinden (GF)	25 (16)	logisches und abstraktes Denken in Kategorien
Handlungsteil:			
1.	Bilderergänzen (BE)	33 (20)	Fähigkeit, bekannte Formen, Gegenstände und Figuren zu erkennen und dabei wesentliche von unwesentlichen Details zu unterscheiden
5.	Mosaik-Test (MT)	17 (10)	räumliches Vorstellungsvermögen, psychomotorische Koordination, Kombinationsfähigkeit, Flexibilität des Denkens
8.	Figurenlegen (FL)	10 (4)	Fähigkeit zur Wahrnehmung und Reproduktion konkreter Figuren
9.	Bilderordnen (BO)	12 (11)	Fähigkeit, auf visuellem Wege soziale Handlungsabläufe zu erfassen, Ordnung und Sequenzen herzustellen und dabei wesentliche von unwesentlichen Details zu unterscheiden
11.	Zahlen-Symbol-Test (ZS)	93 (93)	allgemeine psychometrische Geschwindigkeit, visuell-motorische Koordination, Konzentrationsvermögen bei Routineaufgaben

1.2

keit des Individuums, die Welt, in der es lebt, zu verstehen und sich in ihr zurechtzufinden" (WECHSLER, 1974). Intelligenz wird demnach als allgemeine und übergeordnete Fähigkeit gesehen. Sie stellt eine Einheit dar, die vielfältige Erscheinungsformen annehmen kann und durch mannigfaltige Einflüsse in ihrer Entwicklung bestimmt wird. Intelligenz ist nach WECHSLER keine spezifische Fähigkeit, sondern ergibt sich eher aus der Art und Weise, in der sich diese Fähigkeit unter bestimmten Bedingungen und verschiedenen Umständen manifestiert. Um der Vielfalt intelligenten Verhaltens gerecht werden zu können, sollte sich ein Intelligenztest möglichst vielfältiger Testtypen bedienen und eine Isolation einzelner Fähigkeiten von übergeordneter Bedeutung vermeiden. WECHSLER geht davon aus, daß sich aus den Ergebnissen der 11 Untertests für bestimmte Personengruppen typische Profilverläufe herauskristallisieren können. Nach WECHSLER soll die Testinterpretation weniger auf der aufeinanderfolgenden Darstellung der 11 Untertestergebnisse beruhen als vielmehr auf einer vergleichenden Gruppierung von Untertests, die ähnliche Intelligenzkomponenten (wie z.B. lern- und milieuabhängige Leistungen, Leistungsvermögen unter Zeitdruck, visuell-motorische Koordination etc.) messen.

5. Durchführung

5.1 Alter: 6;0–15;11 Jahre.

5.2 Formen: Einzeltest.

5.3 Handhabung: Das Testhandbuch enthält detaillierte Anweisungen für jeden Untertest. Neben wörtlichen Anweisungen, die der Testleiter dem Kind möglichst in dieser Form vorlegen sollte, wird aufgeführt, mit welchem Item bei bestimmten Altersstufen begonnen werden soll, wann und wie Hilfestellung geleistet werden darf, wann der Abbruch des jeweiligen Untertests erfolgt und wie die Aufgabe bewertet wird. Der Protokollbogen enthält ebenfalls Informationen zu Abbruch und Bewertung der Untertests, bietet aber darüber hinaus wenig Platz für die Protokollierung ergänzender Hinweise.

5.4 Zeit: Die Untersuchungsdauer hängt vom Alter und Leistungsvermögen des Kindes ab. Es sollten mindestens 90 Minuten für die Untersuchung vorgesehen werden. Gelegentlich kann sie bis zu zwei Stunden dauern.

Für mehrere Untertests werden Zeitgrenzen angegeben. So beträgt die Zeitgrenze beim BE 15 Sekunden für jedes dargebotene Bild, beim MT in Abhängigkeit vom Schwierigkeitsgrad des Musters zwischen 45 und 180 Sekunden, beim FL 180 Sekunden für jede Figur, beim BO zwischen 45 und 60 Sekunden und beim ZS 120 Sekunden.

6. Auswertung

6.1 Modus: Anhand des Testprotokolls wird jede Aufgabe nach festgelegten Kriterien bewertet. Bei der Auswertung werden die Aufgabenbewertungen zu Rohwertpunkten (RP) summiert, die unter Heranziehung der sich im Anhang befindenden Tabellen in Wertpunkte (WP) umgewandelt werden. Die WP können in einem weiteren Schritt in IQ-Werte (Verbal-, Handlungs- und Gesamt-IQ) umgerechnet werden. Die WP können außerdem auf der Vorderseite des Protokollbogens graphisch dargestellt werden.

Das Testhandbuch enthält Hinweise zur quantitativen und qualitativen Interpretation der Wertpunkte und des IQs.

6.2 Zeit: Empirische Angaben liegen nicht vor. Die Auswertung dürfte ca. 15 bis 20 Minuten in Anspruch nehmen.

7. Gütekriterien

7.1 Objektivität: Es liegen keine Angaben zur Objektivität vor. Aufgrund der detaillierten und überschaubaren Anweisungen im Testhandbuch und der erweiterten Standardisierung der Testsituation kann davon ausgegangen werden, daß die Durchführungsobjektivität weitgehend gewährleistet ist. Die Auswertungsobjektivität wurde im Vergleich zum HAWIK dadurch verbessert, daß bei den Untertests AV und WT auf eine 0-, 1-, 2-Punktebewertung zugunsten einer 0-, 1-Punktebewertung verzichtet wurde. Die dreikategorielle Bewertung für den Untertest GF wurde zwar beibehalten, jedoch wurden die Bewertungsregeln vereinfacht. Die Protokollierung der Testergebnisse auf dem Protokollbogen gestaltet sich beim HAWIK-R ebenfalls einfacher als bei seinem Vorgänger.

7.2 Reliabilität:

Itemanalyse: Keine Angaben.

Innere Konsistenz:

Verbalteil:	r_{tt} = 0,67 bis 0,96 für alle 10 Altersgruppen (ohne ZN)
Handlungsteil:	r_{tt} = 0,55 bis 0,91 für alle 10 Altersgruppen (ohne ZS)

Für die Untertests ZN und ZS kann die innere Konsistenz nicht berechnet werden. Die Zuverlässigkeit der beiden Untertests kann nur über die Stabilität der Skalen geschätzt werden.

1.2

Stabilität:

Verbalteil:	r_{tt} = 0,18 bis 0,73 bei drei Altersgruppen: 8- (N = 21), 11- (N = 22) und 14jährige (N = 18) bei einer Testwiederholung nach 7 bis 9 Monaten
Handlungsteil:	r_{tt} = 0,06 bis 0,74 bei drei Altersgruppen (s.o.)

Annähernd ein Drittel der Korrelationen nimmt nach einem Zeitraum von 7 bis 9 Monaten noch Werte zwischen 0,60 und 0,70 an, während sich ein weiteres Drittel zwischen 0,40 und 0,59 bewegt.

Standardmeßfehler:

Verbalteil:	s_e = 0,60 bis 1,72 für alle 10 Altersgruppen (ohne ZN)
Handlungsteil:	s_e = 0,95 bis 2,01 für alle 10 Altersgruppen (ohne ZS)

Die Standardmeßfehler von ZN und ZS können nur geschätzt werden. Nach Angaben des Testautors können beide Untertests grob mit 1,5 Wertpunkten angesetzt werden.

Homogenität:

Subtestinterkorrelationen

im Verbalteil:	r_{tT} = 0,23 bis 0,78
im Handlungsteil:	r_{tT} = 0,05 bis 0,7
zwischen Verbal- und Handlungsteil:	r_{tT} = 0,02 bis 0,61

7.3 Validität: Keine Angaben.

7.4 Normen: Die Standardisierung basiert auf einer Stichprobe von N = 1898 Probanden. Bezogen auf die einzelnen Altersgruppen bewegt sich die jeweilige Stichprobe zwischen N = 161 (Sechsjährige) und N = 200 (Neunjährige). Die Untersuchung wurde in 20 Orten der alten Bundesländer durchgeführt. Die Auswahl der Probanden erfolgte nach Quotenmerkmalen.
Die Rohwerte wurden in Wertpunkte (10;3) und diese in IQ-Werte (100;15) transformiert. Darüber hinaus steht eine Tabelle zur Umrechnung in Prozentränge zur Verfügung.

8. Literatur

MATARAZZO, J. D. (1982). *Die Messung und Bewertung der Intelligenz Erwachsener nach Wechsler.* Bern: Huber.

TITZE, I. & TEWES, U. (1984). *Die Messung der Intelligenz mit dem HAWIK-R.* Bern: Huber.

Hamburg-West Yorkshire Gruppentest zur Intelligenzprüfung (HWY)*

T. P. Tomlinson
Bearbeitung: W. Schultze, K. Hecht und O. Sickert
Göttingen: Hogrefe, 1953

---

1. Testart Intelligenztest

2. Testmaterial Testanleitung für den Prüfer, Übungsblätter und Testhefte; *zusätzlich:* Bleistifte, Uhr.

3. Testgliederung Der Test baut sich aus 117 verschiedenen Aufgaben auf, die aus dem „West Yorkshire Group Test of Intelligence, Form X" von Tomlinson stammen. Im Gegensatz zum englischen Original wird deutschen Kindern vor der eigentlichen Testdurchführung ein Übungsblatt mit 12 Items gegeben, da sie vielfach noch nicht die Art der Aufgabenstellung kennen.

4. Grundkonzept In der Testanleitung findet sich lediglich der Hinweis, daß die deutsche Bearbeitung eine gekürzte Fassung des Originals darstellt. Aufbau, Aufgaben und Testschwierigkeiten entsprechen der englischen Form. Ebenso ist der Altersbereich der Normpopulation gegenüber dem Original eingeschränkt worden.

Nach Hiltmann (1960) prüfen die Aufgaben „die Merk- und Lernfähigkeit, die sprachliche Intelligenz, die Kritik- und Urteilsfähigkeit und das räumliche Vorstellen" (S. 49).

Außerdem wird mit einigen Items das Instruktions- und Auftragsverständnis angesprochen. Der Test ist nach Hiltmann (1960) anwendbar bei Kindern des mittleren Volksschulalters; ebenso ist er für die Übergangsauslese brauchbar.

5. Durchführung **5.1 Alter:** 9;6 bis 12;6 Jahre.

5.2 Formen: Einzel- und Gruppenuntersuchungen.

5.3 Handhabung: Der Testleiter arbeitet die Übungsblätter „in freier Unterrichtsweise mit den Kindern" durch (S. 4). Anschließend werden die Testhefte verteilt und die vorgedruckten Instruktionen („Was wir zuvor wissen müssen") mit den Kindern gelesen.

Die Kinder beantworten die Items schriftlich und zum Teil zeichnerisch, zumeist nach dem Multiple-Choice-Verfahren, gelegentlich wird die freie Lösungswahl verwandt.

5.4 Zeit: Vorübung: ca. 20 Minuten. Testzeit: 60 Minuten.

---

* Der HWY ist nicht mehr komplett erhältlich, eine Neuauflage ist nicht geplant.

6. Auswertung

6.1 Modus: Die richtigen Lösungen werden anhand des Schlüssels in der Testanleitung zumeist mit 1 Punkt, in einigen Fällen nach genauen Richtlinien mit mehreren Punkten bewertet. Bei der Richtig-Bewertung wird nicht auf Orthographie geachtet. Der additiv gewonnene Rohwert (max. 123 Punkte) wird anhand der Normentafel in Standardwerte umgesetzt und – falls nötig – interpoliert.

6.2 Zeit: Keine Angaben.

7. Gütekriterien

7.1 Objektivität: Die Testdurchführung und Auswertung sind objektiv. Allerdings wird die Übereinstimmung bei einer Vorübung nach freier Unterrichtsweise nicht sehr groß sein.

7.2 Reliabilität:

Interne Konsistenz

Split-Half-Methode (korrigierte Koeffizienten): $r_{tt} = 0,96$ (N = 445)

Stabilität:

Retest nach 6 Monaten ohne Zeitlimit: Rho = 0,86 (N = 37)

7.3 Validität:

Interne Validität

Korrelation mit Berlin 1-Test:	Rho = 0,83
Korrelation mit I-Test Hamburg 1951:	Rho = 0,91
Korrelation mit Duplex-Test:	Rho = 0,88
Korrelation mit Zeugnisrangplatz:	Rho = 0,86
Korrelation mit der ungekürzten Originalfassung:	Rho = 0,92
	(jeweils N = 37)

Kriterienbezogene Validität

Korrelation zum Schulerfolg in der Oberschule (nach 3 Jahren):
$r_{tc} = 0,44$
(HITPASS, 1961)

7.4 Normen: Die Eichdaten beruhen auf den Ergebnissen von 26000 Kindern. Normen liegen für die Altersstufen 9;6 bis 12;6 (monatsgetrennt) als PR vor. Zwischen den dekadischen PR-Stufen muß ggf. interpoliert werden. Die PR-Werte können auch zwecks besserer Differenzierung in den Extrembereichen IQ-Werten zugeordnet werden.
Die Normen sind nach Geschlechtern nicht getrennt. BIGLMAIER und BURKHARDT (1961) fanden dagegen Leistungsdifferenzen zwischen Jungen und Mädchen der 4. Klassen (N = 354). Zur besseren Gliederung der Ergebnisse errechneten sie Summenprozentwerte und Richtwerte für folgende Teilgebiete: Auffassungsgabe, Wortschatz, Fähigkeit zur Raumorientierung. INGENKAMP (1963) rät dem Benutzer zur Verwendung obiger Ergebnisse.
Über Repräsentativität sowie Stichprobengröße der Daten liegen keine Angaben vor.

8. Literatur

BIGLMAIER, F. & BURKHARDT, H. (1961). Ein schulbrauchbarer Gruppenintelligenztest. *Schule und Psychologie, 8,* 225–239.

HILTMANN, H. (1960). *Kompendium der psychodiagnostischen Tests.* Bern: Huber.

HITPASS, J. (1961). Vergleichende Untersuchungen über den Voraussagewert von Aufnahmeprüfung und Testprüfung zur Erfassung der Eignung für die weiterführenden Schulen. *Schule und Psychologie, 8,* 65–71.

INGENKAMP, K. (1963). *Psychologische Tests für die Hand des Lehrers.* Weinheim: Beltz.

Hannover-Wechsler-Intelligenztest für das Vorschulalter (HAWIVA)

Herausgeber: D. EGGERT
Bern: Huber, 1975

---

1. Testart
Intelligenztest

2. Testmaterial
Handbuch, Protokoll-Vordrucke, Vordrucke für Labyrinth-Test, Vordrucke für Figurenzeichnen, Formbrett und 28 Stecker für Test „Tierhäuser", Spiralheft mit Mustern für Mosaiktest, Spiralheft mit Aufgaben 1 bis 4 für Rechnerisches Denken und Mustern zum Figurenzeichnen, 14 rote und weiße Steine für Mosaiktest und Rechenaufgaben 5 bis 8; *zusätzlich:* Stoppuhr, 2 Rotstifte.

3. Testgliederung
Der Test besteht aus 8 Untertests:
- Allgemeines Wissen (AW)
- Tierhäuser (TH)
- Wortschatztest (WS)
- Labyrinthe (LA)
- Rechnerisches Denken (RD)
- Figurenzeichnen (FZ)
- Allgemeines Verständnis (AV)
- Mosaiktest (MT)

4. Grundkonzept
Der Test stellt die deutsche Bearbeitung der Wechsler Preschool and Primary Scale of Intelligence dar. Begründet durch die Tatsache, daß das ursprünglich von WECHSLER entwickelte Intelligenzkonzept in einigen Dimensionen nicht mehr stimmig erscheint, wurde versucht, beim HAWIVA einige neue Erkenntnisse (speziell zu den Wechsler-Tests) einzubringen. So wird auf die Errechnung eines Gesamt-IQs verzichtet, es ergibt sich die Berechnung eines Verbalindex und eines Handlungsindex. Die Anzahl der Untertests wurde von 10 auf 8 reduziert, und zwar wegen der sonst gegebenen Überforderung des zu untersuchenden Kindes.

5. Durchführung

5.1 Alter: 4 bis 6;6 Jahre.

5.2 Formen: Einzeltest, eine Form.

5.3 Handhabung: Der Untersuchungsleiter muß mit den Anweisungen und der Handhabung vertraut sein. Er geht streng nach den Durchführungshinweisen im Manual vor. Dabei muß er dafür sorgen, daß die Testdurchführung reibungslos vonstatten geht.
Der Testleiter protokolliert auf dem Vordruck die Antworten bzw. Lösungen des Kindes.

5.4 Zeit: Ca. 30 bis 45 Minuten.

6. Auswertung

6.1 Modus: Zunächst wird die Summe der Rohwerte für die einzelnen Untertests ermittelt. Zu diesem Zweck werden die richtigen Lösungen addiert. Nun erfolgt die Addition der verbalen Untertests AW, WS und AV und der Handlungsuntertests LA, FZ und MT. Die so ermittelten Rohwertsummen von Verbalteil, Handlungsteil, Rechnerisches Denken und Tierhäuser können nun anhand von Tabellen unter Berücksichtigung des Alters in C-Werte und PR-Werte transformiert werden. Hierbei sind die im Manual angegebenen Hinweise zur Transformation (S. 60/61) zu beachten.

6.2 Zeit: Keine Angaben.

7. Gütekriterien

7.1 Objektivität: Bei genauer Beachtung der Anwendungsregeln sind Durchführung und Auswertung des Tests als objektiv anzusehen.

7.2 Reliabilität: Zwei Aspekte der Reliabilitätsberechnungen wurden berücksichtigt: innere Konsistenz und Stabilität. Die Werte für innere Konsistenz liegen relativ hoch, die meisten gegen 0,80, bei verschiedenen Behindertengruppen noch höher (über 0,90). Test-Retest-Reliabilitäten liegen in ähnlicher Höhe (0,80 bis über 0,90).

7.3 Validität: Eine Korrelation der beiden Tests HAWIK und HAWIVA ergab 0,82. Korrelationen mit anderen Tests (CMM, PPVT) ergaben niedrigere Korrelationen.

7.4 Normen: Es existieren Normentabellen, die ab dem 4. Lebensjahr abgestuft in Halbjahresschritten bis zum 1. Halbjahr des 6. Lebensjahres reichen. Da der HAWIVA bisher nur in einer Experimentalform vorliegt, ist die Normierung noch nicht abgeschlossen.

8. Literatur

EGGERT, D., SCHUCK, K. D. & KRAUSE, S. (1974). Die Bearbeitung und Erprobung eines Intelligenztests für das Vorschulalter (HAWIVA). Erster Bericht über einen Forschungsbericht. *Ztschr. f. Heilpädagogik, 4.*

Heidelberger Intelligenztest (HIT 1–2)

H. Kratzmeier

Herausgeber: K. Ingenkamp („Deutsche Schultests")
Weinheim: Beltz, 1994[2]

---

1. Testart

Intelligenztest

2. Testmaterial

Beiheft (DIN A4, 23 Seiten), Testhefte Form A und B (nur einmal verwendbar); *zusätzlich:* Schreibwerkzeug.

3. Testgliederung

Der HIT 1–2 besteht aus vier Teiltests und einem Sondertest:
1. Relationen
2. Logik
3. Reproduktion
4. Differenzierung
5. Sondertest Kreativität (1 Aufgabe)

4. Grundkonzept

Der HIT 1–2 basiert auf einem Konzept, das der „Differenzierfähigkeit" eine besondere Bedeutung bei der intellektuellen Entwicklung, die schulisch relevant ist, beimißt. (vgl. HIT 3–4.) Alle Teiltests (ausgenommen der Sondertest Kreativität) sollen mehr oder weniger diesen Leistungsaspekt erfassen.

5. Durchführung

5.1 Alter–Klasse: Grundschüler der ersten und zweiten Klassen.

5.2 Formen: Als Individualtest oder als Gruppentest bei kleineren Gruppen (bis zu 15 Kinder) anwendbar. Das Verfahren liegt in den Parallelformen A und B vor.

5.3 Handhabung: Es gibt drei Instruktionsvarianten: eine sprachliche für Kinder mit normalem Sprachvermögen, eine sprachreduzierte für schwerhörige und sprachlich retardierte Kinder und eine sprachfreie für Gehörlose.

5.4 Zeit: Für die Durchführung werden zwei Unterrichtsstunden (90–100 Minuten) benötigt. Eine Pause und die Vorübungszeit sind einkalkuliert.

6. Auswertung

6.1 Modus: Jede richtig gelöste Aufgabe der Teiltests 1 bis 4 wird mit einem Punkt bewertet. Die Rohwertsumme dieser Teiltests ist in Normwerte umformbar.
Gesondert ausgewertet wird der „Kreativitätstest", der aus einer Aufgabe besteht, die dem Wartegg-Zeichentest ähnlich ist (vgl. HIT 3–4).

6.2 Zeit: Keine Angaben.

7. Gütekriterien

7.1 Objektivität: Bei Beachtung der Durchführungs- und Auswertungsrichtlinien gegeben.

7.2 Reliabilität: Die Halbierungszuverlässigkeit wird mit r = 0,95 (N = 297, aufgewertet nach Spearman-Brown) angegeben.

7.3 Validität: Der HIT 1–2 korreliert relativ hoch mit dem CMM (California Mental Maturity Test): r = 0,75. Die Übereinstimmungsgültigkeit mit der SON (Snijders-Oomen Nichtverbale Intelligenztestreihe) beträgt r = 0,67. (Allerdings ist die Stichprobe mit N = 31 sehr klein.)
Zusammenhänge mit Leistungen in einigen Schulfächern reichen von r = 0,37 bis r = 0,58.

7.4 Normen: Normen, die an einer Stichprobe von N = 2446 gewonnen wurden, liegen tabellarisch in Form von Prozentrangbändern, mittleren IQ-Werten und IQ-Bändern vor. Eine zusätzliche Tabelle ermöglicht die Umwandlung in T-Werte.

Heidelberger Intelligenztest (HIT 3–4)

H. KRATZMEIER

Herausgeber: K. INGENKAMP („Deutsche Schultests")
Weinheim: Beltz, 1993[2]

---

1. Testart

Intelligenztest

2. Testmaterial

Beiheft (DIN A4), Testhefte A und B, *zusätzlich:* Bleistifte (Radiergummi), Tafel und Kreide für den Testleiter zum Vorzeichnen, (Stopp-)Uhr.

3. Testgliederung

Der HIT 3–4 gliedert sich in vier Teiltests und einen zusätzlichen Sondertest:

1. Relationen (20 Items; Maximalzeit 20 Minuten)
2. Logik (20 Items; Maximalzeit 20 Minuten)
3. Reproduktionen (20 Items; Maximalzeit 20 Minuten)
4. Differenzierung (20 Items; Maximalzeit 15 Minuten)
5. Sondertest Kreativität (1 Item; 10 Minuten maximal)

4. Grundkonzept

Der Autor geht von einer Feststellung KEMMLER und HECKHAUSENs aus, daß der Entwicklungsstand der ungeübten Gliederungsfähigkeit, erfaßbar mit dem KERNschen Grundleistungstest, mit dem Begabungsniveau korreliert. Der HIT 3–4 soll verschiedene Arten der Differenzierfähigkeit einbeziehen. Nicht nur der Teiltest 4 (Differenzierung), sondern auch die Teiltests Relationen, Logik und Reproduktionen sollen sehr eng mit der Differenzierfähigkeit verflochten sein, wie sich auch an den Korrelationen der Teiltests zeigen läßt. Die Teiltests 1–3 korrelieren mit Teiltest 4 (Differenzierung) von $r = 0{,}371$ bis $r = 0{,}445$.

Da die Bedeutung kreativen Denkens und Handelns mehr und mehr erkannt wird, wurde dem Verfahren ein zeichnerischer „Kreativitätstest" zugefügt.

5. Durchführung

5.1 Alter–Klasse: Drittes und viertes Schuljahr der Grundschule.

5.2 Formen: Gruppen- und Einzeltest mit Parallelformen A und B.

5.3 Handhabung: Es liegen sprachliche und sprachfreie Instruktionen vor. Letztere kommen mit den drei Elementarzeichen der Bejahung (Kopfnikken), Verneinung (Kopfschütteln) und des Zeigens aus. Der Testleiter hat zur Unterstützung der Anweisungen Lösungsbeispiele an die Tafel und ins Testheft zu zeichnen.

5.4 Zeit: Die Netto-Arbeitszeit beträgt 75 Minuten. Für die Durchführung des Gesamttests muß eine Zeitspanne von zwei Unterrichtsstunden (90 bis 100 Minuten) angesetzt werden. Nach dem dritten Teiltest kann eine Pause von 5 bis 10 Minuten eingelegt werden.

6. Auswertung

6.1 Modus: Jede richtig gelöste Aufgabe der Teiltests 1–4 wird mit einem Rohpunkt bewertet. Die Rohwertsumme dieser Teiltests kann mit Hilfe von Normentabellen in Prozentrang-, T- und IQ-Werte transformiert werden.
Der Teiltest Kreativität wird gesondert ausgewertet. Er besteht, ähnlich wie der Wartegg-Zeichentest, aus (drei) Anfangszeichen, die zeichnerisch fortgeführt werden sollen. Ausgewertet wird nach den Kriterien „Ergänzung" (maximal 3 Punkte), „Ausgestaltung" (maximal 3 Punkte), „Erweiterung" (maximal 5 Punkte) und „Verbindung" (maximal 5 Punkte). Die individuellen Rohpunktsummen können in T-Werte umgeformt werden.

6.2 Zeit: Keine Angaben.

7. Gütekriterien

7.1 Objektivität: Bei Beachtung der Durchführungs- und Auswertungsrichtlinien gegeben.

7.2 Reliabilität: Die Zuverlässigkeitsschätzung der ersten vier Teiltests erfolgte über eine Analyse der inneren Konsistenz nach Kuder-Richardson (Formel 20). Danach liegen die Reliabilitätskoeffizienten zwischen r = 0,74 und r = 0,84 für die einzelnen Teiltests, während die Gesamttest-Zuverlässigkeit mit r = 0,92 (N = 1619 bzw. 1606) angegeben wird.

7.3 Validität: Zur Übereinstimmungsvalidität werden Korrelationen zwischen HIT-Teiltests und Schulnoten in den Fächern Deutsch, Rechnen und Sachkunde mitgeteilt. Die geringsten Zusammenhänge finden sich erwartungsgemäß zwischen Kreativität und Schulnoten (r = –0,05 bis r = –0,11). Mäßige Zusammenhänge (r = –0,26 bis r = –0,38) bestehen zwischen den Teiltests 1–4 und Schulnoten. Am höchsten korreliert der Gesamttest mit der Note im Rechnen (r = –0,43).
Eine faktorenanalytische Untersuchung ergab drei Faktoren: 1. „intellektuelle Fähigkeit" (45% der Varianz), 2. „schulische Leistungen" (15% der Varianz), 3. „Kreativität" (12% der Varianz, ausschließlich Ladung auf dem Kreativitätstest).
Mit den SPM (Standard Progressive Matrices) korreliert der HIT 3–4 substantiell (r= 0,67).

7.4 Normen: Die Eichung wurde an einer großen, überregionalen Stichprobe (N = 3225) vorgenommen. Für den Gesamttest (Punktsumme aus den Teiltests 1 bis 4) liegen folgende Normen vor: Prozentrang-Band, T-Wert-Band, IQ-Werte und IQ-Band. Die Rohwertsumme des Kreativitätstests ist in T-Werte transformierbar.

Heidelberger Nonverbaler Test (HNT)

H. Kratzmeier
Weinheim: Beltz Test GmbH, 1989

---

1. Testart Intelligenztest

2. Testmaterial Beiheft, Testheft Form A, Testheft Form B; *zusätzlich*: Bleistifte, (Stopp-)Uhr.

3. Testgliederung Die 61 Aufgaben des HNT gliedern sich in 4 Untertests:
1. Kreativität (1 Aufgabe)
2. Logik (20 Aufgaben)
3. Reproduktion (20 Aufgaben)
4. Differenzierung (20 Aufgaben)

4. Grundkonzept Der HNT ist ein sprachfreies Verfahren. Die Differenzierung und Strukturierung optischer Gestalten sind die wesentlichen Leistungsaspekte, die bei der Bearbeitung des Verfahrens gefordert werden. Die Differenzierfähigkeit wird als Grundfunktion betrachtet, die es erlaubt, einen indikationswertigen Faktor der Intelligenz zu erfassen. Die Untertests 2–4 sollen diesen Faktor durch jeweils unterschiedliche Herangehensweisen messen, um so zu einer tragfähigen Aussage über diesen Leistungsfähigkeitsaspekt zu gelangen. Zudem soll mit dem zeichnerischen Kreativitätstest (Untertest 1) eine weitere wichtige Persönlichkeitsvariable erfaßt werden, die für den schulischen und beruflichen Erfolg mitentscheidend ist.

5. Durchführung **5.1 Alter:** Ab 14 Jahre

5.2 Formen: Als Einzel- und Gruppentest durchführbar.

5.3 Handhabung: Jeder Proband erhält ein Testheft. Es liegen drei ausführliche, vom Versuchsleiter vorzubringende, Instruktionsvarianten vor: eine sprachliche, eine sprachreduzierte sowie eine sprachfreie. Der Test ist damit bei Probanden mit unterschiedlicher sprachlicher Kompetenz und bei Gehörlosen anwendbar.

5.4 Zeit: 50 Minuten.

6. Auswertung **6.1 Modus:** Für die Ermittlung der Rohpunktwerte zu Teiltest 1 (Kreativität) wurden eigens Auswertungskriterien zusammengestellt, die eine Objektivierung der Kreativitätsleistung ermöglichen sollen. Jedes in der Bearbeitung erfüllte Kriterium wird mit jeweils einem Punkt bewertet. Insgesamt können höchstens 16 Punkte in diesem Teiltest erreicht werden. In den Teiltests 2–4 wird jede korrekt beantwortete Aufgabe ebenfalls mit einem Punkt bewertet. Mit Hilfe der Normwerttabellen ist eine Transformation der Rohwerte in Prozentränge, Prozentrangbänder, T-Werte, T-Wertbänder sowie in IQ-Werte möglich.

6.2 Zeit: Keine Angaben.

7. Gütekriterien

7.1 Objektivität: Durchführung, Auswertung und Interpretation können bei Beachtung der vorgegebenen Hinweise als objektiv gelten.

7.2 Reliabilität: Die Split-half-Reliabilität für die Teiltests 2–4 liegt bei r = 0,92 für beide Testformen und für Teiltest 1 bei 0,74 (Form A) bzw. 0,75 (Form B).

7.3 Validität: Faktorenanalysen auf der Grundlage einer N = 670 Probanden umfassenden Datenbasis zeigen, daß der Untertest 1 (Kreativität) relativ unabhängig von den übrigen Subtests und dem Gesamtwert ist, und als eigenständiger Faktor einen vom konvergenten Denken grundlegend verschiedenen Leistungsaspekt erfaßt. Einen ebenfalls unabhängigen Faktor bildet das Lebensalter der untersuchten Versuchspersonen. Der Faktor mit dem höchsten Eigenwert (resultierend aus den Ladungen der Untertests 2–4 und dem Summenwert) klärt annähernd 50 % der Gesamtvarianz auf und wurde mit „Logisches Denken“ bezeichnet. Die Korrelation zwischen dem Summenwert der Untertests 2–4 auf der einen und dem Teil 2 der APM von RAVEN auf der anderen Seite ergab an einer Stichprobe von N = 107 Fachhochschulstudenten einen Wert von r = 0,61. Der zu vernachlässigende Zusammenhang des Teiltests 1 mit den APM deutet darauf, daß hier ein weitgehend intelligenzunabhängiger Faktor erfaßt wird.

7.4 Normen: Die Eichstichprobe setzt sich aus N = 560 überregional untersuchten Schülern der verschiedenen Schularten sowie Abiturienten zusammen. Die Unterschiede in den Testleistungen zwischen beiden Testformen A und B sowie zwischen den Geschlechtern sind so gering, daß auf eine getrennte Darstellung verzichtet wurde. Außer den Normen zum Gesamttestwert (ohne Altersspezifizierung), liegen Werte zu den einzelnen Untertests vor. Zusätzlich werden als Anhaltspunkt Mittelwerte und Standardabweichungen von N = 110 Hörgeschädigten dokumentiert.

Intelligenz-Struktur-Test (IST)

R. AMTHAUER
Göttingen: Hogrefe, 1955[2]

---

1. Testart Intelligenztest

2. Testmaterial Testhefte, Fragebogen für die Merkaufgaben, Antwortbogen, Auswertungsschablonen, Handanweisung; *zusätzlich:* Bleistifte, Stoppuhr.

3. Testgliederung Der IST besteht aus 9 Untertests – genannt Aufgabengruppen – bzw. aus 176 Aufgaben, die nach den Erkenntnissen einer Analyse bekannter und bewährter Intelligenztests zusammengestellt wurden. Auf die Änderung der Untertestfolge und einiger Subtests seit der 1. Auflage (1953) macht PRIESTER (1964) aufmerksam.

4. Grundkonzept AMTHAUER gibt bereits mit dem Namen des Tests zu erkennen, worauf dieses Verfahren abzielt: auf die Erfassung der intellektuellen Struktur. Als Grundlage dient AMTHAUERs Arbeitshypothese der Intelligenz, die er ansieht als „eine strukturierte Ganzheit von seelisch-geistigen Fähigkeiten, die in Leistungen wirksam werden und den Menschen befähigen, als Handelnder in seiner Welt bestehen zu können" (1953, S. 105). Als Strukturschwerpunkte sollen die sprachliche und rechnerische Intelligenz, die räumliche Vorstellung und die Merkfähigkeit erfaßt werden. Innerhalb der sprachlichen Intelligenz erscheinen folgende Komponenten bedeutsam: induktives Denken, Abstraktion, Kombination und Urteilsfähigkeit. Obwohl sich der Autor einer Faktorentheorie nicht ausdrücklich anschließt, greift er bei der Auswahl der Untertests zu Kriterien, die der Gruppenfaktorentheorie von THURSTONE entsprechen: hohe Korrelationen der Untertests mit dem Gesamttest und niedrige Interkorrelationen der Untertests.
Der IST ermöglicht eine Profildarstellung der Untertestergebnisse und deren Interpretation, was nach dem Stand der bisherigen Forschung nicht unproblematisch erscheint.
AMTHAUER entwarf den IST vor allem für Gruppen, die im Hinblick auf berufliche Qualifikation intelligenzdiagnostische Untersuchungen beanspruchen. Somit ist der IST vorwiegend in den Dienst der Berufsberatung gestellt worden. HILTMANN (1960) führt als Anwendungsbereiche außerdem die Bildungsberatung (für Umschulungen in weiterführenden Schulen jeder Art, einschließlich Hochschulen) und die Eignungsdiagnostik an.
Inzwischen ist das Verfahren von seinem Nachfolger, dem IST 70, weitgehend abgelöst worden.

5. Durchführung **5.1 Alter:** 13 bis 60 Jahre.

5.2 Formen: Einzel- und Gruppenuntersuchungen; Parallelformen A und B; Kurzform des IST von LIENERT und LEUCHTMANN (1958) mit 6 Untertests.

5.3 Handhabung: In der Handanweisung befinden sich ausführliche Vorbereitungshinweise für den Testleiter und Durchführungsrichtlinien. Nach Möglichkeit sollte die Probandengruppe nicht mehr als 10 bis 20 Personen umfassen, wobei dies als Optimum, nicht als Maximum gilt.
Die Untersuchung fängt mit dem Vortragen des Textes zu Beginn der Testhefte an. Die Instruktionen und Beispiele werden vor jeder Aufgabengruppe audiovisuell geboten, d. h. sowohl vom Testleiter vorgelesen als auch vom Probanden anhand des Testhefts mitverfolgt. Für den Selbstversuch sind in der Handanweisung Hinweise enthalten.

5.4 Zeit: Die reine Testzeit für alle Aufgabengruppen beträgt insgesamt 72 Minuten, mit Instruktionen etwa 90 Minuten. Die Zeiten für die einzelnen Aufgabengruppen sollen den Probanden nicht mitgeteilt werden.

6. Auswertung

6.1 Modus: Die Auswertung des IST umfaßt die Ermittlung der Rohwerte pro Untertest und Gesamttest per Schablone (Form A und B), die Überführung dieser Rohwerte in Standardwerte und die Profildarstellung. Der Untertest Gemeinsamkeiten, der die Abstraktionsfähigkeit erfaßt, wird allerdings nach Bewertungsmustern in der Handanweisung (S. 12 und 13) ausgewertet, und zwar mit 0 (keine Gemeinsamkeit), 1 (unwesentliche Gemeinsamkeit) oder 2 Punkten (wesentliche Gemeinsamkeit).
Ein ausführliches Auswertungsbeispiel befindet sich in der Handanweisung auf Seite 14. Die Deuterelationen der Subtests sind auf Seite 25 aufgeführt.
In einer Art funktionsanalytischer Untersuchung weist AMTHAUER (1961) darauf hin, daß mit den Subtests Analogien und Zahlenreihen in hohem Maße die Beweglichkeit und Umstellungsfähigkeit im Denken oder die Plastizität sensu MEILI erfaßt werden. Interpretationshinweise befinden sich in der Testanweisung des IST 70.
Für den gruppenspezifischen Profilvergleich stehen Gruppenprofile von 15 Akademikerberufen, 7 Mittelstandsberufen und 9 Handwerker- und Arbeiterberufen zur Verfügung. Wegen der geringen Stichprobengrößen ist die Repräsentativität der Gruppenprofile nicht gesichert. Die Annahme AMTHAUERS (1957 a), daß durch die Ähnlichkeit von IST-Gruppenprofilen mit Korrelationsprofilen (Korrelation zwischen Einschätzung der Berufsbewährung und IST-Befund) die Strukturhypothese der Intelligenz verifiziert worden sei und damit die Intelligenzstruktur im Profil sichtbar werde, konnte HÖGER (1964) in einer faktorenanalytischen Untersuchung an Gymnasiasten nicht bestätigen. HÖGER kommt zu dem Schluß, „ ... daß ein bestimmtes IST-Profil keinen eindeutigen Schluß auf die Intelligenzstruktur zuläßt und daß ähnliche Intelligenzstrukturen sich nicht in ähnlichen IST-Profilen ausdrücken müssen" (S. 466). Damit wird der Wert einer allgemeinen Profilinterpretation für diagnostische und prognostische Zwecke in Frage gestellt.
Für intraindividuelle Profilanalysen schlägt AMTHAUER (1957 b) Profilbänder für jeden Subtest vor, die mit 80- bis 90%iger Wahrscheinlichkeit ein Subtestergebnis in einem errechneten Standardwertbereich für ein Jahr voraussagen. Nachteilig ist jedoch die Breite dieser SW-Bereiche: Bei 14jährigen beträgt das Intervall 13 SW-Punkte über- und unterhalb des Subtestresultates. In der Handanweisung weist der Autor außerdem darauf hin, daß Subtestdifferenzen von weniger als 5 SW-Punkten nicht als sicher erachtet erden können.
Exakte Interpretationshinweise gibt LIENERT (1957) mit Kritischen Differenz-

Tabelle der kritischen Differenzwerte (nach LIENERT, 1957):

	SE	WA	AN	GE	ME	RA	ZR	FA	WÜ
SE		9,0	9,4	7,8	8,5	8,1	7,1	9,8	8,8
WA	11,8		10,4	8,5	9,2	8,8	7,8	10,4	9,4
AN	12,4	13,2		9,0	9,6	9,2	8,3	10,7	9,8
GE	10,3	11,2	11,8		8,1	7,6	6,5	9,4	8,3
ME	11,2	12,1	12,6	10,6		8,3	7,3	10,0	9,0
RA	10,6	11,5	12,1	10,0	10,9		6,8	9,6	8,5
ZR	9,3	10,3	10,9	8,6	9,6	8,9		8,8	7,6
FA	13,0	13,6	14,1	12,4	13,2	12,6	11,5		10,2
WÜ	11,5	12,4	12,9	10,9	11,8	11,2	10,0	13,4	

Oberes Dreieck: d_{crit} für p = 5%
Unteres Dreieck: d_{crit} für p = 1%

werten zwischen allen Subtestergebnissen an. Da nicht alle Profile entsprechend große Subtestdifferenzen aufweisen, bleibt die Interpretationsmöglichkeit auf streuungsstarke Fälle und auf einzelne Subtests beschränkt (was AMTHAUER an dieser Methode kritisiert). LIENERTS Differenzwerte sollten jedoch bei jeder Profilauswertung mit herangezogen werden.

Die Tabellenwerte sind in Standardwerten (SW) angegeben. Der Unterschiedswert zwischen zwei Subtests muß den kritischen Wert in der Tabelle überschreiten, um auf dem 5%-Niveau (oberhalb der Diagonale) bzw. auf dem 1%-Niveau (unterhalb der Diagonale) signifikant zu sein.

6.2 Zeit: Keine Angaben.

7. Gütekriterien

7.1 Objektivität: Die Durchführungsobjektivität ist gesichert. Hinsichtlich der Auswertungsobjektivität stellte MICHEL (1970) Mängel in bezug auf den Subtest Gemeinsamkeiten fest: Die intraklassliche Korrelation beträgt r_{AA} = 0,964. Das bedeutet, daß 3,6% der Gesamtvarianz auf Unterschiede in der Auswertung zurückgehen. MICHEL schlägt daher eine Verbesserung des Subtests durch das Multiple-Choice-Verfahren vor, wie AMTHAUER es im IST 70 realisiert hat. Die Objektivität der Profilinterpretation hängt eng mit Subtestreliabilitäten und -validitäten zusammen und stellt einen weiteren bislang kaum befriedigend gelösten Problemkreis dar.

7.2 Reliabilität:

Interne Konsistenz
für den Gesamttest nach der odd-even-Methode: r_{tt} = 0,969 (N = 100)
für die Subtests: r_{tt} = 0,84 bis 0,96 (N = 100)

Ein Vergleich der Formen A und B erbrachte für den Gesamttest sowie für alle Subtests keine wesentlichen Mittelwerts- und Standardabweichungsdifferenzen.

Homogenität
Nach PRIESTER (1964) wurden in die Testendformen nur diejenigen Aufgaben übernommen, die in der Itemanalyse signifikante Korrelationen zum Test aufwiesen, so daß Testhomogenität angenommen werden kann.
Mittel der Interkorrelation: r_{tT} = 0,25

Stabilität
Korrelation zwischen Form A und B:

Retest nach 3 bis 5 Tagen;	r_{tt} = 0,947 (N = 200)
Retest nach 1 Jahr:	r_{tt} = 0,83 (N = 193, 194 Jahre)
(AMTHAUER, 1957 b)	r_{tt} = = 0,91 (N = 128, 17 Jahre)

7.3 Validität:

Interne Validität
Normverteilung für Gesamtpopulation, Volks-, Mittel- und Oberschüler
Mittel der Korrelationen der Subtests mit dem Gesamttest: $r_{t(bat)}$ = 0,60

Kriterienbezogene Validität
Korrelation des IST mit dem Schulzeugnis (Gesamtzensur): r_{tc} = 0,455 (N = 350)
Korrelation des IST mit Lehrereinschätzung über Intelligenz: r_{tc} = 0,623 (N = 350; 11 Beurteiler für 17 Klassen)

7.4 Normen: Die Standardisierung des IST basiert auf Stichproben von insgesamt N = 8642 (N_{max} = 1156 für 14jährige, N_{min} = 323 für die 46- bis 60jährigen). Dabei wurde nach folgenden Kriterien ausgewählt: Alter, soziale Schichten, Berufe, Schulausbildung und geographische Verteilung. Über die Repräsentativität der Stichprobe fehlen Angaben. Über die Eichstichproben von 1953 bemerkt PRIESTER (1964) kritisch, daß „der Anteil weiblicher Probanden relativ gering ist“ (S. 243). Ob weibliche Probanden bei der vergrößerten Stichprobe auch nur mit 20% vertreten sind, ist nicht bekannt.
Die Rohwerte sind pro Subtest und für den Gesamttest transformierbar in Standardwerte SW (100;10). Der Gesamt-SW ist außerdem vergleichbar mit IQ-Werten (100;15).
Normen stehen altersgestaffelt für 13- bis 60jährige zur Verfügung. Mit zunehmendem Alter wachsen die Jahresintervalle pro Normenkatalog (1–15 Jahre). Nach Geschlechtern wurde nicht differenziert. Ein Vergleich der Mittelwerte und Streuungen aller Subtests zwischen 300 männlichen und 300 weiblichen Versuchspersonen ergab signifikante Unterschiede bei den Merkaufgaben zugunsten der weiblichen Personen und bei den Rechenaufgaben und der Würfelauswahl zugunsten der männlichen Personen. Bei der Interpretation dieser Untertests empfiehlt es sich bei intersexuellen Vergleichen, auf diese Ergebnisse zu achten. Für Volksschulabschlußkläßler, die sich an Aufbaugymnasien weiterbilden wollen, geben FERDINAND und MÜLLER (1962) PR-Normen und Auswertungshinweise an.
Schließlich ermöglichen Schulstandardwerte für Volksschulen (N = 2565, keine 13- bis 15jährigen), Mittelschulen (N = 1132) und Höhere Schulen (N = 1053) Vergleiche mit der vorbildungsadäquaten Bezugsgruppe.

8. Literatur

AMTHAUER, R. (1953). Intelligenz und Beruf. *Zt. für experimentelle und angewandte Psychol., 1,* 102–136.

AMTHAUER, R. (1957 a). *Beiträge zur Verifizierung der Strukturhypothese beim Intelligenz-Struktur-Test, Ber. 21. Kongreß d. Dt. Ges. f. Psychol.,* 248–254. Göttingen: Hogrefe.

AMTHAUER, R. (1957 b). Über die Prüfung der Zuverlässigkeit von Tests – erörtert am IST. *Psychol. Rundschau, 7,* 165–171.

AMTHAUER, R. (1961). Empirische Beiträge zum Problem der produktiven Begabung. *Psychol. Rundschau, 12,* 81–92.

FERDINAND, W. & MÜLLER, F. (1962). Der Intelligenz-Struktur-Test im 8. Volksschuljahr. *Zt. für experimentelle und angewandte Psychol., 9,* 176–189.

HILTMANN, H. (1960). *Kompendium der psychodiagnostischen Tests.* Bern: Huber.

HÖGER, D. (1964). Analyse der Intelligenzstruktur bei männlichen Gymnasiasten der Klassen 6 bis 9 (Untersekunda – Oberprima) – Eine Untersuchung über die Beziehung von Schulnoten mit dem IST. *Psychol. Forschung, 26,* 419–474.

LIENERT, G. A. (1957). Ein statistisches Konzept zur präzisen und rationellen Interpretation von Testprofilen. *Zt. für experimentelle und angewandte Psychol., 4,* 319–333.

LIENERT, G. A. & LEUCHTMANN, T. (1958). Möglichkeiten einer Kurzform des IST – Amthauer. *Psychol. und Praxis, 2,* 177–182.

MICHEL, L. (1967). Die Auswertungsobjektivität des IST. *Diagnostica, 13,* 148–153.

PRIESTER, H. J. (1964). Intelligenztests für Erwachsene. In *Handbuch der Psychologie, Bd. 6,* 226–259. Göttingen: Hogrefe.

Intelligenz-Struktur-Test 70 (IST 70)

R. AMTHAUER

Göttingen: Hogrefe, 1973[4]

---

1. Testart

Intelligenztest

2. Testmaterial

Testhefte, Fragebogen für die Merkaufgaben, Antwortbogen, Auswertungsschablonen, Handanweisung; *zusätzlich:* Bleistifte, Stoppuhr.

3. Testgliederung

Der formale Aufbau präsentiert sich beim IST 70 wie bei seinem Vorgänger von 1955. 9 Untertests teilen 180 Aufgaben in Aufgabengruppen ein, die verschiedenen intelligenzbezogenen Merkmalsbereichen entnommen sind. Der Untertest Gemeinsamkeiten wird in einer neuen objektiven Multiple-Choice-Form mit Sechsfachwahl vorgestellt.

4. Grundkonzept

Obwohl sich das Grundkonzept AMTHAUERs seit seiner ersten Veröffentlichung im Jahre 1953 nicht verändert hat, scheint es wegen der vielen Verbesserungen und Änderungen in der Neuauflage ratsam, den IST 70 gesondert aufzuführen. AMTHAUER sieht die Intelligenz als eine strukturierte, mit der Person integrierte, intellektuelle Leistungsdisposition an, die in Leistungen sichtbar wird. Die Intelligenzstruktur hat hierarchischen Aufbau, so daß dominante Intelligenzzüge andere mehr in den Hintergrund treten lassen und diese beeinflussen und prägen.

Beim IST 70 wurde wesentlich an der Verfeinerung der Profilinterpretation und seiner teststatistischen Fundierung gearbeitet, um seine Verwendbarkeit bei der Berufsberatung besser zu verankern.

5. Durchführung

5.1 Alter: 2 bis 60 Jahre.

5.2 Formen: Einzel- und Gruppenuntersuchungen; Parallelformen A1 und B2 sowie C3 und D4. Computergestützte Fassung im Hogrefe-Testsystem LEILA.

5.3 Handhabung: In der Testanweisung befinden sich ausführliche Vorbereitungshinweise und Durchführungsrichtlinien für den Testleiter. Das Optimum einer Testgruppengröße stellen ca. 10 bis 20 Personen dar.

Die Untersuchung fängt mit dem Vorlesen des Textes zu Beginn der Testhefte an. Alle Instruktionen werden vor jeder Aufgabengruppe vom Testleiter vorgetragen und von den Teilnehmern in ihren Heften mitverfolgt. Vor dem ersten Untertest wird den Probanden zur zeitlichen Orientierung die Bearbeitungszeit genannt, für die folgenden Untertests nicht mehr.

Auch für den Selbstversuch befinden sich Hinweise in der Testanleitung.

Die Probanden beantworten die Items schriftlich nach dem Multiple-Choice-Verfahren mit fünffacher Antwortwahl.

5.4 Zeit: Die reine Testzeit beträgt für alle Aufgabengruppen 72 Minuten, mit Instruktionen ca. 90 Minuten.

6. Auswertung

6.1 Modus: Die Auswertung umfaßt die Rohwertermittlung pro Untertest und Gesamttest mittels Schablone (je Parallelform 1 Schablone), die Umwandlung der Rohwerte in Standardwerte und die Profildarstellung. Der Test kann auch maschinell durch IBM-Belegleser 1288 ausgewertet werden.

Aufgrund seiner funktionsanalytischen Untersuchung von 1961 legt AMTHAUER dieser Testauflage einen Interpretationshinweis für die Dimension „Festigung – Flexibilität" im Denken vor. Dafür werden vier Subtestergebnisse zueinander in Beziehung gesetzt: Übergewicht in den Subtests Gemeinsamkeiten und Rechenaufgaben gegenüber den Subtests Analogien und Zahlenreihen bedeutet Festigung, ein Untergewicht dagegen Flexibilität im Denken, die mit zunehmendem Lebensalter zugunsten der Festigung abnimmt. In der Handanweisung befinden sich Berechnungshinweise auf S. 12/13 und Interpretationshinweise auf S. 14.

Der Profilinterpretation wird viel Platz eingeräumt. Der Autor bietet mit einer Reihe von Gruppen- und Einzelprofilen Gelegenheit, sich mit Profilbildern vertraut zu machen und Interpretationsmöglichkeiten kennenzulernen. Dann wird auf die Unterscheidung von vorherrschend praktischer Begabung und vorherrschend sprachlich-theoretischer Begabung aufmerksam gemacht, wobei sich die erstere als W-Form, die letztere als M-Form im Profilanfang kundtut.

Weiterhin kann ein Testprofil mit 7 Schulgruppen (nach Geschlechtern getrennt) und 47 Berufsgruppen (getrennt nach akademischen und nicht-akademischen Berufen, sehr unterschiedliche Stichprobengrößen: $24 \leq N \leq 556$) verglichen werden, und zwar werden die Abweichungswerte vom Profilmittelwert (in SW ausgedrückt) zu Abweichungswerten von Grundprofilen in Beziehung gesetzt. Durch diese Methode werden Niveau-Unterschiede zwischen den verschiedenen Berufsgruppen eliminiert, und somit ist das einzelne Testprofil vielfachen oder auch heterogenen Vergleichen zugänglich.

Die Deuterelationen des IST 70 befinden sich in der Handanweisung auf Seite 39. Auf die Interpretation von intraindividuellen Profilwertdifferenzen wird im Rahmen der IST-Besprechung aufmerksam gemacht.

6.2 Zeit: Keine Angaben.

7. Gütekriterien

7.1 Objektivität: Die Durchführungsobjektivität ist gesichert, ebenso die Auswertungsobjektivität durch die Umgestaltung des Subtests Gemeinsamkeiten. Die Objektivität der Profilinterpretation hängt eng mit Subtestreliabilität und -validität zusammen und stellt einen bislang kaum befriedigend gelösten Problemkreis dar. AMTHAUER referiert zwar zumeist signifikante Gültigkeitskoeffizienten aller Subtests für verschiedene berufsspezifische Bewährungen, jedoch ist der Voraussagewert der größtenteils niedrigen Korrelationen – bis auf wenige hervorragende Ausnahmen – gering; speziell für individuelle Prognosen.

7.2 Reliabilität:

Item-Analyse
Mittlere Aufgabenschwierigkeit pro Subtest: P = 47 bis 53

Interne Konsistenz
für den Gesamttest nach der odd-even-Methode: $r_{tt} = 0{,}969$ (N = 100)
für alle Subtests: $r_{tt} = 0{,}84$ bis 0,96 (N = 100)

Ein Vergleich der Formen A und B erbrachte für den Gesamttest sowie für alle Subtests keine wesentlichen Mittelwerts- und Standardabweichungsdifferenzen.

Homogenität
Mittel der Interkorrelationen: $r_{tT} = 0{,}302$ (N = 799)

Stabilität
Korrelation von Form A und B:
Retest nach 3 bis 5 Tagen: $r_{tt} = 0{,}947$ (N = 200)
Retest nach 1 Jahr: $r_{tt} = 0{,}91$ (N = 128)

Korrelation von Form A/B und Sonderformen:
Retest nach 1;6 Jahren: $r_{tt} = 0{,}938$ (keine Angaben über N)

Korrelation der Subtests von Form A und B:
Retest nach 1 Jahr: $r_{tt} = 0{,}63$ bis 0,86 (N = 128)

7.3 Validität:

Interne Validität
Normalverteilung für Gesamtpopulation, Volks-, Mittel- und Oberschulen
Mittel der Korrelationen der Subtests mit dem Gesamttest: $r_{t(bat)} = 0{,}626$ (N = 799)
Tetrachorische Korrelationen zwischen Subtest und Gesamttest (nach AMTHAUER „interne Konsistenzkoeffizienten"): $r_{tct} = 0{,}43$ bis 0,65

Kriterienbezogene Validität
- Korrelation des IST 70 mit dem Schulzeugnis (Gesamtzensur): $r_{tc} = 0{,}455$ (N = 350)
- Korrelation des IST 70 mit Lehrereinschätzung über Intelligenz: $r_{tc} = 0{,}623$ (N = 350)
- Validitätskoeffizienten für Subtests bei 11 verschiedenen Gruppen (N = 70 bis 407) im Durchschnitt: $r_{tc} = 0{,}211$ (Merkaufgabe) bis 0,411 (Analogietest) (Berechnung vom Ref.)

7.4 Normen: Der Umfang der Standardisierungsstichproben beläuft sich auf 15000 Personen. Für die Berechnung der „Schul"-Normen standen 12964 Ergebnisse, für die Berufsgruppenprofile 5284 Ergebnisse zur Verfügung.
Der Autor weist vor allem auf die adäquate Berücksichtigung der Kriterien „soziale Schicht" und „Schulausbildung" hin und gibt zu, daß die Repräsentativität der Stichprobe zwar „angestrebt, aber nicht immer voll erreicht" wurde (S.28).
Die Rohwerte werden in Standardwerte SW (100;10) transformiert, welche mit IQ-Werten (100;15) und Prozentwerten (PR) verglichen werden können. Normen sind altersgestaffelt für 12- bis 60jährige vorhanden. Gegenüber der 2. Auflage sind die Jahresintervalle pro Normenkatalog kleiner geworden (1–10 Jahre). Nach Geschlechtern wurde nicht differenziert. In einer Untersuchung (N = 600) ergaben sich jedoch signifikante Unterschiede bei

den Merkaufgaben zugunsten der weiblichen Personen und bei den Rechenaufgaben und der Würfelauswahl zugunsten der männlichen Personen. Bei der Interpretation dieser Untertests empfiehlt es sich bei intersexuellen Vergleichen, auf diese Ergebnisse zu achten. Der Bereich der Schulstandardwerte wurde erweitert auf Sonderschüler (N = 511), Schulabgänger vor der Mittleren Reife (N = 537) und Universitäts- oder Hochschulabsolventen (N = 956), die Stichproben der Volksschulabgänger, Realschulabsolventen und Abiturienten vergrßert auf N = 6051, 2950 und 1959.

8. Literatur

Der Handanweisung wurde in der 4. Auflage ein ausführliches Literaturverzeichnis beigefügt.

AMTHAUER, R. (1961). Empirische Beiträge zum Problem der produktiven Begabung. *Psychologische Rundschau, 12,* 81–92.

Intelligenztest für 6- bis 14jährige körperbehinderte und nichtkörperbehinderte Kinder (ITK 6–14)

K. NEUMANN et al.
Herausgeber: Forschungsgemeinschaft „Das körperbehinderte Kind e.V.“, Köln
Weinheim: Beltz, 1980

---

1. Testart Intelligenztest

2. Testmaterial Umfangreicher Testsatz mit diversen Einzelteilen, Manual und Protokollbogen; *zusätzlich:* Schreibwerkzeug.

3. Testgliederung Der ITK 6–14 besteht aus einer nichtverbalen Basisform mit 6 Subtests:
- Matrizen-Test
- Kartensortieren
- Figurenerkennen
- Bilderreihen
- Figurenanalogien
- Bilderanalogien

Außerdem steht eine motorikfreie Form mit neun Subtests zur Verfügung, die drei Subtests mit verbalen Antwortreaktionen zusätzlich enthält:
- Satzergänzungen/Verbalanalogien
- Assoziationsgedächtnis
- absurde Bilder.

Die Gesamtform schließlich enthält zusätzlich zu den bisher genannten Subtests noch einen
- Würfel-Mosaik-Test.

4. Grundkonzept Der ITK 6–14 ist ein Verfahren zur Prüfung der allgemeinen Intelligenz, das besonders für körperbehinderte Kinder geschaffen wurde, aber nicht ausschließlich bei diesen angewendet werden sollte, damit eine „isolierende“ Prüfung bewegungsbehinderter Kinder unterbleibt. Vorwiegend wurde das Verfahren als Niveau-Test (power-test) konzipiert. Der Gesamttest soll möglichst viele Aspekte der intellektuellen Leistungsfähigkeit umfassen, dies allerdings unter weitgehender Vermeidung jener Bereiche, die stark von der Dauer der Schulung in spezifischen Kulturtechniken wie z. B. Lesen, Schreiben und Rechnen determiniert sind. Um den Einfluß solcher Faktoren möglichst gering zu halten, wurden Aufgabengruppen für numerisches Denken nicht einbezogen. Nur in einem Subtest werden Lesefertigkeiten (ab 9 Jahren) vorausgesetzt. Schreibfertigkeiten werden grundsätzlich nicht verlangt. Mit dem Gesamttest werden Teilaspekte der fünf Hauptarten intellektueller Prozesse (nach GUILFORD/HÖPFNER) ausschnittweise untersucht.

Mit den sechs Untertests der Basisform, die insbesondere für schwerbehinderte Schüler mit eingeschränkten motorischen Reaktionsmöglichkeiten und/oder Sprachbehinderungen angezeigt ist, sollen vornehmlich anschauungsgebundenes Denken, die Gedächtnisleistung nach der Methode des Wiedererkennens und konvergentes Denken in Form des Bewertens und Beurteilens geprüft werden.
Das Verfahren basiert auf experimenteller Grundlagenforschung zur Intelligenz cerabralbewegungsgestörter Schulkinder. Dabei entstand aus einer zunächst siebzehnteiligen Testbatterie aufgrund von Itemanalysen, Faktorenanalysen und Gruppenvergleichen dieses Verfahren.

5. Durchführung

5.1 Alter: 6;0–14;11 Jahre, insbesondere Körperbehinderte (cerebralgeschädigte und nichtcerebralgeschädigte), aber auch Nichtbehinderte.

5.2 Formen: Es handelt sich um einen Individualtest.

5.3 Handhabung: Die Handhabung ist, wie bei vergleichbaren anderen Verfahren auch, etwas kompliziert und bedarf der Einübung.

5.4 Zeit: Die Testdurchführungszeit hängt davon ab, welche Testform angewandt wird und welcher Grad an Behinderung vorliegt. Im Durchschnitt ist mit 60 bis 180 Minuten zu rechnen. Der Test kann (sollte, wenn möglich) in mehreren Sitzungen durchgeführt werden.

6. Auswertung

6.1 Modus: Die Auswertung entspricht vergleichbaren Individualtests hinsichtlich ihrer Art und ihres Aufwandes. Es folgt eine separate Berechnung für alle drei Testformen.

6.2 Zeit: Keine Angaben.

7. Gütekriterien

7.1 Objektivität: Bei genauer Beachtung der Anweisungen dürfte die Objektivität hinreichend gewährleistet sein.

7.2 Reliabilität: Die interne Konsistenz der drei Testformen, geprüft an mehreren Stichproben, ist mit $r > 0,90$ recht hoch. Die Stabilität der Testbatterie über ein Zeitintervall von 6 Monaten erwies sich an Gruppen von körperbehinderten Schülern mit (N = 59) und ohne Cerebralschädigung (N = 48) als ebenfalls sehr hoch ($r_{tt} = 0,946$ bzw. $r_{tt} = 0,957$).

7.3 Validität: Die logische Gültigkeit wird beansprucht, weil das Verfahren ausschließlich Aufgabentypen enthält, die sich bereits in anderen Intelligenztests bewährt haben. Die Subtests lassen sich auf das Intelligenzmodell von GUILFORD beziehen.
Kreisvalidierungsansätze, basierend auf Korrelationen mit dem HAWIE (mit Zeitbegrenzungen), ergaben Koeffizienten zwischen $r = 0,36$ und $r = 0,52$.

7.4 Normen: Vorhanden sind Altersnormen (T-Werte) für körperbehinderte (Sonderschulen für Körperbehinderte) und nichtbehinderte Kinder. Innerhalb der Gruppe der Körperbehinderten werden differenzierte Normen für Cerebralgeschädigte und Nicht-cerebralgeschädigte zur Verfügung gestellt. Die Normen werden für jede der drei Test-Formen getrennt ermittelt.

Kaufman-Assessment Battery for Children (K-ABC)

A. S. KAUFMAN & N. L. KAUFMAN
Deutschsprachige Fassung: P. MELCHERS und U. PREUSS
Amsterdam: Swets & Zeitlinger B.V., 1994[2]

---

1. Testart Intelligenztest

2. Testmaterial Interpretationshandbuch, Durchführungs- und Auswertungshandbuch, Testbogen, 3 Testordner, Zauberfensterscheibe, Fotoserie Bildkarten (Box), Dreiecke (Box), Briefumschlag mit Antwortkärtchen.

3. Testgliederung Die K-ABC besteht aus 16 Untertests, von denen in der Einzeluntersuchung maximal 13 (bei Kindern im Alter von 7;0 bis 12;5 Jahren) durchgeführt werden. Einige Altersanforderungen sind für die gesamte Alterspanne von 2;6 bis 12;5 Jahren von Bedeutung. Im allgmeinen müssen die Aufgaben jedoch unter Berücksichtigung der verschiedenen Interessen, Verhaltensmöglichkeiten und Fertigkeiten in den einzelnen Altersstufen ausgewählt werden.
Diese 16 Untertests können zu der *Skala intellektueller Fähigkeiten (SIF)* und der *Fertigkeitsskala (FS)* (Untertests: Wortschatz, Gesichter und Orte, Rechnen, Rätsel, Lesen/Buchstabieren, Lesen/Verstehen) zusammengefaßt werden.
Die SIF setzt sich aus der *Skala einzelheitlichen Denkens (SED)* (Untertests: Handbewegungen, Zahlennachsprechen, Wortreihe) und der *Skala ganzheitlichen Denkens (SGD)* (Untertests: Zauberfenster, Wiedererkennen von Gesichtern, Gestaltschließen, Dreiecke, Bildhaftes Ergänzen, Räumliches Gedächtnis, Fotoserie) zusammen. Daneben beinhaltet das Verfahren eine *nonverbale Skala (NV).* Diese wird aus Untertests zusammengestellt, die gestisch-mimisch dargeboten und vom Kind motorisch beantwortet werden können. Die Skala ermöglicht die Untersuchung von hörgeschädigten, sprach- oder sprechgestörten Kindern und auch von Kindern, die der deutschen Sprache nicht mächtig sind.

4. Grundkonzept Die K-ABC dient der Untersuchung der intellektuellen Leistungsfähigkeit und des Niveaus der Fertigkeiten von Vorschul- und Schulkindern. Sie kann zur Diagnose und Beurteilung von behinderten sowie lernbehinderten Kindern, zur Aufstellung und Planung von Förderungsmaßnahmen und zur neuropsychologischen Leistungsprüfung herangezogen werden sowie Verwendung im Bereich der Forschung finden.
Die K-ABC mißt Intelligenz, die definiert wird als die Art und Weise, in der ein Individuum Probleme löst und Informationen verarbeitet. Entsprechend der Intelligenztheorie von CATTELL repräsentiert die Fertigkeitsskala die aus- und herausgebildeten Fähigkeiten, während die Skalen zu intellektuellen Fähigkeiten diejenigen Fähigkeiten repräsentieren, die zum flexiblen Umgang mit unbekannten Problemen dienen, und somit das Niveau der

eigentlichen intellektuellen Fähigkeiten zum gegenwärtigen Zeitpunkt darstellen. Die herausgebildeten Fertigkeiten werden hingegen als das Ergebnis früheren Lernens interpretiert. Entsprechend dieser Unterscheidung wird aus den Ergebnissen der SIF einerseits und der FS andererseits auch kein gemeinsames Maß berechnet.

5. Durchführung

5.1 Alter: Kinder im Alter von 2;6 bis 12;5 Jahren. Die sprachfreie Skala kann bei Kindern im Alter von 4;0 bis 12;5 Jahren angewendet werden.

5.2 Formen: Einzeltestung.

5.3 Handhabung: Die einzelnen Anweisungen für jeden der 16 Untertests werden in den 3 Testordnern detailliert beschrieben. Die Antworten des Kindes sind in den Testbogen einzutragen. Bezüglich der durchzuführenden Untertests, der Reihenfolge der Untertests, der Anfangs- und Endpunkte der Untertests, der Unterbrechungsregeln sowie des Wechsels in der Untertestreihenfolge existieren festgelegte Regeln, die im Durchführungshandbuch beschrieben werden.

5.4 Zeit: Die Durchführungszeit liegt zwischen etwa 40 Minuten (im Kindergartenalter) und etwa 90 Minuten (im Schulalter). Unter Berücksichtigung der jeweils erreichten Entwicklungsstufe steigt die Testlänge mit dem Lebensalter sowohl hinsichtlich der Anzahl durchzuführender Untertests als auch im Hinblick auf die Gesamttestdauer.

6. Auswertung

6.1 Modus: Für jede richtige Antwort wird 1 Punkt vergeben. Das Rohpunktergebnis in jedem K-ABC Untertest ist die Summe aller mit 1 bewerteten Aufgaben. Die Rohwerte der Untertests der Fertigkeitsskala können in *Standardwerte* (MW = 100, SD = 15) und die Rohwerte der Untertests der Skala intellektueller Fähigkeiten in *Skalenwerte* (MW = 10, SD = 3) umgewandelt werden. Zur Berechung der Standardwerte für die Gesamtskalen werden die Summe der Skalenwerte der Untertests der SED und die Summe der Skalenwerte der Untertests der SGD addiert und diese Summe als Gesamtskalenwert der Skala intellektueller Fähigkeiten (SIF) festgehalten. Die Standardwerte der Fertigkeitsuntertests werden zur Fertigkeitsskala (FS) zusammengefaßt.
Anschließend wird geprüft, welche Schwankungen zwischen Gesamtskalen und Untertests und welche Schwankungen zwischen den Skalenwerten für die Untertests der SIF und zwischen den Standardwerten der Untertests der FS signifikant oder zufallsbedingt sind. Dazu wird jeder Skalenwert mit dem individuellen mittleren Skalenwert des Kindes verglichen. Liegen die Skalenwerte signifikant über der individuellen Mitte, wird dies als „Stärke“ gekennzeichnet, liegen sie signifikant darunter, wird dies als „Schwäche“ notiert. Die Leistungen des Kindes können in einem Skalen- und Standardwertprofil graphisch veranschaulicht werden.

6.2 Zeit: Keine Angaben.

7. Gütekriterien

7.1 Objektivität: Durchführung und Auswertung können als objektiv bezeichnet werden.

7.2 Reliabilität: Die Reliabilitätskoeffizienten für die Gesamtskalen der K-ABC streuen bei der SED über die einzelnen Alterstufen zwischen r = 0,85 und 0,91, bei der SGD zwischen r = 0,88 und 0,92, bei der SIF zwischen r

= 0,90 und 0,95, bei der FS zwischen r = 0,83 und 0,98 und bei der sprachfreien Skala zwischen r = 0,86 und 0,93.
Eine Untersuchung von 24 Kindern im Alter von 9;0 bis 12,5 Jahren ergab für die SED eine Retest-Reliabilität (Intervall: ca 19 Tage) von r = 0,84, für die SGD von r = 0,87, für die SIF von r = 0,88 und für die FS von r = 0,97.

7.3 Validität: Zur Validierung des Aufbaus der K-ABC wurde eine Faktorenanalyse durchgeführt, die eine Zwei-Faktoren-Lösung für die Untertests der Skala intellektueller Fähigkeiten (SIF) nahelegt. In fast allen Fällen wird die Zuordnung der Untertests der SIF zu einer der beiden Verarbeitungsskalen (SED, SGD) durch hohe Ladungen des jeweiligen Untertests auf dem entsprechenden Faktor bestätigt. Ausnahme ist der Untertest „Handbewegungen", der über die Altersstufen hinweg keine konsistent hohen Ladungen auf dem Faktor SED aufweist, jedoch mit einer mittleren Faktorladung von r = 0,49 auf dem Faktor für einzelheitliches Denken gegenüber r = 0,32 auf dem Faktor für ganzheitliches Denken trotzdem die Zuordnung zu SED erlaubt. Varimax-rotierte Faktorenanalysen über *alle* Untertests der K-ABC bestätigen eine Drei-Faktoren-Lösung für den Aufbau der K-ABC.
Die Korrelationskoeffizienten des Verbalteils des Gesamt-IQ des HAWIK-R (TEWES, 1983) mit der SIF liegen bei r = 0,76 und mit der FS bei r = 0,79. Die Korrelationskoeffizienten des Verbalteils des HAWIVA (EGGERT, 1975) mit der SIF erreichen r = 0,53, mit der FS r = 0,74, die Koeffizienten des Handlungsteils des HAWIVA mit der SIF erbringen r = 0,60, mit der FS r = 0,48.
Korrelationen der SIF mit der Gesamttestleistung im AID (KUBINGER & WURST, 1985) in drei untersuchten Alterstufen (8;0 bis 8;11 Jahre, 9;0 bis 9;11 Jahre, 10;0 bis 10;11 Jahre) zeigen Koeffizienten, die zwischen r = 0,73 und 0,78 streuen. Korrelationen der FS mit der Gesamttestleistung im AID erbringen Koeffizienten zwischen r = 0,74 und 0,86.
Die Korrelationskoeffizienten der SIF mit der Gesamttestleistung im BTS (HORN, 1972) liegen in drei untersuchten Alterstufen (8;0 bis 8;11 Jahre, 9;0 bis 9;11 Jahre, 10;0 bis 10;11 Jahre) zwischen r = 0,64 und 0,69, die Koeffizienten der FS mit der Gesamttestleistung im BTS zwischen r = 0,76 und 0,84.

7.4 Normen: Die Normierung wurde in Deutschland, Österreich und der Schweiz mit einer Stichprobe von 3098 Kindern durchgeführt. Es liegen Skalenwerte für die Untertests der Skala intellektueller Fähigkeiten und Standardwerte für die Untertests der Fertigkeitsskala, getrennt nach 40 Altergruppen (Zwei-Monatsintervalle) sowie Standardwerte für die Gesamtskalen (SED, SGD, SIF, FS, NV), getrennt nach 6 Altersgruppen, vor. Darüber hinaus werden Konfidenzintervalle für Standardwerte der Untertests der Fertigkeitsskala und der Gesamtskalen sowie Prozentrangwerte angegeben.

8. Literatur

EGGERT, D. (Hrsg.) (1975). *HAWIVA-Hannover Wechsler Intelligenztest für das Vorschulalter.* Bern: Huber.

HORN, W. (1972^2). *Das Begabungstestsystem (BTS).* Göttingen: Hogrefe.

KUBINGER, K.D. & WURST, E. (1985). *AID – Adaptives Intelligenz Diagnostikum.* Weinheim: Beltz Test GmbH.

TEWES, U. (Hrsg.) (1983). *Hamburg-Wechsler-Intelligenztest für Kinder – Revision 1983 (HAWIK-R).* Bern: Huber.

Kognitiver Fähigkeits-Test für 1. bis 3. Klassen (KFT 1–3)

K. HELLER und H.-J. GEISLER

Weinheim: Beltz, 1983

---

1. Testart Intelligenztest

2. Testmaterial Handanweisung (DIN A4, 48 Seiten), Testheft; *zusätzlich:* Schreibstift, ggf. Radiergummi.

3. Testgliederung Der KFT 1–3 umfaßt in 4 Subtests insgesamt 60 Aufgaben:

1. Sprachverständnis	(15 Items),
2. Beziehungserkennen	(15 Items),
3. Schlußfolgerndes Denken	(15 Items),
4. Rechnerisches Denken	(15 Items).

4. Grundkonzept Der KFT 1–3 vermittelt Informationen über die komplexen kognitiven Fähigkeiten Sprachverständnis, Beziehungserkennen, Schlußfolgerndes Denken sowie Rechnerisches Denken, mithin über schulisch relevante Lern- und Leistungsvoraussetzungen. Er ist die deutsche Bearbeitung des „Cognitive Abilities Test, Primary II / Form 1 and 2" von R. L. THORNDIKE, E. HAGEN und I. LORGE (Boston, 1968).
Der KFT 1–3 bildet zusammen mit dem KFT-K und dem KFT 4–13 eine Testserie, welche den Bereich vom Vorschulalter bis zum Ende der Schulzeit abdeckt. Die Handbücher der Tests informieren über Gemeinsamkeiten und Unterschiede.

5. Durchführung **5.1 Alter:** 1.–3. Grundschulklasse bzw. in diesem Bereich von 6;0–12;0 Jahren.

5.2 Formen: Der KFT 1–3 ist einzeln und in Gruppen durchführbar. Eine Parallelform liegt nicht vor. Ein Teil der Items findet sich auch im KFT-K.

5.3 Handhabung: Die Durchführungsbestimmungen sichern auch wenig routinierten Prüfern Standardeinhaltung. Nach Verteilen der Testhefte werden Übungsbeispiele (2 pro Subtest) und Instruktionen einzeln laut vorgelesen, wofür das Handbuch mit Fettdruck Betonungshilfe bietet. Zwischen den Subtests sind Pausen vorgesehen. Der Test kann auf 2 Tage verteilt werden.

5.4 Zeit: Der KFT 1–3 ist ein Niveautest und muß ohne Zeitdruck durchgeführt werden. Als Gesamtdauer geben die Autoren 30–45 Minuten an.

6. Auswertung **6.1 Modus:** Mit Hilfe eines Lösungsschlüssels werden die Subtestrohwerte ermittelt, in die Ergebnisseite des Testhefts eingetragen und zum Gesamtrohwert aufsummiert. Die entsprechenden geschlechtsspezifischen Klassen- und Altersnormen lassen sich den Tabellen im Handbuch entnehmen (T-Werte) und im Bedarfsfall mit Hilfe einer Transformationstabelle in andere

Standards umsetzen (C, IQ, PR). Die mitgeteilten Konfidenzintervalle und Kritischen Differenzen können als Grundlage einer objektiven Interpretation ebenso herangezogen werden wie 5 Fallbeispiele. Für ein Testprofil bietet die Ergebnisseite des Testhefts ein Millimeterfeld.

6.2 Zeit: Keine Angaben.

7. Gütekriterien

7.1 Objektivität: Sie ist für alle Schritte gesichert.

7.2 Reliabilität: Die Trennschärfen liegen oberhalb r = 0,25 und die Schwierigkeitsindizes der Items zwischen p = 0,20 und p = 0,80. Die Konsistenzkoeffizienten für die Subtests reichen von r_{tt} = 0,56 bis r_{tt} = 0,77, für die Gesamtleistung (GL) liegen sie bei r_{tt} = 0,84.
Für die Retest-Reliabilität werden Werte um 0,80 (GL) bzw. zwischen 0,58 und 0,80 (Subtests; Median unterhalb 0,70) mitgeteilt (N = 325; 5 Wochen Abstand).
Vertrauensintervalle und Kritische Differenzen werden für alle Testteile bzw. für alle Klassen mitgeteilt. Für GL beträgt das Vertrauensintervall 5–6, und die Kritische Differenz liegt bei 7–9 T-Werteinheiten.

7.3 Validität: Die einzelnen Validitätsprüfungen basieren auf repräsentativen Stichproben unterschiedlicher Größe. Die Übereinstimmungsvalidität wurde mit dem CFT 1 und dem BT 2–3 (innere Kriterien) sowie mit dem AST 2 und Schulnoten geprüft (äußere Kriterien). Die KFT-Gesamtleistung zeigt einen engen Zusammenhang mit der BT-Gesamtleistung (r = 0,67) und mit der „Grundintelligenz“ (r = 0,61; CFT-S3), nicht aber mit „Wahrnehmungsgeschwindigkeit“ (r = 0,29) bzw. deren Komponenten „Serien“ (r = 0,16) und „Labyrinth“ (r = 0,26). Diese drei Skalen korrelieren auch mit den KFT-Subtests jeweils am schwächsten. Der Subtest 1 des KFT 1–3 ist nach den mitgeteilten Werten schwach validiert (zwischen r = 0,00 und r = 0,33 mit Mdn. r = 0,18). Die Autoren weisen innere und äußere Validierung u. a. auch durch Kanonische Korrelationsanalyse aus: (RCC = 0,73 für innere und RCC = 0,62 für äußere Validität). Die Subtests „Beziehungserkennen“ und „Rechnerisches Denken“ haben den engsten Zusammenhang mit Schulleistungen.
Im Zuge der Konstruktvalidierung wird über Mittelwertvergleiche belegt, daß Alter, Geschlecht und Schichtzugehörigkeit für die Merkmalsausprägung bedeutsam sind.
Eine Vorhersagevalidität (Schulerfolg) sprechen die Autoren am ehesten den Subtests „Beziehungserkennen“ und „Rechnerisches Denken“ zu. Sie verweisen dabei auf die generelle Problematik von Erfolgsprognosen im Schulbereich.
Die Faktorenstruktur hebt den KFT 1–3 deutlich von den anderen Intelligenztests ab. Die Subtests 1 und 2 laden stark auf dem Faktor „Schulleistung“, die Subtests 3 und 4 stark auf dem Faktor „Intelligenz“.

7.4 Normen: Die Eichstichprobe umfaßt für die Klassennormen N = 4351, für die Altersnorm N = 4026 Kinder. Die Repräsentativität ist hinreichend gesichert.
Für die Normentabellen wurden flächentransformierte T-Werte berechnet. Es liegen Klassen- und Altersnormen vor, jeweils nach Geschlecht getrennt. Konfidenzintervalle und Kritische Differenzen werden in weiteren Tabellen mitgeteilt.

Kognitiver Fähigkeits-Test für 4. bis 13. Klassen (KFT 4–13+)

K. HELLER, A.-K. GAEDIKE und H. WEINLÄDER
Weinheim: Beltz, 1985[2]

---

1. Testart Intelligenztest

2. Testmaterial Handanweisung (DIN A4, 160 Seiten), Aufgabenheft A, Aufgabenheft B, Antwortbogen, Auswertungsschablonen, Folie für Schuleignungskennbereich; *zusätzlich:* je Schüler zwei weiche Bleistifte und eine Radiergummi, Stoppuhr.

3. Testgliederung Der KFT gliedert sich in drei Fähigkeitsbereiche:
1. Sprachverständnis und sprachgebundenes Denken.
2. Arithmetisches Denken und Rechenfähigkeit.
3. Anschauungsgebundenes Denken, konstruktive Fähigkeiten.

4. Grundkonzept Der KFT ist ein differentieller Intelligenztest zur Ermittlung der kognitiven Ausstattung von Schülern der 4. bis 13. Klasse. Er vermittelt Informationen über die obengenannten Fähigkeiten und das kognitive Gesamtleistungsniveau eines Schülers. Der KFT ist die übersetzte und auf deutsche Verhältnisse übertragene Form des „Cognitive Abilities Test" von THORNDIKE und HAGEN (1971).

5. Durchführung **5.1 Alter–Klasse:** 4. bis 13. Klasse von Haupt-, Realschulen und Gymnasium.

5.2 Formen: Als Gruppen- und Einzeltest durchführbar. Es liegen die Parallelformen A und B vor. Es gibt die Möglichkeit, den KFT in einer Kurzform durchzuführen, die nur 6 statt 11 Subtests pro Klassenstufe enthält. Es existiert auch eine computergestützte Fassung.

5.3 Handhabung: Nach Information der Schüler über Zweck, Ablauf und Dauer der Testung werden die Aufgabenhefte und Antwortbogen ausgeteilt, jeweils für nebeneinander sitzende Schüler alternierend die Formen A und B. Der Testleiter liest dann die Testanweisungen zu den einzelnen Untertests laut vor, während die Schüler leise mitlesen. Die vorgegebenen Beispiele werden ausführlich bearbeitet.

5.4 Zeit: Gesamtdurchführungsdauer ca. 3 Schulstunden für Normalform, 2 Schulstunden für Kurzform.

6. Auswertung **6.1 Modus:** Die Antwortbogen des KFT können per Hand mit Hilfe von Schablonen oder maschinell ausgewertet werden. Für die maschinelle Auswertung müssen die Bogen von jeglichen Fehlmarkierungen bereinigt und an die Beltz-Gesellschaft gesandt werden.
Bei der Handauswertung wird die Auswertungsschablone der entsprechenden Testform und Klassenstufe auf den ausgefüllten Antwortbogen gelegt

und die Zahl der richtigen Lösungen pro Untertest ausgezählt und auf der Rückseite des Bogens eingetragen. Diese Rohwerte werden dann über alle Untertests aufsummiert. Anschließend werden die einzelnen Subtestwerte nach den im Auswertungsblock aufgeführten Testdimensionen zusammengefaßt, diese Rohwerte dann in T-Werte (alters- und klassenspezifische Standards) umgewandelt und in einem Millimeterfeld als Testleistungsprofil veranschaulicht.
Über die computergestützte Fassung informiert die Software-Abteilung der Testzentrale.

6.2 Zeit: Keine Angaben.

7. Gütekriterien

7.1 Objektivität: Erscheint gesichert.

7.2 Reliabilität:

Itemanalyse
Nach der Selektion hinsichtlich der Trennschärfe, die mindestens r = 0,30 betragen sollte, wurden die Items pro Untertest und Klassenstufe in die Reihenfolge ansteigender Schwierigkeit gebracht.

Innere Konsistenz
Die innere Konsistenz variiert über alle Klassenstufen, Untertests sowie die beiden Testformen um r = 0,80 (Kuder-Richardson Formel 20).

Re- und Paralleltest-Reliabilität
Kombinierte Re- und Paralleltestkoeffizienten lagen je nach Klasse und Schultyp zwischen 0,66 und 0,90 für die Gesamtleistung (Median 0,78).

Standardmeßfehler:	s_e = 4 T-Werteinheiten
Vertrauensbereich:	CL = X ± 5 T-Werteinheiten (90% Sicherheit)
	CL = X ± 8 T-Werteinheiten (95% Sicherheit)
	CL = X ± 10 T-Werteinheiten (99% Sicherheit)

7.3 Validität:

Kriteriumsvalidität
Der KFT wurde mit den Untertests des PSB von HORN und des CFT von WEISS korreliert (r = 0,20–0,80).

Faktorielle Validität
Es konnten drei Faktoren analysiert werden: Faktor 1 ist deutlich als Faktor sprachgebundenen Denkens zu interpretieren. Auf ihm laden die vier verbalen Tests (V1 bis V4) am höchsten. Faktor 2 kann als allgemeiner Faktor formallogischen Denkens interpretiert werden. Hierauf laden am höchsten die N-Tests des KFT sowie der Untertest Q3. Faktor 3 läßt sich klar als Faktor zahlengebundenen Denkens interpretieren. Die höchsten Ladungen auf diesem Faktor haben die vier Q-Tests.

7.4 Normen: Alters- und schulspezifische Klassennormen für die Zielgruppen. Zusätzliche Normen für Berufsschüler und Studenten diverser Fachrichtungen sowie Normen für die Kurzform.

8. Literatur

THORNDIKE, R. L. & HAGEN, E. (1971). *Cognitive Abilities Test.* Examiner's Manual. Multi-Level-Edition (Form 1, Levels A–H/Grades 3–12). Boston.

Kognitiver Fähigkeits-Test, Kindergartenform (KFT-K)

K. HELLER und H.-J. GEISLER
Weinheim: Beltz, 1983

---

1. Testart Intelligenztest

2. Testmaterial Handanweisung (DIN A4, 40 Seiten), Testheft; *zusätzlich:* Bleistift.

3. Testgliederung Der KFT-K umfaßt in 4 Subtests insgesamt 60 Aufgaben:

1. Sprachverständnis (15 Items)
2. Beziehungserkennen (15 Items),
3. Schlußfolgerndes Denken (15 Items),
4. Rechnerisches Denken (15 Items).

4. Grundkonzept Der KFT-K vermittelt als Intelligenztest Informationen über die kognitiven Fähigkeiten Sprachverständnis, Beziehungserkennen, Schlußfolgerndes sowie Rechnerisches Denken und damit über schulrelevante komplexe Lern- und Leistungsvoraussetzungen.
Es handelt sich um die deutsche Bearbeitung des „Cognitive Abilities Test, Primary II/Form 1 and 2“ von R.L. THORNDIKE, E. HAGEN und I. LORGE (Boston, 1968).

5. Durchführung **5.1 Alter:** 4;7 bis 7;0 Jahre.

5.2 Formen: Der KFT-K ist einzeln oder in Gruppen durchführbar. Eine Parallelform gibt es nicht.

5.3 Handhabung: Detaillierte Durchführungsbestimmungen sichern auch dem wenig routinierten TI Standardeinhaltung. Auf mindestens 2 Tage verteilt, kann der Test mit bis zu 8 Kindern durchgeführt werden. Nach dem Verteilen der mit den Namen der Kinder versehenen Testhefte werden Aufgabenbeispiele und Aufgaben einzeln laut instruiert. Mit Hilfe von Fettdruck gibt das Manual Betonungshilfe. Anzeigenlassen von Randsymbolen stellt sicher, daß sich jedes Kind der richtigen Aufgabe zuwendet. Vor jedem Subtest machen 2 Beispielaufgaben mit der Aufgabenart und mit der Lösungskennzeichnung vertraut.

5.4 Zeit: Der KFT-K ist ein Niveautest. Entsprechend ist der Brutto-Zeitbedarf schwer schätzbar: ca. 85 bis 105 Minuten, auf mehrere Tage verteilt.

6. Auswertung **6.1 Modus:** Mit Hilfe eines Lösungsschlüssels werden die Subtestrohwerte ermittelt, in die Ergebnisseite des Testhefts eingetragen und zum Gesamtrohwert aufsummiert. Nach der Altersberechnung werden je nach Testtermin (Sept–Febr./Mrz.–Aug.) den entsprechenden Tabellen die Altersnormwerte entnommen. Eine Transformationstabelle erlaubt die rasche Umsetzung dieser T-Werte in andere Standards (C, IQ, PR). Für die obere

Altersgruppe (5;1–7;0 J.) werden Vertrauensintervalle mitgeteilt. 6 Fallbeispiele dienen als Interpretationshilfe, und ein Millimeterfeld auf der Ergebnisseite ermöglicht das Zeichnen des Subtestprofils.

6.2 Zeit: Keine Angaben.

7. Gütekriterien

7.1 Objektivität: Sie ist für alle Schritte gesichert.

7.2 Reliabilität: Über mehrere Analysen wurden aus der Testvorlage 60 Items ausgewählt und z. T. modifiziert, deren Schwierigkeit – bei Trennschärfen oberhalb r = 0,25 – mit p = 0,20 bis p = 0,80 genannt wird (oberer Altersbereich).
Die Konsistenzkoeffizienten liegen für die Gesamtleistung (GL) um 0,90 und für die Subtests zwischen 0,53 und 0,88, so daß die instrumentelle Zuverlässigkeit gesichert ist (oberer Altersbereich).
Mit Koeffizienten um r_{tt} = 0,80 für die Subtests und r_{tt} = 0,93 für GL ist eine hohe Retest-Reliabilität ausgewiesen (obere Altersgruppe). Mit r_{tt} = 0,81 ist dieses Kriterium für den mittleren Altersbereich (4;7–5;0 J.) noch gut, für den unteren mit r_{tt} = 0,53 nicht gesichert (3;9 –4;6 J.).
Der Vertrauensbereich liegt für die Subtests bei ± 6 und für GL bei ± 3 T-Werteinheiten (obere Altersgruppe, 10% sign.).

7.3 Validität: Die Übereinstimmungsvalidität wurde mit dem CFT 1 (inneres Kriterium) und dem DVET (äußeres Kriterium) überprüft (N = 102). Die hohe Korrelation von KFT-GL mit CFT-S1 (r = 0,64) und CFT-S3 („Grundintelligenz"; r = 0,66) und entsprechende Koeffizienten in mittlerer Höhe für die KFT-Subtests weisen den KFT-K als Intelligenztest zur Erfassung der „Grundintelligenz" aus. „Wahrnehmungsgeschwindigkeit/sensomotorischer Entwicklungsstand" (CFT-S2) geht deutlich schwächer in KFT-Leistungen ein.
Der KFT-K erfaßt mit den Subtests 1, 2 und 4 und mit GL eher die schulische Lernfähigkeit entsprechend dem DVET. Der Subtest 3 hingegen spricht überwiegend auf „allgemeine Denkfähigkeit" an (CFT-S1/S3).
Die Konstruktvalidität wurde mit Mittelwertvergleichen und mit Faktorenanalysen überprüft. Zwischen den in Halbjahresschritten zusammengefaßten Altersgruppen zeigte sich durchweg eine entsprechend dem Alter signifikant stärkere Merkmalsausprägung (höheres Niveau bei auffallend ähnlichen Subtest-Profilen). Auch die Dauer der allgemeinen Förderung im Kindergarten führt überwiegend zu signifikanter Verbesserung der Testleistungen. Weiterhin zeigt sich ein Einfluß der sozialen Schichtzugehörigkeit. Ausgenommen das Schlußfolgernde Denken, vergrößert sich der Leistungsrückstand der Kinder aus der Unterschicht (definiert nach dem Prestige des Vaterberufs). Die nach der DVET-Gesamtleistung geteilte Gruppe (N = 102) zeigt, daß sich Kinder mit größerer Schulreife in sämtlichen KFT-Werten hochsignifikant von denen mit geringerer Schulreife unterscheiden. Ein wesentlicher Geschlechtseinfluß auf die KFT-Leistungen ist nicht gesichert. – Die an einer Stichprobe durchgeführten Faktorenanalysen weisen den KFT-K vorläufig als eindimensionales Verfahren aus, dessen Subtests sich aus einem Faktor erklären, der auch die „Grundintelligenz" (CFT-S3) bestimmt. Während der DVET-Subtest „Sprachentwicklung" auf diesem Faktor signifikant lädt, erweisen sich die übrigen DVET-Skalen und die des KFT-K als faktoriell unabhängig.

7.4 Normen: Die Eichstichprobe umfaßt N = 509 Kinder im Alter von 5;1 bis 7;0 Jahren. Hinsichtlich Ortsgröße und regionaler Verteilung weicht die Eichstichprobe signifikant von den Angaben der amtlichen Statistik ab (Jahrbuch 1979).

Es wurden durchgehend flächentransformierte altersspezifische T-Werte berechnet, getrennt für Testtermine zwischen September und Februar bzw. März und August.

Kramer-Test

J. KRAMER
Solothurn: Antonius, 1972[4]

---

1. Testart

Intelligenztest

2. Testmaterial

Zur Grundausrüstung gehören: Textband (1972 a), auf den sich diese Angaben beziehen; Materialkasten mit 12 Cellophanhüllen, die jeweils für eine Testaltersstufe diverse Testkarten beinhalten, mit Holzperlen und Plastikfaden, rechteckigen und -winkligen Zusammensetzteilen, kleinen Gegenständen wie Uhr, Gabel, Taschenmesser, Schlüssel, Bleistift; Prüfungsbogen (Ausgabe von 1972).
Außerdem sind erhältlich: eine kurzgefaßte Testanleitung (1972 b, 10. rev. Auflage), Testmaterial in Teilausgaben für das 3. bis 9. und für das 10. bis 15. Lebensjahr, Testkasten mit und ohne Labyrinth-Test nach PORTEUS, Protokollblätter für die einzelnen Altersstufen (Memoformat) und Testblätter für die Auswertung (= erste Seite des Prüfungsbogens); *zusätzlich:* Bleistifte, Papier, Uhr mit Sekundenzeiger oder Stoppuhr.

3. Testgliederung

Wie die übrigen deutschsprachigen Binet-Tests hat auch der Kramer-Test einen Stufenaufbau für die Altersjahrgänge von 3 bis 15. Pro Altersstufe gibt es für die 3- bis 5jährigen 10 Tests, für die 6- bis 8jährigen 8 Tests und für die 9- bis 15jährigen 6 Tests. Von den 90 Tests sind 68% verbaler Art, die übrigen sind Handlungs- und Zeichentests (Angabe vom Ref.).
Unabhängig von dieser Testserie kann der von KRAMER bearbeitete Labyrinth-Test nach PORTEUS angehängt werden (siehe eigene Besprechung dieses Tests). Das vollständige Testmaterial dafür ist mit dem Testkasten des Kramer-Tests lieferbar. Der Kramer-Test hat im Laufe seiner Entwicklung verschiedene Bezeichnungen gehabt: Zuerst hieß er „Binet-Simon-Bobertag-Kramer“, dann mit seiner zunehmenden Modifikation „Binet-Simon-Kramer-Test“ (BSK). Neben den vereinzelt vorzufindenden Benennungen „Binet-Kramer-Test“ und „Kramer-Intelligenz-Test“ (KIT) wird heute der Test als „Kramer-Test“ publiziert.

4. Grundkonzept

Der Kramer-Test soll die intellektuelle Leistungsfähigkeit bei Klein- und Schulkindern erfassen und bei Schulschwierigkeiten klären helfen, ob diese auf intellektuelle Mängel zurückgehen oder nicht. Ebenso soll er besonders bei Schuleintrittsuntersuchungen eingesetzt werden; dies betrifft die Aufgaben der Altersstufen 6 und 7.
Die vorliegende Revision wird als Zwischenbilanz auf dem Weg der permanenten statistischen und praktischen Testüberprüfung angesehen und berücksichtigt vor allem den Schwierigkeitsgrad der Aufgaben – weniger ihre Gleichartigkeit. Pro Altersstufe wurden soweit wie möglich ein kleiner Anteil an leichten und schwierigen Aufgaben und ein größerer Anteil an mittleren

Aufgaben übernommen. Für die Kleinkindaltersstufen wurde auf nichtsprachliche Aufgaben geachtet, für Schulanfänger auf Gedächtnisaufgaben, für Kinder mit schulischen Komplikationen auf Testaufgaben aus dem praktischen Bereich (für sog. optische und akustische Typen). In den oberen Altersstufen sollen eher Denkaufgaben zum Zuge kommen. Weiterhin bezieht sich die Revision auf die Anzahl und Art der Aufgaben sowie auf zusätzliche Aspekte der Testdurchführung: Vorübungen und qualitative Auswertung nach Fähigkeiten und Arbeitsweise. Die Überprüfung der Gütekriterien und die Eichkontrolle nahmen vorwiegend Diplomanden des Heilpädagogischen Instituts der Universität Freiburg/Schweiz vor. (Diese unveröffentlichten Angaben werden ohne Literaturhinweis zitiert.)
Erfahrungen mit klinischen Gruppen liegen ebenfalls vor. Es wurden untersucht: Erwachsene mit diffusen Cerebralschäden, Epileptiker, Seh- und Körperbehinderte, Stammler und Gruppen mit somatischen Symptomen.
Der theoretische Hintergrund des Kramer-Tests wird historisch aufgerollt. Dabei wird sehr weit ausgeholt, um die Entwicklung der Psychologie, speziell die der experimentellen Psychologie und Psychodiagnostik, verständlich zu machen. In das Referat gehen recht viele biographische Daten ein. Die Verfasserin bekennt sich voll und ganz zur testtheoretischen Position BINETs und hält demnach auch an der Stufen- oder Staffelmethode fest, die als Testresultat den nach der überholten Methode STERNs berechneten klassischen IQ liefert (vgl. Binetarium). Erwähnenswert ist das über 40 Seiten umfassende Literaturverzeichnis, das u. a. das vollständige Schrifttum von und über Alfred BINET enthält sowie eine ausführliche Literaturliste über die Binet-Tests.

5. Durchführung

5.1 Alter: 3–15 Jahre.

5.2 Formen: Einzeltest; Normalform (zwecks IQ-Ermittlung) oder Kurzform, die nur die Aufgaben der entsprechenden Altersstufe berücksichtigt und die nur als Indikator für weitere Intelligenzuntersuchungen dienen soll. Die Autorin rät solch eine Kurzform nur einem erfahrenen Diagnostiker.

5.3 Handhabung: Es werden ausführliche Hinweise für den Versuchsraum gegeben, auf den Zeitpunkt der Untersuchung (z. B. nicht direkt nach der Schulzeit oder nach dem Mittagessen) und auf entwicklungsbedingte Eigentümlichkeiten des Kindes, besonders des Kleinkindes, die in der Prüfungssituation zu Störungen führen können. An den Testleiter stellt die Autorin persönliche und fachliche Anforderungen, die wohl für alle diagnostischen und gutachterlichen Tätigkeiten gelten dürften.
Die Vorbereitung des Testleiters besteht wie bei allen Binet-Tests besonders in der genauen Kenntnis der Testreihen und in der geschickten Handhabung des Testmaterials. Erheblich erleichtert wird die Testdurchführung durch den übersichtlich gegliederten Testkatalog. Dabei wird unter jeder Testbezeichnung die entsprechende(n) Testkarte(n) mit der Materialangabe für den Testleiter nochmals abgedruckt, was ihm hilft, während des Testgangs die Übersicht nicht zu verlieren.
Geübt sein sollten ebenso die Instruktionen, die auch in der jeweiligen Mundart und in kindgemäßer Ausdrucksweise gegeben werden dürfen, weiterhin das Protokollieren während des Testablaufs, die Zeitkontrollen und die Bewertungen, die – nach jedem Einzeltest vorgenommen – den weiteren Testablauf bestimmen.

Die Anleitungen für jeden Einzeltest gliedern sich in folgende Punkte: Material, ggf. Vorübung, Aufgabe, Bewertung, Fähigkeiten und Arbeitsweise. Man sieht, wie eng die Durchführungsphase mit der ersten Auswertungsphase verknüpft ist.

Der Testeinstieg beginnt im allgemeinen mit der Altersstufe, die ein Jahr unter dem Lebensalter des Kindes liegt. Löst das Kind nicht alle, sondern nur die Mehrzahl dieser Aufgaben (hier synonym mit Einzeltest), dann werden lediglich die analogen Aufgaben der darunterliegenden Altersstufe gestellt. Löst es nur wenige Aufgaben der Eingangsaltersstufe, dann werden alle Aufgaben der darunterliegenden Altersstufe vorgelegt.

Die Einzeltests werden praktisch, zeichnerisch oder verbal bearbeitet. Die Untersuchung wird dann abgebrochen, wenn das Kind höchstens zwei Aufgaben einer Altersstufe richtig löst. Besonderheiten bezüglich der Testbeendigung finden sich im Textband auf Seite 249. In jedem Fall soll das künstliche Hochtreiben des Rohwertes vermieden werden. Die Aufgaben der 6. und 7. Altersstufe wurden speziell im Hinblick auf Schuleintrittsuntersuchungen aufgenommen. Sie sollen folgende schulisch relevante Bereiche ansprechen: Sprachbeherrschung, Rechnen, Handgeschicklichkeit, Beobachtung und Vorstellungskraft, konstruktives Denken, Erfassen von Beziehungen und lebenspraktische Intelligenz.

5.4 Zeit: Im allgemeinen 60 bis 90 Minuten. Wird die Testreihe ohne Pause durchgeführt, dann soll die Gesamtzeit nicht 90 Minuten überschreiten.

6. Auswertung

6.1 Modus: Nach jedem durchgeführten Einzeltest hat der Testleiter folgende Bewertung vorzunehmen: +, ½ oder –.

In den Altersstufen 3 bis 5 entspricht jeder Einzeltest 1,2 Monaten, in den Altersstufen 6 bis 8 1,5 Monaten und in den Altersstufen 9 bis 15 2 Monaten. Für die Bewertung ½ wird das entsprechende Zeitäquivalent halbiert. Die Summe der Zeitäquivalente für die richtig oder halbrichtig gelösten Aufgaben wird dem Grundintelligenzalter (= dem IA unterhalb des Testeinsatzes) hinzugezählt und durch das Lebensalter dividiert: $IQ = IA \times 100 : LA$ (vgl. das Auswertungsbeispiel beim Binetarium).

Für die Transformation der Testrohwerte in Zeitäquivalente steht auf Seite 250 des Textbandes eine Tabelle zur Verfügung. Hat man den IQ errechnet, dann kann er anhand einer sehr differenzierten Intelligenzklassifikation interpretiert werden (Seite 251 des Textbandes).

Die qualitative Interpretation orientiert sich an den Fähigkeiten, die für jeden Einzeltest aufgeführt werden, und an der Arbeitsweise. Zum letzten Punkt gibt die Autorin ein Schema mit 16 Variablen (z. B. Leistungswille, Sorgfalt, Einstellung) an, die auf einer fünfstufigen Skala hinsichtlich Intensität und Auffälligkeit spezifiziert werden. Doch soll der Kramer-Test nicht als Charaktertest verstanden werden, sondern als ein Hilfsmittel, das Wie der geleisteten Arbeit zu erfassen.

6.2 Zeit: Keine Angaben.

7. Gütekriterien

7.1 Objektivität: Außer dem allgemeinen Hinweis, daß Tests den Anforderungen der Objektivität genügen müssen, sind keine Angaben vorhanden.

Einige Bewertungskriterien – wie z. B. bei den Zeichentests – sind nicht eindeutig definiert. Solange keine empirischen Daten zur Durchführungs- und

Auswertungsobjektivität vorliegen, muß dieser Güteaspekt mit Skepsis bedacht werden.

7.2 Reliabilität:

Interne Konsistenz

Unterteilungsmethode, korrigiert nach Spearman-Brown:
r_{tt} = 0,93, CL = 0,905 bis 0,955, N = 90

Stabilität
Retest nach durchschnittlich ¾ Jahren (N = 28):
r_{tt} = 0,87 ± 0,03
Rho = 0,88 ± 0,02

Retest nach drei Monaten
bei 8jährigen Mädchen: r_{tt} = 0,92 (N = 32)
IQ-Bereich: 69 bis 122
Konstanz von ± 5 IQ-Punkten bei 26 Mädchen (= 81,2%)
mittlere Differenz = 2,75 (von +2,37 bis –0,43)

Retest nach drei Monaten
bei 10jährigen Mädchen: r_{tt} = 0,98 (N = 32)
IQ-Bereich: 77 bis 135
Konstanz von ± 5 IQ-Punkten bei 92,8% der Mädchen
mittlere Differenz = 1,82 (von +1,41 bis –0,20)

Retest nach drei Monaten
bei 8- bis 10jährigen Mädchen: r_{tt} = 0,95 (N = 64)
72% liegen in IQ-Bereichen von 90 bis 110
mittlere Differenz = 2,32

Die größere Abweichung nach oben als nach unten ist nach der Autorin ein Hinweis darauf, „daß der Kramer-Test vor allem für die schwachbegabten Kinder als Untersuchungsmittel sehr geeignet ist“ (S. 105).

Retest nach 1–36 Monaten in 90% der Fälle und nach 3–6 Jahren in 10% der Fälle (N = 458, Klein- und Schulkinder):
Normalfälle: r_{tt} = 0,99 (N = 336)
komplizierte Fälle: r_{tt} = 0,90 (Charakterabwegigkeit, Verwahrlosung etc.) (N = 122)
gewichtetes Mittel zwischen beiden Gruppen: r_{tt} = 0,96

KRAMER berichtet eine IQ-Konstanz bei 79% von 220 Kindern mit einem IQ zwischen 60 und 90 (Retest-Intervall nicht angegeben).
Von SCHRÖDER (1964) wird ein nicht weiter spezifizierter Reliabilitäskoeffizient von etwa 0,87 referiert.

7.3 Validität:

Interne Validität
Der Kramer-Test wurde mit folgenden Tests verglichen:
- Testreihen zur Prüfung von Schweizer Kindern: r_{tc} = 0,85 bis 0,98 (N unbekannt)
- Stanford-Binet-Test: r_{tc} = 0,93 (N = 30, imbezille Kinder)

- Snijders-Oomen: r_{tc} = 0,65 (N = 100)
- HAWIK: r_{tc} = 0,90 (N = 100, 9- bis 11jährige Kinder)
  r_{tc} = 0,78 (N = 50, die besten und schlechtesten Kinder aus der obigen Stichprobe

Der Zusammenhang mit dem Verbalteil des HAWIK ist in einer Untersuchung höher als in einer anderen. Für intelligenzschwächere Kinder wird der Kramer-Test empfohlen, für intelligentere Kinder der HAWIK.
Im Unterschied zu einer Reihe von Intelligenztests (HAWIK, CPM, BT 1–2, BT 2–3, NIT = National Intelligence Test) zeigt der Kramer-Test mit M = 100,31 einen fast erwartungsgemäßen Mittelwert (N = 90), jedoch mit s = 8,3 eine sehr geringe Streubreite (gegenüber s = 10,3 bis 16,3).

Kriterienbezogene Validität

Korrelation zwischen Kramer-Test und DAM: r_{tc} = 0,74 (N unbekannt)
Korrelation zwischen Kramer-Test und dem Kleinkindertest von BRUNET/LEZINE: r_{tc} = 0,80 (N = 33, Kleinkinder; IQ vs. Gesamt-EQ). Der Kramer-Test wurde im Mittel 18 Monate nach dem Kleinkindertest durchgeführt.
Korrelation zwischen Kramer-Test und Schulnoten:
r_{tc} = 0,70 (N = 1735, 7 bis 15 Jahre)
r_{tc} = 0,73 (N = 751, 7 bis 10 Jahre)
r_{tc} = 0,69 (N = 984, 11 bis 15 Jahre)

Voraussagevalidität des Kramer-Tests als Schulreifetest (Altersstufen VI und VII):
Die Korrelation zwischen Kramer-Test (Untersuchung vor Schuleintritt) und Zensuren am Ende der 1. Klasse ist relativ hoch (GUTHKE, 1965). Die Untersuchung ergab folgende Prognosewerte (N = 212, Stadt- und Landschulanwärter):

0,0 – 9 Testpunkte: Versagen in der 1. Schulklasse
9,5 – 11,5 Testpunkte: Kritischer Bereich
12,0 und mehr Testpunkte: Schulerfolg in der 1. Klasse

Folgende Einzeltests differenzieren am besten zwischen den verschiedenen Graden der Schultüchtigkeit: VII/7 (Bildgeschichte), VII/3 (Mengengestalt abzeichnen) und VI/6 (4 Zahlen nachsprechen).

Faktorielle Validität
Eine Faktorenanalyse mit den Tests HAWIK, CPM, BT 1–2, BT 2–3, NIT (N = 90, 9 Jahre) ergab sechs Faktoren, davon 5 interpretiert als Klassifikation, Sprachverständnis, Reasoning, Umgang mit sprachlich bezeichneten Inhalten, Erfassen der sprachlichen Struktur. Demnach erfaßt der Kramer-Test (untersucht mit den Altersstufen VIII bis X) vor allem den verbalen Intelligenzbereich.

7.4 Normen: Die Eichstichprobe beträgt für den gesamten Altersbereich von 3 bis 15 Jahren N = 2719. Die Stichproben stammen aus verschiedenen deutschsprachigen Regionen. Es werden IQ- und rohpunktbezogene Parameter angegeben.
In drei Stichproben (N = 100, 100, 90) liegen die IQ-bezogenen Mittelwerte recht einheitlich bei 100, die Standardabweichung zwischen 8,3 und 15,1,

wahrscheinlich aufgrund des unterschiedlichen Heterogenitätsgrades der Gruppen.

An rohpunktbezogenen Parametern liegen vor:

Altersstufe VII	(8 Einzeltests)
	M = 6,6; Sigma = 1,1 für 7jährige
Altersstufe XIII	(6 Einzeltests):
	M = 7,0; Sigma = 2,7 für 13jährige
Altersstufe XV	(6 Einzeltests)
	M = 5,0; Sigma = 2,7 für 15jährige

Die Mittelwerte wachsen für jede Altersstufe kontinuierlich mit dem Lebensalter an, die Streuungen nehmen dagegen ab.
Mit der surselvischen Fassung (Dieser Terminus wird von der Autorin nicht erklärt!) des Kramer-Tests wurden für die Altersstufen 7 bis 15 Jahre kontinuierlich abfallende Mittelwerte und recht konstante Standardabweichungen gefunden.
Bei der Berechnung der Gesamtrohpunkte als Abweichungswerte (die Skala ergab max. 180 Punkte, also pro ½Lösung 1 Punkt) konnten für drei Halbjahresgruppen von 1;6 bis 14;0 (N = 417) fast identische Mittelwerte (M um 150) und abnehmende Streuungen (von 15,5 auf 11,2) ermittelt werden.
Nach Geschlechtern brauchte die Testskala nicht differenziert zu werden, da die meisten Unterschiede – wie z. B. in der Altersstufe IX 0,3% zugunsten der Jungen – nicht signifikant sind.
Im unteren Skalenbereich wurde ein Altersfortschritt von 20% für die tieferliegende und von 15% für die nächsthöhere Altersstufe angestrebt. Im höheren Skalenbereich sind die Altersfortschritte erheblich geringer.

Beispiele für Altersfortschritte:

6– 7Jahre:	21,2%	(N = 300)
7– 8 Jahre:	11,4%	
12–13 Jahre:	5,6%	(N = 250)
13–14 Jahre:	11,4%	
14–15 Jahre:	4,4%	

Trotz der niedrigen Ergebnisse in den oberen Altersstufen wurden diese wegen ihrer guten Übereinstimmung mit dem Lehrerurteil und dem Schulerfolg nicht eliminiert.
Bei Schulanfängern konnten keine soziokulturellen oder geschlechtsspezifischen Unterschiede in den Altersstufen VI und VII festgestellt werden (N = 302).

8. Literatur

GUTHKE, J. (1965). Der diagnostische Wert des Binet-Simon-Kramer-Tests bei der Schulanfängeruntersuchung. *Probleme und Ergebnisse der Psychologie, 14.*

KRAMER, J. (1972 a). *Intelligenztest. Arbeiten zur Psychologie, Pädagogik und Heilpädagogik, Band 5.* 4. Auflage (Textband). Solothurn.

KRAMER, J. (1972 b). *Kurze Anleitung zum Kramer-Test.* 10. Auflage. Solothurn.

SCHRÖDER, H. (1964). *Probleme der Intelligenzuntersuchung in der Schule.* Donauwörth.

Kurztest für Allgemeine Intelligenz (KAI)

S. LEHRL, A. GALLWITZ, L. BLAHA und B. FISCHER
Ebersberg: VLESS, 1992[3]

---

1. Testart Intelligenztest

2. Testmaterial Manual, Formblätter KAI (Grundform), Satz Lesekarten, Kugelschreiber; *zusätzlich*: Stoppuhr.

3. Testgliederung Der KAI besteht aus 2 Teilen. Der erste Teil wird als „Buchstaben-Lesen" und der zweite als „Zeichen-Nachsprechen" bezeichnet, der sich aus wiederum zwei Subtests zusammensetzt (Zahlen- und Buchstaben-Nachsprechen).

4. Grundkonzept Das Verfahren wurde für die Diagnostik und für Verlaufsuntersuchungen der allgemeinen geistigen Leistungsfähigkeit konzipiert. Speziell soll er die allgemeinen Basiskapazitäten der Informationsverarbeitung [über a) die Informationsverarbeitungsgeschwindigkeit und b) die Gegenwartsdauer als Produkt der Informationsverarbeitungsgeschwindigkeit und der Kurzspeicherkapazität] sowie das aktuelle globale Intelligenzniveau (g-Faktor) erfassen.

5. Durchführung

5.1 Alter: 17 bis 65 Jahre.

5.2 Formen: Einzeltest.

5.3 Handhabung: Beim Untertest „Buchstabenlesen" wird der Proband aufgefordert, die jeweils 20 Buchstaben, die in Zufallsreihenfolge auf den 4 Lesekarten abgebildet sind, möglichst schnell, laut vorzulesen. Im zweiten Teil „Zeichen-Nachsprechen" werden insgesamt 9 Zeilen mit 1–9 Zahlen bzw. Buchstaben vom Testleiter vorgelesen, die der Proband unmittelbar reproduzieren soll.

5.4 Zeit: Bei Erstabnahme ca. 5–8 Minuten, spätere Abnahmen kürzer.

6. Auswertung

6.1 Modus: Die gestoppte Zeit beim „Buchstabenlesen" wird vom Testleiter auf dem Formblatt eingetragen. Als Auswertungsergebnis gilt die kürzeste der 4 Lesezeiten. Die Rohwerte zu „Buchstabenlesen" lassen sich in BIP/s (= Bits of Information pro Sekunde) als Maß für die Informationsverarbeitungsgeschwindigkeit übertragen.
Als Punktzahl beim „Zeichennachsprechen" gilt die Anzahl der Zeichen der längsten richtig wiedergegebenen Zeile. Der Gesamtwert für diesen Untertest ergibt sich aus einer Berechnungsformel, in der die Rohpunktwerte aus „Zahlen-" und „Buchstaben-Nachsprechen" zu einem Einheitswert, bezeichnet als Gegenwartsdauer, verrechnet werden.
Das Produkt beider Untertestergebnisse wird als Kurzspeicherkapazität bezeichnet. IQ-Werte und Prozentrangwerte sind für die Untertests, als auch für den Gesamttest angegeben.

6.2 Zeit: Keine Angaben.

7. Gütekriterien

7.1 Objektivität: Bei der Durchführung ist auf genaue Einhaltung der Instruktion zu achten (bei Zeichen-Nachsprechen 1 Sekunde Darbietungsabstand; bei Buchstaben-Lesen genaue Zeitmessung erforderlich).

7.2 Reliabilität: Untersuchungen an verschiedenen Stichproben ergaben für die Split-half-Reliabilität beim Untertest „Buchstaben-Lesen" Werte zwischen r = 0,75 und r = 0,99. Die Retest-Reliabilität liegt nach 14 Tagen im Bereich von r = 0,86 bis r = 0,88, nach 14 Monaten bei r = 0,70.
Für das „Zeichen-Nachsprechen" liegt die Paralleltestreliabilität (Korrelation beider Untertests) zwischen r = 0,49 und r = 0,90. Die Retestreliabilitäten bewegen sich nach 2 Wochen Testabstand zwischen r = 0,74 und r = 0,88.

7.3 Validität: Entscheidend für die Interpretation des Testergebnisses ist, daß die ermittelten Basiskapazitäten nur vom Informationsgehalt der Reize und nicht von anderen Besonderheiten (z. B. physikalische Eigenschaften wie Groß- oder Kleinschreibung des Reizmaterials, Chunkbildung etc.) abhängen. Zahlreiche Untersuchungen deuten auf die Unspezifität der mit diesem Test erhobenen Werte.
Für Zusammenhänge beider KAI Untertests mit anderen Intelligenztests werden Werte von r = 0,50 bis r = 0,60 für repräsentative Stichproben, für das Gesamtergebnis Werte um r = 0,70 mitgeteilt. Für genauere Informationen wird u. a. auf LEHRL und ERZIGKEIT (1976) verwiesen.

7.4 Normen: Die Eichung erfolgte an 341 psychiatrisch unauffälligen und 331 psychiatrisch auffälligen Personen mit unterschiedlichen Symptomen im Alter von 17 bis 65 Jahren. Alters- oder geschlechtsspezifische Unterschiede wurden nicht gefunden, so daß eine Vergleichswerttabelle für den gesamten Geltungsbereich angegeben wird.

8. Literatur

LEHRL, S. & ERZIGKEIT, H. (1976). Determiniert der Kurzspeicher das allgemeine Intelligenzniveau? *Grundlagenstud. Kybern. Geisteswissensch., 17,* 109–119.

1.2

Labyrinth-Test (LT)*

F. CHAPIUS
Übersetzung: H. HENTSCHEL
Bern: Huber, 1959

---

1. Testart Intelligenztest

2. Testmaterial Testanleitung (Textbuch), Testformulare mit quadratischen und kreisförmigen Labyrinthen, 2 Auswertungsschablonen; *zusätzlich:* Bleistift, Stoppuhr.

3. Testgliederung Den Probanden werden nacheinander 3 quadratische Labyrinthe von ansteigender Schwierigkeit vorgelegt. Die als parallel bezeichneten 3 kreisförmigen Labyrinthe sind ebenfalls nach ihrer Schwierigkeit geordnet. Labyrinth-Tests in Paper-Pencil-Form wurden 1924 erstmals von PORTEUS veröffentlicht.

4. Grundkonzept Der LT ist ein Verfahren, das die praktische Intelligenz, vom Autor spezifiziert als konkrete, sitautionsbezogene Intelligenz, ansprechen soll. Dabei spielen visuelle Orientierung, Voraussicht im Sinne räumlich-zeitlicher Antizipation, Planung und wahrnehmungsabhängige Umorganisation und die visuomotorische Koordination, verstanden als Aspekt der Intelligenz, eine Rolle. Dann wird auf sog. „intellektuelle Faktoren" wie Instruktionsverständnis, Aktionsstil (Hinweis auf „Intelligenztypen"), visuelle Aufmerksamkeit, Denkbeweglichkeit, Sensomotorik und Lernfähigkeit eingegangen. Darüber hinaus soll der LT „ein Charaktertest ..., ... doch kein Persönlichkeitstest" (S. 88) sein, d. h., er kann nur bestimmte Verhaltensaspekte der Beobachtung zugänglich machen, aber kein vollständiges Bild einer Persönlichkeit vermitteln. Angesprochen werden persönlichkeitsspezifische Variablen wie graphologische Merkmale, Selbstvertrauen, Selbstkontrolle, Genauigkeit der Testbearbeitung u. a.

Gegenüber den quadratischen Labyrinthen sind die Kreislabyrinthe schwieriger zu bearbeiten, was hauptsächlich auf die visuelle Belastung durch die Scheinbewegung konzentrischer Kreise zurückzuführen sein mag.

Durch den Interpretationsrahmen und durch die rein qualitative Interpretationsweise erhält der LT die Charakteristika eines klinischen Verfahrens. Er soll in der Berufsberatung und Personalauslese eingesetzt werden, jedoch nur in Kombination mit anderen Testverfahren. Erfahrungen liegen u. a. vor mit Schweizer Bundesbahnbewerbern, Kraftfahrer- und Pilotenanwärtern.

5. Durchführung **5.1 Alter:** 16–30 Jahre.

---

* Der LT ist nicht mehr vollständig lieferbar, eine Neuauflage ist nicht vorgesehen.

5.2 Formen: Einzeltest; sog. parallele Verfahren mit einerseits quadratischen, andererseits kreisförmigen Labyrinthen.

5.3 Handhabung: Die Instruktionen für die quadratischen Labyrinthe akzentuieren das Herausfinden des kürzesten Weges vom Labyrinth-Zentrum zum -Ausgang ohne Abheben des Bleistifts. Nach dem ersten Durchgang der drei Labyrinthe werden diese um 180 Grad gedreht und erneut bearbeitet. Die erste Instruktion legt mehr Gewicht auf das Vermeiden von Fehlern, die zweite mehr auf die Arbeitsgeschwindigkeit.
Bei den Kreislabyrinthen ist der Weg vom Eingang zum Zentrum zu finden. Die Instruktion betont gleichermaßen die Sorgfalt (Vermeiden von Fehlern) und die Arbeitsgeschwindigkeit. Es findet nur ein Testgang statt.
Eine Zeitbeschränkung besteht nicht. Für jeden Versuch wird die Zeit auf die Sekunde genau festgehalten. Während des Testgangs sollen Beobachtungen gemacht und schriftlich fixiert werden.

5.4 Zeit: Keine Zeitbegrenzung. Im Durchschnitt 10–15 Minuten.

6. Auswertung

6.1 Modus: Per Schablone. Für das Eindringen in eine Sackgasse werden Fehlerpunkte angerechnet, und zwar je nach der Tiefe – eingeteilt in Fehlerzonen – ½ bis 2 Fehler. Bei Weggabelungen mit drei Alternativen werden, falls der Proband in beide Sackgassen gerät, die Fehlerpunkte nach einem anderen Modus verteilt. Nach welchem Konzept die Fehlerzonen erstellt wurden, ist unbekannt. Die Anzahl der Fehler bei allen drei Labyrinthen wird in einen Bewertungspunkt umgesetzt, ebenso die Summen der drei Testzeiten. Dann addiert man beide Bewertungspunkte zu einem Gesamtergebnis und ordnet sie, getrennt für den 1. und für den 2. Testgang (nur bei den quadratischen Labyrinthen), einem Prozentrangwert zu. Für die Kreislabyrinthe gilt dies entsprechend für einen Testgang.

6.2 Zeit: Keine Angaben.

7. Gütekriterien

7.1 Objektivität: Keine Angaben.

7.2 Reliabilität: Es sollen Wiederholungsuntersuchungen nach einem halben Jahr durchgeführt worden sein. Die einzige Angabe beschränkt sich darauf, daß die Gesamtresultate in beiden Fällen nicht wesentlich divergieren und „daß sich das Verhalten der Probanden in geradezu frappierender Weise gleich bleibt“ (S. 95).
Auf Lerneffekte, die im zweiten Testgang mit den Quadratlabyrinthen auftreten, wird in dem Sinne nicht eingegangen, daß sie auf die Güte des Tests bezogen werden. Ebenso werden große Leistungsschwankungen zwischen den einzelnen Versuchen nur persönlichkeitspsychologisch gedeutet.

7.3 Validität: Keine Angaben.

7.4 Normen: Nach Voruntersuchungen (N = 500) wurde der Test quadratischer Labyrinthe für folgende Schweizer Gruppen standardisiert: männliche Jugendliche von 16 bis 20 Jahren (N = 310), Handelsangestellte (N = 265), Mechaniker (N = 1350), Techniker (N = 83) und ungelernte Arbeiter (N = 182), jeweils von 21 bis 30 Jahren. Außerdem wurden Pilotenanwärter von 21 bis 30 Jahren untersucht, für die gesonderte Normen vorliegen.
Die Kreislabyrinthe wurden geeicht an Jugendlichen von 16 bis 20 Jahren (N = 231) und an Mechanikern von 21 bis 30 Jahren (N = 215).

Als eines der wichtigsten Kriterien für die Eichung wird vom Autor „die Homogenität der jeweiligen Gruppe von Versuchspersonen" (S. 95) angegeben und auf die o. a. Gruppen bezogen. Alle Normen werden in Prozenträngen ausgedrückt. Die Verteilungen der Gesamtleistung, der Fehler und der Testzeit werden – getrennt nach Gruppen und Testgang – tabellarisch und graphisch veranschaulicht.
Testbenutzer außerhalb des Eichungsgebietes müssen sich bei der Testinterpretation im klaren darüber sein, daß der Proband mit einer Schweizer Bezugsgruppe verglichen wird.

Leistungsprüfsystem (LPS)

W. Horn

Göttingen: Hogrefe, 1983[2]

1. Testart Intelligenztest

2. Testmaterial Handanweisung, Testbogen Form A und B, jeweils 2 Blätter, 6 Auswertungsschablonen; *zusätzlich:* Schreibgerät, Stoppuhr (evt. Kassettenrecorder oder Tonbandgerät).

3. Testgliederung Die Testbatterie besteht aus 14 Subtests (560 Items) und einem zusätzlichen Test.

4. Grundkonzept Die 1. Auflage des Tests zielt auf die Erfassung von Thurstones Primärfähigkeiten ab. Die 2. Auflage enthält ein Intelligenzmodell, das die gängigen bisher unvereinbaren Intelligenzmodelle von Guilford, Cattell, Thurstone u. a. integriert: das Pyramidenmodell mit seinen verschiedenen Ebenen. In diesem Modell mißt das LPS bestimmte Dimensionen der 1. Ebene, die durch die beiden Aspekte „Operationen" und „Inhalte" aus dem Intelligenzmodell von Guilford beschrieben werden. Die Dimensionen selbst werden nach wie vor in Anlehnung an Thurstones Primärfähigkeiten benannt: Allgemeinbildung (Verbal Factor, Cattell's Crystallized Intelligence), Denkfähigkeit (Reasoning, Cattell's Fluid Intelligence), Worteinfall (Wordfluency), Technische Begabung (Space 1 und 2, Closure 2, Witkin's Field Dependance), Ratefähigkeit (Closure 1), Wahrnehmungstempo (Perceptual Speed) und Rechenfähigkeit (Number).

Faktorenanalytische Untersuchungen von Koopmann (1964) und Tent (1969) – der Untertest „Addieren" mit der Dimension Rechenfähigkeit wurde dabei jeweils ausgeschlossen – bestätigen weitgehend Horns Zuordnungen. Das LPS ist vor allem für die Bildungs- und die Berufsberatung vorgesehen. Es differenziert gut in den Extrembereichen der Intelligenz.

5. Durchführung **5.1 Alter:** 9 bis über 50 Jahre.

5.2 Formen:

Gruppentest; Parallelformen A und B;
Langform: Untertests 1–14, Arbeitskurve (alle Reihen)
Normalform: Untertest 1–14, Arbeitskurve (1. und 2. Reihe)
Kurzformen: Untertests 1 + 2, 4, 6, 9, 12, 14 und Arbeitskurve (1. Reihe);
Untertests 1 + 2, 4, 12.
Computergestützte Fassung im Hogrefe-Testsystem LEILA.

5.3 Handhabung: Die Instruktionen, die der TI vorzutragen hat, sind leicht verständlich formuliert, aber recht umfangreich. Deshalb empfiehlt der Autor die Nutzung eines Kassettenrecorders oder einer anderen geeigneten Aufzeichnungs- und Wiedergabeanlage.

5.4 Zeit: Die Durchführung der Langform (einschließlich Arbeitskurve) nimmt ca. zwei Stunden in Anspruch; die Normalform dauert 90 Minuten. Kurzformen: 40 bzw. 15 Minuten.

6. Auswertung

6.1 Modus: Die Testbogen werden mit transparenten Schablonen ausgewertet. Hinweise für Besonderheiten sind in der Handanweisung auf Seite 44 und 45 zu finden. Die Rohwerte werden in standardisierte Werte überführt. Die Normen der Subtestwerte können in einem Profilschema eingetragen und graphisch veranschaulicht werden. Zur Erhöhung der Testreliabilität werden Ergebnisse ähnlicher Untertests zusammengezogen und ebenfalls im Profil dargestellt. Nach dem gleichen Modus wird die Leistung in die Arbeitskurve auf einem Profilnetz eingetragen. Die Deuterelationen befinden sich in der Handanweisung auf den Seiten 12–18 und 57–58.
Die Möglichkeiten der Profilinterpretation anhand von Mittelwertsprofilen verschiedener beruflicher und schulischer Gruppen sind zwar gegenüber der 1. Auflage verbessert worden durch Hinzunahme neuer Gruppen und Vergrößerung einzelner Stichproben; die Stichprobengröße ist allerdings sehr unterschiedlich ($13 \leq N \leq 1349$).

6.2 Zeit: Keine Angaben.

7. Gütekriterien

7.1 Objektivität: Das Verfahren kann als objektiv angesehen werden.

7.2 Reliabilität:

Interne Konsistenz:
Die nach der Spearman-Brown-Formel korrigierte Halbierungszuverlässigkeit bei N = 200 (je 100 Erwachsene, Form A und B) nach TENT (100 Kinder, 4. Schuljahr) beträgt für 6 Untertestgruppen r_{tt} = 0,90–0,99 bzw. 0,88–0,98 und für den Gesamttest r_{tt} = 0,99 bzw. 0,98.

Äquivalenz:
Für die beiden Parallelformen (je N = 400 und N = 200) existieren Mittelwerte und Streuungsmaße für die einzelnen Untertests, Untertestkombinationen und die Gesamtleistung.

Stabilität:
Retest bei 90 erwachsenen Männern „z. T. Jahre später", Gesamttest: r_{tt} = 0,95; Untertests: r_{tt} = 0,38–0,88; bei empfohlener Zusammenfassung einzelner Untertests: r_{tt}= 0,63–0,86.

Homogenität:
Mittel der Interkorrelationen der Untertests 1–14: r_{tT} = 0,45 (N = 200).

7.3 Validität:

Interne Validität:
Korrelation zwischen Gesamttest und IST bei 48 Erwachsenen: r_{tc} = 0,86; zwischen IST Gesamtwert und Untertest: $0{,}64 \leq r_{tc} \leq 0{,}78$.
Korrelationen zwischen den Untertests von LPS und IST: $0{,}46 \leq r_{tc} \leq 0{,}71$.
Korrelationen zwischen LPS und IST (GROFFMANN und SCHNEEVOIGT (1969, o. A.), N = 37, Studenten): r_{tc} = 0,74; Untertest 10 mit WÜ: –0,70, 10 mit ZR: –0,40, 10 mit FA: –0,40. Bei den negativen Korrelationen der Untertests nimmt HORN an, „daß wohl ein Fehler mit dem Vorzeichen passiert ist",

da seine Korrelationsuntersuchungen eine positive Korrelation von Untertest 10 mit dem IST-Gesamtwert (r_{tc} = 0,78) erbrachten.

Kriterienbezogene Validität:
Korrelation zwischen Gesamtleistung im LPS und Lehrerurteil hinsichtlich Intelligenz: r_{tc} = 0,47 (N = 354, Volks- und Mittelschüler).
Korrelation zwischen Testleistung (Untertests 1–6) und Lehrerurteil: r_{tc} = 0,61 (N = 175, 4. Volksschulklasse). Korrelation zwischen Testleistung (Untertests 7–10) und Lehrerurteil: r_{tc} = 0,16 (N = 175, 4. Volksschulklasse). Korrelation zwischen Zeugnisnote und Gesamtwert: r_{tc} = 0,56 (N = 102, 5. Klasse).
Für N = 74 Gymnasiasten korrelierten Deutschnote und Untertest 1 + 2: 0,47, Deutschnote und Gesamtwert: 0,35, Mathematiknote und Untertest 1 + 2: 0,44, Mathematiknote und Gesamtwert: 0,35, Fremdsprachennote und Untertest 1 + 2: 0,36, Fremdsprachennote und Untertest 12: 0,50, Fremdsprachennote und Gesamtwert: 0,32.
Korrelation zwischen Schulurteil und Gesamtwert: 0,56, psychologischem Urteil und Gesamtwert: 0,76 (N = 55, Vorkursschülerbeurteilung bei ihrem Übergang auf ein Abendgymnasium).
Der Autor empfiehlt den Test als Instrument „für die Unterscheidung zwischen den Schularten".

Vorhersagevalidität:
Korrelation zwischen Schulleistungen und LPS: 0,70 (TENT, ohne Literaturangabe).

Faktorielle Validität:
Faktorenanalysen von KOOPMANN (1964) (N = 159, 4. Volksschulklasse)[1], (N = 159, Pioniere der Bundeswehr)[2] ergaben hohe Ladungen der Untertests auf folgenden THURSTONE-Faktoren:

Faktor		Untertest[1]	Untertest[2]
A: V + W	Verbale Fähigkeit Wortflüssigkeit	1 + 2, 5, 6, 12	1 + 2, 5, 6, 12
B: R	Denkfähigkeit	3, 4	3, 4, 8, 9
C: S_2 + C_{22}	Raumvorstellung 2, Feldabhängigkeit	8	10
D: C_1 + S_1	Bilderraten, Raumvorstellung 1	11	7, 11
E: P	Wahrnehmungstempo	14	13, 14

Die Faktorenmatrix von TENT (1969) (N = 293, Mädchen und Jungen) zeigt hohe (hier meist negative) Ladungen der Untertests auf folgenden THURSTONE-Faktoren:

Faktor	Untertest
A: V + W	neg. mit 1, 2, 5, 6, 12
B: R	neg. mit 3, 4
C: P	pos. mit 14, Zz (Addieren)
D: N, Rechenfähigkeit	pos. mit Zz
E: S_1, Wiedererkennen von Symbolen	neg. mit 7, 12
F: C_1 + C_2	neg. mit 8, 10,11

Die Faktoren werden mit Ausnahme von Faktor E von HORN selbst interpretiert. Es findet sich keine Einlassung bzgl. der negativen Ladungen.

7.4 Normen: Die Eichung erfolgte an Stichproben, deren Repräsentativität bzgl. Schulart, Alter, Geschlecht (nur bis 18 J.) und väterlicher Beruf der Autor gewährleistet sieht. Über die Größe der Eichpopulation werden keine genauen Angaben gemacht.
Für die 9- bis über 50jährigen sind altersgestaffelte Normen (C- und T-Werte) für alle Untertests, für empfohlene Untertestkombinationen, für die 1. Zeile der Arbeitskurve und für den Gesamttest errechnet worden.
Eine weitere Tabelle erlaubt die Umrechnung der T-Werte in PR, IQ und Z-Werte.
Im Profilschema auf den Antwortbogen sind grobe Vergleiche von C- Werten mit PR, Z-Werten und IQ-Werten möglich.
Die Eichung einiger Untertests wurde 1990 in Ost- und Westdeutschland überprüft.

8. Literatur

KOOPMANN, W. (1969). *Untersuchungen über die Intelligenzstruktur in Abhängigkeit von Alter und Geschlecht* (Vordiplomarbeit). Hamburg: Universität.

TENT, L. (1969). *Die Auslese von Schülern für weiterführende Schulen: Möglichkeiten und Grenzen.* Göttingen: Hogrefe.

GROFFMANN, K.-J. & SCHNEEVOIGT, I. (1964). Vorläufige Ergebnisse einer Vergleichsuntersuchung an Studenten mit dem Leistungsprüfsystem (LPS) von Horn und dem Intelligenz-Struktur-Test (IST) von Amthauer. *Schweizerische Zeitschrift für Psychologie und ihre Anwendungen, 23,* 243–252.

Leistungsprüfsystem für 50–90jährige (LPS 50+)

W. STURM, K. WILLMES und W. HORN
Göttingen: Hogrefe, 1993

1.2

---

1. Testart Intelligenztest

2. Testmaterial Handanweisung (13 Seiten), Testbogen der Form A und B, Auswertungsschablonen; *zusätzlich:* Schreibwerkzeug und Stoppuhr.

3. Testgliederung Das LPS 50+ besteht aus folgenden Untertests:

1. Rechtschreibkenntnisse
2. Rechtschreibkenntnisse
3. Erkennen von Gesetzmäßigkeiten
4. Logisches Denken, Regelerkennen
5. Worteinfall
6. Wortflüssigkeit
7. Räumliches Rotieren
9. Räumliches Vorstellungsvermögen
10. Form- und Gestalterfassung
11. Formerfassung und Benennung
12. Erkennen unvollständiger Wörter
13. Arbeitssorgfalt, Auffassungstempo
14. Wahrnehmungstempo

Bis auf den Untertest 8, der sich für höhere Altersgruppen als zu schwer erwies, wurden alle Untertests der Originalform des LPS inhaltlich unverändert, in gleicher Reihenfolge und Numerierung übernommen. Die Größe der Testvorlagen wurde in Anpassung an die im Alter häufig vorliegende Visusminderung verdoppelt. Neben der Langform wurde eine Kurzform geschaffen, die aus den Untertests 1, 2, 3, 5, 6, 7 und 10 besteht.

4. Grundkonzept Das LPS 50+ ist als gerontopsychologisches Untersuchungsverfahren zur Messung von THURSTONEs Primärfaktoren der Intelligenz im höheren Alter konzipiert. Die Schwierigkeit, die das LPS älteren Probanden durch die sehr klein gedruckten und gedrängt angeordneten Items bereitete, wurden durch die Vergrößerung der Testvorlagen vermieden.

5. Durchführung **5.1 Alter:** 50–90 Jahre.

5.2 Formen: Einzel- und Gruppentest mit den Parallelformen A und B.

5.3 Handhabung: Die vorgegebenen Testanweisungen sollen „möglichst wörtlich, aber dennoch in lebendiger und motivierender Form vorgetragen werden“ (S. 23). Das Verfahren ist nicht als Intelligenztest, sondern als „Verfahren zur Erfassung verschiedener Fähigkeiten“ vorzustellen.

5.4 Zeit: Ca. 80 Minuten für die Langform; ca. 35 Minuten für die Kurzform.

6. Auswertung

6.1 Modus: Für die manuelle Auswertung, die mit Hilfe von Schablonen erfolgt, liegen genaue Richtlinien vor. Als Option ist ein Computerprogramm für PCs erhältlich, das sowohl für die Lang- als auch für die Kurzform das Leistungsprofil einer Person mit Methoden der psychometrischen Einzelfalldiagnostik nach HUBER (1973) und STURM und WILLMES (1983) analysiert und weitere statistische Operationen ermöglicht.

6.2 Zeit: Keine Angaben.

7. Gütekriterien

7.1 Objektivität: Durchführungs- und Auswertungsobjektivität sind gesichert.

7.2 Reliabilität: Angegeben sind die aufgewerteten Split-Half-Reliabilitätskoeffizienten, Standardmeßfehler und 90%-Konfidenzintervalle für die T-normierten Untertests des LPS 50+ und den Gesamttest, getrennt nach zwei Stichproben ($N_1 = 151$, 50–69 Jahre und $N_2 = 121$, 70–90 Jahre). Die Koeffizienten, die zwischen $r_{tt} = 0{,}85$ und 0,99 liegen, sprechen für die hohe Zuverlässigkeit des Verfahrens.

7.3 Validität: Als Beitrag zur Konstruktvalidität werden die Ergebnisse von faktorenanalytischen Studien mitgeteilt, die insgesamt zeigen, daß bei höheren Altersgruppen ebenfalls differenzierte, jedoch teilweise unterschiedliche Intelligenzstrukturen vorzufinden sind.

7.4 Normen: Wegen der beträchtlichen Schiefe der Verteilungen einzelner Untertests wurde eine Prozentrangnormierung über Flächentransformation der Rohwertverteilung vorgenommen. Normwerte (PR- und T-Werte) liegen für die Untertests und den Gesamttestwert der Lang- und Kurzform für die Altersgruppen 50 bis 69 Jahre ($N_1 = 151$) und 60 bis 90 Jahre ($N_2 = 121$) vor. Im Anhang B befinden sich Tabellen zur Umwandlung von T-Werten in T^{τ}-Werte.

8. Literatur

HUBER, H. P. (1973). *Psychometrische Einzelfalldiagnostik.* Weinheim: Beltz.

STURM, W. & WILLMES, K. (1983). Eine LPS-Kurzform für hirngeschädigte Patienten mit Anleitung zur psychometrischen Einzelfalldiagnostik. *Diagnostica, 29,* 346–358.

Lern- und Gedächtnistest (LGT 3)

G. BÄUMLER
Göttingen: Hogrefe, 1974

---

1. Testart Intelligenztest, spezieller Funktionsprüfungs- und Eignungstest

2. Testmaterial Handanweisung (DIN A4, 64 Seiten), je ein Lernheft und ein Testheft für die Formen A und B, Antwortblätter A und B, je eine Auswertungsschablone für die beiden Formen und eine gemeinsame Auswertungstafel; *zusätzlich:* Schreibgerät und Uhr.

3. Testgliederung Der LGT 3 besteht aus sechs Subtests, die sich in einen verbalen und einen figuralen Bereich gliedern lassen, je nachdem, welche Art von Material gelernt werden muß. Weitere Ordnungsgesichtspunkte, nach denen die Untertests aufgeteilt werden können, sind der Lernmodus (assoziativ, serial-elementenhaft und ganzheitlich-struktural) sowie der Abfragemodus (freie und gebundene Wiedererkennungsmethode, freie und gebundene Reproduktionsmethode). Folgende Übersicht informiert über die Gliederungsaspekte:

Subtests	Material	Lernmethoden	Abfragemodus
Stadtplan	Figural	Struktur	geb. Reproduktion u. Mehrfachwahl
Türkisch	Verbal	Paarassoziation	Mehrfachwahl
Gegenstände	Figural	Elementenhaft	Freie Reproduktion
Telefonnummern	Numerisch	Paarassoziation	Freie Reproduktion u. Trefferverf.
Bau	Zahlen, Namen Begriffe	Elementenhaft Paarassoziation u. Sinnstruktur	Freie Reproduktion u. Trefferverf.
Firmenzeichen	Figural	Paarassoziation (z. T. ganzheitlich)	Mehrfachauswahl

4. Grundkonzept Der LGT 3 ist als *kombinierter* Lern- und Gedächtnistest konzipiert, der auf eine getrennte Erfassung von Lern-, Behaltens- und Reproduktionsleistungen aus ökonomischen Gründen verzichten mußte. Es wird nicht der Anspruch erhoben, den Merkmalskomplex *vollständig* zu erfassen. Vielmehr soll der psychologischen Forschung und der Funktionsdiagnostik ein Instrument zur Verfügung gestellt werden, „mit dem bestimmte Gedächtnisfunktionen überall dort geprüft werden können, wo sie als differentielle oder allgemein veränderliche Variablen von Interesse sind" (S. 7 der Handanweisung).

5. Durchführung **5.1 Alter:** Ca. ab 16 Jahren, insbesondere Personen mit höherer Schulbildung und/oder überdurchschnittlicher Intelligenz (IQ $\geq$ 110).

5.2 Formen: Der Test ist als Einzel- oder Gruppentest in den Parallelformen A und B anwendbar.

5.3 Handhabung: Der VI hat die Instruktionen zu verlesen und die vorgegebenen Zeitbegrenzungen strikt einzuhalten. Der Materialverbrauch ist gering, da getrennte Antwortblätter benutzt werden.

5.4 Zeit: Die Durchführungszeit beträgt ca. 40 Minuten (brutto).

6. Auswertung

6.1 Modus: Die Auswertung erfolgt teilweise mit Schablone, Auswertungstafel und tabellarischer Bewertungshilfe.

6.2 Zeit: Ca. 5 Minuten je Pb.

7. Gütekriterien

7.1 Objektivität: Die Auswertungsobjektivität wurde korrelationsstatistisch überprüft. Danach erreichten drei geübte Beurteiler im Durchschnitt Interkorrelationen, die für alle Subtests über r = 0,94 lagen.

7.2 Reliabilität: Auf die spezielle Problematik der Bestimmung der Zuverlässigkeit nach der Unterteilungs- und Paralleltestmethode wird in der Handanweisung hingewiesen. Die mittlere Paralleltestzuverlässigkeit, die an verschiedenen Gruppen gewonnen wurde, beträgt r_{tt} = 0,51 bis 0,69 für die einzelnen Subtests.
Die Stabilität der Subtestergebnisse bei Testwiederholung nach 3 bis 4 Wochen liegt zwischen r_{tt} = 0,47 und r_{tt} = 0,71. Die Retest-Zuverlässigkeit des Gesamtpunktwertes beträgt r_{tt} = 0,71.
Durch Gewichtung und Zusammenfassung des LGT 3 zur einer „Profilbatterie“ (vgl. LIENERT, 1967, S. 462) läßt sich die Reliabilität des Verfahrens folgendermaßen erhöhen:

- Gesamtbatterie r_{tt} = 0,94
- Unterbatterie I (Figural) r_{tt} = 0,79
- Unterbatterie II (Verbal) r_{tt} = 0,85
- 6-Subtest-Profil r_{tt} = 0,62
- Unterbatterie-Profil r_{tt} = 0,77

7.3 Validität: Ansätze zur Gültigkeitskontrolle faktorieller Art werden berichtet. Ergänzt werden diese durch Interkorrelationsstudien und Korrelationen mit einigen Außenkriterien, z. B. Urteilen und Schulnoten. Auffällig ist dabei u. a. die relativ geringe Korrelation zwischen LGT 3 und globaler Intelligenz (IST-Gesamtwert ohne Merkaufgaben), die bei diversen Gruppen im Bereich zwischen r = 0,26 und 0,32 streut.

7.4 Normen: Für die einzelnen Subtests werden Globalnormen in Form von T-Werten angeboten, die auf einer Stichprobe von 1150 Personen (Gymnasiasten, Abiturienten, Inspektorenanwärtern und Studenten) basieren. Die Wertpunkte (T-Werte) sind mit Hilfe einer zweiten Normentabelle in gewichtete Wertpunkte (GWP) umzuwandeln (wobei die Gewichtung nach der Zuverlässigkeit erfolgte). Aus diesen wiederum werden die T-Standards der Gesamtbatterie (LGS) und der Unterbatterien Figural-Gedächtnis und Verbal-Gedächtnis über eine dritte Normentabelle ermittelt.

8. Literatur

LIENERT, G. A. (1967[2]). *Testaufbau und Testanalyse.* Weinheim: Beltz.

Mannheimer Intelligenztest (MIT)

W. CONRAD, P. BÜSCHER, L. HORNKE, R. S. JÄGER, H. SCHWEIZER, W. VON STÜTZER und W. WIENKE

Weinheim: Beltz, 1986[3]

---

1. Testart Intelligenztest

2. Testmaterial Handanweisung, Testhefte, Antwortbogen, 2 Auswertungsschablonen; *zusätzlich:* Bleistifte, Stoppuhr.

3. Testgliederung Der MIT faßt 10 Untertests zu einer Testbatterie zusammen. Sie stammen aus Bereichen, die von THURSTONE (1938), JÄGER (1967) und GUILFORD (1964) hinsichtlich ihrer intelligenzdiagnostischen Relevanz faktorenanalytisch gekennzeichnet worden sind. Neben verbalen Tests kommen auch figürliche Tests (Würfel, Mosaiken etc.) – und zwar ausschließlich in bildlicher Darstellung – vor.

4. Grundkonzept Angesichts der gegenwärtigen Meinungsvielfalt über das theoretische Fundament der Intelligenzforschung sprechen sich die Autoren für ein operationales Intelligenzkriterium aus, das sich aus zehn Untertests bekannter und faktorenanalytisch erschlossener Intelligenzbatterien zusammensetzt und das sowohl dem globalen Intelligenzkonzept als auch dem Modell einer Kombination von unabhängigen Teilfähigkeiten gerecht wird. Bei der Zusammenstellung des Kriteriums wurde auf einen repräsentativen Ausschnitt der bedeutenden Bereiche der Intelligenz geachtet. Das Konstruktionsziel des MIT wurde definiert als „möglichst gute Übereinstimmung des neuen Tests mit diesem Außenkriterium". Das Testergebnis sagt etwas über die Höhe der allgemeinen Intelligenz aus.

Das Applikationsfeld umspannt Bildungs-, Erziehungs- und Berufsberatung sowie die Rehabilitationshilfe.

5. Durchführung **5.1 Alter:** 12–45 Jahre.

5.2 Formen: Einzel- und Gruppenuntersuchungen; Parallelformen S und T. Eine computergestützte Fassung ist vorhanden.

5.3 Handhabung: Der Testleiter liest die Instruktionen der Testhefte vor, während die Probanden den Text in ihren eigenen Testheften mitverfolgen. Es fällt hier die vorbildliche Gestaltung der Textinstruktionen auf (s. Abb.). Der Testleiter hat auf die exakte Einhaltung der Anweisungen und der Testzeiten zu achten und sich möglichst nach den angegebenen Zeiten für die Instruktionen zu richten. Die Probanden kreuzen ihre Antworten nach dem Multiple-Choice-Verfahren mit 5 Lösungsvorschlägen an.

Eintragen der Lösungen auf dem Antwortbogen

Bitte beachten Sie:

Alle Lösungen werden auf dem Antwortbogen eingetragen.
In das Testheft darf nicht geschrieben oder gezeichnet werden.

Bei jeder Aufgabe finden Sie fünf Auswahlantworten, die mit den Lösungsbuchstaben a, b, c, d, e gekennzeichnet sind.
Nur eine Auswahlantwort ist richtig, die anderen vier sind falsch.
Wählen Sie die richtige Antwort aus und tragen Sie die Lösung auf dem Antwortbogen ein.

Beispiele:

Aufgabe 1	Auswahlantworten
Wieviele Monate hat ein Jahr?	a 16 Monate b 17 Monate c 12 Monate d 24 Monate e 30 Monate

Der richtige Lösungsbuchstabe ist c.

Aufgabe 2	Auswahlantworten
Wie heißt die Hauptstadt von Italien?	a Mailand b Turin c Venedig d Florenz e Rom

Der richtige Lösungsbuchstabe ist e.

Beim Eintragen der Lösung auf dem Antwortbogen muß man dann bei der 1. Aufgabe den Buchstaben c und bei der 2. Aufgabe den Buchstaben e auf die folgende Weise anstreichen (markieren):

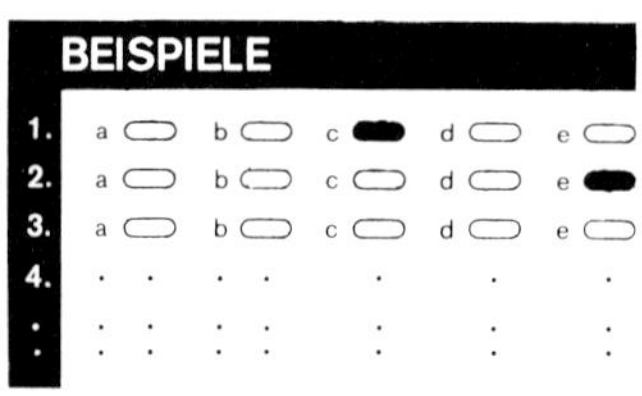

Markieren Sie bitte sorgfältig.
Folgende Markierungen sind unbrauchbar:

zu klein

zu groß

klecksig

schräg

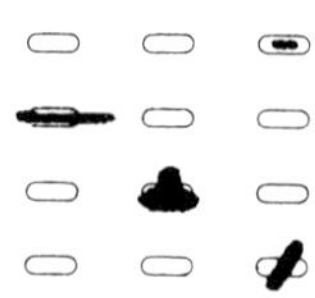

Haben Sie sich beim Markieren einmal geirrt, dann streichen Sie die Markierung einfach durch.
Hier wurde zunächst b markiert und dann aber c als richtige Lösung gewählt:

Achten Sie beim Markieren immer auf die richtige Aufgabengruppe und Aufgabennummer!

Antwortbogen bitte sorgfälltig behandeln, nicht knicken!

5.4 Zeit:

Instruktionen: Ca. 19 Minuten für den Gesamttest
Testbearbeitung: Ca. 34 Minuten für den Gesamttest
Durchführungsdauer des Gesamttests: Ca. 60 Minuten.

6. Auswertung

6.1 Modus: Mittels Schablonen oder Belegleser. Bei der manuellen Auswertung ergibt die Summe aller richtig gelösten Items den Testrohwert, der in alters-, geschlechts- und schulbildungsspezifische Normen übertragen werden kann.
Über die computergestützte Fassung informiert die Software-Abteilung der Testzentrale: 0551/49609-37/38.

6.2 Zeit: Keine Angaben.

7. Gütekriterien

7.1 Objektivität: Der Test ist vollkommen objektiv.

7.2 Reliabilität:

Item-Analyse
Die Item-Analyse (N = 920) ermittelte aus einem Satz von 20 Untertests mit insgesamt 560 Items 10 Untertests mit je 9 Items, wovon jeweils die ersten beiden zu Übungszwecken dienen. Die Itemselektion wurde nach dem Schwierigkeitsindex, der Trennschärfe (im Mittel r_{it} = 0,41 für beide Formen) und der Itemgültigkeit (im Mittel r_{ic} = 0,41 für beide Formen; Berechnungen vom Ref.) vorgenommen. Die Schwierigkeit steigt in allen Untertests kontinuierlich an, hört aber im allgemeinen bei relativ hohen Schwierigkeitsindizes (d. h. bei mittelschweren Aufgaben) auf. Der MIT wurde in einer speziellen Untersuchung auch mehr als Power-Test denn als Speed-Test erkannt (vgl. Punkt 7.4 Normen). Die große Ähnlichkeit der Aufgabenindizes in beiden Formen läßt auf eine hohe Äquivalenz schließen.

Interne Konsistenz (nach Kuder-Richardson-Formel 20)
r_{tt} = 0,97 Form S (N = 2214)
r_{tt} = 0,96 Form T (N = 2298)
Äquivalenz der Formen S und T:
r_{tt} = 0,89 in der Folge S–T (N = 84)
r_{tt} = 0,89 in der Folge T–S (N = 78)

Das gewichtete Mittel der abfolgespezifischen Äquivalenzwerte beträgt r_{tt} = 0,89 (N = 162). Neben der Abfolge wurde der Alterseffekt eliminiert.

Homogenität
Interkorrelationen der Subtests werden nicht angegeben.

Stabilität
Retest nach 6–8 Tagen:
r_{tt} = 0,80 Form S (N = 114)
r_{tt} = 0,84 Form T (N = 107)
Retest mit dem Paralleltest nach 6–8 Tagen:
r_{tt} = 0,78 in der Folge S–T (N = 214)
r_{tt} = 0,81 in der Folge T–S (N = 211)

Der von der Abfolge unabhängige Stabilitätskoeffizient beträgt r_{tt} = 0,79 (N = 425).

7.3 Validität:

Interne Validität

Korrelation zwischen Test (Form S) und Kriterium:
$r_{tc} = 0,75$ (N = 390)
Korrelation zwischen Test (Form T) und Kriterium:
$r_{tc} = 0,71$ (N = 391)
(Unter Kriterium wird hier und nachfolgend die Kriteriumsbatterie, siehe Punkt 4. Grundkonzept, verstanden.)

Um den Abfolgeeffekt zwischen Test und Kriterium aufzudecken, wurde die Sequenz umgekehrt:

Korrelation zwischen Kriterium und Test (Form S):
$r_{ct} = 0,77$ (N = 340)
Korrelation zwischen Kriterium und Test (Form T):
$r_{ct} = 0,80$ (N = 365)

Der abfolgeunabhängige Validitätskoeffizient beider Formen beträgt $r_{tc} = 0,76$ (N = 730 bzw. 756).

Kriterienbezogene Validität

Der MIT korreliert mit Schulkriterien (Deutsch-, Mathematik-, 1. Fremdsprachennote, Lehrerurteil über Intelligenz, Konzentration, Selbstvertrauen u. a., Selbsteinschätzung) nur unbedeutend, was eine unterschiedliche Bestimmung und Erfassung der Intelligenz in der Schule und im Test aufzeigt. Zudem weisen große Streubreiten auf ein sehr heterogenes individuelles Intelligenzverständnis hin.

Faktorielle Validität

Es wurden eine Faktorenanalyse für den MIT und eine gemeinsame Faktorenanalyse für den MIT und die Kriteriumsbatterie durchgeführt. Für die Untertests des MIT konnte nur ein Faktor sinnvoll interpretiert werden, der durch alle Altersstufen hindurch und in allen Untertests wesentlich Anteil an der kommunalen Varianz zeigt (bis 95,9% pro Altersstufe und Subtest).
Die gemeinsame Faktorenanalyse für den Test und die Kriteriumsbatterie ergab eine Dreifaktorenlösung, von der nur der erste Faktor mit 69% der kommunalen Varianz von intelligenzdiagnostischem Interesse sein dürfte. Er wird als g-Faktor interpretiert.

7.4 Normen: Die Standardisierung basiert auf einer umfangreichen Stichprobe von N = 5236. Es liegen alters-, geschlechts- und schulbildungsspezifische Normen vor.

8. Literatur

GUILFORD, J. P. (1964). *Persönlichkeit.* Weinheim: Beltz.

JÄGER, A. O. (1967). *Dimensionen der Intelligenz.* Göttingen: Hogrefe.

THURSTONE, L. L. (1938). *Primary mental abilities.* (Psychometric Monographs 1.) Chicago: Science Research Associates.

Mannheimer Intelligenztest für Kinder und Jugendliche (MIT-KJ)

W. CONRAD, G. EBERLE, L. HORNKE, B. KIERDORF und B. NAGEL

Weinheim: Beltz, 1976

---

1. Testart Intelligenztest

2. Testmaterial Manual (DIN A4, 25 Seiten), Testheft Form S, Testheft Form T, Lösungsblätter (Durchschreibeantwortbogen); *zusätzlich:* weiche Bleistifte, Stoppuhr.

3. Testgliederung Der Test setzt sich aus folgenden 6 Untertests mit jeweils 15 Items zusammen: Antonyme (AT), Eingekleidete Rechenaufgaben (ER), Klappfiguren (KF), Wortmatrizen (WM), Figurenidentifikation (FI) und Analogien (AA). Alle Aufgaben sind als Mehrfach-Wahlaufgaben formuliert; aus jeweils fünf vorgegebenen Alternativen ist immer die richtige Antwort auszuwählen.

4. Grundkonzept Der MIT-KJ ist eine Weiterentwicklung des Mannheimer Intelligenztests MIT von 1975. Er baut auf Material auf, das bereits bei der Konstruktion des MIT verwandt wurde, jedoch eher für Kinder und Jugendlich geeignet schien. Der MIT-KJ dient der Bestimmung eines allgemeinen Intelligenzmaßes, das „relevante" Bereiche intellektuellen Verhaltens erfaßt. Sein Anwendungsbereich dürfte in Einzel- und Gruppenuntersuchungen bei Beratungsproblemen im Bereich von Schule, Erziehung, beruflicher Ausbildung und Rehabilitation liegen.

5. Durchführung **5.1 Alter–Klasse:** 9 bis 15 Jahre.

5.2 Formen: Es existieren die Pseudoparallelformen S und T. Der Test kann als Einzel- und Gruppenverfahren angewandt werden.

5.3 Handhabung: Nach Schaffung optimaler Arbeitsbedingungen informiert der Testleiter die Probanden über den Zweck der Untersuchung. Er liest dann die Testanweisung im Aufgabenheft laut vor, die Kinder lesen leise mit, die Beispielaufgaben werden besprochen. Danach beginnt der Test, wobei die Lösungen auf dem Markierungsbogen angekreuzt werden müssen.

5.4 Zeit:

Untertest	Instruktionszeit	Bearbeitungszeit
Antonyme	2'39"	6'30"
Eingekleidete Rechenaufgaben	2'30"	8'00"
Klappfiguren	2'30"	5'30"
Wortmatrizen	2'30"	6'30"
Figurenidentifikation	2'30"	5'30"
Analogien	2'30	5'30"
Gesamttest	15'00"	37'30"

Gesamte Testdauer: Ca. 1 Stunde.

FIGURENIDENTIFIKATION FI

Hier siehst Du fünf verschiedene Zeichnungen: a, b, c, d und e.

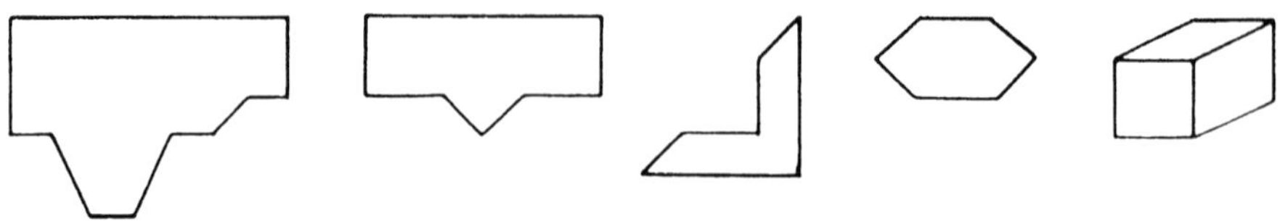

a b c d e

Betrachte nun die Zeichnung der 1. Aufgabe!
In dieser ist eine der fünf Zeichnungen a, b, c, d oder e versteckt. Finde heraus, welche es ist.
Laß Dich durch überflüssige Striche nicht täuschen!

1.

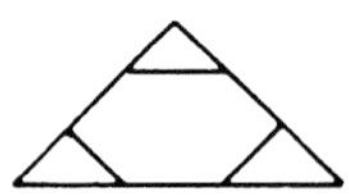

Welche Zeichnung ist hier versteckt?
Nur die Zeichnung d ist hier versteckt. Deshalb ist d die richtige Lösung.

> Auf deinem Lösungsblatt ist deshalb bei der 1. Aufgabe der Buchstabe d schon angekreuzt.

2.

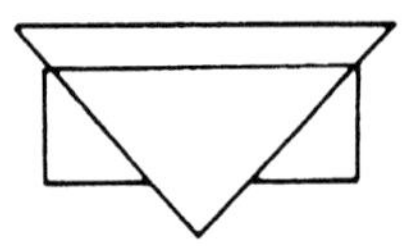

Welche Zeichnung ist hier versteckt?
Hier ist die Zeichnung b versteckt.

> Kreuze also auf Deinem Lösungsblatt bei der 2. Aufgabe den Buchstaben b an!

3.

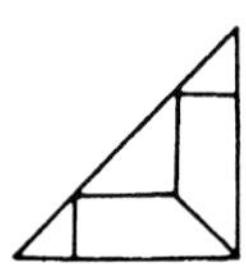

Welche Zeichnung ist hier versteckt?
Es ist die Zeichnung mit dem Buchstaben c.

> Kreuze auf Deinem Lösungsblatt bei der 3. Aufgabe den Buchstaben c an!

Wichtiger Hinweis:
Die versteckten Zeichnungen sind nie gedreht. Alle haben die gleiche Größe wie oben.

Anweisung zum Subtest FI

6. Auswertung

6.1 Modus: Die Auswertung der Markierungsbogen kann per Hand oder maschinell vorgenommen werden. Bei der Auswertung per Hand ist nach dem Auseinandertrennen der Antwortbogen (Durchschreibbogen) lediglich die Zahl der Kreuze festzustellen, die in den vorgedruckten Kästchen auf dem zweiten Blatt des Bogens stehen. Dieser Rohwert kann dann mit Hilfe der Tabellen im Anhang des Manuals in Standardwerte und Stanine-Werte umgerechnet werden.

6.2 Zeit: Keine Angaben.

7. Gütekriterien

7.1 Objektivität: Die einfachen und standardisierten Durchführungs- und Auswertungsvorschriften dürften eine hohe Objektivität gewährleisten.

7.2 Reliabilität:

Interne Konsistenz nach Kuder-Richardson (KR 20): $r_{tt} = 0{,}96$
Standardmeßfehler: SE = 4,7 (9 Jahre)
SE = 2,8 (11 Jahre)
mit ansteigendem Alter nimmt die Konsistenz etwas zu.

Stabilität
Nach sechs bis acht Tagen durchgeführte Wiederholungsuntersuchungen erbrachten einen Koeffizienten (für alle Altersstufen gemeinsam) von $r_{tt} = 0{,}87$, wurde die Wiederholungsuntersuchung mit der Parallelform durchgeführt: $r_{tt} = 0{,}88$.

7.3 Validität:
Übereinstimmungsvalidität
Korrelationen mit dem CFT 2: $r_{tt} = 0{,}53$
Korrelationen mit dem IST 70: $r_{tt} = 0{,}41$

Korrelationen mit verschiedenen Aspekten schulischer Leistung zeigten die höchsten Koeffizienten bei Betrachtung des Zusammenhanges mit der durch den Lehrer eingeschätzten Intelligenz (r = 0,4) und der Note in Mathematik (r = 0,37).

Faktorielle Validität
Es konnte eine 1-Faktoren-Lösung analysiert werden.

7.4 Normen: Es wurden nach Alter, Geschlecht und Schulbildung möglichst repräsentative Stichproben zur Standardisierung in Baden-Württemberg und Hessen gezogen. Die Gesamtstichprobe umfaßte 1814 Schüler. Aufgrund einer Varianzanalyse konnte auf eine getrennte Errechnung von Verteilungskennwerten für männliche und weiblich Stichproben verzichtet werden. Auch eine spezifische Errechnung von Testkennwerten für die Form S und T konnte aufgrund der hohen Korrelation zwischen den Itemkennwerten dieser Formen und der hohen Äquivalenz zwischen Form S und T unterbleiben. So ergaben sich die im Anhang abgedruckten Normentabellen, getrennt nach Alter und Schultyp, mit Standard- und Stanine-Werten.

Mehrfachwahl-Wortschatz-Intelligenztest: MWT-A

S. LEHRL
Erlangen: perimed-Fachbuch-Verl.-Ges., 1991

---

1. Testart Intelligenztest

2. Testmaterial Manual, Testformular; *zusätzlich*: Schreibgerät.

3. Testgliederung Der MWT-A besteht aus 37 Wortzeilen. In jeder Zeile wird ein umgangs-, bildungs- oder wissenschaftssprachlich bekanntes Wort unter 4 sinnlose Wörter gestellt, das es herauszufinden gilt.

4. Grundkonzept Der MWT-A ist ein eindimensionales Verfahren zur Messung des allgemeinen Intelligenzniveaus. Er soll ausschließlich die kristalline Intelligenz (CATTELL, 1963), über 2 Funktionsgefüge erfassen, nämlich:

- Bekanntes wiedererkennen
- Bekanntes von Unbekanntem unterscheiden

Ein weiterer Schwerpunkt bei der Konstruktion lag in dem Bestreben, ein insensitives Verfahren gegenüber Störeinflüssen zu schaffen (Messung des prämorbiden Intelligenzniveaus bei aktuellen geistigen Leistungsstörungen) und zudem die Altersstabilität der Testergebnisse zu gewährleisten (keine Änderung der Ergebnisse ab dem 20. Lebensjahr).

5. Durchführung **5.1 Alter:** Ab 20 Jahre.

5.2 Formen: Als Einzel- und Gruppentest durchführbar. Computergestützte Fassung im Hogrefe-Testsystem LEILA. Parallelform MWT-B siehe Seite 184.

5.3 Handhabung: Jeder Proband erhält ein Testformular mit der Bitte, sich die Anweisung am Kopf des Bogens durchzulesen. Die als bekannt erkannten Wörter werden auf dem Formular durchgestrichen.

5.4 Zeit: Keine Zeitbegrenzung. Etwa 5 Minuten.

6. Auswertung **6.1 Modus:** Jedes durchgestrichene „richtige Wort" wird mit einem Punkt bewertet, Zeilen mit mehr als einem durchgestrichenen Wort werden nicht gewertet. Der resultierende Rohwert kann in Prozentrang-, IQ- oder Standardwerte transformiert werden.

6.2 Zeit: Ca. 5 Minuten.

7. Gütekriterien **7.1 Objektivität:** Durchführung, Auswertung und Interpretation können als objektiv gelten.

7.2 Reliabilität: Der Zusammenhang des MWT-A mit der Parallelform MWT-B (LEHRL, 1995) liegt bei r = 0,84. Untersuchungen zur Retest-Relia-

1.2

bilität ergaben Werte von r = 0,95 nach einer halben Stunde und r = 0,87 nach 14 Monaten Abstand zwischen den Testzeitpunkten.

7.3 Validität: Berechnungen zum Zusammenhang des MWT-A mit anderen Intelligenztests bei unterschiedlichen Patientengruppen führten zu folgenden Ergebnissen:
MWT-A/LPS (HORN, 1961), Subtests 1 + 2 (kristalline Intelligenz): zwischen r = 0,84 und r = 0,87; MWT-A/LPS, Subtest 3 (fluide Intelligenz): zwischen r = 0,55 und r = 0,79; MWT-A/LPS (Gesamtform): r = 0,74; MWT-A/KAI (LEHRL et al., 1990): r = 0,79; MWT-A/ZVT (OSWALD, 1978): r = 0,64; MWT-A/WIP (DAHL, 1972): r = 0,70; MWT-A/HAWIE (WECHSLER, 1956), Verbal-IQ: r = 0,78; MWT-A/HAWIE, Handlungs-IQ: r = 0,61 und MWT-A/HAWIE, Gesamt-IQ: r = 0,78.

7.4 Normen: Die ursprüngliche Form des MWT-A wurde an N = 765 Probanden der ehemaligen DDR normiert. Aufgrund des engen Zusammenhangs mit der MWT-B-Parallelform wurden die hierfür vorliegenden repräsentativen Normen (N = 1952) für Erwachsene mit den Daten der MWT-A Normierung verrechnet, so daß nun die Erwachsenen des gesamtdeutschen Raumes berücksichtigt werden.

8. Literatur

CATTELL, R. B. (1963). Theory of fluid and crystallized intelligence: A critical experiment. *Educ. Psychol., 54,* 1–22.

DAHL, G. (1972). *WIP, Reduzierter Wechsler-Intelligenz-Test. Anwendung, Auswertung statistische Analysen, Normwerte.* Meisenheim/Glan: Hain.

HORN, W. (1961). *Das Leistungs-Prüf-System.* Göttingen: Hogrefe.

LEHRL, S. (1995). *Mehrfachwahl-Wortschatz-Intelligenztest: MWT-B.* Balingen: PERIMED-spitta.

LEHRL, S., GALLWITZ, A., BLAHA, L. & FISCHER, B. (1990). *Grundgrößen der Intelligenz. Kurztest KAI und Grundlagen.* Ebersberg: Vless.

OSWALD, W. D. & ROTH, E. (1978). *Der Zahlen-Verbindungs-Test ZVT.* Göttingen: Hogrefe.

WECHSLER, D. (1956). *Die Messung der Intelligenz Erwachsener.* Bern: Huber.

Mehrfachwahl-Wortschatz-Intelligenztest: MWT-B

S. LEHRL
Balingen: PERIMED-spitta, 1995[3]

---

1. Testart Intelligenztest, Klinischer Test

2. Testmaterial Manual, Testformular; *zusätzlich*: Schreibgerät.

3. Testgliederung Der MWT-B besteht aus 37 Wortzeilen. In jeder Zeile wird ein umgangs-, bildungs- oder wissenschaftssprachlich bekanntes Wort unter 4 sinnlose Wörter gestellt, das es herauszufinden gilt.

4. Grundkonzept Der MWT-B ist ein eindimensionales Verfahren zur Messung des allgemeinen Intelligenzniveaus. Er soll ausschließlich die kristalline Intelligenz (CATTELL, 1963), über 2 Funktionsgefüge erfassen, nämlich:

- Bekanntes wiedererkennen
- Bekanntes von Unbekanntem unterscheiden

Ein weiterer Schwerpunkt bei der Konstruktion lag in dem Bestreben, ein insensitives Verfahren gegenüber Störeinflüssen zu schaffen (Messung des prämorbiden Intelligenzniveaus bei aktuellen geistigen Leistungsstörungen) und zudem die Altersstabilität der Testergebnisse zu gewährleisten (keine Änderung der Ergebnisse ab dem 20. Lebensjahr).

5. Durchführung **5.1 Alter:** Ab 20 Jahre.

5.2 Formen: Als Einzel- und Gruppentest durchführbar. Parallelform MWT-A siehe Seite 182.

5.3 Handhabung: Jeder Proband erhält ein Testformular mit der Bitte, sich die Anweisung am Kopf des Bogens durchzulesen. Die als bekannt erkannten Wörter werden auf dem Formular durchgestrichen.

5.4 Zeit: Keine Zeitbegrenzung. Etwa 5 Minuten.

6. Auswertung **6.1 Modus:** Jedes durchgestrichene „richtige Wort“ wird mit einem Punkt bewertet, Zeilen mit mehr als einem durchgestrichenen Wort werden nicht gewertet. Der resultierende Rohwert kann in Prozentrang-, IQ- oder Standardwerte transformiert werden.

6.2 Zeit: Ca. 5 Minuten.

7. Gütekriterien **7.1 Objektivität:** Durchführung, Auswertung und Interpretation können als objektiv gelten.

7.2 Reliabilität: Der Zusammenhang des MWT-B mit der Parallelform MWT-A (LEHRL, 1991) liegt bei r = 0,84. Untersuchungen zur Retest-Reliabilität ergaben Werte von r = 0,95 nach einer halben Stunde und r = 0,87 nach 14 Monaten Abstand zwischen den Testzeitpunkten.

7.3 Validität: Berechnungen zum Zusammenhang des MWT-B mit anderen Intelligenztests bei unterschiedlichen Patientengruppen führten zu folgenden Ergebnissen: MWT-B/CFT 3 (WEISS, 1971): r = 0,47; MWT-B/KAI (LEHRL et al., 1990): r = 0,67 und MWT-B/HAWIE (WECHSLER, 1956), Gesamt-IQ: r = 0,81.

7.4 Normen: Es liegen repräsentative Normen (N = 1952) für Erwachsene vor.

8. Literatur

CATTELL, R. B. (1963). Theory of fluid and crystallized intelligence: A critical experiment. *Educ. Psychol., 54,* 1–22.

LEHRL, S. (1991). *Mehrfachwahl-Wortschatz-Intelligenztest: MWT-A.* Erlangen: perimed-Fachbuch-Verl.-Ges.

LEHRL, S., GALLWITZ, A., BLAHA, L. & FISCHER, B. (1990). *Grundgrößen der Intelligenz. Kurztest KAI und Grundlagen.* Ebersberg: Vless.

WECHSLER, D. (1956). *Die Messung der Intelligenz Erwachsener.* Bern: Huber.

WEISS, R. H. (1971). *Grundintelligenztest Skala 3 CFT 3.* Braunschweig: Westermann.

Memo-Test

S. SCHAAF, J. KESSLER, M. GROND und G. R. FINK
Weinheim: Beltz, 1992

---

1. Testart Intelligenztest, Klinischer Test.

2. Testmaterial Handanweisung, Testbogen Form A und Form B.

3. Testgliederung Der Memo-Test besteht aus 10 Wörtern, die dem Probanden im Abstand von zwei Sekunden vorgelesen werden und im Anschluß memoriert werden sollen. Der Test setzt sich aus insgesamt fünf Durchgängen zusammen, wobei ab dem zweiten Durchgang nicht mehr die ganze Wortliste vorgelesen wird, sondern nur noch die Wörter, die im vorhergehenden Durchgang nicht reproduziert werden konnten. 15 Minuten nach dem letzten Versuchsdurchgang findet ein weiterer Durchgang statt, auf den der Proband vorher nicht hingewiesen wurde und in dem er wiederum möglichst viele der 10 Wörter reproduzieren soll.

4. Grundkonzept Der Memo-Test dient zur Quantifizierung der verbalen Lern- und Gedächtnisleistung und kann als Instrument zur Diagnostik dementieller Erkrankungen oder zur Beschreibung von Gedächtnisleistung von Hirnverletzten eingesetzt werden. Er kann ebenfalls zur Trennung pathologischer Gedächtnisleistungen von altersadäquaten Gedächtnisleistungen herangezogen werden.
Der Memo-Test ist ein Screening-Verfahren, das vornehmlich verbales, episodisches Gedächtnis mißt. Andere Gedächtnisformen werden nicht erfaßt.

5. Durchführung **5.1 Alter:** Keine Angaben. Es liegen keine Erfahrungen mit der Durchführung bei Kindern vor.

5.2 Formen: Einzeltest. Computergestützte Fassung im Hogrefe-Testsystem LEILA.

5.3 Handhabung: Nachdem der Testleiter sich vergewissert hat, daß der Proband normal hört und über ausreichende Deutschkenntnisse verfügt, instruiert er den Probanden und beginnt mit dem Vorlesen der Wortliste. Die Handanweisung enthält Durchführungshinweise für den Testleiter sowie wörtliche Instruktionen, die dem Probanden in dieser Form wiedergegeben werden können.

5.4 Zeit: Die Durchführung des Tests nimmt zuzüglich der fünfzehnminütigen Wartezeit nach dem fünften Testdurchgang ca. 25 bis 30 Minuten in Anspruch.

6. Auswertung **6.1 Modus:** Bei der Auswertung werden die genannten Wörter jedes Durchgangs addiert und zusätzlich der Mittelwert für die Gesamtzahl der Durchgänge gebildet. Die Handanweisung enthält Hinweise zur Interpretation der ermittelten Werte. Der Testbogen bietet außerdem die Möglichkeit, eine Zusatzauswertung nach BUSCHKE und FULD (1974) vorzunehmen. Dabei können zusätzliche Angaben gemacht werden zu „Abruf aus dem Langzeitspeicher" (ALZS), „Langzeitspeicher" (LZS), „unmittelbare Reproduktion" (UR), „kontinuierlichem Abruf aus dem Langzeitspeicher" (KALZS) und „nicht kontinuierlichem Abruf aus dem Langzeitspeicher" (NKALZS). Die Auswertung wird an einem Beispiel demonstriert.

6.2 Zeit: Für die Auswertung sollten ca. 5 Minuten, für die Zusatzauswertung weitere 5–10 Minuten veranschlagt werden.

7. Gütekriterien

7.1 Objektivität: Es werden keine Angaben zur Objektivität gemacht, es kann jedoch davon ausgegangen werden, daß sowohl Durchführungs- als auch Auswertungsobjektivität gewährleistet sind.

7.2 Reliabilität:

Retest-Reliabilität:
Die Retest-Reliabilität wurde an einer Gruppe von 22 Probanden mit einer erneuten Testung nach 3 Wochen ermittelt. Sie beträgt 0,78 für die Mittelwerte der produzierten Wörter und 0,86 für die Wortrate des verzögerten Abrufs.

7.3 Validität:

Konstruktvalidität:
Die Testwerte von Patienten mit dementieller Erkrankung wurden mit Werten des MMST (KESSLER et al., 1990) und der GDS (IHL & FRÖLICH, 1991) verglichen. Die Punktwerte des MMST korrelieren mit der mittleren Wortrate des Memo-Tests mit $r_{tt} = 0,47$ ($p = 0,001$). Die Korrelation mit den Leistungen im verzögerten Abruf beträgt $r_{tt} = 0,48$. Die Korrelationen mit den GDS-Scores liegen bei $r_{tt} = -0,58$ und $r_{tt} = -0,64$.

7.4 Normen: Die Testkonstruktion erfolgte mit einer Probandengruppe von N = 129, für die die Diagnose einer Demenz anhand von DSM-III-R Kriterien vorgenommen werden konnte. Eine Gruppe von 122 hirngesunden Normalpersonen ohne Gedächtnisprobleme diente als Referenzkollektiv. Des weiteren wurden eine Gruppe von Epileptikern (N = 84) und eine Gruppe von diffus Hirngeschädigten (N = 56) untersucht. Es liegen keine Normen in Form einer Auswertungstabelle vor, sondern Interpretationshinweise, die sich an den Untersuchungsergebnissen, die der Testkonstruktion dienten, orientieren. Demzufolge kann davon ausgegangen werden, daß eine Beeinträchtigung des verbalen Gedächtnisses vorliegt, wenn der Mittelwert der in den fünf Durchgängen reproduzierten Items unter 5 liegt. Werden bei dem verzögerten Abruf nach 15 Minuten weniger als 3–4 Items reproduziert, muß das verbale Langzeitgedächtnis als unterdurchschnittlich angesehen werden. Die Memo-Testwerte sind sowohl alters- als auch bildungsabhängig. Bei jüngeren und gebildeten Probanden kann ein Mittelwert von 6 oder weniger bzw. die Nennung von nur 5 oder weniger Wörtern als Hinweis auf mögliche Gedächtnisstörungen angesehen werden. Bei älteren Probanden mit geringer Bildung gilt entsprechendes für einem Mittelwert von 5 oder weniger bzw. einer Nennung von 3–4 oder weniger Wörtern bei verzögertem Abruf.

Prüfsystem für Schul- und Bildungsberatung (PSB)

W. HORN
Göttingen: Hogrefe, 1969

---

1. Testart

Intelligenztest

2. Testmaterial

Handanweisung, Testbogen Form A und B, 4 Auswertungsschablonen; *zusätzlich:* Bleistifte, Stoppuhr.

3. Testgliederung

Das PSB setzt sich aus 10 Untertests zusammen, die alle dem 1962 erschienenen Leistungsprüfsystem von HORN entnommen sind.

4. Grundkonzept

Die Auswahl der besten Untertests aus dem LPS, die für die schulische Leistungserfassung besonders geeignet erscheinen, gibt dem vorliegenden Test sein Gepräge. Die Batterie erfaßt die Primärfähigkeiten sensu THURSTONE. Der Test wurde für seinen Anwendungsbereich mit neuen Instruktionen versehen und neu standardisiert. Mit Ausnahme des Untertests 3, der Reasoning ähnlich wie bei RAVENs Progressiven Matrizen und DANIELS' FRT mißt, basieren alle anderen Subtests auf THURSTONEs Ergebnissen.
Der Autor möchte mit dem PSB außerdem Begabungsreserven entdecken.

5. Durchführung

5.1 Alter: 9–20 Jahre.

5.2 Formen: Gruppentest; Parallelformen A und B.

5.3 Handhabung: Für den gesamten Testablauf sind detaillierte Instruktionen angegeben worden, die als Rahmenanweisung verstanden werden sollen. Je nach Probandengruppe sind Modifikationen vorzunehmen, jedoch ist der Sinngehalt der Instruktionen beizubehalten.
Die Aufgaben werden mit einer Ausnahme (Untertest 5) nach dem Typ der Mehrfach-Wahlaufgabe mit 5 bis 9 Alternativen bearbeitet.

5.4 Zeit: Die reine Testzeit beträgt 39 Minuten 20 Sekunden, die Testdauer inklusive Instruktionen ca. 60 Minuten.

6. Auswertung

6.1 Modus: Die Auswertung erfolgt mittels Transparent-Schablonen. Nach der Übertragung der Rohwerte der Untertests und des Gesamttests in Standardwerte werden diese im Profilschema auf dem Antwortbogen graphisch veranschaulicht. Um die Testreliabilität zu maximieren, werden je 2 standardisierte Subtestresultate addiert und ebenfalls im Profil dargestellt. Interpretationshinweise in der Handanweisung stützen sich auf verschiedene Untersuchungen und orientieren sich zumeist an den Primärfähigkeiten.

6.2 Zeit: Keine Angaben.

7. Gütekriterien

7.1 Objektivität: Hinsichtlich der Auswertung ist der Test objektiv. Über die anderen Objektivitätsaspekte wird nichts mitgeteilt. Die Aufforderung des

Autors, die Instruktionen je nach Probandengruppe zu modifizieren, bringt die Gefahr einer geringeren Durchführungsobjektivität mit sich.

7.2 Reliabilität: Für das PSB werden eigens berechnete Reliabilitätswerte nicht angegeben. Der Autor verweist auf Reliabilitätsdaten des BTS und auf die Bewährung der LPS-Untertests.

Homogenität
Mittel der Interkorrelationen der LPS-Subtests (nur die für das PSB relevanten Untertests):
$r_{tT} = 0{,}51$ (N = 200)
Mittel der Interkorrelationen des PSB:
$r_{tT} = 0{,}38$ (N = 907)
(Berechnung vom Ref.)

7.3 Validität:

Interne Validität
Mittel der Korrelationen zwischen Untertest und Gesamttest: $r_{t(bat)} = 0{,}66$ (N = 907) (Berechnung vom Ref.)

Kriterienbezogene Validität
Korrelationen der Untertests 3 und 4 (Reasoning) mit der Mathematiknote: $r_{tc} = 0{,}80$ (ohne N).
Korrelationen der Untertests 9 und 10 (Perceptual Speed) mit der Deutsch-, Latein- und Mathematiknote, jeweils $r_{tc} = 0{,}30$ (N = 61, Gymnasialklasse).

Faktorielle Validität
Anhand einer rotierten Faktorenmatrix (N = 398) lassen sich für die Untertest des PSB folgende Faktoren bestimmen:

Faktor	Untertest
Verbal (V)	1 + 2, 5, 6
Reasoning (R)	3, 4
Word Fluency (W)	5
Closure (C)	8
Space (S)	7, 8
Perceptual Speed (P)	9, 10
Number (N)	9

7.4 Normen: Die Eichung stützt sich auf ca. 10000 Schüler mit Stichproben zu je N = 100 für Jungen und Mädchen in Halbjahresgruppen. Auf die Repräsentativität der Kriterien sozialer Status (Beruf des Vaters), Schulart und geographische Verteilung wird hingewiesen (nach amtlichen Statistiken über das Land Baden-Württemberg).
Normen liegen als Centilwerte (5;2) für 9- bis 20jährige sowohl für den Gesamttest als auch für die Untertests vor, gegliedert in zunehmende Altersintervalle. Die C-Werte ermöglichen durch die Angabe einer Dezimalstelle feinere Differenzierungen und sind auf dem Profilschema mit Prozenträngen, Z-Werten und IQ grob vergleichbar.

Raven-Matrizen-Test
Advanced Progressive Matrices (APM)

Deutsche Bearbeitung: H. KRATZMEIER
Weinheim: Beltz Test Gesellschaft, 1980

---

1. Testart
Intelligenztest

2. Testmaterial
Manual, Testheft Set I und Set II, Durchschreibantwortbogen; *zusätzlich:* Bleistift oder Kugelschreiber.

3. Testgliederung
Die APM bestehen aus zwei Sets (Testheften): Set I enthält 12 Aufgaben, Set II setzt sich aus 36 Aufgaben zusammen. Die Aufgaben sind jeweils nach ihrem Schwierigkeitsgrad geordnet. Die Aufgaben bestehen aus geometrischen Figuren oder Mustern, die aus jeweils sechs dargebotenen Antwortalternativen ergänzt werden sollen.

4. Grundkonzept
Die APM sind ein Verfahren zur sprachfreien Erfassung des Intelligenzpotentials und ermöglichen eine klare Unterscheidung zwischen Menschen mit überdurchschnittlichen kognitiven Fähigkeiten, was wegen des „Decken-Effekts" mit den SPM (KRATZMEIER & HORN, 1979) nicht möglich ist. Der APM-Test ist die Form mit dem höchsten Schwierigkeitsgrad in der Reihe der Matrizentests von Raven.
Soll bei einer Person die Gesamtfähigkeit zu visueller Diskrimination und logischem Denken bestimmt werden, kann man an den ersten beiden Aufgaben von Set I das Prinzip des Tests erklären und dann Set II ohne zeitliche Begrenzung („power-Test") vorgeben. Wenn es um die Bestimmung der kognitiven Fähigkeiten geht, gibt man Set I und Set II als „speed-Test" vor.

5. Durchführung
5.1 Alter: Ab 15 Jahren

5.2 Formen: Als Einzel- und Gruppentest durchführbar.

5.3 Handhabung: Im Manual werden Instruktionen für eine verbale und für eine sprachfreie Vorgabe des Tests angeführt. Die Probanden tragen ihre Antworten jeweils auf dem Antwortbogen ein.

5.4 Zeit: Bei der Vorgabe der APM als „speed-Test" beträgt die Testdauer für Set I 10 Minuten, für Set II 40 Minuten. Insgesamt muß man für die Durchführung etwa 60 Minuten veranschlagen. Die Durchführung der APM als „power-Test" dauert entsprechend länger.

6. Auswertung
6.1 Modus: Die Auswertung ist bei Benutzung der Durchschreibantwortbogen sehr einfach. Die aufsummierten Rohpunkte können in einen Prozentrang-, T- und IQ-Wert transformiert werden.

6.2 Zeit: Keine Angaben.

7. Gütekriterien

7.1 Objektivität: Durchführung und Auswertung können als objektiv bezeichnet werden.

7.2 Reliabilität: Die Daten der deutschen Itemanalyse sind den Tabellen 15, 16 und 17 des Manuals zu entnehmen. Set I und Set II wurden einer Stichprobe (N = 1015) 15jähriger Schüler vorgegeben. Die Reliabilität (Kuder-Richardson) für Set I liegt bei r = 0,73, für Set II bei 0,87. und für den Gesamttest (Guttmann) bei 0,94. Der Split-half-Koeffizient erreicht r = 0,94.

7.3 Validität: Der Vergleich der Rohwertverteilung von Set II (N = 170 Studenten) der APM (1947) mit der Rohwertverteilung eines zeitlich unbegrenzten SPM-Tests (N = 881 Studenten) erbrachte für die SPM einen „Decken-Effekt“, d. h. die Ergebnisse häuften sich asymmetrisch am oberen Ende der Skala. Die Rohwerte von Set II der APM sind im großen und ganzen normalverteilt mit einem Mittelwert von 32.9 und einer Standardabweichung von 3.9. Unregelmäßigkeiten in der Verteilung gehen zu Lasten der geringen Stichprobengröße.

7.4 Normen: Es werden Prozentrang-, T- und IQ-Werte für deutsche 15- und 16jährige Schüler (N = 2022) angegeben. Die Ergebnisse einer australischen Studenten-Stichprobe (N = 960) machen, laut den Autoren, deutlich, daß die deutschen Normierungsdaten bis zum Alter von 25 Jahren Verwendung finden können.

8. Literatur

KRATZMEIER, H. & HORN, R. (1979). *Raven-Matrizen-Test. Standard Progressive Matrices (SPM).* Weinheim: Beltz Test GmbH.

Raven-Matrizen-Test
Coloured Progressive Matrices (CPM)

Deutsche Bearbeitung: P. BECKER, S. SCHALLER und A. SCHMIDTKE
Weinheim: Beltz Test Gesellschaft, 1980²

---

1. Testart Intelligenztest

2. Testmaterial Manual (DIN A4, 111 Seiten), Testheft, Durchschreibeantwortbogen; *zusätzlich:* Kugelschreiber oder Bleistift (kein Filzschreiber, kein Füllfederhalter).

3. Testgliederung Homogenes Verfahren.

4. Grundkonzept Der Autor entwickelte den CPM, die Form mit dem geringsten Schwierigkeitsgrad in der Reihe seiner Matrizentests, zur sprachfreien „Erfassung der Beobachtungsgabe und des klaren Denkens" für Kinder und Senioren. Es handelt sich um einen Niveautest (ohne strikte Zeitbegrenzung), der neben dem g-Faktor (SPEARMAN) auch induktives Denken und Raumerfassung mißt (BURKE, 1958).

5. Durchführung

5.1 Alter: 4;9 bis 11 Jahre und Senioren von 60 bis 89 Jahren.

5.2 Formen: Individualtest bis zum Alter von 8 Jahren, darüber hinaus auch als Gruppentest anwendbar.

5.3 Handhabung: Die Aufgaben bestehen aus farbigen geometrischen Figuren oder Mustern, die Lücken enthalten, welche mit einem passenden Füllmuster ergänzt werden sollen. Zur Auswahl werden dazu jeweils 6 Alternativen angeboten (multiple choice).

5.4 Zeit: Kein Zeitlimit. Im allgemeinen dauert die Testdurchführung ca. 30 bis 45 Minuten.

6. Auswertung

6.1 Modus: Die Auswertung ist bei Benutzung der Durchschreibeantwortbogen sehr einfach (self-scoring answer sheets). Die aufsummierten Rohpunkte werden unter Berücksichtigung des Alters in tabellierte Normwerte (Prozentränge) umgewandelt.

6.2 Zeit: Keine Angaben.

7. Gütekriterien

7.1 Objektivität: Nachdem die deutsche Bearbeitung standardisierte Anweisungen zur Verfügung stellt, kann das Verfahren als optimal objektiv eingestuft werden.

7.2 Reliabilität: Die Daten der deutschen Itemanalyse sind den Tabellen 15, 16, 17 (Seite 69 bis 71 der Handanweisung) zu entnehmen.
Bei der deutschen Standardisierung zeigt sich, daß die Split-Half-Koeffizienten und die Konsistenzeinschätzungen nach Kuder-Richardson Formel

20 für alle Altersgruppen zwischen r = 0,49 und 0,91 streuen, wobei die unteren Altersgruppen die niedrigsten Werte ($r \leq 0{,}72$) aufzuweisen haben. Die deutschen Reliabilitätsschätzungen lassen erkennen, daß die Meßwertgenauigkeit des Verfahrens für ältere Kinder zufriedenstellend genannt werden kann, daß sie aber für jüngere Kinder nicht ausreicht.

7.3 Validität: Die deutsche Bearbeitung erbrachte bei der faktoriellen Validität auf Itemebene hohe Übereinstimmungen mit der Analyse von WIEDL und CARLSON (1976). Die dabei ermittelten drei Faktoren werden folgendermaßen benannt: F1 = „Wahrnehmungsmäßiges Schließen komplexer Gestalten und Muster mit heterogener Binnenstruktur", F2 = „Konkretes und abstraktes Schlußfolgern" und F3 = „Vervollständigung homogener Muster und Wiedererkennen vorgegebener Elemente".
Weiterhin wurden untersucht: die faktorielle Validität auf Gesamttestebene, die Übereinstimmungsvalidität mit dem HAWIK und mit Schulnoten in Deutsch und Mathematik. Außerdem wurde das Verfahren nach dem Meßmodell von RASCH überprüft.

7.4 Normen: Deutsche Normen in Prozenträngen und IQ-Werten liegen für 11 Altersgruppen (von 4;9 bis 11;0 Jahren) vor. Die Eichstichprobe (N = 3607) wurde nach einem Quotenplan gezogen, der für jede Altersstufe die Anteile pro Repräsentativitätskriterium für die Bundesrepublik Deutschland festlegte. Zuvor hatte WINKELMANN (1972) Normen für 5- bis 7jährige Kinder veröffentlicht.

8. Literatur

BURKE, H. P. (1958). Raven's Progressive Matrices: A review and critical evaluation. *Journal of Genetic Psychology, 93,* 199–228.

WIEDL K. H. & CARLSON, J. (1976). The factorial structure of the Raven Coloured Progressive Matrices test. *Educational and Psychological Measurement, 36,* 409–413.

WINKELMANN, W. (1972). Normen für den Mann-Zeichen-Test von Ziler und die Coloured Progressive Matrices von RAVEN für 5- bis 7jährige Kinder. *Psychologische Beiträge, 14,* 80–94.

Raven-Matrizen-Test
Standard Progressive Matrices (SPM)

Deutsche Bearbeitung: H. KRATZMEIER und R. HORN
Weinheim: Beltz Test Gesellschaft, 1979

---

1. Testart Intelligenztest

2. Testmaterial Manual (DIN A4, 55 Seiten), ein Testheft, ein Durchschreibeantwortbogen; *zusätzlich:* Kugelschreiber oder Bleistift.

3. Testgliederung Homogenes Verfahren.

4. Grundkonzept Der SPM-Test ist die Form mit dem mittleren Schwierigkeitsgrad in der Reihe der Matrizentests von RAVEN. Es handelt sich um einen sprachfreien Niveautest (ohne strikte Zeitbegrenzung), der neben dem g-Faktor (SPEARMAN) auch induktives Denken und Raumerfassung mißt (BURKE, 1958).

5. Durchführung

5.1 Alter: Ab 10 Jahren; Erwachsene bis 65 Jahre.

5.2 Formen: Individual- und Gruppentest.

5.3 Handhabung: Die Aufgaben bestehen aus geometrischen Figuren oder Mustern, die Lücken enthalten, welche mit einem passenden Muster ausgefüllt werden sollen. Zur Auswahl werden dazu jeweils 6 Alternativen angeboten (multiple choice).

5.4 Zeit: Kein Zeitlimit. Im allgemeinen dauert die Testdurchführung ca. 45 Minuten.

6. Auswertung

6.1 Modus: Die Auswertung ist bei Benutzung der Durchschreibeantwortbogen sehr einfach (self-scoring answer sheets). Die aufsummierten Rohpunkte werden unter Berücksichtigung des Alters in tabellierte Normwerte (Prozentränge, IQ-Werte) umgewandelt.

6.2 Zeit: Keine Angaben.

7. Gütekriterien

7.1 Objektivität: Durchführungs- und Auswertungsobjektivität sind als optimal abgesichert anzusehen.

7.2 Reliabilität: Es liegen mehrere Ergebnisse von Zuverlässigkeitsuntersuchungen vor. Darunter befinden sich Überprüfungen der Internen Konsistenz (r = 0,76–0,91) und der Stabilität (r = 0,64–0,93), die an verschiedenen Altersgruppen und mit unterschiedlichen Methoden erhoben wurden. Sie sind, wie BURKE (1958) kritisierte, relativ uneinheitlich und lassen zuweilen die wünschenswerte Höhe vermissen.

B 10

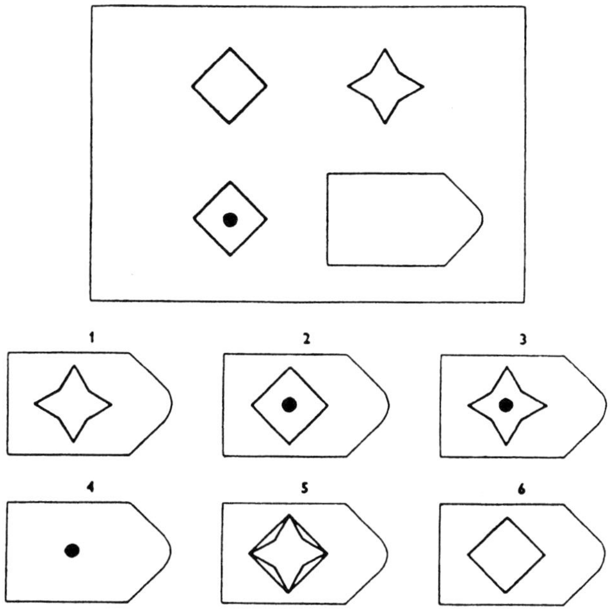

C 3

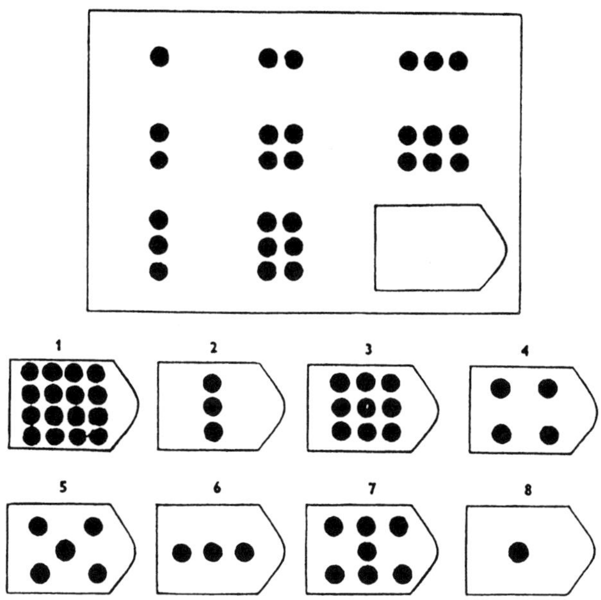

7.3 Validität: Im Rahmen der deutschen Validierung wurde das Verfahren mit dem PSB (Prüfsystem für Schul- und Bildungsberatung) von HORN (1969) korreliert. Dabei zeigte sich, daß die Subtests 3 und 4 des PSB (Reasoning Faktor) relativ hoch (0,50 bzw. 0,52) mit dem Gesamtwert der SPM korrelieren. Die Annahme, daß neben der Intelligenzleistung auch das Arbeitsverhalten, nämlich die Fähigkeit zu konzentrierter Aufmerksamkeitszuwendung, einen Einfluß auf das Testergebnis nehmen kann, wurde mit dem Test d2 von BRICKENKAMP überprüft. Eine signifikante Korrelation von r = 0,33 zwischen d2-Gesamttestleistung (GZ-F) und SPM-Gesamtwert steht einer solchen Annahme nicht entgegen.

7.4 Normen: Die deutsche Normierung beruht auf Erhebungen in den Bundesländern Baden-Württemberg, Hessen, Rheinland-Pfalz und Bayern (N = 2068). Dabei ergaben sich erwartungsgemäß hochsignifikante Unterschiede zwischen verschiedenen Schularten, aber keine zwischen den Geschlechtern. Trotzdem wurde auf getrennte, schulartbezogene Normen verzichtet. Die Gesamtnormen werden aber unter Berücksichtigung ihrer realen Anteile (Hauptschüler ca. 40 bis 45%; Gymnasiasten und Realschüler je ca. 25 bis 30%) berechnet. Prozentrangnormen finden sich für die Altersgruppen 10 und 11, 12, 13, 14 und 15 Jahre (S. 25); eine Transformation in T- und IQ-Werte ist anhand einer entsprechenden Tabelle (S. 26) möglich. Im Anhang sind neben ausländischen Normen noch Altersnormen und Schulnormen von hörgeschädigten deutschen Kindern und Jugendlichen (5–19 Jahre) verzeichnet, die auf eine Untersuchung von HELLER (1973) zurückgehen.

8. Literatur

BURKE, H.P. (1958). Raven's Progressive Matrices: A review and critical evaluation. *Journal of Genetic Psychology, 93,* 199–228.

HELLER, K. (1973). *Intelligenzmessung.* Villingen: Neckar-Verlag.

Schlauchfiguren

1.2

Ein Test zur Beurteilung des räumlichen Vorstellungsvermögens

H. STUMPF und E. FAY

Göttingen: Hogrefe, 1983.

---

1. Testart

Intelligenztest

2. Testmaterial

Handanweisung, Testheft A und B, Antwortbogen, Schablone A und B; *zusätzlich:* Schreibgerät.

3. Testgliederung

Mit den Schlauchfiguren-Aufgaben kann das räumliche Vorstellungsvermögen überprüft werden. Es liegen zwei, jeweils 21 Items umfassende, Parallelformen vor.

4. Grundkonzept

Die faktorenanalytische Intelligenzforschung erbrachte Hinweise, daß dem Leistungsmerkmal „Raumvorstellung" ein gewichtiger, relativ eigenständiger Anteil an der kognitiven Leistungsfähigkeit zukommt. Ungeachtet der Schwierigkeiten, die im Hinblick auf eine verbindliche Taxonomie des Fähigkeitskomplexes „Raumvorstellung" derzeit noch bestehen, ist die grundlegende Bedeutung von Raumvorstellungsleistungen für die Bewältigung einer Vielzahl von Aufgaben in Ausbildung, Beruf und vielen anderen Bereichen des täglichen Lebens unbestritten.

5. Durchführung

5.1 Alter: Männliche Testteilnehmer, im Alter von 15 bis 20 Jahren.

5.2 Formen: Einzel- und Gruppentestung möglich.

5.3 Handhabung: Jeder Testteilnehmer erhält einen Antwortbogen, auf dem sich auch die Übungsbeispiele befinden. Der Testleiter liest die Instruktion vor und gibt dem Teilnehmer 3 Minuten Zeit, um die Übungsbeispiele zu bearbeiten. Wenn die Teilnehmer keine weiteren Fragen haben, werden die Testhefte verteilt und die Teilnehmer zur Bearbeitung aufgefordert.

5.4 Zeit: Die reine Testzeit beträgt 12 Minuten. Für die Instruktion und die Übungsbeispiele werden etwa weitere 4 Minuten benötigt.

6. Auswertung

6.1 Modus: Die Auszählung der Rohpunkte eines Testteilnehmers erfolgt mittels einer Schablone. Die Zahl richtig gelöster Aufgaben ergibt den Rohpunktwert. Aus dieser Rohpunktzahl kann anhand der Normentabellen wahlweise der (Grenz-)Prozentrang oder der Stanine-Wert bestimmt werden.

6.2 Zeit: Die Auszählung der Rohpunkte erfordert etwa 1 Minute.

7. Gütekriterien

7.1 Objektivität: Durchführung, Auswertung und Interpretation können als objektiv bezeichnet werden.

7.2 Reliabilität: Der Retest-Reliabilität (Intervall: etwa 14 Monate) einer Vorform mit 18-Schlauchfiguren-Aufgaben liegt bei r = 0,72. Die Paralleltest-Reliabilität der Form A und Form B liegt bei r = 0,71.

7.3 Validität: Der Korrelationskoeffizient der Schlauchfiguren mit dem Untertest „Würfelaufgaben" aus dem IST-70 liegt bei r = 0,24, mit dem Untertest 7 aus dem LPS bei r = 0,26, mit einer deutschen Version des MCT (Mechanical Comprehension Test) bei r = 0,62 und mit dem TBT (Technische Bilder Test) bei r = 0,52.

7.4 Normen: Es liegen nur Normwerte für männliche Testteilnehmer vor, getrennt nach Testform A (N = 727) und B (N = 674) und Alter (A: 18 bis 20 Jahre; B: 15 bis 17 Jahre). Die Normierungswerte der Testform A sind weiterhin unterteilt nach Schulabschluß der Testteilnehmer (Hauptschulabschluß, Mittlere Reife, Abitur). Die Normierungswerte der Testform B sind weiterhin unterteilt nach Schulabschluß (Hauptschule, Mittlere Reife) sowie Lehrstellenbewerber in Elektro- und metallverarbeitenden Berufen. Die Autoren weisen mehrfach ausdrücklich darauf hin, daß die vorliegenden Normen nicht zur Bewertung der Leistungen weiblicher Testteilnehmer herangezogen werden dürfen, da sich in verschiedenen Studien geschlechtsspezifische Leistungsdifferenzen im Bereich Raumvorstellung zeigen.

8. Literatur

AMTHAUER, R. (1973). *Intelligenz-Struktur-Test IST-70.* Göttingen: Hogrefe.

BENNETT, G. K. (1969). *Mechanical Comprehension Test (MCT).* New York.

HORN, W. (1962). *Leistungsprüfsystem LPS.* Göttingen: Hogrefe.

1.2

Snijders-Oomen Nicht-verbaler Intelligenztest (SON-5½–17)

J. Th. Snijders, N. Snijders-Oomen, P. J. Tellegen, M. A. H. Huijnen und J. A. Laros

Groningen: Wolters-Nordhoff, 1989

---

1. Testart Intelligenztest

2. Testmaterial Handanweisung (256 Seiten) sowie umfangreiche Untersuchungsmaterialien, die spezifisch für jeden Subtest in der Handanweisung (S. 116–139) detailliert aufgeführt und beschrieben sind.

3. Testgliederung Der SON-R setzt sich in seiner aktuellen Form aus folgenden Subtests zusammen:

1. „Kategorien"
2. „Mosaike"
3. „Suchbilder"
4. „Zeichenmuster"
5. „Situationen"
6. „Analogien"
7. „Bildgeschichten"

„Suchbilder" und „Zeichenmuster" sind neu aufgenommene Untertests. Die übrigen Untertests fanden sich bereits in den vorherigen Versionen. Den Subtests liegen insgesamt 4 statistische Dimensionen zugrunde: „Abstraktes Denken, konkretes Denken, räumliches Denken und Wahrnehmung (Perception)".

4. Grundkonzept Der SON-R ist ein Test zur individuellen Untersuchung der Intelligenz, der ohne Verwendung gesprochener oder geschriebener Sprache abgenommen werden kann.
Ursprünglich für gehörlose Kinder konzipiert, wurde er in verschiedenen Revisionen erweitert (erste Fassung 1943; Revision 1958 als „SON-58"; 1975 „Kleinkinder-SON" und „SSON"; 1989 aktuelle Revision „SON-R") und auch für hörende Kinder nominiert. Der Kleinkinder-SON, Bestandteil früherer Testversionen, wurde für die vorliegende Revision nicht mehr mit aufgenommen.
Non-verbal bedeutet im vorliegenden Test, daß weder die Untersuchungsleiter noch die untersuchten Pbn sprechen oder schreiben müssen. Der Test kann auch – mit Ausnahme des Subtests „Suchbilder" – adaptiv abgenommen werden. Adaptiv bedeutet interaktives Testen, d. h., daß nicht jedem Pb dieselbe Reihe von Items vorgelegt werden muß. Ziel dieses Vorgehens ist die effektive Begrenzung der Itemzahl ohne Reliabilitätseinbußen. Als Vorteile des Testverfahrens werden von den Autoren die große Vielfalt in Mate-

rial und Aufgaben sowie der hohe Standardisierungsgrad und die hohe Testzuverlässigkeit (s. u.) genannt. Die Bezeichnung „Handlungstests" für die einzelnen Subtests kennzeichnet die Möglichkeit, die Lösungen z. T. selbst „aktiv zu konstruieren".

5. Durchführung

5.1 Alter: 5;6–17;0 Jahre.

5.2 Formen: Gesamttest und als adpatives Testverfahren mit reduzierten Subtests und reduzierter Itemzahl (ohne Untertest „Suchbilder") sowie eine Kurzform mit den Untertests „Kategorien", „Mosaike", „Situationen" und „Analogien".

5.3 Handhabung: Die Reihenfolge der Subtestabnahme ist – entsprechend der unter „Testgliederung" aufgeführten Rangfolge – durch die Numerierung auf den einzelnen Testheften vorgegeben. Mit Ausnahme des Subtests „Suchbilder" können alle anderen Subtests auch adaptiv abgenommen werden. Die Items der adpativen Subtests sind auf Parallelreihen verteilt. Jeder Subtest beginnt mit einer standardisierten Instruktion, die sowohl verbal als auch non-verbal vorgegeben ist. Für 4 der 7 Subtests ist ein Zeitlimit vorgegeben. Darüber hinaus enthält die Handanweisung für jeden Subtest mögliche Pb-Reaktionen bei der Versuchsdurchführung, denen entsprechende Vl-Reaktionen zugeordnet sind.
Für die Testsituation werden ebenfalls detaillierte Empfehlungen gegeben, die dazu dienen, den Versuchsleitereinfluß zu minimieren und Untersuchungsbedingungen so weit wie möglich zu standardisieren.
Ablauf:
- Demonstration des Testmaterials
- Geben der Instruktion (verbal oder non-verbal)
- Einleiten des Versuchs mit einer Instruktions-Kurzform
- Feedback nach jedem Item

Neben der Testgesamtform können auch verkürzte Fassungen mit 4 Subtests oder auch mit anderen – prinzipiell jeder beliebigen – Kombinationen einzelner Subtests abgenommen werden. Hierbei muß jedoch bei der Auswertung in jedem Fall auf das Computerprogramm (s. u.) zurückgegriffen werden.

5.4 Zeit: Ca. 60–120 Minuten.

6. Auswertung

6.1 Modus: Auf dem Testformular werden während der Abnahme der adaptiven Subtests die Scores jeder Testreihe notiert (s. Handanweisung). Der jeweilige Subtestrohwert besteht jeweils aus der Summe der Testreihen (2 oder 3 Reihen) und wird auf dem Formular eingetragen. Die Berechnung der Rohwerte des Tests „Suchbilder" (nicht adaptiv) wird nach Testende ermittelt und eingetragen. Anschließend werden alle Rohwerte der Subtests auf die Vorderseite des Testformulars übertragen (Spalte „R"). Zusammen mit dem Alter bilden diese Rohwerte die Grundlage der Normierung und der Benutzung der Tabellen. Die Auswertung kann auch über ein mitgeliefertes Computer-Programm erfolgen. Die vollständigen Testresultate können dargestellt und ausgedruckt werden. Die Abbildung zeigt den Computerausdruck der kompletten Testergebnisübersicht an einem Beispiel.

6.2 Zeit: Keine Angaben.

1.2

```
                            *** S O N - R ***
             Snijders-Oomen Nicht-verbaler Intelligenztest
  J.Th. Snijders, N. Snijders-Oomen, J.A. Laros, M.A.H. Huijnen, P.J. Tellegen
--------------------------------------------------------------------------------
Name        : Petra van Amelsvoorde                 Testdatum : 12 -  7 - 1988

Alter       : 10; 6    Geschl: w    Kode : 731101   Geb.Datum : 10 -  1 - 1978
--------------------------------------------------------------------------------
Institut    : Gehorloseninstitut

Abteilung   : Kornblume            Gruppe: 5
                                                              .iIIIi.
Untersucher: Barends                                       iIIIIIIIIi
                                                         iIIIIIIIIIIIi
                                                      .iIIIIIIIIIIIIIIIi.
T E S T S C O R E S                                ....iIIIIIIIIIIIIIIIIIIIIi....
________________________________________________
                                                    1%  2%  10%  25%  50%  75%  90%  98%  99
          R     N ( E2)      L (80%-int)           60   70   80   90  100  110  120  130  140
------------------------------------------------   I  - I  - I  - I  - I  - I  - I  - I  - I
1.Kat   22    132 ( 75)    118 (110-127) Kat(A)                                <--X-->
                                                   .    .    .    .    I    .    .    .    .
2.Mos    9     82 ( 42)     87 ( 81- 94) Mos(R)              <-X->
                                                   .    .    .    .    I    .    .    .    .
3.Sbd   10     82 ( 73)     89 ( 80- 97) Sbd(P)            <--X-->
                                                   .    .    .    .    I    .    .    .    .
4.Zmr   13    116 ( 56)    109 (102-116) Zmr(R)                       <--X->
                                                   .    .    .    .    I    .    .    .    .
5.Sit   18     98 ( 91)     98 ( 90-106) Sit(K)                 <--X-->
                                                   .    .    .    .    I    .    .    .    .
6.Ana   15     89 ( 61)     93 ( 86-100) Ana(A)               <-X-->
                                                   .    .    .    .    I    .    .    .    .
7.Bdg    7     85 ( 79)     91 ( 83- 99) Bdg(K)             <--X-->
              ---                                  I  - I  - I  - I  - I  - I  - I  - I  - I
Mittelwert     98


                N ( E2)      L (80%-int)           60   70   80   90  100  110  120  130  140
------------------------------------------------   I  - I  - I  - I  - I  - I  - I  - I  - I
Spez.IQ        97 ( 15)     97 ( 93-101)Spez.IQ                  <-X>
                                                   .    .    .    .    I    .    .    .    .
 Gen.IQ                     97 ( 90-104) Gen.IQ                 <--X->
------------------------------------------------   I  - I  - I  - I  - I  - I  - I  - I  - I

Ho (subtests): Ti = Tj  p <.01

Beschreibend : Ref.Alt = 10; 1     Stand.IQ =  97    Kum. 41 %  Normpopulation
                                                     Kum. 62 % Taubenpopulation
                                                     Kum.    % _______________
B E M E R K U N G E N
--------------------------------------------------------------------------------
```

7. Gütekriterien

7.1 Objektivität: Bei exakter Einhaltung der differenzierten Vorgaben zur Durchführung, Auswertung und Interpretation des Verfahrens ist die Objektivität gewährleistet.

7.2 Reliabilität: Da es sich um ein adaptives Testverfahren handelt, haben die Autoren die Reliabilitätsuntersuchungen an 231 Pbn nach einem spezifisch entwickelten Reliabilitätsmodell durchgeführt, um eine Überschätzung

der internen Konsistenz bei Anwendung der gebräuchlichen Berechnungsgleichungen zu vermeiden.
Danach ergaben sich für die Altersstufen 5;5 bis 16;5 Jahre für die 7 Untertests im Mittel Reliabilitätskoeffizienten zwischen r = 0,71 und r = 0,77. Die Reliabilitätsschätzung für den Gesamttestwert („Interne Konsistenz") variiert zwischen r = 0,79 (Alter 5;5) und r = 0,89 (Alter 16;5).

7.3 Validität: Untersuchungen zur faktoriellen Validität dienten der Überprüfung, ob die prognostizierte inhaltliche Struktur von 4 Intelligenz-Dimensionen („räumlich", „konkret", „abstrakt" und „perzeptorisch") sich auch empirisch nachweisen läßt. Insgesamt ließ sich die Unterscheidung bestätigen, scheint aber nach Ansicht der Autoren nur geringe empirische Relevanz zu besitzen. Am besten gelang die Unterscheidung zwischen dem „räumlichen und konkreten Denken". Die gefundene hohe Korrelation zwischen den Subtests wird als positiv beurteilt, da hierdurch eine große Generalisierungsmöglichkeit des Gesamt-IQ erreicht wird.
Die Validitätsuntersuchungen wurden im Rahmen der Normierung der Untersuchungsstichprobe der hörenden Kinder durchgeführt und betreffen die Zusammenhänge zwischen Leistungen im SON-R und einer Reihe von externen Daten. Die berichteten Untersuchungen betreffen im einzelnen mögliche Störfaktoren (Versuchsleitereffekte, Zeitpunkt der Durchführung), regionale und lokale Unterschiede, Geschlecht, soziokulturelle Faktoren (Berufsniveau der Eltern, Geburtsland der Eltern) und Unterrichtsvariablen (Schultyp, Unterrichtsniveau, schulische Leistungen, Unterrichtskarriere, Urteils des Lehrers, Schulfortschrittstest).
Zur Frage, inwieweit der SON-R den Anforderungen in spezifischen Situationen entspricht, können gegenwärtig noch keine Aussagen gemacht werden. Auch die klassische Validitätsfrage nach der Güte der Indikation des Intelligenzniveaus eines Pb wird von den Autoren insgesamt zurückhaltend beantwortet. Beim SON-R ist hierbei vor allem die Frage nach dem Einfluß fehlender verbaler Subtests von Bedeutung.
Bezüglich der externen Validität waren die Beziehungen zwischen den Testwerten des SON-R und Indikatoren der Schulkarriere, wie Unterrichtsniveau, Zeugnisnoten und Schulfortschrittstest, „äußerst zufriedenstellend". Die IQ-Werte belegen einen deutlichen Zusammenhang mit Schulvariablen, schulischen Leistungen sowie soziokulturellen Faktoren. Es ergaben sich u. a. folgende zahlenmäßige Beziehungen: Schulvariablen (kumulativ): r = 0,54 bis r = 0,63; Lehrerurteil: r = 0,33 bis r = 0,61; Schulfortschrittstest: r = 0,66 (IQ-Werte) und r = 0,38 bis r = 0,59 (Subtests); Zeugnisnoten: r = 0,40 (7–9 Jahre) und r = 0,49 (10–11 Jahre); Berufsniveau der Eltern: Eta = 0,39 (ca. 9% Varianzaufklärung).
Neben der Klärung externer Zusammenhänge sind auch interne Zusammenhänge zwischen den Testteilen untersucht worden. Die durchschnittliche Korrelation der Subtests beträgt r = 0,46. Der angegebene Generalisationskoeffizient des Gesamtwertes liegt bei alpha = 0,85 und weist auf eine große Homogenität der Testteile hin. Aus dieser Tatsache resultiert eine insgesamt eindeutigere Beurteilung des IQ-Wertes beim SON-R als bei verbalen Intelligenztests. Das ausschließlich an visuellem Material orientierte Verfahren besitzt nach Angaben der Autoren Vorteile für eine valide Bestimmung der Intelligenz.

7.4 Normen: Die Eichstichprobe besteht aus 1350 hörenden Versuchspersonen, verteilt über neun Altersklassen von 6;6–14;6 Jahren. Pro Altersklasse wurden 150 Pbn getestet. Bei Stichproben-Ziehung wurde nach folgenden Kriterien vorgegangen:

- Einteilung nach Unterrichtsniveau
- Einteilung nach Landesteilen
- Selektion von Schulen
- Selektion von Schülern an Schulen

Die verfügbaren Normtabellen weisen die Altersstufen 5;6–17;0 Jahren auf. Die Normtabellen für die Subtests bestehen pro Altersstufe aus 2 Teilen: Der 1. Teil dient der Transformation des Rohwertes in einen Normwert (wahren Wert plus Meßfehler); der 2. Teil der Tabelle dient der Berechnung eines „latenten Wertes", der die mittels Regression bestimmte, individuelle Schätzung des wahren IQ-Wertes darstellt.
Die Normtabelle des Gesamtwertes für die Subtest-Mittelwerte besteht aus dem IQ-Normwert, dem latenten IQ-Wert, dem latenten, generalisierten IQ-Wert, dem Standard-IQ und dem kumulativen Prozentsatz der Norm- bzw. der Gehörlosenpopulation.

Die Verwendung des verfügbaren Computerprogramms erleichtert die Bestimmung der jeweiligen Normwerte und macht die Suche nach 38 verschiedenen Altersgruppentabellen überflüssig.

8. Literatur

SNIJDERS-OOMEN, N. (1943). *Intelligentieonderzoek van doofstomme kinderen* (Intelligenzuntersuchung bei taubstummen Kindern). Nijmegen: Berkhout.

SNIJDERS. J. T. & SNIJDERS-OOMEN, N. (1958, 1970[2]). *Snijders-Oomen nietverbale intelligentieschaal S.O.N.-'58* (Snijders-Oomen nicht-verbale Intelligenzskala). Groningen: Wolters-Nordhoff.

SNIJDERS. J. T. & SNIJDERS-OOMEN, N. (1977). *Handleiding van de SON 2½–7* (Anleitung des SON 2½–7). Groningen: Wolters-Nordhoff.

Standardisierter Waben-Test (SWT)

A. MÜLLER

Waldmohr: A. P. Müller-Verlag, 1992[2]

---

1. Testart Intelligenztest, Zeichnerisches und Gestaltungsverfahren, Klinischer Test

2. Testmaterial Handanweisung, Testblätter, Skalierungsvorlagen; *zusätzlich:* Bleistift (kein Kugelschreiber).

3. Testgliederung Der SWT besteht aus zwei Teilen: Strichfolgen weiterzeichnen und Wabenmuster weiterzeichnen.

4. Grundkonzept Der Test basiert auf einem 1923 von RUPP entwickelten Verfahren, in dem ebenfalls Muster fortgesetzt werden mußten. Er weist auf Zusammenhänge zwischen den Testergebnissen und der Intelligenz des Probanden hin.
Doch dieser Test war nicht standardisiert, hatte keine feststehende Anweisung, keine Normen. Diese Nachteile wurden beim SWT behoben. Er ist als Screening-Verfahren anwendbar.

5. Durchführung **5.1 Alter:** Keine Angaben

5.2 Formen: Einzel- und Gruppentest, mit und ohne Zeitbegrenzung, eine Form.

5.3 Handhabung: Nach Eintragen der Personaldaten im Kopf des Testbogens liest der Proband die Anweisung durch. Bei Durchführung des Tests ohne Zeitbegrenzung (Einzelversuch) sagt der Proband, wenn er mit beiden Mustern fertig ist, also das rechte Blattende erreicht hat. Die Zeit wird gestoppt.
Bei Durchführung des Tests mit Zeitbegrenzung (Gruppenversuch) wird gesagt, daß für jedes Muster 3 Minuten zur Verfügung stehen.

5.4 Zeit: Bei Durchführung ohne Zeitbegrenzung keine Angaben. Durchführung mit Zeitbegrenzung ca 10 Minuten (reine Testzeit 2×3 Minuten).

6. Auswertung **6.1 Modus:** Die Auswertung geht nach bestimmten Kategorien vor sich, die in der Handanweisung genau beschrieben sind. Anhand dieser Kategorien kann eine Umrechnung des Testergebnisses in Stanine-Werte erfolgen, ebenso in PR-Werte.

6.2 Zeit: Keine Angaben.

7. Gütekriterien **7.1 Objektivität:** Der Test kann als hinreichend objektiv angesehen werden. Korrelationen zwischen verschiedenen Beurteilungen liegen bei 0,85 bis 0,95.

7.2 Reliabilität: Die Test-Retest-Methode ergab einen Wert von $r = 0{,}76$

(nur Wabenmuster). Die Testhalbierungsmethode war nicht anwendbar. Eine Schätzung des wahren Werts der Testzuverlässigkeit liegt bei 0,80.

7.3 Validität: Korrelationen mit verschiedenen Intelligenztests erreichen eine Höhe von 0,57, wobei das Wabenmuster in der Regel den höheren Wert aufweist als das Strichmuster.

7.4 Normen: Die Normen erlauben eine Darstellung des Testergebnisses in PR- und Stanine-Werten.

Testbatterie für geistig behinderte Kinder (TBGB)

C. Bondy, R. Cohen, D. Eggert und G. Lüer
Herausgeber: K. Ingenkamp („Deutsche Schultests“)
Weinheim: Beltz, 1971²

---

1. Testart

Intelligenztest, Entwicklungstest, Schultest, Klinischer Test

2. Testmaterial

Das Material des Testkoffers wird aus Gründen der besseren Übersicht den einzelnen Tests zugeordnet (Erklärung der Abkürzungen siehe unter Punkt 3.). Jeder Einzeltest ist gesondert durchführbar.

CMM:	100 Bildkarten
BM + CM:	10 Blätter mit Ergänzungsmustern und je 6 Plättchen; 36 Aufgaben aus den Coloured Progressive Matrices (CPM) von Raven
PPVT:	70 Bildkarten
BA:	Puppenkoffer, Puppe, Stoffbär, Plastikauto (Bonbons)
KP:	Testblatt, Bleistift
LOS:	Leere Papierbogen (DIN A4, DIN A5), liniertes weißes Papier (DIN A5), mehrere Bleistifte, 2 davon mit stumpfer Spitze, Schere; Spule mit Zwirnsfaden, Seil (dazu 2 Stühle), Tennisball, Zigarettenpapier, Zielscheibe, 2 Holzkästchen, Streichhölzer, Pfennige, Holzstab; Testblätter mit Labyrinthen und mit konzentrischen Kreisen; Kreide (o. dgl.) für Markierungen
VSMS:	Fragebogen

Für die Testbatterie: Handanweisung, Protokollblätter für alle Einzeltests, Testprofilblatt der TBGB, Handbuch zur TBGB (Eggert, 1971); *zusätzlich:* Bleistifte, Stoppuhr, Bonbons oder andere Belohnungen.

3. Testgliederung

Die Testbatterie besteht aus 6 selbständigen Einzeltests und einem zusätzlichen Fragebogen. Die „Columbia Mental Maturity Scale“ (CMM) von Burgemeister et al. (1954), 36 Items aus den „Coloured Progressive Matrices“ von Raven (1956) und der „Peabody Picture Vocabulary Test“ (PPVT) von Dunn (1959) wurden unverändert übernommen. Der Einzeltest „Bunte und Progressive Matrizen“ (BM + CM) setzt sich aus Ravens Items und aus 10 selbständig entworfenen Aufgaben zusammen. Der Test „Befolgen von Anweisungen“ (BA) entstammt konzeptionell dem „Culture Free Intelligence Test“ von Cattell (1960), wurde aber eigens für diese Batterie konstruiert. Ebenso wurde der Test „Kreise punktieren“ (KP) hierfür entwickelt. Von der „Lincoln Oseretzky Motor Development Scale“ (LOS), einer Bearbeitung des motorischen Entwicklungstests von Oseretzky, nahm man die auf der

Revision von SLOAN (1955) fußende deutsche Übersetzung in den Gesamttest auf.* Schließlich fand eine verkürzte Adaptation der „Vineland Social Maturity Scale“ (VSMS) von DOLL (1953) auf das Niveau geistig behinderter Kinder in die TBGB Eingang.

4. Grundkonzept

Die Testbatterie soll eine wichtige Lücke in der Beratungsdiagnostik füllen, da die üblichen Kindertests im unteren Bereich der Intelligenzleistung nur für Normale hinlänglich differenzieren. Dieses spezielle für geistig Behinderte erstellte Testverfahren erfaßt neben intellektuellem Leistungsverhalten – allgemeine Intelligenz, Wortschatz und Merkfähigkeit – den motorischen Entwicklungsstand (Fein- und Gesamtmotorik) und ermöglicht die Einschätzung der sozialen Reife. Man erhält keinen Gesamtwert für die ganze Testbatterie, sondern nur vergleichbare Einzeltestergebnisse.
Inzwischen ist eine 3., überarbeitete und erweiterte Auflage erschienen, die dem Ref. noch nicht vorlag.

5. Durchführung

5.1 Alter: 7–12 Jahre.

5.2 Formen: Einzeltest; Kombination und Kurzformen:

Gesamtbatterie, durchzuführen in drei Teilen
Kombination von CMM PPVT, KP und LOS
Kombination von BM + CM, PPVT und LOS
Kombination von CMM und LOS
Einzeldurchführung aller Tests

5.3 Handhabung: Zur Vorbereitung gehört ein optimales Arrangement des Testmaterials. Für Kombinationen oder Einzeldurchführungen ist das entsprechende Material aus den Angaben unter Punkt 2. zu entnehmen. Soll die LOS angewandt werden, dann müssen auf dem Fußboden des Untersuchungsraumes eine Markierung von 1,80 m Spanne und eine andere von 2,40 m vor einer Wand (für die Zielscheibe) angebracht werden.
Die Testinstruktionen sind im Rahmen der Testbesprechungen in der Handanweisung angegeben. Bei der LOS betreffen die Anweisungen die Materialdarbietung durch den Testleiter, die Instruktion für das Kind und die Bewertungshinweise. Allerdings lassen die Anweisungen für den Testleiter in einigen Fällen (z. B. in der LOS das 23. Item) an Eindeutigkeit zu wünschen übrig.
Während des Testgangs protokolliert der Testleiter die Antworten, bewertet sie aber erst nach der Durchführung.
Der Zusatztest VSMS, ein Fragebogen für die Einschätzung der sozialen Reife, wird einer vertrauten Bezugsperson des Kindes zur Bearbeitung überlassen.
Das Kind reagiert auf die Aufgaben je nach Fragestellung verbal oder in handelnder oder körpermotorischer Betätigung.
Es wird ausdrücklich darauf hingewiesen, daß die TBGB nur von Fachleuten und geschulten Lehrern bezogen und angewandt werden darf.

5.4 Zeit: Gesamttest: je nach Kind zwischen 120 und 150 Minuten; nach jeweils 60 Minuten wird von den Autoren eine Pause empfohlen.

---

* 1971 erschien von EGGERT eine Kurzform der 18 Items (siehe LOS KF 18).

- Kombination von CMM, PPVT, KP und LOS:
  90 Minuten, mit Schwankungen von 30 Minuten
- Kombination von BM + CM, PPVT und LOS:
  75 Minuten, mit Schwankungen von 30 Minuten
- Kombination von CMM und LOS:
  ca. 60 Minuten, mit Schwankungen von 30 Minuten

Einzeldurchführung des CMM:	ca. 30 Minuten
Einzeldurchführung des BM + CM:	ca. 20 Minuten
Einzeldurchführung des PPVT:	ca. 15 Minuten
Einzeldurchführung des BA:	ca. 20 Minuten
Einzeldurchführung des KP:	ca. 3 Minuten
Einzeldurchführung des LOS:	ca. 45 Minuten

6. Auswertung

6.1 Modus: Die Summe der richtigen Antworten ergibt für jeden Einzeltest den Rohwert, der nach seiner Umformung in einen standardisierten Wert auf einem Profilblatt mit allen anderen Einzeltestergebnissen verglichen werden kann. Diese Ergebnisse können nicht zu einem Gesamtresultat zusammengefaßt werden.

Die Interpretation orientiert sich an der Prozentrangskala. Bei sehr schlechten Testergebnissen soll die Diagnose „Bildungsunfähigkeit“ nur bei hinreichender Übereinstimmung mit anderen Daten gegeben werden. Vielfach liegen auch nur Testunfähigkeit, Testangst oder andere umweltspezifische Kriterien als Erklärungsmöglichkeit vor.

6.2 Zeit: Keine Angaben.

7. Gütekriterien

7.1 Objektivität: Die Autoren sprechen von einer „hohen Objektivität der Auswertung und der Durchführung“ (S. 15). Trotz eindeutiger Bewertungskriterien könnte es in Grenzfällen zu Beurteilungskomplikationen kommen, z. B. bei der Bewertung der Punkte in KP.

7.2 Reliabilität:

Interne Konsistenz

Bestimmung nach der odd-even-Methode, bei KP nach der Zeitfraktionierungsmethode (N = 1209):

CMM:	$r_{tt} = 0{,}97$
BM + CM:	$r_{tt} = 0{,}91$ (für lernbehinderte Schüler im Mittel $r_{tt} = 0{,}84$)
PPVT:	$r_{tt} = 0{,}95$ (für lernbehinderte Schüler im Mittel $r_{tt} = 0{,}85$)
BA:	$r_{tt} = 0{,}90$
KP:	$r_{tt} = 0{,}98$
LOS:	$r_{tt} = 0{,}93$

Mittlerer Reliabilitätskoeffizient über FISHERS z-Transformation:

$r_{tt} = 0{,}93$

Bestimmung nach der Konsistenzanalyse (Kuder-Richardson-Formel 8) (N = 1209):

CMM:	$r_{tt} = 0{,}98$
BM + CM:	$r_{tt} = 0{,}94$
PPVT:	$r_{tt} = 0{,}97$
BA:	$r_{tt} = 0{,}95$
LOS:	$r_{tt} = 0{,}95$

Mittlerer Konsistenzkoeffizient über FISHERs z-Transformation:
$_{tt} = 0{,}96$

Homogenität
Korrelation von BM + CM und CMM: $r_{tT} = 0{,}60$ bis 0,80. Nach den Autoren sollen beide Tests als Parallelform angesehen werden.

Stabilität
Für die VSMS wird ein Koeffizient von $r_{tt} = 0{,}93$ mitgeteilt.

7.3 Validität:

Interne Validität
Zum HAWIK zeigen sich folgende Zusammenhänge:

	HAWIK :	CMM	HAWIK :	BM + CM	
	G-IQ	H-IQ	G-IQ	H-IQ	N
Geistig Behinderte		0,37		0,50	30
lernbehinderte Sonderschüler	0,40		0,49		213
Volksschüler		0,40	0,42	0,61	341

G-IQ: Korrelation der TBGB-Einzeltests mit dem HAWIK-Gesamt-IQ
H-IQ: Korrelation der TBGB-Einzeltests mit dem HAWIK-Handlungs-IQ

Trotz der Annahme eines bedeutsamen Zusammenhangs von seiten der Autoren können die Korrelationen nicht als hoch angesehen werden, was die TBGB in ihrer Spezifität für den vorgesehenen Personenkreis allerdings bestätigen könnte.
Korrelation zwischen dem Wortschatz-Test des HAWIK und dem PPVT: $r_{tc} = 0{,}56$.

Kriterienbezogene Validität
Korrelation zwischen VSMS und Lebensalter: $r_{tc} = 0{,}40$

Faktorielle Validität
Faktorenanalysen für sämtliche Altersgruppen und beide Geschlechter bestätigen das Bild faktorenanalytischer Ergebnisse während der Voruntersuchungen: Es zeigte sich ein durchgängiger g-Faktor, der im Sinne der allgemeinen Intelligenz interpretiert und durch die Einzeltests CMM und BM + CM gestützt wird. Weiterhin wurde ein motorischer Faktor eruiert, der besonders in den Einzeltests LOS und KP hoch lädt. (Die Handanweisung gibt keine Ladungen an.)

7.4 Normen: Die Standardisierung wurde an 1209 geistig behinderten Kindern von 7 bis 12 Jahren im Bundesgebiet vorgenommen. Die vorliegende Testbatterie wurde aus 51 Tests für die genannte Population gewonnen. Als Vergleichsgruppe dienten 454 lernbehinderte Sonderschüler im Alter von 9 bis 12 Jahren, für die lediglich Mittelwert und Sigma angegeben wurden, wegen zu großer Stichprobenhomogenität jedoch keine Standardwerte vorliegen.
Die Normen der geistig Behinderten bestehen aus alters- und jahrgangsgetrennt errechneten T-Werten (50;10) für jeden Einzeltest – ausgenommen die VSMS. Über Mittelwert und Sigma können geistig behinderte Kinder mit

lernbehinderten Sonderschülern alters- und geschlechtsspezifisch verglichen werden, und zwar für jeden Einzeltest inklusive VSMS.
Das Profilblatt erlaubt eine direkte Gegenüberstellung der Einzeltests per T- und PR-Werten.

8. Literatur

BURGEMEISTER, B. B., BLUM, L. H. & LORGE, J. (1954). *The Columbia Mental Maturity Scale.* Yonkers-on-Hudson: World Book.

CATTELL, R. B. (1960). *The IPAT Culture Free Intelligence Test* (a measure of „g"). Champaign, Ill.: IPAT.

DOLL, E. A. (1959). *The measurement of social competence.* Minneapolis: American Guidance Service.

DUNN, L. M. (1959). *Peabody Picture Vocabulary Test Manual.* Minneapolis: American Guidance Service.

EGGERT, D. (1971). *Zur Diagnose der Minderbegabung.* Weinheim: Beltz.

RAVEN, J. C. (1956). *The Standard Progressive Matrices – a non-verbal test of a person's present capacity for intellectual activity.* London: Lewis.

SLOAN, W. (1955). The Lincoln Oseretzky Motor Development Scale. *Genetic Psychol. Monogr., 51,* 183–252.

Verbaler Kreativitätstest (VKT)

K.-J. Schoppe
Göttingen: Hogrefe, 1975

1. Testart Intelligenztest

2. Testmaterial Handanweisung (DIN A4, 78 Seiten), Testheft A und B; *zusätzlich:* Schreibgerät und Stoppuhr.

3. Testgliederung Der VKT besteht aus neun Subtests:
- Wortanfänge (WA)
- Wortenden (WE)
- Vier-Wort-Sätze (VS)
- Namen-Erfinden (NE)
- Gleiche Eigenschaften (GE)
- Ähnlichkeiten (ÄK)
- Ungewöhnliche Verwendungsarten (UV)
- Utopische Situationen (US)
- Spitznamen-Erfinden (SE)

In der Regel sind es zwei Items, aus denen ein Subtest besteht. Ausnahmen bilden NE uns SE, die jeweils 10 Items haben, und ÄK mit einem einzigen Item.

4. Grundkonzept Es wird der Anspruch erhoben, einen „Hauptfaktor des Intelligenzspektrums" (S. 35) zu messen, nämlich den der „Verbalen Produktivität". Ein Kreativitätsmodell im Sinne einer Erklärungstheorie des Kreativen wird als Grundlage für die Konstruktion seines Kreativitätstests von Schoppe weder für erforderlich gehalten noch herangezogen. Die Meßabsicht beschränkt sich – im Gegensatz zu Kreativitätstests von Guilford und Torrance – auf die Variable „Produktivität" (Leistungsmenge). Auf die Einbeziehung anderer Kreativitätsaspekte, wie z. B. Originalität, Flexibilität und Elaboration, wird ausdrücklich verzichtet.

5. Durchführung **5.1 Alter:** Etwa ab 14 Jahren. Genaue Angaben fehlen.

5.2 Formen: Einzel- und Gruppentest mit den Parallelformen A und B.

5.3 Handhabung: Die im Testheft abgedruckten Anweisungen werden vom TI vorgelesen. Zeitvorgaben von 90, 120, 150 bzw. 240 Sekunden müssen pro Item eingehalten werden. Die Instruktionen sind nicht ganz frei von mißverständlichen Interpretationen.

5.4 Zeit: Die Netto-Durchführungszeit beträgt 37 Minuten.

6. Auswertung **6.1 Modus:** Die Testhefte sind lediglich quantitativ auszuwerten. Inadäquate Lösungen werden gestrichen, adäquate Antworten addiert, Rohwerte auf dem Datenblatt (Deckblatt des Testheftes) übertragen und in Normwerte transformiert. Die Auswertungsrichtlinien sind verbesserungsfähig.

6.2 Zeit: Nach kurzer Einübung ca. fünf Minuten pro Test.

7. Gütekriterien

7.1 Objektivität: Die Objektivität erscheint hinreichend gewährleistet, könnte aber durch präzisere Formulierungen verbessert werden.

7.2 Reliabilität: Die Subtests der Parallelformen A und B korrelieren zwischen r_{tt} = 0,83 und 0,91 (N = 70). Der „Kreativitäts-Index" (Gesamttestwert) weist eine Paralleltest-Zuverlässigkeit von r_{tt} = 0,91 auf.
Die Retest-Reliabilität des Gesamttestwertes nach 1,5 Monaten erreichte noch eine Höhe von r = 0,64.
Die Stichprobengrößen lagen zwischen N = 50 und 90.
Die meisten Retest-Koeffizienten der Subtests bleiben unter 0,6.

7.3 Validität: Berichtet wird über die faktorielle Gültigkeit des Verfahrens, über Korrelatioen mit Außenkriterien (LPS, Charkow, MTVT, IST, Kopfrechnen und Grundrechnen) und Lehrer-Rating über die Schüler-Kreativität. Validitätskoeffizienten von r_{tc} > 0,5 fanden sich bei den Subtests WA, NE und Gesamtwert. Wurden die Ratings mit einem Wiederholungstest, der 6 Wochen später stattfand, korreliert, konnten Werte in dieser Höhe nicht mehr repliziert werden.

7.4 Normen: Die Normentabellen informieren über SW-Werte und PR-Werte folgender Gruppen: Arbeiter, nach 3 Altersstufen differenziert (18 bis 25, 26 bis 35, 36 bis 55 Jahre); Pbn mit Mittlerer Reife (14;6 bis 17;11 Jahre); Pbn mit Abitur (17 bis 22 Jahre); Pbn mit Hochschulausbildung (20 bis 35 Jahre). Die Stichprobengrößen liegen zwischen N = 600 und 1000.

Verbaler Kurz-Intelligenztest (VKI)

H. ANGER, MERTESDORF, R. WEGNER und G. WÜLFING
Weinheim: Beltz, 1980

---

1. Testart Intelligenztest

2. Testmaterial Handanweisung, Testbogen (DIN A 4, 1 Seite) Form A und B, Auswertungsschablonen.

3. Testgliederung Der VKI besteht aus vier Bildern, die verschiedene Alltagssituationen darstellen. Aufgabe des Probanden ist es, jedes Wort einer Liste von 20 Wörtern jeweils dem Bild zuzuordnen, zu dem es am besten paßt.

4. Grundkonzept Der VKI stellt eine verkürzte Form des Wort-Bild-Tests (WBT 10^{+}, ANGER et al., 1971) dar und dient in erster Linie zur Erfassung verbaler Intelligenz bzw. allgemeiner Urteils- und Denkfähigkeit. Die Wortliste des WBT 10^{+} wurde bei weitgehender Bewahrung der Güteeigenschaften von 45 auf 20 Items gekürzt.
Darüber hinaus wurden die Instruktionen umgestellt und präzisiert.

5. Durchführung **5.1 Alter:** Geeignet für Probanden ab 16 Jahren.

5.2 Formen: Einzel- oder Gruppentest. Computergestützte Fassung im Hogrefe-Testsystem LEILA.

5.3 Handhabung: Die Handanweisung enthält eine Empfehlung, wie die Testdurchführung von seiten des Testleiters eingeleitet werden kann. Der Testbogen weist zusätzlich eine vom Probanden zu lesende Anleitung auf.

5.4 Zeit: Für die Bearbeitung ist eine Zeitgrenze von 5 Minuten vorgesehen.

6. Auswertung **6.1 Modus:** Für die Auswertung beider Formen des VKI stehen Auswertungsschablonen zur Verfügung. Die Rohwerte können mit Hilfe einer Tabelle in T-Werte transformiert werden. Weiterhin sind Angaben zu Prozentrang-Band, T-Wert-Band und Stanine-Wert-Band aufgeführt. Die Autoren führen mehrere Punkte auf, die zu beachten sind, um die Auswertung objektiv zu gestalten.

6.2 Zeit: Die Auswertung nimmt weniger als 5 Minuten in Anspruch.

7. Gütekriterien **7.1 Objektivität:** Es kann davon ausgegangen werden, daß sowohl Durchführungs- als auch Auswertungsobjektivität gewährleistet sind.

7.2 Reliabilität: Die Paralletestzuverlässigkeit liegt nach Angaben der Autoren bei $r_{tt} = 0{,}87$. Die Mittelwerte der Form A bewegen sich zwischen 14,1 (Frauen) und 14,3 (Männer), die der Form B zwischen 13,7 (Frauen) und 14,1 (Männer) Rohwertpunkten.
Für die Standardabweichung werden für Form A Werte von 4,1 (Frauen und

Gesamtstichprobe) und 4,2 (Männer), für Form B zwischen 4,1 (Männer) und 4,3 (Frauen) Rohwertpunkten angegeben.
Die Halbierungszuverlässigkeit liegt bei Form A für alle drei Stichproben bei 0,84. Bei Form B variiert sie zwischen 0,83 (Männer) und 0,87 (Frauen) Rohwertpunkten.
Der Standardmeßfehler beträgt nach den Ergebnissen der Eichuntersuchung ± 1,7 Rohwertpunkte.
Zur Berechnung der Homogenität wurden für jeden Probanden der Eichuntersuchung aufgrund der richtigen Antworten zu jedem der vier Bilder der beiden VKI-Formen getrennte Rohwerte berechnet. „Nimmt man die durchschnittliche Korrelation der Punktwerte pro Bild einer Parallelform als Ausgangspunkt einer Zuverlässigkeitsschätzung der beiden Formen, so erhält man mit r_{tt} = 0,82 einen kaum niedrigeren Wert als bei der Berechnung der Halbierungszuverlässigkeit. Die Forderung möglichst weitgehender Homogenität erscheint damit erfüllt" (Handanweisung, S. 6).

7.3 Validität: Bei der Konstruktion des VKI wurde der WBT 10⁺ mit einer Kurzform (9 Subtests) des Leistungsprüfsystems (LPS) von HORN (1962) korreliert. Diese Korrelationen dienten als Ausgangsbasis zur Verkürzung des WBT 10⁺ von 45 auf zunächst 22 Items (20 Items in der VKI-Endform). Als Maß für die Validität sind die Korrelationen der VKI-Items der Formen A und B mit 7 Subtests des LPS sowie dem Gesamttest aufgeführt. Die Korrelation mit dem Gesamttest, der LPS-Kurzform, liegt bei 0,72 (Form A) bzw. 0,71 (Form B). Folgende LPS-Subtests weisen höhere Korrelationen mit dem VKI auf: Verbal comprehension (0,78), Closure (0,65 bzw. 0,64), Word fluency (0,61 bzw. 0,60) und Reasoning (0,54 bzw. 0,55). Etwas niedrigere Korrelationen zeigen sich mit den Subtests Space perception (0,38 bzw. 0,39), Closure (0,31 bzw. 0,30) und Perceptual speed (0,28 bzw. 0,23).

7.4 Normen: Für die Eichung des VKI wurden Daten, die im Rahmen einer repräsentativen Meinungsumfrage (N = 1117) im Jahre 1979 erhoben wurden, herangezogen. In einer Normentabelle für Erwachsene ab 16 Jahren aller Bildungsstufen und beider Geschlechter liegen als Rohwertäquivalente Angaben zu Prozentrang-Band, mittlerem T-Wert, T-Wert-Band und Stanine-Wert-Band vor.

Wiener Matrizen Test (WMT)

A. K. FORMANN

Herausgeber: A. K. FORMANN und K. PISWANGER
Weinheim: Beltz, 1979

---

1. Testart Intelligenztest

2. Testmaterial Manual, Aufgabenheft, Durchschreibeantwortbogen; *zusätzlich*: Schreibutensilien.

3. Testgliederung Der Test besteht aus einer Einführungs-, 3 Übungs- und den eigentlichen 24 Testaufgaben, die zusammen eine Skala konstituieren. Jede Aufgabe besteht aus einer Abbildung, in der 7 Figuren nach einem bestimmten System angeordnet sind. Die fehlende, achte Figur, welche die Anordnung sinnvoll vervollständigt, soll aus jeweils 8 Antwortalternativen ausgewählt werden (Multiple Choice).

4. Grundkonzept Der WMT ist ein Niveautest, der zur sprachfreien Erfassung einer Intelligenzdimension konzipiert wurde. Das Konzept und der Aufbau der Aufgaben ist stark an den „Progressive Matrices" von RAVEN (1938) orientiert. Die Items wurden auf der Grundlage des Testmodells von Rasch selektiert.

5. Durchführung **5.1 Alter:** 14–18 Jahre.

5.2 Formen: Einzel- und Gruppentest. Computergestützte Fassung im Hogrefe-Testsystem LEILA.

5.3 Handhabung: Die Instruktion liegt in standardisierter Form vor und wird vom Testleiter mündlich vorgetragen (im Anhang des Manuals findet sich zusätzlich eine französisch- sowie eine englischsprachige Instruktion). Nach Erläuterung der Demonstrationsaufgabe, werden die 3 Übungsaufgaben vom Probanden selbständig gelöst. Treten Unklarheiten bei der Bearbeitung auf, wird die Instruktion wiederholt. Speziell bei der Einzelvorgabe kann der Testleiter überdies mit dem Probanden gemeinsam die Übungsitems durchgehen. Im weiteren Verlauf der Instruktion wird u. a. darauf hingewiesen, daß 25 Minuten Bearbeitungszeit für die eigentlichen Testaufgaben zur Verfügung stehen und daß nach Ablauf von 20 Minuten an die letzten 5 Minuten erinnert wird.

5.4 Zeit: Die Testzeit beträgt 25 Minuten. Es wird explizit darauf hingewiesen, daß bei dieser Vorgabe genügend Zeit für die Bearbeitung zur Verfügung steht. Im Zweifelsfall könne mehr Zeit gewährt werden.

6. Auswertung **6.1 Modus:** Nach Abtrennen der Perforation des Durchschreibeantwortbogens können auf der Unterseite die richtigen Antworten einfach bestimmt werden. Die Anzahl der korrekt beantworteten Items ergibt die Rohwertsumme, die anhand der Normwertetabellen die relative Positionsbestimmung des Probanden erlaubt.

6.2 Zeit: Keine Angaben.

7. Gütekriterien

7.1 Objektivität: Keine Angaben von den Autoren. Dadurch, daß die Zeitvorgabe u. U. verlängert werden kann, ist eine Beeinträchtigung der Durchführungsobjektivität möglich. Auswertung und Interpretation der Ergebnisse sind als objektiv zu bezeichnen.

7.2 Reliabilität: Die Schätzungen beruhen auf Daten, die an N = 2485 Personen gewonnen wurden. Die Split-half-Reliabilität liegt bei r = 0,83. Nach der Methode von Cronbach bzw. Guttmann ergeben sich Koeffizienten von jeweils 0,81. Zur Retest-Reliabilität liegen keine Angaben vor.

7.3 Validität: Der Korrelationskoeffizient für die Gesamttestergebnisse des WMT mit den SPM wurde für N = 120 Probanden bestimmt und liegt bei r = 0,92. Die Übereinstimmung mit dem Gesamttestergebnis des IST beträgt bei einer Stichprobe von r = 0,85 (N = 115).

7.4 Normen: Es liegen Gesamtnormen von österreichischen Schülern für die Altersgruppe von 14–18 Jahren vor (N = 2248). Diese Eichstichprobe wurde darüber hinaus nach zwei Altersgruppen (14–16 und 17–18 Jahre) aufgeschlüsselt. Ferner liegt für diese beiden Altersgruppen eine noch feinere Einteilung nach Schultypen (Berufsschüler, Fach- und Handelsschüler, Schüler Allgemeinbildender und Berufsbildender Höherer Schulen) vor. Die Rohwerte lassen sich in IQ- und Z-Werte transformieren. Zusätzlich sind Interpretationshilfen durch die Einstufung dieser Werte nach Perzentilen und zuordenbaren verbalen Interpretationen („weit unterdurchschnittlich“ bis „weit überdurchschnittlich“) möglich.

8. Literatur

RAVEN, J. C. (1938). *Progressive matrices.* London: Lewis & Co.

Wilde-Intelligenz-Test (WIT)

A. O. JÄGER und K. ALTHOFF
Deutsche Gesellschaft für Personalwesen e. V., Hannover, Frankfurt, Düsseldorf

Göttingen: Hogrefe, 1994[2]

---

1. Testart Intelligenztest

2. Testanweisung Handanweisung (2., revidierte Auflage), Testhefte Form 1 und 2 (alle Subtests mit Anweisungen und Beispielen außer WG und ZM), Testhefte Form 1 und 2 für den Reproduktionsteil von GDT, drei Anwortbogen (A, B, C) für jeden Pb, 1 Notizblatt (mit vorgedrucktem Alphabet für BR), Auswertungsschablonensatz 1 und 2, Anweisungsheft für den Untersucher, Normentabellen, ein Verrechnungs- und Profilbogen; *zusätzlich:* Stoppuhr, Schreibgerät.

3. Testgliederung Der WIT besteht aus folgenden 15 Subtests:

	Subtestnamen	Anzahl der Items	Fähigkeiten	THURSTONE Faktoren
SG	Satzergänzungen	10	(«Schock-absorber» und Eingewöhnung)	
SW	Sprichwörter	20		V
GW	Gleiche Wortbedeutung	20	Sprachgebundenes Denken	V
AL	Analogien	25		V + R
BR	Buchstabenreihen	15	Formallogisches Denken	R
ZN	Zahlenreihen	15		N + R
SCH	Schätzen	21		N
ER	Eingekleidete Rechenaufgaben	18	Rechnerisches Denken	N
GR	Grundrechnen	20		N
WG	Wortgewandtheit	10	Flüssigkeit der sprachlichen Einfälle	W
BO	Beobachtung	42	Wahrnehmungsgeschwindigkeit u. -genauigkeit	P
SP	Spiegelbilder	24	Räumliches	S
AW	Abwicklungen	20	Vorstellen	S
ZM	Zahlen-Merken	56/7*	Merkfähigkeit	M_1
GDT	Gedächtnis	40	Gedächtnis	M_2

* 56 Einzelziffern verteilt auf 7 Folgen von 5 bis 11 Ziffern

4. Grundkonzept

Der WIT geht auf Ideen von WILDE zurück, der 1954 mit den Entwicklungsarbeiten zu diesem Verfahren am Institut für Psychologie der Universität Göttingen begann und sie ein Jahr später in der Deutschen Gesellschaft für Personalwesen (DGP) weiterführte. Nach seinem Tode im Jahre 1958 setzte A. O. JÄGER diese Arbeiten mit einem Psychologenteam der DGP fort und stellte 1963 auf dem 25. Kongreß der Deutschen Gesellschaft für Psychologie eine Fassung vor, die seither an über 250000 Pbn angewandt worden ist. Seit 1969 wird die DGP von K. ALTHOFF geleitet.
Erst jetzt, nachdem der WIT innerhalb der DGP durch äquivalente Tests ersetzt werden konnte, wird das Verfahren einem größeren Benutzerkreis zugänglich gemacht.
Theoretisch basiert der WIT auf dem Strukturmodell der Intelligenz von THURSTONE (1938), das die Vielfalt intellektueller Leistungen im wesentlichen auf 7 Primärfaktoren zurückführt: V (verbal comprehension), R (reasoning), N (number), W (word fluency), P (perceptual speed), S (spatial) und M (memory). Seine Subtest-Struktur läßt sich auch mit anderen Modellen, z. B. dem von JÄGER (1967), in Beziehung bringen.
Mit seinen 15 Subtests, die über 300 Items enthalten, gehört der WIT zu den umfangsreichsten Intelligenztests, die sich zum Ziel setzen, differenzierte individuelle oder gruppenspezifische Fähigkeitsstrukturen zu ermitteln und in entsprechenden Profilen darstellbar zu machen.

5. Durchführung

5.1 Alter–Klasse: Jugendliche und Erwachsene, ausreichend normiert von 13 bis 22 Jahren.

5.2 Formen: Gruppentest, auch einzeln durchführbar, mit den Parallelformen 1 und 2, die als Lang- oder Kurzformen durchgeführt werden können. Lang- und Kurzformen unterscheiden sich lediglich durch unterschiedliche Zeitlimits (vgl. 5.4).

5.3 Handhabung: Die meisten (sehr ausführlichen) Testinstruktionen sind in den Testheften abgedruckt und bedürfen keiner weiteren Erklärung. Trotzdem setzt die sachgerechte Durchführung des Tests, insbesondere der Subtests WG und ZM, eine genaue Durcharbeitung der speziellen Anwendungshinweise voraus, die hier aus räumlichen Gründen nicht alle erwähnt werden können. Wichtig ist z. B., daß nach Bearbeitung aller Subtests alle Testhefte und Notizblätter eingesammelt werden müssen, bevor die Testhefte mit dem Reproduktionsteil von GDT ausgeteilt werden. Dabei ist darauf zu achten, daß jeder Pb die gleiche Testform erhält, die er zuvor bearbeitet hat.

5.4 Zeit: Die Gesamtdurchführungszeit (einschließlich Einführung (ca. 10 Minuten) und Pausen (ca. 15 Minuten)) beträgt ungefähr drei Stunden für die Kurzform und vier Stunden für die Langform. Bei Auslassung einiger Subtests (z. B. ZM und GDT) ist eine entsprechende Verkürzung möglich, die der folgenden Aufstellung entnommen werden kann: (Zeitangaben in Minuten.)

6. Auswertung

6.1 Modus: Das Verfahren ist für maschinelle Auswertung durch Computer vorbereitet. Es existieren sowohl ein Auswerteprogramm als auch eine computergestützte Fassung, erhältlich im Apparatezentrum.
Die manuelle Auswertung wird nach den ausführlich dargestellten Richtlinien vorgenommen. Der Gebrauch der Schablonen erleichtert und objektiviert den Auswertungsprozeß. Da es jedoch gelegentlich vorkommt, daß ein Pb

Subtest	Bearbeitungszeit netto		Durchführungszeit brutto[1]	
	Kurzform	Langform	Kurzform	Langform
SG	1,5	3	6,5	8
GR	4	8	7	11
GW	2	4	4	6
AL	3	7	5	9
SCH	4,5	10	9,5	15
SW	4,5	9,5	6,5	11,5
ZN	6	11	10	15
SP	2,5	5	10,5	13
ZM	–	15	–	20
ER	5,5	14	6,5	15
BR	4	8,5	7,5	12
GDT	–	21,5	–	30
BO	3,5	6,5	7	10
WG	6,5	13	12,5	19
AW	5	12,5	12,5	20
Gesamt ohne ZM, GDT	52,5	112	105	164,5
Gesamt mit ZM, GDT	91	148,5	157	214,5

[1] Bearbeitungs- und ungefähre Anweisungszeit ohne Einführung und Pausen.

auf dem Antwortbogen die falsche Form einträgt, sollte zur Kontrolle die Schablone der Parallelform aufgelegt werden, wenn bei leichten Aufgaben auffallend viele Falschlösungen auftreten. Eine Verschiebung der Schablone um eine Zeile nach oben oder unten empfiehlt sich, wenn der Verdacht besteht, daß sich ein Pb beim Eintragen einer Lösung in der Aufgabennummer bzw. Zeile vertan hat.

6.2 Zeit: Keine Angaben.

7. Gütekriterien

7.1 Objektivität: Die Voraussetzungen für eine hohe Durchführungs- und Auswertungsobjektivität sind im allgemeinen gegeben. Eine Ausnahme bildet der gegenüber spezifischen Situationsbedingungen störanfällige Subtest ZM.

7.2 Reliabilität:

Innere Konsistenz
Es liegen die Ergebnisse mehrerer Untersuchungen zur Prüfung der inneren Konsistenz vor. An einer Stichprobe von Siebzehnjährigen (N = 300) wurde die Split-Half-Reliabilität nach RULON bestimmt, wobei die Mehrzahl der Subtest-Reliabilitäten im Bereich von r_{tt} = 0,80 bis 0,90 streut. Durchweg darüber rangieren die Zuverlässigkeitskoeffizienten des Subtests BO ($r_{tt} \geq$ 0,90), und zwar gilt das sowohl für die Parallelformen 1 und 2 der Langform als auch der Kurzform. Die niedrigsten Werte weist der Subtest AW auf (r_{tt} = 0,66 bis 0,80). Werden die Subtests zu Faktorengruppen zusammenge-

faßt, steigt die Reliabilität dieser Gruppen durchweg auf $r_{tt} \geq 0{,}90$ an. Der Gesamttest erreicht in dieser Untersuchung Reliabilitätskoeffizienten von $r_{tt} = 0{,}98$ (Kurz- und Langform 1) und 0,97 (Kurz- und Langform 2).

Stabilität
Retest-Korrelationen werden von zwei Stichproben angegeben. Bei der ersten Stichprobe handelte es sich um eine Gruppe von Jugendlichen und Erwachsenen, von denen ein Teil (N = 57, Alter: $\bar{x} = 19{,}9$; s = 5,9) im Wiederholungsversuch die gleiche Testform vorgelegt bekam, während der andere Teil (N = 63, Alter: $\bar{x} = 20{,}2$; s = 6,2) die Parallelform bearbeitete. Die zweite Stichprobe bestand aus 64 Oberschülern und 74 Berufsschülern (Alter in der 2. Untersuchung: $\bar{x} = 17{,}3$; s = 1,2). Bei der ersten Stichprobe variierte das Retest-Intervall von 1–6 Monaten; die zweite Stichprobe wiederholte den WIT nach einem Jahr. Die folgende Tabelle informiert über die auf der Basis von Rohwerten berechneten Reliabilitätskoeffizienten der Langform.

Subtest	1. Stichprobe		2. Stichprobe
	gleiche Form	Parallelform	
SW	70	62	88
GW	62	58	86
AL	67	53	86
BR	78	67	72
ZN	72	73	82
SCH	51	56	76
ER	78	70	84
GR	54	55	61
WG	72	71	85
BO	52	51	73
SP	70	63	76
AW	73	78	74
ZM	35	34	17
GDT	55	56	66

Nach diesen Daten haben sich die Subtests (ER) Eingekleidete Rechenaufgaben) WG (Wortgewandtheit) und ZN (Zahlenreihen) als die relativ stabilsten Meßwerte des WIT erwiesen, während die Subtests ZM (Zahlenmerken), GR (Grundrechnen), BO (Beobachtung) und GDT (Gedächtnis) offenbar eine vergleichsweise geringe Meßwertstabilität besitzen.
Die Stabilitätskoeffizienten der Kurform-Subtests unterschreiten die in unserer Tabelle angegebenen Werte (mit einer Ausnahme: GR) deutlich. Entsprechendes gilt auch, wenn die Retest-Koeffizienten auf der Basis von Standardwerten anstelle von Rohwerten berechnet werden.
Eine beträchtliche Steigerung der Stabilität ergibt die Zusammenfassung der Subtests zu vier Gruppen, wie aus der folgenden Tabelle ersichtlich.
Die Meßwerte der Subtestgruppen und insbesondere der Gesamttestwert des WIT können als relativ hoch bzw. sehr hoch angesehen werden.

7.3 Validität:

Konstruktvalidität
Der WIT erfaßt ein breites Spektrum unterscheidbarer intellektueller Fähigkeiten, die sowohl nach dem Strukturmodell von THURSTONE (1938) als

Subtestgruppe	1. Stichprobe gleiche Form	1. Stichprobe Parallelform	2. Stichprobe Langform	2. Stichprobe Kurzform
V (sprachlich)	82	71	92	88
N (rechnerisch)	73	79	86	81
R (logisch)	77	81	88	84
S (räumlich)	82	78	75	71
Gesamttest	81	87	93	92

auch nach dem Strukturmodell von JÄGER (1982, 1983) gebündelt und interpretiert werden können.

Gliederung nach THURSTONE (1938):
V – Verbal comprehension: SW, GW, AL
N – Number: ER, ZN, SCH, GR
S – Space: AW, SP
R – Reasoning: BR, AL, ZN
M – Memory: GDT
W – Word fluency: WG

Diese Anordnung ist dem Verrechnungsbogen für die WIT-Leistungen zugrunde gelegt. Faktorenanalytische Untersuchungen lassen auch eine Doppelzuordnung von AW und SP zu S und R und von SCH und ER zu N und R vertretbar erscheinen. Noch nicht hinreichend geklärt sind die Konstruktvaliditäten von BO und ZM.

Gliederung nach JÄGER (1982, 1983):
v – Sprachgebundenes Denken: SW, GW, AL
n – Zahlengebundenes Denken: ER, ZN, SCH, GR
f – Anschauungsgebundenes Denken: AW, SP, BO, BR
k – Verarbeitungskapazität: BR, AL, ZN und bei Erhaltung der Gleichgewichtigkeit der materialspezifischen Komponenten auch AW, SW, ER, SP, SCH
g – Gedächtnis: GDT
e (W) – die spezielle Wortflüssigkeitskomponente des generelleren Fähigkeitsbündels Einfallsreichtum: WG

Kriteriumsvalidität
Berichtet werden zahlreiche Bewährungskontrollen im Rahmen eignungsdiagnostischer Fragestellungen, darunter Arbeiten von WOLFF und VOULLAIRE (1968), DIEPENBROCK und THIELEPAPE (1973), ALTHOFF (1974, 1977), LOMETSCH (1975), GREIF (1972), THIELEPAPE (1980) und SEGGEBRUCH (1982). Zu den untersuchten Personengruppen gehören Verwaltungsangestellte (Rehabilitanden), Industriemeister in der Automobilproduktion, Kriminalbeamte, Bereitschaftspolizisten, Krankenpfleger(innen), Beamte des mittleren Dienstes, Regierungsinspektoren und Nachwuchskräfte für das Management. In allen Fällen ließen sich mehr oder weniger enge Zusammenhänge zwischen WIT-Werten und Berufserfolgskriterien nachweisen.
Positive Ergebnisse erbrachte z.B. eine Untersuchung von WOLFF und VOULLAIRE (1968) (N = 32) an Verwaltungsangestellten (Rehabilitanden). Hier hatte ausnahmsweise keine korrelationsmindernde Streuungsein-

schränkung durch institutionelle Vorselektion der Pbn stattgefunden. Alle, die sich aus gesundheitlichen Gründen zur Teilnahme an einem Umschulungslehrgang entschlossen hatten, wurden ohne Berücksichtigung der vorgeschalteten psychologischen Eignungsuntersuchung zugelassen. Als Validitätskriterium wurden die Prüfungsnoten in den Fächern Renten-, Verwaltungs-, Gesundheits-, Allgemeines Recht sowie die Noten der schriftlichen und mündlichen Leistungen und die Gesamtnote eingesetzt. Signifikante Rangkorrelationen (0,43–0,66) waren für die Subtests GR, GW, AL, SW und ER nachweisbar. Der WIT-Gesamttestwert korrelierte mit allen Prüfungsteilen – außer der mündlichen – signifikant (0,59–0,76).
Ohne alle Bewährungskontrollem an dieser Stelle erwähnen zu können, sei noch darauf hingewiesen, daß ALTHOFF (1974, 1977) mehrfach demonstriert hat, daß die multiplen Korrelationen zwischen WIT-Subtests und Validitätskriterien oft durch Einbeziehung von Tests des Arbeitsverhaltens erheblich gesteigert werden können.

7.4 Normen: Die Altersnormen wurden nach einem Quotenplan erstellt. Die Eichstichprobe umfaßte 3236 Personen. Die Altersstufen 13 bis 22 waren ausreichend repräsentativ repräsentiert, die höheren Jahrgänge z. T. erheblich unterrepräsentiert (z. B. 39–50 Jahre: N = 20; 51–62 Jahre: N = 9). Die Art der Normenberechnung ist im Detail von TODT und FÜRNTRATT (1963) dargestellt worden.

8. Literatur

ALTHOFF, K. (1971). Die Vorhersage des Berufserfolges von Regierungsinspektoren und Revierförstern – zwei Bewährungskontrollen. *Diagnostica, 17,* 146–180.

ALTHOFF, K. (1974). Kurzbericht über eine Bewährungskontrolle der Eignungsprognosen für Bewerber der allgemeinen Verwaltung in Nordrhein-Westfalen. *DGP-Informationen, 13,* 12–21.

DIEPENBROCK, W. & THIELEPAPE, M. (1973). Untersuchung über die Vorhersage des Ausbildungserfolgs von Meisteranwärtern in der Automobilproduktion. *DGP-Informationen, 12,* 1–14.

GREIF, S. (1972). *Gruppenintelligenztests. Untersuchungen am WIT, IST, LPS und AIT.* (Europäische Hochschulschriften.) Bern: Lang.

JÄGER, A. O. (1967). *Dimensionen der Intelligenz.* Göttingen: Hogrefe.

JÄGER, A. O. (1962). Mehrmodale Klassifikation von Intelligenzleistungen: Experimentell kontrollierte Weiterentwicklung eines deskriptiven Intelligenzstrukturmodells. *Diagnostica, 28,* 195–225.

JÄGER, A. O. (1983). Intelligenzstrukturforschung, konkurrierende Modelle, neue Entwicklungen, Perspektiven. (a) In G. LÜER (Hrsg.), *Bericht über den 33. Kongreß der Deutschen Gesellschaft für Psychologie in Mainz 1982.* Göttingen: Hogrefe (Kurzfassung); (b) *Psychologische Rundschau* (in Vorb.).

LOMETSCH, D. (1975). *Untersuchungen zur Vorhersage des Berufserfolgs von Führungsnachwuchskräften.* Unveröffentlichter Bericht, Deutsche Unilever GmbH.

SEGGEBRECHT, G. (1982). Zur Vorhersage des Berufserfolgs von Bewerbern für den mittleren Verwaltungsdienst in einer Kommunalverwaltung. *DGP-Informationen, 42,* 6–31.

THIELEPAPE, M. (1980). Untersuchung über die Vorhersage des Ausbildungserfolges von Krankenschwestern und -pflegern – eine Bewährungskontrolle. *DGP-Informationen, 17,* 21–43.

THURSTONE, L. L. (1938). *Primary mental abilities.* Chicago: University Press.

TODT, E. & FÜRNTRATT, E. (1963). Einige technische Hilfsmittel für die Eichung von Leistungsverfahren. *Zeitschrift für experimentelle und angewandte Psychologie, 10,* 540–553.

WOLFF, P. & VOULLAIRE, Ch. (1968). Eignungsbegutachtung von Körperbehinderten für einen Verwaltungsberuf – eine Bewährungskontrolle. *Diagnostica, 14,* 70–87.

Wortschatztest (WST)

K.-H. Schmidt und P. Metzler

Weinheim: Beltz Test GmbH, 1992

---

1. Testart Intelligenztest, Klinischer Test

2. Testmaterial Testmappe mit Handanweisung (14 Seiten), Testbogen (4 Seiten: Deckblatt: Allgemeine Angaben und Instruktion, Innenseiten: 2 Seiten mit 42 Items, Rückseite: Ergebnisprotokoll), zwei Auswertungsschablonen.

3. Testgliederung Der WST enthält 42 Items, die in aufsteigender Schwierigkeit dargeboten werden. Jedes Item besteht aus 6 Wortgebilden, unter denen das jeweils eine reale Wort (Zielwort) identifiziert und markiert werden soll.

4. Grundkonzept Der WST wurde nach Angaben der Verfasser für die Diagnostik in der Klinischen Psychologie, der Psychiatrie und der Neurologie entwickelt und dient der schnellen Abschätzung des prämorbiden Intelligenzniveaus bei leichten und mittelschweren hirnorganischen Beeinträchtigungen sowie einer ökonomischen Abschätzung des allgemeinen Intelligenzniveaus und des Sprachverständnisses als Voraussetzung für weitere diagnostische Maßnahmen. Ferner soll der WST zur Verlaufsbeurteilung von Demenzen höherer Schweregrade und zur Stichprobencharakteristik bzgl. der verbalen Intelligenz bei klinischen und epidemiologischen Studien einsetzbar sein. Dieser Anspruch wird mit theoretischen und empirischen Ergebnissen zur verbalen Intelligenz und zu Wortschatztests belegt.

Danach sind Wortschatztests gute Schätzer für die allgemeine und verbale Intelligenz. Diese Leistungen können als altersbeständig gelten. Von Vorteil für die neuropsychologische Diagnostik ist dabei vor allem, daß Wortwiedererkennungsleistungen, wie sie im WST gefordert werden, bei degenerativen, hirnorganisch bedingten Krankheitsprozessen geringer und erst in einem späteren Stadium beeinträchtigt werden als andere intellektuelle Leistungen. Wortschatztests eignen sich somit zur Abschätzung des prämorbiden Intelligenzniveaus.

5. Durchführung **5.1 Alter:** Keine Angabe, analog zur Eichstichprobe zwischen 16 und 90 Jahren.

5.2 Formen: Als Einzeltest und Gruppentest durchführbar; keine Kurz- oder Parallelformen. Computergestützte Fassung im Hogrefe-Testsystem LEILA.

5.3 Handhabung: Der WST wird den Pbn zur eigenständigen Bearbeitung vorgelegt. Diese lesen die Instruktion selbständig. Dabei werden die Pbn darauf hingewiesen, daß in jeder Zeile immer nur eins von sechs Wörtern richtig ist. Hierzu wird ein Beispiel-Item gegeben. Die Instruktion weist darauf hin, daß keine Zeitbeschränkung besteht und daß nur das richtige Wort als solches erkannt werden muß; die Pbn müssen nicht in der Lage sein, es zu definieren, werden aber ausdrücklich gebeten, nicht zu raten.

5.4 Zeit: Die Probanden arbeiten ohne Zeitbeschränkung, nach Angabe der Autoren werden 10–15 Minuten Bearbeitungszeit einschließlich Instruktion benötigt.

6. Auswertung

6.1 Modus: Die Auswertung erfolgt, wenn der Bogen als vollständig bearbeitet abgegeben wurde. Zunächst muß geprüft werden, ob nicht in einer Zeile mehrere Wörter als richtig markiert wurden. Diese Items zählen als falsch gelöst, auch wenn dabei das Zielwort markiert wurde.
Durch Auflegen der Schablone wird danach die Anzahl der richtigen Lösungen ermittelt. Der Summenscore ergibt den Rohpunktwert. In den Tabellen 3 und 4 des Testhandbuches können zu den Rohpunktwerten die entsprechenden Fähigkeitswerte, z-Werte, Z-Werte und IQ-Werte abgelesen werden. Rohwerte, Standardwerte und IQ-Werte werden auf der letzten Seite des Testbogens eingetragen, wobei anstelle des Ausdrucks „IQ" nur Punkte vor dem betreffenden Kästchen stehen, „da es aus Gründen der diagnostischen Situation ungünstig sein kann, wenn der Proband auf die Bezeichnung IQ hingewiesen wird" (S. 11).

6.2 Zeit: Keine Angaben, max. 5 Minuten (geschätzt).

7. Gütekriterien

7.1 Objektivität: Keine Angaben; allerdings ist angesichts der Konzeption als Papier- und Bleistift-Verfahren mit Auswertungsschablonen sowie ausführlichen und übersichtlichen Tabellen davon auszugehen, daß Durchführungs- und Auswertungsobjektivität des Verfahrens gegeben sind.

7.2 Reliabilität: Interne Konsistenz: Cronbach's Alpha r = 0,94; Split-Half-Reliabilität: Spearman-Brown-Koeffizient r = 0,95; Guttmann-Koeffizient: r = 0,95.

7.3 Validität: Analysen mit Außenkriterien ergeben eine weitgehende Altersunabhängigkeit (r = 0,08) und einen positiven Zusammenhang von Testleistung und Schul- bzw. Berufsbildungsabschluß (r = 0,60 bzw. 0,63).

7.4 Normen: Die Eichstichprobe besteht aus 573 Personen zwischen 16 und 90 Jahren, die als repräsentativ gilt. Sie besteht ausschließlich aus Personen deutscher Muttersprache. Wegen einer weitgehenden Unabhängigkeit der Testleistung von Alter und Geschlecht beziehen sich alle Normwerte auf die Eichstichprobe als ganze.
Die Rohwerte können in Z-Werte, z-Werte und IQ-Werte umgerechnet werden. Die Verrechnung der Rohwerte in Fähigkeitswerte, aus denen die z-, Z- und IQ-Werte ermittelt werden, erfolgt auf nicht-linearem Wege. Eine Tabelle zur Umrechnung der Rohpunkte in Prozentrangnormen liegt nicht vor.
Der WST differenziert vor allem im unteren Fähigkeitsbereich. Einem IQ von 101 entspricht ein RW von 31 (der Durchschnittswert 100 ist empirisch nicht mit einem RW belegt).

8. Literatur

LEHRL, S., MERZ, J., ERZIGKEIT, H. & GALSTER, V. (1974). Der MWT-A. Ein wiederholbarer Intelligenztest, der weitgehend unabhängig von seelisch-geistigen Störungen ist. *Der Nervenarzt, 45,* 364–369.

METZLER, P. & SCHMIDT, K.-H. (1992). Rasch-Skalierung der Mehrfachwahl-Wortschatzes (MWT). *Diagnostica, 38,* 31–50.

Würfelabwicklungen*

R. MEILI
Bern: Huber, 1955

---

1. Testart Intelligenztest

2. Testmaterial Anweisungsblatt, Lösungsblatt und Testblätter; *zusätzlich:* Bleistifte, evtl. ein ausgeschnittenes, faltbares Pappmodell der Übungsaufgabe.

3. Testgliederung Zu bearbeiten sind 11 verschiedene Würfelgrundrisse. Außerdem sind 3 Beispielaufgaben vorhanden.

4. Grundkonzept Wie die Rybakoff-Figuren fallen die Würfelabwicklungen in die Kategorie der Tests, die die visuelle Raumvorstellung zum Gegenstand haben. Dabei darf jedoch nicht angenommen werden, daß diese Tests das gleiche messen, da der Faktor der Raumvorstellung ein sehr uneinheitlicher ist (MEILI, 1961).
Der Test verlangt ein Umsetzen der zweidimensionalen Würfelgrundrisse in ein plastisches, dreidimensionales Gebilde. Dabei ist die Fähigkeit, vorstellungsmäßig mit räumlichen Gebilden zu operieren, etwas anderes als die konkrete Manipulation mit dem entsprechenden Testmaterial (was hier nicht verlangt wird).
Die Würfelabwicklungen werden in der Berufsberatung, in der Eignungsdiagnostik, besonders im Rahmen der Maschinenbranche, und bei Problemen des Berufswechsels angewandt.
Allein mit dem Testergebnis kann keine hinreichende Aussage über die praktisch-technische Begabung des Probanden gemacht werden.
Eine modifizierte Form liegt als Untertest 8 im LPS und als Untertest 7 im PSB vor.

5. Durchführung **5.1 Alter:** 14 bis 19 Jahre.

5.2 Formen: Einzel- und Gruppentest.

5.3 Handhabung: Vor Testbeginn wird mit drei Beispielen die Aufgabenbearbeitung erläutert, notfalls mit einem faltbaren Pappmodell des ersten Grundrisses. In jeder Zeichnung ist die Unterseite des Würfels mit „u" markiert und zwei oder drei Kanten mit Querstrichen. Manche zusammenzusetzende Gebilde bestehen auch aus mehreren neben- oder aufeinandergeschichteten Würfeln, so daß evtl. auch mehrere Quadratflächen mit „u" gekennzeichnet sind.

---

* Das Verfahren ist nicht mehr komplett lieferbar, eine Neuauflage ist nicht geplant.

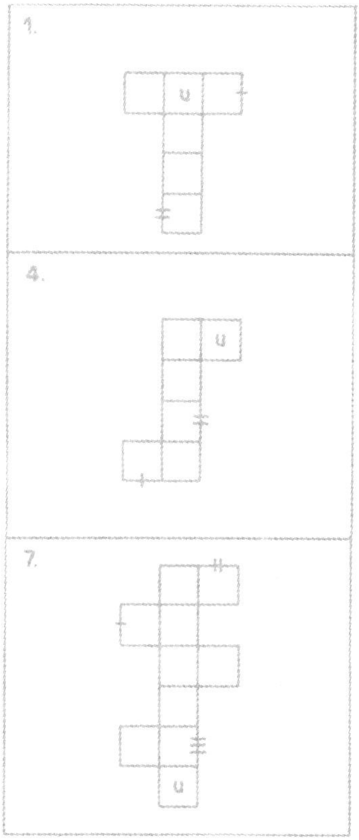

Aufgaben ohne Lösung

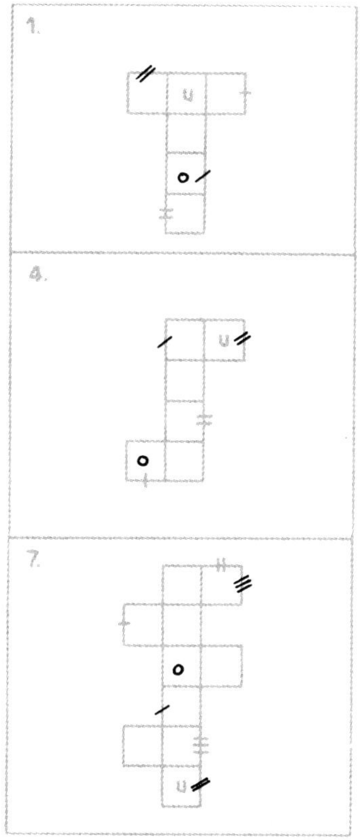

Aufgaben mit Lösung

Die Aufgabe besteht darin, die Oberfläche(n) ausfindig zu machen und mit „o" zu markieren und die komplementären Kanten zu den bereits mit Strichen versehenen zu bestimmen (s. Abb.).

5.4 Zeit: 10 Minuten.

6. Auswertung

6.1 Modus: Jede richtige Flächen- oder Kantenmarkierung zählt als 1 Punkt (max. 41 Punkte). Der Rohwert kann in einen Prozentrang-Wert umgewandelt werden.

6.2 Zeit: Keine Angaben.

7. Gütekriterien

7.1 Objektivität: Keine Angaben. Die Auswertung ist als objektiv anzusehen.

7.2 Reliabilität: Keine Angaben.

7.3 Validität: Keine Angaben.

7.4 Normen: Die Prozentrang-Normen liegen in Dezilen vor. Sie wurden gewonnen an 14- bis 19jährigen Anwärtern für Berufe der Maschinenindustrie (N = 120), an 16 und 17 Jahre alten Mittelschülern der 10. Klasse (N = 200) und an 18 und 19 Jahre alten Mittelschülern der 12. und 13. Klasse (N

200, nur männliche Jugendliche). Die Angaben beziehen sich auf Schweizer Schulverhältnisse.
Da mit der Stichprobe eine gewisse Auslese stattfand, kann der Median einer unausgelesenen Gruppe um 2 bis 3 Punkte tiefer liegen.

8. Literatur

MEILI, R. (1961[4]). *Lehrbuch der psychologischen Diagnostik.* Bern: Huber

Zahlen-Verbindungs-Test (ZVT)

W. D. OSWALD und E. ROTH

Göttingen: Hogrefe, 1987[2]

---

1. Testart

Intelligenztest

2. Testmaterial

Handanweisung, Testbogen für Matrizen A bis D, Auswertungsbogen; *zusätzlich:* Schreibgerät, Stoppuhr.

3. Testgliederung

Der Test besteht aus 4 Zahlen-Matrizen, die je 90 unterschiedlich angeordnete Ziffern enthalten.

4. Grundkonzept

Der ZVT wurde in Anlehnung an den Trail-Making-Test (REITAN, 1956) als Alternative zu gängigen Intelligenztests entwickelt, die in der Regel sprach-, motivations- oder milieuabhängig sind und außerdem sehr zeitaufwendig. Er erhebt den Anspruch, durch die Messung kognitiver Leistungs- und Verarbeitungsgeschwindigkeit ein – spezifischer – Intelligenztest zu sein, wobei Intelligenz als Informationsverarbeitung definiert wird. (Vgl. die Kritik dazu von GAUSSMANN et al., 1978.)

5. Durchführung

5.1 Alter: 8 bis 16 Jahre als Gruppenversuch, 8 bis 60 Jahre als Einzelversuch.

5.2 Formen: Einzel- und Gruppentest, eine Form.

5.3 Handhabung: Zunächst werden die Angaben zur Person ausgefüllt, dann wird der Test an Beispielen erklärt. Die Anweisungen sind dabei genau zu befolgen. Nach Bearbeitung des Übungsbogens werden die 4 Matrizen in beliebiger Reihenfolge ausgefüllt. Im Gruppenversuch wird die Bearbeitung zeitlich begrenzt, im Einzelversuch wird die Zeit protokolliert.

5.4 Zeit: 5 bis 10 Minuten.

6. Auswertung

6.1 Modus: Bei der Auswertung des Gruppenversuchs wird für jede Matrize die erreichte Zahl in der entsprechenden Tabelle gesucht und der Leistungsindex in das Protokollblatt eingetragen. Die Rohwerte werden addiert und durch 4 dividiert. Dieser Gesamtrohwert kann nun mit Hilfe von Tabellen in T-Wert, C-Wert und PR-Wert transformiert werden, außerdem ist ein Vergleich mit IQ- und SW-Werten möglich.
Für die Einzeltestauswertung werden die Bearbeitungszeiten für die Matrizen A bis D addiert und durch 4 dividiert. Dieser Gesamtrohwert kann mit Hilfe der Altersnormen in T-Wert, C-Wert und PR-Wert transformiert werden sowie mit IQ- und SW-Werten verglichen werden.

6.2 Zeit: Ca. 1 bis 2 Minuten.

7. Gütekriterien

7.1 Objektivität: Spezielle Objektivitätsprüfungen ergaben eine hohe Un-

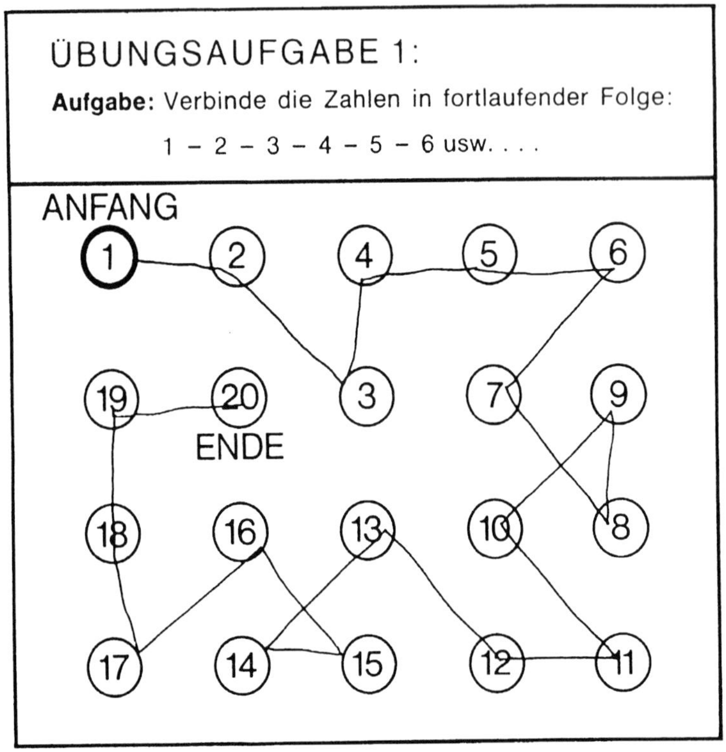

Übungsaufgabe 1 zum ZVT

tersucherabhängigkeit des Tests sowohl in der Durchführung als auch in der Auswertung.

7.2 Reliabilität: Für den Gruppentest wurde eine Testwiederholungszuverlässigkeit von 0,81 gefunden. Die Konsistenzkoeffizienten lagen für den 1. Durchgang bei 0,83, für den 2. bei 0,92.
Für den Einzeltest wurde eine Wiederholungszuverlässigkeit von 0,95 gefunden. Eine Konsistenzprüfung ergab Werte zwischen 0,95 und 0,97.

7.3 Validität: Mit verschiedenen Intelligenzverfahren (PSB, IST, HAWIE, RAVEN, CFT 3) wurden Korrelationen errechnet. Es ergaben sich Zusammenhänge zwischen 0,40 und 0,83.

7.4 Normen: Normiert wurde der ZVT an einer Gesamtstichprobe von N = 2109 Pbn. Dabei wurden Schulart, sozialer Status und Gemeindegröße berücksichtigt. Die Normen sind nach Altersklassen gestaffelt. Die Normentabellen erlauben eine Transformation der Rohwerte in T-Werte, PR-Werte, Centilwerte, Standardwerte und IQ-Werte.

8. Literatur

GAUSSMANN, A. et al. (1978). Der Mehrfachwahl-Wortschatz-Test (MWT) und der Zahlen-Verbindungstest (ZVT) als Maße der Allgemeinen Intelligenz. *Diagnostica, 24,* 50–77.

OSWALD, W. D. (1971). Über Zusammenhänge zwischen Informationsverarbeitungsgeschwindigkeit, Alter und Intelligenzstruktur beim Kartensortieren. *Psychologische Rundschau, 22.*

OSWALD, W. D. (1975). Informationsverarbeitungsgeschwindigkeit in Trail Making Tests und Intelligenz. In W. TACK (Hrsg.), *Bericht über den 29. Kongreß der Deutschen Gesellschaft für Psychologie in Salzburg 1974*, 188–190. Göttingen: Hogrefe.

REITAN, R. (1956). *Trail-Making-Test, Manual.* Indianapolis: Indiana Univer-

1. LEISTUNGSTESTS

1.3 Allgemeine Leistungstests

● = ja
o = teilweise
○ = nein
k.A.= keine Angaben

Testname	Autor(en)	Seite	Durchführung				Auswertung			Gütekriterien				Alter
			Gruppentest	Parallelform	Zeitangabe netto (Min.)	Zeitangabe brutto (Min.)	Schabl./Schlüss.	maschinell	Zeitangabe (Min.)	Objektivität	Reliabilität	emp. Validität	Normen	(Jahre oder Schuljahre (J/Sj))
Alterskonzentrationstest (AKT)	Gatterer	235	○	●		ca. 5	●	○		o	●	●	●	55–95 J
Arbeitskurve – Mainzer Revision.	Christiansen	237	●	○	60	75	●	○		●	●	●	●	13–60 J
Aufmerksamkeits-Belastungs-Test	siehe Test d2	270												
Bonner Konzentrationstest (BKT)	Fay u.a.	241	○	○	10		○	●		●	●	●	o	k. A.
Bourdon-Test	Bourdon	244	●	○			○	○		○	○	○	○	ab 9 J
Differentieller Leistungstest – KE (DL-KE)	Kleber u.a.	246	●	●	15	25	●	○		●	●	●	●	5;7–6;6 J
Differentieller Leistungstest – KG (DL-KG)	Kleber u.a.	250	●	●	21	45	●	○	10	●	●	●	●	6;6–10;5 J
Durchstreichtest „ohne Modell“	Meili	252	○	○	7	ca. 15	○	○		o	○	○	●	ab 14 J
Konzentrations-Leistungstest (KLT)	Düker u.a.	254	●	●	30	38	●	○	ca. 2	●	●	●	●	ab 4. Sj
Konzentrations-Verlaufs-Test (KVT)	Abels	259	●	○	16	ca. 25	●	○	1–2	●	●	●	●	k.A.
Konzentrationstest f. 3. und 4. Klassen (KT 3–4)	Heck-Möhling	262	●	○	20	45	○	○		●	●	●	●	3.–4. Sj
Pauli-Test	Arnold	264	●	○	60	65	○	○		●	●	●	○	ab 7 J
Revisions-Test (Rev.-T)	Marschner	267	●	○	7,5	ca. 20	●	○		●	●	●	●	9;6–75 J
Test d2 – Aufmerksamkeits-Belastungs-Test	Brickenkamp	270	●	○	4;40	8	●	○		●	●	●	●	9–60 J

Alters-Konzentrations-Test (AKT)

G. GATTERER
Göttingen: Hogrefe, 1990

1. Testart Allgemeiner Leistungstest

2. Testmaterial Handanweisung, Fragebogen, Schablonensatz; *zusätzlich:* rote Filzstifte und Stoppuhr.

3. Testgliederung Entfällt.

4. Grundkonzept Der AKT ist ein Figuren-Durchstreichtest nach BOURDON, der speziell für geriatrische Patienten und alte Menschen, die in Heimen leben, entwickelt wurde. Die Verwendung relativ großer Figuren (Halbkreise mit einem Radius von 1 cm) als Testitems soll (nicht voll ausgeglichenen) altersbedingten Beeinträchtigungen der Sehleistung gerecht werden und auch bei motorischen Störungen noch die Durchführbarkeit ermöglichen.

5. Durchführung **5.1 Alter:** 55 bis 95 Jahre.

5.2 Formen: Das Verfahren ist nur als Einzeltest anwendbar, es liegt in den Formen A, A1, A2 und B, B1 und B2 vor. Dazu gehören die Blätter „Probe A" für die A-Formen und „Probe B" für die B-Formen.

5.3 Handhabung: Die Items der Testformen bestehen aus Halbkreisen, die sich durch Muster und Lage unterscheiden. Der Proband wird aufgefordert, diejenigen Figuren so schnell wie möglich mit einem roten Filzstift durchzustreichen, die mit einer bestimmten Figur nach Lage und Muster übereinstimmen. Zu bearbeiten sind fünf Zeilen mit jeweils elf Items. Es gibt keine Zeitbegrenzung; die Durchführungszeit wird gestoppt.

5.4 Zeit: Die Durchführungszeit ist individuell verschieden, sie beträgt im Durchschnitt etwa fünf Minuten.

6. Auswertung **6.1 Modus:** Erfaßt werden die Testdurchführungszeit, die Anzahl richtig durchgestrichener Figuren sowie Anzahl und Art der Fehler. Außerdem werden ein Gesamtwert und der Fehlerprozentsatz ermittelt. Schablonen erleichtern die Auswertung. Normiert sind die AKT-Werte T (Bearbeitungszeit), R (Richtige), F% (Fehlerprozent) und G (Gesamtwert).

6.2 Zeit: Keine Angaben.

7. Gütekriterien **7.1 Objektivität:** Zweifel an der Durchführungsobjektivität, die sich auf die Art der Instruktionen beziehen, wurden von WESTHOFF (1992) geäußert. Die Auswertungsobjektivität kann als gesichert angesehen werden.

7.2 Reliabilität: Die Paralleltestzuverlässigkeit der Formen A und B wird mit r = 0,89 für die Gesamtmenge (G), r = 0,94 für die Bearbeitungszeit (T), r = 0,92 für die Richtigen (R), r = 0,90 für die Fehler (F) und Fehlerprozentwerte (F%) angegeben (N = 140).
Die Testwiederholung nach drei Wochen (N = 30) bzw. drei Monaten (N = 80) erbrachte Koeffizienten zwischen r = 0,52 und 0,89.
Die Split-Half-Reliabilität von R beträgt r = 0,83. Der entsprechende Koeffizient für F erreicht sogar r = 0,99 (N = 70).
Die Reliabilität der Fehlerwerte (F und F%) erscheint, zumal angesichts der geringen Itemzahl, außerordentlich hoch. Eine Erklärung für diese von anderen Durchstreichtests abweichenden Befunde, die z. B. mit Besonderheiten der geriatrischen Patientenstichproben zusammenhängen könnten, wird in der Handanweisung nicht gegeben.

7.3 Validität: Der Autor beansprucht logische Gültigkeit für den Alters-Konzentrations-Test und belegt die empirische Gültigkeit des Verfahrens mit Ergebnissen von Faktorenanalysen und einer Studie über Zusammenhänge von AKT-Befunden mit Fremdbeurteilungen durch Pflegepersonal, die z. T. substantielle Korrelationen erbrachte. Beispielsweise korrelierte die Einschätzung „konzentriert/unkonzentriert“ mit der AKT-Gesamtmenge (G) r = 0,618 und mit der AKT-Bearbeitungszeit (T) r = 0,236 (N = 60).

7.4 Normen: Aufgelistet sind Normen in C-Werten und Prozenträngen für die Gesamtstichprobe, die aus 383 Pflegeheimpatienten, 184 Aphasikern und 441 „rüstigen Altenheimbewohnern“ besteht und in drei Altersgruppen (bis 69 Jahre, 70–79 Jahre und über 80 Jahre) aufgeteilt wurden. Prozentrangnormen existieren für folgende Untergruppen, die jedoch nicht nach Alter differenziert wurden: Pflegeheimpatienten, Aphasiker und „Rüstige“. Nicht einbezogen ist die überwiegende Mehrheit von Senioren (ca. 95%), die nicht in Heimen leben.

8. Literatur

WESTHOFF, K. (1992). Alters-Konzentrations-Test (AKT). Testbesprechung aus der Arbeit des Testkuratoriums. *Diagnostica, 38,* 273–278.

Arbeitskurve / Mainzer Revision

E. CHRISTIANSEN
Weinheim: Beltz, 1983

1. Testart Allgemeiner Leistungstest

2. Testmaterial Manual (72 Seiten)*, Testbogen (Format, entfaltet, ca. 28 × 120 cm, zwei Transparentschablonen, Additionsmenge-Lineal; *zusätzlich:* Stoppuhr oder Signaluhr, Tafel, Bleistift.

3. Testgliederung Homogener Test mit zeitlicher Untergliederung in 3-Minuten-Intervalle.

4. Grundkonzept Historisch läßt sich das Verfahren aus Untersuchungen von KRAEPELIN und OEHRN herleiten. Letzterer dürfte 1889 erstmals die Methode fortlaufenden Addierens dazu benutzt haben, den Leistungsverlauf mit Faktoren der Übung und Ermüdung analysiert zu haben. PAULI hatte seit 1921 mehrere Arbeiten über diese Methode publiziert, bevor ARNOLD (1943) ein Manual zur Arbeitskurve unter dem Titel „PAULI-Test" veröffentlichte. Inzwischen lag von PETRESCU-HEROIU (1933) eine erste Übersicht über die Ergebnisse arbeitspsychologischer Untersuchungen mit der Additionsmethode vor. Später informierte BARTENWERFER (1963, 1983) im Rahmen seiner Darstellung allgemeiner Leistungstests ausführlich über das Verfahren.
Problematisch wirkte sich von Anfang an das Fehlen standardisierter Testdurchführungs- und Auswertungsrichtlinien aus. Infolgedessen wurde das Verfahren in vielerlei Varianten, welche die Vergleichbarkeit der Ergebnisse beeinträchtigten, vorgegeben. Außerdem differierten die Grund- und Anwendungskonzepte. Unter anderem wurde die Arbeitskurve als Test zur Erfassung der mathematischen Begabung, der Rechenfähigkeit, des Charakters und der Willensstärke eingesetzt. CHRISTIANSEN hat mit der Mainzer Revision der Arbeitskurve versucht, einen wesentlichen Mangel, nämlich das Fehlen standardisierter Durchführungsbedingungen, zu beseitigen, ohne sich von traditionellen und teilweise heftig umstrittenen Interpretationskonzepten im Sinne von PAULI, REMPLEIN und ARNOLD zu lösen.

5. Durchführung **5.1 Alter:** 13–60 Jahre.

5.2 Formen: Einzel- und Gruppenversuch ohne Parallelform.

5.3 Handhabung: Der Proband wird angewiesen, jeweils zwei einstellige Zahlen, die spaltenweise – nicht „in Reihen", wie die Instruktion (S. 31) lautet – angeordnet sind, zu addieren. Bei zweistelligen Ergebnissen ist „die Eins vorn wegzulassen". Für den Fall, daß ein Rechenfehler bemerkt wird, heißt es: „Schreiben Sie durch die falsche Zahl die richtige hindurch." Die

* Einige Seiten des Rezensionsexemplares waren wegen schlechter Druckqualität kaum lesbar.

Hauptanweisung besteht in der Aufforderung, sich anzustrengen und so schnell, so genau und so gleichmäßig wie möglich zu rechnen. Danach erfährt der Pb, daß er „von Zeit zu Zeit" (alle 3 Minuten) auf ein bestimmtes Zeichen (Zuruf oder Signalton) einen Querstrich unter die Zahl ziehen soll, die er gerade errechnet hat. Vor Testbeginn wird das Aufgabenverständnis anhand einer Probe überprüft!

5.4 Zeit: Die Testdurchführungszeit beträgt 60 Minuten (netto). Sie ist in 20 Teilzeiten von jeweils 3 Minuten unterteilt. Insgesamt (einschließlich Anweisungen) werden ca. 75 Minuten benötigt.

6. Auswertung

6.1 Modus: Die Auswertung der Mainzer Revision wurde etwas vereinfacht und verkürzt. Eine Kurve braucht nicht mehr unbedingt gezeichnet zu werden. Für Auswertung und Interpretation stehen Additionsmenge-Lineal, Fehler-Gitter (Transparentschablone) und Auswertungsschema zur Verfügung. Berechnet werden folgende Testwerte:

- die durchschnittliche Additionsmenge aller Teilzeiten (∅ AddMeng wird als „Haupt-, Leit- und Bezugsmerkmal der Arbeitskurve" angesehen)
- der Anfangsmedian (AnfMed), d. h. der mittlere Teilzeit-Additions-Rohwert unter den ersten 5 Teilzeiten
- der Endmedian (EndMed), d. h. der mittlere Additions-Rohwert unter den letzten 5 Teilzeiten
- die Fehler (F), d. h. die Summe aller Fehler in absoluten Zahlen innerhalb des Prüfbereichs von 1000 Additionen
- die Verbesserungen (Vb), d. h. die Summe aller Verbesserungen in absoluten Zahlen pro Prüfbereich von 1000 Additionen
- die Schwankung (Schw), die anders berechnet wird als bisher
- der Willensquotient (WQ), d. h. die Summe aller (6) Leistungsquotienten (LQs) arithmetisch gemittelt.

Die Rohwerte können anhand von graphischen Normentafeln (Wahrscheinlichkeitsnetz) in Prozentrang- und Standardwerte transformiert werden. Interpretationsschemata sollen die Bewertung der Testergebnisse erleichtern. (Allerdings gibt der Autor dabei nach Ansicht des Rezensenten ein schlechtes Beispiel, indem er umgangssprachliches Vokabular, wie „Schlampigkeit", „Wurstigkeit" und „Sturheit", als psychodiagnostische Kategorien für bestimmtes Testverhalten verwendet!)

6.2 Zeit: Keine genauen Angaben. Der bisherige Arbeitsaufwand von zwei Stunden wurde durch einen neuen, vereinfachten Berechnungsmodus der Schwankung und durch Wegfall der Arbeitskurvenzeichnung reduziert.

7. Gütekriterien

7.1 Objektivität: Im Gegensatz zum PAULI-Test ist die Objektivität der Mainzer Revision als gegeben anzusehen.

7.2 Reliabilität: Über die Zuverlässigkeit werden mehrere Ergebnisse berichtet, die vor allem den Beiträgen von BARTENWERFER (1963), PLÖSSL (1941), WULSTEN und ULICH (1971) entnommen wurden und sich noch auf Vorläufer der Mainzer Revision beziehen. Danach können Additionsmenge, Fehler, Fehlerprozent und Verbesserungen als reliabel angesehen werden (Unterteilungsmethode, aufgewertet, $r \geq 0{,}80$).
Die Retest-Stabilität wurde mit Hilfe von Rangkorrelationen ermittelt. Dabei erreichte die Additionsmenge über Zeiträume von vier Wochen bis acht Mo-

naten die höchsten Koeffizienten (r_s = 0.96 bis 0,85; N = 58 bis 200). Erwartungsgemäß geringer war die Stabilität von Fehlern bzw. Fehlerprozentwerten ($r_s = \leq 0,68$). Etwas darunter lag V%, der Verbesserungsprozentwert ($r_s = \leq 0,58$). Die absolute und relative Schwankung erwiesen sich weder über einen langen Zeitraum von 8 Monaten noch über ein kurzes Intervall von 8 Wochen als hinreichend stabil ($r_s \leq 0,48$). Noch geringer fielen die entsprechenden Retest-Rangkorrelationen der Steighöhe aus ($r_s \leq 0,21$). Insofern kommt den letztgenannten Werten (Schw und V%) allenfalls diagnostische, aber keine prognostische Bedeutung zu.

1.3

7.3 Validität: Zur Übereinstimmungsvalidität werden Untersuchungen von BARTENWERFER (1971), BÄUMLER (1974), REUNING (1957), SEITZ (1970), SHOUL und REUNING (1957) zitiert. Danach korreliert die Additionsmenge als Maß des Arbeitstempos mit den entsprechenden Variablen anderer allgemeiner Leistungstests (KLT, Test d2 und KVT) in einem Bereich von r = 0,33 bis 0,68. Das entspricht annähernd dem Zusammenhang, der zwischen der Additionsmenge einerseits und der Geschwindigkeit des Händeklatschens, der Handschrift und des Lesens andererseits gefunden wurde (r = 0,34 bis 0,58).

Auf den Zusammenhang des fortlaufenden Addierens mit der Schulnote im Rechnen wurde schon von FAUTH (1925) hingewiesen. Je besser die Rechennote, umso höher war die durchschnittliche Additionsmenge pro Minute und umso niedriger der durchschnittliche Fehlerprozentwert. WINKLER (1949), der Leistungsquotienten (nach PAULI) mit Schulnoten korrelierte, bestätigte den engen Zusammenhang mit Rechenleistungen. Die höchsten Korrelationen fand er zwischen dem Leistungsquotienten und der Rechennote (r = 0,55 bzw. 0,60).

Innerhalb einer Stichprobe von N = 100 Probanden im Alter von 13 bis 55 Jahren korrelierte die durchschnittliche Additionsmenge mit den Gesamttestwerten des AMTHAUER- und WECHSLER-Intelligenztests in moderater Höhe (IST-Gesamt-RW: r = 0,55; HAWIE-Gesamt-WP: r = 0,54). Von den Subtests korrelierten die numerischen (ZS, RD und ZR) überdurchschnittlich hoch ($r \geq 0,50$), während für die Subtests FA und WA des IST sowie FL und BE des HAWIE die geringsten Zusammenhänge ($r \leq 0,28$) ermittelt wurden. Dagegen fanden BÄUMLER und WEISS (1966) durchweg geringe Korrelationen zwischen Additionsmenge und IST-Subtests ($r \leq 0,30$). Lediglich der Subtest Rechenaufgaben lag mit r = 0,41 darüber, was wiederum für den Zusammenhang mit Rechenleistungen spricht.

Weiterhin wird auf Beiträge von BOTTENBERG und WEHNER (1965) und SEITZ (1971) hingewiesen, die Zusammenhänge von diversen Testwerten des PAULI-Tests mit Persönlichkeitsvariablen untersuchten. Das Manual enthält keine neueren Informationen zur Validität der Arbeitskurve. Insofern gilt für die Handanweisung zur Mainzer Revision der Arbeitskurve noch die von BARTENWERFER (1983, S. 487) geäußerte Kritik an den „raren Angaben über die Gütekriterien des Tests, wie sie in der Form von (Mindest-)Anforderungen von der American Psychological Association und anderen Organisationen 1954 zusammengestellt wurden".

7.4 Normen: Die graphischen Normentafeln basieren auf einer nach Repräsentanzkriterien (IST-Intelligenzgrad, Alter und Geschlecht) zusammengestellten Eichstichprobe von N = 2010. Sie sind innerhalb des Bereichs von 12 bis 60 Jahren nach Altersstufen aufgeschlüsselt.

8. Literatur

ARNOLD, W. (1943). *Der PAULI-Test.* München.

BARTENWERFER, H. (1963/1971). Allgemeine Leistungstests. In: E. HEISS (Hrsg.), *Psychologische Diagnostik. Handbuch der Psychologie* (S. 385–410). Göttingen: Hogrefe.

BARTENWERFER, H. (1983). Allgemeine Leistungsdiagnostik. In: K.-J. GROFFMANN & L. MICHEL (Hrsg.), *Intelligenz- und Leistungsdiagnostik. Enzyklopädie der Psychologie* (S. 482–512). Göttingen: Hogrefe.

BÄUMLER, G. (1974). *Mensch und Maschine. Zur Diagnostik der Dauerüberwachungsfähigkeit.* Göttingen: Hogrefe.

BÄUMLER, G. & WEISS, R. (1966). Über den Zusammenhang der PAULItestleistung mit Intelligenzleistungen (IST-Amthauer, CFT-Cattell). *Psychologie und Praxis, 10,* 27–35.

BOTTENBERG, E. H. & WEHNER, E. G. (1965). Empirischer Beitrag zur Bestimmung der persönlichkeitsdiagnostischen Gültigkeit des PAULI-Tests. *Psychologie und Praxis, 9,* 155–174.

FAUTH, E. (1925). Testuntersuchungen an Schulkindern nach der Methode des fortlaufenden Addierens. *Archiv für die gesamte Psychologie, LI/1,* 1–20.

OEHRN, A. (1889). *Experimentelle Studien zur Individualpsychologie.* Diss. Dorpat.

PETRESCU-HEROIU, V. (1933). Vergleichende arbeitpsychologische Untersuchungen. *Archiv für die gesamte Psychologie, 89,* 549–604.

PLÖSSL, P. (1941). Die Arbeitskurve als diagnostisches Hilfsmittel bei Schwererziehbarkeit. *Zeitschrift für angewandte Psychologie und Charakterkunde, 61,* 2–69.

REUNING, H. (1957). *Description and interpretation of the PAULI-Test.* Nat. Inst. f. Pers. Research, Zirk 917.

SEITZ, W. (1970). Über den Zusammenhang von Persönlichkeitseigenschaften mit diversen Aufmerksamkeitsleistungen und der Farb-Wort-Interferenz bei Volksschülern. *Archiv für die gesamte Psychologie, 122,* 155–176.

SEITZ, W. (1971). Über den Zusammenhang von Leistungen im PAULI-Test und diversen Persönlichkeitsmerkmalen. *Psychologische Beiträge, 13,* 221–238.

SHOUL, S. M. & REUNING, H. (1957). Speed and variability components in the PAULI-Test, CFF and alpha rhythm. *Journal of the Nat. Inst. f. Pers. Research, 7,* 28–44.

WULSTEN, A.-R. & ULICH, E. (1971). Zur Frage der Wiederholungszuverlässigkeit im PAULI-Test. *Psychologische Rundschau, 22,* 203–212.

Bonner Konzentrationstest (BKT)

Ein computergestütztes Verfahren zur Messung der Konzentrationsfähigkeit
E. Fay und M. Meyer
Göttingen: Hogrefe, 1993 (Version 2.0F)

---

1. Testart Allgemeiner Leistungstest

2. Testmaterial Handanweisung (45 Seiten), 1 BKT-Diskette (3,5"), 1 Zweiertastatur; *zusätzlich:* erforderlich ist ein PC nach IBM-Standard mit einer der folgenden Graphikkarten: Hercules, Ega, VGA oder dazu kompatibel. Der Käufer des Programms erwirbt die Lizenz für 105 Testdurchführungen. Der Ablauf der Lizenz wird vor dem Abbruch des Programms angezeigt.

3. Testgliederung Homogener Test, bestehend aus 6 „Voll"-Bildschirmseiten mit jeweils 300 Zeichen.

4. Grundkonzept Der BKT stellt die Computer-Version eines Durchstreichtests nach Bourdon dar. Hinsichtlich des Meßbereichs orientieren sich die Autoren an der Definition von Brickenkamp und Karl (1986, S. 195), die Konzentration als die Fähigkeit bezeichnen, „sich bestimmten (aufgaben-)relevanten internen und externen Reizen selektiv zuzuwenden und diese schnell und korrekt zu analysieren". Auch das zu analysierende Reizmaterial ähnelt sehr dem des Aufmerksamkeits-Belastungs-Tests von Brickenkamp: Anstelle der Buchstaben d und p werden die Buchstaben b und q, mit 1–4 waagerechten Strichen versehen, verwendet. Die bestehenden Ähnlichkeiten gewährleisten jedoch nicht, daß das computerisierte Verfahren dieselben Meßeigenschaften besitzt wie die Papier-und-Bleistift-Form.

5. Durchführung **5.1 Alter–Klasse:** Keine Angaben.

5.2 Formen: Einzeltest ohne Parallelform.

5.3 Handhabung: Zur Installation des Programms wird der Stecker der Zweiertastatur mit der Druckerschnittstelle (Parallelschnittstelle) des PCs verbunden und die BKT-Diskette in das passende Laufwerk (z. B. „A") eingeschoben. Dann wird „A:" (bzw. der Name des benutzten Laufwerks) eingegeben und das Programm mit „BKT" (RETURN) gestartet. In der Regel sollte das Programm auf der Festplatte installiert werden. In diesem Fall sind zunächst die beiden Dateien BKT.EXE und BKT.OVL auf ein (nach DOS-Handbuch) neu einzurichtendes Unterverzeichnis zu kopieren. Die Daten werden dann auf der Festplatte gespeichert. Wird das Programm nicht auf die Festplatte kopiert und von der Diskette gestartet, erfolgt die Ablage der Testergebnisse auf der Diskette, die aber nicht über genügend Speicherplatz für die Daten aller 105 Testdurchführungen verfügt! (Einige Hinweise bei evtl. Installationsproblemen finden sich in der Handanweisung.)

Nach Registrierung der wichtigsten demographischen Daten des Probanden (Pb) erscheinen auf sechs Bildschirmseiten die Instruktionen, die darauf hinauslaufen, daß jedes b, das mit zwei Strichen versehen ist, durch Drükken der rechten, grünen Taste mit einem „/" und jedes andere Zeichen durch Drücken der linken, roten Taste mit einem „\" markiert werden soll. (Korrekturen sind nicht möglich.) Der Pb wird darauf hingewiesen, daß der Test 10 Minuten dauert, daß es darauf ankommt, „rasch und fehlerfrei" zu arbeiten, und daß die Anzahl falsch markierter Zeichen von der Anzahl der markierten abgezogen wird. Im Gegensatz zu anderen Durchstreichtests verlangt der BKT also eine bestimmte Reaktion (grünen oder roten Knopf betätigen) bei *jedem* Zeichen.
Vor Beginn des Tests wird eine Übungsphase eingeschoben, bei der eine Fehlerrückmeldung erfolgt. Der Pb kann diese vorzeitig beenden.
Der eigentliche Test umfaßt maximal sechs „Voll"-Bildschirmseiten mit jeweils 300 Zeichen.

5.4 Zeit: Die Netto-Durchführungszeit beträgt 10 Minuten. Hinzu kommt die nicht genau bestimmbare Zeit, die der Pb für die Angabe seiner Personalien, für die Instruktionen und für die Übungsphase benötigt.

6. Auswertung

6.1 Modus: Das Programm registriert alle Reaktionszeiten mit der Kennzeichnung evtl. Falschmarkierungen. Die Daten, im ASCII-Format gespeichert, lassen sich ggf. durch bekannte Statistikprogramme weiterverarbeiten.
Die Ergebnisse, die über das Menü abgerufen werden können, umfassen folgende Daten: die Gesamtzahl der bearbeiteten Zeichen (GZ), die richtig bearbeiteten (GZ-F), die falsch bearbeiteten Zeichen (F), den Fehlerprozentwert (F%), den Mittelwert und die Streuung der Reaktionszeiten bezüglich richtig bearbeiteter Zeichen. Sie werden sowohl für jede Minute des Tests gesondert als auch für die Gesamtzeit angegeben. Der Verlauf der Reaktionszeiten von maximal 1200 Zeichen kann auf dem Monitor graphisch dargestellt werden. Darüber hinaus ist eine graphische Darstellung der Reaktionszeiten nicht mehr möglich.

6.2 Zeit: Die Ergebnisse sind unmittelbar nach der Testdurchführung abrufbar.

7. Gütekriterien

7.1 Objektivität: Die Vorgabe standardisierter Instruktionen und die elektronische Datenauswertung gewährleisten die Objektivität des Verfahrens.

7.2 Reliabilität: Berechnet wurde die Stabilität des BKT über einen Zeitraum von 4 bis 6 Wochen. Die Stichprobe (N = 74) setzte sich aus 30 männlichen und 44 weiblichen Mitarbeitern einer Forschungsinstitution zusammen. Alle Schulbildungsgruppen waren vertreten. Das Alter der Pbn lag zwischen 16 und 59 Jahren. Die Stabilitätskoeffizienten von GZ und GZ-F sind sehr hoch (r_{tt} = 0,94), während die der Fehlerwerte (F und F%) wesentlich geringer ausfielen (r_{tt} = 0,56 bzw. 0,60). (Die heterogene Zusammensetzung der Stichprobe hinsichtlich Alter und Schulbildung legt die Vermutung nahe, daß es sich hierbei um Maximalschätzungen der Reliabilität handelt.)

7.3 Validität: Inhaltliche Validität wird beansprucht und begründet. Zur konvergenten Validität (Kreisvalidierung) liegen zwei Untersuchungen (N_1 = 59 bzw. N_2 = 46) vor, in denen der BKT mit dem Test d2 von BRICKENKAMP

korreliert wurde. Die Koeffizienten liegen für GZ bei r = 0,69 bzw. 0,71, für GZ-F bei r = 0,69 bzw. 0,73. Sie zeigen substantielle Zusammenhänge, aber auch BKT-spezifische Varianzanteile. Geringer korrelierten die Fehlerwerte F und F% der beiden Verfahren miteinander: r = 0,28 bis 0,40. Tendenziell etwas höher fielen die Korrelationen aus, wenn der BKT nach dem Test d2 gegeben wurde als umgekehrt.
In einer Bewährungskontrolle wurden Zusammenhänge zwischen BKT-Leistungen und Schulzensuren untersucht. Die Teilstichproben bestanden aus (N = 21 bis 45) Gymnasiasten der 12. Klasse. Geringfügige Zusammenhänge (r = –0,17 bis –0,30) ergaben sich zwischen GZ und GZ-F einerseits und den Schulnoten der Fächer Mathematik, Biologie, Deutsch und Englisch andererseits. Die Zensuren der letzten beiden Fächer korrelierten mit F und F% um r = 0,16 bis 0,21. Allerdings erreicht kein Koeffizient das Signifikanzniveau von p < 0,01. Keine Beziehungen konnten zwischen BKT-Variablen und den Fächern Chemie und Physik gefunden werden.

7.4 Normen: Bisher gibt es keine repräsentativen Normen zum BKT. Die an einer Ad-hoc-Stichprobe (N = 189, davon 87 männlich und 102 weiblich) gewonnenen Daten können lediglich als grobe, provisorische Orientierungshilfe verwendet werden, zumal in der Stichprobe höhere Bildungsgrade dominieren, die höhere BKT-Testwerte erreichen dürften als der Bevölkerungsquerschnitt (Abitur: 85%, Mittlere Reife: 10%, Hauptschulabschluß: 5%). Außerdem werden altersbedingte Leistungsunterschiede durch die heterogene Altersstruktur der Stichprobe (Range 16 bis 58 Jahre, Durchschnittsalter 26 Jahre) verdeckt. Dementsprechend werden nur „Grenzprozentränge" für GZ-F und Quartilwerte (PR 25, 50, 75) für F% mitgeteilt, die im Erst- und Zweittest ermittelt wurden. Außerdem geben die Autoren die Quartilwerte für die Standardabweichung der Reaktionszeiten (s-RZ) und für den Leistungszuwachs vom Erst- zum Zweittest bei richtig markierten Zeichen (GZ-F) an.

Literatur

Brickenkamp, R. & Karl, G. A. (1986). Geräte zur Messung von Aufmerksamkeit, Konzentration und Vigilanz. In: R. Brickenkamp (Hrsg.), *Handbuch apparativer Verfahren in der Psychologie* (S. 195–211). Göttingen: Hogrefe.

Brickenkamp, R. (1994[8]). *Test d2. Aufmerksamkeits-Belastungs-Test.* Göttingen: Hogrefe.

Fay, E. (1992). Über die Übbarkeit der Leistung in einem Durchstreichverfahren zur Messung der Konzentrationsfähigkeit. *Diagnostica, 38,* 301–311.

Bourdon-Test

B. BOURDON
Göttingen: Hogrefe, 1955

---

1. Testart Allgemeiner Leistungstest

2. Testmaterial Testformblatt DIN A4 mit Buchstaben, Testformblatt DIN A4 mit Figuren (keine Handanweisung); *zusätzlich:* Stoppuhr und Schreibgerät.

3. Testgliederung Der Bourdon-Test liegt in Form eines Buchstaben- und eines Figuren-Durchstreichtests vor.

4. Grundkonzept Im Jahr 1895 von BOURDON erstmalig veröffentlicht, gehört der Bourdon-Test zu den ältesten Verfahren zur Messung der Aufmerksamkeits- und Konzentrationsleistung. Während der ursprüngliche Test sinnvolle Textvorlagen enthielt, aus denen bestimmte Buchstaben herauszufinden und durchzustreichen waren, ersetze WHIPPLE (1910) den Text durch unregelmäßige Buchstabenfolgen. TOULOUSE und PIERON (1911) benutzten anstelle der Buchstaben acht einander ähnliche Zeichen. Seither sind zahlreiche Modifikationen von Durchstreichtests entstanden, die auf BOURDON zurückgehen. Sie alle verlangen von den Pbn eine rasche und sichere Unterscheidung bestimmter Stimuli (Buchstaben, Figuren, Zahlen) und damit eine kontinuierliche Reizzuwendung. BARTENWERFER (1964), der den Bourdon-Test der Gruppe „allgemeiner Leistungstests" zuordnet, berichtet weiteres über Bourdon-Varianten. Nach HILTMANN (1966²) steht die praktische Bewährung des methodischen Prinzips, das im Bourdon-Test verwirklicht wurde, außer Zweifel. Gegenwärtig wird der Bourdon-Test von einer Weiterentwicklung des Grundkonzepts, dem besser standardisierten Test d2 von BRICKENKAMP (1972⁴), weitgehend abgelöst.

5. Durchführung **5.1 Alter:** Ein exakt definierter Altersbereich liegt nicht vor. Die Anwendung des Buchstaben-Durchstreich-Tests setzt jedoch eine gewisse Flüssigkeit der Unterscheidung von kleinen Druckbuchstaben voraus, während der Figuren-Durchstreich-Test natürlich nur dann sinnvoll anwendbar ist, wenn die Pbn die für Kinder nicht ganz unkomplizierten Figuren wiedererkennen und voneinander unterscheiden können. Das dürfte etwa ab neun Jahren der Fall sein.

5.2 Formen: Form mit Buchstaben bzw. Figuren, keine Parallelformen. Gruppentest.

5.3 Handhabung: Es gibt keine standardisierte Instruktion. Das Verfahren wurde mit ganz unterschiedlichen Anweisungen praktiziert, was die Vergleichbarkeit der Erhebungsdaten erschwerte oder gar unmöglich machte. Es wurden verschieden viele Reize (Buchstaben bzw. Figuren) ausgewählt, die durchgestrichen werden mußten. Teilweise wurde die individuelle Testzeit gemessen, die für die Bearbeitung des Gesamttests gebraucht wurde; teilweise wurden – unterschiedliche – Zeitgrenzen gesetzt und die innerhalb dieser Zeit vollbrachten Leistungen ermittelt.

5.4 Zeit: Wegen der verschiedenartigen Handhabung des Bourdon-Tests ist keine allgemeine Durchführungszeit bestimmbar.

6. Auswertung

6.1 Modus: Auswertbar sind – je nach Durchführungsart – Zeit-, Fehler- oder Mengenleistungswerte. Die Auswertung ist ohne Schablone sehr umständlich und fehleranfällig. Es wir daher empfohlen, sich selbst Schablonen herzustellen.

6.2 Zeit: Keine Angaben.

7. Gütekriterien

7.1 Objektivität: Ohne standardisierte Testanweisungen kann die Durchführungsobjektivität nicht als gesichert angesehen werden. Die Auswertungsobjektivität erreicht ohne Schablone nicht das größtmögliche Maß an Exaktheit.

7.2 Reliabilität: Allgemeingültige Angaben sind wegen der unterschiedlichen Handhabung nicht möglich.

7.3 Validität: Dasselbe gilt auch in bezug auf die Gültigkeit des Bourdon-Tests.

7.4 Normen: Die Benutzer sind auf die Erstellung eigener Normen angewiesen.

8. Literatur

BARTENWERFER, H. (1964). Allgemeine Leistungstests. In: *Handbuch der Psychologie, 6. Band. Psychologische Diagnostik.* Göttingen: Hogrefe.

BOURDON, B. (1895). Observations comparatives sur la reconnaissance, la discrimination et l'association. *Rev. Philos., 40,* 153–185.

BRICKENKAMP, R. (1972[4]). *Test d2. Aufmerksamkeit-Belastungstest.* Göttingen: Hogrefe.

HILTMANN, H. (1962[6]). *Kompendium der psychodiagnostischen Tests.* Bern und Stuttgart: Huber.

TOULOUSE, E. &. PIERON, H. (1911). *Technique de psychologie expérimentale I.* Paris (zit. nach Bartenwerfer).

WHIPPLE, G. M. (1910). *Manual of mental and physical tests.* Baltimore: Warwick & York.

Differentieller Leistungstest – KE (DL-KE)

E. W. KLEBER und G. KLEBER
Göttingen: Hogrefe, 1974

---

1. Testart Allgemeiner Leistungstest, Schultest

2. Testmaterial Handanweisung (DIN A4, 61 Seiten), Testheft (DIN A4, 8 Seiten), gesonderte Auswertungsblätter für Jungen und Mädchen, zwei Vorlagen (A und B), zwei Schablonensätze (A und B) für die Testauswertung; *zusätzlich:* Intervallzeitgeber (oder Stoppuhr und Klangstab) und weiche Filzschreiber (z. B. Edding 1200).

3. Testgliederung Homogener Test, untergliedert in zehn Intervalle von je 1,5 Minuten.

4. Grundkonzept Der DL–KE ist ein Figurendurchstreichtest, der das Leistungsverhalten bei konzentrierter Tätigkeit erfassen soll. Der Test wurde speziell für die Eingangsstufe der Grundschule konzipiert. Die Autoren gingen dabei von der Überlegung aus, daß die Vorschule durch ihr größeres Reizangebot nicht unbedingt und in jedem Fall entwicklungsfördernd, sondern in manchen Fällen auch belastend und entwicklungshemmend wirken kann. Dies insbesondere dann, wenn ein Kind den gestellten Anforderungen der Vor- bzw. Grundschule an seine willkürliche Aufmerksamkeit (Konzentration) nicht (oder noch nicht) gewachsen ist. Der von KLEBER UND KLEBER geschaffene Test DL-KE soll dazu dienen, die individuelle Konzentrationsleistung und Belastbarkeit zu messen, damit im Einzelfall Vorsorge getroffen werden kann, Überbelastungen und damit verbundene Störungen der Leistungsmotivation zu vermeiden. Darüber hinaus kann der Test „zur Überprüfung des Belastungsgrades bestimmter schulischer Situationen eingesetzt werden und hier als Indikator für Überbelastung dienen und dem Lehrer helfen, Überforderungen zu minimalisieren“ (KLEBER & KLEBER, 1974, S. 10).

Die Autoren gebrauchen den Begriff „konzentrative Aufmerksamkeit“ für den willkürlich gesteuerten Vorgang der Reizselektion, „der am Kontinuum der Zeit in Konzentration übergeht“. „Ist ein Individuum in der Lage, bestimmte Reize, deren Relevanz fremdgesetzt ist, in den Mittelpunkt seiner Beachtung zu setzen und gleichzeitig unerwünschte Reize weitgehend zu vernachlässigen (auszuklammern), so wird ihm konzentrative Aufmerksamkeit zugesprochen. Ist ein Individuum in der Lage, diese konzentrative Aufmerksamkeit fortlaufend zu erbringen, d. h., kann es nicht nur im Einzelvorgang solche Reize, deren Relevanz fremdgesetzt ist, beachten und bezeichnen, sondern einen fortgesetzten Arbeitsvorgang an Material mit fremdgesetzter Relevanz durchführen bei relativ gleichmäßiger Leistung, so wird ihm Konzentration zugesprochen“ (KLEBER & KLEBER, 1974, S. 8).

Auf der Grundlage einiger experimenteller Untersuchungen, die in der Handanweisung dargestellt werden, entschieden sich die Autoren, 21 Abbil-

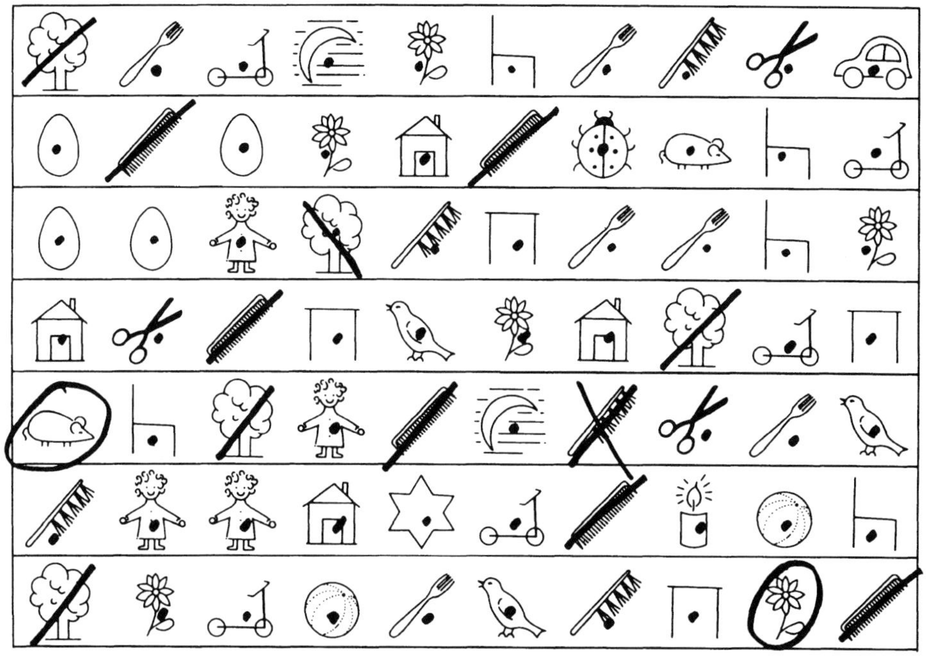

Ausschnitt aus der Reizvorlage des Differentiellen Leistungstests – KE und die Art der Bearbeitung nach Vorlage A

dungen konkreter, vertrauter Gegenstände als Reizmaterial zu verwenden, von denen jeweils zwei (Form A: Baum und Kamm; Form B: Blume und Bürste) als relevante Reize gelten und vom PB durchgestrichen werden müssen. Die restlichen 19 Abbildungen sind die irrelevanten Reize. Das Testheft besteht aus einer Übungsseite mit 11 Testzeilen und sieben Seiten mit je 14 Testzeilen. Da jede der 98 Testzeilen 10 Items (Reize) enthält, stehen dem Pb in 15 Minuten Testzeit maximal 980 Items zur Bearbeitung zur Verfügung.

5. Durchführung

5.1 Alter: Vorschüler im Alter vom 5;7 bis 6;6 Jahren.

5.2 Formen: Die Parallelformen A und B ergeben sich durch die Reizvorlagen A und B, die jene Stimuli bezeichnen, die als relevant gelten und durchgestrichen werden müssen. In beiden Formen finden die gleichen Testhefte Verwendung.

5.3 Handhabung: Der Test ist im Einzelversuch und in kleinen Gruppen (bis zu maximal 6 Pbn) durchführbar. Damit der VI jedes Kind bei der Arbeit beobachten kann, sollten die Tische, an denen jeweils nur ein Kind Platz nimmt, halbkreisförmig angeordnet werden.
Der VI erzählt den Probanden eine kurze Geschichte von einem Zauberer, der in seinem Buch alle Gegenstände, die er verzauberte, durchstrich und die übrigen, die er nicht verzaubert hatte, mit einem Punkt kennzeichnete. Darauf werden die Kinder aufgefordert, es dem Zauberer gleichzutun. Die-

ser Teil der Instruktionen ist wörtlich vorzutragen. Außerdem wird den Pbn mitgeteilt, daß sie Fehler durch Gegenstriche berichtigen können.
Auf der Übungsseite wird zunächst das Durchstreichen der relevanten Bilder und das Punktieren der irrelevanten Bilder zwei Reihen lang geübt. Dann wird gezeigt, wie das Bild, das beim Ertönen eines Klangzeichens gerade bearbeitet wird, eingekreist werden soll. (Diese Markierung ermöglicht eine Analyse des Leistungsverlaufs.) Auch das Einkreisen wird durch mehrmalige Vorgabe des Klangzeichens im Abstand von 20 bis 30 Sekunden geübt. Der VI kontrolliert, ob die Instruktionen richtig verstanden und angewandt wurden, und gibt notfalls weitere Erklärungen. Erst dann werden die Kinder angewiesen, das Testheft umzudrehen und auf ein Zeichen mit der Arbeit zu beginnen. Der VI gibt alle 90 Sekunden das vereinbarte Klangzeichen (bzw. setzt Intervallzeitgeber in Gang), bis die Testzeit von 15 Minuten abgelaufen ist.
Besteht der Verdacht, daß ein Kind infolge einer Störung der Feinmotorik den Durchstreichtest nicht erfolgreich bewältigen kann, empfehlen die Autoren, zur Kontrolle den Untertest Kreisepunktieren aus der Testbatterie für geistig behinderte Kinder (TBGB) anzuwenden.

5.4 Zeit: Die Gesamtdurchführungszeit beträgt ca. 25 Minuten. Davon entfallen 15 Minuten auf die reine Testzeit und etwa 10 Minuten auf die Instruktionen.

6. Auswertung

6.1 Modus: Zur Ermittlung des quantitativen Leistungswertes werden die pro Zeitintervall bearbeiteten Zeichen ausgezählt und auf dem Auswertungsblatt vermerkt. Diese Werte werden addiert und (der größeren Handlichkeit wegen) durch 10 dividiert. Auf diese Weise erhält man den Gesamttestrohwert (GZT). Mit Hilfe der Schablonen 1 und 2 werden die Fehler an relevanten (F_1) und irrelevanten (F_2) Reizen pro Zeitintervall festgestellt und ausgezählt. Die Summe aller Fehler bildet den Fehlerrohwert des Gesamttests, der auf die Gesamtzahl der bearbeiteten Zeichen (GZT) relativiert wird (F%).
Außerdem lassen sich die Schwankungsbreiten der quantitativen und der qualitativen Leistung berechnen. In das Verlaufskurvengitter des Auswertungsblattes können die Verlaufskurven für die quantitative Leistung und für die prozentualen Fehlerhäufigkeiten innerhalb der Teilzeiten eingetragen und qualitativ interpretiert werden. Die Autoren empfehlen, zusätzlich Belastungskennlinien einzuzeichnen, deren Endpunkte sie aus den Mittelwerten der ersten drei und letzten drei Teilzeitleistungen (GZ bzw. F%) berechnen. Da es für Jungen und Mädchen unterschiedliche Auswertungsblätter gibt, ist auf die richtige Verwendung der Auswertungsblätter besonders zu achten.

6.2 Zeit: Keine Angaben.

7. Gütekriterien

7.1 Objektivität: Durchführungs- und Auswertungsobjektivität sind in hohem Maße gewährleistet.

7.2 Reliabilität: Die Handanweisung enthält zunächst noch unvollständige Angaben über die innere Konsistenz, Stabilität und Interkorrelation der Testwerte. Danach liegen die Ergebnisse von Konsistenzprüfungen zwischen $r_{tt} = 0,80$ (mittlere Korrelation der einzelnen Intervalle) und $r_{tt} = 0,95$ (Unterteilungsmethode: gerade vs. ungerade) für die quantitative Leistung. Diesen

ersten Anhaltspunkten fehlen nähere Angaben über die Stichprobengröße und die evtl. benutzte Aufwertungsmethode.
Die Stabilität des Tests wurde an N = 49 Kindern bei einem Intervall von einer Woche mit dem Paralleltest ermittelt. Es ergaben sich Stabilitätskoeffizienten von r_{tt} = 0,86 für GZT, die quantitative Leistung, r_{tt} = 0,62 für F%T, die qualitative Leistung, r_{tt} = 0,75 für die Schwankungsbreite der Leistungsmenge und r_{tt} = 0,55 für die Schwankungsbreite der relativen Fehlerhäufigkeit. Die Autoren vergleichen ihre Werte mit Stabilitätskennwerten des Test d2 von BRICKENKAMP, die annähernd gleich hoch sind – jedoch bei einem viel größeren Intervall (1 Jahr) erhoben wurden.
Die Interkorrelation der DL-KE-Testwerte zeigt durchweg mittlere bis höhere Zusammenhänge der Meßwerte (r = 0,40 bis 0,76).

7.3 Validität: Eine Kreisvalidierung des DL-KE mit dem Frankfurter Test für Fünfjährige–Konzentration (FTF-K) von RAATZ und MÖHLING erbrachte eine Korrelation von r = 0,60 (N = 42).
Der Versuch, den Test am Außenkriterium Lehrerurteil über die Konzentration zu validieren, verlief unbefriedigend. Das Ergebnis führt die Autoren zu dem Schluß, daß das Lehrerurteil offenbar bei Vorschülern kein brauchbares Kriterium für Konzentrationstests abgibt.

7.4 Normen: Separate Normentabellen stehen für Jungen und Mädchen bereit. Angegeben werden fünf Klassifikationskategorien (weit unterdurchschnittlich, unterdurchschnittlich, durchschnittlich, überdurchschnittlich und weit überdurchschnittlich) und die dazugehörigen Prozentränge. Berücksichtigt wurden bei der Normierung die Werte GZT (Leistungsmenge), F%T (Leistungsgüte), SB%/GZ (Schwankungsbreite der Leistungsmenge) und SB/F% (Schwankungsbreite der relativen Fehlerhäufigkeit).
Weitere Tabellen informieren über Testnormwerte für die einzelnen Intervalle. Die Standardisierungsstichprobe bestand aus 160 Jungen und 170 Mädchen des Landes Schleswig-Holstein. Das Durchschnittsalter betrug 6;0 Jahre. Die Altersverteilung war für die Besetzung der Vorschulen Schleswig-Holsteins am damaligen Stichtag (1. März 1972) repräsentativ.

Differentieller Leistungstest – KG (DL-KG)

E. W. Kleber, G. Kleber und O. Hans

Göttingen und Braunschweig: Hogrefe und Westermann, 1975

---

1. Testart

Allgemeiner Leistungstest

2. Testmaterial

Handanweisung, Testhefte für vier verschiedene Testformen, Auswertungsschablonen, Auswertungsblätter, Bearbeitungsbeispiele; *zusätzlich:* ggf. Tonband mit Instruktionen, Intervallzeitgeber, Schreibgerät.

3. Testgliederung

Homogener Test, untergliedert in 14 Intervalle zu je 1,5 Minuten.

4. Grundkonzept

Der DL-KG stellt die Verlängerung des Differentiellen Leistungstests KE in die Grundschulzeit hinein dar (siehe auch DL-KE). In seiner Konzeption entspricht er anderen vorliegenden Konzentrationstests. Er will Leistungsverhalten bei konzentrierter Tätigkeit differentiell erfassen. Konzentrationsfähigkeit wird von den Autoren enger definiert als im gewöhnlichen Sprachgebrauch. Es wird vor allem die Gleichmäßigkeit des Leistungsverhaltens in den Vordergrund gestellt.

Der DL-KG ist ein Durchstreichtest. Doch werden bei diesem, im Unterschied zu den meisten anderen Verfahren, auch die nichtrelevanten Zeichen bearbeitet.

Als Reizmaterial dienen 22 Abbildungen konkreter, vertrauter Gegenstände. Acht Bilder (A_1 bis A_4 bzw. B_1 bis B_4) sind relevante Zeichen, alle anderen irrelevante.

5. Durchführung

5.1 Alter: Schüler zwischen 6;6 und 10;5 Jahren (1. bis 4. Schuljahr).

5.2 Formen: Die Formen A und B ergeben sich durch die verschiedenen als relevant definierten Stimuli. Die Testhefte sind die gleichen. Es handelt sich um einen Gruppentest.

5.3 Handhabung: Der Testleiter hält sich an die standardisierte Anweisung, ggf. wird sie per Tonband eingespielt. Es wird genau erklärt, wie der Test zu bearbeiten ist. An zwei Übungszeilen wird das Punktieren und Durchstreichen geübt, sowie das Einkreisen, wenn ein Klingelzeichen ertönt (alle 90 Sekunden).

5.4 Zeit: Für die Durchführung des Tests soll eine ganze Unterrichtsstunde angesetzt werden.

Reine Testzeit: 21 Minuten.

6. Auswertung

6.1 Modus: In der Zeile GZI auf dem Auswertungsblatt wird die Zahl der bearbeiteten Zeichen pro Zeitintervall eingetragen. Die GZI-Werte werden summiert und durch 10 dividiert. Der so gewonnene Wert ist der Gesamttestrohwert GZT.

Mit Hilfe der Schablonen werden die Fehler erster und zweiter Art ermittelt (Fehler an relevanten und irrelevanten Zeichen). Die Summe beider Fehlertypen – der Fehlerrohwert – wird auf die Gesamtzahl der bearbeiteten Zeichen relativiert (F% T). Die Schwankungsbreite ($GZI_{max} - GZI_{min}$) wird ebenfalls auf die Gesamtzahl der bearbeiteten Reize relativiert (SB%/GZ). Aus den GZI-Werten kann eine quantitative Verlaufskurve erstellt werden, die qualitativ interpretiert werden kann. Anhand von Normentabellen kann eine Umrechnung in PR-Werte erfolgen.

6.2 Zeit: Ca. 10 Minuten.

7. Gütekriterien

7.1 Objektivität: Durchführung und Auswertung des Tests können als objektiv bezeichnet werden.

7.2 Reliabilität: Die Testhalbierungszuverlässigkeit lag für die verschiedenen Altersstufen zwischen 0,92 und 0,97. Die Homogenitätsprüfung ergab einen Koeffizienten von 0,80.

7.3 Validität: Logische Gültigkeit des Tests liegt vor. Eine Kreisvalidierung mit dem Test d2 von BRICKENKAMP ergab Werte, die in den vergleichbaren Dimensionen zwischen 0,049 und 0,439 lagen. Zwischen dem Test und dem Außenkriterium „Lehrerurteil" liegen nur mäßige Korrelationen vor.

7.4 Normen: Die Eichstichprobe bestand aus 461 Jungen und 445 Mädchen im Alter zwischen 7 und 10 Jahren. Die Tabellen erlauben eine Differenzierung nach dem Geschlecht; außerdem gestatten sie eine Klassifizierung der Ergebnisse nach PR-Werten.

8. Literatur

KLEBER, E. W. (1975). Untersuchungen zur prediktiven Validität der DL-K-Tests. *Z. f. exper. u. angew. Psychol.,* 1975.

Durchstreichtest „ohne Modell“

R. MEILI
Bern und Stuttgart: Huber, 1955*

---

1. Testart Allgemeiner Leistungstest

2. Testmaterial Testformblatt DIN A4, Anweisungen (3 Seiten) und Auswertungsbogen im Format DIN A4; *zusätzlich:* Stoppuhr und Schreibgerät.

3. Testgliederung Sechzehn Testzeilen mit gesonderter Zeitmessung, Pause nach der 13. Zeile.

4. Grundkonzept Der Durchstreichetest von MEILI stellt eine nach dem Prinzip von TOULOUSE und PIÉRON (1911) abgewandelte Form des Bourdon-Tests dar. Wie bei jenem Verfahren wird auch hier die schnelle und genaue Unterscheidung ähnlicher Zeichen verlangt. Bei den Zeichen handelt es sich um rechts bzw. links geöffnete Bogen (Klammern), die oben und/oder unten mit einem Kreuz versehen sind. Durchgestrichen werden müssen rechts konkave und mit einem Kreuz kombinierte Bogen (vgl. Abb.). Hauptsächlich soll der Test, der formal zu den allgemeinen Leistungstests bzw. Aufmerksamkeits- und Konzentrationstests gezählt werden kann, der Analyse des Leistungsverlaufs bei einer einfachen und monotonen geistigen Tätigkeit dienen.

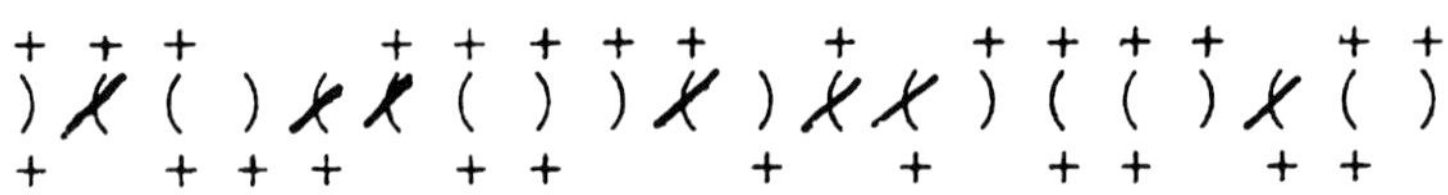

5. Durchführung **5.1 Alter:** Keine Angaben. Anwendbar etwa ab 14 Jahren.

5.2 Formen: Einzeltest. Keine Parallelform.

5.3 Handhabung: Die Instruktionen zum Meili-Test sind im wesentlichen festgelegt. Der Vl hat die Teilzeiten, die der Pb für die Bearbeitung der Testzeilen benötigt, abzustoppen. Ferner muß er das Verhalten des Pb während des Tests beobachten und protokollieren. Ggf. soll er jedoch nach den Vorstellungen des Autors auch in die Testsituation individuell eingreifen, um „eine optimale Arbeitsweise“ zu erreichen. Nach der 13. Zeile erfolgt eine Pause von einer Minute. Das Verfahren ist unter Beachtung dieser Anweisungen nur im Einzelversuch anwendbar.

5.4 Zeit: Die Durchführungszeit ist individuell verschieden. Sie liegt ungefähr zwischen vier und zehn Minuten (Mittelwert ca. 6–7 Minuten). Hinzu kommt die Zeit für die Instruktion. Je nach Alter und Leistungsfähigkeit des

---

* Der Test ist nicht mehr komplett lieferbar, eine Neuauflage ist nicht geplant.

Pb sind für die Durchführung des Tests annähernd zehn bis fünfzehn Minuten einzuplanen, zuweilen aber auch mehr.

6. Auswertung

6.1 Modus: Da dem Test keine Auswertungsschablone beigefügt ist, wird empfohlen, selbst eine solche herzustellen. MEILI dagegen schlägt die Durchsicht des Testbogens ohne Schablone vor. Eine gewisse Erleichterung bietet die gleichartige Anordnung gerader und ungerader Testzeilen. Falsch angestrichene Zeichen werden vom Auswerter angekreuzt. Auslassungsfehler werden auf dem Testbogen umrandet. Zeit und Fehler überträgt der Auswerter auf ein Diagrammschema des Auswertungsbogens. Einziger Meßwert ist die Gesamtleistung, die sich aus der Summe der ersten dreizehn Teilzeiten und einer Korrektur für die gemachten Fehler errechnet. Für jeden Fehler werden zwei Sekunden zusätzlich veranschlagt. MEILI mißt dem quantitativen Gesamtergebnis nur beschränkte Bedeutung bei. Mehr Beachtung schenkt er dem Leistungsverlauf, der Arbeitsweise, der Regulation des Energieeinsatzes. Einige Interpretationshinweise dazu werden gegeben. (Vgl. MEILI, 1961[4])

6.2 Zeit: Keine Angaben des Autors. Im Vergleich zu anderen Durchstreichtests dürfte die Auswertung des Meili-Tests als relativ zeitaufwendig zu bezeichnen sein.

1.3

7. Gütekriterien

7.1 Objektivität: Die Durchführungsobjektivität kann nur insofern als gesichert angesehen werden, als gleiche Ausgangsbedingungen in der Testsituation für die Pbn geschaffen werden. Es ist problematisch, ob individuelle Eingriffe des VI sich mit dem Prinzip der Standardisierung der Testsituation vereinbaren lassen, auch wenn sie mit der Absicht gegeben werden, den Pb auf individuelle Weise zu optimalen Leistungen zu veranlassen. Derartige Eingriffe, die MEILI empfiehlt, unterliegen subjektiven Entscheidungen und bleiben damit bis zu einem gewissen Grad unkontrollierte Einflüsse. Die Auswertungsobjektivität des quantitativen Gesamtleistungswertes ist bei Benutzung einer Auswertungsschablone optimal. Unkontrolliert bleibt die Interpretationsobjektivität qualitativer Befunde, die MEILI für wichtig hält.

7.2 Reliabilität: Hinreichende Angaben des Autors zur Reliabilität liegen nicht vor. Jedoch ist damit zu rechnen, daß die Überprüfung auch bei diesem Durchstreichtest befriedigende Ergebnisse hinsichtlich der Gesamtleistung erbringen würde.

7.3 Validität: Keine Angaben.

7.4 Normen: Prozentrangnormen für Vierzehn-, Fünfzehn-, Sechzehn- und Siebzehnjährige. Sie reichen als Vergleichsmaßstab und Urteilsbasis jedoch nicht aus, weil sie auf viel zu kleinen und nicht näher definierten Stichproben basieren (N = 15 bis 66).

8. Literatur

MEILI, R. (1961[4]). *Lehrbuch der psychologischen Diagnostik.* Bern und Stuttgart: Huber.

MEILI, R. & DAIU, M. (1939). Expériences sur la signification des tests d'attention. *Arch. Psychol. 27,* 113–133.

TOULOUSE, E. &. PIÉRON, H. (1911). *Technique de psychologie expérimentale I.* Paris.

Konzentrations-Leistungs-Test (KLT)

H. Düker – herausgegeben von G. A. Lienert
Göttingen: Hogrefe, 1965[2]

---

1. Testart Allgemeiner Leistungstest

2. Testmaterial Handanweisung (DIN A5, 28 Seiten), zwei Sorten von Testbogen unterschiedlicher Schwierigkeitsstufen: Testbogen der Schwierigkeitsstufe C sind durch Angaben der Zielgruppe „Nur für Volksschüler" gekennzeichnet. Schwierigkeitsstufe D für Jugendliche und Erwachsene ist nicht besonders gekennzeichnet. Beide Sorten gibt es in den Parallelformen A und B. Zu ihnen gehören zwei Sorten von je zwei Lösungsschlüsseln. *Zusätzlich* werden Schreibgerät und Stoppuhr benötigt.

3. Testgliederung Homogener Test ohne zeitliche Untergliederung.

4. Grundkonzept Der KLT gehört zu den bekanntesten Konzentrationstests. Er wurde insbesondere in pharmakologischen Experimenten mit Erfolg verwendet. Dem Verfahren liegt das von Düker (1949, S. 10) formulierte Konzept der Koordination zugrunde: „Koordination ist das zu einer Gesamttätigkeit geordnete Zusammenwirken der Einzeltätigkeiten, die zur Erreichung eines bestimmten Zweckes erforderlich sind." Das Lösen der KLT-Aufgaben erfordert danach die Koordination folgender Einzeltätigkeiten: Auffassen, Rechnen, Merken, Vorstellen und Entscheiden. „Jede Koordination", schreibt Düker (1949, S. 11) „erfordert eine psychische Anspannung, deren Intensität von der Schwierigkeit der auszuführenden Leistung abhängig ist." Diese Anspannungsfähigkeit zum Zweck der Koordination wird von Düker als Konzentrationsfähigkeit bezeichnet. Je größer die Konzentrationsfähigkeit ist, um so schneller und störungsfreier verläuft die Koordination, um so schneller und exakter werden die komplexen Rechenaufgaben des KLT bearbeitet und gelöst.

5. Durchführung **5.1 Alter:** Anwendbar ab 4. Schuljahr. (Grundrechenarten müssen beherrscht werden.)

5.2 Formen: Zwei Schwierigkeitsstufen: C (für Volksschüler) und D (für Jugendliche und Erwachsene). Für jede Schwierigkeitsstufe gibt es die Parallelformen A und B.

5.3 Handhabung: Der KLT ist im Einzel- und Gruppenversuch durchführbar. Die Testbogen enthalten standardisierte Instruktionen, die sich die Pbn durchlesen. Sie werden durch einige ebenfalls standardisierte Hinweise des Tl ergänzt. Jedes Item besteht aus zwei Rechenaufgaben, die der Pb lösen soll. Bei der geringeren Schwierigkeitsstufe C muß der Pb das jeweils kleinere Ergebnis vom größeren abziehen. Bei der Schwierigkeitsstufe D geschieht das nur, wenn das Ergebnis der oberen Aufgabe größer ist. Im anderen Fall, wenn also das Ergebnis der unteren Zeile größer ist, sind beide Resultate zu addieren.

1. Beispiel:	8 + 4 + 5 7 − 2 + 3	☐	2. Beispiel:	6 − 5 + 1 3 + 7 + 2	☐

Es sind jeweils drei einstellige Zahlen, die addiert bzw. subtrahiert werden müssen. Im ersten Beispiel beträgt die Summe der oberen Zeile 17. Sie ist größer als die der unteren Zeile. Deshalb muß das Resultat der unteren Zeile (8) vom Ergebnis der oberen Zeile abgezogen werden. Das Gesamtergebnis ist in das Kästchen einzutragen (9). Da im zweiten Beispiel das Ergebnis der ersten Zeile kleiner ist, werden (bei Schwierigkeitsstufe D) beide Ergebnisse addiert.

Die Vorgehensweise wird an zwei Beispielen und vier Probeaufgaben geübt, bevor der eigentliche Test beginnt.

Autor und Herausgeber fordern eine strenge Überwachung der Testdurchführung, damit sich niemand durch das Notieren von Zwischenergebnissen Leistungsvorteile verschaffen kann. Leider läßt sich durch Beaufsichtigung nicht ausschließen, daß versierte Pbn die Anweisungen umgehen können, indem sie die komplexen Rechnungen in einfachere Kettenaufgaben umstrukturieren. Voraussetzung ist, daß man schnell erkennen kann, welche der beiden Zahlen das höhere Ergebnis haben wird. In jedem Fall wird zuerst die obere Zeile ausgerechnet. Ist dieses Ergebnis offensichtlich größer (was sich oft leicht abschätzen läßt), subtrahiert man die Zahlen der unteren Zeile, die ein positives Vorzeichen haben, und addiert jene, die ein negatives Vorzeichen haben. (Infolgedessen wird das erste Beispiel folgendermaßen ausgerechnet: 8 + 4 + 5 − 7 + 2 − 3 = 9.) Ist das Ergebnis der oberen Zeile offensichtlich kleiner, rechnet man kontinuierlich weiter, ohne die Vorzeichen der unteren Zeile zu verändern. (Das zweite Beispiel kann dann so gerechnet werden: 6 − 5 + 1 + 3 + 7 + 2 = 14.) Auf diese Weise entfällt die Notwendigkeit, sich Zwischenergebnisse der Zeilen merken zu müssen.

5.4 Zeit: Die Durchführung des Tests dauert 30 Minuten. Hinzu kommen etwa 8 Minuten für die Instruktion. Die Durchführungszeit kann auf 20 Minuten verkürzt werden.

6. Auswertung

6.1 Modus: Ausgezählt werden alle Items, die (falsch oder richtig) bearbeitet wurden. Sie bilden den Rohwert für die Leistungsmenge. Mit Hilfe des Lösungsschlüssels stellt man die Anzahl der Fehler fest. Dieser Fehler-Rohwert (RW-F) wird zunächst in den Fehler-Prozentwert (F%) und dann in den Fehler-Quotienten (FQ) umgerechnet. Wegen der geringen Zuverlässigkeit des Fehlerwerts im KLT wurde eine differenzierte Normierung nicht vorgenommen. Die Größe des FQ ermöglicht eine Grob-Klassifikation in überdurchschnittliche (FQ 1,3) und unterdurchschnittliche Fehleranteile (FQ 0,7). Für die Mengenleistung gibt es Tafeln mit graphischen Normendarstellungen: daraus sind Prozentrang- und Standardwerte zu entnehmen (siehe 7.4.).

6.2 Zeit: Keine Angaben. (Der Normwert der Mengenleistung läßt sich schnell und mühelos feststellen. Etwas umständlicher ist der Vergleich der Lösungen mit den richtigen Antworten.)

7. Gütekriterien

7.1 Objektivität: Die Standardisierung der Untersuchungssituation gewährleistet eine bestmögliche Unabhängigkeit vom Testleiter. Autor und Herausgeber geben an, daß die Objektivität in vollem Umfang gesichert ist. (Einschränkend ist zu bedenken, daß bei graphischen Normdarstellungen offenbar häufiger Ablesefehler vorkommen als bei Tabellen (vgl. BRICKENKAMP, 1972, S. 13). Demnach müßte sich eine weitere Steigerung der Auswertungsobjektivität erreichen lassen, wenn man sich entschließen könnte, die traditionelle Marburger Normdarstellung im Wahrscheinlichkeitsnetz durch tabellarische Darstellungen zu ersetzen.)

7.2 Reliabilität: Die Zuverlässigkeitskontrolle ergab bei Anwendung der Unterteilungsmethode (Zeitfraktionierung) an zwei Stichproben von je 120 Oberschülern und Berufsschülern sehr hohe Koeffizienten ($r = 0{,}94$ bzw. 0,96) für die Leistungsmenge und geringe Koeffizienten ($r = 0{,}50$ bzw. 0,65) für die Fehlerzahl.

Die Stabilität dieses Verfahrens wurde durch eine Testwiederholung nach 8 Wochen geprüft. Die Retestkoeffizienten lagen bei drei Schülergruppen unterschiedlichen Alters (N = 38 bis 53) für die Leistung relativ hoch ($r_{tt} = 0{,}86$ bis 0,88). Für die Fehlerzahl wurde mit zunehmendem Alter ein rapides Absinken der Zuverlässigkeit von $r_{tt} = 0{,}74$ auf 0,05 beobachtet. Unter der Voraussetzung, daß sich dieses Ergebnis reproduzieren läßt, würde man daraus den Schluß ziehen müssen, daß die Berücksichtigung des KLT-Fehlerwertes bei Schülern der Oberstufe nicht mehr vertretbar ist.

Eine relativ hohe Stabilität des Leistungswertes ($r_{tt} = 0{,}74$) zeigte sich auch bei Testwiederholung an 27 Studenten im Zustand schwerer Beeinträchtigung durch Lysergsäure-Diäthylamid (LSD), die dahingehend interpretiert wird, daß das Verfahren selbst dann noch die gleiche Funktion mißt, wenn sich die Pbn in einem leistungsbeeinträchtigendem Rauschzustand befinden.

Die Reliabilität der Kurzform liegt für die Menge etwa bei $r = 0{,}83$ bis 0,86.

7.3 Validität: Der Anspruch auf Gültigkeit des KLT wird empirisch mit den Ergebnissen von drei Untersuchungen begründet:

1. Eine Behandlung von mehr als 100 leistungsschwachen Patienten mit Keimdrüsenhormonen führte nach DÜKER (1957) zu einem Anstieg der KLT-Leistung und des beruflichen Leistungserfolgs (als Außenkriterium).

2. Mit Hilfe der Nominierungstechnik wurden von den Lehrern einverständlich diejenigen Schülerinnen und Schüler ausgewählt, die ihnen als besonders „aktiv" oder „passiv" aufgefallen waren. Von diesen Beurteilten wurden nur diejenigen (N = 66) einem Extremgruppenvergleich unterzogen, deren KLT-Leistung mehr als 15% über oder unter der Altersnorm lag. Die tetrachorische Korrelation zwischen dem Lehrerurteil und der Testleistung betrug $r = 0{,}50$. Pbn mit hoher Mengenleistung im KLT wurden demnach eher als „aktiv", solche mit geringer Leistung eher als „passiv" bezeichnet. Ein auf entsprechende Weise ermittelter Zusammenhang ergab sich zwischen den Eigenschaften „sorgfältig" und „oberflächlich" einerseits und dem Fehlerprozent im KLT andererseits ($r = -0{,}42$).

3. Klassenlehrer stuften 12- bis 14jährige Volksschüler(innen) nach drei Ausprägungsgraden (groß, mittelgroß, gering) bestimmter Eigenschaften ein. Die punktbiseriale Korrelation der Extremurteile (groß-gering) mit der KLT-Leistung deutet darauf hin, daß diese Variable vor allem das prüft, was

der Lehrer mit „Willenskraft und Ausdauer" beschreibt (r_{pbis} = 0,40 bzw. 0,37). Das F% korrelierte mit einer Vielzahl von Eigenschaften und war deshalb nicht eindeutig bestimmbar. Unerwartet fand sich die höchste Korrelation zu „Strebsamkeit" (r_{pbis} = 0,59) und nicht zu „Sorgfalt" (r_{pbis} = 0,30). Allerdings muß berücksichtigt werden, daß punktbiseriale Korrelationen bei Extremgruppenvergleichen überhöhte Schätzungen abgeben (vgl. LIENERT, 1967) und daß es sich bei der Validitätsbestimmung von F% um eine – wie LIENERT selbst feststellt (Handanweisung, S. 12, Fußnote 1) – „ungebührlich überhöhte" Indexkorrelation handelt. Außerdem verwendete LIENERT wegen der asymmetrischen F%-Verteilung in diesem Fall die punktbiseriale Rang- und nicht etwa Maßkorrelation, was die Interpretierbarkeit der Korrelationshöhe begrenzt.

Die relative Unabhängigkeit es KLT von intellektuellen Funktionen soll durch eine Interkorrelation der KLT-Leistung mit 9 Untertests des IST von AMTHAUER (N = 53 Erwachsene, davon 2/3 Studenten) demonstriert werden. Die Korrelationskoeffizienten betragen r = 0,21 bis 0,33. Annähernd die Hälfte davon sind auf dem 5%-Niveau signifikant.

7.4 Normen: Die Eichstichproben bestehen aus a) 454 Volksschülern im Alter von 11 bis 14 Jahren aus den Ländern Hessen und Niedersachsen, b) 3034 Berufs- und Berufsfachschülern des Dillkreises und des Kreises Limburg, c) 2714 Schülerinnen und Schülern höherer Schulen der Länder Hessen und Nordrhein-Westfalen und d) 427 Erwachsenen verschiedenen Alters und verschiedener Berufszugehörigkeit. Diese Stichproben wurden nach Alter, Geschlecht, Berufsgruppe oder Schulklassenzugehörigkeit untergliedert bzw. unter dem Gesichtspunkt gleicher Mittelwerte und Streuungen zusammengefaßt. Der Anhang enthält graphisch dargestellte Normen (Standardwerte und Prozentrangplätze) für folgende Personengruppen:

a) Klassen-Normen für männliche/weibliche Volksschüler, untergliedert in 4.–5. Schuljahr, 6.–7. Schuljahr und 8. Schuljahr (N = 67–159).
b) Altersnormen für männliche/weibliche Berufs- und Berufsfachschüler, untergliedert in: 14-, 15-. 16-, 17- und 18jährige Schüler (N = 82–605) sowie Mittelschulabsolventen (N = 30 bzw. 56).
c) Klassen-Normen für männliche/weibliche Oberschüler, untergliedert in: Sexta, Quinta, Quarta, Untertertia, Obertertia, Untersekunda und Obersekunda, Unterprima und Oberprima (N = 75–499).
d) Berufsgruppen-Normen für männliche/weibliche Jugendliche in der Ausbildung (Insgesamt 10 Gruppen, N = 36–515).
e) Berufsgruppen-Normen für männliche/weibliche Erwachsene, untergliedert in: Ländliche Berufe; Arbeiter, Facharbeiter und Handwerker; Büro-, Bank-, kfm. Angestellte und „mittlere" Beamte; freie Berufe; Studenten; Landfrauen; Hausfrauen; Frauenberufe; weibliche Angestellte, Beamte und Studentinnen (N = 20–81).

Der KLT bietet viele differenzierte Normen, von denen einige allerdings auf einer zahlenmäßig unzureichenden Basis beruhen. Die Handanweisung enthält keine Altersnormen für Oberschüler und Erwachsene.
Wird der KLT mit verkürzter Durchführungszeit angewandt, müssen Leistungs- und Fehlerrohwert mit dem Faktor 1,5 multipliziert werden, damit die Normentafeln gültig bleiben.

8. Literatur

BARTENWERFER, H. (1964). Allgemeine Leistungstests. In: *Handbuch der Psychologie, Bd. 6.* Göttingen: Hogrefe.

BRICKENKAMP, R. (1972[4]). *Test d2. Aufmerksamkeits-Belastungs-Test.* Göttingen: Hogrefe.

DÜKER, H. (1943). Psychopharmakologische Untersuchungen über die Wirkung von Keimdrüsenhormonen auf die geistige Leistungsfähigkeit. *Arch. exp. Pathol. Pharmakol, 202.*

DÜKER, H. (1949). Über ein Verfahren zur Bestimmung der geistigen Leistungsfähigkeit. *Psychol. Forschg., 23.*

DÜKER, H. (1957). *Leistungsfähigkeit und Keimdrüsenhormone.* München: Barth.

Konzentrations-Verlaufs-Test (KVT)

D. ABELS
Göttingen: Hogrefe, 1961[2]

1. Testart Allgemeiner Leistungstest

2. Testmaterial 60 Kärtchen (6 × 6 cm) mit jeweils 36 zweistelligen Zahlen bedruckt, ein Arbeitsblatt (DIN A5), ein Auswertungsblatt, eine Auswertungsschablone und die Handanweisung (DIN A5, 27S.); *zusätzlich:* (Stopp-)Uhr.

3. Testgliederung Homogener Test ohne zeitliche Untergliederung.

4. Grundkonzept Der KVT ist eine Modifikation des Zahlensortierversuchs, der in den zwanziger Jahren im Leipziger Psychologischen Institut angewandt wurde. Zuvor hatte MÜNSTERBERG (1912) mit Karten-Sortierversuchen experimentiert. ABELS numerierte die Rückseiten der Kärtchen, um eine „genaue Analyse des Arbeitsvorganges" (S. 3) zu ermöglichen. Außerdem wurde die Auswertung vereinfacht. Der Autor glaubt, daß der KVT gegenüber ähnlichen Tests den Vorzug schneller Auswertbarkeit, „strukturell-diagnostischer Möglichkeiten" und größerer Berufsnähe hat.

5. Durchführung **5.1 Alter:** Keine Angaben.

5.2 Formen: Anwendbar im Einzelversuch und in Gruppen bis zu maximal 25 Pbn. Keine Parallelform. Computergestützte Fassung im Hogrefe-Testsystem LEILA.

5.3 Handhabung: Jeder Pb bekommt ein Kartenpäckchen mit 60 Zahlenkarten, ein Auswertungsblatt und ein Arbeitsblatt. Der Kartenstoß muß nach vier Kriterien durchgesehen und sortiert werden: ob die Karten die eine oder andere von zwei vorgegebenen Zahlen enthalten oder alle beide – oder keine von beiden. Der Testleiter gibt die in der Handanweisung vorgeschriebenen Anweisungen mündlich und notiert die Durchführungszeit, sobald ein Pb fertig ist. Gleichzeitig muß er ihm in der Gruppensituation „leise" erklären (während die anderen weiterarbeiten), daß er die Ergebnisse seiner Sortierarbeit selbst auf dem Arbeitsblatt anstreichen muß. Danach haben sie die Karten wieder in die richtige Reihenfolge von 1 bis 60 zu bringen, damit der Kartenstapel wieder verwendbar wird.

5.4 Zeit: Keine Zeitbegrenzung. In der Regel dauert die Testdurchführung 7 bis 16 Minuten (Nettozeit). Hinzu kommt die Zeit für die Instruktionen und das Rücksortieren der Karten.

6. Auswertung **6.1 Modus:** Die Auswertung erfolgt mit Hilfe einer Schablone. Erhoben werden Arbeitszeit und Fehlerzahl, die anhand von Tabellen in Standardwerte für a) Tempoleistung, b) Konzentrationsleistung (Fehler) und kombinierte

Zeit-Fehler-Werte transformiert werden sollen. Außerdem sind in eine sog. Verlaufsskala die Fehler einzutragen.

6.2 Zeit: Der Zeitbedarf für die Auswertung ist gering, er wird vom Autor mit 1–2 Minuten angegeben.

7. Gütekriterien

7.1 Objektivität: Die Instruktionen liegen in standardisierter Form vor, aber die vom Autor empfohlenen Durchführungsmodalitäten im Gruppenversuch lassen sich mit der elementarsten Forderung nach Gewährleistung eines störungsfreien Testablaufs nicht vereinbaren. Insofern kann die Durchführungsobjektivität nicht als gesichert bezeichnet werden. Dagegen ist die Auswertungsobjektivität in hohem Maße gesichert.

7.2 Reliabilität: Die Zuverlässigkeit, vom Autor „Konstanz" genannt, wurde nach der Unterteilungsmethode geprüft rtt = 0,67 (N = 157). BARTENWERFER (1962) fand Werte von 0,40 und 0,59 als Schätzungen der Paralleltestzuverlässigkeit, die durch die Kommunalität einer Faktorenanalyse ermittelt wurde. (Selbst wenn man eine gewisse Unterschätzung annimmt, ist die Meßgenauigkeit des Verfahrens damit nur als „gering" zu bewerten.)

7.3 Validität: Der Autor gibt in der Handanweisung keinen empirischen Nachweis für die Gültigkeit seines Verfahrens, sondern verweist lediglich auf langjährige (unkontrollierte) Erfahrung. Die Korrelation zwischen Zeit- und Fehlerbewertung ist schwach negativ (r = –0,19; N = 503). Interkorrelationen mit nicht näher definierten Intelligenzleistungen und der Tempoleistung beim Formensortieren nach KLEMM erwiesen sich als insignifikant (r = 0,03; N = 163 bzw. r = 0,04; N = 353).
Andere Autoren haben z. T. erstaunlich hohe Validitäten ermittelt (vgl. JÄGER 1960, SCHMALE & SCHMIDTKE 1960 und SEYFRIED 1962). SEYFRIED fand Vierfelder-Korrelationen von r_{tc} = 0,60 bis 0,83 zwischen Lehrerurteilen über die Konzentrationsfähigkeit und KLT-Fehlerwerten an Extremgruppen, die allerdings als überhöht angesehen werden müssen (BARTENWERFER 1964).
Der Anspruch des Verfahrens, den Verlauf der Konzentrationsleistung zu erfassen, ist nur eingeschränkt haltbar, da der KVT nur das Nacheinander, nicht aber eine genaue zeitliche Lokalisation der Fehler ermöglicht, es sei denn, man unterstellt, daß das Tempo im Laufe des Versuchs konstant bleibt.

7.4 Normen: Grundlage für die Eichung des Verfahrens bilden gegenwärtig sehr große, aber weder nach Alter noch nach sozio-ökonomischem Status aufgeschlüsselte oder definierte Stichproben (N = 1171 bzw. 1201). In der Einleitung wird lediglich darauf hingewiesen, daß sich „diese Probanden ... berufsmäßig etwa zu gleichen Teilen aus Angestellten und Anwärtern des öffentlichen Dienstes und aus Angehörigen verschiedener technischer und kaufmännischer Berufe" zusammensetzen. Auch wenn „bildungsmäßig ... alle Typen vom Akademiker bis zum Volksschulabsolventen vertreten" (S. 3) sind, kann daraus nicht ohne weiteres auf einen „genügend repräsentativen Querschnitt" geschlossen werden. Normen, ausgedrückt in Standardwerten, gibt es auf der Basis dieser Mischgruppe für Fehler, Zeit und eine Kombination aus Zeit- und Fehlerwerten.

8. Literatur

BARTENWERFER, H. (1962). *Faktorenanalysen bei Konzentrations-Leistungs-Tests.* Unveröff. Marburg (zit. nach BARTENWERFER 1964).

BARTENWERFER, H. (1964). Allgemeine Leistungstests. In R. HEISS (Hrsg.), *Handbuch der Psychologie, Bd. 6.* Göttingen: Hogrefe.

GUILFORD, J. P. (1954). *Psychometric methods.* New York: McGraw-Hill.

JÄGER, A. O. (1960). Zum prognostischen Wert psychologischer Eignungsuntersuchungen. *Psychol. Rdsch. 11,* 160–178.

MÜNSTERBERG, H. (1912). Experimentalpsychologie und Berufswahl. *Zeitschrift für experimentelle Pädagogik und Pädagogische Psychologie, 13,* 1–7.

SCHMALE, H. & SCHMIDTKE, H. (1960). Optische Reaktionszeit als leistungsbegrenzender Faktor bei Kontrolltätigkeiten. *Psychol. u. Praxis 4,* 147–156.

SEYFRIED, H. (1962). Persönliche Mitteilung an BARTENWERFER, zit. nach BARTENWERFER, 1964.

Konzentrationstest für 3. und 4. Klassen (KT 3–4)

R. HECK-MÖHLING
Weinheim: Beltz, 1993

---

1. Testart Allgemeiner Leistungstest, Schultest

2. Testmaterial Manual (30 Seiten), Testheft; *zusätzlich:* Schreibgerät, Stoppuhr, Wandtafel und Kreide.

3. Testgliederung Der KT 3–4 besteht aus 13 Aufgabenseiten mit jeweils 30 Aufgaben.

4. Grundkonzept Der KT 3–4 soll die Konzentrationsfähigkeit von Schülern im 3. und 4. Schuljahr erfassen. Die Autorin gibt damit Lehrern ein Instrument an die Hand, das sie befähigt, sich – über die reine Verhaltensbeobachtung hinaus – ein Urteil über die Konzentrationsfähigkeit der Schüler zu bilden. Der Tradition von BOURDON folgend, ist das Verfahren als Durchstreichtest konzipiert.

5. Durchführung **5.1 Alter–Klasse:** 3. und 4. Schuljahr, keine genauen Altersangaben.

5.2 Formen: Einzel- und Gruppentest, es existiert keine Parallelform.

5.3 Handhabung: Der Testleiter liest die Instruktion wörtlich vor, spezielle Erklärungen (z. B. korrigieren) erfolgen an der Tafel. Die Schüler füllen die erste Seite des Testhefts aus (Name, Klasse etc.) und bearbeiten das Übungsbeispiel. Auf Kommando beginnen sie dann mit dem eigentlichen Test.

5.4 Zeit: Die Durchführung des Tests dauert ca. eine Schulstunde, die reine Testzeit beträgt 20 Minuten.

6. Auswertung **6.1 Modus:** Zur Ermittlung der Rohwerte benutzt man den Auswertungsschlüssel im Testmanual. Eine Auswertungsschablone existiert nicht. Die Höchstpunktzahl beträgt 130. Des weiteren werden Fehler vom Typ A (ausgelassene Lösungen) und B (falsch bearbeitete Würfel) ermittelt. Eine Transformation in T-Werte und Prozentränge schließt sich an.

6.2 Zeit: Keine Angaben.

7. Gütekriterien **7.1 Objektivität:** Bei genauer Befolgung der Durchführungsrichtlinien kann von einer Durchführungs- und Auswertungsobjektivität ausgegangen werden.

7.2 Reliabilität: Zur Überprüfung der Reliabilität des Tests wurden zwei Methoden angewendet:
a) Split-Half-Methode, aufgewertet nach Spearman-Brown
b) Testwiederholung (N = 179 (3. Klasse), 279 (4. Klasse); Zeitintervall 4–6 Wochen)

Die Werte für die innere Konsistenz (a) betrugen durchweg 0,99, die Werte für die Stabilität (b) lagen niedriger: zwischen 0,75 und 0,8.

7.3 Validität:

a) Logische Gültigkeit: Der Test wurde während seiner Entwicklungsphase von Lehrern und Psychologen begutachtet. Diese bescheinigten ihm eine hinreichende logische Gültigkeit.

b) Innere Gültigkeit: Die Korrelationen mit anderen Konzentrationstests lagen zwischen 0,36 und 0,55.

c) Empirische Gültigkeit: Ein korrelativer Zusammenhang zur intellektuellen Leistungsfähigkeit (AzN 4+) konnte nicht nachgewiesen werden. Ein leichter Zusammenhang mit der Kopfnote existiert (r = 0,38).

d) Faktorenanalyse: Mehrere Faktorenanalysen wurden ebenfalls berechnet. Allen gemeinsam war, daß sich die Faktoren I. Mengenleistung und II. Leistungsgüte abzeichneten.

7.4 Normen: Es existieren getrennte Normen für die Halbjahre, Klassen und Geschlechter sowie Gesamtnormen. Dabei werden PR-Werte und T-Werte angegeben (Eichstichprobe: N = 7092).

PAULI-Test (Arbeitskurve von R. PAULI)

W. ARNOLD
München: Barth, 1961[3]

---

1. Testart Allgemeiner Leistungstest

2. Testmaterial Testbogen (großformatige Vordrucke mit einstelligen Zahlenkolumnen), Textbuch, evtl. Auswertungsgerät der Fa. Michael Sendtner, München; *zusätzlich:* Schreibgerät und Signal- oder Stoppuhr.

3. Testgliederung Homogener Test mit zeitlicher Untergliederung in 3-Minuten-Intervalle.

4. Grundkonzept Historisch läßt sich der PAULI-Test aus Untersuchungen der KRAEPELINschen Schule herleiten. OEHRN (1889) dürfte erstmals die Methode fortlaufenden Addierens dazu benutzt haben, den Leistungsverlauf und damit Faktoren der Übung, Sättigung und Ermüdung zu analysieren. Seither ist die Methode in verschiedenen Versionen häufig angewandt worden. Schon 1933 konnte PETRESCU-HEROIU eine Übersicht über die Resultate zahlreicher Veröffentlichungen geben. PAULI hat seit 1921 mehrere Untersuchungen über diese Methode publiziert. Als Textbuch erschien der PAULI-Test dann später unter Mitarbeit von ARNOLD, der die Tradition fortführte und auch die letzte Auflage herausgegeben hat.

5. Durchführung **5.1 Alter:** Angeblich vom 7. Lebensjahr an anwendbar. Jedoch muß die Addition hinreichend beherrscht werden. (Es ist an die Möglichkeit einer Funktionsfluktuation zu denken: d. h., bei Kindern dürfte das Verfahren eher die Rechenfähigkeit als die allgemeine Leistungsfähigkeit messen.)

5.2 Formen: Durchführung im Einzel- oder Gruppenversuch möglich. Keine Parallelformen. Eine computergestützte Fassung liegt vor.

5.3 Handhabung: Der Pb soll fortlaufend und so schnell wie möglich einstellige Zahlen addieren und nach festgelegten Anweisungen notieren. PAULIS Meinung, man müsse die Pbn auf ganz individuelle Weise zu Höchstleistungen motivieren, wozu nicht jeder Testleiter geeignet sei, ist nicht vereinbar mit dem gegenwärtig vorherrschenden testtheoretischen Prinzip der Durchführungsobjektivität. Soweit der PAULI-Test noch angewandt wird, ist man davon im allgemeinen abgegangen. Der Testleiter (oder eine Signaluhr) muß alle drei Minuten ein Zeichen geben, wobei der Pb die Stelle markieren muß, die er beim Rechnen gerade erreicht hat.

5.4 Zeit: Die Durchführungszeit beträgt 60 Minuten. Verschiedentlich wird das Verfahren auch nur 30 Minuten gegeben, was den ursprünglichen Intentionen PAULIS einer Dauerbelastung nicht entspricht.

6. Auswertung: **6.1 Modus:** Die Auswertung des Verfahrens ist verhältnismäßig aufwendig.

Zunächst müssen die Additionen für alle 20 Teilzeiten gesondert ausgezählt werden. Die Summe dieser Teilzeiten bildet den Gesamtleistungswert. Die Teilleistungen werden als Ausgangswerte für drei Arbeitskurven benötigt.

Die erste Arbeitskurve, die in das Auswertungsformular eingetragen wird, besteht lediglich aus der Verbindung der einzelnen Teilleistungswerte. Dieser Kurvenverlauf wird nach Umrechnungsprozeduren zweimal geglättet, so daß schließlich drei mehr oder weniger ausgeglichene Kurvenverläufe eingezeichnet sind, die nach Meinung des Autors recht weitreichende Rückschlüsse auf die Persönlichkeit des Pb ermöglichen sollen. Die Anzahl der Fehler und Verbesserungen wird nicht anhand des gesamten bearbeiteten Tests, sondern nur an einer Stichprobe von 400 Additionen festgestellt. Außerdem werden noch Gipfellage, Steighöhe und Schwankungsprozent der Arbeitkurve berechnet.

6.2 Zeit: Keine Angaben.

7. Gütekriterien

7.1 Objektivität: Die Durchführungsobjektivität kann nicht als gesichert gelten, wenn nach PAULI versucht wird, die Pbn auf unterschiedliche Weise zu Höchstleistungen zu motivieren. Die Auswertungsobjektivität ist gegeben, nicht jedoch die Interpretationsobjektivität.

7.2 Reliabilität: Wie BARTENWERFER (1964, S. 389) betont hat, muß es „als ein Mangel gelten, daß im Schrifttum bislang wenig verwertbare Angaben über die verschiedenen Arten der Reliabilität zu finden sind ... Es fehlt gegenwärtig eine Reihe von Koeffizienten verschiedener Bauart – besonders Retest-Koeffizienten – bei Kollektiven, die sich nach Alter, Geschlecht und Bildung unterscheiden." Er selbst fand 1963 einen (nach FLANAGAN korrigierten) Zuverlässigkeitskoeffizienten von $r_{tt} = 0{,}97$ nach der Unterteilungsmethode (Zeitfraktionierung: 1. gegen 2. Hälfte) bei 152 Gymnasiasten der Oberstufe für das Merkmal „Gesamtmenge". Entsprechende Koeffizienten für die Merkmale „Fehler" und „Verbesserungen" lagen bei 0,80 bzw. 0,88. Angaben über die Zuverlässigkeit der Merkmale „Schwankung", „Steighöhe" und „Gipfellage" fehlen. Die Tatsache, daß für den PAULI-Test nur wenige brauchbare Ergebnisse von Zuverlässigkeitskontrollen vorliegen, mag vielleicht darin zu suchen sein, daß dieses Verfahren sich hauptsächlich in einer Zeit bewährt hat, als man den Gütekriterien von Tests in Deutschland noch keine – oder erst wenig – Beachtung schenkte. Man kann aber wohl davon ausgehen, daß auch die „Menge" im PAULI-Test (wie die anderer allgemeiner Leistungstests) als hoch reliabel anzusehen ist. Fragwürdig bleibt die Zuverlässigkeit der übrigen Testwerte.

7.3 Validität: Die Angaben, die im Textbuch zur Validität des PAULI-Tests gemacht werden, tragen wenig zur empirischen Abklärung der testtheoretischen Gültigkeit des Verfahrens bei. Es gibt jedoch zahlreiche Untersuchungen – vorwiegend aus den fünfziger Jahren und Anfang der sechziger Jahre –, die den PAULI-Test als diagnostisches Hilfsmittel bei verschiedenartigen Problemen einbezogen haben. Nur einige davon sollen an dieser Stelle erwähnt werden: ARNOLD (1958), FISCHER und ULICH (1961), FREYTAG (1962), GRUHNWALD und ULICH (1961), GUTEWA (1957), HITPASS (1961), JÄGER (1960), KOHLMANN (1954) und ULICH (1958).

Die Frage nach dem, was der PAULI-Test eigentlich mißt, wird von BARTENWERFER (1964) aufgrund von Faktorenanalysen mit Vorbehalt dahingehend beantwortet, daß die Mengenleistung dieses Verfahrens und des KLT etwas erfaßt, das als „anhaltende Konzentration bei geistiger Tempoarbeit" bezeichnet werden könnte. BÄUMLER (1964) weist auf den engen Zusammenhang zwischen PAULI-Test-Menge (Gesamtzahl der Additionen) und einer „Grundfähigkeit des rechnerischen Umgangs mit Zahlen" hin, die er faktorenanalytisch ermittelt hat. Darin scheint überhaupt ein Problem jener Verfahren zu bestehen, die Rechenaufgaben zur Messung der allgemeinen Leistungsfähigkeit verwenden, daß sie nämlich zu einem nicht unbeträchtlichen Teil elementare Rechenfertigkeiten erfassen dürften.

7.4 Normen: Es gibt zwar eine größere Anzahl von Normentabellen, die aber unter verschiedenen Untersuchungsbedingungen zustandegekommen sind und deshalb in der Praxis unbrauchbar sind. Wie BARTENWERFER (1964) mit Recht gefolgert hat, müssen praktisch arbeitende Psychologen sich ihre eigenen Normen für ihre Zwecke aufstellen.

8. Literatur

ARNOLD, W. (1958). Neue Erfahrungen mit dem PAULI-Test. *Z. exp. ang. Psychol., 5,* 534–541.

BARTENWERFER, H. (1964). Allgemeine Leistungstests. In: R. HEISS (Hrsg.), *Handbuch der Psychologie, Bd. 6.* Göttingen: Hogrefe.

BÄUMLER, G. (1964). Zur Faktorenstruktur der PAULI-Testleistung unter besonderer Berücksichtigung des sogenannten numerischen Faktors. *Diagnostica, 10,* 107–119.

FISCHER, M. & ULICH, E. (1961). Über die Abhängigkeit einer kurzzeitigen Konzentrationsleistung von der Tageszeit bei Kindern und Jugendlichen verschiedenen Alters. *Z. exp. ang. Psychol., 8,* 282–296.

FREYTAG, G. (1962). Experimentalpsychologie und mathematische Typenanalyse bei Depressionszuständen. *Z. Psychol., 166,* 241–297.

GRUHNWALD, E. & ULICH, E. (1959). Über die Anwendung des Arbeitsversuchs bei psychisch Beeinträchtigten unter besonderer Berücksichtigung einer Untersuchung an taubstummen Jugendlichen. *Z. exp. ang. Psychol., 6,* 274–292.

GUTEWA, J. (1957). Der Wert psychologischer Tests für die Untersuchung der Wirkung von Medikamenten auf psychische Funktionen. *Psychiatria et Neurologia, 134,* 224–235.

HITPASS, J. (1961). Vergleichende Untersuchung über den Voraussagewert von Aufnahmeprüfung und Testprüfung zur Erfassung der Eignung für die weiterführenden Schulen. *Schule u. Psychol., 8,* 65–71.

JÄGER, A. O. (1960). Zum prognostischen Wert psychologischer Eignungsuntersuchungen. *Psychol. Rdsch., 11,* 160–178.

KOHLMANN, TH. (1954). Psychologische Untersuchungen mit Rorschach- und Kraepelin-Versuch an vegetativen Neurosen. *Z. diagn. Psychol. und Persönl.-forsch., 2,* 101–126.

Revisions-Test (Rev. T.)

nach STENDER
bearbeitet und herausgegeben von G. MARSCHNER
Göttingen: Hogrefe, 1980

1. Testart Allgemeiner Leistungstest

2. Testmaterial Handanweisung, Handanweisung Form S, Beiheft, Testbogen A, Testbogen S, Auswertungsbogen, Schablone für Form A und S; *zusätzlich:* Schleppzeigerstoppuhr und Schreibgerät.

3. Testgliederung Der Revisionstest besteht aus 15 Testzeilen mit jeweils 44 Items. Bei den Items handelt es sich um Additions- (Form A) bzw. Subtraktionsaufgaben (Form S) einstelliger Zahlen, deren (ebenfalls einstellige) Ergebnisse auf Richtigkeit zu überprüfen sind.

4. Grundkonzept Das Verfahren geht prinzipiell auf Vorschläge von GIESE (1924) zurück. STENDER (1955) vergrößerte die Anzahl der Aufgaben und modifizierte die Auswertung. MARSCHNER standardisierte und erweiterte den Revisionstest nach testtheoretischen Gesichtspunkten. Untersucht werden soll die „anhaltende Konzentration bei geistiger Tempoarbeit" anhand von einfachen Kopfrechenaufgaben.

5. Durchführung **5.1 Alter:** 9;6 bis 75 Jahre.

5.2 Formen: Form A, die Additionsaufgaben enthält, und eine Parallelform S, die aus Subtraktionsaufgaben besteht.

5.3 Handhabung: Der Rev. T. kann sowohl als Einzel- wie auch als Gruppentest angewandt werden. Form S wird hauptsächlich für Wiederholungsuntersuchungen zu Kontrollzwecken verwendet. Wegen unterschiedlicher Instruktionen ist es nicht möglich, die Formen A und S innerhalb eines Gruppentests zugleich einzusetzen.
Vor Beginn des Tests ist u. a. darauf zu achten, daß der Arbeitsplatz für die Pbn genügend Raum läßt für das außergewöhnlich breite Format (DIN A3) der Testbogen. Die standardisierten Instruktionen werden vom VI mündlich vorgetragen. Während die Pbn zeilenweise die Ergebnisse der Rechenaufgaben überprüfen, hat der VI die zulässige Bearbeitungszeit der einzelnen Zeilen (jeweils 30 Sekunden) abzustoppen. Abweichend von der üblichen Handhabung, die z. B. beim Test d2 (BRICKENKAMP, 1994[8]) vorgeschrieben ist, soll die Schleppzeigerstoppuhr beim Kommando „Stopp!" angehalten und erst nach der Aufforderung „Bitte nächste Zeile!" wieder in Gang gesetzt werden.

5.4 Zeit: Die Netto-Durchführungszeit beträgt 7'30". Die Gesamtdurchführungszeit beläuft sich auf etwa 20 Minuten.

6. Auswertung

6.1 Modus: Gemessen wird (1) die Gesamtzahl der überprüften Aufgaben als Kriterium der Leistungsmenge und (2) die Anzahl der Fehler. Außerdem können zwei Arbeitskurven qualitativ analysiert werden. Die erste Arbeitskurve entsteht durch eine Linie, die jene Aufgaben verbindet, die in jeder Zeile zuletzt bearbeitet wurden. Sie soll der sog. „Mikroanalyse" dienen. Addiert man die Leistungsmengen von jeweils drei aufeinanderfolgenden Zeilen, erhält man fünf „Teilzeitgruppenwerte" (TZG), die – als Histogramm dargestellt – die zweite Arbeitskurve bilden und eine sog. „Makroanalyse" ermöglichen.

Die Handanweisung enthält Beispiele zur Interpretation der Arbeitskurven, die sich auf die „Strukturtypen des praktischen Handelns und Verhaltens" nach HERWIG und DIRKS (1951) beziehen. Eine Kurzfassung und einige Erläuterungen zu diesem typologischen Ansatz befinden sich im Anhang.

6.2 Zeit: Keine Angaben.

7. Gütekriterien

7.1 Objektivität: Es läßt sich nicht ausschließen, daß VI unterschiedlich lange Pausen zwischen den Teilzeiten einlegen, die zu einer Beeinträchtigung der Durchführungsobjektivität führen. Die Auswertungsobjektivität der quantitativen Befunde ist als gesichert anzusehen.

7.2 Reliabilität: Die Leistungsmenge (Gesamtzahl der kontrollierten Aufgaben) beider Formen wurde hinsichtlich ihrer inneren Konsistenz und ihrer Stabilität an größeren Stichproben überprüft. Die innere Konsistenz, ermittelt durch Korrelation von Teilzeitgruppenwerten einschließlich Aufwertung nach Spearman-Brown, entspricht voll dem hohen Standard allgemeiner Leistungstests (arithmetischer Mittelwert über z-Transformation r = 0,93 (Form A) bzw. r = 0,97 (Form S)). Korrelationsstudien zur Übereinstimmung der Leistungsmenge der Formen A und S wurden an mehreren größeren Stichproben (N = 200–400) und bei verschiedenen Intervallen, die von 3 Stunden bis 3 Jahren reichen, durchgeführt. Die Korrelationskoeffizienten liegen zwischen r = 0,76 und 0,87. Der Mittelwert wird mit r = 0,81 (N = 1265) angegeben. Retests bei Intervallen von 2 bis 3 Jahren erbrachten Korrelationskoeffizienten (r > 0,7), welche die Leistungsmenge (Form S) als einen relativ stabilen Meßwert ausweisen.
Für die Fehlerzahl ist eine deutlich niedrigere Reliabilität anzunehmen.

7.3 Validität: Logische Gültigkeit wird für den Rev.T. beansprucht. Empirische Belege zur Übereinstimmungsvalidität mit anderen allgemeinen Leistungstests (darunter Test d2, KLT, PAULI-Test und PSB) liegen vor. Die Ergebnisse, die im Bereich von r = 0,41 bis 0,84 streuen, zeigen mehr oder weniger substantielle Zusammenhänge. Die Korrelationen mit diversen Intelligenztests (IST, CFT 3, PSB 3/4) erwiesen sich als gering (r = 0,11 bis 0,29). Bemerkenswert ist, daß die Form S offenbar in höherem Maße von der Rechenleistung abhängt als die Form A des Rev.T. Ungleich sind die beiden Formen auch bezüglich der durchschnittlichen Leistungsmenge und Fehlerzahl. Beide Durchschnittswerte liegen bei der Form S niedriger als bei der Form A. Gemessen an Paralleltestkriterien liegen hier demnach keine echten Paralleltests, sondern „Pseudoparalleltests" vor.
Verschiedene innerbetriebliche Untersuchungen zur Voraussagevalidität konnten mit positiven Ergebnissen abgeschlossen werden. Der Mittelwert von 20 Untersuchungen (z. B. zur Auswahl von Auszubildenden, Nach-

wuchskräften, zur Berufslaufbahnberatung und im Rahmen der schulischen bzw. beruflichen Bewährung) wird mit r = 0,64 (Gesamt N = 1900) angegeben. Die Untersuchungen von HAMSTER (1978) an klinischen Patientengruppen ergänzen die Angaben zur diagnostischen Valenz des Verfahrens.

7.4 Normen: Die Gesamtzahl kontrollierter Aufgaben (Leistungsmenge) ist für Kinder und Jugendliche (LA 9;6 bis 17;5), Erwachsene und besonders qualifizierte Leistungsgruppen normiert. Die Normen für höhere Altersstufen (LA 39;6–60;5 und 60;6–75) wurden von HAMSTER übernommen. Außerdem gibt es für beide Formen Tabellen zur Ermittlung der Fehler-Stanine-Werte. Die an männlichen Personen ermittelten Normwerte (Form A: N = 9825; Form S: N = 5700) werden, da bisher keine signifikanten Leistungsunterschiede zwischen den Geschlechtern nachgewiesen worden sind, bis auf weiteres auch auf weibliche Pbn angewandt.

8. Literatur

GIESE, F. (1924). Die Arbeitsprobe in der Psychodiagnostik. *Zeitschrift für Angewandte Psychologie, 23,* 126–187.

HAMSTER, W. (1978). *Empirische Untersuchungen zur diagnostischen Valenz von Leistungstests in der klinischen Psychologie.* Diss. Tübingen.

HERWIG, B. & DIRKS, H. (1951). Strukturtypen des praktischen Handelns. *Psychologische Rundschau, II,* 20–28.

MARSCHNER, G. (1977). Konzentrative Belastung bei Schweißarbeiten. *Z. Arb. Wiss., 31* (3. NF).

MARSCHNER, G. (1979). Differentialpsychologische Untersuchungen mit dem PSB. *Psychol. und Praxis, 23,* 86–92.

STENDER, B. (1955). *Diagnostische Strukturanalyse mit Hilfe des Revisions-Tests.* Diss. Braunschweig.

Test d2

Aufmerksamkeits-Belastungs-Test

R. BRICKENKAMP

Göttingen: Hogrefe, 1994[8]

---

1. Testart Allgemeiner Leistungstest

2. Testmaterial Handanweisung (91 Seiten), Testformblatt (DIN A4), 2 Auswertungsschablonen, Auswertungsformblatt; *zusätzlich:* Schreibgerät und Stoppuhr; für Gruppentests mit Kindern: Wandtafel und Kreide zu Demonstrationszwekken.

3. Testgliederung Homogener Test, 14 Testzeilen mit jeweils 47 Zeichen, Untergliederung in 14 Teilzeiten.

4. Grundkonzept Der Test d2 stellt eine standardisierte Weiterentwicklung der sog. Durchstreichtests dar, die von BOURDON (1895, 1902) konzipiert und von zahlreichen anderen Autoren aufgegriffen und abgewandelt wurden. Er mißt Tempo und Sorgfalt des Arbeitsverhaltens bei der Unterscheidung ähnlicher visueller Reize (Detail-Diskrimination, „attention to detail") und ermöglicht damit die Beurteilung individueller Aufmerksamkeits- und Konzentrationsleistungen. Bei der Konstruktion des Verfahrens wurde eine optimale Realisierung der Testgütekriterien, insbesondere auch der Ökonomie, angestrebt. So zeichnet sich der Test d2, wie JANKOWSKI (1972[7]) feststellt, durch einen besonders geringen Aufwand an Zeit und Material aus. Schon die erste Auflage (1962) vermittelte nach HILTMANN (1966, S. 154) „das Bild eines auf Meßgenauigkeit, Verläßlichkeit und Gültigkeit sorgfältig geprüften Verfahrens". Offenbar ist dies der Grund dafür, daß der Test d2 zum derzeit am meisten benutzten Verfahren zur Messung von Aufmerksamkeits- und Konzentrationsleistungen in Deutschland wurde. Inzwischen haben Übersetzungen in französischer, dänischer und portugiesischer Sprache ansatzweise die Voraussetzungen für die weitere Verbreitung auch im Ausland geschaffen. Eine Ausgabe in englischer Sprache erscheint 1996 in den USA. Die völlig überarbeitete 8. Auflage der Handanweisung bietet gegenüber früheren Auflagen einige wesentliche Verbesserungen: (1) Die Auswertungsmöglichkeiten des Verfahrens, das in gewohnter Weise durchgeführt wird, werden beispielsweise durch die Einführung eines neuen hochreliablen Konzentrationsleistungswertes, der sich durch Verfälschungsresistenz auszeichnet, verbessert. Damit entfällt die Gefahr von Fehlinterpretationen im Sinne von OEHLSCHLÄGEL und MOOSBRUGGER (1990 u. a. m.) bzw. BERG und ERLWEIN (1991). Die Kontroverse wird ausführlich diskutiert (vgl. dazu z. B. BRICKENKAMP, 1991; LEITNER, 1995; SÜLLWOLD, 1993). (2) Dem gleichen Zweck dient ein neu entwickeltes Auswertungsformblatt mit Diagnosediagramm, das die Auswertung erleichtert und die Testergebnisse veranschaulicht. (3) Zahlreiche Hinweise auf Untersuchungen aus den Bereichen Verkehrs-, Arbeits-, Betriebs-, Organisations-, Sport- und Umweltpsychologie, Pädagogische Psychologie, Psychiatrie und Neurologie, Klinische und Medizinische Psychologie und Pharmakopsychologie umreißen das breite Anwendungs- und Bewährungsspektrum des Aufmerksamkeits-Belastungs-Tests.

5. Durchführung

5.1 Alter: 9 bis 60 Jahre.

5.2 Formen: Einzel- und Gruppentest. Keine Parallelform, aber – zunächst zu Forschungszwecken – mit modifizierten Instruktionen einsetzbar. Computergestützte Fassung im Hogrefe-Testsystem LEILA.

5.3 Handhabung: Die Handanweisung enthält standardisierte Instruktionen für Kinder und Erwachsene. Bei Kindern wird im Gruppenversuch die Testaufgabe an einer Wandtafel demonstriert. Vor dem Test wird an einer Übungszeile festgestellt, ob alle Teilnehmer die Aufgabe verstanden haben. Es geht darum, aus einer Reihe ähnlicher Zeichen jedes d, das mit insgesamt zwei Strichen versehen ist, „so schnell wie möglich – aber natürlich auch ohne Fehler“ durchzustreichen. Die zur Verfügung stehende Zeit wird (im Regelfall) auf 20 Sekunden pro Testzeile begrenzt. (In bestimmten Sonderfällen, bei extrem leistungsfähigen Probanden und Testwiederholungen, kann die Bearbeitungszeit zur Vermeidung von Dacheffekten auf 15 Sekunden pro Testzeile verkürzt werden.)

5.4 Zeit: Die Netto-Durchführungszeit beträgt 4 Minuten und 40 Sekunden (in o. g. Sonderfällen sogar nur 3 Minuten und 30 Sekunden). Insgesamt sind für die Testdurchführung – einschließlich Instruktionen – etwa 8 Minuten zu veranschlagen.

6. Auswertung

6.1 Modus: Ein Maßstab am oberen und unteren Rand der Schablonen erleichtert das Ablesen der zeilenweise bearbeiteten Menge an Zeichen. Die Summe der 14 Teilmengen bildet den quantitativen Leistungs-Rohwert GZ (Leistungsmenge). Er repräsentiert die Gesamtzahl der Zeichen (einschließlich aller Fehler), die der Pb innerhalb der Zeitgrenzen durchgesehen hat, und gilt als Kriterium des Bearbeitungstempos.

Der qualitative Leistungsaspekt, die Leistungsgüte, ergibt sich aus dem Fehleranteil (F%). Je geringer der Fehleranteil, umso höher die Sorgfalt und Genauigkeit der Testbearbeitung. Mit Hilfe von 2 Transparentschablonen werden die Fehler (F_1 = Auslassungfehler + F_2 = Verwechslungsfehler) ausgezählt und prozentual auf die Leistungsmenge bezogen.

Der neu eingeführte Konzentrationsleistungswert (KL) besteht aus der Summe aller richtig durchgestrichenen Zeichen, abzüglich der Verwechslungsfehler (F_2). Der Vorteil dieses Gesamtleistungswertes gegenüber dem bisher benutzten GZ-F besteht darin, daß sich die Pbn weder durch oberflächliches, unkonzentriertes Überspringen von Testteilen noch durch wahlloses Durchstreichen aller Zeichen ungerechtfertigte Leistungsvorteile in Form eines erhöhten KL-Wertes verschaffen können. Die Ermittlung von KL wird durch die modifizierte Schablone 1 erleichtert.

Zusätzlich zu diesen drei Hauptleistungswerten (GZ, F% und KL) gibt es mehrere Möglichkeiten zur Kontrolle des Leistungsverlaufs, z. B. in Form einer Arbeitskurve, die unmittelbar aus dem bearbeiteten Testformblatt her-

vorgeht und nicht – wie bei anderen Verfahren – gesondert aufzuzeichnen ist, sowie aus der Schwankungsbreite (SB) und der Fehlerverteilung.
Das Auswertungsformblatt bietet gegenüber der bisherigen Auswertungspraxis vor allem den Vorteil einer graphischen Veranschaulichung der Testergebnisse und die Möglichkeit einer schnelleren Kurzauswertung der wichtigsten Meßwerte.

6.2 Zeit: Die Auswertung kann von Hilfskräften nach Einübung in wenigen Minuten durchgeführt werden.

7. Gütekriterien

7.1 Objektivität: Standardisierte Instruktionen, schablonisierte Auswertung, Normentabellen und graphische Veranschaulichung im Diagnoseschema sichern die Durchführungs-, Auswertungs- und Interpretations-Objektivität bestmöglich.

7.2 Reliabilität: Die Meßwerte GZ (Leistungsmenge/Bearbeitungstempo), GZ-F und KL (Konzentrationsleistung) erwiesen sich hinsichtlich ihrer internen Konsistenz – unabhängig von der angewandten Technik und der geprüften Stichprobe – in nahezu allen Fällen als hoch reliabel ($r > 0{,}90$). Qualitative Leistungswerte (F, F%) sind nach allgemeinen Erfahrungen weniger zuverlässig. Das scheint aber für bestimmte Personengruppen, bei denen mehr oder weniger starke Konzentrationsstörungen vorliegen dürften, nicht zuzutreffen. Jedenfalls sprechen Untersuchungsergebnisse an verhaltensgestörten Jugendlichen und psychiatrischen Patienten auch für eine hohe interne Konsistenz der Meßwerte F und F% des Aufmerksamkeits-Belastungs-Tests.
Die Stabilität des Verfahrens wurde mittels Testwiederholungen nach verschiedenen Zeitabschnitten (von 5 Stunden bis zu 40 Monaten) kontrolliert. Danach besitzen GZ, GZ-F und KL mit relativ guten bis befriedigenden Stabilitätskoeffizienten ($r > 0{,}70$) auch prognostische Aussagekraft, während den Meßwerten F und F% mit mäßigen bis geringen Stabilitätskoeffizienten eher diagnostische Bedeutung zukommt.

7.3 Validität: Die Gültigkeit des Verfahrens wird durch eine große Anzahl von Untersuchungen belegt. Berücksichtigt wurden Beiträge zur Konstruktvalidität, zur faktoriellen Validität und zu dem Komplex der sog. „empirischen Validität" (ANASTASI, 1961). Darunter befinden sich vor allem Forschungsarbeiten aus den Gebieten der Klinischen und Medizinischen Psychologie, der Psychiatrie, der Pädagogischen Psychologie sowie verkehrspsychologische Bewährungskontrollen, ABO- und sportpsychologische Untersuchungen u. a. m.

7.4 Normen: Im Anhang der Handanweisung sind geschlechts-, altersgruppen- und schulspezifische Normen für den Altersbereich von 9 bis 19 Jahren ($N = 3132$) sowie Normen für Erwachsene von 19 bis 59 Jahren ($N = 3000$) tabelliert. Für GZ und GZ-F sind Standardwerte und Prozentränge ablesbar. Für F% und SB sind die Prozentrangplätze 10, 25, 50, 75 und 90 angegeben. Das Auswertungsformblatt enthält die wichtigsten Normwerte für die drei hauptsächlichen Testleistungkriterien GZ (Leistungsmenge/Bearbeitungstempo), F% (Sorgfalt, Genauigkeit) und KL (Konzentrationsleistung).

8. Literatur

ANASTASI, A. (1961). *Psychological testing.* New York: Macmillan.

BERG, D. & ERLWEIN, M. (1991). Gute Resultate im Aufmerksamkeits-Belastungs-Test (Test d2) nur aufgrund hoher Konzentrationsfähigkeit? *Psychologie in Erziehung und Unterricht, 38,* 59–62.

BRICKENKAMP, R. (1991). Fehlinterpretationen von Testleistungen. *Diagnostica, 37,* 52–57.

HILTMANN, H. (1966²). *Kompendium psychodiagnostischer Tests.* Bern: Huber.

JANKOWSKI, P. (1972⁷). Fähigkeiten und Leistung. In: R. PAULI & W. ARNOLD (Hrsg.), *Psychologisches Praktikum. Band 2.* Stuttgart: G. Fischer.

LEITNER, W. G. (1995). *Zur Diskussion um die Hauptgütekriterien bei Konzentrationsleistungsmessungen.* Bamberg: WVB.

OEHLSCHLÄGEL, J. & MOOSBRUGGER, H. (1990). Zur Verfälschung von Konzentrationsleistungen: Wechselwirkungen von Fähigkeit, Bearbeitungsstrategie und Bearbeitungsabschnitt im Test d2. In: D. FREY (Hrsg.), *Bericht über den 37. Kongreß der Deutschen Gesellschaft für Psychologie in Kiel 1990 (Band 1, S. 105).* Göttingen: Hogrefe.

SÜLLWOLD, F. (1993). Erfordernisse und Defizite der Aufmerksamkeitsdiagnostik. *Report Psychologie, 18,* 36–51.

Das Literaturverzeichnis der Handanweisung enthält über 250 weitere Hinweise.

1. LEISTUNGSTESTS

1.4 Schultests

1.4.1 Einschulungstests

● = ja
o = teilweise
○ = nein
k.A.= keine Angaben

Testname	Autor(en)	Seite	Durchführung				Auswertung			Gütekriterien				Alter
			Gruppentest	Parallelform	Zeitangabe netto (Min.)	Zeitangabe brutto (Min.)	Schabl./Schlüss.	maschinell	Zeitangabe (Min.)	Objektivität	Reliabilität	emp. Validität	Normen	(Jahre oder Schuljahre (J/Sj))
Duisburger Vorschul- und Einschulungstest (DVET)	Meis	277	●	●	35	55	○	○		●	●	●	●	4–7 J
Erzieherfragebogen (EFB)	Gutjahr	280	○	○			○	○		●	●	●	●	5–6 J
Frankfurter Schulreifetest (FST)	Roth u.a.	283	●	●		70	○	○		●	●	●	●	5–6 J
Kettwiger Schuleingangstest (KST)	Meis u.a.	285	●	●	29	40	○	○	5	●	●	●	●	5–6 J
Kieler Einschulungsverfahren (KEV)	Fröse u.a.	287	○	○		ca. 110	○	○		●	○	●	○	5–6 J
Mannheimer Schuleingangsdiagnostikum (MSD)	Jäger u.a.	289	●	○		45–50	**o**	○		●	●	●	●	5–6 J
Reutlinger Test für Schulanfänger (RTS)	Kratzmeier	291	●	○	24	35	○	○		●	●	●	●	5–6 J
Schulfähigkeitstest Form C	Seyfried u.a.	293	**o**	○		ca. 53	○	○		●	●	●	●	5–6 J
Schulreifetest	Strebel	295	○	○			○	○		●	○	○	○	6–7 J
Visuomotorischer Schulreifetest (VSRT)	Esser u.a.	297	○	○		3–10	○	○	10	●	●	●	●	5–7 J
Weilburger Testaufgaben für Schulanfänger (WTA)	Hetzer u.a.	299	●	●	75	90	○	○		●	●	●	●	6 J

Duisburger Vorschul- und Einschulungstest (DVET)

R. Meis
Herausgeber: K. Ingenkamp („Deutsche Schultests")
Weinheim: Beltz, 1990²

1. Testart Schultest

2. Testmaterial Manual, Beiheft, Testheft A + B, Klassenliste; *zusätzlich:* Bleistifte, Abdeckblatt, Tafel und Stoppuhr.

3. Testgliederung Bei der Konstruktion des DVET wurden bewährte Aufgaben aus dem Kettwiger Schulreifetest übernommen.
Die Endform des Tests gliedert sich in 5 Teile.

Teil 1: Durchstreichaufgaben (12 Aufgaben)
Teil 2: Punktzeichnen nach dem Primary Test von Pintner und Cunningham (10 Aufgaben)
Teil 3: Bauen mit dem Bleistift (8 Aufgaben)
Teil 4: Abzeichnen (8 Aufgaben)
Teil 5: Sprachentwicklung: Sinnes-Zuordnung (10 Aufgaben)

Teil 2, 3 und 4 lehnen sich an den Kettwiger Schulreifetest an. Insgesamt besteht der Test aus 48 Aufgaben.

4. Grundkonzept Der Autor beabsichtigte, einen Test zu konstruieren, mit dem sich eine möglichst umfassende Diagnose des Entwicklungsstandes grundschulrelevanter Fertigkeiten stellen läßt und der beim schwächsten Viertel der Sechsjährigen besser differenzieren sollte. Daraus ergab sich die Notwendigkeit, das Verfahren auch bei jüngeren Kindern zu erproben.
Nach einigen Analysen stellte sich heraus, daß Funktionen getestet wurden, die für das Lesenlernen besonders wichtig sind. Die neuen Subtests 1 und 5 erfassen die Formidentifikation und die Sprachentwicklung. Der Test kann als zusätzliche Hilfe bei der Zurückstellung schulpflichtiger Kinder oder bei vorzeitiger Einschulung herangezogen werden. Außerdem werden allgemeine oder spezielle Schwächen durch den Test aufgedeckt, so daß früh mit individuellen kompensatorischen Maßnahmen begonnen werden kann.

5. Durchführung **5.1 Alter–Klasse:** Im Alter von 4–7 Jahren.

5.2 Formen: Der Test liegt in zwei Parallelformen vor (A und B). Anwendbar ist der DVET als Gruppentest (bei 4jährigen mit 4 Kindern, bei 5jährigen mit etwa 10 und bei 6jährigen mit Gruppen bis zu 20 Kindern).

5.3 Handhabung:

1. Jedes Kind bekommt ein Testheft. Beispiele werden zum Teil an die Tafel gezeichnet und erklärt.
2. Die Anweisungen werden aus dem Beiheft vorgetragen.
3. Das Kind setzt sich in verschiedener Weise mit dem Material auseinander (Ankreuzen, Nachzeichnen etc.).

5.4 Zeit: Die reine Arbeitszeit beträgt 35 Minuten. Insgesamt werden etwa 55 Minuten benötigt. Bei Vier- und Fünfjährigen sollte eine Pause von 10 Minuten eingeschoben werden.

6. Auswertung

6.1 Modus: Jede richtig gelöste Aufgabe erhält im allgemeinen 2 Punkte. Hingegen erhalten Aufgaben, die nur zum Teil richtig sind, einen Punkt. Auswertungsbeispiele für Teil 4 sind im Beiheft enthalten. Maximal können bei 48 Aufgaben insgesamt 104 Punkte erzielt werden. Die Punkte, die ein Kind in den Subtests erhält, werden addiert und bilden den Gesamtwert. Vergleichswerte stehen für verschiedene Fragestellungen zur Verfügung.

6.2 Zeit: Keine Angaben.

7. Gütekriterien

7.1 Objektivität: Die Forderungen nach Objektivität werden vom DVET erfüllt.

7.2 Reliabilität: Die Paralleltestzuverlässigkeit der Gesamtstichprobe (N = 600) liegt bei $r_{AB} = 0,92$.
Die innere Konsistenz der beiden Formen wurde sowohl für den Gesamttest als auch getrennt für die einzelnen Subtests berechnet. Es ergab sich für den Gesamttest bei beiden Formen ein Wert von $r_{tt} = 0,98$.
Die Anforderungen, die an den Test in bezug auf die Reliabilität gestellt werden, werden voll erfüllt.

7.3 Validität: Es wurde bei vierjährigen Kindern die Übereinstimmung zwischen DVET und Bühler-Hetzer-Test (in bezug auf das Entwicklungsalter) berechnet. Die Rangkorrelationen liegen um Rho = 0,8 (N zwischen 19 und 26). Etwas höher fielen die Rangkorrelationen zu der Minnesota-Preschool-Scale aus. Sie liegen um 0,9 (N zwischen 19 und 23).
Bei Fünfjährigen ergaben sich Rangkorrelationen um Rho = 0,5 zu Intelligenztests (Progressive Matrices von RAVEN und Kramer-Test) und um Rho = 0,6 zum Lehrerurteil nach einem Jahr (N zwischen 21 und 27).
Ebenso wurde die Korrelation zum Wortschatztest für Schulanfänger (WSS) und zum Frankfurter Schulreifetest ermittelt.
Die Validierung bei Erstkläßlern ist ebenso umfangreich. Folgende Zusammenhänge wurden ermittelt:

1. Übereinstimmugn mit Zensuren nach 1½ Jahren
2. Übereinstimmung mit Zeugnisnoten nach einem Jahr (Untersuchung in Regensburg)
3. Übereinstimmung mit Lehrereinstufungen
4. Übereinstimmung mit dem Frankfurter Schulreifetest
5. Übereinstimmung mit dem Frankfurter Analogietest und dem Hamburg-West Yorkshire-Test

Des weiteren wurde die Korrelation mit dem Intelligenzquotienten Lernbehinderter und mit dem Verhaltensprofil von HUTH berechnet.

7.4 Normen: Es liegen vor:

- Mittelwerte und Standardabweichungen für 4- bis 5jährige Kinder (in Halbjahresschritten),
- bei 6jährigen nach Quartalen, Schichtzugehörigkeit und Kindergartenbesuch,
- für 5jährige außerdem Prozentrangplätze aus Modellkindergärten, Vorklassen. Testergebnisse 10 Wochen vor der Einschulung, bei Einschulung sowie 5 und 8 Wochen danach.

Erzieherfragebogen (EFB)

W. GUTJAHR
Berlin: PDZ Humboldt-Universität, 1986

---

1. Testart Einschulungstest

2. Testmaterial Mappe mit 1 Handanweisung (DIN A4, 27 Seiten), 2 Testversionen:
EFB 85: 2 Erzieherfragebogen mit 55 Items, 50 Antwortbogen;
EFB 86: 2 Erzieherfragebogen mit 30 Items, 57 Antwortbogen.

3. Testgliederung Ausgehend von der Annahme, Schulfähigkeit ist als Komplex von Verhaltens- und Leistungseigenschaften zu verstehen, werden folgende Bereiche erfaßt:

EFB 85:
- Motorik und Selbständigkeit (Item 1 ... 5)
- Sprache (Item 6 ... 10)
- Spielverhalten (Item 11 ... 17)
- Leistungsverhalten (Item 18 ... 31)
- soziales Verhalten, Emotionalität und Affektivität (Item 32 ... 50)
- Allgemeine Einschätzung (Item 51 ... 55)

Zusatzfrage A betrifft Schulprognose

EFB 86 hat weniger Items, aber einen ähnlichen Aufbau.
Im Antwortblatt werden zusätzlich Informationen über sozial-familiäre Lebensverhältnisse des Kindes erfaßt.

4. Grundkonzept Erste Erfahrungen mit standardisierten Befragungen von Kindergärtnerinnen stammen aus den Jahren 1962/63. Die erste Fassung des Erzieherfragebogens aus dem Jahr 1969 (EFB 69) basiert auf dem „Mütterbefragungsbogen (MBB)“ von KUKLA aus dem Jahr 1966. Eine erweiterte Fassung stammt von GUTJAHR und ROETHER aus dem Jahr 1970 (EFB 70). Diese Fassung war valider und bediente sich der Faktorenanalyse. Ab 1982 beschäftigte sich die Forschungsgruppe um GUTJAHR mit der Schulfähigkeitsdiagnostik. Die ärztliche Fragestellung der bis dahin existierenden Eignungstests wurde um die Komponente psychische Entwicklung erweitert. Ein weiteres wichtiges Konzept ist das der geistigen Retardiertheit (Oligophrenie) nach dem ICD. Aus der Analyse der Daten des Forschungsprojektes „Früherforschung und Frühförderung entwicklungsrückständiger Kinder“ entstand der EFB 85, mit dem primär zwischen geistig normal leistungsfähigen Kindern und leistungsschwachen oder leistungsversagenden Kindern unterschieden werden soll. Mit dieser Testversion werden nicht nur Verhaltensweisen überprüft und beurteilt, sondern auch psychische Bereiche. Von besonderem Interesse ist das Verhältnis zum Lernen und zur Arbeit. Beides

läßt sich im Vorschulalter mittels der Spiele und Spielformen (Funktions-, Darstellungs- und Konstruktionsspiel) erfassen.
Der EFB 86 ist aus der Analyse der von WEISS 1972 erstellten Version unter Zuhilfenahme des EFB 85 entwickelt worden. Beide Verfahren dienen der Beschreibung des Verhaltens und der psychischen Eigenschaften des Kindes. Ziel ist es, zu einer Entscheidung über die (Nicht-)Einschulung und über die Einleitung von Fördermaßnahmen zu kommen. Der EFB erhebt den Anspruch eines Siebverfahrens.

5. Durchführung

5.1 Alter: Vorschulalter.

5.2 Formen: EFB 85 und EFB 86.

5.3 Handhabung: Der EFB wird von einem/einer ErzieherIn ausgefüllt. Sie sollen das Kind mindestens mehrere Monate kennen.
Der Erzieherfragebogen bleibt unbeschriftet. Alle Angaben über das Kind werden auf dem Antwortblatt eingetragen. Dieses enthält zugleich ein Auswertungsschema.
Die ErzieherInnen kreuzen auf dem Antwortbogen für jede Frage die am meisten zutreffende Antwortkategorie (a–e) an. Auf jede Frage darf nur eine Antwort gegeben werden, und es soll beachtet werden, daß keine Frage ausgelassen wird.
Beim EFB 85 werden bei den Fragen 6, 10, 52, 53, 55 Zusatzfragen gestellt, die freiformulierend zu beantworten sind.
Der EFB kann auch als Interview durchgeführt werden.

5.4 Zeit: Die Durchführungsdauer ist individuelle verschieden und hängt davon ab, ob der EFB als Fragebogen oder als Interview verwendet wird.

6. Auswertung

6.1 Modus: Die Auswertung erfolgt durch einen Untersucher, der mit dem Verfahren vertraut ist.
Bestimmt werden zuerst die c-Werte. Zugrunde liegen die Flächentransformation und die numerische Skalierung nach MCCALL. Die c-Werte für jede einzelne Frage können direkt aus dem Auswertungsschema des Antwortbogens abgelesen werden. Im zweiten Schritt werden die Spalten-C-Werte bestimmt. Die Items verteilen sich auf die Spalten I (I1: Intelligenz im eigentlichen Sinne; I2: Leistungsvoraussetzung), St (St1: Stabilität i. e. S., St2: Mittelpunktstreben) und Soz (Sozialität).
Im EFB 85 können anhand der Tabellen I und II die Standard-C-Werte für die Skalen abgelesen werden. Der EFB 86 ist schon nach den Skalen vorsortiert. Die die Standard-C-Werte erhält man aus Tabelle III.
Eine Interpretation der Ergebnisse ist auf Item-, Skalen- und „Verfahrenssystem"-Ebene möglich. Ausführlich dargestellt wird die Skalenebene.
Bezüglich der Intelligenzskala ist eine Interpretation wie bei standardisierten Intelligenztests durchführbar, d. h., C = 1 entspricht einem IQ von 70 nach WECHSLER. In diesem Fall kann man von einem Hinweis auf Debilität sprechen. Bei C = 2 besteht ein Hinweis auf „Grenzdebilität". Die Sozialitätsskala hängt eng mit der Intelligenz zusammen, ist aber nicht Ausdruck derselben. Es ist vielmehr ein Kreisprozeß. Die Skala St1 steht in Zusammenhang mit dem späteren „Betragen" und „Gesamtverhalten" in der Schule.Für die Skalen Soz, St1 und St2 gibt es kein Kategoriensystem für niedrige Werte wie bei I1 und I2. Es bleibt lediglich der Hinweis auf eine Verhaltensauffälligkeit.

6.2 Zeit: Der Test wird als zeitökonomisch beschrieben, es werden aber keine Angaben über die durchschnittliche Test- und Auswertungsdauer gemacht.

7. Gütekriterien

7.1 Objektivität: Der Test ist sehr stark von der subjektiven Einschätzung der ErzieherInnen abhängig.

7.2 Reliabilität: Für die Skalen Intelligenz und Sozialität wurden gute Reliabilitäten (r > 0,90) erreicht, die Werte der Stabilitätsskalen liegen knapp darunter.

7.3 Validität: Um die Validität des EFB 85 an Außenkriterien zu überprüfen, wurde aus dem Schulfähigkeitstest von WITZLACK und aus dem Vorschul-Lern-Test von ROETHER ein dritter Test konstruiert, der SFT. Dieser zeigt hohe Korrelationen zu den Intelligenzskalen.
Die Validierung wurde mittels Extremgruppenvergleich vorgenommen. Mit Hilfe des SFT wurde festgestellt, daß der EFB signifikant zwischen Intelligenz von „Normalkindern" und den Kindern der Problemgruppe (P1: leistungsschwach) differenziert. Bei den Stabilitätsskalen ergibt sich nur für die Skala St1 eine signifikante Unterscheidung. Im Bereich der Sozialität zeigt sich, daß die Werte der P-Gruppen praktisch im Normalbereich liegen.

7.4 Normen: Die Normstichprobe bestand aus 180 Kindern, die Berliner Kindergärten besuchten und in drei Altersgruppen eingeteilt wurden:

Jede Gruppe bestand zur Hälfte aus Jungen und Mädchen. Dies ist eine Verbesserung gegenüber den älteren Verfahren EFB 69 und EFB 70.
Normentabellen sind getrennt für EFB 85 und EFB 86 im Anhang des Handbuchs vorhanden. Generell läßt sich besser im unteren als im mittleren und oberen Leistungsbereich differenzieren. Die Daten sind nicht normalverteilt.

8. Literatur

GUTJAHR, W. & KUKLA, H. (1969). Der Mütterbefragungsbogen. *Probl. Erg. Psychol., 31.*

ROETHER, D. (1983). *Vorschuler-Lerntest (VLT).* Berlin: PDZ.

WEISS, M. (1972). *Der Erzieherfragebogen (EFB 70).* Unveröff. Diplomarbeit, Sektion Psychologie der HUB.

WITZLACK, G. (1972). *Zur Diagnose der Schulfähigkeit.* Berlin: PDZ.

Frankfurter Schulreifetest (FST)

H. ROTH, G. SCHLEEVOIGT, F. SÜLLWOLD und G. WICHT
Herausgeber: Deutsches Institut für Internationale Pädagogische Forschung („Deutsche Schultests")
Weinheim: Beltz, 1968[5]

---

1. Testart Schultest

2. Testmaterial Beiheft, Testheft, Klassenliste, Beobachtungsbogen; *zusätzlich:* Tafel, Bleistift, Bleistiftspitzer, Namenskärtchen und Stoppuhr oder Uhr mit Sekundenzeiger.

3. Testgliederung Der Test besteht aus drei Aufgabengruppen:

Aufgabengruppe I:	Zeichen abmalen (15 Aufgaben)
Aufgabengruppe II:	Zaunmuster fortsetzen
Aufgabengruppe III:	Mengen ordnen (10 Aufgaben)

4. Grundkonzept „Mit dem Frankfurter Schulreifetest FST soll der Stand der seelisch-geistigen Entwicklung in einigen für die Schule wichtigen Bereichen ermittelt werden" (S. 3).

Aufgrund des Testergebnisses erhält der Lehrer frühzeitig Anhaltspunkte über die Leistungsfähigkeit des Schulanfängers. Außerdem kann er sich zu Beginn der 1. Klasse auf die Fähigkeiten seiner Schüler einstellen.

Die Aufgabengruppen prüfen die Gliederungsfähigkeit in bezug auf optische Gestalten – wie Wörter und Zeichen, was für den Lese- und Schreibunterricht Voraussetzung ist, und die Mengenerfassung von mindestens vier bis fünf Einheiten, was für den Rechenunterricht für Bedeutung ist.

Außerdem können mit der Untersuchung die Aufnahme- und Lernbereitschaft des Kindes sowie seine Bereitschaft zur sozialen Einordnung erfaßt werden.

Die Autoren achteten auf eine kindgemäße Gestaltung der Testhefte, die sie z. B. bunt ausstatteten.

Weiterhin sind Hinweise zur Rückstellung nicht schulreifer Kinder in dem Beiheft angegeben.

5. Durchführung **5.1 Alter–Klasse:** Der Test sollte möglichst vor der Einschulung, in Ausnahmefällen innerhalb der ersten Schulwoche durchgeführt werden.

Formen: Drei Parallelformen (A, B und C) stehen zur Verfügung. Anwendbar ist der FST als Gruppentest für 10 bis 15 Kinder.

5.3 Handhabung:

1. Jedes Kind bekommt ein Testheft. Die Aufgaben werden vorher anhand von Beispielen erläutert.

2. Zur Durchführung ist ein Helfer nötig. Er hat die Aufgabe, möglichst viele Beobachtungen zu protokollieren, wobei er sich vorwiegend auf auffällige Kinder konzentrieren soll. Ein Beobachtungsbogen steht zur Verfügung.
3. Der Testleiter gibt die Anweisungen gemäß des Beiheftes. Das Kind malt Zeichen ab, setzt ein Zaunmuster fort und ordnet Mengen. Alle Aufgaben sind in anschauliche Sinnzusammenhänge eingebettet.

5.4 Zeit:

Arbeitszeiten:

Erste Testeinheit (mit Instruktionen)	etwa 35 Minuten
Pause	etwa 15 Minuten
Zweite Testeinheit (mit Instruktionen)	etwa 20 Minuten
	etwa 70 Minuten

6. Auswertung

6.1 Modus: Die Bewertung der Aufgaben erfolgt nach den angegebenen Richtlinien (S. 7 bis 20). Die erzielten Punkte werden für jede Aufgabengruppe addiert und ergeben den Gesamtwert. Zwei Auswertungsformen sind möglich: eine „Langform" und eine „Kurzform". Vergleichswerte stehen als Prozentrangplätze zur Verfügung.

6.2 Zeit: Keine Angaben.

7. Gütekriterien

7.1 Objektivität: Die Anleitung zur Durchführung ist als objektiv zu bezeichnen. Die Auswertung erfolgt nach festgesetzten Richtlinien. Bei einer Zufallsstichprobe von 223 Testheften ergab sich zwischen zwei Auswertern eine mittlere Differenz von 1 bis 1,5 Punkten pro Heft bei 30 möglichen Punkten.

7.2 Reliabilität: Die Paralleltestzuverlässigkeit zwischen den drei Formen liegt bei $r_{tt} = 0{,}92$ (N = 350). Die Interkorrelationen für die drei Aufgabengruppen betragen (N = 7908):

Zeichen-Mengen	$r_{tt} = 0{,}53$
Zeichen-Zaun	$r_{tt} = 0{,}44$
Mengen-Zaun	$r_{tt} = 0{,}33$

7.3 Validität: Es wurden die Testergebnisse mit den Zeugnisnoten nach einem Jahr und nach 4 Schuljahren verglichen. Die Korrelation mit der Gesamtnote nach einem Jahr beträgt für die Eichstichproben $r_{tc} = 0{,}52$ (N = 2839). Am Ende des 4. Schuljahres ergaben sich zu den Fächern Deutsch und Rechnen Koeffizienten von $r_{tc} = 0{,}47$ (N = 279).
Bei Bewährungskontrollen mit 131 Schülern wurde ein Korrelationskoeffizient von $r_{tc} = 0{,}68$ zwischen Testergebnis und Schulerfolg erzielt.

7.4 Normen: Der FST wurde an 7018 Kindern aus allen Bundesländern außer Bremen standardisiert. Vergleichswerte stehen als Prozentrangplätze zur Verfügung. Es ist eine Einstufung in vier Reifegrade (gut schulreif, schulreif, bedingt schulreif und nicht schulreif) möglich.

Kettwiger Schuleingangstest (KST)

R. Meis – Neubearbeitung E. Beetz
Herausgeber: K. Ingenkamp („Deutsche Schultests")
Weinheim: Beltz, 1990[3]

1. Testart Schultest

2. Testmaterial Beiheft (24 Seiten), Testhefte Form A und B (DIN A5); *zusätzlich:* Bleistift oder besser Rotstift (evtl. Filzstift mit feiner Spitze), kein Radiergummi, Uhr mit Sekundenzeiger, Wandtafel und Kreide, Aushängeschild mit Hinweis auf Testprüfung.

3. Testgliederung Das Verfahren gliedert sich in drei Testteile mit jeweils zehn Aufgaben: (1) Koordination von Auge und Feinmotorik, (2) Formauffassung, (3) Erfassen und Wiedergeben geordneter Mengen.

4. Grundkonzept Der KST ist ein Instrument der Schuleingangsdiagnostik, das der Feststellung der allgemeinen Schulfähigkeit dienen und ggf. helfen soll, eine angemessene individuelle Förderung einzuleiten. Geprüft werden die Voraussetzungen für das Erlernen von Lesen, Schreiben und Rechnen, nämlich die Fähigkeit zur Differenzierung, die Beachtung von Teilinhalten, die Erfassung von Mengen und die Koordination von Auge und Feinmotorik. Indirekter Bestandteil des Tests sind soziale Fähigkeiten wie die Bereitschaft, sich zu konzentrieren und in eine Gruppe einzuordnen.

5. Durchführung **5.1 Alter:** Schulanfänger.

5.2 Formen: Gruppentest mit den Parallelformen A und B.

5.3 Handhabung: Richtlinien für die Durchführung des Tests sind vorhanden. Die optimale Gruppengröße liegt bei bis zu 15 Kindern. Ein Helfer sollte unbedingt anwesend sein. Hinweise darauf, wie der KST in eine sequentielle Entscheidungsstrategie eingebettet werden kann, werden gegeben. Die speziellen Testanweisungen für die einzelnen Untertests werden vom Testleiter (Tl) vorgelesen. Die Kinder haben bestimmte Vorlagen unterschiedlicher Komplexität möglichst genau abzuzeichnen. Für jede Seite mit jeweils fünf Aufgaben sind genaue Zeitvorgaben einzuhalten.

5.4 Zeit: Die Durchführung des Verfahrens beansprucht insgesamt etwa 49 Minuten, nämlich 29 Minuten für die Bearbeitung und ca. 20 Minuten für die Instruktionen.

6. Auswertung **6.1 Modus:** Für die Bewertung der Zeichnungen mit ganzen oder halben Rohpunkten werden detaillierte Auswertungsanweisungen mit entsprechenden Beispielen vorgegeben. Für die Umwandlung in Prozentrang- und T-Werte stehen Normentabellen zur Verfügung.

6.2 Zeit: Der Zeitaufwand für die Auswertung pro Schüler wird mit ca. 5 Minuten angegeben.

7. Gütekriterien

7.1 Objektivität: Die Durchführungsobjektivität kann als gegeben angesehen werden, hinsichtlich der Auswertungsobjektivität unterliegt der KST gewissen Einschränkungen, die sich bei der Beurteilung von Zeichnungen nie ganz ausschließen lassen.

7.2 Reliabilität: Die interne Konsistenz (Split-Half) wird mit r = 0,93 beziffert. Dieselbe Höhe erreicht auch die Paralleltestzuverlässigkeit.

7.3 Validität: *Inhaltsvalidität* wird wegen der Ähnlichkeit der Testaufgaben mit den in der Schule geforderten Leistungen beansprucht. Die *Übereinstimmungsvalidität* wird durch vier Untersuchungen von MEIS, SEYFRIED, BRUNNÖHLER (1968) und KRAPP und MANDL (1971) nachgewiesen. Danach korreliert der KST mit anderen, vergleichbaren Verfahren (FST, Schulreifetest nach KARAS und SEYFRIED, Rheinhauser Gruppentest und Münchner Auslesetest für Schulneulinge) hoch. Die an größeren Stichproben (N = 264 bzw. 642) erhobenen Daten erbrachten Korrelationskoeffizienten in Höhe von r = 0,85 bzw. 0,77 mit dem FST bzw. Münchner Auslesetest.
Zur *Vorhersagegültigkeit* werden die Untersuchungsergebnisse von MEIS (1968), SENDELBACH (1973, 1977), BRICKENKAMP und RÜTHER (1977), SAUTER (1974) und KRAPP und MANDL (1971) zitiert. Sie sprechen insgesamt für die prognostische Validität des KST. Sogar über mehrjährige Zeitintervalle hinweg konnten noch sehr signifikante Zusammenhänge zwischen dem Schuleingangstest und diversen Außenkriterien (Schulnoten, Schulleistungstests) festgestellt werden.

7.4 Normen: Die Neueichung fand im August und September 1977 statt. Die Eichstichprobe umfaßte 2017 Kinder, von denen 1626 am Beginn ihres ersten Schuljahres standen. Der Rest (N = 391) besuchte noch den Kindergarten. Die meisten Kinder stammten aus den Bundesländern Nordrhein-Westfalen, Baden-Württemberg und Niedersachsen.
Gesonderte Normentabellen für Erstkläßler und Kindergartenkinder (unter 6 Jahren/über 6 Jahren) können zur Interpretation der Testleistungen herangezogen werden. Für Erstkläßler wurde außerdem nach Form A und B des KST differenziert.

8. Literatur

BRICKENKAMP, R. & RÜTHER, G. (1977). Zur langfristigen Vorhersagevalidität des Kettwiger Schulreifetests. *Diagnostica, 23,* 61–63.

KARAS, E. & SEYFRIED, H. (1967). *Schulreifetests.* Wien: Ketterl.

KRAPP, A. & MANDL, H. (1971). *Schulreifetests und Schulerfolg.* München: Oldenbourg.

SAUTER, S. (1974). Erste Befunde über die prognostische Validität des Kettwiger Schulreifetests bei vorverlegten Schulreifeuntersuchungen. *Psychologie in Erziehung und Unterricht, 21,* 49–53.

SENDELBACH, W. (1973). Untersuchungen zur Aufklärung von Fehlprognosen in der Erfolgsvorhersage durch Schulreifetests. *Psychologie in Erziehung und Unterricht, 20,* 308–319.

SENDELBACH, W. (1977). Prognosefrist und Prognosegültigkeit. *Psychologie in Erziehung und Unterricht, 24,* 136–143.

Kieler Einschulungsverfahren (KEV)

S. Fröse, R. Mölders und W. Wallrodt
Weinheim: Beltz Test Gesellschaft, 1988[2]

1. Testart Schultest

2. Testmaterial Beiheft, Protokollbogen für das Elterngespräch, Protokollbogen für das Unterrichtsspiel, Auswertungsbogen, Arbeitsblätter Aufgabe 3, Arbeitsblätter Aufgabe 4, Arbeitsblätter Einzeluntersuchung, Materialsatz Unterrichtsspiel Aufgabe 2–4, Materialsatz Aufgabe 6, Materialsatz Einzeluntersuchung.

3. Testgliederung Der KEV setzt sich aus 3 Komponenten zusammen: Einem Elterninterview, der systematischen Verhaltensbeobachtung von Kleingruppen im Unterrichtsspiel und einer optionalen Einzeluntersuchung.

4. Grundkonzept Mit dem KEV wird die spielerische Feststellung der Schulreife über den kognitiven Entwicklungsstand hinaus, mit der Erfassung des sozialen, motivationalen und emotionalen Verhaltensbereiches, angestrebt. Das Elterngespräch, das anhand eines Leitfadens geführt wird, gibt erste Hinweise zum motivationalen, sozialen und emotionalen Entwicklungsstand des Kindes. Im zentralen Teil, dem Unterrichtsspiel, wird das Kind von 2 Lehrern in einer unterrichtsähnlichen Situation bei der Bewältigung von Aufgaben in seinem sozialen Bezug beobachtet. In der sich anschließenden Einzeluntersuchung steht die Erfassung kognitiver Funktionsbereiche im Vordergrund.
Über verschiedene Beobachtungs- und Ratingkategorien werden hauptsächlich folgende Leistungsvariablen registriert: Wahrnehmung, Umgang mit Mengen, Denkfähigkeit und Kenntnisse, Sprache, Gedächtnis, Motorik, Leistungsmotivation, Arbeitsverhalten, Sozialer Bereich: Kontaktaufnahme, Arbeiten in der Gruppe, Emotionaler Bereich: Sozial- und Leistungsangst.

5. Durchführung **5.1 Alter:** Schulanfänger

5.2 Formen: Gruppenuntersuchung mit anteiliger Einzeltestung.

5.3 Handhabung: s. o.

5.4 Zeit: ca. 15 Minuten für das Elterngespräch, 75 Minuten für das Unterrichtsspiel und 20 Minuten für die Einzeluntersuchung.

6. Auswertung **6.1 Modus:** 2-stufiges Fremdrating (Plus- bzw. Minussignierung) auf den für das Unterrichtsspiel und die Einzeluntersuchung vorgegebenen Auswertungsbogen. Im Beiheft finden sich Ein- und Ausschlußkriterien für jede Beobachtungseinheit. Ein Gesamtpunktwert wird nicht ermittelt. Die Entscheidungsfindung zum abschließenden Gesamturteil „Schulfähigkeit" erfolgt anhand der gewonnenen Informationen durch Abwägen des Beurteilers. Es werden einige Fallbeispiele als Entscheidungshilfe dokumentiert.

6.2 Zeit: Keine Angaben.

7. Gütekriterien

7.1 Objektivität: Für Verhaltensbeobachtungen naturgemäß eingeschränkt. Vorgabe expliziter Ein- und Ausschlußkriterien für die Kategorien. Eine standardisierte Ergebnisinterpretation auf der Grundlage des gewonnenen Datenmaterials ist nicht vorgesehen.

7.2 Reliabilität: Es werden keine Untersuchungen zur Zuverlässigkeit des Verfahrens angegeben.

7.3 Validität: Die im Folgenden dargestellten Untersuchungsergebnisse beziehen sich auf das Unterrichtsspiel: Eine multiple Regressionsanalyse ergab einen Zusammenhang der Beobachtungskategorisierungen mit dem Kriterium „Lehrerurteil hinsichtlich der Schulfähigkeit" in Höhe von $r = 0{,}89$. Für das Kriterium „Schulerfolg nach einem Schuljahr" ergab sich ein Zusammenhang von $r = 0{,}71$. Eine Faktorenanalyse unter Einbezug aller Items (Beobachtungskategorien und Außenkriterien) ergab eine 3-Faktorenlösung, die zusammen 31 % der Gesamtvarianz aufklärt. Faktor 1 zeigt die höchsten Ladungen bei Aufgaben, die Offenheit und spielerischen Umgang mit neuen Situationen erfassen, Faktor 2 wird als „Faktor der Schulfähigkeit" und Faktor 3 als „Faktor der Ordnung" benannt.

7.4 Normen: Keine Angaben.

Mannheimer Schuleingangs-Diagnostikum (MSD)

R. S. JÄGER, E. BEETZ, E. ERLER und R. WALTHER
Weinheim: Beltz, 1994[4]

1. Testart Schultest, Einschulungstest

2. Testmaterial Die Testmappe enthält ein Manual, ein Muster-Testheft mit Auswertungsbogen und eine Auswertungsschablone „Konzentration". *Zusätzlich* werden benötigt: Bleistifte, Stoppuhr (ersatzweise Uhr mit Sekundenzeiger), Tafel und Kreide.

3. Testgliederung Das MSD setzt sich aus fünf Skalen zusammen:

1. Motorik (Rockverzierungen; 5 Items)
2. Intelligenz (Mosaik; 2 Übungs- und 7 Testitems)
3. Konzentration (1 Minute)
4. Gliederungsfähigkeit (1 Übungs- und 7 Testitems)
5. Gedächtnis (16 Items)

Vorangestellt werden 2 „warming-up-items", die nicht bewertet werden.

4. Grundkonzept Die zur Eingewöhnung vorangestellten „warming-up-items" (Verkehrtheit im Bilderkennen und -benennen) sollen infolge ihres hohen Aufforderungscharakters die Kinder zur Mitarbeit anregen und dem TI die Möglichkeit verschaffen, Erfolgserlebnisse (Verstärkungen) zu vermitteln, die die Testsituation positiv beeinflussen.
Die Autoren sehen im Konstrukt „Schulreife" ein heterogenes Kriterium. Sie lehnen sich an eine entsprechende Definition von ROTH et al. (1968) an. Die Aufgaben sollen verschiedene typische Anforderungen des Schulalltags simulieren: z. B. schreibähnliche Bewegungen, intellektuelle Fähigkeiten wie Erkennen von Figur-Lage-Beziehungen, Kombinationsfähigkeit, kurzzeitige Konzentrationsleistungen, Gliederungsfähigkeit nach KERN (1966) und Gedächtnis. Besonderer Wert wurde auf eine klare, farblich abwechslungsreiche Gestaltung des Testmaterials gelegt. Ausgegangen wird von einem Defizit-Modell, das die besondere Förderung jener Kinder zum Ziel hat, die in einem oder mehreren Bereichen Minderleistungen aufweisen.

5. Durchführung **5.1 Alter–Klasse:** Schulanfänger.

5.2 Formen: Einzel- und Gruppentest.

5.3 Handhabung: Wörtliche Instruktionen sind vorgegeben.
Wegen einiger Schwierigkeiten bei der Testadministration wird dringend empfohlen, die Handhabung des Verfahrens vor dem ersten Versuch einzuüben.

5.4 Zeit: 45 bis 50 Minuten.

6. Auswertung **6.1 Modus:** Manuelle Auswertung – für die Subtests „Motorik" und „Gliederungsfähigkeit" nach besonderen Auswertungsrichtlinien. Der Testteil „Konzentration" wird mit Hilfe einer Transparentschablone ausgewertet. Die Ergebnisse werden auf den Auswertungsbogen übertragen.

6.2 Zeit: Keine Angaben.

7. Gütekriterien

7.1 Objektivität: Durchführungs- und Auswertungsobjektivität sind gegeben.

7.2 Reliabilität: Angegeben werden die Alpha-Koeffizienten nach Cronbach für die Subtests Motorik (gemessen werden „Überkreuzungen", Mosaik, Gliederungsfähigkeit und Gedächtnis (0,80 bis 0,91)). Auf dieser Basis wurden Standardmeßfehler für Roh- und Stanine-Werte berechnet. Ergänzt werden die Angaben zur Homogenität durch Koeffizienten nach RULON, Guttman, durch Angaben über den Varianzvergleich der Testhälften und über Koeffizienten der Reproduzierbarkeit (COR), minimale marzinale Reproduzierbarkeit (MMR) und Koeffizienten der Skalierbarkeit (COS).
Da der MSD auf dem Defizitmodell aufbaut, das einen Leistungsausgleich durch gezielte pädagogische Interventionen zum Ziel hat, wird von den Autoren die Ermittlung der Retestreliabilität als nicht sinnvoll abgelehnt.

7.3 Validität: Zur Überprüfung der Übereinstimmungsvalidität wurden skalierte Verhaltensbeurteilungen von Kindergärtnerinnen mit Testwerten des MSD korreliert. Dabei ergaben sich einige sehr signifikante ($p \leq 0,01$) Zusammenhänge. Es zeigte sich aber auch, daß die Einschätzungen der schöpferischen Phantasie und des Sozialverhaltens im MSD keine Entsprechungen aufweisen.
Eine Korrelation der MSD-Subtests mit anderen Schulreifetests (GLT von KERN, 1966; GST von KLEINER, 1968, und FST von ROTH et al.) zeigt sehr signifikante Zusammenhänge ($p \leq 0,01$) mit dem Frankfurter Schulreifetest von ROTH et al. (1968). Die Höhe dieser Koeffizienten liegt um $r = 0,5$ ($N = 44$).
Die faktorielle Gültigkeitskontrolle erbrachte verhältnismäßig niedrige Interkorrelationen der Subskalen und führte die Autoren zur Annahme einer 6-Faktorenlösung. Faktor 1: Gliederungsfähigkeit; Faktor 2: Grob-psychomotorische Koordinationsfähigkeit; Faktor 4: Schlußfolgerndes Denken; Faktor 5: Konzentrationsleistungen; Faktor 6: nicht interpretierbar.

7.4 Normen: Für jede Skala stehen Normen in Prozentrang- und Stanine-Werten zur Verfügung ($N = 878$).

8. Literatur

JÄGER, R. (1974). Bemerkungen zu: Die Standardskala der kritischen Differenzen. *Diagnostica, 20,* 165–168.

JÄGER, R. (1975). Zur Problematik von Schuleingangsdiagnosen. *Z. f. Entwicklungspsychologie und Pädagogische Psychologie, 7,* 134–141.

Reutlinger Test für Schulanfänger (RTS)

H. Kratzmeier
Herausgeber: K. Ingenkamp („Deutsche Schultests“)
Weinheim: Beltz, 1975²

1. Testart Schultest

2. Testmaterial Beiheft, Testheft, Klassenliste; *zusätzlich:* Rotstifte oder dünne rote Filzschreiber, Wandtafel und Kreide bei Gruppenuntersuchungen, Papier und Bleistift bei Einzeluntersuchungen, Stoppuhr.

3. Testgliederung Der RTS besteht aus 10 Subtests; jeder Subtest besteht aus 4 Aufgaben, ausgenommen Subtest 10.

1. Formunterscheidung	6. Zahlgliederung
2. Verhältniserfassung	7. Wortgliederung
3. Lückenerkennen	8. Zuordnung
4. Randverzierung	9. Formwiedergabe
4. Inhaltserfassung	10. Blumenzeichnung

4. Grundkonzept Der Reutlinger Test für Schulanfänger soll feststellen, inwieweit ein Kind in geistiger Hinsicht den Anforderungen der Schule gewachsen ist.

Der Autor legte bei der Konstruktion des RTS großen Wert auf Ökonomie und auf die Sicherheit von Diagnose und Prognose. Für das Erlernen des Lesens, Rechnens und Schreibens ist die Differenzierung und Strukturierung optischer Gestalten von elementarer Bedeutung. Um zu einer sicheren Aussage über den Stand dieser Grundfunktion zu gelangen, wird in fast jeder Aufgabe des RTS eine Differenzierungsfähigkeit geprüft. Aber auch andere Faktoren der Schulreife werden im Test erfaßt, z. B., ob eine realistisch-sachliche Einstellung vorhanden ist und ob eine willkürliche Aufmerksamkeit möglich ist. Sehr wahrscheinlich wird von RTS auch Intelligenz erfaßt.

Mit dem Test können frühzeitig Schwächen aufgedeckt werden, so daß rechtzeitig mit geeigneten pädagogischen Maßnahmen begonnen werden kann.

5. Durchführung **5.1 Alter–Klasse:** 2 bis 8 Wochen vor Schuleintritt oder spätestens innerhalb von 2 Wochen nach der Schulaufnahme.

5.2 Formen: Der RTS liegt nur in einer Form vor. Anwendbar ist der Test als Einzel- und als Gruppentest für 8 bis 10 Kinder, wobei für je 4 bis 5 Kinder ein Testhelfer anwesend sein sollte.

5.3 Handhabung:

1. Jedes Kind bekommt ein Testheft. Eine Beispielaufgabe wird vom Lehrer an der Tafel erklärt.

2. Die Anweisungen liest der TI aus dem Beiheft vor.
3. Das Kind setzt sich in unterschiedlicher Weise mit den Aufgaben schriftlich auseinander.

5.4 Zeit: Die reine Testzeit beträgt 24 Minuten. Die Durchführung dauert etwa 30 bis 35 Minuten.

6. Auswertung

6.1 Modus: Jede richtige Lösung erhält einen Punkt. Für jeden Subtest sind maximal 4 Punkte, im gesamten Test sind maximal 40 Punkte möglich. Für die Bewertung der Einzelaufgaben sind im Beiheft Richtlinien angegeben. Als Vergleichswerte stehen mittlere Prozentränge und Prozentrang-Bänder zur Verfügung.

6.2 Zeit: Keine Angaben.

7. Gütekriterien

7.1 Objektivität: Durchführung und Auswertung sind als objektiv zu bezeichnen.

7.2 Reliabilität: Die Testhalbierungszuverlässigkeit, korrigiert nach Spearman-Brown, liegt bei $r_{tt} = 0{,}91$ (N = 209).

7.3 Validität: Die Übereinstimmung zwischen den Testergebnissen im Frankfurter Schulreifetest und denen im RTS liegt zwischen $r_{tc} = 0{,}56$ und $r_{tc} = 0{,}86$.
Nach 5 Monaten Schulbesuch lagen von 16 Klassen (N = 535) Lehrerurteile über den Gesamterfolg der Kinder in der Schule vor. Es wurden Rangkorrelationen zum Testergebnis errechnet. Der Median der Korrelationen liegt bei Rho = 0,67.
Die Korrelationskoeffizienten zwischen der Leistung im RTS und dem Lehrerurteil über die schulische Gesamtleistung nach Eintritt in das 3. Schuljahr variieren von Rho = 0,29 bis 0,84 mit einem Mittelwert von Rho = 0,55 (N = 386). Die Gesamtnote der Fächer Rechnen, Schreiben, Lesen und Aufmerksamkeit nach einem Jahr Schulbesuch wurde mit den Testergebnissen des RTS korreliert (N = 562). Der Median der Rangkorrelationen liegt bei Rho = 0,60.
Diese Werte sprechen für eine gute Übereinstimmungs- und eine gute Voraussagevalidität des RTS.

7.4 Normen: Vergleichswerte stehen in Form von mittleren Prozenträngen und Prozentrang-Bändern für Jungen und Mädchen sowie für Stadt- und Landkinder zur Verfügung (N = 1286).

Schulfähigkeitstest Form C

Österreichische Schultests
H. Seyfried und E. Karas
Wien: Ketterl, 1987[2]

1.4.1

1. Testart Einschulungstest

2. Testmateriale Handanweisung Form C, Testhefte, Mengentafel, Protokollbogen; *zusätzlich:* Schreibgerät.

3. Testmaterial Der Test besteht aus zwei Teilen, einem Gruppentest und einem Individualtest. Die Untertests der Gruppentests sind:

- Mann zeichnen
- Formwiedergabe
- Gestaltwiedergabe I
- Gestaltwiedergabe II
- Abzeichnen
- Randverzierung

Die Untertests des Individualtests sind:

- Sätze nachsprechen
- Zahlenreihen nachsprechen
- Stellenbestimmung
- Größenvergleich
- Mengenerfassung

Des weiteren wird die körperliche Entwicklung nach drei Kriterien eingeschätzt.

4. Grundkonzept Das Verfahren ermöglicht, die Schulfähigkeit eines Kindes festzustellen und dabei evtl. Entwicklungsverzögerungen oder -vorsprünge aufzudecken. Mit Hilfe weiterer Informationsquellen bildet es die Grundlage für Entscheidungen über die Einschulung bzw. Zurückstellung und ggf. über den Einsatz von Förderungsmaßnahmen.

5. Durchführung **5.1 Alter:** 5;0 bis 6;11 Jahre.

5.2 Formen: Teils Gruppentest, teils Einzeltest. Die Formen A und B des Schulreifetests sind keine Parallelformen zu C.

5.3 Handhabung: Die Handanweisung enthält detaillierte Instruktionen für den Testleiter und seinen Helfer. Beide sollen sich eng an diese Anweisungen halten und den Test zügig durchführen.

5.4 Zeit: Der Gruppentest dauert ca. 45 Minuten, der Einzeltest ca. 7 bis 8 Minuten.

6. Auswertung

6.1 Modus: Die Aufgaben werden anhand von Bewertungsrichtlinien nach der Lösungsqualität (gut – mittel – schwach) beurteilt.
Die Gesamtpunktzahl wird anhand von Normentabellen in einen Prozentrangwert, einen Standardwert und in einen Testreifegrad transformiert. Ausführliche Auswertungs- und Interpretationsbeispiele erleichtern den Auswertungsgang.

6.2 Zeit: Keine Angaben.

7. Gütekriterien

7.1 Objektivität: Durch ausführliche Anweisungen an den Testleiter und ebensolche Beispiele für die Auswertung ist versucht worden, die Objektivität des Verfahrens hinreichend zu gewährleisten.

7.2 Reliabilität: Die Werte, die durch die Testwiederholungsmethode gewonnen wurden, liegen zwischen 0,87 und 0,91.
Korrelationen mit den Formen A und B liegen zwischen 0,82 und 0,90.

7.3 Validität: Korrelationen mit späteren Zeugnisnoten liegen je nach dazwischenliegendem Zeitraum zwischen 0,46 und 0,84.

7.4 Normen: Die Normen sind differenziert nach Alter, Ortsgröße und Kindergartenbesuch.

Schulreifetest

G. STREBEL

Solothurn: Antonius, 1992[5]

1. Testart Schultest

2. Testmaterial Kurze Anleitung, Textband und folgende Einzelteile: 1 leeres Blatt (Memoformat), 1 Täschchen mit vier Figuren (a, b, c, d), 20 Blätter mit vorgezeichnetem Randmuster (+), 4 Textkarten (Definition durch Zweckangabe, sechzehnsilbige Sätze nachsprechen, Geschichten nacherzählen, drei Aufträge ausführen), 1 Täschchen mit 1 Viereck und 2 Dreiecken, 6 graue Kartontafeln mit blauen Punkten, 1 Täschchen mit 10 blauen Kreisscheiben, 1 Bilderstreifen (Hundegeschichte), 1 Täschchen mit 4 Farbtäfelchen (rot, grün, gelb, blau), 1 Tafel mit Zeichnungen von Kirche, Tanne, Tisch, 1 Prüfungsbogen, 1 Fragebogen für Erzieher, 1 Fragebogen für Eltern; *zusätzlich:* Uhr, Schreibgerät.

3. Testgliederung Der Schulreifetest von STREBEL umfaßt 12 Aufgaben, die den Autoren BINET, BÜHLER und HETZER, DANZINGER und WINKLER entstammen:

I. Werkreifes Zeichnen (DANZINGER)
II. Figuren nachzeichnen (WINKLER)
III. Randverzierung (DANZINGER)
IV. Definition durch Zweckangabe (BINET)
V. Sechzehnsilbige Sätze nachsprechen (BINET)
VI. Geschichten nacherzählen WINKLER)
VII. Rechteck zusammensetzen (BINET)
VIII. Zahlbilder simultan erfassen (WINKLER)
IX. Bildzusammenhang erkennen (DANZINGER)
X. Hauptfarben benennen (BINET)
XI. Drei Aufträge ausführen (BINET)
XII. Nachzeichnen schematischer Darstellungen (BÜHLER & HETZER)

4. Grundkonzept Das Verfahren soll nicht Einzel- oder Spezialleistungen messen, sondern die „Gesamtentwicklungslage des Kindes" erfassen. Somit ist das Konstruktionsprinzip der „ganzheitlichen" Betrachtungsweise verhaftet. Bei der Auswahl der Aufgaben aus bekannten Testsystemen wurden u. a. folgende Gesichtspunkte berücksichtigt: Die Aufgaben sollten charakteristische Merkmale der Schulreife beobachtbar machen, qualitative Verhaltensanalysen ermöglichen, die charakterlich-sozialen Faktoren stärker einbeziehen als die „rein" intellektuellen, weil bei der Beurteilung der Schulreife die Persönlichkeitsreife wichtiger ist als die Funktionsreife. Außerdem fanden Ökonomiegesichtspunkte Beachtung. Der Schulreifetest von STREBEL, der verbale und manuelle Reaktionsweisen gleichermaßen erfordert, ist vor allem für Schweizer Verhältnisse angelegt worden.

5. Durchführung

5.1 Alter: 6;3–7;3 Jahre. Der Test soll 3 bis 4 Wochen vor Schulbeginn durchgeführt werden.

5.2 Formen: Individualtest. Keine Parallelform.

5.3 Handhabung: Es liegen Testanweisungen für den Untersucher vor. Es empfiehlt sich, die Reihenfolge der Aufgaben innerhalb der Serie zu wahren. Gibt es Gründe, im Einzelfall davon abzugehen (z. B. wenn das Kind nicht gern zeichnet), darf das nur unter Berücksichtigung der möglichen Konsequenzen geschehen. Beispielsweise darf Test XII (Nachzeichnen schematischer Darstellungen) niemals vor Test I (werkreifes Zeichnen) gegeben werden, weil sonst das Kind bei der freien Zeichnung womöglich nur die Schemazeichnungen aus der Erinnerung reproduzieren würde.

5.4 Zeit: Keine Zeitbegrenzung.

6. Auswertung

6.1 Modus: Die Anleitung enthält Bewertungskriterien, die ein Urteil darüber ermöglichen, wann die Aufgaben als gelöst gelten können. Die Summe der gelösten Aufgaben bildet das quantitative Resultat, das nach STREBEL jedoch nicht rein mechanisch zu handhaben ist:

≥ 10 Aufgaben gelöst: Schulreife
8–9 Aufgaben gelöst: fragliche Schulreife
≤ 7 Aufgaben gelöst: nicht schulreif.

Es wird – besonders in Zweifels- und Grenzfällen – auf die Notwendigkeit einer qualitativen Interpretation der Ergebnisse hingewiesen. Dazu steht eine Übersichtstabelle für die qualitative Analyse zur Verfügung. Sie enthält in Stichworten die Funktionen und Fähigkeiten, die mit den einzelnen Aufgaben geprüft werden.
Das Verfahren, das der Tradition einer auf Erfassung der Gesamtpersönlichkeit abzielenden Psychodiagnostik verhaftet ist, sieht eine qualitative Einbeziehung der Ergebnisse von zwei Fragebogen vor, die Erzieher/innen bzw. Eltern beantworten sollen. Insbesondere der den Eltern zugedachte Fragebogen setzt unvoreingenommene Urteilsfähigkeit voraus, die sicher nicht immer ohne weiteres angenommen werden kann, wenn die Eltern an der Einschulung ihres Kindes interessiert sind.

6.2 Zeit: Keine Angaben.

7. Gütekriterien

7.1 Objektivität: Die notwendigen Vorkehrungen zur Sicherung der Durchführungs- und Auswertungsobjektivität sind getroffen.

7.2 Reliabilität: Keine Angaben.

7.3 Validität: Die Anleitung enthält keine Angaben zu empirischen Gültigkeitskontrollen.

7.4 Normen: Keine Angaben.

Visuomotorischer Schulreifetest (VSRT)

G. ESSER & R.-M. STÖHR
Bern: Huber, 1990

---

1. Testart Schultest

2. Testmaterial Handbuch, Testvorlagen, Auswertungsblatt; *zusätzlich:* Schreibgerät.

3. Testgliederung Bei diesem Test handelt es sich um eine Kombination aus Mann-Zeichen-Test und Randverzierungstest (Abzeichnen einer Reihe geometrischer Formen). Er dient zur Erfassung visuomotorischer Störungen im Einschulungsalter. Die Beurteilung der Leistungen erfolgt anhand folgender Kriterien:

Mann-Zeichen-Aufgabe:
- Achsenymmetrische Verschiebungen der Figur (Variable 1/2)
- Überschneidungen und Nichtschließen der Körperkonturen (3)
- Grobe Schwankungen und Verzitterungen im Linienverlauf (4)
- Eckiges Körperschema (5)
- Kritzeliger Malstil – Ausmaltechnik (6)
- Fehlende Plastizität der Körperteile (7)
- Schräglage der Figur (8)

Randverzierungstest:
- Fehlerhafte Reihung der Symbole (9)
- Durchschnittliche Abweichung jeder Symbolgruppe von der Standarddistanz (10/11/12)
- Drift (13)
- Größendifferenz zwischen den Zeichen der Symbolgruppen (14/15/16)
- Ausmaß der Größenabweichung zu den normierten Vorgabefiguren (17/18/19)
- Nichtschließen und Überschneiden der Symbole (20)
- Formdisharmonien und Verzitterungen (21/22/23)
- Überschneidung der Basislinie und/oder der Nachbarsymbole (24)
- Durchschnittliche Abweichung vom idealen Kreuzmittelpunkt (25)
- Durchschnittliche Abweichungsdifferenz der Kreuzbalken (26)
- Seitenverhältnis bei drei oder vier Dreiecken gestört (27)

4. Grundkonzept Störungen der Visuomotorik besitzen hohe Relevanz für mangelnde schulische Leistungsfähigkeit. Die Erfassung potentiell gefährdeter Schulanwärter im Rahmen der Einschulungsdiagnostik ermöglicht es, Kinder mit visuell-perzeptiv-motorischen Schwächen frühzeitig zu erkennen. Sowohl Gestalterfassungsschwierigkeiten, Gestaltdifferenzierungsstörungen, wie auch Störungen der visuomotorischen Koodination, führen zu jeweils typischen, bildhaften Verzerrungen in der Zeichenqualität.

Der VSRT ist so konstruiert, daß er sein Differenzierungsoptimum im subnormalen Bereich erzielt. Dies bedeutdet, daß das Testverfahren zur Bestimmung verschiedener Schweregrade visuomotorischer Störungen gut geeignet ist, während es weniger genau zwischen Kindern mit guten und sehr guten visuomotorischen Leistungen differenziert.

5. Durchführung

5.1 Alter: Kinder im Alter von 5;6 bis 6;11 Jahren

5.2 Formen: Eine Testvorgabe in der Kleingruppe (2–6 Kinder) ist möglich. Die Autoren empfehlen eine Einzeltestung.

5.3 Handhabung: Das Kind erhält die Anweisung, einen Menschen in ein vorgedrucktes Rechteck zu zeichnen und dann die oben links begonnene Randverzierung, bestehend aus Dreieck, Kreuz und Kreis, richtig fortzusetzen.

5.4 Zeit: Die Durchführungsdauer liegt bei etwa 3 bis 10 Minuten.

6. Auswertung

6.1 Modus: Das Handbuch enthält umfangreiche Anweisungen zum Fehlerrating der beiden Testaufgaben. Zur Auswertung der Variablen 1, 2, 8 und 13 können Schablonen herangezogen werden. Die Summe der Fehler kann in einen Prozentrang-Wert und einen Visuomotorikquotionen transformiert werden.

6.2 Zeit: Geübte Diagnostiker benötigen zur Auswertung etwa 5 bis 10 Minuten.

7. Gütekriterien

7.1 Objektivität: Durchführung und Auswertung (Die Berechung der Auswertungs-Objektivität nach EBEL erbrachte einen Koeffizienten von r = 0,98.) können als objektiv bezeichnet werden.

7.2 Reliabilität: In einer Testanalyse an 200 Versuchspersonen wurde eine Split-half-Reliabilität nach Spearman-Brown von r = 0,93 ermittelt. Cronbachs Alpha erreichte r = 0,92.

7.3 Validität: Die Korrelation des VSRT-Rohwerts bei der Einschulungsuntersuchung und dem GFT-Rohwert (SCHLANGE, STEIN, VON BOETTICHER & TANELI, 1972), zwei Jahre später erhoben, betrug r = 0,67.
Untersuchungen zur Vorhersage von Schulversagen (Intervall: ca. 2 Jahre), berechnet anhand des Versagens im VSRT (VMQ < 80) und „Schulversagen", operationalisiert als nicht mehr ausreichende Leistungen in einem der Fächer „Lesen", „Rechtschreiben" oder „Rechnen", ergab einen Korrelationskoeffizienten von r = 0,47. Die Korrelation zwischen VSRT-Rohwert und Schulnoten liegt für das Fach „Lesen" bei r = 0,34, für „Rechtschreiben" bei r = 0,45 und für,Mathematik" bei r = 0,51.
Die Korrelation zwischen VSRT-Rohwert und allgemeine Intelligenz, gemessen mit dem CFT 1 (CATTELL, WEISS & OSTERLAND, 1977), ergibt einen Koeffizienten von r = –0,33.

7.4 Normen: Es existieren Normwerte für die Gesamtstichprobe (N = 601), getrennt nach Geschlecht und getrennt nach 3 Alterstufen (5;6–5;11 Jahre, 6;0–6;5 Jahre, 6;6–6;11 Jahre). Die Normierungsdaten werden jeweils als Prozentrang und als Visuomotorikquotient angegeben.

8. Literatur

CATTELL, R. B., WEISS, R. & OSTERLAND, J. (1977). *Grundintelligenztest Skala 1 (CFT 1).* Braunschweig: Westermann.

SCHLANGE, H., STEIN, B., VON BOETTICHER, I. & TANELI, S. (1972). *Göttinger Formreproduktions-Test (GFT).* Göttingen: Hogrefe.

Weilburger Testaufgaben für Schulanfänger (WTA)

H. HETZER und L. TENT – unter Mitarbeit von H. SCHUPPENER
Herausgeber: K. INGENKAMP („Deutsche Schultests")
Weinheim: Beltz, 1994

1. Testart Schultest

2. Testmaterial Beiheft, Testheft, 1 Satz Mengenkarten, Klassenliste; *zusätzlich:* Bleistift, Bleistiftspitzer, Stoppuhr, Wandtafel, Lappen und Kreide, eine (Umhänge-) Tasche, eine Zeitung, ein Brief, eine Ansichtskarte (mit Marke und Anschrift) für Aufgabengruppe 4.

3. Testgliederung Der WTA besteht aus zehn Aufgabengruppen:

1. Freies Zeichnen, Menschendarstellung
2. Randverzierung zeichnen
3. Begriffsbildung
4. Postspiel
5. Gegenstände einprägen und wiedererkennen
6. Nachzeichnen
7. Zuordnen
8. Größenvergleich
9. Punktzeichnen
10. Mengenerfassung

4. Grundkonzept Mit Hilfe des Tests gewinnt der Untersucher in kurzer Zeit einen Überblick über den Entwicklungsstand von Kindern im Einschulungsalter. Die Testergebnisse gestatten eine erste Grobauslese.

Die Autoren warnen jedoch davor, sich bei der Beurteilung der Schulreife allein auf eine Punktzahl zu stützen. Um sich hierüber ein Urteil zu bilden, sollten weitere Daten herangezogen werden. Z. B. kann die Beobachtung der Kinder während der Untersuchung Aufschluß über die soziale Schulreife geben.

Ebenso kann der Test eine zusätzliche Hilfe bei der Zurückstellung, bei der Aufnahme in eine Vorklasse und bei der Überprüfung auf Sonderschulbedürftigkeit sein.

5. Durchführung **5.1 Alter–Klasse:** Etwa 7 Wochen vor Schulbeginn.

5.2 Formen: Der Test liegt in zwei Parallelformen vor (A und B). Anwendbar ist der WTA als Gruppentest bis zu 15 Kindern. Es liegt eine Kurzform vor, die sich aus den sechs trennschärfsten Aufgabengruppen zusammensetzt.

5.3 Handhabung:

1. Jedes Kind bekommt ein Testheft.
2. Für die Untersuchung ist ein Helfer nötig, der den Testleiter weitgehend unterstützt. Die Anweisungen werden aus dem Beiheft vorgelesen.
3. Das Kind setzt sich in vielfältiger Weise mit dem Material auseinander (siehe Testgliederung).

5.4 Zeit: Die reine Testzeit beträgt knapp 75 Minuten. Für die Durchführung werden etwa zwei Schulstunden benötigt.
Für die Kurzform beträgt die reine Testzeit 46 Minuten. Für die Durchführung wird insgesamt 1 Stunde gebraucht.

6. Auswertung

6.1 Modus: Für die Auswertung sind im Beiheft Richtlinien angegeben. Für jede Aufgabengruppe können unterschiedliche Punktwerte erzielt werden. Die maximale Gesamtpunktzahl beträgt 50 Punkte. Die Punktzahlen der zehn Aufgabengruppen werden aufsummiert und auf der Titelseite vermerkt. Als Vergleichswerte stehen Prozentränge zur Verfügung.

6.2 Zeit: Keine Angaben.

7. Gütekriterien

7.1 Objektivität: Durchführung und Auswertung sind als objektiv zu bezeichnen.

7.2 Reliabilität: Die Halbierungszuverlässigkeit nach der odd-even-Methode (korrigiert nach Spearman-Brown) liegt für Form A bei $r_{tt} = 0,81$ (N = 394) bzw. bei $r_{tt} = 0,82$ für Form B (N = 1020). Diese Werte können als befriedigende Realibilitätsindikatoren gelten.
Die Paralleltestzuverlässigkeit beträgt $r_{AB} = 0,82$ (N = 500).

Kurzform: Die Halbierungszuverlässigkeit beträgt
$r_{tt} = 0,66$ (Form A, N = 394, korrigiert) bzw.
$r_{tt} = 0,75$ (Form B, N = 1020).

7.3 Validität:

Vorhersagegültigkeit:
Nach einem halben Jahr Schulbesuch liegt die Korrelation zwischen Testergebnis und Gesamtnote bei $r_{tc} = 0,70$ für Form A (N = 394) bzw. $r_{tc} = 0,63$ für Form B.
„Die WTA sind in der Tendenz für Jungen geringfügig valider als für Mädchen“ (S. 30).
Die Korrelation zum Frankfurter Schulreifetest ergab $r_{tc} = 0,63$ (N = 82, ungewichtete Eichform).

Kurzform:
Die Übereinstimmung zwischen Kurz- und Langform liegt bei $r_{tc} = 0,96$ (N = 394 bzw. 1020). Nach einem halben Jahr beträgt der Korrelationskoeffizient zwischen Gesamtpunktwert und Gesamtnoten (Form A, N = 394, korrigiert) $r_{tc} = 0,61$, nach einem Jahr $r_{tc} = 0,58$ (N = 371, korrigiert).

7.4 Normen: Die Form A der WTA wurde an 815, die Form B an 1020 Jungen und Mädchen aus der BRD standardisiert. Als Vergleichswerte stehen Prozentrangnormen für die Langform und für die Kurzform zur Verfügung.

1. LEISTUNGSTESTS

1.4 Schultests

1.4.2 Spezielle Schuleignungstests

● = ja
o = teilweise
❍ = nein
k.A.= keine Angaben

Testname	Autor(en)	Seite	Durchführung				Auswertung			Gütekriterien				Alter
			Gruppentest	Parallelform	Zeitangabe netto (Min.)	Zeitangabe brutto (Min.)	Schabl./Schlüss.	maschinell	Zeitangabe (Min.)	Objektivität	Reliabilität	emp. Validität	Normen	(Jahre oder Schul-jahre (J/Sj))
Diagnostisches Soziogramm (DSO)	Müller	303	●	❍		ca. 30	❍	❍		●	●	❍	❍	1.–9. Sj
Kombinierter Lern- und Intelligenztest (KLI 4–5)	Schröder	305	●	●		ca. 150	●	❍		●	●	●	●	4.–5. Sj
Kretschmer-Höhn-Test (KHT)	Kretschmer u.a.	308	●	❍	190		❍	❍		●	❍	❍	❍	10–18 J
Test für Schulrelevante Fähigkeiten (TSF 6–7)	Schallberger u.a.	310	●	●		ca. 45	●	❍		●	●	●	●	6.–7. Sj

Diagnostisches Soziogramm (DSO)

R. MÜLLER
Braunschweig: Westermann, 1980

1. Testart Spezieller Schuleignungstest

2. Testmaterial Handanweisung (DIN A4, 39 Seiten), 2 Fragebogen, Einzelauswertungsbogen, Gruppenauswertungsbogen; *zusätzlich:* Papier und Schreibgerät, Namensliste der Klasse.

3. Testgliederung Das Diagnostische Soziogramm besteht aus drei Fragengruppen zu jeweils zwei Fragen:

1.1 „Mit welchen Mädchen oder Jungen deiner Klasse möchtest du *am liebsten* zusammensitzen?" Positive aktive Wahl (AW +)

1.2 „Mit welchen Mädchen oder Jungen möchtest du *auf keinen Fall* zusammensitzen?" Negative aktive Wahl (AW –)

2.1 „Was meinst du: Wer möchte wohl *am liebsten mit dir* zusammensitzen?" Positive Individualvermutung (IV +)

2.2 „Was meinst du: Wer möchte wohl *auf keinen Fall mit dir* zusammensitzen?" Negative Individualvermutung (IV –)

3.1 „Welche Mädchen oder Jungen sind wohl *am beliebtesten* in deiner Klasse?" Positive Sozialvermutung (SV +)

3.2 „Welche Mädchen oder Jungen sind wohl *am unbeliebtesten* in deiner Klasse?" Negative Sozialvermutng (SV –)

4. Grundkonzept Das Grundkonzept geht auf den soziometrischen Ansatz von MORENO zurück und bezieht in der zweiten Fragengruppe den Fragentyp nach TAGURI (1952) mit ein. Das Soziogramm soll als Grundlage für die praktische soziale Erziehung in der Schulklasse dienen. Der Autor weist aber besonders darauf hin, daß die pädagogische Verwertung soziometrischer Ergebnisse nur dann möglich sei, wenn der Unterricht sozialintegrativ (in Sinne von TAUSCH) geführt werde, wenn es Gruppenunterricht in Form stabiler Lerngruppen gäbe und wenn kontinuierliche Diskussionen sozialer und sachlicher Probleme mit den Gruppen und der ganzen Klasse stattfinden würden.

5. Durchführung **5.1 Alter–Klasse:** Nach Angaben des Autors anwendbar von der ersten bis neunten Klasse. In den ersten beiden Klassen ist nur die Beantwortung der Fragen 1.1 und 1.2 ohne Begründung sinnvoll (Vorderseite des DSO-Fragebogens). Da aber alle Kinder wenigstens in der Lage sein müssen, die Namen ihrer Mitschüler zu lesen und zu schreiben, sollte das Verfahren im Regelfall erst ab der zweiten oder dritten Klasse angewandt werden.

5.2 Formen: Gruppentest ohne Parallelform.

5.3 Handhabung: Vor Durchführung der Befragung sind entweder die Vornamen der Schüler an die Tafel zu schreiben, oder es sind entsprechende

Namenslisten auszuteilen. Der Lehrer trägt die in der Handanweisung (S. 6) vorgeschriebenen Instruktionen vor. Die Schüler füllen den Fragebogen aus und begründen ihre Wahl zu den Fragen 1.1 und 1.2.

5.4 Zeit: Ca. 30 Minuten.

6. Auswertung

6.1 Modus: Die Auswertungsprozedur ist verbal schwierig zu beschreiben. Benutzt man die Matrizen und Auswertungslineale (in der Gesamtmappe nicht enthalten, können aber unter Best.-Nr. 18 1473 als „Test und Auswertungsmaterial II“ mit folgendem Inhalt: 35 Blatt Auswertungsmatrix, 10 Auswertungslineale, 2 Stöpsel-Auswertungsmaterial für 10 Klassen angefordert werden), wird die Auswertung etwas erleichtert. Trotzdem empfiehlt es sich, die Auswertung an dem in der Handanweisung vorgegebenen Übungsbeispiel (Anhang C, S. 23 bis 36) zu üben.

6.2 Zeit: Für Ungeübte ist der Zeitaufwand beträchtlich. Nach Einübung kann der Zeitaufwand auf etwa 20 bis 20 Minuten pro Fragengruppe (bzw. Auswertungsstufe) reduziert werden, so daß die Gesamtauswertungsdauer nur noch annähernd 60 bis 90 Minuten beträgt.

7. Gütekriterien

7.1 Objektivität: Durchführung und Auswertung können als objektiv angesehen werden.

7.2 Reliabilität: Der Autor verweist auf Zusammenfassungen von Zuverlässigkeitsuntersuchungen bei MOUTON et al. (1955) und BUSK et al (1973). Danach ist die Stabilität soziometrische Befragungen um so größer, je geringer das Befragungsintervall ist (1 Woche: r = 0,90; 7 bis 8 Monate: r = 0,54), je älter die Befragten sind und je länger sie sich kennen.

7.3 Validität: Auf deskriptiver Ebene („Wer wählt wen?“) erscheint das Soziogramm logisch gültig. Wird darüber hinaus nicht auf beobachtbare psychologische Konstrukte (z. B. auf soziale Strukturen, Gruppenintegration, soziale Eigenschaften, Fähigkeiten der Fremdbeurteilung) geschlossen, fehlt es an empirischen Belegen, die für die pädagogischen Zielsetzungen hinreichende Relevanz besitzen.

7.4 Normen: Normwerte liegen nicht vor. Eine zur Interpretation herangezogene Untersuchung des Autors, an der 1234 Schüler des 3. bis 9. Schuljahres teilnahmen, stammt aus dem Jahr 1964.

8. Literatur

BUSK, P. L., FORD, R. C. & SCHULMAN, L. (1973). Stability of sociometric responses in classrooms. *J. Genet. Psychol., 123.*

MORENO, J. L. (1934). *Who shall survive?* Washington: Beacon.

MORENO, J. L. & JENNINGS, H. H. (1945). Sociometric measurement of social configurations. *Sociometry Monogr., 3.*

MOUTON, J. S., BLAKE, R. R. & FRUCHTER, B. (1955). The validity of sociometric responses. *Sociometry, 18.*

Kombinierter Lern- und Intelligenztest (KLI 4–5)

H. SCHRÖDER
Herausgeber: K. INGENKAMP („Deutsche Schultests")
Weinheim: Beltz, 1994[4]

1. Testart Lern- und Intelligenztest, Schultest

2. Testmaterial Testanleitung (33 Seiten), Testhefte Form A und B, vier transparente Auswertungsschablonen, eine Klassenliste für Klassenuntersuchungen; *zusätzlich:* Bleistifte, Radiergummi, Uhr mit Sekundenzeiger, Aushängeschild mit Hinweis auf Testprüfung.

3. Testgliederung Das Verfahren gliedert sich in einen Lern- und einen Intelligenzteil mit folgenden Subtests:

Teil L (Lernteil):

GS (Geheimschrift):	Lernen und Anwenden von Regeln im Sprachbereich
BL (Buchstabenlernen):	Lernen ohne direkten Sinnbezug im sprachlichen Bereich; Wörterlernen
ZL (Zeichenlernen):	Lernen von sachlich abgeleiteten Symbolen; optisches Gedächtnis
ZU (Zahlenumwandeln):	Lernen und Anwenden von Regeln im Zahlenbereich
BT (Behaltenstest):	Behalten des Gelernten und Fähigkeit der Anwendung nach Zwischenzeit

Teil I (Intelligenzteil):

WB (Wortbedeutung):	Wortschatz, Begriffsbildung
WG (Wörtergruppe):	Gemeinsamkeitenfinden, Abstraktionsfähigkeit
SB (Satzbestimmung):	Inhaltliches Erfassen von Sätzen, Leseverständnis, Urteilsbildung
RA (Rechenaufgaben):	Rechnerisches Verständnis
RK (Reihenkorrigieren):	Erfassen von Regeln und Gesetzmäßigkeiten, Kritikfähigkeit

4. Grundkonzept Der KLI 4–5 soll der Schullaufbahnberatung dienen. Im Gegensatz zu anderen Verfahren, die zu diesem Zweck nur die Intelligenz erfassen, wird hier versucht, auch die Lernfähigkeit mit einzubeziehen. Der Autor geht dabei von der Annahme aus, daß Denken und Lernen bei der Bewältigung schulischer Aufgaben integrativ ineinander übergehen. Intelligenz und Begabung werden weitgehend als das Ergebnis von Lernprozessen angesehen.

5. Durchführung **5.1 Schulklassen:** 4. und 5.

5.2 Formen: Gruppentest mit den Parallelformen A und B.

5.3 Handhabung: Allgemeine Hinweise für die Vorbereitung und Durchführung des Tests sind vorhanden. Die speziellen Testanweisungen für die einzelnen Untertests werden vom Testleiter (Tl) vorgelesen und von den Schülern in ihren Testheften mitverfolgt. Die Pbn haben in der Regel jeweils unter den vorgegebenen Antworten die richtige anzukreuzen („multiple choice" mit vier Alternativen). Ein etwas modifiziertes Auswahlverfahren wird bei den Subtests RA und RK angewandt. Der Tl hat auf Einhaltung der Zeitvorgaben zu achten.

5.4 Zeit: Die Durchführung des Verfahrens beansprucht etwa drei Unterrichtsstunden (ca. 150 Minuten). Eingeschlossen ist eine Zwischenpause von 10 bis 15 Minuten. Die Netto-Bearbeitungszeit der Subtests reicht von zwei bis zehn Minuten.

6. Auswertung

6.1 Modus: Mit Hilfe der Transparentschablonen werden die Rohpunkte ermittelt. Sie werden für die Testteile L (Lernen), I (Intelligenz) und den Gesamttest summiert und anhand der Normentabellen in Prozentränge und T-Werte transformiert. Außerdem stehen Schulerwartungswerte, ausgedrückt in Schulnoten, zur Verfügung, die einen Anhaltspunkt für den zu erwartenden Erfolg auf weiterführenden Schulen geben sollen. Danach kann auf der Titelseite des Testheftes ein „Leistungsprofil" erstellt werden, das sich aus den Normwerten der einzelnen Subtests ergibt.

6.2 Zeit: Keine Angaben.

7. Gütekriterien

7.1 Objektivität: Mit der revidierten Fassung des Verfahrens wurden die bisherigen Objektivitätsmängel beseitigt.

7.2 Reliabilität: Folgende Zuverlässigkeitskoeffizienten, mittels Halbierungsmethode (Split-Half nach Spearman-Brown korrigiert), Paralleltestverfahren und Testwiederholung (Retest) nach einem Tag ermittelt, liegen vor:

	Split-Half (N = 220)	Paralleltest (N = 90)	Retest (N = 60)
Teil L:	0,93	0,85	0,74
Teil I:	0,88	0,88	0,85
Gesamt:	0,94	0,94	0,85

7.3 Validität: Die Übereinstimmungsvalidität, gemessen an der Korrelation des KLI 4–5 mit der momentanen Schulleistung beträgt r = 0,75 für den Gesamttest, r = 0,58 für den Lernteil und r = 0,77 für den Intelligenzteil (N = 60).
Erwartungsgemäß etwas geringer ist die prognostische Validität des Tests einzuschätzen. Als Schulerfolgskriterien dienten die Noten in Deutsch, Mathematik und der ersten Fremdsprache, die nach einem halben und einem Jahr auf dem Gymnasium erhoben wurden. Der Gesamttest korrelierte mit dem Außenkriterium r = 0,63 bzw. 0,66. Die Testteile zeigten einen moderaten Zusammenhang mit dem späteren Schulerfolg (r = 0,55 bis 0,62). Da es sich bei den Gymnasiasten um ein ausgelesenes Kollektiv mit reduzierter Variabilität der Testwerte handelt, dürfte es sich um eine Minimalschätzung der prognostischen Validität handeln. Eine Minderungskorrektur (correction for attenuation) wurde offenbar nicht angewandt.

Bei einer Analyse der einzelnen Subtests zeigt sich, daß alle sehr signifikant mit dem Schulerfolg nach einem Jahr korrelieren. Allerdings ist der prognostische Wert der Subtests BL und ZL recht gering. Die übrigen korrelieren im Bereich zwischen r = 0,31 und 0,50.
Weitere Daten zur Vorhersagegültigkeit finden sich im Manual. Darunter sind auch Angaben über die Übereinstimmung von Schulerwartungswerten (SE) mit dem tatsächlichen Schulerfolg. Danach liegt der Prozentsatz richtiger Prognosen auf der Basis des Gesamttests bei 70 nach einem Jahr bzw. 68,2 nach zwei Jahren.
Eine Faktorenanalyse bestätigt weitgehend die Einteilung in einen Lern- und einen Intelligenzteil. Mit Ausnahme des Subtests ZU laden die dem Lernteil zugeordneten Subtests hoch auf dem einen Faktor (1) und die dem Intelligenzteil zugeordneten Subtests hoch auf dem anderen Faktor (2).

7.4 Normen: Getrennte Normentabellen für die 4. und 5. Klasse liegen für den Gesamttest und die Testteile L und I vor. Angegeben sind Prozentränge, T-Werte und Schulerwartungswerte. Die Eichstichprobe, die für das Bundesgebiet (alte Bundesländer) annähernd repräsentativ sein soll, bestand aus 2400 Schülern.

Kretschmer-Höhn-Test (KHT)*

E. KRETSCHMER und E. HÖHN
Göttingen: Hogrefe, 1954

---

1. Testart

Schultest

2. Testmaterial

Testanleitung, 8 Aufgabenblätter; *zusätzlich:* zwei nicht zu harte Bleistifte, Stoppuhr, Tafel.

3. Testgliederung

Der Test besteht aus 8 Aufgaben, die zum Teil aus anderen Tests übernommen wurden: Aufgabe 2 ist dem Binetarium entnommen; Aufgabe 5 ist eine in ähnlicher Form schon von STERN verwandte Variation des Test von EBBINGHAUS; Aufgabe 7 beinhaltet den Durchstreichetest nach BOURDON; Aufgabe 8 besteht aus dem Wartegg-Zeichentest.

4. Grundkonzept

Mit dem Test sollen folgende Fähigkeiten erfaßt werden: Lernfähigkeit, Gedächtnis, Kombinationsfähigkeit, Abstraktionsfähigkeit, logisches und kritisches Denken, Konzentration. Außerdem sollen Persönlichkeitsfaktoren mit einem projektiven Verfahren erfaßt werden.

Anwendungsbereich:
Die Testserie ist für die Auslese 10jähriger auf weiterführende Schulen sowie zur Feststellung der Mittelschul- bzw. Oberschulreife bestimmt.
Bei der Schullaufbahnberatung soll die individuelle Begabungsrichtung – u. a. auch die künstlerische – berücksichtigt werden.
Allerdings ist es für die Oberschulauslese bislang nicht möglich, neben der Fähigkeitsdiagnostik die Persönlichkeitsdiagnostik in effektiver Weise in die Schulerfolgsprognose einzubeziehen.
Die Leistungstests haben nach GAUPP „mehr diagnostischen als prognostischen Wert" (zit. nach HILTMANN, 1960, S. 144).

5. Durchführung

5.1 Alter: Anwendung ab Ende des 4. Schuljahres; für 10- bis 18jährige.

5.2 Formen: Gruppentest; als Einzeltest auch verwendbar.

5.3 Handhabung: Zu den Untertests erhalten die Schüler die entsprechenden Aufgabenblätter 1 bis 8. Nach genauer Versuchsanweisung bearbeiten die Schüler die Aufgaben in verschiedener Weise, wie z. B. Wörter, Zahlen und Namen merken, eine Geschichte zu 3 Bildern aufschreiben, Analogien finden, Zahlenreihen fortsetzen, Lückentext ergänzen, Zeichnen u. a. Nach Beendigung der Untertests werden die Aufgabenblätter jeweils sofort eingesammelt.

5.4 Zeit: Reine Testzeit (ohne Instruktion) 190 Minuten. Es soll eine Pause von 15 Minuten eingeplant werden.

---

* Das Verfahren ist nicht mehr komplett lieferbar, eine Neuauflage ist nicht geplant.

6. Auswertung

6.1 Modus: Die Aufgaben werden unterschiedlich mit Punkten bewertet. Die Höchstpunktzahl ist angegeben. Aus 7 Aufgaben werden die Punkte zusammengezählt.

6.2 Zeit: Keine Angaben.

7. Gütekriterien

7.1 Objektivität: Die Durchführungsobjektivität ist gesichert.

7.2 Reliabilität: Keine Angaben.

7.3 Validität: Keine Angaben.

7.4 Normen: Aus den Angaben der Verfasser ist zu entnehmen, daß keine Eichung vorliegt. Für eine „gesicherte", „fragliche" oder „im Normalfall zu verneinende" Eignung für die höhere Schule geben sie eine „ungefähre Regel" an.

8. Literatur

HILTMANN, H. (1960). *Kompendium der psychodiagnostischen Tests.* Bern: Huber.

Test für Schulrelevante Fähigkeiten (TSF 6–7) (Batterie d'aptitudes scolaires collective – BASC)

J. CARDINET und M. ROUSSON
Deutsche Bearbeitung: U. SCHALLBERGER und U. P. TRIER
Herausgeber: K. INGENKAMP („Deutsche Schultests")
Weinheim: Beltz, 1978

---

1. Testart

Schultests, spezielle Schuleignungstests

2. Testmaterial

Beiheft (DIN A4, 25 Seiten), Testhefte Form A und B (wiederverwendbar), zwei Antwortbogen (A und B), zwei Auswertungsschablonen (A und B); *zusätzlich:* Bleistifte, Bleistiftspitzer, Radiergummis, Stoppuhr.

3. Testgliederung

Das Verfahren besteht aus sechs Untertests:
1. Verwandte Wörter (VW)
2. Zahlenreihen (ZR)
3. Wortauswahl (WA)
4. Buchstabengruppen (BG)
5. Wortumwandlung (WU)
6. Kopfrechnen (KR)

4. Grundkonzept

Die deutsche Bearbeitung der französischen BASC soll jene kognitiven Fähigkeiten messen, die als fundamentale intellektuelle Voraussetzungen schulischer Leistungen angesehen werden. Faktorenanalytisch betrachtet, werden die Faktoren V (verbal) in den Subtests 1 und 3, R (reasoning) in den Subtests 2 und 4, Sc-N (scolaire numérique) in den Subtests 2 und 6 und Faktor PV (plasticité verbale) im Subtest 5 erfaßt.

5. Durchführung

5.1 Alter–Klasse: 6. und 7. Klassen.

5.2 Formen: Gruppen- oder Einzeltest, zwei Parallelformen A und B.

5.3 Handhabung: Problemlose Anwendbarkeit durch allgemeinverständliche Instruktionen.

5.4 Zeit: Annähernd eine Schulstunde (45 Minuten).

6. Auswertung

6.1 Modus: Die Auswertung wird durch die Schablonen erleichtert.

6.2 Zeit: Geringer Zeitbedarf.

7. Gütekriterien

7.1 Objektivität: Durchführungs- und Auswertungsobjektivität können als gesichert gelten.

7.2 Reliabilität: Die Zuverlässigkeit wurde mit Hilfe der Testhalbierungsmethode (korrigiert nach Spearman-Brown) an einer großen Stichprobe (N =

818) ermittelt. Für den Gesamttest beträgt sie r = 0,93. Die Reliabilität der Untertests bewegt sich zwischen r = 0,71 und r = 0,92.

7.3 Validität: Geprüft wurde die Vorhersagbarkeit von acht Monaten später erhobenen Schulnotensummen durch den TSF 6–7. Die Korrelation betrug r = 0,59 (N = 257).

7.4 Normen: Die Normen beruhen auf Eichstichproben von Gesamtschülern (N = 652), Hauptschülern (N = 333), Realschülern (N = 751) und Gymnasiasten (N = 1383) aus 6. und 7. Klassen. Angegeben sind Prozentrangplätze und T-Werte.

1. LEISTUNGSTESTS

1.4 Schultests

1.4.3 Mehrfächertests

● = ja
o = teilweise
○ = nein
k.A.= keine Angaben

Testname	Autor(en)	Seite	Durchführung				Auswertung			Gütekriterien				Alter
			Gruppentest	Parallelform	Zeitangabe netto (Min.)	Zeitangabe brutto (Min.)	Schabl./Schlüss.	maschinell	Zeitangabe (Min.)	Objektivität	Reliabilität	emp. Validität	Normen	(Jahre oder Schul-jahre (J/Sj))
Allgemeiner Schulleistungstest für 2. Klassen (AST 2)	Rieder	315	●	●	90		●	○		●	●	●	●	2. Sj
Allgemeiner Schulleistungstest für 3. Klassen (AST 3)	Fippinger	317	●	●	100		●	○		●	●	●	●	3. Sj
Allgemeiner Schulleistungstest für 4. Klassen (AST 4)	Fippinger	319	●	●	90	100	●	○		●	●	●	●	4. Sj
Göppinger Leistungsprüfung	Kleiner	321	●	○			○	○		○	○	○	○	1.–4. Sj
Hauptschul-Abschluß-Test für 9. Klassen (HAT 9)	Ingenkamp	323	●	○		270	●	○		●	●	●	●	9. Sj
Kombinierter Schultest 3,4,5 (KS 3,4,5)	Mietzel	325	●	●		315	●	●		●	●	○	●	3.–5. Sj
Leistungs- und Bildungsberatungstest I (SKS 1)	Seyfried u.a.	328	●	●	92		●	○		●	●	●	●	4. Sj
Leistungs- und Bildungsberatungstest II (SKS 2)	Seyfried u.a.	330	●	●	116	ca. 180	●	○		●	●	●	●	4.–5. Sj
Schulabschluß- u. Berufseintritts-Test f. 8. u. höhere Klassen (SABET 8+)	Horn u.a.	332	●	●	110	ca. 145	●	○		●	●	●	●	8. Sj
Schulleistungstest lernbehinderter Schüler (SLS)	Reinartz	335	**o**	○		40	**o**	○		●	●	●	●	3.–6. Sj
Schulleistungstestbatterie für Lernbehinderte I (SBL I)	Kautter u.a.	337	**o**	●		70	●	○	15	●	●	●	●	1.–2. Sj
Schulleistungstestbatterie für Lernbehinderte II (SBL II)	Kautter u.a.	340	**o**	○		75	●	○	15	●	●	●	●	2.–3. Sj

Allgemeiner Schulleistungstest für 2. Klassen (AST 2)

O. RIEDER

Herausgeber: K. INGENKAMP („Deutsche Schultests")
Weinheim: Beltz, 1991²

1. Testart

Schultest

2. Testmaterial

Beiheft, Testheft, Auswertungsschlüssel; *zusätzlich:* Schreibmaterial, Stoppuhr.

3. Testgliederung

Der AST 2 besteht aus fünf Untertests: (Der 6. Subtest „Sachwissen" mußte aus Anpassungsgründen an heute gültige Richtlinien und Curricula entfallen.)

		Anzahl der Items
	Deutsch	
a)	Wortschatz (WS)	20
b)	Rechtschreiben (RS)	20
c)	Leseverständnis (LV)	20
	Rechnen	
d)	Zahlenrechnen (ZR)	25
e)	Textaufgaben (TA)	20
	Gesamt	105

Die Aufgaben wurden 1989/90 überarbeitet und einer Aufgabenanalyse unterzogen.

4. Grundkonzept

Mit dem AST 2 hat der Lehrer die Möglichkeit, die Schulleistungen seiner Schüler in der zweiten Hälfte der zweiten Klasse objektiv zu untersuchen. Der Test erfaßt spezifische Leistungen in den Fächern Deutsch, Rechnen und Sachwissen. Im Untertest Sachwissen wird im Antwort-Auswahl-Verfahren Auskunft über folgende Bereiche gegeben: Biologie, Geographie, Geschichte, Sozialkunde, Technologie, Verkehrserziehung und Wirtschaft.

Anwendungsmöglichkeiten:

a) Gezielte pädagogische Maßnahmen werden durch die Analyse des Leistungsprofils möglich. Der AST 2 ist ein Hilfsmittel zur Feststellung einer evtl. Sonderschulbedürftigkeit.
b) Der AST 2 kann auch als Forschungsinstrument eingesetzt werden.

5. Durchführung

5.1 Alter–Klasse: In den letzten drei Monaten der 2. Klasse.

5.2 Formen: Der Test liegt in zwei Parallelformen vor (A und B). Anwendbar ist der AST als Gruppen- und Individualtest.

5.3 Handhabung:

1. Jeder Schüler bekommt ein Testheft. Die Instruktionen stehen im Beiheft.
2. Der Testleiter liest die Anweisungen vor.
3. Der Schüler muß nach dem Prinzip des Antwort-Auswahl-Verfahrens die richtige Antwort finden.

5.4 Zeit:

I.	Wortschatz	10 Minuten
II.	Leseverständnis	10 Minuten
III.	Zahlenrechnen	22 Minuten
	Pause	10 Minuten
IV.	Textaufgaben	23 Minuten
V.	Rechtschreiben	15 Minuten

6. Auswertung

6.1 Modus: Jede richtige Lösung erhält einen Rohpunkt. Mit Hilfe eines durchsichtigen Auflageschlüssels kann die Auswertung vorgenommen werden. Für jeden Untertest und für den Gesamttest wird die Rohpunktsumme auf der Titelseite des Testheftes eingetragen. Sind die Rohwerte für alle Untertests sowie für den Gesamttest ermittelt, so können in den Normentabellen die Prozentränge, T-Werte sowie die Prozentrang- und T-Wert-Bänder getrennt für Jungen und Mädchen abgelesen werden.

6.2 Zeit: Keine Angaben.

7. Gütekriterien

7.1 Objektivität: Durchführung und Auswertung sind als objektiv zu bezeichnen.

7.2 Reliabilität: Die Zuverlässigkeit (Guttman und Split-Half) der Untertests liegt zwischen 0,81 und 0,93. Die Gesamttestreliabilität beträgt 0,96.

7.3 Validität: Logische Gültigkeit ist aufgrund der Übereinstimmung der Testaufgaben mit Bildungsplänen und Lehrbüchern anzunehmen.
Empirisch wurden an einer Stichprobe von 1147 Kindern relativ hohe Korrelationen (r = 0,61 bis 0,72) zwischen Schulnoten und entsprechenden AST-Subtests bzw. dem Gesamttest festgestellt.

7.4 Normen: Das Verfahren wurde in der zweiten Hälfte des Schuljahres 1989/90 an 1751 Schülerinnen und Schülern der zweiten Klassen neu geeicht. Die Stichprobe war für die alten Bundesländer annähernd repräsentativ. Die Normentabellen für den Gesamttest und die Subtests ermöglichen eine Transformation der Rohwerte in Prozentränge und T-Werte.

Allgemeiner Schulleistungstest für 3. Klassen (AST 3)

F. FIPPINGER
Herausgeber: K. INGENKAMP („Deutsche Schultests“)
Weinheim: Beltz, 1991[2]

1. Testart Schultest

2. Testmaterial Beiheft, Testheft, Auswertungsschlüssel; *zusätzlich:* Schreibmaterial, Stoppuhr.

3. Testgliederung Der AST 3 besteht aus 5 Untertests:

		Anzahl der Items
1.	Sprachverständnis (SV)	24
2.	Sachkunde (SK)	20
3.	Zahlenrechnen (ZR)	11
4.	Textaufgaben (TA)	18
5.	Rechtschreiben (RS)	20
	Gesamttest	93

4. Grundkonzept Mit dem AST 3 hat der Lehrer die Möglichkeit, die Schulleistungen seiner Schüler in der zweiten Hälfte der dritten Klasse objektiv zu untersuchen. Der Test erfaßt spezifische Leistungen in den Fächern Deutsch, Sachkunde und Rechnen.

Anwendungsmöglichkeiten:
Anwendung kann der AST 3 finden bei der Prüfung der Schulleistungen einer ganzen Klasse sowie der Individualleistung. Somit kann der Lehrer Leistungsstärken und Leistungsschwächen feststellen. Weiterhin erhält der Lehrer Anhaltspunkte für sein eigenes Leistungsurteil. Gezielte pädagogische Maßnahmen zur Förderung der schwachen Schüler werden dadurch möglich. Ebenso eignet sich der Test als Forschungsinstrument zur Ermittlung der Bedingungen bestimmter Schulleistungen.

5. Durchführung **5.1 Alter–Klasse:** In der zweiten Hälfte der dritten Klasse.

5.2 Formen: Der Test liegt in zwei Parallelformen vor (A und B). Anwendbar ist der AST 3 als Gruppen- und Individualtest.

5.3 Handhabung:
1. Jeder Schüler bekommt ein Testheft. Die Instruktionen stehen im Beiheft und im Testheft.
2. Der Testleiter trägt die Anweisungen vor.

3. Der Schüler muß nach dem Prinzip des Antwort-Auswahl-Verfahrens die richtige Antwort finden.

5.4 Zeit:

I.	Sprachverständnis (SV)	15 Minuten
II.	Sachkunde (SK)	20 Minuten
III.	Zahlenrechnen (ZR)	10 Minuten
	Pause	10 Minuten
IV.	Textaufgaben (TA)	30 Minuten
V.	Rechtschreiben (RS)	15 Minuten

6. Auswertung

6.1 Modus: Jede richtige Lösung erhält einen Rohpunkt. Mit Hilfe eines Auswertungsschlüssels kann die Auswertung vorgenommen werden. Die Rohpunkte werden für jeden Teiltest addiert. Für jeden Untertest und für den Gesamttest wird die Rohpunktsumme auf der Titelseite des Testheftes eingetragen. Sind die Rohwerte für alle fünf Untertests sowie für den Gesamttest ermittelt, so können in den Normentabellen der Prozentrang-Platz (PR), der T-Wert und der Notenvorschlag für die Leistung eines Schülers in jedem Untertest und im gesamten AST 3 abgelesen werden.

6.2 Zeit: Keine Angaben.

7. Gütekriterien

7.1 Objektivität: Durchführung und Auswertung sind als objektiv zu bezeichnen.

7.2 Reliabilität: Die Zuverlässigkeit (Guttman, Spearman-Brown) beläuft sich für die Untertests auf Koeffizienten im Bereich von 0,72 bis 0,86. Der Gesamttest weist eine Reliabilität von 0,93 (Form A) bzw. 0,94 (Form B) auf.

7.3 Validität: Da die Testaufgaben den Lehrplänen der einzelnen alten Bundesländer entsprechen, ist die logische Gültigkeit anzunehmen.

7.4 Normen: Die Normwerte (Prozentränge und T-Werte) für den Gesamttest und alle Untertests basieren auf Daten, die aus einer Eichstichprobe von 1784 Schülerinnen und Schülern der dritten Klassen in der zweiten Hälfte des Schuljahres 1898/90 in der Bundesrepublik Deutschland erhoben wurden. Außerdem sind den Tabellen Notenvorschläge zu entnehmen.

Allgemeiner Schulleistungstest für 4. Klassen (AST 4)

F. FIPPINGER
Herausgeber: K. INGENKAMP („Deutsche Schultests")
Weinheim: Beltz, 1992[3]

1.4.3

1. Testart Schultest

2. Testmaterial Beiheft, 2 Testhefte (Form A und B), Auswertungsschlüssel; *zusätzlich:* Schreibmaterial, Stoppuhr, Lineal mit einer mm-Einteilung.

3. Testgliederung Der AST 4 besteht aus 4 Untertests:

		Anzahl der Items
1.	Sprachverständnis (SV)	36
2.	Sachkunde (SK)	21
3.	Mathematik (MA)	32
4.	Rechtschreiben	38
	Gesamt	127

4. Grundkonzept Mit dem AST 4 hat der Lehrer die Möglichkeit, die Schulleistung eines Schülers – sowie der gesamten Klasse – objektiv und vergleichbar in der zweiten Hälfte der vierten Klasse zu untersuchen. Es werden nicht nur Leistungen in einem bestimmten Fach ermittelt, sondern in allgemeiner Form alle Leistungsanforderungen, die an Schüler einer 4. Klasse gestellt werden. Der Test erfaßt Schulleistungen in den Fächern Deutsch, Mathematik und Sachkunde.

Anwendungsmöglichkeiten:
Lehrerinnen und Lehrer können mit dem AST 4 sowohl den allgemeinen Leistungsstand der ganzen Klasse (Gruppentest) als auch denjenigen der einzelnen Schülerinnen und Schüler ermitteln. Informationen über Leistungsstärken und Leistungsschwächen in den Schulfächern geben die Untertests SV und RS für Deutsch, MA für Mathematik und SK für Sachkunde. Neben Normwerten werden Vorschläge für die Notengebung angeboten. Schulpsychologen und Erziehungsberater können das Verfahren als Individualtest zur Schulleistungsdiagnostik nutzen. Außerdem ist es als Forschungsinstrument einsetzbar.

5. Durchführung **5.1 Alter:** In der zweiten Hälfte der vierten Klasse.

5.2 Formen: Der Test liegt in zwei Parallelformen vor (A und B). Anwendbar ist der AST 4 als Gruppen- und Individualtest.

5.3 Handhabung:
1. Jeder Schüler bekommt ein Testheft. Die Instruktionen stehen im Beiheft sowie im Testheft.
2. Der Testleiter trägt die Anweisungen vor.
3. Der Schüler muß – hauptsächlich nach dem Prinzip des Antwort-Auswahl-Verfahrens – die richtige Lösung finden.

5.4 Zeit:

I.	Sprachverständnis (SV)	25 Minuten
II.	Sachkunde (SK)	20 Minuten
III.	Mathematik (MA)	35 Minuten
IV.	Rechtschreiben (RS)	10 Minuten

Zwei Unterrichtsstunden von je 45 Minuten werden für die Durchführung des AST 4 benötigt.

6. Auswertung

6.1 Modus: Jede richtige Lösung erhält einen Rohpunkt. Mit Hilfe eines Auflageschlüssels kann die Auswertung vorgenommen werden. Die Rohpunkte werden für jeden Teiltest addiert. Für jeden Untertest und den Gesamttest wird die Rohpunktsumme auf der Titelseite des Testheftes eingetragen. Sind die Rohwerte für alle Untertests sowie für den Gesamttest ermittelt, so können in den Normentabellen die entsprechenden Prozentränge, T-Werte und Notenvorschläge abgelesen werden.

6.2 Zeit: Keine Angaben.

7. Gütekriterien

7.1 Objektivität: Durchführung und Auswertung sind als objektiv zu bezeichnen.

7.2 Reliabilität: Angegeben sind die Reliabilitätskoeffizienten (Cronbach Alpha) und Standardmeßfehler für die Untertests der Formen A und B sowie für den Gesamttest. Während die Subtestreliabilitäten zwischen 0,72 und 0,91 liegen, beträgt die Zuverlässigkeit des Gesamttests 0,95.

7.3 Validität: Logische Gültigkeit ist im Hinblick auf die Konstruktion des Verfahrens, die auf Lehr- und Unterrichtsplänen für 4. Klassen der einzelnen Bundesländer basiert, anzunehmen. Eine Interkorrelationstabelle der Untertests und des Gesamttests zeigt mittelhohe Zusammenhänge (r = 0,48 bis 0,67) der Teilleistungen und relativ hohe Korrelationen der Untertests mit dem Gesamttest (r = 0,79 bis 0,83) für die Eichpopulation (N = 3268).

7.4 Normen: Den Normentabellen sind Prozentränge, T-Werte und Notenvorschläge für die Untertests und den Gesamttest zu entnehmen.

Göppinger Leistungsprüfung

A. Kleiner

Schwäbisch-Gmünd: Beratungsstelle für Schul-, Erziehungs- und kinderpsychologische Fragen, 1973

1. Testart Schultest

2. Testmaterial Anweisungsheft, Protokollbogen für die 1., 2., 3., 4. Klasse; *zusätzlich:* Schreibmaterial, Zeichenmaterial.

3. Testgliederung

Untertest für Ende des 1. Grundschuljahres:
A. Rechnen (nur mündlich) 39 Items
B. Sprachkunde 11 Items
C. Abschreiben und Rechtschreiben
Abschreiben 6 Items
4 Diktate: 39; 36; 37; 27 Wörter
D. Lesefertigkeit und Leseverständnis
E. Allgemeine Beobachtungen

Zusätzlich für allgemeine Entwicklungshöhe: Der „Mann-Test" und der „Baum-Test".

Untertests für Ende des 2. Schuljahres:
A. Rechnen (schriftlich und mündlich) 43 Items
B. Sprachkunde
C. Rechtschreiben (3 Diktate; 67; 68; 69 Wörter)
D. Lesefertigkeit und Inhaltserfassung
E. Allgemeine Beobachtungen

Die Untertests für das 3. und 4. Schuljahr sind in der Bezeichnung gleich.

4. Grundkonzept Mit dem Test soll festgestellt werden, ob ein Kind ca. ¼ Jahr vor Abschluß der 1., 2., 3., 4. Grundschulklasse den Mindestanforderungen seiner Klasse genügt, d. h., der Test dient vor allem auch der Klärung der Frage nach der Versetzbarkeit bzw. der Probeversetzung eines Schülers.
Bei der Frage, ob u. U. eine Versetzung in Sonder- oder Hilfsschulen angebracht ist, soll der Test eine zuverlässige Auslese ermöglichen (in Verbindung mit einer zusätzlichen psychologischen Prüfung).

5. Durchführung **5.1 Alter:** 1. bis 4. Klassen.

5.2 Formen: Einzel- und Gruppenprüfung.

5.3 Handhabung: Jedem Schüler wird ein Protokollbogen gegeben. Instruktionen stehen z. T. auf dem Bogen. Einige muß der Tl aus dem Anweisungsheft vorlesen. Die Überprüfung geschieht mittels Protokollbogen, die vom Prüfenden entsprechend der Antworten des Prüflings oder vom Schüler selbst ausgefüllt werden. Der TI muß zum Teil protokollieren und beobachten. Der Schüler setzt sich in verschiedener Weise mit den Aufgaben auseinander.

5.4 Zeit: Keine Angaben.

6. Auswertung

6.1 Modus: (Nach Göppinger Handanweisung)

a) Die *Rechnungen* sollen insgesamt gelöst werden. Nur eine geringe Unterschreitung kann noch hingenommen werden (10–15%).
b) In *Sprachkunde* dürfen die Anforderungen nur in wenigen Einzelheiten unterschritten werden
c) In *Rechtschreibung* sollen 6 Fehler nicht überschritten werden.
d) *Lesefertigkeit:* Keine Angaben.

Schablone bzw. Lösungsschlüssel liegen nicht vor. Es werden auch keine weiteren Angaben zur Auswertung gemacht.

6.2 Zeit: Keine Angaben.

7. Gütekriterien

7.1 Objektivität: Keine Angaben.

7.2 Reliabilität: Keine Angaben.

7.3 Validität: Keine Angaben (inhaltliche Validität).

7.4 Normen: Übliche Normen werden vom Verfasser nicht angegeben. Die Mindestanforderungen der Untertests dürfen im allgemeinen nur unwesentlich unterschritten werden.

Hauptschul-Abschluß-Test für 9. Klassen (HAT 9)

K. Ingenkamp

Weinheim: Beltz Testgesellschaft, 1983

---

1. Testart Schultest

2. Testmaterial Beiheft, Testhefte Form A und B für Deutsch, Englisch, Mathematik/Physik/Chemie sowie Wirtschaftslehre und Sozialkunde, Auswertungsschlüssel; *zusätzlich*: Bleistifte, (Stopp-) Uhr, Tafel und Kreide.

3. Testgliederung Das Verfahren besteht aus 4 unabhängig voneinander einsetzbaren Tests für die o. g. Schulfächer. Die einzelnen Tests bestehen aus 33 bis 50 Aufgaben, für die jeweils 4 Antwortalternativen vorgegeben sind, von denen immer nur eine zutreffend ist. Innerhalb der fächerspezifischen Prüfungshefte sind verschiedene Subskalen unterscheidbar:

- *Testheft Deutsch*: Sprachreflexion (10 Aufgaben), Textrezeption (10 Aufgaben), Sprachproduktion (10 Aufgaben), Rechtschreibung und Zeichensetzung (20 Aufgaben)
- *Testheft Englisch:* Rechtschreibung, Wortschatz, Satzbau, Aussprache, Textverständnis (jeweils 10 Aufgaben).
- *Testheft Mathematik/Physik/Chemie:*
  - *Mathematik*: Gleichungen (4 Aufgaben), Prozentrechnung (2 Aufgaben), Funktionen (1 Aufgabe), Zinsrechnung (1 Aufgabe), Statistik (1 Aufgabe), Bruchrechnung (1 Aufgabe), Dreisatz (1 Aufgabe), Körperberechnungen (6 Aufgaben), Formelumstellung (1 Aufgabe).
  - *Physik*: Wärmelehre (5 Aufgaben), Mechanik (3 Aufgaben), Optik (2 Aufgaben), Elektrik (5 Aufgaben).
  - *Chemie*: Grundbegriffe (15 Aufgaben).
- *Testheft Wirtschaftslehre und Sozialkunde*:
  - *Wirtschaftslehre*: 16 Aufgaben zu den Hauptthemen Privater Haushalt und Verbraucher, Mensch und Betrieb, der Mensch in der Wirtschaftswelt.
  - *Sozialkunde*: Gesellschaft-Individuum (4 Aufgaben), Grundfragen politischer Ordnung (3 Aufgaben), Regierungssysteme (2 Aufgaben), Zusammenleben (2 Aufgaben), Wirtschaft und Gesellschaft (2 Aufgaben), Bundesrepublik Deutschland (2 Aufgaben), Dritte Welt (1 Aufgabe).

4. Grundkonzept Mit dem HAT 9 sollen die Leistungen des Schülers in den Hauptfächern, auf die für das Unterrichtsfach spezifische Weise, erfaßt werden. Der Aufbau des Gesamttests erfolgte im Hinblick auf folgende Zielsetzungen: Erhalt einer besseren Vergleichsbasis für die Erteilung der Abschlußnoten, Gewinnung von Anhaltspunkten für die Beratung und Förderung von Schülern (Entscheidungen über weiterführenden Schulbesuch) sowie als Datenbasis zur Erfolgsbestimmung bestimmter didaktischer Maßnahmen.

5. Durchführung

5.1 Alter–Klasse: Im letzten Drittel der 9. Klasse und nach Schulabgang.

5.2 Formen: Als Einzel- und Gruppentest durchführbar.

5.3 Handhabung: Die standardisierten Anweisungen für jeden Test befinden sich im Beiheft. Nach der Bearbeitung von Beispielaufgaben werden die Schüler zur Beantwortung des Fragebogens aufgefordert. Vom Lehrer ist auf die genaue Einhaltung der vorgegebenen Bearbeitungszeiten zu achten.

5.4 Zeit: Deutschtest: 2 Unterrichtsstunden (Us); Englischtest: 1 Us; Mathematik/Physik/Chemie-Test: 2 Us; Wirtschaftslehre- und Sozialkundetest: 1 Us.

6. Auswertung

6.1 Modus: Mit Hilfe der Auswertungsschlüssel werden die korrekten Antworten bestimmt. Die Summe der richtigen Lösungen pro Untertest wird als Rohpunktwert auf dem dafür vorgesehenen Schema auf der Vorderseite des Testheftes notiert. Der Gesamtrohwert je Test ergibt sich aus der Summe der Untertests. Die erhaltenen Rohwerte für die Untertests können in Prozentränge und T-Werte, der Gesamtwert je Test in Prozentrang-, T-Wert- und Notenbänder transformiert werden.

6.2 Zeit: Keine Angaben.

7. Gütekriterien

7.1 Objektivität: Durchführung, Auswertung und Interpretation können als objektiv bezeichnet werden.

7.2 Reliabilität: Die nach Spearman-Brown korrigierten Halbierungszuverlässigkeiten der 4 Gesamttests streuen im Bereich r = 0,76 bis r = 0,92. Die Retestreliabilitäten reichen von r = 0,70 bis r = 0,91.

7.3 Validität: Der Deutschtest korreliert mit der Zensur in Deutsch mit r = 0,47, der Englischtest mit der Englischnote mit r = 0,49. Das Gesamttestergebnis des Mathematik/Physik/Chemie-Tests zeigt mit den entsprechenden Zensuren einen Zusammenhang von r = 0,25 bis r = 0,39 und der Wirtschaftslehre- und Sozialkundetest korreliert mit den Noten im Bereich zwischen r = 0,11 bis r = 0,28.

7.4 Normen: Der HAT 9 wurde an Schülern und Schülerinnen in der 2. Hälfte des 9. Schuljahres normiert. Die Stichprobengrößen variieren bei den Einzeltests zwischen N = 620 und N = 1148.

Kombinierter Schultest 3, 4, 5 (KS 3, 4, 5)

Iowa Tests of Basic Skills
E. F. LINDQUIST und A. N. HIERONYMUS
Bearbeitung: G. MIETZEL
Braunschweig: Westermann, 1974

---

1. Testart Schultest, Mehrfächertest

2. Testmaterial Handanweisung (DIN A4, 66 Seiten)*, Testhefte, Antwortbogen, Antwortschablonen, Leistungsspiegel, Schüler-Profil-Diagramme und Auswertungsprotokolle; *zusätzlich:* zwei weiche Bleistifte (Nr. 2), ein Radiergummi und ein Lineal pro Schüler, Papier, Stoppuhr.

3. Testgliederung Der KS enthält Aufgaben aus fünf verschiedenen Fachgebieten: Wortverständnis, Leseverständnis, Sprache, Umgang mit Arbeitsmitteln und Rechnen bzw. Mathematik. Es stehen für die Klassenstufen drei, vier und fünf jeweils spezielle Tests zur Verfügung. Die Bezeichnung der einzelnen Untertests lautet: Wortverständnis (W), Leseverständnis (L), Rechtschreibung (S–1), Groß- und Kleinschreibung (S–2), Zeichensetzung (S–3), Sprachbeherrschung (S–4), Kartenverständnis (K), Verständnis von Tabellen und graphischen Darstellungen (T), Benutzung von Hilfsmitteln (H), Verständnis mathematischer Probleme (M) und Rechnerische Probleme (RP).

4. Grundkonzept Der Test basiert auf Inhaltsanalysen der am weitesten in der Bundesrepublik verbreiteten Schulbücher sowie Studien der Richtlinien aller Bundesländer. Da er darüber hinaus an größeren Stichproben standardisiert wurde, soll er objektivere Schülerbeurteilungen ermöglichen als z. B. Klassenarbeiten. Das Hauptanliegen des Tests besteht also darin, den Lehrer schnell und verläßlich über die aktuellen Lernvoraussetzungen seiner Schüler zu informieren, damit er den Unterricht darauf abstimmen kann. Die objektive Basis, auf der die Ergebnisse des KS stehen, ermöglicht dem Lehrer auch, Entscheidungen anläßlich einer Versetzung oder einer Empfehlung zum Besuch einer weiterführenden Schule usw. abzusichern.

Zur Anregung der Lernmotivation kann man den Schülern nach Durchführung des KS ein kleines Heft in die Hand geben, das die Überschrift „Leistungsspiegel" trägt. In diesem Heft werden die Schüler und die Eltern über das Wesen und die Ziele des KS informiert, und der Schüler kann in diesem Heft sein eigenes Leistungsprofil eintragen.

5. Durchführung **5.1 Alter:** 3., 4. und 5. Schuljahr.

---

* Handanweisung und Testmappe z. Zt. vergriffen.

Testdauer (einschl. Pausen)		Testdauer pro Test	Testbezeichnung
1. Testtag		17 Min.	W: Wortverständnis
	85 Min.	55 Min.	L: Leseverständnis
2. Testtag		12 Min.	S–1: Rechtschreibung
		15 Min.	S–2: Groß- und Kleinschreibung
	80 Min.	20 Min.	S–3: Zeichensetzung
		20 Min.	S–4: Sprachbeherrschung
3. Testtag		30 Min.	K: Kartenverständnis
		20 Min.	T: Verständnis von Tabellen
	85 Min.		und graphischen Darstellungen
		30 Min.	H: Benutzung von Hilfsmitteln
4. Testtag		30 Min.	M: Verstehen math. Probleme
	65 Min.	30 Min.	RP: Rechnerische Probleme

5.2 Formen: Als Gruppentest verwendbar, es existieren die Parallelformen A und B.

5.3 Handhabung: Die Tests, die insgesamt eine Zeit von 5½ Stunden beanspruchen, sollen an drei aufeinanderfolgenden Tagen durchgeführt werden. Dabei soll bei der Vorbereitung der Testsituation und der Durchführung des Tests peinlich genau darauf geachtet werden, daß die ausführlichen Angaben zum Durchführungsverfahren in der Handanweisung eingehalten werden.
Zur Erhöhung der Anstrengungsbereitschaft bei den Schülern soll an einem Tag vor der eigentlichen Testung über die Ziele und den Wert des Tests gesprochen werden. Dazu kann das Faltblatt „Leistungsspiegel" ausgeteilt werden. An einem anderen Tag beginnt dann die Testdurchführung. Hierzu gibt es genaue Instruktionsvorschriften:

5.4 Zeit: Durchführungszeit insgesamt 5 Stunden und 35 Minuten.

6. Auswertung

6.1 Modus: Neben der maschinellen Auswertung, die auf Wunsch vom Verlag ausgeführt wird, wobei darauf zu achten ist, daß die Bogen vollständig ausgefüllt und unbeschädigt abgeliefert werden, kann die Auswertung auch anhand der mitgelieferten Auswertungsschablonen erfolgen. Nach Auswertung der elf Subskalen überträgt man die Rohpunktwerte in das Auswertungsprotokoll. Es lassen sich dann mit Hilfe der Normentabellen T-Werte (bzw. Prozentrangwerte) bestimmen und ein Leistungsprofil zeichnen.

6.2 Zeit: Keine Angaben.

7. Gütekriterien

7.1 Objektivität: Der Test kann als objektiv bezeichnet werden.

7.2 Reliabilität: Bisher wurde die Zuverlässigkeit des KS nur mit Hilfe der Split-Half-Methode bestimmt. Die Koeffizienten liegen für die Gesamtbatterie bei r_{tt} = 0,98 und schwanken für die einzelnen Untertests zwischen 0,78 und 0,97.

7.3 Validität: Sämtliche Untertests wurden unter Berücksichtigung bestehender Richtlinien und nach Konsultation von Experten der jeweiligen Fächer zusammengestellt. Der Test sollte deshalb Lehrplangültigkeit besitzen.

Ergebnisse über Vergleiche des KS mit anderen Schultests liegen noch nicht vor.

7.4 Normen: Der KS wurde 5626 Schülerinnen und Schülern zum Zwecke der Eichung vorgelegt. Die Stichproben wurden in fünf Bundesländern in Orten verschiedener Größe gezogen. Die Gymnasiasten waren in der Eichstichprobe überrepräsentiert, so daß man bei der Benutzung der Normentabellen für das 5. Schuljahr T-Werte erhält, die wahrscheinlich unter den Normwerten aller Schüler fünfter Klassen der BRD liegen.
Es liegen T-Wert-Tabellen, getrennt nach Schuljahr und Form A und B vor. Eine Umrechnungsvorschrift in Prozentränge ist ebenfalls angegeben.

Leistungs- und Bildungsberatungstest I (SKS I)

H. Seyfried, E. Karas und M. Sonnleitner
Herausgeber: H. Seyfried
Wien: Ketterl, 1975[3]

---

1. Testart Schultest, Mehrfächertest

2. Testmaterial Handanweisung, Testheft, Auswertungsschlüssel, Klassenliste; *zusätzlich:* Schreibmaterial, Stoppuhr.

3. Testgliederung Der Test gliedert sich in vier Untertests:
- Rechnen
- Diktat
- Sprachlehre
- Allgemeine Intelligenz.

4. Grundkonzept Der Test erlaubt es dem Lehrer, die Leistungen von Schülern der vierten Schulstufe abzuschätzen. Dabei kann er sowohl die Leistungen der Schüler innerhalb einer Schulklasse erfassen wie auch die Leistungen eines einzelnen Schülers im Verhältnis zu einer größeren Gruppe. Der Test dient dazu, einem Lehrer die Entscheidung darüber zu erleichtern, ob ein Schüler in den ersten oder zweiten Zug einer Hauptschule gehen soll bzw. ob der Übertritt in die Allgemeinbildende Höhere Schule angeraten ist.

5. Durchführung **5.1 Alter:** Ende der 4. Schulstufe.

5.2 Formen: Zwei Parallelformen, Einzel- und Gruppentest.

5.3 Handhabung: Jeder Schüler erhält ein Testheft. Die Daten zur Person werden vom Schüler selbst angegeben. Der Test ist so konstruiert, daß bei den meistens Untertests (Ausnahme: Übungsbeispiele beim Intelligenztest) keine zusätzlichen Anweisungen nötig sind.

5.4 Zeit: Die Zeiten für die Untertests betragen:

– Rechnen:	45 Minuten
– Diktat:	15 Minuten
– Sprachlehre:	17 Minuten
– Allgemeine Intelligenz:	15 Minuten.

6. Auswertung **6.1 Modus:** Die Auswertung erfolgt per Auswertungsschlüssel. Die Anzahl der richtigen Lösungen pro Untertest bildet den Rohwert. Anhand der Normentabellen werden Prozentrang, Standardwert und eine „Note“ bzw. „Reifegrad“ ermittelt.

6.2 Zeit: Keine Angaben.

7. Gütekriterien

7.1 Objektivität: Der Test ist bezüglich Durchführung und Auswertung als objektiv anzusehen.

7.2 Reliabilität: Die Paralleltestmethode zur Ermittlung der Reliabilität ergab einen Wert von r = 0,90 für den Gesamttest. Die Werte für die einzelnen Untertests liegen etwa in gleicher Höhe.

7.3 Validität: Logische Validität ist gegeben. Korrelationen der Untertests mit entsprechenden Schulnoten sind nur zum Teil signifikant. Doch ist die Korrelation des Gesamttests mit dem Hamburg-West Yorkshire-Gruppentest mit r = 0,70 recht hoch.

7.4 Normen: Die Normentabellen, die für beide Testformen gelten, differenzieren nach Schultyp und gestatten Transformationen in PR- und SW-Werte sowie „Noten". Die Stichprobengrößen betrugen für Schulen mit voll ausgebauter Grundschule N = 652, für Schulen mit nicht voll ausgebauter Grundschule N = 324.

8. Literatur

SEYFRIED, H., KARAS, E. & SONNLEITNER, M. (1972). *Leistungs- und Bildungsberatungstest II.* Wien: Ketterl.

Leistungs- und Bildungsberatungstest II (SKS II)

H. SEYFRIED, E. KARAS und M. SONNLEITNER
Herausgeber: H. SEYFRIED
Wien: Ketterl, 1972

---

1. Testart Schultest, Mehrfächertest

2. Testmaterial Handanweisung, Testhefte, Auswertungsschlüssel; *zusätzlich:* Schreibmaterial, Stoppuhr.

3. Testgliederung Der Test gliedert sich in sechs Untertests:
- Grundrechnen
- Textrechnen
- Sprachlehre
- Diktat
- Fehler
- Allgemeine Denkfähigkeit.

4. Grundkonzept Der Test gibt dem Lehrer die Möglichkeit, die Leistungen seiner Schüler innerhalb der Schulstufe abzuschätzen. Darüber hinaus ermöglicht er ihm den Vergleich mit einer größeren Gruppe.
Die Testergebnisse dienen dem Lehrer als Grundlage für die Beratung bezüglich des weiteren schulischen Werdegangs des Schülers.

5. Durchführung

5.1 Alter–Klasse: 4. und 5. Schulstufe.

5.2 Formen: Zwei Parallelformen, Einzel- und Gruppentest.

5.3 Handhabung: Jeder Schüler erhält ein Testheft. Er füllt selbst den Kopf des Fragebogens aus, der Daten zur Person enthält.
Die Anweisungen werden vom Lehrer bzw. Untersuchungsleiter entsprechend der Handanweisung gegeben, die Zeiten werden genau eingehalten.

5.4 Zeit: Die Zeiten für die Untertests betragen:

- Grundrechnen: 15 Minuten
- Textrechnen: 25 Minuten
- Sprachlehre: 17 Minuten
- Diktat: 13 Minuten
- Fehler suchen: 4 Minuten
- Allgemeine Denkfähigkeit: 42 Minuten.

Für die gesamte Testdurchführung einschließlich Pausen werden ca. drei Stunden benötigt.

6. Auswertung

6.1 Modus: Die Auswertung geht anhand der Lösungsschablonen vor sich. Richtige Lösungen werden mit einem Punkt bewertet. Die Summe der richtigen Lösungen pro Untertest stellt den Rohwert dar. Dieser wird anhand der Normentabellen in Standardwert und Prozentrang transformiert.

6.2 Zeit: Keine Angaben.

7. Gütekriterien

7.1 Objektivität: Sowohl von der Durchführung wie von der Auswertung her ist der Test als objektiv anzusehen.

7.2 Reliabilität: Die Ermittlung der Reliabilität erfolgte nach der Paralleltestmethode. Die beiden Testformen sind gleichwertig.
Die Testwiederholung ergab einen Wert von 0,91.

7.3 Validität: Logische Validität des Tests ist gegeben. Werte von Korrelationen mit entsprechenden Schulnoten liegen zwischen r = 0,45 und r = 0,85.

7.4 Normen: Die Normen differenzieren nach Ortsgröße und z. T. nach Geschlecht. Die Stichprobengrößen liegen zwischen ca. 100 und über 500.

Schulabschluß- und Berufseintrittstest für 8. und höhere Klassen (SABET 8+)

H. Horn, D. Berg, R. Horn und K. May

Herausgeber: Deutsches Institut für Internationale Pädagogische Forschung, Frankfurt/Main ("Deutsche Schultests")
Weinheim: Beltz, 1972

---

1. Testart Intelligenztest, Schultest

2. Testmaterial Testanweisung, Testhefte A und B, Antwortbogen, Auswertungsschablonen; *zusätzlich:* Bleistifte, Radiergummis, Uhr, Schild mit Hinweis auf die Testprüfung.

3. Testgliederung Das Verfahren besteht aus zwei Teilen: Teil 1 prüft mit den Subtests Zahlen- und Figurenreihen logisches Denken. Das schulische Leistungsniveau in den Bereichen Rechnen, Rechtschreibung und Raumlehre wird in Teil 2 ermittelt.

4. Grundkonzept Um einen Überblick über die Leistungsfähigkeit im Bereich des logischen Denkens (Zahlen- und Figurenreihen) und in schulischen Disziplinen wie Rechnen, Rechtschreibung und Raumlehre in „8. und höheren Klassen der allgemeinbildenden Schulen" sowie in der „1. Klasse der berufsbildenden Schulen" (laut Titel) zu gewinnen, wurde der SABET 8+ für einen recht heterogenen Personenkreis konzipiert. In den Klassen sind Schüler mit sehr unterschiedlicher Vorbildung und Leistungskapazitäten, so daß dem Lehrer dieser Test eine Hilfe speziell zur Leistungsbeurteilung und zur Diagnose von Begabungsreserven ist. Beim SABET 8+ handelt es sich um ein Testprofil mit weitgehender Eigenständigkeit der Einzeltests und nicht um eine Testbatterie.

5. Durchführung **5.1 Schulklasse:** 2. Hälfte der 8. Klasse bis zur Eingangsklasse von Berufs- und Fachschulen.

5.2 Formen: Gruppentest; Parallelformen A und B.

5.3 Handhabung: Neben allgemeinen Instruktionen in der Handanweisung trägt der Lehrer die Angaben zu jedem Untertest in den Testheften vor, wobei die Schüler den Text mitverfolgen. Weitere Hinweise für Testleiter beziehen sich auf deren Verhalten vor, während und nach der Durchführung, auf Testwiederholung und Fachausdrücke.
Ob der Test an einem Tag mit einer Pause zwischen beiden Testteilen oder an zwei Tagen durchgeführt wird, bleibt dem Lehrer überlassen. Der SABET 8+ ist ein Papier- und Bleistifttest vom Multiple-Choice-Typ mit 5 Antwortalternativen (ausgenommen der Rechtschreibtest).

5.4 Zeit: Testdauer für Testteil I: Ca. 55 Minuten, reine Testzeit 35 Minuten; Testdauer für Testteil II.: Ca. 90 Minuten, reine Testzeit 75 Minuten.

6. Auswertung

6.1 Modus: Es reihen sich folgende Auswertungsschritte aneinander: Ermittlung der Rohwerte für jeden Subtest per Schablone (es gibt keinen Gesamtrohwert!), deren Umwandlung in T-Werte, Veranschaulichung der T-Werte in einem Profilschema und Interpretation der Unterschiede von mehr als 10 T-Werten (das entspricht 15 IQ-Punkten), da diese auf dem 5%-Niveau gesichert sind.

6.2 Zeit: Keine Angaben.

7. Gütekriterien

7.1 Objektivität: Der Test wird vom Autor als völlig objektiv bezeichnet.

7.2 Reliabilität:

Item-Analyse

Es wurden insgesamt 5 Item-Analysen durchgeführt, so daß die Formen A und B durch ähnliche Schwierigkeitsgrade und Trennschärfen als parallel erachtet werden können. Mittelwerte und Streuungen stimmen bei allen Subtests beider Formen weitgehend überein.

Interne Konsistenz

Unterteilungsmethode mit Korrektur nach Spearman-Brown:
r_{tt} = 0,80 bis 0,90 pro Untertest (N = 100 pro Testform und Eichgruppe).

Unterteilungsmethode pro Testform:

Form A: r_{tt} = 0,82 bis 0,91 (N = 1000)
Form B: r_{tt} = 0,78 bis 0,90 (N = 1000)

Die beste Konsistenz zeigt der Test Zahlenreihen, die geringste der Test Raumlehre. Die parallelen Konsistenzkoeffizienten weisen höchstens eine Differenz von 0,05 auf und bestätigen die Äquivalenz beider Formen.

Standardmeßfehler

s_e = 3,2 bis 4,5 T-Werte pro Subtest.
Konfidenzintervalle pro Subtest werden für 32% und 5% Irrtumswahrscheinlichkeit angegeben, und zwar für intraindividuelle Vergleiche zwischen ± 6,3 und ± 8,8 T-Werte (5%-Niveau), für interindividuelle Vergleiche um 5 T-Werte (32%-Niveau) bzw. um 10 T-Werte (5%-Niveau).

Homogenität

Der Durchschnitt der gemittelten Interkorrelationen der fünf Subtests beträgt r_{tT} = 0,47 (Berechnung des Ref.).
Der Test wird von den Autoren allerdings als heterogen bezeichnet.

7.3 Validität: Die schulischen Untertests haben curriculare Validität, die Intelligenztests logische Validität, da sie bewährten Tests entsprechen.

Interne Validität

- Korrelation zwischen Untertest Zahlenreihen und FAT 7–8:
  r_{tc} = 0,44 (N = 55)
- Korrelation zwischen Untertest Figurenreihen und FAT 7–8:
  r_{tc} = 0,41 (N = 55)
- Korrelation zwischen Untertest Rechtschreibung und RST 8+:
  r_{tc} = 0,88 (N = 55)

Faktorielle Validität
Die Untertests haben wesentlichen Anteil an einem Faktor (zwischen 31% und 52%), der „als allgemeiner Leistungsfaktor (Intelligenzfaktor) mit deutlich rechnerischer Komponente interpretiert werden“ kann (S. 15).

7.4 Normen: Die Standardisierung beruht auf Daten von ca. 3600 Berufsschülern und ca. 4500 Volksschülern der 8. und 9. Klasse. Auf geographische Repräsentativität wurde geachtet.
Die Normen – getrennt nach Mädchen/Jungen, 3 Berufsschularten und nach 8. und 9. Volksschulklassen – sind T-Werte (50;10) und gruppiert in Intervalle von 5 T-Werten, um die Zuverlässigkeit der Ergebnisse zu erhöhen. Allerdings stellen die Normen für die Mädchen gewerblicher Berufsschulen und für die Jungen land- und hauswirtschaftlicher Berufsschulen nur angenäherte Werte dar, da sie aus kleinen Stichproben gewonnen wurden.
In den oberen Leistungsbereichen erscheint die Differenzierungskraft des Tests als nicht befriedigend. In solchen Fällen sollten weitere Daten zu Rate gezogen werden.

Schulleistungstest lernbehinderter Schüler (SLS)

A. Reinartz

Berlin: Marhold, 1971

1. Testart Schultest

2. Testmaterial Handbuch, Protokollbogen, 9 Prüfkarten, 4 Abdeckblätter, 1 Schablone; *zusätzlich:* Bleistifte, evtl. Buntstifte und Uhr mit Sekundenzeiger.

3. Testgliederung Der SLS besteht aus drei Untertests: Rechnen, Lesen und Schreiben. Der Test gliedert sich nach steigenden Anforderungen in vier Leistungsstufen A bis D. Unter A liegt die Vorschaltstufe Ao.

4. Grundkonzept Der SLS ist ausschließlich für Lernbehinderte konstruiert und genormt. Er dient der objektiven Erfassung im Bereiche geringer und geringster Leistungen. Der Testleiter kann mit Hilfe der Tests ab der 1. Grundschulklasse neben den manifesten auch die potentiellen Leistungsversager diagnostizieren. Auch die untersten Bereiche der Schulleistungsmessung (in IQ-Bereichen zwischen 0,30 und 0,40) werden erfaßt.

Der Test gibt außerdem Auskunft über Kontaktfähigkeit, Arbeitsstil und -haltung, Aufgaben- und Anweisungsverständnis, Konzentration, Ermüdbarkeit, motorische Koordination und Sprachentwicklung sowie über leistungsmindernde zentrale und periphere Behinderungen im optischen wie im akustischen Bereich.

Anwendbar ist das Verfahren in der Grundschule (untere Leistungsbereiche), in der Unter- und Mittelstufe der Schule für Lernbehinderte (Sonderschule) und im vollen Schulleistungsbereich der Schule für Geistigbehinderte (Sonderschule). Normenabhängige Urteile und Entscheidungen dürfen nur für Lernbehinderte gefällt werden. Aufgrund der Testergebnisse kann eine zuverlässige Einstufung der lernbehinderten Schüler in die Klassen 3 bis 6 als auch in die Vor- bzw. Förderklasse stattfinden. Gegebenenfalls kann der Schulpsychologe oder Sonderpädagoge eine Überführung in die Schule für geistig Behinderte empfehlen.

5. Durchführung **5.1 Alter–Klasse:** 3. bis 6. Klassen (Grundschule). Unter- und Mittelstufe bzw. 3. bis 6. Klassen und Vor- bzw. Förderklassen der Schule für Lernbehinderte (Sonderschule).

5.2 Formen: Anwendbar als Einzeltest. Die Rechenreihen und Rechtschreibübungen (Stufen A–D) sind gruppentestfähig.

5.3 Handhabung:

1. Bei befangenen oder ängstlichen Kindern sollte die Testsituation durch ein 3 bis 5 Minuten langes Kontaktgespräch aufgelockert werden. Je

nach Leistungsstufe werden Aufgaben mündlich, zum Teil auf Prüfkarten oder im Protokollbogen, gegeben.
2. Ein Helfer ist für die Durchführung zu empfehlen. Der Testleiter liest die Instruktionen für jede Leistungsstufe aus dem Handbuch vor. Die Antworten des Kindes werden im Protokollbogen festgehalten.
3. Das Kind löst die Aufgaben mündlich oder schriftlich, je nach Leistungsstufe und Untertest.

5.4 Zeit: Die Gesamtzeit beträgt max. 40 Minuten.

6. Auswertung

6.1 Modus: Die Leistungen im Test werden nach Punkten bewertet. Für die Auswertung der Rechenaufgaben B, C, D steht eine Schablone zur Verfügung. Die Leistungswerte für die drei Untertests werden auf den Protokollbogen übertragen. Der Vergleich zwischen den (individuellen) Leistungswerten und den als „Plusbereich" vorgegebenen (objektiven) Klassennormen für alle Untertests und Stufen ergibt das Testergebnis. Diese Punktzahl erhält ein positives oder negatives Vorzeichen. Aus den Vorzeichen kann man ersehen, ob die Untergrenze des Plusbereichs über- oder unterschritten wurde. Die Vorzeichen werden in das Ergebnisschema eingetragen. Der abschließende Einweisungsvorschlag wird gekennzeichnet durch Unterstreichung der Klassenbezeichnung.

6.2 Zeit: Keine Angaben.

7. Gütekriterien

7.1 Objektivität: Der SLS ist als objektiv zu bezeichnen.

7.2 Reliabilität: Die Testwiederholungszuverlässigkeit nach 10 Tagen für Gruppenergebnisse liegt bei $r_{tt} = 0{,}85$ und $r_{tt} = 0{,}88$ (N = 17 und N = 18). Bei der Korrelation der Testhälften ergab sich eine gute Homogenität. Für die drei Untertests wurden mit je 4 Leistungsstufen insgesamt 12 Korrelationskoeffizienten, korrigiert nach Spearman-Brown, ermittelt. Der Schnitt aller 12 Werte lag bei $r_{tt} = 0{,}97$.

7.3 Validität: Der SLS besitzt Inhaltsgültigkeit.

Kriterienbezogene Validität:
Die Übereinstimmung zwischen SLS-Ergebnissen und Lehrerurteil (Fachnoten) liegt für das Rechnen bei 0,81, für das Lesen bei 0,73, für das Schreiben bei 0,82 (N = 26).

7.4 Normen: Es liegen Klassennormen für die Untertests und Leistungsstufen vor.

Schulleistungstestbatterie für Lernbehinderte und für schulleistungsschwache Grundschüler (SBL I)

H. Kautter und L. Storz
Herausgeber: K. Ingenkamp („Deutsche Schultests")
Weinheim: Beltz, 1972

1.4.3

---

1. Testart Schultest

2. Testmaterial Beiheft, Testhefte A und B für Rechtschreiben, Rechnen und Lesen, Leseblatt, Übungs- und Aufgabenkarten, Klassenliste, Auswertungsschlüssel; *zusätzlich:* Stoppuhr, Bleistifte, Radiergummi.

3. Testgliederung Der SBL I enthält 3 Untertests.

1. *Rechentest*
   a) Mengen und Zahlen
   b) Zahlenrechnen
   c) Textaufgaben
2. *Rechtschreibtest*
   a) Abschreiben
   b) Anfangsbuchstaben bei vorgesprochenen Wörtern akustisch erkennen und aufschreiben
   c) Buchstabendiktat
   d) Diktat
   e) Stellungslaute (fehlende Buchstaben sollen in Lücken von Wörtern eingesetzt werden)
3. *Lesetest*
   a) Lesefertigkeit (Gruppentest LF-G)
   b) Bedeutungserfassendes Lesen
   c) Lesefertigkeit (Einzeltest LF-E)

4. Grundkonzept Mit dem SBL soll eine zuverlässige und differenzierte Erfassung der Schulleistungen *schulleistungsschwacher Kinder* am Ende der ersten und der zweiten Grundschulklasse sowie der ersten Klassen der Sonderschule für lernbehinderte Kinder und Jugendliche in den Fächern Rechtschreiben, Rechnen und Lesen möglich gemacht werden.
Eine feinere Unterscheidung innerhalb der unteren 25% der Population ist mit dem SBL möglich, jedoch nicht im oberen Bereich der Schulleistungen.

Anwendungsmöglichkeiten:

a) Gezielte pädagogische Maßnahmen werden durch die Analyse des Leistungsprofils möglich.
b) Es kann die Stellung eines Schülers in der Leistungsrangreihe der Grundschülerpopulation auf verschiedenen Gebieten ermittelt werden.

c) Der SBL kann als Forschungsinstrument eingesetzt werden.

„Der Rechentest ist für die Schüler konstruiert, die nach traditionellen Rechenmethoden unterrichtet werden" (S. 4). Hingegen ist der Rechtschreibtest so aufgebaut, daß seine Anwendung unabhängig von der Lese-Schreib-Methode erfolgen kann. In Druck- und Schreibschrift liegt der Lesetest vor.

5. Durchführung

5.1 Alter–Klasse: Grundschule: Am Ende der ersten Klasse. Sonderschule für Lernbehinderte: Am Ende der ersten zwei Sonderschulklassen.

5.2 Formen: Es liegen zwei Parallelformen (A und B) vor. Alle Tests können in Gruppen durchgeführt werden, außer dem Einzel-Lesetest zur Prüfung der Lesefertigkeit.

5.3 Handhabung:
1. Jeder Schüler bekommt ein Testheft. Die Instruktionen stehen im Beiheft.
2. Der Testleiter trägt die Anweisungen vor.
3. Der Schüler setzt sich in verschiedener Weise mit dem Testmaterial auseinander (Rechnen, Schreiben und Lesen).

5.4 Zeit:

	Testdauer	Reine Testzeit
Rechnen	etwa 30'	15'30"
Rechtschreiben	etwa 20'	8'55"
Lesen	etwa 20'	8'50"
	etwa 70'	33'15"

6. Auswertung

6.1 Modus: Jede richtige Lösung erhält einen Rohpunkt. Die Rohpunkte werden für jeden Teiltest addiert. Für jeden Untertest wird die Rohpunktsumme auf der Titelseite des Testheftes eingetragen. Eine Korrektur der Rohpunkte ist bei einigen Teiltests erforderlich. Es steht ein Auswertungsschlüssel für die Ermittlung der richtigen Lösungen zur Verfügung. Sind die Rohwerte für die drei Teiltests (Rechnen, Rechtschreiben und Lesen) ermittelt, so können in den Normentabellen die Prozentränge, T-Werte sowie die Prozentrang- und T-Wert-Bänder abgelesen werden.

6.2 Zeit: Keine Angaben. Im allgemeinen benötigt man zur Auswertung etwa 15 Minuten.

7. Gütekriterien

7.1 Objektivität: Durchführung und Auswertung sind als objektiv zu bezeichnen.

7.2 Reliabilität: Die Paralleltestzuverlässigkeit (nach der Produkt-Moment-Korrelationsmethode, N = 331) liegt bei allen Teiltests über $r_{AB} = 0{,}90$. Die Testhalbierungszuverlässigkeit (N = 331) liegt über $r_{tt} = 0{,}95$ bei allen Teiltests.

7.3 Validität: Lehrplan- und Inhaltsgültigkeit.

Kriterienbezogene Validität:
Ausreichende Übereinstimmung zwischen den Schulnoten und den entsprechenden Testleistungen.

7.4 Normen: Der SBL I wurde 1970/71 an einer Stichprobe von 3005 Schülern der ersten Grundschulklasse aus allen Ländern der BRD und aus Berlin geeicht.
Die Normen gelten für das letzte Schuljahrsdrittel der 1. Klasse in der Grundschule. Für jeden Teiltest und Gesamttest stehen Prozentränge, T-Werte sowie Prozentrang- und T-Wert-Bänder zur Verfügung.

Schulleistungstestbatterie für Lernbehinderte Leistungsstufe II (SBL II)

H. KAUTTER und L. STORZ
Herausgeber: K. INGENKAMP („Deutsche Schultests")
Weinheim: Beltz, 1993[2]

---

1. Testart Schultest

2. Testmateial Manual, Klassenliste, Testhefte A + B für Rechtschreiben, Rechnen und Lesen, Leseblatt, Demonstrationskarte BE, Auswertungsschlüssel; *zusätzlich:* Stoppuhr, Bleistifte, Radiergummi.

3. Testgliederung Der SBL I enhält drei Untertests.

1. *Rechentest*
   a) Zahlenrechnen (ZR)
   b) Textaufgaben (TA)
2. *Rechtschreibtest*
   a) Buchstabendiktat
   b) Stellungslaute (fehlende Buchstaben sollen in Lücken von Wörtern eingesetzt werden)
   c) Phonetisches Schreiben
   d) Diktattext
   e) Lückenwörter
3. *Lesetest*
   a) Bedeutungserfassendes Lesen
   b) Lesefertigkeit (Einzeltest)

4. Grundkonzept Mit dem SBL soll eine zuverlässige und differenzierte Erfassung der Schulleistungen *schulleistungsschwacher Kinder* am Ende der ersten und der zweiten Grundschulklasse sowie der ersten Klassen der Sonderschule für lernbehinderte Kinder und Jugendliche in den Fächern Rechtschreiben, Rechnen und Lesen möglich gemacht werden.
Eine feinere Unterscheidung innerhalb der unteren 25% der Population ist mit dem SBL möglich, jedoch nicht im oberen Bereich der Schulleistungen.

Anwendungsmöglichkeiten:

a) Gezielte pädagogische Maßnahmen werden durch die Analyse des Leistungsprofils möglich.
b) Es kann die Stellung eines Schülers in der Leistungsrangreihe der Grundschülerpopulation auf verschiedenen Gebieten ermittelt werden.
c) Der SBL kann als Forschungsinstrument eingesetzt werden.

Der Rechentest ist für die Schüler konstruiert, die nach traditionellen Rechenmethoden unterrichtet werden. Hingegen ist der Rechtschreibtest so aufgebaut, daß seine Anwendung unabhängig von der Lese-Schreib-Methode erfolgen kann. Der Lesetest liegt in Druck- und Schreibschrift vor.

5. Durchführung

5.1 Alter–Klasse: Grundschule: Am Ende der zweiten Klasse. Sonderschule für Lernbehinderte: Am Ende der dritten und vierten Sonderschulklassen.

5.2 Formen: Es liegen zwei Parallelformen (A und B) vor. Alle Tests können in Gruppen durchgeführt werden, außer der Einzel-Lesetest zur Prüfung der Lesefertigkeit.

5.3 Handhabung:
1. Jeder Schüler bekommt ein Testheft. Die Instruktionen stehen im Manual.
2. Der Testleiter liest die Anweisungen vor.
3. Der Schüler setzt sich in verschiedener Weise mit dem Testmaterial auseinander (z. B. mit Rechnen, Schreiben und Lesen).

1.4.3

5.4 Zeit:

	Testdauer	Reine Testzeit
Rechnen	etwa 30'	15'30"
Rechtschreiben	etwa 25'	12'20"
Lesen	etwa 20'	8'40"
	etwa 75'	36'30"

6. Auswertung

6.1 Modus: Jede richtige Lösung erhält einen Rohpunkt. Die Rohpunkte werden für jeden Teiltest addiert. Für jeden Untertest wird die Rohpunktsumme auf der Titelseite des Testheftes eingetragen. Eine Korrektur der Rohpunkte ist bei einigen Teiltests erforderlich. Es steht ein Auswertungsschlüssel für die Ermittlung der richtigen Lösungen zur Verfügung. Sind die Rohwerte für die drei Teiltests (Rechnen, Rechtschreiben und Lesen) ermittelt, so können in den Normentabellen die Prozentränge, T-Werte sowie die Prozentrang- und T-Wert-Bänder abgelesen werden.

6.2 Zeit: Keine Angaben. Im allgemeinen benötigt man zur Auswertung etwa 15 Minuten.

7. Gütekriterien

7.1 Objektivität: Durchführung und Auswertung sind als objektiv zu bezeichnen.

7.2 Reliabilität: Die Paralleltestzuverlässigkeit (nach der Produkt-Moment-Korrelationsmethode, N = 338) liegt bei allen Teiltests über $r_{AB} = 0{,}90$. Die Testhalbierungszuverlässigkeit (N = 338) liegt über $r_{tt} = 0{,}90$ bei allen Teiltests.

7.3 Validität: Lehrplan- und Inhaltsgültigkeit.

Kriterienbezogene Validität:
Ausreichende Übereinstimmung zwischen den Schulnoten und den entsprechenden Testleistungen.

7.4 Normen: Der SBL I wurde 1970/71 an einer Stichprobe von 3154 Schülern der zweiten Grundschulklasse aus allen Ländern der BRD und aus Berlin geeicht. Die Normen gelten für das letzte Schuljahrsdrittel der 2. Klasse in der Grundschule. Für jeden Teiltest und Gesamttest stehen Prozentränge, T-Werte sowie Prozentrang- und T-Wert-Bänder zur Verfügung.

1. LEISTUNGSTESTS

1.4 Schultests

1.4.4 Lesetests

● = ja
o = teilweise
○ = nein
k.A.= keine Angaben

Testname	Autor(en)	Seite	Durchführung				Auswertung			Gütekriterien				Alter
			Gruppentest	Parallelform	Zeitangabe netto (Min.)	Zeitangabe brutto (Min.)	Schabl./Schlüss.	maschinell	Zeitangabe (Min.)	Objektivität	Reliabilität	emp. Validität	Normen	(Jahre oder Schuljahre (J/Sj))
Diagnostischer Lesetest für 1. und 2. Klassen (DLT 1–2)	Weyermüller u.a.	345	○	○			○	○		●	○	●	●	1.–2. Sj
Diagnostischer Lesetest zur Frühdiagnose (DLF 1–2)	Müller	347	○	●		2–6	○	○	1–2	●	●	●	●	1.–2. Sj
Lesen und Verstehen (LUV)	Kalb u.a.	349	●	●		ca. 45	○	○		●	●	○	○	1.–2. Sj
Lesetest für 2. Klassen (LT 2)	Samtleben u.a.	351	●	●	62	94	●	○		●	●	●	●	2.–3. Sj
Lesetest-Serie	Biglmaier	353	**o**	○			**o**	○		●	●	○	●	ab 2. Sj
Zürcher Lesetest (ZLT)	Linder u.a.	355	○	○			○	○	15	●	●	○	●	2.–6. Sj
Zürcher Leseverständnistest (ZLVT)	Grissemann u.a.	357	○	○		25	○	○		●	●	○	●	4.–6. Sj

Diagnostischer Lesetest für 1. und 2. Klassen (DLT 1–2)

F. WEYERMÜLLER und E. ZLABINGER
Herausgeber: H. SEYFRIED
Wien: Ketterl, 1978

1. Testart Schultest, Lesetest

2. Testmaterial Handanweisung, Testbogen, Klassenliste; *zusätzlich:* Stoppuhr.

3. Testgliederung Der Test besteht aus 66 Wörtern, die das Kind vorlesen soll; die Wörter sind wahlweise gedruckt oder kursiv geschrieben.

4. Grundkonzept Der DLT 1–2 bietet die Möglichkeit, die Lesefähigkeit von Schülern der 1. und 2. Schulstufe festzustellen. Er differenziert besonders im unteren Leistungsbereich.

5. Durchführung

5.1 Alter: Ab 2. Hälfte der 1. Schulstufe bis Ende der 2. Schulstufe, in Ausnahmefällen auch darüber hinaus.

5.2 Formen: Einzeltest, eine Form.

5.3 Handhabung: Der Schüler bekommt die kartonierte Leseprobe und kann zwischen Druckschrift und Schreibschrift wählen. Er hat dann die Aufgabe, die abgedruckten Wörter vorzulesen. Der Versuchsleiter protokolliert die Fehler mit und nimmt die Lesezeit.

5.4 Zeit: Keine Angabe, Lesezeit wird protokolliert.

6. Auswertung

6.1 Modus: Die Lesezeit wird anhand von Normentabellen in PR- und T-Werte transformiert.
Für die quantitative Fehlerauswertung werden die falsch gelesenen Wörter addiert. Bei einem PR unter 50 (anhand von Normentabellen zu ermitteln) empfiehlt sich eine qualitative Auswertung. Diese umfaßt die Bereiche:

- WU = Wahrnehmungsumfang
- WD = Wahrnehmungsdurchgliederung
- WT = Trennschärfe
- WR = Richtungsklarheit
- WG = Wortgestalt.

6.2 Zeit: Keine Angaben.

7. Gütekriterien

7.1 Objektivität: Durchführung und Auswertung des Tests sind als objektiv anzusehen.

7.2 Reliabilität: Keine Angaben.

7.3 Validität: Korrelationen mit Schulnoten liegen zwischen 0,52 und 0,75.

7.4 Normen: Der Test wurde normiert an einer Stichprobe von mehr als 1200 Schülern der 1. und 2. Schulstufe aller österreichischen Bundesländer. Die Normen differenzieren nach Schulstufe und Geschlecht.

8. Literatur

MÜLLER, H. A. (1971). Sinnverstehendes Lesen SVL 3, Österreich. Bearbeitung: F. WEYERMÜLLER. Wien: Ketterl.

SAMTLEBEN, E. et al. (1970). Lesetest LT 2, Bearbeitung: F. WEYERMÜLLER. Wien: Ketterl.

Diagnostischer Lesetest zur Frühdiagnose von Lesestörungen (DLF 1–2)

R. MÜLLER
Herausgeber: K. INGENKAMP (Reihe „Deutsche Schultests")
Weinheim: Beltz Test Gesellschaft, 1984

1. Testart Schultest

2. Testmaterial Handanweisung, 2 Lesevorlagen (Form A und B), 6 Bogen mit Zusatzverfahren (Leseproben 1–6), 1 Abdeckblatt, Protokollbogen, 6 Protokollbogen zu den Leseproben; *zusätzlich:* Schreibgerät.

3. Testgliederung Der DLF 1–2 besteht aus 33 Wörtern, die sich auf vier Untertests (Wortgruppen) verteilen: Speichern (10 Wörter), Synthese (9 Wörter), Analyse (9 Wörter) und Segmentierung (8 Wörter). (3 Wörter werden sowohl zur Analyse als auch zur Segmentierung gerechnet.) Zur Diagnose spezifischer Leseschwierigkeiten im Hinblick auf gezielte Fördermaßnahmen enthält der Test folgende 6 Zusatzverfahren (Leseproben): Buchstaben, Synthese, Signalgruppen, Häufige Wörter, Konsonantengruppen, Zusammengesetzte Wörter.

4. Grundkonzept Der DLF 1–2 wurde entwickelt, um insbesondere dem Lehrer ein zusätzliches Instrumentarium an die Hand zu geben, mit dem Störungen des Lesens im Erstleseunterricht sowohl in quantitativer als auch in qualitativer Hinsicht frühzeitig erfaßt werden können. Der Test soll hauptsächlich der Prophylaxe und Frühbehandlung von Lese-Rechtschreibstörungen dienen.

5. Durchführung **5.1 Alter:** Kinder der 1. und 2. Klasse.

5.2 Formen: Das Verfahren wird als Einzeltest durchgeführt. Es existieren zwei Parallelformen.

5.3 Handhabung: Eine exakte Instruktion ist vorhanden. Der Proband soll 33 Wörter lesen, die ihm jeweils einzeln auf einer Vorlage dargeboten werden.

5.4 Zeit: Die Durchführungsdauer beträgt zwei bis sechs Minuten.

6. Auswertung **6.1 Modus:** Die quantitative Auswertung wird in zweifacher Hinsicht vorgenommen: zum einem nach der Anzahl der Wörter, die falsch oder nicht innerhalb der Zeitspanne von zwanzig Sekunden gelesen wurden (Lesefehler), zum anderen nach der Anzahl der nicht sofort (d. h. innerhalb von längstens zwei Sekunden) gelesenen Wörter. Die qualitative Auswertung richtet sich danach, wie der Proband in jedem der vier Untertests (Wortgruppen) abgeschnitten hat. Beurteilt werden auch hier wieder Lesefehler und Lesezeit. Interpretationshilfen sind vorhanden.

6.2 Zeit: Für die Auswertung werden ca. ein bis zwei Minuten benötigt.

7. Gütekriterien

7.1 Objektivität: Die Objektivität der Testdurchführung ist – entgegen der Darlegung im Beiheft – nicht völlig gewährleistet, denn die jeweils vorgegebene Zeit soll vom Testleiter durch lautloses Zählen der Sekunden (also ohne Stoppuhr) kontrolliert werden. Hierdurch sind Ungenauigkeiten möglich, die zu Fehlern führen können. Die Objektivität der Auswertung dagegen ist gewährleistet.

7.2 Reliabilität: Beim Gesamttest betrug die Paralleltest-Reliabilität (1 Woche Abstand; N = 154) bezüglich der Lesefehler $r_{tt} = 0{,}95$, bezüglich der Lesezeit $r_{tt} = 0{,}97$. Die Schätzung der Zuverlässigkeit nach GULLIKSEN erbrachte fast die gleichen Werte. Bei den Untertests ergab sich hinsichtlich der Lesefehler eine Paralleltest-Reliabilität von $0{,}83 \leq r_{tt} \leq 0{,}85$, hinsichtlich der Lesezeit $0{,}89 \leq r_{tt} \leq 0{,}93$.
Für jedes Item, d. h. für jedes Wort werden sowohl bezüglich der Lesefehler als auch bezüglich der Lesezeit Schwierigkeits- und Trennschärfekoeffizienten angegeben.

7.3 Validität: Der DLF 1–2 besitzt *logische* Validität.
Zur Bestimmung der *externen* Validität wurden Ergebnisse aus dem Test mit dem Urteil der betreffenden Deutschlehrer hinsichtlich der Lesefertigkeit der Probanden (Zensuren 1 bis 6) verglichen. Es resultierten hieraus Korrelationskoeffizienten von $0{,}73 \leq r_{tc} \leq 0{,}81$ (Ende 1. Klasse; N = 100) bzw. $0{,}67 \leq \rho_{tc} \leq 0{,}71$ (Mitte 2. Klasse; N = 198). Ebenfalls wurden die Beziehungen zu den beiden Rechtschreibtests BRT 1 (Berliner Rechtschreibtest für Klasse 1) und DRT 2 (Diagnostischer Rechtschreibtest für 2. Klassen) überprüft. Es ergaben sich zwischen dem DLF 1–2 und dem BRT 1 Korrelationskoeffizienten von $0{,}52 \leq r_{tc} \leq 0{,}80$ (Zeitabstand zwischen den Testungen 3 bzw. 5 Monate; N = 146 bzw. 138). Die Zusammenhänge zwischen dem DLF 1–2 und dem DRT 2 betrugen $r_{tc} = 0{,}61$ (bei den Lesefehlern) und $r_{tc} = 0{,}62$ (bei der Lesezeit; Zeitabstand 4 Monate; N = 147). – Die Korrelationen mit dem sprachfreien Gruppenintelligenztest HIT (Heidelberger Intelligenztest) erreichten eine Höhe von $0{,}24 \leq r_{tc} \leq 0{,}32$.

7.4 Normen: Für die Lesefehler und die Lesezeit werden Prozentrangnormen angegeben. Sie liegen getrennt für Kinder Ende der 1./Anfang der 2. Klasse (N = 320) bzw. Mitte der 2. Klasse (N = 405) vor. Diese Normen sind sowohl für das Gesamtergebnis als auch für die Untertestleistungen angegeben.

8. Literatur

HOFER, A. (Hrsg.) (1976). *Lesenlernen – Theorie und Unterricht.* Düsseldorf: Schwann.

MÜLLER, R. (1974). *Leseschwäche – Leseversagen – Legasthenie. Bd. I: Gezieltes Lese- und Rechtschreibtraining auf der Grundlage einer funktionellen Theorie der Legasthenie.* Weinheim: Beltz.

MÜLLER, R. (1974). *Leseschwäche – Leseversagen – Legasthenie. Bd. II: Theoretische und empirische Grundlagen eines gezielten Lese- und Rechtschreibtrainings.* Weinheim: Beltz.

SCHEERER-NEUMANN, G. (1977). Funktionsanalyse des Lesens: Grundlage für ein spezifisches Lesetraining. *Psychologie in Erziehung und Unterricht, 24,* 125–135.

Lesen und Verstehen
Diagnose –Training (LUV)

G. KALB, R. RABENSTEIN und D. H. HORST

Braunschweig: Westermann, 1979

1.4.4

1. Testart Schultest

2. Testmaterial Anleitungsheft „Diagnose" (DIN A4, 24 Seiten), 1 Serie Diagnosehefte 1–8/A, 1 Serie Diagnosehefte 1–8/B, Anleitungsheft „Training" (DIN A4, 32 Seiten), 1 Serie Trainingshefte 1–8; *zusätzlich:* zwei gespitzte Bleistifte, Spitzer, Radiergummi je Schüler, Tafel.

2. Testgliederung Das Verfahren „Lesen und Verstehen" gliedert sich in einen Diagnose- und einen Trainingsteil. Der Diagnoseteil besteht aus 8 Aufgabenserien, die in verschiedenfarbig bedruckten Diagnoseheften enthalten sind und jeweils zwischen 15 und 22 Aufgaben umfassen. In analoger Weise ist der Trainingsteil gestaltet. Jedes der 8 Trainingshefte enthält zwischen 6 und 12 Aufgabengruppen mit insgesamt 44 bis 115 Items.

4. Grundkonzept Lesen und Verstehen ist ein aufeinander abgestimmtes, lesebuchunabhängiges Diagnose- und Trainingsprogramm zur individuellen und differenzierten Erfassung und Förderung des Lesens im 1./2. Schuljahr. Insbesondere soll es den Übergang vom Erstleseunterricht zum weiterführenden Lesen unterstützen und die Befähigung zum sinnverstehenden Lesen auch schwieriger Texte frühzeitig anbahnen.
Mit den Diagnoseaufgaben wird festgestellt, in welchen Bereichen des Leselernprozesses Schüler besonders förderungswürdig sind. Im Anschluß daran können die Serien des Trainingsteils gezielt eingesetzt werden, wobei das Training so konzipiert ist, daß die Förderung über die Anforderungen des Diagnoseteils hinausgeht.

5. Durchführung **5.1 Alter–Klasse:** 1. und 2. Schuljahr, ältere Kinder mit Leseschwäche.

5.2 Formen: Das Verfahren ist als Gruppentest anwendbar. Für die Diagnose existieren die (Pseudo-)Parallelformen A und B.

5.3 Handhabung: Diagnose: Nach entsprechender Vorbereitung der Testsituation (Arbeitsplatz, Motivation usw.) werden die Testhefte ausgeteilt. Der Lehrer gibt dann die in der Anweisung vorgeschriebenen Instruktionen zu den jeweiligen Serien. Die Schüler bearbeiten die Aufgaben ohne Zeitdruck.
Training: Das Training wird im Anschluß an die Diagnose und der in ihr festgestellten Fehlleistungen eingesetzt. Dem Lehrer werden in der Anweisung ausführliche Hilfestellungen und Hinweise zur Durchführung der Trainingsserien gegeben.

5.4 Zeit: Diagnose: Ca. 20 Minuten für die Bearbeitung jeder Serie, insgesamt reicht eine Schulstunde bequem pro Serie aus.
Training: Keine Angaben.

6. Auswertung

6.1 Modus: Diagnose: Anhand des Lösungsschlüssels werden die richtig gelösten Antworten pro Seite zusammengezählt und im jeweiligen Diagnoseheft eingetragen. Die Summe der richtigen Lösungen über alle Seiten ergibt den Rohwert. Dieser wird mit dem unter dem Auswertungsschema angegebenen Bewertungsschlüssel verglichen.
Training: Auch für die in den Trainingsprogrammen gestellten Aufgaben gibt ein eindeutiger Lösungsschlüssel alle richtigen Lösungen an, wobei es hier jedoch nicht nur auf die Zahl der falsch gelösten Aufgaben ankommt, sondern insbesondere auf die Art der Fehler, um so näheren Aufschluß über den Leistungsstand des Schülers zu bekommen.

6.2 Zeit: Keine Angaben.

7. Gütekriterien

7.1 Objektivität: Die genauen Durchführungsanweisungen, die Pseudoparallelform und die eindeutigen Lösungsvorschriften garantieren eine hohe Objektivität.

7.2 Reliabilität:

Itemanalyse:
Die durchschnittliche Aufgabenschwierigkeit steigt mit den Serien. Sie liegt bei der ersten Serie bei $\overline{p} = 0{,}83$ und steigt bis $\overline{p} = 0{,}42$ bei der letzten Serie. Die Trennschärfe der einzelnen Items liegt zwischen $\overline{r}_{it} = 0{,}53$ bis 0,58.

Innere Konsistenz:
Split-Half-Reliabilität: je nach Serie zwischen 0,88 und 0,93. Interne Konsistenz (Kuder-Richardson-Formel 20): zwischen 0,88 und 0,92.

7.3 Validität: Keine Angaben.

7.4 Normen: Der Test wurde an 40 1. und 2. Grundschulklassen erprobt. Es wurden dabei die Mittelwerte und Standardabweichungen, getrennt nach Jahrgangsstufen und Geschlecht, für die erreichte Punktzahl jeder Serie errechnet. Auf eine Normierung wurde aber verzichtet, da der Stand des Kindes in seinem individuellen Leselernprozeß interessiert und nicht so sehr die Stellung innerhalb einer Bezugsgruppe.

Lesetest für 2. Klassen (LT 2)

E. Samtleben, F. Biglmaier und K. Ingenkamp
Herausgeber: Pädagogisches Zentrum („Deutsche Schultests")
Weinheim: Beltz Verlag, 1971[3]

1. Testart Schultest

2. Testmaterial Beiheft, Testheft Form A und B, Lösungsschlüssel A und B, Klassenliste; *zusätzlich:* Schreibutensilien, Stoppuhr, Tafel und Kreide.

3. Testgliederung Mit dem LT 2 können die Lesefertigkeit und das Verständnis beim stillen Lesen untersucht werden. Es existieren zwei Parallelformen A und B, die jeweils aus Teil 1 „Wortverständnis" und Teil 2 „Textverständnis" bestehen. Der erste Teil baut sich aus insgesamt 30 Aufgaben auf: bei 5 Aufgaben wird eine Bild-Wort-Zuordnung gefordert, bei 12 Aufgaben eine Wort-Wort-Zuordnung und bei 13 Aufgaben eine Satz-Wort-Zuordnung. Der zweite Teil besteht aus 6 Texten, zu denen die Schüler 25 Fragen zu beantworten haben.

4. Grundkonzept Der LT 2 eignet sich in Verbindung mit Rechtschreib- und Intelligenztests als Hilfsmittel bei der Untersuchung von Legasthenikern. Der LT 2 gibt Hinweise für die evtl. notwendige differenzierte Förderung von Schülern, ihre Einteilung in Gruppen, die mit unterschiedlichem Material arbeiten sollten und liefert einen Maßstab für den Vergleich der Leseleistung verschiedener Klassen mit gleichaltrigen Schülern.

5. Durchführung **5.1 Alter–Klasse:** Zweites Halbjahr der zweiten Klasse und im ersten Vierteljahr der dritten Klasse.

5.2 Formen: Einzel- oder Gruppentestung möglich.

5.3 Handhabung: Die Testhefte enthalten für beide Testteile jeweils ausführliche Anleitungen mit Übungsbeispielen für die Schüler, das Beiheft detaillierte Durchführungsanweisungen für den Testleiter.

5.4 Zeit: Die Arbeitszeit für Teil 1 ist auf 26 Minuten, die für Teil 2 auf 36 Minuten festgelegt. Dazu kommt die Instruktionszeit, die für Teil 1 bei etwa 20 Minuten und für Teil 2 bei etwa 12 Minuten liegt.

6. Auswertung **6.1 Modus:** Zur Auswertung können Lösungsschlüssel herangezogen werden. Jede richtige Lösung ergibt einen Punkt. Ausgelassene Aufgaben oder falsche Lösungen werden nicht berücksichtigt.

6.2 Zeit: Keine Angaben.

7. Gütekriterien **7.1 Objektivität:** Durchführung und Auswertung können als objektiv bezeichnet werden.

7.2 Reliabilität: Die Berechnung der Paralleltest-Reliabilität ergab r = 0,88. Die Split-half-Reliabilität liegt für Form A bei r = 0,90 und für Form B bei r = 0,91. Der Zuverlässigkeitskoeffizient (Rulon) für beide Testformen erreicht r = 0,95.

7.3 Validität: Die Übereinstimmungsvalidität des LT 2 mit der Deutschnote ergab für Form A r = 0,72 und für Form B r = 0,71. Der Übereinstimmungskoeffizient des LT 2 mit dem DRT 2 (MÜLLER, 1966) liegt bei r = 0,52, mit dem Bildertest 1–2 (HORN & SCHWARZ, 1967) bei r = 0,50 und mit dem Subtest„Regelerkennen" des BTS (HORN, 1956) bei r = 0,35.

7.4 Normen: Es existieren Normwerte für Kinder aus Schulorten *bis* zu 10 000 Einwohnern und für Kinder aus Schulorten mit *über* 10 000 Einwohnern, getrennt nach zwei Alterstufen (7;5 bis 8;11 Jahre, 9;0 Jahre und älter). Die Normierungsdaten werden jeweils als Prozentrang-Band, Mittlerer T-Wert und T-Wert-Band angegeben. Darüber hinaus werden Klassennormen in Form von Prozentrang-Angaben für Klassen in Schulorten bis bzw. über 10 000 Einwohnern vorgelegt.

8. Literatur

HORN, H. & SCHWARZ, E. (1967). *Bildertest 1–2 (BT 1–2).* Weinheim: Beltz.

HORN, W. (1956). *Begabungstestsystem (BTS).* Göttingen: Hogrefe.

MÜLLER, R. (1969). *Diagnostischer Rechtschreibtest für 2. Klassen (DRT 2).* Weinheim: Beltz.

Lesetest-Serie

F. BIGLMAIER
München: Reinhardt, 1969[2]

1. Testart Schultest

2. Testmaterial Handanweisung, Formulare: Leseabschitte mit Wort-Test, Wort-Unterscheidungs-Test mit Diagnostik-Formblatt, Anwortblatt, Verteilungsschlüssel für Fehler; *zusätzlich:* Stoppuhr, Schreibmaterial (Tonbandgerät, Abdeckblatt).

3. Testgliederung Die Lesetest-Serie besteht aus drei Einzeltests.

a) Leseabschnitte (Lab) mit 12 Geschichten verschiedenen Inhalts und mit steigendem Schwierigkeitsgrad von je etwa 90 Silben Umfang.
b) Worttest (WT) mit 75 Wörtern, die nach fehlerbezogenen Gesichtspunkten ausgesucht sind.
c) Wort-Unterscheidungs-Test (WUT), bestehend aus 48 siebengliedrigen Wortreihen, aus denen der Schüler das ihm vorgesprochene Wort herausfinden muß.

Alle drei Tests sind in Analogie zur MONROEschen Lesetestserie gebildet worden.
BIGLMAIER hat den „Standardized Oral Reading Paragraphs Test" und den „Word Discrimination Test" als Vorbilder für die 3 Untertests der Lesetest-Serie benutzt.

4. Grundkonzept Die Testserie stellt die Leseleistung eines Kindes durch eine quantitative und qualitative Analyse fest: quantitativ, weil das Ausmaß der Leseschwierigkeiten durch den Lese-Index, den Quotienten aus Leseleistung und Erwartungsstufe, ermittelt wird; qualitativ, da die Art der Lesefehler Hinweise auf den Schwerpunkt der Störung gibt und damit heilpädagogische Hilfen zur Beseitigung der einzelnen Fehlerkategorien (Vokalfehler, Konsonantenfehler usw.) eingeleitet werden können.

5. Durchführung **5.1 Alter:** Normalerweise ab dem 2. Schuljahr. Bei guten Lesern schon nach 3–4 Monaten in der 1. Klasse. Evtl. kann der Test auch mit Erwachsenen durchgeführt werden.

5.2 Formen: Untertests: Leseabschnitte (Lab) und Worttest (WT) sind Individualtests, d. h., sie müssen einzeln mit einem Schüler durchgeführt werden. Der Wort-Unterscheidungs-Test (WUT) kann außer bei einer Einzeluntersuchung auch als Gruppentest (mit Antwortblatt) verwendet werden.

5.3 Handhabung: Das Kind und der Versuchsleiter erhalten je eine Lesetestserie. Leseschwachen Kindern gibt man ein Abdeckblatt, um die Konzentration auf die jeweilige Lesezeile zu verstärken. Der Versuchsleiter protokolliert alle Abweichungen (Vokalfehler, Stockungen, Wiederholungen usw.) beim Vorlesen des Kindes in seiner Lesetestserie. Ein Tonbandgerät erleichtert hier die Aufzeichnung.

5.4 Zeit: Keine Angaben.

6. Auswertung

6.1 Modus: Für jede der in der Handanweisung genau beschriebenen Fehlerkategorien wird die Fehlerzahl festgestellt. Durch einen Vergleich der Durchschnittsfehlerzahl der entsprechenden schulischen Leistungsstufe mit der Quersumme der Fehler aus den 3 Tests können die Lesestufe und damit der Lesequotient ermittelt werden. Stellt man das Schulleistungsprofil graphisch dar, kann man die Klassen- und Jahresstufen ablesen. Aus dem Unterschied zwischen eingetragener Erwartungs- und Lesestufe erkennt man das Ausmaß der Lesestörung. Aus der Differenz kann man dann den Leserückstand ersehen.

7. Gütekriterien

7.1 Objektivität: Durchführung und Auswertung des Tests können als objektiv bezeichnet werden.

7.2 Reliabilität: In der amerikanischen Fassung des Tests hat MONROE für die quantitative Feststellung der Leseleistung (Lesequotient) die Verläßlichkeit an 50 Kindern in Zwischenräumen von 6 Monaten untersucht und dabei einen Stabilitätskoeffizienten von r_{tt} 0,94 ± 0,01 ermittelt. Der Lesequotient wird als sehr verläßlich bezeichnet.

7.3 Validität: Keine Angaben.

7.4 Normen: Berechnung von z-Werten für das 1. bis 5. Schuljahr.

Zürcher Lesetest (ZLT)

Testverfahren zur Erfassung leseschwacher Kinder

M. Linder und H. Grissemann

Bern: Huber, 1996[5]

1. Testart Schultest

2. Testmaterial Handanweisung, 20 Formulare „Zürcher Lesetest", 20 Formulare „Linguistische Verlesungsanalyse", 9 Lesekarten; *zusätzlich:* Schreibmaterial, Stoppuhr.

3. Testgliederung Der Lesetest ist in vier Untertests gegliedert:

1. Einzellaute und Lautverbindungen
2. Wortlese-Test
3. Leseabschnitte
4. Zahlen

Der Wortlese-Test besteht aus drei Abschnitten. Der Test Leseabschnitte besteht aus fünf Textabschnitten.

4. Grundkonzept Der Test dient dazu, das Leistungsbild von Kindern mit Lese- und Rechtschreibschwäche (Legasthenie) darzustellen. Dieses Leistungsbild soll Ausgangspunkt für die Förderdiagnostik sein und kann schon recht früh die Richtung von Fördermaßnahmen anzeigen. Somit können gezielte sonderpädagogische Maßnahmen eingeleitet werden. Berücksichtigt werden in der Diagnostik u. a.

- Zeugnisnoten
- Ergebnisse standardisierter Leistungsprüfungen
- Intelligenzdiagnostik
- die Resultate von Lese- und Rechtschreibtests.

5. Durchführung **5.1 Alter–Klasse:** 2. bis 6. Klasse, jeweils im 1. Quartal des Schuljahres.

5.2 Formen: Einzeltest, keine Parallelform.

5.3 Handhabung: Die Kinder lesen von den Testkarten ab. Der Versuchsleiter kennzeichnet auf seinem Testbogen die Art der Lesefehler und mißt die Lesezeit der einzelnen Abschnitte mit der Stoppuhr.

5.4 Zeit: Die Durchführungszeit ist individuell verschieden.

6. Auswertung **6.1 Modus:** Für jeden Untertest, beim Wortlese-Test und beim Test Leseabschnitte für jeden einzelnen Abschnitt, werden die eingetragenen Fehler addiert und im Testbogen eingetragen. Außerdem sind die Lesezeiten für jeden Abschnitt der Untertests 2 und 3 zusammenzuziehen. Zusätzlich werden für 2. und 3. Klassen beim Wortlese-Test die Lesezeiten und Fehler des 1. und

2. Abschnitts, für 4. Klassen die aller drei Abschnitte addiert. Lesezeiten und Fehlerzahlen jedes einzelnen Abschnitts sowie die Summen können dann mit den vorliegenden Normentabellen verglichen werden. Nach einer weiteren Tabelle läßt sich ermitteln, ob ein schwerer, mittlerer oder leichter Fall von Legasthenie vorliegt.

6.2 Zeit: Keine Angaben. In allgemeinen dauert die Auswertung etwa 10–15 Minuten.

7. Gütekriterien

7.1 Objektivität: Durchführung und formale Auswertung des Tests können als objektiv bezeichnet werden.

7.2 Reliabilität: Die Reliabilitätsprüfung des Zürcher Lesetests erfolgte über die Retestmethode (Abstand: 1 Woche), und zwar für 2. und 3. Klassen. Die Werte für die einzelnen Dimensionen liegen zwischen $r = 0{,}57$ und 0,94.

7.3 Validität: Inhaltliche Validität.

7.4 Normen: Normen liegen für die 2. bis 6. Klassen vor. Die Eichung wurde am Ende des 1. Quartals der betreffenden Klasse an vier vollständigen Klassen vorgenommen (N = 449). Zusätzlich wurde für das 2. und 3. Schuljahr eine Standardisierung durchgeführt. Die Schüler stammen aus „durchweg einklassig geführten Schulen aus Vorortgemeinden der Stadt Zürich und stellen keine repräsentative Auslese dar" (GRISSEMANN, 1972).

8. Literatur

GRISSEMANN, H. (1972). *Die Legasthenie als Deutungsschwäche.* Bern: Huber.

Zürcher Leseverständnistest (ZLVT)

Zusatzverfahren zum Zürcher Lesetest (ZLT)

H. GRISSEMANN und W. BAUMBERGER
Bern: Huber, 1986

---

1. Testart Schultest, Lesetest

2. Testmaterial Handanweisung (DIN A4, 12 Seiten), Aufgabenheft, Antwort- und Auswertungsblatt für den Versuchsleiter; *zusätzlich:* Lesekarten aus dem Zürcher Lesetest, Drahtsieb, Trinkglas, Stoppuhr.

3. Testgliederung Es handelt sich um ein Verfahren bestehend aus 3 Lesetests mit 3 unterschiedlichen Lösungsvorhaben:

a) 2 Bildvorlagen (4 Sets zu 4 Bildern und 8 Sets zu 2 Bildern)
b) 2 Satzwahlaufgaben (je 7 Sets zu 4 Sätzen)
c) Handlungs-Testaufgabe

Der ZLVT ist nur im Zusammenhang mit dem ZLT zu verwenden.

4. Grundkonzept Der ZLVT ist als Zusatzverfahren zum Zürcher Lesetest für die Schüler der 4. bis 6. Klasse entwickelt worden. Es handelt sich um ein individualdiagnostisches Instrumentarium zur normorientierten Erfassung des Leseverständnisses. Die inhaltliche Gestaltung des ZLVT erfuhr ihre wesentlich Ausprägung anhand der Medientheorie von J. S. BRUNER (1971). Das Verständnis eines gelesenen Textes soll auf handlungsmäßiger, bildhaft/figuraler sowie symbolisch-sprachlicher Ebene überprüft werden. Das textliche Grundlagenmaterial ist gemäß der Testkonzeption identisch mit den Texten 4, 5 und 6 aus dem ZLT (GRISSEMANN & LINDER, 1980).
Ein anderer Testvorläufer war der Test für sinnverstehendes Lesen SVL (MÜLLER, 1969).

5. Durchführung **5.1 Alter:** 4.–6. Klasse.

5.2 Formen: Einzeltest.

5.3 Handhabung: Der ZLVT soll zusammen mit dem ZLT als Gesamttest präsentiert werden. Es sind die in der Handanweisung zum ZLT zugrundegelegten Anleitungen und Bestimmungen zu beachten. Eine detaillierte Testanweisung für den ZLVT liegt vor.

5.4 Zeit: Die Durchführungsdauer beträgt im Durchschnitt 25 Minuten.

6. Auswertung **6.1 Modus:** Auszählen der richtigen Lösungen (Lösungsschlüssel in der Handanweisung) und Gesamtbeurteilung durch den Testleiter.

6.2 Zeit: Die Auswertung erfordert wenig Zeit, es werden keine Angaben gemacht.

7. Gütekriterien

7.1 Objektivität: Es werden keine Angaben gemacht. Die Durchführungsobjektivität ist jedoch stark abhängig vom Kontakt zwischen Versuchsleiter und Proband (Versuchsleitereffekt).

7.2 Reliabilität: Für den Gesamttest wird ein Reliabilitätskoeffizient von $r_{tt} = 0{,}71$ (Guttman Lambda) angegeben. Keine weiteren Angaben.

7.3 Validität: Keine Angaben.

7.4 Normen: Es liegen Normtabellen (PR- und T-Werte) sowie Prozentsummenkurven für die drei Jahresstufen vor. Die Eichstichprobe beträgt dreihundert Schulkinder unterschiedlicher sozialer Herkunft.

1. LEISTUNGSTESTS

1.4 Schultests

1.4.5 Rechtschreibtests

● = ja
○ = teilweise
❍ = nein
k.A.= keine Angaben

Testname	Autor(en)	Seite	Durchführung				Auswertung			Gütekriterien				Alter
			Gruppentest	Parallelform	Zeitangabe netto (Min.)	Zeitangabe brutto (Min.)	Schabl./Schlüss.	maschinell	Zeitangabe (Min.)	Objektivität	Reliabilität	emp. Validität	Normen	(Jahre oder Schuljahre (J/Sj))
80-Wort-Test 4–5 (80 WT)	Burgstaller	363	●	❍		ca. 35	❍	❍		●	●	❍	●	4.–5. Sj
Diagnostischer Rechtschreibtest für 1. Klassen (DRT 1)	Müller	365	●	●		30–45	●	❍	2–8	●	●	●	●	1.–2. Sj
Diagnostischer Rechtschreibtest für 2. Klassen (DRT 2)	Müller	367	●	●		20–30	●	❍	2–8	●	●	●	●	2.–3. Sj
Diagnostischer Rechtschreibtest für 3. Klassen (DRT 3)	Müller	370	●	●		20–30	●	❍	2–8	●	●	●	●	3.–4. Sj
Diagnostischer Rechtschreibtest für 4. und 5. Klassen (DRT 4–5)	Meis	373	●	●	28	45	❍	❍		●	●	●	●	4.–5. Sj
Grundwortschatz Rechtschreibtest für 4. und 5. Klassen (GRT 4+)	Birkel	375	●	●		15–45	●	❍		●	●	●	●	4.–5. Sj
Rechtschreibtest für 1. Klassen (RST 1)	Rathenow	377	●	❍		ca. 45	❍	❍		●	●	❍	●	1. Sj
Rechtschreibtest (RST 6–7)	Rieder	378	●	●		45	●	❍		●	●	●	●	6.–7. Sj
Rechtschreibungstest (RT)	Althoff u.a.	381	●	●		20–30	❍	❍		●	●	●	●	ab 13 J
Test Grundanforderungen Rechtschreiben f. 1. und 2. Klasse (TRG 1/2)	Peh u.a.	384	●	❍		45	❍	❍		●	●	●	●	1.–2. Sj
Weingartener Rechtschreibtest 1+ (WRT 1+)	Birkel	386	●	●		45	●	❍		●	●	●	●	1.–2. Sj
Weingartener Rechtschreibtest 2+ (WRT 2+)	Birkel	388	●	●		45	●	❍		●	●	●	●	2.–3. Sj
Weingartener Rechtschreibtest 3+ (WRT 3+)	Birkel	390	●	●		15–45	●	❍		●	●	●	●	3.–4. Sj

1.4.5 Rechtschreibtests (Forts.)

● = ja
◉ = teilweise
○ = nein
k.A.= keine Angaben

Testname	Autor(en)	Seite	Durchführung				Auswertung			Gütekriterien				Alter
			Gruppentest	Parallelform	Zeitangabe netto (Min.)	Zeitangabe brutto (Min.)	Schabl./Schlüss.	maschinell	Zeitangabe (Min.)	Objektivität	Reliabilität	emp. Validität	Normen	(Jahre oder Schuljahre (J/Sj))
Westermann Rechtschreibtest 4/5 (WRT 4/5)	Rathenow	392	●	●		35–40	○	○		◉	●	●	●	4.–5. Sj
Westermann Rechtschreibtest 6+ (WRT 6+)	Rathenow u.a.	394	●	○		30	○	○		●	●	●	●	5.–7. Sj

80-Wort-Test 4–5 (80-W-T)

Rechtschreibtest für die 4. und 5. Schulstufe
Bearbeitung: F. BURGSTALLER
Herausgeber: H. SEYFRIED, Reihe „Österreichische Schultests"
Wien: Ketterl, 1973

---

1. Testart Schultest, Rechtschreibtest

2. Testmaterial Handanweisung (DIN A4, 11 Seiten), Testblatt; *zusätzlich:* Schreibgerät für den Pb, Stoppuhr für den Testleiter.

3. Testgliederung Der 80-Wort-Test (80-W-T) besteht aus 80 „kritischen" Wörtern, die, eingebettet in vollständige Sätze, diktiert werden, aber vom Pb einzeln niedergeschrieben werden.

4. Grundkonzept Der 80-W-T ist ein Schulleistungstest mit dem Ziel einer Differenzierung zwischen zwei bzw. drei verschiedenen Leistungsniveaus. Eine qualitative Fehleranalyse ist als Voraussetzung für gezielte Förderungsmaßnahmen gedacht. Entgegen der traditionellen Form von Diktaten versetzt der 80-W-T die Schüler in die Lage, ihre Aufmerksamkeit den spezifischen Rechtschreibproblemen zuzuwenden. Die Schüler werden nicht durch ausgedehnte Schreibarbeit von ohnehin geläufigen Wörtern zusätzlich beansprucht.

5. Durchführung **5.1 Alter–Klasse:** Der 80-W-T eignet sich zur Vorgabe in den letzten zwei Monaten der 4. Schulstufe bzw. in den ersten zwei Monaten der 5. Schulstufe.

5.2 Formen: Der 80-W-T ist als Gruppentest konzipiert.

5.3 Handhabung:

1. Jeder Schüler bekommt ein Testblatt und Schreibgerät.
2. Der Testleiter benötigt eine Uhr und die Handanweisung für die Instruktionen.
3. Der Testleiter sollte die in der Handanweisung angegebenen Ausspracheregeln beachten und darauf achten, daß die Schüler nicht voneinander abschreiben.
4. Nach Niederschrift des 80. Wortes werden die Testblätter sofort eingesammelt.

5.4 Zeit: Diktierzeit für Teil 1: 14 bis 16 Minuten. Danach eine Minute Pause und Teil 2 (40 Wörter): 15 bis 17 Minuten.

6. Auswertung **6.1 Modus:**

1. Quantitative Auswertung: Jedes richtig geschriebene Wort wird mit 2 Punkten, Verstöße gegen Groß- und Kleinschreibung sowie fehlende ö-

bzw. ü-Pünktchen werden mit einem Punkt bewertet. Die Rohpunkte werden pro Testblatt summiert; anschließend ermittelt man die Gesamtrohpunktzahl. In der entsprechenden Normentabelle werden dazugehörige Standardwerte und Prozentränge abgelesen.

2. Qualitative Auswertung (Fehleranalyse): Eine qualitative Auswertung ist dann zu empfehlen, wenn ein Testergebnis unter einem PR von 25 liegt. Zur Fehleranalyse liegen drei Einordnungskategorien mit je drei Unterkategorien vor:
   1. visuelle Fehler
   2. akusto-motorische Fehler
   3. logische Fehler

Für Fehler, die nicht eingeordnet werden können, steht die Kategorie „S" (sonstige Fehler) zur Verfügung.

6.2 Zeit: Keine Angaben.

7. Gütekriterien

7.1 Objektivität: Bei Beachtung der Durchführungs- und Auswertungsbestimmungen, insbesondere der Ausspracheregeln, ist Objektivität gegeben.

7.2 Reliabilität: Die Retest-Reliabilität (Intervall: 4 Wochen) ergab bei den Jungen (N = 64) einen Koeffizienten von r = 0,82, bei den Mädchen (N = 66) von r = 0,86. Die Testhalbierung ergab bei Jungen und Mädchen der 5. Schulstufe (N = 112) einen Koeffizienten von r = 0,89.

7.3 Validität: Auf eine numerische Überprüfung der Testvalidität wurde verzichtet. Dem 80-W-T wird „Inhaltsgültigkeit" (Übereinstimmung zwischen Lehrplananforderungen und Testaufgaben) zugeschrieben.

7.4 Normen: Der 80-W-T wurde an einer Gesamtstichprobe von 1624 Jungen und Mädchen der 4. und 5. Schulstufe geeicht. Es liegen Normentabellen mit Standardwerten und Prozenträngen für Jungen und Mädchen getrennt vor.

Diagnostischer Rechtschreibtest (DRT 1)

Leistungstest für 1. Klassen

R. MÜLLER

Herausgeber: K. INGENKAMP („Deutsche Schultests“)

Weinheim: Beltz, 1994

1. Testart Schultest

2. Testmaterial Beiheft (104 Seiten) mit Anleitung, Normentabellen, Auswertungsschlüssel und Interpretationshilfen. Testhefte Form A und B (DIN A4), Klassenliste; *zusätzlich:* Schreibmaterial, Tafel und Kreide.

3. Testgliederung Der DRT 1 umfaßt 30 Testwörter, die – in zwei kleine Geschichten eingebettet – als Lückentest zu bearbeiten sind.

4. Grundkonzept Mit diesem Schulleistungstest ist es möglich, die Rechtschreibleistung eines Schülers oder einer Schulklasse objektiv, zuverlässig und vergleichbar zu untersuchen.

Der DRT 1 verfolgt zwei Ziele: Neben der quantitativen Feststellung der Rechtschreibleistung des einzelnen Schülers als auch der Klasse ist qualitativ die Bestimmung der Fehlerschwerpunkte als Grundlage einer gezielten Rechtschreibförderung vorgesehen.

Gezielte, psychologisch begründete Rechtschreibübungen und Arbeitsmittel werden aufgrund des Fehlerprofils einzelner Schüler oder der ganzen Klasse detailliert unterbreitet.

Bei der Legasthenie- und Schulleistungsdiagnose, bei der Förderung ausländischer Kinder, als zuverlässige Grundlage für außerschulische Fördermaßnahmen, zur Diagnose typischer Rechtschreibfehler bei Sprachbehinderten und im Rahmen einer Überprüfung der Sonderschulbedürftigkeit findet der Test sinnvolle Anwendung.

Ebenso ist der DRT 1 als Forschungsinstrument zur Untersuchung der psychologischen Grundlagen der Rechtschreibung und Legasthenie geeignet.

5. Durchführung **5.1 Alter–Klasse:** Der Test ist nur während des letzten Monats der 1. und der ersten 3 Monate des 2. Schuljahres aussagekräftig. Der Einsatz für Lernbehinderte ist erst in der 3./4. Klasse sinnvoll.

5.2 Formen: Der DRT 1 liegt in zwei Parallelformen gleicher Schwierigkeit vor (A und B). Anwendbar ist der Test als Gruppen- und Individualtest.

5.3 Handhabung:

1. Jeder Schüler bekommt ein Testheft. Beide Geschichten werden vorgelesen. Zwei Beispielsätze werden mit den Schülern durchgesprochen.
2. Der Testleiter richtet sich nach den allgemeinen Anweisungen. Zuerst wird das fehlende Wort diktiert, danach der ganze Satz und schließlich noch einmal das Wort.
3. Der Schüler schreibt das Testwort in die dafür vorgesehene Lücke.

5.4 Zeit: Für die Durchführung des DRT 1 werden etwa 30–45 Minuten benötigt.

6. Auswertung

6.1 Modus: Beim DRT 1 kann eine quantitative und qualitative Auswertung vorgenommen werden. Ein Auswertungsbeispiel erleichtert die Einarbeitung.

Die quantitative Auswertung:
Die Anzahl der falsch geschriebenen Wörter wird addiert und im Ergebnisfeld unter RW (Rohwert) eingetragen. Vergleichswerte stehen als Prozentrangplätze für die Gesamtpopulation zur Verfügung. Der Leistungsstand der Klasse wird nach demselben Prinzip bestimmt: Summe der individuellen Fehlerzahlen (RW) geteilt durch Anzahl der Schüler. Auch hierfür stehen Vergleichswerte (Klassennormen) zur Verfügung.

Die qualitative Auswertung:
Eine Fehleranalyse wird bei unterdurchschnittlicher Rechtschreibleistung eines Schülers oder einer Klasse empfohlen. Hierzu wurde vom Autor eine Fehlertypologie entwickelt. Für die einzelnen Fehlerarten (Phonetische, Speicher- und Konsonantenfehler) wird ein Auswertungsschlüssel benutzt. Die Fehlerrohwerte werden anschließend in Prozentränge transformiert. Hinweise zur Interpretation und pädagogischen Verwertung der Ergebnisse liegen vor.

6.2 Zeit: Die quantitative Auswertung beansprucht etwa 1–2 Minuten pro Testheft, die qualitative je nach Fehlerzahl und Erfahrung des Auswerters 2–6 Minuten.

7. Gütekriterien

7.1 Objektivität: Durchführung und Auswertung gelingen objektiv, wenn die Anweisungen befolgt werden.

7.2 Reliabilität: Die Retestzuverlässigkeit (mit Parallelform) der quantitativen Gesamtleistung beträgt nach einer Woche $r_{tt} = 0{,}89$ (N = 267), ihre Halbierungszuverlässigkeit (odd-even) liegt bei $r_{tt} = 0{,}95$ (korrigiert nach Spearman-Brown, N = 677).
Die durchschnittliche Reliabilität der qualitativen Auswertung (Fehlerarten) beträgt für die Testwiederholung $\bar{r}_{tt} = 0{,}82$ und für die Testhalbierung $\bar{r}_{tt} = 0{,}92$.

7.3 Validität: Neben der als trivial postulierten inhaltlichen Validität wurde eine Bewährungskontrolle zur Bestimmung der kriterienbezogenen Validität durchgeführt. Die Übereinstimmung der Testleistung mit dem Lehrerurteil wurde für jede Klasse gesondert mittels der P-M-Korrelation berechnet. Bei 54 Klassen beträgt das arithmetische Mittel der Koeffizienten $\bar{r}_{tc} = 0{,}81$. Die Einzelwerte streuen zwischen $r_{tc} = 0{,}27$ und $r_{tc} = 0{,}97$.

7.4 Normen: Die Normentabellen enthalten Prozentränge für die Gesamtpopulation. Weiter sind die Tabellen in quantitative und qualitative Individual- und Klassennormen unterteilt.
Der DRT 1 wurde 1994 in der Bundesrepublik Deutschland und West-Berlin an einer Stichprobe von 1488 Schülern aus 67 1. Klassen geeicht.

Diagnostischer Rechtschreibtest (DRT 2)

Leistungstest für 2. Klassen
R. MÜLLER
Herausgeber: K. INGENKAMP (Reihe „Deutsche Schultests")
Weinheim: Beltz, 1990[3]

1. Testart Schultest

2. Testmaterial Beiheft (DIN A4, 63 Seiten), 2 Testhefte A und B, 1 Klassenliste, 1 rote Folie; *zusätzlich:* Schreibgerät, Wandtafel, Kreide, Heft oder Buch.

3. Testgliederung Der Test besteht aus 32 Sätzen mit je einer Lücke.

4. Grundkonzept Der DRT 2 wurde konstruiert, um einerseits ein praktikables Instrument zur Feststellung der individuellen Rechtschreibfertigkeit und des Rechtschreibniveaus einer Klasse zu besitzen und um andererseits – wegen der diagnostischen Möglichkeiten des Tests in Form einer Fehleranalyse – eine Grundlage für gezielte Rechtschreibübungen und Förderungsmaßnahmen bieten zu können. Das Verfahren kann in der Schule (u. a. zur Legasthenie-Diagnose und zur Überprüfung auf Sonderschulbedürftigkeit), in Erziehungs- und Schulpsychologischen Beratungsstellen, in Psychiatrischen Kliniken, in Forschungsinstituten, in der Heilpädagogik und in Sprachheilschulen eingesetzt werden.

5. Durchführung **5.1 Alter:** Der Test soll eingesetzt werden in den letzten zwei Monaten des 2. Schuljahres sowie in den ersten zwei Monaten des 3. Schuljahres. Er kann ebenfalls in der 4. und 5. Klasse der Sonderschule für Lernbehinderte durchgeführt werden.

5.2 Formen: Es handelt sich sowohl um einen Einzel- als auch um einen Gruppentest. Zwei Parallelformen A und B liegen vor.

5.3 Handhabung: Der DRT 2 ist ein Papier- und Bleistift-Test. In der Instruktion wird der Proband darauf hingewiesen, daß er jeweils die Lücke im einzelnen Satz mit einem kritischen Wort, das ihm diktiert wird, ausfüllen soll.

5.4 Zeit: Maximal eine Unterrichtsstunde. Die meisten Kinder kommen mit einer Testzeit von 20–30 Minuten aus.

6. Auswertung **6.1 Modus:** Die Auswertung des DRT 2 wird sowohl in quantitativer als auch in qualitativer Hinsicht vorgenommen. Bei der *quantitativen* Auswertung zählt jedes falsch geschriebene Wort als ein Fehler. Die Summe aller Fehler entspricht dem Rohwert. Die *qualitative* Fehleranalyse wird aufgrund der Fehlertypologie vorgenommen, in der man Wahrnehmungsfehler, Regelfehler und Merkfehler mit insgesamt sieben subsumierten Fehlerarten voneinander unterscheidet. Drei Hilfsmittel erleichtern diese Auswertung: Es steht

ein Auswertungsschlüssel zur Verfügung. Er enthält die häufigsten Beispiele jeder Fehlerart. Außerdem befindet sich auf drei Innenseiten des Testheftes jeweils ein mit roter Farbe abgetöntes Feld, das Beispiele der schwierigeren Fehlerarten beinhaltet. Durch eine rote Folie können diese Wörter kenntlich gemacht werden. Schließlich gibt es im Innern des Testheftes am unteren Rand eine Auswertungszeile, in die die Fehlerarten in entsprechende Spalten eingetragen werden können.
Die Ergebnisse werden zusammen mit den zugehörigen, aus Tabellen ablesbaren Normenwerten in ein vorgedrucktes Schema auf der ersten Seite des Testheftes eingetragen. Dort kann man auch zur Veranschaulichung der Fehlerschwerpunkte ein sog. Fehlerprofil einzeichnen. Für die Interpretation gibt es mehrere Fallbeispiele sowie zahlreiche Hinweise, die sich besonders auf die pädagogische Verwertung der Ergebnisse beziehen. Hierzu kann ein vom Testautor verfaßtes Handbuch über die Behandlung von Lese-Rechtschreibschwierigkeiten sowie das von ihm stammende Material für ein gezieltes Rechtschreibtraining zu Rate gezogen werden.

6.2 Zeit: Für die quantitative Auswertung werden in der Regel 2–3 Minuten pro Testheft benötigt. Für die qualitative Auswertung sind es 5–8 Minuten. Ungeübte Auswerter brauchen für die Fehleranalyse 10–15 Minuten.

7. Gütekriterien

7.1 Objektivität: Objektivität der Testdurchführung ist gewährleistet. – Die quantitative Auswertung ist objektiv. Die Objektivität der qualitativen Auswertung ist dagegen in einem geringeren Ausmaß gesichert, da bei der Fehleranalyse falsche Einordnungen der Fehler in das Kategoriensystem vorkommen können.

7.2 Reliabilität: Quantitative Werte mit Parallelform: r = 0,91 (zuerst Form B; N = 118) sowie r = 0,90 (zuerst Form A; N = 234); odd-even : r = 0,95.
Qualitative Werte: Paralleltest-Reliabilität: r = 0,65–0,95 (zuerst Form A) sowie r = 0,70–0,93 (zuerst Form B); odd-even: r = 0,61–0,93. (Beim Retest lag jeweils eine Woche Abstand zwischen den Testungen vor. Bei der odd-even-Methode wurden die Koeffizienten nach der Spearman-Brown-Formel korrigiert.)
Die Stabilität wurde durch die Korrelation zwischen dem DRT 2 und dem DRT 3 ermittelt (1 Jahr Abstand; N = 390 (= 204 Mädchen und 186 Jungen)). Es ergaben sich folgende Werte: Quantitativ: r = 0,76 bei den Mädchen und r = 0,73 bei den Jungen. – Qualitativ: r = 0,18–0,72 bei den Mädchen und r = 0,35–0,73 bei den Jungen.
Für jedes Item werden im Beiheft Schwierigkeits- und Trennschärfekoeffizienten angegeben.

7.3 Validität: Es liegt Inhaltsgültigkeit vor. – Bei 86 Klassen wurde der Zusammenhang zwischen dem Urteil des Lehrers über die Rechtschreibleistungen seiner Schüler (Zensuren 1–6) und dem Testergebnis im DRT 2 überprüft. Das arithmetische Mittel der errechneten Korrelationskoeffizienten betrug r = 0,75 (niedrigste Korrelation: r = 0,20; höchste Korrelation: r = 0,95).

7.4 Normen: Bezüglich der Gesamtfehler (Wortfehler) bzw. zu den sieben Fehlerarten liegen Prozentrangwerte und Prozentrang-Bänder vor, jeweils getrennt für deutsche und ausländische Schüler. Außerdem sind – ebenfalls getrennt nach Gesamtleistung und Fehlerarten – Klassennormen aufge-

führt, und zwar kann für den einzelnen Mittelwert einer Klasse der Prozentbereich sowie gleichzeitig eine Beurteilung der Leistung (von „sehr schwach“ bis „ausgezeichnet“) abgelesen werden.
Die Normenwerte basieren auf einer Eichstichprobe, die 1982 erhoben wurde und insgesamt 3484 Schüler – davon 455 Ausländer – umfaßt. (Eine Voreichung war bereits 1981 an einer regionalen Gesamtpopulation vorgenommen worden.) In die Eichung waren alle Bundesländer außer Hamburg einbezogen worden. Den Klassennormen liegt eine Stichprobe von 163 Klassen zugrunde.

8. Literatur

MÜLLER, R. (1969). *Material für gezieltes Rechtschreibtraining.* Weinheim: Beltz.

MÜLLER, R. (1974). *Leseschwäche – Leseversagen – Legasthenie. Bd. I: Gezieltes Lese- und Rechtschreibtraining auf der Grundlage einer funktionellen Theorie der Legasthenie. Bd. II: Theoretische und empirische Grundlagen eines gezielten Lese- und Rechtschreibtrainings.* Weinheim: Beltz.

REIMANN, P. (1982). Überprüfung der DRT 2-Normen an einer regionalen Grundgesamtheit. *Psychologie in Erziehung und Unterricht, 29,* 239–243.

Diagnostischer Rechtschreibtest (DRT 3)

Leistungstest für 3. Klassen
R. Müller
Herausgeber: K. Ingenkamp (Reihe „Deutsche Schultests“)
Weinheim: Beltz, 1991[3]

---

1. Testart Schultest

2. Testmaterial Beiheft (DIN A4, 63 Seiten), 2 Testhefte A und B, 1 Klassenliste, 1 rote Folie; *zusätzlich:* Schreibgerät, Wandtafel, Kreide, Heft oder Buch.

3. Testgliederung Der Test besteht aus 44 Sätzen mit je einer Lücke.

4. Grundkonzept Der DRT 3 wurde konstruiert, um einerseits ein praktikables Instrument zur Feststellung der individuellen Rechtschreibfertigkeit und des Rechtschreibniveaus einer Klasse zu besitzen und um andererseits – wegen der diagnostischen Möglichkeiten des Tests in Form einer Fehleranalyse – eine Grundlage für gezielte Rechtschreibübungen und Förderungsmaßnahmen bieten zu können. Das Verfahren kann in der Schule (u. a. zur Legasthenie-Diagnose und zur Überprüfung auf Sonderschulbedürftigkeit), in Erziehungs- und Schulpsychologischen Beratungsstellen, in Psychiatrischen Kliniken, in Forschungsinstituten, in der Heilpädagogik und in Sprachheilschulen eingesetzt werden.

5. Durchführung **5.1 Alter:** Der Test soll eingesetzt werden in den letzten vier Monaten des 3. Schuljahres sowie in den ersten drei Monaten des 4. Schuljahres. Er kann ebenfalls in der 5. und 6. Klasse der Sonderschule für Lernbehinderte durchgeführt werden.

5.2 Formen: Es handelt sich sowohl um einen Einzel- als auch um einen Gruppentest. Zwei Parallelformen A und B liegen vor.

5.3 Handhabung: Der DRT 3 ist ein Papier- und Bleistift-Test. In der Instruktion wird der Proband darauf hingewiesen, daß er jeweils die Lücke im einzelnen Satz mit einem kritischen Wort, das ihm diktiert wird, ausfüllen soll.

5.4 Zeit: Maximal eine Unterrichtsstunde. Die meisten Kinder kommen mit einer Testzeit von 20–30 Minuten aus.

6. Auswertung **6.1 Modus:** Die Auswertung des DRT 3 wird sowohl in quantitativer als auch in qualitativer Hinsicht vorgenommen. Bei der *quantitativen* Auswertung zählt jedes falsch geschriebene Wort als ein Fehler. Die Summe aller Fehler entspricht dem Rohwert.
Die *qualitative* Fehleranalyse wird aufgrund der Fehlertypologie vorgenommen, in der man Wahrnehmungsfehler, Regelfehler und Merkfehler mit insgesamt sieben subsumierten Fehlerarten voneinander unterscheidet. Drei

Hilfsmittel erleichtern diese Auswertung: Es steht ein Auswertungsschlüssel zur Verfügung. Er enthält die häufigsten Beispiele jeder Fehlerart. Außerdem befindet sich auf drei Innenseiten des Testheftes jeweils ein mit roter Farbe abgetöntes Feld, das Beispiele der schwierigeren Fehlerarten beinhaltet. Durch eine rote Folie können diese Wörter kenntlich gemacht werden. Schließlich gibt es im Innern des Testheftes am unteren Rand eine Auswertungszeile, in die die Fehlerarten in entsprechende Spalten eingetragen werden können.
Die Ergebnisse werden zusammen mit den zugehörigen, aus Tabellen ablesbaren Normenwerten in ein vorgedrucktes Schema auf der ersten Seite des Testheftes eingetragen. Dort kann man auch zur Veranschaulichung der Fehlerschwerpunkte ein sog. Fehlerprofil einzeichnen. Für die Interpretation gibt es mehrere Fallbeispiele sowie zahlreiche Hinweise, die sich besonders auf die pädagogische Verwertung der Ergebnisse beziehen. Hierzu kann ein vom Testautor verfaßtes Handbuch über die Behandlung von Lese-Rechtschreibschwierigkeiten sowie das von ihm stammende Material für ein gezieltes Rechtschreibtraining zu Rate gezogen werden.

6.2 Zeit: Für die quantitative Auswertung werden in der Regel 2–3 Minuten pro Testheft benötigt. Für die qualitative Auswertung sind es 5–8 Minuten. Ungeübte Auswerter brauchen für die Fehleranalyse 10–15 Minuten.

7. Gütekriterien

7.1 Objektivität: Objektivität der Testdurchführung ist gewährleistet. – Die quantitative Auswertung ist objektiv. Die Objektivitt der qualitativen Auswertung ist in einem geringeren Ausmaß gesichert, da bei der Fehleranalyse falsche Einordnungen der Fehler in das Kategoriensystem vorkommen können.

7.2 Reliabilität: Quantitative Werte mit Parallelform: r = 0,92 (zuerst Form A; N = 179) sowie r = 0,92 (zuerst Form B; N = 102); odd-even : r = 0,95.
Qualitative Werte: Paralleltest-Reliabilität: r = 0,69–0,89 (zuerst Form A) sowie r = 0,55–0,90 (zuerst Form B); odd-even: r = 0,77–0,96. (Beim Retest lag jeweils eine Woche Abstand zwischen den Testungen vor. Bei der odd-even-Methode wurden die Koeffizienten nach der Spearman-Brown-Formel korrigiert.)
Die Stabilität wurde durch die Korrelation zwischen dem DRT 2 und dem DRT 3 ermittelt (1 Jahr Abstand; N = 390 (= 204 Mädchen und 186 Jungen)). Es ergaben sich folgende Werte: Quantitativ: r = 0,76 bei den Mädchen und r = 0,73 bei den Jungen. – Qualitativ: r = 0,18–0,72 bei den Mädchen und r = 0,35–0,73 bei den Jungen.
Für jedes Item werden im Beiheft Schwierigkeits- und Trennschärfekoeffizienten angegeben.

7.3 Validität: Es liegt Inhaltsgültigkeit vor. – Bei 156 Klassen wurde der Zusammenhang zwischen dem Urteil des Lehreres über die Rechtschreibleistungen seiner Schüler (Zensuren 1–6) und dem Testergebnis im DRT 3 überprüft. Das arithmetische Mittel der errechneten Korrelationskoeffizienten betrug r = 0,78 (niedrigste Korrelation: r = 0,48; höchste Korrelation: r = 0,97).

7.4 Normen: Bezüglich der Gesamtfehler (Wortfehler) bzw. zu den sieben Fehlerarten liegen Prozentrangwerte und Prozentrang-Bänder vor, jeweils getrennt für deutsche und ausländische Schüler. Außerdem sind – ebenfalls

getrennt nach Gesamtleistung und Fehlerarten – Klassennormen aufgeführt, und zwar kann für den einzelnen Mittelwert einer Klasse der Prozentbereich sowie gleichzeitig eine Beurteilung der Leistung (von „sehr schwach" bis „ausgezeichnet") abgelesen werden.
Die Normenwerte basieren auf einer Eichstichprobe, die 1982 erhoben wurde und insgesamt 3690 Schüler – davon 392 Ausländer – umfaßt. (Eine Voreichung war bereits 1981 an einer regionalen Gesamtpopulation vorgenommen worden.) In die Eichung waren alle Bundesländer außer Hamburg einbezogen worden. Den Klassennormen liegt eine Stichprobe von 171 Klassen zugrunde.

8. Literatur

EGGERT, D., SCHUCK, K. D. & WIELAND, A. J. (1973). Ergebnisse eines Untersuchungsprogrammes zur kontrollierten Behandlung leserechtschreibschwacher Grundschüler. In R. VALTIN (Hrsg.), *Einführung in die Legasthenieforschung* (S. 140–155). Weinheim: Beltz.

MÜLLER, R. (1969). *Material für gezieltes Rechtschreibtraining.* Weinheim: Beltz.

MÜLLER, R. (1974). *Leseschwäche – Leseversagen – Legasthenie. Bd. I: Gezieltes Lese- und Rechtschreibtraining auf der Grundlage einer funktionellen Theorie der Legasthenie. Bd. II: Theoretische und empirische Grundlagen eines gezielten Lese- und Rechtschreibtrainings.* Weinheim: Beltz.

Diagnostischer Rechtschreibtest (DRT 4–5)*

Leistungstest für 4. und 5. Klassen
R. MEIS
Herausgeber: K. INGENKAMP (Reihe „Deutsche Schultests“)
Weinheim: Beltz, 1991³

1. Testart Schultest

2. Testmaterial Beiheft, Testheft, Analyseblätter, Klassenliste; *zusätzlich:* Schreibmaterial, Uhr.

3. Testgliederung Der DRT 4–5 besteht aus sieben Lückensätzen mit je rund 100 Wörtern. Nach Diktat müssen 105 Wörter eingetragen werden. Jede Geschichte hat 15 Lücken.

4. Grundkonzept Mit Hilfe des DRT 4–5 soll eine objektive, gültige und zuverlässige Messung der Rechtschreibleistung möglich werden. Es sollen mit dem Test außerdem die Schwächen und Stärken in verschiedenen Teilgebieten der Rechtschreibung aufgedeckt werden. Der Lehrer erhält dabei Hilfen für ein gezieltes Rechtschreibtraining. Die Fehlertypologie von MÜLLER (vgl. DRT 2 und DRT 3) konnte nicht übernommen werden. Der Test gibt nicht nur Aufschluß über den Leistungsstand des einzelnen Schülers, sondern auch über das Leistungsniveau der Klasse. Eine quantitative und qualitative Bewertung des Leistungsstandes ist möglich.

5. Durchführung **5.1 Alter–Klasse:** In der Mitte der 4. und 5. Klasse.

5.2 Formen: Der Test liegt in zwei Parallelformen vor (A und B). Anwendbar ist der DRT 4–5 als Gruppen- und Individualtest.

5.3 Handhabung:

1. Jeder Schüler bekommt ein Testheft und Schreibmaterial. Die Übungsbeispiele werden besprochen.
2. Der Testleiter richtet sich nach den allgemeinen Anweisungen. Die Instruktionen werden aus dem Beiheft vorgelesen.
3. Der Schüler muß das diktierte Wort in die Lücke einfügen.

5.4 Zeit: Für die Durchführung des DRT 4–5 werden etwa 45 Minuten benötigt, für Übungsbeispiel etwa 3 Minuten, für das erste Vorlesen 14 Minuten, für die eigentliche Diktierzeit etwa 28 Minuten.

6. Auswertung **6.1 Modus:** Beim DRT 4–5 kann eine quantitative und eine qualitative Auswertung vorgenommen werden.

---

* Seit 1994 existieren mit dem DRT 4 und DRT 5 nach Schulklassen getrennte Versionen von M. GRUND, G. HAUG und C. L. NAUMANN, die dem Ref. noch nicht vorgelegen haben.

Quantitative Auswertung:
Die falsch geschriebenen Wörter werden addiert und auf der Titelseite eingetragen. Für Vergleiche mit der Eichstichprobe werden Prozentränge und Prozentrang-Bänder angegeben. Der Leistungsstand der Klasse wird nach dem gleichen Prinzip berechnet.

Qualitative Auswertung:
Es ergab sich eine Gruppierung in 18 Fehlerkategorien, die zum Teil noch unterteilt wurden. 15 Zusatzkategorien wurden für restliche Falschschreibungen gebildet. Für die qualitative Auswertung benötigt man Analyse-Blätter für gute, mittlere und schwache Leistungen. Für jedes Wort werden alle Rechtschreibfehler gesondert erfaßt und im Analyse-Blatt bei der zutreffenden Fehlerkategorie vermerkt.

6.2 Zeit: Keine Angaben.

7. Gütekriterien

7.1 Objektivität: Durchführung und Auswertung sind als objektiv zu bezeichnen.

7.3 Reliabilität: Die Paralleltestzuverlässigkeit beträgt r = 0,95 (N = 200).

7.3 Validität: Der Test besitzt Lehrplangültigkeit.
Kriterienbezogene Validität: Die Korrelation mit der Rechtschreibnote im Versetzungszeugnis beträgt r_{tc} = 0,72 (N = 396). Die Korrelation mit den Rechtschreibnoten in den Zeugnissen von drei Jahren liegt bei r_{tc} = 0,68 (N = 369). Höhere Korrelationskoeffizienten ergaben sich bei der Überprüfung von insgesamt achtzehn 4. Klassen mit 647 Schülern zwischen der Testleistung und den Fehlersummen, die die Schüler im Laufe eines Halbjahres in 10 Diktaten gemacht hatten. Es ergaben sich folgende Korrelationen:
Form A (N = 236) r_{tc} = 0,81
Form B (N = 247) r_{tc} = 0,80

Die Werte streuten von Klasse zu Klasse zwischen r_{tc} = 0,59 und r_{tc} = 0,96. Die Übereinstimmung zwischen der Verteilung von Fehlern in freien Aufsätzen und den Einsatzwörtern des Tests beträgt r_{tc} = 0,90 (N = 2221).
Die Korrelationen mit Intelligenztests liegen um r_{tc} = 0,5.

7.4 Normen: Der DRT 4–5 wurde 1966 an einer Stichprobe von rund 4500 Schülern der 4. Klassen und der 5. Klassen in der BRD und Berlin geeicht. In die Stichprobe gingen auch Real- und Gymnasial-Schüler ein. Als Vergleichswerte liegen Prozentrangplätze und Prozentrang-Bänder vor. Individual- und Klassennormen sind getrennt nach Geschlecht und Schulstufen. Es werden Durchschnittswerte für 18 Fehlerkategorien und 15 Zusatzkategorien, getrennt nach Leistungsgruppen, angegeben.

Grundwortschatz Rechtschreib-Test für 4. und 5. Klassen (GRT 4+)

P. Birkel
Herausgeber: K. Ingenkamp („Deutsche Schultests")
Weinheim: Beltz Verlag, 1990

1. Testart Schultest

2. Testmaterial Beiheft, Testheft Form A und B (Langform), Testheft Form A und B (Kurzform), Lösungsschlüssel A und B (Langform), Lösungschlüssel A und B (Kurzform); *zusätzlich:* Schreibutensilien.

3. Testgliederung Der GRT 4+ überprüft in Form von Lückentext-Diktaten die Rechtschreibfähigkeit von Schülern der vierten und fünften Klasse der Grund- und Hauptschule. Der GRT 4+ liegt in einer 60 Items umfassenden Langform und einer 20 Items umfassenden Kurzform mit entsprechenden Paralleltests vor.

4. Grundkonzept Zentrale Aufgabe des Rechtschreibunterrichts in der Grundschule ist die Vermittlung einer weitgehenden Sicherheit in der richtigen Rechtschreibung einer möglichst großen Anzahl von Wörtern (Rechtschreib-Grundwortschatz). Die Suche nach einem solchen Rechtschreib-Grundwortschatz und die Frage, welcher Wortschatz als Rechtschreib-Grundwortschatz für alle Bundesländer gelten kann, spielte bei der Konzeption des GRT 4+ eine große Rolle. Das Beiheft informiert ausführlich über die Entwicklung von Diktat-Vorformen des GRT 4+ (Schuljahr 1985/86 und Schuljahr 1986/87), über die Itemanalysen der Vorformen und den Itemaufbau der parallelen Testendformen.

Der GRT 4+ kann u. a. darüber Auskunft geben, inwieweit die Schüler einer Klasse, Gruppe oder einzelne Schüler den für diese Jahrgangsstufe typischen Wortschatz auch in der Rechtschreibung beherrschen, welche individuellen, gruppen- oder klassenspezifischen Rechtschreibschwierigkeiten vorliegen, ob es übereinstimmende Schwierigkeiten gibt, auf die im Unterricht für die ganze Klasse eingegangen werden muß, für welche Schüler die Teilnahme an einem Rechtschreibförderunterricht in Frage kommt, ob sich in Zusammenschau mit anderen Testergebnissen die Diagnose einer Legasthenie erhärten läßt und ob die Schüler der vierten Klasse auch in einem vom Lehrer und von häuslichem Training unabhängigen Test die nötige Rechtschreibsicherheit zeigen, die im Zusammenhang mit der Versetzung an weiterführende Schulen von den Schülern gefordert werden muß.

5. Durchführung **5.1 Alter–Klasse:** In den letzten drei Monaten des vierten (30. bis 40. Unterrichtswoche) oder in den ersten drei Monaten des fünften Schuljahres (2.

bis 12 Unterrichtswoche) sowie am Ende des fünften Schuljahres (30. bis 40 Unterrichtswoche).

5.2 Formen: Einzel- oder Gruppentestung möglich.

5.3 Handhabung: Die Schüler erhalten jeweils ein Testheft und entsprechende Schreibutensilien. Das Vorgehen beim Lückendiktat wird anhand von drei Übungsbeispielen erläutert. Beim Vorlesen des eigentlichen Diktates ist ein bestimmtes Diktierschema (S. 11 im Beiheft) einzuhalten.

5.4 Zeit: Die Bearbeitungszeit der Langform liegt bei maximal 45 Minuten, die der Kurzform bei etwa 15 bis 20 Minuten.

6. Auswertung

6.1 Modus: Zur Auswertung der Lückentextdiktate liegt für jede Testform (A und B, Kurz- und Langform) ein Lösungsschlüssel vor. Die Anzahl der richtig geschriebenen Wörter ergibt den Rohwert. Der ermittelte Rohwert kann in Prozentrang-Werte, T-Werte und Noten transformiert werden.

6.2 Zeit: Keine Angaben.

7. Gütekriterien

7.1 Objektivität: Durchführung, Auswertung und Interpretation können als objektiv bezeichnet werden.

7.2 Reliabilität: Die Testhalbierungs-Reliabilität (odd-even-Methode) liegt für die Testlangform A bei r = 0,95, für B bei r = 0,94, für die Testkurzform A bei r = 0,89 und für B bei r = 0,86. Die Konsistenzkoeffizienten erreichen r = 0,95 für die Testlangform A und r = 0,94 für B, r = 0,89 für die Testkurzform A und r = 0,86 für B. Die Paralleltest-Reliabilität ergibt für die Testlangformen einen Koeffizienten von r = 0,93 und für die Kurzformen von r = 0,81.

7.3 Validität: Die Übereinstimmung der Testlangformen mit dem Mittelwert aus den letzten vier bis fünf Diktaten liegt für A bei r = 0,82 und für B bei r = 0,81, für die Kurzform A bei r = 0,76 und für die Kurzform B bei r = 0,81.

7.4 Normen: Es existieren Normwerte für die Langformen A und B für die 4. Grundschulklasse und „vorläufige“ Normwerte für die 5. Klasse Hauptschule sowie Normen für die Kurzformen A und B für die 4. Klasse der Grundschule. Darüber hinaus werden für die Kurz- und Langform Normwerte für Kinder der 4. Klasse mit anderer Muttersprache angegeben. Die Normierungsdaten werden jeweils als Prozentrang, Prozentrang-Band, T-Wert, T-Wert-Band und Schulnote angeführt.

Rechtschreibtest für 1. Klassen (RST 1)

P. Rathenow unter Mitarbeit von U. Raatz
Herausgeber: Deutsches Institut für Internationale Pädagogische Forschung („Deutsche Schultests")
Weinheim: Beltz, 1993²

---

1. Testart
Schultest, Rechtschreibtest

2. Testmaterial
Beiheft, Testheft (einmal verwendbar); *zusätzlich:* Schreibgerät.

3. Testgliederung
Der RST 1 besteht aus 30 Sätzen, die in lateinischer Ausgangsschrift (Schreibschrift) vorgedruckt sind. Innerhalb der Sätze sind Lücken für „kritische Wörter" freigelassen worden, die von Schüler nach Diktat eingesetzt werden müssen. Die Aufgaben sind nach ansteigendem Schwierigkeitsgrad geordnet.

4. Grundkonzept
Das Verfahren soll die Rechtschreibleistung am Ende des ersten Schuljahres prüfen.

5. Durchführung
5.1 Alter–Klasse: Für Grundschüler am Ende der ersten Klasse.

5.2 Formen: Gruppentest ohne Parallelform.

5.3 Handhabung: Der Lehrer gibt die Instruktionen nach den im Testheft festgelegten Richtlinien. Die Schüler schreiben nach Diktat die kritischen Wörter in die Textlücken des Testheftes.

5.4 Zeit: Die Durchführung des RST 1 dauert maximal eine Schulstunde ($\leq$45 Minuten).

6. Auswertung
6.1 Modus: Die Auswertung erfolgt nach den Anweisungen, die im Beiheft niedergelegt sind.

6.2 Zeit: Keine Angaben.

7. Gütekriterien
7.1 Objektivität: Durchführung und Auswertung können als objektiv angesehen werden.

7.2 Reliabilität: Die Zuverlässigkeit des Verfahrens wurde nach der Testhalbierungsmethode (korrigiert nach Spearman-Brown) ermittelt. Sie beträgt $r = 0{,}92$ ($N = 720$).

7.3 Validität: Logische Gültigkeit wird beansprucht.

7.4 Normen: Für Schüler der ersten Grundschulklassen liegen Prozentrangwerte und T-Werte vor.

Rechtschreibtest (RST 6–7)

Schulleistungstest für 6. und 7. Klassen
O. RIEDER
Herausgeber: K. INGENKAMP („Deutsche Schultests")
Weinheim: Beltz, 1984

---

1. Testart

Schultest

2. Testmaterial

Handanweisung (DIN A4, 29 Seiten), Testhefte A und B, Auswertungsschablone (für den 1. Testteil); *zusätzlich:* Bleistifte (Ersatzstifte), Uhr.

3. Testgliederung

Der RST 6–7 enthält in 2 Teilen insgesamt 55 Aufgaben:

1.	Korrekturlesen mit den Fehlerkategorien	(25 Items)
G/K	Groß-/Kleinschreibung	(10 Items)
Z	Zeichensetzung	(4 Items)
B	Buchstabenfehler	(1 Item)
Z/A	Zusammen-/Getrenntschreibung	(7 Items)
A/R	Alles ist richtig	(3 Items)
2.	Lückentext-Diktat	(30 Items).

4. Grundkonzept

Der RTS 6–7 ist ein Verfahren zur Messung der Rechtschreibfertigkeit von Schülern aus 6. und 7. Klassen. – Im 1. Teil „Korrekturlesen" verlangt er Erkennen und Zuordnen von orthographischen Fehlern und damit „kritisches Lesen" vor allem maschinengeschriebener Texte, aus dessen steigender Bedeutung der Autor das Einbeziehen dieses Leistungsaspekts rechtfertigt. Der 2. Teil folgt dem Lückentextmuster und vermeidet den Nachteil herkömmlicher Diktate, welche vor allem im Anteil von Wörtern gesteigerter Geläufigkeit besteht. Mit diesem Muster ist allerdings die Möglichkeit zur Feststellung überdauernder Anfangsschwierigkeiten reduziert, denn die Items wurden nach Schwierigkeit und Trennschärfe selektiert. Entsprechend bietet der Test „Hinweise" auf besondere Leistungsdefizite, aber keine systematische Fehleranalyse.

5. Durchführung

5.1 Alter–Klasse: 6. und 7. Klassen von Haupt-, Gesamt- sowie Realschulen, ferner 6. Klassen von Gymnasien. Der Test ist jeweils ab Schuljahresmitte einsetzbar.

5.2 Formen: Der RST 6–7 liegt in den Parallelformen A und B vor. Er ist in Gruppen und als Einzeltest durchführbar.

5.3 Handhabung: Klare Durchführungsbestimmungen sichern die Standardeinhaltung. Einführung und Instruktionen gibt das Handbuch im Wortlaut vor, und diese Passagen sind durch Randbalken deutlich gekennzeichnet. – Die Testhefte A und B unterscheiden sich nur im 1. Testteil (Korrekturlesen), während sie Teil 2 in beiden Formen druckgleich enthalten. So benötigt jeder Schüler nur 1 Testheft, und der Lehrer kann trotzdem frei eine der möglichen Testteilkombinationen wählen (A1 + A2, A1 + B2; B1 + A2, B1 + B2), um z. B. bei Testwiederholung Retesteffekte zu vermeiden. – Den Testteil Korrekturlesen bearbeiten die Schüler selbständig, wobei Tischnachbarn abwechselnd Form A und Form B vorliegen haben. Dieser Teil des Tests verlangt kein Schreiben, sondern Ankreuzen von Fehlerkategorien. Der anschließende Lückentest wird nach Diktat von allen Schülern entweder in der Form A oder in der Form B bearbeitet. Statt Radieren sind Durchstreichen und Darüberschreiben vorgesehen.

5.4 Zeit: Der 1. Testteil wird nach 12 Minuten Bearbeitungszeit abgebrochen. Die Diktier- bzw. Arbeitszeit beim Lückentext gibt der Autor mit „genau 15 Minuten" an. Es dürfte sich hierbei um einen Richtwert handeln. – Die Gesamtdauer der Testdurchführung ist mit 25 Minuten für Teil 1 und 20 Minuten für Teil 2, also mit insgesamt 45 Minuten angegeben.

6. Auswertung

6.1 Modus: Zunächst werden mit Hilfe eines Lösungsschlüssels oder einer Schablone die richtigen Lösungen beim Teil 1 addiert. Die auszurechnende Fehlerzahl wird unter Teil 1 vermerkt. Bei Teil 2 werden die Fehler rot markiert, dann zusammengezählt und ebenfalls unter dem Testteil notiert. Beide Fehlerwerte überträgt man dann in das Auswertungsschema auf der Titelseite und addiert sie zum Gesamtrohwert. Die den Rohwerten entsprechenden Prozentränge und flächenkorrigierten T-Werte bzw. Prozentrang- und T-Wert-Bänder bietet der Tabellenteil des Manuals für alle Testteile bzw. Testteilkombinationen nach Schulformen und Klassen getrennt. Sie werden in das Auswertungsschema eingetragen. 4 Auswertungsbeispiele verdeutlichen das Vorgehen und erhöhen die Auswertungsobjektivität. Eine Erläuterung der Normwerte, welche detailliert auf Meßwertverteilungen und Skalierungen eingeht, sowie Hinweise zur Interpretation (PR-Schulnoten-Äquivalente) zählen dazu. – Die qualitative Testauswertung (Fehleranalyse) beschränkt sich auf „Hinweise".

6.2 Zeit: Keine Angaben.

7. Gütekriterien

7.1 Objektivität: Erscheint für alle Schritte gut gesichert.

7.2 Reliabilität: Die Schwierigkeit der Items liegt im Mittel bei p = 0,57. Die Konsistenz ist mit Werten um 0,90 recht hoch, und die Paralleltest-Reliabilität liegt mit r = 0,91 hoch. Zu beachten ist, daß die Aufgabenschwierigkeit mit steigendem Anspruchsniveau der Schulform und mit steigendem Alter (höhere Klasse) sinkt und damit die Differenzierungsfähigkeit des Tests.

7.3 Validität: Die logische Gültigkeit ist evident. Es entspricht der Erwartung, daß die Testleistung weiblicher Pbn besser ist als die männlicher, daß sie mit dem Anspruchsniveau der Schulform und mit der Höhe der Klasse steigt.

7.4 Normen: Die Eichstichprobe umfaßt N = 6956 Schüler. Sie setzt sich zusammen aus N = 2438 Haupt-, N = 2645 Real- und N = 455 Gesamtschülern sowie N = 1378 Gymnasiasten. Die Angaben zur Repräsentativität sind unbefriedigend und werden ohne Erörterung gemacht. Mitgeteilte T-Wert-Normen sind verteilungskorrigiert.
Prozentränge und T-Werte bzw. Prozentrang- und T-Wert-Bänder sind für die 6. und 7. Hauptschulklassen und für 6. Klassen von Gesamt- und Real-

schulen für alle Testteile einzeln sowie für alle Testteilkombinationen vorhanden. Für 7. Klassen von Gesamt- und Realschulen und für 6. Gymnasialklassen teilt das Manual nur noch Quartilgrenzen für den Gesamttest (alle Kombinationen) mit. Für 7. Gymnasialklassen ist der Test zu leicht, und es werden keine Normen mitgeteilt. – Auf geschlechtsspezifische Normierung wurde verzichtet.

Anmerkung:

Im Testheft A fehlt im Teil 1 die Nummer der 4. zu prüfenden Textpassage. Im Handbuch muß es statt „Form A (A1 + B1)“ richtig „Form A (A1 + A2)“ heißen (S. 8/(Sp. 2 unter 3.3). Ferner sind „SD = 10–92“ (S. 18/1. Tab.) und „T = 29“ bei RW = 25 (S. 20/1. Tab.) Druckfehler. Der letzte Satz im Textteil des Handbuchs (S. 13/Sp. 2) ist unverständlich.

Rechtschreibungstest (RT)

K. ALTHOFF, S. GREIF, G. HENNING, H. HESS und J. RÖBER
Herausgeber: A. O. JÄGER
Deutsche Gesellschaft für Personalwesen e. V.
Göttingen: Hogrefe, 1974[2]

1. Testart Schultest, spezieller Funktionsprüfungs- und Eignungstest

2. Testmaterial 1 Handanweisung (DIN A4, 20 Seiten), 1 Gruppenliste, 3 Beihefte zum Diktat, 3 Testbogen zu den jeweiligen Diktaten.

3. Testgliederung Der Test besteht aus drei verschiedenen Diktatformen. Diese Lückendiktate als standardisierte Paralleltests sollen möglichst repräsentative Stichproben der Rechtschreibkenntnisse erfassen.

4. Grundkonzept Der Test will auf ökonomischem Weg objektive, repräsentative, zuverlässige und mit größeren Bezugsgruppen vergleichbare Ergebnisse über Rechtschreibkenntnisse liefern. Dazu wurde ein standardisiertes Verfahren nach den Grundsätzen wissenschaftlicher Testkonstruktion entwickelt. „Rechtschreibkenntnisse werden definiert durch Fehlerlosigkeit beim Schreiben von Texten. Fehler bestehen im Verstoß gegen Rechtschreibregeln. Daher wurden zunächst alle z. Z. geltenden Regeln aus Lehrbüchern zusammengestellt“ (JÄGER, Handbuch, 1974, S. 5).

Aus 130 Diktat- und Aufsatzheften 13- bis 14jähriger Volksschüler wurden alle Regelverstöße einzeln notiert und dann in die wichtigsten Fehlerkategorien zusammengefaßt. So konnte auch der Anteil der Fehlerkategorien an der Gesamtfehlerzahl ermittelt werden. „Hör- und Flüchtigkeitsfehler sowie Fehler in der Zeichensetzung wurden nicht berücksichtigt (JÄGER, Handbuch, 1974, S. 6; vgl. auch DAMM et al., 1965).

Nach weiteren Erhebungen aus Diktat- und Aufsatzheften von Schülern sowie aufgrund von Beispielen aus Rechtschreibbüchern wurde die Liste häufig falsch geschriebener Wörter ergänzt. Die Gesamtheit dieser kritischen Wörter stellte das Ausgangsmaterial dar. So wurden ca. 120 kritische Wörter proportional zu ihrer o. g. Verteilung auf die Fehlerkategorien ausgewählt und durch einen frei erfundenen Text in einen sinnvollen Zusammenhang gebracht. Die so gewonnenen Erprobungsformen wurden in Analysestichproben bearbeitet. Durch eine Aufgabenanalyse wurden der Schwierigkeitsgrad und die Trennschärfe aller kritischen Wörter festgestellt. Kritische Wörter mit sehr geringem oder sehr hohem Schwierigkeitsgrad sowie Wörter mit einer Trennschärfe unter +0,20 wurden eliminiert. Beibehalten wurden Wörter mit einer Trennschärfe von mindestens r_{it} = +0,30 und einem Schwierigkeitsgrad zwischen 20% und 90%. Nach dem Ausscheiden weniger geeigneter Wörter und der Kürzung und stilistischen Glättung der Diktattexte erhielt man die vorliegenden Endformen C, D und E. Bis auf zwei Ausnahmen sind diese Formen unabhängige Stichproben der Rechtschreibungskenntnisse, da sie jeweils andere kritische Wörter enthalten.

5. Durchführung

5.1 Alter: Ab 13 Jahren einsetzbar.

5.2 Formen: Die drei Formen des R-T sind jeweils aus ökonomischen Gründen als Gruppentests gedacht. Die Gruppenlisten bieten Platz für die Ergebnisse von jeweils 50 Pbn.

5.3 Handhabung: Für den VI stehen ausführliche Instruktionen zu Verfügung, die genau beachtet werden sollen. Auch die Pbn erhalten genaue Anweisungen und Beispiele. Sie haben auch die Möglichkeit, bei Unklarheiten nachzufragen. Der VI, der sich vorher mit dem Text vertraut gemacht hat und ihn mehrfach alleine gelesen hat, beginnt den Lückentext langsam Satz für Satz vorzulesen. An der Stelle, in der im Testbogen die Lücken sind, werden diese nun durch die Pbn ergänzt. Bei der Diktatform E „Der Nichtraucher" wird der Text zunächst ganz vorgelesen und dann wie bei den anderen Formen weiterverfahren. Nach Beendigung des Diktats sind die Bogen sofort abzugeben.

5.4 Zeit: Die Durchführungszeit wird für die Form C und D mit 20–25 Minuten, für die länger Form E mit 25–30 Minuten angegeben.

6. Auswertung

6.1 Modus: Die von den Pbn geschriebenen Wörter im Testbogen werden mit den Wörtern im Diktattext und in der Auswertungsanweisung des zugehörigen Beiheftes verglichen. Jeder Fehler (diese sind genau definiert und im Beiheft aufgeführt) ist zu unterstreichen und am Textrand zu markieren. Durch Summation erhält man den Rohwert (Gesamtzahl der Fehler). Die Rohwerte werden mit Hilfe der Normtabellen in Standardwerte umgewandelt, ebenso erfolgt die Ermittlung der Prozentränge. Die erhobenen Daten werden auf der ersten Seite des Testbogens eingetragen. Die Gruppenliste dient der übersichtlichen Darstellung von Gruppenleistungen. Die Auswertung ist durch einen zweiten Auswerter zu kontrollieren.

6.2 Zeit: Es werden im Handbuch keine Angaben gemacht, die Auswertungszeit wird aber über der Durchführungszeit liegen, da jeder Test von zwei Auswertern zu bearbeiten ist.

7. Gütekriterien

7.1 Objektivität: Testleitereffekte sind bei der Durchführung möglich (Schnelligkeit des Vorlesens, Aussprache). Die Durchführungsobjektivität ist dadurch eingeschränkt.
Auswertungsobjektivität ist gegeben.

7.2 Reliabilität: Innere Konsistenz wurde nach Kuder-Richardson erhoben. Für die Diktatform C ergibt sich ein $r_{tt} = 0{,}95$ und für die Diktatform E ergibt sich $r_{tt} = 0{,}96$.
Split-Half-Reliabilität: Nach Korrelation der Testhälften und Korrektur nach Spearman-Brown ergab sich für C $r_{tt} = 0{,}94$, für D $r_{tt} = 0{,}88$. Für die Form E stehen Berechnungen noch aus. Der längere Diktattext läßt aber eine höhere Halbierungszuverlässigkeit vermuten.
Retest-Methode: Es ergaben sich nach 6 Monaten Werte von $r_{tt} = 0{,}76$ (Form D) und $r_{tt} = 0{,}88$ (Form E). Nach 7–18 Monaten ergab sich für die Form E ein $r_{tt} = 0{,}85$.

7.3 Validität:

Logische und inhaltliche Validität:

Sie ist gegeben und zeigt sich in den Interkorrelationen zwischen den drei (weitestgehend unabhängigen) Diktatformen.

C und D : r_{tt} = 0,86

D und E : r_{tt} = 0,91

Kriteriumsbezogene Validität:

Verschiedene Validitätsmaße wurden erhoben.

Zwischen Diktatform E und dem Erfolg in der Verwaltungsgehilfenprüfung wurden befriedigende bis sehr gute Rangkorrelationen erzielt (Rho = 0,46 bis 0,90). Bezüglich der gegenwärtigen Deutschnote und den drei Diktatformen wurden sehr gute Korrelationen erreicht (C: r = 0,82; D: r = 0,83; E: r = 0,85).

Zwischen den Diktaten und der Abiturdeutschnote wurden geringe Korrelationen festgestellt (r = 0,02 bis 0,23).

Die Korrelation zwischen den Diktaten und der Selbsteinschätzung der Rechtschreibkenntnisse ist für die Gruppen Volksschüler, Mittelschüler, Oberschüler ohne Abitur, Abiturienten und Unterprimaner als befriedigend zu bezeichnen (r = 0,26 bis 0,50), wobei sich bei den Abiturienten und dem Diktat C eine inverse Korrelation von r = –0,27 ergab und bei den Unterprimanern und Diktat E eine sehr geringe Korrelation von r = 0,09.

7.4 Normen: Zur Diktatform C und D gibt es getrennte Normen für die Altersstufen 13–18 Jahre. Ab 19 Jahren wird nicht mehr differenziert.

Bei der Diktatform E existieren keine Normen für die Altersstufe 13 Jahre.

1.4.5

8. Literatur

DAMM, H., HYLLA, E. & SCHÄFER, K. (1965). *Rechtschreibtest RST 8+.* Weinheim: Beltz.

Test Grundanforderungen Rechtschreibung für die 1. und 2. Klasse (TGR 1/2)

D. Peh und P. Rathenow
Weinheim: Beltz, 1984

---

1. Testart Schultest

2. Testmaterial Handanweisung (DIN A4, 42 Seiten), Testdoppelbogen (DIN A4); *zusätzlich:* Bleistift, Radiergummi und Abdeckblatt (DIN A5).

3. Testgliederung Der TGR 1/2 bietet 22 inhaltlich unabhängige Sätze mit farbig markierter Lücke, in die jeweils ein „kritisches Wort" nach Diktat einzusetzen ist.

4. Grundkonzept Als Instrument zur Früherkennung von Rechtschreibschwierigkeiten soll der Test Grundlage zeitiger Förderung sein („Förderdiagnostik"). Er greift den sprachstatistischen Ansatz auf und wählt aus Fibeln und Umgangssprache von Kindern der entsprechenden Klassen Wörter hoher Geläufigkeit, deren Schreibweise lautgetreu ist. Konsonantenhäufung und Regelanwendung sind vermieden. Hauptwörter stehen am Testanfang und sind durch Sternchen gekennzeichnet. So ist Regelanwendung durch Instruktionsbeachtung ohne besondere Gedächtnisbelastung ersetzt. Das Konzept gilt als effizient, denn erfahrungsgemäß beginnen orthographische Schwierigkeiten älterer Pbn nicht selten auf diesem Niveau („überdauernde Anfangsschwierigkeiten"). Der Test bietet sich für Schule, Beratungseinrichtungen oder Forschung an. Durch Itemanalysen wurde der Gefahr trivialer Diagnostik vorgebeugt. Systematische Fehleranalyse bietet der Test wegen der in Konsequenz des Konzepts eingeschränkten Möglichkeiten nicht.

5. Durchführung **5.1 Alter–Klasse:** Der TGR 1/2 kann während eines längeren Zeitraums vor oder nach dem Wechsel in die 2. Klasse oder in deren Mitte durchgeführt werden.

5.2 Formen: Der Gruppen- und Individualtest hat keine Parallelform.

5.3 Handhabung: Die Durchführungsbestimmungen sind klar. Einführung und Instruktion werden wörtlich vorgelesen und sind im Handbuch durch Randbalken hervorgehoben. – Auf der Titelseite des Testbogens werden die Angaben zur Person eingetragen und 3 Aufgabenbeispiele geübt. Der Test belegt die Innenseiten.

Diktierschema: Satznummer, kritisches Wort, Satz und noch einmal kritisches Wort. Die Diktierweise soll umgangssprachlich sein, und Zeitdruck darf nicht ausgeübt werden. Nach Diktatende wird keine Gelegenheit zur Überprüfung des Geschriebenen mehr gegeben. Ankündigung des Tests und vorausgehende Übung sollen vermieden werden.

5.4 Zeit: Der Test kann normal in 1 Schulstunde durchgeführt werden. Er läßt sich auf 2 Schulstunden oder Tage aufteilen.

6. Auswertung

6.1 Modus: Das Handbuch nennt eindeutige Regeln, wann ein Wort als richtig oder falsch geschrieben gilt. Die Anzahl der richtig geschriebenen Wörter bildet den Rohwert. Die Rückseite des Testbogens bietet außer Feldern für die erreichten Werte eine PR-Normen-Tabelle für die drei Abnahmezeiträume. Das Handbuch nennt T- und zusätzlich für Kinder von Ausländern gesonderte PR-Normen. Übertragungen der T-Werte in Testbogen oder Klassenliste ist nicht vorgesehen.
Die Bewertung einer Klassenleistung wird durch ein Formblatt (Kopiervorlage) und durch eine Bewertungstabelle erleichtert. Beispiele demonstrieren, wie sich die Möglichkeiten der Fördergruppenbildung darstellen und wie sie genutzt werden können. Mit Interpretation und Interventionsplanung im Einzelfall machen 4 ausführlich erläuterte Beispiele vertraut.
Das Handbuch enthält außerdem eine umfangreiche Besprechung einer Reihe von Lernmaterialien.

6.2 Zeit: Keine Angaben zur einfachen Testauswertung. Zusätzliche Absicherung von Befunden und resultierende Förderungsplanung dürften gelegentlich zeitaufwendig sein.

7. Gütekriterien

7.1 Objektivität: Scheint für Durchführung und einfache Auswertung gesichert.

7.2 Reliabilität: Der Test enthält 7 Items geringer, 11 mittlerer und 6 größerer Schwierigkeit. Alle Items haben für das Ende der 1. Klasse mittlere Trennschärfe. Die Zuverlässigkeit wurde hier mit der Split-Half-Methode geprüft und über die Spearman-Brown-Korrektur zu $r_{tt} = 0{,}89$ berechnet. Mitte der 2. Klasse differenziert der Test nur noch im unteren Skalenbereich.

7.3 Validität: Der Test beansprucht logische Validität. Faktoren wie Geschlecht, Heimatland der Eltern, Bundesland, Klassengröße, Testdauer und Art der Fibel wurden auf ihren Einfluß geprüft (Mittelwertvergleich) und können ebenso wie die Änderung der Maßzahlkenndaten über die drei Referenzstichproben als Kriterien herangezogen werden.

7.4 Normen: Für jeden der drei Abnahmezeiträume wurde eine Eichstichprobe gezogen (N = 1577 bis N = 1783). Da nicht alle Bundesländer erfaßt sind und wichtige Quotierungsaspekte ungenannt bleiben, kann keine Repräsentativität unterstellt werden. In die Eichstichprobe gingen ganze Klassen ein, wobei das Manual nicht angibt, ob Wiederholungen vorliegen.
Zusätzlich zu PR- und T-Normierung werden die Kennwerte für die Referenzgruppen einschließlich Meßfehler, Schiefe und Exzess mitgeteilt.

Weingartener Grundwortschatz Rechtschreib-Test für erste und zweite Klassen (WRT 1+)

P. Birkel

Göttingen: Hogrefe, 1995

---

1. Testart Schultest

2. Testmaterial Handanweisung, Testheft Form A und Form B (Schreibschrift), Testheft Form A und Form B (Druckschrift), Klassenliste, Lösungsschlüssel Form A und Form B; *zusätzlich:* Schreibgerät.

3. Testgliederung Der WRT 1+ überprüft in Form von Lückentext-Diktaten die Rechtschreibfähigkeit der Schüler der ersten und zweiten Grundschulklasse. Es liegen zwei, jeweils 25 Items umfassende, Parallelformen in Druckschrift und in Schreibschrift vor. Die Items der Form A sind in die jahreszeitlich bezogene Geschichte „Sommertag", die der Form B in die Geschichte „Wintertag" gekleidet.

4. Grundkonzept Zentrale Aufgabe des Rechtschreibunterrichts in der Grundschule ist die Vermittlung eines Rechtschreib-Grundwortschatzes. Die Suche nach einem solchen Rechtschreib-Grundwortschatz und die Frage, welcher Wortschatz als Rechtschreib-Grundwortschatz für alle Bundesländer gelten kann, spielte bei der Konzeption des WRT 1+ eine große Rolle. Die Handanweisung informiert ausführlich über die Entwicklung zweier Vorformen des WRT 1+ (Schuljahr 1984/85 und Schuljahr 1986/87), über die Itemanalysen der Vorformen und den Aufbau der parallelen Testendformen.

Der WRT 1+ kann u. a. darüber Auskunft geben, inwieweit die Schüler einer Klasse, Gruppe oder einzelne Schüler, den für den Anfang der zweiten Klasse typischen Wortschatz auch in der Rechtschreibung beherrschen, welche individuellen, gruppen- oder klassenspezifischen Rechtschreibschwierigkeiten am Ende der ersten oder in der zweiten Klasse vorliegen, welchen Lernfortschritt einzelne Schüler verzeichnen und für welche Schüler die Teilnahme an besonderen Fördermaßnahmen in Frage kommt.

5. Durchführung **5.1 Alter–Klasse:** Am Ende der ersten (30. bis 40. Unterrichtswoche), zu Beginn (2. bis 14. Unterrichtswoche) oder in der Mitte (15. bis 27. Unterrichtswoche) der zweiten Grundschulklasse.

5.2 Formen: Der WRT 1+ kann als Einzel- oder Gruppentest durchgeführt werden.

5.3 Handhabung: Die Schüler erhalten jeweils ein Testheft und entsprechende Schreibutensilien. Das Vorgehen beim Lückendiktat wird anhand von drei Übungsbeispielen erläutert. Beim Vorlesen des eigentlichen Diktates ist ein bestimmtes Diktierschema (S. 12 in der Handanweisung) zu beachten.

5.4 Zeit: Die Bearbeitungszeit liegt bei maximal 45 Minuten.

6. Auswertung

6.1 Modus: Zur Auswertung der Lückentextdiktate liegt für jede Testform ein Lösungsschlüssel vor. Die Anzahl der falsch geschriebenen Wörter wird aufaddiert und von der Gesamtzahl der zu schreibenden Wörter abgezogen. Der so ermittelte Rohwert kann in Prozentrang-Werte, T-Werte und Noten transformiert werden.

6.2 Zeit: keine Angaben

7. Gütekriterien

7.1 Objektivität: Durchführung, Auswertung und Interpretation können als objektiv bezeichnet werden.

7.2 Reliabilität: Die Split-half-Reliabilität für beide Testformen entspricht r = 0,91, der Konsistenzkoeffizient für beide Testformen r = 0,92. Die Paralleltest-Reliabilität liegt für beide Testformen Ende der ersten Klasse bei r = 0,89, Anfang der zweiten Klasse bei r = 0,90 und Mitte der zweiten Klasse bei r = 0,87. Die Retest-Reliabilitäten für beide Testformen streuen im Bereich zwischen r = 0,67 und r = 0,81.

7.3. Validität: Die Übereinstimmungsvaliditäten zweier Testvorformen des WRT 1+ (1985, 1987) mit Deutschnoten variieren für Form A zwischen r = 0,67 und r = 0,77, für Form B zwischen r = 0,64 und r = 0,67. Die Übereinstimmungskoeffizienten der Endformen mit Lehrereinschätzungen streuen zwischen r = 0,63 und r = 0,80, mit dem DRT 1 zwischen r = 0,80 und r = 0,82, mit dem TGR ½ bei r = 0,77, mit dem RST bei r = 0,76.

7.4. Normen: Es existieren Normen getrennt nach Testzeitpunkt (Ende der 1. Klasse: N = 2486, Anfang der 2. Klasse: N = 1657 und Mitte der 2. Klasse: N = 2205) und getrennt nach Testform A und B. Außerdem werden für die drei Testzeitpunkte Normwerte für Kinder mit anderer Muttersprache angegeben. Die Normierungsdaten werden jeweils als Prozentrang, Prozentrang-Band, T-Wert, T-Wert-Band und Note angegeben.

Weingartener Grundwortschatz Rechtschreib-Test für zweite und dritte Klassen (WRT 2+)

P. Birkel
Göttingen: Hogrefe, 1994

---

1. Testart Schultest

2. Testmaterial Handanweisung, Testheft Form A und Form B, Klassenliste, Lösungsschlüssel Form A und Form B; *zusätzlich:* Schreibutensilien.

3. Testgliederung Der WRT 2+ überprüft in Form von Lückentext-Diktaten die Rechtschreibfähigkeit der Schüler der zweiten und dritten Grundschulklasse. Es liegen zwei, jeweils 43 Items umfassende, Parallelformen vor. Die Items der beiden Parallelformen wurden in jeweils vier voneinander relativ unabhängige Geschichten gekleidet.

4. Grundkonzept Zentrale Aufgabe des Rechtschreibunterrichts in der Grundschule ist die Vermittlung einer weitgehenden Sicherheit in der richtigen Schreibung einer möglichst großen Anzahl von Wörtern (Rechtschreib-Grundwortschatz). Die Suche nach einem solchen Rechtschreib-Grundwortschatz und die Frage, welcher Wortschatz als Rechtschreib-Grundwortschatz für alle Bundesländer gelten kann, spielte bei der Konzeption des WRT 2+ eine große Rolle. Die Handanweisung informiert ausführlich über die Entwicklung zweier Vorformen des WRT 2+ (Schuljahr 1985/86 und Schuljahr 1986/87), über die Itemanalysen der Vorformen und den Itemaufbau der parallelen Testendformen.

Der WRT 2+ kann u. a. darüber Auskunft geben, inwieweit die Schüler einer Klasse, Gruppe oder einzelne Schüler, den für diese Jahrgangsstufe typischen Wortschatz auch in der Rechtschreibung beherrschen, welche individuellen, gruppen- oder klassenspezifischen Rechtschreibschwierigkeiten am Ende der zweiten oder in der dritten Klasse vorliegen, für welche Schüler die Teilnahme an besonderen Fördermaßnahmen in Frage kommt, ob es sich bei einer Klasse oder einzelnen Schülern um, im Vergleich zur Eichstichprobe, überdurchschnittlich gute oder schlechte Schüler handelt und in welche Klasse Ausländerkinder oder Kinder von deutschstämmigen Übersiedlern eingeschult werden sollten, um angemessene Förderung im Unterricht erfahren zu können.

5. Durchführung **5.1 Alter–Klasse:** Am Ende der zweiten (30. bis 40. Unterrichtswoche), zu Beginn der dritten Grundschulkasse (2. bis 6. Unterrichtswoche) oder in der 7. bis 20. Unterrichtswoche des dritten Schuljahres.

5.2 Formen: Der WRT 2+ kann als Einzel- oder Gruppentest durchgeführt werden.

5.3 Handhabung: Die Schüler erhalten jeweils ein Testheft und entsprechende Schreibutensilien. Das Vorgehen beim Lückendiktat wird anhand von drei Übungsbeispielen erläutert. Beim Vorlesen des eigentlichen Diktates ist ein bestimmtes Diktierschema (S. 12 in der Handanweisung) zu beachten.

5.4 Zeit: Die Bearbeitungszeit liegt bei maximal 45 Minuten.

6. Auswertung

6.1 Modus: Zur Auswertung der Lückentextdiktate liegt für jede Testform ein Lösungsschlüssel vor. Die Anzahl der falsch geschriebenen Wörter wird aufaddiert und von der Gesamtzahl der zu schreibenden Wörter abgezogen. Der so ermittelte Rohwert kann in Prozentrang-Werte, T-Werte und Noten transformiert werden.

6.2 Zeit: keine Angaben

7. Gütekriterien

7.1 Objektivität: Durchführung, Auswertung und Interpretation können als objektiv bezeichnet werden.

7.2 Reliabilität: Die Split-half-Reliabilität liegt für die Testform A bei r = 0,94, für die Testform B bei r = 0,93, der Konsistenzkoeffizient erreicht für beide Testformen r = 0,94. Die Paralleltest-Reliabilität ergibt für beide Testformen Ende der zweiten Klasse r = 0,93 und Anfang der dritten Klasse r = 0,95. Die Retest-Reliabilität (Intervall: 9 und 15 Wochen) liegt für beide Testformen bei r = 0,88.

7.3 Validität: Die Übereinstimmungsvaliditäten zweier Testvorformen des WRT 2+ (1986, 1987) mit Deutschnoten liegen für Form A zwischen r = 0,52 und r = 0,68, für Form B zwischen r = 0,69 und r = 0,77, mit dem DRT 2 für die Form A bei r = 0,84 und für die Form B bei r = 0,86. Die Übereinstimmungskoeffizienten der Endformen mit Deutschnoten streuen zwischen r = 0,65 und r = 0,67, mit den Mittelwerten aus den letzten drei bis vier Diktaten für Form A zwischen r = 0,67 und r = 0,69, für die Form B zwischen r = 0,69 und r = 0,66.

7.4 Normen: Es existieren Normen getrennt nach Testzeitpunkt (Ende der 2. Klasse: N = 6690, Anfang der 3. Klasse: N = 904 und 7. bis 20. Schulwoche der 3. Klasse: N = 1289). Außerdem werden für die drei Testzeitpunkte Normwerte für Kinder mit anderer Muttersprache angegeben. Die Normierungsdaten werden jeweils als Prozentrang, Prozentrang-Band, T-Wert, T-Wert-Band und Note angegeben.

Weingartener Grundwortschatz Rechtschreib-Test für dritte und vierte Klassen (WRT 3+)

P. BIRKEL

Göttingen: Hogrefe, 1994

---

1. Testart

Schultest

2. Testmaterial

Handanweisung, Testheft Form A und Form B (Langform), Testheft Form A und Form B (Kurzform), Klassenliste, Lösungsschlüssel Form A und Form B (Langform), Lösungsschlüssel Form A und Form B (Kurzform); *zusätzlich:* Schreibutensilien.

3. Testgliederung

Der WRT 3+ überprüft in Form von Lückentext-Diktaten die Rechtschreibfähigkeit der Schüler der dritten und vierten Grundschulklasse. Der WRT 3+ liegt in einer 55 Items umfassenden Langform und einer 16 Items umfassenden Kurzform mit entsprechenden Paralleltests vor.

4. Grundkonzept

Zentrale Aufgabe des Rechtschreibunterrichts in der Grundschule ist die Vermittlung einer weitgehenden Sicherheit in der richtigen Rechtschreibung einer möglichst großen Anzahl von Wörtern (Rechtschreib-Grundwortschatz). Die Suche nach einem solchen Rechtschreib-Grundwortschatz und die Frage, welcher Wortschatz als Rechtschreib-Grundwortschatz für alle Bundesländer gelten kann, spielte bei der Konzeption des WRT 3+ eine große Rolle. Die Handanweisung informiert ausführlich über die Entwicklung zweier Vorformen des WRT 3+ (Schuljahr 1985/86 und Schuljahr 1986/87), über die Itemanalysen der Vorformen und den Itemaufbau der parallelen Testendformen.

Der WRT 3+ kann u. a. darüber Auskunft geben, inwieweit die Schüler einer Klasse, Gruppe oder einzelne Schüler den für diese Jahrgangsstufe typischen Wortschatz auch in der Rechtschreibung beherrschen, welche individuellen, gruppen- oder klassenspezifischen Rechtschreibschwierigkeiten vorliegen, ob es übereinstimmende Schwierigkeiten gibt, auf die im Unterricht für die ganze Klasse eingegangen werden muß, für welche Schüler die Teilnahme an einem Rechtschreibförderunterricht in Frage kommt, ob sich in Zusammenschau mit anderen Testergebnissen die Diagnose einer Legasthenie erhärten läßt, ob die Schüler der dritten Klasse auch in einem vom Lehrer und von häuslichem Training unabhängigen Test die nötige Rechtschreibsicherheit zeigen, die im Zusammenhang mit der Versetzung in die vierte Klasse von den Schülern gefordert werden muß.

5. Durchführung

5.1 Alter–Klasse: Am Ende der dritten (30. bis 40. Unterrichtswoche) oder zu Beginn der vierten Grundschulkasse (2. bis 12. Unterrichtswoche).

5.2 Formen: Der WRT 3+ kann als Einzel- oder Gruppentest durchgeführt werden.

5.3 Handhabung: Die Schüler erhalten jeweils ein Testheft und entsprechendes Schreibzeug. Das Vorgehen beim Lückendiktat wird anhand von drei Übungsbeispielen erläutert. Beim Vorlesen des eigentlichen Diktates ist ein bestimmtes Diktierschema (S. 12 in der Handanweisung) zu beachten.

5.4 Zeit: Die Bearbeitungszeit der Langform liegt bei maximal 45 Minuten, die der Kurzform bei etwa 15 bis 20 Minuten.

6. Auswertung

6.1 Modus: Zur Auswertung der Lückentextdiktate liegt für jede Testform (A und B, Kurz- und Langform) ein Lösungsschlüssel vor. Die Anzahl der falsch geschriebenen Wörter wird aufaddiert und von der Gesamtzahl der zu schreibenden Wörter abgezogen. Der so ermittelte Rohwert kann in Prozentrang-Werte, T-Werte und Noten transformiert werden.

6.2 Zeit: keine Angaben

7. Gütekriterien

7.1 Objektivität: Durchführung, Auswertung und Interpretation können als objektiv bezeichnet werden.

7.2 Reliabilität: Die Split-half-Reliabilität erreicht für die Testlangform A r = 0,96, für die Testlangform B r = 0,93, die Konsistenzkoeffizienten ergeben für die Testlangformen A und B r = 0,95, für die Testkurzform A r = 85 und für B r = 0,84. Die Paralleltest-Reliabilität erbringt für die Testlangformen r = 0,91 und für die Testkurzformen r = 0,82.

7.3 Validität: Die Übereinstimmungskoeffizienten der Testlangformen mit der letzten Deutschnote liegen für A bei r = 0,65 und für B bei r = 0,61, mit Diktatmittelwerten für Form A bei r = 0,74 und für B bei r = 0,72. Die Übereinstimmungskoeffizienten der Testkurzformen mit der letzten Deutschnote erreichen für A r = 0,56 und für B r = 0,53, mit Diktatmittelwerten für Form A und Form B r = 0,65.

7.4 Normen: Es existieren Normen getrennt nach Lang- (N = 5502) und Kurzform (N = 4953). Außerdem werden für die Kurz- und Langformen Normwerte für Kinder mit anderer Muttersprache angegeben. Die Normierungsdaten werden jeweils als Prozentrang, Prozentrang-Band, T-Wert, T-Wert-Band und Schulnote angegeben.

Westermann Rechtschreibtest 4/5 (WRT 4/5)

P. RATHENOW

Braunschweig: Westermann, 1980²

---

1. Testart

Schultest, Rechtschreibtest

2. Testmaterial

Handanweisung (DIN A4, 41 Seiten), Testheft A, Testheft B, Klassenliste (Kopiervorlage); *zusätzlich:* zwei Bleistifte Nr. 2 oder HB, ein Radiergummi und ein leeres DIN A4-Blatt zum Abdecken.

3. Testgliederung

Der Test besteht aus 34 Sätzen, in denen Satzlücken gelassen wurden, in die die Schüler die „kritischen" Wörter nach dem in der Instruktion festgelegten Diktierschema eintragen müssen.

4. Grundkonzept

Der Test erfaßt Stärken und Schwächen in der Rechtschreibleistung automatisierter Wortbilder von Schülern. Sein Ergebnis liefert Ansatzpunkte für Fördermaßnahmen und Betreuung rechtschreibschwacher Kinder.

5. Durchführung

5.1 Alter–Klasse: Mitte der 4. Klasse bis Anfang 5. Klasse.

5.2 Formen: Es existieren die Parallelformen A und B, wobei jedoch bei jeder Untersuchung immer nur eine der beiden Formen gewählt werden kann, da ja diktiert wird.

5.3 Handhabung: Nach Austeilen der Testhefte entweder der Form A oder der Form B (an alle Schüler die gleiche Form), liest der Testleiter die vorgegebenen Instruktionen und die Übungsbeispiele wörtlich vor. Nach dem vorgegebenen Diktierschema diktiert der Testleiter dann alle kritischen Wörter. Besteht die Gefahr, daß Schüler abschreiben könnten, empfiehlt es sich, entweder die Klasse zu teilen oder die Kinder zur Verwendung der Abdeckblätter zu veranlassen.

5.4 Zeit: Keine Zeitbegrenzung, zwischen 35 und 40 Minuten Durchführungsdauer.

6. Auswertung

6.1 Modus: Jedes vollständig richtig geschriebene Wort zählt als ein Rohpunkt; die Summe aller Rohpunkte ergibt den Rohwert, der mit Hilfe von Tabellen in Normwerte (Prozentränge und T-Wert-Normen) umgewandelt werden kann. Die Ergebnisse eines jeden Schülers können dann auf einer Klassenliste zusammengefaßt werden.

6.2 Zeit: Keine Angaben.

7. Gütekriterien

7.1 Objektivität: Unterschiede im Tempo und der Artikulation beim Diktieren könnten die Durchführungsobjektivität einschränken, die Auswertung dagegen ist objektiv.

7.2 Reliabilität:

Item-Analyse

Schwierigkeitsindizes:	Mitte der 4. Klasse zwischen 0,78 und 0,10, Ende der 4. Klasse zwischen 0,80 und 0,16, Anfang der 5. Klasse zwischen 0,86 und 0,29.

Trennschärfenkoeffizienten:	Fast alle > 0,5.
Paralleltestreliabilität zwischen Form A und Form B:	r = 0,94.
Split-Half-Reliabilität (Spearman-Brown):	r = 0,93.

Meßfehler: Je nach Klassenstufe und Schulform zwischen1,9 und 3,0.

7.3 Validität:

Korrelation zwischen WRT 4/5 und DRT 3:	r = 0,95,
Korrelation zwischen WRT 4/5 und DRT 4–5:	r = 0,90
Korrelation zwischen WRT 4/5 und drei Diktaten:	r = 0,93.

7.4 Normen: Es existieren Normentabellen für die einzelnen Klassenstufen Mitte der 4. Klasse Grundschule, Ende der 4. Klasse Grundschule, Anfang der 5. Klasse für alle Schularten, Anfang der 5. Klasse Hauptschule, Anfang der 5. Klasse Gesamtschule, Realschule und Gymnasium, mit deren Hilfe die Rohwerte in Prozentränge, T-Werte und ein T-Wert-Band umgewandelt werden können.

Westermann Rechtschreibtest 6+ (WRT 6+)

P. Rathenow, D. Laupenmühlen und J. Vöge
Braunschweig: Westermann, 1981

---

1. Testart Schultest, Rechtschreibtest

2. Testmaterial Handanweisung (30 Seiten), 1 Testheft; *zusätzlich:* Schreibstift, Radiergummi, DIN A4-Blatt zum Abdecken.

3. Testgliederung Der WRT 6+ besteht aus einer Liste mit 40 „kritischen" Wörtern, die den Pbn im Satzzusammenhang diktiert werden.

4. Grundkonzept Der WRT 6+ ist ein Test zur verläßlichen Erfassung der Rechtschreibfertigkeit von Schülern an den Übergängen der Klassen 5/6 (alle Schulformen), 6/7 (alle Schulformen) sowie 7/8 (nur Hauptschule). Er überprüft rasch, objektiv und zuverlässig die Rechtschreibfertigkeit und schließt damit auch eine diagnostische Lücke in einem Bereich, in dem Lehrer, Eltern und Schüler Orientierungshilfen benötigen. Die Ergebnisse des WRT 6+ geben u. a. dem Lehrer die Möglichkeit, den Leistungsstand der Klasse an einer repräsentativen Stichprobe zu prüfen, Hilfen bei der Einstufung von Schülern (Förderunterricht), Rückmeldungen, um Übungserfolge oder den individuellen Förderbedarf von Schülern (z. B. Lese-Rechtschreib-Schwäche) zu beurteilen.

5. Durchführung

5.1 Alter: 5. bis 7. Klasse (ca. 11–13 Jahre).

5.2 Formen: Der WRT 6+ kann zur Überprüfung von ganzen Klassen, ausgewählten Schülergruppen oder auch als Individualtest durchgeführt werden.

5.3 Handhabung: Nach der Instruktion (Handanweisung, S. 6) werden die Testbogen ausgeteilt und die Personalien eingetragen. Die Testdurchführung wird den Schülern anhand zweier Beispielssätze erläutert. Zur Durchführung werden die Testbogen sowie Schreibgerät ausgegeben. Das Durchführungsschema des WRT 6+ ist wie folgt vorgegeben:

1. Satznummer diktieren;
2. das kritische Wort diktieren;
3. den Satz mit dem kritischen Wort diktieren und
4. das kritische Wort noch einmal.

Dabei ist darauf zu achten, daß die Schüler nicht voneinander abschreiben können.

5.4 Zeit: Die Durchführungszeit beträgt ca. 30 Minuten.

6. Auswertung

6.1 Modus: Es ist eine sog. Blitzauswertung möglich, bei der die entsprechenden T-Werte von einer Tabelle, die sich auf der Rückseite der Testbogen befindet, abgelesen werden können.

6.2 Zeit: Keine Angaben.

7. Gütekriterien

7.1 Objektivität: Die Testkonstruktion sichert die Durchführungs-, Auswertungs- und Interpretationsobjektivität weitgehend.

7.2 Reliabilität: Zuverlässigkeitsuntersuchungen zum WRT 6+ haben im Rahmen verschiedener Konsistenzanalysen (nach Cronbach Alpha, Flanagan, Kristof und mit der Unterteilungsmethode) Werte zwischen r = 0,84 und r = 0,92 (Klasse 6) und r = 0,82 und r = 0,90 (Klasse 7) ergeben.

7.3 Validität: Der WRT 6+ besitzt inhaltliche Validität. Untersuchungen an großen Stichproben haben erwartungsgemäß einen Leistungsvorsprung von Mädchen gegenüber Jungen nachgewiesen. Die Autoren verzichten jedoch auf die Erstellung geschlechtsspezifischer Normentabellen, „weil die gegenwärtige Bewertungspraxis in der Schule eine unterschiedliche Bewertung einzelner Schülergruppen ausschließt“ (Handanweisung, S. 19).

7.4 Normen: Es liegen sowohl Gesamtnormen als auch schulbezogene Normen für Ende Klasse 5/Anfang Klasse 6, Ende Klasse 6/Anfang Klasse 7 und schulbezogene Normen (Hauptschule) für Ende Klasse 7/Anfang Klasse 8 vor. Die Eichstichprobe bestand aus N = 2219 Schülern verschiedener Bundesländer.

8. Literatur

ANGERMAIER, M. (1974). *Sprache und Konzentration bei Legasthenie.* Göttingen: Hogrefe.

RATHENOW, P. & RAATZ, U. (1973). *Rechtschreibtest für 1. Klassen (RST 1).* Weinheim: Beltz.

RATHENOW, P. (1979). *Westermann Rechtschreibtest für 4. und 5. Klassen (WRT 4/5).* Braunschweig: Westermann.

1. LEISTUNGSTESTS

1.4 Schultests

1.4.6 Mathematik- und Rechentests

● = ja
O = teilweise
❍ = nein
k.A.= keine Angaben

Testname	Autor(en)	Seite	Durchführung				Auswertung			Gütekriterien				Alter
			Gruppentest	Parallelform	Zeitangabe netto (Min.)	Zeitangabe brutto (Min.)	Schabl./Schlüss.	maschinell	Zeitangabe (Min.)	Objektivität	Reliabilität	emp. Validität	Normen	(Jahre oder Schuljahre (J/Sj))
Berufsbezogener Rechentest (BRT)	Balser u.a.	399	●	❍	84/35	100/40	●	❍	15/10	●	●	❍	●	8.–10. Sj
Bruch- und Dezimalrechentest 6 (BDT 6)	Haenisch u.a.	402	●	●	60		❍	❍		●	●	●	●	6. Sj
Mathematiktest für Abiturienten und Studienanfänger (MTAS)	Lienert u.a.	404	●	●		60	●	❍	10	●	●	●	●	18–25 J
Mengenfolgen-Test (MFT)	Guthke	406	❍	❍		20	❍	❍		●	●	●	●	1. Sj

Berufsbezogener Rechentest (BRT)

H. Balser, O. Ringsdorf und A. Traxler

Weinheim: Beltz, 1985
Beiheft von H. Balser und O. Ringsdorf. Weinheim: Beltz, 1986

1. Testart Schultest

2. Testmaterial Handanweisung (DIN A4, 25 Seiten), Testheft I und II (keine Parallelform) sowie Kurzform; *zusätzlich:* Schreibgerät und Stoppuhr.

3. Testgliederung Es handelt sich um ein aus 8 Subtests zusammengesetztes mehrdimensionales Verfahren:

Dezimalbrüche	(9 Items)	Teil I (Testheft I)
Maße	(5 Items)	
Algebra	(8 Items)	
Geometrie	(6 Items)	
Grundrechenarten	(10 Items)	Teil II (Testheft II)
Gewöhnliche Brüche	(10 Items)	
Prozentrechnen	(9 Items)	
Schlußrechnen	(5 Items)	

Die Kurzform des BRT umfaßt 16 Aufgaben aus dem Gesamttest, wobei jeder Subtest durch 2 Items repräsentiert wird.

4. Grundkonzept Die Aufgaben des BRT wurden von Mathematikern zusammengestellt, unter Berücksichtigung zum einen der Anforderungen verschiedener Berufsfelder, zum anderen der schulischen Rahmenpläne im Fach Mathematik. Ein Vorläufer des BRT existiert nicht, es wurden lediglich bestehende, jedoch nicht näher definierte Testverfahren aus dem Bereich Mathematik einbezogen.

Basis zur Konstruktion des Tests war der Wunsch, die „Ausgangslage eines Schülers im Lernbereich Mathematik bezogen auf die Anforderung von beruflichen Schulen und Ausbildungsbetrieben" (S. 4) zu erfassen. Der Test soll somit dem Schüler selbst gezielt Lücken aufdecken und Ansätze für Übungsmöglichkeiten bieten.

5. Durchführung **5.1 Alter:** Der Test wurde für die Schulstufen 8, 9 und 10 an Haupt-, Realschulen und Gymnasien, für Berufsschüler und Auszubildende in Betrieben konstruiert. (Die Vergleichsnormen beziehen sich jedoch nur auf das erste Quartal des 9. Schuljahres, sind aber getrennt nach A-, B- und C-Kursen bzw. den entsprechenden Schulzweigen aufgeschlüsselt.)

5.2 Formen: Der BRT läßt sich als Gruppen- oder Einzeltest durchführen. Parallelformen existieren nicht.

5.3 Handhabung: Genaue Hinweise zur Testdurchführung sind vorhanden (z. B. zeitlicher Ablauf jeweils für die Lang- oder Kurzform des Tests). Die Instruktionen sind vom Testleiter vorzulesen. Während der Testung obliegt ihm lediglich die Aufgabe, die Zeitvorgaben einzuhalten, Anweisungen zu geben, damit die Probanden zum nächsten Subtest übergehen, und – im Falle einer Gruppentestung – die Schüler im Auge zu behalten, die die Subtests bereits beendet haben, da sie diese Zeit nicht zur Lösung anderer Aufgaben verwenden dürfen. Die Autoren empfehlen, für diese Gruppe Zusatzaufgaben vorzubereiten.

5.4 Zeit: Die reine Testzeit der Langform des BRT beträgt 84 Minuten, wobei nach Teil I (nach 42 Minuten) eine Pause von 5 Minuten vorgeschrieben ist. Zusammen mit der Testinstruktion sind für die Durchführung ca. 95 bis 100 Minuten zu veranschlagen.
Für die Kurzform sind als reine Arbeitszeit 35 Minuten vorgesehen. Die Testzeit insgesamt beträgt für diese ca. 40 Minuten.

6. Auswertung

6.1 Modus: Sowohl für die Lang- als auch für die Kurzform liegen Lösungsschlüssel vor. Die Rohwerte lassen sich somit schnell ermitteln. Mit welchen Tabellen der Rohwert in Prozentränge oder in T-Werte überführt werden kann, wird übersichtlich dargestellt.

6.2 Zeit: Für die Langform beträgt die Auswertung ca. 10–15 Minuten, für die Kurzform 5–10 Minuten.

7. Gütekriterien

7.1 Objektivität: Durchführungsobjektivität ist gegeben, da eine standardisierte Instruktion vorliegt. Auswertungsobjektivität ist realisiert, da ein Lösungsschlüssel vorliegt, nach dem sich die „Falsch"-Antworten eindeutig bestimmen lassen. Es werden allerdings keine Angaben zur Interpretation der Testergebnisse gemacht.

7.2 Reliabilität: Die Split-Half-Reliabilität nach Spearman-Brown beträgt $r = 0{,}97$, nach Kuder-Richardson ist $r = 0{,}95$. Für die einzelnen Gruppen (A-, B- und C-Kurse) wurden sowohl für die Gesamtform als auch für die Subtests Reliabilitäten berechnet, wobei diese bei der Gruppe A höher ausfallen als bei der Gruppe C. Zu den Teilskalen muß angemerkt werden, daß die Reliabilitäten teilweise unter $r_{tt} = 0{,}70$ liegen (z. B. Subtest 3 (Algebra)).

7.3 Validität: Die Validität wird inhaltlich begründet. Und zwar wurden über eine Rasteranalyse Richtlinien zusammengestellt (z. B. Quadrat- und Kubikzahlen, Winkelfunktionen etc. im gewerblich-technischen Bereich), die sich auch im berufsbezogenen Rechentest widerspiegeln sollen. Empirische Kontrollen zur Gültigkeit des Tests fehlen.

7.4 Normen: Die Normen liegen in Form von Prozenträngen und T-Werten vor. Die Gesamtstichprobe für die Langform betrug N = 647, für die Teilstichproben: A (A-Kurs oder Gymnasium) N = 205, B (B-Kurs oder Realschule) N = 269, C (C-Kurs oder Hauptschule) N = 173. Die Gesamtstichprobe der Kurzform hatte einen Umfang von N = 590, die Teilstichproben gliedern sich folgendermaßen auf: A: N = 178, B: N = 138, C: N = 274.
Die Normen beziehen sich auf Schüler der 9. Klasse (1. Quartal) ausschließlich an Hessischen Schulen, sie sollen aber auch auf Schüler der 8., 9. und

10. Klassen aller Schulzweige und Auszubildende gleichermaßen angewandt werden. Einschränkungen bezüglich der Übertragbarkeit auf die Gesamtheit der Bundesrepublik Deutschland werden nicht getroffen. Auch Altersnormen werden nicht berücksichtigt.

8. Literatur

KLAUER, K. J. (1986). *Kriteriumsorientierte Tests.* Göttingen: Hogrefe.

Bruch- und Dezimalrechentest 6 (BDT 6)

H. HAENISCH und L. LUKESCH
Braunschweig: Westermann, 1981

---

1. Testart Schultest, Rechentest

2. Testmaterial Handanweisung (DIN A4, 41 Seiten), zwei „Testhefte“ (Doppeltbogen DIN A4) Form A und Form B; *zusätzlich:* Bleistifte, Radiergummi, Uhr (für Lehrer).

3. Testgliederung Der BDT gliedert sich in zwei Subtests mit folgenden elf Teilbereichen:

1. Addition und Subtraktion von Brüchen	(3 Aufgaben)
2. Multiplikation von Brüchen	(3 Aufgaben)
3. Division von Brüchen	(3 Aufgaben)
4. Klammer- und Kettenaufgaben mit Brüchen	(4 Aufgaben)
5. Gemischte Brüche	(5 Aufgaben)
6. Hauptnenner bilden	(3 Aufgaben)
7. Größenvergleich von Brüchen	(5 Aufgaben)
8. Addition von Dezimalzahlen	(3 Aufgaben)
9. Multiplikation von Dezimalzahlen	(3 Aufgaben)
10. Division von Dezimalzahlen	(3 Aufgaben)
11. Klammer- und Kettenaufgaben mit Dezimalzahlen	(2 Aufgaben).

4. Grundkonzept Konstruiert wurde der BDT 6 nach exemplarischen Analysen von Lehrplänen, Richtlinien und Unterrichtsempfehlungen der Bundesländer Hessen und Nordrhein-Westfalen (KLAGHOFER & KRÜGER-HAENISCH, 1979), wobei einzelne Teilbereiche des Tests geringfügig über die lehrplanmäßigen Anforderungen hinausgehen.

5. Durchführung **5.1 Alter–Klasse:** Gegen Ende des 6. Schuljahres.

5.2 Formen: Gruppentest, Form A und B als Paralleltests.

5.3 Handhabung: Der Lehrer hat relativ kurze Anweisungen vorzulesen und nach bestimmten Zeitabschnitten (15, 30, 40 und 50 Minuten) Hinweise darauf zu geben, wie weit die Schüler bis zu dem jeweiligen Zeitpunkt gekommen sein sollten. (Eine Zeitbegrenzung für die verschiedenen Teilbereiche wird nicht gegeben.)

5.4 Zeit: 60 Minuten ohne Instruktionen.

6. Auswertung **6.1 Modus:** Die Rohwerte werden mit Hilfe der Lösungsschlüssel (Seite 38 bis 41 der Handanweisung) ermittelt. Richtige Lösungen werden mit 2 Punkten, halbrichtige mit 1 Punkt bewertet. Die auf Seite 36 angekündigten Schablonen, die für beide Testformen angefertigt worden sind, „um die erreichten Rohpunkte pro Schüler möglichst rasch bestimmen zu können“, fehlen in der Testmappe. (Sie würden aber auch bei der hier praktizierten Auswertung von Konstruktionsantworten wenig nützlich sein.) Die Rohpunktsummen für den Bruchrechen- und Dezimalrechenteil und für den Gesamttest können in Normwerte umgewandelt werden.

6.2 Zeit: Keine Angaben.

7. Gütekriterien

7.1 Objektivität: Durchführungs- und Auswertungsobjektivität können als gesichert gelten.

7.2 Reliabilität: Der BDT 6 wurde mittels Testhalbierungsmethode (aufgewertet nach Spearman-Brown) und Homogenitätsanalyse nach Hoyt an zwei Stichproben (N = ?) geprüft. Für den Gesamttest liegen die Zuverlässigkeitskoeffizienten zwischen r = 0,92 und r = 0,96. Für den Subtest Bruchrechnen streuen die Reliabilitätskoeffizienten von r = 0,91 bis 0,94. Etwas geringer erweist sich die Zuverlässigkeit der Subtests Dezimalrechnen: r = 0,81 bis 0,91.

7.3 Validität: Das Verfahren kann inhaltliche und curriculare Validität (zumindest auf Makroebene) beanspruchen. Daneben wurden Aspekte der internen und externen Validität untersucht. Beispielsweise wurde der BDT 6 am Ende der 6. Schulstufe an vier verschiedenen Schulen mit den (umgepolten) Schulnoten in den Hauptfächern Mathematik, Deutsch und Englisch korreliert. Es zeigten sich relativ hohe, von Schule zu Schule unterschiedliche Zusammenhänge mit der Mathematiknote (r = 0,57 bis 0,70. Aber auch mit den Zensuren in Deutsch (r = 0,22 bis 0,57) und Englisch (r = 0,39 bis 0,61) korrelierte der Bruch- und Dezimalrechentest noch signifikant (N = 137 bis 316).
Korrelationen des BDT 6 mit einigen Schulleistungstests differierten von Schule zu Schule z. T. beträchtlich. Die Zusammenhänge mit dem MDA 6+ von L. MÜLLER reichten von r = 0,25 bis r = 0,52; Korrelationen mit dem VL 5–6 von ANGER et al. streuten von r = 0,16 bis 0,43, um nur zwei Beispiele herauszugreifen.
Ein ähnliches Bild ergab sich bei Korrelationen mit dem PSB von Horn. Die Gesamtleistungen beider Verfahren korrelierten zwischen r = 0,22 und 0,53. Etwas geringer, dafür aber einheitlicher, waren die Korrelationen zum CFT 2 von CATTELL und WEISS (r = 0,26 bis 0,29) und zum Test d2 von BRIKKENKAMP (r = 0,21 bis 0,32).

7.4 Normen: Individualnormen liegen vor für beide Formen (A und B) des Gesamttests und für die Subtests Bruchrechnen und Dezimalrechnen. Die Normentabellen enthalten Prozentrang-, T- und Stanine-Werte.
Zusätzliche Tabellen informieren über Zusammenhänge zwischen Bruchrechenleistung und einigen Determinationsvariablen (S. 26), über schulspezifische Ergebnisse mit dem BDT 6 und geben einen Anhaltspunkt für eine Grobklassifikation von Klassenergebnissen (S. 31).

8. Literatur

KLAGHOFER, R. & KRÜGER-HAENISCH, E. M. (1979). *Gesamtschule und dreigliedriges Schulsystem in Nordrhein-Westfalen. Schulleistungsvergleiche in Deutsch, Mathematik, Englisch und Physik* (S. 366–476). Paderborn: Schöningh.

Mathematiktest für Abiturienten und Studienanfänger (MTAS)

G. A. LIENERT und M. HOFER

Göttingen/Braunschweig: Hogrefe/Westermann, 1972

---

1. Testart Schultest (Spezieller Funktionsprüfungs- und Eignungstest)

2. Testmaterial Handanweisung, Testbogen mit Testanweisung, Auswertungsschablonen; *zusätzlich:* Schreibpapier, Schreibmaterial.

3. Testgliederung Der MTAS besteht aus den drei Untertests Algebra, Geometrie/analytische Geometrie und Funktionen. Die drei Untertests können auch getrennt benutzt werden. Der Untertest Algebra besteht aus 40 Items, Geometrie aus 27 und Funktionen aus 28 Items. Für jede Frage gibt es drei Antwortmöglichkeiten.

4. Grundkonzept Der MTAS kann bei der Studienberatung, Studienplanung und Hochschuldidaktik angewendet werden. Er soll Mathematikkenntnisse aus den Bereichen Algebra, Geometrie und Funktionen überprüfen. Der Test beruht auf der Grundlage der Lehrpläne für höhere Schulen. Er ist – wie der Name ausdrückt – für Abiturienten und Studienanfänger gedacht.
In fünf Vorformen wurden die Aufgaben nach mittlerer Schwierigkeit und höchster Trennschärfe ausgewählt und zum Test zusammengestellt. Die Aufgaben der Untertests haben im allgemeinen einen ansteigenden Schwierigkeitsgrad vom ersten bis zum letzten Item.

5. Durchführung **5.1 Alter:** Direkte Altersangaben werden nicht gemacht. Der Gruppe „Abiturienten und Studienanfänger" dürften hauptsächlich Personen im Alter von 18 bis 25 Jahren entsprechen.

5.2 Formen: Der MTAS kann als Einzel- und als Gruppentest durchgeführt werden. Den Test gibt es in der A- und in der B-Form. Die Aufgabenarten der beiden Formen entsprechen sich.

5.3 Handhabung: Der TI teilt die Testbogen aus, auf denen die Anweisungen stehen. Er fordert die Pbn auf, die Testanweisungen und die Beispiele zu lesen und die Personaldaten einzutragen. Er weist darauf hin, daß Nebenrechnungen auf dem Testbogen oder einem Zettel gemacht werden dürfen, sonst aber keine Hilfsmittel erlaubt sind. Wenn keine Rückfragen mehr gestellt werden, wird der Test begonnen.
Der Pb kreuzt die richtigen Antworten auf dem Testbogen an.

5.4 Zeit: 60 Minuten.

6. Auswertung **6.1 Modus:** Die entsprechenden Schablonen werden auf die Testbogen gelegt. Die Anzahl der richtigen Antworten wird für jeden der drei Untertests und den Gesamttest ausgezählt. Die Rohwerte werden anhand der Normentabellen in Standardwerte oder Prozentränge transformiert, und der Pb kann dann mit seiner Bezugsgruppe verglichen werden.

6.2 Zeit: Keine Angaben. In der Regel werden 5 bis 10 Minuten benötigt.

7. Gütekriterien

7.1 Objektivität: Die Objektivität des MTAS kann als gut bezeichnet werden, da durch den TI kaum Fehler in der Durchführung, Registrierung, Auswertung und Interpretation einfließen können.

7.2 Reliabilität: Bei einer Stichprobe von N = 200 Vpn ergab sich für den Gesamttest ein Zuverlässigkeitskoeffizient nach der Kuder-Richardson-Formel 8 von $r_{tt} = 0{,}91$. Geprüft wurde die innere Konsistenz. Für die einzelnen Untertests lag der Zuverlässigkeitskoeffizient etwas niedriger (Algebra $r_{tt} = 0{,}82$, Geometrie $r_{tt} = 0{,}76$, Funktionen $r_{tt} = 0{,}87$ bei Abiturienten; $r_{tt} = 0{,}75$, $r_{tt} = 0{,}82$, $r_{tt} = 0{,}87$ bei Psychologieanfängern).
Die Paralleltestzuverlässigkeit wurde an N = 66 Vpn überprüft. Der Zuverlässigkeitskoeffizient für den Gesamttest lag bei $r_{tt} = 0{,}91$, für die Untertests bei $r_{tt} = 0{,}75$, $r_{tt} = 0{,}82$ und $r_{tt} = 0{,}84$.

7.3 Validität: Es wurde die Korrelation des Gesamttestergebnisses mit der Abiturnote in Mathematik von 660 Studienanfängern berechnet ($r_{tc} = 0{,}33$). Werden die Studienanfänger nach Schultypen untergliedert, so korreliert das Gesamttestergebnis mit dem Besuch eines neusprachlichen Gymnasiums $r_{tc} = 0{,}38$, eines altsprachlichen Gymnasiums $r_{tc} = 0{,}42$ und eines mathematisch-naturwissenschaftlichen Gymnasiums $r_{tc} = 0{,}46$. Weiterhin wurden der Zusammenhang zwischen Studienfach (Mathematik/Psychologie) und Gesamttestergebnis (N = 122, $r_{tc} = 0{,}40$) und die Interkorrelationen der Untertests und des Gesamttests mit den Untertests (N = 1891) ermittelt.

7.4 Normen: Die Normen basieren auf den Daten von N = 1891 Pbn. 1181 Pbn sind Abiturienten, davon besuchten 747 Pbn ein neusprachliches oder ein Aufbaugymnasium, 96 ein altsprachliches und 243 ein mathematisch-naturwissenschaftliches Gymnasium. 710 Pbn sind Studienanfänger, die sich in der obigen Sequenz auf die Schultypen wie folgt verteilen: 323, 131, 162 Pbn. Außerdem wurden die Studienanfänger nach dem Zeitpunkt ihres Abiturs unterteilt: Das Abitur liegt bei 233 Pbn bis zu einem Jahr zurück, bei 151 Pbn 1 bis 2 Jahre und bei 295 Pbn 2 und mehr Jahre.
Normentabellen liegen getrennt nach Abiturienten und Studienanfängern vor. Sie sind nach Untertests gegliedert.

Mengenfolgen-Test (MFT)

J. GUTHKE

Berlin: Psychodiagnostisches Zentrum, Sektion Psychologie,
der Humboldt-Universität, 1983

---

1. Testart Schultest für den Anfangsunterricht im Rechnen

2. Testmaterial Handanweisung (DIN A4, 21 Seiten), 1 Arbeitsbrett (60 × 15 cm), 18 Testkarten, 1 Auslegeschema mit Instruktion, 20 Auswertungsbogen; *zusätzlich:* Schreibgerät.

3. Testgliederung Der Mengenfolgen-Test besteht aus einer Beispielaufgabe und neun Aufgaben, in denen die Fähigkeit des Probanden hinsichtlich des Ordnens, Vergleichens und Aufbauens von Mengen überprüft wird.

4. Grundkonzept Anregungen zur Konstruktion des Tests gaben die Unzulänglichkeiten herkömmlicher Schulreifetests, die in der Regel nur konstatierende Feststellungen über geistige Fähigkeiten treffen und keine Aussagen darüber machen, in welchem Grad ein Proband unter pädagogischer Führung seine Leistung steigern kann. Aus diesem Grunde sollte ein Verfahren entwickelt werden, das speziell die Lernfähigkeit des Kindes erfaßt und differenzierte Angaben über die Ausprägung von Lernvoraussetzung im Hinblick auf ein bestimmtes Schulfach gestattet. Mit der Art des Tests sollte gleichzeitig eine größere Annäherung an die alltägliche Schulanforderung im Sinne höherer ökologischer Validität gewonnen werden. Es wurden zu diesem Zweck verschiedene Vorformen entwickelt und erprobt. Eine dieser Formen stellt die vorliegende Testfassung dar. Sie läßt sich anwenden zur Überprüfung der Lernvoraussetzungen für den Mathematikunterricht der 1. Klasse, als Hilfe zur Entscheidungsfindung über die Schulreife eines Probanden, als Subtest für pädagogisch-psychologische Einzeluntersuchungen sowie bei wissenschaftlichen Untersuchungen.

5. Durchführung **5.1 Alter:** Schulanfänger.

5.2 Formen: Nur in Einzeluntersuchungen anzuwenden.

5.3 Handhabung: Eine exakte Instruktion ist vorhanden. – Der Testleiter bittet den Probanden, auf einem Arbeitsblatt jeweils drei Karten mit einer unterschiedlichen Anzahl von sog. Bummis (Teddybären) so zu legen, daß sie die logische Fortsetzung der Mengen auf den drei Karten darstellen, die der Testleiter zu Beginn einer jeden Reihe nach einem festgelegten Schema angeordnet hat. Bei falsch gelegten Karten bekommt der Proband hierfür eine Rückmeldung mit Gelegenheit zur Korrektur.

5.4 Zeit: Keine Zeitbegrenzung. Im Durchschnitt ist mit einer Dauer von etwa 20 Minuten (einschließlich der Instruktion) zu rechnen.

6. Auswertung

6.1 Modus: Die Auswertung, für die ein Auswertungsbogen zur Verfügung steht, läßt sich nach zwei Gesichtspunkten vornehmen: 1. Es wird die Anzahl aller Aufgaben ermittelt, die sofort richtig, d. h. ohne Fehlnennungen gelöst wurden (Plus-/Minus-Bewertung); 2. Es wird eine Auszählung danach vorgenommen, wie oft falsche Karten gelegt wurden (Bewertung nach Fehlnennungen). Hilfen für die Interpretation sind, wenn auch nur spärlich, vorhanden.

6.2 Zeit: Keine Angaben. Die Auswertung dürfte aber nur wenige Minuten in Anspruch nehmen.

7. Gütekriterien

7.1 Objektivität: Der Test ist hinsichtlich der Auswertung objektiv. Bezüglich der Durchführung ist eine hohe Objektivität dann zu erreichen, wenn sich der Testleiter genau an die Durchführungsbedingungen hält.

7.2 Reliabilität: In einer Konsistenzanalyse wurde ein Wert von $r_{tt} = 0{,}75$ erzielt (N = 200). Bei einer Testwiederholung (14 Tage Abstand) ergaben sich – je nach Auswertungsmodus – Retestkoeffizienten von $r_{tt} = 0{,}90$ bzw. 0,97 (N = 100).
Für jedes Item werden in der Handanweisung Schwierigkeits- und Trennschärfekoeffizienten angegeben.

7.3 Validität: Nach Auffassung des Testautors besitzt der MFT *inhaltliche (logische)* Validität, da er ohne Zweifel Fähigkeiten aus dem mathematischen Denkbereich prüft.
Zur Bestimmung der *inneren* Validität wurden die Beziehungen des Mengenfolgen-Tests zu anderen in der DDR entwickelten Schulfähigkeitstests ermittelt. Ergebnisse: Zwischen dem MFT-Gesamtergebnis und dem Witzlack-Schulfähigkeitstest gab es eine Korrelation von r = 0,81; beim Untertest „Denkentwicklung" dieses Schultests wurde ein Wert von $r_{tc} = 0{,}87$ erzielt (N = 100). Der Zusammenhang zwischen dem Roether-Lerntest und dem MFT betrug $r_{tc} = 0{,}85$.
Verschiedene Faktorenanalysen zur Kontrolle der *faktoriellen* Validität ließen erkennen, daß der Mengenfolgen-Test eine allgemeine geistige Fähigkeit prüft, die man als „schlußfolgerndes Denken" bezeichnen kann.
Im Rahmen der Überprüfung der *äußeren* Validität ergaben sich sowohl mit den Vorformen des MFT als auch mit der Endform zufriedenstellende Gültigkeitskoeffizienten. Im Hinblick auf das Kriterium „Mathematikzensur" wurden Werte zwischen 0,62 und 0,79 erzielt. Die Korrelationen mit verschiedenen Schulleistungstests schwanken zwischen 0,61 und 0,81, bei einem kombinierten Kriterium zwischen 0,65 und 0,89 ($111 \leq N \leq 198$). Durch eine Kreuzvalidierung sowie durch einen Vergleich der Mittelwertprofile von extrem Leistungsstarken und extrem Leistungsschwachen im MFT konnten die Ergebnisse zur äußeren Validität untermauert werden.
Bezüglich der *prognostischen* Validität konnte anhand dreier getrennter Untersuchungen (jeweiliges N = 100) festgestellt werden, daß die Beziehungen zwischen dem MFT und den späteren Schulleistungen in Mathematik am Ende der 1. Klasse mit $0{,}40 \leq r_{tc} \leq 0{,}69$ im allgemeinen größer war als in anderen Fächern (dort: $0{,}22 \leq r_{tc} \leq 0{,}56$).

7.4 Normen: Aus einer Eichstichprobe mit N = 614 Kindern liegen C-Wert-Normen vor, und zwar sowohl für die Plus-/Minus-Bewertung als auch für die Bewertung nach Fehlnennungen.

8. Literatur

DIEDRICH, R., ETTRICH, K. U. & GUTHKE, J. (1972). Der Mengenfolgentest – ein programmierter Lerntest für Schulanfänger. *Probleme und Ergebnisse der Psychologie, 42,* 25–46.

GUTHKE, J. (1972). *Zur Diagnostik der intellektuellen Lernfähigkeit:* Berlin: VEB Deutscher Verlag der Wissenschaften.

1. LEISTUNGSTESTS

1.4 Schultests

1.4.7 Sonstige Schultests

● = ja
o = teilweise
❍ = nein
k.A.= keine Angaben

Testname	Autor(en)	Seite	Durchführung				Auswertung			Gütekriterien				Alter
			Gruppentest	Parallelform	Zeitangabe netto (Min.)	Zeitangabe brutto (Min.)	Schabl./Schlüss.	maschinell	Zeitangabe (Min.)	Objektivität	Reliabilität	emp. Validität	Normen	(Jahre oder Schul-jahre (J/Sj))
Allgemeiner Deutscher Sprachtest (ADST)	Steinert	413	●	❍		90	●	❍		●	●	●	●	3.–10. Sj
Anweisungs- und Sprachverständnistest (ASVT)	Kleber u.a.	416	●	❍			●	❍		●	●	●	●	1.–2. Sj
Beurteilungshilfen für den Lehrer (BFL)	Janowski u.a.	418	❍	❍			❍	❍		❍	❍	❍	❍	6–18 J
Bildungs-Beratungs-Test für 4.–6. Klassen (BBT 4–6)	Ingenkamp u.a.	421	●	●	58	90	❍	❍		●	●	●	●	4.–6. Sj
Bildungs-Beratungs-Test für 3. und 4. Klassen (BBT 3–4)	Ingenkamp	423	●	●	59	90	●	❍		●	●	●	●	3.–4. Sj
Diagnostischer Leistungstest Englisch 5–6 (DLE 5–6)	Doyé u.a.	425	●	❍		110	●	❍		●	●	❍	●	5.–6. Sj
Diagnostischer Test Deutsch (DTD)	Nauck u.a.	427	●	●		90	●	❍		●	●	●	●	4.–6. Sj
Erziehungsstil-Inventar (ESI)	Krohne u.a.	429	●	❍		20–40	●	❍		●	●	●	●	8–16 J
Fragebogen z. Erf. v. Dimensionen d. Integration v. Schülern (FDI 4–6)	Haeberlin u.a.	432	●	❍		20–30	●	❍		●	●	●	●	3.–6. Sj
Hörverstehenstest für 4. bis 7. Klassen (HVT 4–7)	Urban	434	●	●		90–135	●	❍		●	●	●	●	4.–7. Sj
Landauer Skalen zum Sozialklima, 4.–13. Klassen (Lasso 4–13)	v. Saldern u.a.	436	●	❍		60	●	●	5–8	●	●	●	●	4.–13. Sj
Sozialfragebogen für 4. bis 6. Klassen (SFS 4–6)	Petillon	439	●	❍		90	●	❍		●	●	●	●	4.–6. Sj
Soziometrischer Test für 3. bis 7. Klassen (ST 3–7)	Petillon	442	●	❍		15	●	❍		●	●	●	●	3.–7. Sj

1.4.7 Sonstige Schultests (Forts.)

● = ja
○ = teilweise
❍ = nein
k.A.= keine Angaben

Testname	Autor(en)	Seite	Durchführung				Auswertung			Gütekriterien				Alter
			Gruppentest	Parallelform	Zeitangabe netto (Min.)	Zeitangabe brutto (Min.)	Schabl./Schlüss.	maschinell	Zeitangabe (Min.)	Objektivität	Reliabilität	emp. Validität	Normen	(Jahre oder Schuljahre (J/Sj))
Testbatterie Grammatische Kompetenz (TGK)	Tewes u.a.	444	●	❍	29	45	❍	❍	5–10	●	●	●	●	4.–8. Sj
Vorschul-Lerntest (VLT)	Roether	447	❍	❍		20–60	❍	❍		●	●	●	●	5–7 J

Allgemeiner deutscher Sprachtest (ADST)

J. Steinert

Braunschweig/Göttingen: Westermann/Hogrefe, 1978

---

1. Testart Schultest

2. Testmaterial Handanweisung (DIN A4, 120 Seiten), Testhefte, Auswertungsschlüssel; *zusätzlich:* Bleistifte, Radiergummis, Stoppuhr.

3. Testgliederung Der Test gliedert sich in die drei Teile A, B und C, wobei in Teil A die Einzeltests zu den Fertigkeiten des Lesens und Schreibens, in Teil B die zum Hören und in Teil C die zur Fertigkeit des Sprechens zusammengefaßt sind. 24 Einzeltests ergeben sich aus der Kombination der 6 Ebenen Textematik (Texte), Lexematik (Wörter, Begriffe), Morphematik (Wort-Grammatik), Syntagmatik (Satz-Grammatik), Phonematik (Laute/Buchstaben) und Prosodie (Betonung) mit den 4 sprachlichen Fertigkeiten Hören, Sehen, Sprechen und Schreiben. Alle 6 Ebenen werden unter dem Aspekt aller 4 Fertigkeiten gesehen.

4. Grundkonzept Die Bezugstheorie des ADST ist die „empirische Sprachdidaktik" von Messelken (1971), die ein linguistisches Modell anbietet, das nahezu beliebig weit differenzierbare Analysen und Planungen für den Deutschunterricht ermöglicht. Diese zugrunde liegende Theorie wird ausführlich dargestellt, so daß auch ein in der Linguistik und ihrer Begrifflichkeit nicht geschulter Tester die Möglichkeit hat, das Grundkonzept und seine Implikationen zu verstehen.

5. Durchführung **5.1 Alter–Klasse:** 5. bis 9. Klasse Sonderschule, 3. bis 10. Klasse Grund- und Hauptschule, 5. bis 10. Klasse Realschule und Gymnasium.

5.2 Formen: Als Gruppentest anwendbar.

5.3 Handhabung: Man führt die Testteile A, B und C der Reihe nach durch. Der Testleiter muß sich an die sehr ausführlich dargestellten Instruktionen halten, wobei besonders darauf zu achten ist, daß keine Zwischenfragen gestellt werden und die Aufgaben vom Testleiter in gleichmäßigem, normalem Lesetempo vorgetragen werden. Der Autor empfiehlt, diese auf Tonband zu sprechen und den Schülern dann das Band vorzuspielen.
Für den Teil C gibt es drei Durchführungsmöglichkeiten: mit Hilfe eines Sprachlabors, durch Simulation eines solchen mittels mehrerer Cassettenrecorder oder drittens im Einzeltest.

5.4 Zeit: Teil A: Gesamtdauer 2 Schulstunden, 70 Minuten für Test 1 bis 10, 20 Minuten für Test 11.
Teil B: Gesamtdauer 1 Schulstunde, reine Testzeit ca. 30 Minuten.
Teil C: 45 Minuten.

ADST Auswertungsblatt

Testdatum:	7. 7. 77	Geburtstag:	7. 7. 67
Vorname:	Heide	Schultyp:	Grundschule
Name:	Schmidt	Klasse:	4a

1. Auswertung Einzeltests

Testteil (methodische Anordnung)																									
	A		1		2		3		5		8		4		6		7					9		10
	B	1		2				4				3				5			6	7				
	C					3				2				5				1					4	
Segment (taxonomische Reihenfolge)		**1**	**2***	**5**	**6**	**7**	**8**	**9**	**10**	**11**	**12**	**13**	**14**	**15**	**16**	**17**	**18**	**19**	**20**	**21**	**22**	**23**	**24**
Rohwert (Fehlerzahl F)		3	2	1	1	1	3	8	7	5	10	7	8	6	10	4	5	6	8	2	3	3	7
Fehlerprozent (F × 10)		30	20	10	10	10	30	80	70	50	100	70	80	60	100	40	50	60	80	20	30	30	70

*die Segmente 3 u. 4 (Tests C6 u. A11) bedürfen einer gesonderten Sprachstandsanalyse; s. Kap. 8.

Leistungsprofil Einzeltests

H = Hören
L = Lesen
Sp = Sprechen
S = Schreiben

——— L = Leistungsprofil-Heide S.
– – – M = Fehlermittel Grunsch. Kl. 4
.... U = Fehleruntergrenzen Kl. 4
-.-.-.-. O = Fehlerobergrenzen GS Kl. 4

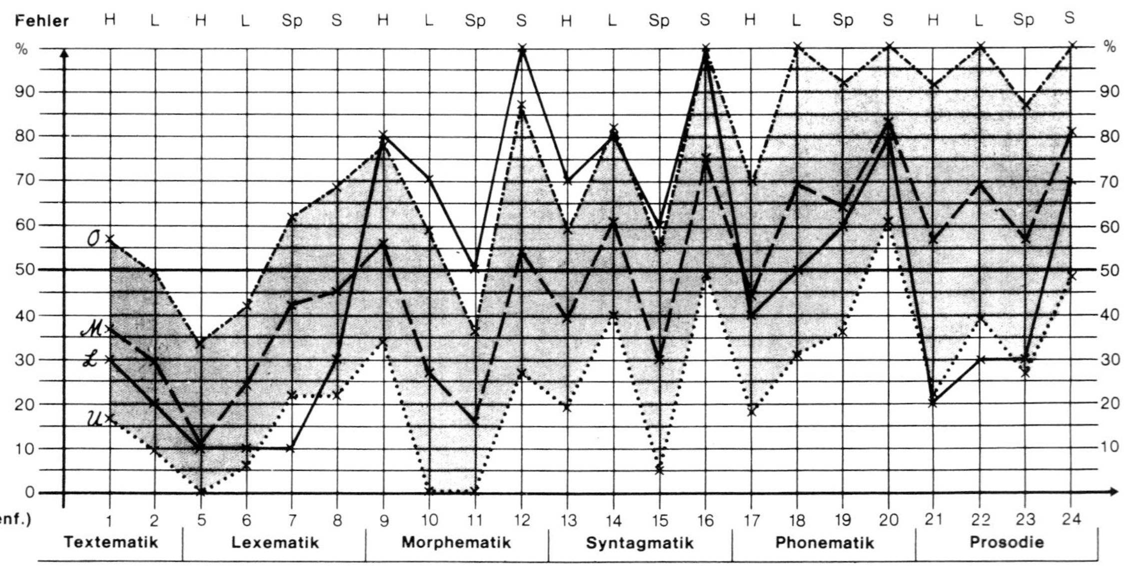

Beispiel für die Auswertung der Einzeltests

6. Auswertung

6.1 Modus: Anhand eines Beispiels wird dem Benutzer die Auswertung erklärt. Für jede der richtigen Lösungen, die alle in der Handanweisung abgedruckt sind, gibt es einen Punkt. Pro Test erhält man so einen Rohwert, den man in das Auswertungsblatt, Rubrik „Einzeltests", einträgt. Die Rohwerte, umgerechnet in Fehlerprozent, werden dann in ein Koordinatensystem übertragen, wodurch man das Leistungs-Profil „Einzeltests" erhält. Dieses kann dann mit der Eichstichprobe verglichen werden (im Hinblick auf Schultypvergleich, Klassenvergleich, Altersvergleich, Geschlechtervergleich, regionalen Vergleich, Schichtvergleich und Kombinationen daraus). Anschließend kann die Auswertung dann auch für die „Ebenen" und „Fertigkeiten" wiederholt werden.

6.2 Zeit: Keine Angaben.

7. Gütekriterien

7.1 Objektivität: Aufgrund der exakten Durchführungsanweisungen und Auswertungsvorschriften darf das Verfahren als objektiv bezeichnet werden.

7.2 Reliabilität: Nach der Testhalbierungsmethode gewonnene Reliabilitätskoeffizienten liegen für die einzelnen Untertests zwischen 0,67 und 0,94. Für den Gesamttest wurde ein Wert von 0,98 ermittelt.
Standardfehler: zwischen 0,3 und 0,8.

7.3 Validität:
Inhaltliche Validität
Die inhaltliche Validität ist, da der ADST unter eindeutiger lehrplanorientierter Zielsetzung und im Hinblick auf eine wohldefinierte Taxonomie konstruiert wurde, logisch evident.

Konstruktvalidität
Faktorenanalyse: Der Autor konnte eine 2-Faktoren-Lösung analysieren, wobei Faktor I 55,8% der Gesamtvarianz und Faktor II weitere 5,9% aufklären. Der Faktor I betont die Leistung „auditive Perception sowie Differenzieren semantischer und grammatikalischer Aspekte auf der Wortebene". Faktor II betont die Leistung „Diskrimination abstraktester Sprachsegmente sowie begriffliche Abstraktion".
Korrelation mit Außenkriterien:
- Korrelation mit dem LPS ergab: r = 0,83
- Korrelation mit verbalem Untertest des LPS: r = 0,82
- Korrelation mit nonverbalem Untertest des LPS: r = 0,75

7.4 Normen: Die Endstandardisierung wurde an insgesamt 4845 Schülern aus 170 Klassen aller Schultypen eines Stadt- und eines Landgebietes vorgenommen. Dabei wurden die Schicht- und Altersverteilung kontrolliert. Es wurden Prozentrangskalen für den Vergleich mit anderen Schultypen, Klassen und der Schichtzugehörigkeit errechnet.

Anweisungs- und Sprachverständnistest (ASVT)

E. W. KLEBER und R. FISCHER
Weinheim: Beltz, 1994[2]

---

1. Testart Schultest

2. Testmaterial Handbuch (DIN A4, 24 Seiten und Anhang), Testheft, Auswertungsschablonen; *zusätzlich:* Schreibgerät.

3. Testgliederung Der ASVT umfaßt folgende drei Bereiche:
- Anweisungsverständnis (Skala A)
- Sprachverständnis (Skala S)
- „Nachschlagen" (Zusatzinformation zur Interpretation der vorgenannten Skalen).

4. Grundkonzept Es gehört zu den notwendigen Voraussetzungen für eine erfolgreiche Teilnahme am Unterricht, daß die Schüler verbale Anweisungen des Lehrers richtig verstehen. Gerade in den ersten Klassen nach Schuleintritt können Verständigungsproblem auftreten und die Lernsituation belasten, wenn interindividuelle Unterschiede im Instruktionsverständnis, die vor allem auch bei Ausländer-Kindern auftreten können, nicht berücksichtigt werden. Das Verfahren soll dazu dienen, diese Unterschiede innerhalb einer Klasse aufzudecken und jene Kinder zu ermitteln, die die im Unterricht gebräuchlichen Anweisungen nicht hinreichend verstehen, damit sie entsprechend gefördert werden können.

5. Durchführung **5.1 Alter:** Am Anfang des Schuljahres der ersten und zweiten Klassen.

5.2 Formen: Es handelt sich um einen Gruppentest.

5.3 Handhabung: Die Schüler haben bestimmte standardisierte Anweisungen, die der Lehrer mündlich vorträgt, auszuführen.

6. Auswertung **6.1 Modus:** Die Auswertung wird mit Hilfe von Schablonen durchgeführt.

6.2 Zeit: Keine Angaben.

7. Gütekriterien **7.1 Objektivität:** Durchführung und Auswertung können als objektiv angesehen werden.

7.2 Reliabilität: Geprüft wurde die innere Konsistenz nach Kuder-Richardson. Sie liegt bei r = 0,84 für die Skala A und bei r = 0,81 für die Skala S (N = 159).

7.3 Validität: Der ASVT korreliert relativ hoch mit Schreib- und Leseleistungen (r = 0,68 bis 0,79; Skala A bzw. Skala S). Ein mittlerer Zusammenhang (r = 0,53) ergab sich zwischen dem ASVT und dem WSS 1 von KAMRATOWSKI, einem Wortschatztest.

Die Korrelation mit einem Intelligenztest (Columbia Mental Maturity Scale 1 bis 3) beträgt r = 0,42 (für den Gesamttest).

7.4 Normen: Auf die übliche, an Mittelwerten orientierte Normierung wurde verzichtet. Dafür werden kriterienorientierte Gruppierungen angegeben, die als Entscheidungshilfe für die Einleitung von Förderungsmaßnahmen dienen.

Beurteilungshilfen für den Lehrer (BFL)

A. Janowski, B. Fittkau und W. Rauer
Braunschweig: Westermann, 1981

---

1. Testart Verhaltensbeurteilung

2. Testmaterial Handanweisung (DIN A4, 65 Seiten), Beurteilungsheft, Individualbogen; *zusätzlich:* Schreibgerät.

3. Testgliederung Die BFL umfassen Skalen von folgenden 16 Verhaltensmerkmalen: 1. Intellektuelles Leistungs- und Sprachverhalten, 2. Kreatives Verhalten und intuitives Denken, 3. Kritisches Denken und Urteilen, 4. Konzentrations-, Wahrnehmungs- und Merkverhalten, 5. Lern-, leistungsmotiviertes und allgemein interessiertes Verhalten, 6. Angemessenes Arbeits- und Leistungsverhalten, 7. Selbständiges, selbstgesteuertes und selbstbestimmtes Verhalten, 8. Schul- und prüfungsängstliches Verhalten, 9. Schulverdrossenes, apathisches Verhalten, 10. Aggressives Verhalten, 11. Soziales Selbstbehauptungsverhalten, 12. Sozialverantwortungsvolles und hilfsbereites Verhalten, 13. Sozialsensibles und kommunikatives Verhalten, 14. Kooperatives Verhalten, 15. Tolerantes, konstruktives Konfliktlösungsverhalten, 16. Praktisch-motorisches Verhalten.
Jede Skala besteht aus 8 Items, den Konkretisierungen der Merkmale durch „typische Verhaltensweisen“.

4. Grundkonzept Die Autoren führen in die allgemeinen Probleme der Schülerbeurteilung ein und stellen ihren Ansatz zur Systematisierung der Verhaltensbeobachtung von Schülern dar, der aber nicht den Anspruch erhebt, „ein in sich geschlossenes Gebäude zu repräsentieren“ (S. 21).
Die Auswahl der Verhaltensmerkmale ist ebenso eine „Setzung“ (S. 21) wie ihre Konkretisierung in jeweils acht „typische Verhaltensweisen“, die „unter Berücksichtigung vorliegender Forschungsbefunde ..., eigener praktisch-pädagogischer Erfahrung sowie unsystematischer Interviews mit interessierten Lehrern“ (S. 25) und unter Berücksichtigung von Expertenurteilen zustande kamen.

5. Durchführung **5.1 Alter:** Schüler ohne Altersbegrenzung (ca. 6 bis 18 Jahre).

5.2 Formen: Beurteilungsskalen ohne Parallelform.

5.3 Handhabung: Der Lehrer soll jeden seiner Schüler dahingehend beurteilen, wie viele der acht einer Skala zugeordneten „typischen Verhaltensweisen“ er schon einmal gezeigt hat. Die Häufigkeit, mit der eine „typische Verhaltensweise“ gezeigt wird, geht in die Beurteilung nicht mit ein. Lediglich wenn mehrere „typische Verhaltensweisen“ einer Skala beobachtet werden, erhöht das den Ausprägungsgrad der Skala, die vierstufig angelegt ist. Werden 0 bis 2 der vorgegebenen „typischen Verhaltensweisen“ beobachtet, entspricht das dem untersten Ausprägungsgrad des „Verhaltensmerkmals“ (der Skala) mit der Bedeutung, daß der Schüler „(fast) keine typischen Verhaltensweisen des Verhaltensmerkmals“ zeigt. Es folgen die Skalenstufen 3 bis 4, 5 bis 6 und 7 bis 8.

Merkmals-Bereich	Merkmal	(fast) keine 0–2	manche 3–4	etliche 5–6	(fast) alle 7–8
Merkmals-Bereich kognitives Verhalten	Intellektuelles Leistungs- und Sprachverhalten			X	
	Kreatives Verhalten und intuitives Denken		X		
	Kritisches Denken und Urteilen			X	
Merkmals-Bereich Arbeitsverhalten	Konzentrations-, Wahrnehmungs- und Merkverhalten		X		
	Lern-, leistungsmotiviertes u. allgemein interessiertes Verhalten	X			
	Angemessenes Arbeits- und Leistungsverhalten	X			
	Selbstständiges, selbstgesteuertes u. selbstbestimmtes Verhalten		X		
Merkmals-Bereich emotionale Widerstände	Schul-, prüfungsängstliches Verhalten			X	
	Schulverdrossenes, apathisches Verhalten		X		
	Aggressives Verhalten	X			
Merkmals-Bereich Sozialverhalten	Soziales Selbstbehauptungsverhalten		X		
	Sozial verantwortungsvolles und hilfsbereites Verhalten		X		
	Sozial sensibles und kommunikatives Verhalten			X	
	Kooperatives Verhalten		X		
	Tolerantes, konstruktives Konfliktlösungsverhalten			X	
Praktisch-motorischer Bereich	Praktisch-motorisches Verhalten	X			

Beurteilungshilfen für Lehrer: Ausschnitt aus dem Individualbogen

5.4 Zeit: Keine Angaben.

6. Auswertung

6.1 Modus: Hinweise für die Interpretation der Beurteilungsergebnisse und für einige pädagogische Folgerungen (Forderungsmöglichkeiten) werden gegeben.

6.2 Zeit: Keine Angaben möglich.

7. Gütekriterien

7.1 Objektivität: Keine Angaben.

7.2 Reliabilität: Keine ausreichenden Angaben. (Die Autoren meinen demgegenüber, die Heranziehung „ausgewiesener Pädagogen" für eine Expertenbefragung [über die nicht detailliert genug berichtet wird] genüge zur Feststellung der Skalenhomogenität.)

7.3 Validität: Es wird lediglich auf Ergebnisse einer Voruntersuchung von JANOWSKI hingewiesen, die zwar an einer sehr großen Stichprobe, aber an einem anderen Itempool erhoben wurde. Diese Angaben enthalten keine befriedigenden Informationen über die faktorielle Struktur oder andere Gültigkeitsaspekte der vorgelegten Skalen.

7.4 Normen: Keine Angaben von Normwerten.

Bildungs-Beratungs-Test (Konvergentes Denken) für 4. bis 6. Klassen (BBT 4–6)

K. INGENKAMP, B. WOLF, H. CHRISTMANN, U. LISSMANN, A. KNAPP und H. HAENISCH

Herausgeber: K. INGENKAMP („Deutsche Schultests")
Weinheim: Beltz, 1992[2]

---

1. Testart Intelligenztest, Schultest

2. Testmaterial Beiheft (DIN A4), Testhefte Form A und Form B (einmal verwendbar); *zusätzlich:* Schreibgerät, Stoppuhr.

3. Testgliederung Der BBT 4–6 setzt sich aus folgenden vier Subtests zusammen:
- Satzteile
- Zahlenreihen
- Wortbedeutungen
- Denkaufgaben.

4. Grundkonzept Das Verfahren soll helfen, den allgemeinen Schulerfolg auf der Basis konvergenter Denkleistungen vorherzusagen. Außerdem soll es Hinweise geben für differenziertere Prognosen im Hinblick auf den sprachlichen und den mathematischen Bereich von Schulleistungen.

5. Durchführung **5.1 Alter:** Geeignet für Schüler der 4. bis 6. Klasse aller Schularten.

5.2 Formen: Gruppentest mit den Parallelformen A und B.

5.3 Handhabung: Der Lehrer trägt die Testanweisungen vor, die Schüler schreiben ihre Lösungen in das Testheft.

5.4 Zeit: Die reine Testzeit beträgt 58 Minuten. Insgesamt sind zwei Schulstunden zu veranschlagen (90 Minuten).

6. Auswertung **6.1 Modus:** Da keine getrennten Antwortbogen verwendet werden, entstehen zwar beim Schüler kaum Übertragungsfehler, dafür ist aber auch der BBT 4–6 weniger ökonomisch.

6.2 Zeit: Keine Angaben.

7. Gütekriterien **7.1 Objektivität:** Durchführung und Auswertung können als objektiv gelten.

7.2 Reliabilität: Die Halbierungszuverlässigkeit, aufgewertet nach Spearman-Brown, liegt bei r = 0,92 bis 0,95.

7.3 Validität: Die Vorhersageleistung des Verfahrens in bezug auf den allgemeinen Schulerfolg in den 5. bis 7. Klassen verschiedener Schularten

reicht, bei einem Intervall bis zu annähernd zwei Jahren, von r = 0,40 bis 0,67 (Median: r = 0,61, N > 1500).
Die differentielle Prognosefähigkeit im Bereich der Muttersprache variiert von r = 0,40 bis 0,54. Vorhersagen mathematischer Leistungen streuen von r = 0,36 bis 0,71.

7.4 Normen: Die Eichstichprobe von N > 5000 stammt aus dem ganzen Bundesgebiet. Die Normen sind gegliedert nach Parallelformen, Klassenstufen und Schularten. Angegeben sind Prozentrang-Bänder, T-Werte und T-Wert-Bänder.

Bildungs-Beratungs-Test für 3. und 4. Klassen (BBT 3–4)

K. Ingenkamp
Herausgeber: K. Ingenkamp („Deutsche Schultests“)
Weinheim: Beltz Verlag, 1992[2]

1. Testart Schultest

2. Testmaterial Beiheft, Testheft Form A und B, Lösungsschlüssel A und B; *zusätzlich:* Schreibutensilien, Stoppuhr, Tafel und Kreide.

3. Testgliederung Der BBT 3–4 dient zur Untersuchung der intellektuellen Fähigkeiten, die für sprachliche und mathematische Lernprozesse von besonderer Bedeutung sind. Der BBT 3–4 liegt in zwei Paralleformen A und B vor. Der Test besteht aus den drei Untertests „Wortbedeutung (WB)“, „Zahlenreihen (ZR)“ und „Denkaufgaben (DA)“, mit jeweils 20 Aufgaben.

4. Grundkonzept Der BBT 3–4 basiert auf der Forschungsarbeit zum Bildungs-Beratungs-Tests für 4. bis 6. Klassen (Ingenkamp, Wolf, Christmann, Lissmann, Knapp & Haenisch, 1977). Das Verfahren soll Hinweise für den allgemeinen Lernerfolg, insbesondere für den sprachlichen und mathematischen Lernbereich liefern und kann zur Beratung von Schülern und Eltern herangezogen werden.

5. Durchführung **5.1 Alter–Klasse:** 2. bis 4. Quartal der 3. Klasse und im 1. Halbjahr der 4. Klasse.

5.2 Formen: Einzel- oder Gruppentestung möglich.

5.3 Handhabung: Die Testhefte enthalten für die drei Untertests jeweils ausführliche Anleitungen mit Übungsbeispielen für die Schüler, das Beiheft detaillierte Anweisungen für den Testleiter.

5.4 Zeit: Die reine Testzeit beträgt 59 Minuten, für die Bearbeitung des Tests sind insgesamt (incl. Instruktion und Pause) zwei Unterrichtsstunden zu veranschlagen.

6. Auswertung **6.1 Modus:** Zur Auswertung stehen Lösungsschlüssel zur Verfügung. Für jeden Untertest, für die Untertestkombinationen (WB + DA, DA + ZR) und den Gesamttest können Rohwerte ermittelt und in Prozentrangwerte, T-Werte und IQ-Werte transformiert werden.

6.2 Zeit: Keine Angaben.

7. Gütekriterien **7.1 Objektivität:** Durchführung, Auswertung und Interpretation können als objektiv bezeichnet werden.

7.2 Reliabilität: Untersuchungen zur Split-half-Reliabilität ergaben für die

3. Klasse für beide Testformen einen Koeffizienten (Spearman Brown) von r = 0,94, für die 4. Klasse einen Koeffizienten von r = 0,96 für die Form A und r = 0,94 für die Form B. Die Retest-Reliabilität (Intervall: 3–15 Tage) für den Gesamttest erreicht r = 0,92.

7.3 Validität: Die Übereinstimmungsvalidität einer Vorform des BBT 3–4 (Version mit einem zusätzlichen vierten Untertest „Zahlenschrift") mit der CMM 1–3 erbringt r = 0,62, mit dem BT 2–3 r = 0,73, mit der Intelligenzschätzung des Lehrers nach einer siebenstufigen Skala r = 0,67 und mit dem HAWIK r = 0,75. Die Vorhersageleistung des Verfahrens in Bezug auf mathematische Leistungen liegt bei r = 0,67, in Bezug auf Leistungen im Fach „Deutsch" bei r = 0,60 und im Fach „Sachunterricht" bei r = 0,61. Aus dem Beiheft geht nicht eindeutig hervor, auf welchen Zeitraum sich diese Vorhersagen beziehen.

7.4 Normen: Es existieren Normwerte für Schüler der 3. (N = 2890) und der 4. Klasse (N = 3522), getrennt nach „Alle Schüler", „Normalaltrige Schüler" und „Überalterte Schüler" sowie nach Gesamttest und Teiltestkombinationen (WB + DA; DA + ZR). Die Normierungsdaten werden jeweils als Prozentrang-Band, Mittlerer T-Wert und T-Wert-Band angegeben. Darüber hinaus enthält das Beiheft eine Tabelle zur Umwandlung von T-Werten in Intelligenzquotienten.

8. Literatur

INGENKAMP, K., WOLF, B., CHRISTMANN, H., LISSMANN, U., KNAPP, A. & HAENISCH, H. (1977). *Bildungs-Beratungs-Test (Konvergentes Denken) für 4. bis 6. Klassen (BBT 4–6).* Weinheim: Beltz.

Diagnostischer Leistungstest Englisch 5/6 (DLE 5–6)

P. Doyé und D. Lüttge

Braunschweig: Westermann, 1977

---

1. Testart Schultest, Fremdsprachentest

2. Testmaterial Handanweisung (DIN A4, 27 Seiten), Testheft 1, Testheft 2, Bilderheft, Auswertungsliste zum Bilderheft und Gesamtergebnisliste als Kopiervorlagen, Tonband (separat zu bestellen); *zusätzlich:* Bleistifte, Radiergummis, Uhr, Tonbandgeräte bzw. Sprachlabor.

3. Testgliederung Der DLE 5–6 besteht aus 8 Untertests:
1. Leseverständnis durch Zuordnung (LVZ),
2. Leseverständnis durch Antwortauswahl (LVA),
3. Sätze umformen (SU),
4. Brief schreiben (BS),
5. Hörverständnis (HV),
6. Antworten auf Fragen (AF),
7. Fragen stellen (F),
8. Sprechen zu einer Bildserie (SBS).

Die Untertests LVZ, LVA, SU und BS werden schriftlich durchgeführt, die Testteile HV, AF, F und SBS mündlich.

4. Grundkonzept Der Test entstand vor dem Hintergrund der Diskussion um eine objektivere Leistungsfeststellung, als es durch herkömmliche Methoden bisher möglich war. Er orientiert sich an den durch die Richtlinien der Bundesländer vorgeschriebenen Lernzielen und Lerninhalten des 5. Schuljahres.
Neben der Feststellung individueller Schülerleistungen im Vergleich zu einer Bezugsgruppe ist der DLE 5–6 an der Aufgabe orientiert, die Lernbedingungen für den einzelnen Schüler zu verbessern.

5. Durchführung **5.1 Alter:** Ende 5. bis Mitte 6. Schuljahr.

14. He shows them the letter. He shows him the letter.

Item 14 als Beispiel für den Subtest SU („Sätze umformen“)

5.2 Formen: Als Gruppentest anwendbar, es existiert keine Parallelform.

5.3 Handhabung: Jedem Schüler wird ein Exemplar der Texthefte 1 und 2 und des Bildheftes ausgeteilt. Der Test sollte an zwei Tagen durchgeführt werden, wobei man mit dem schriftlichen Test, der im Klassenraum durchgeführt werden kann, beginnt. Jedem Untertest ist eine genaue Instruktion beigefügt, an die sich der Testleiter zu halten hat. Für den zweiten Teil, den mündlichen, werden fünf unterschiedliche Durchführungsmöglichkeiten vorgeschlagen, je nachdem ob ein Sprachlabor zur Verfügung steht oder ob man gegebenenfalls auf ein oder mehrere Tonbandgeräte zurückgreifen muß.

5.4 Zeit: Lösungszeit für den schriftlichen Teil: Ca. 55 Minuten. Gesamtbearbeitungszeit einschließlich Instruktion: Ca. 65 Minuten. Durchführungszeit für den mündlichen Teil: Ca. 32 Minuten, einschließlich Instruktion: Ca. 45 Minuten.
Die Gesamttestzeit beträgt also ca. 110 Minuten.

6. Auswertung

6.1 Modus: In der Handanweisung sind die richtigen Lösungen mit genauen Vorschriften zur Punktvergabe abgedruckt. Die nach der Auszählung erhaltenen Rohwerte je Untertest werden zu einem Gesamtrohwert aufsummiert. Diese lassen sich in Prozentränge und T-Werte umwandeln. Auswertungslisten zum Bildheft und Gesamttestergebnislisten erleichtern den Überblick über den Leistungsstand der Klasse. Die Einzelleistungen eines jeden Schülers werden im Schüler-Profil-Diagramm auf der Rückseite des Testheftes 1 dargestellt.

6.2 Zeit: Keine Angaben.

7. Gütekriterien

7.1 Objektivität: Durchführungs- und Auswertungobjektivität sind bei genauer Beachtung der Vorschriften gewährleistet.

7.2 Reliabilität: Innere Konsistenz (nach Kuder-Richardson Formel 20): r = 0,95. Standardmeßfehler: SE = ± 5 Rohpunkte.

7.3 Validität: Eine Validitätsprüfung des DLE 5–6 mit Hilfe anderer Verfahren war bisher nicht möglich, da keine vergleichbaren Verfahren im deutschen Sprachraum vorliegen.

7.4 Normen: Die Eichung wurde an 949 Schülerinnen und Schülern aller Schultypen in acht verschiedenen Orten der Bundesrepublik durchgeführt. Für jeden Untertest und für den Gesamttest wurden Normentabellen mit Prozenträngen und T-Werten errechnet.

Diagnostischer Test Deutsch (DTD)

J. Nauck und R. Otte
Braunschweig: Westermann, 1980

1. Testart Schultest

2. Testmaterial Handanweisung (DIN A4, 38 Seiten), Testheft Form A (DIN A4, 16 Seiten) und Testheft Form B (ebs.) einmal verwendbar; *zusätzlich:* Schreibgerät, Uhr (für den Lehrer).

3. Testgliederung Der DTD besteht aus sechs Teilen:

1. Passiver Wortschatz (PW) – 22 Items
2. Analogiefindung (AF) – 22 Items
3. Textstrukturierung (TS) – 22 Sätze (in denen fehlende Wortabstände durch senkrechte Striche markiert werden müssen. Beispiel: IMWESTENGEHTDIESONNEUNTER)
4. Instruktionsverständnis (IV) – 17 Items
5. Leseverständnis (LV) – Zu zwei Geschichten sollen 18 (Form A) bzw. 20 (Form B) Fragen beantwortet werden, die das Textverständnis prüfen
6. Aktiver Wortschatz (AW) – (zu vorgegebenen Anfangsbuchstaben sollen innerhalb bestimmter Zeitgrenzen möglichst viele Wörter gefunden und aufgeschrieben werden: Wortflüssigkeit.)

4. Grundkonzept Das Verfahren soll Lernlücken von Schülern im Deutschunterricht aufdekken. Dem DTD liegt ein Modell zugrunde, das sich einerseits an den in den Richtlinien benannten Leistungsbereichen des 4. bis 6. Schuljahres orientiert, andererseits alle im Deutschunterricht geforderten Leistungen auf eine geringe Zahl von sprachgebundenen „Basisleistungen" zurückführt, die in den oben genannten sechs Testteilen geprüft werden sollen.

5. Durchführung **5.1 Alter–Klasse:** Viertes bis sechstes Schuljahr.

5.2 Formen: Gruppentest mit den Parallelformen A und B.

5.3 Handhabung: Instruktion und räumliche Anordnung der Testteile sind nicht optimal. Der Lehrer soll zwar innerhalb der Instruktionen, die im vollen Wortlaut vorgeschrieben sind, darauf hinweisen, daß Beispielaufgaben immer gemeinsam besprochen und gelöst werden, tatsächlich fehlt aber bei Teil 1 ein solcher Hinweis auf die richtige Lösung von Beispiel C ebenso wie die Aufforderung an den Lehrer, die Beispiele zu diesem Aufgabenteil mit den Schülern durchzusprechen. Problematischer als die genannte Informationslücke erscheint die Anordnung von Testanweisungen, Aufgabenbeispielen und Test auf derselben Seite oder auf gegenüberliegenden Seiten. Insbesondere in Gruppentests (wie dem DTD) wird die Messung zeitabhängiger Leistungen (speed test oder speeded test) dadurch u. U. erheblich beeinträchtigt, daß einige Schüler (Pbn) sich über die Anweisungen unkontrollierbar hinwegsetzen können und bereits vor dem Startsignal mit der Bearbeitung des Tests beginnen und sich dadurch ungerechtfertigte Leistungsvorteile verschaffen.

5.4 Zeit: Die Testteile unterliegen folgenden Zeitbegrenzungen: (Teil 1) 8 Minuten; (Teil 2) 8 Minuten; (Teil 3) 10 Minuten; (Teil 4) 12 Minuten; (Teil 5) 16 Minuten; (Teil 6) zweimal 2 Minuten. Damit beträgt die Gesamttestzeit 58 Minuten netto. Wenn man die Testanweisungen und eine Pause von ca. 5 Minuten einschließt, kommt man auf etwa zwei Schulstunden (90 Minuten brutto).

6. Auswertung

6.1 Modus: Die Teiltests werden nach den Lösungsschlüsseln der Handanweisung (S. 11 bis 15 Form A; S. 16 bis 20 Form B) ausgewertet. Eine Auswertung mit Schablonen ist nicht möglich. Die Rohwertsummen der Teiltests können in PR- und T-Werte transformiert und auf der Rückseite des Testheftes vermerkt und in ein Leistungsprofil eingetragen werden.

6.2 Zeit: Relativ zeitaufwendige Auswertungsprozedur, keine näheren Angaben über die Dauer.

7. Gütekriterien

7.1 Objektivität: Die unter 5.3 beschriebenen Besonderheiten beeinträchtigen die Durchführungsobjektivität. Hinsichtlich der Auswertung bestehen keine gravierenden Bedenken.

7.2 Reliabilität: Berechnet und angegeben sind Cronbachs Alpha und Standardmeßfehler. Cronbachs Alpha streut zwischen 0,71 und 0,86 für die einzelnen Testteile. Der Gesamtwert liegt bei 0,92 (Form A) bzw. 0,89 (Form B).

7.3 Validität: Untersucht wurden korrelative Beziehungen zwischen den sog. „Basisleistungen" im DTD und dem CFT 2 von CATTELL und WEISS. Sehr signifikante Zusammenhänge bestehen zwischen den Teilen 1 (PW), 3 (TS) und 4 (IV) einerseits und dem Intelligenztestwert andererseits, der „fluid intelligence" (CATTELL) mißt, also eine grundlegende intellektuelle Leistungsdisposition, die von Erziehungseinflüssen weitgehend unabhängig sein soll. Da der DTD aber gerade als Unterrichtskontrolle zur Aufdeckung von „Lernlücken" verwendet werden soll, wäre es wichtiger zu wissen, inwieweit die „kristallisierte Intelligenz" mit dem vorliegenden Verfahren erfaßt werden kann.

7.4 Normen: Die Normen basieren auf einer Eichprobe von N = 1700, die aus verschiedenen Schulen der Bundesländer Niedersachsen, Hamburg und NRW stammen. Tabelliert sind die Normen in Prozenträngen, die in T-Werte umgewandelt werden können. Gegliedert sind die Normen nach Schularten: (1) Grundschule Klasse 4, (2) Orientierungsstufe Klasse 5, (3) Orientierungsstufe Klasse 6, (6) Eingangsstufe Klasse 5, (7) Eingangsstufe Klasse 6.

Erziehungsstil-Inventar (ESI)

H. W. Krohne & A. Pulsack

Göttingen: Beltz Test GmbH, 1995[2]

1. Testart Schultest

2. Testmaterial Manual, Fragebogenversion M und V, Auswertungsschablonen; *zusätzlich:* Schreibgerät.

3. Testgliederung Das ESI besteht aus einer „Mutter-" und einer „Vaterversion". Reihenfolge und Formulierung der Items sind bis auf die Ausdrücke „meine Mutter" bzw. „mein Vater" in beiden Versionen gleich. Jede Version besteht aus zwei Teilen. Der erste Teil umfaßt 60 Items, die sich zu je 12 Items auf die Subskalen Unterstützung (US), Einschränkung (ES), Lob (LS), Tadel (TS) und Inkonsistenz (IK) verteilen. Jedem Item ist eine vierstufige Häufigkeitsantwortskala (nie oder sehr selten; manchmal; oft; immer oder fast immer) zugeordnet. Der zweite Teil dient der Erfassung der elterlichen Strafintensität (SI). Zu fünf erziehungsproblematischen Situationen werden jeweils sechs mögliche Reaktionen der Eltern vorgegeben, aus denen das Kind die wahrscheinlichste Reaktion der Mutter bzw. des Vaters auswählen soll.

4. Grundkonzept Das ESI dient der Messung der vom Kind erlebten mütterlichen und väterlichen Erziehung auf sechs Erziehungsstildimensionen: Unterstützung, Einschränkung, Lob, Tadel, Strafintensität und Inkonsistenz. Grundlage für die Definition dieser Erziehungstilmerkmale ist das „Zweiprozeß-Modell elterlicher Erziehungswirkung" (Krohne, 1985; Krohne & Hock, 1994), das sich mit den sozialen Erfahrungen, die das Kind im Rahmen der Erziehung durch seine Eltern macht, befaßt. Das Modell postuliert, daß sich als Konsequenz unterschiedlicher sozialer Erfahrungen, interindividuelle Unterschiede in Bezug auf Bewältigungskompetenzen, Konsequenz- und Kompetenzerwartungen manifestieren. Über die Messung der Häufigkeit, Intensität und Konsistenz elterlicher Rückmeldung soll das System der Konsequenzerwartungen beim Kind vorhergesagt werden, während für elterliche Unterstützung und Einschränkung vorwiegend ein Beitrag zum Aufbau von Kompetenzen und Kompetenzerwartungen beim Kind postuliert wird.

Das Einsatzgebiet des ESI liegt in der Erziehungsberatung und in schulpsychologischen Untersuchungen. Es liefert wichtige Hinweise bei der Suche nach den Ursachen von schulischen oder allgemeineren Verhaltensproblemen. Der Untersucher kann durch das ESI Hinweise auf problematisches Erziehungsverhalten der Mutter, des Vaters oder beider Eltern erhalten. Eventuell bestehende starke Diskrepanzen im Erziehungsverhalten zwischen den Eltern sowie eine sehr ungleiche Behandlung von Geschwistern können durch das ESI aufgedeckt werden.

5. Durchführung

5.1 Alter: Kinder im Alter von 8 bis 16 Jahren.

5.2 Formen: Einzel- und Gruppentestung möglich. Computergestützte Fassung im Hogrefe-Testsystem KIDIS.

5.3 Handhabung: Die Instruktion für die Kinder befindet sich auf dem Fragebogen. Nach Beendigung des Tests sollte unbedingt geprüft werden, ob alle Items beantwortet wurden und bei unbeantworteten Items um Nachbearbeitung gebeten werden.

5.4 Zeit: Die Bearbeitungsdauer beträgt pro Version (Mutter bzw. Vater) etwa 20 Minuten.

6. Auswertung

6.1 Modus: Den Antwortskalen der Subskalen US, ES, LS, TS und IK werden Zahlenwerte von 1 bis 4, der Subskala SI Werte von 1 bis 6 zugeordnet. Für die Umrechnung der ermittelten Rohwerte in alters- und geschlechtsspezifische Standardwerte stehen Prozentränge und T-Werte zur Verfügung.

6.2 Zeit: keine Angaben.

7. Gütekriterien

7.1 Objektivität: Durchführung und Auswertung können als objektiv bezeichnet werden.

7.2 Reliabilität: Zur Abschätzung der Reliabilität der Subskalen wurden interne Konsistenzkoeffizienten nach Kuder-Richardson sowie Testwiederholungskoeffizienten an einer Stichprobe von N = 261 Kindern berechnet. Die internen Konsistenzkoeffizienten liegen zwischen r = 0,65 und 0,92. Die Retestreliabilitäten (Intervall: 3 Wochen) liegen zwischen r = 0,51 und 0,72.

7.3 Validität: Die Untersuchung der diskriminanten Validität bestätigt die postulierte Unabhängigkeit der Skalen voneinander (keine bis geringe korrelative Beziehungen) bis auf den Zusammenhang der Skalen Einschränkung und Inkonsistenz (r = 0,67 bis 0,77).
Faktorenanalysen ergaben für die Items des ESI eine Vier-Komponenten-Struktur: 1. Einschränkung und Inkonsistenz, zusammenfassend als,Kontrollverlust„ zu bezeichnen; 2. Negative Rückmeldung, insbesondere unter dem Häufigkeitsaspekt, 3. Lob und 4. Tadel. Bei den Ergebnissen zur externen Validität der ESI-Skalen zeigen sich enge Zusammenhänge mit verschiedenen Variablen der Angst. Kindliche Angst, gemessen mit dem Angstfragebogen für Schüler (WIECZERKOWSKI, NICKEL, JANOWSKI, FITTKAU & RAUER, 1974) und dem State-Trait Anxiety Inventory for Children (SPIELBERGER, 1973) korreliert sehr ausgeprägt mit elterlicher Inkonsistenz, negativer Rückmeldung und Einschränkung. Außerdem wurden signifikante Korrelationen der 4 Skalen mit folgenden Kriteriumsvariablen gefunden: Intelligenz, Schulleistung, Kontrollüberzeugung, Extraversion, Typ-A-Verhalten und Schulunlust.

7.4 Normen: Es liegen T-Werte und Prozentränge (N = 1201) für die 6 Subskalen getrennt nach Geschlecht und 5 Altersgruppen (8–10 Jahre, 11 Jahre, 12 Jahre, 13 Jahre, 14–16 Jahre) vor.

8. Literatur

KROHNE, H.W. (1985). Entwicklungsbedingungen von Ängstlichkeit und Angstbewältigung: Ein Zweiprozeß-Modell elterlicher Erziehungswirkung. In H.W. KROHNE (Hrsg.) *Angstbewältigung in Leistungssituationen.* Weinheim: edition psychologie.

KROHNE, H.W. & HOCK, M. (1994). *Elterliche Erziehung und Angstentwicklung des Kindes*. Bern: Huber.

SPIELBERGER, C.D. (1973). *Preliminary Test Manual for the State-Trait Anxiety Inventory for Children.* Palo Alto, CA: Consultig Psychologists.

WIECZERKOWSKI, W., NICKEL, H., JANOWSKI, A., FITTKAU, B. & RAUER, W. (1974). *Angstfragebogen für Schüler AFS*. Göttingen: Hogrefe.

Fragebogen zur Erfassung von Dimensionen der Integration von Schülern (FDI 4–6)

U. Haeberlin, U. Moser, G. Bless & R. Klaghofer
Bern: Haupt, 1989

---

1. Testart

Schultest

2. Testmaterial

Handanweisung, Testbogen, Abdeckblatt, Auswertungsschablonen; *zusätzlich*: Bleistift, Radiergummi.

3. Testgliederung

Der Fragebogen besteht aus 45 Items, von denen sich je 15 Items 3 Skalen zuordnen lassen. Die Selbsteinschätzungen erfolgen über eine 4-stufige Antwortskala.

4. Grundkonzept

Mit dem FDI können empirische Informationen dazu gewonnen werden, inwieweit sich ein Schüler selbst in seiner Schulklasse integriert sieht. Die Untertests gestatten eine differenzierte Erfassung des subjektiven Integriertseins auf folgenden pädagogisch relevanten Dimensionen:

1. Untertest SI „Soziales Integriertsein“: Einschätzung der Beziehungen zu den Mitschülern.
2. Untertest EI „Emotionales Integriertsein“: Einschätzung des eigenen Befindens in der Schule.
3. Untertest LI „Leistungsmotivationales Integriertsein“: Einschätzung der eigenen Fähigkeiten.

5. Durchführung

5.1 Alter–Klasse: Ab der 3. Klasse anwendbar.

5.2 Formen: Als Einzel- und Gruppentest durchführbar.

5.3 Handhabung: In der Handanweisung finden sich detaillierte Informationen für die Instruktion, die vom Versuchsleiter vorgetragen wird. Vor der eigentlichen Durchführung wird anhand einer Beispielaufgabe die Vorgehensweise erläutert.

5.4 Zeit: Ca. 20–30 Minuten.

6. Auswertung

6.1 Modus: Die Rohwerte für die 3 Subskalen werden mit Hilfe der Auswertungsschablonen ermittelt. Vor allem bei Einzeluntersuchungen wird eine relative Einordnung der Rohpunkte über vorläufige (nicht zweifelsfrei repräsentative) Vergleichsdaten (Mittelwerte und Standardabweichungen verschiedener Schülergruppen) empfohlen. Liegen die Ergebnisse ganzer Schulklassen vor, wird auf die Möglichkeit einer Rangreihenbildung des relativen Integrationsgrades jedes Schülers innerhalb einer Klasse bzw. des Vergleichs zwischen verschiedenen Klassen innerhalb einer Schule verwiesen.

6.2 Zeit: Keine Angaben.

7. Gütekriterien

7.1 Objektivität: Durchführung, Auswertung und Interpretation können als objektiv gelten.

7.2 Reliabilität: Grundlage der Berechnungen bilden die Daten einer Stichprobe von N = 1279 Schülern der 4. und 5. Klasse. Die inneren Konsistenzen für die Untertests liegen nach Cronbach-Alpha zwischen r = 0,89 (SI), 0,93 (EI) und 0,93 (LI). Für die Retest-Reliabilität nach einem Jahr Testabstand wurden Werte von r = 0,57 (SI), 0,60 (EI) und 0,73 (LI) ermittelt.

7.3 Validität: Faktorenanalysen mit den Daten der o. g. Stichprobe ergeben 3 Faktoren mit einer Varianzaufklärung von 50 %, die zu den 3 theoretisch angenommenen Dimensionen führen.

7.4 Normen: Die Vergleichswerte (N = 1279) sind nach Klassenstufen (4.–6. Klasse), Schulmodell (Grundschule und Sonderschule für Lernbehinderte) sowie nach Geschlecht aufgeschlüsselt.

Hörverstehenstest für 4. bis 7. Klassen (HVT 4–7)

K. K. Urban

Weinheim: Beltz Test Gesellschaft, 1986

---

1. Testart

Schultest

2. Testmaterial

Manual, Anwortheft Form A und Form B, Tonkassette und Auswertungsschablonen; *zusätzlich:* Schreibutensilien und Kassettenrecorder.

3. Testgliederung

Der HVT 4–7 umfaßt 100 Items und gliedert sich in 6 Untertests: Laute unterscheiden (LU), Sofortiges Erinnern (SE), Anweisungen folgen (AF), Bedeutungen erkennen (BD), Betonungen erkennen (BT) und Texte verstehen (TV). Für Untertest 6 (Texte verstehen) liegen zwei Parallelformen vor, die aus jeweils 9 Items zu „Details behalten und wiederholen (Dw)", 8 Items zu „Details im Zusammenhang verstehen (Dv)", 4 Items zu „Zentrale Gedanken erkennen (zI)" und 4 Items zu „Schlüsse ziehen (Sz)" bestehen.

4. Grundkonzept

Mit dem HVT 4–7 soll die Fähigkeit gemessen werden, gesprochene Sprache wahrzunehmen, zu verarbeiten und zu verstehen. Überprüft werden Teilfähigkeiten auf der Laut-, der Wort-, der Satz- und der Textebene, genauer im phonologischen, lexikalischen, syntaktischen, semantischen, textthematischen und suprasegmentalen Bereich (Betonung, Satzmelodie) sowie unter Aufmerksamkeits- und Gedächtnisaspekten.

Der HVT 4–7 kann darüber Auskunft geben, ob die Schüler einer Klasse in einem oder mehreren speziellen Teilfähigkeitsbereichen vergleichsweise schwächere Leistungen zeigen und dadurch diese im Unterricht stärker berücksichtigt werden sollten. Er kann zur Ermittlung und Überprüfung von Übungseffekten und Lernfortschritten eingesetzt werden. In Schulen für Sprachbehinderte kann der HVT als Informationsbasis für die Planung und Durchführung von Unterricht und Therapie dienen. Im Rahmen der pädagogischen und psychologischen Beratung kann der HVT zur Untersuchung, zur Erklärung und Diagnostik von Schulschwierigkeiten und Leistungsproblemen von Schülern herangezogen werden.

5. Durchführung

5.1 Alter–Klasse: 4. bis 7 Klasse.

5.2 Formen: Einzel- und Gruppentestung möglich.

5.3 Handhabung: Der Autor weist darauf hin, daß der HVT erst eingesetzt werden sollte, wenn die Schüler erste Erfahrungen im Umgang mit Tonträgern gemacht bzw. gemeinsam Hörspielen und -texten zugehört haben. Die Schüler erhalten jeweils ein Antwortheft und Schreibutensilien. Vor Testbeginn ermittelt der Testleiter durch Abspielen eines Probesatzes, ob die Lautstärke und die Tonhöhe für alle Schüler angemessen ist. Die Anweisungen für den Testleiter sind ausführlich im Manual beschrieben (S. 14ff.), die Anweisungen für die Schüler sind auf der Tonkassette enthalten.

5.4 Zeit: Die Durchführungsdauer beträgt etwa zwei bis drei Schulstunden.

6. Auswertung

6.1 Modus: Der Rohwert ist gleich der Anzahl der richtig gelösten Aufgaben. Die richtigen Lösungen werden mit Hilfe der Lösungsschablonen ermittelt. Für jeden Untertest kann ein Untertest-Rohwert und über alle Untertestergebnisse hinweg ein Gesamt-Rohwert berechnet werden. Die so ermittelten Rohwerte für die Untertests bzw. den Gesamttest können in Prozentrang-Werte bzw. T-Werte transformiert werden. Für die 4 Gruppen von Items des Untertests „Texte verstehen" kann mit Hilfe von Schablonen noch eine Zusatzauswertung vorgenommen werden, die darüber Auskunft gibt, bei welcher Art von Aufgabengruppen ein Schüler besondere Stärken bzw. Schwächen hat.

6.2 Zeit: Keine Angaben.

7. Gütekriterien

7.1 Objektivität: Die Durchführung und Auswertung kann als objektiv bezeichnet werden.

7.2 Reliabilität: Die Konsistenzschätzungen (nach Gulliksen) für Untertests liegen für die 4. Jahrgangsstufe zwischen r = 0,68 und 0,88, für die 5. Jahrgangsstufe zwischen r = 0,74 und 0,87 und für die 6. Jahrgangsstufe zwischen r = 0,72 und 0,90. Der Reliabilitätskoeffizient für den Gesamttest für die drei Jahrgänge entspricht r = 0,97. Die Korrelationskoeffizienten der Form A und B (Untertest 6: Texte verstehen) liegen zwischen r = 0,70 und 0,86.

7.3. Validität: In fünf sechsten Klassen schätzten Deutschlehrer die Hörverstehensfähigkeit der Schüler auf einer 9stufigen Skala ein. Die Übereinstimmungskoeffizienten des HVT mit Lehrereinschätzungen liegen in diesen Studien zwischen r = 0,52 und 0,74.

7.4. Normen: Es existieren Normtabellen für drei Altersgruppen (9;5 bis 10;5 Jahre, 10;6 bis 11;5 Jahre, 11;6 bis 12;5 Jahre) und 4 Jahrgangsstufen (4., 5., 6. und 7. Klasse) sowie eine Vergleichstabelle für die 8. Jahrgangsstufe. Darüber hinaus liegen Normtabellen für Jahrgangsstufen einzelner Schularten (5. und 6. Jahrgang Gymnasium; 5. Jahrgang Orientierungsstufe in Realschule und Gesamtschule; 6. Jahrgang Orientierungsstufe in Gesamtschule; 6. und 7. Jahrgang Realschule sowie 7. und 8. Jahrgang Hauptschule) vor.

Landauer Skalen zum Sozialklima. 4.–13. Klassen (LASSO 4–13)

M. v. Saldern und K. E. Littig
Weinheim: Beltz, 1987

---

1. Testart Schultest (Fragebogen)

2. Testmaterial Handanweisung (DIN A4, 72 Seiten), Testheft, 3 Auswertungsschablonen; *zusätzlich:* Schreibgerät.

3. Testgliederung Die Landauer Skalen zum Sozialklima bestehen aus 17 Skalen (142 Items) zur Erfassung der subjektiv wahrgenommenen Lernumwelt von Schülern, die drei *Dimensionen* zugeordnet sind:

Lehrer-Schüler-Beziehungen:

1. Fürsorglichkeit des Lehrers	(FÜRS, 8 Items)
2. Aggression gegen den Lehrer	(AGLE, 8 Items)
3. Zufriedenheit mit dem Lehrer	(ZULE, 9 Items)
4. Autoritärer Führungsstil des Lehrers	(AUFÜ, 11 Items)
5. Bevorzugung und Benachteiligung durch den Lehrer	(BEVO, 11 Items)

Schüler-Schüler-Beziehungen:

1. Ausmaß der Cliquenbildung	(CLIQ, 10 Items)
2. Hilfsbereitschaft der Mitschüler	(HILF, 8 Items)
3. Aggressionen gegen Mitschüler	(AGMI, 7 Items)
4. Diskriminierung von Mitschülern	(DISK, 6 Items)
5. Zufriedenheit von Mitschülern	(ZUMI, 9 Items)
6. Konkurrenzverhalten von Mitschülern	(KONK, 7 Items)

Allgemeine Merkmale des Unterrichts:

1. Leistungsdruck	(LEID, 7 Items)
2. Zufriedenheit mit dem Unterricht	(ZUFU, 5 Items)
3. Disziplin und Ordnung	(DISZI, 11 Items)
4. Fähigkeit des Lehrers zur Vermittlung von Lerninhalten	(FÄHI, 11Items)
5. Resignation	(RESI, 6 Items)
6. Reduzierte Unterrichtsteilnahme	(REDU, 8 Items)

4. Grundkonzept Mit den LASSO soll die subjektiv wahrgenommene schulische Lernumwelt von Schülern erfaßt werden. Dazu werden den Schülern Statements zu den obengenannten Dimensionen vorgelegt, die sie anhand der Skala „trifft gar nicht zu – trifft eher nicht zu – trifft eher zu – trifft völlig zu“ einstufen. Die so erhaltenen Testwerte werden auf Individualebene als „Einstellung der Schü-

ler zu ihrer Lernumwelt" interpretiert; wenn die Werte aller Schüler einer Klasse aggregiert werden, handelt es sich um die Erfassung des *Sozialklimas* einer Klasse (verstanden als kollektiv-übereinstimmend wahrgenommene Lernumwelt). Das Verfahren soll dazu dienen, Schüler anhand der von ihnen wahrgenommenen Lernsituation zu beraten, die Situation in Schulklassen untereinander zu vergleichen und Lehrern Rückmeldung über die Wahrnehmung der Lernsituation durch die Schüler zu geben. Neben der Beschreibung der tatsächlichen Lernsituation (LASSO-Real) wird auch eine Verwendung zur Beschreibung einer gewünschten Lernumwelt (LASSO-Ideal) angeregt.
Von der Formulierung der Items her beziehen sich die LASSO auf *einen* Lehrer („Unser Lehrer ist unfair zu einigen Schülern in der Klasse"). In den Items, welche die Schüler-Schüler-Beziehungen betreffen, sind jeweils „einige", „manche", „die meisten" oder „die" Schüler angesprochen („Die besseren Schüler dürfen sich mehr erlauben").

5. Durchführung

5.1 Alter/Schulart: Klassen 4–13, Grundschule, Hauptschule, Realschule, Gymnasium.

5.2 Formen: Es liegt eine Form vor, die im Einzel- oder Gruppenverfahren vorgegeben werden kann. Die Verwendung zur Bestimmung einer idealen Lernumwelt (LASSO-Ideal) ist mit Zusatzinstruktionen möglich.

5.3 Handhabung: Das Beiheft enthält allgemeine Durchführungs-Hinweise für den Testleiter, das Testheft eine Anleitung für den Schüler und ein Beispielitem. Die Durchführung sollte nach Möglichkeit durch einen externen Testleiter erfolgen.

5.4 Zeit: Es wird eine Durchführungsdauer von max. 60 Minuten angegeben. Die Befragung kann auch in mehreren, zeitlich getrennten Abschnitten erfolgen.

6. Auswertung

6.1 Modus: Den Antwortstufen werden die Werte 1–4 zugeordnet; sie werden pro Skala zu einem Skalenwert aufaddiert. Dazu liegen Schablonen vor. Die Rückseite des Testheftes wird als Auswertungsblatt verwendet. Das Beiheft enthält Interpretationshinweise sowie Anregungen zur weiteren Verarbeitung der Ergebnisse (z. B. durch Diskussion in der Klasse).
Ein Auswertungsprogramm für MS-DOS-Computer kann beim Erstautor angefordert werden.

6.2 Zeit: Zeitangaben fehlen. Es dürften bei manueller Auswertung 5–8 Minuten erforderlich sein.

7. Gütekriterien

7.1 Objektivität: Durchführungs- und Auswertungsobjektivität sind gegeben. Wie bei allen derartigen Verfahren müssen Durchschaubarkeit und Verfälschbarkeit in Betracht gezogen werden.

7.2 Reliabilität: Für jedes Item werden Mittelwert, Streuung und Trennschärfekorrelation aus einer Stichprobe von 2600 Schülern aus Grundschule, Hauptschule, Realschule und Gymnasium angeführt.
Die interne Konsistenz (Cronbach's Alpha) für die 17 Skalen streut zwischen 0,76 und 0,89 (Eichstichprobe, N = 2600). Der Stabilitätskoeffizient über einen Zeitraum von 9 Monaten liegt zwischen 0,29 und 0,52 und beträgt im Mittel $r_{tt} = 0{,}43$ (Hauptschülerstichprobe, N = 1300).

7.3 Validität: Da die Itemmenge des Tests nicht auf der Basis einer Theorie oder eines theoretischen Konstrukts entwickelt, sondern aufgrund empirischer Kennwerte einem Pool bisheriger Verfahren entnommen wurde (vgl. v. SALDERN & LITTIG, 1985), entfallen Angaben über die Konstruktvalidität. Als Hinweis, daß den drei Dimensionen des Fragebogens so etwas wie ein Konstrukt zugrunde liegt, können die berichteten teilweise hohen Interkorrelationen der den einzelnen Dimensionen zugeordneten Subskalen dienen (leider werden die dimensionsübergreifenden Interkorrelationen der 17 Skalen nicht berichtet).
Auch die relativ hohen Korrelationen zum Fragebogen „Wahrnehmung nicht erwünschter Verhaltensweisen des Lehrers" (WAGNER, 1976) können als Hinweise auf innere Validität gewertet werden. Erwartungsgemäße, durchweg jedoch niedrige Korrelationen wurden auch zwischen den Schüler-Schüler-Skalen und den parallel erhobenen Konstrukten „Konkurrenz- und Kooperationsorientierung" (LITTIG, 1986) gefunden. Weiter werden Korrelationen zu Angst- und Selbstkonzeptvariablen, Unterschiede zwischen Schülern unterschiedlicher Leistungsfähigkeit (v. SALDERN, 1987) und Nationalität sowie Geschlechtsunterschiede in der Wahrnehmung der Lernumwelt berichtet (Mädchen nehmen die Lernumwelt fast durchgehend negativer wahr).

7.4 Normen: Die Eichstichprobe setzt sich aus 310 Grundschülern, 968 Hauptschülern der 5. und 8. Klasse, 1051 Realschülern (5., 8., 10. Klasse) und 884 Gymnasiasten (5., 8., 10. und 12. Klasse) zusammen. Für diese Schularten und Schulstufen liegen T- und PR-Normen vor.

8. Literatur

WAGNER, J. W. L. (1976). *Fragebogen: Einstellung zur Schule (FES 4–6).* Weinheim: Beltz.

LITTIG, K. E. (1986). *Kooperations- und Wettbewerbsorientierungen und Möglichkeiten zu ihrer Erfassung bei 10- bis 15jährigen Schülern.* Weinheim: Beltz.

SALDERN, M. v. (1987) *Sozialklima von Schulklassen.* Frankfurt: Lang.

SALDERN, M. v. & LITTIG, K. E. (1975). Die Konstruktion der Landauer Skalen zum Sozialklima (LASSO). *Zeitschrift für Entwicklungspsychologie und Pädagogische Psychologie, 17,* 138–149.

Sozialfragebogen für Schüler für 4. bis 6. Klassen (SFS 4–6)

H. Petillon
Herausgegeben von K. Ingenkamp
Weinheim: Beltz, 1984

---

1. Testart Schultest

2. Testmaterial Handanweisung (DIN A4, 36 Seiten), 2 Testbogen (Heft 1, Heft 2), je eine Auswertungsschablone für Heft 1 und Heft 2; *zusätzlich:* Schreibgerät.

3. Testgliederung Der SFS 4–6 besteht aus insgesamt 116 Items, die sechs verschiedenen Skalen zugeordnet sind:

SAS:	Soziale Angst bei Schülern	(28 Items)
SIS:	Sozialinteresse bei Schülern	(11 Items)
KBS:	Kontaktbereitschaft bei Schülern	(11 Items)
SEM:	Sozialerfahrungen mit Mitschülern	(38 Items)
SEL W:	Sozialerfahrungen mit dem Lehrer (Wertschätzung)	(13 Items)
SEL S:	Sozialerfahrungen mit dem Lehrer (Strenge)	(15 Items)

Heft 1 enthält die Skalen SAS, SIS und KBS mit sechsstufigen Antwortvorgaben für das Zutreffen der jeweiligen Items, Heft 2 die Skalen SEM, SEL W und SEL S mit vier Antwort-Abstufungen zur Kennzeichnung der Häufigkeitsausprägung der zu beurteilenden Items.

4. Grundkonzept Da im deutschsprachigen Raum nur sehr wenige diagnostische Instrumente zur Erfassung sozialer Phänomene in Schulklassen existieren, wird mit dem SFS 4–6 ein Fragebogen vorgestellt, der es ermöglichen soll, nicht nur die Beziehungen des einzelnen Schülers zum Lehrer und zu den Mitschülern, sondern auch die motivational-emotionalen Faktoren, die das Handeln des Schülers in Sozialbeziehungen, im Sinne von Handlungsorientierungen, mitbestimmen, quantitativ zu erfassen. Die Testergebnisse können im Hinblick auf einzelne (problematische) Schüler interpretiert werden, geben aber auch in Form einer Gruppenanalyse einen ersten Einblick in das Sozialklima des gesamten Klassenverbandes. Darüber hinaus soll der SFS 4–6 dem Lehrer Informationen an die Hand geben, wie ihn die Klasse erlebt und wie sein (u. U. modifiziertes) Verhalten von einzelnen Schülern bzw. der Klasse wahrgenommen wird.

5. Durchführung **5.1 Alter:** Schüler der Klassenstufen 4 bis 6.

5.2 Formen: Der Fragebogen kann je nach Fragestellung sowohl als Einzel- als auch als Gruppentest eingesetzt werden.

5.3 Handhabung: Es handelt sich um einen Papier-und-Bleistift-Test. Das Beiheft enthält eine detaillierte Anleitung zur Testdurchführung. Der Versuchsleiter wird insbesondere darauf hingewiesen, zu überprüfen, ob die Beispielitems im Sinne der Instruktion richtig angekreuzt wurden. Der Testautor empfiehlt, die beiden Testhefte in zwei aufeinanderfolgenden Unterrichtsstunden jeweils getrennt vorzugeben. Da die Schüler mit ihrem Klassenlehrer und ihren Mitschülern näher vertraut sein sollten, wird vorgeschlagen, den SFS 4–6 frühestens 8 Wochen nach Schuljahresbeginn einzusetzen.

5.4 Zeit: Es wird keine Zeitbegrenzung angegeben. Der Testautor geht von einer maximalen Bearbeitungszeit von einer Unterrichtsstunde je Testheft aus.

6. Auswertung

6.1 Modus: Für beide Testhefte stehen einige Auswertungsschablonen zur Verfügung. Die Vorderseite von Testheft 1 ist so angelegt, daß sie als Ablochliste benutzt werden kann. Interpretationshilfen werden sowohl für die Einzel- als auch für die Gruppenanalyse gegeben.

6.2 Zeit: Keine Angaben.

7. Gütekriterien

7.1 Objektivität: Die Durchführungsobjektivität erscheint fraglich. Die Auswertungsobjektivität ist gewährleistet.

7.2 Reliabilität: Für die einzelnen Skalen des SFS 4–6 werden folgende Reliabilitätskoeffizienten aufgeführt:

Reliabilität		Skala					
a)	Interne Konsistenz	SAS	SIS	KBS	SEM	SEL W	SEL S
	Korrelation der Hälften	0,90	0,76	0,78	0,89	0,91	0,93
	Cronbachs Alpha	0,92	0,87	0,85	0,90	0,95	0,95
	Spearman-Brown	0,95	0,86	0,88	0,92	0,95	0,97
b)	Retest-Reliabilität (N = 169)	0,76	0,79	0,70	0,82	0,84	0,88

Zusätzlich sind im Beiheft für jede Skala die Trennschärfen der Items und der durchschnittliche Trennschärfenkoeffizient sowie die Interkorrelationen der Skalen angegeben.

7.3 Validität: Da für die in Frage kommende Altersstufe nach Angaben des Testautors keine vergleichbaren Verfahren zur Verfügung stehen, die für eine Bestimmung der Übereinstimmungsvalidität der SFS 4–6-Skalen herangezogen werden könnten, wurde mit Hilfe von Mittelwertvergleichen und Korrelationsanalysen eine Kontruktvalidierung versucht. Mittelwertvergleiche der einzelnen Skalen wurden zwischen Mädchen und Jungen sowie zwischen Schülern deutscher, türkischer und anderer Nationalität durchgeführt.
Korrelationskoeffizienten wurden berechnet zwischen den einzelnen Skalen des SFS 4–6 und Schulleistung, Fremdratings von Lehrern über ihre Schüler sowie soziometrischen Daten. Weiterhin wurden Korrelationskoeffizienten bestimmt zwischen Angaben von Schülern bzw. Verhaltensdaten von Schülern und den SFS 4–6-Skalen SAS, KBS und SIS sowie zwischen dem Fragebogen zum Selbstkonzept (FSK 4–6) von WAGNER (1977) und den Skalen SEL W und SEL S.

Eine Integration der vorliegenden Einzelergebnisse zu einer Gesamteinschätzung der Validität unterbleibt, so daß eine eindeutige Aussage bezüglich der Validität des SFS 4–6 nicht ohne weiteres möglich erscheint.

7.4 Normen: Die Eichstichprobe besteht aus N = 4312 Schülern der 4., 5. und 6. Klasse aus Grund-, Gesamt-, Haupt-, Realschule und Gymnasium. Auf die Ermittlung getrennter Normen in Abhängigkeit von Schulart, Geschlecht und Klassenstufe wurde verzichtet, weil dadurch, so der Testautor, kein bedeutsamer Beitrag zur Varianzaufklärung der einzelnen Skalen geleistet wird. Für jede der Skalen liegt eine Normentabelle vor, die für jeden Rohwert das entsprechende Prozentrang-Band, T-Wert-Band und den entsprechenden T-Wert enthält.

8. Literatur

WAGNER, J. W. L. (1977). *Fragebogen zum Selbstkonzept für 4.–6. Klassen, FSK 4–6.* Weinheim: Beltz Testgesellschaft, 1977.

WOTTAWA, H. (1981). Die Kunst der manipulativen Berichtlegung in der Evaluationsforschung. *Zeitschrift für Entwicklungspsychologie und Pädagogische Psychologie, 13,* 45–60.

Soziometrischer Test für 3.–7. Klassen (ST 3–7)

H. Petillon
Herausgeber: K. Ingenkamp („Deutsche Schultests“)
Weinheim: Beltz Verlag, 1980

---

1. Testart

Schultest

2. Testmaterial

Beiheft, Wahlzettel für die Schüler, Klassenliste und -bogen, Soziomatrixbogen, Soziogrammschablone, Soziogrammbogen; *zusätzlich:* Schreibutensilien.

3. Testgliederung

Beim ST 3–7 werden Schüler gebeten, erwünschte bzw. unerwünschte Mitschüler für bestimmte Kontakte zu benennen. Der Test bietet nach der schrittweisen Auswertung folgende Informationen:

1. Informationen über den einzelnen Schüler:
   a) Beliebtheit in der gleichgeschlechtlichen Gruppe
   b) Beliebtheit in der andersgeschlechtlichen Gruppe
   c) Wahl- und Ablehnungsverhalten in der gleichgeschlechtlichen Gruppe
   d) Wahl- und Ablehnungsverhalten in der andersgeschlechtlichen Gruppe
2. Informationen über die soziale Situation der Klasse:
   a) Graphische Darstellung der Beziehungen
   b) Merkmale der soziometrischen Struktur (Kontaktfreudigkeit, Ablehnungsbereitschaft, Ranggefälle, Strukturindices)

4. Grundkonzept

Mit Hilfe des ST 3–7 erhält man Einblick in das Sozialleben der Schulkasse. Man wird in die Lage versetzt, Verhaltensweisen einzelner Schüler vor dem sozialen Hintergrund der Gleichaltrigengruppe zu beurteilen und Strukturen dieser Gruppe genauer zu erkennen. Auf dieser Basis lassen sich gezieltere Beobachtungen durchführen und sozialpädagogische Maßnahmen entwikkeln. Darüber hinaus eignet sich der ST 3–7 Test bei mehrfacher Anwendung zur Überprüfung von Erfolgen sozialerzieherischer Aktivitäten.

5. Durchführung

5.1 Alter–Klasse: Schüler der 3. bis 7. Klassen.

5.2 Formen: Gruppentestung.

5.3 Handhabung: Die Namen sämtlicher Schülerinnen und Schüler sind in die Klassenliste, getrennt nach Geschlecht, einzutragen. Diese Namensliste mit den entsprechenden Ordnungszahlen wird an die Tafel geschrieben. Jeder Schüler erhält einen Wahlzettel in den er seine Nummer von der Tafel übertragen muß. Die Probanden werden dann aufgefordert, die Schüler(innen) auszuwählen, neben denen sie gerne sitzen möchten. Im zweiten Durchgang entscheiden sie, neben wem sie auf keinen Fall sitzen möchten. Anstelle der Namen werden jeweils die entsprechenden Ordnungszahlen auf dem Wahlzettel in bestimmter Weise gekennzeichnet.

5.4 Zeit: Für die Durchführung des Tests müssen etwa 15 Minuten veranschlagt werden.

6. Auswertung

6.1 Modus: Alle Markierungen der Schüler werden in den Soziomatrixbogen übertragen. Danach wird für jeden Schüler die Anzahl der erhaltenen und abgegebenen Wahlen und Ablehnungen ermittelt. Diese Randsummenwerte können in Indexwerte (Statuswerte) umgerechnet werden, in dem sie in Beziehung zur Gruppengröße und zur Wahl- und Ablehnungsbereitschaft der Gruppe gesetzt werden. Zur Interpretation der erhaltenen Statuswerte können die einschlägigen Normentabellen herangezogen werden. Die Informationen der Soziomatrix können zur graphischen Veranschaulichung als Soziogramm dargestellt werden. Eine weitere Möglichkeit der Auswertung besteht darin, durch Auszählung von Randsummenwerten oder einzelnen Beziehungsmustern die Nutzung des Wahl- und Ablehnungsangebotes in der Gruppe, das Statusgefälle und vorhandene Beziehungsmuster (Strukturindices) in der Gruppe zu ermitteln.

6.2 Zeit: Keine Angaben.

7. Gütekriterien

7.1 Objektivität: Durchführung und Auswertung können als objektiv bezeichnet werden.

7.2 Reliabilität: Die Ermittlung der Retest-Reliabilität (Intervall ca. 3 Wochen) bei 884 Schülern der Klassenstufen 3–7 erbrachte mit dem Alter der Testpersonen ansteigende Koeffizienten zwischen r = 0,81 und 0,92 für „Wahlstatus, eigenes Geschlecht", r = 0,40 und 0,59 für „Wahlstatus, anderes Geschlecht", r = 0,85 und 0,93 für „Ablehnungsstatus, eigenes Geschlecht" sowie r = 0,71 und 0,79 für „Ablehnungsstatus, anderes Geschlecht".

7.3 Validität: Die Korrelation zwischen einem Kombinationswert aus dem Wahl- und Ablehnungstatus in der Gruppe des eigenen Geschlechts (anderes Geschlecht) und dem Lehrerurteil bezüglich der Beliebtheit einzelner Schüler liegt bei r = 0,64 (r = 0,59), der Lehrereinschätzung bezüglich der Wahl einzelner Schüler bei r = 0,53 (r = 0,40) und der Lehrereinschätzung bezüglich der Ablehnung einzelner Schüler bei r = –0,48 (r = –0,37). Der Korrelationskoeffizient zwischen einem Kombinationswert aus dem Wahl- und Ablehnungstatus in der Gruppe des eigenen Geschlechts (anderes Geschlecht) und der Schulleistung (Durchschnitt aus Einzelnoten in Deutsch, Mathematik und Sachunterricht) erreicht r = 0,55 (r = 0,46) und Schulunlust, gemessen mit der Skala „Schulunlust" des AFS (WIECZERKOWSKI, NICKEL, JANOWSKI, FITTKAU & RAUER, 1974) ergibt r = 0,22 (r = –0,25).

7.4 Normen: Es existieren Normen (N = 6867), getrennt nach Schuljahren (3. bis 7. Klasse), nach Wahlstatus (eigenes Geschlecht, anderes Geschlecht) und nach Ablehnungsstatus (eigenes Geschlecht, anderes Geschlecht). Die Normierungsdaten werden jeweils als Prozentrang-Band, Mittlere T-Werte und T-Wert Band angegeben. Die Daten zur Wahlbereitschaft (eigenes Geschlecht, anderes Geschlecht) und zur Ablehnungsbereitschaft (eigenes Geschlecht, anderes Geschlecht) liegen als Prozentrang-Werte und T-Werte vor.

8. Literatur

WIECZERKOWSKI, W., NICKEL, H., JANOWSKI, A., FITTKAU, B. & RAUER, W. (1974). *Angstfragebogen für Schüler (AFS).* Braunschweig: Westermann.

Testbatterie grammatische Kompetenz (TGK)

U. Tewes und F. Thurner
Braunschweig: Westermann, 1976

---

1. Testart Schultest

2. Testmaterial Handanweisung (DIN A4, 20 Seiten), Testhefte, Profilbogen; *zusätzlich:* Bleistifte, Uhr.

3. Testgliederung Die TGK besteht aus sieben Skalen, die den Ausprägungsgrad der syntaktischen Sprachfähigkeit messen:

1. „Wer ist wer?" – Fertigkeit verständigen Lesens grammatisch schwieriger, aber aus geläufigen Wörtern bestehender, komplexer Sätze.
2. „Sätze bilden" – Syntaktische Flexibilität auf Satzebene.
3. „Wörter trennen" – Funktionstüchtigkeit des Leseprozesses auf verschiedenen Ebenen.
4. „Was möchtest du haben?" – Subjektbezogene thematische Wortflüssigkeit.
5. „Wie viele Dinge fallen dir ein?" – Gegenstandsbezogene thematische Wortflüssigkeit.
6. „Wörter mit 4 Buchstaben finden" – Lesefertigkeit, Erkennen von Wortgestalten.
7. „Wie schnell kannst du schreiben?" – Schnelles Abschreiben eines Textes.

Letztes Item im Subtest „Wer ist wer?" (Abbildung verkleinert.)

4. Grundkonzept

Die in der TGK zusammengestellten Skalen sollen sprachliche Fähigkeiten als Persönlichkeitseigenschaft im Sinne GUILFORDS (1964) erfassen. Diese sind im weitesten Sinne dem Persönlichkeitsbereich zuzuordnen, den GUILFORD als „Eignung" bezeichnet.

Die TGK dient der Überprüfung der Sprachfähigkeit und Sprachentwicklung von Kindern. Sie soll keine Information über Selektionsentscheidungen im schulischen Bereich liefern, sondern eher zur diagnostischen Interpretation von Lern- und Leistungsstörungen herangezogen werden.

5. Durchführung

5.1 Alter–Klasse: 10 bis 12 Jahre; 4. bis 8. Schuljahr von Volks- und Realschülern und Gymnasiasten.

5.2 Formen: Als Gruppentest durchführbar.

5.3 Handhabung: Auf der Rückseite des jedem Kinde zugeteilten Testheftes sollen diese als erstes die Angaben zur Person eintragen. Anschließend gibt der Testleiter eine Einführung in Sinn und Zweck des Tests, wobei er hervorheben muß, daß es sich nicht um eine Prüfung handelt. Im weiteren Verlauf der Testdurchführung muß sich der Testleiter wörtlich an die in der Handanweisung vorgegebenen Instruktionen halten.

5.4 Zeit: Reine Bearbeitungszeit

Wer ist wer?	5 Minuten
Sätze bilden	12 Minuten
Wörter trennen	2 Minuten
Was möchtest du haben?	1 Minute
Wie viele Dinge fallen dir ein?	1 Minute
Wörter mit 4 Buchstaben finden	5 Minuten
Wie schnell kannst du schreiben?	3 Minuten
Gesamtbearbeitungszeit	29 Minuten

Einschließlich der Anweisungen kann der Test gut in einer Unterrichtsstunde durchgeführt werden.

6. Auswertung

6.1 Modus: Es wurden für die einzelnen Untertests keine Auswertungsschablonen erstellt, da für den Auswerter sehr leicht zu überblicken ist, wie viele Lösungen richtig sind. Für jede richtige Lösung erhält der Proband einen Punkt.

6.2 Zeit: 5 bis 10 Minuten.

7. Gütekriterien

7.1 Objektivität: Standardisierte Durchführungsanweisungen sichern die Durchführungsobjektivität. Bei der Auswertung fehlt eine Standardisierung für den Untertest „Sätze bilden". Eine Überprüfung der Auswertungsobjektivität ergab jedoch eine Interkorrelation von 0,96 bis 0,99.

7.2 Reliabilität: Testwiederholungen ergaben Retestwerte von 0,62 bis 0,92.

Eine Korrelation der sieben Testskalen miteinander zeigte, daß die verschiedenen Skalen nur geringe gemeinsame Varianzanteile haben. Daraus ist der Verzicht auf die Berechnung eines Gesamt-Testwertes begründbar.

7.3 Validität: Von einem Testverfahren, das verschiedene Aspekte der Sprachkompetenz erfassen soll, wird erwartet, daß es mit sozialen, kulturellen, biologischen und Leistungsmerkmalen, die ebenfalls von der Sprach-

kompetenz abhängig sind, korreliert. So zeigen sich deutliche Unterschiede in den Testleistungen zwischen den Geschlechtern, den Altersgruppen und Kindern unterschiedlicher Schichtzugehörigkeit.
Weiterhin korrelieren mit Leistungsunterschieden in den einzelnen Untertests der Schultyp, die Schulnoten in Deutsch und Rechnen und einige Skalen des LPS.

7.4 Normen: Die Normierung wurde in 69 Schulklassen mit 2366 Schülern durchgeführt. Den Untersuchungsschwerpunkt bilden die 4. und 5. Schuljahre. Es ergaben sich für die Altersgruppen von 10 bis 12 Jahren ausreichende Häufigkeiten, um Testwertnormierungen vornehmen zu können. Für diese Altersgruppen sind im Anhang der Handanweisung alters- und geschlechtsspezifische Normentabellen abgedruckt. Die Rohwertverteilungen wurden Z-transformiert.

8. Literatur

GUILFORD, J. P. (1964). *Persönlichkeit.* Weinheim: Beltz.

Vorschul-Lerntest (VLT)

D. ROETHER

Berlin: Psychodiagnostisches Zentrum, Sektion Psychologie der Humboldt-Universität, 1983

1. Testart Schultest

2. Testmaterial Handanweisung (DIN A4, 16 Seiten), 3 Ringhefter mit insgesamt 67 Farbtafeln (DIN A5), 20 Protokollbogen; *zusätzlich:* Schreibgerät, Armbanduhr, 1 Bogen Papier.

3. Testgliederung Der VLT besteht aus den drei Aufgabenserien „Formen“ (Fm), „Folgen“ (Fg) und „Farben“ (Fb). Jede Serie enthält 1 bis 2 Instruktionsaufgaben und 7 Testaufgaben, die in etwas abgewandelter Form in dreimaliger Darbietung dem Probanden vorgelegt werden.

4. Grundkonzept Für die Konzeption des Verfahrens war die Erkenntnis maßgebend, daß der Entwicklungsstand eines Kindes für sich allein keine befriedigenden Aussagen über die Entwicklungs*potenzen* erlaubt. Um diese abschätzen zu können, wurde ein neuer psychodiagnostischer Zugang in Form eines Lernfähigkeitstests gewählt. Dabei griff die Testautorin auf eine ihr vorliegende experimentelle Studie sowie auf Erfahrungen zurück, die GUTHKE mit Lernfähigkeitstests gemacht hat. So entstand nach einer Reihe von Vorversuchen dieser Test, der auf dem Wege über das anschaulich-konkrete Denken reales Lernverhalten von Vorschulkindern überprüft. Er dient nicht nur der Feststellung der Schulreife und dem Erkennen förderungsbedürftiger Kinder, sondern auch der Früherfassung sonderschulbedürftiger Kinder. Darüber hinaus können auf seiner Grundlage prophylaktische Maßnahmen zur Förderung entwicklungsgefährdeter Kinder eingeleitet werden.

5. Durchführung **5.1 Alter:** 5–7 Jahre.

5.2 Formen: Der VLT kann nur als Einzeltest durchgeführt werden.

5.3 Handhabung: Es liegen genaue Instruktionen vor. Die Durchführung des Tests geschieht in der Weise, daß dem Kind jeweils eine Bilderreihe gezeigt wird, die an einer Stelle ein freies Feld beinhaltet. Das Kind muß aus der darunterliegenden Bilderreihe dasjenige Muster herausfinden, das in das leere Feld hineinpaßt. Bei richtiger Antwort spricht der Testleiter eine verbale Bekräftigung aus, bei falscher Antwort wird eine bestimmte Hilfestellung solange gegeben, bis der Proband die richtige Lösung gefunden hat. Auf einem Protokollbogen wird die Anzahl der richtigen und falschen Lösungsversuche (maximal 4) vom Testleiter festgehalten.

5.4 Zeit: Die durchschnittliche Testzeit beträgt 20 Minuten. Besonders leistungsschwache Kinder benötigen bis zu einer Stunde.

6. Auswertung

6.1 Modus: Auf dem Protokollbogen wird die Anzahl aller richtigen, ersten Lösungsversuche einer jeden Darbietung ermittelt. Die Summe bildet den Rohwert, der sowohl für den Gesamttest als auch getrennt für die drei Aufgabenserien (Formen, Folgen, Farben) und für die drei unterschiedlichen Darbietungen berechnet wird. Anhand von Normentabellen können dann die entsprechenden Standardwerte abgelesen werden. Interpretationshilfen sind vorhanden.

6.2 Zeit: Keine Angaben. Die Auswertung dürfte aber nur wenig Zeit in Anspruch nehmen.

7. Gütekriterien

7.1 Objektivität: Hinsichtlich der Durchführung und Auswertung ist das Verfahren objektiv.

7.2 Reliabilität: Aufgrund einer Konsistenzanalyse ergab sich ein Zuverlässigkeitskoeffizient nach der Kuder-Richardson-Formel 8 von $r = 0{,}89$. Der aus den Interkorrelationen der Subtests geschätzte Wert betrug $r = 0{,}87$.

7.3 Validität: Im Rahmen der Ermittlung *konkurrenter* Validität ergaben sich zwischen den Darbietungsformen des VLT und einer von der jeweiligen Kindergärtnerin eingeschätzten Schulerfolgsprognose Korrelationskoeffizienten von $0{,}32 \leq r_{tc} \leq 0{,}43$. Die Zusammenhänge des Tests mit zwei Intelligenzskalen sowie mit einem Schulreifetest waren etwa gleich hoch.
Im Hinblick auf die *prognostische* Validität des Verfahrens hatten die Beziehungen zwischen dem VLT und verschiedenen Schulnoten am Ende der 1. Klasse eine Größenordnung von $0{,}22 \leq r_{tc} \leq 0{,}46$. Bei einer Dichotomisierung der Kinder nach dem Kriterium „Lernschwierigkeiten in den Hauptfächern/keine Lernschwierigkeiten" zeigten sich Koeffizienten (punktbiserial, korrigiert) von $0{,}57 \leq r_{tc} \leq 0{,}85$ (N = maximal 28!), wobei die größeren Koeffizienten – mit einer Ausnahme – in der Gruppe der Kinder mit Lernschwierigkeiten auftraten. Die Kombination des VLT mit zwei Schulreifeverfahren ergab noch höhere Werte. Bei Dichotomisierung der Leistungsfähigkeit wurden Koeffizienten zwischen 0,93 und 0,96 erzielt.
Zur *faktoriellen* Validität wurde eine Faktorenanalyse gerechnet, basierend auf den Interkorrelationen der einzelnen Subtests des VLT. Hieraus resultierte ein starker Generalfaktor, der im Sinne des sog. g-Faktors nach Spearman interpretiert wurde. Die beiden restlichen Faktoren kennzeichneten weitere Aspekte der allgemeinen geistigen Leistungsfähigkeit.

7.4 Normen: Für die einzelnen Darbietungen, Aufgabenserien und das Gesamtergebnis liegt eine L-Skala ($\bar{x} = 10$; $s = 5$) und für die je 7 Aufgaben umfassenden Subtests jeweils eine C-Skala ($\bar{x} = 5$; $s = 2$) vor. Die Standardwerte wurden anhand einer Stichprobe von 321 Kindergartenkindern im Alter von 6–7 Jahren und 108 Kindergartenkindern im Alter von 5;0–5;11 Jahren gewonnen.

8. Literatur

GUTHKE, J. (1972). *Zur Diagnostik der intellektuellen Lernfähigkeit.* Berlin: VEB Deutscher Verlag der Wissenschaften.

KLAUER, K. J. (1969). *Lernen und Intelligenz. Der Einfluß von Trainingsmethoden auf die Intelligenztestleistung schwachbegabter Kinder.* Weinheim: Beltz.

ROETHER, D. (1971). *Zur Diagnostik der Lernfähigkeit – ein Beitrag zur Feststellung des Entwicklungsstandes und der Entwicklungspotenzen von Vorschulkindern.* (Unveröff. Diss.) Berlin: Humboldt-Universität.

1. LEISTUNGSTESTS

1.1 Entwicklungstests
1.2 Intelligenztests
1.3 Allgemeine Leistungstests
1.4 Schultests
1.4.1 Einschulungstests
1.4.2 Spezielle Schuleignungstests
1.4.3 Mehrfächertests
1.4.4 Lesetests
1.4.5 Rechtschreibtests
1.4.6 Mathematik- und Rechentests
1.4.7 Sonstige Schultests
1.5 Spezielle Funktionsprüfungs- und Eignungstests

1.5 Spezielle Funktionsprüfungs- und Eignungstests

● = ja
o = teilweise
○ = nein
k.A.= keine Angaben

Testname	Autor(en)	Seite	Durchführung: Gruppentest	Durchführung: Parallelform	Durchführung: Zeitangabe netto (Min.)	Durchführung: Zeitangabe brutto (Min.)	Auswertung: Schabl./Schlüss.	Auswertung: maschinell	Auswertung: Zeitangabe (Min.)	Gütekriterien: Objektivität	Gütekriterien: Reliabilität	Gütekriterien: emp. Validität	Gütekriterien: Normen	Alter (Jahre oder Schuljahre (J/Sj))
Airport – Diagnostik des komplexen Problemlösens	Obermann	453	○	○	90	120	○	●		●	○	●	●	k.A.
Berufseignungstest (BET)	Schmale u.a.	455	●	o		150	o	○		●	○	●	●	15–34 J
Büro-Test (BT)	Marschner	458	●	●		45	●	○		●	●	●	●	ab 14 J
Checklist motorischer Verhaltensweisen (CMV)	Schilling	461	○	○			●	○		○	●	●	●	6–11 J
Differentieller Fähigkeitstest	Horn u.a.	463	●	○		ca. 100	●	○		●	o	○	o	15–18 J
Differentieller Wissenstest (DWT)	Fürntratt	465	●	●		60–90	●	○	5–10	●	●	●	●	ab 14 J
Drahtbiegeprobe (DBP)	Lienert	467	●	○	15	20	●	○		●	●	●	●	12–19 J
Form-Lege-Test (FLT)	Lienert	471	●	●	20		●	○		●	●	●	●	14–18 J
Hand-Dominanz-Test (HDT)	Steingrüber u.a.	474	●	○	3	15	●	○		●	●	●	●	6–10 J
Handwerklich-motorischer Eignungstest (HAMET-R)	Dieterich u.a.	476	o	○		(1 Tag)	○	●		●	o	o	o	ab 14 J
Kurz-Fragebogen für Problemfälle (KFP 30)	Müller u.a.	479	●	○		10	●	○	2	●	●	●	●	ab 18 J
Mailbox 90	Roest u.a.	481	●	○	32		○	●		●	o	●	○	k.A.
Mannheimer Rechtschreib-Test (MRT)	Jäger u.a.	483	●	o		ca. 45	●	○		●	●	●	●	13–50 J

1.5 Spezielle Funktionsprüfungs- und Eignungstests (Forts.)

● = ja
o = teilweise
○ = nein
k.A.= keine Angaben

			Durchführung				Auswertung			Gütekriterien				Alter
Testname	**Autor(en)**	**Seite**	Gruppentest	Parallelform	Zeitangabe netto (Min.)	Zeitangabe brutto (Min.)	Schabl./Schlüss.	maschinell	Zeitangabe (Min.)	Objektivität	Reliabilität	emp. Validität	Normen	(Jahre oder Schuljahre (J/Sj))
Mannheimer T. z. Erf. d. physikal.-techn. Problemlösens (MTP)	Conrad u.a.	486	●	●	25	30	●	○		●	●	●	●	k.A.
Mechanisch-technischer Verständnistest (MTVT)	Lienert	488	●	○		45	●	○		●	●	●	●	13–19 J
Revidierter Allgemeiner Büroarbeitstest (ABAT-R)	Lienert u.a.	491	●	●	28	45	●	○	10	●	●	●	●	ab 14 J
Tätigkeits-Analyse-Liste (TAL)	Schmidt	494	○	○			○	○		●	●	●	○	k.A.
Tätigkeitsbewertungssystem – Geistige Arbeit (TBS-GA)	Rudolph u.a.	496	○	○			●	○		●	●	●	**o**	k.A.
Testsystem für hörgeschädigte Kinder (THK)	Reimann u.a.	498	○	○		ca. 45	○	○		●	●	●	●	5–10 J
Test zur Untersuchg d. prakt.-technischen Verständnisses (PTV)	Amthauer	500	●	●	25		●	●		●	●	●	●	13–50 J

Airport – Diagnostik des komplexen Problemlösens

C. OBERMANN
Göttingen: Hogrefe, 1990

1.5

1. Testart Spezielle Funktionsprüfungs- und Eignungstests

2. Testmaterial Handbuch, Diskette 3,5", SEC-Modul; *zusätzlich:* Schreibmaterial, PC AT kompatibel zum Industriestandard oder IBM PSxx mit Prozessor i386sx oder besser, Maus, DOS 3.2 oder besser, Drucker.

3. Testgliederung Das Verfahren, das in Form einer PC-gestützten Simulation abläuft, gibt Auskunft zu den Aspekten „Analysefähigkeit", „Entscheidungsverhalten", „Logik und Schlußfolgern".

4. Grundkonzept Das Verfahren ermöglicht es, anhand einer neutralen, nicht Fachwissen voraussetzenden Aufgabenstellung das individuelle Verhalten bei der Lösung komplexer Probleme transparent und beurteilbar zu machen. Somit bietet sich Airport zur Beurteilung von externen Bewerbern auf Managementpositionen (z. B. innerhalb eines Assessment-Centers) an. Des weiteren kann es im Rahmen von Beurteilungsseminaren wertvolle Informationen bei der Untersuchung von Mitarbeitern, die in komplexe Managementaufgaben hineinwachsen sollen, liefern. Außerdem können Defizite in den verschiedenen Teilbereichen des Problemlöseverhaltens aufgedeckt und damit der individuelle Bedarf an Training und Fortbildung gezielter festgestellt werden.

5. Durchführung **5.1 Alter:** Keine Angaben.

5.2 Formen: Einzelplatzverfahren.

5.3 Handhabung: Nach der Installation des Programms und Anbringen des SEC-Moduls an der parallelen Schnittstelle ist das Programm lauffähig. Die Testkandidaten erhalten vor Beginn der eigentlichen Bearbeitung eine durch den Testleiter gesteuerte Übung anhand eines Programmbeispiels. Hierbei liest der Testleiter den im Handbuch vorgegeben Instruktionstext vor. Nach Abschluß der Instruktionsphase bearbeiten die Probanden die Simulation am Bildschirm.

5.4 Zeit: Die Dauer der Simulation beträgt ca. 90 Minuten, die Gesamtdurchführungszeit inklusive Instruktion erfordert ca. 120 Minuten.

6. Auswertung **6.1 Modus:** Am Ende jeder Programm-Durchführung läßt der Testleiter die Ergebnisse des Probanden vom PC errechnen und entweder auf dem Bildschirm oder Drucker ausgeben. Es ergibt sich eine Liste aller Rohwerte und Normwerte (7-er Skala mit $m = 4$ und $s = 1,5$) bezüglich jeder Ergebnisvariablen.

6.2 Zeit: Keine Angaben.

7. Gütekriterien

7.1 Objektivität: Es ist eine hohe Durchführungs- und Auswertungsobjektivität gegeben.

7.2 Reliabilität: Keine Angaben.

7.3 Validität: Es werden im Handbuch eine Reihe von empirischen Untersuchungen zum Zusammenhang von mit Airport gewonnenen Daten und dem Problemlöseerfolg, gemessen durch ein anderes Simulationsverfahren und anderen externen Kriterien der Problemlöseleistung (z. B. Selbst- und Fremdeinschätzung der Fähigkeit zum komplexen Problemlösen), dargestellt. Die Ergebnisse zeigen durchweg die hohe Validität des Verfahrens.

7.4 Normen: Es werden Angaben zur Normierungsstichprobe (N = 30 Hochschulabsolventen mit Schwerpunkt im kaufmännischen Bereich und 120 interne Bewerber aus dem Finanzdienstleistungsbereich).

Berufseignungstest (BET)

H. SCHMALE und H. SCHMIDTKE
Bern und Stuttgart: Huber, 1966

---

1. Testart Spezieller Funktionsprüfungs- und Eignungstest

2. Testmaterial Handanweisung, Auswerteschablonen, Tabellenband. Für jeden Pb Testhefte (Heft 1, Heft 2), Vordruck für Test Nr. 8, 1 großes Steckbrett, 1 kleines Steckbrett; *zusätzlich:* Tafel und Kreide; für jeden Pb 2 Bleistifte, Bleistiftanspitzer, Radiergummi, 2 Bogen Papier für Zwischenrechnungen; Stoppuhr.

3. Testgliederung Der BET besteht aus 12 Einzeltests. Die ersten 8 Tests sind „Papier-Bleistift-Tests", die Tests Nr. 9 und Nr. 10 werden am großen Steckbrett, die Nrn. 11 und 12 am kleinen Steckbrett durchgeführt (sog. Gerätetests). Heft 1 enthält die Tests Nr. 1 bis Nr. 4; Heft 2 die Tests Nr. 5 bis Nr. 7. Der Test Nr. 8 ist auf einem besonderen Vordruck durchzuführen.

4. Grundkonzept Mit dem BET liegt die deutsche Fassung der General-Aptitude-Test-Battery (GATB) vor. Die amerikanische Fassung besteht aus ebenfalls 12 Tests; diese können in verschiedenen Kombinationen zusammengestellt werden, um die Eignung für grundlegende Anforderungen in verschiedenen Arbeitsbereichen zu untersuchen. Diese Batterie wird sowohl in der eignungsdiagnostischen Beratungssituation wie in der Ausleseprüfung eingesetzt. Im BET werden die einzelnen Tests wie folgt bezeichnet:

1. Werkzeugvergleich
2. Körperabwicklung
3. Adressenvergleich
4. Grundrechnen
5. Figurenlesen
6. Rechenaufgaben
7. Begriffsähnlichkeit und -gegensatz
8. Strichezeichnen
9. Zapfenstecken
10. Zapfenumdrehen
11. Unterlegscheibe einbauen
12. Unterlegscheibe ausbauen

Hinweise zur eignungsdiagnostischen Konzeption und zum Anwendungsbereich sind der amerikanischen Literatur zur GATB zu entnehmen, z. B. SUPER und CRITES (1962^2, S. 330–339).

5. Durchführung **5.1 Alter:** 15- bis 34jährige Probanden.

5.2 Formen: Der BET kann als Einzel- wie als Gruppenversuch durchgeführt werden. Für die Tests Nr. 1 bis Nr. 7 liegt eine Parallelform vor.

5.3 Handhabung: Ein prinzipieller Unterschied zwischen Einzel- und Gruppenversuch besteht nicht. Die Handanweisung enthält optimale Durchführungspläne für Gruppenuntersuchungen, die an der Anzahl des verfügbaren Testmaterials, der vorhandenen Testleiter und der zu testenden Probanden ausgerichtet sind. Die Autoren empfehlen, eine Einführung der Pbn in die Untersuchungssituation vorzunehmen, um affektive Spannungen abzubauen, die infolge der Erwartung einer Prüfungssituation entstanden sein könnten. Ferner müssen die Pbn über Art und Dauer der Untersuchung unterrichtet werden. Sie sollten auch wissen, daß die Zeit zur Bearbeitung aller Aufgaben in der Regel nicht ausreicht.
Vor Beginn der Untersuchung ist festzustellen, welche Pbn Linkshänder sind. Für die Durchführung der Gerätetests (Nrn. 9 bis 12) müssen Links- und Rechtshänder in separaten Gruppen zusammengefaßt sein. Allgemeine Instruktionen und spezielle Anweisungen zur Durchführung der einzelnen Tests sind der Handanweisung zu entnehmen. Tafel und Kreide werden benötigt, um einige Anweisungen zu verdeutlichen. Die Instruktionen zu den Gerätetests sind den Pbn vorzulesen (unterschiedliche Formulierungen bei Rechts- bzw. Linkshändern beachten!). Der VI hat besonders darauf zu achten, daß sich die Steckbretter in vorgeschriebener Lage an den Arbeitsplätzen befinden, daß sich die Pbn bei der Durchführung nicht gegenseitig behindern können und keine Abweichungen von der vorgeschriebenen Arbeitsweise auftreten.
Nach Abschluß jedes einzelnen Gerätetests wird der Test-Rohwert bei jedem Pbn festgestellt und in einer Ergebnisliste vermerkt. – Während regelmäßig nach einigen Übungsaufgaben die eigentliche Testdurchführung beginnt, werden die Tests Nr. 11 und 12 vor der Durchführung erst nacheinander geübt.

5.4 Zeit: Die Durchführungsdauer für den gesamten Test wird mit 2 1/4 bis 2½ Stunden angegeben. Die Einfügung einer 15-Minuten-Pause wird empfohlen.

6. Auswertung

6.1 Modus: Der individuelle Testrohwert ergibt sich aus der Anzahl der richtigen Antworten. Die Auszählung der richtigen Antworten wird mit Hilfe von Auswerteschablonen vorgenommen. Die Auszählung der Rohwerte bei den Gerätetests erfolgt nach Maßgabe der Handanweisung. Die Rohwerte lassen sich für jeden einzelnen Test in altersspezifische Standardwerte transformieren. Beim Ablesen der Standardwerte ist darauf zu achten, daß Tabellen für Form A und Form B im Tabellenband nicht verwechselt werden. Die Einordnung eines Pb in die richtige Altersklasse regelt eine Anweisung im Tabellenband. – Standardwerte können wunschgemäß mit Hilfe der Tabelle III in Prozentränge transformiert werden.

6.2 Zeit: Keine Angaben.

7. Gütekriterien

7.1 Objektivität: Keine Angaben. Es besteht jedoch Grund zu der Annahme, daß das Testergebnis eines Pb bei Beachtung der Anweisung zur Durchführung und Auswertung (Handanweisung) von der Person des Versuchsleiters unabhängig ist.

7.2 Reliabilität: Keine Angaben.

7.3 Validität: Es liegen Validitätskoeffizienten für einige Berufsgruppen vor.

Als Außenkriterium diente das Ergebnis der Lehrabschlußprüfung. Koeffizienten von r > 0,20 sind in Tabelle II des Tabellenbandes angegeben. „In diesen Fällen können die zugehörigen Standardwerte (der Berufsgruppen) als Anforderungsnormen für mindestens guten Berufserfolg angesehen werden" (Tabellenband, S. 8.). Eine faktorielle Beschreibung der Testleistungen, wie sie für die GATB vorliegt, steht für den BET noch aus.

7.4 Normen: Tabelle I des Tabellenbandes enthält Standardwertnormen für jeden einzelnen Test und verschiedene Altersgruppen (Form A und Form B beachten!). Tabelle II des Tabellenbandes enthält für-verschiedene Berufe „Anforderungsnormen", d. h., Pbn mit gutem Berufserfolg haben im allgemeinen Standardwerte in der angegebenen Höhe erzielt. „Die Anforderungsnormen für noch befriedigenden Berufserfolg sind im Durchschnitt etwa 6 bis 8 Standardwerte niedriger anzusetzen" (Tabellenband, S. 8).

8. Literatur

SUPER, D. E. & CRITES, J. O. (1962²). *Appraising vocational fitness by means of psychological tests.* New York: Harper.

Büro-Test (BT)

G. MARSCHNER

Göttingen: Hogrefe, 1981[2]

---

1. Testart

Spezielle Funktionsprüfungs- und Eignungstests

2. Testmaterial

Handanweisung, Testheft A + B und Lösungsblatt, Lösungsschlüssel; *zusätzlich:* Schreibstift, Uhr.

3. Testgliederung

Der BT besteht aus 6 Aufgaben zu praktisch-kaufmännischen Büroarbeiten, die nach steigendem Schwierigkeitsgrad angeordnet sind.

4. Grundkonzept

Die im BT zur Bearbeitung und Lösung angebotenen Arbeitsproben bilden zusammengenommen einen Ausschnitt aus der komplexen Arbeitssituation eines Büros.

Die Arbeitsvorgänge sind ohne spezielle kaufmännische Fachkenntnisse lösbar. Erfaßt werden Leistungsaspekte wie „praktisch-anschauliches Denken", „Kombinationsfähigkeit" und „organisatorische Befähigung", aber auch der motivationale Aspekt eines allgemeinen Interesses an Büroarbeiten ist einbezogen.
Der Test ist als „Niveau-Test" zu klassifizieren; er enthält jedoch in Annäherung an die betriebliche Realität bei Büroarbeiten eine Schnelligkeitskomponente. Der BT ist für psychologische Eignungsuntersuchungen vorgesehen, und zwar im Rahmen der Auswahl für kaufmännische Lehr- und Anlernberufe, für handwerklich-technische Berufe zur Auswahl von Führungskräften des unteren und mittleren Managements, für die Umschulung von Erwachsenen – auch im Zuge der Rehabilitation – und für die Auslese des Vorarbeiter und Meister-Nachwuchses.
Der BT liegt auch in einer niederländischen Bearbeitung vor.

5. Durchführung

5.1 Alter: Ab 14 Jahren.

5.2 Formen: Der BT kann als Einzel- wie auch als Gruppenversuch durchgeführt werden. Eine Parallelform liegt vor.

5.3 Handhabung: Zwischen der Handhabung im Einzel- und im Gruppenversuch besteht kein prinzipieller Unterschied. Für den Einzelversuch wird jedoch empfohlen, dem Probanden u. U. auch mehr als 30 Minuten Testzeit einzuräumen, wenn ein qualitativ brauchbares Ergebnis zu erwarten ist (Zeitmarkierung auf dem Lösungsblatt vornehmen). Den Probanden wird jeweils ein Schreibstift, ein Testheft (abwechselnd Form A und Form B) und ein Lösungsblatt ausgehändigt. Nachdem die Probanden einige Personaldaten in das Lösungsblatt eingetragen haben, liest der Versuchsleiter die einführende Versuchsanweisung vor, während die Pbn jeweils für sich mitlesen. Anschließend gibt er das Startzeichen und überwacht die Einhaltung der Durchführungszeit.

5.4 Zeit: Die Durchführungszeit beträgt 45 Minuten.

6. Auswertung

6.1 Modus: Die Ermittlung des individuellen Rohwertes wird mit Hilfe des Lösungsschlüssels vorgenommen. Anhand von Lösungs- und Auswertungsbeispielen im Anhang der Handanweisung kann sich der Versuchsleiter in die Auswertungstechnik einarbeiten. Dies ist bei vorliegendem Verfahren erforderlich, da den Probanden freie Aufgabenbeantwortung ermöglicht wird und somit auch Lösungs-Ansätze wie Teillösungen in Rechnung zu stellen sind. Nur dem eingearbeiteten Auswerter wird daher empfohlen, den vorliegenden Lösungsschlüssel zu verwenden, um das etwas umständliche Nachschlagen in der Handanweisung zu ersparen.
Für die Angabe der Gruppenposition eines Probanden kann in Normentafeln je nach Lebensalter und Ausbildungs-Niveau der Rohwert in Prozentrang- bzw. Standardwerte (SW) umgewandelt werden. Eine kombinierte Umrechnung unter Ansehung von Lebensalter und Ausbildungsgrad ist möglich.

6.2 Zeit: Keine Angaben.

7. Gütekriterien

7.1 Objektivität: Mehrere Rohwertauszählungen einiger unabhängig voneinander arbeitender Personen korrelieren im Durchschnitt zu r = 0,98 (N zwischen 30 und 40). Diese hohe Objektivität ist nur bei sorgfältiger Beachtung der Anweisungen zur Durchführung und Auswertung (Handanweisung) gewährleistet.

7.2 Reliabilität: Die Prüfung des Aspekts der zeitlichen Stabilität ergab mit der Parallelform des BT für ein Intervall von 6 Monaten einen Retest-Koeffizienten von r = 0,71 (N = 187). Der Autor hält diesen Wert für eine Minimaleinschätzung.
Die Schätzung der inneren Konsistenz nach der Kuder-Richardson-Formel 20 lieferte Koeffizienten zwischen r = 0,58 und r = 0,98. Es wird ein mittleres r = 0,91 (N = 382) berichtet. Die Formen A und B des BT sind nach der WILKESschen Äquivalenzanalyse als äquivalent anzusehen.

7.3 Validität: Der BT beansprucht in hohem Ausmaß Inhaltsvalidität, da er hinsichtlich seiner Aufgabenstruktur der Bürowirklichkeit sehr nahe kommt. Ferner liegen Ergebnisse über Validitätsuntersuchungen zu verschiedenen Aspekten vor, über die hier nur ausschnittsweise berichtet werden kann:

a) Die Korrelation des BT mit einem sprachfreien Intelligenztest zeigte erwartungsgemäß nur geringfügige Zusammenhänge (z. B. bei N = 200 betrug r = 0,34).
b) Dagegen weisen die für „Flexibilität des Denkens" kennzeichnenden Untertests „AN" und „ZR" im IST (AMTHAUER, 1961) mit dem BT eine Korrelation von r = 0,63 bzw. r = 0,59 (N = 63) auf. Der Autor interpretiert diesen Befund im Einvernehmen mit den Leistungsdefinitionen der „Psychischen Berufsanforderungen für kfm. Lehr- und Anlernberufe" (1960).
c) Einige empirische Ergebnisse deuten darauf hin, daß der BT zwischen bürokundlich orientierten bzw. auszubildenden Schülern und sprachlich und technisch orientierten Schülern zu trennen vermag. Der „minderungskorrigierte" Validitätskoeffizient zwischen den bürokundlichen Schulnoten und dem BT ergab bei N = 73 Handelsschülern r = 0,79.

d) Der Lehrgangserfolg von 34 besonders bewährten Vorarbeitern in einem betriebsinternen Meisterlehrgang korrelierte mit den BT-Leistungen zu Rho = 0,65 (Rangkorrelation).

7.4 Normen: In der zweiten Testauflage (1981) wurden die Normtafeln erweitert und ergänzt. Es stehen nunmehr Normen für folgende Gruppen zur Verfügung:
- Berufsfeld Verwaltung/Wirtschaft (N > 2500);
- Berufsfeld Verwaltung/Wirtschaft nach Lebensalter und dem Grad der kaufmännischen Erfahrung einschl. einer Abiturienten-Stichprobe mit eigenen Normen (N > 2400);
- Berufsfeld Handwerklich-Technische Berufe nach Grad der handwerklich-technischen Qualifikation und der beruflichen Erfahrung (N > 1500).

Die Gesamtbasis der Normenstichprobe liegt insgesamt bei N > 5000 und kann damit als repräsentativ für die psychodiagnostische Praxis angesehen werden.

8. Literatur

WIRTSCHAFTSVEREINIGUNG DER EISEN- UND STAHLINDUSTRIE (Abt. Sozialwirtschaft, Hrsg.). (1960). *Psychische Berufsanforderungen für kaufmännische Lehr- und Anlernberufe in der Eisen- und Stahlindustrie.* Düsseldorf.

Checklist motorischer Verhaltensweisen (CMV)

F. SCHILLING
Braunschweig: Westermann, 1976

1.5

1. Testart Spezieller Funktionsprüfungstest

2. Testmaterial Handanweisung (DIN A4, 18 Seiten), Fragebogen, Auswertungsschablonen; *zusätzlich:* Schreibgerät.

3. Testgliederung Der Test ist ein motoskopisches Verfahren. Es besteht aus 78 Eigenschaftswörtern, die motorisches Verhalten von Schulkindern charakterisieren. Die Eigenschaftswörter werden als für das gesamte Bewegungsverhalten eines Kindes zutreffend oder nicht zutreffend eingestuft. Die 78 Items der CMV repräsentieren insgesamt 8 Dimensionen des Bewegungsverhaltens und sind nach Zufall auf dem Beurteilungsbogen angeordnet. Skala 1 (10 Items) beschreibt das freudige und unbändige Bewegungsverhalten, Skala 2 (10 Items) das besonnene und kontrollierte Bewegungsverhalten. Mit Skala 3 (10 Items) wird eine überdurchschnittliche Harmonie und Ausgewogenheit in der Koordination erfaßt. Die Eigenschaftswörter der Skala 4 (10 Items) charakterisieren ein träges, verlangsamtes und schwerfälliges Bewegungsverhalten. Skala 5 (10 Items) beschreibt ein planloses, unkontrolliertes und fahriges Bewegungsverhalten. Skala 6 (8 Items) umfaßt das gehemmte, unbeholfene und ungeschickte Bewegungsverhalten. Skala 7 (19 Items) beinhaltet eine Vorwegnahme der Bewegung, ein „Nicht-Abwarten-Können" und Skala 8 (10 Items) repräsentiert grobe Koordinationsstörungen in der Bewegung.

4. Grundkonzept Mit der Konstruktion der CMV wurde zum einen das Ziel verfolgt, in ökonomischer Weise bewegungsbehinderte Kinder durch ein Grobraster erfassen zu können und zum anderen diese auffälligen Kinder qualitativ nach dem Erscheinungsbild der Bewegungsbehinderung differenzieren zu können. Die Checklist gibt eine Groborientierung über psychomotorische Komponenten des Bewegungsverhaltens wie Antrieb, Motivation, Übereifer und Ängstlichkeit, die mit Eigenschaftswörtern, die nuanciert bestimmte Bewegungsmerkmale bzw. Bewegungsqualitäten unterscheiden, erfaßt werden.

5. Durchführung **5.1 Alter–Klasse:** 6 bis 11 Jahre.

5.2 Formen: Einzeldurchführung notwendig.

5.3 Handhabung: Der Beobachter kreuzt auf dem Fragebogen an, ob er die Eigenschaftswörter als zutreffend oder nicht zutreffend in bezug auf das gesamte Bewegungsverhalten des Kindes ansieht. Voraussetzung für die Testdurchführung ist daher, daß der Beurteiler das Kind über längere Zeit in verschiedensten Bewegungssituationen beobachten konnte.

5.4 Zeit: Keine Angaben.

6. Auswertung

6.1 Modus: Mit Hilfe der Auswertungsschablonen wird in den 8 Skalen die Anzahl der als „zutreffend" bezeichneten Items ausgezählt. Für diese Skalenwerte kann in Normentabellen der Prozentrang nachgesehen werden.

6.2 Zeit: Keine Angaben.

7. Gütekriterien

7.1 Objektivität: Da es sich um die Wiedergabe des persönlichen Eindrucks des Beobachters handelt und sowohl die Erfahrungen wie auch subjektive Leistungsmaßstäbe und unterschiedliche Konzepte die Beschreibung prägen können, dürfte die Objektivität des Verfahrens fragwürdig sein.

7.2 Reliabilität: Die durchschnittliche Trennschärfe der einzelnen Items jeder Skala schwankt zwischen 0,55 und 0,72. In einer Faktorenanalyse konnte nach dem Abbruchkriterium Eigenwert ≤ 1 mit den 8 Faktoren 70,4% der gemeinsamen Varianz aufgeklärt werden. Die Iteminterkorrelationen sind innerhalb der Skalen ohne Ausnahme hochsignifikant.
Retests, die für ein N = 11 durchgeführt wurden, erbrachten Werte für die einzelnen Skalen von 0,62 bis 0,92.

7.3 Validität: Da die CMV mehr qualitative Merkmale des Bewegungsverhaltens differenziert, sind hohe Korrelationen zu Ergebnissen motometrischer Verfahren nicht zu erwarten. Die Koeffizienten erreichen eine Höhe von 0,3 bis 0,4. Ein motoskopisches Verfahren kann daher motometrische Tests nicht ersetzen, sondern nur im Hinblick auf eine qualitative Differenzierung ergänzen.

7.4 Normen: Die Normierung wurde an 142 männlichen und 118 weiblichen Grund- und Hauptschülern, die starke Mittelwertunterschiede zwischen den Geschlechtern aufwiesen, und 65 Sonderschülern, die aufgrund des zu geringen Stichprobenumfangs nicht nach Geschlecht getrennt werden konnten, vorgenommen. Es wurden für jede Skala Prozentrangtabellen im Anhang der Handanweisung abgedruckt.

Differentieller Fähigkeitstest (DFT)

R. Horn und R. Wallasch
Weinheim: Beltz Test Gesellschaft, 1984

---

1. Testart Spezielle Funktionsprüfungs- und Eignungstests

2. Testmaterial Beiheft mit Anleitung und Richtlinien zur Interpretation, Testheft, Auswertungsschablonen; *zusätzlich:* Schreibmaterial (zwei spitze Bleistifte Nr. 2 oder HB oder einen Bleistift und einen Kugelschreiber), Stoppuhr oder Uhr mit Sekundenzeiger.

3. Testgliederung Das Testverfahren besteht aus den acht Untertests: Verstümmelte Wörter, Korrektur, Linien, Versteckte Figuren, Farbtest, Schriftzeichen, Technik und Mathematik, die in einem 35 Seiten starken Testheft bearbeitet werden müssen.

4. Grundkonzept Das Testverfahren soll zur Erfassung berufsspezifischer Fähigkeiten und Fertigkeiten von Bewerbern für Ausbildungs- und Umschulungsplätze im Wirtschaftsbereich Druck dienen. Es soll ergänzend zu den üblichen Bewerbungsunterlagen Informationen liefern, die für alle Bewerber unter den gleichen Bedingungen erbracht werden und über den Rahmen der üblichen Informationen aus Zeugnissen und dem Lebenslauf hinausgehen. Geprüft werden Rechtschreibkenntnisse, Motorik, der Umgang mit graphischen Gebilden und andere berufsrelevante Fertigkeiten.

5. Durchführung

5.1 Alter: Etwa 15–18 Jahre.

5.2 Formen: Als Gruppen- und/oder Einzeltest durchführbar.

5.3 Handhabung: Jeder Proband erhält ein Testheft und Schreibmaterialien. Im Beiheft zum Verfahren werden Hinweise auf die äußeren Voraussetzungen und die Atmosphäre gegeben. Der Testleiter liest die Anweisungen zu jedem Untertest vor.

5.4 Zeit: Ca. 100 Minuten.

6. Auswertung

6.1 Modus: Mittels der Schablonen und „Streifenschlüssel" wird die Zahl der richtigen Lösungen in jedem Untertest ermittelt. Die Summe der jeweiligen richtigen Lösungen wird im Schema auf dem Testheft eingetragen. Die Ergebnisse lassen sich in zweifacher Weise interpretieren: Zum einen ist es möglich, die Bewerber hinsichtlich der Güte ihrer Testergebnisse in eine Rangreihe zu bringen, zum anderen kann man die erreichten Testwerte mit Normwerten verschiedener Stichproben (Hauptschüler, Realschüler und Gymnasiasten) vergleichen und sie den Kategorien unterdurchschnittlich, durchschnittlich oder überdurchschnittlich zuweisen.

6.2 Zeit: Keine Angaben.

7. Gütekriterien

7.1 Objektivität: Die normierte Testanweisung sowie die Vorschriften zur Durchführung des Verfahrens garantieren eine hohe Objektivität des Verfahrens.

7.2 Reliabilität: Die Reliabilitätskoefffizienten (angegeben nur für die Untertests „Verstümmelte Wörter", „Korrekturen", „Versteckte Figuren" und „Technik") schwanken zwischen r_{tt} = 0,60 und 0,96 (Cronbach Alpha) bzw. r_{tt} = 0,64 und 0,97 (Spearman-Brown).

7.3 Validität: Logische Gültigkeit kann beansprucht werden. Keine weiteren Angaben.

7.4 Normen: Es existieren Normen für sechs der acht Untertests, getrennt nach Haupt-, Realschülern und Gymnasiasten.

Differentieller Wissenstest (DWT)

E. Fürntratt
Herausgeber Deutsche Gesellschaft für Personalwesen e. V.
Wissenschaftliche Leitung: A. O. Jäger
Göttingen: Hogrefe, 1969

---

1. Testart Spezielle Funktionsprüfungs- und Eignungstests (Schultests)

2. Testmaterial Handanweisung, Antwortbogen, Profilbogen; *zusätzlich:* Schreibmaterial.

3. Testgliederung Der DWT besteht aus elf Untertests (Sport, Geldwesen, Politik, Technik, Physik-Chemie, Biologie, Erdkunde, Geschichte, Literatur, Kunst, Musik) mit je 20 Fragen. Für jede Frage gibt es vier Antwortmöglichkeiten.

4. Grundkonzept Ursprünglich als Interessentest konzipiert, dient der DWT heute hauptsächlich zwei Zwecken: der Messung des Allgemeinwissens und der Messung von Kenntnisschwerpunkten für deutschsprachige Personen ab frühestens 14 Jahren. Das Allgemeinwissen wird verstanden als Indikator für die Breite und Intensität des bisherigen geistigen Engagements, das von Intelligenz, objektiven Bildungsmöglichkeiten und erworbener Bildungsmotivation abhängt. – Die Untertests des DWT werden in Anlehnung an die Gebiete der Lehrpläne der deutschen Mittel- und Oberschulen definiert.
Anhand des Gesamtpunktwerts im DWT läßt sich auch der Erfolg in Tätigkeiten, in denen vorhandenes Allgemeinwissen gefordert wird (bestimmte akademische Studien etc.) vorhersagen. Das Kenntnisprofil gibt Informationen über die Kenntnisschwerpunkte und -lücken in dem Allgemeinwissen des Pb, die bei eignungsdiagnostischen und berufsberaterischen Fragestellungen wichtig sein können.

5. Durchführung **5.1 Alter:** Frühestens ab 14 Jahren, vorzugsweise erst ab 17 Jahren.

5.2 Formen: Der DWT kann als Einzel- und als Gruppentest gegeben werden. – Es liegen zwei Parallelformen (A und B) gleichen Inhalts vor, die sich in der Reihenfolge der Fragen und Antwortmöglichkeiten unterscheiden.

5.3 Handhabung: Die Testhefte und Antwortbogen werden verteilt, und der VI liest die schriftliche Anweisung vor, die die Pbn mitverfolgen. Der VI fügt der Anweisung nichts hinzu. Die Pbn kreuzen eine der vier Antwortmöglichkeiten an.

5.4 Zeit: Keine Zeitbegrenzung. In der Regel werden 60 bis 75 Minuten benötigt, bei älteren Pbn 75 bis 90 Minuten.

6. Auswertung **6.1 Modus:** Die entsprechenden Schablonen werden auf den Antwortbogen gelegt (für jeden Antwortbogen zwei Schablonen). Die richtigen Antworten, d. h. die durchgestrichenen Kreise, werden ausgezählt. Wurden in einer Zeile mehrere Antworten durchgestrichen, so zählt die Antwort als falsch. Die Anzahl der richtigen Antworten wird in die Kästchen jeder Kolonne und in die Tabelle auf dem Antwortbogen unter Rohwert (RW) eingetragen. Mit Hilfe der Normentabellen werden die Rohwerte in Standardwerte (SW) transformiert und ermöglichen so den Vergleich zur jeweiligen Bezugsgruppe. Die Standardwerte können dann auf dem Profilbogen eingetragen werden.

6.2 Zeit: Keine Angaben. In der Regel 5–10 Minuten.

7. Gütekriterien

7.1 Objektivität: Die Objektivität des DWT kann generell als gut bezeichnet werden.

7.2 Reliabilität: Bei einer Stichprobe von N = 600 Ober- und Mittelschülern(-innen) ergab sich erwartungsgemäß eine Paralleltestreliabilität von r = 0,97. Retestkorrelationen liegen nicht vor.
Die innere Konsistenz wurde durch Odd-even-Korrelationen – korrigiert nach Spearman-Brown – geprüft (r = 0,95). Zuverlässigkeitsschätzungen nach der Kuder-Richardson-Formel 20 ergaben r = 0,95.

7.3 Validität: Die inhaltliche Validität des DWT kann als gegeben angesehen werden, obwohl die Brauchbarkeit einiger Items sicherlich zeitlichen Veränderungen unterliegt.
Zur Vorhersage des beruflichen Erfolgs eignet sich der Test je nach Beruf unterschiedlich.

7.4 Normen: Die Eichstichprobe wurde nach dem Quotenverfahren ausgewählt und setzt sich aus 4648 Pbn im Alter von 15 bis 52 Jahren zusammen. Die älteren Pbn mit Volksschulabschluß sind etwas unterrepräsentiert, und so können die Ergebnisse dieser Gruppe nur mit Vorsicht interpretiert werden. – Die Normentabellen sind nach Alter, Geschlecht und Schulabschluß gegliedert.

8. Literatur

TODT, E. (1966). *Bericht über die Entwicklung eines neuen Kenntnis-Tests.* DGP-Informationen, Juli 1966, 7–20. Deutsche Gesellschaft für Personalwesen, Göttingen.

Drahtbiegeprobe (DBP)

G. A. Lienert

Göttingen: Hogrefe, 1967[2]

---

1. Testart Spezieller Funktionsprüfungs- und Eignungstest

2. Testmaterial Handanweisung. Aufstellbare Vorlage der nachzubiegenden Figur (Verhältnis der Vorlage zur Drahtlänge beträgt 7:5); geglühter Eisendraht von 25 cm Länge und 1 mm Durchmesser, Einstecktüte zur Aufbewahrung der Biegeprobe. Auswertungsbogen, Durchgleitschablone, Meßplatte; *zusätzlich:* Schreibstift, Uhr.

1.5

3. Testgliederung Die DBP besteht aus nur einer Aufgabe, nämlich der manuellen Bearbeitung eines Drahtes nach gegebener Vorlage. Die Leistung eines Pb wird aber nach 29 Kriterien bewertet. Unter aufgabenanalytischem Blickwinkel ließe sich jedes der Bewertungskriterien als Item auffassen und der strengen Forderung unterwerfen, daß Items voneinander unabhängig sein müssen, d. h., der Erfolg bzw. Mißerfolg bei einem Item darf keine Begünstigung bzw. Benachteiligung bei einem anderen nach sich ziehen. In dieser Hinsicht ist die DBP durchaus problematisch. Der Test ist vergleichbar mit Arbeitsproben, die das Nachformen eines Gegenstandes mit der Hand zum Inhalt haben, wie das Papierfalten und Plastizieren.

4. Grundkonzept Die DBP ist als Leistungstest für die Diagnose eines speziellen Aspekts der praktischen Intelligenz geeignet: das sog. Handgeschick. Der Pb soll ohne Hilfsmittel einen Draht biegen. Die Bewältigung dieser Aufgabe erfordert nicht nur eine Anpassung der Handfertigkeit an das gegebene Material, sondern auch Verständnis für das Zusammenspiel von Teilen in einem Ganzen. Insofern geht die Aufgabenstellung über die spezifisch metallverarbeitende Tätigkeit hinaus. Die Formauffassung spielt für die Leistungsbewertung eine wesentlichere Rolle als die Sauberkeitsleistung, wenngleich beide Gesichtspunkte nicht unabhängig voneinander sind. „Der Test setzt weder Sprachbeherrschung noch irgendeine schulische Ausbildung voraus; er ist ein reiner Bewältigungstest (powertest), der nicht die Schnelligkeit des ‚Denkhandelns', sondern allein seine Treffsicherheit prüft" (Handanweisung, S. 5).

Über besondere Anwendungsbereiche macht der Autor keine Angaben. Es liegt jedoch nahe, den Test für die Berufsberatung von Jugendlichen und für Eignungsuntersuchungen zu verwenden. Darüber hinaus ist der Test ein Hilfsmittel für die Beobachtung des Arbeitsverhaltens.

5. Durchführung **5.1 Alter:** 12–19 Jahre. Ab 20 Jahren ohne zureichende Normen.

5.2 Formen: Die DBP kann als Einzel- wie auch als Gruppenversuch durchgeführt werden. Es liegt keine Parallelform vor.

5.3 Handhabung: Der Proband erhält an seinem (bequemen) Arbeitsplatz einen Bleistift und eine Einstecktüte. Er wird aufgefordert, zunächst einige Personaldaten auf die Tüte zu schreiben. Dann händigt ihm der Versuchsleiter die Vorlage und den Draht aus und gibt die standardisierte Testanweisung. Sie enthält Hinweise darauf, wie die Vorlage aufzustellen ist, daß der Draht so verarbeitet werden soll, daß kein Rest am Ende übrig bleibt, daß keinerlei Werkzeug benutzt werden darf, daß die Vorlage erheblich größer ist als die Figur, die mit dem Draht herzustellen ist, und sich der Pb daher auf sein Augenmaß (!) verlassen soll. Der Pb braucht sich nicht zu beeilen. Nachdem sich der Versuchsleiter davon überzeugt hat, daß seine Instruktion verstanden worden ist, gibt er das Zeichen zum Anfangen. Nach 15 Minuten bittet der Versuchsleiter, die Arbeit abzuschließen, spätestens nach 20 Minuten wird die Arbeitsprobe eingeholt.

Zwischen Einzel- und Gruppenversuch besteht kein wesentlicher Unterschied. In der Gruppe hat der Versuchsleiter dafür zu sorgen, daß während des Arbeitens Ruhe herrscht, die Pbn sich beim Hantieren nicht gegenseitig stören können und keiner dem anderen hilft. Damit die angefertigten Arbeiten der Pbn nicht verwechselt werden können, bittet der Versuchsleiter, den gebogenen Draht in die Tüte zu stecken und sich durch Handheben bemerkbar zu machen.

5.4 Zeit: Im Anschluß an die Instruktion beträgt die Durchführungsdauer etwa 15 Minuten. Spätestens nach 20 Minuten wird die Probe eingeholt.

6. Auswertung

6.1 Modus: Die Bewertung erfolgt nach den Anleitungen in der Handanweisung und kann wegen ihrer Komplexität hier nicht im einzelnen dargelegt werden. Sie ist zumindest für den Ungeübten recht mühevoll. Im groben lassen sich die Kriterien wie folgt ordnen, und zwar unter dem Aspekt der Formauffassung in a) Genauigkeit der Streckenlänge, b) Parallelität der Strecken, c) Genauigkeit der Winkel; unter dem Aspekt der Sauberkeit in a) Geradlinigkeit, b) Radius der Krümmung bei bestimmten Winkeln, c) Stetigkeit der Kreisbogenkrümmung, d) Ausdehnung der Drahtfigur in der 3. Dimension. Die Auswertung kann allein nach Augenschein nicht objektiv durchgeführt werden. Der *eingearbeitete* Versuchsleiter kann jedoch über einige Bewertungskriterien augenscheinhalber urteilen, so z. B. über die Parallelität einiger Strecken oder über die dreidimensionale Ausdehnung. Das letztere Kriterium wird ansonsten mit Hilfe einer Durchgleitschablone geprüft. Eine Drahtfigur, die dieses Kriterium nicht erfüllt, bleibt in der Schablone stecken. Jede Probe sollte zuerst auf Dreidimensionalität geprüft werden, denn während der weiteren Auswertungsarbeiten könnte der Versuchsleiter versehentlich die Figurenteile in die Ebene zurückbiegen. Besonders problematisch ist in einigen Fällen die objektive Bestimmung des Punktes „D“ der Figur, wenn er nicht durch einen fehlerhaften Knick vom Pb (eindeutig) festgelegt wird.

Zur Bewertung der einzelnen Kriterien ist dem Versuchsleiter eine Meßplatte vorgegeben. Über jedes Kriterium wird im Auswertungsbogen eine positive oder negative Eintragung vorgenommen. Der Rohwert eines Pb ergibt sich aus der Summe der positiv bewerteten Kriterien. Die relative Position des Pb innerhalb seiner Bezugsgruppe kann durch Einsichtnahme in Normentafeln angegeben werden, und zwar sowohl in Prozentrang- als auch in Standardwerteinheiten (SW). Werden zwei Pbn der gleichen Bezugsgruppe in bezug auf ihre DBP-Leistungen verglichen, so gilt eine Differenz von mehr als 10 SW als statistisch signifikant (zweiseitiger Test, 5%-Niveau).

Die Biegeleistung eines Pb kann nach Formauffassung (F) und Sauberkeit (S) getrennt ausgewertet werden. „Eine separate Auswertung ist jedoch nur bedingt und in Ergänzung zur Gesamtauswertung gerechtfertigt“ (Handanweisung, S. 18). Wenn die unter dem Gesichtspunkt Formauffassung beurteilte Leistung von der Sauberkeitsleistung um mehr als 11 SW abweicht, so ist die Differenz statistisch signifikant. „Die F-Leistungen zweier Pbn unterscheiden sich signifikant ($p < 5\%$), wenn ihre Differenz mehr als 8 SW beträgt. Die S-Leistungen zweier Pbn unterscheiden sich entsprechend bei einem Unterschied von mehr als 13 SW“ (Handanweisung, S. 29).

6.2 Zeit: Über die Auswertungszeit lassen sich keine genauen Angaben machen, da sie von der Übung im Umgang mit der Meßplatte abhängt. Zunächst erscheint sie sehr zeitraubend. Ein gut eingearbeiteter Versuchsleiter benötigt für die normale Auswertung im allgemeinen nur wenige Minuten.

7. Gütekriterien

1.5

7.1 Objektivität: Die Unabhängigkeit des Testergebnisses eines Pb von der Person des Versuchsleiters ist nur nach Einübung und bei genauer Beachtung der Auswertungs-Anweisungen in der Handanweisung gewährleistet. Bei subjektiver – eindrucksmäßiger – Auswertung wurde lediglich eine Übereinstimmung zwischen zwei Beurteilern von $r = 0{,}75$ festgestellt (ROTH, 1958).

7.2 Reliabilität: Die Stabilität für einen zeitlichen Abstand zwischen Test und Retest von 14 Wochen ergab einen Koeffizienten von $r = 0{,}78$ ($N = 160$). Die Ermittlung der Unterteilungs-Zuverlässigkeit erbrachte an einer einigermaßen repräsentativen Stichprobe ($N = 307$) eine Korrelation von $r = 0{,}91$. Bei der etwas homogeneren Stichprobe von Berufsschülern ($N = 125$) wurde $r = 0{,}88$ festgestellt. Schätzungen der inneren Konsistenz lagen bei $r = 0{,}87$ und $r = 0{,}89$ für ein $N = 307$. Der Herausgeber bezeichnet die Reliabilität der DBP als hinreichend, zumal „performance tests“ im allgemeinen nicht die hohen Zuverlässigkeiten von Papier- und Bleistifttests erreichen.

7.3 Validität: Die DBP zeigte in einer Untersuchung zur faktoriellen Validität (von LIENERT und LIENHÖFT, 1950) auf zwei Faktoren substantielle Ladungen. Die Faktoren wurden als „manuelle Koordinationsfähigkeit“ und als „manuelle Nachgestaltungsfähigkeit“ interpretiert. Eine weitere Faktorenanalyse lieferte einen Zusammenhang der DBP mit dem Faktor „Fähigkeit des freien Nachgestaltens“. Diese Ergebnisse korrespondieren gut mit den von Maria SCHORN (1929) ermittelten Korrelationen der nichtstandardisierten DBP mit Verfahren, die im wesentlichen das „Formgefühl“ und „visomotorische Koordinaten“ prüfen.

Der Testautor vergleicht die DBP mit einer Reihe von Untertests, die verschiedene Aspekte der Intelligenz messen, wie „Regelerkennen“, „Allgemeines Wissen“, „Allgemeines Verständnis“ und folgerte aus den niedrigen Korrelationen, daß die Drahtbiege-Leistungen von diesen Intelligenzfaktoren unabhängig sind. Auch mit dem vom gleichen Autor herausgegebenen Formlegetest (FLT) zeigte sich nur ein Zusammenhang von $r = 0{,}41$ ($N = 307$). Die DBP erfaßt demnach einen von anderen Tests verhältnismäßig unabhängigen Aspekt der (praktischen) Intelligenz. Es besteht aber eine gewisse Ähnlichkeit zwischen Leistungen in der DBP und solchen anhand

von GOTTSCHALDT-Figuren, die die Fähigkeit prüfen, Teile aus einem Ganzen auszugliedern.
Die DBP gilt als logisch valide für Handgeschick oder Handfertigkeit. Hohe Sauberkeitsleistungen gehen oft mit einer gewissen Erfahrung im Umgang mit Material dieser Art einher, während Leistungen unter dem Aspekt der Formauffassung von formaler Schulbildung abhängig sind, jedoch wenig von der Berufsausbildung.

7.4 Normen: Die Eichung der DBP erfolgte an einer Stichprobe von 1700 männlichen Jugendlichen, die für ihre Altersklasse von 12 bis 19 Jahren repräsentativ war. Ferner wurde eine Stichprobe von 125 Erwachsenen (von 20 bis 50 Jahren) erhoben, die natürlich wegen ihrer hohen Altersvarianz und der geringen Anzahl von Pbn nicht als repräsentativ angesehen werden kann.
Normtafeln liegen für die nach der Gesamtpunktzahl und für die nach Formpunkten und Sauberkeitspunkten getrennte Auswertung vor.
Die Normtafeln sind für verschiedene Schultypen, Altersklassen und Berufsgruppen (z. B. Hilfsarbeiter, Kfz-Mechaniker, Maschinenschlosser, Verwaltungsangestellte, Feinmechaniker, Elektromechaniker) angelegt.

8. Literatur

KETTEL, K. J. & SIMMAT, W. E. (1966). Zum Auswerteverfahren der Drahtbiegeprobe. *Diagnostica, 12,* 27–31.

LIENERT, G. A. (1964[2]). *Form-Lege-Test (F-L-T).* Göttingen: Hogrefe.

LIENERT, G. A. & LIENHÖFT, R. (1959). Versuch einer Standardisierung der Drahtbiegeprobe. *Z. exp. und angew. Psychol., 6,* 792–815.

ROTH, E. (1958). Eine Auswertungsmöglichkeit inobjektiver Tests (dargestellt am Beispiel der Drahtbiegeprobe). *Psychol. u. Praxis, 2,* 240–244.

SCHORN, M. (1929). Untersuchungen über die Handgeschicklichkeit. *Z. Psychol., 112,* 325–378.

Form-Lege-Test (FLT)

G. A. Lienert
Göttingen: Hogrefe, 1967[2]

1. Testart Spezieller Funktionsprüfungs- und Eignungstest (Intelligenztest)

2. Testmaterial Handanweisung. Testbogen, der sowohl als Aufgaben- wie auch als Antwortblatt dient; vier aus Hartpappe geschnittene Flächenteilchen; *zusätzlich:* weiche Bleistifte, Stoppuhr; bei Einzelversuch: Antwortbogen der Parallelform bereithalten.

3. Testgliederung Der FLT besteht aus 20 Aufgaben, die ihrem Schwierigkeitsgrade nach angeordnet sind. Der Test ist insofern als „Niveau-Test" zu klassifizieren; da aber seine Testzeit der Ökonomie halber begrenzt ist, enthält er auch eine Schnelligkeitskomponente. Der Test ist nach amerikanischer Terminologie der Gruppe der „performance-tests" zuzuordnen, da die Pbn mit vorgegebenem konkreten Material hantieren sollen, hier: Pappe-Flächenteilchen so zusammenlegen, daß sie genau in die vorgezeichnete Umrißfigur hineinpassen.
Beispiel aus dem Testbogen: „Tropenhelm"; die schraffierten Felder zeigen an, welche Gestalt die Flächenteile besitzen.

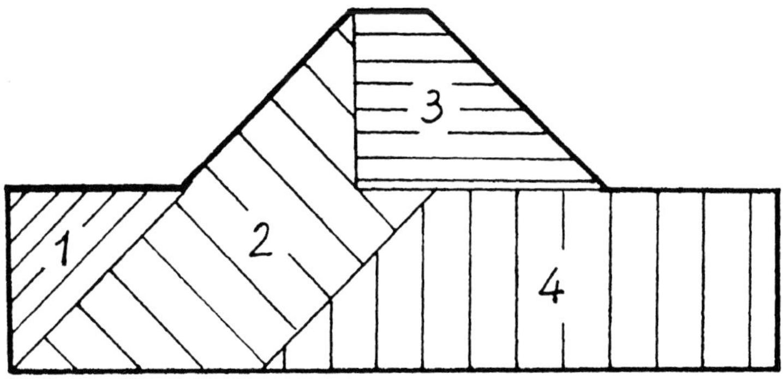

4. Grundkonzept Der FLT zielt ab auf die Diagnose eines speziellen Intelligenz-Aspekts, die praktische Intelligenz („die Fähigkeit also, neue Aufgaben praktischer Art erfolgreich zu lösen"). Die Testaufgaben sind vergleichbar mit einem Flächenlegespiel („Puzzlespiel"), bei dem der Pb mit „Geduld" konkretes Material zur Problemlösung benutzt, um auf einem oder mehreren Wegen zur Lösung zu gelangen. Prinzipiell ist jede Aufgabe anschaulich lösbar. Als Lösungswege sind spielerisches Probieren, systematisches Kombinieren oder

die „gedankliche“ Lösung (Lösung ohne Benutzung der Flächenteile) zu beobachten. Ein wesentlicher Vorteil der Aufgabenstellungen ist darin zu sehen, daß sie aufgrund ihrer gegenständlichen Beschaffenheit von sich aus zu Leistungen motivieren. Der Lösungserfolg setzt weder Sprachkenntnisse noch Wissen und Kenntnisse voraus; deshalb gehört der FLT zu den nichtverbalen Testen.
Der Autor sieht für den Test u. a. folgende diagnostische Anwendungsmöglichkeiten: Beurteilung der praktischen „Begabung“, die nicht in Schulleistungen zum Ausdruck kommt, aber für die Lebensbewältigung wichtig ist; Beurteilung des räumlichen Denkens und Vorstellens; Ergänzungsverfahren zur Untersuchung der allgemeinen Intelligenz, wenn diese ausschließlich mittels verbaler Tests erfolgt; Berufsberatung von Jugendlichen; Eignungsauslese von Lehrlingen und Anlernlingen.

5. Durchführung

5.1 Alter: 14–18 Jahre. Unter Einschränkung (siehe 7.4) Erwachsene von 20–50 Jahren.

5.2 Formen: Der FLT ist einer der wenigen „performance-tests“, der als Individualtest, aber auch als Gruppentest durchführbar ist. Es liegt eine Parallelform vor.

5.3 Handhabung: Der Autor gibt neben Voraussetzungen für Einzel- und Gruppenuntersuchungen genaue Instruktionen an. Nachdem der Testleiter die Anweisung gegeben hat, muß er lediglich auf die Zeiteinhaltung achten. Personen, die mit ihren Aufgaben vor Ablauf des Zeitlimits fertig werden, können mit der parallelen Form weiterarbeiten. Die Aufgabenbearbeitung besteht in dem Zusammensetzen der Pappteile gemäß der Vorlagen und im Einzeichnen der Begrenzungslinien.
Spezielle Anweisungen liegen für die Testanwendung bei Sonderschülern vor. Bei einer solchen Gruppenuntersuchung hat der Testleiter die Pappteile im Großformat (selbst anfertigen) für Demonstrationszwecke bereitzuhalten.

5.4 Zeit: Die (Netto-)Durchführungsdauer beträgt 20 Minuten. Für die Durchführung in Sonderschulen ist die Testzeit auf 40 Minuten zu verlängern.

6. Auswertung

6.1 Modus: Anhand des Lösungsschlüssels in der Handanweisung kann eine Aufgabe nach objektiven Maßstäben als richtig oder falsch bewertet werden. Es gibt verschiedene Lösungswege, und bei einigen Items sind auch nicht ganz korrekte Ergebnisse zugelassen. Die Anzahl der richtigen Lösungen ergibt den Rohwert, der in alters- und berufsbezogene Normen oder in Standardwerte für Sonderschüler transformiert wird. Die Rohwertskala wurde in allen Fällen auf 24 Aufgaben erweitert, um leistungsstarke Probanden beurteilen zu können.

6.2 Zeit: Die formale Auswertung dauert nur wenige Minuten. Sie nimmt bei der Parallelform etwas mehr Zeit in Anspruch, da der Lösungsschlüssel für Form B viele Lösungen als „richtig“ definiert, die das Kriterium der genauen Flächendeckung eigentlich nicht erfüllen.

7. Gütekriterien

7.1 Objektivität: Das Testergebnis eines Pb ist bei Beachtung der Anweisungen zur Durchführung und Auswertung (Handanweisung) von der Person des Versuchsleiters unabhängig.

7.2 Reliabilität: Die mit dem FLT getesteten Leistungen wurden an einer Stichprobe (N = 113) auf zeitliche Stabilität (für einen Abstand von ½ Jahr) geprüft: r = 0,84. Für die Unterteilungs-Zuverlässigkeit werden je nach Zusammensetzung der Stichprobe Koeffizienten zwischen 0,89 und 0,94 ausgewiesen. An einer repräsentativen Stichprobe (N = 133), die der Validitätsuntersuchung zugrunde lag, wurde der Koeffizient von r = 0,89 ermittelt. Die Schätzung der inneren Konsistenz (nach Kuder-Richardson) aus der Eichstichprobe (N = 2613) ergab r = 0,92. Zum Zwecke der Beurteilung signifikanter interindividueller Unterschiede geht der Autor von einer mittleren Reliabilität von r = 0,90 aus.

7.3 Validität: Zur Untersuchung der faktoriellen Validität zitiert der Autor die Ergebnisse einer Faktorenanalyse, die den FLT und 11 gültigkeitsverwandte Tests der Mechanical-Abilities Batterie von THURSTONE einbezieht. Danach sind 64% der FLT-Leistungen durch einen Faktor bestimmt, der als „Fähigkeit des zweckmäßigen Kombinierens und Ergänzens" interpretiert wurde. Zu 23% prüft der FLT „räumliches Auffassen und Operieren mit räumlichen Vorstellungen" und zu 13% die „Fähigkeit des schlußfolgernden Denkens". Die Validierung an anderen Tests, die mit dem FLT im Hinblick auf den Gültigkeitsanspruch vergleichbar sind, lieferte folgende Koeffizienten: r = 0,59 (N = 307) mit dem Rev. Minnesota Paper Board Test und r = 0,41 (N = 307) mit der Drahtbiegeprobe (LIENERT, 1967²). Der FLT prüft offenbar mehr ‚räumliches Denken' (Minnesota-Test) als ‚Materialbearbeitung' (Drahtbiegeprobe). Daß ein Aspekt der theoretischen Intelligenz wie „schlußfolgerndes Denken" wenig gemeinsame Varianz mit dem FLT aufweist, zeigen u. a. Korrelationen von r = 0,33 (N = 209) mit dem Figure Reasoning Test (DANIELS) und r = 0,23 (N = 209) mit dem Letter-Grouping Test (PMA von THURSTONE).

Die „äußere Gültigkeit" wurde an einer Stichprobe gewerblicher Lehrlinge geprüft und lieferte eine punktbiseriale Korrelation r = 0,66 (N = 100). Dieser Koeffizient ergab sich aus („gut-schlecht") dichotomisierten Testresultaten im Vergleich zum Eignungsurteil von Lehrherren. An einer Stichprobe (repräsentativ für handwerkliche Berufe) von N = 133 wurde eine Korrelation der Testleistungen mit dem Lehrmeister-Urteil von r = 0,59 festgestellt. Wegen der geringen Reliabilität von Meisterbeurteilungen ist eine Berechnung der „minderungskorrigierten" Validität angezeigt. Sie ergab r = 0,79.

7.4 Normen: Der FLT wurde an einer Stichprobe (N = 2613) geeicht, die für die Population männlicher Schüler und Lehrlinge im Alter von 14 bis 18 Jahren repräsentativ ist. Eine Normenermittlung für männliche Erwachsene wurde an einer kleinen Stichprobe vorgenommen (Altersgruppe der 20- bis 50jährigen). Sie kann nur als grober, vorläufiger Anhaltspunkt dienen. Den Normen für 13- bis 14jährige Hilfsschüler lag eine Stichprobe N = 380 zugrunde.

Die berufsspezifischen Normen sind in die Gruppen „Metall" und „Textil", Elektriker, „Holz" und Kaufleute sowie „Landwirtschaft/Nahrung/Leder/Bau" geordnet.

8. Literatur

LIENERT, G. A. (1967²). *Drahtbiegeprobe (DBP).* Göttingen: Hogrefe.

1.5

Hand-Dominanz-Test (HDT)

H. STEINGRÜBER
Herausgeber: G. A. LIENERT
Göttingen: Hogrefe, 1976[2]

---

1. Testart Spezieller Funktionsprüfungs- und Eignungstest

2. Testmaterial Handanweisung mit Durchführungsvorschriften und Auswertungsanleitung, Testheft und eine Auswertungsschablone; *zusätzlich:* Bleistift, Stoppuhr, Tafel und Kreide.

3. Testgliederung Der Test gliedert sich in drei Untertests:

1. Spurennachzeichnen (SN)	2 Aufgaben: B, C
2. Kreispunktieren (KP)	2 Aufgaben: B, C
3. Quadratepunktieren (QP)	2 Aufgaben: B, C

Jeder Untertest hat ein Beispiel A für die linke und rechte Hand

4. Grundkonzept Der HDT liefert als Meßwert den Ausprägungsgrad der Links- bzw. Rechtshändigkeit einer Versuchsperson. Der Autor ist zu dem Schluß gekommen, daß die Händigkeit eher als mehrdimensionales Merkmal aufzufassen ist. Bei der Konstruktion des Tests wurde von vornherein darauf geachtet, nur einen, faktoriell möglichst homogenen Aspekt der Handdominanz zu erfassen.
Der Test kann angewendet werden:
1. Innerhalb der klinischen Psychologie.
2. In der pädagogischen Praxis.
3. Innerhalb der Arbeitspsychologie.

5. Durchführung **5.1 Alter:** Bei Kindern zwischen 6 und 10 Jahren.

5.2 Formen: Anwendbar als Gruppen- und Einzeltest.

5.3 Handhabung:
1. Jeder Proband bekommt einen Testbogen.
2. Der Testleiter richtet sich nach den allgemeinen Anweisungen. Spezielle werden aus der Handanweisung vorgelesen.
3. Der Proband muß nach Zeit mit der rechten und der linken Hand Spuren nachzeichnen und Quadrate punktieren.

5.4 Zeit: Testzeit: drei Minuten. Für die Durchführung in Gruppen werden 15 Minuten, als Einzeltest 10 Minuten benötigt.

6. Auswertung **6.1 Modus:** Mit Hilfe einer Schablone wird beim Spurennachzeichnen der Rohwert abgelesen. Bei Untertest 2 und 3 wird jeweils für die rechte und linke Hand die Anzahl der Treffer ausgezählt. Für jeden Untertest wird dann ein auf die Gesamtleistung beider Hände bezogener Differenzwert (D) bestimmt. Die Differenzwerte werden für die Untertests addiert und bilden den Gesamtrohwert. Vergleichswerte stehen in Form von Prozenträngen und Standardwerten zur Verfügung.

6.2 Zeit: Keine Angaben.

7. Gütekriterien

7.1 Objektivität: Durchführung und Auswertung sind als objektiv zu bezeichnen. (Allerdings ist darauf zu achten, daß Ablesefehler, die bei graphischen Normdarstellungen häufiger auftreten als bei Tabellen, vermieden werden.)

7.2 Reliabilität: Die Testwiederholungszuverlässigkeit nach drei Wochen beträgt für Jungen r_{tt} = 0,75 (N = 83), für Mädchen r_{tt} = 0,86 (N = 95).

7.3 Validität: Der Test besitzt logische Gültigkeit. Kriterienbezogene Validität: Die Korrelation des HDT mit dem Lehrerurteil (Grobklassifikation in Links- und Rechtshänder) liegt bei r_{pbis} = 0,77 (N = 100; 8–9jährige Jungen und Mädchen der 3. Klasse). Die Übereinstimmung von HDT und Selbsteinschätzung wurde mit Hilfe eines Präferenzfragebogens berechnet. Der Korrelationskoeffizient beträgt r = 0,48.

7.4 Normen: Geeicht wurde der HDT an einer Stichprobe von insgesamt 1306 Grundschülern der Klassen 1–4 im Alter von 6;0–10;6 Jahren aus vier Bundesländern.
Eine graphischen Normierung ist angegeben, bei der die Rohwert-Summenkurve als Normengerade im Wahrscheinlichkeitsnetz abgebildet ist. Auf diese Weise können Prozentränge und Standardwerte abgelesen werden.

Handwerklich-motorischer Eignungstest (HAMET-R)

Revidierte Version
M. Dieterich und M. Goll
Waiblingen: Berufsbildungswerk, 1990[4]

---

1. Testart Spezieller Funktionsprüfungs- und Eignungstest

2. Testmaterial Handanweisung (DIN A4, 143 Seiten); *zusätzlich:* Werkstattausrüstung mit diversen handelsüblichen Gerätschaften, die für jeden Untertest gesondert angegeben sind.

3. Testgliederung Der HAMET-R besteht aus fünf Aufgabenblöcken (A bis E). Die ersten vier (A bis D) repräsentieren „handwerklich-motorische Grundfunktionen", die auf faktorenanalytischem Wege, nach schiefwinkliger Rotation, ermittelt wurden und insgesamt 57 % der gemeinsamen Varianz abdecken. Die fünfte Grundfunktion (E) basiert auf der Einschätzung von EDV-Fachleuten. Die Grundfunktionen werden – etwas verkürzt – wie folgt beschrieben:

- *Grundfunktion A:* Vorgegebene Begrenzungen müssen mit beliebigem Werkzeug oder Maschine erreicht werden. Verlangt wird die Umsetzung verschlüsselter Pläne (z.B. technische Zeichnungen, Modelle) in die Realität.
- *Grundfunktion B:* In einem Koordinatensystem müssen nach vorliegenden Plänen genaue Bezugspunkte hergestellt werden.
- *Grundfunktion C:* Gleichmäßige, in der Regel feinmotorische Arbeiten, die nur geringe kognitive Anforderungen stellen, müssen durchgeführt werden.
- *Grundfunktion D:* Flächen bzw. Körper müssen achssymmetrisch bzw. rotationssymmetrisch ergänzt werden.
- *Grundfunktion E:* Daten müssen von schriftlichen Vorlagen auf den Bildschirm übertragen werden. Insbesondere im technischen Bereich ist hierbei die genaue Beachtung der Reihenfolge von Vorgaben (Algorithmus) und das Zurechtfinden im Koordinatensystem (vgl. auch Grundfunktion B) wichtig.

4. Grundkonzept Das Verfahren wird als „förderdiagnostisches Instrument" vorgestellt, das insbesondere bei der „Berufszuweisung von ‚schwierigen' Schulabgängern (Schülern aus Sonderschulen, Berufsvorbereitungsklassen, dem Berufsvorbereitungsjahr usw.), aber auch bei seinem Einsatz in Berufsbildungswerken und anderen Rehabilitationseinrichtungen" (S. 2) angewandt werden kann. Es soll nicht der Auslese dienen, sondern eine gezielte Förderung ermöglichen. Gegenüber den vorangegangenen Auflagen wurden einige Veränderungen vorgenommen, die im Vorwort Erwähnung finden. Darunter fallen u.a. Änderungen der Aufgabenstruktur, Erweiterungen des wissenschaftlichen Datenmaterials und die Entwicklung eines speziellen Software-

Programms zur elektronischen Auswertung, statistischen Aufbereitung und Dokumentation des HAMET-R.

5. Durchführung

5.1 Alter: Jugendliche, insbesondere lernbehinderte und leistungsschwache.

5.2 Formen: Einzel- oder Gruppenarbeit.

5.3 Handhabung: Jede Aufgabe wird genau beschrieben und mit verschiedenen Hinweisen versehen. Das Verfahren besteht aus folgenden Einzelaufgaben:

(A1) Anreißen mit dem Streichmaß
(A2) Nähen mit der elektrischen Nähmaschine
(A3) Schneiden mit dem Zurichtemesser
(A4) Ausmalen einer Vorlage
(A5) Fortsetzen paralleler Linien
(A6) Biegen von dickem Draht mit dem Hammer
(A7) Holzfigur nach Anriß und winkelig feilen
(A8) Radius feilen
(B1) Maße antragen und Schnittpunkte herstellen
(C1) Ein- und Ausschrauben
(D1) Spiegelbilder symmetrisch ergänzen
(E1) Daten eingeben
(E2) Koordinaten eingeben

5.4 Zeit: Für die Durchführung des HAMET ist ein ganzer Arbeitstag (oder zwei Halbtage) anzusetzen.

6. Auswertung

6.1 Modus: Genaue Auswertungsrichtlinien sind für jede Aufgabe vorgegeben. Ein Software-Programm zur Auswertung, Dokumentation und Statistik kann angefordert werden bei: Universität Hamburg FB 06, Institut 5, Prof. Dr. M. Dieterich, Sedanstr, 19, D-20146 Hamburg.

6.2 Zeit: Keine Angaben.

7. Gütekriterien

7.1 Objektivität: Die Durchführungsobjektivität ist durch die Standardisierung der Anleitungen hinreichend gesichert. Durch die Entwicklung spezieller Meßvorrichtungen, Folien usw. wurde die Auswertungsobjektivität weiter verbessert.

7.2 Reliabilität: Wiederholungen und Paralleldurchführungen erbrachten signifikante Korrelationskoeffizienten ($p < 1\%$) zwischen $r = 0{,}65$ (Aufgabe A8) und $r = 0{,}98$ (Aufgabe A7).

7.3 Validität: Eine Expertenbefragung ($N = 56$) ergab, daß die HAMET-Aufgaben mehr oder weniger für folgende Berufsfelder anwendbar sind: Metall, Bau/Holz, Elektrotechnik, Farbe, Papier/Druck, Nahrung und Textil. Die Umrechnung auf einen „Index der Gemeinsamkeit der Aufgaben für alle handwerklichen Berufsfelder“ ergab Werte zwischen 45 % (Nähübung) und 78 % (Maße antragen). Die Aufgaben des HAMET korrelieren mit anderen Testverfahren in der Regel nur gering. Die höchsten Zusammenhänge zeigten einzelne Aufgaben mit der Drahtbiegeprobe von LIENERT ($r = 0{,}34$ bis $0{,}49$; $N = 46$). Mehrheitlich insignifikant fielen die Korrelationen zum LPS von HORN aus. Die übrigen, statistisch signifikanten Koeffizienten lagen unter

0,42 (N = 100). Die Autoren sehen in den Ergebnissen einen Beleg für die Eigenständigkeit ihres Verfahrens.

7.4 Normen: Die geringe Größe der geschichteten Eichstichprobe (N = 100) reicht für eine Normierung des Verfahrens nicht aus. Allerdings hat die Normierung bei einem Verfahren, das der Förderung dient, nicht die gleiche hohe Bedeutung innerhalb der Testgütekriterien wie bei einem Selektionsinstrument.

Kurzfragebogen für Problemfälle (KFP 30)

A. Müller und R. Brickenkamp

Göttingen: Hogrefe, 1970

1.5

1. Testart

Spezieller Funktionsprüfungs- und Eignungstest

2. Testmaterial

Testmappe mit Handanweisung, Fragebogen, Auswertungsschablone; *zusätzlich:* Schreibmaterial.

3. Testgliederung

Der KFP 30 besteht aus 30 Items.

4. Grundkonzept

Mit Hilfe des KFP 30 sollen „manifeste Verhaltensstörungen" ermittelt werden. Das Verfahren dient insbesondere der Vorselektion und Klassifikation tatauffälliger Kraftfahrer. Ausgehend von der Erfahrung, daß sich in verkehrspsychologischen Untersuchungen die Verwendung biographischer Daten bei der Klassifikation verkehrsauffälliger und verkehrsunauffälliger Kraftfahrer als besonders effektiv erwiesen hat (Schuster & Guilford, 1961), wurden bei der Konstruktion des KFP 30 diese Aspekte besonders berücksichtigt. Erfragt werden nicht objektive Daten, die Akten zu entnehmen sind, sondern subjektive Stellungnahmen zu bestimmten Ereignissen. Weitere Inhaltsbereiche der Items sind verkehrsrelevante Aussagen, sofern sie nicht spezifische Kenntnisse voraussetzen, und Aussagen von Kraftfahrern aus Gutachtensituationen (z. B. Entschuldigungen usw.). Die Autoren sehen für den KFP 30 Anwendungsmöglichkeiten nicht nur in verkehrspsychologischen Untersuchungen, sondern auch bei betriebspsychologischen Fragestellungen und als zusätzliches Verfahren für die Diagnostik von Fehlanpassungen. Vorerst stehen hinreichende Erfahrungen auf diesem Gebiet noch aus.

5. Durchführung

5.1 Alter: Anwendbar ab 18 Jahren.

5.2 Formen: Durchführung als Gruppen- oder Einzelversuch möglich. Keine Parallelform.

5.3 Handhabung: Die Instruktion ist auf der Vorderseite des Fragebogens abgedruckt. Zusätzliche mündliche Anweisungen werden nur bei Rückfragen gegeben.

5.4 Zeit: Keine Zeitbegrenzung. Die Durchführung erfordert in der Regel 5–10 Minuten, in wenigen Einzelfällen 20 Minuten und mehr.

6. Auswertung

6.1 Modus: Die im Fragebogen unterstrichenen Lösungen werden mit Hilfe einer Schablone gewichtet. Die Summe entspricht dem Rohwert, der mit verschiedenen Normentabellen verglichen werden kann.

6.2 Zeit: 1–2 Minuten.

7. Gütekriterien

7.1 Objektivität: Durchführung und Auswertung können als objektiv bezeichnet werden.

7.2 Reliabilität: Für die innere Konsistenz ergaben sich nach der Testhalbierungsmethode Koeffizienten zwischen 0,57 und 0,85, nach der Konsistenzanalyse nach Hoyt Koeffizienten zwischen 0,67 und 0,72.
Bei der Testwiederholung mit Intervallen zwischen beiden Durchführungen zwischen 1 und 12 Monaten (durchschnittlich 6 Monate) wurde ein Stabilitätskoeffizient von 0,76 ermittelt.

7.3 Validität: Die Autoren begründen die Validität des Verfahrens mit der speziellen Methode der Itemselektion, die aufgrund eines externen Gültigkeits-Kriteriums erfolgte.
Bei der Kreuzvalidierung verkehrsauffällige vs. verkehrsunauffällige Kraftfahrer (N = 540 bzw. 570) ergaben sich Koeffizienten von 0,46 bis 0,47.
Eine Überprüfung der Frage, ob Verfälschungstendenzen, die die Ergebnisse vieler Fragebogenmethoden unbrauchbar machen können, sich auch auf den KFP 30 auswirken, zeigte, daß es den Vpn (N = 77) nicht gelang, die Ergebnisse im Sinne eines „guten Eindrucks" willkürlich zu verbessern (vgl. BRICKENKAMP, 1968).

7.4 Normen: Anhand einer Tabelle kann dem Testrohwert des Pb ein „VA-Prozent" zugeordnet werden. Dieser Wert gibt an, mit welcher Wahrscheinlichkeit der Pb der Gruppe der verkehrsauffälligen Kraftfahrer zuzuordnen ist.
Außerdem liegen nach folgenden Gruppen getrennte Normentabellen vor (Prozentrang-, T-, C-Werte): Verkehrsauffällige mit/ohne Trunkenheitsdelikt, Körper- und Sehbehinderte, Fahrlehrerbewerber, Berufskraftfahrer, Refa-Bewerber, Polizeibeamte. Für weitere Gruppen liegen vorläufige Normen vor. Vorerst beschränken sich die Normen auf männliche Pbn.

8. Literatur

BRICKENKAMP, R. (1968). *Zur Anwendung von Persönlichkeitsfragebogen bei arbeitspsychologischen Selektionsaufgaben.* Bericht II. Int. Sympos. Arbeitshygiene u. Arbeitsschutz. Eisenach.

SCHUSTER, D. H. & GUILFORD, J. P. (1961). *The psychometric prediction of problem drivers.* Zit. nach HOYOS.

HOYOS, C. Graf (Hrsg.). (1965). *Psychologie des Straßenverkehrs.* Psychol. Kolloquium. Bern: Huber.

Mailbox ’90

Ein computergestütztes Test- und Trainingsverfahren zur Personalentwicklung

F. ROEST, A. SCHERZER, E. URBAN, H. GANGL und CH. BRANDSTÄTTER

Wien: SciCon Datenverarbeitungsgesellschaft m.b.H. und Weinheim: Beltz Test GmbH, 1989

---

1. Testart Spezielle Funktionsprüfungs- und Eignungstests

2. Testmaterial Vier Disketten (5,25"), Kopierschutzstecker, Benutzerhandbuch; *zusätzlich:* IBM-PC/XT/AT sowie IBM-PS/2 oder 100%-kompatibler Personalcomputer mit mindestens 512 kB Hauptspeicher, einer parallelen Schnittstelle, einer Festplatte mit mindestens 2 MB freiem Speicherplatz, einem monochromen oder einem Farbbildschirm mit Textmodus sowie dem Betriebssystem MS/PC-DOS Version 3.xx, Microsoft-kompatible Maus.

3. Testgliederung Das Verfahren erlaubt es, Probanden hinsichtlich ihrer Leistungsfähigkeit bezüglich der vier aufgabenorientierten Skalen Arbeitszeit, Arbeitseinteilung, Zielorientierung, Arbeitsgüte und der drei verlaufsorientierten Skalen Aktivität, Delegieren und Ordnen zu überprüfen.

4. Grundkonzept Mailbox ‘90 ist ein Verfahren zur psychologischen Berufseignungsdiagnostik und stellt eine Weiterentwicklung des Postkorbverfahrens dar. Der Proband wird mit dem Inhalt eines Postkorbs konfrontiert, der Aufgaben enthält, die in einer vorgegebene Zeit zu bearbeiten sind. Diese sind unterteilt in Dokumente, auf die er reagieren muß, solche, die nur bearbeitet werden müssen und keine Antwortreaktion erfordern, Dokumente, die eine Instruktion von Mitarbeitern erfordern, Unterbrechungen durch Anrufe usw. und vorgegebene Termine, mit denen die Bearbeitung koordiniert werden muß. Die Bearbeitung der Aufgaben läßt Rückschlüsse auf folgende Dimensionen des Verhaltens des Probanden zu: Qualität der Arbeit, System-/Organisationsübersicht, Zeitmanagement und Arbeitsstil und Auffassungsgabe. Es eignet sich daher zur Personalbeurteilung im Rahmen von Personalauswahl- und -entwicklungsmaßnahmen.

5. Durchführung **5.1 Alter:** Keine Angaben.

5.2 Formen: Die Mailbox ‘90 läßt sich sowohl als Einzel- wie auch als Gruppentest durchführen.

5.3 Handhabung: Nach ausführlicher Instruktion bearbeiten die Probanden die vom PC vorgegebenen Aufgaben.

5.4 Zeit: Die Instruktionsphase dauert zwischen 18 und 35 Minuten, die Testphase 32 Minuten.

6. Auswertung

6.1 Modus: Mittels des Auswertungsprogramms kann der Versuchsleiter sich ein Verlaufsprotokoll (Bearbeitung der einzelnen Aufgaben entlang einer Zeitachse) und ein Ergebnisprotokoll (Arbeitseinteilung, Arbeitszeit, Arbeitsgüte und Zielorientierung) ausgeben lassen. Diese erlauben die Einordnung des Probanden in die sieben vorgegebenen Skalen. Anhand der Stanine-Werte für diese Skalen kann der Proband dann mit Bewerbern aus der Referenzstichprobe verglichen werden.

6.2 Zeit: Keine Angaben.

7. Gütekriterien

7.1 Objektivität: Aufgrund der ausführlichen Instruktion und der standardisierten Handhabung kann das Verfahren als objektiv angesehen werden.

7.2 Reliabilität: Es konnten für einige Skalen befriedigende Reliabilitätskoeffizienten errechnet werden.

7.3 Validität: Korrelationsstudien zwischen der Mailbox '90 und anderen Verfahren zeigen, daß die Mailbox '90 ein von anderen Verfahren nicht erfaßtes, unabhängiges Verhalten mißt. Die Ähnlichkeit der Ergebnisse mit Validierungsstudien anderer Postkorbverfahren deutet darauf hin, daß die Computerversion ähnliche Verhaltensmerkmale mißt wie die Papier-Bleistift-Version.

7.4 Normen: Keine Angaben.

Mannheimer Rechtschreib-Test (MRT)

R. S. JÄGER und E. JUNDT

Göttingen und Braunschweig: Hogrefe und Westermann 1981[2]

---

1. Testart Spezieller Funktionsprüfungs- und Eignungstest (Schultest)

2. Testmaterial Handanweisung (DIN A4, 44 Seiten), Testhefte, Antwortbogen, Auswertungsschablonen für die Langform G und die Halbformen A und B; *zusätzlich:* Schreibgerät.

1.5

3. Testgliederung Die Langform des MRT besteht aus 6 Untertests mit jeweils 20 Items, insgesamt also aus 120 Items, die nach Schwierigkeit, Trennschärfe und Selektionskennwerten ausgewählt wurden. Sie wurde durch 2 parallele Halbformen (A und B) mit jeweils 6 Skalen mit je 10 Items ergänzt.

4. Grundkonzept Der MRT soll nicht nur global über die Rechtschreibleistung eines Probanden informieren, sondern mit Hilfe von Untertests eine differenzierte Beurteilung seiner Rechtschreibkenntnisse, insbesondere der Fehlerschwerpunkte, ermöglichen. Auf diese Weise kann der MRT die Grundlage für gezieltere Maßnahmen zur Behebung eventueller Mängel abgeben.
Auf der Basis von Untersuchungen, die PLICKAT (1965), ZIEGLER (1920) und ACKERMANN (1967) durchführten, kamen die Autoren zu 6 Fehlerkategorien, die zu folgenden Untertests ausgebaut wurden:

U_1 Dehnung
U_2 Kürzung
U_3 Konsonantenverwechslung
U_4 Vokalverwechslung
U_5 Groß- und Kleinschreibung; Getrennt- und Zusammenschreibung
U_6 Fremdwörter.

Im Gegensatz zu anderen üblichen Rechtschreibtests, die Diktate verwenden, bestehen die Items des MRT aus jeweils vier Schreibweisen eine Wortes. Beispiel:
A) Fahrstul
B) Fahrstuhl
C) Farstul
D) Farstuhl

Die richtige Schreibweise (B) soll angekreuzt werden. Dieses Verfahren vermeidet daher die Nachteile, die mit Diktaten verbunden sind (unterschiedliche Aussprache und unterschiedliches Diktiertempo des Versuchsleiters).

5. Durchführung **5.1 Alter:** Anwendbar im Altersbereich von 13 bis 50 Jahren.

5.2 Formen: Einzel- und Gruppentest. Langform G und parallele Halbformen A und B.

5.3 Handhabung: Der Testleiter informiert über den Sinn und Zweck des Tests, er verliest die Instruktionen und klärt anschließend evtl. auftauchende Fragen.

5.4 Zeit: Keine Zeitbegrenzung. Die Durchführungszeit beträgt ca. 45 Minuten für die Langform G und ca. 22 Minuten für jede der beiden Halbformen.

6. Auswertung

6.1 Modus: Die Auswertung geschieht mit Hilfe einer Schablone. Es wird die Anzahl der richtigen Lösungen pro Untertest ausgezählt. Die Summe der richtigen Lösungen von allen Untertests bildet den Gesamttestwert. Die Normentabellen geben die Möglichkeit einer Transformation der Rohwerte in Prozentränge (PR) und Stanine-Werte (SN).

6.2 Zeit: Keine Angaben.

7. Gütekriterien

7.1 Objektivität: Das Verfahren ist als vollkommen objektiv anzusehen.

7.2 Reliabilität: Die Zuverlässigkeit der Langform ist sehr hoch. Sie liegt für die Gesamtstichprobe (N = 1468) bei 0,94 (Cronbach Alpha) bzw. 0,95 (Split-Half). Die Koeffizienten der Untertests streuen zwischen 0,69 und 0,76 (Cronbach Alpha) bzw. 0,71 und 0,79 (Split-Half).
Die Testwiederholung (Retest-Reliabilität) erbrachte nach einem Intervall von durchschnittlich 4 Monaten (maximal 7 Monaten) einen sehr hohen Zuverlässigkeitskoeffizienten von r = 0,96 für den Gesamttest (N = 32; Alter 18 bis 50 Jahre).

7.3 Validität:

Konvergente Validität
Der MRT (Langform) korreliert hoch (0,87) mit dem Rechtschreibungstest (RT), Diktat E, von A. O. JÄGER und mäßig (0,42 bzw. 0,48) mit den Intelligenztests (IST und MIT). Relativ hoch sind auch die Zusammenhänge mit der Deutschnote von Volksschülern (–0,63). Etwas geringer (0,45 bzw. 0,44) korreliert der MRT mit der Deutschnote von Berufs- und Realschülern. Bei höheren Bildungsgraden nimmt der Zusammenhang erwartungsgemäß deutlich ab. Die Untertests des MRT korrelieren mit der Deutschnote bei Volksschülern am höchsten (–0,43 bis –0,55). Bei Berufsschülern und Realschülern liegen die entsprechenden Koeffizienten zwischen –0,32 und –0,43. Die aufgeführten Werte sind auf der 1%-Ebene signifikant.

Diskriminante Validität
Erwartungsgemäß minimal ist der Zusammenhang mit konstruktdivergenten Verfahren (Figure Reasoning Test und Mechanisch-Technischer Verständnistest: 0,18 bzw. 0,03). Etwas höher (0,24 bzw. 0,38) korrelieren Konzentrationsleistungstests (PAULI und Test d2) und der Bürotest (BT) mit dem MRT (0,41).

7.4 Normen: Normwerte, ausgedrückt in Prozentrang- und Stanine-Werten, gibt es für Gesamt- und Untertests der Langform sowie der Halbformen. Den Daten liegen drei Eichstichproben (1) 13 bis 17 Jahre (N = 604), (2) 18 bis 30 Jahre (N = 512) und (3) 31 bis 50 Jahre zugrunde. Ihre Zusammensetzung hinsichtlich Schulabschluß und Bundesland wird angegeben.

8. Literatur

ACKERMANN, W. (1967). *Die Analyse der Rechtschreibleistungen von Volksschülern der achten Klasse als Hilfsmittel bei der Aufstellung eines Unterrichtsprogramms.* Mannheim (unveröff. Diplomarbeit).

PLICKAT, H. H. (1965). Rechtschreibfehler und Rechtschreibreform. *Unsere Volksschule, 16,* 23–34.

ZIEGLER, P. (1920). Schreibfehler im Deutschunterricht. *Schulblatt für Braunschweig und Anhalt, 33, 36,* 557–565.

Mannheimer Test zur Erfassung des physikalisch-technischen Problemlösens (MTP)

W. Conrad, E. Baumann und V. Mohr
Göttingen: Hogrefe, 1980

---

1. Testart Spezieller Funktionsprüfungs- und Eignungstest

2. Testmaterial Testheft für Form A und B, Antwortbogen, Auswertungsschablonen, Handanweisung; *zusätzlich:* Stoppuhr und Schreibgerät.

3. Testgliederung Der Test besteht aus zwei Parallelformen zu je 26 Aufgaben und zwei Beispielaufgaben. Die Aufgaben sind nach steigendem Schwierigkeitsgrad geordnet.

4. Grundkonzept Mit dem MTP wurde ein Verfahren entwickelt, welches das physikalisch-technische Problemlösen erfaßt. Es ist primär auf fähigkeitsspezifische Fragestellungen im Bereich der Schul- und Berufseignungsdiagnostik zugeschnitten. Der MTP soll dabei zwischen Formen und Niveau der verschiedenen Schulabschlüsse differenzieren.

5. Durchführung **5.1 Alter:** Keine Angaben.

5.2 Formen: Zwei Parallelformen A und B, Gruppen- und Einzeltest.

5.3 Handhabung: Der Testleiter richtet sich genau nach den Durchführungsanweisungen. Nach Eintragen der persönlichen Daten auf der Vorderseite des Antwortbogens liest der Testleiter die Anweisungen vor und erklärt die Bearbeitung des Tests.

5.4 Zeit: 25 Minuten Bearbeitungszeit plus ca. 5 Minuten Vorbereitungszeit.

Aufgabenbeispiel X

Welche beiden Zahnräder drehen sich in der gleichen Richtung wie das Zahnrad x?

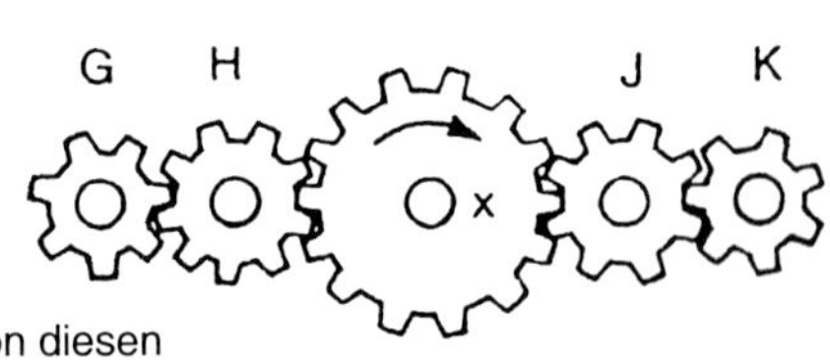

A: G und K
B: G und J
C: H und K
D: H und J
E: keine von diesen

Der richtige Lösungsbuchstabe ist A.
Deshalb wurde auf dem Antwortbogen der richtige Lösungsbuchstabe A bereits markiert

6. Auswertung

6.1 Modus: Mit Hilfe der Auswertungsschablone wird die Anzahl der richtigen Lösungen ermittelt. Dieser Rohwert wird auf dem Testbogen eingetragen. Die diesen Werten entsprechenden Schätzwerte für die Personenparameter werden den Tabellen entnommen. Eine Umrechnung in Z-Werte kann erfolgen.

6.2 Zeit: Keine Angaben.

7. Gütekriterien

7.1 Objektivität: Das Verfahren ist in Durchführung und Auswertung objektiv.

7.2 Reliabilität: Die Koeffizienten der internen Konsistenz, berechnet nach der (odd-even-)Halbierungsmethode, liegen zwischen 0,78 und 0,89.

7.3 Validität: Korrelationen mit merkmalsverwandten Variablen liegen zwischen 0,36 und 0,77.

7.4 Normen: Die Gesamt-Standardisierungsstichprobe umfaßt 10262 Vpn. Diese sind gegliedert nach verschiedenen Schulabschlüssen und Berufsgruppen. Die Normentabellen erlauben eine Transformation in SN- und Z-Werte.

Mechanisch-technischer Verständnistest (MTVT)

G. A. LIENERT

Göttingen: Hogrefe, 1964[2]

---

1. Testart Spezieller Funktionsprüfungs- und Eignungstest

2. Testmaterial Handanweisung, Testheft und Antwortbogen, Schablone zur Auswertung; *zusätzlich:* weiche Bleistifte, Stoppuhr.

3. Testgliederung Der MTVT besteht aus 32 Wahlantwort-Aufgaben zu praktisch-technischen Problemen, die nach steigendem Schwierigkeitsgrad angeordnet sind. Die Aufgaben sind prinzipiell anschaulich lösbar. Der Pb erhält keine Hilfsmittel.

4. Grundkonzept Der MTVT wurde in Anlehnung an amerikanische Vorbilder zur Messung des mechanisch-technischen Verständnisses als eines speziellen Aspekts der „praktischen Intelligenz" entwickelt. Die Testaufgaben bestehen aus Zeichnungen, die in der Mehrzahl technische Vorgänge darstellen, wie Geschwindigkeitsregulierungen durch Treibriemen, Schwungscheiben oder Zahnräder. Die jeweilige Problemstellung erfordert vom Probanden kaum theoretische Vorkenntnisse. Eher ist damit zu rechnen, daß Werk- und Bastelerfahrungen des Pb mit technisch-mechanischem Spielzeug einen wesentlichen Einfluß auf die Testleistung nehmen. Dem Versuchsleiter sei deshalb geraten, die milieuabhängigen Spiel- und Lernbedingungen seines Pb im Auge zu behalten und neben der formalen Testauswertung in Rechnung zu stellen.

Der Autor sieht für den Test u. a. folgende diagnostische Anwendungsmöglichkeiten: Ergänzungsverfahren zur Untersuchung der allgemeinen Intelligenz, wenn diese ausschließlich mittels verbaler Tests erfolgt; Hilfsmittel zur Eignungsauslese von Lehrlingen und Anlernlingen; Information des Lehrers über die praktisch-technische „Begabung" seiner Schüler.

5. Durchführung **5.1 Alter:** 13–19 Jahre.

5.2 Formen: Der MTVT ist als Individualtest oder auch als Gruppentest durchführbar. Eine Parallelform liegt nicht vor.

5.3 Handhabung: Im Hinblick auf die Durchführungstechnik besteht kein Unterschied zwischen Einzel- und Gruppentest. Jeder Pb erhält (weiche) Bleistifte für die Eintragungen auf dem Antwortbogen und ein Testheft. Der Pb findet zu jeder der 32 technischen Zeichnungen zwei bis fünf Alternativlösungen vor; er hat seine Lösung auf dem Antwortbogen anzukreuzen. Der Versuchsleiter bittet um aufmerksame Kenntnisnahme der Anweisungen im Testheft und um Bearbeitung der Aufgabenbeispiele unter Verwendung des Antwortbogens. Im Laufe der Testzeit muß der Versuchsleiter mehrmals darauf hinweisen, daß im Testheft keinerlei Anmerkungen gemacht werden dürfen. Markierte Hefte sind unbrauchbar und müssen aussortiert werden. Im Anschluß an die letzte Aufgabe bzw. nach Ablauf der Testzeit wird um Angabe einiger Personaldaten auf dem Antwortbogen gebeten. Das Ende der Testzeit kündigt der Versuchsleiter 5 Minuten vorher an.

5.4 Zeit: Die Durchführungszeit beträgt 45 Minuten. Die Zeitmessung beginnt nach der Ausgabe der Testhefte. Die Durchführungszeit umfaßt somit sowohl die Zeit für die mündliche Anweisung durch den Versuchsleiter als auch die Zeit für die Kenntnisnahme der schriftlichen Instruktion durch den Pbn.

6. Auswertung

6.1 Modus: Die Auswertung beginnt mit dem Summieren der richtigen Lösungen, die beim Auflegen der Schablone auf dem Antwortbogen in schwarz umrandeten Feldern sichtbar werden. Die Summe ergibt den Rohwert. Der individuelle Rohwert kann mit einer Norm verglichen werden, und zwar durch Einsicht in Normentafeln, die für verschiedene Schultypen, Berufs- und/oder Altersgruppen eingerichtet sind. Die Position eines Pb in seiner Bezugsgruppe kann sowohl in Prozentrang- als auch in Standardwerteinheiten (SW) abgelesen werden. Eine Abweichung vom Norm-SW = 100 um ± 9 SW gilt als über- bzw. unterdurchschnittliche Test-Leistung.

1.5

Bei der Beurteilung von Leistungsunterschieden zwischen zwei Pbn der gleichen Bezugsgruppe ist eine Differenz von 11 SW statistisch signifikant (zweiseitiger Test, 5%-Niveau). „Weiß man aus anderer Quelle (IQ, Zeugnis), welcher der beiden Pbn der leistungsfähigere ist, so ist bereits eine Differenz von ... 9 SW (einseitiger Test) statistisch bedeutsam" (Handanweisung, S. 7). Wird mit demselben Pb eine Testwiederholung durchgeführt, so ist mit einem Einfluß des Übungsfaktors zu rechnen, der (bei einer Wiederholung nach 7 Wochen) im Durchschnitt die Ergebnisse um 6 SW erhöht.

6.2 Zeit: Die formale Auswertung nimmt im allgemeinen nur wenige Minuten in Anspruch.

Gütekriterien

7.1 Objektivität: Das Testergebnis eines Pb ist bei Beachtung der Anweisung zur Durchführung und Auswertung (Handanweisung) von der Person des Versuchsleiters unabhängig.

7.2 Reliabilität: Die Prüfung der zeitlichen Stabilität ergab für einen Abstand von 7 Wochen einen Korrelationkoeffizienten r = 0,76 (N = 175). Wird die größere Streuung der Gesamtstichprobe berücksichtigt, so resultiert ein „aufgewertetes r = 0,82". Die Split-Half-Reliabilität lag je nach Streuung in der Stichprobe zwischen r = 0,81 und r = 0,86 (N = 213). Die nach Kuder-Richardson (Formel 3) geschätzte innere Konsistenz des MTVT betrug r = 0,84 (N = 2093).

7.3 Validität: Eine Untersuchung zur faktoriellen Validität des MTVT ergab, daß 2/3 der Leistungen durch einen Faktor bestimmt sind, der als „Fähigkeit des zweckmäßigen Kombinierens und sinnvollen Ergänzens" interpretiert wurde; 1/3 Anteil erklärt sich aus dem Faktor „Fähigkeit des schlußfolgernden Denkens" (Handanweisung, S. 7).
Der MTVT korreliert (tetrachorischer Koeffizient) zu 0,43 (N = 209) mit GOTTSCHALDT-Figuren aus der „Mechanical Aptitude-Battery" von THURSTONE und zu r = 0,44 (N = 209) mit dem Form-Lege-Test (LIENERT, 1964^2).

Aufgrund des Vergleichs der Aufgaben des MTVT mit denen anderer Tests, die auf „äußere Gültigkeit" geprüft sind, nimmt der Autor auch für seinen Test eine gesicherte „äußere Gültigkeit" in Anspruch. Als einen indirekten Nachweis führt er Ergebnisse aus einer Untersuchung zum mechanisch-technischen Verständnis bei Mädchen und Knaben an.

7.4 Normen: Der MTVT wurde an einer repräsentativen Stichprobe (N = 2321) für die Population männlicher Jugendlicher im Alter von 13 bis 19 Jahren geeicht.
Unter den Berufsgruppen sind hauptsächlich Schlosser, aber auch Maurer, Elektriker, Maler, kaufmännische Berufe erfaßt und die Berufsgruppen Nahrung, Land- und Forstwirtschaft sowie Holz, Leder, Textil
Die Schultypen sind gegliedert in Volks-, Mittel- und Höhere Schule sowie Hilfsschule und Berufs-Fachschule (Metall).

8. Literatur

LIENERT, G. A. (1964[2]). *Form-Lege-Test (FLT).* Göttingen: Hogrefe.

Revidierter Allgemeiner Büroarbeitstest (ABAT-R)

G. A. LIENERT und H. SCHULER

Göttingen: Hogrefe, 1994

---

1. Testart Spezieller Funktionsprüfungs- und Eignungstest

2. Testmaterial Handanweisung; Testhefte der Formen A und B, die zugleich als Antwortbogen dienen; 12 Auswertungsschablonen; *zusätzlich:* zwei Schreibstifte für jeden Pb; Stoppuhr (Uhr mit Sekundenzeiger genügt nicht!).

3. Testgliederung Die Aufgaben des ABAT-R wurden in Anlehnung an die praktischen Erfordernisse von Büroarbeiten entwickelt. Der Test ist in folgende weitgehend homogene Untertests gegliedert:

1. Kundenbriefe-Sortieren (KS)
2. Adressen-Prüfen (AP)
3. Summen-Prüfen (SP)
4. Rechtschreibung-Korrigieren (RK)
5. Textaufgaben-Lösen (TL)
6. Zeichen-Setzen (ZS)

Die Aufgaben sind in den Untertests nach ansteigender Schwierigkeit geordnet.

4. Grundkonzept Der ABAT-R stellt die revidierte Fassung des Allgemeinen Büroarbeitstest ABAT dar. Der Test dient der Erfassung von Qualifikationen, die für die Erledigung einfacher und routinemäßig typischer Büroarbeiten wie Sortieren, Vergleichen und Kontrollieren notwendig sind. Darüber hinaus werden aber auch die für eine Erledigung der Korrespondenz erforderliche Beherrschung der Orthographie und Zeichensetzung und der Umgang mit Zahlen im Zusammenhang mit elementaren logischen Operationen geprüft.
Eine Revision des Verfahrens gegenüber dem ABAT war notwendig geworden, da das Verfahren sprachlich und inhaltlich den heutigen Gegebenheiten angepaßt werden mußte. Die wichtigste Veränderung betraf hierbei die Ersetzung des Untertests Karteikarten-Sortieren durch die komplexere Aufgabe Kundenbriefe-Sortieren, die dem Umstand Rechnung tragen soll, daß die zu verarbeitende Informationsmenge und -dichte selbst bei einfachen Bürotätigkeiten in den vergangenen Jahren erheblich gestiegen ist.
Der Anwendungsbereich des ABAT-R umfaßt Haupt- und Realschüler der Abschlußklassen, Gymnasiasten, Berufsschüler, Auszubildende, ratsuchende Erwachsene und berufliche Rehabilitanden beiderlei Geschlechts (in der revidierten Fassung wurde übrigens auf eine nach Geschlecht getrennte Transformation der Rohwerte in Stanine-Werte verzichtet). Der Test differenziert auf durchschnittlichem Intelligenzniveau am besten. In allen genannten Anwendungsbereichen kann der ABAT-R zur Auswahl, Beratung

und Förderung von Beschäftigten oder Interessenten in Büroberufen eingesetzt werden.

5. Durchführung

5.1 Alter: Ab 14 Jahren.

5.2 Formen: Der ABAT-R kann mit Einzelpersonen oder als Gruppentest durchgeführt werden. Es liegen zwei Formen A und B vor.

5.3 Handhabung: Die Testhefte werden wechselweise (Gruppentest) nach Form A und B ausgeteilt mit der Anweisung, die Testhefte noch geschlossen zu lassen. Der Versuchsleiter liest sowohl die allgemeine Testanweisung als auch jede Anweisung zu den einzelnen Untertests laut vor. Die Probanden tragen ihre Lösungen nach Durcharbeiten der Probeaufgaben im Testheft ein. Die Bearbeitungszeit ist streng begrenzt und muß vom Versuchsleiter exakt kontrolliert werden.

5.4 Zeit: Die Bearbeitungszeit beträgt für alle Untertests insgesamt 28 Minuten, die Durchführungszeit insgesamt, also inklusive der Anweisungen, beträgt etwa 45 Minuten.

6. Auswertung

6.1 Modus: Die Auswertung erfolgt mit Hilfe der Auswertungsschablonen. Die Rohwerte eines Probanden werden auf das Deckblatt des Testheftes übertragen und unter Verwendung der Transformationstabellen in Stanine-Werte umgerechnet. Die Stanine-Summe eines Probanden kann je nach Bezugsgruppe (Alter, Schulbildung usw.) in Standardwerte ($M = 100$, $s_x = 10$) und Prozentrangwerte transformiert werden. Die Kombination von Normwerten ist möglich.

6.2 Zeit: Ca. 10 Minuten.

7. Gütekriterien

7.1 Objektivität: Bei Beachtung der Anweisungen für Durchführung, Auswertung und Interpretation ist Objektivität gegeben.

7.2 Reliabilität: Die Untersuchung von N = 183 Real- und Berufsschülern in einem zeitlichen Abstand von acht Wochen erbrachte Paralleltest-Koeffizienten für die einzelnen Untertests zwischen r = 0,47 und 0, 68. Für das Gesamttestergebnis ergab sich ein Paralleltest-Koeffizient von r = 0,79 für die Stanine-Summe und von r = 0,75 bis 0,80 für Alters- und Schulstandardwerte sowie die Rohwertsumme.
Die Ermittlung der Retest-Reliabilität wies für ein Intervall von acht Wochen bei N = 156 Real- und Berufsschülern Koeffizienten zwischen r = 0,59 und 0,76 für die Untertests sowie r = 0,83 für die Stanine-Summe aus. Nach Aussage der Autoren können die Reliabilitätskoeffizienten als Minimaleinschätzung betrachtet werden.

7.3 Validität: Da nach Aussage der Autoren im ABAT-R Fähigkeiten erhoben werden, die wichtigen Anforderungsmerkmalen für Bürotätigkeiten entsprechen, kann ihrer Meinung nach für das Verfahren inhaltliche Validität konstatiert werden.
Eine Untersuchung zur faktoriellen Validität des Verfahrens erbrachte nach der Hauptkomponentenmethode eine zweifaktorielle Lösung mit einem unrotierten Generalfaktor, der 41,0% der Varianz aufklärt und als Bearbeitungsgeschwindigkeit interpretiert werden kann, und einem bipolaren zweiten Faktor. Nach Varimax-Rotation der beiden Faktoren ergibt sich ein ver-

baler Faktor mit hohen Ladungen von RK und ZS und ein numerischer Faktor mit hohen Ladungen von TL und SP.

7.4 Normen: Das Verfahren wurde an insgesamt N = 1659 Testteilnehmern geeicht. Es liegen Normen für Altersgruppen, Schulgruppen sowie Gruppen von Rehabilitanden, Ratsuchenden und Bewerbern für kaufmännische Lehrstellen vor.

Tätigkeits-Analyse-Liste (TAL)

CH. F. SCHMIDT

Berlin: Psychodiagnostisches Zentrum HUB, 1988

---

1. Testart Spezielle Funktionsprüfungs- und Eignungstests

2. Testmaterial Merkmals- und Beispielkataloge I bis III, Protokollbogen, Handanweisung; *zusätzlich:* Schreibmaterial.

3. Testgliederung Der Merkmalskatalog der TAL läßt sich in 7 Merkmalsklassen und insgesamt 32 Merkmale unterteilen, deren Ausprägungsgrad in drei bis maximal fünf Anforderungsstufen von „nicht vorhanden" bis „hohe Anforderung" bestimmt wird. Es werden drei verschiedene Merkmalskataloge mitgeliefert, die als Beispiele für die Bestimmung der Merkmalsausprägung Tätigkeiten in der Produktion, dem Dienstleistungsbereich und in Gärtnereien betreffen. Die 7 Merkmalsklassen sind: Statische Muskelarbeit, Dynamische Muskelarbeit, Bewegungssteuerung/-koordination, Wahrnehmungsanforderungen, Aufmerksamkeit/Konzentration, Intelligenz, Persönlichkeitseigenschaften.

4. Grundkonzept Ausgangspunkt ist die Tatsache, daß einerseits Arbeitsplätze für geistig Behinderte geschaffen werden müssen, daß andererseits oft die Schwierigkeit besteht zu bestimmen, ob der ausgewählte Arbeitsplatz den individuellen Leistungsvoraussetzungen des Behinderten entspricht. Mit Hilfe der TAL können objektive Tätigkeitsanforderungen analysiert werden. Das Resultat der Analyse, das Tätigkeitsprofil, ermöglicht den Anforderungsvergleich verschiedenster Tätigkeiten, aufgrund dessen dann Arbeitsplätze für bestimmte Behinderte als geeignet oder nicht geeignet bewertet werden können. Zur Einschätzung der individuellen Leistungsvoraussetzungen einzelner Behinderter kann dann die „Leistungs- und Verhaltensanalyseprobe für geistig Geschädigte – LEVAP" (SCHMIDT, 1988) durchgeführt werden, ein Verfahren, das aus Arbeitsproben besteht, deren Schwierigkeit systematisch gestuft wurde.

5. Durchführung **5.1 Alter:** Keine Angaben.

5.2 Formen: Einzelverfahren.

5.3 Handhabung: Der in der Arbeitsplatzbeschreibung festgelegte Arbeitsauftrag bildet die Grundlage der Analyse mittels des Merkmalskatalogs der TAL. Es müssen alle 32 Merkmale eingeschätzt und im Protokollbogen die ermittelten Anforderungsstufen eingetragen werden. Der Autor weist darauf hin, daß vor der praktischen Anwendung des Verfahrens ein gründliches Studium der Instruktion und des Beispiels erfolgen muß.

5.4 Zeit: Keine Angaben.

6. Auswertung

6.1 Modus: Die im Profilbogen eingetragenen ermittelten Anforderungsstufen zu jedem der 32 Merkmale werden miteinander verbunden. So entsteht ein sogenanntes Anforderungsprofil. Dieses erlaubt den Vergleich verschiedener Tätigkeiten hinsichtlich der objektiv bestehenden Anforderungen. Es besteht die Möglichkeit, Profilvergleiche EDV-gestützt vornehmen zu lassen.

6.2 Zeit: Keine Angaben.

7. Gütekriterien

7.1 Objektivität: Die empirische Bestimmung der Objektivität wurde über den Grad der Übereinstimmung zwischen 9 unabhängigen Beurteilern vorgenommen. Es wurde der gewichtete Kappakoeffizient (ASSENDORF, 1979) berechnet, der für die Endform des Verfahrens bei $K_W = 0{,}96$ liegt.

7.2 Reliabilität: Es wurde die Retest-Reliabilität nach ca. 8–10 Wochen bestimmt. Es konnte eine durchschnittliche Retest-Reliabilität $K_W = 0{,}82$ (SCHNEIDER, 1983) für 9 Urteiler und für 6 Urteiler mit der mehrfach revidierten TAL in Höhe von $K_W = 0{,}97$ (BIEBERGEIL, 1986) ermittelt werden.

1.5

7.3 Validität: Es wurde die kriterienbezogene Validität bestimmt, wobei die mit der TAL bestimmten Tätigkeiten mit anderen Tätigkeitsprofilen verglichen wurden. Der Profilvergleich zeigte insgesamt eine ausreichende Validität bezüglich des Kriteriums „Vergleichbarkeit von Tätigkeiten".

7.4 Normen: Keine Angaben.

8. Literatur

ASSENDORF, I. & WALLBOTT, H. C. (1979). Maße der Beobachterübereinstimmung: Ein systematischer Vergleich. *Zeitschrift für Sozialpsychologie, 10,* 243–252.

BIBERGEIL, E. (1986). *Zur Validierung einzelfalldiagnostischer Erfahrungen bei geistig behinderten Rehabilitanden.* Diplomarbeit an der Universität Dresden.

SCHMIDT, CH. F. (1988). *Leistungs- und Verhaltensanalyseprobe für geistig Geschädigte (LEVAP).* Psychodiagnostisches Zentrum, Universität Berlin.

SCHNEIDER, P. (1983). *Entwicklung und Prüfung einer Tätigkeitsanalyseliste für geistig Behinderte (TAL-B).* Diplomarbeit an der Universität Dresden.

Tätigkeitsbewertungssystem – Geistige Arbeit (TBS-GA)

E. Rudolph, E. Schönfelder und W. Hacker
Berlin: Psychodiagnostisches Zentrum HUB, 1987

---

1. Testart Spezielle Funktionsprüfungs- und Eignungstests

2. Testmaterial Erhebungsbogen, Profilschablonen, Handanweisung; *zusätzlich:* Schreibmaterial.

3. Testgliederung Das Verfahren besteht aus 60 Skalen, die folgenden fünf Merkmalsbereichen zugeordnet sind: Teil A: Organisatorische und technische Bedingungen, welche die Vollständigkeit bzw. Unvollständigkeit von Tätigkeiten determinieren; Teil B: Kooperation und Kommunikation; Teil C: Verantwortung, die aus dem Arbeitsauftrag folgt; Teil D: Erforderliche kognitive Leistungen und Teil E: Qualifikations- und Lernerfordernisse.

4. Grundkonzept Produktionssteigerung und progressive Arbeitsgestaltung – also Erhaltung und Förderung der Gesundheit und Leistungsfähigkeit einschließlich Förderung der Persönlichkeitsentwicklung der „Werktätigen" – stellen in der sozialistischen (aber eben nicht nur da – das Verfahren wurde in der ehemaligen DDR entwickelt) Wirtschaft eine untrennbare Einheit dar.

Eine Rahmenkonzeption für Analyse- und Bewertungsmittel liegt in Form eines hierarchischen Systems vor. Beginnend mit der untersten Ebene, der Ausführbarkeit, folgen die Ebenen der Schädigungslosigkeit, Beeinträchtigungsfreiheit und als oberste die Persönlichkeitsförderlichkeit. Das vorliegende Verfahren gestattet es, objektive Tätigkeitsmerkmale auf ihre Beeinträchtigungsfreiheit sowie potentielle Gesundheits- und Persönlichkeitsförderlichkeit hin zu analysieren und zu bewerten.

Das Verfahren ist weder ein Fragebogen noch ein Expertenschätzverfahren. Es ist nur ein Verfahren zur Führung und Rationalisierung von Arbeitsuntersuchungen und Systematisierung ihrer Ergebnisse. Das Verfahren wurde für geistige Routinearbeiten sowie für Tätigkeiten mit schöpferischen Anteilen in der Text- und Datenverarbeitung, der Produktionsvorbereitung, im Verwaltungsbereich und Dienstleistungssektor unter besonderer Berücksichtigung bildschirm- und rechnergestützter Technologieanwendung entwickelt.

(*Kommentar des Testbesprechers:* Es bleibt den Anwendern überlassen zu entscheiden, ob die Vorgehensweise, Interpretation und Umsetzung der gewonnenen Erkenntnisse aus dem Verfahren, das in der DDR entwickelt wurde, auch in der Bundesrepublik möglich ist.)

5. Durchführung **5.1 Alter:** Keine Angaben.

5.2 Formen: Einzelverfahren.

5.3 Handhabung: Der Verfahrenseinsatz setzt das Beherrschen der Methodik der psychologischen Arbeitsuntersuchung (MATTERN, 1983) voraus. Anhand der Handanweisung führt man die Erhebung zu den Teilen A bis E durch.

5.4 Zeit: Keine Angaben.

6. Auswertung

6.1 Modus: Die Ergebnisse werden im Erhebungsbogen eingetragen und am Ende in ein TBS-GA Transformiertes Profil übertragen. Die mitgelieferte Schablone erleichtert dann die Entscheidung, ob das gefundene Profil „unkritisch" ist oder Maßnahmen zur Veränderung der Tätigkeit eingeleitet werden sollten.

6.2 Zeit: Keine Angaben.

7. Gütekriterien

7.1 Objektivität: Die Durchführungs- und Auswertungsobjektivität kann als gegeben angesehen werden, wenn der Untersuchende sich an die sehr ausführlichen Erhebungshinweise in der Handanweisung (ca. 45 Seiten) hält und außerdem die Methodik der psychologischen Arbeitsuntersuchung beherrscht (s. o.).

7.2 Reliabilität: Die Autoren berichten über eine gute, zum Teil sehr gute Urteilsübereinstimmung (Inter-Rater-Reliabilität).

7.3 Validität: Es liegt – nach Ansicht der Autoren und von ihnen befragter Experten – eine hohe face-validity (inhaltlich-logische Validität) vor. Sowohl vorgenommene Konstrukt- als auch Kriterienvalidierungen können den Erst-Eindruck hoher Validität des Verfahrens auch empirisch bestätigen.

7.4 Normen: Es liegt ein Profil vor, das die Grenze zwischen „unkritisch" und verändernswert beschreibt. Weitere Normen für z. B. unterschiedliche Arbeitsplätze liegen nicht vor.

8. Literatur

MATTERN, B. (1983). Psychologische Arbeitsplatzanalyse. *Spezielle Arbeits- und Ingenieurpsychologie 3.* Berlin.

Testsystem für hörgeschädigte Kinder (THK)

B. REIMANN und R. EICHHORN

Berlin: Psychodiagnostisches Zentrum HUB, 1984

---

1. Testart Spezielle Funktionsprüfungs- und Eignungstests

2. Testmaterial Handanweisung, Protokollbogen, Materialkasten mit Würfeln, einer Puppe, einem Spielzeugauto und diversen Bildkarten und Bildvorlagen; *zusätzlich:* Schreibmaterial (2 Bleistifte), 1 Zeichenblatt, 1 kleiner Ball (Durchmesser ca. 6–7 cm), 1 Tasse, 1 Buch, 1 Uhr mit Sekundenzeiger (Stoppuhr), 1 Tisch (ohne Tischdecke, mit glatter, runder Tischfläche), 4 Stühle.

3. Testgliederung Die Testbatterie enthält die 15 Aufgabenreihen: Bild ergänzen (Eisbrecheraufgabe), Vergleichen, Bilder zuordnen, Figuren ordnen, Würfel antippen, Figurensequenzen reproduzieren (nach simultaner Vorgabe), Figurensequenzen reproduzieren (nach sukzessiver Vorgabe), Sequenzen legen, Ansichten finden (Prätest), Figuren legen, Würfel legen, Ansichten finden (Posttest), Wortschatz (aktiv), Wortschatz (passiv), Ausführen einer Handlung und Muster fortsetzen. Die Ergebnisse in den einzelnen Untertests werden zu 3 bzw. 4 Endskalen verdichtet, die die Leistungsfähigkeit des hörgeschädigten Kindes abbilden. Diese Endskalen sind: Optisch-figurale Denk- und Gedächtnisoperationen, Posttest, Sprachleistungen und Diskriminanzresultat (nur für Schwerhörige im Alter von 7–9 Jahren).

4. Grundkonzept Das THK ist ein leistungsdiagnostisches Verfahren. Es stellt eine Kombination von Entwicklungsstands- und Lernfähigkeitsdiagnostik dar und dient der Bestimmung kognitiver Leistungsmerkmale im Rahmen der Diagnose der Schulfähigkeit und der Hilfsbedürftigkeit schwerhöriger und gehörloser Kinder.

5. Durchführung **5.1 Alter:** 5;0 bis 9;11 Jahre.

5.2 Formen: Einzeluntersuchung.

5.3 Handhabung: Der Versuchsleiter führt die Untertests nach den in der Handanweisung niedergelegten ausführlichen Instruktionen durch. Die Instruktionen werden ergänzt durch einige Hinweise auf die personellen und situationsspezifischen Voraussetzungen der Untersuchung.

5.4 Zeit: Keine Zeitbegrenzung; lediglich in den Untertests „Figuren legen" und „Würfel legen" wird die benötigte Zeit gemessen. Erfahrungsgemäß beträgt die gesamte Durchführungszeit ca. 45 Minuten.

6. Auswertung **6.1 Modus:** Die Rohpunktsummenwerte jeder Aufgabenreihe werden anhand der Normentabellen in Standardwerte (C-Werte, $C = 2z + 5$) umgewandelt. Diese können dann im Profil dargestellt werden und zu „Endskalen"

verdichtet werden. Diese erlauben dann die Bewertung des Entwicklungsstandes.

6.2 Zeit: Keine Angaben.

7. Gütekriterien

7.1 Objektivität: Aufgrund der ausführlichen und exakten Durchführungsvorschriften und der leichten Auswertbarkeit kann das Verfahren als objektiv angesehen werden.

7.2 Reliabilität: Auf der Grundlage von N = 86 unausgelesenen schwerhörigen und gehörlosen Kindern wurde die Retest-Reliabilität nach einem Zeitraum von 8 Monaten berechnet. Die Retest-Reliabilität des Gesamttests beträgt $r_{tt} = 0{,}94$.

7.2 Validität: Es wurden Vergleiche zwischen unterschiedlichen Extremgruppen (normalintelligente Schwerhörige vs. debile Schwerhörige) vorgenommen, Faktorenanalysen gerechnet und eine Kriteriumsvalidierung über die Progressiven Matrizen nach RAVEN durchgeführt. Alle Methoden bestätigten die ausreichende Validität des THK.

7.4 Normen: Es liegen Normwerte (C-Werte) für jeweils schwerhörige und gehörlose Kinder der Altersgruppen 5;0 bis 5;11, 6;0 bis 6;11, 7;0 bis 7;11, 8;0 bis 8;11 und 9;0 bis 9;11 Jahre vor.

Test zur Untersuchung des praktisch-technischen Verständnisses (PTV)

R. AMTHAUER
Göttingen: Hogrefe, 1972

---

1. Testart Spezieller Funktionsprüfungs- und Eignungstest

2. Testmaterial Handanweisung. Testheft und Antwortbogen; Schablone zur Auswertung (entfällt bei maschineller Auswertung); *zusätzlich:* Bleistift, Radiergummi und Schreibunterlage für jeden Probanden; Stoppuhr.

3. Testgliederung Der PTV besteht aus 50 einzelnen Wahlantwortaufgaben zu technischen Vorgängen oder Problemen, die nach steigendem Schwierigkeitsgrad angeordnet sind.

4. Grundkonzept Der PTV enthält Aufgaben aus verschiedenen Bereichen der Technik. Die Probleme sind zeichnerisch dargestellt. Ihre erfolgreiche Bearbeitung erfordert teilweise nicht nur Erfahrung im Umgang mit technisch-zeichnerischen Darstellungen, sondern auch elementare physikalische Kenntnisse wie Einblick in die technisch-mechanische Funktionsweise spezieller Vorrichtungen. Die angesprochenen unterschiedlichen Problembereiche und die zu bewältigenden Schwierigkeitsgrade entsprechen technischen Berufsanforderungen auf verschiedenem Niveau. Dem Schwierigkeitsgrad des PTV gemäß können fähige Ingenieure nahezu alle Aufgaben lösen. PTV-Leistungen weisen einen engen Zusammenhang auf mit Leistungen in ingenieurwissenschaftlichen und naturwissenschaftlichen Fachrichtungen. Der Test soll bessere Entscheidungen über die Ausbildung und Weiterbildung in den genannten Fachrichtungen – und zwar auf allen Ebenen – ermöglichen. „Die deutliche Schul-Unabhängigkeit des PTV von allgemeinbildenden Schulen bewirkt ..., daß man denen auf ihre Weise gerecht werden kann, die dort nicht zu ihrer vollen Entfaltung kommen konnten" (Handanweisung, S. 7).

5. Durchführung **5.1 Alter:** 13–50 Jahre.

5.2 Formen: Der PTV ist als Individual- und Gruppentest durchführbar. Es liegen 3 verschiedene Fassungen vor; für jede einzelne eine Parallelform. Die Parallelformen A1 und B2 sowie C3 und D4 sind jedem Versuchsleiter zugänglich, während zwei Sonderformen einer Bundesbehörde zur ausschließlichen Benutzung überlassen wurden. Die Formen C3 und D4 sind ausdrücklich für weibliche Personen vorgesehen (vgl. Handanweisung, S. 23 ff.).

5.3 Handhabung: Der Autor empfiehlt jedem Versuchsleiter, den Test zunächst im Selbstversuch anzuwenden, um mit der Durchführung vertraut zu werden. „Die sichere Handhabung eines jeden Tests ist erst nach mehrmaliger Übung möglich" (Handanweisung, S. 11). Zwischen Einzel- und Gruppenversuch besteht kein prinzipieller Unterschied. Eine Gruppe sollte auf 10 bis 20 Personen beschränkt sein. Der Versuchsleiter teilt Bleistifte, Radiergummis sowie Schreibunterlagen an die Probanden aus. Dann erhalten sie jeweils einen Antwortbogen und ein Testheft. Parallelformen sind wechselweise auszugeben.

Vor Beginn der eigentlichen Untersuchung sollte der Untersucher mit wenigen Worten den Zweck der Untersuchung darlegen. "Er sollte dabei versuchen, eine Atmosphäre der Aufnahmebereitschaft zu erreichen„ (Handanweisung, S. 10). Der Versuchsleiter liest alle Anweisungen, Erläuterungen und Beispiele laut vor, während die Probanden den Text jeweils für sich mitlesen. Wenn noch Fragen vorgebracht werden, sollte die Beantwortung nur durch die Wiederholung der passenden Textstelle erfolgen. Nachdem der Untersucher das Zeichen zum Beginn gegeben hat, ist die Durchführungsdauer von 25 Minuten mit Hilfe einer (Stopp-)Uhr zu überwachen. Ferner sollte er darauf achten, daß die Teilnehmer den Antwortbogen richtig benutzen und keine Eintragungen in den Testheften vornehmen. Nach Abschluß der Untersuchung sollte der Versuchsleiter den Probanden nicht nur für Mitarbeit und sachgerechtes Verhalten danken, sondern auch die möglicherweise aufgekommenen Mißerfolgserlebnisse abbauen helfen.

5.4 Zeit: Im Anschluß an die Instruktion dauert die Bearbeitungszeit 25 Minuten.

6. Auswertung

6.1 Modus: Falls die Auswertung nicht maschinell erfolgt, werden die richtigen Lösungen mit Hilfe der passenden Schablone ausgezählt. Auch die falschen Ergebnisse werden ausgezählt. Der Rohwert ergibt sich aus der Summe der richtigen Lösungen, abzüglich eines Drittels der falschen (auf- bzw. abgerundet auf ganze Zahl). (Dieser Korrekturmodus ist den Probanden bekannt.) Der Rohwert wird entsprechend dem Alter des Probanden in der Normentabelle in einen Standardwert umgewandelt. In der Handanweisung (S. 12) ist ferner eine Tabelle zur Transformation der Standardwerte in Prozentrangwerte enthalten.

Die üblichen Bewertungen (wie Standardwerte 100 ± 5 entsprechen „gutem Durchschnitt", 90 bis 95 entsprechen „knappem Durchschnitt" usf.) gelten streng genommen nur für Probanden, die eine technische oder naturwissenschaftliche Ausbildung anstreben, da sich die Normen auf diesen Personenkreis beziehen. Probanden, die einer anderen Bezugsgruppe angehören, werden vergleichsweise mit einem zu strengen Maßstab gemessen; das gilt auch für weibliche Personen, falls sie nicht mit der für sie vorgesehenen Form C3 oder D4 untersucht wurden.

6.2 Zeit: Keine Angaben. Die formale Auswertung nimmt im allgemeinen nur wenige Minuten in Anspruch.

7.1 Gütekriterien

7.1 Objektivität: Das Testergebnis eines Pb ist bei Beachtung der Anweisungen zur Durchführung und Auswertung (Handanweisung) von der Person des Versuchsleiters unabhängig.

7.2 Reliabilität: Eine Untersuchung zur Ermittlung der „zeitlichen Stabilität" ergab für ein Intervall von einem Jahr r = 0,68 (N = 107) und für einen Abstand von vier Jahren r = 0,63 (N = 365).

Die nach der Unterteilungsmethode (odd-even) ermittelten Reliabilitäten lagen zwischen r = 0,83 (N = 290) und r = 0,86 (N = 249).

7.3 Validität: Es besteht eine monoton ansteigende Beziehung zwischen PTV-Leistungen und dem Anforderungsniveau verschiedener technischer Berufsgruppen.
Der Vergleich von PTV-Leistungen mit Bewährungskriterien in technischen Berufen ergab eine mittlere Korrelation von r = 0,35. Die Stichprobenergebnisse streuen zwischen r = 0,15 und r = 0,50. (Angaben über den Stichprobenumfang fehlen.)
Einer Untersuchung von SASSENSCHEIDT und BUGGLE (1970) lassen sich Hinweise auf die faktorielle Validität des PTV entnehmen. Der Testautor berichtet ferner Ergebnisse aus 8 Faktorenanalysen, die für den Bereich der Chemieberufe den PTV als im allgemeinen bedeutsamsten Test im Rahmen einer Eignungsuntersuchung ausweisen.

7.4 Normen: Der Test wurde an mehr als 4000 (männlichen) Personen geeicht, denen gemeinsam ist, daß sie sich für eine Aus- oder Weiterbildung in technischen bzw. naturwissenschaftlichen Berufen beworben haben. Es bestehen Normen für Altersgruppen vom 13. bis zum 41. Lebensjahr (und älter). Der Anspruch auf Repräsentativität wird nicht erhoben. Berufsspezifische Normen liegen nicht vor. Die Normentabelle gilt für sämtliche Formen.

8. Literatur

SASSENSCHEIDT, H. & BUGGLE, F. (1970). Prädiktorvariablen praktisch-technischen Verständnisses. *Diagnostica, 16,* 30–41.

2. PSYCHOMETRISCHE PERSÖNLICHKEITSTESTS

2.1 Persönlichkeits-Struktur-Tests

● = ja
◐ = teilweise
○ = nein
k.A.= keine Angaben

Testname	Autor(en)	Seite	Durchführung				Auswertung			Gütekriterien				Alter
			Gruppentest	Parallelform	Zeitangabe netto (Min.)	Zeitangabe brutto (Min.)	Schabl./Schlüss.	maschinell	Zeitangabe (Min.)	Objektivität	Reliabilität	emp. Validität	Normen	(Jahre oder Schuljahre (J/Sj))
16-Persönlichkeits-Faktoren-Test (16 PF)	Schneewind u.a.	507	●	○		30–45	●	○		●	●	●	●	ab 18 J
Angstfragebogen für Schüler (AFS)	Wieczerkowski u.a.	510	●	○		10–25	●	○	5	●	●	●	●	9–17 J
Anstrengungsvermeidungstest (AVT)	Rollett u.a.	513	●	○		15–20	●	○		●	●	●	●	5.–9. Sj
Aussagenliste z. Selbstwertgefühl f. Kinder u. Jugendliche (ALS)	Schauder	515	●	○		15–30	●	●	10–15	●	●	●	●	8–15 J
Bilder-Angst-Test für Bewegungssituationen (BAT)	Bös u.a.	519	●	○		15	○	○		●	●	●	●	9–12 J
Deutsche Personality Research Form (PRF)	Stumpf u.a.	522	●	●		25–30	●	○	10–15	●	●	●	●	ab 17 J
Deutscher CPI	Gough	526	●	○		45–60	●	○		●	●	●	●	13–70 J
Deutscher HSPQ (High School Personality Questionnaire)	Schumacher u.a.	530	●	●		45–60	●	○		●	●	●	●	12–18 J
Eigenschaftswörterliste (EWL)	Janke u.a.	533	●	○		10–30	●	○		●	●	●	○	k.A.
Erfassungsbogen f. aggress. Verh. in konkreten Situationen (EAS)	Petermann u.a.	537	●	○			○	○	10	●	●	●	●	9–13 J
Eysenck-Persönlichkeits-Inventar (EPI)	Eggert	542	●	●		5–15	●	○		●	●	●	●	ab 14 J
Fragebogen zu Kompetenz- und Kontrollüberzeugungen (FKK)	Krampen	546	●	○		10–20	●	○		●	●	●	●	ab 14 J
Fragebogen z. Erf. dispositionaler Selbstaufmerksamkeit (SAM)	Filipp u.a.	548	●	○		10–15	●	○	10	●	●	●	●	k.A.

● = ja
o = teilweise
❍ = nein
k.A.= keine Angaben

Testname	Autor(en)	Seite	Durchführung				Auswertung			Gütekriterien				Alter
			Gruppentest	Parallelform	Zeitangabe netto (Min.)	Zeitangabe brutto (Min.)	Schabl./Schlüss.	maschinell	Zeitangabe (Min.)	Objektivität	Reliabilität	emp. Validität	Normen	(Jahre oder Schuljahre (J/Sj))
Fragebogen zur Erfassung kindlicher Steuerung (FEKS)	Pauls u.a.	553	●	❍		20–45	●	❍		●	●	●	●	8–12 J
Fragebogen zur Kausalattribuierung in Leistungssituationen (FKL)	Kessler	555	●	❍		15–25	●	❍		●	●	●	●	13–15 J
Freiburger Persönlichkeitsinventar (FPI)	Fahrenberg u.a.	557	●	●		10–30	●	●		●	●	●	●	ab 16 J
Gießen-Test	Beckmann u.a.	559	●	❍		ca. 15	●	●		●	●	●	●	ab 18 J
Hamburger Neurotizismus- u. Extraversionsskala für Kinder und Jugendliche (HANES-KJ)	Buggle u.a.	561	●	**o**		15–40	●	●	3–5	●	●	●	●	8–17 J
Hamburger Persönlichkeitsfragebogen für Kinder (HAPEF-K)	Wagner u.a.	563	●	❍		40–80	●	❍		●	●	●	●	9–13 J
Hamburger Verhaltensbeurteilungsliste (HAVEL)	Wagner	565	●	❍			●	❍		●	●	●	●	7–14 J
Kinder-Angst-Test (KAT)	Thurner u.a.	567	●	❍		15–30	❍	❍	1	●	●	●	●	9–15 J
Leistungsmotivationstest (LMT)	Hermans u.a.	569	●	❍			●	❍		●	●	●	●	ab 15 J
Leistungsmotivationstest für Jugendliche (LMT-J)	Undeutsch u.a.	571	●	❍		35–40	●	❍		●	●	●	●	12–16 J
LM-Gitter	Schmalt	574	●	❍		ca. 45	●	❍		●	●	❍	●	3.–5. Sj
Mehrdimensionaler Persönlichkeitstest für Erwachsene (MPT-E)	Schmidt	576	●	❍		ca. 30	●	❍		●	●	●	●	ab 18 J
Mehrdimensionaler Persönlichkeitstest für Jugendliche (MPT-J)	Schmidt	579	●	❍		ca. 30	●	❍		●	●	●	●	14–18 J

2.1 Persönlichkeits-Struktur-Tests (Forts.)

● = ja
o = teilweise
❍ = nein
k.A.= keine Angaben

Testname	Autor(en)	Seite	Durchführung				Auswertung			Gütekriterien				Alter
			Gruppentest	Parallelform	Zeitangabe netto (Min.)	Zeitangabe brutto (Min.)	Schabl./Schlüss.	maschinell	Zeitangabe (Min.)	Objektivität	Reliabilität	emp. Validität	Normen	(Jahre oder Schul-jahre (J/Sj))
Myers-Briggs Typenindikator (MBTI)	Bents u.a.	583	❍	❍		10–20	●	❍	5–7	●	●	●	❍	ab 16 J
Neo-Fünf-Faktoren-Inventar (NEO-FFI)	Borkenau u.a.	586	●	❍		ca. 10	●	❍		●	●	●	●	ab 18 J
Paardiagnostik mit dem Gießen-Test	Brähler u.a.	588	●	❍		ca. 15	❍	❍		●	●	❍	●	ab 18 J
Persönlichkeits-Interessentest (PIT)	Mittenecker u.a.	590	●	❍		40–45	●	❍		●	●	●	●	ab 16 J
Persönlichkeitsfragebogen für Kinder 9–14 (PFK 9–14)	Seitz u.a.	592	●	❍		ca. 60	●	❍		●	●	●	●	9–14 J
Repertory Grid Technik (RGT)	Riemann	595	❍	❍		60	❍	●		●	●	●	❍	k.A.
Selbstregulations- und Konzentrationstest für Kinder (SRKT-K)	Kuhl u.a.	599	❍	❍		ca. 30	❍	●		●	●	●	●	1.–4. Sj
Selbstregulations-Strategientest f. Kinder (SRST-K)	Kuhl u.a.	601	❍	❍		20–25	●	❍		●	●	●	●	6–10 J
Trierer Persönlichkeitsfragebogen (TPF)	Becker	603	●	❍		10–30	❍	●	10–15	●	●	●	●	18–80 J
Verfahren zur Diagnostik d. kooperationsbezogenen Partner-Fremdbildes im Kindesalter (KPB-Test)	Zimmermann	608	●	❍		ca. 30	●	❍	10	●	●	●	●	11–14 J

Der 16-Persönlichkeits-Faktoren-Test (16 PF)

K. A. SCHNEEWIND, G. SCHRÖDER und R. B. CATTELL
Bern: Huber 1994[3]

---

1. Testart Persönlichkeits-Struktur-Test

2. Testmaterial Testmanual, Testheft, Antwortbogen, Auswertungsschablonen, Auswertungsbogen zur Bestimmung der Sekundärfaktorwerte für männliche und weibliche Probanden, Testprofilbogen mit und ohne verbale Umschreibung der Skalen; *zusätzlich:* Schreibgerät.

3. Testgliederung Der 16 PF besteht aus 192 Items. Er erfaßt 16 Primärdimensionen und 5 Sekundärfaktoren (Globaldimensionen) der Persönlichkeitssstruktur im Erwachsenenalter.

4. Grundkonzept Der 16 Persönlichkeits-Faktoren Test wurde vor mehr als 35 Jahren von CATTELL entwickelt. Die vorliegende deutschsprachige Neukonstruktion des 16 PF beruht auf der derzeit neuesten englischsprachigen Ausgabe des 16 PF (vgl. CATTELL, EBER & TATSUOKA 1970). Bei der Benennung der 16 Primär- und 5 Sekundärdimensionen wurde auf leicht verständliche, verhaltensnahe und, hinsichtlich ihrer sozialen Wertigkeit, möglichst neutral formulierte Beschreibungen Wert gelegt.

2.1

Primärfaktoren:

A Sachorientierung vs. Kontaktorientierung
B Konkretes Denken vs. Abstraktes Denken
C Emotionale Störbarkeit vs. Emotionale Widerstandsfähigkeit
E Soziale Anpassung vs. Selbstbehauptung
F Besonnenheit vs. Begeisterungsfähigkeit
G Flexibilität vs. Pflichtbewußtsein
H Zurückhaltung vs. Selbstsicherheit
I Robustheit vs. Sensibilität
L Vertrauensbereitschaft vs. Skeptische Haltung
M Pragmatismus vs. Unkonventionalität
N Unbefangenheit vs. Überlegtheit
O Selbstvertrauen vs. Besorgtheit
Q_1 Sicherheitsinteresse vs. Veränderungsbereitschaft
Q_2 Gruppenverbundenheit vs. Eigenständigkeit
Q_3 Spontaneität vs. Selbstkontrolle
Q_4 Innere Ruhe vs. Innere Gespanntheit

Sekundärfaktoren:

Q_I geringe vs. hohe Normgebundenheit

Q_{II} geringe vs. hohe Belastbarkeit
Q_{III} geringe vs. hohe Unabhängigkeit
Q_{IV} geringe vs. hohe Entschlußbereitschaft
Q_{V} geringe vs. hohe Kontaktbereitschaft

Als Anwendungsgebiet des Verfahrens werden die Arbeits-, Betriebs- und Berufspsychologie, die Klinische und Pädagogische Psychologie sowie der Bereich der grundlagen- und anwendungsorientierten Forschung angegeben.

5. Durchführung

5.1 Alter: Ab 18 Jahre.

5.2 Formen: Der 16 PF ist als Einzel- und Gruppentest durchführbar. Computergestützte Version im Hogrefe-Testsystem PERSYS.

5.3 Handhabung: Die Instruktionen zur Beantwortung des Fragebogens sind in einfacher und klarer Ausdrucksweise für die Testperson auf der ersten Seite im Testheft aufgeführt. Um etwaige Unklarheiten und Mißverständnisse noch vor Beginn der Bearbeitung des Fragebogens klären zu können, ist es häufig sinnvoll, die schriftliche Instruktion im Testheft gemeinsam mit der Testperson nochmals laut durchzugehen. Insgesamt sollte eine vertrauensvolle und motivierende Atmosphäre geschaffen werden. Die Testperson soll eindringlich darauf hingewiesen werden, daß die jeweiligen Antworten nicht im Testheft, sondern auf dem Antwortbogen eingetragen werden. Das Testheft kann somit beliebig oft verwendet werden.

5.4 Zeit: Keine Zeitbegrenzung. Die Testdurchführung erfordert etwa 30 bis 45 Minuten.

6. Auswertung

6.1 Modus: Die Rohwerte der 16 Primärdimensionen können mit Hilfe zweier Schablonen bestimmt werden. Für jedes Item werden entweder 0, 1 oder 2 Rohwertpunkte vergeben. Eine Ausnahme stellen die Denkfragen der Skala B dar, bei denen es nur richtige oder falsche Antworten gibt und somit nur ein Rohwertpunkt von 0 oder 1 pro Item verrechnet wird. Durch Addition der Itemrohwerte können somit für jede Primärdimension die Rohwertpunktsummen bestimmt werden. Die den Rohwertpunktsummen äquivalenten Sten-Werte (*s*tandard *ten*) werden der einschlägigen Normtabelle entnommen und zur besseren Veranschaulichung und Interpretation der Gesamttestergebnisse in zwei Testprofilbogen (A und U) übertragen. Die Sten-Werte der Primärfaktoren können dann, entsprechend dem Geschlecht der Testperson, in den Auswertungsbogen für Sekundärfaktorenwerte übertragen werden. Nach mehreren detailliert dargestellten Multiplikations-, Additions und Subtraktionsschritten können so die Sten-Werte für Sekundärfaktoren gewonnen und ebenfalls zu einem Profil der Sekundärwerte verbunden werden.

6.2 Zeit: Keine Angaben

7. Gütekriterien

7.1 Objektivität: Durchführung, Auswertung und Interpretation können als objektiv bezeichnet werden.

7.2 Reliabilität: Zur Abschätzung der Reliabilitäten der Primärskalen des 16 PF wurden interne Konsistenzkoeffizienten nach der Kuder-Richardson-Formel sowie Testwiederholungskoeffizienten an einer Stichprobe von N = 445 Testpersonen bei einem Meßintervall von ca. 1 Jahr berechnet. Die internen Konsistenzkoeffizienten (Tab. 3 des Testmanuals) liegen zwischen r = 0,82 und r = 0,95, und werden von den Autoren als insgesamt zufriedenstellend beurteilt. Die Testwiederholungsreliabilitäten (Intervall: 1 Jahr) liegen zwischen r = 0,50 und r = 0,79. Aus den vorliegenden Daten muß der Schluß gezogen werden, daß mit Hilfe des 16 PF eine zeitstabile Erfassung der Persönlichkeitsstruktur auf dem Niveau der Primärskalen nur mit Einschränkungen möglich ist. Die internen Konsistenzkoeffizienten für die Sekundärfaktoren liegen zwischen r = 0,91 und r = 0,95 (Tab. 8 des Testmanuals), die Testwiederholungsreliabilitäten (Intervall: 1 Jahr) liegen zwischen r = 0,70 und r = 0,82. Im Vergleich zu den Testwiederholungsreliabilitäten der Primärdimensionen ergeben sich deutlich höhere Wiederholungszuverlässigkeiten für die Sekundärfaktoren. Diese Befunde legen eine relativ zeitstabile Messung der individuellen Sekundärfaktorwerte nahe.

7.3 Validität: Das Testmanual liefert ausführliche Informationen zur Konzeptvalidierung des 16 PF auf dem Niveau der Primärfaktoren und berichtet über Validitätsprüfungen unter Verwendung anderer Instrumente der mehrdimensionalen Persönlichkeitsdiagnostik. Für die deutschsprachige Fassung des 16 PF liegen keine Angaben zur Kriteriums- oder Konstruktvalidierung vor. Zur Validität der Sekundärfaktoren werden keine Befunde berichtet.

7.4 Normen: Das Testmanual enthält Normwerte (Sten-Werte) für die 16 Primärskalen einer für die Bundesrepublik Deutschland repräsentativen Eichstichprobe von 3250 Personen. Eine Differenzierung der Normen wurde nach Geschlecht (weiblich: N = 2005, männlich: N = 1245) und vier Altersgruppen (18–29 Jahre, 30–39 Jahre, 40–49 Jahre, 50 Jahre und älter) vorgenommen. Darüber hinaus werden Mittelwerte und Streuungen der Primärskalenrohwerte für die Gesamteichstichprobe sowie die nach Geschlecht und Alter differenzierten Teileichstichproben angegeben.

8. Literatur

CATTELL, R. B., EBER, H. W. & TATSUOKA, M. M. (1970). *Handbook for the Sixteen Personality Factor Questionnaire (16PF).* Champaign: Institute for Personality and Ability Testing (IPAT).

IPAT (Institute for Personality and Ability Testing) (1977). *16 PF research bibliography 1971–1976.* Champaign: Author.

MEYER, A. E., ARNOLD, M. A., FREITAG, D. E. & BALCK, F. (1977). CATTELLS Testkonstruktionsstrategie, beurteilt an der Eppendorf-Übersetzung seines 16 Persönlichkeits-Faktoren (16 PF) Fragebogens. *Diagnostica* 23, 97–118.

Angstfragebogen für Schüler (AFS)

W. WIECZERKOWSKI, H. NICKEL, A. JANOWSKI, B. FITTKAU und W. RAUER
Braunschweig: Westermann, 1981[6]

---

1. Testart Persönlichkeits-Struktur-Test

2. Testmaterial Handanweisung, Fragebogen, Einschätzungsskalen für Lehrer und Gruppenleiter (Heft), Auswertungsschablone; *zusätzlich:* Schreibmaterial, möglichst Wandtafel.

3. Testgliederung Der AFS setzt sich aus 50 Items zusammen, die insgesamt vier Testskalen konstituieren: Prüfungsangst (15 Items), Manifeste Angst (15 Items), Schulunlust (10 Items) und soziale Erwünschtheit (10 Items).

4. Grundkonzept Dem Test liegt ein faktorielles Verständnis von Angst als hypothetischem Konstrukt zugrunde. Gemäß einer Unterscheidung von genereller und spezifischer Angst enthält der Test eine Skala der Manifesten Angst (MA) i. S. der Erfassung allgemeiner Angstsymptome einschließlich reduziertem Selbstvertrauen sowie eine Skala der Prüfungsangst (PA), die speziell auf angstbezogene Erwartungseinstellungen im schulischen Leistungsbereich bezogen ist. Als dritte aus dem ursprünglichen Itempool extrahierte Dimension enthält der Test eine Skala der Schulunlust (SU), die die globale Einstellung gegenüber der Schule erfragt. Schließlich ist dem Test i. S. von Lügenitems eine Skala der Sozialen Erwünschtheit (SE) angefügt, die das Ausmaß der positiven Selbstdarstellung erfaßt und ggf. zur interpretativen Korrektur der drei inhaltlichen Skalen dienen kann.
Dem AFS ist darüber hinaus ein Heft mit Einschätzskalen für Lehrer bzw. Gruppenleiter beigefügt, in dem diese die Position der Schüler auf den vier Skalen des Tests mit Hilfe einer siebenstufigen Klassifizierung vorhersagen und damit ihre Kenntnis der einzelnen Gruppenmitglieder überprüfen können. Als Anwendungsgebiete werden genannt: individuelle Diagnostik im Dienst der Therapieindikation und -kontrolle; Gruppendiagnostik der Angstatmosphäre in Schulklassen; Material für Selbsterfahrungsgruppen „zur Erhöhung der Sensibilität gegenüber eigenen Ängsten“ (S. 20); Verwendung als Forschungsinstrument.

5. Durchführung **5.1 Alter:** 9–16/17 Jahre (3.–10. Schuljahr).

5.2 Formen: Der AFS kann als Einzel- und als Gruppentest verwandt werden. Computergestützte Fassung im Hogrefe-Testsystem KIDIS.

5.3 Handhabung: Die Instruktion ist auf dem Testbogen enthalten; sie soll zusätzlich vorgelesen und bei jüngeren Kindern ggf. mit Hilfe einer Wandtafel erläutert werden. Das Ausfüllen des Fragebogens erfolgt durch Ankreuzung einer der beiden Antwortalternativen „stimmt“ oder „stimmt nicht“.

Die Einschätzungsskalen für Lehrer erfordern die Zuordnung jedes Schülers zu einer der 7 Ausprägungsstufen (von „trifft gar nicht zu" bis „trifft sehr zu") hinsichtlich der kurz charakterisierten vier Testskalen MA, PA, SU und SE. Dabei wird dem Lehrer empfohlen, zunächst jeweils ein Kind als „Bezugsperson" für die beiden Extrempole sowie für die mittlere Kategorie auszuwählen und die restlichen Klassenmitglieder etwa i. S. einer Normalverteilung zu klassifizieren.

5.4 Zeit: Je nach Altersstufe 10–25 Minuten. Keine Zeitangaben für die Einschätzskalen; hier hängt die Bearbeitungszeit stark von der Klassengröße ab.

6. Auswertung

6.1 Modus: Die Auswertung erfolgt mit Hilfe einer Schablone durch Addieren der für die jeweiligen Skalen spezifischen Items, soweit ihnen zugestimmt (bzw. in drei Fällen nicht zugestimmt) wurde. Die Rohwerte werden in Prozentrang- und in T-Werte transformiert.
Die Auswertung der Einschätzskalen für Lehrer erfolgt als Einzelvergleich der vermuteten und der tatsächlichen Skalenwerte sowie durch die Bildung von Rangkorrelationen.

6.2 Zeit: Ca. 5 Minuten. Für die Einschätzskalen erheblich länger, von der Art der Auswertung und der Klassengröße abhängig.

7. Gütekriterien

7.1 Objektivität: Bei rein formaler Anwendung voll gegeben.

7.2 Reliabilität: Für die einzelnen Skalen werden aus verschiedenen Stichproben Werte für die interne Konsistenz (aufgewertete mittlere Itemkorrelation) von $r_{tt} = 0{,}67$ bis $r_{tt} = 0{,}85$ und für die Retest-Reliabilität (1 Monat) $r_{tt} = 0{,}67$ bis $r_{tt} = 0{,}77$ mitgeteilt.

2.1

7.3 Validität: Die Skaleninterkorrelationen zeigen niedrige bis mittlere Korrelationen zwischen den Skalen MA, PA und Su, von denen die Se-Skala dagegen unabhängig ist.
Gruppenvergleiche lassen zwar signifikante und von der Richtung her erwartungsgemäße, vom Ausmaß her aber unbedeutende Einflüsse der Variablen Alter, Geschlecht, Schultyp und Wohnortgröße erkennen.
Korrelationen der vier Testskalen mit der Neurotizismusskala der HANES, mit dem KAT, mit Skalen bzgl. Einstellungen zu Lehrern, mit der Einschätzung durch Lehrer, mit Schulzensuren, mit Schülerselbsteinschätzungen sowie mit dem Erziehungsverhalten der Eltern ermöglichen eine differenzierte Beurteilung der Kriteriumsvalidität.
Schließlich werden zur Abrundung der Validitätsangaben zwei frühere Arbeiten zitiert, wonach der AFS gegenüber Änderungen des Angstniveaus (Angstsenkung durch positive Bekräftigung) sensitiv reagiert.
Die seit dem Erscheinen des Verfahrens durchgeführten Nachuntersuchungen belegen, daß die faktorielle Struktur des Verfahrens sehr stabil ist, die Schwierigkeiten der Fragebogenitems insgesamt zutreffend geschätzt worden waren und die Skaleninterkorrelationen im großen und ganzen bestätigt werden konnten.

7.4 Normen: Der AFS ist an einer hinsichtlich Alter (9–16/17 Jahre), Geschlecht, Schultyp und Ortsgröße hinreichend repräsentativen Stichprobe von N = 2374 Schülerinnen und Schülern geeicht worden.
Da sich hinsichtlich der genannten Merkmale keine bedeutsamen Unter-

schiede ergeben haben, beziehen sich die Normtabellen (Rohwertumrechnungstabellen für Prozentrang- und T-Werte, letztere nach Flächentransformation) auf die ganze Eichstichprobe.
Für Roh- und T-Werte stehen zusätzlich Tabellen zur Bestimmung der Vertrauensintervalle sowie der kritischen Differenzen (jeweils für $p < 0{,}05$) zur Verfügung.
Für die Auswertung der Einschätzskalen der Lehrer stehen außer der Angabe der jeweils minimalen, medianen und maximalen Korrelationen zwischen den Skaleneinschätzungen (PA, MA und SU) von 28 Klassenlehrern und den Selbsteinschätzungen der Schüler (Tab. 15) keine weiteren Normen zur Verfügung.

Anstrengungsvermeidungstest (AVT)

B. Rollett und M. Bartram

Braunschweig: Westermann, 1981[2]

---

1. Testart Persönlichkeits-Struktur-Test

2. Testmaterial Handanweisung (DIN A4, 28 Seiten), Testheft, Auswertungsschablone, Verhaltenskontrakt (Kopiervorlage); *zusätzlich:* Schreibmaterial.

3. Testgliederung Der Fragebogen (insgesamt 41 Items mit jeweils zwei Antwortalternativen) enthält zwei Rasch-homogene Skalen (1. Anstrengungsvermeidungsskala mit 20 Items und 2. Pflichteiferskala mit 10 Items) und 11 weitere nicht-Rasch-homogene Items, die für die Therapie weitere Informationen liefern.

4. Grundkonzept Nicht allein die intellektuelle Leistungsfähigkeit eines Schülers, sondern auch seine Leistungsbereitschaft bestimmt seinen Schulerfolg. Zur Beschreibung der Antriebsstruktur wenig Leistungsmotivierter wurde das Konzept der Leistungsmotivation um das Konstrukt „Anstrengungsvermeidungstendenz" erweitert. Es handelt sich hierbei um eine Verhaltensdisposition, die sich in Strategien äußert, sich Leistungsanforderungen generell zu entziehen oder aber auch Probleme ökonomisch zu lösen. Mit dem AVT wurde ein Verfahren entwickelt, das die Tendenz, auf Leistungsanforderungen hauptsächlich in erster Weise zu reagieren, mißt. Entstanden ist es aus einer Sammlung von Ausreden, die Schüler gebrauchten, um sich vor Anforderungen zu drücken. Hinweise zur therapeutischen Intervention bei ungünstigem Anstrengungsvermeidungsverhalten schließen sich an.

5. Durchführung **5.1 Alter:** 5.–9. Klassen von Haupt- und weiterführenden Schulen.

5.2 Formen: Als Einzel- und Gruppentest anwendbar. Computergestützte Fassung im Hogrefe-Testsystem KIDIS.

5.3 Handhabung: Die Testhefte werden den Probanden ausgeteilt und die Instruktionen auf dem Deckblatt verlesen. Eine Diskussion über die Zielsetzung des Verfahrens muß dabei unterbleiben. Wenn alle Schüler die Beispiele verstanden haben, bearbeiten sie den Text ohne weitere Kontrolle des Lehrers.

5.4 Zeit: Es ist keine Zeitbegrenzung vorgegeben, insgesamt erfordert der Test ca. 15–20 Minuten Durchführungszeit.

6. Auswertung **6.1 Modus:** Mit Hilfe einer Schablone werden für jede der beiden Skalen die Rohwertsummen durch Aufaddieren der „Stimmt"-Antworten bestimmt und auf der Rückseite des Antwortbogens eingetragen. In diese Auswertung gehen die nicht-Rasch-homogenisierten Items nicht mit ein. Diese sind separat aufgeführt. Werden einzelne dieser Items mit „stimmt" beantwortet, weisen

Seitenangaben auf Interpretationshinweise für diese Items hin. Die Rohwerte der beiden Skalen können dann in Prozentränge und Standardwerte umgewandelt werden.

6.2 Zeit: Keine Angaben.

7. Gütekriterien

7.1 Objektivität: Die genaue Durchführungsanweisung und die Auswertung über Schablonen sichern die Objektivität des Verfahrens.

7.2 Reliabilität:
Itemanalyse
- Rasch-homogene Items:
- Die Schwierigkeitskoeffizienten liegen je nach Items zwischen p = 0,15 und 0,83.
- Die Trennschärfekoeffizienten liegen zwischen r = 0,36 und 0,55.
- Der Mittelwert der AV-Skala liegt bei 6,73 mit einer Streuung von 3,76.
- Der Mittelwert der P-Skala liegt bei 6,89 mit einer Streuung von 3,11.

Nicht-Rasch-homogene Items:
- Die Schwierigkeitsindizes liegen je nach Item und Klassenstufe zwischen 0,18 und 0,91 (zum logischen Testmodell von RASCH vgl. STENE in FISCHER, 1969, und SPADA, 1969).

Innere Konsistenz
Reliabilitätskoeffizienten: AV-Skala: 0,80
P-Skala: 0,69.

7.3 Validität: Korrelationen zwischen dem AVT und Lerntests zeigen, daß das Anstrengungsvermeidungsverhalten neben der Intelligenz zu den wichtigsten Bedingungen der schulischen Leistung gehört.
Korrelation zwischen dem AVT und Schulnoten ist signifikant: zwischen r = 0,22 und 0,32.
Der AVT korreliert mit elterlicher Strenge mit Werten zwischen r = 0,22 und 0,38.

7.4 Normen: Die Normierung wurde an 3093 Schülern des 5. bis 9. Schuljahres aller Schultypen aus der gesamten Bundesrepublik durchgeführt. Da sich Unterschiede bezüglich der Haupt- und weiterführenden Schulen und des Geschlechts zeigten, wurden getrennte Normen erstellt. Es sind Prozentrangwerte und Standardwerte angegeben.

8. Literatur

SPADA, H. F. (1969). *Grundlagenforschung zur Intelligenzdiagnostik: Theoretische und experimentelle Ergebnisse zur Anwendbarkeit stochastischer Meßmodelle bei der Konstruktion homogener Intelligenztests.* Unveröffentlichte Dissertation, Universität Wien.

STENE, Y. (1968). Einführung in Raschs Theorie des psychologischen Messens. In G. H. FISCHER *Psychologische Testtheorie.* Bern: Huber.

Aussagen-Liste zum Selbstwertgefühl für Kinder und Jugendliche (ALS)

T. SCHAUDER
Weinheim: Beltz, 1995²

---

1. Testart Persönlichkeits-Struktur-Test

2. Testmaterial Handanweisung (DIN A4, 55 Seiten), Fragebogen Version F (Familienkinder) und H (Heimkinder), Auswertungsschablone, Ergebnisbogen; *zusätzlich:* Schreibgerät.

3. Testgliederung Die ALS setzt sich aus 18 werthaltigen Beschreibungen bzw. Aussagen aus dem Alltag von Kindern und Jugendlichen zusammen. Davon sind jeweils neun Items positiv (z. B. „Ich fühle mich wohl") bzw. negativ (z. B. „Ich bin ein Versager") formuliert. Die ALS differenziert in der Version F zwischen den drei Verhaltensbereichen Schule, Freizeit und Familie, in der Version H zwischen den Bereichen Schule, Freizeit und Heimgruppe. Die Version H ermöglicht zusätzlich die Erfragung des Bereichs Familie. Die Aussagen für die drei Verhaltensbereiche werden für jedes Item nebeneinander dargeboten und sind jeweils inhaltlich gleich formuliert. Zur Beantwortung steht dem Probanden eine fünfstufige Antwortskala zur Verfügung (– – = „Deutliches Nein, stimmt überhaupt nicht" bis + + = „Deutliches Ja, stimmt ganz genau").

4. Grundkonzept Die ALS geht vom Selbstkonzept „als eine der relevanten Determinanten des menschlichen Verhaltens und der Aufnahme von Interaktion mit der sozialen Umwelt und deren Ausgestaltung" aus. Als Ergebnis der aktiven Auseinandersetzung eines Individuums mit seiner sozialen Umwelt stellt das Selbstkonzept im Sinne einer „subjektiven Theorie über die eigene Person" einen individuellen Bezugsrahmen dar, an dem sich Denken, Fühlen und Verhalten der betreffenden Person orientieren.

„Das Selbstwertgefühl meint in Unterscheidung zu einer rein kognitiven Repräsentanz der eigenen Person den affektiv-evaluativen Aspekt des Selbstkonzeptes und ist durch Zentralität, durch eine hohe ‚Ich-Nähe' und eine hohe emotional-affektive Beteiligung des betreffenden Individuums gekennzeichnet". Das Selbstwertgefühl wird sowohl durch interindividuelle Vergleiche mit relevanten anderen Personen der sozialen Umwelt als auch durch den intraindividuellen Vergleich von Real- und Idealselbst determiniert. Der Autor geht von der Annahme eines „generalisierten Selbstwertgefühls" aus, das sich über alle denkbaren Verhaltenssituationen erfassen läßt, jedoch in Abhängigkeit von verschiedenen Situations- und Umgebungsaspekten variiert.

5. Durchführung **5.1 Alter:** 8;00–15;11 Jahre.

5.2 Formen: Die ALS kann sowohl als Einzeltest als auch als Gruppentest durchgeführt werden. Computergestützte Fassung im Hogrefe-Testsystem KIDIS.

2.1

5.3 Handhabung: Der Testleiter liest vor der Testdurchführung die sich auf der Vorderseite des Fragebogens befindenden Instruktionen laut vor. Der Proband wird aufgefordert, die Instruktionen mitzulesen. Bei leseschwachen Kindern sollen auch die Fragen vom Testleiter vorgelesen werden.

5.4 Zeit: Die Durchführung nimmt zwischen 15 und 30 Minuten in Anspruch.

6. Auswertung

6.1 Modus: Die Testauswertung kann über Auswertungsschablonen oder über ein Computerprogramm erfolgen. Den fünffach abgestuften Itemantworten werden je nach Inhalt des Items zwischen –2 und +2 Punkten zugeordnet. Neben einem generellen Rohwert, der sich aus der Aufsummierung der Punktwerte aller drei Verhaltensbereiche ergibt, wird für jeden der Verhaltensbereiche ein spezifischer Rohwert gebildet.

Sowohl für die Schablonen- als auch für die Computerauswertung werden Kontrollmöglichkeiten angeboten, die eine Überprüfung, inwieweit der Proband den Fragebogen verstanden bzw. ernsthaft bearbeitet hat, gestatten.

Bevor eine Interpretation der Ergebnisse erfolgt, sollte die Anzahl der „Unentschieden"-Antworten der drei Verhaltensbereiche und des Gesamttests mit Normwerten, die für die beiden Geschlechter und für die beiden Lebensbereiche vorliegen, verglichen werden. Bei einer überdurchschnittlich hohen Anzahl von „Unentschieden"-Antworten ist eine genaue Erfassung des selbstverbalisierten Selbstgefühls nicht möglich. Die Interpretation der Testwerte erfolgt mit Hilfe von Tabellen, die in der Handanweisung aufgeführt sind. Mehrere Tabellen führen in Abhängigkeit von Geschlecht, Alter (vier Altersgruppen in Zwei-Jahresabständen) und Lebensfeld (Familie oder Heim) des Probanden Mittelwert und Standardabweichungen für den Gesamtwert sowie für die drei Bereichswerte auf. Sog. „Interpretationstabellen" ermöglichen es dem Auswerter, die individuellen Testergebnisse unter Berücksichtigung von Geschlecht, Alter und Lebensfeld verschiedenen „Selbstwert-Klassen" zuzuordnen. Daneben stehen vier weitere Tabellen zur Verfügung, denen für beide Geschlechter und beide Lebensbereiche Prozentrangnormen entnommen werden können.

6.2 Zeit: Die Auswertung dürfte nicht mehr als 10–15 Minuten in Anspruch nehmen.

7. Gütekriterien

7.1 Objektivität: Sowohl Durchführung als auch Auswertung der ALS erfüllen das Kriterium der Objektivität. Die Interpretationsobjektivität wird durch ausführliche Angaben des Autors optimiert.

7.2 Reliabilität:

Itemanalyse:

Für die Version H bewegen sich die ermittelten Itemschwierigkeiten beim Verhaltensbereich „Schule" zwischen 27,0 und 59,0, beim Bereich „Freizeit" zwischen 42,1 und 84,0 und beim Bereich „Heim" zwischen 28,0 und 56,2. Für die Version F wurden folgende Itemschwierigkeiten ermittelt: Für „Schule" 23,1 bis 62,9, für „Freizeit" 38,5 bis 88,3 und für „Familie" 34,6 bis 81,7.

Die Trennschärfe-Koeffizienten der Version H bewegen sich beim Verhaltensbereich „Schule" zwischen 0,26 und 0,64, bei „Freizeit" zwischen 0,36 und 0,57 und bei „Heim" zwischen 0,35 und 0,62. Die Trennschärfen der Version F variieren bei „Schule" zwischen 0,36 und 0,58, bei „Freizeit" zwischen 0,39 und 0,60 und bei „Familie" zwischen 0,41 und 0,63.

Retest-Reliabilität:
Zur Ermittlung der Retest-Reliabilität wurde die ALS einer Gruppe von Heim- bzw. Schulkindern 3–4 Wochen nach der erstmaligen Bearbeitung nochmals vorgelegt. Dabei wurden für die Version H (N = 31) folgende Werte ermittelt: Für „Schule" 0,74, für „Freizeit" 0,71, für „Heim" 0,75 und für den Gesamttest 0,80. Für die Version F (= 66) liegen die Retest-Reliabilitätskoeffizienten bei 0,87 für „Schule", 0,78 für „Freizeit", 0,78 für „Familie" und 0,88 für den Gesamttest.

Innere Konsistenz
Die Konsistenzkoeffizienten (berechnet nach der Gulliksen Formel von 1950) liegen für die Version H bei 0,80 („Schule"), 0,79 („Freizeit") und 0,82 („Heim"). Die für die Version F ermittelten Werte liegen bei 0,82 („Schule"), 0,82 („Freizeit") und 0,84 („Familie").

Interkorrelationen:
Die Interkorrelationswerte der drei Verhaltensbereiche bewegen sich zwischen 0,57 und 0,65 bei Version H und zwischen 0,61 und 0,66 bei Version F. Die Korrelation der drei Bereiche mit dem Gesamttest variiert zwischen 0,84 und 0,88 bei Version H und zwischen 0,86 und 0,87 bei Version F.

7.3 Validität:

Übereinstimmungsvalidität:
Die Übereinstimmungsvalidität wurde an einer Stichprobe von N = 85 Heimkindern für die Version H ermittelt, wobei Schätzurteile von den die betreffenden Kinder betreuenden Erziehern und Psychologen als Kriterienwerte mit den Testergebnissen der ALS verglichen wurden. Danach erfüllt die ALS die Kriterien der Übereinstimmungsvalidität.

2.1

Inhaltsvalidität:
Mittels eines Experten-Ratings durch 16 Experten wurde bestätigt, daß die ALS den Anforderungen der inhaltlichen Validität genügt.

Konstruktvalidität:
Unter Verwendung der Korrelationsmethode wurden Berechnungen zur Konstruktvalidität durchgeführt. Ergebnisse liegen für die Bereiche Geschlecht, Alter, Intelligenz, Angst, Schulleistungen, Einstellung zur Schule und soziale Erwünschtheit vor.

Für die Stichprobe der Familienkinder, nicht jedoch für die Gruppe der Heimkinder, wurden signifikante Geschlechtsunterschiede hinsichtlich des Selbstwertgefühls festgestellt.

Altersabhängige Unterschiede der Testwerte konnten bei beiden Stichproben nur bedingt festgestellt werden. Lediglich für den Schulbereich (beide Versionen) und für den Familienbereich konnte ein linearer Zusammenhang nachgewiesen werden.

Zusammenhänge von selbstverbalisiertem Selbstgefühl und Intelligenz (gemessen mit dem HAWIK) konnten nicht aufgezeigt werden.

Bei beiden Stichproben bestehen sehr signifikante Korrelationen zwischen Selbstwertgefühl und Prüfungs- sowie manifester Angst (gemessen mit dem AFS, WIECZERKOWSKI et al., 1980).

Für die Gruppe der Familienkinder wurde ein signifikanter Zusammenhang zwischen dem Selbstwertgefühl und den Schulnoten Deutsch, Geschichte

und Kunst ermittelt. Ein entsprechender Zusammenhang ist bei der Gruppe der Heimkinder nur sehr bedingt nachzuweisen.
Sowohl für die Stichprobe der Familienkinder als auch für die der Heimkinder ergab sich ein signifikanter Zusammenhang zwischen Einstellung zur Schule (gemessen mit dem AFS, WIECZERKOWSKI et al., 1980) und den Werten der ALS.
Eine sehr signifikante Korrelation auf dem 1%-Niveau fand sich für beide Stichproben mit der sozialen Erwünschtheit des AFS.
In der Handanweisung sind weitere Untersuchungen aufgeführt. So wurde die ALS im Rahmen einer Untersuchung zum computerunterstützten Rechtschreibetraining (CURT-Programm) nach PFAFFENDORF (1984, 1988) (vgl. SCHAUDER et al., 1988²), zum Training mit sozial unsicheren Kindern nach PETERMANN und PETERMANN (1986, 1986) (vgl. SCHAUDER, 1989) sowie im Rahmen einer Untersuchung mit dem Hamburger Persönlichkeitsfragebogen für Kinder (HAPEF-K) nach WAGNER und BAUMGÄRTEL (1978) eingesetzt.

7.4 Normen: Die Testnormen basieren auf einer Stichprobe von 813 Heimkindern (494 Jungen und 319 Mädchen) und 520 Familienkindern (272 Jungen und 248 Mädchen). Die Stichprobengröße für die einzelnen Altersgruppen und beide Geschlechter bewegt sich zwischen 34 (Heimkinder: Mädchen, 8;0–9;11) und 89 (Heimkinder: Jungen, 12;0–13;11).

8. Literatur

SCHAUDER, T., NAGENGAST, H.-J. & LIETZ, R. (1988²). Das Lernen am Computer – Eine Validierungsstudie zum Computer-unterstützten Rechtschreibetraining (CURT). *Zeitschrift für Heilpädagogik, 12,* 860–867.

SCHAUDER, T. (1989). *Die Aussagen-Liste zum Selbstwertgefühl für Kinder und Jugendliche (ALS) als Indikator-Test und zur Erfolgskontrolle für das „Training mit sozial unsicheren Kindern" nach* PETERMANN und PETERMANN. Erste Untersuchungsbefunde. Unveröffenlichte Unterlagen. Hofheim: Vincenzhaus.

WAGNER, H. & BAUMGÄRTEL, F. (1978). *Der Hamburger Persönlichkeitsfragebogen für Kinder (HAPEF-K).* Göttingen: Hogrefe.

Bilder-Angst-Test für Bewegungssituationen (BAT)

K. Bös & H. Mechling
Göttingen: Hogrefe, 1985

---

1. Testart Persönlichkeitstest

2. Testmaterial Handanweisung, Testheft, Antwortbogen; *zusätzlich:* Schreibgerät.

3. Testgliederung Beim BAT handelt es sich um einen Bildertest zur Selbsteinschätzung der Ängstlichkeit bei Bewegungsaufgaben. Der BAT besteht aus 13 Bildern, wobei 6 Bilder Situationen in der Sporthalle (Subskala: SH) und 7 Bilder Situationen im Wasser (Subskala: SW) wiedergeben. Zu jedem Bild ist eine von 5 vorgegebenen Antwortreaktionen anzukreuzen.

4. Grundkonzept Die Autoren gehen davon aus, daß eine Wechselwirkung zwischen Angst und Fertigkeitsniveau besteht, und Angst sich auch als Folge mangelnder (Bewegungs)erfahrung auffassen läßt. Insgesamt gehen die Autoren von einem Beziehungsgefüge von motorischer Ängstlichkeit, motorischer Bewegungserfahrung und motorischem Fertigkeitsniveau aus.

Das Einsatzgebiet des BAT liegt im Bereich der Diagnostik bewegungsbezogener Ängstlichkeit. Er liefert Ergebnisse für unterrichts- und trainingspraktische sowie therapeutische Entscheidungen. Die schnelle Diagnose ermöglicht ein gezieltes Eingehen auf bewegungsängstliche Schüler im Lern- und Trainingsprozeß. Auf der Grundlage der Testergebnisse können Interventionsstrategien zum Angstabbau beim Bewegungslernen und bei der Bewältigung angstinduzierender Bewegungsaufgaben entwickelt werden.

5. Durchführung **5.1 Alter:** Jungen und Mädchen im Alter von 9 bis 12 Jahren.

5.2 Formen: Guppen- und Einzeltestung möglich. Computergestützte Fassung im Hogrefe-Testsystem KIDIS.

5.3 Handhabung: Jeder Proband erhält ein Testheft mit den Bildvorlagen, einen Antwortbogen und ein Schreibgerät. Die Durchführung des Tests wird anhand einer festgelegten Instruktion und eines Beispielitems erklärt. Es besteht keine Zeitbeschränkung.

5.4 Zeit: Die Durchführungsdauer liegt bei etwa 15 Minuten.

6. Auswertung **6.1 Modus:** Zur Ermittlung der Rohwerte werden für beide Subskalen SH und SW getrennt die Antwortreaktionen addiert und die Summenscores ermittelt. Die Rohwerte können mit Hilfe von Normierungstabellen in T-Werte bzw. Prozentränge transformiert werden.

6.2 Zeit: Keine Angaben.

7. Gütekriterien

7.1 Objektivität: Durchführung, Auswertung und Interpretation können als objektiv bezeichnet werden.

7.2 Reliabilität: Die Berechnung der Retest-Reliabilität mit Versuchsleiterwechsel (Intervall: 14 Tage) ergab für die Subskala SH bei Jungen einen Koeffizienten von r = 0,73, bei Mädchen von r = 0,89 und für die Subskala SW bei Jungen einen Wert von r = 0,88, bei Mädchen von r = 0,84. Die Ergebnisse der Konsistenzanalysen (Cronbach Alpha) erbringen für SH bei Jungen Koeffizeinten von r = 0,82, bei Mädchen von r = 0,85 und für SW bei Jungen einen Wert von r = 0,93, bei Mädchen von r = 0,91. Die Reliabilität für den Gesamttest wurde nach Spearman-Brown berechnet und beträgt r = 0,91.

7.3 Validität: Hypothesenkonform korreliert der BAT nicht mit den Leistungstests CFT 2 (r = –0,11; CATTELL & WEISS, 1971) und d2 (r = –0,01; BRICKENKAMP, 1972). Ebenso lassen sich keine Korrelationen mit psychologischen Angstmessungen, die sich nicht auf bewegungs- und sportbezogene Ängste beziehen, finden: Die Korrelation des BAT mit dem KAT (THURNER & TEWES, 1972) liegt bei r = 0,02, mit der Dimension „Furcht vor Mißerfolg" des LM-GITTERs (SCHMALT, 1976) für FM 1 bei r = –0,04 und für FM 2 bei r = –0,08.
Signifikante Korrelationen ergeben sich zwischen BAT und der gemittelten Lehrereinschätzung zur Ängstlichkeit der Schüler im Sportunterricht (r = 0,32) sowie sportmotorischen Tests. Der Koeffizient von BAT mit dem HGT (MECHLING & RIEDER, 1977) liegt bei r = –0,46, dem Selbstwähltest (HERZBERG, 1968) bei r = –0,38 und dem KTK (SCHILLING, 1974) bei r = –0,29.

Faktorenanalysen zeigen eine zweifaktorielle Struktur für den BAT. Auf Faktor 1 laden alle „Wassersituationen", auf Faktor 2 alle „Sporthallensituationen". Überprüft wurde ferner ein hypothetisches Beziehungsgefüge von motorischer Ängstlichkeit, motorischen Vorerfahrungen und motorischem Fertigkeitsniveau. Für die Einzelmerkmale bestehen folgende signifikante Beziehungen: Ängstliche Kinder haben a) weniger Sport im Vorschulalter betrieben, b) besitzen und nutzen weniger Spiel- und Sportgeräte, c) sind weniger häufig Mitglied eines Sportvereins, d) präferieren keine Bewegungs- und Sportaktivitäten, e) erzielen schlechtere Ergebnisse in sportmotorischen Tests und f) haben schlechtere Sportnoten.

7.4 Normen: Es existieren Normen, getrennt nach Geschlecht und den beiden Subskalen. Die Normentabellen basieren auf 317 Jungen und 200 Mädchen im Altersbereich von 9 bis 12 Jahren (3. bis 5. Grundschulklasse).

8. Literatur

BRICKENKAMP, R. (1972). *Aufmerksamkeits-Belastungs-Test (Test d2).* Göttingen: Hogrefe.

CATTELL, R.B. & WEISS, R. (1971). *Grundintelligenztest Skala 2 (CFT 2).* Braunschweig: Westermann.

HERZBERG, P. (1968). Testbatterie zur Erfassung der motorischen Lernfähigkeit. *Theorie und Praxis der Körperkultur 17*(12), 1066–1073.

MECHLING, H. & RIEDER, H. (1977). Ein Testverfahren zur Erfassung der grobmotorischen Bewegungsgeschicklichkeit im Sport bei 9–13jährigen Kindern. *Psychomotorik 2*(3), 95–102.

SCHMALT, H.D. (1976). *Das LM-GITTER.* Göttingen: Hogrefe.

THURNER, F. & TEWES, U. (1972). *Der Kinder-Angst-Test (KAT).* Göttingen: Hogrefe.

2.1

Deutsche Personality Research Form (PRF)

H. Stumpf, A. Angleitner, Th. Wieck, D. N. Jackson, H. Beloch-Till
Göttingen: Hogrefe, 1985

---

1. Testart

Persönlichkeits-Struktur-Test

2. Testmaterial

Handanweisung (110 Seiten), Auswertungsblatt, Profilblatt, Auswertungsschablonen; *zusätzlich:* Schreibgerät.

3. Testgliederung

Die deutsche Form des PRF besteht aus 14 Inhaltsskalen und einer „Infrequenz-Skala", die aus insgesamt 234 Items hervorgegangen sind. Es handelt sich um folgende Skalen:

1.	Achievement („Leistungsstreben")	Ac
2.	Affiliation („Geselligkeit")	Af
3.	Aggression („Aggressivität")	Ag
4.	Dominance („Dominanzstreben")	Do
5.	Endurance („Ausdauer")	En
6.	Exhibition („Bedürfnis nach Beachtung")	Ex
7.	Harmavoidance („Risikomeidung")	Ha
8.	Impulsivity („Impulsivität")	Im
9.	Nurturance („Hilfsbereitschaft")	Nu
10.	Order („Ordnungsstreben")	Or
11.	Play („Spielerische Grundhaltung")	Pl
12.	Social Recognition („Soziales Anerkennungsbedürfnis")	Sr
13.	Succorance („Anlehnungsbedürfnis")	Su
14.	Understanding („Allg. Interessiertheit")	Un
	Infrequency („Infrequenz")	In

4. Grundkonzept

Der PRF ist ein multivariates Persönlichkeitsverfahren und das im angloamerikanischen Raum am meisten verwendete Persönlichkeitsinventar. Die Einsatzschwerpunkte der amerikanischen Originalversion liegen im Bereich der psychometrischen Fragestellungen, im psychischen Leistungsbereich (kognitive Fähigkeiten), in der pädagogischen, sozialpsychologischen und berufspsychologischen Forschung sowie im klinischen Bereich. Das Verfahren baut auf der Persönlichkeitstheorie von Murray (1938) auf. Es war das Bestreben der Autoren, die deutsche Testversion hinsichtlich Inhalt und Struktur möglichst weitgehend der amerikanischen Originalform anzupassen. Hierzu wurden umfangreiche Äquivalenzprüfungen durchgeführt. Das Flußdiagramm verdeutlicht den komplexen Weg der Verfahrensangleichung.

5. Durchführung

5.1 Alter: Ab 17 Jahren.

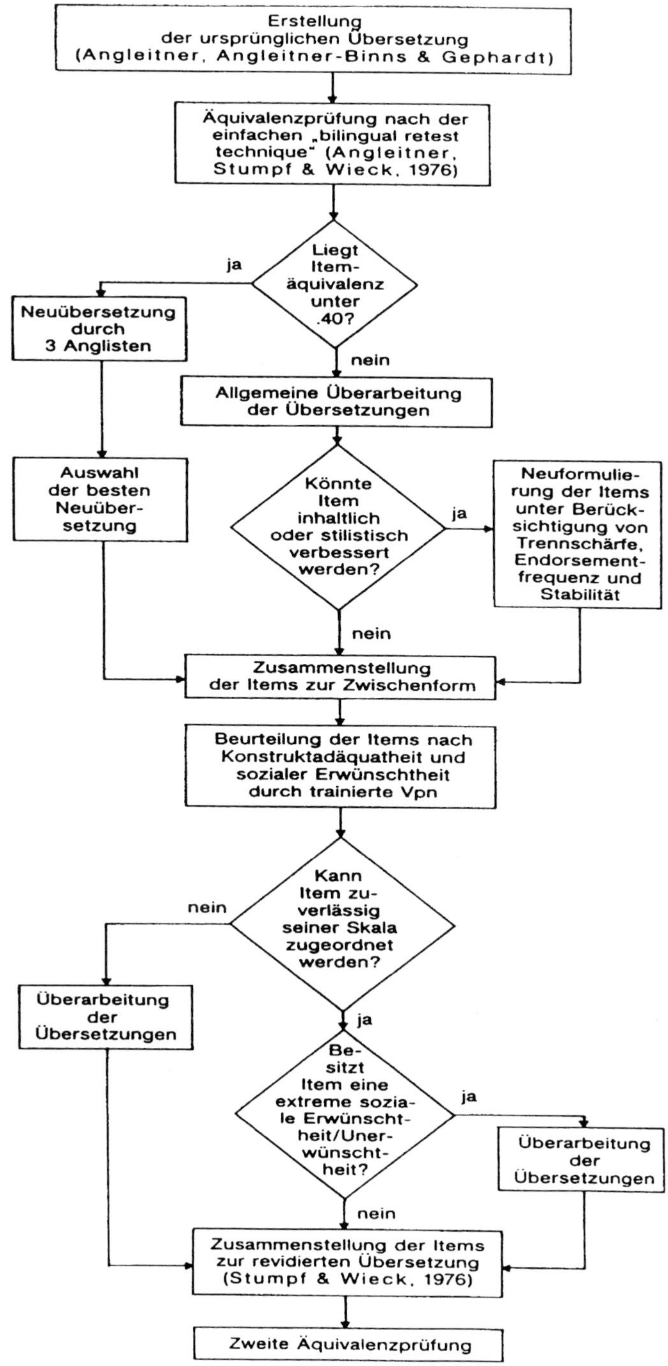

Flußdiagramm zur Veranschaulichung der Adaptierungsschritte zur Erstellung der revidierten Übersetzung

2.1

5.2 Formen: Der PRF besitzt zwei Parallelformen und kann als Individual- und als Gruppentest durchgeführt werden.

5.3 Handhabung: Nach Vorlesen der Instruktion durch den Testleiter (bei Einzeluntersuchungen reicht der Verweis auf die Instruktion auf dem Fragebogendeckblatt) sollen die Pbn den Fragebogen „zügig, aber sorgfältig" bearbeiten. Auf vollständige Bearbeitung aller Fragen sollte unbedingt geachtet werden. Der Testleiter sollte alle Rückfragen der Pbn individuell beantworten.

5.4 Zeit: Die Bearbeitungszeit des PRF liegt zwischen 25 und 30 Minuten.

6. Auswertung

6.2 Modus: Zur Auswertung werden das Fragebogenformular, das Auswertungsblatt und die vorhandenen Auswertungsschablonen benötigt. Zunächst wird mit Hilfe der Schablonen der Infrequenzwert – er liefert den Nachweis einer instruktionsgetreuen, tendenzfreien Beantwortung – ermittelt. Bei einem Infrequenzwert von über 3 empfehlen die Autoren, von einer Auswertung abzusehen.

Nach der Feststellung des Infrequenzwertes erfolgt die Auswertung der Inhaltsskalen ebenfalls per Schablone. Die so ermittelten Antworten werden dann in das Auswertungsblatt eingetragen. Erst auf diesem Auswertungsblatt erfolgt die Skalendifferenzierung, wobei jede Zeile einer Skala entspricht. Für jede Zeile/Skala wird der Rohwert (Summenwert) errechnet und eingetragen. Für diesen Rohwert kann dann anhand der entsprechenden Normtabelle der Referenzwert ermittelt werden.

6.2 Zeit: 10–15 Minuten.

7. Gütekriterien

7.1 Objektivität: Bei Einhaltung der Durchführungs-, Auswertungs- und Interpretationshinweise ist Objektivität voll gegeben.

7.2 Reliabilität: Reliabilitätsuntersuchungen zum PRF wurden zur internen Konsistenz (Cronbach Alpha bzw. Kuder-Richardson-20), als Retest- sowie als Paralleltest-Reliabilität durchgeführt. Für die interne Konsistenz ergaben sich Werte zwischen $r = 0{,}66$ und $r = 0{,}86$ (Form KA; $N = 1086$) und zwischen $r = 0{,}66$ und $r = 0{,}87$ (Form KB; $N = 277$). Die Stabilitätsuntersuchungen (Retest) ergaben für die Form KA ($N = 262$) Werte zwischen $r = 0{,}61$ und $r = 0{,}88$.

Im Hinblick auf die Paralleltestreliabilität wird dem PRF von den Autoren ein befriedigendes Vergleichbarkeitsniveau attestiert.

7.3 Validität: Es wurden umfangreiche Untersuchungen zur faktoriellen, konvergenten und diskriminanten Validität bezüglich Fremd- und Selbsteinschätzungen sowie anderer Persönlichkeitsinventare (16-PF, EPI, BIV, FAF, IPC etc.) durchgeführt und in der Handanweisung dargestellt (S. 39 bis 79). Komplettiert werden die Validitätsuntersuchungen von einer Faking-Studie zur „Verfälschbarkeit von PRF-Profilen durch tendenziöse Selbstdarstellung" (Handanweisung, S. 75).

7.4 Normen: Auf der Grundlage einer großen Eichstichprobe ($N = 4363$; Männer $N = 2882$, Frauen $N = 1481$) wurden Stanine-Werte für vier Altersgruppen der Form KA und zwei Altersgruppen der Form KB sowie für Männer und Frauen berechnet und in Tabellenform verfügbar gemacht.

8. Literatur

ANGLEITNER, A., STUMPF, H. & WIECK, TH. (1976). Die Personality Research Form von Jackson: Konstruktion, bisheriger Forschungsstand und Äquivalenzprüfung einer deutschen Übersetzung. *Wehrpsychologische Untersuchungen, Heft 3.*

JACKSON, D. N. (1974). *Manual for the Personality Research Form.* Goshen: Research Psychologists Press.

STUMPF H. & ANGLEITNER, A. (1977). Äquivalenz und Gütekriterien einer revidierten Übersetzung der „Personality Research Form" von Jackson. *Wehrpsychologische Untersuchungen, Heft 3.*

STUMPF, H. & BELOCH-TILL, H. (1979). Eine Konvergenzuntersuchung zu deutschen Versionen der Personality Research Form von Jackson, des 16 Pf-Tests nach Cattell und des EPI nach Eysenck. *Wehrpsychologische Untersuchungen, Heft 3.*

Deutscher CPI
(California Psychological Inventory)

H. G. Gough
Herausgeber: A. B. Weinert
Bern: Huber, 1982*

---

1. Testart Persönlichkeits-Struktur-Test

2. Testmaterial Manual (in englischer Sprache), Testheft mit Testanweisung, kurze Beschreibung der Skalen (in deutscher Sprache), Antwortblatt, ein Satz Auswertungsschablonen (16 Stück), Profilblatt; *zusätzlich:* Schreibwerkzeug.

3. Testgliederung Der Persönlichkeitsfragebogen besteht aus 18 Skalen mit 480 Items (18 davon doppelt), die in vier Klassen eingeteilt werden können:

I. Skalen 1 bis 6 für soziale Ausgeglichenheit, bestimmende Einflußnahme, Selbstsicherheit und zwischenmenschliche Kompetenz.
II. Skalen 7 bis 12 für Sozialisation, Maturität, Verantwortlichkeit und interpersonale Wertsystemstrukturierung.
III. Skalen 13 bis 15 für Leistungspotential und intellektuelle Effizienz.
IV. Skalen 16 bis 18 für Ausdrucksformen des Intellekts und der Interessen.

Die einzelnen Skalenbezeichnungen lauten (englische Originalbezeichnungen in Klammern):

1. Do Dominanz (Do Dominance)
2. Fk Fähigkeit zum Erfolg (Cs Capacity for Status)
3. Gk Geselligkeit (Sy Sociability)
4. Sa Soziales Auftreten (Sp Social Presence)
5. Sj Selbstbejahung (Sa Self-acceptance)
6. Wo Wohlbefinden (Wb Sense of Well-being)
7. Ve Verantwortlichkeit (Re Responsibility)
8. So Sozialisation (So (Socialization)
9. Sb Selbstbeherrschung (Sc Self-control)
10. To Toleranz (To Tolerance)
11. Ge Guter Eindruck (Gi Good Impression)
12. Ko Konventionalität (Cm Communality)
13. La Leistung durch Anpassung (Ac Achievement via Conformance)
14. Lu Leistung durch Unabhängigkeit (Ai Achievement via Independance)
15. Ie Intellektuelle Effizienz (Ie Intellectual Efficiency)

---

* Eine 2., revidierte Auflage wird vorbereitet. Sie besteht aus 20 Skalen, die in 5 Klassen gegliedert sind.

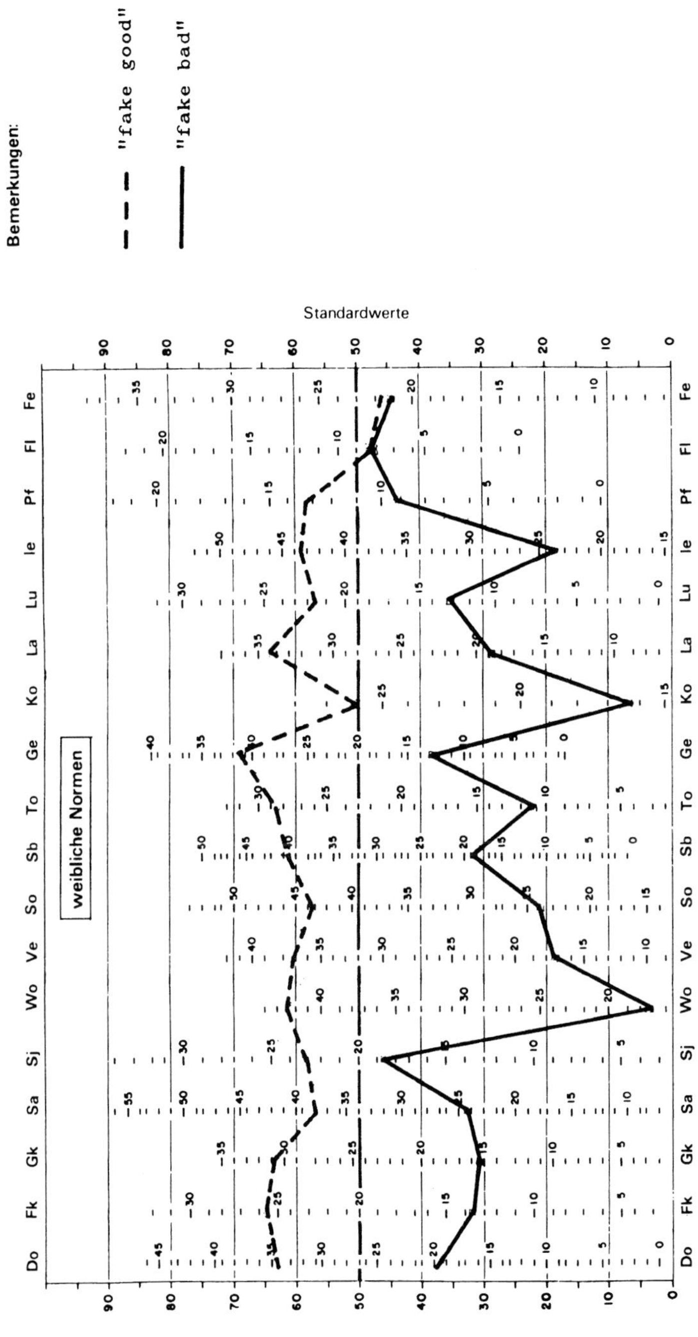

Profil zum deutschen CPI: Durchschnittsprofile von College-Studentinnen, die aufgefordert worden waren, einen guten („fake good") bzw. einen schlechten Eindruck („fake bad") vorzutäuschen

16. Pf Psychologisches Feingefühl (Py Psychological-mindedness)
17. Fl Flexibilität (Fx Flexibility)
18. Fe Femininität (Fe Femininity)

4. Grundkonzept

Der CPI ist ein mehrdimensionaler Persönlichkeitsfragebogen, der vom Minnesota Multiphasic Personality Inventory (MMPI) 178 Items übernommen hat, aber nicht für psychisch gestörte Patienten, sondern für sog. „normale Personen" entwickelt wurde. Er soll „zwischenpersönliches Verhalten und Dispositionen – im Hinblick auf soziale Interaktionen des Alltags – ... diagnostizieren und ... bewerten. Die Betonung liegt hierbei auf der Entwicklung beschreibender Konzepte mit breiter persönlicher und sozialer Relevanz" (WEINERT).

Das Verfahren wurde nicht für fest umrissene Zwecke konstruiert, es soll sich vielmehr infolge seiner Unspezifität durch eine breite Anwendbarkeit auszeichnen. In diesem Zusammenhang werden u.a. folgende Anwendungsbereiche genannt: Schul-, Berufs- und Studienberatung, Drogenabhängigkeit und Delinquenz. Teile des Fragebogens wurden zu weiteren Meßinstrumenten zusammengestellt, z. B. zu einem „Leadership-Index" und zu einer „Maturitätsskala".

1957 erstmalig von GOUGH publiziert, mehrfach revidiert und in über 15 Sprachen übersetzt, gehört der CPI zu den am weitesten verbreiteten Persönlichkeitstests. Von der umfangreichen Literatur (es existieren weit über 1000 Forschungsarbeiten) wird im Literaturverzeichnis des Manuals nur ein relativ kleiner Teil aufgeführt.

5. Durchführung

5.1 Alter: 13–70 Jahre.

5.2 Formen: Einzel- und Gruppentest, keine Parallelformen.

5.3 Handhabung: Das Testheft enthält die Testanweisungen. Die Antworten zu den Behauptungen des Fragebogens sind auf einem gesonderten Antwortblatt anzukreuzen. Dabei gibt es nur die Alternativen „richtig" oder „falsch".

5.4 Zeit: 45–60 Minuten.

6. Auswertung

6.1 Modus: Die Auswertung erfolgt mit Hilfe von 16 Auswertungsschablonen der amerikanischen Originalausgabe. Die auf diese Weise ermittelten Rohwerte werden in das Profilblatt zum deutschen CPI eingetragen. (Dabei sind die englischsprachigen Abkürzungen der Subskalen, die auf den Schablonen stehen, in deutschsprachige Abkürzungen des Profilblattes zu übertragen.) Eine Umrechnung der Rohwerte in Standardwerte wird einem durch das „self-scoring"-Profil erspart. Die Rohwerte sind darin so plaziert, daß die entsprechenden Standardwerte unmittelbar abgelesen werden können. Da das Profilblatt auf der einen Seite die Normen für männliche und auf der anderen Seite die Normen für weibliche Probanden zeigt, ist besonders darauf zu achten, daß die Seiten nicht verwechselt werden.

6.2 Zeit: Keine Angaben.

7. Gütekriterien

7.1 Objektivität: Bei formaler Auswertung gegeben.

7.2 Reliabilität: Es liegen die Ergebnisse nach der Wiederholungsmethode (Test-Retest) an drei amerikanischen Stichproben, weiblichen (N = 125) und männlichen (N = 191) Schülern einer high school und männlichen Gefängnisinsassen (N = 200) vor. Das Testintervall betrug bei den Schülern ein Jahr, bei den Gefangenen 7–21 Tage. In dem kürzeren Zeitabschnitt variierten die Zuverlässigkeitskoeffizienten zwischen 0,49 (Skala Fx bzw. Fl) und 0,87 (Skala To), Median = 0,80. Nach einem Jahr ließen sich noch Werte zwischen 0,38 und 0,77 bei einem Median von 0,67 feststellen.

7.3 Validität: Die an sehr großen Stichproben in den USA ermittelten Interkorrelationen der Subskalen liegen überwiegend im unteren und mittleren Bereich. Es gibt aber auch Koeffizienten, die 0,60 überschreiten.
Berichtet wurden Korrelationen der CPI-Skalen mit anderen psychologischen Tests, darunter der Strong Vocational Interest Blank, einige Intelligenz- und Kreativitätstests, der MMPI, Guilford-Zimmermann Temperament Survey, Cattell 16 PF Test und Edwards Personal Preference Schedule.
Es wurde außerdem mit Erfolg der Versuch unternommen, die einzelnen Skalen an verschiedenen Verhaltenseinschätzungen (vorwiegend Extremgruppenvergleiche) zu validieren.
Spezielle Validierungsstudien mit dem „Deutschen CPI“ werden (noch) nicht vorgelegt.
Drei Skalen sollen helfen, Simulations- und Dissimulationstendenzen zu entdecken: Ge (Guter Eindruck), Wo (Wohlbefinden) und Ko (Konventionalität). Sehr hohe Ge-Werte deuten darauf hin, daß der Pb bestrebt sein dürfte, einen guten Eindruck zu machen, ein positiveres Selbstbild vorzutäuschen. Extrem niedrige Wo-Scores können bei Personen auftreten, die ihre Beschwerden übertreiben oder vortäuschen wollen. Sehr niedrige Ko-Werte findet man häufig bei sinnloser, zufälliger Beantwortung des Inventars (vgl. Abbildung).

7.4 Normen: Es wurden die Normen der amerikanischen Stichprobe übernommen, die auf großen, aber undefinierbar gemischten Stichproben (N_1 = 6000 Männer; N_2 = 7159 Frauen) basieren. Differenziertere Hinweise geben Mittelwerte und Standardabweichungen der Skalen von 44 Berufsgruppen.

8. Literatur

GOUGH, H. G. (1968). *An interpreter's syllabus for the California Psychological Inventory.* Palo Alto, Calif.: Consulting Psychologists Press, Inc.

MEGARGEE, E. I. (1972). *The California Psychological Inventory Handbook.* San Francisco, Calif.: Jossey-Bass Inc.

Deutscher HSPQ
(High School Personality Questionnaire)

G. Schumacher und R. B. Cattell
Bern: Huber, 1977

---

1. Testart Persönlichkeits-Struktur-Test

2. Testmaterial Handbuch (DIN A4, 24 Seiten), Fragenheft, Antwortbogen, 2 Auswertungsschablonen zur Rohwertermittlung, Blatt mit Testprofil; *zusätzlich:* Schreibgerät.

3. Testgliederung Der Test besteht aus der Form A, der Zusatzform B und einer Gesamtform (A + B), deren 284 Items zu 14 primären Persönlichkeitsfaktoren verrechnet werden.

4. Grundkonzept Der Deutsche HSPQ stellt eine sorgfältige Übersetzung der Originaltestformen A und B von Cattell dar. Theoretischer Hintergrund ist die auf umfangreiche Forschungen zurückgehende faktorenanalytische Persönlichkeitstheorie von R. B. Cattell.

Die Benennung der 14 zweipoligen Persönlichkeitsdimensionen orientiert sich an Begriffen bestehender, bekannter Persönlichkeitslehren. Nach Analyse von drei Versuchsformen des Deutschen HSPQ wurden aus dem vorhandenen Itempool folgende Faktoren extrahiert:

Niedrige Werte (Sten1–3)	Faktor	Hohe Werte (Sten 8–10)
Schizothymie	A	Affektothymie
Niedrige Intelligenz	B	Hohe Intelligenz
Ich-Schwäche	C	Ich-Stärke
Phlegmatisches Temperament	D	Erregbarkeit
Unterordnung	E	Dominanz
Gefühlshemmung	F	Gefühlsüberschwenglichkeit
Überich-Schwäche	G	Überich-Stärke
Thretica (soz. Zurückhaltung)	H	Parmia (soz. Initiative)
Harria (Robustheit)	I	Premsia (Feinfühligkeit)
Zeppia (Vorliebe für Gruppenaktivitäten)	J	Coasthenia (Grüblerischer Individualismus)
Ungestörter Gleichmut	Q_1	Neigung zu Schuldgefühlen
Gruppenabhängigkeit	Q_2	Eigenständigkeit
Niedr. Selbstkontrolle	Q_3	starke Selbstkontrolle
Niedr. Antriebsspannung	Q_4	hohe Antriebsspannung

Ziel des Deutschen HSPQ ist die Erfassung von charakteristischen Verhaltensweisen, Veranlagungen, Entwicklungsniveaus, bedeutenden Merkmalen im Gesamtbild der Persönlichkeit oder Änderungen in der Persönlich-

keitsentwicklung. Um einen möglichst breiten Zugang zu Ausprägungen in bestimmten Eigenschaftsdimensionen zu ermöglichen, wechseln im HSPQ die vorgegebenen Situationen häufig, um die Treffsicherheit der Antworten (Reaktionen) zu erhöhen. Daher sind dort nicht nur Selbstschilderungen enthalten, sondern auch Abschätzungen zu Fremdbeurteilungen, Stellungnahmen zu tatsächlichem Verhalten in früheren Situationen, indirekte oder direkte Fragen zu Verhalten, Interessen und gefühlsmäßigen Bindungen.
Eigens zur Ausschaltung von Tagesschwankungen und spezifischen Stimmungszuständen bei der Itembeantwortung verfügt der HSPQ über die Form B, die zusätzlich einige Tage später vorgelegt werden kann und somit die Ergebnissicherheit des Tests wesentlich erhöht (vgl. Reliabilität und Validität der Testformen).
Insgesamt besteht das Ziel des HSPQ darin, in möglichst kurzer Zeit maximale Information über eine größtmögliche Anzahl von Persönlichkeitsdimensionen zu geben. Die Anwendung in Therapie und Beratung im pädagogischen Umfeld ist indiziert.

5. Durchführung

5.1 Alter: 12–18 Jahre.

5.2 Formen: Der Deutsche HSPQ ist als Einzel- und Gruppentest durchführbar.

5.3 Handhabung: Der Testleiter gibt die im Handbuch abgedruckte Instruktion und liest anschließend mit dem bzw. den Pbn die auf dem Fragenheft aufgedruckten Anweisungen zur konkreten Bearbeitung. Bei behinderten Pbn kann der Testleiter die Fragen laut vorlesen und die Ankreuzung selbst vornehmen.
Die Beantwortung des Tests erfolgt schriftlich durch komplettes Ankreuzen der Items auf dem beiliegenden Antwortblatt.

5.4 Zeit: Keine Zeitbegrenzung. Die Bearbeitungszeit für die Testform A liegt zwischen 45 und 60 Minuten. Wird eine Tag später die Zusatzform B vorgelegt, so sind hierfür durchschnittlich 45 Minuten anzusetzen.

6. Auswertung

6.1 Modus: Die Handauswertung erfolgt über zwei Schablonen, die nacheinander über den Antwortbogen gelegt werden und die Feststellung der Rohwerte für jede der 14 Persönlichkeitsdimensionen ermöglichen.
Zu den Rohwerten entnimmt man anschließend aus den Normentabellen die dazugehörigen Standardwerte (Standard-Ten-Werte) oder die Prozentränge. Das individuelle Testprofil wird mit Hilfe der Sten-Werte erstellt.

6.2 Zeit: Keine Angaben für die Handauswertung.

7. Gütekriterien

7.1 Objektivität: Durchführungs-, Auswertungs- und Interpretationsobjektivität sind aufgrund der testkonstruktiven Merkmale in vollem Umfang gegeben.

7.2 Reliabilität: Der Deutsche HSPQ weist nach Test-Retest-Korrelation hohe bis befriedigende Reliabilität auf: für die Dependibilität der Testform A + B ergaben sich nach Test-Retest-Korrelation an einer Zufallsstichprobe von 343 Jungen und Mädchen aller Schultypen Koeffizienten zwischen r = 0,53 und r = 0,79 (Intervall: ein Tag).
Für die Testform A allein wurden folgende Reliabilitätskoeffizienten berechnet:

Dependibilität:	zwischen r = 0,69 und r = 0,85 (Intervall: ein Tag)
Stabilität:	zwischen r = 0,46 und r = 0,72 (Testwiederholung nach 9–10 Monaten).

Bei Pbn, die bei der Bearbeitung des Tests ehrlich motiviert erscheinen, genügt die Bearbeitung der Testform A.

7.3 Validität: Die Gültigkeit des Deutschen HSPQ wurde mittels Inhaltsvalidität, Konstruktvalidität (Computer-Synthese) und Kriteriumsvalidität (Lehrer-Ratings mit einer fünfstufigen Skala) überprüft.

Inhaltliche Validität:
Hohe signifikante Übereinstimmung des Deutschen HSPQ mit vergleichbaren Verfahren anderer Kulturbereiche.

Konstruktvalidität:
Anhand der Versuchsform des HSPQ wurde mit den Daten einer Stichprobe (N = 327) von Jungen und Mädchen der Altersstufen 14 und 15 Jahre eine Faktorenanalyse mit Computersynthese durchgeführt. Es ergaben sich für die Testform A + B Koeffizienten zwischen r = 0,52 und r = 0,90, für die Testform A zwischen r = 0,31 und r = 084.

Die Koeffizienten für den Faktor Q_3 weisen mit r = 0,17 bzw. 0,19 eine äußerst geringe Validität aus; dies sollte bei der Interpretation berücksichtigt werden.

Kriteriumsvalidität:
Überprüft mit der Endform des HSPQ an einer Stichprobe (N = 140) von Jungen und Mädchen aus der Gesamtstichprobe aller Schultypen: Testform A + B: zwischen r = 0,58 und r = 0,79; Testform A: zwischen r = 0,58 und r = 0,87.

Der Testautor weist zusätzlich darauf hin, daß aufgrund des vergleichsweise geringen Zeit-, Material- und Auswertungsaufwandes auch das Nebengütekriterium der Ökonomie zufriedenstellend erfüllt ist.

7.4 Normen: Für die Testformen A und A + B stehen differenziert nach Jungen und Mädchen Normentabellen zur Transformation der Testrohwerte in Standard-Ten-Werte und Prozentränge zur Verfügung. Mit Ausnahme geschlechtsspezifischer Unterschiede, die bei der Normierung berücksichtigt sind, können Variablen wie Größe der Gemeinde, Schultyp, sozialer Status, Geschwisterzahl und geographische Lage unberücksichtigt bleiben. Lediglich für spezifische Forschungen bezüglich der Variable Alter wird vom Testautor eine Alterskorrekturformel angegeben.

8. Literatur

CATTELL, R. B. & CATTELL, M. D. (1975). *Handbook for the Highschool Personality Questionnaire (HSPQ).* Champaign, Ill: IPAT.

SCHUMACHER, G. & CATTELL, R. B. (1974). Faktorenanalyse des Deutschen HSPQ – Untersuchungen zur interkulturellen Konstanz der primären Persönlichkeitsfaktoren. *Zeitschr. f. exp. angew. Psychol., 21,* 621–636.

STERN, H. & GROSZ, H. J. (1969). HSPQ personality measurement of institutionalized delinquent girls and their temporal stability. *Journal of Clinical Psychology, 25,* 289–292.

Eigenschaftswörterliste (EWL)

W. Janke und G. Debus
Göttingen: Hogrefe, 1978

1. Testart Persönlichkeits-Struktur-Test

2. Testmaterial Handanweisung (DIN A4, 139 Seiten), Fragebogen N und K, Profilblätter N und K, Auswertungsblätter N und K, je eine Schablone N und K; *zusätzlich:* Schreibgeräte.

3. Testgliederung Die EWL besteht aus 162 (Form N) bzw. 124 (Form K) Items, die sich in sechs Bereiche und 15 Subskalen aufgliedern:

Bereich	Subskala	
Leistungsbezogene Aktivität	A	Aktiviertheit
	B	Konzentriertheit
Allgemeine Desaktivität	C	Desaktiviertheit
	D	Müdigkeit
	E	Benommenheit
Extraversion/Introversion	F	Extravertiertheit
	G	Introvertiertheit
Allgemeines Wohlbehagen	H	Selbstsicherheit
	I	Gehobene Stimmung
Emotionale Gereiztheit	J	Erregtheit
	K	Empfindlichkeit
	L	Ärger
Angst	M	Ängstlichkeit
	N	Deprimiertheit
	O	Verträumtheit

2.1

4. Grundkonzept „Die Eigenschaftswörterliste (EWL) ist ein *mehrdimensionales Verfahren zur quantitativen Beschreibung des momentanen (aktuellen) Befindens (‚Befindlichkeit')*" (S. 9). Die Pbn sollen Selbstbeschreibungen ihres augenblicklichen Zustands („wie Sie sich augenblicklich fühlen") geben, indem sie die in der Liste zusammengestellten Eigenschaftsbegriffe daraufhin beurteilen, ob sie auf ihre gegenwärtige Stimmungslage zutreffen oder nicht zutreffen.

Die Eigenschaftswörter der EWL wurden in einem mehrstufigen Auswahlprozeß, der von einer rationalen Beurteilung bis zu Item- und Faktorenanalysen reichte, zusammengestellt.

Das Verfahren ist, ähnlich wie die sehr viel kürzere Clyde Mood Scale (CMS), primär zur Kontrolle pharmako-psychologischer Experimente konstruiert worden. Grundsätzlich soll die EWL darüber hinaus Zustandsveränderungen erfassen, die durch Interventionen verschiedener Art (z. B. Verän-

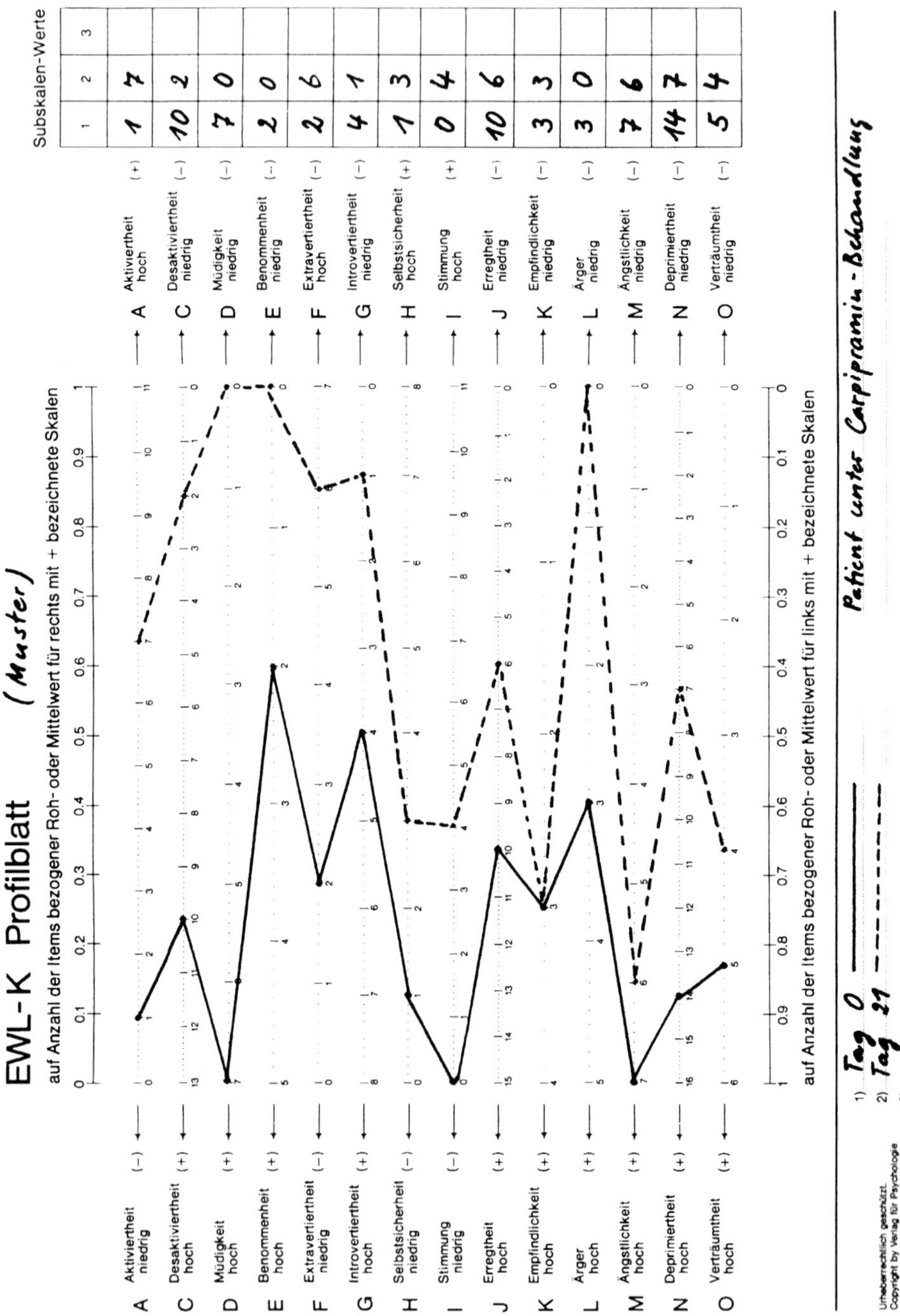

Musterprofilblatt zur EWL

derungen von Umweltbedingungen: Lärm, Temperatur, Klima usw., therapeutische Maßnahmen, experimentelle Bedingungen mit motivational-emotionalen Auswirkungen) zustande kommen.
Die Autoren weisen ausdrücklich darauf hin, daß die EWL als diagnostisches Meßinstrument zur Beschreibung individueller Merkmalsausprägungen in der Regel nur nach wiederholter Anwendung benutzt werden darf.
Alternativen zur EWL wurden im deutschen Sprachraum von BOTTENBERG (1970, Stimmungs-Inventar), HECHELTJEN und MERTESDORF (1973, Mehrdimensionaler Stimmungsfragebogen) und HAMPEL (1977, Adjektivskalen zur Einschätzung der Stimmung) konzipiert. Die beiden erstgenannten Verfahren werden auch von WEHNER und DURCHHOLZ (1980) besprochen.

5. Durchführung

5.1 Alter: Erwachsene (keine genaueren Angaben).

5.2 Formen: Die EWL liegt in einer Normalform (N) und in einer Kurzform (K) vor. Die Normalform wurde für gesunde Pbn entwickelt, die Kurzform für psychiatrische Patienten. Die beiden Versionen unterscheiden sich hinsichtlich der Anzahl der Items pro Subskala und in bezug auf die Anzahl der Subskalen. Die Subskala B (Konzentriertheit) fehlt in der Kurzform.
Die Software-Abteilung der Testzentrale informiert über die computergestützte Fassung der EWL.

5.3 Handhabung: Die Testhefte enthalten Instruktionen, die im allgemeinen ausreichen und nicht vom TI vorgelesen zu werden brauchen.

5.4 Zeit: Die Zeit, die bei erstmaliger Bearbeitung der EWL benötigt wird, reicht etwa von 10–30 Minuten.

6. Auswertung

6.1 Modus: Mit Hilfe einer Schablone, auf der die Skalenzuordnungen vermerkt sind, wird die Anzahl der Bejahungen pro Subskala ausgezählt. Die Ergebnisse sind numerisch und graphisch (Einzelskalendarstellung, Profildarstellung) darstellbar.

6.2 Zeit: Keine Angaben.

7. Gütekriterien

7.1 Objektivität: Durchführung und Auswertung können als objektiv angesehen werden.

7.2 Reliabilität: Die Subskalen der Form N wurden an mehreren Stichproben bezüglich ihrer inneren Konsistenz nach Cronbach-Alpha und hinsichtlich ihrer Halbierungszuverlässigkeit, korrigiert nach Flanagan, untersucht. Die Kennwerte variieren. Hohe Reliabilitäten ($r \geq 0{,}90$) weisen demnach die Skalen A (Aktiviertheit), C (Desaktiviertheit), I (Gehobene Stimmung) und N (Deprimiertheit) auf. Zu den Skalen mit relativ geringer Zuverlässigkeit gehören K (Empfindlichkeit), L (Ärger) und M (Ängstlichkeit). Die an verschiedenen Stichproben gewonnenen Koeffizienten dieser Subskalen liegen – mit wenigen Ausnahmen – unter $r = 0{,}80$.
Testwiederholungen an kleinen Stichproben ($N = 32$) wurden nach kurzen Zeitintervallen und unter verschiedenen Bedingungen durchgeführt. Da aber die EWL aktuelle Befindlichkeiten messen soll, die durch Veränderung der Versuchsbedingungen beeinflußt werden, können die Retest-Koeffizienten nicht in gleicher Weise interpretiert werden wie bei solchen Verfahren, die überdauernde Persönlichkeitsmerkmale erfassen sollen.
Entsprechende Reliabilitätsprüfungen werden auch für die Form K vorge-

legt. Stichproben von Neurotikern, Schizophrenen, Depressiven, Alkoh likern u. a. (N = 21–195) wurden einbezogen. Das Bild ist weniger einheitli als das an „normalen“ Stichproben erhobene Ergebnis der Zuverlässigkeit kontrollen (r = 0,30 bis 0,96). Durchweg geringe Koeffizienten (r ≈ 0,7) find sich bei den Subskalen E (Benommenheit), F (Extravertiertheit), K (Em findlichkeit) und O (Verträumtheit).

Die Autoren bezeichnen die Retest-Koeffizienten der EWL-K-Subskalen mit der Ausnahme von E und L – bei psychiatrischen Patienten als „erstau lich hoch“. Das zeige, „daß die Varianz zu Lasten der aktuellen Befindlichke von derjenigen zu Lasten relativ langfristiger krankheitsbedingter Befindlic keit bei Patienten im Rahmen einer Therapie überdeckt werden könnt (S. 33). Bei einem Retest nach drei Wochen streuen die Stabilitätskoeffiz enten (N = 99 chronische Alkoholiker in stationärer Behandlung) beispiels weise von r = 0,16 (Skala E) bis r = 0,53 (Skala H); der Medianwert liegt b r = 0,38 (S. 107).

7.3 Validität: Zur Bestimmung der Validität der EWL werden zahlreiche Un tersuchungen mitgeteilt, darunter Faktorenanalysen und Korrelationen mi anderen Variablen mit konvergenten und divergenten Gültigkeitsansprü chen. Außerdem werden experimentelle Befunde dargelegt, die hier au Raumgründen nicht erwähnt werden können. Insgesamt liegen differenzier te Belege für die empirische Absicherung des Gültigkeitsanspruches vor.

7.4 Normen: „Eine Umrechnung der Skalen-Punktwerte in Normen ist nicht vorgesehen, weil Normentabellen für ein Verfahren wie die EWL nicht sinnvoll sind. Mittelwerte und Streuungen variieren in Abhängigkeit von Situationsbedingungen und Tageszeiten, so daß sie keinen normativen Charakter haben“ (S. 12).

Im Abschnitt E der Handanweisung werden Mittelwerte, Streuungen, Mediane und Quartilwerte aufgelistet, die ggf. zur Interpretation von Ergebnissen herangezogen werden können, wenn Stichprobenart und Situationsbedingungen übereinstimmen.

8. Literatur

BOTTENBERG, E. H. (1970). Stimmung: Dimensionierte Messung, Situations- und Persönlichkeitsabhängigkeit. *Psychologie und Praxis, 14,* 18–37.

CLYDE, D. J. (1958). *Clyde Mood Scale.* Bethesda: National Institute of Mental Health.

CLYDE, D. J. (1963). *Clyde Mood Scale Manual.* Coral Gables: Univ. of Miami, Biometrics Laboratory.

HAMPEL, R. (1971). *Die Entwicklung einer Skala zur Selbsteinschätzung der aktuellen Stimmung (SKAS).* Diss. Phil. Fak., Freiburg.

HAMPEL, R. (1977). Adjektiv-Skalen zur Einschätzung der Stimmung (SES). *Diagnostica, 23,* 43–60.

HECHELTJEN, K.-G. & MERTESDORF, F. (1973). Entwicklung eines mehrdimensionalen Stimmungsfragebogens (MSF). *Gruppendynamik, 4,* 110–122.

WEHNER, E. G. & DURCHHOLZ, E. (1980). *Persönlichkeits- und Einstellungstests.* Stuttgart: Kohlhammer.

Erfassungsbogen für aggressives Verhalten in konkreten Situationen (EAS)

F. PETERMANN und U. PETERMANN
Göttingen, Hogrefe, 1996[3]

---

1. Testart

Persönlichkeitstest

2. Testmaterial

Handanweisung (DIN A4, 65 Seiten); Testheft, EAS-M für Mädchen, EAS-J für Jungen, (DIN A4, 12 Seiten); Auswertungsbogen (EAS M, EAS J); *zusätzlich:* Schreibgerät.

3. Testgliederung

Der EAS umfaßt 22 Items. Es wird jeweils eine Situation vorgegeben, die sowohl durch einen Text als auch durch eine unterstützende Bildinformation illustriert wird. Die Situationen sind aus dem Alltagsbereich der Kinder entnommen und umfassen die Bereiche Schule, Freizeit und „zu Hause“. Das Kind hat jeweils die Auswahl zwischen drei verbal formulierten Reaktionsmöglichkeiten aus den Kategorien sozial erwünschtes, leicht aggressives und aggressives Verhalten.

4. Grundkonzept

Das Konzept des EAS zur Erklärung der Aggression basiert auf der sozial kognitiven Lerntheorie von BANDURA (1989) und bevorzugt eine prozeßorientierte Betrachtung der Aggression (vgl. PETERMANN & PETERMANN, 1991, 1992 a).

Mit dem EAS versuchen die Autoren, der zunehmenden Kritik an der traditionellen Fragebogendiagnostik, insbesondere an der Darbietung von einzelnen Testfragen und deren anschließender Interpretation, gerecht zu werden. Es wird z. B. der Versuch unternommen, durch den Einsatz von kombinierten Text-/Bildinformationen die Identifikation mit der dargestellten Information zu erleichtern. Dem Kind soll dadurch ein besserer Zugang zu seinen Erfahrungen ermöglicht und durch die „auflockernde Atmosphäre“ zu einer ehrlichen Antwort angeregt werden.

In Anlehnung an eine Klassifikation von aggressiven Erscheinungsformen (PETERMANN & PETERMANN, 1991, S. 4 f.) werden folgende fünf Aspekte unterschieden:

- offen-gezeigte vs. verdeckt hinterhältige Aggression,
- körperliche vs. verbale Aggression,
- aktiv-ausübende vs. passiv erfahrende Aggression,
- direkte vs. indirekte Aggression und
- nach außen gewandte vs. nach innen gewandte Aggression.

In einer reaktionsbezogenen Tylermatrix werden die genannten Aspekte so umgesetzt, daß hinsichtlich der 22 Situationen die Rektionsmöglichkeiten operationalisiert werden und repräsentativ vertreten sind.

Die enge Verknüpfung der Verhaltensweisen mit konkreten Situationen („zu

Hause", in der Freizeit und in der Schule) erlaubt es dem Diagnostiker, unter Verwendung der zur Auswertung vorgesehenen Tylermatrizen, neben einem reinen Summenwert ein charakteristisches Reaktionsprofil des Probanden zu erstellen. Die Autoren weisen hierbei auf sechs verschiedene Reaktionstypen hin, die sich aus der Tylermatrix ableiten lassen.

5. Durchführung

5.1 Alter: 9–13 Jahre.

5.2 Formen: Gruppen- und Einzeltest; getrennte Versionen für Jungen (EAS-J) und Mädchen (EAS-M).

5.3 Handhabung: Der Testbogen enthält eine kurze Anleitung und demonstriert anhand eines illustrierten Beispiels, wie der Proband auf die vorgegebene Situation reagieren kann. Es werden jeweils drei mögliche Reaktionen vorgegeben, aus denen der Pb eine zutreffende auswählen soll. Im Anhang zur Handanweisung werden dem Versuchsleiter einige Hinweise zur Testdurchführung gegeben, so z. B. wie die Effekte der sozialen Erwünschtheit oder die Schwindeltendenz reduziert werden können.

5.4 Zeit: Zur Testdauer werden keine Angaben gemacht. Es wird nur mitgeteilt, daß Zeitdruck vermieden werden soll.

Wenn Du Dich dafür entscheidest, Petra vom Stuhl zu ziehen, dann mußt Du ein Kreuz in den Kreis davor machen, wie dies im Beispiel geschehen ist. Du darfst immer nur <u>einen Kreis</u> ankreuzen.

EAS–M: Beispiel zur Erläuterung der Instruktion

6. Auswertung

6.1 Modus: Der EAS wird mit einem Antwortbogen ausgewertet, der auf einer Tylermatrix basiert. Die Antworten des Kindes bzw. deren Nummer müssen in der Matrix, in der alle Antwortmöglichkeiten aufgeführt sind, markiert werden. Die in der Matrix aufgeführten Antwortmöglichkeiten lassen sich aufgrund farblicher Unterschiede den verschiedenen Auftretensbereichen des Verhaltens („zu Hause“, Schule, Freizeit) bzw. aufgrund von Unterschieden im Schriftbild (kursiv, normal, fettgedruckt) den drei Aggressionsstufen (nicht aggressiv, leicht und schwer aggressiv) zuordnen. Dieses Vorgehen ermöglicht die Erstellung eines charakteristischen Reaktionsprofils des Kindes. Über die in der Handanweisung mitgeteilten Normierungstabellen ist außerdem eine allgemeine Beurteilung anhand des Summenwertes möglich.

6.2 Zeit: Zeitangaben zur Dauer der Auswertung werden nicht gemacht. Das zeitaufwendige Suchen der Antwortmöglichkeiten und die etwas schwierige Unterscheidung von kursiv und normal gedruckten Buchstaben und Zahlen in der Matrix dürften nach etwa Übung leichter fallen, so daß die Auswertungszeit zehn Minuten nicht überschreiten dürfte.

7. Gütekriterien

7.1 Objektivität: Die Durchführungsobjektivität des EAS entspricht dem Standard von Fragebogenmethoden. Während die Auswertungsobjektivität bei der Auswertung der Summenwerte weitgehend gewährleistet sein dürfte, sind bei der Interpretation der Reaktionsprofile gewisse Einschränkungen zu machen. Eine Einschränkung der Interpretationsobjektivität kann z. B. bei der Zuordnung zu den sechs aufgeführten Reaktionstypen nicht ausgeschlossen werden.

7.2 Reliabilität: Für jedes Items liegen Angaben über Schwierigkeit, Trennschärfe sowie über Streuung, Selektionskennwerte und Reliabilitätsindex vor. Bei der Gruppe der Mädchen (N = 332) bewegen sich die Itemschwierigkeiten im Bereich p = 45–83. Die mittlere Itemschwierigkeit liegt bei 67. Die Itemtrennschärfe bewegt sich, bezogen auf die Ebene der Einzelitems, zwischen 0,37 und 0,71, während die mittlere Itemtrennschärfe bei 0,56 liegt. Die Gruppe der Jungen (N = 328) weist Itemschwierigkeiten zwischen p = 40 und 78 auf. Die mittlere Schwierigkeit liegt bei 59. Bei Itemtrennschärfen auf der Einzelebene zwischen 0,29 und 0,62 liegt der Mittelwert des Gesamttests bei 0,52.
Reliabilitätswerte liegen sowohl für die innere Konsistenz als auch für die Retest-Reliabilität vor.
Die Reliabilitätsüberprüfung nach der Split-Half-Methode führt für die Gruppe der Mädchen zu sehr hohen Reliabilitäten von 0,92 nach Cronbach's Alpha bzw. von 0,92 nach Guttman's Lambda. Die Gruppe der Jungen weist mit 0,91 nach Cronbach's Alpha und 0,90 nach Guttman's Lambda ähnlich hohe Werte auf.
Die Retest-Reliabilitäten wurden an einer Gruppe von 96 Haupt- und Realschülern der fünften und sechsten Klasse (N = 96, bei Gleichverteilung der Geschlechter) nach acht Wochen ermittelt. Der Spearman-Korrelationskoeffizient liegt für den Gesamttest für beide Geschlechter bei 0,71 (p = 0,001). Auf der Ebene der Einzelitems sind teilweise erhebliche Schwankungen zu beobachten. Von den 22 Items sind beim EAS-M 14 Items und beim EAS-J 16 auf dem Promille-Niveau signifikant. Zwei Items jeder EAS Version werden bei der Retestung nicht signifikant. Die Autoren weisen in diesem

Zusammenhang darauf hin, daß ein Zeitraum von acht Wochen für Kinder dieses Alters ein langer Zeitraum sei, in dem sich viel ereignen kann.

7.3 Validität: Die Validierungsbemühungen der Autoren umfassen sowohl die Klärung der internen Validität als auch der externen Validität des EAS.
Zur internen Validierung werden die Wirkungen von Bild- bzw. Textinformation mit der Wirkung der kombinierten Bild-Text-Fassung verglichen. Bei einer Untersuchung mit der reinen Bildversion kam man zu dem Ergebnis, daß die Mädchen sowohl den intendierten situationalen Kontext besser erkannten als auch in den falsch erkannten Situationen prosozial reagierten. Bei der Gegenüberstellung der reinen Textversion zum Gesamt-EAS zeigte sich, daß der Gesamt-EAS insgesamt mehr sozial unerwünschte Reaktionen als die reine Textfassung aufweist. Dies zeigt sich bei Jungen nur tendenziell, ist aber bei Mädchen ausgeprägt zu beobachten. Daraus kann geschlossen werden, daß durch die kombinierte Bild-Text-Version vor allem bei Mädchen die Neigung zu sozial erwünschten Antworten verringert wird, so daß eine insgesamt validere Reaktion zu beobachten ist.
Zur Überprüfung der internen Validität wurde außerdem eine Faktorenanalyse gerechnet, die eine eindeutige Einfaktorenlösung mit einer Varianzaufklärung von 80% ergab. Dies weist darauf hin, daß, wie von den Autoren postuliert, ein einheitliches Konstrukt vorliegt.
Eine Personenclusteranalyse nach dem Wishart-Programmsystem (Ward-Algorithmus) konnte abschließend die gute Diskriminationsfähigkeit des EAS bestätigen. So bilden sich bei beiden Gruppen eindeutig eine aggressive, eine leicht aggressive und eine nicht aggressive Gruppe heraus.
Zur externen Validierung wurde zunächst der Hamburger Persönlichkeitsfragebogen für Kinder (HAPEF-K) herangezogen. Da sich die traditionelle Persönlichkeitstestung sehr stark vom Konzept des EAS unterscheidet, waren, wie zu erwarten, faktisch keine bzw. v. a. im EAS-M eher negative Korrelationen zu beobachten.
Ein Vergleich von Lehrerurteil mit den Ergebnissen einiger ihrer Schüler im EAS kam auf der Situationsebene zu dem Ergebnis, daß keine Übereinstimmung der Ergebnisse hinsichtlich der Bereiche „zu Hause" und Freizeit bestand (Ausnahme: massiv aggressives Verhalten im Freizeitbereich). Bezogen auf den schulischen Bereich, lag eine Übereinstimmung in drei von fünf Situationen vor. Bei einem Vergleich der Urteile über alle 22 Situationen hinweg ergab sich erst nach Abschluß der fünften Klassen, in denen der Lehrer noch nicht ausreichend mit seinen Schülern vertraut war, ein auf dem 5%-Niveau signifikanter χ^2-Wert. Ein ähnlicher Vergleich von Eltern- und Kindurteil kam auf der Situationsebene zu dem Ergebnis, daß gute Übereinstimmungen im Bereich „zu Hause" und eher schlechte Übereinstimmungen im schulischen Bereich vorliegen. Für den Freizeitbereich ergaben sich teilweise gute Übereinstimmungen. Der Vergleich der Übereinstimmung über alle Situationen hinweg ergab einen auf dem 5%-Niveau signifikanten χ^2-Wert.
Auch ein Vergleich von Verhaltensbeobachtungen (vgl. BAV, PETERMANN & PETERMANN, 1991) mit den Ergebnissen des EAS bei 15 auffälligen Kindern in der dritten und vierten Grundschulklasse führte zu weitgehenden Übereinstimmungen bei sozial unerwünschten Verhaltensweisen. Bei sozial erwünschten Reaktionen ist zu beobachten, daß sie im EAS häufiger gewählt werden, als dies die Beobachtungen stützen könnte. Es kann nach Angaben

der Autoren daher nicht ausgeschlossen werden, daß einige Kinder, vermutlich die Gruppe der angstmotivierten aggressiven Kinder, sozial erwünschte Reaktionen häufiger ankreuzen. Dieses Ergebnis gilt allerdings nur für Grundschulkinder.

7.4 Normen: Geschlechtsspezifische Normen werden in Form von T-Werten und Prozenträngen für folgende Altersgruppen angegeben: 9;0–10;11, 11;0–11;11, 12;0–13;11. Die Größe der Eichstichproben bewegt sich im Bereich 113–210 Pbn.

8. Literatur

BANDURA, A. (1989). Human agency in social cognitive theory. *American Psychologist, 44,* 1175–1184.

PETERMANN, F. & PETERMANN, U. (1991). *Training mit aggressiven Kindern* (5. erweiterte Auflage). Weinheim: Psychologie Verlags Union.

PETERMANN, F. & PETERMANN, U. (1992 a). *Training mit Jugendlichen* (3. veränderte Auflage). Weinheim: Psychologie Verlags Union.

Eysenck-Persönlichkeits-Inventar (EPI)

H. J. EYSENCK

Deutsche Übersetzung und Bearbeitung: D. EGGERT unter Mitarbeit von G. RATSCHINSKI

Göttingen: Hogrefe, 1983[2]

---

1. Testart Persönlichkeits-Struktur-Test (Klinischer Test)

2. Testmaterial Handanweisung (DIN A5, 37 Seiten), gesonderte Fragebogen und Auswertungsschablonen für Form A und B.

3. Testgliederung Jede der beiden Parallelformen A und B besteht aus einer Extraversionsskala und einer Neurotizismusskala mit jeweils 24 Items. Hinzu kommt eine „Lügenskala" mit 9 Items. Insgesamt enthält jede Form des Fragebogens also 57 Items.

4. Grundkonzept Das EPI stellt eine deutsche Bearbeitung des „The Eysenck Personality Inventory" von EYSENCK dar, das 1964 erstmalig erschien und in den folgenden Auflagen – die 5. erschien 1971 – weiter verbessert wurde.

Das Verfahren basiert auf dem Persönlichkeitsmodell von EYSENCK (1960) und soll dieses in der psychologischen Praxis nutzbar machen. Vorläufer des EPI sind der Maudsley Medical Questionnaire (MMQ), der vornehmlich an *psychiatrischen* Patienten entwickelt wurde, und das Maudsley Personality Inventory (MPI), das für *normale* Probanden konstruiert wurde. Gegenüber den Vorläufern sieht EYSENCK im EPI im wesentlichen folgende Vorteile realisiert: 1. Die Existenz von Parallelformen ermöglicht eine Testwiederholung zur Kontrolle des Therapieerfolgs oder zu anderen experimentellen Zwecken. 2. Im Gegensatz zum MPI, dessen Items von Probanden mit geringer Intelligenz nicht immer verstanden werden, ist das EPI auch bei Personen mit geringer Intelligenz und/oder niedrigem Bildungsniveau anwendbar. 3. Während die Skalen Extraversion und Neurotizismus des MPI schwach negativ, aber immerhin statistisch bedeutsam miteinander korrelieren ($r = -0{,}22$), sind die entsprechenden Skalen des EPI unabhängig voneinander. 4. Das EPI kann mittels der „Lügenskala", die dem MPI fehlt, kontrollieren, ob ein Pb Reaktionstendenzen zur Darstellung sozial erwünschten Verhaltens (Verfälschungstendenzen) zeigt, die das Testergebnis unbrauchbar machen. 5. Die Stabilität des EPI (Zuverlässigkeit nach der Wiederholungsmethode) ist mit $r \geq 0{,}85$ höher als die des MPI ($R = 0{,}70$). 6. Validierungsversuche weisen das Verfahren „als beschreibendes Instrument der Verhaltensmanifestationen der Persönlichkeit" aus.

Nach EYSENCKs Persönlichkeitstheorie tragen die beiden bipolaren Dimensionen Extraversion (Introversion bis Extraversion) und Neurotizismus oder Emotionalität (emotionale Stabilität bis Instabilität) am meisten zur Beschrei-

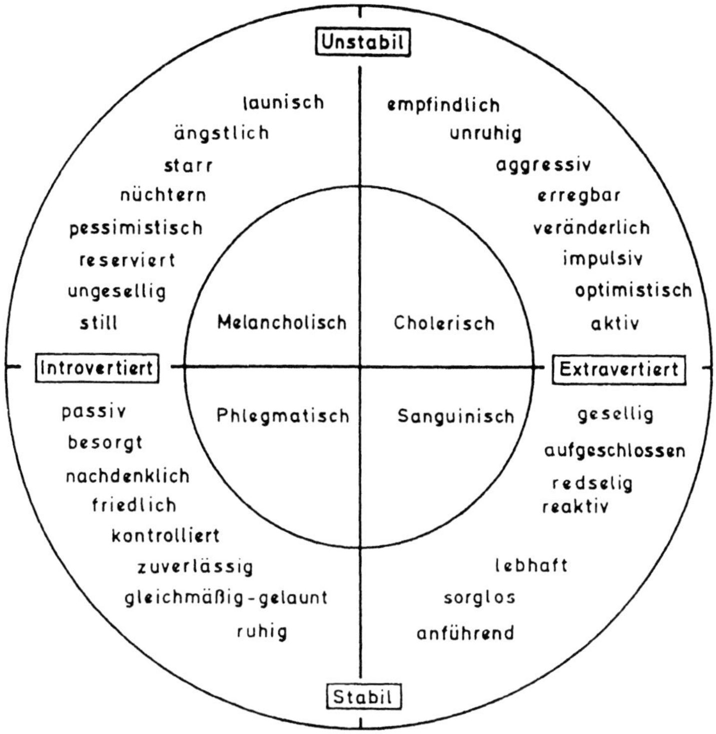

Die Beziehung zwischen EYSENCKS Persönlichkeitsdimensionen und dem antiken Schema der vier Temperamente (GALENUS, KANT, WUNDT)

2.1

bung der Persönlichkeit bei (vgl. Abb.) Diesen phänotypischen Aspekten der Persönlichkeit liegen genotypische Aspekte zugrunde, die experimentell angegangen wurden. Für EYSENCK ist beobachtbares Verhalten eine Funktion konstitutioneller Unterschiede in Interaktion mit der Umwelt. Eine fundamentale Bedeutung kommt dabei dem Konzept der Erregungs-Hemmungs-Balance zu.

Die 2. überarbeitete und ergänzte Auflage enthält Daten weiterer Vergleichsgruppen und verbesserte Normen.

5. Durchführung

5.1 Alter: Eine genaue Spezifikation des Altersbereichs liegt nicht vor. Das Verfahren ist bei Erwachsenen und Jugendlichen (etwa ab 14 Jahren) anwendbar.

5.2 Formen: Einzel- und Gruppentest. Parallelformen A und B. Computergestützte Fassung im Hogrefe-Testsystem CORA.

5.3 Handhabung: Die Instruktionen sind auf dem Testbogen abgedruckt. Sie werden im Gruppenversuch vom Testleiter vor- und von den Pbn mitgelesen. Im Einzelversuch gibt man lesefähigen Pbn den Testbogen zum Lesen. Den Pbn, die nicht lesefähig sind (z. B. Blinde und Legastheniker), können die Fragen vorgelesen werden. Dabei darf natürlich die Bedeutung der Fragen nicht durch eigenwillige Betonungen, Zusatzinformationen oder Interpretationen verändert werden. Die Pbn haben die Fragen nur mit „Ja" oder „Nein" zu beantworten.

5.4 Zeit: Keine Zeitbegrenzung. Angaben über die durchschnittliche Durchführungszeit liegen nicht vor. Man kann jedoch etwa 5–15 Minuten für die Gesamtdurchführung veranschlagen.

6. Auswertung

6.1 Modus: Die Auswertung erfolgt mit Hilfe der entsprechenden Schablone, die unterschiedliche Markierungen für die Skalen E, N und L enthält. Gezählt werden die Antworten des Pb, die sich mit den Schablonenmarkierungen decken. Die Summe der auf diese Weise pro Skala ausgezählten Antworten ergibt die „Gesamtskalenwerte" des Pb. Eine Transformation in nach Geschlecht getrennte Stanine-Werte ist möglich. Außerdem stehen Mittelwerte und Standardabweichungen diverser normaler und klinischer Gruppen für Vergleichszwecke zur Verfügung.

6.2 Zeit: Keine Angaben.

7. Gütekriterien

7.1 Objektivität: Durchführung und Auswertung sind objektiv.

7.2 Reliabilität: Zuverlässigkeitsschätzungen liegen für mehrere Stichproben vor. Angewandt wurden die Unterteilungs-, Wiederholungs- und Paralleltestmethoden. Danach scheint die Zuverlässigkeit der Neurotizismusskala (N) am ehesten, die der „Lügenskala" (L) am wenigsten gesichert zu sein.
Die *innere Konsistenz* der Neurotizismusskala der Form A bzw. B, an umfangreichen Stichproben männlicher und weiblicher Jugendlicher überprüft, erbrachte Koeffizienten zwischen r = 0,74 und 0,78 (Testhalbierung, aufgewertet nach der Spearman-Brown-Formel).
Die entsprechenden Korrelationskoeffizienten der Extraversionsskala erreichen nur eine Höhe von r = 0,55 bis 0,75. Noch niedriger sind die Zuverlässigkeitskoeffizienten der kurzen L-Skala: r = 0,44 bis 0,55.
Die *Stabilität* des Verfahrens, an mehreren Stichproben über unterschiedliche Zeiträume (1 Tag bis 1 Jahr) hinweg ermittelt, erbrachte stark differierende Werte (N: 0,54 bis 0,89; E: 0,30 bis 0,68; L: 0,32 bis 0,75).
Zur Erhöhung der Zuverlässigkeit sollten für Individualdiagnosen beide Formen gemeinsam angewandt werden. Zur Grobklassifikation von Gruppen reicht die Zuverlässigkeit *einer* Form aus.

7.3 Validität: Die Gültigkeit des EPI wurde auf dem Wege der Kreisvalidierung überprüft. Dabei zeigten sich mittlere bis hohe Korrelationen (r = 0,42 bis 0,80) zwischen der Neurotizismusskala des EPI und den entsprechenden Skalen des MMQ, MPI und ENNR (BRENGELMANN). Etwas geringer erwies sich der Zusammenhang zwischen der Extraversionsskala des EPI und den entsprechenden Skalen des MPI und ENNR (r = 0,55 bis 0,70), während die „Lügenlisten" von EPI und MMQ um r = 0,64 (Form A) bzw. r = 0,49 (Form B) miteinander korrelierten. Weitere Angaben zu Interkorrelationsstudien finden sich in der Handanweisung.

7.4 Normen: Geschlechtsspezifische Stanine-Werte existieren für Lehrerstudenten und Lehrer. Als Anhaltspunkte für die Interpretation werden zahlreiche englische und deutsche Vergleichswerte mitgeteilt. Deutsche Vergleichswerte (Mittelwerte und Streuungen) liegen für mehrere normale und klinische Stichproben unterschiedlicher Größe vor. Darunter befinden sich

Alkoholpsychosen, Depressionen, Schizophrenien, Neurosen, Drogenabhängige, Strafgefangene, Verhaltensgestörte und Lernbehinderte.

8. Literatur

EGGERT, D. (1971). Untersuchungen zur psychometrischen Eignung eines neuen Fragebogens der neurotischen Tendenz und der Extraversion von Eysenck (EPI). In E. DUHM (Hrsg.), *Praxis der klinischen Psychologie, Bd. 2.* Göttingen Hogrefe.

EYSENCK, H. J. (1947). *Dimensions of personality.* London: Routledge & Kegan.

EYSENCK, H. J. (1960). *The structure of human personality.* London: Methuen.

Fragebogen zu Kompetenz- und Kontrollüberzeugungen (FKK)

G. KRAMPEN

Göttingen: Hogrefe, 1991

---

1. Testart

Persönlichkeits-Struktur-Test

2. Testmaterial

Fragebogen, Auswertungsschablone, Handanweisung; *zusätzlich:* Schreibmaterial.

3. Testgliederung

Der Fragebogen umfaßt insgesamt 32 Items. Je 8 Items gehören zu den Primär-Skalen FKK-SK (Selbstkonzept eigener Fähigkeiten), FKK-I (Internalität), FKK-P (Soziale Externalität) und FKK-C (Fatalistische Externalität). Aus diesen Primärskalen werden darüber hinaus die zwei Sekundärskalen FKK-SKI (Selbstwirksamkeit) und FKK-PC (Externalität), die jeweils 16 der Items umfassen, abgeleitet. Die Differenz zwischen den Skalen FKK-SKI und FKK-PC, in die somit alle 32 Items eingehen, bildet eine Tertiärskala, die als globale, bipolare Dimension der generalisierten Internalität versus Externalität in Kontrollüberzeugungen (FKK-SKI-PC) bezeichnet wird.

4. Grundkonzept

Mit dem Fragebogen werden Kompetenz- und Kontingenzerwartungen, die über verschiedene Handlungsklassen, Handlungs- und Lebenssituationen generalisiert sind, erfaßt. Die Skalen beziehen sich auf das generalisierte Selbstkonzept eigener Fähigkeiten und drei Aspekte generalisierter Kontrollüberzeugungen, die im hierarchischen Strukturmodell handlungstheoretischer Persönlichkeitsvariablen auf der Ebene III (vgl. KRAMPEN, 1987) angesiedelt sind. Das Verfahren erlaubt Diagnosen auf dieser Ebene, die dann nach dem handlungstheoretischen Partialmodell der Persönlichkeit sinnvoll sind, wenn davon auszugehen ist, daß sich die Person in einer Handlungs- oder Lebenssituation befindet, die sie nicht oder nur schlecht kognitiv strukturieren kann. Dem Modell entsprechend erlauben diese Diagnosen Vorhersagen von Handlungs- bzw. Verhaltenstendenzen sowie Erlebnisprozessen. Als Anwendungsgebiete des Verfahrens kommen daher sowohl die Klinische Psychologie als auch die Forensische Psychologie, die Eignungs- und Berufspsychologie, die Berufsberatung sowie die Pädagogische Psychologie in Frage.

5. Durchführung

5.1 Alter: Ab 14 Jahren.

5.2 Formen: Als Einzel- und Gruppenverfahren anwendbar. Computergestützte Version im Hogrefe-Testsystem PERSYS.

5.3 Handhabung: Den Probanden wird der Fragebogen vorgelegt. Sie lesen die Instruktion auf dem Deckblatt des Fragebogens durch, beantworten das auf demselben Blatt gegebene Itembeispiel und bearbeiten dann die 32 Items gemäß der Instruktion auf der sechsstufigen Antwortskala.

5.4 Zeit: Keine Zeitbegrenzung; die Durchführung erfordert erfahrungsgemäß ca. 10–20 Minuten.

6. Auswertung

6.1 Modus: Die Auswertung erfolgt entweder maschinell oder mittels der beigefügten Auswertungsschablone. Mit ihrer Hilfe werden die Rohwerte jeder Skala ausgezählt und in eine Tabelle auf der Rückseite des Fragebogens eingetragen. Aus den Summen der jeweiligen Skalen werden dann die Rohwerte für die Sekundär- und Tertiär-Skalen gebildet. Anhand von Normentabellen können die Rohwerte dann in T-Werte umgerechnet und in ein Skalenprofil übertragen werden.

6.2 Zeit: Keine Angaben.

7. Gütekriterien

7.1 Objektivität: Die standardisierte Instruktion und einfache Durchführung des Fragebogens garantieren eine hohe Durchführungsobjektivität, die einfache Auswertung eine hohe Auswertungsobjektivität.

7.2 Reliabilität: Die interne Konsistenz der einzelnen Skalen, ermittelt in sechs Studien mit unterschiedlichen Stichprobengrößen nach Cronbachs Alpha, variiert zwischen 0,65 und 0,90. Die Werte der Testhalbierungsreliabilität in den gleichen Studien schwankten zwischen 0,63 und 0,87. Die Testwiederholungsreliabilitätskoeffizienten variierten zwischen 0,58 und 0,93.

7.3 Validität: Der Darstellung der Validitätsbestimmung des Verfahrens räumt der Autor in der Handanweisung großen Raum ein. Es wurde sowohl die inhaltliche Invalidität als auch die Konstruktvalidität (Skaleninterkorrelationen, Profilreliabilität, Faktorielle Validität, Beziehungen zu vorliegenden Skalen zu Kontrollüberzeugungen und Selbstkonzeptmerkmalen, Beziehungen zu anderen handlungstheoretischen Persönlichkeitsmerkmalen, Beziehungen zu Persönlichkeits-Inventaren, Beziehungen zu Indikatoren psychischer und psychosomatischer Probleme, Entwicklungsbezogene Korrelate, Handlungsbezogene Korrelate, Einfluß von Verfälschungstendenzen, differentielle Validität hinsichtlich Geschlecht und Geschlechtsrollen-Orientierung, Alter und soziodemographische Variablen, Berufliche Situation, Klinische Profile) untersucht. Alle Studien weisen auf eine ausreichend hohe Validität des Verfahrens hin.

7.4 Normen: Es liegen jeweils für die Primär-, Sekundär- und Tertiärskalen getrennte Normen für Jugendliche von 14–17 Jahren und Erwachsene von mehr als 18 Jahren vor.

8. Literatur

KRAMPEN, G. (1987). *Handlungstheoretische Persönlichkeitspsychologie.* Göttingen: Hogrefe.

Fragebogen zur Erfassung dispositionaler Selbstaufmerksamkeit (SAM-Fragebogen)

S.-H. FILIPP, und E. FREUDENBERG

Göttingen: Hogrefe, 1989

---

1. Testart Persönlichkeits-Struktur-Test

2. Testmaterial Handanweisung (DIN A4, 48 Seiten), Fragebogen, Auswertungsschablone; *zusätzlich:* Schreibgerät.

3. Testgliederung Der SAM-Fragebogen besteht aus 27 Items, von denen 13 Items „private" und 14 Items „öffentliche" Selbstaufmerksamkeit messen. Alle Items sind als Feststellungen in der ersten Person formuliert. Ein Teil der Items bezieht sich auf offene Verhaltensweisen (z. B. „Ich betrachte mich gerne im Spiegel"), der Großteil der Items enthält jedoch selbstreflexive Gedanken oder verdeckte Verhaltensweisen (z. B. „Ich beobachte sorgfältig meine innersten Gefühle"). Der Proband soll mit Hilfe einer fünfstufigen Skala („sehr oft", „oft", „ab und zu", „selten", „sehr selten") einschätzen, wie oft die beschriebenen Gedanken bei ihm auftreten.

4. Grundkonzept Der SAM-Fragebogen ist eine modifizierte Form der amerikanischen „Self-Consciousness Scale" (FENIGSTEIN et al., 1975), jedoch keine direkte Übertragung des Verfahrens in die deutsche Sprache. Er basiert auf der Annahme, daß Selbstaufmerksamkeit als ein Dispositionsmerkmal aufgefaßt werden kann. Dispositionale Selbstaufmerksamkeit wird von den Autorinnen definiert als „in zeitlicher und situativer Hinsicht relativ stabile Tendenz von Individuen, das Selbst in den Aufmerksamkeitsblickpunkt zu rücken und die eigene Person zum Gegenstand (selbstreflektiver) kognitiver Aktivitäten zu machen" (Handanweisung, S. 6). Sie drückt sich ferner in einer erhöhten Sensibilität für selbstbezogene Informationen bzw. in der Tendenz, Informationen als selbstbezogen zu interpretieren, aus. Darüber hinaus wird eine Unterscheidung zwischen „privater" und „öffentlicher" Selbstaufmerksamkeit postuliert. Private Selbstaufmerksamkeit umfaßt dabei Aspekte, die nur der Person selbst zugänglich sind, wie z. B. Gefühlszustände, Absichten, Körpersensationen, Meinungen oder Einstellungen, während sich öffentliche Selbstaufmerksamkeit auf Aspekte des Selbst bezieht, die auch Außenstehenden zugänglich sind, wie z. B. Merkmale der äußeren Erscheinung, des sozialen Verhaltens oder auch imaginierte Bewertung des Selbst durch die soziale Umwelt.

5. Durchführung **5.1 Alter:** Keine Angaben.

5.2 Formen: Der SAM-Fragebogen kann als Einzel- und als Gruppentest durchgeführt werden.

5.3 Handhabung: Der Fragebogen enthält auf der Vorderseite eine kurze Instruktion, die vom Probanden zu lesen ist. Nach dem Durchlesen der Instruktion wird der Proband aufgefordert, das darunterliegende Beispielitem zu beantworten.

5.4 Zeit: Es werden keine Zeitbeschränkungen vorgegeben. Die Durchführung nimmt zwischen 10 und 15 Minuten in Anspruch.

6. Auswertung

6.1 Modus: Die Auswertung erfolgt mit einer Auswertungsschablone. Dabei werden jeweils die Punktwerte für die Skalen „Private Selbstaufmerksamkeit" (13 Items) und „Öffentliche Selbstaufmerksamkeit" (14 Items) aufsummiert. Für jedes Item werden zwischen einem („sehr selten") und fünf („sehr oft") Rohpunkten vergeben, so daß der Wertebereich der Skala „Private Selbstaufmerksamkeit" zwischen 13 und 65 Punkten und der der Skala „Öffentliche Selbstaufmerksamkeit" zwischen 14 und 70 Punkten liegt. Die Rohwertsummen können in T-Werte, Stanine-Werte und Prozentränge transformiert werden.

6.2 Zeit: Es werden keine Angaben zur Dauer der Auswertung gemacht. Sie dürfte jedoch in nicht mehr als 10 Minuten durchzuführen sein.

7. Gütekriterien

7.1 Objektivität: Bei korrekter Handhabung ist sowohl die Durchführungs- als auch die Auswertungsobjektivität gewährleistet. Die Interpretationsobjektivität dürfte unter Bezugnahme auf die jeweiligen Normen und die in der Handanweisung dargestellten Konstruktumschreibungen weitgehend gesichert sein.

2.1

7.2 Reliabilität:

Itemanalyse:

Es liegen Angaben zur mittleren Itemtrennschärfe für die Gesamtstichprobe sowie für die Teilstichproben vor. Die Werte bewegen sich überwiegend im mittleren Bereich und können als zufriedenstellend angesehen werden. Darüber hinaus sind im Anhang für alle Items der Teilstichproben „Erwachsene Normalbevölkerung", „Studenten", „Alkoholiker" und „Krebspatienten" Angaben zu Mittelwert, Standardabweichung, Schwierigkeitsgrad und Trennschärfe vorhanden.

Konsistenzmaße:

Testhalbierungsreliabilität: Für die Skala „Private Selbstaufmerksamkeit" wurde bezogen auf die Gesamtstichprobe (N = 1251) eine Testhalbierungsreliabilität (nach Spearman-Brown-Korrektur) von r_{tt} = 0,77 ermittelt. Für die acht Teilpopulationen variieren die entsprechenden Werte zwischen r_{tt} = 0,50 (HIV-Positive, N = 55) und r_{tt} = 0,86 (Jugendliche, N = 353). Für die Skala „Öffentliche Selbstaufmerksamkeit" liegt die Testhalbierungsreliabilität der Gesamtstichprobe (N = 1251) bei r_{tt} = 0,88. Die Werte der Teilstichproben reichen von r_{tt} = 0,84 (Alkoholiker, N = 247) bis r_{tt} = 0,88 (HIV-Positive, N = 55). Neben den Spearman-Brown-Werten wurden ebenfalls Guttman-Werte berechnet. Bis auf wenige Ausnahmen sind die Werte identisch.
Interne Konsistenz: Die interne Konsistenz der Skala „Private Selbstaufmerksamkeit" liegt für die Gesamtstichprobe (N = 1251) bei r_{tt} = 0,83. Die Werte der Teilpopulationen bewegen sich zwischen r_{tt} = 0,71 (HIV-Positive, N = 55) und r_{tt} = 0,87 (Erwachsene Normalbevölkerung, N = 201). Für die Skala „Öffentliche Selbstaufmerksamkeit" wurden folgende Werte ermittelt:

$r_{tt} = 0,88$ für die Gesamtstichprobe; für die Teilstichproben $r_{tt} = 0,85$ (Schüler, N = 609) bis $r_{tt} = 0,89$ (Krebspatienten, N = 190).

Stabilität:
Eine Testvorgabe zu fünf Meßzeitpunkten mit einem Abstand von jeweils sechs Monaten ergab relativ stabile Verteilungskennwerte für beide Subskalen. So bewegte sich der Mittelwert der Skala „Private Selbstaufmerksamkeit" zwischen 37,78 und 38,00 und der Mittelwert der Skala „Öffentliche Selbstaufmerksamkeit" zwischen 47,03 und 47,02 Rohwertpunkten. Ähnlich stabil zeigten sich die Werte für die Standardabweichung und den Modalwert.
Einen weiteren Beleg für die hohe Wiederholungszuverlässigkeit bilden die Test-Retest-Koeffizienten, die im Bereich von $r_{tt} = 0,72$ und $r_{tt} = 0,84$ variieren.
Eine Überprüfung mittels zweifaktorieller Varianzanalyse mit Meßwiederholung konnte ebenfalls die hohe Stabilität der Werte auf Gruppenniveau sowie das Fehlen statistisch bedeutsamer Altersunterschiede im Ausmaß der Selbstaufmerksamkeit belegen.

Standardmeßfehler:
Bei der Skala „Private Selbstaufmerksamkeit" wurde für die Gesamtstichprobe (N = 1259) eine Standardabweichung von $s_e = = 7,43$ ermittelt. Die Werte für die Teilstichproben variieren von $s_e = 5,71$ (HIV-Positive, N = 55) bis $s_e = 10,31$ (Schüler, N = 609). Die bei der Skala „Öffentliche Selbstaufmerksamkeit" für die Gesamtstichprobe (N = 1255) ermittelte Standardabweichung liegt bei $s_e = 9,20$. Die Werte der Teilpopulationen bewegen sich zwischen $s_e = 7,02$ (Schüler, N = 609) und $s_e = 9,50$ (Männer, N = 586).

Interkorrelationen der SAM-Skalen:
Für die Gesamtstichprobe (N = 1253) wurde ein Pearson'scher Produkt-Moment-Korrelationskoeffizient von $r_{tT} = 0,54$ berechnet. Die entsprechenden Koeffizienten der Teilstichproben liegen zwischen $r_{tT} = 0,28$ (HIV-Positive, N = 55) und $r_{tT} = 0,64$ (Arbeitslose, N = 164).
Die beiden SAM-Skalen sind relativ hoch interkorreliert. Einige Autoren verzichten daher auf die getrennte Berechnung der Summenwerte für beide Subskalen. Die hohe Skaleninterkorrelation wurde in nahezu allen deutschen Untersuchungen gefunden, nicht aber in den amerikanischen. Die Frage, ob es sich hierbei um ein kulturspezifisches Phänomen handelt, kann allerdings aufgrund der vorliegenden Daten nicht beantwortet werden.

7.3 Validität:
Inhaltsvalidität:
Es kann davon ausgegangen werden, daß der SAM-Fragebogen bezüglich der Konstruktumschreibung ein hohes Maß an Inhaltsvalidität aufweisen kann. In der Handanweisung wird ausführlich auf die inhaltliche Bedeutung des Konstrukts „Selbstaufmerksamkeit" eingegangen.

Faktorielle Validität:
Eine Faktorenanalyse ergab eine zweifaktorielle Lösung, die zwischen 30,5 und 33,9 Prozent der Gesamtvarianz aufklärt. Bei den Stichproben „Erwachsene Normalbevölkerung" und „Jugendliche" laden jeweils diejenigen Items substantiell auf die beiden Faktoren, die ihnen a priori zugeteilt waren. Während in der Stichprobe der Erwachsenen hauptsächlich Items aus dem Be-

reich „Private Selbstaufmerksamkeit" auf den varianzstärkeren Faktor laden, wird dieser Faktor bei den Jugendlichen überwiegend durch Items aus dem Bereich „Öffentliche Selbstaufmerksamkeit" repräsentiert. Weniger eindeutig sind die Faktorenladungen für die Personengruppen „Krebspatienten" und „Alkoholiker". Während sich die beiden postulierten Faktoren für die „Krebspatienten" noch eindeutig nachweisen lassen, ist dies für die Gruppe der „Alkoholiker" nicht mehr der Fall. Man kann daher vermuten, daß sich in einer Population von Kranken die Faktorenstruktur verändert.

Konvergente und diskriminante Validität:
Ein Vergleich des SAM-Fragebogens mit gemeinsam vorgegebenen Persönlichkeitsfragebogen (PRF, IPC, LS, H-Skala, HOSS, SWS) ergab, daß es mit wenigen Ausnahmen kaum substantielle korrelative Beziehungen gibt. Die deutlichsten Zusammenhänge weisen die Subskalen „Öffentliche Selbstaufmerksamkeit" und die Skala „Social Recognition" des PRF-Fragebogens auf (0,42), was als Hinweis auf die konvergente Validität der Skala „Öffentliche Selbstaufmerksamkeit" gewertet werden kann. Ebenfalls statistisch bedeutsame, wenn auch geringere Zusammenhänge zeigen sich zwischen den Subskalen „Private Selbstaufmerksamkeit" und den IPC-Skalen Internalität (0,19), Externalität, „powerful others" (0,25) und Externalität, „chances" (0,24).
Eine Faktorenanalyse einer Untersuchung an der „Erwachsenen Normalbevölkerung", bei der der SAM-Fragebogen und eine Vielzahl anderer Persönlichkeitsmaße vorgegeben wurden, ergab einen relativ varianzstarken Faktor, auf den die beiden SAM-Skalen hoch luden. Darüber hinaus wiesen die Items aus dem SAM-Fragebogen keine wesentlichen Ladungen auf andere Faktoren auf.

Differentielle Validität:
Ein Vergleich der SAM-Fragebogenergebnisse verschiedener Personengruppen ergab z. T. signifikante Unterschiede der Verteilungsparameter. So unterscheiden sich Z. B. die Mittelwerte der Skala „Private Selbstaufmerksamkeit" bei der Stichprobe „Erwachsene Normalbevölkerung" signifikant von denen der Gruppen „Alkoholiker", „Krebspatienten", „HIV-Positive" und „Arbeitslose". Die Problemgruppen zeichnen sich durch ein höheres Maß an „Privater Selbstaufmerksamkeit" aus. Ähnliches gilt für die Skala „Öffentliche Selbstaufmerksamkeit". Innerhalb der Normalbevölkerung fällt die Gruppe der Studenten durch ihr hohes Maß an sowohl privater als auch öffentlicher Selbstaufmerksamkeit auf.

7.4 Normen: Die Normierung der Untergruppen des SAM-Fragebogens basiert auf den Stichproben „Erwachsene Normalbevölkerung" (N = 201), „Studenten" (N = 405), „Männer" (N = 586), „Frauen" (N = 264), „Gesunde" (N = 771), „Kranke" (N = 488) und einer „Gesamtstichprobe" (N = 1251). Es sind für beide Subskalen jeweils Angaben zu T-Werten und Prozenträngen vorhanden. Des weiteren steht für beide Skalen eine Tabelle mit Stanine-Normwerten zur Verfügung.
Für die Berechnung der Daten zu psychometrischen Eigenschaften wurden zusätzlich die in unterschiedlichen Untersuchungen erhobenen Daten der Personengruppen „Jugendliche" (N = 353), „Schüler" (N = 609), „Arbeitslose" (N = 164), „HIV-Positive" (N = 55) und „Krebspatienten" (N = 332) herangezogen.

8. Literatur

FENIGSTEIN, A., SCHEIER, M. F. & BUSS, A. H. (1975). Public and private self-consciousness: Assessment and theory. *Journal of Consulting and clinical Psychology, 43,* 522–527.

Fragebogen zur Erfassung kindlicher Steuerung (FEKS)

H. Pauls und M. Reicherts
Weinheim: Beltz, 1991

---

1. Testart Persönlichkeits-Struktur-Test

2. Testmaterial Manual (DIN A4, 56 Seiten), Fragebogen M + J, Auswertungsbogen M + J, Auswertungsschablonen M + J: *zusätzlich:* Schreibgerät.

3. Testgliederung Der Fragebogen besteht aus 22 Items, die jeweils eine Situation aus dem Alltagsleben von Mädchen und Jungen im Alter von 8–12 Jahren darstellen. Jeweils 3 Antwortalternativen werden vorgegeben. Die geschilderten Situationen lassen sich in vier Kategorien subsumieren: A. Zuwendung, B. Privilegien, C. materielle Verstärker, D. Durchsetzung gegen elterliche Forderungen.

4. Grundkonzept Der Fragebogen orientiert sich am Konzept situationsorientierter Diagnostik. Dabei geht es um die Diagnose individueller Steuerungstendenzen und eine Beurteilung bezüglich Angemessenheit/Unangemessenheit. Auffällige Defizite im Bereich angemessener Steuerung können diagnostiziert und weiter aufgeschlüsselt werden, um die Grundlage für therapeutische Interventionen zu schaffen.

5. Durchführung **5.1 Alter:** 8–12 Jahre.

5.2 Formen: Einzel- und Gruppentest, 2 Formen, nach Geschlechtern getrennt.

5.3 Handhabung: Es empfiehlt sich, die Anweisung laut vorzulesen, die Kinder lesen mit. Danach bearbeiten die Kinder die einzelnen Items, indem sie die Alternative ankreuzen, die für sie am ehesten zutrifft.

5.4 Zeit: Ca. 20–45 Minuten, je nach Lesetempo des Kindes.

6. Auswertung **6.1 Modus:** Die Auswertung erfolgt per Schablone. Bei jeder Aufgabe wird die angekreuzte Antwort einer der folgenden Steuerungsformen zugeordnet:

1. aktiv-konstruktiv
2. Bestrafung
3. Entwertung und Vorwürfe
4. Opposition
5. passiv-resignativ
6. Ignorieren
7. Anpassung/Belohnung.

Durch anschließende Additon wird der Rohwert ermittelt. Es folgt die Aufschlüsselung der Summen und die Überführung in T-Werte, Stanine-Werte und Prozentränge. Eine Zusatzauswertung „problematisches Steuerungsverhalten" ist möglich.

6.2 Zeit: Keine Angaben.

7. Gütekriterien

7.1 Objektivität: Durchführung und Auswertung des Tests können bei Beachtung der Durchführungshinweise als objektiv angesehen werden.

7.2 Reliabilität: Die Reliabilität des Tests wurde für die Hauptskala aktivkonstruktive Steuerung innerhalb der Normstichprobe über die Maße der internen Konsistenz bzw. der Testhalbierung geschätzt. Cronbach-Alpha betrug bei 11- bis 12jährigen Kindern r = 0,84, bei 8- bis 10jährigen r = 0,74. Die Split-Half-Reliabilitäten betrugen nach Guttman und nach Spearman für die älteren Kinder r = 0,80, für die jüngeren r = 0,74.

7.3 Validität: Die Validierung erfolgte über Korrelation des FEKS mit den Dimensionen: 1. psychische Störungen des Kindes, 2. elterliche Erziehungseinstellungen, 3. Verhaltensbeobachtungen in realen Interaktionen und 4. Intelligenz. Die Validierung ist sehr differenziert, die einzelnen Werte sind den Tabellen zu entnehmen. Die Werte liegen 1. zwischen r = –0,64 und r = 0,60, 2. zwischen r = –0,71 und r = 0,64, 3. zwischen r = –0,61 und r = 0,42. Zur Intelligenz besteht kein Zusammenhang.

7.4 Normen: Die Normierungsstichprobe bestand aus N = 399 Personen. die Normen unterscheiden zwischen jüngeren und älteren Kindern, nicht nach Geschlechtern.

Fragebogen zur Kausalattribuierung in Leistungssituationen (FKL)

M. KESSLER
Weinheim: Beltz, 1988

---

1. Testart Persönlichkeits-Struktur-Test

2. Testmaterial Manual, Fragebogen, 8 Auswertungsschablonen; *zusätzlich*: Schreibgerät.

3. Testgliederung Der Fragebogen setzt sich aus 24 Situationsbeschreibungen zusammen, nämlich je 12 Erfolgs- bzw. Mißerfolgssituationen, die sich hauptsächlich auf den schulischen Bereich beziehen. Den Situationsbeschreibungen sind jeweils 4 Items zugeordnet, so daß insgesamt 96 Items resultieren. Aus diesen werden 8 Subskalen gebildet.

4. Grundkonzept Die Skalen erfassen verschiedene Kategorien subjektiver Ursachenzuschreibungen eingetretener Erfolge bzw. Mißerfolge in verschiedenen Leistungssituationen:

- AE: Anstrengung bei Erfolg
- BE: Begabung bei Erfolg
- SE: Schwierigkeit bei Erfolg
- ZE: Zufall bei Erfolg
- AM: Anstrengung bei Mißerfolg
- BM: Begabung bei Mißerfolg
- SM: Schwierigkeit bei Mißerfolg
- ZM: Zufall bei Mißerfolg

Nach dem von WEINER (1975, 1976) weiterentwickelten Konzept zu Attribuierungstendenzen (vgl. HEIDER, 1958; ROTTER, 1966) haben subjektive Annahmen über die Ursache von Erfolg und Mißerfolg als internal/external bzw. variabel/stabil, entscheidenden Einfluß auf das Erleben und Verhalten, speziell auf die Leistungsmotivation bei zukünftigen Anforderungen.

5. Durchführung **5.1 Alter:** 13–15 Jahre bzw. 7.–9. Klasse

5.2 Formen: Als Einzel- und Gruppentest durchführbar. Computergestützte Fassung im Hogrefe-Testsystem KIDIS.

5.3 Handhabung: Die standardisierte Anweisung im Testheft wird vom Testleiter laut vorgelesen, die Schüler werden zum Mitlesen aufgefordert. Nach der Bearbeitung von zwei Beispielaufgaben und der Klärung möglicherweise auftretender Fragen, werden die Schüler zur Beantwortung des Fragebogens aufgefordert.

5.4 Zeit: Keine Zeitbeschränkung; ca. 15–25 Minuten.

6. Auswertung **6.1 Modus:** Für jede Subskala liegt eine Auswertungsschablone vor. Die aufsummierten Rohwerte der einzelnen Skalen werden auf die dafür vorgesehenen Spalte auf dem Deckblatt des Testheftes übertragen. Die Rohwerte werden anhand der in der Handanweisung befindlichen Normentabellen in T-Werte, Prozentränge oder T-Wert-Bänder transformiert.

6.2 Zeit: Keine Angaben

7. Gütekriterien

7.1 Objektivität: Durch Standardisierung der Instruktion, Durchführung und Auswertung gewährleistet.

7.2 Reliabilität: Die inneren Konsistenzen der 8 Subskalen liegen nach Cronbach Alpha zwischen r = 0,61 und r = 0,86. Die Retest-Reliabilitäten liegen nach ca. 10 Wochen im Bereich von r = 0,54 bis r = 0,68.

7.3 Validität: Untersuchungen zur Konstruktvalidität zeigen, daß signifikante Korrelationen zwischen Attribuierungsstil und schulischem Leistungsmotiv bestehen. In Übereinstimmung mit dem theoretischen Konzept, führen Leistungsmotivierte Erfolge eher auf internale Faktoren zurück, Mißerfolge mehr auf variable Faktoren. Personen mit geringem Leistungsmotiv dagegen attribuieren Erfolge stärker external und führen Mißerfolge stärker auf mangelnde Begabung zurück. In Extremgruppenvergleichen (hohes vs. niedriges Leistungsmotiv) ergeben sich darüber hinaus signifikante Unterschiede bezüglich der Attribuierungsgewohnheiten, wobei das Ausmaß der Unterschiede z. B. auf der Skala AE fast eine Standardabweichung beträgt. Bedeutsame Zusammenhänge mit Attribuierungsprozessen finden sich darüber hinaus mit Lernmotivation, Schul- bzw. Leistungsangst, Selbstbild der Begabung sowie Selbstwertgefühl und Schulleistung.

7.4 Normen: Die Eichstichprobe setzt sich aus N = 4064 Schülern der Klassenstufen 7–9 zusammen. Die Normen sind nach Skalen getrennt aufgeführt. Die Rohwerte lassen sich in T-Werte, Prozentränge und T-Wert-Bänder transformieren.

8. Literatur

HEIDER, F. (1958). *The psychology of interpersonal relations.* New York: Wiley.

ROTTER, J. B. (1966). Generalized expectancies for internal versus external locus of control of reinforcement. *Psychological monographs*, 80, 1–28.

WEINER, B. (1975). *Die Wirkung von Erfolg und Mißerfolg auf die Leistung.* Bern-Stuttgart: Klett.

WEINER, B. (1976). *Theorien der Motivation.* Stuttgart: Klett.

Freiburger Persönlichkeitsinventar (FPI) Revidierte Fassung FPI-R und teilweise geänderte Fassung FPI-A1

J. FAHRENBERG, R. HAMPEL und H. SELG
Göttingen: Hogrefe 1994[6]

---

1. Testart Persönlichkeits-Struktur-Test (Klinischer Test)

2. Testmaterial Handanweisung, Fragebogen FPI-A und FPI-R, Auswertungsschablonen für beide Formen, ein Auswertungsbogen für die Gesamtform und die Formen A, B und A1; *zusätzlich:* Schreibgerät.

3. Testgliederung Das FPI besteht aus der revidierten Fassung des FPI, dem FPI-R und der neu normierten Fassung FPI-A1, die vor allem dann zur Anwendung empfohlen wird, wenn die mit dieser Form erhobenen Daten mit Ergebnissen aus früheren Messungen verglichen werden sollen.

2.1

4. Grundkonzept Beim vorliegenden FPI handelt es sich um eine Weiterentwicklung (FPI-R) bzw. Neunormierung (FPI-A1) des erstmalig 1970 erschienenen Verfahrens. Das FPI konnte an einer bevölkerungsrepräsentativen (Bundesrepublik Deutschland und West-Berlin; Durchführung 1982) Stichprobe von N = 2035 Personen normiert werden. Außerdem wurde er um einige Skalen erweitert. Die revidierte Fassung (FPI-R) enthält nun 137 Items, die auf 10 Standardskalen und zwei Zusatzskalen aufgeteilt sind.

Die Standardskalen sind:

1. Lebenszufriedenheit
2. Soziale Orientierung
3. Leistungsorientierung
4. Gehemmtheit
5. Erregbarkeit
6. Aggressivität
7. Beanspruchung
8. Körperliche Beschwerden
9. Gesundheitssorgen
10. Offenheit

Die Zusatzskalen sind:

E. Extraversion
N. Emotionalität

Im FPI-A1 wurden die 9 Persönlichkeitsdimensionen des bisherigen FPI übernommen. 31 der Items wurden jedoch umformuliert, 23 Items sprachlich korrigiert, 7 Items wurden in ihrem Inhalt psychologisch abgeschwächt

und ein Item wurde so umformuliert, daß es nun keine doppelte Verneinung mehr enthält.
Das Grundkonzept und die Verwendungsmöglichkeiten auch des revidierten FPI entsprechen weitestgehend den bisherigen Fassungen.

5. Durchführung

5.1 Alter: Ab 16 Jahren.

5.2 Formen: Der FPI ist als Einzel- oder Gruppenverfahren durchführbar. Computergestützte Version im Hogrefe-Testsystem PERSYS.

5.3 Handhabung: Die Probanden erhalten den Fragebogen, der eine ausführliche Instruktion enthält und sie um spontane Reaktionen bittet. Nach Möglichkeit sollten die Probanden auf die Untersuchung positiv eingestimmt werden. Die Handanweisung gibt noch einige weitere Tips zum Umgang mit einigen Fragen, die vor Beginn der Untersuchung aufkommen können.

5.4 Zeit: Keine Zeitbegrenzung; die Durchführung erfordert erfahrungsgemäß zwischen 10 bis 30 Minuten.

6. Auswertung

6.1 Modus: Die Skalenrohwerte werden mittels der für die Formen FPI-R und FPI-A1 separaten Auswertungsschablonen ermittelt und auf die ebenfalls separaten Auswertungsbogen übertragen. Bei größeren Probandenzahlen kann dies auch per EDV geschehen. Anhand der im Anhang abgedruckten Normentabellen werden die Rohwerte sodann in Stanine-Werte transformiert und in den Bogen übertragen. Durch Verbindung der einzelnen Skalenwerte ergibt sich das Persönlichkeitsprofil.

6.2 Zeit: Keine Angaben.

7. Gütekriterien

7.1 Objektivität: Durchführung und Auswertung können als objektiv bezeichnet werden.

7.2 Reliabilität: Auch der revidierte FPI verfügt über eine befriedigend hohe Reliabilität, die mittels Berechnung von Konsistenzkoeffizienten bestimmt wurden. Die Koeffizienten, deren Maximierung laut Handanweisung bei der Skalenkonstruktion nicht ausdrücklich angestrebt wurde, liegen zwischen 0,71 und 0,84.

7.3 Validität: Der FPI ist ein seit vielen Jahren gut eingeführtes und in vielfältigen Untersuchungssituationen bewährtes Verfahren. Daher existieren auch zahlreiche Untersuchungen zu seiner Validität, die z. B. von JEHLE und FAHRENBERG (1994) gesammelt wurden. Aber auch in der Handanweisung findet man viele Argumente für die Validität des Verfahrens: Es werden Angaben zur faktoriellen und Kriterienvalidität gegeben, die sich teilweise auch auf die Daten, die aus der Repräsentativitätserhebung gewonnen wurden, beziehen.

7.4 Normen: Die Handanweisung enthält nach Geschlecht getrennte Normen für unterschiedliche Altersgruppen von 16 bis über 60jährige sowohl für die Form FPI-R als auch die Form FPI-A1.

8. Literatur

JEHLE, M. & FAHRENBERG, J. (1994). *Literaturverzeichnis zum Freiburger Persönlichkeitsinventar FPI 1983–1993.* Forschungsberichte des Psychologischen Instituts der Albert-Ludwigs-Universität Nr. 105, Freiburg i. Br., Psychologisches Institut.

Gießen-Test (GT)

D. Beckmann, E. Brähler und H.-E. Richter
Bern: Huber 1990[4]

---

1. Testart Persönlichkeits-Struktur-Test

2. Testmaterial Handanweisung, Fragebogen GT-S, Fragebogen GT-Fm, Fragebogen GT-Fw, Profilbogen und Schablonensatz; *zusätzlich:* Schreibmaterial.

3. Testgliederung Das Verfahren besteht aus 6 Skalen: soziale Resonanz, Dominanz, Kontrolle, Grundstimmung, Durchlässigkeit und soziale Potenz. Zwei zusätzliche Kontrollskalen erweitern die Interpretationsmöglichkeiten.

4. Grundkonzept Der auf psychoanalytischen Konzepten basierende GT soll dem Probanden die Möglichkeit bieten, ein Real- und Idealbild von sich selbst und ggf. einer anderen Person zu entwerfen. Berücksichtigt werden dabei die innere Verfassung und Umweltbeziehungen. Das Verfahren ist anwendbar zur Erhebung von Selbst-, Fremd-, Real- und Idealselbstbildern, von Auto- und Heterostereotypien und dgl. Es dient z. B. Vergleichszwecken und der Verlaufskontrolle über mehrere Erhebungszeitpunkte.

5. Durchführung **5.1 Alter:** Ab 18 Jahren.

5.2 Formen: Durchführung als Gruppen- und Einzeltest möglich. Computergestützte Fassung im Hogrefe-Testsystem CORA.

5.3 Handhabung: Die Testanweisungen mit 40 bipolar formulierten Feststellungen sind vorgegeben. Auf einer siebenstufigen Skala ist der Grad, in dem diese zutreffen, einzuschätzen.

5.4 Zeit: Keine Zeitbegrenzung. Die Durchführung dauert in der Regel etwa 15 Minuten.

6. Auswertung **6.1 Modus:** Mit Hilfe der Schablonen wird für jede Skala der Testwert ermittelt und im Profilbogen eingetragen. Zu diesem Test existieren eine computergestützte Fassung sowie ein Auswertungsprogramm. (Nähere Informationen im Apparatezentrum.)

6.2 Zeit: Keine Angaben.

7. Gütekriterien **7.1 Objektivität:** Durchführung und Auswertung können als objektiv bezeichnet werden.

7.2 Reliabilität: Analysen der inneren Konsistenz erbrachten für die 6 Skalen einen mittleren Korrelationskoeffizienten von 0,86. Retests nach sechs Wochen ergaben Werte zwischen $r = 0{,}65$ und $r = 0{,}76$ ($N = 204$).

7.3 Validität: In Untersuchungen an – nach klinischen und sozialpsychologischen Gesichtspunkten – unterschiedlichen Gruppen wurden verschiedene Skalenkonfigurationen gefunden. Faktorenanalytische Befunde ergänzen die Validitätskontrollen.

7.4 Normen: T-Werte für 18- bis 60jährige entstammen der 3. Neustandardisierung aus dem Jahr 1989, die an N = 1575 Probanden durchgeführt wurde. Für ältere Probanden und diverse klinische Stichproben liegen statistische Vergleichswerte vor.

Hamburger Neurotizismus- und Extraversionsskala für Kinder und Jugendliche (HANES, KJ)

F. BUGGLE und F. BAUMGÄRTEL
Göttingen: Hogrefe, 1975[2]

---

1. Testart Persönlichkeits-Struktur-Test

2. Testmaterial Handanweisung, Fragebogen I und II (zusammenhängend), 2 Auswertungsschablonen; *zusätzlich:* Schreibmaterial.

3. Testgliederung Die HANES, KJ, die z. T. auf Skalen des „Eysenck Personality Inventory" und des „Junior Eysenck Personality Inventory" aufbaut, besteht aus insgesamt 68 Items, die je zur Hälfte zwei, sowohl einzeln als auch gemeinsam anwendbaren, Testteilen zugeordnet sind. Teil I gliedert sich in eine Neurotizismus-Skala (N_1) aus 20 Items und eine Extraversions-Skala (E_3), die sich wiederum in zwei Subskalen „Geselligkeit" (E_1) und „Aktivität" (E_2) aus jeweils 8 Items zusammensetzt. Teil II besteht auch aus einer N-Skala, die mit der ersten parallelisiert ist und sich mit ihr zu einer Lang-Skala (N_3) zusammenfassen läßt, sowie eine Lügen-Skala (L) mit 12 Items.

2.1

4. Grundkonzept Die Konzepte Neurotizismus und Extraversion, die dem Fragebogen zugrunde liegen, lehnen sich eng an die theoretischen Auffassungen EYSENCKs an; beide sind voneinander korrelativ unabhängig. Die Extraversions-Skala ist in zwei nur gering korrelierende Subskalen „Geselligkeit" und „Aktivität" geteilt, auf deren differentielle Interpretation nicht weiter eingegangen wird. Die L-Skala dient wie üblich der Aussonderung nicht-interpretierbarer Protokolle. Hohe Werte sollten „als Warnzeichen im Sinne möglicherweise nicht vorliegender Bereitschaft zur Darlegung der eigenen psychischen Verfaßtheit verstanden und respektiert werden" (S. 15).
Die Anwendungsmöglichkeiten des HANES, KJ betreffen alle Praxisbereiche psychologischer Arbeit mit Kindern sowie die kinder- und jugendpsychologische Forschung.

5. Durchführung **5.1 Alter:** 8–16 Jahre, eventuell auch bis 17;11 Jahre.

5.2 Formen: Die HANES, KJ liegt in einer Form vor, die sich in 2 Testhälften teilen läßt, deren beide eine (parallelisierte) N-Skala enthalten.
Die HANES, KJ kann als Einzel- und als Gruppenverfahren verwandt werden. Computergestützte Fassung im Hogrefe-Testsystem KIDIS.

5.3 Handhabung: Die Instruktionsgebung ist vom Alter abhängig. Bei jüngeren Pbn (8–10 Jahre) sollen Instruktion und Fragen des Fragebogens vorgelesen werden, bei der mittleren Altersgruppe (10–12 Jahre) soll die Instruktion gelesen und vorgelesen werden, bei den älteren (12–16 Jahre) genügt das Lesen der schriftlichen Anweisungen auf dem Fragebogen.

Das Ausfüllen erfolgt durch Ankreuzen von einer der beiden Antwortalternativen „Ja“ oder „Nein“; eine mittlere Kategorie steht nicht zur Verfügung. Die Test-Teile HANES, KJ I und HANES, KJ II sind durch eine Perforation leicht voneinander zu trennen.

5.4 Zeit: Bei 8- bis 10jährigen ca. 30–40 Minuten, bei 11- bis 16jährigen ca. 15–20 Minuten.

6. Auswertung

6.1 Modus: Mit Hilfe der Schablonen werden die Summenwerte der Skalen N_1, N_2, E_1, E_2 und L ermittelt. Durch jeweilige Summation werden die Rohwerte für N_3 und E_3 berechnet. Für alle 7 Scores besteht die Möglichkeit der Transformation in Stanine-Werte, in Prozentrangbereiche und in eine verbale Klassifikation.
Für eine maschinelle Auswertung liegt ein Computer-Programm HANES TR vor, dessen Handhabung in der Handanweisung geschildert ist.

6.2 Zeit: Keine Angaben. Erfahrungsgemäß ca. 3–5 Minuten.

7. Gütekriterien

7.1 Objektivität: Bei rein formaler Auswertung voll gegeben.

7.2 Reliabilität: Für die 7 Scores getrennt liegen Angaben zur inneren Konsistenz mit Werten von $r_{tt} = 0{,}83$ bis $r_{tt} = 0{,}93$ und zur Retest-Reliabilität mit Werten von $r_{tt} = 0{,}50$ bis $r_{tt} = 0{,}70$ bei der Gruppe der 8;6–10;5jährigen und von $r_{tt} = 0{,}62$ bis $r_{tt} = 0{,}75$ bei der Gruppe der 10;6–16;0jährigen vor.
„Im ganzen erscheinen die E-Dimensionen im angegebenen unteren Altersbereich weniger gesichert und nicht so stabil wie die Dimensionen Neurotizismus auf allen Altersstufen und die Extraversionsdimensionen im oberen Altersbereich“ (S. 11).

7.3 Validität: Die Handanweisung beinhaltet eine knappe Zusammenfassung vorliegender – z. T. nicht veröffentlichter – Validierungsuntersuchungen zur HANES, KJ, die im Rahmen eines „liberalisierten Konzepts zur Konstruktvalidität“ (S. 11) zu sehen sind.
Sowohl diverse Validitäts-Gruppen (gestörte vs. nicht-gestörte Kinder) als auch Korrelationen mit Werten anderer diagnostischer Verfahren geben Auskunft über die Validität insbesondere der Neurotizismus-Skala, die als insgesamt befriedigend dargestellt wird.

7.4 Normen: Stanine-Werte, Prozentrangbereiche und verbale Klassifikationen für alle sieben Meßwerte, getrennt nach Alter und Geschlecht.
Kennwerte (Mittelwert, Streuung, Schiefe und Exzeß) der nach Alter und Geschlecht getrennten Eichstichproben sind einsehbar.

8. Literatur

TEWES, U. (1973). Emotionalität und Schulleistung: Einige Angaben zur Validität der HANES (KJ). *Diagnostica, 19,* 40–45.

Hamburger Persönlichkeitsfragebogen für Kinder (HAPEF–K)

H. Wagner und F. Baumgärtel
Herausgeber: P. R. Hofstätter
Göttingen: Hogrefe, 1978

---

1. Testart Persönlichkeits-Struktur-Test

2. Testmaterial Handanweisung, Testhefte (Teil 1 und 2), Auswertungsschablonen (4); *zusätzlich:* Schreibgerät.

3. Testgliederung Der Test besteht aus zwei Teilen, die insgesamt sechs inhaltlich voneinander abgrenzbare Skalen umfassen:

1. Emotional bedingte Leistungsstörungen (EL)
2. Initiale Angst/Somatische Beschwerden (AS)
3. Aggression (AG)
4. Neurotizismus (NE)
5. Reaktion auf Mißerfolg (RM)
6. Extraversion (EX)

Zusätzlich dazu lassen sich zwei parallele Skalen berechnen (N1 und N2). Teil 1 des Tests besteht aus 66 Items, Teil 2 aus 63.

4. Grundkonzept Mit dem HAPEF–K wurde versucht, ein Instrument zu schaffen, das als mehrdimensionaler Persönlichkeitsfragebogen zur Selbstbeurteilung von Kindern dienen soll.
Die Persönlichkeit des Kindes soll dabei möglichst weit gefächert betrachtet werden.

5. Durchführung **5.1 Alter:** Kinder zwischen 9;0 und 13;11 Jahren.

5.2 Formen: Einzel- und Gruppentest, nur eine Form (Teil 1 und Teil 2). Computergestützte Fassung im Hogrefe-Testsystem KIDIS.

5.3 Handhabung: Nach Ausfüllen der Personaldaten liest die Vp die Anweisung still mit, die der Vl laut vorliest. Anschließend wird der Fragebogen bearbeitet. Beide Teile des Tests können nacheinander oder mit einer dazwischengeschobenen Pause bearbeitet werden.

5.4 Zeit: Pro Testteil je nach Alter 20–40 Minuten.

6. Auswertung **6.1 Modus:** Die Auswertung erfolgt mit Hilfe der Auswertungsschablonen. Die Rohwerte für die einzelnen Skalen werden ermittelt und mit Hilfe der Normentabellen in C-Werte und PR-Werte transformiert.

6.2 Zeit: Keine Angaben.

7. Gütekriterien

7.1 Objektivität: Der Test ist bezüglich Durchführung und Auswertung als objektiv zu bezeichnen.

7.2 Reliabilität: Die Werte für die interne Konsistenz der Skalen liegen zwischen 0,68 und 0,90.

7.3 Validität: Korrelationen mit dem HAVEL (Elternurteil): zwischen 0,01 und 0,28. Korrelationen mit dem Lehrerurteil liegen in vergleichbarer Höhe. Korrelationen zwischen HAPEF-K und AFS bzw. AVT liegen zwischen 0,02 und 0,63.

7.4 Normen: Die Normen differenzieren nach Alter und Geschlecht und erlauben Transformationen in C-Werte und PR-Werte. Die Größe der Eichstichprobe beträgt N = 3168.

8. Literatur

WAGNER, H. (1978). *Die Hamburger Verhaltensbeurteilungsliste – HAVEL.* Göttingen: Hogrefe.

Hamburger Verhaltensbeurteilungsliste (HAVEL)

H. Wagner

Göttingen: Hogrefe, 1981

---

1. Testart Persönlichkeits-Struktur-Test

2. Testmaterial Handanweisung (DIN A4, 40 Seiten), Fragebogen, 1 Schablone; *zusätzlich:* Schreibgerät.

3. Testgliederung Der Fragebogen besteht aus folgenden vier Skalen:
1. Dominanz (10 Items)
2. Vegetative Labilität (10 Items)
3. Gewissenhaftigkeit (10 Items)
4. Arbeitshaltung (10 Items)

4. Grundkonzept Der Fragebogen, der von Müttern ausgefüllt werden soll, dient der Erfassung kindlicher Verhaltensauffälligkeiten. Der Autor versteht unter Verhaltensauffälligkeiten die Abweichung von der Norm im statistischen Sinne, wobei jedoch nicht verkannt wird, daß die Vorstellungen über ein „normales Kind" einem beständigen Wechsel unterworfen sind und Überbewertungen von Normabweichungen, vor denen z. B. Harnack (1958) gewarnt hat, vermieden werden sollten.

In Voruntersuchungen wurden 180 Items zusammengestellt, die thematisch dem Sozialverhalten im Elternhaus, dem Spielverhalten, dem Leistungsverhalten und den Bereichen Gesundheit, Emotionalität und soziale Reife entstammten. Material für die Items wurde verschiedenen vorwiegend angloamerikanischen Persönlichkeitsfragebogen entnommen bzw. neu konstruiert. Alle Items erhielten Aussage-(Statement-)Form und wurden mit fünf Antwortmöglichkeiten („immer – häufig – gelegentlich – selten – nie") versehen. Aufgrund einer ersten Erprobung an (N = 2140) Müttern 7- bis 11jähriger Kinder wurde das Verfahren hinsichtlich seiner Itemzahl stark reduziert.

5. Durchführung **5.1 Alter:** Mütter von Kindern im Alter von 7–14 Jahren.

5.2 Formen: Einzel- und Gruppendurchführung, auch Postversand und Bearbeitung zu Hause möglich. Keine Parallelform. Computergestützte Fassung im Hogrefe-Testsystem KIDIS.

5.3 Handhabung: Die schriftlichen Instruktionen zur Beantwortung des Fragebogens dürften in der Regel keine Schwierigkeiten machen.

5.4 Zeit: Keine Angaben.

6. Auswertung **6.1 Modus:** Die Anwendung der Klarsichtschablone ermöglicht (nach kurzer Eingewöhnung) eine einfache, schnelle Auswertung der Rohwerte, die anhand der Normentabellen in Stanine-Werte und Prozentrangplätze transformiert werden können.

6.2 Zeit: Keine Angaben.

7. Gütekriterien

7.1 Objektivität: Entspricht dem Standard von Verhaltenslisten.

7.2 Reliabilität: Die innere Konsistenz der Skalen (nach HOYT) beläuft sich auf Werte zwischen r_{tt} = 0,73 und 0,84 und erfüllt damit die für die Beurteilung individueller Differenzen notwendigen Voraussetzungen. Die Stabilität der Skalen, durch Testwiederholung nach 23 Monaten an N = 1098 Pbn ermittelt, ist mit r_{tt} = 0,63 bis 0,69 relativ hoch.

7.3 Validität: Eine Faktorenanalyse mit Varimax-Rotation von vier Faktoren ergab eine klare Faktorenstruktur, wobei jede Skala durch einen Faktor repräsentiert ist und die Items nahezu ausschließlich hohe Ladungen auf einem der folgenden Faktoren haben: F_1 = „Dominanz", F_2 = „Vegetative Labilität", F_3 = „Gewissenhaftigkeit", F_4 = „Arbeitshaltung". Eine Ähnlichkeitstransformation der Faktorenstruktur von Haupt- und Nachuntersuchung ergab für alle Faktoren Ähnlichkeitskoeffizienten von 0,99. Die Faktorenstruktur hat sich als stabil erwiesen.
Die Handanweisung enthält weitere Angaben zur Konstruktvalidität und zur Extremgruppenvalidität.

7.4 Normen: Die Normierung basiert auf einer relativ großen Stichprobe von N = 3342. Allerdings sind die nach Jungen und Mädchen aufgeteilten Eichstichproben für die Altersgruppen 7–8, 9 und 13–14 Jahre mit N < 110 deutlich kleiner als die für die Altersgruppen 10, 11 und 12 Jahre (N > 300).

8. Literatur

HARNACK, G. A. VON (1958). *Nervöse Verhaltensstörungen beim Schulkind.* Stuttgart: Thieme.

Kinder-Angst-Test (KAT)

F. THURNER und U. TEWES
Göttingen: Hogrefe, 1975[3]

---

1. Testart Persönlichkeits-Struktur-Test

2. Testmaterial Fragebogen und Handanweisung; *zusätzlich:* Schreibmaterial.

3. Testgliederung Der KAT besteht aus 19 Items, die z. T. aus Items der „Children's Manifest Anxiety Scale" (CMAS) (CASTENADA et al., 1956) entwickelt wurden.

4. Grundkonzept Der KAT erfaßt nach Angaben der Autoren vorwiegend den „Grad jener Angstbereitschaft, die in erster Linie auf den Druck von Antrieben und Bedürfnissen und auf deren innere Konflikte zurückzuführen ist" (S. 6). In Anlehnung an CATTELL soll Ängstlichkeit hier verstanden werden als eine relativ konstante Persönlichkeitseigenschaft, die sich aus mehreren Komponenten zusammensetzt. Mit dem KAT sollen neben der „Frustrationsspannung" auch weitere wichtige Komponenten der Ängstlichkeit angesprochen werden.

2.1

5. Durchführung **5.1 Alter:** 9–15 Jahre.

5.2 Formen: Der KAT kann als Einzel- oder Gruppentest durchgeführt werden. Für 9- bis 12jährige Kinder empfehlen die Autoren die Verwendung als „KATk": Das Testformular wird dazu so zerschnitten, daß jede Frage auf einem gesonderten Streifen steht. Computergestützte Fassung im Hogrefe-Testsystem KIDIS.

5.3 Handhabung: Der Fragebogen enthält auf der Vorderseite die Instruktion, die von den Kindern zu lesen ist. Zusätzlich wird ihnen gesagt, daß es bei diesem Test keine richtigen oder falschen, sondern nur ehrliche und unehrliche Antworten gebe.
Wird der Test als KATk durchgeführt, erhält jedes Kind zwei mit „Ja" und „Nein" bezeichnete Kästchen, in die es die Fragen einwirft.

5.4 Zeit: Keine Zeitbegrenzung. Die Durchführungszeit beträgt je nach Alter der Kinder zwischen 15 und 30 Minuten.

6. Auswertung **6.1 Modus:** Der (Angst-)Punktwert wird durch Auszählen der „Ja"-Antworten ermittelt und mit den Normentabellen verglichen.

6.2 Zeit: Keine Angaben. In der Regel weniger als 1 Minute.

7. Gütekriterien **7.1 Objektivität:** Durchführung und formale Auswertung können als objektiv bezeichnet werden.

7.2 Reliabilität: Bei einer Stichprobe von 10- bis 12jährigen Kindern wurden folgende Koeffizienten gefunden: Innere Konsistenz (geschätzt nach Kuder-Richardson, Formel 20): r = 0,79.

Retest-Zuverlässigkeit

KATk mit KATk	nach 2 Wochen	r = 0,78
	nach 2 Monaten	r = 0,81
KATk mit KATf	nach 2 Monaten	r = 0,56

(KATf = Fragebogen des KAT).

7.3 Validität: Neben augenfälliger Gültigkeit, die von den Autoren bei diesem Test als identisch mit logischer Gültigkeit angesehen wird, kann aufgrund von Vergleichen mit den Ergebnissen anderer Tests dem KAT auch innere Gültigkeit zugeschrieben werden. Zur Untersuchung der praktischen Gültigkeit wurden Zusammenhänge mit Kriterien wie Schulleistung, Abwesenheit bei Klassenarbeiten, Leistungswilligkeit und Leistungseinschätzung untersucht.

7.4 Normen: Zwei nach Geschlechtern getrennte Normentabellen sind angeführt. Tabelle I gibt Aufschluß über Mittelwerte und Standardabweichungen der Testwerte in den verschiedenen Altersgruppen, mit Hilfe von Tabelle II können die den Testwerten entsprechenden Stanine-Werte ermittelt werden.

Leistungsmotivationstest (LMT)

H. HERMANS, F. PETERMANN und W. ZIELINSKI
Amsterdam: Swets & Zeitlinger, 1978

---

1. Testart Persönlichkeits-Struktur-Test

2. Testmaterial Handanweisung, Fragebogen, 4 Auswertungsschablonen; *zusätzlich*: Schreibutensilien.

3. Testgliederung Der Fragebogen besteht aus insgesamt 56 Items, die sich 4 Subskalen zuordnen lassen.

4. Grundkonzept Das Leistungsmotiv wird als Persönlichkeitsmerkmal und damit als relativ überdauernd und stabil betrachtet, das in spezifischen Situationen zu Leistungssteigerungen führt. Als hiervon unabhängiges Konstrukt wird in diesem Test die Mißerfolgsfurcht erfaßt, von der die negative von der positiven Mißerfolgsfurcht (F– bzw. F+) unterschieden wird. Als Unterscheidungskriterium gilt das für bestimmte Leistungssituationen optimale Spannungsniveau. Generalisierend wird F– als eher leistungshemmende und F+ als leistungsfördernde Prüfungsangst eingestuft. Es ergeben sich somit 3 Skalen (L, F–, F+) für die niederländische Originaltestform *PMT* (HERMANS, 1967). Für die deutsche Adaptation wurden für die übersetzten Items Homogenitätsanalysen auf Itembasis durchgeführt (Raschmodell, Faktorenanalysen). Auf der Grundlage der Ergebnisse wurden aus dem Leistungsmotiv 2 Subskalen abgeleitet, nämlich L_1: Leistungsstreben und L_2: Ausdauer und Fleiß. Die endgültige Version besteht aus insgesamt 56 Items, die sich zu je 28 auf die Hauptdimensionen L und F verteilen (L_1 = 15, L_2 = 13 und F– = 18, F+ = 10).

5. Durchführung **5.1 Alter:** Ab 15 Jahre.

5.2 Formen: Als Einzel- und Gruppentest durchführbar.

5.3 Handhabung: In der Handanweisung finden sich keine Angaben der Autoren zur Durchführung. Auf der Vorderseite der Fragebogen ist die Instruktion zur Selbsteinschätzung nach der Multiple-Choice-Methode (Vorgabe von jeweils 2–4 Antwortalternativen) abgedruckt.

5.4 Zeit: Keine Angaben.

6. Auswertung **6.1 Modus:** Für jede Subskala liegt eine Auswertungsschablone vor. Die Rohwerte werden auf der Rückseite des Fragebogens in die vorgegebenen Spalten eingetragen. Nach der in der Handanweisung befindlichen Tabelle können die Rohwerte skalenspezifisch in T-Werte transformiert werden.

6.2 Zeit: Keine Angaben.

7. Gütekriterien

7.1 Objektivität: Durchführung, Auswertung und Interpretation können als objektiv gelten.

7.2 Reliabilität: Die Split-half-Reliabilität der 4 Skalen bewegt sich bei einer Untersuchungsstichprobe von N = 96 Studenten zwischen r = 0,62 und 0,84 (nach Cronbach). Die Retestkoeffizienten liegen für eine Stichprobe von N = 23 Studenten nach einem Wiederholungszeitraum von 6 Wochen zwischen r = 0,74 und 0,84.

7.3 Validität: Es liegen Untersuchungsergebnisse mit der niederländischen Form (PMT, Hermans, 1968) vor. Hier zeigt sich u.a., daß die Skala F– signifikante Beziehungen zu Intelligenztestdaten aufweist (Handlungs-, Verbal- und Gesamt-IQ im Wechsler-Intelligenztest; Untertest 1/2 im LPS). In einer weiteren Studie, in der Schüler und Schülerinnen der 9. Klasse getrennt voneinander untersucht wurden, ergaben sich für beide Gruppen signifikante Zusammenhänge zwischen der L-Skala und dem Notendurchschnitt (r = 0,56 für beide Gruppen) sowie der L-Skala und dem Fragebogen zur Erfassung der Selbstverantwortlichkeit für die intellektuelle Leistung von Crandall et al.(1965) (Selbstverantwortlichkeit für Erfolg: r = 0,70 für männliche und r = 0,29 für weibliche Schüler).
Eine Variation der Untersuchungsbedingung,soziale Erwünschtheit" führt zu signifikanten Mittelwertsdifferenzen auf der Dimension L: Die Darbietung des Tests als „Ausleseinstrument in Bewerbungssituationen" führt zu höheren Ausprägungen auf der L-Skala als die Darbietung unter der Vorgabe „Versuchsbedingung zur Testkonstruktion". Zudem stellen sich die Probanden unter Prüfungssituationen als weniger beeinträchtigt (F–) und von der Prüfungsanspannung als eher gefördert dar (F+). Aufgrund dieser Verfälschungstendenzen wird der Einsatz des Verfahrens unter Selektionsbedingungen als wenig geeignet bezeichnet.

7.4 Normen: Es liegen Normen von deutschen Schülern für die Altersgruppe von 15–20 Jahren N = (587) sowie Vergleichswerte einer Stichprobe von N = 96 Psychologiestudenten vor. Die Rohpunktwerte der 4 Subskalen lassen sich in T-Werte transformieren.

Crandall, V.C., Katkovsky, W. & Crandall, V.J. (1965). Children's beliefs in their own control of reinforcement in intellectual-academic achievement situations. *Child Development, 36,* 91–109.

Hermans, H.J.M. (1967). *Prestatie Motivatie Test.* Amsterdam: Swets & Zeitlinger.

Leistungsmotivationstest für Jugendliche (LMT-J)

H. J. M. Hermans
Deutsche Fassung: U. Undeutsch
Amsterdam: Swets & Zeitlinger, 1976

1. Testart Persönlichkeits-Struktur-Test

2. Testmaterial Handanweisung, Testhefte, Antwortblätter, 5 Auswertungsschablonen; *zusätzlich*: Schreibgerät.

3. Testgliederung Der Test besteht aus 81 Items, die 5 Subskalen zugeordnet werden. Pro Item werden 2 bzw. 3 Antwortalternativen vorgegeben.

4. Grundkonzept Der Fragebogen zielt auf die Erfassung der individuellen Ausprägung des Motivs zum Erbringen guter Leistungen, vornehmlich auf intellektuellem Gebiet. Er soll somit zur Prognose des Schulerfolges und zur Diagnose von Schulschwierigkeiten beitragen. Unterschieden werden 5 Komponenten, die gemeinsam in ihren Wechselwirkungen das Leistungsmotiv konstituieren und die hier entsprechend in 5 Skalen getrennt voneinander erfaßt werden:

1. Leistungs- und Erfolgsstreben (LS)
2. Positive (leistungsfördernde) Erfolgsbesorgtheit (E+)
3. Negative (leistungsmindernde) Erfolgsbesorgtheit (E–)
4. Eine aus E- und E+ kombinierte, bipolare Skala (E komb.)
5. Soziale Erwünschtheit (SE)

Die Skala SE wird nicht als Prädiktorvariable benutzt, sondern soll die Neigung des Probanden, das eigene Verhalten als „sozial erwünscht" zu beschreiben, erfassen. Ihre Berücksichtigung und Interpretation soll dazu beitragen die differentielle Validität des Tests zu erhöhen.

5. Durchführung **5.1 Alter:** 12–16 Jahre.

5.2 Formen: Als Einzel- und Gruppentest durchführbar.

5.3 Handhabung: Jeder Proband erhält ein Testheft und einen Antwortbogen. Die Instruktion ist auf der Vorderseite des Testheftes angegeben und wird vom Versuchsleiter laut vorgelesen.

5.4 Zeit: Ca. 35–40 Minuten.

6. Auswertung **6.1 Modus:** Es liegen, gesondert nach Skalen, 5 Auswertungsschablonen vor. Die Skalenrohwerte werden mit Hilfe der Normwerttabellen in Stanine-Werte transformiert und auf der Rückseite des Antwortblatts eingetragen.

6.2 Zeit: Keine Angaben.

7. Gütekriterien

7.1 Objektivität: Durchführung, Auswertung und Interpretation können als objektiv gelten.

7.2 Reliabilität: Die Berechnung der Split-half-Reliabilität wurde an der Eichstichprobe (N = 2838) vorgenommen und bewegt sich bei den das Leistungsmotiv konstituierenden 4 Skalen im Bereich von r = 0,79 und .88. Für die Skala SE wurden Werte von r = 0,72 (Jungen) und r = 0,75 (Mädchen) ermittelt.

7.3 Validität: Zur Kriteriumsvalidierung wurden multiple Korrelationskoeffizienten u. a. zwischen dem Notendurchschnitt von Schülern unterschiedlicher Schularten mit den Skalen LS und E komb. berechnet. Am deutlichsten ergibt sich hier ein Zusammenhang zum Notendurchschnitt von Gymnasiasten: Mädchen weisen hier einen Wert von r = 0,41, Jungen einen Koeffizienten von r = 0,50 auf. Insgesamt haben die Werte einen z. T. höheren Bezug zum Schulerfolg, als die Zusammenhangsmaße zwischen Intelligenztestergebnissen und Schulleistung.
In einer weiteren Untersuchung wurden auf der Grundlage des Frankfurter Analogietests (FAT) Schüler selegiert, die in over- und underachiever eingeteilt wurden, d. h. Schülergruppen, die in Ihren Schulleistungen erheblich unter oder über dem Niveau liegen, welches nach ihren intellektuellen Leistungen zu erwarten gewesen wäre. Für die Skala LS ergaben sich signifikante Mittelwertsunterschiede zwischen beiden Gruppen, unabhängig von Schulart (Hauptschule, Realschule, Gymnasium) oder Geschlecht. Zudem weist die Gruppe der underachiever niedrigere Mittelwerte in der Skala E+ und höhere in der Skala E- auf (jedoch nur z. T. statistisch signifikant).

7.4 Normen: Die Normwerte werden geschlechtsspezifisch angegeben und sind zusätzlich nach jeweils 5 Altersklassen (12–16 Jahre) sowie 5 Klassenstufen (6.–10. Klasse) unterteilt. Die Rohpunktwerte lassen sich in Stanine-Werte transformieren.

LM-Gitter

H.-D. SCHMALT
Göttingen: Hogrefe, 1976

---

1. Testart Persönlichkeits-Struktur-Test

2. Testmaterial Handanweisung, Testheft, Auswertungsschablone; *zusätzlich:* Bleistift.

3. Testgliederung Der Test besteht aus 18 bildlich dargestellten Situationen, die zu 6 Situationsbereichen zusammengefaßt werden:
1. Manuelle Tätigkeiten
2. Musikalische Tätigkeiten
3. Schulische Tätigkeiten
4. Selbständigkeit und Selbstbehauptung
5. Hilfe-gewährende Tätigkeiten
6. Sportliche Tätigkeiten.

4. Grundkonzept Ausgehend von der Annahme, daß ein Leistungsmotiv nicht direkt, sondern nur in einer situationsspezifischen Aktualisierung erfaßt werden kann, wurde das LM-Gitter, ähnlich wie der TAT, auf der Basis bildlich dargestellter Situationen konstruiert. Es wurde versucht, „die wesentlichsten Knotenpunkte des nomologischen Netzwerks, das das Konstrukt ‚Leistungsmotiv' umgibt, in den Aussagen des LM-Gitters darzustellen". Zusammen mit den Bildsituationen werden thematische Aussagen dargeboten.

5. Durchführung **5.1 Alter–Klasse:** 3.–5. Klasse.

5.2 Formen: Einzel- und Gruppentest, eine Form.

5.3 Handhabung: Der Testleiter gibt eine standardisierte Instruktion. Die Kinder sollen die Aussagen zu den einzelnen Bildern durchlesen und diejenigen, von denen sie glauben, daß sie für das Bild zutreffen, ankreuzen. Die nicht passenden sollen mit einem Kreis versehen werden (vgl. Abbildung der Übungssituation).

5.4 Zeit: Ca. 45 Minuten (± 10 Minuten).

6. Auswertung **6.1 Modus:** Die Auswertung erfolgt mit Hilfe der Schablone. Mit ihrer Hilfe lassen sich die Beantwortungen der Items auf die faktorenanalytisch gewonnenen Skalen HE (Hoffnung auf Erfolg), FM_1 (Furcht vor Mißerfolg) und FM_2 aufsummieren. Diese Werte können noch weiter verrechnet werden. Mit Hilfe von Normentabellen, die zwischen der 3. und 4. Klasse auf der einen und der 5. Klasse auf der anderen Seite differenzieren, werden die Rohwerte in T-Werte bzw. Stanine-Werte transformiert.

6.2 Zeit: Keine Angaben.

Er fühlt sich wohl dabei.	○
Er denkt: „Wenn das schwierig ist, mache ich lieber ein anderes Mal weiter."	×
Er glaubt, daß er das schaffen wird.	×
Er denkt: „Ich bin stolz auf mich, weil ich das kann."	○
Er denkt: „Ob auch nichts falsch ist?"	○
Er ist unzufrieden mit dem, was er kann.	
Er wird dabei müde.	
Er denkt: „Ich frage lieber jemanden, ob er mir helfen kann."	
Er denkt: „Ich will das einmal können."	
Er glaubt, daß er alles richtig gemacht hat.	
Er hat Angst, daß er dabei etwas falsch machen könnte.	
Das gefällt ihm nicht.	
Er will nichts verkehrt machen.	
Er will mehr können als alle anderen.	
Er denkt: „Ich will am liebsten etwas machen, was ein bißchen schwierig ist."	
Er will lieber gar nichts tun.	
Er denkt: „Wenn das sehr schwer ist, versuche ich das bestimmt länger als andere."	
Er denkt, er kann das nicht.	

Übungssituation

7. Gütekriterien

7.1 Objektivität: Durch standardisierte Anweisung und quantitative Auswertung ist der Test als objektiv zu bezeichnen.

7.2 Reliabilität: Sie wurde mit drei verschiedenen Verfahren ermittelt: Testwiederholung, Halbierung und Konsistenzanalyse. Die Korrelationswerte lagen für die Testwiederholungsmethode zwischen 0,60 und 0,87 für die verschiedenen Skalen, für die Halbierungsmethode zwischen 0,84 und 0,93. Die Konsistenzanalyse ergab Werte zwischen 0,88 und 0,92.

7.3 Validität: Die Werte des LM-Gitters wurden mit verschiedenen anderen Verfahren korreliert. Hierbei ergaben sich zum Teil positive, zum Teil negative Beziehungen. Zahlenwerte für die Höhe der Zusammenhänge werden nicht angegeben.

7.4 Normen: Die Eichstichproben umfaßten 279 Kinder des 3. und 4. Schuljahres und 219 Kinder des 5. Schuljahres. Anhand der Tabellen lassen sich Rohwerte in T-Werte bzw. Stanine-Werte transformieren.

8. Literatur

SCHMALT, H.-D. (1973). Die Gitter-Technik – ein objektives Verfahren zur Messung des Leistungsmotivs bei Kindern. *Z. f. Entwicklungspsychol. u. Päd. Psychol., 5,* 231–252.

SCHMALT, H.-D. (1974). *Entwicklung und Validierung einer neuen Technik zur Messung verschiedener Aspekte des Leistungsmotivs – das LM-Gitter.* Dissertation, Fakultät f. Philos., Pädag., Psychol., Ruhr-Universität Bochum.

SCHMALT, H.-D. (1976). *Messung des Leistungsmotivs. Kritischer Überblick und ein neues Verfahren.* Göttingen: Hogrefe.

Mehrdimensionaler Persönlichkeitstest für Erwachsene (MPT–E)

H. Schmidt

Braunschweig: Westermann, 1981

---

1. Testart

Persönlichkeits-Struktur-Test

2. Testmaterial

Handanweisung (DIN A4, 19 Seiten), Testheft, Antwortbogen, Profilbogen, eine Schablone; *zusätzlich:* Schreibwerkzeug.

3. Testgliederung

Der MPT–E ist ein Persönlichkeitsfragebogen, der aus 104 Items besteht, die folgenden sieben Skalen zugeordnet sind:

IS	Ich-Schwäche (28 Items)
SE	Soziale Erwünschtheit (13 Items)
RG	Rigidität (15 Items)
RB	Risikobereitschaft (10 Items)
AS	Antriebsspannung (12 Items)
SZ	Soziale Zurückhaltung (11 Items)
K	Kontrollskala (15 Items)

Mit Ausnahme der Kontrollskala sind die Skalen auf faktorenanalytischer Basis gebildet worden.

4. Grundkonzept

Um Verhaltens- und Persönlichkeitsmerkmale zu eruieren, die für Ausbildung und Beruf relevant sind, analysierte der Autor zunächst 200 Persönlichkeitsgutachten aus der Praxis der Personalauswahl und Personalberatung. In einem längeren, mehrstufigen Prozeß wurden relevante Merkmale definiert (Psychische Stabilität – neurotische Fehlanpassung; psychopathische Fehlanpassung; Einstellung zur Umwelt – Kontakt – Intro- und Extraversion; Rigidität – Flexibilität; Aggression – Selbstbehauptung – Durchsetzung; Einstellung zur Arbeit – Leistungsmotivation und zusätzlich die Kategorie „Soziale Erwünschtheit"), Items konstruiert bzw. anderen Verfahren (INR von Bötticher, eine Bearbeitung des ENNR-Fragebogens von Brengelmann, LM-Fragebogen von Ehlers, RSK von Schubert) entnommen, itemanalysiert, verworfen oder aufgenommen und schließlich einer Faktorenanalyse nach der Hauptachsenmethode mit anschließender Varimax-Rotation unterzogen. Die Anzahl der auszuwählenden Faktoren wurde unter Berücksichtigung der Interpretierbarkeit der rotierten Faktoren sowie der Anzahl der sie charakterisierenden Variablen mit Hilfe des Eigenverlaufskriteriums von Cattell und Pawlik bestimmt. Nach der ersten Faktorenanalyse (N = 426) ergaben sich 100 Variablen, die sich sechs Faktoren zuordnen ließen. „Bei einer nach dem Zufall ermittelten Auswahl von Fragebogenergebnissen wurde nun mit der begrenzten Anzahl der Items eine zweite Fak-

torenanalyse durchgeführt, die weitgehend dem ersten Ergebnis entsprach. Auf die 6 Faktoren des Fragebogens entfielen letztendlich 89 Variablen. Durch die Einbeziehung einer sogenannten K-Skala, die als Kontrollskala gedacht ist, wurde der MPT–E auf 104 Items erweitert" (Handanweisung, S. 6).
Auf diesem, hier stark vereinfacht dargestellten Weg hat der Autor versucht, einen Persönlichkeitstest für die Berufs- und Betriebspraxis zu entwickeln, der u. a. auch solchen Personen zugemutet werden kann, für die die Testsituation (soweit rechtlich zulässig) Prüfungscharakter hat.

5. Durchführung

5.1 Alter: Erwachsene (ab 18 Jahren ohne weitere Spezifizierung nach Alter).

5.2 Formen: Der MPT–E kann als Einzel- oder als Gruppentest angewandt werden. Parallelformen existieren nicht.

5.5 Handhabung: Die Testanweisung ist auf dem Testheft angegeben. Bei der Untersuchung von größeren Gruppen wird sie zweckmäßigerweise vom VI laut vorgelesen. Der Pb hat seine Antworten auf einem Antwortbogen anzukreuzen. Ihm stehen zwar vier Antwortmöglichkeiten zur Verfügung, nämlich „stimmt" (++), „stimmt in etwa" (+), „stimmt kaum" (–) und „stimmt nicht" (– –), aber gewertet wird nur alternativ nach Zustimmung oder Ablehnung. Wenn dem Pb trotzdem eine abgestufte Beantwortung der Aussagen („statements") ermöglicht wird, geschieht das aus folgendem Grund: „Eine ungestufte Beantwortung der Fragen von Fragebogen wird von Probanden oft als sehr schwierig oder gar unzumutbar empfunden. Sie fühlen sich häufig dem Konflikt ausgesetzt, sich bei einer Frage durch eine undifferenzierte Antwort für ein Extrem entscheiden zu müssen, welches sie für übertrieben und somit für nicht zutreffend halten. Widerspricht nun dieses Extrem den sozialen Wertvorstellungen des Probanden und wird auf jeden Fall eine Beantwortung der jeweiligen Frage erwartet, so werden sich Probanden häufig für die Richtung entscheiden, die weniger konfliktbesetzt ist, selbst dann, wenn sie ebenfalls als nicht zutreffend empfunden wird ... Durch diese Reaktionen versuchen Probanden lediglich, eine sozial unerwünscht erscheinende Aussage zu vermeiden, da es ihnen nicht möglich ist, sich mit der eindeutigen Auffassung des jeweiligen ‚statement' zu identifizieren, selbst dann, wenn sie in Richtung des ‚statement' tendieren. Eine abstufende Beantwortung ermöglicht dem Probanden, die für ihn zutreffende Richtung in seiner Reaktion einzuschlagen, ohne sich gezwungen zu fühlen, eine als unzutreffend oder übertrieben aufgefaßte Extrem-Aussage geben zu müssen. Diese Problematik dürfte einen erheblichen Stellenwert haben, wenn die Testsituation von einem Probanden als ‚Prüfung' erlebt wird" (Handanweisung, S. 6).

5.4 Zeit: Die Bearbeitung dauert in der Regel etwa 30 Minuten. Sehr langsam arbeitende Personen werden noch einmal auf Punkt 4 der Testanleitung hingewiesen, zügig zu arbeiten und nicht zu lange nachzudenken.

6. Auswertung

6.1 Modus: Der Antwortbogen wird mit einer nicht ganz paßgenauen Klarsichtschablone ausgewertet. Auf der Schablone sind die ohne Gewichtung zu addierenden Ankreuzungen durch verschiedene Skalensymbole gekennzeichnet. Zumal für Ungeübte ist die Auswertung mit dieser nicht optimal gestalteten Schablone eher unbequem und irritierend. Die Reihenfolge, in der die MPT–E-Skalen in der Handanweisung besprochen werden, ist nicht identisch mit ihrer Reihenfolge auf dem Antwortbogen und dem Profilblatt. Letzteres ist aber so übersichtlich gestaltet, daß die Normwerte (T-Werte und Prozentränge) nach Eintragung der Rohwerte unmittelbar abgelesen werden können.

7. Gütekriterien

7.1 Objektivität: Bei formaler Auswertung voll gegeben.

7.2 Reliabilität: Die Zuverlässigkeitsschätzung der Skalen erfolgte über eine Analyse der inneren Konsistenz mit Hilfe der Testhalbierungsmethode (Auswertung nach Spearman-Brown) und nach Kuder-Richardson (ohne Angabe der Formel und ohne Nennung der Stichprobengröße). Danach erweist sich erwartungsgemäß die Skala IS (Ich-Schwäche) als die zuverlässigste (r = 0,83 bzw. 0,84). Die Skala SE überschreitet immerhin noch ein Limit von r = 0,60, während die übrigen Skalen darunter bleiben (Mittelwert = 0,53) und – im Gegensatz zur Ansicht des Testautors – nicht mehr als ausreichend reliabel gelten können. Die Kontrollskala K bleibt bei der Reliabilitätsanalyse ausgespart.

7.3 Validität: Mit dem Ziel einer Konstruktvalidierung werden die Ergebnisse von Korrelationen zwischen den MPT–E-Skalen und vier Leistungstestvariablen (Intelligenz nach FRT, Merkfähigkeit nach IST, Technisches Verständnis und Konzentration) mitgeteilt. Die Daten wurden an Gruppen von Produktionsmeistern (N = 109), Werkstattmeistern (N = 53), Angestellten (N = 66) und Werkschutzangestellten (N = 35) der chemischen Industrie erhoben. Dabei zeigt sich u. a., daß die Skalen IS und SE in der Tendenz durchweg negativ mit den Leistungstests korrelieren. Die Höhe des Zusammenhangs erweist sich aber z. T. als sehr unterschiedlich und stichprobenabhängig. Beispielsweise variieren die Korrelationskoeffizienten zwischen der Skala IS und dem Technischen Verständnis je nach Stichprobe zwischen r = –0,13 und –0,53, dem höchsten Koeffizienten der Tabelle 3. Berichtet werden weiterhin Korrelationen der MPT–E-Skalen mit einigen skalierten Beurteilungen von Intelligenz, Durchsetzung, Kooperation, Kontakt, Zuverlässigkeit und psychischer Stabilität. Auch hier herrscht ein wenig einheitliches Bild vor. Zu erwarten wären u. a. signifikant negative Korrelationen zwischen SZ (Soziale Zurückhaltung) und Beurteilungen der Verhaltensmerkmale Kooperation und Kontakt. Die tatsächlich ermittelten Korrelationen liegen zwischen r = +0,03 und r = –0,36. Nur zwei von fünf Koeffizienten erreichen das Signifikanzniveau p = 0,05.

7.4 Normen: Die Standardisierungsstichprobe umfaßt derzeit nur 520 Personen; daher war die Erstellung spezifizierter Normen (z. B. für bestimmte Alters- oder Berufsgruppen) nicht sinnvoll. Das Profilblatt und die Normentabellen (S. 14) enthalten T-Werte und Prozentränge.

8. Literatur

Die Handanweisung enthält kein Literaturverzeichnis. Die im Text zitierten Quellen werden – mit Ausnahme eines eigenen Tests (MPT–J) – an keiner Stelle angegeben.

Mehrdimensionaler Persönlichkeitstest für Jugendliche (MPT–J)

H. Schmidt

Braunschweig: Westermann, 1981

---

1. Testart Persönlichkeits-Struktur-Test

2. Testmaterial Handanweisung (DIN A4, 21 Seiten), Testheft, Antwortbogen, Profilbogen, eine Schablone; *zusätzlich:* Schreibwerkzeug.

3. Testgliederung Der MPT–J ist ein Persönlichkeitsfragebogen mit folgenden sieben Skalen:

IS Ich-Schwäche (25 Items)
SE Soziale Erwünschtheit (13 Items)
AS Antriebsspannung (18 Items)
LM Leistungsmotiviertheit (11 Items)
SZ Soziale Zurückhaltung (12 Items)
AG Aggressivität (13 Items)
K Kontrollskala (13 Items)

2.1

Insgesamt besteht das Verfahren aus 105 Items. Mit Ausnahme der Kontrollskala sind die Skalen auf faktorenanalytischer Basis gebildet worden.

4. Grundkonzept Der MPT–J wurde analog zum Mehrdimensionalen Persönlichkeitstest für Erwachsene (MPT–E) mit gleichen Zielsetzungen und mit entsprechendem methodischen Aufwand konstruiert. (Vgl. Besprechung des MPT–E.) Es wird der Anspruch erhoben, daß der Test „Aufschlüsse über wichtige charakteristische Verhaltensmerkmale eines Menschen" geben soll, daß die Testdimensionen in sich geschlossenen, interpretierbare Einheiten repräsentieren, daß die „statements" allgemein verständlich sind und daß sich das Verfahren auch für Testsituationen eignet, die vom Pb als Prüfungssituationen empfunden werden.

5. Durchführung **5.1 Alter:** 14–18 Jahre.

5.2 Formen: Als Einzel- oder Gruppentest anwendbar. Keine Parallelformen. Computergestützte Fassung im Hogrefe-Testsystem KIDIS.

5.3 Handhabung: Das Testheft enthält genaue Instruktionen. Bei größeren Gruppen wird empfohlen, die Anweisungen vom VI vorlesen zu lassen. Der Pb soll zu jedem „statement" eine von vier Antwortmöglichkeiten ankreuzen, und zwar: „stimmt" (++), „stimmt in etwa" (+), „stimmt kaum" (–) und „stimmt nicht" (– –). Ausgewertet wird allerdings nur, ob die Antworttendenz auf Zustimmung oder Ablehnung hinausläuft. (Zur Begründung dieser Vorgehensweise siehe die Besprechung des MPT–E.)

5.4 Zeit: Die Bearbeitungszeit beträgt ungefähr 30 Minuten. Besonders

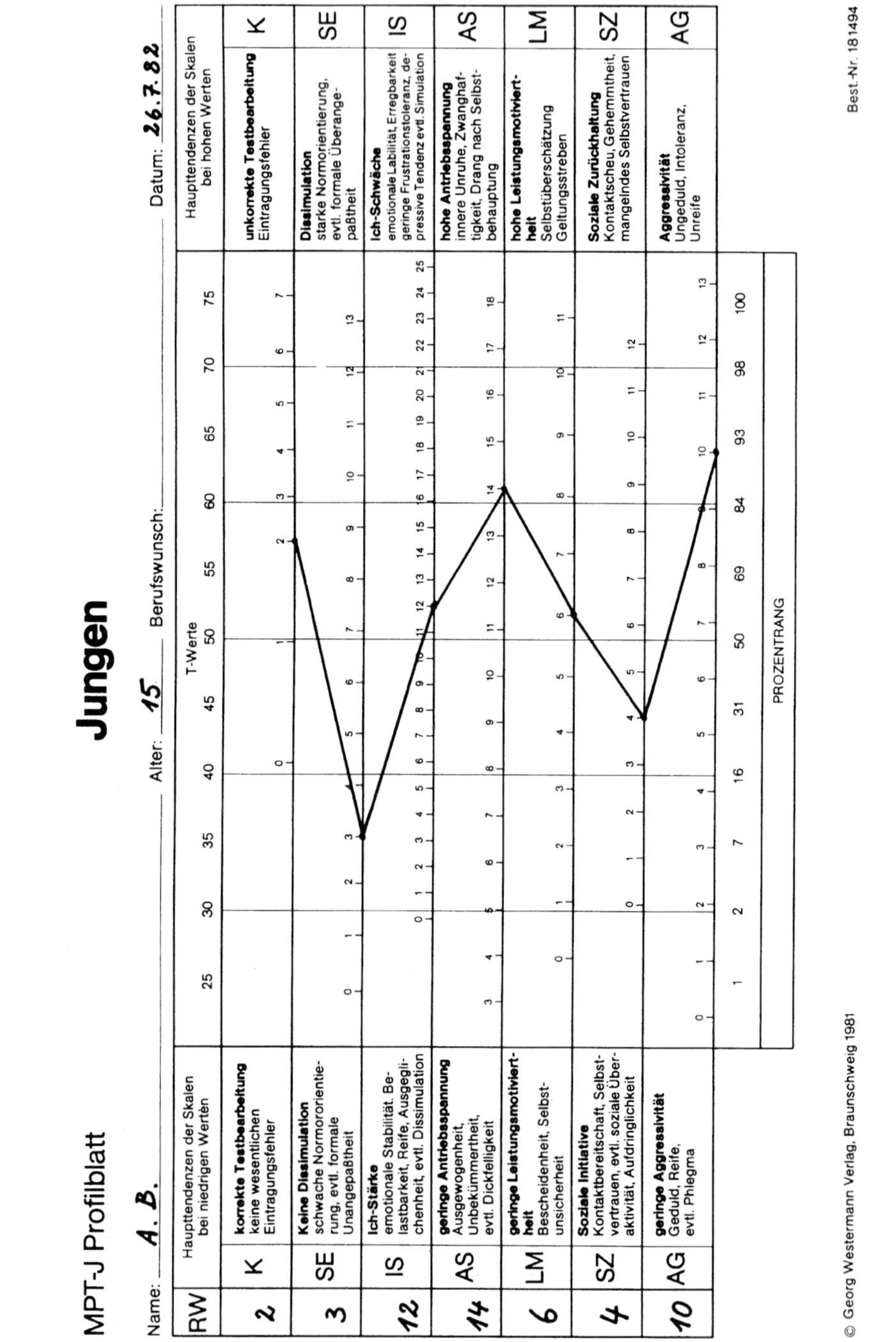

Mehrdimensionaler Persönlichkeits-Test für Jugendliche, Muster für Profilblatt

langsam arbeitende Versuchspersonen sollen noch einmal auf Punkt 4 der Anweisungen aufmerksam gemacht werden. Darin wird zu zügigem Arbeiten aufgefordert.

6. Auswertung

6.1 Modus: Die Auszählung der Rohwerte wird mit Hilfe einer Klarsichtschablone vorgenommen, die mit dem Antwortbogen zur Deckung zu bringen ist, was leider nicht vollständig gelingen kann, weil die Schablone etwas vom Grundmuster des Antwortbogens abweicht. Verschiedene Skalensymbole auf der Schablone sollen die angekreuzten Antworten kennzeichnen, die – ohne Gewichtung – ausgezählt werden müssen. Ein solches Verfahren erspart zwar das umständliche Hantieren mit mehreren Schablonen, es ist aber so, wie es hier gestaltet wurde, unübersichtlich und irritierend. Es erfordert erhöhte Aufmerksamkeit, insbesondere bei ungeübten Auswertern.

6.2 Zeit: Keine Angaben.

7. Gütekriterien

7.1 Objektivität: Bei formaler Auswertung voll gegeben.

7.2 Reliabilität: Berechnet wurde die innere Konsistenz nach der Testhalbierungsmethode (aufgewertet nach Spearman-Brown) und nach Kuder-Richardson (Formel 19). Im Hinblick auf die Anzahl der Items erweist sich die Skala IS (Ich-Schwäche) erwartungsgemäß als die zuverlässigste (R = 0,86). Die Skalen AS (Antriebsspannung), LM (Leistungsmotiviertheit) und AG (Aggressivität) besitzen eine deutlich geringere Reliabilität. Ihre Zuverlässigkeitskoeffizienten überschreiten wenigstens noch den Minimalwert von r = 0,60. Die Skalen SE und SZ kann man bei Reliabilitätskoeffizienten von r = 0,41 bis 0,55 nicht mehr als ausreichend zuverlässig bezeichnen. Die Kontrollskala K wurde in die Untersuchung nicht einbezogen. Angaben zu Stichprobengröße und -zusammensetzung fehlen.

7.3 Validität: Im Rahmen eines nicht näher erläuterten Ansatzes zur Konstruktvalidierung werden Interkorrelationen zwischen dem MPT–J-Skalen und den Dimensionen eines Interessentests berichtet, die an zwei Gruppen (N_1 = 679 Jugendliche und N_2 = 64 Chemielaboranten) gefunden wurden. Auffallend war, daß Jugendliche mit hohen IS-Werten, die sich für einen technisch-naturwissenschaftlichen Beruf entschieden hatten, im Widerspruch zu ihrer Berufswahl häufig andere Berufsrichtungen, vor allem künstlerisch-gestalterische und/oder sozialpflegerische, erzieherische favorisierten.
Bei einer Korrelation zwischen Beurteilungen von 118 technisch Auszubildenden und MPT–J-Skalen konnten u. a. geringe, aber statistisch signifikante, positive Zusammenhänge zwischen der Skala SE (Soziale Erwünschtheit) und Fremdbeurteilungen der theoretischen und praktischen Leistungen, der Anpassungsbereitschaft und der Leistungsmotivation in Höhe von r = 0,22 bis 0,27 festgestellt werden. Die Skala LM (Leistungsmotiviertheit) dagegen korrelierte überraschenderweise weder mit der Fremdbeurteilung von Leistungsmotivation noch mit irgendeinem anderen Beurteilungsaspekt signifikant. Die Skala SZ (Soziale Zurückhaltung) wies geringe, aber signifikant positive Zusammenhänge mit der Beurteilung von Anpassungsbereitschaft (r = 0,22) und signifikant negative Zusammenhänge mit der Beurteilung der Kontaktbereitschaft (r = 0,24) auf.
Weiterhin finden sich in der Handanweisung (Tabelle 6, S. 14) Angaben über

Korrelationen zwischen den MPT–J-Skalen und einigen ausgewählten Leistungstestvariablen.

7.4 Normen: Die Standardisierungsstichprobe zur Ermittlung von Normen bestand aus 230 Mädchen und 404 Jungen. Wegen einiger Mittelwertsunterschiede (IS und SE) wurden geschlechtsspezifische Normen erstellt. Prüfungssituationen führen im Vergleich zu anonymer Bearbeitung des Fragebogens zu Mittelwertsunterschieden in den Skalen SE, IS und AS. Der Autor gibt aber an, daß sich diese Unterschiede auflösen, wenn man die Ergebnisse von Personen mit extrem hohen SE-Werten unberücksichtigt läßt.

8. Literatur

Die Handanweisung enthält keine Literaturangaben.

Myers-Briggs Typenindikator (MBTI)

Deutsche Bearbeitung von R. BENTS und R. BLANK
Weinheim: Beltz-Test GmbH, 1995[2]

---

1. Testart Persönlichkeitstest

2. Testmaterial Manual, Fragebogen, Antwortbogen, Schablonensatz und Begleitbuch; *zusätzlich:* Schreibgerät.

3. Testgliederung Der MBTI ist in drei Teile untergliedert, der erste und dritte Teil bestehen aus Forced-Choice-Fragen, im zweiten Teil muß eins von zwei gegebenen Wörtern gewählt werden.

Der gesamte Indikator besteht aus acht Skalen (s. u.). Die vier mentalen Prozesse, zwei Einstellungen, Beurteilungen und feststellbaren Einstellungen zur Außenwelt werden den Klassifikationen der Theorie von JUNG zugeordnet.

	Skalen des MBTI
S	sinnliche Wahrnehmung
N	intuitive Wahrnehmung
T	analytische Beurteilung
F	gefühlsmäßige Beurteilung
E	Extraversion
I	Introversion
J	Beurteilung
P	Wahrnehmung

4. Grundkonzept Der MBTI ist ein Selbstbeurteilungsindikator auf Basis der Typenlehre von C. G. JUNG, die im Begleitbuch einführend dargestellt wird.

Der Test wurde entwickelt, um die Theorie in der Praxis nutzbar zu machen. Die verschiedenen Skalen beschreiben jeweils Dichotomien, so daß 16 verschiedene Persönlichkeitstypen erfaßbar sind. Je nach Präferenz der einen oder anderen Skala sind spezifische dynamische Beziehungen festzustellen, anhand derer sich der jeweilige Persönlichkeitstyp bestimmen läßt. Dabei liegt sowohl der Typenbeschreibung als auch der Theorie ein Entwicklungsmodell zugrunde, das alle Lebensphasen einbezieht. Jede sogenannte Typenformel besteht aus der Buchstabenfolge der vier Präferenzen.

5. Durchführung **5.1 Alter:** Ab 16 Jahren.

5.2 Formen: Einzeltest, keine Parallelform.

5.3 Handhabung: Der Indikator enthält eine Instruktion, die laut vorgelesen werden soll; die Items sind je nach Präferenz anzukreuzen (Alternativentscheidung).

5.4 Zeit: Die Durchführungszeit beträgt 10–20 Minuten.

6. Auswertung

6.1 Modus: Für jede dichotome Skala findet sich eine Schablone, mit deren Hilfe die Rohwerte für die einzelnen Skalen durch Addition ermittelt werden können. Die Rohwerte der einzelnen Skalen müssen anschließend mit einem Korrekturfaktor multipliziert werden, um die unterschiedliche Itemzahl der einzelnen Skalen zu berücksichtigen. Die dadurch gewonnenen Werte werden dann auf die nächste ganze Zahl gerundet. Es liegt eine Tabelle vor, aus der die korrigierten Werte abgelesen werden können.
Als nächstes müssen die Typenpräferenzen identifiziert werden; dazu betrachtet man die korrigierten Werte der Pole. Hierbei zeigt die höhere Punktzahl jeweils die Richtung der Präferenz und damit den Buchstaben an, der zuzuordnen ist. Auf diese Weise erhält man den Buchstabencode für den entsprechenden Typus.
Danach können die Präferenzwerte berechnet werden.
Der Präferenzwert besteht aus einem Buchstaben, der die Richtung der Präferenz, und einer Zahl, die ihre Stärke anzeigt.
Ein so ermittelter Wert bietet jedoch nur unter Vorbehalt die Möglichkeit einer Interpretation, während die Buchstabenfolge den Typ klar erkennen läßt.

6.2 Zeit: Die Auswertungsdauer für den Test liegt bei ca. 5–7 Minuten.

7. Gütekriterien

7.1 Objektivität: Es ist anzunehmen, das der MBTI in Durchführung, Auswertung und Interpretation der Präferenzen aufgrund der Ergebnisse der deutschen Pilotstudie, bei der eine Beaufsichtigung der Versuchspersonen stattfand, objektiv ist.

7.2 Reliabilität: Die Prüfung der inneren Konsistenz der Skalen an N= 548 ergab (Cronbach Alpha): 0,92 für EI, 0,88 für SN, 0,87 für TF und 0,88 für JP. Es wurden Korrelationen von Skalenwerten mit allen Items durchgeführt, um Items zu identifizieren und den jeweiligen Skalen zuzuordnen. Damit soll sichergestellt werden, daß jedes der benutzten Items nur mit einer Skala substantiell korreliert, denn jedes Item sollte nur ein Konstrukt messen. Es zeigten sich für die verschiedenen Skalen hierbei folgende Werte:

S-Skala: mittleres r = 0,147;
N-Skala: mittleres r = 0,153;
T-Skala: mittleres r = 0,145;
F-Skala: mittleres r = 0,144.

Um eine Schätzung der Reliabilitätsuntergrenze zu ermöglichen, wurde Cronbach's Alpha bestimmt. Hier fanden sich folgende Werte für die einzelnen Skalen: S: Alpha = 0,790; N: Alpha = 0,715; T: Alpha = 0,764 und F: Alpha = 0,718.

7.3 Validität: Die Konstruktvalidität wurde anhand einer Typenübersicht überprüft, wobei, der Theorie entsprechend, davon ausgegangen wird, daß bestimmte Typen von Personen bestimmte berufliche Interessen haben. Hierzu wurden Fachhochschulstudenten der Betriebswirtschaft getestet.
Es stellt sich heraus, daß Anforderungsprofil, Tätigkeitsmerkmale und Typen in einer Beziehung zueinander stehen; die Ergebnisse werden als Validitäts-

hinweise bewertet, da die Typenbeschreibungen auch die Arbeitsweisen der Personen beinhalten.

Es fand eine Reihe von Korrelationsbestimmungen der Skalen mit einzelnen Berufsgruppen statt, die allgemein die Theorie stützten. So korrelierte die Beurteilungsskala beispielsweise mit den Berufen aus den Bereichen Kunst, Photographie, Touristik, Architektur und Musik; hierzu findet sich eine ausführliche Tabelle im Testmanual, die aus Untersuchungen aus dem angloamerikanischen Raum entstammt.

Die Pearson Produkt-Moment Korrelation, die über die acht Unterskalen bestimmt wurde, zeigte eine hohe Unabhängigkeit der Skalen an. Auch werden die angenommenen Negativkorrelationen zwischen einer Unterskala und ihrem Gegenpol empirisch bestätigt.

Eine Faktorenanalyse bestätigte die Annahme über die Unabhängigkeit der einzelnen Skalen.

Die Korrelationen der MBTI-Skalen mit dem Jungian Type Survey (JTS) erbrachten schwache bis zufriedenstellende Übereinstimmungen (0,23 und 0,68).

Die oben genannten Ergebnisse zur Validität stammen aus angloamerikanischen Untersuchungen. Ferner fand noch eine Reihe von Untersuchungen zur Bestätigung der Eigenschaften der festgelegten Typen statt, die die Theorie allgemein bestätigen.

7.4 Normen: Normen liegen z. Zt. noch nicht vor, sie sollen jedoch anhand einer zentralen Datenbank bald ermittelt werden.

Neo-Fünf-Faktoren Inventar (NEO-FFI) nach Costa und McCrae

P. BORKENAU und F. OSTENDORF
Göttingen: Hogrefe, 1993

---

1. Testart

Persönlichkeits-Struktur-Test

2. Testmaterial

Handanweisung (DIN A4, 32 Seiten), Testbogen, Auswertungsschablone; *zusätzlich:* Schreibgerät.

3. Testgliederung

Der Test besteht aus 60 Items. Diese werden auf einer fünfstufigen Skala von „starke Ablehnung" bis „starke Zustimmung" beantwortet. Aus diesen 60 Items lassen sich die 5 Faktoren Neurotizismus, Extraversion, Offenheit für Erfahrung, Verträglichkeit und Gewissenhaftigkeit errechnen.

4. Grundkonzept

Es handelt sich bei dem Test um die deutsche Übersetzung des NEO Five-Factor Inventory von COSTA und MCCRAE. Erfaßt werden sollen die 5 oben (3. Testgliederung) genannten Persönlichkeitsfaktoren. Bei den 5 Merkmalsbereichen handelt es sich um „diejenigen Dimensionen individueller Unterschiede ..., welche auf Adjektivskalen mit hoher Regelmäßigkeit aufscheinen".

5. Durchführung

5.1 Alter: Erwachsene.

5.2 Formen: 1 Form, Einzel- und Gruppentest.

5.3 Handhabung: Die Probanden erhalten den Fragebogen mit 60 Items, „welche sich zur Beschreibung Ihrer eigenen Person eignen könnten". Diese sollen auf einer fünfstufigen Skala in bezug auf die eigene Person eingeschätzt werden: Starke Ablehnung, Ablehnung, Neutral, Zustimmung, Starke Zustimmung. Die Anweisung ist standardisiert.

5.4 Zeit: etwa 10 Minuten, keine Zeitbegrenzung.

6. Auswertung

6.1 Modus: Die Auswertung kann sowohl per Schablone als auch per Computer erfolgen.
Auf der Schablone sind die Antworten zu den einzelnen Faktoren farbig markiert. Die Kreise auf der Schablone sind mit den Ziffern 0–4 bezeichnet, die Punktwerte der Skalen werden addiert.
Anschließend erfolgt ein Vergleich der erhaltenen Werte mit Mittelwert und Standardabweichung der Eichstichprobe.

6.2 Zeit: Keine Angaben.

7. Gütekriterien

7.1 Objektivität: Auf Grund standardisierter Anweisungen und Auswertung per Schablone kann der Test in Durchführung und Auswertung als objektiv angesehen werden.

7.2 Reliabilität: Die Werte für die Reliabilität werden für die Gesamtstichprobe und getrennt für beide Geschlechter angegeben und liegen zwischen r = 0,70 und r = 0,85.
Die Retest-Reliabilitäten (Abstand 2 Jahre) liegen für die einzelnen Faktoren zwischen r = 0,65 (Verträglichkeit) und r = 0,81 (Extraversion und Gewissenhaftigkeit).

7.3 Validität: 300 Pbn wurden, nachdem sie den Test absolviert hatten, einer Fremdeinschätzung unterworfen. Die Werte streuten zwischen r = –0,20 und r = 0,45. Eine andere Untersuchung ergab Werte zwischen r = 0,43 (Verträglichkeit) und r = 0,62 (Extraversion).

7.4 Normen: Die Normierung erfolgte an einer Gesamtstichprobe von N = 2112 Pbn. Es wurde eine Berechnung von Mittelwerten und Standardabweichungen durchgeführt und in einer Tabelle zusammengefaßt, u. z. sowohl für die Gesamtstichprobe als auch getrennt für Männer und Frauen.

8. Literatur

BORKENAU, P. & OSTENDORF, F. (1991). Ein Fragebogen zur Erfassung fünf robuster Persönlichkeitsfaktoren. *Diagnostica, 37,* 29–41.

Paardiagnostik mit dem Gießen-Test

Herausgeber: E. BRÄHLER & C. BRÄHLER
Bern: Huber, 1993.

---

1. Testart Persönlichkeits-Struktur-Test

2. Testmaterial Handbuch, Fragebogen GT-S, GT-Fm und GT-Fw, Auswertungs- und Profilblätter; *zusätzlich:* Schreibutensilien.

3. Testgliederung Es liegt eine Selbstbild- und eine Fremdbild (männlich)- bzw. Fremdbild (weiblich)-Version des Fragebogens vor. Die Fragebogen bestehen jeweils aus 40 bipolar, 7stufig formulierten Fragen. Diese Items sind den folgenden fünf Skalen zugeordnet: (1) Soziale Resonanz, (2) Dominanz, (3) Kontrolle, (4) Grundstimmung, (5) Durchlässigkeit.

4. Grundkonzept Der Paar-GT, der auf dem Gießen-Test von BECKMANN, BRÄHLER und RICHTER (1991) basiert, erfaßt die individuellen Persönlichkeitsmerkmale von Partnern. Der Vergleich der Selbst- und Fremdbildkonzepte ermöglicht eine diagnostische Beurteilung von Aspekten der Beziehungsstruktur eines Paares. Die Auswertung der Selbst- und Fremdbilder ermöglicht einen Einblick in die strukturellen Grundmuster der Beziehung beider Partner und kann zentrale Partnerkonflikte aufzeigen. Der Paar-GT bietet eine wertvolle Ergänzung zum Paargespräch, und die Besprechung der Testergebnisse mit den Paaren ermöglicht einen Einstieg in die Paarberatung.
Von den sechs ursprünglichen Gießen-Test Skalen (BECKMANN et al., 1991) werden die ersten fünf Skalen in leicht modifizierter Form für die Paardiagnostik herangezogen. Die Modifizierung war notwendig, um Skalen zu gewinnen, die gleichermaßen für die Selbst- und Fremdbilder gelten.

5. Durchführung **5.1 Alter:** Ab 18 Jahren.

5.2 Formen: Durchführung als Einzel- und Paartestung möglich.

5.3 Handhabung: Die Fragebogen werden den Probanden mit dem Hinweis vorgelegt, daß die Testanweisung auf der ersten Seite des Fragebogens zu finden sei. Die Partner sollen getrennt die Fragebogen ausfüllen und nicht miteinander darüber diskutieren.

5.4 Zeit: Keine Zeitbegrenzung. Die Durchführung pro Fragebogen dauert in der Regel etwa 15 Minuten.

6. Auswertung **6.1 Modus:** Der 7stufigen Antwortskala (3 2 1 0 1 2 3) im Fragebogen werden Rohwerte nach dem Schema „1 2 3 4 5 6 7“ zugeordnet. Das Auswertungs- und Profilblatt informiert über die Zuordnung der Rohwerte zu den fünf Skalen und die Berechnung der fünf Skalenrohwerte. Diese fünf Skalenrohwerte können dann als Selbst- bzw. Fremdbild in das Profilblatt eingetragen und verbunden werden. Das Profilblatt bildet unmittelbar die Transformation der Rohwerte der Skalen 1–5 in Standardwerte ab. Dieses Vorgehen gilt für das „Selbstbild Mann (mm)“, das „Selbstbild Frau (ww)“; das „Fremdbild Frau über Mann (wm)“ und das „Fremdbild Mann über Frau (mw)“. Für jedes (Ehe-) Paar können damit insgesamt vier Selbst- bzw. Fremdbilder erfaßt werden, und zu Interpretationszwecken gemeinsam in das Profilblatt eingetragen werden.

6.2 Zeit: keine Angaben.

7. Gütekriterien

7.1 Objektivität: Durchführung und Auswertung können als objektiv bezeichnet werden.

7.2 Reliabilität: Die internen Konsistenzen (Cronbach Alpha) liegen in verschiedenen Studien für Skala (1) zwischen r = 0,64 und 0,74, für Skala (2) zwischen r = 0,44 und 0,56, für Skala (3) zwischen r = 0,49 und 0,61, für Skala (4) zwischen r = 0,56 und .63 und für Skala (5) zwischen r = 0,57 und 0,70.
Die Retest-Reliabilität der Selbstbildversion liegt für die fünf Skalen (N = 241 junge Deutsch-Schweizer; Intervall: 2 Jahre) zwischen r = 0,53 und 0,67. Die Retest-Reliabilitäten der Selbstbildversion von Frauen (N = 29) vor und nach einer 14tägigen Paarkurztherapie liegen zwischen r = 0,66 und 0,89, von Männern (N = 29) zwischen r = 0,65 und 0,89. Die Retest-Reliabilitäten der Fremdbilder der Ehemänner über ihre Frau vor und nach einer 14tägigen Paarkurztherapie liegen zwischen r = 0,26 und 0,84, die Fremdbilder der Ehefrauen über ihre Männer zwischen r = 0,65 und 0,81.

7.3 Validität: keine Angaben.

7.4 Normen: Es liegen Standardwerte, T-Werte und Prozentränge für die fünf Skalen (N = 1546, 18–60 Jahre) vor.

8. Literatur

BECKMANN, D., BRÄHLER, E. & RICHTER, H.-E. (1991). *Der Gießen-Test (GT).* Ein Test für Individual- und Gruppendiagnostik. Handbuch. Bern: Huber.

Persönlichkeits-Interessen-Test (PIT)

E. Mittenecker und W. Toman
Bern: Huber, 1979[3]

---

1. Testart

Persönlichkeits-Struktur-Test

2. Testmaterial

Testmappe mit Handanweisung, Testheft, Antwortbogen, Auswertungsschablonen, verschiedenen Profilblättern (Jugendliche/Erwachsene); *zusätzlich:* Schreibmaterial.

3. Testgliederung

Der PIT besteht aus 214 Items, die zu 10 Persönlichkeits- und 8 Interessenskalen verrechnet werden.

4. Grundkonzept

In den Skalen des PIT sollen folgende Bereiche erfaßt werden:

- *Persönlichkeitsteil:* Selbstkritik, soziale Einstellung, Extraversion, Neurotizismus, manische, depressive, schizoide und paranoide Tendenzen, vegetative Labilität:
- *Interessenteil:* Vorliebe für Land- oder Stadtleben, Handwerk, Wissenschaft, Verrechnung/Verwaltung, Umgang mit Menschen in Geschäft und Wirtschaft, bildende Kunst, Sprache/Literatur, Musik, soziale Berufe.

Das Verfahren wurde ursprünglich zur Verwendung bei der Berufsberatung empfohlen, hat sich nach Auffassung der Autoren jedoch auch bei weiteren persönlichkeitsdiagnostischen Fragestellungen bewährt. Die Skalenbezeichnungen sind dabei insofern irreführend, als sie auf eine Messung psychopathologischer Zustandsbilder hinzuweisen scheinen. Es wird hier jedoch von der Annahme ausgegangen, daß bestimmte Merkmale dieser Zustandsbilder auch bei „Normalen" zu finden sind und daß die Frage „normal" oder „pathologisch" letztlich eine Frage der Stärke der Merkmalsausprägung ist.

5. Durchführung

5.1 Alter: Ab 16 Jahren.

5.2 Formen: Die Durchführung ist als Gruppen- oder Einzeltest möglich.

5.3 Handhabung: Testheft und Antwortbogen werden dem Pb mit der Anweisung gegeben, zu den im Testheft abgedruckten Fragen durch Ankreuzungen auf dem Antwortbogen Stellung zu nehmen. Die Art der Beantwortung wird an verschiedenen Beispielen erläutert.

5.4 Zeit: Keine Zeitbegrenzung. Die Durchführung erfordert etwa 40–45 Minuten.

6. Auswertung

6.1 Modus: Mit Hilfe der Schablonen werden für jede Skala Plus- und Minus-Antworten getrennt ausgezählt, die Anzahl der Plus-Antworten bildet den Skalenrohwert und wird im Testprofil markiert. Durch Ermittlung der

Summe von Plus- und Minus-Antworten jeder Skala wird festgestellt, wie oft der Pb die Antwortart „weder/noch“ gewählt hat.

6.2 Zeit: Keine Angaben.

7. Gütekriterien

7.1 Objektivität: Durchführung und Auswertung können als objektiv bezeichnet werden.

7.2 Reliabilität: Bei Testwiederholung nach unterschiedlichen Intervallen wurden Koeffizienten zwischen 0,64 und 0,99 (Intervall 24 Std.) bzw. zwischen 0,49 und 0,88 (Intervall 3 Monate) ermittelt.

7.3 Validität: Vergleiche einzelner Skalen mit anderen Tests ergaben überwiegend Korrelationen über 0,50. In Untersuchungen an klinisch definierten Gruppen wurden Abweichungen in einzelnen Skalenwerten gefunden: So lagen die Werte in den Skalen „manisch“, „depressiv“, „schizoid“ und „paranoid“ bei einer Gruppe von Psychotikern außerhalb des Normbereichs, die Abweichungen bei anderen Gruppen waren allerdings weniger deutlich.
Bei einem Vergleich der Interessenprofile im PIT mit den Berufswünschen bei 886 Pbn wurden zu 72% Übereinstimmungen festgestellt.

7.4 Normen: Die den Skalenrohwerten entsprechenden Prozentrang-Werte können auf dem Profilband abgelesen werden. In der Handanweisung sind außerdem Mittelwerte und Standardabweichungen der Skalenwerte, getrennt für Jugendliche und Erwachsene, angegeben.

Persönlichkeitsfragebogen für Kinder 9–14 (PFK 9–14)

W. Seitz und A. Rausche
Braunschweig: Westermann, 1992[3]

---

1. Testart Persönlichkeits-Struktur-Test

2. Testmaterial Handanweisung (196 Seiten), 3 Testhefte: „Verhaltensstile", „Motive" und „Selbstbild", Auswertungsschablonen für jedes Testheft, Ergebnisblatt; *zusätzlich:* Schreibmaterial.

3. Testgliederung Der Fragebogen gliedert sich in drei Teile, die jeweils mit einem separaten Testheft bearbeitet werden. Jede Dimension umfaßt 12 Items, der Gesamttest 180 Items.

Teil 1 prüft Dimensionen der Verhaltensstile (VS):
1. Emotionale Erregbarkeit;
2. Fehlende Willenskontrolle;
3. Extravertierte Aktivität;
4. Zurückhaltung und Scheu im Sozialkontakt.

Teil 2 prüft 6 Bedürfnisse und Motive (MO):
1. Bedürfnis nach Ich-Durchsetzung;
2. Bedürfnis nach Alleinsein und Selbstgenügsamkeit;
3. Schulischer Ehrgeiz;
4. Bereitschaft zu sozialem Engagement;
5. Neigung zu Gehorsam und Abhängigkeit gegenüber Erwachsenen;
6. Maskulinität der Einstellung.

Teil 3 prüft 5 Dimensionen des Selbstbildes (SB):
1. Selbsterleben von allgemeiner (existentieller) Angst;
2. Selbstüberzeugung hinsichtlich eigener Meinungen, Entscheidungen, Planungen;
3. Selbsterleben von Impulsivität und Vorhaben;
4. Egozentrische Selbstgefälligkeit;
5. Selbsterleben der Unterlegenheit (Minderwertigkeit) gegenüber anderen.

Alle Items werden entweder mit „stimmt" oder „stimmt nicht" beantwortet. Den Primär-Dimensionen sind 4 Faktoren II. Ordnung – gebildet aus verschiedenen Einzeldimensionen der Testteile – übergeordnet:
1. Derb-draufgängerische Ich-Durchsetzung;
2. Emotionalität;
3. Aktives Engagement;
4. Selbstgenügsame Isolierung.

4. Grundkonzept Der PFK 9–14 wurde entwickelt zum Zweck der schulischen Vorhersage und Steuerung der schulischen Entwicklung, der Früherkennung von potentiell verhaltensauffälligen und psychisch gefährdeten Kindern, für die klinisch-forensisch-psychologische Praxis, als Hilfe bei Überprüfungen der Wirkung bestimmter pädagogischer Programme und für die Grundlagenforschung unterschiedlicher psychologischer Disziplinen wie pädagogische, Entwicklungs-, Sozial- und Persönlichkeitspsychologie.

5. Durchführung

5.1 Alter: 9–14 Jahre; Volks-, Real- und Gymnasialschüler.

5.2 Formen: Einzel- und Gruppentest. Computergestützte Fassung im Hogrefe-Testsystem KIDIS.

5.3 Handhabung: Je nach zur Verfügung stehender Zeit und dem vorwiegend interessierenden Persönlichkeitsbereich können entweder alle 3 Tests oder nur die Teiltests einzeln durchgeführt werden. Jeder Pb bekommt das entsprechende Testheft vorgelegt und bearbeitet nach Verlesen der Instruktion dann die Fragen.

5.4 Zeit: Keine Zeitbegrenzung vorgegeben; pro Testteil meist weniger als 20 Minuten, d. h., der Gesamttest beansprucht ca. 1 Stunde Durchführungszeit.

6. Auswertung

6.1 Modus: Die Test-Rohwerte werden mittels für jeden Testteil separater Schablonen, die auf die Testhefte aufgelegt werden, pro Seite ausgezählt und auf der Rückseite der Testhefte eingetragen. Die Summe der Werte über alle drei Seiten ergibt den Rohwert der jeweiligen Dimension. Diese Rohwerte können mit Hilfe von Normtabellen in normierte Testwerte (Prozentränge, T-Werte), bezogen auf die Gesamtgruppe, das Geschlecht, die Altersgruppe sowie das Geschlecht kombiniert mit der Schulart transformiert werden. Diese werden dann in das Ergebnisblatt eingetragen und im Profildiagramm eingezeichnet.

6.2 Zeit: Keine Angaben.

7. Gütekriterien

7.1 Objektivität: Durchführung und Auswertung können als objektiv angesehen werden.

7.2 Reliabilität: Schwierigkeits- und Trennschärfeindices wurden für jedes Item sowohl für die Gesamtgruppe als auch für die Untergruppen getrennt nach Geschlecht, Alter und Schulart berechnet und ausführlich in der Handanweisung dargestellt. Die Split-Half-Reliabilität nach Spearman-Brown liegt je nach Dimension zwischen r = 0,66 und 0,79. die innere Konsistenz (Kuder-Richardson 20) ergab Werte zwischen r = 0,67 und 0,79. Für die Reliabilität der Faktoren II. Ordnung, berechnet nach der Split-Half-Methode, lagen die Werte zwischen r = 0,79 und 0,87, nach Cronbach Alpha zwischen 0,77 und 0,87.

7.3 Validität: Faktorenanalysen führten zur Zusammenstellung der endgültigen Testdimensionen, wobei nur Items herangezogen wurden, die folgende Kriterien erfüllten: Kommunalität größer 0,1 und mehr als 50% der Kommunalität auf einem Faktor. Faktorenanalysen auf der Basis der Interkorrelationen aller PFK-Dimensionen führten in einer Wiederholungsstudie zu 4 Faktoren II. Ordnung.
Im Sinne der faktoriellen und differentiellen Validität werden Untersuchungen zur Konstanz der Faktoreninterkorrelationen und der Faktorenstruktur berichtet. In Übereinstimmungsstudien konnten sowohl Hinweise auf eine

gute Reproduzierbarkeit der 15 Primärdimensionen als auch auf die in der 3. Auflage überarbeitete Version der Faktoren II. Ordnung ermittelt werden.

7.4 Normen: Es wurden Normtabellen (für die Primärdimensionen und die Faktoren II. Ordnung) für die Gesamtgruppe, für männliche und weibliche Pbn und innerhalb dieser Gruppe für verschiedene Altersgruppen sowie für Volks-, Real- und Gymnasialschüler erstellt (Prozentränge, T-Werte).

8. Literatur

SEITZ, W. (1992). *Empirische Persönlichkeitsforschung bei Kindern. Befunde aus deutschsprachigen Ländern unter Verwendung des Persönlichkeitsfragebogens für Kinder zwischen 9 und 14 Jahren (PFK 9–14).* Göttingen: Hogrefe.

Repertory Grid Technik (RGT)

R. Riemann
Göttingen: Hogrefe, 1991

---

1. Testart Persönlichkeits-Struktur-Test

2. Testmaterial Mappe mit 1 Handanweisung (DIN A4, 82 Seiten), 5 Protokollbogen, 5 Auswertungsbogen, 1 Auswertungsdiskette.

3. Testgliederung Zuerst müssen von dem Probanden sogenannte Elemente ausgewählt werden. Diese Elemente sind dem Probanden bekannte Personen. Den Elementen sollten mittels einer der folgenden fünf Methoden Konstrukte zugewiesen werden, die im Anschluß bewertet werden.

5 Methoden zur Konstruktbildung:

a. Triadenvergleich
b. Dyadenvergleich
c. Freies Sortieren
d. Auswahl von Konstrukten aus vorgegebenen Listen
e. Leitertechnik

Die Element- oder Itemzahl variiert von Person zu Person, empfohlen werden 15–20 Items. Bei dieser Anzahl dauert der Test mindestens 1 Stunde.

4. Grundkonzept Die Repertory Grid Technik ist verknüpft mit der Theorie der persönlichen Konstrukte von Kelly (1955). Er greift die Metapher auf, der Mensch ist ein Wissenschaftler bei dem Prozeß der kognitiven Konstruktion von Realität. Hierbei ist die Kontinuität von Denken und Handeln von „Alltagsmenschen" und den professionellen Wissenschaftlern von Bedeutung. Menschen entwickeln Begriffe, um Geschehnisse der physischen, sozialen und „inneren" Welt in bedeutsame, wiederkehrende Muster zu ordnen und zukünftige Ereignisse zu antizipieren. Grundlage ist die Annahme dichotomer/bipolarer persönlicher Konstrukte, auf denen menschliches Denken, Handeln und Erleben basieren. Die Gesamtheit der Konstrukte einer Person begrenzen das Erlebbare oder Vorstellbare. Die Bipolarität zeigt sich in den kontrastierenden Begriffen der Alltagssprache.

Der Test ist ein individuelles Verfahren, da es sich um die persönlichen Konstrukte jeder einzelnen Person handelt und damit nicht übertragbar ist.

Die Konstrukte sind hierarchisch geordnet, und die Anordnungsbereiche der bipolaren Konstrukte sind unterschiedlich weit gefaßt. Diese Hierarchie ist aber nur zu erstellen, wenn unipolare Konstrukte verwendet werden. Da im Repertory Grid Technik echt dichotome und kontrastierende Konstrukte Anwendung finden, tritt die Bedeutung der Hierarchie bei der Testdurchführung in den Hintergrund.

Die Repertory Grid Technik ist kein standardisiertes Verfahren, sondern eine

Klasse von Verfahrensweisen, wodurch sich viele Fragestellungen bearbeiten lassen. Geeignet ist das Verfahren bei der Erhebung individueller Dimensionen des Erlebens und der Bedeutungszuschreibung für Ereignisse. Ereignis ist ein weitgefaßter Begriff, der sowohl Beziehungen zu Personen, soziale Situationen als auch Ereignisse wie Ferienorte, Berufe, politische Parteien u. ä. umfaßt.

5. Durchführung

5.1 Alter: Keine Angaben. Die Technik ist aber schon sehr früh einsetzbar, allerdings ist die Itemzahl bei Jüngeren reduziert, damit die Dauer auch reduziert wird. Bei Kindern und Jugendlichen werden die Anwendung des Dyadenvergleichs, aber auch die Zuhilfenahme des Freien Sortierens und das Aussuchen von Konstrukten aus vorgegebenen Listen empfohlen.

5.2 Formen: Einzeltest.

5.3 Handhabung: Ein Proband wählt zu Beginn 15–20 Elemente bzw. Personen aus. Als Hilfestellung hierbei gibt es von KELLY (1955) eine Personenliste, aus der ausgewählt werden kann. Diese Liste muß bei ihrer Anwendung auf die entsprechende Testperson abgestimmt werden. In der Regel soll dies mittels Triaden- oder Dyadenvergleich geschehen, d. h., immer drei bzw. zwei Elemente werden miteinander verglichen und eine Gemeinsamkeit soll gefunden werden. Die drei anderen Methoden (Freies Sortieren, Auswahl von Konstrukten aus einer vorgegebenen Liste und Leitertechnik) können auch angewandt werden, den ersten beiden Methoden sollte aber der Vorzug gegeben werden.
Die ausgewählten Elemente werden in bezug auf die erstellten Konstrukte beurteilt. Dazu werden sie in einem Gitter angeordnet (Elemente in den Spalten, Konstrukte in den Zeilen). Der Proband soll nun für jedes Element eine Bewertung für jedes Konstrukt abgeben. Empfohlen wird entweder eine fünfstufige (+2 bis –2) oder eine siebenstufige Antwortskala (+3 bis –3). Das ist besonders dann geeignet, wenn die Auswertung mit der Diskette per Computer vorgenommen wird.
Sowohl die Erhebung der Elemente und Konstrukte als auch die Einschätzung der Elemente werden in einem Protokollbogen festgehalten.

5.4 Zeit: Die Durchführungszeit ist abhängig von der Anzahl der Items. Bei der empfohlenen Anzahl ist mit einer Mindestdauer von 1 Stunde auszugehen.

6. Auswertung

6.1 Modus: Zuerst erfolgt eine Inspektion des erhobenen Protokolls. Hauptpunkte sind die generierten Konstrukte und ihre Verbindung zu den Elementen. Als systematische Auswertungsmethoden werden Berechnung der Korrelation, Kreuzprodukte, Vektoren der Korrelations-/Kreuzproduktmatrix, Rotation der Komponenten, Umrechnung der Ladungen in einfache Koordinaten und Winkelangaben für die graphische Darstellung durch die Auswertungsdiskette ermöglicht. Die graphische Darstellung kann von Hand auf dem Auswertungsbogen vorgenommen oder über das Computerprogramm ausgedruckt werden. Das Auswertungsprogramm läuft auf den Betriebssystemen MS-DOS bzw. PC-DOS. Mit den Programmen GP und GPL können Gridtests bis zu einer Größe von 95 Elementen und 140 Konstrukten analysiert werden, bei den Versionen GPSMALL und GPLSMALL können Gridtests bis zu einer Größe von 40 Elementen und 40 Konstrukten verarbeitet werden. Die Programme sind auf Festplatte und Diskette installierbar. Detaillierte Hinweise zur Anwendung der Auswertungsdiskette sind in der Handanweisung gegeben.

6.2 Zeit: Bei einer Auswertung von Hand ist mit mehreren Stunden Auswertungszeit zu rechnen. Durch die Auswertungsdiskette kann dieser Aufwand erheblich reduziert werden.

7. Gütekriterien

7.1 Objektivität: Auswertungsobjektivität ist bei der Anwendung der Auswertungsdiskette gegeben.

7.2 Reliabilität:
Stabilität der Nennung der Elemente:
FJELD und LANDFIELD (1961) stellten eine Übereinstimmung von 72% fest bezüglich der Nennung von Elementen durch die gleiche Person zu zwei verschiedenen Zeitpunkten. PEDERSON stellte 1958 eine Übereinstimmung von 77% fest.

Stabilität der Nennung von Konstrukten:
Die Übereinstimmungen schwanken zwischen 59% und 75%. Es besteht eine mittlere Übereinstimmung von 69%.

Zeitliche Stabilität von Konstruktpolen:
Es zeigte sich eine größere Übereinstimmung bei näher aufeinanderfolgenden Meßzeitpunkten als bei weiter auseinanderliegenden.

Interne Konsistenz der Struktur der Elemente:
In einem Gridtest wird immer nur ein Abschnitt aller möglichen Informationen erhoben. RIEMANN (1981) gab in einem Gridtest bei 9 Probanden sieben politische Parteien als Elemente vor. Mittels euklidischer Distanzen zwischen den Elementen der ungeraden und der geraden Konstrukte wurden die individuellen Strukturen der Elemente vergleichbar gemacht. Die Werte der Distanzmatrizen wurden korreliert, und es wurde im Mittel ein $r = 0{,}79$ erreicht. Die Struktur der Elemente wies eine gute Stabilität gegenüber einer zufälligen Auswahl von Konstrukten auf.
RATHOD (1980) weist nach, daß sich die Repräsentationen der Elemente nur geringfügig verändern, wenn weitere Elemente hinzugezogen werden. Er wählte aus einem Gridtest 15 Elemente und 15 Konstrukte und verglich diesen Ausschnitt mit einem weiteren Ausschnitt von 15 Elementen und 15 Konstrukten. Nach Zielrotation ergab sich eine mittlere Übereinstimmung von 0,986 bezüglich der ersten Komponente und 0,833 bezüglich der vierten Komponente. Als Übereinstimmungskoeffizient wurde der Tucker Kongruenzkoeffizient gewählt.

Zeitliche Stabilität der Struktur der Elemente:
Über einen kurzen Zeitraum hinweg erweisen sich die Elemente als relativ stabil, über einen längeren Zeitraum dagegen nicht.

7.3 Validität: Die Validierung von Gridtests ist insofern schwierig, da die individuumzentrierte Anwendung den Vorrang vor einer differentialpsychologischen Anwendung hat.

Kriterienorientierte Validität:
Ein Experiment von PAYNE (1956) zeigte, daß die in einem Gridtest generierten persönlichen Konstrukte valide Informationen über eine Person enthalten.

Inhaltsvalidität:
Zur Erreichung einer hohen Inhaltsvalidität bei der Anwendung eines Gridtests werden einige Annahmen gemacht, die sich auf die repräsentative Auswahl von Testitems und auf eine angemessene Methode der Testkonstruktion beziehen.
So wird eine Repräsentativität der Elemente für den untersuchten Bereich dadurch erreicht, daß die Auswahl der Elemente z. B. aufgrund von Rollentitellisten geschieht. Die Vergleiche zwischen den Elementen, die für die Erhebung von Konstrukten herangezogen werden, sollen repräsentativ sein.

Konstruktvalidität:
Die Bestimmung der Konstruktvalidität ist insofern problematisch, da es keine anderen Methoden gibt, die die gleichen psychologischen Konstrukte erfassen und die durch den Gridtest erfaßten psychologischen Konstrukte nur unscharf definiert sind. Man greift hier auf Erhebungen von Ähnlichkeitsurteilen zurück, die ebenfalls Aussagen über die Strukturierung eines Bereichs von Elementen machen und von denen angenommen wird, daß sie implizit auf selbstgenerierten Konstrukten basieren. So vergleicht man z. B. einen Gridtest mit Skalen des semantischen Differentials von OSGOOD oder direkte Ähnlichkeitseinschätzungen für alle möglichen Paare von Elementen (GIGERENZER, 1981). Die Korrelationen der drei Methoden und die Zusammenstellung zu einer multitrait-multimethod-Matrix belegte die konvergente und diskriminante Validität der drei Methoden. Auch RIEMANN (1983) fand eine gute Übereinstimmung zwischen einem Gridtest und der Erhebung von Ähnlichkeitsurteilen.

Trotz der guten Validität der Struktur der Elemente erhält man nur eine mäßige Übereinstimmung zwischen den Konstruktbezeichnungen aus dem Gridtest und durch eine freie Personenbeschreibung der Personen, die als Elemente gewählt wurden.

7.4 Normen: Keine Angaben.

8. Literatur

GIGERENZER, G. (1981). Implizite Persönlichkeitstheorien oder quasi-implizite Persönlichkeitstheorien? *Zeitschrift für Sozialpsychologie, 12,* 65–80.

KELLY, G. A. (1955). *The psychology of personal constructs.* New York: Norton.

OSGOOD, C. E., SUCI, G. J. & TANNENBAUM, P. M. (1957). *The measurement of meaning.* Urbana: University of Illinois Press.

RATHOD, P. (1980). The reliability of the principal components of rep grid data. *Nederlands Tijdschrift voor de Psychologie, 35,* 345–354.

RIEMANN, R. (1983). Eine Untersuchung zur Validität der Gridtechnik. *Psychologische Beiträge, 25,* 385–396.

Selbstregulations- und Konzentrationstest für Kinder (SRKT-K)

J. KUHL & K. KRASKA

Göttingen: Hogrefe, 1992

2.1

1. Testart Persönlichkeitstest, allgemeiner Leistungstest

2. Testmaterial Handanweisung, Computerdiskette für 100 Testdurchführungen, Bogen mit Aufklebern für die Computertastatur; *zusätzlich*: Hardware (mind. 386er Prozessor, Betriebssystem MS-DOS 4.0).

3. Testgliederung Der Test gliedert sich in eine Übungs- und die Hauptphase sowie eine Zusatzaufgabe. Der Testablauf besteht aus aufeinander folgenden Durchgängen, die sich aus jeweils vier voneinander verschiedenen 15-Sekunden-Intervallen zusammensetzen.

4. Grundkonzept Der Schwerpunkt des Verfahrens liegt auf der Prozeßdiagnostik der Selbstregulation, basierend auf der Theorie der Handlungskontrolle und dem Modell zur Entwicklung selbstregulatorischer Fähigkeiten (KUHL & KRASKA, 1989). Die Hauptaufgabe besteht darin, bei einer binären Entscheidungsaufgabe schnell und richtig zu reagieren und hierbei möglichst viele Punkte (Spielpfennige) zu sammeln. Durch die Darbietung 4 verschiedener Distraktoren („Kletteräffchen", die ebenfalls Spielpfennige sammeln oder wegnehmen), wird bei der Testperson ein Konflikt induziert, der darin besteht, an dem Bestreben, an der Aufgabe weiterzuarbeiten festzuhalten und dem Bestreben, die Aufmerksamkeit den Distraktoren zuzuwenden, sich also ablenken zu lassen. Mit der Zusatzaufgabe wird überprüft, ob das Kind, bei sich ändernden Rahmenbedingungen, flexibel auf die sich wechselnde Aufgabenanforderung reagieren kann (das Weiterarbeiten an der ursprünglichen Aufgabe tritt in den Hintergrund; entscheidend ist nun das Mitzählen der von einem Äffchen geschenkten Spielpfennige).

5. Durchführung **5.1 Alter–Klasse:** 1.–4. Klasse.

5.2 Formen: Einzeltestung.

5.3 Handhabung: Die Bearbeitung des Verfahrens erfolgt am PC. Die notwendigen Instruktionen erfolgen mündlich durch den Versuchsleiter. Die von der Testperson zu bedienenden 4 Tasten der Computertastatur werden durch spezielle Aufkleber gekennzeichnet.

5.4 Zeit: Ca. 30 Minuten.

6. Auswertung **6.1 Modus:** Für die Auswertung des SRKT-K wurde ein eigenes Auswertungsprogramm in das Verfahren integriert. Graphische Darstellungen der Arbeitsgeschwindigkeit, der Temposchwankungen in Bezug zu den Referenzpopulationen und die Darstellung einer individuellen Verlaufskurve sind möglich. In Tabellenform sind die Ergebnisse in Prozenträngen und T-Werten für die gesamte Hauptphase und für beide Testhälften getrennt dokumentiert. Der erste Ergebnisblock bezieht sich auf die Variable Tempo, der zweite auf Temposchwankungen. Für jede Variable sind zunächst die Angaben für die absoluten Werte (ohne Distraktor, mit den verschiedenen Distraktoren), danach die für die Differenzwerte (Temposchwankungen im Vergleich zur Baseline) aufgeführt.

6.2 Zeit: Keine Angaben.

7. Gütekriterien

7.1 Objektivität: Durchführung, Auswertung und Interpretation können als objektiv bezeichnet werden.

7.2 Reliabilität: Die Split-half-Reliabilitäten für die absoluten Werte bewegen sich zwischen r = 0,87 und r = 0,92; die Differenzwerte liegen zwischen r = 0,30 und r = 0,57. Die Retest-Reliabilitäten bewegen sich zwischen r = 0,84 und r = 0,92 für die absoluten Werte und r = 0,23 bis r = 0,51 für die Differenzwerte (alle ermittelten Korrelationskoeffizienten sind signifikant).

7.3 Validität: Beurteilungen durch den Lehrer (Einschätzung selbstregulatorischen Verhaltens, Deutsch- und Mathematiknoten) führten im Zusammenhang mit den verschiedenen Testwerten zu z. T. signifikanten Korrelationen. Auch mit Testwerten des DL-KG (Kleber, 1975) zeigen sich signifikante Zusammenhänge.

7.4 Normen: Die Normierungsstichprobe umfaßt insgesamt 985 Grundschulkinder und ist nach Geschlecht und Klassenstufen aufgeschlüsselt.

8. Literatur

Kleber, E.W., Kleber, G. & Hans, O. (1975). *Differentieller Leistungstest (DL-KG).* Göttingen/Braunschweig: Hogrefe/Westermann.

Selbstregulations-Strategientest für Kinder (SRST-K)

J. Kuhl und E. Christ
Göttingen: Hogrefe, 1993

---

1. Testart Persönlichkeits-Struktur-Test, Entwicklungstest

2. Testmaterial Bildkarten, Auswertungsschablone, Protokollbogen, Handanweisung, *zusätzlich:* Schreibmaterial.

3. Testgliederung Der SRST-K ist ein Bildlegeverfahren. Es besteht aus drei Szenarien: Geheimnis, Hausaufgabe, Taschengeld. Die Bildgeschichten wurden zur besseren Identifikation mit der Hauptperson in zwei Versionen entwickelt, die sich lediglich darin unterscheiden, daß die Hauptpersonen einmal Mädchen und einmal Jungen darstellen.

Zu jedem Szenario wird zunächst anhand eines Erklärungsbildes die selbstkontrollrelevante Konfliktsituation dargestellt. Dann wird anhand von Kontrollfragen überprüft, ob das Kind den zugrundeliegenden Konflikt zwischen Intention und emotionaler Präferenz und die Realisierungsschwierigkeit verstanden hat. Danach werden den jeweiligen Erklärungsbildern je acht Strategiebilder zugeordnet, auf denen Gedanken geschrieben stehen, die der Hauptperson des Erklärungsbildes gerade durch den Kopf gehen. Anschließend sollen die Probanden die Bildergeschichte mit einem Ergebnisbild fortsetzen, auf welchem jeweils das Beibehalten oder Aufgeben des beabsichtigten Verhaltens dargestellt ist.

4. Grundkonzept Der SRST-K ist ein Test zur Überprüfung des Selbstregulations-Strategiewissens bei Kindern. Er dient dazu zu überprüfen, ob ein Kind über ein seinem Alter angemessenes Ausmaß an Wissen darüber verfügt, welche Strategien es prinzipiell in Situationen anwenden kann, die Selbstregulation erfordern.

Die Anwendung des SRST-K ist besonders dort indiziert, wo bestimmte Selbstregulationsdefizite, z. B. im schulischen oder familiären Umfeld die Vermutung nahelegen, daß ein Kind nicht oder nur unzureichend in der Lage ist, einmal gefaßte Entschlüsse in die Tat umsetzen und trotz Versuchungsquellen in der Umgebung bei seinem Vorhaben zu bleiben (Handlungskontrolltheorie von Kuhl, 1985).

5. Durchführung **5.1 Alter:** Kinder im Grundschulalter (für diese wurde das Verfahren normiert); prinzipiell kann das Verfahren auch bei älteren Kindern eingesetzt werden.

5.2 Formen: Einzeltest.

5.3 Handhabung: Die Handanweisung gibt ausreichend detaillierte Anweisungen zur Vorbereitung und Durchführung des Verfahrens, inklusive ausführlicher Instruktionen, die man den Probanden geben sollte.

5.4 Zeit: Keine Zeitbegrenzung; die Durchführung erfordert erfahrungsgemäß ca. 20–25 Minuten.

6. Auswertung

6.1 Modus: Die auf dem Protokollbogen notierten Antworten des Kindes werden mittels Schablone auf ihre Richtigkeit für jede Strategieskala überprüft. Die so ermittelten Rohwerte können sodann in Perzentil- oder T-Werte transformiert werden.

6.2 Zeit: Keine Angaben.

7. Gütekriterien

7.1 Objektivität: Sowohl die Durchführungs- als auch die Auswertungs- und Interpretationsobjektivität können als gegeben angesehen werden.

7.2 Reliabilität: Es wurde zum einen die Retest-Reliabilität bestimmt: Die Stabilität der Einzelskalen des SRST-K schwankt bei einer Meßwiederholung zwischen r = 0,26 bis r = 0,52, die Stabilität des Gesamtwertes liegt bei r = 0,54. Die relativ niedrigen Werte weisen darauf hin, daß in der Zwischenzeit ein Lerneffekt bzw. eine Weiterentwicklung der Kinder stattgefunden hat. Dies entspricht dem Konstrukt des Verfahrens.
Die zum anderen durchgeführte Konsistenzanalyse erbrachte über die gesamte Eichstichprobe (N = 752) Werte zwischen 0,30 und 0,59 für die Einzelskalen und einen Wert von 0,71 für den Gesamtwert.

7.3 Validität: Faktorenanalysen weisen auf eine relativ zufriedenstellende Konstruktvalidität hin. Des weiteren wurde versucht, die kriterienbezogene und inhaltliche Validität zu bestimmen, was jedoch bezüglich der Schwierigkeit, reliable Kriterien zu finden, nur ungenügend gelang. Hier sollten noch weitere Studien durchgeführt werden, um exaktere Belege für die Validität des Verfahrens liefern zu können.

7.4 Normen: Es liegen Normen für die Klassen 1, 2, 3 und 4 getrennt nach Geschlechtern vor. Für Kinder, deren Muttersprache nicht deutsch ist, liegen separate Normen vor.

8. Literatur

KUHL, J. (1985). Volitional mediators of cognition-behavior consistency: Self-regulatory processes and action versus state orientation. In J. KUHL & J. BECKMANN (Eds.), *Action control: From cognition to behavior* (pp. 101–128). Heidelberg, New York: Springer.

Trierer Persönlichkeitsfragebogen (TPF)

P. BECKER

Göttingen: Hogrefe, 1989

---

1. Testart Persönlichkeits-Struktur-Test

2. Testmaterial Handanweisung, Fragebogen, Auswertungsbogen, Profilbogen; *zusätzlich:* Schreibgerät.

3. Testgliederung Die insgesamt 120 Items des TPF lassen sich neun Skalen mit variierender Itemanzahl (8–20 Items) zuordnen. Die Skalen umfassen die beiden „Superfaktoren“ „Seelische Gesundheit“ (SG) und „Verhaltenskontrolle“ (VK) sowie die sieben Indikatorbereiche seelischer Gesundheit „Sinnerfülltheit vs. Depressivität“ (SE), „Selbstvergessenheit vs. Selbstzentrierung“ (SV), „Beschwerdefreiheit vs. Nervosität“ (BF), „Expansivität“ (EX), „Autonomie“ (AU), „Selbstwertgefühl“ (SW) und „Liebesfähigkeit“ (LF). Dem Probanden ist jeweils eine vierfach abgestufte Antwortkategorie („immer“, „oft“, „manchmal“, „nie“) vorgegeben.

4. Grundkonzept Der TPF basiert auf einem Kontinuumsmodell der seelischen Gesundheit, das von der Grundannahme ausgeht, „da eine Person nicht entweder seelisch krank oder seelisch gesund, sondern in unterschiedlichem Grade seelisch gesund oder seelisch krank ist, mithin unterschiedliche Positionen auf einem (oder mehreren) Gesundheits-Krankheits-Kontinuum(Kontinuen) einnimmt“ (Handanweisung, S. 7). Nach BECKER und MINSEL (1986) ist eine Person in dem Maße seelisch gesund, in dem es ihr gelingt, externen und internen Anforderungen zu genügen.

Die Konstruktion des TPF erfolgte theoriegeleitet und basiert auf dem Persönlichkeitsmodell von BECKER (1988), das in erster Linie faktorenanalytisch begründet ist.

Für das untersuchte Konstrukt wurde eine hierarchische Struktur ermittelt. Auf der oberen Ebene sind hierbei die beiden Superkonstrukte „Seelische Gesundheit“ und „Verhaltenskontrolle“ lokalisiert, die nach Angaben des Autors eine Verwandtschaft zu den EYSENCKschen Persönlichkeitsstrukturen Neurotizismus und Extraversion-Introversion aufweisen, mit diesen aber nicht gleichgesetzt werden dürfen (vgl. Handanweisung, S. 9).

Die a priori postulierten sieben Indikatorbereiche der Skala „Seelische Gesundheit“ konnten ebenfalls über eine Hauptkomponentenanalyse bestätigt werden (nähere Angaben siehe 7. Gütekriterien). Die sieben Indikatorbereiche konnten ferner faktorenanalytisch den drei übergeordneten Bereichen „seelisch-körperliches Wohlbefinden“ (umfaßt die Skalen SE, SV und BF), „Selbstaktualisierung“ (EX und AU) und „selbst- und fremdbezogene Wertschätzung“ (SW und LF) zugeordnet werden.

5. Durchführung

5.1 Alter: 18–80 Jahre.

5.2 Formen: Einzel- oder Gruppentest.

5.3 Handhabung: Der Fragebogen enthält eine schriftliche Bearbeitungsanweisung für den Probanden. Darüber hinaus sind der Handanweisung Durchführungshinweise für den Testleiter zu entnehmen.

5.4 Zeit: Für die Bearbeitung des TPF ist keine Zeitgrenze vorgegeben. Dem Testautor zufolge ist „unter normalen Umständen" mit einer Testdauer zwischen 10 und 30 Minuten zu rechnen.

6. Auswertung

6.1 Modus: Die Testauswertung kann manuell oder per Computer erfolgen. Die manuelle Auswertung erfolgt mit Hilfe eines Auswertungsbogens, eines Profilbogens und des Testmanuals. Für jedes Item wird, für den Fall, daß es unbeantwortet bleibt, ein gemittelter Ersatzwert (jeweils für weibliche und männliche Probanden) angegeben. Es wird vorgeschlagen, nicht mehr als zehn unbeantwortete Items zuzulassen. Bei der Auswertung werden die kodierten Werte der Items (4 = „immer" bis 1 = „nie"; einige Items sind umgekehrt kodiert) in den Auswertungsbogen übertragen. Für die neun Skalen getrennt aufzusummierende Werte werden im nächsten Schritt in den TPF-Profilbogen übertragen und unter Zuhilfenahme der im Anhang des Testmanuals enthaltenen Normentabellen in T-Werte transformiert. Daneben kann über ein ebenfalls auf dem Profilbogen vorhandenes T-Werte-Raster ein Skalenprofil angefertigt werden.

6.2 Zeit: Ca. 10–15 Minuten.

7. Gütekriterien

7.1 Objektivität: Es kann davon ausgegangen werden, daß sowohl die Durchführung als auch die Auswertung des TPF objektiv sind. Etwas umständlich und unübersichtlich gestaltet sich die Übertragung der Skalenwerte vom Fragebogen in den Auswertungsbogen, so daß hierbei unkorrekte Übertragungen nicht auszuschließen sind. Auswertung und Interpretation werden an einem Fallbeispiel demonstriert.

7.2 Reliabilität:

Itemanalyse:

Für alle neun Skalen sind jeweils die konstituierenden Items, deren Faktorenladung in einer Hauptkomponentenanalyse sowie deren Trennschärfe aufgeführt. Daneben liegen in einer weiteren Tabelle für alle 120 Items Mittelwerte, Standardabweichungen und Ersatzwerte für nicht beantwortete Items (jeweils für die Stichprobe der Frauen und der Männer) sowie zu t-Werten und der Wahrscheinlichkeit (p) (für die Gesamtstichprobe) vor.

Skalenwerte:

Jede Skala wird außerdem in graphischer Form als Funktion des Alters und des Geschlechts dargestellt, wobei eine zum Teil deutliche Alters- und Geschlechtsabhängigkeit der TPF-Skalen zu erkennen ist.

Für die beiden Altersgruppen 18–40 Jahre und 41–80 Jahre liegen sowohl von der Stichprobe der Frauen als auch der Männer Angaben zu Mittelwert, Standardabweichung, Schiefe und Exzeß vor.

Die Verteilung der Skalenscores entspricht im großen und ganzen einer Normalverteilung, wobei bei den drei Skalen SG, SE und BF eine Tendenz zur Linksschiefe sowie in einzelnen Fällen zur Schmalgipfligkeit besteht.

Interne Konsistenz:
Es liegen Angaben zur internen Konsistenz (Cronbach's Alpha) für die Testkonstruktionsstichprobe (N = 127 m, N = 158 w, N = 285 m + w), die Eichstichprobe (N = 436 m, N = 525 w, N = 961 m + w), einer Stichprobe von Neurotikern (N = 96 m + w) sowie einer Gruppe von Alkoholikern (N = 256 m + w) vor. Der Großteil der Werte bewegt sich um 0,80. Die höchsten Werte weist über alle Stichproben hinweg die Skala SG auf (r_{tt} = 0,89 bis 0,92). Weniger homogen sind die Skalen VK und SV mit Konsistenzkoeffizienten zwischen 0,68 und 0,85 bzw. 0,71 und 0,78.

Stabilität:
Die Retestreliabilitäten wurden nach elf Monaten an einer Gruppe von Freizeitsportlern und -musikern (N = 164 m + w; 15–53 Jahre) ermittelt. Die Werte variieren dabei zwischen 0,69 für die Skala BF und 0,78 für die Skalen LF und SV.

Standardmeßfehler:
Die für die neun Skalen ermittelten Standardmeßfehler bewegen sich für die gesamte Eichstichprobe zwischen s = 3,00 (Skala SG) und s = 4,69 (bei den Skalen VK, SV und AU). In einer weiteren Tabelle sind die Standardmeßfehler getrennt für Männer und Frauen der beiden Altersgruppen 18–40 bzw. 41–80 Jahre aufgeführt. Die Werte liegen hierbei zwischen s = 3,36 (Skala BF; Männer; 18-40 Jahre; MW = 38,13) und s = 8,80 (Skala SG; Frauen; 41–80 Jahre; MW = 58,52).
Daneben stehen dem Testbenutzer Angaben zu Vertrauensgrenzen der TPF-T-Werte, Standardfehler einer Testwertdifferenz und Angaben zur kritischen Testwertdifferenz bei einer Irrtumswahrscheinlichkeit von 10% und von 5% zur Verfügung.

Homogenität:
Es liegen Interkorrelationswerte für die Stichprobe Frauen, für die der Männer sowie für die Gesamtstichprobe vor. Die höchsten mit den sieben Teilkomponenten der seelischen Gesundheit, mit Ausnahme der Skala VK, weist die Skala SG auf. Höhere Korrelationen finden sich hierbei mit den Skalen SF (0,70–0,76), SW (0,64–0,76), EX (0,60–0,65) und AU (0,5–0,58). Die Korrelationen mit den übrigen Skalen bewegen sich zwischen 0,37 (LF) und 0,53 (BF). Der Median liegt bei 0,58. Die Interkorrelationen der sieben Teilkomponenten der seelischen Gesundheit liegen zwischen –0,01 und 0,59 (Median 0,36). Die geringe Skaleninterkorrelation von SG und VK (0,08–0,12) weist darauf hin, daß, wie von BECKER postuliert, VK weitgehend unabhängig von SG ist.

7.3 Validität:

Faktorielle Validität:
In der Handanweisung sind eine zweifaktorielle sowie eine vierfaktorielle Lösung aufgeführt. Bei der Zweifaktorenlösung lädt SG (0,93), gefolgt von SE (0,84) und SW (0,77), am höchsten im ersten Faktor. Auch die anderen Komponenten der seelischen Gesundheit laden, mit Ausnahme von LF (0,36), mit Werten zwischen 0,60 (SV) und 0,67 (BF) recht hoch im ersten Faktor. Der zweite Faktor wird vornehmlich von VK (0,73) und LF (0,68) gebildet.
Bei der vierfaktoriellen Lösung setzt sich der erste Faktor aus den Skalen SE (0,73), SV (0,86) und BF (0,74) zusammen, die als „seelisch-körperli-

ches Wohlbefinden" interpretiert werden. Der zweite Faktor, interpretiert als „Selbstaktualisierung", besteht aus den beiden Skalen EX (0,77) und AU (0,88). Der dritte Faktor, bestehend aus SW (0,64) und LF (0,91), wird als „selbst- und fremdbezogene Wertschätzung" interpretiert. Auf allen drei Faktoren besitzt die Skala SG mittelhohe Ladungen (0,54, 0,62 und 0,46), was vom Testautor als Beleg dafür angesehen wird, daß es sich bei SG um ein übergeordnetes Konstrukt handelt. Faktor vier wird von Skala VK (0,95) gebildet.

Konstruktvalidität:
Als Hinweise zur konvergenten Validität werden Korrelationen und Hauptkomponentenanalysen des TPF mit folgenden Fragebogen aufgeführt: Freiburger Persönlichkeitsinventar (FPI-R), Personality Research Form (PRF), Deutsche Kurzform des MMPI, 16 Persönlichkeits-Faktoren-Test (16 PF) und Eysenck Personality Questionnaire (EPQ). Des weiteren werden Korrelationen zwischen den neun TPF-Skalen und 19 weiteren Skalen aus den folgenden Tests aufgeführt: Eysenck-Persönlichkeits-Inventar (EPI), IPC-Fragebogen zu Kontrollüberzeugungen, Anger Expression (AX), Trierer Alkoholismusinventar (TAI), Purpose in Life Test (PIL), State-Trait-Angst-Inventar (STAI) und Befindlichkeitsskala (Bf). Zusätzlich zu einer ausführlichen Darstellung der Beziehung der jeweiligen Fragebogen zum TPF werden die wichtigsten Validitätskoeffizienten für alle neun Skalen in tabellarischer Form dargestellt.

Gruppenprofile:
In der Handanweisung sind TPF-Gruppenprofile für Klinische Gruppen (Neurotiker, Patienten mit Persönlichkeitsstörung, Angstneurotiker, Hysterische Neurotiker, Endogen Depressive, Schizophrene, Alkoholiker, Patienten mit sexuellen Störungen und Patienten mit gastrointestinalen Störungen) und Berufsgruppen (Manager, leitende und nichtleitende Angestellte, Arbeitslose) aufgeführt.

Sonstige Validitätsstudien:
Zusätzlich zu den obengenannten Befunden liegen eine Validitätsstudie zur Skala „Verhaltenskontrolle" sowie eine Untersuchung zu Zusammenhängen zwischen Bewältigungsverhalten und Allgemeinbefinden vor.

7.4 Normen: Die Eichung beruht auf einer bevölkerungsrepräsentativen Personengruppe von N = 961. Die Untersuchung wurde auf postalischem Wege ausgehend von Angaben des Statistischen Jahrbuchs (Deutscher Städtetag, 1986) in Städten und Gemeinden der größten westdeutschen Bundesländer durchgeführt. Die Rücklaufquote der postalischen Datenerhebung lag bei 18 %, wobei Ledige und Probanden mit höheren Schulabschlüssen überrepräsentiert sind. Eine Untersuchung ergab, daß die Normwerte der TPF-Skalen, mit Ausnahme der Skala „Verhaltenskontrolle", dadurch nicht systematisch beeinflußt werden. Somit konnte, außer bei der Skala „Verhaltenskontrolle", die gesamte Eichstichprobe Verwendung finden.
Aufgrund der deutlichen Alters- und Geschlechtseffekte werden separate T-Wert-Normen für Männer und Frauen der Altersgruppen 18–40 und 41–80 Jahren aufgeführt.

8. Literatur

BECKER, P. (1988). Seelische Gesundheit und Verhaltenskontrolle: zwei replizierbare, varianzstarke Persönlichkeitsfaktoren. *Zeitschrift für Differentielle und Diagnostische Psychologie*, *9,* 13–38.

BECKER, P. & MINSEL, B. (1986). *Psychologie der seelischen Gesundheit. Band 2: Persönlichkeitspsychologische Grundlagen, Bedingungsanalysen und Förderungsmöglichkeiten.* Göttingen: Hogrefe.

Deutscher Städtetag (Hrsg.) (1986). *Statistisches Jahrbuch deutscher Gemeinden.* Köln: Bachem.

Verfahren zur Diagnostik des kooperationsbezogenen Partner-Fremdbildes im Kindesalter (KPB-Test)

W. ZIMMERMANN

Göttingen: Hogrefe, 1986

---

1. Testart Persönlichkeitstest

2. Testmaterial Handanweisung, Fragebogen, Auswertungsbogen, Auswertungsschablone; *zusätzlich:* Schreibgerät.

3. Testgliederung Beim KPB-Test handelt es sich um einen „fiktiven Situationstest" zur Untersuchung des sozialen, kooperationsbezogenen Partnerbildes. Das Verfahren besteht aus 28 Items, von denen 13 dem kooperationspositiven (kooperationsaktivierende, -förderliche Eigenschaften) und 15 zu dem kooperationsnegativen (kooperationshemmende, -inaktivierende Eigenschaften) Bereich der Dimension „Kooperationsorientiertheit" zugeordnet sind. Zu jedem Item (Eigenschaft) werden drei Antwortalternativen vorgegeben, welche sich auf die Bedeutung dieser Eigenschaft für das Zustandekommen (oder Nichtzustandekommen) der Kooperation mit dem (fiktiven) Partner beziehen.

4. Grundkonzept Testgegenstand ist die soziale Einstellung, welche das Kommunikations- und Kooperationsverhalten des Kindes reguliert. Erfaßt werden soll das „Bild vom Anderen", welches im Hinblick auf einen potentiellen Kooperationspartner und dessen wünschenswerte soziale Eigenschaft beim Kind repräsentiert ist. Es geht nicht darum, ob und in welchem Ausmaß der Partner die Eigenschaften hat, sondern, ob das zu diagnostizierende Kind diese Eigenschaften beim Partner erwartet, wünscht oder nicht wünscht.

Beim KBP-Test handelt es sich um ein statusdiagnostisches Instrument, welches in erster Linie orientierenden Charakter, im Sinnes eines Screening-Verfahrens, trägt und in Verbindung mit andern diagnostischen Methoden, die auch auf den Untersuchungsgegenstand des sozialen Erlebens und Verhaltens eines Kindes bezogen sind, durchgeführt werden sollte. Das Einsatzgebiet liegt v. a. im klinischen, sonder- und rehabilitationspädagogischen Bereich sowie im Bereich der psychologischen Beratung und therapeutischen Praxis (Therapieplanung, Effektivitätskontrolle therapeutischer Maßnahmen).

5. Durchführung **5.1 Alter:** 11 bis 14 Jahre.

5.2 Formen: Einzel- und Gruppentestung möglich.

5.3 Handhabung: Die Instruktion ist standardisiert auf dem Testbogen vorgegeben. Bei der Gruppendurchführung sollte der Testleiter zusätzlich darauf hinweisen, daß jedes Kind seine eigene Meinung mitteilen und nicht vom Nachbarn „abschreiben" soll.

5.4 Zeit: Die Durchführungszeit liegt bei etwa 30 Minuten.

6. Auswertung

6.1 Modus: Die Summe der Items, die bejaht, d. h. mit der Antwortalternative (a) beantwortet wurden, kann anhand der einschlägigen Normentabelle in einen Rasch-Skalenwert (= Personenparameter X_R) und in einen T-Wert transformiert werden. Mit der Auswertungsschablone kann der C-Summen-Gesamtwert (= KPB-Rohgesamtwert) bestimmt werden und anhand der einschlägigen Normentabelle in den KPB-T-Gesamtwert transformiert werden.

6.2 Zeit: Die Auswertungszeit beträgt maximal 10 Minuten.

7. Gütekriterien

7.1 Objektivität: Die Durchführung und Auswertung kann als objektiv gelten.

7.2 Reliabilität: Die Reliabilitätskoeffizienten betrugen in einer Studie von 450 Kindern im Alter von 11–14 Jahren für die „Teilskala" der kooperationspositiven Items r = 0,88 und für die „Teilskala" der kooperationsnegativen Items r = 0,85, die Reliabilität des Gesamttests betrug r = 0,92.

7.3 Validität: Einer Expertenstichprobe von 30 Lehrern wurden die 28 Items im Hinblick auf die einzuschätzende „Kooperationsorientiertheit" der Eigenschaften eines potentiellen Partners vorgelegt. Ein Koeffizient von maximal –1,00 würde für ein kontentvalides „kooperationsnegatives" Item sprechen, ein Koeffizient von maximal + 1,00 für ein „kooperationspositives" Item. Die empirisch ermittelten Werte lagen für alle Items über 0,90 mit einem Mittelwert für die 13 positiven Eigenschaften von 0,95 und für die negativen Eigenschaften von –0,92. Darüber hinaus liegen Untersuchungen zur Konstruktvalidität vor.

7.4 Normen: Es exisitieren Normwerte (N = 600) für 11 bis 14jährige Schüler. Die Normierungsdaten sind als RASCH-Werte und T-Werte angegeben.

2. PSYCHOMETRISCHE PERSÖNLICHKEITSTESTS

2.1 Persönlichkeits-Struktur-Tests

2.2 Einstellungs- und Interessentests

2.3 Klinische Tests

2.3.1 Fragebogen

2.3.2 Interviews

2.3.3 Sonstige klinische Verfahren

2.2 Einstellungs- und Interessenstests

● = ja
o = teilweise
○ = nein
k.A.= keine Angaben

Testname	Autor(en)	Seite	Durchführung				Auswertung			Gütekriterien				Alter
			Gruppentest	Parallelform	Zeitangabe netto (Min.)	Zeitangabe brutto (Min.)	Schabl./Schlüss.	maschinell	Zeitangabe (Min.)	Objektivität	Reliabilität	emp. Validität	Normen	(Jahre oder Schuljahre (J/Sj))
Allg. Interessen-Struktur-/Umwelt-Strukt.-Test (AIST/UST)	Bergmann u.a.	615	●	○		15–20	●	○	15	●	●	●	●	ab 14 J
Berufs-Interessen-Test II (BIT II)	Irle u.a.	619	●	●		40–80	–	○		●	●	●	●	9.–13. Sj
Berufsbilder-Test (BBT)	Achtnich	622	o	○		ca. 40	○	○		●	●	○	●	ab 13;6 J
Bildungsmotivationstest (BMT)	Leiber	624	●	○		25–30	○	○	15	●	●	●	●	16–25 J
Differentieller Interessen-Test (DIT)	Todt	627	●	○		15/45	●	○	10	●	●	●	●	15–20 J
Dortmunder Skala z. Erf. v. Lehrerverhalten d. Schüler (DSL)	Masendorf u.a.	631	●	○		ca. 20	○	●		●	●	●	●	5.–9. Sj
Ermüdung – Monotonie – Sättigung – Streß (BMS)	Plath u.a.	634	●	●		ca. 30	●	○		●	●	●	○	k.A.
Fragebogen z. Lebenszielen und z. Lebenszufriedenheit (FLL)	Kraak u.a.	637	●	○		30/90	○	○		o	o	o	○	k.A.
Fragebogen zur Direktiven Einstellung (FDE)	Bastine	640	●	○		10–20	●	○	5	●	●	●	●	ab 14 J
Fragebogen zur Erfassung des Organisationsklimas (FEO)	Brake u.a.	642	●	○		ca. 20	●	○		●	●	●	o	ab 16 J
Fragebogen z. Erhebung v. Kontrollüberzeugungen z. Krankheit u. Gesundheit (KKG)	Lohaus u.a.	644	●	○		10–15	●	○	5	●	●	●	●	ab 12 J
Frageb. z. Messung v. Einstell. z. Schwangers., Sex. u. Geburt (SSG)	Lukesch u.a.	647	●	○		10–20	●	○		●	○	●	●	k.A.
Frageb. z. Vorgesetzten-Verhalt.-Beschreib. (FVVB)	Fittkau-Garthe u.a.	649	●	○		20	●	○	3	●	●	●	●	ab 14 J

2.2 Einstellungs- und Interessenstests (Forts.)

● = ja
o = teilweise
○ = nein
k.A.= keine Angaben

Testname	Autor(en)	Seite	Durchführung: Gruppentest	Durchführung: Parallelform	Durchführung: Zeitangabe netto (Min.)	Durchführung: Zeitangabe brutto (Min.)	Auswertung: Schabl./Schlüss.	Auswertung: maschinell	Auswertung: Zeitangabe (Min.)	Gütekriterien: Objektivität	Gütekriterien: Reliabilität	Gütekriterien: emp. Validität	Gütekriterien: Normen	Alter (Jahre oder Schuljahre (J/Sj))
Geist-Bilder-Interessen-Inventar (GBII)	Stauffer	651	●	○		20/40	○	○	10	●	●	○	●	14–16 J
Generelle Interessen-Skala (GIS)	Brickenkamp	654	●	○		5–10	○	●	2–4	●	●	●	●	13–18 J
Gruppentest für die Soziale Einstellung (SET)	Joerger	658	●	○		45	○	○	5	●	●	●	●	8–15 J
Hamburger Erziehungsverhaltensliste für Mütter (HAMEL)	Baumgärtel	661	●	○			●	○		●	●	●	●	9–15 J
IPC-Fragebogen zu Kontrollüberzeugungen („locus of control“)	Krampen	662	●	○		10–15	●	○		●	●	●	●	ab 18 J
Marburger Einstellungsinventar zu Liebesstilen (MEIL)	Bierhoff u.a.	664	●	○			●	○		●	●	●	●	19–45 J
Neigungs-Struktur-Test (NST)	Keller	667	●	○		30–60	●	○		●	○	○	●	ab 14 J
Problemfragebogen für 11- bis 14jährige (PF 11–14)	Westhoff u.a.	669	●	○		45–90	○	○		●	●	●	○	11–14 J
Problemfragebogen für Jugendliche	Roth u.a.	671	●	○		90	○	○		●	●	●	●	14–19 J
Psychosomatischer Einstellungs-Fragebogen (PEF)	Hehl u.a.	673	●	○		ca. 20	●	●		●	○	○	**o**	ab 15 J
Das subjektive Familienbild (SFB)	Mattejat u.a.	675	●	○		10–15	●	●	ca. 5	●	●	●	●	ab 12 J
Testverfahren für Interessen: Beruf und Schule (TIBS 1)	Weible u.a.	677	●	○		45	●	○	ca. 10	●	●	●	●	8.–9. Sj
Werteinstellung-Test	Roth	680	●	○		20	○	○	5	●	●	●	●	ab 18 J

Allgemeiner Interessen-Struktur-Test (AIST) Umwelt-Struktur-Test (UST)

CH. BERGMANN und F. EDER
Weinheim: Beltz, 1993

---

1. Testart Interessentest

2. Testmaterial Handanweisung (96 Seiten), Testexemplare (AIST/UST), Auswertungsschablone, Auswertungsblatt; *zusätzlich:* Schreibgerät.

3. Testgliederung Der AIST/UST besteht aus 60 Items, mit denen insgesamt 6 Interessendimensionen erfaßt werden:

R: Praktisch-technische Interessen (Realistic)
I: Intellektuell-forschende Interessen (Investigative)
A: Künstlerisch-sprachliche Interessen (Artistic)
S: Soziale Interessen (Social)
E: Unternehmerische Interessen (Enterprising)
C: Konventionelle Interessen (Conventional)

Die 6 Interessendimensionen sind auch Grundlage des UST, der die Beschreibung schulisch-beruflicher Umwelten erlaubt.

2.2

4. Grundkonzept Unter definitorischem Aspekt liegt dem AIST/UST ein Interessenbegriff zugrunde, der Interessen als „relativ stabile, kognitive, emotionale und werthaft in der Persönlichkeit verankerte Handlungstendenzen versteht, die sich nach Art, Richtung, Generalisierbarkeit und Intensität unterscheiden". Das Verfahren beinhaltet überwiegend berufliche bzw. schulische Tätigkeiten mit einer semantischen Spezifizierung von Situations-, Material- und Objektkomponenten. Es ist ein subjektives Verfahren, das die sechs zugrundeliegenden Interessendimensionen („Orientierungen") als sechs verschiedene Arten der Auseinandersetzung einer Person mit sich selbst und ihrer Umwelt versteht. Analog zum AIST und entsprechend dem „Umwelt-Modell" von HOLLAND (1973, 1979, 1985) wurde mit denselben Items, jedoch mit veränderter Instruktion und Antwortmöglichkeiten, eine Beschreibungsform beruflicher und schulischer Welten entwickelt. Auch die Dimensionierung des UST entspricht der des Interessentests.

5. Durchführung **5.1 Alter:** Ab 14 Jahren.

5.2 Formen: Einzel- und Gruppentest, keine Parallelform.

5.3 Handhabung: Nach der Lektüre der Anleitung und der Angabe von Personendaten werden zunächst 2 Probeaussagen beantwortet. Anschließend werden die Testitems – zuerst die des AIST, dann die des UST – mit Hilfe einer fünfstufigen Antwortskala (1 = „das interessiert mich gar nicht, das tue ich nicht gerne“; 5 = „das interessiert mich sehr, das tue ich sehr gerne“) bearbeitet.

5.4 Zeit: Für AIST und UST zusammen ca. 15–20 Minuten.

6. Auswertung

6.1 Modus: Einleitend erfolgt eine Kontrolle, ob der Test instruktionsgemäß bearbeitet wurde. Mit Hilfe der Antwortschablone werden die Rohwerte pro Skala ermittelt und durch Addition die sechs Skalenwerte berechnet, die mit Hilfe von Normtabellen in Standardwerte transformiert werden. Diese Standardwerte stellen die Grundlage für die Darstellung des „Person- und/oder Umweltprofils“ dar. Darüber hinaus kann auf der Basis einer aus den Abkürzungsbuchstaben der Dimensionen gebildeten Rangfolge (Original: „RIASEC“) ein „Interessentyp“ codiert werden, wobei die Codierung der dominanten Interessen jeweils am Anfang steht. In einem weiteren Auswertungsschritt wird unter Zuhilfenahme eines hexagonalen Modells die Konsistenz der beidem dominierenden Interessenorientierungen bestimmt und mit 1 = konsistent, 2 = mittlere Konsistenz und 3 = Inkonsistenz bewertet. Neben der Möglichkeit, auch den Differenziertheitsgrad des Interessenprofils über den Berechnungsalgorithmus zu bestimmen, kann abschließend auch der Grad der Übereinstimmung von Person- und Umweltstruktur berechnet und interpretiert werden.

6.2 Zeit: Ca. 15 Minuten.

7. Gütekriterien

7.1 Objektivität: Bei Einhaltung der Vorgaben für Durchführung und Auswertung voll gegeben.

7.2 Reliabilität: Auf der Grundlage einer Stichprobe von Jugendlichen aus weiterführenden Schulen (N = 1570) wurden für den AIST die interne Konsistenz (Cronbach Alpha) sowie die Stabilität als Test-Retest-Reliabilität bestimmt. Für den AIST ergaben sich für die 6 Dimensionen Koeffizienten zwischen r = 0,79 und r = 0,85 (Cronbach Alpha) und für die Stabilität im Mittel r = 0,90 (Intervall: 2 Tage), r = 0,70 (Intervall: 4 Monate) und r = 0,66 (Intervall: 2 Jahre). Für den UST wurden auf der Basis einer Stichprobe von N = 960 Lehrlingen und jüngeren Berufstätigen Koeffizienten zwischen r = 0,77 und r = 0,91 für die interne Konsistenz und r = 0,58 bis r = 0,79 für die Stabilität (Intervall: 2 Jahre) ermittelt.

7.3 Validität: Es liegen umfangreiche Untersuchungen zur Konstruktvalidität, zur inneren Validität und vor allem zur diskriminanten Validität vor. Der AIST differenziert gut zwischen Geschlecht, Schülern verschiedener Schultypen, Schülern mit unterschiedlichen Berufswünschen, Lehrlingen verschiedener Ausbildungsrichtungen und Berufstätigen verschiedener Berufe. Der UST weist ebenfalls eine gute Diskriminanzleistung zwischen Schülern verschiedener Schultypen bzw. Berufstätigen aus verschiedene Berufen auf.
Weitere Analysen haben gezeigt, daß die Kongruenz und Zuordnung von Personen und schulisch-beruflicher Umwelt durch die Testverfahren zuverlässig gegeben ist. Untersuchungen zur Konsistenz und Differenziertheit erlauben die Annahme, daß den Testverfahren auch Hinweise auf den Prozeß der Interessenentwicklung zu entnehmen sind, so daß auch der Stand vorberuflicher Entwicklung abgeschätzt werden kann.

7.4 Normen: Die Eichstichprobe bestand aus Schülern und Lehrlingen un-

Auswertungsblatt AIST/UST

Name: Katharina

Alter: 17 Geschlecht: ☒ w ☐ m

AIST /t_1

	R	I	A	S	E	C
Seite 1						
Seite 2						
Rohwerte	32	37	44	30	32	17
Standardwerte (SW)	105	107	118	101	103	91

AIST/t_2 ~~UST~~

	R	I	A	S	E	C
Seite 1						
Seite 2						
Rohwerte	31	36	44	26	34	20
Standardwerte (SW)	104	106	118	98	106	96

P-Typ: A I R | E S C

~~U~~Typ: A I/E | R S C

Konsistenz: 3/3 t_1/t_2

Differenziertheit: RW ~~27~~/22, SW ~~106~~/101

Kongruenz: 1

Code			andere Berufe / Ausbildungen
I	E	S	Pharmazie (Eltern, realisiert)

2.2

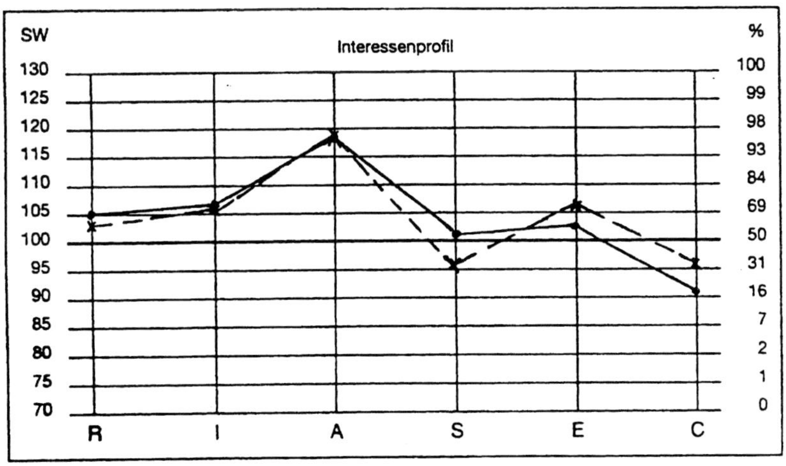

Interessenorientierungen einer siebzehnjährigen Gymnasiastin („Katharina“)

terschiedlicher beruflicher Richtungen (N = 4393) mit einem Alter zwischen 14 und 20 Jahren. Es liegen Standardnormen (gesamt, männlich, weiblich) für die 6 Skalen des AIST vor, die auch für den UST gelten. Zusätzlich liegen Standardnormen für 2 Differenziertheitsindices vor.

8. Literatur

EDER, F. (1988). Die Auswirkungen von Person-Umwelt-Kongruenz bei Schülern: Eine Überprüfung des Modells von J.H. Holland. *Zeitschrift für Pädagogische Psychologie, 2,* 259–270.

EDER, F. (1989). Die schulische Umwelt hochleistungsdisponierter Schüler. *Zeitschrift für Pädagogische Psychologie, 3,* 109–122.

HOLLAND, J.L. (1979). *The self-directed search. Professional manual.* Palo Alto: Consulting Psychology Press.

HOLLAND, J.L. (1985a). *Making vocational choices. A theory of vocational personalities and work environment.* Englewood-Cliffs, New Jersey: Prentice-Hall.

HOLLAND, J.L. (1985b). *The self-directed search. Professional manual – 1985 edition.* Odessa, Florida: Psychological Assessment Resources.

Berufs-Interessen-Test II (BIT II)

M. IRLE und W. ALLEHOFF
Göttingen: Hogrefe, 1984

---

1. Testart Einstellungs- und Interessentest

2. Testmaterial Handanweisung (DIN A4, 30 Seiten), Testbogen (Formen AA, AB; BA, BB), 3 Auswertungsschablonen für die Formen AA und AB, 1 Auswertungsschablone für die Formen BA und BB; *zusätzlich:* Schreibgerät.

3. Testgliederung Mit dem BIT II kann die individuelle Orientierung eines Probanden in neun beruflichen Interessenrichtungen ermittelt werden. Jede Richtung ist in jeder Form des BIT II durch je neun berufliche Tätigkeiten vertreten.
Die parallelen Formen AA und AB bestehen aus „Forced-choice"-Aufgaben, wobei der Proband jeweils vier Tätigkeiten aus vier verschiedenen Interessenrichtungen miteinander vergleichen und sich für eine entscheiden soll. Die Anordnung der Items ist so gehalten, daß der Proband 81 mal zu wählen hat. Dabei soll er sich je einmal positiv (+) und einmal negativ (–) für jeweils eine der vier präsentierten Tätigkeiten entscheiden. Die Anordnung der Items gewährleistet darüber hinaus, daß maximal +36 und minimal –36 Punkte auf eine Interessenrichtung sowie ± 0 im Durchschnitt entfallen.
Die „Free-choice"-Formen BA und BB enthalten die gleichen Tätigkeitsbereiche wie die „Forced-choice"-Form, jedoch andere Items. Außerdem wird jedes der 81 Items nur einmal aufgeführt, und der Proband hat die Aufgabe, das Interesse an jeder Tätigkeit auf der Grundlage einer fünfstufigen Rating-Skala zu beurteilen.

2.2

4. Grundkonzept Der BIT II dient der Erfassung der berufsbezogenen Interessen. Er basiert auf der Konzeption des BIT (IRLE, 1955), bei dem bereits materiale Testitems zugrundgelegt wurden. Folgende Interessenrichtungen werden auf der Basis von je 9 Items untersucht:

1. Technisches Handwerk (TH)
2. Gestaltendes Handwerk (GH)
3. Technische und naturwissenschaftliche Berufe (TN)
4. Ernährungs-Handwerk (EH)
5. Land- und forstwirtschaftliche Berufe (FL)
6. Kaufmännische Berufe (KB)
7. Verwaltende Berufe (VB)
8. Literarische und geisteswissenschaftliche Berufe (LG)
9. Sozialpflege und Erziehung (SE)

Der BIT II unterscheidet sich vom BIT in der Anzahl der Items, der Beantwortung (+/– bzw. Rating-Skala) und in der Art der Items. Die Tätigkeitsbereiche wurden beibehalten.

Der Test ist vor allem für Klassifikations- und nicht für Selektionszwecke gedacht (s. a. Bedenken von IRLE (1963)).

5. Durchführung

5.1 Alter: Ab 9. Klasse. (14./15. Lebensjahr) bis 13. Klasse (18./19. Lebensjahr).

5.2 Formen: Einzel- und Gruppentest; je zwei parallele Formen AA, AB und BA und BB.

5.3 Handhabung: Die Autoren empfehlen, die Hinweise zur Bearbeitung des Tests langsam und betont vorzulesen, die Probandengruppe auf 20 Personen zu beschränken und während der Bearbeitung durch den Untersuchungsleiter und/oder seinen Helfer nachzuprüfen, ob den Hinweisen zur Bearbeitung ohne formale Fehler gefolgt wird. Der Test soll vor Pausen und als letzter Test in einer Testsequenz eingesetzt werden.

5.4 Zeit: Für den Test bestehen keine Bearbeitungszeiten. Als Bearbeitungszeit für die Formen AA und AB werden durchschnittlich 20–80 Minuten, für die Formen BA und BB 10–40 Minuten angegeben.

6. Auswertung

6.1 Modus: Für die Formen AA und AB stehen drei Auswertungsschablonen zur Verfügung. Mit ihrer Hilfe kann für jede Berufsrichtung ein gesonderter Wert bestimmt werden, indem die Plus- und Minus-Beantwortungen pro Richtung aufsummiert werden. Zur Kontrolle, ob der Proband die Hinweise zum Test verstanden und/oder sich an sie gehalten hat, wird die Summe aller Rohwertsummen bestimmt. Da maximal 81 Plus- und 81 Minuspunkte zu vergeben sind, müßte sich der Wert ± 0 ergeben. Die Autoren raten, Abweichungen von ± 5% für die weitere Auswertung nicht zu tolerieren.

Aus dem individuellen Profil (aufgrund der Prozentrangwerte) läßt sich abschätzen, in welchem Gebiet hohe und niedrige Interessen im Hinblick auf die Normierungspopulation bestehen.

6.2 Zeit: Keine Angaben.

7. Gütekriterien

7.1 Objektivität: Durchführungs-, Auswertungs- und Interpretationsobjektivität scheinen gewährleistet.

7.2 Reliabilität: Angaben zur Reliabilität fehlen; es wird auf eine Monographie von ALLEHOFF (1985) und die Itemkennwerte verwiesen.

7.3 Validität: Die Validität wird empirisch durch Faktorenanalysen belegt. Die Faktorenstrukturen erwiesen sich als stabil.

7.4 Normen: Die umfangreiche Eichstichprobe umfaßt alle Bundesländer außer Bayern, Hauptschüler der 9. und 10. Klasse, Realschüler der 10., Gymnasiasten der 13., Gesamtschüler der 9. Klassen und Abschlußklassen. Aufgrund relativer Übereinstimmungen der Verteilungen wurden für die einzelnen Formen Prozentrangwerte lediglich für männliche und weibliche Probanden angegeben.

8. Literatur

ALLEHOFF, W. (1985). *Berufswahl und berufliche Interessen.* Göttingen: Hogrefe.

IRLE, M. (1955). *Berufs-Interessen-Test (B-I-T).* Göttingen: Hogrefe.

IRLE, M. (1963). Die Vortäuschung von Interessen im Berufs-Interessen-Test (B-I-T). *Diagnostica, 9,* 49–55.

JÄGER, R. S. (1983). *Der diagnostische Prozeß. Eine Diskussion psychologischer und methodischer Randbedingungen.* Göttingen: Hogrefe.

Berufsbilder-Test (BBT)

Projektives Verfahren zur Abklärung der Berufsneigung
M. ACHTNICH
Bern: Huber, 1992

---

1. Testart Einstellungs- und Interessentest

2. Testmaterial Buch (= Handanweisung), Bildersatz für Knaben und für Mädchen (Fotos von Berufstätigen bei der Arbeit), drei Karten zum Sortieren der Fotos, getrennte Verrechnungsblätter für (1) männliche Pbn von 13;6 bis 16;6 Jahren, (2) weibliche Pbn im gleichen Alter und (3) Erwachsene. Die Anzahl der Bildvorlagen wurde 1992 erweitert.

3. Testgliederung Der BBT versucht, auf projektivem Wege die Berufsneigung zu ermitteln. Die Testbilder sollen folgende acht „Neigungsfaktoren" repräsentieren:

W – Weichheit, Weiblichkeit, Zuwendung
K – Kraft, Körperkraft, Härte, Durchsetzung, Aggression
S – Soziale Gesinnung mit den beiden Tendenzen S_H (Hilfsbereitschaft usw.) und S_E (Energie usw.)
Z – Zeigebedürfnis, Ästhetik, Darstellungsdrang
V – Verstand, Vernunft, Logik, Bedürfnis nach Erkenntnis, Tendenz zur Einschränkung, Begrenzung, Bestimmung
G – Geist, Inspiration, schöpferische Fantasie, Kreativität, Idee, Intuition, Tendenz zur Ausdehnung, Inflation
M – Materie, Substanz, Beziehung zum Besitz
O – Oralität mit den beiden Tendenzen O_R (Redebedürfnis usw.) und O_N (Beziehung zur Nahrung).

Jedem Testbild werden vom Autor zwei Tendenzen zugeschrieben. Die mit dem stärkeren Aufforderungscharakter wird als „Primärfaktor", die zweite als „Sekundärfaktor" bezeichnet.

4. Grundkonzept Der Autor sieht in diesem visuellen Test den Vorteil, ohne Umweg über die begriffliche Abstraktion die Gefühlswelt direkt anzugehen. Er hat die Chance, die Neigungsstruktur vorbegrifflich und unverfälscht von logischen Abstraktionen zu erfassen. Auf visuellem Weg werden nicht nur die bewußtseinsnahen Interessen, sondern auch bewußtseinsferne Persönlichkeitsbereiche der Vp erfaßt. Mit einem Bild kann die Berufsatmosphäre ganzheitlich zur Darstellung gebracht werden ... Die Neigungsaspekte sollen in einer „Strukturformel" festgehalten und „über den Weg von Assoziationen zu den einzelnen Testbildern veranschaulicht" werden.

5. Durchführung **5.1 Alter:** Ab 13;6 Jahren anwendbar.

5.2 Formen: Individualtest, auch in (kleinen) Gruppen durchführbar. Getrennte Versionen für Jungen und Mädchen. Keine Parallelformen.

5.3 Handhabung: In der ersten Phase des Versuches sortiert der Pb die Bilder nach ja, nein und gleichgültig oder unentschieden. Nachdem der VI die sortierten Fotos auf den Verrechnungsbogen übertragen hat, soll der Pb in der zweiten Phase beliebig viele Gruppen bilden von jenen Bildern, die zusammenpassen. In der dritten Phase hat der Pb die Gruppen in eine Rangreihe bezüglich ihrer Wichtigkeit zu bringen. In der folgenden vierten Phase wird der Pb nach den von ihm gewählten Ordnungsprinzipien („Gemeinsamkeiten") befragt. Die Antworten werden vom VI protokolliert.
Schließlich soll der Pb Assoziationen bilden (z. B. „Was spricht Dich daran an?"). Der Autor hält diese für besonders wichtig. Ohne mündliche Stellungnahme der Vp zu den Bildern läßt sich der Test nicht richtig auswerten.

5.4 Zeit: Das Sortieren der Bilder dauert nach Angaben des Autors ca. 10 Minuten. Für das Assoziieren werden dazu noch 20 bis 30 Minuten (gelegentlich auch mehr) veranschlagt.

6. Auswertung

6.1 Modus: Es werden mehrere Rangreihen der Faktoren (Rohwerte) gebildet. Dazu lassen sich für die Altersgruppen 13;6 bis 16;6 Normwerte feststellen und Profile erstellen. (Die wenig übersichtliche Darstellung erschwert die Auswertung insbesondere für Ungeübte.)

6.2 Zeit: Keine Angaben.

7. Gütekriterien

7.1 Objektivität: Durchführungs- und Auswertungsobjektivität können als hinreichend gesichert angesehen werden, soweit der metrische Teil des Verfahrens betroffen ist. Da der Autor das Wesentliche seines Verfahrens im projektiven Teil sieht, bleibt die Interpretationsobjektivität zunächst fragwürdig.

7.2 Reliabilität: SCHALLBERGER und ADERS, die die Eichung des metrischen Teils des Verfahrens durchführten, geben einige Ergebnisse einer Trennschärfe- und Konsistenzanalyse bekannt. Die Trennschärfekoeffizienten liegen durchweg außerordentlich niedrig. Für jeden Primär- und Sekundärfaktor und auf die Positiv- und Negativwahlen bezogen, liegen mehr als die Hälfte (45 von 80) der *Medianwerte* der Trennschärfeindices noch unter r = 0,30, einem Richtwert, der bei psychometrischen Tests eigentlich von allen Items erreicht werden müßte.
Die inneren Konsistenzen (nach Kuder-Richardson, Formula 8) reichen von 0,45 bis 0,74. Ca. 40% der angegeben Werte bleiben unter dem Limit von r = 0,60. Diese Daten sprechen für eine sehr geringe Homogenität der Testelemente („Faktoren").
Angaben über die Stabilität des BBT liegen nicht vor.

7.3 Validität: Keine hinreichenden Informationen.

7.4 Normen: Normwerte in Prozenträngen bzw. Stanine-Werten für die Anzahl der Wahlen total, pro „Primärfaktor" und „Sekundärfaktor", für den relativen Anteil der Wahlen pro „Primär"- und „Sekundärfaktor" liegen nach Geschlechtern getrennt vor. Die Eichstichproben setzen sich aus 744 männlichen und 1172 weiblichen Jugendlichen im Alter von 14 bis 16 Jahren zusammen, die in Schweizer Gemeinden beheimatet sind.

Bildungsmotivationstest (BMT)

H. LEIBER

Göttingen: Hogrefe, 1978

---

1. Testart Einstellungs- und Interessentest

2. Testmaterial Handanweisung (DIN A4, 36 Seiten), Testhefte Form M und Form W mit abtrennbarem Auswertungsbogen; *zusätzlich:* Schreibgerät.

3. Testgliederung Der BMT setzt sich aus drei Untertests zusammen. Der erste Untertest besteht aus einem sog. „Testbild", das einen lernenden Mann bzw. eine Frau darstellt. Der Proband wird aufgefordert, das Bild zu beschreiben und auszuführen, wer die Person sein könnte, was der Situation vorausging und wie sie sich weiterentwicklen könnte.
Der zweite Subtest, der „Sprechblasenteil", umfaßt insgesamt 30 Items, die aus Zeichnungen nach Art von Comic Strips bestehen. Jedes Item zeigt zwei sich unterhaltende Personen, von denen jeweils eine Person eine sich in einer Sprechblase befindende Aussage macht. Um die Sprechblase der anderen Person auszufüllen, hat der Proband jeweils drei Aussagen zur Auswahl, die unterschiedliche Motivationshöhen repräsentieren.

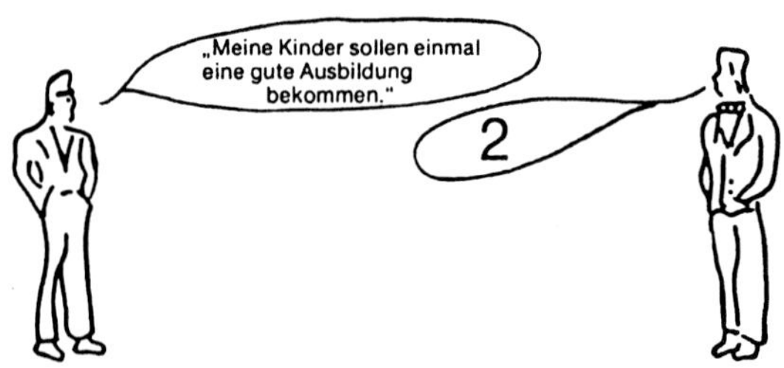

1) „Ich würde nur den Jungen ausbilden lassen."

2) „Das braucht man doch nicht."

3) „Dafür bin ich auch."

Beispiel 1 zum BMT

Der dritte Testteil besteht aus einer „direkten Frage" („Hätten Sie Lust, eine Weiterbildungs- oder Umschulungsmöglichkeit zu benutzen (außer Volks- und Berufsschule)?"), die der Proband mit „Ja" oder „Nein" beantworten soll.

4. Grundkonzept

Der BMT ist nach dem Prinzip projektiver Testverfahren konstruiert und dient der Diagnose der Weiterbildungsbereitschaft ungelernter Arbeiterinnen und Arbeiter. Die Bildungsmotivation wird in zweifaktorieller Weise, in Form von „R- und E-Werten" diagnostiziert. Die „R-Werte" beschreiben den eher rationalen Anteil an der Bildungsmotivation und finden vornehmlich in solchen Items Ausdruck, die den Probanden veranlassen, sich mit realen „Barrieren", die der Durchführung seiner Weiterbildungsmaßnahme im Weg stehen (wie z. B. Freizeitopfer, finanzieller Aufwand, Durchhaltevermögen oder Anspruchsniveau), auseinanderzusetzen. Die „E-Werte" beziehen sich auf den eher affektiv-emotionalen Anteil an der Bildungsmotivation. Nach Angaben des Autors können für die Erklärung dieses Anteils der Gesamteindruck der Bildergeschichte, die Testitems, die der Barriere innere Hemmung zugeordnet sind, sowie die Antwort auf die Frage nach der Bildungsbereitschaft herangezogen werden.

5. Durchführung

5.1 Alter: Der Test ist für die Altersgruppe von 16 bis 25 Jahren konstruiert. Für andere Altersgruppen liegen keine Eichwerte vor. Eine Testung dieser Altersgruppen kann nach Angaben des Autors dennoch Ansätze für ein Beratungsgespräch bieten.

5.2 Formen: Es liegen getrennte Formen für männliche und für weibliche Versuchspersonen vor. Der BMT kann sowohl als Einzel- als auch als Gruppentest durchgeführt werden.

5.3 Handhabung: Das Testheft enthält eine schriftliche Bearbeitungsanweisung für den Probanden. Es wird vorgeschlagen, daß der Testleiter die Instruktionen laut vorliest, während der Proband diese (still) mitliest.

5.4 Zeit: Die Testdurchführung nimmt ungefähr 25 bis 30 Minuten in Anspruch.

6. Auswertung

6.1 Modus: Der Gesamteindruck des ersten Untertests, der Bildgeschichte, die der Proband zu dem vorgegebenen „Testbild" geschrieben hat, wird dadurch fixiert, daß er einer von vier vorgegebenen Kategorien zugeordnet wird, die eine Aussage darüber machen, ob sich der Proband positiv, negativ, neutral oder überhaupt nicht zum Lernen oder der Weiterbildungsproblematik geäußert hat. In der Handanweisung sind Beispiele für jede der vier Kategorien aufgeführt.
Beim „Sprechblasenteil" und bei der Frage nach der Weiterbildungsbereitschaft werden die jeweiligen Itemantworten in den Auswertungsbogen übertragen. Von den insgesamt 30 Items des Sprechblasenteils werden nur 15 vorgegebene Items ausgewertet. Die restlichen Items dienen als sog. „Füllgeschichten", die den wahren Testzweck verschleiern sollen.
Die ermittelten Rohwerte lassen sich mit Hilfe der sich in der Handanweisung befindlichen Normtabellen in Prozentrangwerte umwandeln.
In der Handanweisung ist ein Auswertungsbeispiel aufgeführt.

6.2 Zeit: Ca. 15 Minuten.

7. Gütekriterien

7.1 Objektivität: Die Durchführungsobjektivität dürfte aufgrund der standardisierten Testanweisungen gewährleistet sein. Auch die Auswertungsobjektivität dürfte sowohl für den Sprechblasenteil als auch für die Frage nach der Weiterbildungsbereitschaft hinreichend sein. Eine Untersuchung zur Auswertungsobjektivität der Bildgeschichte (N = 250) ergab einen Objektivitätskoeffizienten von r = 0,77.

7.2 Reliabilität: Die Bestimmung der inneren Konsistenz erfolgte nach HOYT (vgl. LIENERT, 1969, S. 228 f.), wobei ein Wert von r = 0,84 ermittelt wurde (N = 1000). Die Stabilität des BMT wurde an einer Stichprobe von N = 187 durch eine wiederholte Testung nach vier Monaten ermittelt. Für den rationalen Motivationsfaktor (R-Wert) ergab sich ein Reliabilitätskoeffizient von r_{ttR} = 0,80. Für den emotionalen Motivationsfaktor (E-Wert) wurde ein Wert von r_{ttE} = 0,70 ermittelt.

7.3 Validität: In der Handanweisung sind Angaben zur inhaltlichen Validität, zur Konstruktvalidität sowie zur kriterienbezogenen Validitätsbestimmung aufgeführt.
Die Bestimmung der inhaltlichen Validität erfolgte über eine Expertenbeurteilung, bei der die Experten beurteilen sollten, ob das betreffende Item den angegebenen bildungsmotivationalen Inhalt genügend abprüfe. In den Test wurden nur Items übernommen, bei denen Beurteilerübereinstimmung vorlag.
Die Konstruktvalidität wurde durch die „Analyse interindividueller Unterschiede in den Testresultaten" (LIENERT, 1969, S. 262) ermittelt. Statistisch bedeutsame Gruppenunterschiede zeigten sich in den Bereichen Geschlecht, Alter, berufliche Herkunft, Begabung, Schulbildung, Weiterbildungsbemühungen, Vorgesetzteneinschätzung und Gesamteindruck des Aufsatzes mit dem Thema „Wie stelle ich mir meine berufliche Zukunft in fünf Jahren vor?". In einer Tabelle sind für diese Bereiche jeweils das Signifikanzniveau der Testunterschiede innerhalb der Motivationsfaktoren R und E sowie die Korrelation zwischen den Variablen und der Bildungsmotivation (als Gesamt von R und E) aufgeführt.
Die kriterienbezogene Validitätsbestimmung erfolgte über einen Fragebogen für Ungelernte (WITTKE, 1976) und einen Ungelerntenbeurteilungsbogen, der den Lehrkräften vorgelegt wurde. Die Produkt-Moment Korrelationen dieser Verfahren mit dem BMT betragen für den Fragebogen für Ungelernte 0,70 (R-Wert) bzw. 0,35 (E-Wert). Die Werte für den Ungelerntenbeurteilungsbogen liegen bei 0,40 (R-Wert) bzw. 0,28 (E-Wert).

7.4 Normen: Die Testkonstruktion basiert auf einer Stichprobe von 1000 Probanden im Alter von 16 bis 25 Jahren. Auf die Gruppe der 16- bis 18jährigen entfallen 218 Vpn (68 männliche und 150 weibliche). Die 782 Vpn umfassende Stichprobe der 19- bis 25jährigen setzt sich zusammen aus 432 männlichen und 350 weiblichen Vpn.
In der sich im Anhang befindenden Umrechnungstabelle sind die den Rohwertsummen entsprechenden Prozentrangwerte des rationalen und des emotionalen Motivationsfaktors jeweils für die Stichprobe der Frauen, der Männer sowie für die Gesamtstichprobe aufgeführt.

8. Literatur

LIENERT, G. A. (1969). *Testaufbau und Testanalyse.* Weinheim: Beltz.

Differentieller Interessen-Test (DIT)

E. TODT
Bern: Huber, 1967

---

1. Testart Einstellungs- und Interessentest

2. Testmaterial Handanweisung, Testheft (Form M), Antwortbogen, Auswertungsbogen (5 verschiedene Arten: für männliche Pbn, für weibliche Pbn, für männliche Realschüler, Gymnasiasten und Wirtschaftsgymnasiasten – jeweils auf einem Bogen Gesamt- und Kurzform); 9 Schablonen zur Auswertung; *zusätzlich:* Schreibgerät.

3. Testgliederung Vier Kategorien von „Materialarten" werden vom Probanden getrennt bearbeitet. Jeder Materialbereich („Tätigkeiten", „Berufe", „Bücher" und „Zeitschriften") ist durch Items aus 11 Interessenrichtungen repräsentiert. Jedes der 390 Fragebogen-Items ist nach einer der Zuneigungs- bzw. Abneigungskategorien zu beantworten, und zwar gemäß der vorgegebenen fünfstufigen Bewertungsskala.

4. Grundkonzept Die dem Fragebogen zugrundeliegende Konzeption geht aus der Begriffsdefinition für „Interesse" hervor: „Interessen werden danach verstanden als Verhaltens- oder Handlungstendenzen, die variieren auf den Dimensionen der Stabilität, der Generalität, der Intensität (bipolar: Zuneigung, Abneigung) und die qualitativ gekennzeichnet sind durch ihre Richtung". Dieses Konzept impliziert, daß neben Berufsinteressen auch Freizeitinteressen erfaßt werden sollen. Interessen manifestieren sich aber nicht nur im Ausüben bestimmter beruflicher bzw. freizeitlicher Tätigkeiten, sondern auch im Umgang mit bestimmten Materialien wie Bücher und Zeitschriften. In den unter dem Sammelbegriff „Materialarten" zusammengefaßten vier Bereichen soll der DIT verschiedene Interessenrichtungen möglichst repräsentativ erfassen. Der Test enthält heterogene Materialarten und ist insofern nicht vergleichbar mit amerikanischen Tests, die auf bestimmte Berufe oder Sachbereiche eingeschränkt sind. Folgende Interessenrichtungen sind vertreten:

1. Sozialpflege und Erziehung (SE)
2. Politik und Wirtschaft (PW)
3. Verwaltung und Wirtschaft (VW)
4. Unterhaltung (UN)
5. Technik und exakte Naturwissenschaften (TN)
6. Biologie (BI)
7. Mathematik (MA)
8. Musik (MU)
9. Kunst (KU)
10. Literatur und Sprache (LS)
11. Sport (SR)

Der DIT ist besonders für die Beratung der männlichen Abgänger von Realschulen, Gymnasien und Wirtschaftsgymnasien konstruiert worden. Schul- und Erziehungsberatung sowie Motivationsforschung sind weitere Anwendungsgebiete. Mit Verfälschungstendenzen (response bias) ist zu rechnen, wenn der DIT zu Selektionszwecken eingesetzt wird. Weitere Informationen bei TODT (1978).

5. Durchführung

5.1 Alter: 15–20 Jahre.

5.2 Formen: Der DIT ist sowohl als Individualtest als auch in der Gruppensituation durchführbar. Es kann die Gesamtform, aber auch die Kurzform (Bereich: Tätigkeiten) vorgelegt werden. Eine Parallelform besteht nicht. Computergestützte Fassung vorhanden.

5.3 Handhabung: Zwischen der Durchführungstechnik in der Einzel- oder Gruppensituation besteht kein wesentlicher Unterschied. Jeder Proband erhält ein Schreibgerät, ein Testheft und einen Antwortbogen, auf dem zunächst einige Personaldaten vermerkt werden sollen. Der Testleiter liest dann die beiden ersten Anweisungsseiten im Testheft laut vor, während jeder Proband für sich mitliest. Er weist ausdrücklich darauf hin, daß keine Frage ausgelassen werden soll. Die Befolgung dieser Anweisung prüft er nach Abgabe des ausgefüllten Antwortbogens.

5.4 Zeit: Die Durchführungsdauer ist nicht begrenzt; für die Langform beträgt sie im allgemeinen etwa 30–40 Minuten, für die Kurzform 8–15 Minuten.

6. Auswertung

6.1 Modus: Mit der Summierung der für die Items abgegebenen Wertungen – für jede Interessenrichtung getrennt – beginnt die Ermittlung der Rohwerte. Hierfür sind die passenden Schablonen auf die Seiten des Antwortbogens aufzulegen. Für jede Seite braucht man 3 Schablonen. Die Summen bzw. Teilsummen (siehe Materialbereich „Bücher“) werden in den Auswertungsbogen eingetragen – zeilenweise, je nach Materialart. Abschließend wird zu jeder Interessenrichtung die Summe über alle 4 Materialarten gebildet – spaltenweise. (Hat ein Pb ein Item ausgelassen, „so empfiehlt es sich, ihm die Antwort ‚3‘ zuzuschreiben“; vgl. Handanweisung, S. 15.) Die Interessen-Rohwerte werden schließlich durch Setzung eines waagerechten Strichs in das vorgedruckte Profilschema eingetragen (richtige Zuordnung des Pb zu seiner Bezugsgruppe beachten. Dieses Profilschema enthält die an Standardwerten wie auch Prozenträngen ausgerichtete Verteilung der Rohwerte in der Eichstichprobe. Für jede einzelne Interessenrichtung läßt sich somit angeben, wie ausgeprägt die Zu- oder Abneigung des Pb im Vergleich zu seiner Bezugsgruppe ist und wie sich die Präferenzen für einzelne Interessen unterscheiden (Interessenprofil). Zusätzlich können noch die extremen Antwortkategorien (5 bzw. 1) und die mittleren Antworten (3) über alle Items hinweg ausgezählt werden und mit Prozentrangnormen im Anhang B verglichen werden. Die Beurteilung normabweichender, persönlichkeitsspezifischer Antwort-Tendenzen bedarf jedoch noch theoretischer und empirischer Fundierung (vgl. S. 43, Handanweisung).

6.2 Zeit: Die Auswertung nimmt nach den Angaben des Autors für die Gesamtform 8 bis 10 Minuten, für die Teilform etwa 3 Minuten in Anspruch – diese Angaben entsprechen einer Mindestschätzung.

7. Gütekriterien

7.1 Objektivität: Bei genauer Beachtung der Anweisungen zur Durchführung und Auswertung (Handanweisung) kann das Testergebnis eines Probanden als von der Person des Untersuchers unabhängig angesehen werden.

7.2 Reliabilität: Die nach der Testhalbierungsmethode (odd-even) vorgenommenen Reliabilitätsschätzungen ergaben für die Gesamtskala einen Median von r_{tt} = 0,97 (N = 260), für die Kurzform („Tätigkeiten") betrug der Median r_{tt} = 0,93.
Die Prüfung der zeitlichen Stabilität ergab für ein Intervall von 14–16 Tagen einen Korrelationskoeffizienten (Median) von r_{tt} = 0,90 (Gesamtform) und ein r_{tc} = 0,85 (Kurzform) bei N = 116 Fachschülern.

7.3 Validität: Eine numerische Bestimmung der Validität liegt noch nicht vor. Der Autor weist jedoch einige empirische Befunde nach, die im Zusammenhang mit den Bemühungen um eine „Konstrukt-Validierung" interpretiert werden. So konnte z. B. die von SCHUTZ und BAKER (1962 a,b) und SUPER und CRITES (1962) empirisch belegte Unterscheidung der Geschlechter hinsichtlich der Ausprägung bestimmter Interessen auch mit dem DIT bestätigt werden.
Untersuchungen zur Bestimmung der faktoriellen Validität weisen die elf Interessenrichtungen als weitgehend voneinander unabhängige Dimensionen aus. Einschränkung: Ähnlichkeit besteht für die Dimensionen Technik und Naturwissenschaft mit Mathematik wie auch für Politik und Wirtschaft mit Verwaltung und Wirtschaft. Diese Ähnlichkeiten lassen sich jedoch nicht in allen Probanden-Stichproben belegen.
Die vier Materialbereiche laden auf den meisten Interessenfaktoren ungefähr gleich hoch, so daß die Interessenrichtungen als materialunspezifisch anzusehen sind. (Die Addition der Rohwerte über alle Materialarten pro Interessenrichtung ist somit zulässig.)
Die Validität wird in Frage gestellt, wenn der DIT in Wettbewerbssituationen (z. B. bei der Eignungsauslese) eingesetzt wird.

7.4 Normen: Die Eichstichprobe setzte sich aus 772 männlichen und 220 weiblichen Personen zusammen. Nach der Quotenplan-Methode (TODT & FÜRNTRATT, 1963) wurden die Ergebnisse aus der Normierungsuntersuchung gewichtet, und zwar jeweils für die männliche und weibliche Gesamtgruppe (Gesamtform und Teilform des Fragebogens jeweils getrennt voneinander). Ferner bestehen Normen für (männliche) Schüler einzelner Schulzweige, nämlich Realschüler, Gymnasiasten und Wirtschaftsgymnasiasten (wiederum getrennt nach Gesamtform und Teilform).
Zwischen dem Alter der Probanden und dem Ausprägungsgrad der Interessen konnte empirisch keine eindeutige Beziehung festgestellt werden. Daher wurde auf eine nach Altersgruppen getrennte Normierung verzichtet.
Wie bereits unter 6.1 (Modus) bemerkt, können im Anhang B der Handanweisung Prozentrangnormen für die extremen und mittleren Antworten abgelesen werden.

8. Literatur

SCHUTZ R. E. & BAKER, R. L. (1962). A factor analysis of the Kuder Preference Record: Occupational, Form D. *Educ. psychol. Measmt., 22,* 97–104.

SCHUTZ R. E. & BAKER, R. L. (1962). A comparison of the factor structure of the Kuder Occupational, Form D, for males and females. *Educ. psychol. Measmt., 22,* 485–492.

SUPER, D. E. & CRITES, J. O. (1962). *Appraising vocational fitness.* New York.

TODT, E. (1978). *Das Interesse – Empirische Untersuchungen zu einem Motivationskonzept.* Bern: Huber.

TODT, E. & FÜRNTRATT, E. (1963). Einige technische Hilfsmittel für die Eichung von Leistungstestverfahren. *Z. exp. angew. Psychol., 10,* 540–553.

Dortmunder Skala zur Erfassung von Lehrerverhalten durch Schüler (DSL)

F. MASENDORF, M. TÜCKER, R. KRETSCHMANN und M. BARTRAM
Braunschweig: Westermann, 1976

---

1. Testart Einstellungstest

2. Testmaterial Handanweisung (DIN A4, 23 Seiten), Fragebogen; *zusätzlich:* Schreibgerät.

3. Testgliederung Die DSL besteht aus 25 Items (Aussagen zum Lehrerverhalten), von denen einige aus den „Marburger Skalen zur Erfassung des elterlichen Erziehungsstils" (STAPF u. a., 1972) übernommen wurden.

Ein „mittleres Gesamturteil" bezüglich der Lehrerverhaltensdimensionen „Unterstützung" und „Strenge" bildet die Interpretationsgrundlage des Fragebogens, der ansonsten auf Itemebene ausgewertet wird.

4. Grundkonzept Die DSL ist ein Verfahren, das dem Lehrer eine zuverlässige Rückmeldung darüber ermöglicht, wie er hinsichtlich der Verhaltensdimensionen „Unterstützung" bzw. „Strenge" von seinen Schülern eingeschätzt wird. Er hat die Möglichkeit, aus dieser Beurteilung Konsequenzen für seinen Verhaltensstil im Unterricht zu ziehen. In der empirischen Forschung stellt die DSL ein geeignetes Instrument zur zuverlässigen und ökonomischen Erfassung sozialer Verhaltensmerkmale von Lehrern dar. Die DSL bietet darüber hinaus die Möglichkeit einer Erfolgskontrolle im Rahmen von Lehrertrainingsprogrammen.

Die theoretischen Grundlagen der DSL sind in den Konzepten und Ergebnissen der Erziehungsstilforschung von HERRMANN und STAPF zu suchen. Sie haben in diesem Zusammenhang verbale und nichtverbale elterliche Verhaltensweisen nach „negativer Bekräftigung" (Strafe) und „positiver Bekräftigung" (Lob) statistisch klassifiziert. Positive Bekräftigung wird vom Erzogenen als „elterliche Unterstützung", negative Bekräftigung als „elterliche Strenge" wahrgenommen. Die Übertragung dieses Konzepts auf den Unterrichtsbereich wird durch die formale Gleichwertigkeit der Eltern- und Lehrerverhaltensdimensionen gerechtfertigt.

Aufgrund unterschiedlicher Realisierungsweisen des spezifischen Unterrichtsverhaltens wurden alle Items – vor allem die aus den Marburger Skalen übernommenen – nach Lehrergesprächen der schulischen Realität angepaßt.

Da eine befriedigende Trennung der beiden Dimensionen Unterstützung und Strenge hinsichtlich ihrer Unabhängigkeit weder von STAPF noch nach faktorenanalytischer Überprüfung der ursprünglich aus 48 Items bestehenden DSL möglich war, gaben die Testautoren dieses Konzept auf und faßten

Unterstützung und Strenge als Pole einer gemeinsamen bipolaren Dimension auf.

5. Durchführung

5.2 Alter: Der Anwendungsbereich ist auf Schultypen und Schuljahre bezogen: Hauptschule (Klassen 6 bis 9), Realschule Klassen 5 bis 8), Gymnasium (Klassen 5 bis 8), Sonderschule (Klassen 7 bis 9).

5.2 Formen: Die DSL ist als Gruppenverfahren konstruiert. Es sollen keine Einzeluntersuchungen durchgeführt werden.

5.3 Handhabung: Der Fragebogen enthält eine schriftliche Instruktion mit Erläuterungen zu der verwendeten vierstufigen Skala, die zu jedem Item gegeben ist. Die Beantwortung erfolgt schriftlich durch Umranden einer der vorgegebene Antworten.

5.4 Zeit: Keine Zeitbegrenzung. Dauer in der Regel nicht mehr als 20 Minuten.

6. Auswertung

6.1 Modus: Bestimmung des „mittleren Gesamturteils" durch Summierung aller von den Schülern abgegebenen Einzelurteile dividiert durch die Schülerzahl. Das mittlere Gesamturteil gibt Aufschluß darüber, wie der Lehrer insgesamt von den Schülern bezüglich „Unterstützung" und „Strenge" gesehen wird. Die Bestimmung von Itemmittelwerten gibt Auskunft darüber, in welchen Teilbereichen das Verhalten des Lehrers über- oder unterdurchschnittlich eingeschätzt wurde. Die DSL bietet zusätzlich die Möglichkeit zur elektronischen Datenverarbeitung.

6.2 Zeit: Keine Angaben für die Handauswertung. Bei Ausnutzen der elektronischen Datenverarbeitung muß mit einer Bearbeitungsdauer von ca. 2 Wochen gerechnet werden.

7. Gütekriterien

7.1 Objektivität: Bei korrekter Durchführung und rein formaler Auswertung voll gegeben.

7.2 Reliabilität: Bezogen auf die Gesamtstichprobe von 1782 Schülern und Schülerinnen aus 95 Klassen ergaben sich nach Inter-Item-Analyse hohe Konsistenzkoeffizienten (nach Kuder-Richardson) zwischen r = 0,76 und r = 0,96 für die untersuchten Altersstufen und Schultypen

7.3 Validität: Inhaltliche Gültigkeit ist in dem Sinne gegeben, als die 25 Items der DSL als eine Repräsentationsauswahl aus der Anzahl möglicher positiver und negativer Bekräftigungsweisen angegeben werden können.
Kreuzvalidierungen mit anderen Skalen zur Messung des Lehrerverhaltens ergaben folgende Korrelationskoeffizienten:

DSL	mit „Wertschätzung":	r = 0,29
	mit „Engagement":	r = 0,43
	mit „Selbstkontrolle":	r = 0,03

Korrelationen zwischen DSL und den Schülervariablen Schulangst/Schulunlust (AFS) und Anstrengungsvermeidung (AVT) ergaben Koeffizienten zwischen r = –0,14 und r = –0,51 bzw. r = –0,14 und r = 0,74 für verschiedene Schultypen.

7.4 Normen: Für das mittlere Gesamturteil liegen Prozentränge und T-Werte bezogen auf die Gesamtstichprobe vor. Für die Vergleichbarkeit der Itemmittelwerte wurden Prozentränge berechnet. Eine differenzierte Normierung ist nach Angaben der Testautoren zu einem späteren Zeitpunkt vorgesehen.

8. Literatur

MASENDORF, F., TÜCKE, M. & BARTRAM, M. (1973). Zur Genauigkeit der Einschätzung des Lehrers über seine Unterrichtsstrategie im Urteil seiner Schüler. *Psych. in Erzieh. und Unterr,. 20,* 89–93.

KRETSCHMANN, R. (1974). *Intelligenzverfahren und „Neurotizismus" als intervenierende Variablen in der Schüler-Lehrer-Beziehung.* Diss., PH Ruhr, Dortmund.

HERRMANN, TH., STAPF, A. & KROHNE, W. (1971). Die Marburger Skalen zur Erfassung des elterlichen Erziehungsstils. *Diagnostica, 17,* 118–133.

MASENDORF, F. & TSCHERNER, K. (1973). Aspekte des Interaktions- und Unterrichtsstils von Lehrern aus der Sicht der Schüler. *Z. f. Entwicklungspsych. u. Pädag. Psych., 5,* 73–90.

NICKEL, H. (1974). *Beiträge zur Psychologie des Lehrerverhaltens.* München: Reinhardt.

STAPF, A., HERRMANN, TH. & STAPF, K.H. (1972). *Marburger Skalen zur Erfassung des elterlichen Erziehungsstils (MES).* Braunschweig: Westermann.

Ermüdung – Monotonie – Sättigung – Streß (BMS)

H.-E. PLATH und P. RICHTER
Berlin: Psychodiagnostisches Zentrum, 1984

---

1. Testart Einstellungstest

2. Testmaterial Handanweisung (41 Seiten), Fragebogenexemplare, Auswertungsschablonen; *zusätzlich:* Schreibgerät.

3. Testgliederung Der BMS besteht aus zwei unterschiedlichen Verfahrensversionen – BMS I-Erfassungsbogen (Ermüdung, Monotonie, Sättigung vorwiegend für Montage- und Bedienungstätigkeiten) und BMS II-Erfassungsbogen (mit zusätzlicher Streß-Skala vorwiegend für Überwachungs-, Kontroll- und Steuertätigkeiten) und verfügt über drei bzw. vier Skalen zu Beanspruchungsfolgen:

- Ermüdung
- Monotonie
- Sättigung
- Streß (nur BMS II)

Der BMS I verfügt über insgesamt 31 Items in beiden Parallelformen, der BMS II über 40 Items in beiden Formen.

4. Grundkonzept Der BMS stellt ein anforderungsspezifisches Verfahren der Skalierung von erlebten Beanspruchungsfolgen für relativ homogene Gruppen von Arbeitnehmern dar. Der BMS ist kein individualdiagnostisches Verfahren. Grundlage des Verfahrens ist ein mehrdimensionaler methodischer Ansatz, der Indikatoren aus dem Leistungsbereich, der psychophysiologischen Aktivierung und dem Erlebensbereich einschließt (HACKER & RICHTER, 1985). Der BMS unterscheidet sich von der Vielzahl übriger vorhandener Verfahren vor allem durch die anforderungsspezifische Skalenkonstruktion mit aktuellem Tätigkeitsbezug und durch das alternative Angebot der Stellungnahme sowohl zu negativ als auch positiv formulierten Sachverhalten bezüglich der Arbeit.

5. Durchführung **5.1 Alter:** Keine Angaben; Personen im Arbeitsprozeß.

5.2 Formen: Der BMS liegt in zwei tätigkeitsspezifisch unterschiedlichen Versionen vor (BMS I und BMS II) und wird als Gruppenversuch am Arbeitsplatz durchgeführt. Eine Parallelform (A und B) beider Versionen ist verfügbar.

5.3 Handhabung: Der BMS wird als Gruppenverfahren unmittelbar am Arbeitsplatz bzw. im unmittelbaren Arbeitsbereich eingesetzt. Nach Absprache mit dem Unternehmen werden die Arbeitnehmer über Ziel und Methode der Befragung informiert. Es wird der Einsatz einer „Probebefragung“ empfohlen, um die Pbn mit dem Verfahren und dem Antwortmodus vertraut zu machen. Als günstig hat sich der Einsatz des BMS in den ersten 30 Minuten der Schicht (Vormessung) bzw. der letzten Stunde einer Schicht (Nachmessung) erwiesen. Die Größe der Befragungsstichprobe sollte mindestens N = 6 betragen.

5.4 Zeit: Ca. 30 Minuten.

6. Auswertung

6.1. Modus: Die mit „Zustimmung" signierten Items werden getrennt für jede Parallelform und jeden Probanden mit Hilfe der Auswertungsschablonen ermittelt. Der jeweilige Skalenwert („arithmetisches Mittel") wird anhand einer Tabelle als person- und bedingungsspezifischer Repräsentationswert einer dreistufigen Bewertung zum individuellen Beeinträchtigungsempfinden unterzogen.

6.2 Zeit: Keine Angaben.

7. Gütekriterien

7.1 Objektivität: Bei Beachtung der Verfahrensvorgaben und -bedingungen sind Durchführungs-, Auswertungs- und Interpretationsobjektivität gesichert.

7.2 Reliabilität: Untersuchungen zur Reliabilität wurden aufgrund des Verfahrensziels der Veränderungsmessung als Paralleltestreliabilität laborexperimentell durchgeführt. Es ergaben sich für den BMS I-Erfassungsbogen unter Anwendung der Äquivalenzprüfung nach WILK's Koeffizienten zwischen r = 0,80 (Sättigung) und r = 0,95 (Ermüdung); für den BMS II-Erfassungsbogen lagen die Skalenkoeffizienten zwischen r = 0,78 (Streß) und r = 0,88 (Ermüdung).

7.3 Validität: Untersuchungen zur Bedingungsabhängigkeit der Skalenwerte des BMS belegen eine weitgehende Unabhängigkeit der Skalen untereinander sowie die Sensitivität bezüglich unterschiedlicher Auswirkungen von Arbeitsbedingungen. Untersuchungen zur kriterienbezogenen Validität ergaben für eine Übereinstimmungsprüfung des BMS mit dem KLT („Konzentration-Leistungs-Test" n. DÜKER, 1965, ABELS, 1974) unter Einbeziehung unterschiedlicher Schwierigkeitsgrade Validitätskoeffizienten zwischen r = 0,34 (Ermüdung) und r = 0,56 (Sättigung); in Felduntersuchungen ergaben sich Koeffizienten zwischen r = 0,49 (Ermüdung; Tätigkeit: „Bestücken") und r = 0,78 (Ermüdung; Tätigkeit: „Gütekontrolle"). Die Werte für die Monotonieskala lagen bei r = 0,67.

Für den BMS II lagen in Laboruntersuchungen (Wahlreaktionstests, Steuertätigkeit) die Validitätskoeffizienten zwischen r = 0,27 (Monotonie) und r = 0,43 (Streß) für die Steuertätigkeit; für die Wahlreaktion und die Ermüdungsskala ergaben sich Werte zwischen r = 0,29 und r = 0,46; in Felduntersuchungen mit Fahrern von technischen Anlagen ergaben sich Koeffizienten zwischen r = 0,05 und r = 0,66.

Weitere Laboruntersuchungen mit der Herzfrequenz als physiologisches Beanspruchungskriterium erbrachten für den BMS I Validitätskoeffizienten zwischen r = 0,34 (Sättigung) und r = 0,54 (Ermüdung); für den BMS II ergaben sich diesbezüglich Koeffizienten bis r = 0,38 (Sättigung).

Unter Verwendung von 15 Skalen zu erlebten Beanspruchungsfolgen als Binnenkriterium wurden Korrelationseffizienten für den BMS I zwischen r = 0,35 (Sättigung) und r = 0,55 (Ermüdung) gefunden, für den BMS II lagen die Werte zwischen r = 0,16 (Ermüdung; „Wahlreaktion-freies Tempo") und r = 0,82 (Steuertätigkeit; „geringer Schwierigkeitsgrad").

7.4 Normen: Aus folgenden Gründen liegen bisher keine tätigkeitsspezifischen Normen vor:
- Es wird keine Individualdiagnostik angestrebt;
- Ziel der Auswertung ist nicht der Vergleich der Ausprägung von Skalenwerten mit Normpopulationen, da vorrangig Beziehungen der Skalenwerte zu tätigkeitsspezifischen Bedingungen und Auswirkungen bezüglich Leistungs- und Situationsparameter als Kriterien für Beeinträchtigungsempfinden angestrebt werden.

8. Literatur

HACKER, W. & RICHTER, P. (1985²). Psychische Fehlbeanspruchung. In W. HACKER (Hrsg.) *Spezielle Arbeits- und Ingenieurpsychologie.* Band 2, Berlin.

RICHTER, P. & PLATH, H.-E. (1979). Bewährungskontrolle und Entwicklungsfortführung des BMS-Erfassungsbogens zur Ermittlung erlebter Beanspruchungsfolgen. In F. KLIX & K.-P. TIMPKE (Hrsg.), *Arbeits- und Ingenieurpsychologie und Intensivierung.* Berlin.

PLATH, H.-E. & RICHTER, P. (1978). Der BMS I-Beanspruchungsbogen – Ein Verfahren zur skalierten Erfassung erlebter Beanspruchungsfolgen. *Z. Probl. u. Ergebn. Psychol., 65,* 45–84.

Fragebogen zu Lebenszielen und zur Lebenszufriedenheit (FLL)

B. Kraak und D. Nord-Rüdiger

Göttingen: Hogrefe, 1989

---

1. Testart Einstellungs- und Interessentest (Selbstbeurteilungsfragebogen)

2. Testmaterial Testmappe: Manual (DIN A4, 16 Seiten), 1 Fragekarte, 10 Antwortblätter, 10 Auswertungsblätter; *zusätzlich:* Schreibgerät

3. Testgliederung Der FLL umfaßt 15 Themengebiete:

- Gesundheit: 5 Items,
- Sicherheit: 6 Items,
- Lebensstandard: 6 Items,
- soziales und politisches Handeln: 5 Items,
- Arbeitsbedingungen: 8 Items,
- berufliche Sozialisation: 8 Items,
- Freizeit: 6 Items,
- Beziehungen zu anderen Menschen: 9 Items,
- Familie: 7 Items,
- Wirkung auf andere: 6 Items,
- persönliche Entwicklung: 8 Items,
- Selbstachtung: 5 Items,
- Lebensorientierung: 7 Items,
- Politik und Wirtschaft: 14 Items,
- soziale Ordnung: 13 Items.

Die Items sind auf mehrstufigen Skalen (4-, 5-, 7-stufig) zu beurteilen. Sie werden auf einem gesonderten Antwortblatt markiert.

4. Grundkonzept Die Themen des FLL sollen Auskunft geben über fünf komplexe psychologische Handlungsdimensionen:

- die subjektive Bedeutsamkeit: Erfassen der menschlichen Emotionalität.
- das subjektive Gegebensein: Einschätzen der individuellen Situation.
- die subjektive Handlungsmacht: Einschätzen der eigenen Möglichkeiten zur Realisierung von Zielen.
- die Zukunftserwartung: Beurteilen der „absehbaren Zukunft“ (S. 6); d. h. ob es „mit der Realisierung der einzelnen Zielbereiche in absehbarer Zukunft besser oder schlechter oder gleich bleiben wird“ (S. 6).
- die Zufriedenheit: Erfassen der Zufriedenheit in den aufgeführten Bereichen und der allgemeinen Lebenszufriedenheit.

5. Durchführung **5.1 Alter:** Die Zielgruppe umfaßt Jugendliche und Erwachsenen aller Altersstufen.

2.2

5.2 Formen: Der FLL kann als Einzel- und Gruppeninterview verwendet werden. Es gibt keine Parallelformen. Der Fragebogen ist als Lang- und Kurzform entwickelt. Die Items des Kurzfragebogens sind auf der Fragenkarte graphisch hervorgehoben.

5.3 Handhabung: Die zur Beantwortung notwendigen Instruktionen befinden sich auf der Fragenkarte.
Die Autoren empfehlen, nach Ausfüllen des Fragebogens die Befragten aufzufordern, ihre Fragebogen auf Vollständigkeit zu kontrollieren.

5.4 Zeit: Die Autoren geben für die Kurzform eine Durchführungsdauer von etwa 18–36 Minuten und für die Langform etwa 50–90 Minuten an.

6. Auswertung

6.1 Modus: Die Ergebnisse des FLL werden durch die Berechnung der Zielformel und durch Wertorientierung ermittelt.

Berechnung der Zielformel
Die Zielformel wird mit den folgenden Schritten errechnet:
1. Für alle fünf Variablen auszählen, wie viele Werte „hoch“ sind.
2. Für alle fünf Variablen auszählen, wie viele Werte „niedrig“ sind.
3. Die Anzahl der „hohen“ Werte durch die Anzahl der „niedrigen“ dividieren.
4. Die Quotienten in einer Rangordnung nach ihrer Höhe anordnen.

Berechnung der Wertorientierungen
„Die Wertorientierungen sind die folgenden:
1. Orientierung an sozialen Werten,
2. Orientierung an materialistisch-hedonistischen Zielen,
3. Orientierung an ‚alternativen‘ Zielen,
4. Orientierung an Zielen sozialen Aufstiegs,
5. Orientierung an traditionellen Zielen.

Die Daten zu den interessierenden Orientierungen werden in die linke Spalte des Formblatts als Rohdaten eingetragen. Anschließend bildet man den Summenwert (SW) und trägt ihn in die vorgegebenen Kästchen ein. Zur besseren Veranschaulichung, besonders im Hinblick auf den internen Vergleichsmaßstab des Probanden, überträgt man die gemittelten Summenwerte (SW geteilt durch die Anzahl der jeweils genannten Ziele) auf dem Leitstrahl ‚Wichtigkeit‘. Man erhält ein anschauliches ‚Wertprofil‘ des Befragten“ (S. 13).

6.2 Zeit: Angaben zur Auswertungszeit werden nicht gemacht.

7. Gütekriterien

7.1 Objektivität: Angaben zur Durchführungs-, Auswertungs- und Interpretationsobjektivität werden nicht gemacht. Auf der Basis der Kompliziertheit der Anweisungen, insbesondere zur Auswertung und Interpretation, muß die betreffende Objektivität als zumindest gemindert eingeschätzt werden.

7.2 Reliabilität: Angaben zur Reliabilität werden unter der Überschrift „Validität“ gemacht. Informationen zur Validität werden lediglich global auf Itemebene wiedergegeben: „Die Produkt-Moment-Korrelation zwischen erster und zweiter Antwort liegt bei 43% der Items über 0,70, bei 44% der Items zwischen 0,70 und 0,50 und nur bei 12% unter 0,50“ (S. 15).

7.3 Validität: Die Autoren umschreiben die Validität des FLL wie folgt: „Faktorenanalysen von Daten aus der Befragung von Lehrern und Schülern an hessischen Schulen erbrachten für alle Variablen klare und plausible Faktorenstrukturen“ (S. 15).

7.4 Normen: Die Autoren verzichten aufgrund der genannten Anwendungsmöglichkeiten des Tests auf Norm- und Eichwerte. Vergleiche, die für die Autoren relevant erscheinen, werden im Manual beschrieben; es werden genannt: Vergleich der Variablenstruktur eines Individuums, einer Gruppe, Personenklasse oder Organisation mit der sozialen Umwelt, anderen Gruppen oder Personenklassen oder der ganzen Bevölkerung (s. S. 15).

Fragebogen zur Direktiven Einstellung (FDE)

R. Bastine
Göttingen: Hogrefe, 1977[2]

---

1. Testart Einstellungs- und Interessentest

2. Testmaterial Handanweisung (16 Seiten), Fragebogen, 3 Auswertungsschablonen; *zusätzlich:* Schreibmaterial.

3. Testgliederung Der FDE besteht aus 32 Items, die jeweils zur Hälfte die Skala der direktiven Einstellung (DE) bzw. der Extraversion (E) bilden. Letztere basieren auf der E-Skala aus dem E.N.NR.-Test von Brengelmann und Brengelmann (1960).

4. Grundkonzept Der Test mißt in erster Linie das Ausmaß an direktiver Einstellung, die vor allem in Gruppenprozessen zur Geltung kommt und die als Teilkomponente „autoritären" Verhaltens verstanden wird. Die direktive Einstellung wird definiert als Einstellung einer Person, die Handlungen und Erlebnisweisen anderer nach eigenen Vorstellungen zu lenken und zu kontrollieren. Die E-Skala hat – da sie anderweitig bereits mehrfach verfügbar ist – für den FDE hauptsächlich die Funktion, irrelevante Beantwortungen, z. B. im Sinne des Halo-Effektes, zu verhindern.

Der FDE kann sowohl zur Messung situationsspezifischer Veränderungen als auch – bei Verwendung der standardisierten Testsituation – zur Messung der Persönlichkeitsvariablen „direktive Einstellung" eingesetzt werden.

Als Anwendungbereiche werden vorgeschlagen: Ausbildungskontrolle für Erzieher usw., sozialpsychologische Forschung, eignungsdiagnostische Beurteilung von Führungskräften, beratende und therapeutische Tätigkeit mit Eltern, Lehrern, Betriebsleitern usw.

5. Durchführung **5.1 Alter:** Ab ca. 14 Jahren, hauptsächlich Erwachsene.

5.2 Formen: Der FDE liegt in einer Form vor, die als Einzel- und Gruppentest verwendet werden kann. Außerdem gibt es eine computergestützte Fassung im Hogrefe-Testsystem PERSYS.

5.3 Handhabung: Der Fragebogen enthält eine schriftliche Instruktion mit Erläuterung der sechsstufigen Rating-Skala, deren einzelne Stufen numerisch und verbal bezeichnet sind. Die Bearbeitung erfolgt schriftlich.

Für die Testsituation wird ausdrücklich festgestellt, daß sie durch eine freundliche und lockere Atmosphäre gekennzeichnet sein soll. Bei der Gruppeneinteilung ist besonders darauf zu achten, daß der soziale Druck auf einzelne Mitglieder der Gruppe möglichst gering ist.

5.4 Zeit: Keine Zeitbegrenzung; in der Regel ca. 10–20 Minuten.

6. Auswertung

6.1 Modus: Die Rohwerte der Items, die für die direktive Einstellung, nichtdirektive Einstellung, Extraversion und Introversion stehen, werden mit Hilfe zweier Schablonen getrennt summiert, die jeweils polaren Scores anschließend voneinander subtrahiert. Die Endscores (DE und E) können demnach positiv (direktiv; extravertiert) und negativ (nichtdirektiv; introvertiert) sein. Achtung: Die Mittelwerte der Stichproben fallen nicht mit den Nullwerten zusammen, sondern sind beide negativ. Die Rohwerte können in Z-Werte transformiert werden.

6.2 Zeit: Keine Angaben. Erfahrungsgemäß ca. 5 Minuten.

7. Gütekriterien

7.1 Objektivität: Bei rein formaler Auswertung voll gegeben.

7.2 Reliabilität: Für beide Skalen bei mehreren Stichproben hoch. Interne Konsistenz: r_{tt} = 0,80 bis 0,89. Retest-Reliabilität (Intervall 2 bis 6 Wochen): r_{tt} = 0,80 bis 0,95; z. T. signifikante Mittelwerts- und Streuungsunterschiede zwischen Test und Retest können einer Tabelle entnommen werden.

7.3 Validität: Die zweite Auflage des FDE informiert über eine größere Anzahl von Untersuchungen zur Gültigkeit des Verfahrens. Validierungsstudien an insgesamt 2700 Probanden zeigen u. a.:

a) daß die Direktive Einstellung eine spezifische Art sozialer Interaktion darstellt, die nur gering mit Extraversion und nicht mit Intelligenz und Emotionalitätsskalen korreliert,
b) daß geschlechtsspezifische Unterschiede hinsichtlich des Ausprägungsgrades der Direktiven Einstellung bestehen (Männer verhalten sich direktiver als Frauen),
c) daß diesbezügliche Selbst- und Fremdbeurteilungen in Diskussionsgruppen weitgehend übereinstimmen,
d) daß der FDE sensitiv ist für situative Einflüsse.

7.4 Normen: Die Handanweisung enthält Angaben über Mittelwerte und Streuungen für verschiedene Stichproben sowie nach Geschlecht für Lehrer und Lehrer-Studenten getrennt und eine Umrechnungstabelle der DE- und E-Rohwerte in Z-Werte.

8. Literatur

BASTINE, R. (1973). Zur Diskussion der Validität des FDE. *Z. Entwicklungspsychol. Päd. Psychol., 5,* 116–123.

Fragebogen zur Erfassung des Organisationsklimas (FEO)

J. Brake, K. Daumenlang und F. Handwerker

Göttingen: Hogrefe, in Vorbereitung

---

1. Testart

Einstellungs- und Interessentest

2. Testmaterial

Handanweisung, Fragebogen, Auswertungsschablonen, Kopiervorlagen; *zusätzlich:* Schreibmaterial.

3. Testgliederung

Der FEO besteht aus acht Hauptskalen „Vorgesetztenverhalten", „Einstellung zum Unternehmen", „Bewertung der eigenen Arbeit", „Arbeitsbelastung", „Effektivität der Organisation", „Arbeitsplatzwechsel", „Kollegialität", „Betriebliche Chancen für Frauen" und mehreren Zusatzskalen.

4. Grundkonzept

Mit den faktorenanalytisch gewonnen acht Skalen des FEO sollen operational definierte Dimensionen des Organisationsklimas gemessen werden. Dem Fragebogen liegt das 2-Faktoren-Modell des Führungsverhaltens (Consideration und Initiating Structure) zugrunde. Die Items wurden jedoch nicht aus vorhandenen Fragebogen entnommen, sondern in Zusammenarbeit mit Personalleuten, Betriebsräten, Vorgesetzten und Mitarbeitern entwickelt, diskutiert und revidiert.

Als Anwendungsbereiche sind organisationspsychologische Fragestellungen in Großbetrieben, einzelnen Abteilungen, mittelständischen Betrieben, Behörden bis hin zu Arbeitsgruppen mit nur wenigen Mitgliedern denkbar. Entsprechend der inhaltlichen Bestimmung der einzelnen Skalen kann der FEO zur unmittelbaren Beurteilung eines einzelnen Vorgesetzten durch die Mitarbeiter herangezogen werden, die Einstellung der Mitarbeiter zum Unternehmen insgesamt erfassen, die Meinung über berufliche Möglichkeiten von Frauen im Betrieb festhalten und dergleichen mehr.

Der FEO beabsichtigt nicht, nur ein Meßinstrument zu sein, das zuverlässige Daten für Entscheidungsträger liefert. Vielmehr sollen die Daten die Basis für eingehende Diskussionen zwischen den Beteiligten liefern. Dadurch kann der FEO am Beginn von Maßnahmen zur Personal- und Organisationsentwicklung stehen oder auch zu deren Evaluation herangezogen werden.

5. Durchführung

5.1 Alter: Erwachsene und Jugendliche ab Berufseintritt.

5.2 Formen: Im Einzel- und Gruppenverfahren anwendbar.

5.3 Handhabung: Der FEO enthält eine schriftliche Instruktion mit Erläuterungen der Verwendung der sechsstufigen Skala.

5.4 Zeit: Keine Zeitbegrenzung; die Durchführung erfordert erfahrungsgemäß ca. 20 Minuten.

6. Auswertung

6.1 Modus: Mit Hilfe der Schablonen bestimmt man für jede Skala die Summe der angekreuzten Antwortstufen. Diese dividiert man dann durch die Anzahl der Items pro Skala. Der so gewonnene Rohwert kann dann auf dem Antwortbogen eingetragen und zu einem graphischen Profil des Organisationsklimas verbunden werden. Die mitgelieferten Normen ermöglichen Vergleiche zu verschiedenen Vorgesetzten- und Mitarbeitergruppen aus unterschiedlichen Beschäftigungsbereichen. Zusätzlich kann für die Vorgesetztenbeurteilung eine separate Profilauswertung der Skala 1 vorgenommen werden. Auch hierfür liegen spezielle Normen vor.

6.2 Zeit: Keine Angaben.

7. Gütekriterien

7.1 Objektivität: Durchführung und Auswertung können als objektiv angesehen werden.

7.2 Reliabilität: Die Berechnung von Cronbachs Alpha ergab Werte zwischen 0,64 und 0,97 mit einem Ausreißer von 0,35 für Skala 8, die aber trotzdem von den Autoren im FEO belassen wurde.

7.3 Validität: Es wurden Faktorenanalysen an unterschiedlichen Stichproben gerechnet, die im großen und ganzen die gleichen Faktoren ergaben. Sie lassen den Schluß zu, daß es eine Reihe stabiler Faktoren gibt, die sich unabhängig von der jeweiligen Stichprobe replizieren lassen. Auf diesen basiert der FEO.

7.4 Normen: Es liegen Mittelwerte und Streuungen verschiedener Vorgesetzten- und Mitarbeitergruppen aus verschiedenen Beschäftigungsbereichen vor.

Fragebogen zur Erhebung von Kontrollüberzeugungen zu Krankheit und Gesundheit (KKG)

A. LOHAUS und G. M. SCHMIDT
Göttingen: Hogrefe, 1989

---

1. Testart

Einstellungstest

2. Testmaterial

Handanweisung (DIN A5, 31 Seiten), Fragebogen (DIN A4, 4 Seiten inklusive Anweisung mit Übungsbeispiel, Fragen und Ergebnisschema), Auswertungsschablone; *zusätzlich:* Schreibgerät.

3. Testgliederung

Der KKG besteht aus 21 Items, auf die in vorgegebenen sechsstufigen Likert-Skalen reagiert werden soll. Je sieben der als Statements formulierten Items beziehen sich in zufälliger Reihenfolge auf die Dimensionen:

- Internalität,
- soziale Externalität,
- fatalistische Externalität.

Abgeschlossen wird der Fragebogen durch eine offene Frage danach, an welche Erkrankung der Proband bei der Beantwortung der Items dachte.

4. Grundkonzept

Mit dem KKG-Fragebogen soll eine Aussage in bezug auf Kontrollüberzeugungen über Krankheit und Gesundheit ermöglicht werden. In Anlehnung an die soziale Lerntheorie von ROTTER und bereits vorliegende anglo-amerikanische Fragebogen werden dabei drei unterschiedliche Arten von Kontrollüberzeugungen angenommen:

- *Internalität* bezeichnet die Einstellung, daß die Person selbst in der Lage ist, Gesundheit und Krankheit zu kontrollieren.
- *Soziale Externalität* meint die Einstellung, daß diese durch andere, aber außenstehende Personen kontrollierbar sind.
- *Fatalistische Externalität* bringt schließlich die Unkontrollierbarkeit beziehungsweise die Abhängigkeit des eigenen Gesundheitszustandes von Zufall oder Schicksal zum Ausdruck.

Die wichtigsten Anwendungsgebiete des KKG werden hinsichtlich der Krankheitsprophylaxe und Patientencompliance gesehen, wobei er sowohl in den Bereichen Diagnostik und Beratung als auch Intervention einsetzbar ist. Daneben wird seine Verwendung in Forschungsprojekten zu gesundheits- und krankheitsrelevanten Fragestellungen angeregt.

5. Durchführung

5.1 Alter: Jugendliche und Erwachsene ab etwa 12 Jahren.

5.2 Formen: Einzel- und Gruppenbefragung; sowohl die Erhebung der „allgemeinen" Kontrollüberzeugung zur Krankheit und Gesundheit wie auch die themenspezifische Fokussierung auf bestimmte Erkrankungen ist möglich. Computergestützte Fassung im Hogrefe-Testsystem CORA.

5.3 Handhabung: Auf der ersten Seite des Fragebogens ist eine kurze Anweisung zur Bearbeitung abgedruckt; mit einem Übungsitem wird die Zuordnung zu den sechs Antwortkategorien („trifft sehr zu“ bis „trifft gar nicht zu“) verdeutlicht.

5.4 Zeit: Ca. 10–15 Minuten, jedoch ohne Zeitbegrenzung.

6. Auswertung

6.1 Modus: Der Fragebogen wird mittels einer Transparentschablone ausgewertet, auf der die drei zugrundeliegenden Dimensionen farblich getrennt sind. Die drei Summenscores werden auf der Rückseite des Fragebogens eingetragen. Durch die Subtraktion der Gesamtrohwerte von der Zahl 49 erfolgt eine Umpolung, die die Interpretation der Kennwerte erleichtern soll.

6.2 Zeit: Eine Zeitangabe zur Dauer der Auswertung liegt nicht vor, sie dürfte jedoch fünf Minuten nicht überschreiten.

7. Gütekriterien

7.1 Objektivität: Durchführungs- und Auswertungsobjektivität können bei Einhaltung der standardisierten Bedingungen als gewährleistet gelten.

7.2 Reliabilität: Als Kennwerte für die drei Subskalen des Fragebogens wurden sowohl Retest-Reliabilitäten wie auch interne Konsistenzen (Cronbach's Alpha) bestimmt.
In der Analysestichprobe, bestehend aus Schülern unterschiedlicher Schultypen und Erwachsenen mit verschiedenem schulischen und beruflichen Hintergrund (N = 366), ergaben sich in der Meßwiederholung nach zwei Wochen Retest-Reliabilitäten zwischen 0,66 und 0,78. Die internen Konsistenzen variieren je nach Skala zwischen 0,64 und 0,77.

7.3 Validität: Der Validierung liegen diverse empirische Untersuchungen bei Gesunden und bei Erkrankten unterschiedlicher Erkrankungsformen zugrunde.
Die Konstruktvalidität wurde hinsichtlich der Interkorrelation der drei Subskalen und mittels einer Faktorenanalyse überprüft. Die durchweg niedrigen Korrelationen (–0,5 bis 0,6) zwischen den Subskalen können als Hinweise für eine weitgehende Unabhängigkeit der Skalen gewertet werden. Mit der Faktorenanalyse konnte eine Varianzaufklärung von insgesamt 40,6% durch die drei Skalen erzielt werden, wobei die jeweilige Einzelaufklärung durch die drei Subskalen ähnlich ausgeprägt ist (Internalität: 16,3%, Soziale Externalität: 13,2%, Fatalistische Externalität: 11,2%). Fast 60% der Gesamtvarianz waren somit nicht aufklärbar.
Die kriterienbezogene Validität wurde durch Korrelation mit verschiedenen Außenkriterien und durch Gruppenvergleiche analysiert: Die Korrelation zwischen dem KKG und dem IPC-Fragebogen, der zur Erhebung generalisierter Kontrollüberzeugungen dient, liegt für die Internalitätsskala bei 0,25, für die soziale Externalität bei 0,22 und für die fatalistische Externalität bei 0,45. Nicht signifikante Korrelationen ergaben sich hinsichtlich Alter, Geschlecht und der Lügen-Skala im Eysenck-Persönlichkeits-Inventar. Auch die durchgängig geringen Korrelationen beim Vergleich der Ergebnisse im KKG mit denen im Freiburger-Persönlichkeits-Inventar verweisen auf eine diskriminante Validität des KKG. Eine Überprüfung der Kontrollüberzeugungen von Jugendlichen mit verschiedenen Erkrankungen (Diabetes mellitus,

Asthma bronchiale, Alopecia areata) deckte sich weitgehend mit den theoretischen Annahmen des KKG. Der am ehesten beeinflußbare Diabetes mellitus ergab hohe Kennwerte in bezug auf Internalität und am geringsten in bezug auf fatalistische Externalität. Das umgekehrte Bild ergab sich hinsichtlich der Alopecia areata; dieses Ergebnis wird als weiterer Beleg für die kriterienbezogene Validität herangezogen.

7.4 Normen: Die Normierungsstichprobe setzt sich zusammen aus Jugendlichen zwischen 12 und 20 Jahren (N = 1092) und Erwachsenen über 20 Jahre (N = 420). In der Normen-Tabelle werden Z-Werte, T-Werte und Prozentränge angegeben.

Fragebogen zur Messung von Einstellungen zu Schwangerschaft, Sexualität und Geburt (SSG)

H. LUKESCH und M. LUKESCH
Göttingen: Hogrefe, 1976

---

1. Testart Einstellungstest

2. Testmaterial Handanweisung, Fragebogen, Auswertungsschablonen; *zusätzlich:* Bleistift.

3. Testgliederung Der Fragebogen besteht aus 70 Items, die den folgenden Skalen zugeordnet sind:
- offene Ablehnung der Schwangerschaft (OA)
- Verletzungsangst (VA)
- Geburtsangst (GA)
- Ablehnung des Stillens (AS)
- Einstellung zur Sexualität (ES).

4. Grundkonzept Der Fragebogen dient der subjektiven Einschätzung des Bereichs Schwangerschaft, Sexualität, Geburt. Erfaßt werden sollen u. a. die psychische und körperliche Stabilität einer werdenden Mutter.

5. Durchführung **5.1 Alter:** Keine Angaben.

5.2 Formen: Gruppen- und Einzeltest, eine Form.

5.3 Durchführung: Die Anweisung wird schriftlich gegeben; sie kann ohne Zusatzanweisung verstanden werden.

5.4 Zeit: Keine Zeitbegrenzung, Dauer ca. 10 bis 20 Minuten.

6. Auswertung **6.1 Modus:** Die Auswertung erfolgt per Schablone. Die Zahlen der Schablonen auf den entsprechenden Ankreuzungen auf dem Fragebogen werden, getrennt nach Skalen, addiert. Standardisierung der 5 einzelnen Rohwerte, die auf diese Weise ermittelt worden sind, erfolgt mit Hilfe der Tabellen im Anhang. Diese sind getrennt für Männer und Frauen und erlauben eine Transformation in Stanine-Werte, T-Werte und Prozentränge.

6.2 Zeit: Keine Angaben.

7. Gütekriterien **7.1 Objektivität:** Keine Angaben.

7.2 Reliabilität: Ungenügende Angaben, keine Zahlenwerte.

7.3 Validität: Es wurden Beziehungen zwischen der SSG und drei Kriterien hergestellt:
1) zu anderen Operationalisierungsmöglichkeiten von Schwangerschaftseinstellungen

2) Einfluß der sozialen Faktoren
3) Zusammenhang zu Merkmalen der Schwangerschaft und der Neugeborenen.

„In allen drei Bereichen konnte eine Anzahl statistisch gesicherter Resultate gefunden werden."

7.4 Normen: Die Eichstichprobe umfaßte 239 Frauen und 104 Männer. Die Normentabellen erlauben Transformationen der Rohwerte in Stanine-Werte, T-Werte und PR-Werte, und zwar getrennt nach Skalen.

Fragebogen zur Vorgesetzten-Verhaltens-Beschreibung (FVVB)

H. Fittkau-Garthe und B. Fittkau

Göttingen: Hogrefe, 1971

---

1. Testart Einstellungs- und Interessentest

2. Testmaterial Handanweisung, Fragebogen, 2 Auswertungsschablonen; *zusätzlich:* Schreibmaterial, je Fragebogen 1 Briefumschlag (zur Wahrung der Anonymität).

3. Testgliederung Der FVVB besteht aus 32 Items (= Aussagen über den Vorgesetzten), die z. T. auf dem „Supervisory Behavior Description Questionnaire" der Ohio State University basieren, z. T. für die vorliegenden Zwecke neu entwickelt wurden; sie bilden zusammen 4 faktorenbezogene und 1 kombinierte Kurz-Skala.

4. Grundkonzept Der FVVB stellt ein Verfahren dar, das über 4 faktoriell gewonnene Dimensionen des Vorgesetzten-Verhaltens (= 57% der Gesamtvarianz) Auskunft geben soll; das Vorgesetzten-Verhalten wird durch die Ratings seiner Mitarbeiter gemessen, d. h., es handelt sich beim Ausfüllen der Fragebogen um Fremdbeurteilungen. Der FVVB wird als vom jeweiligen Arbeitsplatz unabhängig bezeichnet; angesprochene Settings sind Industriebetriebe, Verwaltungsbehörden, Schulen, Polizei, Bundeswehr u. a.

Der Fragebogen gründet ursprünglich auf dem 2-Faktoren-Modell des Führungsverhaltens (Consideration und Initiating Structure) und ermöglicht jetzt Aussagen über die Dimensionen: „Freundliche Zuwendung und Respektierung" (F), „Mitreißende, zur Arbeit stimulierende Aktivität" (A), „Ermöglichung von Mitbestimmung und Beteiligung" (M), „Kontrolle vs. laissez-faire" (K) sowie über eine kombinierte Skala der ersten beiden Faktoren (F/A).

Der FVVB wird als psychologisches Verfahren der Vorgesetztenbeurteilung, Effektivitätsprüfung bei Schulungskursen etc. ausdrücklich als zur Förderung von freiheitlich-demokratisch-sozialen Zielen geeignet bezeichnet und soll insofern zur Demokratisierung von Betrieben und Institutionen beitragen.

5. Durchführung **5.1 Alter:** Erwachsene und Jugendliche ab 14 Jahren. (Von den Testautoren werden keine Angaben zum Alter gemacht. Der Fragebogen ist von den Mitarbeitern des Vorgesetzten auszufüllen: Da auch Auszubildende zu diesen Mitarbeitern zählen, wurde das Mindestalter vom Rezensenten willkürlich auf 14 Jahre festgesetzt.)

5.2 Formen: Der FVVB kann im Einzel- und Gruppenverfahren angewandt werden, wobei letzteres als üblich angenommen wird, da ein Vorgesetzter immer von mehreren Mitarbeitern beschrieben werden soll.

In den Formulierungen der FVVB-Items wird unterstellt, daß es sich um einen männlichen Vorgesetzten handelt („Er behandelt ..."). Angaben zur Verwendung des FVVB bei weiblichen Vorgesetzten sind der Handanweisung nicht zu entnehmen.

5.3 Handhabung: Der Fragebogen enthält eine schriftliche Instruktion mit Erläuterungen der Verwendung der fünfstufigen Skala, die in verschiedenen Versionen jedem Item verbal mitgegeben ist. Die Bearbeitung erfolgt schriftlich. Die ausgefüllten Bogen sollen zur Wahrung der Anonymität vom Pbn in einen Briefumschlag gesteckt werden.
Das Ausfüllen des FVVB stellt nach Angaben der Testautoren keine besonderen Verständnis- bzw. Wortschatzanforderungen, „da die Verhaltensweisen typisch für Vorgesetzte und leicht beobachtbar sind" (S. 16).

5.4 Zeit: Keine Zeitbegrenzung. Dauer in der Regel 10–20 Minuten.

6. Auswertung

6.1 Modus: Mit Hilfe der Schablonen werden die angekreuzten Ziffern pro Item getrennt nach 5 Gruppen (Skalen) summiert. Die Skalen-Summen werden durch die Anzahl der Items pro Skala dividiert; dadurch entstehen die Skalenmittelwerte. Diese können auf dem Antwortbogen als Rohwerte eingetragen und zu einem graphischen Verhaltensprofil verbunden werden.

6.2 Zeit: Keine Angaben. Erfahrungsgemäß ca 3 Minuten.

7. Gütekriterien

7.1 Objektivität: Bei rein formaler Auswertung voll gegeben.

7.2 Reliabilität: Für die einzelnen Skalen getrennt liegen folgende Angaben vor:

Interne Konsistenz
Aufgewertete mittlere Itemkorrelation, mit Werten von r_{tt}= 0,66 bis r_{tt} = 0,95.

Inter-Rater-Reliabilität varianzanalytisch
Mittlere Varianz innerhalb der Gruppen dividiert durch Varianz zwischen den Gruppen, mit Werten von R = 0,61 bis R = 0,66.

Inter-Rater-Reliabilität korrelativ
Aufgewertete Korrelation der zufallshalbierten Beurteiler-Gruppen, mit Werten von r_{tt} = 0,54 bis r_{tt} 0,71.

7.3 Validität: Die Bezeichnung der Auswertungs-Skalen basiert auf einer Faktorenanalyse der Items. Zum Teil sind die Skalen interkorreliert; dies gilt vor allem für die kombinierte Skala F/A.
Die Kriteriumsvalidierung wurde mit Hilfe eines Fragebogens eingeleitet, der – nach einer Item-Selektion – aus 15 Fragen zur „emotionalen Einstellungsreaktion" der Mitarbeiter ihrem Betrieb gegenüber bestand. Die 75 Korrelationen zwischen Kriteriumsfragen und FVVB-Skalen werden tabellarisch mitgeteilt; sie rangieren zwischen r_{tc} = –0,07 und r_{tc} = 0,80, der Median liegt (nach einer Berechnung durch den Rezensenten) bei r_{tc} = 0,31.
Auf die Notwendigkeit der Validierung an „objektiven Kriterien" (Fluktuation, Fehlzeiten etc.) wird hingewiesen.

7.4 Normen: Mittelwerte und Streuungen der Skalenmittelwerte (Rohwerte) von 228 Vorgesetzten aus 9 Firmen bei insgesamt 1313 Beurteilern werden mitgeteilt. Spezielle Normen für verschiedene Vorgesetzte – oder Mitarbeitergruppen – liegen nicht vor.

Geist-Bilder-Interessen-Inventar (GB II)
Geist-Picture-Interest-Inventory

Deutsche Bearbeitung: E. STAUFFER
Lisse: Swets & Zeitlinger, 1980

---

1. Testart Klinischer Test, Interessentest

2. Testmaterial Handanweisung (57 Seiten), Testhefte für Männer und Frauen, Antwortschema mit Auswertungsdiagramm und Werthaltungsprotokoll; *zusätzlich:* Schreibgerät.

3. Testgliederung Die Bilder in beiden Testheften enthalten Zeichnungen aus bestimmten Berufsarten bzw. -Tätigkeiten. Die „männliche Form" enthält 113 Bilder über Berufe und 19 zu beruflichen Tätigkeiten, die „weibliche Form" entsprechend 69 und 12. Die Bilder sind als Folge („Triaden") angeordnet. Darüber hinaus müssen alle 63 Aussagen zusätzlich in 7 Werthaltungsdimensionen in ihrer Wahl begründet werden (1. Keine Meinung; 2. Familie; 3. Berufliches Ansehen; 4. Verdienst; 5. Intrinsische Werte; 6. Soziale Umwelt; 7. Berufserfahrung).

4. Grundkonzept Im Gegensatz zu den meisten Interessentests, die auf einer verbalen Reizgrundlage beruhen, enthält der GB II eine Reihe von Zeichnungen bzw. Bildern, die Berufe oder Tätigkeiten darstellen. Darüber hinaus geht der Autor davon aus, daß Zeichnungen einen höheren Aufforderungscharakter besitzen und den Probanden stärker motivieren. Die Identifikation der einzelnen Testbilder durch die Pbn gibt Auskunft über das jeweilige Informationsniveau oder der bereits entwickelten beruflichen Entwicklungsstufe. Somit eignet sich der GB II auch als Grundlage für ein Beratungsgespräch, indem der ermittelte Grad der Berufswahlreife miteinbezogen werden kann.

5. Durchführung **5.1 Alter:** 14 bis 16 Jahre („Berufswahlalter").

5.2 Formen: Einzel- und Gruppentest (bis zu 15 Personen).

5.3 Handhabung: Auf dem Antwortblatt tragen die Pbn die Persondaten ein. Nach Vorlage des Testheftes wird die Anleitung vorgelesen. Anschließend wird das aufgeführte Beispiel bearbeitet, indem die Zahl unter dem Bild angekreuzt wird; dann wird das gesamte Verfahren bearbeitet. Die Beantwortung der Triaden erfolgt nach dem Prinzip der „Zwangswahl".

5.4 Zeit: 10–20 Minuten für das Antwortblatt, 25–40 Minuten für die Bearbeitung des Werthaltungsfragebogens.

6. Auswertung **6.1 Modus:** Auszählen der Rohwerte auf dem Profilblatt. Auf dem Profilblatt ist für jede dem jeweiligen Bild zugeordnete Tätigkeit der betreffende Beruf durch einen Kreis markiert. Der bevorzugte Beruf kann so durch ein Kreuz

(17)

1 2 3

Welche dieser drei Tätigkeiten würdest Du vorziehen, um Deinen Lebensunterhalt zu verdienen?

(18)

1 2 3

Welche dieser drei Tätigkeiten würdest Du vorziehen, um Deinen Lebensunterhalt zu verdienen?

(19)

1 2 3

Welche dieser drei Tätigkeiten würdest Du vorziehen, um Deinen Lebensunterhalt zu verdienen?

(20)

1 2 3

Welches von diesen drei Bildern interessiert Dich am meisten?

vermerkt werden. Aus den Spaltennummern ergibt sich der Rohwert des jeweiligen Interessengebietes, der in T-Werte transformiert werden kann. Interpretationshinweise für die einzelnen Interessensbilder sind im Manual angegeben. Der Werthaltungsfragebogen wird anhand der Anzahl markierter Aussagen ausgewertet, die summiert und in Prozentwerte transformiert werden.

6.2 Zeit: 10 Minuten.

7. Gütekriterien

7.1 Objektivität: Auswertungs- und Durchführungsobjektivität sind unter Berücksichtigung der im Manual vorgegebenen Anweisungen gegeben; die Interpretation der T-Wert-transformierten Daten erfordert z. T. eine entsprechende Erfahrung des Auswerters.

7.2 Reliabilität: Die Überprüfung der internen Konsistenz (Cronbach Alpha) an zwei Stichproben 15- und 16jähriger Jungen (N = 74; N = 21) ergab eine stark variierende „Verläßlichkeit" des Verfahrens im Hinblick auf die einzelnen Skalen sowie das Geschlecht. Insgesamt ergaben sich Koeffizienten zwischen r = 0,15 und r = 0,70, im Durchschnitt r = 0,49. Die Werte des Original-Tests lagen zwischen r = 0,64 und r = 0,86.

7.3 Validität: Nach Angaben des Autors gab es bisher keine systematische Überprüfung der Validität für die deutsche Version.

7.4 Normen: Für die Standardisierung der deutschen Version des GB II-Verfahrens diente eine Stichprobe von 122 Jungen und 132 Mädchen im Alter von 15–19 Jahren (N = 254). Weitere Standardisierungsuntersuchungen wurden in Berlin und Österreich durchgeführt. Als Normwerte stehen in den nach Alter und Geschlecht differenzierten Tabellen T-Werte als Transformierungsgrundlage für die Rohwerte zur Verfügung.

8. Literatur

GEIST, H. (1948). *The Geist Interest Inventory: Male and female manual.* Beverly Hills, Calif.: Western Psychological Services.

GEIST, H. (1959). *The Geist Picture Inventory: General form: Male.* Psychological Reports. Monograph Supplement 3. Montana: Montana State University.

Generelle Interessen-Skala (GIS)

R. BRICKENKAMP
Göttingen: Hogrefe, 1990

---

1. Testart

Interessentest, Persönlichkeitstest

2. Testmaterial

Handanweisung (47 Seiten); Fragebogen mit bevölkerungsrepräsentativen Normprofilen in vier Formen: Form E/M und Form E/W für männliche bzw. weibliche Erwachsene und Jugendliche, Form K/M und Form K/W für Jungen bzw. Mädchen; *zusätzlich:* Schreibgerät.

3. Testgliederung

Die GIS umfaßt 16 Interessenbereiche und 3 Verhaltensmodalitäten; insgesamt, die Gesamtskala eingeschlossen, sind also 20 Skalenwerte meßbar. Folgende Interessenbereiche (Abkürzungen in Klammern) werden erfaßt:

1. Musik (MUS)
2. Kunst (KUN)
3. Architektur (ARC)
4. Politik (POL)
5. Handel (HAN)
6. Literatur (LIT)
7. Erziehung (ERZ)
8. Medizin (MED)
9. Kommunikationstechnologie (KOM)
10. Naturwissenschaft (NAW)
11. Biologie (BIO)
12. Natur/Landwirtschaft (NAL)
13. Ernährung (ERN)
14. Mode (MOD)
15. Sport (SPO)
16. Unterhaltung (UNT)

Die Verhaltensmodalitäten lauten:

I. Rezeptivitätsskala (REZ)
II. Reproduktivitätsskala (REP)
III. Kreativitätsskala (KRE)

Die Gesamtskala (GES) basiert auf der Summe der abgegebenen Interesseneinschätzungen.

4. Grundkonzept

Die Entwicklung der GIS basiert auf einem neuen Interessenkonzept, das anstelle eines zufälligen Konglomerats spezifischer Tätigkeiten systematisch variierte generelle Verhaltensweisen zur Interesseneinschätzung vorgibt. Die Skala ermöglicht einen Überblick über die Breite und Intensität individueller Interessen und kann als Grundlage für eine weiterführende Exploration genutzt werden.

Normen für weibliche Jugendliche

Normwerte T	Normwerte PR	MUS	KUN	ARC	LIT	POL	HAN	ERZ	MED	KOM	NAW	BIO	NAL	ERN	MOD	SPO	UNT	REZ	REP	KRE	GES	Q
74	100	.	.	15	.	15	.	.	.	.	.	.	.	.	.	.	.	> 69	> 63	> 62	> 191	
72	99	15	15	14	15	14	15	.	15	15	15			.	.	.	15	67–69	61–63	59–62	183–191	
70	98	14	14	13	.	13	.	15	.	.	.	.	.	.	.	15	.	66	59–60	57–58	177–182	
68	96	13	.	12	.	12	.	.	.	14	14	15	15	.	15	.	.	64–65	57–58	54–56	168–176	
66	95	12	13	11	14	11	14	14	14	X	13	.	.	.	.	.	14	62–63	55–56	52–53	162–167	IV
64	92	.	12	10	13	10	13	.	13	(12)	(12)	⊗	X	.	.	14	13	(60–61)	53–54	50–51	157–161	
62	88	11	11	.	12	8–9	.	13	12	11	X	.	(14)	15	14	13	12	X 59	50–52	47–49	151–156	
60	84	10	10	9	11	7	12	12	11	9–10	10	13	13	.	13	12	.	57–58	48–49	43–46	144–150	
58	79	.	9	8	10	6	11	11	(10)	8	9	.	12	.	.	.	11	55–56	46–47	41–42	139–143	
56	73	9	8	7	9	5	10	(10)	X	7	8	12	.	14	12	11	10	53–54	44⊗45	38–40	133–138	
54	66	8	.	6	8	4	.	9	.	6	7	11	11	.	11	10	.	51–52	42–43	35–37	126⊗132	III
52	58	.	7	5	.	3	⊗	X	8	4–5	6	.	10	⊗	10	9	9	49–50	40–41	32–34	120–125	
50	50	7	6	.	7	.	8	7	7	3	5	10	9	12	9	8	8	47–48	37–39	29–31	113–119	
48	42	.	(5)	4	6	2	.	6	6	2	4	9	8	.	⊗	7	7	45–46	35–36	(26–28)	107–112	
46	34	(6)	4	(3)	5	.	7	5	5	1	3	8	7	11	7	(6)	⊗	43–44	32–34	23–25	100–106	II
44	27	X	X	.	.	(1)	6	4	4	.	2	.	6	10	6	X	.	41–42	30–31	20X22	94–99	
42	21	5	3	X	(4)	.	.	3	3	0	.	7	5	9	5	.	5	39–40	28–29	17–19	87–93	
40	16	.	.	.	X	.	5	.	.	.	1	6	.	.	.	4	4	37–38	26–27	14–16	82–86	
38	12	.	2	1	.	X	.	2	2	.	.	5	4	8	4	3	.	35–36	24–25	12–13	75–81	
36	8	4	1	..	2	0	4														4	
34	5	.	.	0	.	.	.														6	I
32	3	.	0	.	1	.	3														1	
30	2	3	.	.	.	.	2														4	
28	1	2	.	.	0	.	1														9	
≤26	0	0–1	.	.	.	.	0														1	
T–HS ▶																						Vergleichsnormen
T–RS ▶																						
T–GY ▶		44	44	42	40	38	52	52	56	66	62	64	64	52	48	44	46	62	56	44	54	
Rohwerte ▶		6	5	3	4	1	9	10	10	12	12	14	14	13	8	6	6	60	44	26	130	W

GIS-Interessenprofil
Auswertungsbeispiel für Individualprofil:

O———O———O Interpretationsbasis: bevölkerungsrepräsentative Normen

X- - - -X- - - -X Interpretationsbasis: Normen für weibliche Gymnasiasten

2.2

5. Durchführung

5.1 Alter: Prinzipiell etwa ab 13 Jahren aufwärts für Personen beiderlei Geschlechts anwendbar; normiert für die Altersklasse 13–18 Jahre.

5.2 Formen: Die GIS ist als Gruppentest und/oder als Individualtest anwendbar. Bei der Auswahl und Verteilung der Fragebogen sind zwei Aspekte zu beachten: (1) die gewünschte Anredeform und (2) die Frage, ob die Normen für den männlichen oder den weiblichen Bevölkerungsanteil zugrundegelegt werden sollen. Die Formen E/M und E/W sind für Erwachsene und Jugendliche bestimmt, die mit „Sie" angeredet werden. Kinder, die mit „Du" angesprochen werden, erhalten entweder die Form K/M oder die Form K/W. Die Abkürzungen M (für männlich) und W (für weiblich) geben an, welche geschlechtsspezifischen Normen der Fragebogen enthält. Computergestützte Fassung im Hogrefe-Testsystem KIDIS.

5.3 Handhabung: Die Pbn erhalten den Fragebogen und lesen die standardisierten Instruktionen, die der Testleiter vorträgt, mit. Dann schätzen sie für jedes Item den Intensitätsgrad ihrer Interessen auf einer sechsstufigen Skala, die von 0 (kein Interesse) bis 5 (hohes Interesse) reicht, ein.

5.4 Zeit: Die Durchführungszeit ist nicht begrenzt; die meisten Pbn benötigen für die Beantwortung 5 bis 10 Minuten.

6. Auswertung

6.1 Modus: Für die Auswertung werden keine Schablonen benötigt. Die ermittelten Rohwerte können im Profilschema (vgl. Abbildung S. 655) markiert werden, aus dem die bevölkerungsrepräsentativen Normwerte direkt ablesbar sind. Darüber hinaus können schulspezifische Vergleichsnormen aus Tabellen abgelesen und in das Profilschema eingezeichnet werden.

6.2 Zeit: Ungefähr 2–4 Minuten.

7. Gütekriterien

7.1 Objektivität: Bei Beachtung der Anweisungen sind die Durchführungs-, Auswertungs- und Interpretationsobjektivität voll gesichert.

7.2 Reliabilität: Untersuchungsergebnisse zur internen Konsistenz liegen für umfangreiche Stichproben von Hauptschülern (N = 6798), Realschülern (N = 769) und Gymnasiasten (N = 1638) vor. Danach weist die Gesamtskala eine relativ hohe innere Konsistenz auf (Cronbach Alpha von r = 0,87 bis 0,92). Geringer fallen die entsprechenden Werte für die Verhaltensmodalitäten (Rezeptivität, Reproduktivität und Kreativität) aus (r = 0,62 bis 0,84). Die spezifischen Interessenskalen erreichen unterschiedliche Konsistenzen, die von r = 0,48 (MUS) bis r = 0,95 (KOM) streuen. Der prognostische Wert des Verfahrens wurde an Gymnasiasten (N = 185) und Studenten (N = 75) mit Hilfe der Retestmethode bei einem Intervall von zwei Monaten überprüft. Die Stabilität der Interessenskala liegt danach zwischen r = 0,64 und 0,94, bei Mittelwerten von r = 0,81 (Studenten) und r = 0,79 (Gymnasiasten). Die Profilreliabilität der Interessenskalen übertrifft mit $_{prof}r_{tt}$ = 0,70 die Anforderungen ($_{prof}r_{tt}$ = > 0,50), die nach LIENERT an die Zuverlässigkeit von Testprofilen gestellt werden müssen.

7.3 Validität: Sowohl diverse faktorenanalytische als auch Kreuzvalidierungsansätze werden berichtet.

7.4 Normen: Die bevölkerungsrepräsentativen, nach Geschlechtern getrennten Normen für Jugendliche im Alter von 13–18 Jahren beruhen auf über 9000 Untersuchungen. Sie werden durch schulspezifische Normen für männliche und weibliche Hauptschüler (N_m = 3707 und N_w = 3091), Realschüler (N_m = 383; N_w = 385) und Gymnasiasten (N_m = 842 und N_w = 796) ergänzt.

8. Literatur

BIRNSTENGL, U. (1989). *Die Interessen von Hauptschülern des achten bis zehnten Schuljahres. Ein Beitrag zur Messung von Verhaltenspräferenzen.* Bad Heilbrunn/Obb.: Klinkhardt.

TODT, E. (1978). *Das Interesse – Empirische Untersuchungen zu einem Motivationskonzept.* Bern: Huber.

Gruppentest für die Soziale Einstellung (SET)

K. Joerger
Göttingen: Hogrefe, 1981[3]

---

1. Testart Einstellungs- und Interessentest

2. Testmaterial Handanweisung, Testheft, Antwortbogen; *zusätzlich:* Schreibmaterial, möglichst Wandtafel.

3. Testgliederung Der Test besteht aus 16 sozialen Situationen (Fotografien) mit jeweils vier vorgegebenen Antwortalternativen. Die insgesamt 64 Reaktionen tragen gemäß faktorieller Gewichtung unterschiedlich zur Konstituierung von 10 Auswertungs-Skalen bei.

4. Grundkonzept Der SET mißt verschiedene Aspekte der „Sozial-Einstellung", die faktorenanalytisch abgeleitet werden und die sich in zwei Klassen einteilen lassen:

Komponenten der Sozialisierung:
„Soziale Erwünschtheit" – SE – als Index für die Beteiligung an häufig gewählten Alternativen, „Soziale Reife" – SR – als eindeutig altersabhängige Zunahme der Selbstbestimmung sowie die aus beiden im Verhältnis 1:2 gebildete „Soziabilität" – SB – als das Ausmaß, in dem ein Proband sich als nützliches oder produktives Mitglied einer Gruppe bewähren wird.

Modi der Anpassung und der Selbstbehauptung:
Inter-Sozial, Extra-Sozial, Con-Sozial, Pseudo-Sozial, Epi-Sozial, Ana-Sozial und Kata-Sozial. Diese Bezeichnungen werden in der Handanweisung durch charakterisierende Stichwörter, einen kurzen beschreibenden Text sowie typische Verhaltensbeschreibungen erläutert.
Der Test soll in erster Linie für Lehrer oder Pädagogen ein Hilfsmittel sein, sozialpsychologische Tatbestände innerhalb seiner Klasse oder Gruppe zu erkennen; er wird dagegen nur mit großer Zurückhaltung als Beitrag zur Persönlichkeits-(Individual-)Diagnostik empfohlen.

5. Durchführung **5.1 Alter:** 8–15 Jahre.

5.2 Formen: Der SET liegt als Fragebogen vor, der in erster Linie zur Gruppentestung gedacht ist; die Einzeltestung wird ausdrücklich mit Skepsis bedacht.

5.3 Handhabung: Im Testheft sind (außer einem Beispiel) 16 Fotografien enthalten, die auf Jugendliche bezogene soziale Situationen darstellen und durch einen Text (= Rede einer der abgebildeten Personen) spezifiziert werden. Der Pb hat eine der vorgegebenen 4 Antworten anzukreuzen nach Maßgabe seiner Vermutung, welche von diesen am „wahrscheinlichsten" sei (vgl. Abb.).

Beispielaufgabe

Ein Zuschauer: Das Rote hat sich eben bewegt!

Was wird der Spieler wohl geantwortet haben?
Entweder: a) Das habe ich ja gar nicht berührt!
oder: b) Ich habe nichts gesehen.
oder: c) Schade!
oder: d) Nur, weil ihr so am Tisch gewackelt habt!

Kreuze den Buchstaben der Antwort, die du für die wahrscheinlichste hältst, auf deinem Antwortbogen am Beispiel X an!

Die Instruktion wird vom TI vorgetragen, die Erläuterung des Ankreuzverfahrens soll an einer Wandtafel erfolgen. Die Ankreuzungen erfolgen auf einem vom Testheft unabhängigen Antwortbogen. Die Handanweisung enthält ausführliche Hinweise für die Instruktionsgebung und Testerläuterung durch den TI.

5.4 Zeit: Keine Zeitbegrenzung. Dauer in der Regel 30–45 Minuten.

6. Auswertung

6.1 Modus: Die formale Auswertung ist rationell gestaltet und kann nach einer Einübungszeit sehr schnell durchgeführt werden.
Jede Antwort erhält für jede der 10 Auswertungs-Skalen eine Punktzahl (ggf. auch Null), die jeweils zu Rohwerten addiert werden. Die Standardwerte bzw. Signifikanzen der Abweichungen von Mittelwerten können Tabellen des Auswertungsformulars (Rückseite des Antwortbogens) bzw. der Handanweisung entnommen werden.

6.2 Zeit: Bei Routine 3–5 Minuten.

7. Gütekriterien

7.1 Objektivität: Bei rein formaler Auswertung voll gegeben.

7.2 Reliabilität: Split-Half-Korrelationen der Auswertungs-Skalen SE, SR und SB bei verschiedenen Gruppen rangieren zwischen $r_{tt} = 0{,}74$ und $r_{tt} = 0{,}97$.
Test-Retest-Korrelationen für alle Auswertungs-Skalen (Intervall: 14 Tage) rangieren zwischen $r_{tt} = 0{,}43$ und $r_{tt} = 0{,}79$. Diese Werte sind bei der Festlegung der Vertrauensgrenzen der Abweichungen von Mittelwerten verwandt worden.
Für die Identifizierung individuell unzuverlässiger Tests (social desirability bzw. zufälliges oder „systematisches" Ausfüllen des Antwortbogens) steht ein Verläßlichkeits-Score zur Verfügung.

7.3 Validität: Der Testautor beansprucht für den SET faktorielle Validität, die durch Ansätze zu einer Konstruktvalidierung ergänzt wird.
Die 10 Auswertungs-Skalen entstammen einer Faktorenanalyse der 64 Antwortmöglichkeiten (zur Kritik s. STREHSE & LOMETSCH, 1970), bei der insgesamt 19 Faktoren extrahiert wurden. Der der SE-Skala zugrundeliegende Faktor ist eindeutig durch die Häufigkeit bestimmt, mit der eine Antwortkategorie gewählt wird (Norm-Anpassung). Der der SR-Skala zugrundeliegende Faktor ist eindeutig durch das Alter bestimmt; „Sozialreife" wird entsprechend operational definiert als dasjenige Verhaltensmuster im Test, das mit zunehmendem Alter der Vpn einen höheren Ausprägungsgrad erreicht.
Weitere Validierungsangaben, die z. T. sehr detailliert abgeleitet werden, entstammen einem Vergleich zwischen Experten-Rating der Items hinsichtlich der „Sozialen Reife" und den Gewichtszahlen im Test ($r_{tc} = 0{,}65$) sowie Validitäts-Gruppen-Vergleichen aller Skalen (Jungen–Mädchen; „Asoziale", Volksschüler, Oberschüler) und dem Vergleich konkreter Gruppen (Schulklassen) zur Prüfung der Normspezifität.

7.4 Normen: An Normen stehen zur Verfügung:
- Standardwerte für alle Skalen (z. T. nach Alter und Geschlecht getrennt).
- Ipsativ-Normen für Tests mit „verdächtig" überhöhtem SE-Wert.
- Vertrauensgrenzen (10%, 1%) für Mittelwertsabweichungen.

8. Literatur

JOERGER, K. (1970). Zur Qualifikation des SET. Eine Entgegnung. *Diagnostica, 16,* 195–200.

STREHSE, W. & LOMETSCH, A. (1970). Anmerkungen zum „Gruppentest für die soziale Einstellung, SET" von Dr. Konrad Joerger. *Diagnostica, 16,* 192–195.

Hamburger Erziehungsverhaltensliste für Mütter (HAMEL)

F. BAUMGÄRTEL
Göttingen: Hogrefe, 1979

---

1. Testart Einstellungstest

2. Testmaterial Handanweisung, Testbogen, Schablone; *zusätzlich:* Schreibgerät.

3. Testgliederung Der Test besteht aus 24 Items. 9 davon gehören zur Skala „Unterstützung", 11 zur Skala „Strenge", die restlichen 4 zur Skala „Zuwendung".

4. Grundkonzept Im Gegensatz zu anderen Verfahren, die sich mit der Erfassung der kindlichen Persönlichkeit beschäftigen, befaßt sich die HAMEL mit einer anderen Einflußdimension, nämlich dem mütterlichen Erziehungsverhalten. Zu den wesentlichen Dimensionen des elterlichen Erziehungsstils gehören „Zuwendung" und „Strenge" (siehe STAPF et al., 1972). Diese Dimension u. a. werden in dem vorliegenden Fragebogen erfaßt (Skala 1 und 2).

5. Durchführung **5.1 Alter:** Mütter von Kindern im Alter von 9;0 bis 14;11 Jahren.

5.2 Formen: Gruppen- oder Einzeltest, eine Form. Computergestützte Fassung im Hogrefe-Testsystem KIDIS.

5.3 Handhabung: Der Test kann im Selbstversuch durchgeführt werden. Im allgemeinen wird er den Eltern vor Beginn einer Erziehungsberatung zugeschickt mit der Bitte um Bearbeitung durch die Mutter. Der Test kann auch als Gruppentest durchgeführt werden; dabei wird auf einige Punkte in der Anweisung besonders hingewiesen. Die Anweisung steht auf dem Testbogen.

5.4 Zeit: Keine Angaben.

6. Auswertung **6.1 Modus:** Mit Hilfe der Schablone wird der Rohwert für die einzelnen Skalen ermittelt. Diese Rohwerte werden mit Hilfe der Normentabellen in Standardwerte umgewandelt, desgleichen in PR-Werte.

6.2 Zeit: Keine Angaben.

7. Gütekriterien **7.1 Objektivität:** Der Test kann bzgl. Durchführung und Auswertung als objektiv bezeichnet werden.

7.2 Reliabilität: Interne Konsistenz der Skalen: Die ermittelten Werte liegen zwischen $r = 0,80$ und $r = 0,92$.

7.3 Validität: Zwischen der Selbsteinschätzung der Kinder und der durch die Mütter bestehen in einigen Dimensionen signifikante Zusammenhänge. Korrelationen mit HANES und AFS liegen zwischen $r = 0,01$ und $r = 0,40$.

7.4 Normen: Die Normentabellen differenzieren zwischen Alter und Geschlecht der Kinder, sozialer Schicht und Berufstätigkeit der Mütter. Die Eichstichprobe bestand aus 663 Müttern.

IPC-Fragebogen zu Kontrollüberzeugungen („Locus of control")

Deutsche Bearbeitung der IPC-Scales von H. LEVENSON
G. KRAMPEN
Göttingen: Hogrefe, 1981

---

1. Testart Einstellungstest

2. Testmaterial Fragebogen, Auswertungsschablone und Handanweisung (DIN A5, 31 Seiten); *zusätzlich:* Schreibgerät.

3. Testgliederung Der Fragebogen besteht aus drei Skalen: I-Skala zur Internalität, P-Skala zur Externalität, die durch subjektiv erlebte Machtlosigkeit bedingt ist, C-Skala zur Externalität, die durch Fatalismus bedingt ist. Jede Skala besteht aus acht Items.

4. Grundkonzept Das Verfahren basiert auf dem Konstrukt „locus of control of reinforcement" (Kontrollüberzeugungen bzw. Verstärkungskontrolle), das von ROTTER (1955, 1966, 1972, 1975) im Rahmen der Entwicklung der Sozialen Lerntheorie eingeführt wurde. Internale Kontrollüberzeugungen liegen vor, wenn Personen Verstärkungen und Ereignisse, die eigenem Handeln folgen, auf eigenes Verhalten oder andere Persönlichkeitsmerkmale zurückführen. Externale Kontrollüberzeugungen liegen vor, wenn eine Person Verstärkungen und Ereignisse, die eigenen Handlungen folgen, als nicht kontingent zum eigenen Verhalten betrachtet, sondern sie etwa als Ergebnis von Glück, Pech, Zufall ansieht oder wegen der komplexen Umwelt als unvorhersehbar oder als von anderen Personen abhängig wahrnimmt und interpretiert.

5. Durchführung **5.1 Alter:** Erwachsene (ab 18 Jahren).

5.2 Formen: Einzel- und Gruppentest. Computergestützte Fassung liegt vor.

5.3 Handhabung: Der Fragebogen enthält schriftliche Instruktionen und ein Beispielitem, bedarf also keiner besonderen zusätzlichen Erläuterung.

5.4 Zeit: Keine Zeitbegrenzung; ca. 10 bis 15 Minuten.

6. Auswertung **6.1 Modus:** Mit Hilfe der Schablone werden die Punktsummen der Skalen ermittelt. Diese Rohwerte können nach Tabellen in Stanine-Werte, Z-Werte, T-Werte und PR-Werte umgewandelt werden.

6.2 Zeit: Keine Angaben.

7. Gütekriterien

7.1 Objektivität: Durchführungs- und Auswertungsobjektivität können als gesichert gelten.

7.2 Reliabilität: Die internen Konsistenzen wurden nach Kuder-Richardson (Formula 8) an diversen Stichproben (N = 56 bis 712) geprüft. Dabei ergaben sich Koeffizienten zwischen r_{tt} = 0,91 und 0,98. Nach der Unterteilungsmethode ermittelte Koeffizienten (FLANAGAN und Spearman-Brown) liegen mit Werten zwischen r_{tt} = 0,55 und 0,80 deutlich niedriger. Die Stabilität der Skalen über einen Zeitraum von sechs Wochen (Lehramtskandidaten N = 55) beträgt r_{tt} = 0,78 (I-Skala), r_{tt} = 0,84 (P-Skala) und r_{tt} = 0,83 (C-Skala).

7.3 Validität: Eine Reihe von Korrelationen mit anderen Variablen (z. B. LOC–E, Hoffnungslosigkeit, Machiavellismus, Rigidität, FPI) liegen zur Prüfung der konvergenten bzw. diskriminanten Konstruktvalidität vor. Ergebnisse zur faktoriellen Gültigkeit werden ebenfalls mitgeteilt, Subgruppenvergleiche leisten einen Beitrag zur differentiellen Validität. Validitätskontrollen zur englischsprachigen Version bei LEVENSON (1972, 1973 a, 1973 b, 1974, 1975).

7.4 Normen: Die Normen in Form von Stanine-, Z-, T- und PR-Werten beruhen auf einer Stichprobe von 869 deutschen Erwachsenen.

8. Literatur

LEVENSON, H. (1972). Distinctions within the concept of internal-external control: Development of a new scale. *Proceedings of the 80th Annual Convention of the APA, Volume 7,* 261–262.

LEVENSON, H. (1973 a). Multidimensional locus of control in psychiatric patients. *J. Consulting & Clinical Psychol., 41,* 392–404.

LEVENSON, H. (1973 b). Perceived parental antecedents of internal, powerful others, and chance locus of control orientations. *Developmental Psychol., 9,* 268–274.

LEVENSON, H. (1974). Activism and powerful others: Distinctions within the concept of internal-external control. *J. Personality Assessment, 38,* 377–383.

LEVENSON, H. (1975). Multidimensional locus of control in prison inmates. *J. Applied Social Psychol., 5,* 342–347.

ROTTER, J. B. (1955). The role of the psychological situation in determing the direction of human behavior. *Nebraska Symposium on Motivation, 3,* 245–268.

ROTTER, J. B. (1966). *Generalized expectancies for internal versus external control of reinforcement.* Psychol. Monographs 80 (I, Whole No. 609).

ROTTER, J. B. (1972). An introduction to social learning theory. In J. B. ROTTER, J. E. CANCE & E. J. PHARES (Ed.), *Applications of a social learning theory of personality.* New York: Holt, Rinehart & Winston, 1–43.

ROTTER, J. B. (1975). Some problems and misconceptions related to the construct of internal versus external control of reinforcement. *J. Consulting & Clinical Psychol., 43,* 56–67.

Marburger Einstellungs-Inventar zu Liebesstilen (MEIL)

H. W. Bierhoff, S. Grau und A. Ludwig
Göttingen: Hogrefe, 1993

---

1. Testart Einstellungstest

2. Testmaterial Handanweisung (53 Seiten), Fragebogenexemplare (nach Geschlecht getrennt), Auswertungsschablonen; *zusätzlich:* Schreibgerät.

3. Testgliederung Das MEIL besteht aus insgesamt 6 Skalen:
Skala 1: Eros (romantische Liebe)
Skala 2: Ludus (spielerische Liebe)
Skala 3: Storge (freundschaftliche Liebe)
Skala 4: Pragma (pragmatische Liebe)
Skala 5: Mania (besitzergreifende Liebe)
Skala 6: Agape (altruistische Liebe)

Die ersten drei Skalen werden vorläufig als „primäre", die übrigen als „sekundäre" Liebesstile bezeichnet.

4. Grundkonzept Das MEIL stellt ein Verfahren zur Erfassung weitgehend unabhängiger Facetten der Liebe dar. Die Verfahrensinhalte (Skalen, Items) gehen z. T. auf Untersuchungen von Lee (1973/1976) und einen Fragebogen von Hendrick & Hendrick (1986, 1989) zurück. Das MEIL ermöglicht einen detaillierten Überblick über die Ausprägung von Liebesstilen bei Partnern und damit auch über wechselseitige Einstellungen und Erwartungen. Zufriedenheit in der Partnerschaft – dies zeigten Untersuchungen – hängt eng mit bestimmten Liebesstilen zusammen. Das Verfahren kann bei Partnerschaftskonflikten als Basis für Beratung und Therapie sowie für Forschungszwecke angewandt werden.

5. Durchführung **5.1 Alter:** 19–45 Jahre (Eichstichprobe).

5.2 Formen: Einzel- und Gruppentest; getrennte Versionen für männliche und weibliche Pbn. Computergestützte Fassung im Hogrefe-Testsystem CORA.

5.3 Handhabung: Nach Lesen der Instruktion und der Bearbeitung eines Beispiels werden alle 60 Items mit einer neunstufigen Antwortskala (1 = absolut falsch; 9 = absolut richtig) beantwortet. Anzugeben ist, inwieweit die Aussagen über Verhaltensmuster und Gefühle für die jeweiligen Partner zutreffen oder nicht.
5.4 Zeit: Keine Angaben.

6. Auswertung **6.1 Modus:** Die Ratings jeder Skala werden gemittelt und ergeben den je-

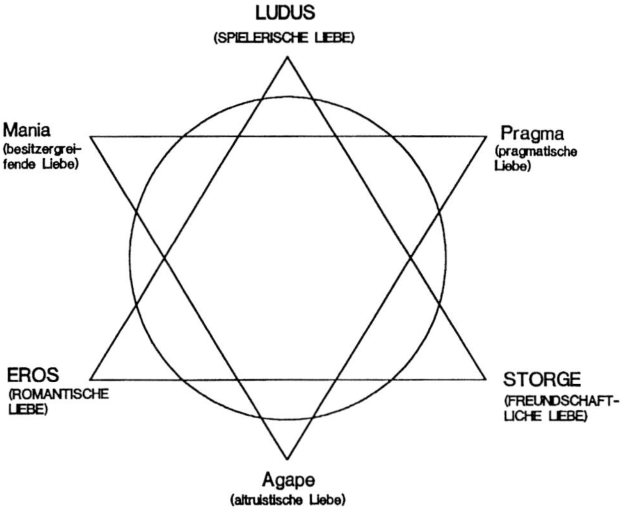

Primäre (GROSSBUCHSTABEN) und sekundäre (Groß-Kleinschreibung) Liebesstile (nach LEE, 1973) bilden das Grundkonzept des Marburger Einstellungs-Inventars für Liebesstile.

weiligen Skalenrohwert. Für die Auswertung und Interpretation stehen drei Wege zur Verfügung:
- Berechnung kritischer Differenzen (bedeutsame Skalenabweichung zwischen zwei Personen);
- Rohwert zwischen einer Person und dem Durchschnittswert der Gruppe (nach Alter und Geschlecht differenziert);
- Bestimmung der Stanine-Werte mit Normtabellen (nach Alter und Geschlecht differenziert) zur Einordnung der Ergebnisse in eine Vergleichsstichprobe.

6.2 Zeit: Keine Angaben.

7. Gütekriterien

7.1 Objektivität: Bei Beachtung der Durchführungs-, Auswertungs- und Interpretationshinweise und -richtlinien voll gegeben.

7.2 Reliabilität: Reliabilitätsuntersuchungen an einer Stichprobe von 678 Männern und 629 Frauen ergaben für die interne Konsistenz (Cronbach Alpha) Werte zwischen r = 0,76 und 0,90. Stabilitätsuntersuchungen zur Test-Retest-Reliabilität (Intervall: 12 Monate) ergaben Koeffizienten zwischen r = 0,67 und r = 0,81.
Drei Studien zu „Intra-Paar-Korrelationen" (Übereinstimmungsgrad) ergaben für die Skalen Eros, Pragma und Agape hohe (im Durchschnitt r = 0,47), für die übrigen Skalen eher niedrigere Korrelationen (im Durchschnitt r = 0,27).

7.3 Validität: Es werden mehrere Validierungsstudien zur Ermittlung von Zusammenhängen der MEIL-Skalen zu anderen Variablen (z. B. Geschlecht, Bildungsstand, Geburtsposition, Kinderzahl, Stabilität von Partnerschaften) berichtet. Dabei zeigten sich mehrfach geschlechtsspezifische Differenzen, wie beispielsweise die, daß Frauen die besitzergreifende Komponente (Mania) und Männer die altruistische Komponente ihrer Liebe (Aga-

2.2

pe) höher einschätzten. Festere, dauerhaftere Beziehungen zeichneten sich z. B. durch stärker ausgeprägte pragmatische (Pragma), freundschaftliche (Storge) und altruistische (Agape) Liebesstile aus. Glück und Zufriedenheit in der Partnerschaft korrelierten signifikant positiv mit dem Eros-Skalenwert (r = –0,46 bis 0,57) und dem Agape-Skalenwert (r = 0,23 bis 0,29), jedoch negativ mit der Ludus-Skala (r = 0,32 bis –0,18). Zwei Faktorenanalysen verdeutlichen die Struktur des Inventars. Ein Beitrag zur kulturellen Beeinflussung der Liebesstile lieferte eine vergleichende Untersuchung in den alten und neuen Bundesländern. Nach vorläufigen Ergebnissen liegen die Skalenmittelwerte des MEIL in den neuen Bundesländern offenbar etwas höher als in den alten. Eine Ausnahme bildet der Ludus-Skalenmittelwert, der in den alten Bundesländern höher ist.

7.4 Normen: Es stehen Normtabellen mit Stanine-Werten für alle 6 Skalen – differenziert nach Alter und Geschlecht – zur Verfügung (Stichprobengröße N = 156 und N = 284).

8. Literatur

BIERHOFF, H. W. (1991). Liebe. In M. AMELANG, H. J. AHRENS & H. W. BIERHOFF (Hrsg.), *Attraktion und Lieben* (S. 197–234*).* Göttingen: Hogrefe.

BIERHOFF, H. W., FINK, A. & MONTAG, E. (1988). Vertrauen, Liebe und Zufriedenheit in partnerschaftlichen Beziehungen. In W. SCHÖNPFLUG (Hrsg.), *Bericht über den 36. Kongreß der Deutschen Gesellschaft für Psychologie in Berlin* (Band 1, S.409–410). Göttingen: Hogrefe.

BIERHOFF, H. W. & KLEIN, R. (1991). Dimensionen der Liebe: Entwicklung einer deutschsprachigen Skala zur Erfassung von Liebesstilen. *Zeitschrift für Differentielle und Diagnostische Psychologie, 12,* 53–71.

BIERHOFF, H. W., KLEIN, R. & KRAMP, P. (1991). Evidence for the altruistic personality from data on accident research. *Journal of Personality, 59,* 263–280.

HENDRICK, C. & HENDRICK, S. (1986). A theory and method of love. *Journal of Personality and Social Psychology, 50,* 392–402.

HENDRICK, C. & HENDRICK, S. S. (1989). Research on love. Does it measure up? *Journal of Personality and Social Psychology, 56*, 784–794.

LEE, J. W. (1973/1976). *The colors of love.* Englewood Cliffs, N.J.: Prentice-Hall.

Neigungs-Struktur-Test (NST)

U. KELLER

Bern: Huber, 1993[5]

---

1. Testart Einstellungs- und Interessentest

2. Testmaterial Handanweisung, Zusatzbroschüre (in Vorbereitung), Testheft, Formulare I, II weiblich, III männlich und Schablonensatz; *zusätzlich:* Schreibgerät.

3. Testgliederung Der Test besteht aus 20 „Sachgebieten" und 20 „Tätigkeitsgebieten". Sachgebiete wie z. B. Präzisionshandwerk, Politik, Kunsthandwerk; Tätigkeitsgebiete wie z. B. Zeichnen, Organisieren, Montieren, Pflegen. Aus den Sach- und Tätigkeitsgebieten wurden ferner 40 Skalen gebildet. Zusätzlich liegen drei weitere Skalen vor, und zwar zum Ausmaß an Bewegungsfreude, zum mitmenschlichen Kontakt und zum Verhältnis von intellektueller und manueller Arbeit.

4. Grundkonzept Der Test dient der „tiefenpsychologischen" Analyse individueller Motive sowie der Beziehungen eines Pb zu Materialien und verschiedenen Sachgebieten der Arbeitswelt. Der Test soll eine weitgehende Differenzierung von Interessenbereichen ermöglichen. Die Konzeption sieht vor, im Rahmen der Berufsberatung ein Neigungs-Struktur-Profil zu erstellen, um aus diesem Bild eine Voraussage für eine passende berufliche Tätigkeit herzuleiten. Die Handanweisung stammt noch aus dem Jahr 1974[2], die Formulare wurden inzwischen mehrfach neu bearbeitet.

5. Durchführung

5.1 Alter: Ab 14 Jahren.

5.2 Formen: Der Test ist sowohl im Einzelversuch wie im Gruppenversuch anwendbar. Eine Parallelform liegt nicht vor. Computergestützte Fassung vorhanden.

5.3 Handhabung: Der Pb liest die Testinstruktion im Testheft und beginnt mit der Bearbeitung. Zwischen Einzel- und Gruppenversuch besteht kein prinzipieller Unterschied.

5.4 Zeit: 30–60 Minuten Durchführungsdauer, bei unentschlossenen Schülern bis zu 1½ Stunden.

6. Auswertung

6.1 Modus: Der Autor empfiehlt dem Testleiter eine gründliche Einarbeitung in die Testmethode. Die Rohwerte der einzelnen Skalen werden mit Hilfe des Schablonensatzes ermittelt.

6.2 Zeit: Die manuelle Auswertung ist relativ zeitaufwendig.

7. Gütekriterien

7.1 Objektivität: Durchführung und Auswertung sind von der Person des Testleiters unabhängig.

Zur Reliabilität und Validität können keine Angaben gemacht werden, da die Zusatzbroschüre, die dazu möglicherweise neue Angaben enthält, bis Redaktionsschluß noch nicht vorlag.

7.4 Normen: Der Test wurde an 403 Knaben und 405 Mädchen geeicht. Der Autor beansprucht, einen repräsentativen Querschnitt „hinsichtlich des sozialen Milieus, der verschiedenen Schultypen und der Intelligenzstufen" (S. 7) erhoben zu haben. Nähere Angaben fehlen.

Problemfragebogen für 11- bis 14jährige (PF 11–14)

K. WESTHOFF, CHR. GEUSEN-ASENBAUM, D. LEUTNER und M. SCHMIDT
Braunschweig: Westermann, 1982

---

1. Testart Einstellungs- und Interessentest

2. Testmaterial Handanweisung (42 Seiten), Fragebogen M, Fragebogen W; *zusätzlich:* Bleistift.

3. Testgliederung Der Test besteht aus zwei geschlechtsspezifisch getrennten Formen M (Jungen) und W (Mädchen). Jede erfaßt mit 233 Fragen die charakteristischen Sorgen, Nöte und Probleme der 11- bis 14jährigen. Der Fragebogen wurde nach zwei Gesichtspunkten gegliedert:

1) Innere Strukturen, Zuordnung zu den Bedürfnisbereichen:
- Sicherheitsbedürfnisse
- Zugehörens- und Liebesbedürfnisse
- Wertschätzungsbedürfnisse
- Selbstverwirklichung
- Verstehen der Umwelt und Lebenssituation

2) Äußere Struktur, Ordnung der Items nach Aspekten verschiedener Lebensbereiche:
- über mich
- meine Familie
- ich und die anderen
- meine Schule
- allgemeines.

2.2

4. Grundkonzept Der Fragebogen soll dazu beitragen, individuelle Probleme von Kindern und Jugendlichen zu entdecken. Die Ergebnisse können Grundlagen für weiterführende psychodiagnostische Gespräche mit den einzelnen Pbn oder der Gruppe bilden.

5. Durchführung **5.1 Alter:** Jungen und Mädchen im Alter zwischen 11 und 14 Jahren.

5.2 Formen: Geschlechtsspezifisch getrennte Formen M und W, Einzel- und Gruppentest. Computergestützte Fassung im Hogrefe-Testsystem KIDIS.

5.3 Handhabung: Der Fragebogen enthält eine schriftliche Anweisung, die vom Testleiter vorgelesen wird. Fragen seitens der Probanden werden nach vorgegebenen Richtlinien beantwortet.

5.4 Zeit: Keine Zeitbegrenzung, die Arbeit soll ohne Zeitdruck erfolgen. Die Bearbeitungsdauer beträgt im allgemeinen 45–90 Minuten.

6. Auswertung **6.1 Modus:** Die Auswertung erfolgt item-weise über Häufigkeitsverteilungen. Dabei werden Einzel-Items unterschiedlich gewichtet. Die Tabellen enthalten die Werte getrennt nach Jungen und Mädchen sowie nach vier Altersgruppen.

6.2 Zeit: Keine Angaben.

Gütekriterien

7.1 Objektivität: Die Durchführungsobjektivität kann als gegeben angesehen werden.

7.2 Reliabilität: Die Retest-Reliabilität der meisten Items liegt recht hoch (Retest-Intervall: 1 Tag, Mittelwert = 0,87, N = 53).

7.3 Validität: Die Autoren nehmen inhaltliche Validität an, weil die Konstruktion des PF 11–14 auf einer Theorie geleiteten, empirischen Sammlung von Problemen bei über 700 Kindern aller Schularten beruht. Allerdings lassen sich Aussagen über den Schweregrad eines Problems nur aus der anschließenden Exploration gewinnen. Außerdem sind Tendenzen, sozial erwünscht zu antworten, nicht auszuschließen.

7.4 Normen: Die Tabellen enthalten Häufigkeitsangaben verschiedener Problemnennungen getrennt nach Jungen und Mädchen und nach vier Altersgruppen sowie den Total-Score.

Problemfragebogen für Jugendliche

H. ROTH, F. SÜLLWOLD und M. BERG
Göttingen: Hogrefe, 1967

---

1. Testart Einstellungs- und Interessentest

2. Testmaterial Fragebogen (Form W und M), Handanweisung (Beiheft); *zusätzlich:* Schreibmaterial.

3. Testgliederung Der Test besteht aus insgesamt 306 Items (Statements, Fragen), die überwiegend Übersetzungen des SRA Youth Inventory von REMMERS und SHIMBERG sind und sich in 8 Themenbereiche gliedern: Meine Schule, Nach der Schulzeit (bzw. Lehre), Über mich selbst, Ich und die anderen, Zu Hause, Jungen und Mädchen, Gesundheit, Allgemeines.

4. Grundkonzept Der Fragebogen soll Einsicht und Verständnis in die Probleme und Nöte von Jugendlichen ermöglichen. Dabei können drei Ebenen unterschieden werden: die Interpretation der Antworten auf die einzelnen Items, die Interpretation der Summenscores der 8 Themenbereiche und die Interpretation des jeweiligen Totalsummenscores. Theoretische Aussagen zum Verständnis der Summenscores als Indices für Persönlichkeitsdimensionen werden nicht gemacht.
Die Problembenennungen entstammen ursprünglich eigens dafür geschriebenen Schulaufsätzen amerikanischer Jugendlicher (Erstveröffentlichung 1949).

2.2

5. Durchführung **5.1 Alter:** Mädchen 14–18 Jahre. Jungen 14–19 Jahre.

5.2 Formen: Als Einzel- und Gruppenverfahren anwendbar. Für Mädchen und Jungen liegen getrennte Fragebogen (Form W und M) vor, die sich lediglich durch formalen Austausch der Begriffe „Freund“ und „Freundin“ bzw. „Jungen“ und „Mädchen“ in einigen Items unterscheiden.

5.3 Handhabung: Der Fragebogen enthält eine schriftliche Anweisung, die laut Beiheft zusätzlich vom TI vorgelesen werden soll. Der mündliche Instruktionstext geht über den im Fragebogen enthaltenen hinaus, indem er die Aufgaben an einigen Beispielen erläutert.
Der TI soll Fragen klären, wenn diese von einzelnen Pbn nicht verstanden wurden.

5.4 Zeit: Keine Zeitbegrenzung. Dauer in der Regel 1 bis 2 Schulstunden. Die Arbeit soll ohne Zeitdruck, jedoch zügig erfolgen.

6. Auswertung **6.1 Modus:** Die Antworten werden je nach angekreuztem Feld mit 3, 2, 1 oder 9 gewichtet. Pro Themenbereich werden die Punktwerte der einzelnen

Items zu Rohwerten summiert. Die Summe dieser Rohwerte ist der Totalwert.
Die Rohwerte der Problembereiche sowie der Totalwert können in Prozentränge transformiert werden.
Es ist im übrigen ausdrücklich vorgesehen, daß die Antworten einzeln ausgewertet werden, um „sehr konkret (zu) ermitteln, welche Sorgen und Nöte und Probleme dem Probanden als besonders wichtig erscheinen" (S. 11).
Die Interpretation wird durch einen Vergleich mit der Häufigkeitsverteilung der Einzelantworten erleichtert und ist als Grundlage für ein problembezogenes Beratungsgespräch mit dem Jugendlichen gedacht.

6.2 Zeit: Keine Angaben.

7. Gütekriterien

7.1 Objektivität: Bei rein formaler Auswertung voll gegeben.

7.2 Reliabilität: Die Reliabilitätsangaben beziehen sich auf Stichproben von 217 weiblichen bzw. 283 männlichen Jugendlichen. Die Berechnung der inneren Konsistenz pro Stichprobe und Themenbereich führte zu Werten zwischen $r_{tt} = 0,83$ und $r_{tt} = 0,94$. Die Berechnung erfolgt mit Bezug auf eine Alternativ-Bewertung der Antworten (ja–nein); bei Verwendung der vierstufigen Skala (0–3) werden keine wesentlich anderen Ergebnisse erwartet.

7.3 Validität: Für den Test wird ausdrücklich Inhaltsvalidität beansprucht. „Falls der Jugendliche nur ehrlich antwortet, haben die von ihm bezeichneten Items im echten Sinne Validität" (S. 16).
Korrelationen der Summenscores mit Außenkriterien werden dementsprechend nicht mitgeteilt. Die Scores der Problembereiche korrelieren untereinander mit durchschnittlich r = 0,50 (weibliche) bzw. r = 0,60 (männliche Jugendliche).

7.4 Normen: Die Probanden der Eichstichproben waren Berufsschüler. Die Stichproben werden nach Geschlecht, Alter, Religionszugehörigkeit und Land-Stadt-Herkunft beschrieben. Die Daten der männlichen Stichprobe (N = 1803) wurden 1959, die der weiblichen Stichprobe (N = 1892) 1965 erhoben.
An Normen liegen vor:
- Mittelwerte und Standardabweichungen der Summenscores der Problembereiche, nach Geschlechtern getrennt
- Umrechnungstabellen der Summenscores der Problembereiche und des Totalscores in Prozentränge, getrennt nach Alter und Geschlecht (bei Mädchen 14–18 Jahre, bei Jungen 14–19 Jahre)
- Häufigkeitsverteilungen (in %) der Antwortkategorien der 306 Items, getrennt nach Alter und Geschlecht.

Psychosomatischer Einstellungs-Fragebogen (PEF)

H.-J. HEHL und M. WIRSCHING

Göttingen: Hogrefe, 1983

---

1. Testart Einstellungstest

2. Testmaterial Handanweisung (DIN A4, 37 Seiten), Testheft, vier Auswertungsschablonen, Auswertungsblatt, Profilblatt; *zusätzlich:* Schreibgerät.

3. Testgliederung Der PEF besteht aus zehn Einstellungsskalen mit insgesamt 129 Items zu den drei Bereichen:

1. Einstellungen zu Körper und Gesundheit (41 Items)
2. Einstellungen zu Familie und Partnerschaft (33 Items)
3. Einstellungen zu Beruf und Freizeit (55 Items)

Es handelt sich um folgende Skalen:

ad 1):	Skala A:	Körperbewußtsein (12 Items)
	Skala B:	Gesundheitsbewußtsein (12 Items)
	Skala C:	Selbstbewußtsein (17 Items)
ad 2):	Skala D:	Einstellung zur Familie (15 Items)
	Skala E:	Einstellung zur Sexualität (9 Items)
	Skala F:	Einstellung zur Erziehung (9 Items)
ad 3):	Skala G:	Einstellung zur Arbeit (10 Items)
	Skala H:	Einstellung zum Lebensgenuß (10 Items)
	Skala I:	Einstellung zu Geld und Konsum (18 Items)
	Skala J:	Einstellung zu Spiel und Technik (18 Items)

4. Grundkonzept Mit dem PEF sollen Einstellungen erfaßt werden, die mit dem Auftreten von psychosomatischen Störungen direkt oder indirekt gekoppelt sind. Die zehn Skalen basieren auf einem Teil der Skalen des PSS 25 (Persönlichkeitsskalen-System 25) von HEHL und HEHL (1975), das als Gesamttest nicht mehr im Handel ist.

Entsprechend dem Zweck des Verfahrens, bei psychosomatischen Erkrankungen Hilfen bei der Festlegung und Kontrolle von Therapiezielen zu geben – offenbar auch für Ärzte –, erfolgte die Konstruktion nach dem Rasch-Modell.

Die Autoren gehen davon aus, daß im Bereich psychosomatischer Störungen die Verarbeitungsmechanismen bei Konfrontation mit neuen Informationen zu bereits vorhandenen Einstellungen eine wichtige Rolle für den Krankheitsverlauf spielen. Deshalb wird neben Richtung und Intensität einer Einstellung für jede Skala auch ein sog. Inkonsistenzwert ermittelt, der darüber Aufschluß geben soll, ob ein Individuum eher mit Verdrängung oder mit bewußter Auseinandersetzung auf einstellungsrelevante neue Informationen reagiert (Konzept Repression – Sensitization).

5. Durchführung

5.1 Alter: Ab 15 Jahren.

5.2 Formen: Der PEF kann als Einzel- und Gruppentest eingesetzt werden. Es liegt eine Form vor.

5.3 Handhabung: Die Instruktion dieses Papier-Bleistift-Tests ist im Testheft enthalten und vom Probanden selbst durchzulesen. Die Beantwortung erfolgt im Testheft.

5.4 Zeit: Es ist keine Zeitbegrenzung vorgegeben, aber die Fragen sollen zügig beantwortet werden. Die Bearbeitung dürfte etwa 20 Minuten dauern.

6. Auswertung

6.1 Modus: Die im Sinne des Fragebogens positiv beantworteten Items werden – für jede Skala getrennt – auf dem Auswertungsblatt angestrichen. Der sog. Intensitätswert einer Skala ergibt sich dann als Summenscore aller pro Skala positiv beantworteten Items.
Darüber hinaus wird für jede Skala ein sog. Inkonsistenzwert ermittelt (siehe 4.), der auf folgender Überlegung beruht: Die Items sind im Fragebogen für jede Skala nach Schwierigkeit (Beantwortungswahrscheinlichkeit der Analysenstichprobe) geordnet. Dem leichtesten Item pro Skala wird der höchste Inkonsistenzwert zugeordnet, da dessen Beantwortung bei positiver Beantwortung des folgenden Items am ehesten erwartet wird, usw. Der Inkonsistenzwert einer Skala als Summe der Inkonsistenzwerte der bis zum letzten richtig beantworteten Item negativ beantworteten Items gibt damit an, wie inkonsistent bzw. unsystematisch die Beantwortung der Fragen erfolgte.
Die errechneten Intensitäts- und Inkonsistenzwerte können anschließend in das Profilblatt eingetragen werden. Interpretationshinweise sind im Manual enthalten.
Zur Auswertung existiert ein im Manual (S. 16f.) beschriebenes, an das SPSS angepaßtes Computerprogramm.

6.2 Zeit: Keine Angaben.

7. Gütekriterien

7.1 Objektivität: Durchführungs- und Auswertungsobjektivität sind gegeben.

6.2 Reliabilität: Der PEF wurde nach dem zweiparametrigen RASCH-Modell konstruiert. Die Autoren gehen aber davon aus, daß Invarianz der Itemparameter nur für die Unterstichprobe der (nicht näher beschriebenen) Analysenstichprobe gilt, nicht aber unbedingt für beliebige Probandengruppen. Darüber geben die Inkonsistenzwerte Auskunft.

Die Stabilität der Skalen, durch Retest ermittelt, variiert zwischen r = 0,75 und r = 0,85.

7.3 Validität: Inhaltsvalidität wird als gegeben angesehen. Zur Kriteriums- und Konstruktvalidität verweisen die Autoren auf mehrere Untersuchungen mit dem PSS 25 und PSS 16 (ohne nähere Angaben).

7.4 Normen: Entsprechend der Kriteriumsorientierung erfolgt keine Normierung. Trotzdem wollen die Autoren auf Vergleichsprofile nicht verzichten. Für neun Personengruppen (N = 628) mit Stichprobenumfängen von N = 10 bis N = 153 sind im Manual Profile für die Intensitäts- und Inkonsistenzwerte enthalten.

8. Literatur

HEHL, F.-J. & HEHL, R. (1975). *Persönlichkeitsskalen-System 25 – Manual.* Weinheim: Beltz.

Das Subjektive Familienbild (SFB)

Leipzig-Marburger Familientest
F. Mattejat und M. Scholz
Göttingen: Hogrefe, 1994

---

1. Testart Einstellungstest

2. Testmaterial Handanweisung, Testbogen für Eltern und Kinder in verschiedenen Versionen: SFB-K, SFB-V, SFB-M, SFB-Z1 und SFB-Z2. 2 Auswertungsschablonen. Auswertungsbogen, Profilzusatzblatt und Prozentrangblatt; *zusätzlich:* Schreibgerät.

3. Testgliederung In den Testbogen SFB-K, SFB-M und SFB-V werden jeweils 6 gerichtete Beziehungen beschrieben (familiale Triade). Jede gerichtete Beziehung wird dabei mit Hilfe von 6 Adjektivpaaren charakterisiert. Weitere Beziehungen können mit den Zusatzbogen SFB-Z1 und SFB-Z2 beschrieben werden.

4. Grundkonzept Der Test erfaßt mit der Methodik des *semantischen Differentials subjektive Beziehungsstrukturen* in Familien oder in anderen persönlichen Beziehungen. Dabei kommen die *gerichteten Beziehungsangebote* zur Darstellung: Wie verhält sich die Person X gegenüber der Person ? In der Auswertung werden zwei grundlegende Aspekte, *emotionale Verbundenheit (Valenz)* und *individuelle Autonomie (Potenz)* unterschieden.
Theoretische Grundlage des Tests ist das *„Entwicklungs-Kohäsions-Modell"* der Familienbeziehungen, das auf system- und entwicklungstheoretischen Überlegungen basiert. Die *subjektive Familienstruktur* wird verstanden als *System* von *generalisierten Beziehungsdefinitionen,* die *handlungsleitend wirksam* werden. Die erfaßten Beziehungsmerkmale werden als förderliche bzw. belastende *Entwicklungsbedingungen* aufgefaßt. Das Ergebnis der Testdurchführung kann graphisch veranschaulicht werden. Die *subjektiven Familienbilder* der befragten Personen können miteinander verglichen und auf objektive Interaktionsbeobachtungen und familiendiagnostische Einschätzungen bezogen werden (Perspektiven-Vergleiche). Die SFB-Ergebnisse können in Beratungs-, Supervisions- und Therapieprozessen genutzt werden; dabei sind die *Perspektiven-Vergleiche* von besonderem Interesse.

5. Durchführung **5.1 Alter:** Erwachsene; Kinder und Jugendliche ab 12 Jahren.

5.2 Formen: Durchführung als Gruppenversuch oder als Einzelversuch möglich.

5.3 Handhabung: Die in der Handanweisung und auf den Testbogen abgedruckte Instruktion wird vorgelesen.

5.4 Zeit: Keine Zeitbegrenzung. Ca. 10 bis maximal 15 Minuten.

6. Auswertung

6.1 Modus: Mit Hilfe einer Schablone werden für jede gerichtete Beziehung ein Valenz- und ein Potenzwert (= *„primäre Skalen“*) ermittelt und in den Auswertungsbogen eingetragen. Weitere *„abgeleitete Skalen“* können gebildet werden. Die Ergebnisse können mit Prozentrang-Normen verglichen werden. Zur Erleichterung der Auswertung kann anstelle von Schablonen auch ein einfaches PC-Eingabe- und Auswertungsprogramm (in dBase) verwendet werden. Für die Erstellung von graphischen Ergebnisdarstellungen existieren SAS-Programme.

6.2 Zeit: Ca. 5 Minuten.

7. Gütekriterien

7.1 Objektivität: Durchführung und Auswertung sind weitgehend unabhängig vom Versuchsleiter.

7.2 Reliabilität: Es liegen Daten zu inneren Konsistenz, Paralleltestreliabilität und zur Retestreliabilität (Stabilität) vor. Diese Daten sprechen für eine gute bis hinreichende Zuverlässigkeit.

7.3 Validität: Das Verfahren ist hinsichtlich seiner Validität umfassend überprüft und seine Konstruktvalidität ist gut belegt. Die Korrelationen zu Außenkriterien (SFB-Angaben von anderen Familienmitgliedern, andere Fragebogendaten, Interaktionsbeobachtungen, klinische Einschätzungen) sind – je nach Kriterium – sehr unterschiedlich, häufig nur gering. Dabei sind die gefundenen Zusammenhänge systematisch und entsprechen den theoretischen Erwartungen.
Klinische Relevanz: Das Verfahren trennt klinische und nichtklinische Gruppen; es erlaubt Differenzierungen zwischen verschiedenen diagnostischen Gruppen und prognostische Aussagen. Seine klinische Relevanz ist hoch.

7.4 Normen: Für Jugendliche liegen Prozentrangnormen vor. Die Testwerte können anhand der Tabellen in Prozentrang-Bereiche transformiert werden.

8. Literatur

MATTEJAT, F. (1993). *Subjektive Familienstrukturen.* Göttingen: Hogrefe.

Testverfahren für Interessen: Beruf – Schule (TIBS 1)

K. Weible und H. Bethäuser
Weinheim: Beltz, 1986

---

1. Testart Interessentest

2. Testmaterial Handanweisung, Testbogen, Auswertungsschablone; *zusätzlich:* Schreibgerät.

3. Testgliederung Das TIBS enthält 120 Items, die folgenden Skalen zugeordnet sind: Beruf (B: 15 Items), Schule (S: 16 Items), Metalltechnik (M: 15 Items), Elektrotechnik (E: 20 Items), Wirtschaft (W: 20 Items), Hauswirtschaft (H: 17 Items) und Landwirtschaft (L: 15 Items). Die Items Nr. 62 und 63 sind auf Seiten 16ff. keiner dieser Skalen zugeordnet. Laut der Auswertungsschablone ist zumindest Item 62 der L-Skala zuzuordnen.

4. Grundkonzept Eine Theorie steht nicht hinter dem Verfahren. Es entstand aus eher praktischen Überlegungen. Ausgangspunkt zur Konstruktion war der Standpunkt, daß jeder Schüler – hier insbesondere die der Hauptschule – in die Lage versetzt werden sollte, „die bestehenden Möglichkeiten des Bildungssystems gemäß seiner Fähigkeiten und Neigungen optimal zu nutzen" (Aurin, 1973). Gleichzeitig soll der Test auch Lehrern Zusatzinformationen an die Hand geben, inwieweit Motivation zum Besuch von weiterführenden Schulen vorliegt oder ob eine eher unmittelbare berufliche Ausbildung bevorzugt wird.

Ziel des TIBS 1 ist folglich die Erfassung folgender Kriterien:

- Sind bei den Schülern Interesse und Motivation vorhanden, eine weiterführende Schule zu besuchen oder einen Beruf zu ergreifen?
- Lassen sich Interessenschwerpunkte erkennen, die Hinweise auf die Wahl bestimmter Berufsschulen geben können?

5. Durchführung **5.1 Alter:** Zielgruppe des Tests sind Schüler der Hauptschule am Ende der Klasse 8 (um Schullaufbahnberatung „nicht punktuell, sondern permanent und in Kooperation mit anderen Beratungsdiensten ..." (S. 9) zu ermöglichen) oder Anfang des 9. Schuljahres.

5.2 Formen: Das TIBS 1 ist als Einzel- und Gruppentest durchführbar. Parallelformen existieren keine.

5.3 Handhabung: Es handelt sich um einen Papier-Bleistift-Test. Auf jedem Testbogen sind dem Schüler auf Seite 1 und 4 klare Instruktionen gegeben. Es wird geraten, die Instruktion auf Seite 1 laut vorzulesen, während die Schüler den restlichen Testbogen selbständig durcharbeiten sollen. Der Testleiter steht den Schülern während der gesamten Testzeit für Zwischenfragen zur Verfügung.

5.4 Zeit: Das Verfahren kann innerhalb einer Schulstunde durchgeführt werden, es besteht kein Zeitlimit.

6. Auswertung

6.1 Modus: Schablonisiertes Auswertungsverfahren – getrennt für Jungen und Mädchen.
Die Ergebnisse können auf einem Ergebnisbogen für den Berater vermerkt bzw. auf einem Schülerergebnisblatt (beide sind in dem Testbogen enthalten) graphisch dargestellt werden. Dem Testleiter werden anhand von Fallbeispielen Hilfen für Auswertung, Interpretation und Beratung an die Hand gegeben.

6.2 Zeit: Die Auswertung einschließlich der graphischen Darstellung für den Schüler liegt bei ca. 10 Minuten.

7. Gütekriterien

7.1 Objektivität: Durchführungs- und Auswertungsobjektivität sind durch schriftliche Instruktion und den Einsatz von Schablonen realisiert.

7.2 Reliabilität: Die instrumentale Reliabilität wurde anhand einer Konsistenzanalyse ermittelt. Die Reliabilitäten der einzelnen Skalen wurden nach Geschlechtern getrennt berechnet (N_w = 178, NH_{wv} = 218). Sie liegen zwischen r_{tt} = 0,79 und r_{tt} = 0,94 und weisen somit zufriedenstellende Werte auf. Unterschiede bezüglich der Geschlechter zeigten sich als unwesentlich. Die Retest-Reliabilität wurde an einer Stichprobe von 55 Hauptschülern der 9. Klasse ermittelt. (Zeitabstand zwischen den Messungen betrug zwei Monate.) Die Werte liegen deutlich niedriger, und zwar zwischen r_{tt} = 0,52 und r_{tt} = 0,88. Dabei ist vor allem die Instabilität bezüglich der Einstellung zur beruflichen Ausbildung (Skala B, r_{tt} = 0,52, N = 27) bei den Mädchen bzw. die der Jungen zur Schule (Skala S, r_{tt} = 0,52, N = 28) auffällig.

7.3. Validität: Zur Berechnung der prognostischen Validität wurde die Gruppe „Auszubildende“ (N = 86) einer „Schüler“-Gruppe (N = 77) gegenübergestellt. Zum Vergleich der Skalenwerte im Test mit der tatsächlichen Entscheidung Beruf vs. Schule wurden der biseriale Korrelationskoeffizient und ein Omega-% (Wahrscheinlichkeitsmaß, das den prozentualen Anteil der gemeinsamen Varianz von abhängiger und unabhängiger Variablen angibt) berechnet. Die Erwartung, daß die Gruppe der Auszubildenden bei Skala B (Neigung zur beruflichen Ausbildung) einen höheren Mittelwert aufweisen müßte als die der Schüler, wurde bestätigt. Der biseriale Korrelationskoeffizient von r_{bis} = 0,69 und Omega-% von 30 belegen diese Aussage recht deutlich. Ähnliches gilt für die Mittelwertunterschiede bezüglich der S-Skala (r_{bis} = 0,47, Omega-% = 14), allerdings in umgekehrter Richtung.
Weiterhin wurden die 77 Schüler untereinander in bezug auf die Schulart verglichen. Auch hier bestätigte sich die Hypothese, daß zwischen der besuchten Berufsfachschule und dem entsprechenden Skalenwert im TIBS ein signifikanter Zusammenhang bestehe. Hier muß lediglich die Skala H ausgenommen werden, deren biserialer Korrelationskoeffizient keinen signifikanten Mittelwertunterschied aufwies (r_{bis} = 0,26).
Die einzelnen Berufsschularten wurden auch nach Dauer bis zum Abschluß – es gibt eine einjährige „theoretische Grundausbildung“ oder eine zweijährige Ausbildung, die mit der Fachschulreife abschließt – differenziert: und zwar müßte ein Zusammenhang zwischen der Motivation (im Test) und der faktischen Entscheidung, eine längere Schulausbildung zu akzeptieren, bestehen. Die Hypothesen, daß bei Skala S der Mittelwert der zweijährigen

Ausbildung und bei Skala B der Mittelwert der einjährigen Ausbildung höher ausfallen müsse, werden durch die biserialen Korrelationskoeffizienten von r_{bis} = 0,52 bzw. r_{bis} = 0,59 belegt.
Durch die mit anschließender Varimax-Rotation durchgeführte Faktorenanalyse ließen sich die fünf voneinander relativ unabhängigen Faktoren Elektrotechnik, Landwirtschaft, Wirtschaft, Hauswirtschaft und Metalltechnik bestimmen. Die Tatsache, daß Faktor 1 sehr hohe Ladungen zukommen und er bereits fast 40% zur Gesamtvarianz beiträgt, wird von den Autoren so erklärt, daß eine praxisorientierte Ausrichtung stärker gewichtet würde als mehr wissenschafts-theoretische Aspekte. Interkorrelationen zwischen den Skalen liegen zwischen 0,17 und 0,69.

7.4 Normen: Die Rohwerte lassen sich in Prozentränge und T-Werte umrechnen. Um eine „weite" Interpretation zu ermöglichen und außer bestehenden Interessenschwerpunkten auch evtl. existierende Trends aufdecken zu können, haben die Autoren T-Bänder angegeben. Auffällige Werte werden erst vermerkt, wenn der Vertrauensbereich über- oder unterschritten wird.
Die Eichung (Herbst 1982) wurde an Hauptschulen in Baden-Württemberg an N = 396 Schülern (N_w = 178, HN_m = 218) durchgeführt.

8. Literatur

AURIN, K., GAUDE, P. & ZIMMERMANN, K. (1973). *Bildungsberatung.* Frankfurt.

2.2

Werteinstellungs-Test („Study of Values")

G. W. Allport, P. E. Vernon und G. Lindzey
Bearbeitung: E. Roth
Bern: Huber, 1972

---

1. Testart Einstellungs- und Interessentest

2. Testmaterial Handanweisung, Testheft; *zusätzlich:* Schreibmaterial.

3. Testgliederung Der Werteinstellungs-Test ist die Übersetzung der dritten Auflage der „Study of Values" von Allport, Vernon und Lindzey (1960). Er besteht aus zwei Teilen mit 30 bzw. 15 Items. Die insgesamt 120 vorgegebenen Antwortalternativen (je 2 bei den Items in Teil I und je 4 bei den Items in Teil II) tragen zu gleichen Teilen zur Konstituierung von 6 Einstellungsskalen bei: theoretische, ökonomische, ästhetische, soziale, politische und religiöse Werteinstellung.

4. Grundkonzept Die Study of Values (und damit der Werteinstellungs-Test) basiert auf den „Lebensformen" von Spranger (1922, 1950[8]), dessen Typologie diagnostisch verwertet wird. Der Proband wird mit der Aufgabe konfrontiert, durch eine numerische Gewichtung der jeweils vorgegebenen Antwortmöglichkeiten der einzelnen Items relative Wert-Präferenzen anzugeben. Ein Ablehnen aller Antworten als unzutreffend ist nicht vorgesehen, obwohl die der Sprangerschen Typologie (und damit dem Test und seinen Items) zugrundeliegende „idealisierte Auffassung der menschlichen Natur" (S. 6) solche Entscheidungen öfter nahelegen dürfte.

Die Item-Formulierungen entstammen der 3. Auflage, die aber in dieser Hinsicht gegenüber der 2. Auflage (1951) nicht verändert wurde: Bei der Übersetzung wurden „lediglich einige Fragen des Tests ... an deutsche Verhältnisse angepaßt" (S. 4).

Die 6 Wert-Typen, auf die hin der Test ausgewertet wird, sind der theoretische, der ökonomische, der ästhetische, der soziale, der politische und der religiöse Typ. In strikter Beschränkung auf die Sprangersche Vorlage werden Typen in der Handanweisung z. T. sehr anschaulich geschildert. Beispiel: „Manchmal kann man dem ökonomischen Menschen nachsagen, aus der Anbetung Mammons eine Religion zu machen" (S. 7).

Die Anwendungsvorschläge der amerikanischen Autoren beziehen sich besonders auf die Möglichkeit, daß die Probanden die Auswertung und – unter Anleitung – die Interpretation der Testergebnisse selbst vornehmen können; insofern sei der Test im Rahmen der Psychologie-Ausbildung sinnvoll einzusetzen, besonders natürlich als Einführung in Sprangers Typologie. Darüber hinaus wird auf Literatur verwiesen, wonach sich der Test in verschiedenen Bereichen psychologischer Beratung (Berufsberatung, Eheberatung, Personalauslese) bewährt habe.

Seinem Anspruch und stark kulturabhängigen Charakter entsprechend ist der Test „in erster Linie für Studenten oder für Erwachsene mit *höherer Bildung* gedacht (S. 6; Hervorh. durch d. Ref.).

5. Durchführung

5.1 Alter: Keine Angaben (Stichproben ab „Erstsemester", demnach ca. ab 18 Jahren).

5.2 Formen: Der Werteinstellungs-Test kann als Einzel- und als Gruppentest durchgeführt werden.

5.3 Handhabung: Das zum einmaligen Gebrauch bestimmte Testheft enthält außer einem vollständigen Titelblatt mit sämtlichen, sonst nur bei Handanweisungen üblichen Angaben ein Inhaltsverzeichnis, den eigentlichen zweiteiligen Fragebogen mit zwei getrennten Instruktionen, Auswertungshinweise und -blatt sowie Interpretationshilfen für den Selbstgebrauch. Das Ausfüllen des Fragebogens erfolgt in Teil I durch Vergabe von 3 Punkten auf die zwei vorgegebenen Antwortkategorien (3-0 oder 2-1), in Teil II durch die Vergabe von 10 Punkten für die vier Antwortmöglichkeiten (jeweils 4-3-2-1).

5.4 Zeit: Durchschnittlich 20 Minuten.

6. Auswertung

6.1 Modus: Auf die Möglichkeit, daß Pbn den Test selbst auswerten, wird ausdrücklich hingewiesen.
Die eingetragenen Punktwerte werden pro Seite spaltenweise summiert und nach einem Umordnungsschlüssel im Auswertungsblatt eingetragen. *Achtung:* Die Seitenangaben im Auswertungsblatt wurden aus dem amerikanischen Original direkt übernommen, entsprechen aber nicht der deutschen Fassung!
Die Summenwerte pro Einstellungsskala werden aus Gründen der Mittelwertnormierung ($\overline{X} = 40$) durch Addition bzw. Subtraktion von Korrekturwerten, die direkt aus der Originalfassung übernommen wurden, leicht verändert und in eine Profiltabelle übertragen.

6.2 Zeit: 5 Minuten nach Angaben der Autoren.

2.2

7. Gütekriterien

7.1 Objektivität: Bei rein formaler Auswertung voll gegeben.

7.2 Reliabilität: Für zwei deutsche Stichproben werden nach Skalen getrennt Retestkorrelationen von $r_{tt} = 0{,}69$ bis $r_{tt} = 0{,}89$ (1 Monat) bzw. von $r_{tt} = 0{,}66$ bis $r_{tt} = 0{,}80$ (2 Monate) mitgeteilt. Die Werte für amerikanische Stichproben (Split-Half und Retest) liegen etwas höher.

7.3 Validität: Zur Validität wird auf unterschiedliche Skalenwerte verschiedener Stichproben hingewiesen, die „fast alle" in der erwarteten Richtung liegen. „Zum Beispiel erwartet man erfahrungsgemäß, daß Frauen im Durchschnitt religiöser, sozialer und ästhetischer eingestellt sind als Männer" (S. 18). Mittelwerte und Standardabweichungen werden dazu von verschiedenen College- und Berufsgruppen-Stichproben mitgeteilt.
Darüber hinaus wird auf (amerikanische) Literatur zur Validierung der Study of Values an Außenkriterien verwiesen.

7.4 Normen: Durchschnittsnormen (Mittelwerte und Standardabweichungen) existieren für 8369 College-Studenten, sowohl zusammengefaßt als auch nach Geschlechtern getrennt, und aus deutschen Erhebungen für 131 Abiturienten und 72 Abiturientinnen sowie für 26 Unteroffiziere.

Die Profiltabelle benennt einheitlich die (korrigierten) Summenwerte aller Skalen bis 30 als „niedrig“, ab 50 als „hoch“. Die Interpretationshilfen im Testheft geben verteilungsbezogene Grenzen für „hohe und niedrige“ (oberes und unteres Quartil) und für „außergewöhnlich hohe und niedrige Ergebnisse„ (obere und untere 9%) an; diese Angaben sind z. T. mit der Klassifizierung im Diagramm inkompatibel.

8. Literatur

ALLPORT, G. W., VERNON, P. E. & LINDZEY, G. (1960[3]). *Study of Values. A scale for measuring the dominant interests in personality.* Boston: Houghton Mifflin Company.

SPRANGER, E. (1950[8]). *Lebensformen. Geisteswissenschaftliche Psychologie und Ethik der Persönlichkeit.* Tübingen: Niemeyer.

2. PSYCHOMETRISCHE PERSÖNLICHKEITSTESTS

2.1 Persönlichkeits-Struktur-Tests
2.2 Einstellungs- und Interessentests
2.3 Klinische Tests
2.3.1 Fragebogen
2.3.2 Interviews
2.3.3 Sonstige klinische Verfahren

2.3 Klinische Tests

2.3.1 Fragebogen

● = ja
o = teilweise
❍ = nein
k.A.= keine Angaben

Testname	Autor(en)	Seite	Durchführung				Auswertung			Gütekriterien				Alter
			Gruppentest	Parallelform	Zeitangabe netto (Min.)	Zeitangabe brutto (Min.)	Schabl./Schlüss.	maschinell	Zeitangabe (Min.)	Objektivität	Reliabilität	emp. Validität	Normen	(Jahre oder Schuljahre (J/Sj))
Allgemeine Behindertenverhaltensskala (AGAS)	Buijk	689	●	❍		15	●	❍		●	●	●	●	12–45 J
Allgemeine Depressions Skala (ADS)	Hautzinger u.a.	691	●	❍			●	❍		●	●	●	**o**	14–80 J
Anamnestischer Elternfragebogen	Deegener	695	❍	❍			❍	❍		●	❍	❍	❍	k.A.
Basler Befindlichkeits-Skala (BBS)	Hobi	696	●	❍		2–5	❍	❍		●	●	●	**o**	ab 18 J
Beck-Depressions-Inventar (BDI)	Hautzinger u.a.	698	●	❍		10–15	❍	❍		●	●	●	●	18–80 J
Befindlichkeits-Skala (Bf-S)	v. Zerssen u.a.	700	●	●			●	❍	5	●	●	●	●	20–64 J
Berliner Verfahren zur Neurosendiagnostik (BVND)	Hänsgen	702	❍	❍		5/50/70	●	●	5–20	●	❍	●	●	18–65 J
Beschwerden-Liste (BL)	v. Zerssen u.a.	705	●	●			❍	❍		●	●	●	●	20–64 J
Beschwerden-Erfassungsbogen (BEB)	Kasielke u.a.	707	●	❍			●	❍	10	●	●	●	●	ab 18 J
Biograph. Inventar z. Diagnose v. Verhaltensstörungen (BIV)	Jäger u.a.	710	●	❍		15–45	●	❍	5	●	●	●	●	ab 18 J
c.I.-Skala	Weidenhammer u.a.	712	●	❍			●	❍		●	●	●	**o**	ab 17 J
Depressionsinventar f. Kinder u. Jugendl. (DIKJ)	Stiensmeier-Pelster u.a.	714	●	❍			●	❍	2–3	●	●	●	●	10–17 J
Diagnostischer Elternfragebogen (DEF)	Dehmelt u.a.	716	❍	❍			❍	❍		❍	❍	❍	❍	5–13 J

● = ja
o = teilweise
○ = nein
k.A.= keine Angaben

Testname	Autor(en)	Seite	Durchführung				Auswertung			Gütekriterien				Alter
			Gruppentest	Parallelform	Zeitangabe netto (Min.)	Zeitangabe brutto (Min.)	Schabl./Schlüss.	maschinell	Zeitangabe (Min.)	Objektivität	Reliabilität	emp. Validität	Normen	(Jahre oder Schul-jahre (J/Sj))
Erlanger-Depressions-Skala (EDS)	Lehrl u.a.	718	●	○		3–5	○	○	2	●	●	●	**o**	k.A.
Fragebogen irrationaler Einstellungen (FIE)	Klages	720	●	○			●	○		●	●	●	●	18–80 J
Frageb. z. körperbez. Ängsten, Kognitionen u. Vermeidg. (AKV)	Ehlers u.a.	722	●	○		10–20	○	○		●	●	●	**o**	k.A.
Fragebogen zum Eßverhalten (FEV)	Pudel u.a.	724	●	○		10	●	○	2–3	●	●	●	●	k.A.
Frageb. z. Hyperkinetischen Syndrom u. Therapieleitfaden (HKS)	Klein	728	○	○			○	○		○	●	●	●	5–10 J
Frageb. z. Umgang m. Belastungen im Verlauf (UBV)	Reicherts u.a.	731	●	**o**		40/150	○	○		●	●	●	●	20–67 J
Frageb. z. Abschätzg. psychosomat. Krankheitsgeschehens (FAPK)	Koch	735	○	○		ca. 30	●	○		●	●	●	○	k.A.
Frageb. z. Messung d. Psychotherapiemotivation (FMP)	Schneider u.a.	739	●	○		20–30	●	○		●	●	●	●	k.A.
Frankfurter Befindlichkeits-Skala (FBS)	Süllwold u.a.	741	●	○			○	○		●	●	●	●	17–59 J
Frankfurter Beschwerde-Fragebogen (FBF)	Süllwold	743	●	○			○	○		●	●	●	○	k.A.
Frankfurter Körperkonzeptskalen (FKKS)	Deusinger	745	●	○			●	○		●	●	●	○	20–60 J
Frankfurter Selbstkonzeptskalen (FSKN)	Deusinger	747	●	○		15–25	●	○		●	●	●	●	ab 13 J
Freiburger Fragebogen zur Krankheitsverarbeitung (FKV)	Muthny	751	○	**o**		5–15	○	○		●	●	●	**o**	17–84 J
Geburtsangstskala (GAS)	Lukesch	753	●	**o**			○	○		●	●	●	●	k.A.

● = ja
○ (fett) = teilweise
○ = nein
k.A.= keine Angaben

Testname	Autor(en)	Seite	Durchführung				Auswertung			Gütekriterien				Alter
			Gruppentest	Parallelform	Zeitangabe netto (Min.)	Zeitangabe brutto (Min.)	Schabl./Schlüss.	maschinell	Zeitangabe (Min.)	Objektivität	Reliabilität	emp. Validität	Normen	(Jahre oder Schul-jahre (J/Sj))
Gießener Beschwerdebogen (GBB)	Brähler u.a.	755	●	○		10	○	●		●	●	●	●	ab 18 J
Gießener Beschwerdebogen f. Kinder u. Jugendl. (GBB-KJ)	Brähler	758	●	○		10–15	○	○		●	●	●	●	9–15 J
Hamburger Schmerz-Adjektiv-Liste (HSAL)	Hoppe	760	●	○		5–10	●	○		●	●	●	○	18–70 J
Hamburger Zwangsinventar (HZI)	Zaworka u.a.	762	●	○			●	○		●	●	●	●	ab 18 J
Inventar z. Selbstkommunikation f. Erwachsene (ISE)	Tönnies	766	●	○			●	○	ca. 5	●	●	●	○	18–70 J
Kieler Änderungssensitive Symptomliste (KASSL)	Zielke	769	●	○			●	○		●	●	●	●	16–65 J
Kurz-Skala Stimmung/Aktivierung (KUSTA)	Binz u.a.	771	○	○		ca. 5	○	●		●	●	●	○	k.A.
Kurzfragebogen für Alkoholgefährdete (KFA)	Feuerlein u.a.	774	○	○		ca. 10	○	○	ca. 2	●	●	●	○	ab 16 J
Marburger Verhaltensliste (MVL)	Ehlers, Ehlers u.a.	776	●	○		ca. 20	●	○	ca. 5	●	●	**o**	●	6–12 J
Maudsley-Persönlichkeitsfragebogen (MMQ)	Eysenck	778	●	○		ca. 15	○	○	2–3	●	●	●	●	ab 20 J
Mehrdimensionale Schmerzskala (MSS)	Lehrl, Cziske u.a.	780	●	○		5–10	●	○		●	●	○	○	ab 18 J
MMPI Deutsche Kurzform	Gehring u.a.	782	●	○		30–40	●	●		●	●	●	●	ab 16 J
MMPI Saarbrücken	Spreen	784	●	○		90	●	○		●	●	●	●	ab 16 J
Montgomery / Asberg Depress. Rating Scale (MADR-Skala)	Neumann u.a.	787	○	○			○	○		●	●	●	○	ab 18 J

● = ja
ⵔ = teilweise
○ = nein
k.A.= keine Angaben

Testname	Autor(en)	Seite	Durchführung				Auswertung			Gütekriterien				Alter
			Gruppentest	Parallelform	Zeitangabe netto (Min.)	Zeitangabe brutto (Min.)	Schabl./Schlüss.	maschinell	Zeitangabe (Min.)	Objektivität	Reliabilität	emp. Validität	Normen	(Jahre oder Schuljahre (J/Sj))
Münchner Alkoholismus-Test (MALT)	Feuerlein u.a.	789	○	○			○	○		●	●	●	●	k.A.
Narzißmusinventar (NI)	Deneke u.a.	791	●	○		30–60	●	○		●	●	●	●	21–60 J
Skala zur Erfassung der Selbstakzeptierung (SESA)	Sorembe u.a.	793	●	○		10–15	●	○		●	●	●	●	ab 15 J
Skalen zur Erfassung von Hoffnungslosigkeit (H-Skalen)	Krampen	795	●	●		ca. 10	●	○		●	●	●	●	k.A.
State-Trait-Ärgerausdrucks-Inventar (STAXI)	Schwenkmezger u.a.	797	●	○		ca. 10	●	●		●	●	●	●	ab 14 J
Stationsbeurteilungsbogen (SBB)	Engel u.a.	799	●	○			●	○		●	●	●	●	k.A.
Test zur Erfassung der Schwere einer Depression (TSD)	Obermair u.a.	801	○	○			○	○	ca. 5	●	●	●	○	ab 18 J
Trierer Alkoholismusinventar (TAI)	Funke u.a.	803	●	○		ca. 30	○	○		●	●	●	●	k.A.
Trierer Skalen zur Krankheitsbewältigung (TSK)	Klauer u.a.	806	●	○		10–20	●	○	ca. 5	●	●	●	●	ab 18 J
Unsicherheitsfragebogen (UFB)	Behzadi	808	●	○		ca. 20	●	○	ca. 10	●	●	●	●	18–60 J
Veränderungsfragebogen des Erlebens und Verhaltens (VEV)	Kopf-Mehnert	810	●	○		10–15	●	○		●	●	●	●	k.A.
Zusatzinventar für Selbstkommunikation für Erwachsene (ISE-Z)	Tönnies	813	●	○			●	○	5	●	●	●	○	ab 18 J

Allgemeine Behindertenverhaltensskala (AGAS)

C. A. Buijk
Amsterdam: Swets & Zeitlinger B. V., 1982

---

1. Testart Klinischer Test

2. Testmaterial Fragebogen, Handanweisung; *zusätzlich:* Schreibgerät.

3. Testgliederung Die AGAS ist ein Fragebogen, der aus 36 Items besteht. Die Items verteilen sich auf 4 Faktoren: Bewältigung, Hilfe-Unabhängigkeit, Soziale Folgen, Boden.

4. Grundkonzept Die Abkürzung AGAS stammt von der ursprünglichen niederländischen Testbezeichnung. Es existieren auch noch eine englische und eine französische Fassung. Der AGAS mißt die Einstellung in bezug auf die Folgen eines Körperschadens (einer Funktionsstörung) und auf das Sich-behindert-Fühlen. Das Verfahren kann angewendet werden bei der Behindertenprophylaxe, der Rehabilitation, der Betreuung, der Selbsteinschätzung, der Beratung und der Forschung.

5. Durchführung **5.1 Alter:** 12–45 Jahre.

5.2 Formen: Das Verfahren kann im Gruppenversuch mit oder ohne Testleiter durchgeführt werden. Es existieren keine Parallelformen.

5.3 Handhabung: Der Testbogen enthält vollständige Anweisungen. Als Beantwortungsmodus wir das Antwortauswahlverfahren (multiple choice) verwendet.

5.4 Zeit: 15 Minuten.

6. Auswertung **6.1 Modus:** Das Testformular enthält einen Auswertungsschlüssel, in den die Antworten übertragen werden können, damit die Werte pro Faktor (Skala) bestimmt werden.

6.2 Zeit: Keine Angaben.

7. Gütekriterien **7.1 Objektivität:** Durchführungs- und Auswertungsobjektivität sind formal gegeben.

7.2 Reliabilität: Die Reliabilität pro Skala bewegt sich zwischen 0,83 und 0,85 bei N > 200.

7.3 Validität: Die Gültigkeit der AGAS wurde mit früheren AGAS Formen geprüft (Korrelationen zwischen 0,78 und 0,97). Außerdem wurden Korrelationen mit diversen externen Variablen ermittelt.

7.4 Normen: Die Normwerte beziehen sich auf visuelle und motorische Behinderte sowie Alter und Geschlecht (N > 200).

8. Literatur

„Research AGAS“ erhältlich auf Niederländisch beim Laboratorium voor Toegepaste Psychologie (LTP), Vossiusstraat 54–55. 1071 AK Amsterdam.

Allgemeine Depressions Skala (ADS)

M. Hautzinger und M. Bailer
Weinheim: Beltz-Test, 1993

---

1. Testart Klinischer Test

2. Testmaterial Mappe mit 1 Handbuch (DIN A4, 34 Seiten), 1 Auswertungsschablone für die Testformen ADS-L und ADS-K, 1 Block mit ADS-L-Fragebogen (20 Items), 1 Block mit ADS-K-Fragebogen (15 Items). Beide Fragebogen haben jeweils vier Antwortmöglichkeiten vorgegeben (selten, manchmal, öfters, meistens).

3. Testgliederung In der Langform (ADS-L) werden 20 Items zur Beantwortung dargeboten, in der Kurzform (ADS-K) 15 Items.

4. Grundkonzept Die „Allgemeine Depressions Skala" (ADS) ist die deutschsprachige Form der „Center for Epidemiological Studies Depression Scale" (CES-D) von Radloff (1977). Depressive Symptome können alleine auftreten, sind aber auch häufig Begleiterscheinungen anderer affektiver Störungen. Das Morbiditätsrisiko wird für Frauen auf 20,2% und für Männer auf 11,9% geschätzt (Stuart & Kumakura, 1984).

Mit Hilfe der „Allgemeinen Depressions Skala" sollen zuverlässige Informationen über depressive Symptome gewonnen werden. Die „Allgemeinen Depressions Skalen" (Kurz- und Langform) sollen sensibel für depressive Symptome und möglichst spezifisch für depressive Erkrankungen sein. Der Test ADS folgt in seiner Konzeption der zwei- bzw. dreistufigen Einteilung von Shrout, Dohrenwendt und Levav (1986) und Lewinsohn, Roberts und Seeley (1990) und stellt ein Screeninginstrument dar. Depressive Störungen sind sehr heterogen. Dem CES-D und dem ADS liegt eine vielschichtige Beschreibung von Hautzinger (1981) und Hautzinger und de Jong-Meyer (1989) zugrunde. Berücksichtigung finden hierbei die Bereiche der emotionalen, motivationalen, kognitiven, somatischen und motorischen Symptome. Da nur 20 Items in der Langform (15 Items in der Kurzform) überprüft werden, können nur jeweils wenige Merkmale der einzelnen Symptombereiche miteinbezogen werden. Eine weitere Einschränkung findet durch den Bezugsrahmen statt, der sich auf die vorangegangene Woche bezieht. Diese Einschränkung wird gemacht, da (nur) der aktuelle Zustand der depressiven Beschwerden erhoben werden soll.

5. Durchführung **5.1 Alter:** 14–80 Jahre.

5.2 Formen: Sowohl die Lang- als auch die Kurzversion können als Einzeltest, aber auch als Gruppentest durchgeführt werden. Computergestützte Fassung im Hogrefe-Testsystem CORA.

5.3 Handhabung: Der Klient/Patient füllt selbständig den Bogen (Lang-

oder Kurzversion) aus. Es ist eine Selbstbeurteilung. Bei Analphabeten wird der Test als Einzeltest durchgeführt. Die Fragen werden vorgelesen und die Antworten im Bogen notiert.

5.4 Zeit: Keine genauen Angaben, wenig zeitaufwendig.

6. Auswertung

6.1.Modus: Es werden Summenwerte gebildet. Die vier negativ gepolten Items 4, 8, 12 und 16 müssen umkodiert werden (0 erhält den Punktwert 3, 1 den Punktwert 2 usw.). Dann werden sie zum Summenwert addiert. Der Summenwert kann Werte zwischen 0 (Minimum) und 60 Punkten (Maximum) annehmen.

Ausgewertet und interpretiert werden sollen nur die Bogen, bei denen der Vergleichswert den kritischen Wert des Lügenkriteriums nicht unterschreitet. In der Langversion beträgt der kritische Wert –28 Punkte und in der Kurzversion –24 Punkte. Der Vergleichswert berechnet sich in der Langversion durch die Summe der 16 positiv gepolten Items minus viermal die Summe der negativ gepolten Items (in der Kurzversion: Summe der 13 positiv gepolten Items minus 6,5 mal die Summe der zwei negativ gepolten Items).

Zur leichteren Auswertung liegt eine Auswertungsfolie für die beiden Versionen vor, in der die negativ gepolten Items umgepolt sind.

Die Ergebnisse können mit den Normtabellen des Handbuchs (Tabellen für Gesamtbevölkerung und getrennte Tabellen für Frauen und Männer) verglichen werden. Für genauere Angaben empfiehlt es sich, die Werte in Vertrauensintervalle umzurechnen. Das Handbuch bietet eine Umrechnungstabelle an.

Interpretation der Ergebnisse: Erreicht eine Person in der Langform einen Punktwert über 23, besteht die Möglichkeit einer depressiven Störung (kritischer Wert in der Kurzversion: > 17 Punkte).

6.2 Zeit: Keine Angaben im Handbuch. Durch die geringe Itemzahl und das Vorliegen der Auswertungsschablonen kann die Auswertung in sehr kurzer Zeit (wenige Minuten) erfolgen.

7. Gütekriterien

7.1 Objektivität: Auswertungsobjektivität ist durch das vom Untersucher unabhängige Auswertungsschema gegeben.

7.2 Reliabilität: Bezüglich der Langversion wurden folgende Werte erreicht:
Trennschärfe: durchschnittlich 0,52 (Frauen: 0,56, Männer: 0,46)
Itemkorrelation: durchschnittlich 0,30 (Frauen: 0,34, Männer: 0,25)
Cronbach Alpha: Gesamtgruppe: 0,8906 (Frauen: 0,9086, Männer: 0,8608)
Testhalbierung: Gesamtgruppe 0,81 (Frauen: 0,84, Männer: 0,76).
Bezüglich der Stichprobe der Schmerzpatienten wurden ein Alpha-Wert von 0,8461 und ein r = 0,8541 festgestellt. Für die Stichprobe der depressiven Patienten wurden ein Alpha-Wert von 0,9256 und r = 0,9246 berichtet.

Die Reliabilitätswerte der Kurzversion liegen geringfügig unter den Werten der Langversion.

7.3 Validität:

Konstruktvalidität
Die 4 Faktoren der amerikanischen Fassung CES-D konnten mittels Faktorenanalyse repliziert werden.

Vergleich mit anderen Instrumenten:
- Beck Depressionsinventar (BECK et al., 1961; HAUTZINGER, 1991; HAUTZINGER, BAILER & WORALL, 1992)
- Hamilton Depressionsskala (HAMILTON, 1960)
- Inventar Depressiver Symptome (RUSH et al., 1986)
- Eigenschaftswörterliste (JANKE & DEBUS, 1977)
- Befindlichkeits-Skala (VON ZERSSEN, 1986)
- Beschwerden-Liste (VON ZERSSEN, 1986)
- Eysenck Persönlichkeitsinventar (EYSENCK, 1975)

Zu diesen Skalen bestehen hohe, positive Korrelationen (r = 0,60 bis 0,94). Die höheren Korrelationen bestehen zwischen dem ADS und den Selbstbeurteilungbogen (Befindlichkeits-Skala und ADS: 0,73 und 0,743 für verschiedene Personengruppen; Beck Depressionsinventar und ADS: 0,72; 0,85; 0,94; 0,83 für verschiedene Personengruppen).
Zwischen Fremdbeurteilungsinstrumenten und dem ADS bestehen niedrigere Korrelationen: ADS und Inventar Depressiver Symptome: 0,67; ADS und Hamilton Depressionsskala: 0,49 bis 0,90 für verschiedene Personengruppen.

7.4 Normen: Mitgeteilt werden Standardkennwerte und Prozentrangverteilungen.

8. Literatur

EYSENCK, H. J. (1975). *Das Eysenck Persönlichkeitsinventar.* Göttingen: Verlag für Psychologie.

HAMILTON, M. (1960). A rating scale for depression. *Journal of Neurology, Neurosurgery, Psychiatry, 23,* 56–62.

HAUTZINGER, M. (1981). Depression und Kognition. In M. HAUTZINGER & S. GREIF (Hrsg.), *Kognitionspsychologie der Depression.* Stuttgart: Kohlhammer.

HAUTZINGER, M., BAILER, M., KELLER, F. & WORALL, H. (1992). *Das Beck Depressions Inventar (BDI).* Bern: Huber.

HAUTZINGER, M. & JONG-MEYER, R. DE(1989). Depressionen. In H. REINEKKER (Hrsg.), *Lehrbuch der Klinischen Psychologie.* Göttingen: Verlag für Psychologie.

JANKE, W. & DEBUS, G. (1977). *Die Eigenschaftswörterliste.* Göttingen: Verlag für Psychologie.

LEVINSOHN, P. M., ROBERTS, R. E. & SEELEY, J. R. (1990). *Screening for depression and other psychopathology in older adolescents with the CES-D.* Eugene: Oregon Research Institute.

RADLOFF, L. S. (1977). The CES-D scale: A self-report depression scale for research in the general population. *Applied Psychological Measurement, 3,* 385–401.

RUSH, A. J., GILES, D. E., SCHLESSER, M. A., FULTON, C. L., WEISSENBURGER, J. & BURNS, C. (1986). The inventory for depressive symptomatology. Preliminary findings. *Psychiatry Research, 18,* 865–876.

SHROUT, P. E., DOHRENWENDT, B. P. & LEVAV, I. (1986). Development of a discriminant rule of screening cases of diverse diagnostic types. *Journal of Consulting and Clinical Psychology, 54,* 314–319.

STUART, E. & KUMAKURA, N. (1984). How depressing live is. Life among morbidity risk in the general population. *Journal of Affective Disorder, 7,* 109–122.

ZERSSEN, D. v. (1986). *Die Befindlichkeits-Skala.* Weinheim: Beltz Test GmbH.

ZERSSEN, D. v. (1986). *Die Beschwerden-Liste.* Weinheim: Beltz Test GmbH.

Anamnestischer Elternfragebogen

G. DEEGENER
Weinheim: Beltz, 1984

---

1. Testart Klinischer Test

2. Testmaterial Fragebogen

3. Testgliederung Der Anamnestische Elternfragebogen ist ein Fragebogen, der aus 3 Teilen besteht: Erhebung der Eingangsdaten, Familienanamnese, Patientenvorgeschichte.

4. Grundkonzept Das Verfahren dient der Anamneseerfassung von Kindern durch die Eltern. Es soll helfen, die Ursachen von Krankheiten, Entwicklungsstörungen und Erziehungsproblemen zu verstehen und einzuordnen.

5. Durchführung **5.1 Alter:** Gedacht für Eltern (ohne Altersangaben).

5.2 Formen: Einzelverfahren.

5.3 Handhabung: Der Fragebogen enthält Anweisungen mit Übungsbeispielen. Als Beantwortungsmodus werden teilweise offene Antworten, teilweise ja/nein Antworten verwendet.

5.4 Zeit: Keine Angaben.

6. Auswertung **6.1 Modus:** Der Fragebogen wird subjektiv ausgewertet.

6.2 Zeit: Keine Angaben.

7. Gütekriterien **7.1 Objektivität:** Die Durchführungsobjektivität ist formal gegeben, die Auswertungsobjektivität nicht.

7.2 Reliabilität: Keine Angaben.

7.3 Validität: Keine Angaben.

7.4 Normen: Keine Angaben.

8. Literatur

DEEGENER, G. (1995). *Anamnese und Biographie im Kindes- und Jugendalter.* Göttingen: Hogrefe.

Basler Befindlichkeits-Skala (BBS)

V. Hobi

Weinheim, Beltz Test Gesellschaft, 1985

---

1. Testart	Klinischer Test
2. Testmaterial	Handanweisung (23 Seiten), Testbogen, Auswertungsschablone; *zusätzlich:* Schreibgerät.
3. Testgliederung	Das Verfahren ist ein Fragebogen mit 16 Items, die anhand eines Polaritäten-Profils ausgefüllt werden.
4. Grundkonzept	Das Verfahren ist ein Selbsteinschätzunginstrument zur Verlaufsmessung der Befindlichkeit. Es wird darauf verzichtet, ausgesprochen extreme depressive und manische Zustände zu erfassen.
5. Durchführung	**5.1 Alter:** Erwachsene (keine Altersangaben). **5.2 Formen:** Das Verfahren kann im Gruppenversuch durchgeführt werden. Es existieren keine Parallelformen. Computergestützte Fassung im Hogrefe-Testsystem CORA. **5.3 Handhabung:** Der Testbogen enthält vollständige Anweisungen mit Übungsbeispielen. Als Beantwortungsmodus ist ein Polaritätsprofil gewählt. **5.4 Zeit:** 2–5 Minuten bei Ersttestung, Wiederholung 1–1 ½ Minuten.
6. Auswertung	**6.1 Modus:** Für die Auswertung steht eine Transparentschablone zur Verfügung. Die Rohpunkte werden nach den 4 Faktoren – Vitalität, intrapsychischer Gleichgewichtszustand, soziale Extravertiertheit und Vigilität – addiert. **6.2 Zeit:** Keine Angaben.
7. Gütekriterien	**7.1 Objektivität:** Durchführungs- und Auswertungsobjektivität sind formal gegeben. **7.2 Reliabilität:** Die innere Konsistenz, Cronbach-Alpha, beträgt pro Skala zwischen 0,83 und 0,91. **7.3 Validität:** Die Validität wurde mit mehreren Methoden geprüft. Ansätze der Kriteriums- und Konstruktvalidität werden als befriedigend bezeichnet. Untersucht wurden Zusammenhänge mit anderen Fragebogen, z. B. FPI, Gießen-Test, PD-S, B-L. Faktorenanalytisch wurden 4 Faktoren ermittelt (Vitalität, intrapsychischer Gleichgewichtszustand, soziale Extravertiertheit und Vigilität), die 69,9 % der Gesamtvarianz aufklären. **7.4 Normen:** Mittelwerte liegen von N = 346 klinisch-psychiatrischen Patienten und N = 510 Gesunden vor.

8. Literatur

HOBI, V. & LADEWIG, D. (1981). Selbst- und Fremdbeurteilung als Mittel zur standardisierten Therapieverlaufs-Erfassung auf einer psychiatrischen Spezial-Abteilung. *Z. Klinische Psychol. Psychother., 29*(2), 12–15.

Beck-Depressions-Inventar (BDI)

M. Hautzinger, M. Bailer, H. Worall und F. Keller
Bern: Huber, 1993

---

1. Testart Klinischer Test

2. Testmaterial Testhandbuch, Testfragebogen; *zusätzlich:* Schreibgerät.

3. Testgliederung Der Fragebogen enthält 21 Items mit Fragen zur depressiven Symptomatik.

4. Grundkonzept Das Verfahren wird seit 30 Jahren im angloamerikanischen und englischen Sprachraum eingesetzt und ist in viele Sprachen übersetzt worden. Es ist ein Selbstbeurteilungsinstrument zur Erfassung schwerer depressiver Symptomatik. Das Verfahren wird häufig bei Therapiestudien eingesetzt.

5. Durchführung

5.1 Alter: 18–80 Jahre.

5.2 Formen: Das Verfahren kann auch im Gruppenversuch durchgeführt werden. Es existieren keine Parallelformen. Computergestützte Fassung im Hogrefe-Testsystem CORA.

5.3 Handhabung: Der Testbogen enthält vollständige Anweisungen. Als Beantwortungsmodus wird das Auswahlantwortverfahren (multiple choice) verwendet.

5.4 Zeit: 10–15 Minuten.

6. Auswertung

6.1 Modus: Der Fragebogen wird durch Addition der angekreuzten Aussagen ausgewertet.

6.2 Zeit: Keine Angaben.

7. Gütekriterien

7.1 Objektivität: Durchführungs- und Auswertungsobjektivität sind formal gegeben.

7.2 Reliabilität: Die innere Konsistenz (Cronbach's Alpha) des BDI erreicht den Koeffizienten 0,88. Der Spearman-Brown Koeffizient beträgt 0,84, der Guttmann Koeffizient 0,84 und der Halbierungskoeffizient 0,72.

7.3 Validität: Zwischen Zung-Skala und BDI ergab sich ein mittlerer Korrelationskoeffizient von 0,76. Zwischen Hamilton-Skala und BDI war der mittlere Korrelationskoeffizient 0,73. Untersuchungen therapiebedingter Veränderungen an mehreren Stichproben (N = 55–339) werden berichtet.

7.4 Normen: Prozentrangnormen liegen für den Aufnahme- und den Entlassungszeitpunkt depressiver Patienten vor. In einzelnen Untergruppen, gegliedert nach Geschlecht und Diagnose, werden Mittelwerte und Standardabweichungen angegeben.

8. Literatur

BECK, A. T., WARD, C. H., MENDELSON, M., MOCK, J. & ERBAUGH, J. (1961). An inventory for measuring depression. *Archives of General Psychiatry, 4,* 561–571.

Befindlichkeitsskala (Bf-S)

D. v. Zerssen und D.-M. Koeller
Weinheim: Beltz, 1976

---

1. Testart	Klinischer Test
2. Testmaterial	Manual, Liste mit Gegensatzpaaren (Eigenschaftswörterliste), Schablone; *zusätzlich:* Bleistift.
3. Testgliederung	Der Test besteht aus zwei parallelen Formen (Bf-S und Bf-S'. Jede enthält 28 Gegensatzpaare. Der Test ist ein Teil der Klinischen Selbstbeurteilungs-Skalen (KSb-S).
4. Grundkonzept	Der Test soll dazu dienen, die momentane Befindlichkeit des Probanden zu erfassen. Er eignet sich für Untersuchungen einzelner Probanden oder Gruppen. Der globale Zustand des subjektiven Befindens kann sowohl im zeitlichen Querschnitt – Position des Probanden zu einer Gruppe – als auch im zeitlichen Längsschnitt – Verlaufscharakteristika der Befindlichkeit – erfaßt werden. Den Hauptanwendungsbereich bilden psycho-pathologische Fragestellungen.
5. Durchführung	**5.1 Alter:** 20–64 Jahre. Der IQ der Pbn sollte über 80 liegen. **5.2 Formen:** Zwei Paralleltestformen Bf-S und Bf-S'. Jede Form enthält 28 Items. Computergestützte Fassung im Hogrefe-Testsystem CORA. **5.3 Handhabung:** Die Probanden bekommen die Gegensatzpaarliste ausgehändigt. Der Kopf dieser Liste wird z. T. vom Untersuchungsleiter, z. T. vom Probanden ausgefüllt. Nachdem die Instruktion gegeben worden ist, kreuzen die Probanden die für sie zutreffenden Eigenschaften an. **5.4 Zeit:** Keine Angaben, Bearbeitungszeit wird festgehalten.
6. Auswertung	**6.1 Modus:** Zunächst wird der Testrohwert gebildet. Anhand einer Schablone werden die negativen Ankreuzungen (2), die positiven (0) und die neutralen (1) addiert. Werden beide Parallelformen bei einem Probanden angewendet, addiert man beide Rohwerte und dividiert durch 2. Die Rohwerte können – getrennt für Männer und Frauen – in Percentil-Werte, Standard-T-Werte und Stanine-Werte transformiert werden. **6.2 Zeit:** Keine Angaben.
7. Gütekriterien	**7.1 Objektivität:** Durchführung und Auswertung des Tests sind als objektiv zu bezeichnen. **7.2 Reliabilität:** Die Paralleltestzuverlässigkeit liegt bei 0,90.

7.3 Validität:

Externe Validität (Außenkriterium):
In verschiedenen Ländern wurden Validierungen des Tests durchgeführt. Die klinische Beurteilung war dabei das Außenkriterium. Die meisten ermittelten Werte lagen um 0,80, einige aber auch viel niedriger (0,51).

Interne Validität (Validitätsverwandte Tests):
- Korrelation zur Beschwerdenliste: 0,40 bzw. 0,50
- Korrelation zur Depressivitätsskala: 0,60 bzw. 0,70
- Korrelation zur urspr. Depressivitätsskala aus PND-S bzw. PND-S′: 0,89 bzw. 0,90.

DERA fand in einer – unveröffentlichten – Längsschnittstudie bei drei endogen-depressiven Patienten extrem hohe Werte: 0,96 bis 0,99.
Die geringe Korrelation des Tests mit Intelligenzverfahren spricht für hohe Intelligenzunabhängigkeit.
Eine Faktorenanalyse ergab eine relativ hohe Einheitlichkeit des erfaßten Sachverhalts.

7.4 Normen: Der Eichung liegt eine repräsentative Stichprobe von Bundesbürgern zwischen 20 und 64 Jahren zugrunde. 773 Männer und 988 Frauen wurden untersucht. Die Normen liegen für die Gesamtstichprobe und getrennt für Frauen und Männer vor.

Berliner Verfahren zur Neurosendiagnostik (BVND)

K.-D. HÄNSGEN
Göttingen: Hogrefe, 1991[2]

---

1. Testart Klinischer Test

2. Testmaterial Handanweisung (59 Seiten), Auswertungsschablonen, Fragenheft, Antwortbogen, Profilblatt; *zusätzlich:* Schreibgerät.

3. Testgliederung Der BVND gliedert sich in die beiden Erfassungsbereiche „Beschwerden" und „Persönlichkeitsmerkmale". Diese Bereiche werden durch folgende 22 Skalen charakterisiert:

Beschwerden:
Spezifisch körperlich funktionelle Beschwerden
VED = Verdauungsfunktion
HKL = Herz-Kreislauffunktion
SEN = Allg. körperliche Sensibilität
MOT = Motorische Beschwerden

Unspezifische Befindlichkeitsstörungen
ERS = Erschöpfung
SLA = Schlaf
ERR = Erregung
SWG= Beschwerden im Selbstwerterleben
LFK = Leistungsfähigkeit

Spezifische psychische Beschwerden
ZWA = Zwangsdenken, Zwangshandlungen
ANG = Angst
PHO = Phobische Beschwerden
SKO = Beschwerden in der sozialen Kommunikation

Persönlichkeitsmerkmale
SSI = Selbstsicherheit
AKT = Aktivität
KOB = Kontrollbedürfnis
FTA = Frustrationstoleranz
SOR = Soziale Orientierung
GRI = Gesundheitsrisikobereitschaft
AEF = Anpassungs-/Einfühlungsfähigkeit
BAG = Bagatellisierung
AGV = Aggravation

Die insgesamt 300 Items sind positiv und in der Ich-Form als Statements formuliert.

4. Grundkonzept

Mit dem BVND werden für die Diagnostik und Differentialdiagnostik von neurotischen Störungen relevante Merkmale des Selbsterlebens („Selbstkonzept“) erfaßt. Das Verfahren ist als offenes, weiterzuentwickelndes System aufzufassen, in das aktuelle Erkenntnisse jeweils integriert werden können. Das Verfahren stellt Skalen für die Merkmalsbereiche „Beschwerden“ und „Persönlichkeitsmerkmale“ zur Verfügung.
Beschwerden als Beeinträchtigung der Lebensbewältigung entsprechen dem Erleben von Dysregulationsvorgängen schlechthin, unabhängig vom neurosespezifischen Erleben. Persönlichkeitsmerkmale werden als universellere Abweichungen auf einem Kontinuum verstanden. Grundlage der über Selbstbeurteilungen ermittelten Störungen individueller Person-Umwelt-Beziehungen sind neuere Erkenntnisse zu Neurosen, deren Wurzeln in psychologisch orientierten Krankheitskonzepten liegen. Solche Konzepte sind als integrative Krankheitskonzepte zu verstehen, die mittlerweile auch in die Medizin Eingang gefunden haben.
Insgesamt wird mit dem BVND keine abgegrenzte Klasse von Störungen identifiziert, wie unter Zugrundelegung des klassischen Krankheitsmodells, sondern Krankheiten werden nach „Art und Ausmaß der Dysregulation der Person-Umwelt-Beziehungen und (...) dem funktionalen Wert (unterschieden), den diese Faktoren als Ursachen, Wirkungen und Störungen besitzen“ (Handanweisung, S. 6).

5. Durchführung

5.1 Alter: Für die Spanne von 18–65 Jahren liegen überprüfte Normen vor.

5.2 Formen: Der BVND sollte im Einzelversuch eingesetzt werden. Es stehen folgende Formen zur Verfügung:
- Screening-Form mit 52 Items
- Standardform mit 238 Items (186 + 52)
- Langform mit 300 Items (238 + 62).

Computergestützte Fassung im Hogrefe-Testsystem CORA.

5.3 Handhabung: Entsprechend der Aufgabenstellung der Untersuchung wird die jeweilige Form zusammengestellt. Nach der Instruktion und den Personenangaben wird der Test vom Pbn selbständig ausgefüllt. Die Beantwortung sollte nicht zuhause erfolgen. Alle Items sollten beantwortet werden. Nicht beantwortete Items können mit dem Probanden durchgesprochen und noch vervollständigt werden. Die Antworten müssen in das Antwortblatt, nicht in das Fragenheft eingetragen werden. Nach Beendigung der Beantwortung muß darauf geachtet werden, daß keine „Überarbeitung“ der Antworten mehr erfolgt.

5.4 Zeit: Als Durchführungszeiten ergeben sich in der Regal:

Screening-Form	5–10 Minuten
Standardform	30–50 Minuten
Langform	45–70 Minuten

6. Auswertung

6.1 Modus: Die Auswertung erfolgt mittels Schablonen zur Ermittlung der Rohwerte. Es stehen als Normwerte Stanine- und C-Werte für Gesunde und die Kriteriengruppe zur Verfügung. Bei Verwendung der Screening-Skalen müssen nicht alle Skalen ausgewertet werden.

6.2 Zeit: Die benötigten Auswertungszeiten (ohne Interpretation) liegen bei 5 Minuten für die Screening-Form,

15 Minuten für die Standardform und
20 Minuten für die Langform.

7. Gütekriterien

7.1 Objektivität: Bei Beachtung der Vorgaben in der Handanweisung sind Durchführungs-, Auswertungs- und Interpretationsobjektivität voll gegeben.

7.2 Reliabilität: Keine Angaben.

7.3 Validität: Im Rahmen von Untersuchungen zur faktoriellen Validität ergaben sich hohe Übereinstimmungen der Strukturen für Normalgesunde und Patienten in der Erstmessung auf der Basis einer 9-Faktorenlösung, die die Gültigkeit der Skalen für beide Personengruppen belegen. Der Koeffizient der Ähnlichkeitsrotation lag bei r = 0,98. Weiterhin werden Validierungsuntersuchungen und Ergebnisse bezüglich der Beziehungen des BVND zu anderen Verfahren, zu Klassifikation unterschiedlicher Personengruppen sowie zu differentiellen Indikationsstudien mit unterschiedlichen Therapieformen als Kriterium der Brauchbarkeit des Verfahrens berichtet.

7.4 Normen: Die Normstichprobe bestand aus 197 Normalpersonen und 244 Psychotherapiepatienten, die jeweils auf 500 Pbn „aufgefüllt" wurden. Als Normen stehen Stanine- und C-Werte der beiden Stichproben, nach Geschlecht und Alter differenziert, zur Verfügung.

Beschwerdenliste

D. v. Zerssen und D.-M. Koeller
Weinheim: Beltz, 1976

---

1. Testart Klinischer Test

2. Testmaterial Manual, Beschwerdenliste; *zusätzlich:* Bleistift.

3. Testgliederung Es handelt sich um einen Fragebogentest mit zwei Paralleltestformen B-L und B-L′ und einen Ergänzungsbogen B-L°. B-L und B-L′ enthalten je 24, B-L° 17 Items.
Die Beschwerdenliste ist Teil der Testreihe KSb-S (Klinische Selbstbeurteilungsskalen). Von diesen existieren Übersetzungen in andere Sprachen, die aber im Handel nicht erhältlich sind.

4. Grundkonzept Die Beschwerdenliste dient als Screening-Verfahren zur quantitativen Abschätzung subjektiv empfundener Beeinträchtigungen durch körperliche und allgemeine Beschwerden. Sie ist anwendbar in Längs- und Querschnittuntersuchungen bei einzelnen Probanden und Gruppen. Der IQ der Probanden soll über 80 liegen.

5. Durchführung **5.1 Alter:** 20–64 Jahre.

5.2 Formen: Einzel- und Gruppentest; zwei Parallelformen und ein Ergänzungsbogen. Computergestützte Fassung im Hogrefe-Testsystem CORA.

5.3 Handhabung: Der Proband erhält die Beschwerdenliste vorgelegt mit der Aufforderung, sie auszufüllen. Für jedes angeführte Item kann der Proband, je nach der Stärke der Zustimmung oder Ablehnung, in eine von vier Spalten ein Kreuz machen.

5.4 Zeit: Keine Zeitbegrenzung, Testzeit wird protokolliert.

6. Auswertung **6.1 Modus:** Für jede der vier Spalten von B-L bzw. B-L′ wird die Punktsumme gebildet. Jedes Kreuz in der ersten Spalte („stark") wird mit drei Punkten bewertet, jedes Kreuz in der zweiten Spalte („mäßig") mit zwei Punkten, jedes Kreuz in der dritten Spalte („kaum") mit einem Punkt und jedes Kreuz in der vierten Spalte („gar nicht") mit Null.
Die Summen der vier Spalten werden addiert und man erhält so den Testrohwert. Werden beide Formen bei einem Probanden angewendet und will man einen gemeinsamen Score bilden, werden die Rohwerte addiert und dann durch zwei geteilt. Der Testrohwert wird dann anhand von Normentabellen (getrennt für Männer und Frauen) in Perzentil-Wert, Standard-T-Wert und Stanine-Wert umgewandelt.
Beim B-L° entfällt die Umwandlung, da hier kein Test-Score errechnet wird.

Er liefert nur Zusatzinformationen. Ein Stanine-Wert von 7 wird als fraglich abnorm, darüber liegende Werte als sicher abnorm gewertet.

6.2 Zeit: Keine Angaben.

7. Gütekriterien

7.1 Objektivität: Der Test kann sowohl in der Durchführung wie in der Auswertung als objektiv angesehen werden.

7.2 Reliabilität: Die Werte für die Reliabilität, die nach verschiedenen Verfahren errechnet wurden, liegen zwischen r = 0,87 (innere Konsistenz) und r = 0,95 (Spearman-Brown). Die Parallelkorrelation liegt nahe bei dem Wert für die innere Konsistenz (0,85 bzw. 0,88).

7.3 Validität:

Externe Validität:
Die Werte liegen für die endgültige Version der Beschwerdenliste zwischen r = 0,55 und 0,62.

Interne Validität anhand validitätsverwandter Tests:

Korrelation mit N-Skala des MMQ:	0,60
Korrelation mit N-Skala des MIP:	0,70
Korrelation mit N-Skala des FIP:	0,39

Eine geringe Korrelation mit Intelligenztests läßt die Interpretation der Intelligenzunabhängigkeit des Tests zu. Eine Faktorenanalyse ergab eine hohe faktorielle Homogenität der Beschwerdenliste.

7.4 Normen: Anhand einer repräsentativen Stichprobe von 773 Männern und 988 Frauen aus der Bundesrepublik im Alter zwischen 20 und 64 Jahren wurden die Normwerte aufgestellt. Sie sind sowohl für die Gesamtstichprobe als auch nach Geschlechtern getrennt aufgeführt.

Beschwerden-Erfassungsbogen (BEB)

E. Kasielke und K.-D. Hänsgen

Berlin: Psychodiagnostisches Zentrum,
Sektion Psychologie der Humboldt-Universität, 1982

1. Testart Klinischer Test

2. Testmaterial Handanweisung (DIN A4, 40 Seiten), 20 Beschwerdenerfassungsbogen, 1 Auswertungsschablone, 10 Profilblätter, 2 Schablonen zur Profilauswertung; *zusätzlich:* Schreibmaterial.

3. Testgliederung Der BEB besteht aus 60 Items in Form von angegebenen Beschwerden. Die ersten 50 Items stellen je zur Hälfte körperlich-funktionelle und psychische Beschwerden dar. Konkret handelt es sich um Verdauungsbeschwerden (6 Items), Beschwerden bei Atmung, Herz und Kreislauf (7 Items), Unregelmäßigkeiten im Wasserhaushalt (4 Items), neurasthenisch-psychasthenische (10 Items) und hypochondrisch-anankastische Beschwerden (7 Items), soziale Gehemmtheit (8 Items) sowie ängstlich-phobische Beschwerden (8 Items). Die letzten 10 Items stellen Zusatzitems dar, die nur hinweisenden Charakter haben und dem Stimmungs- bzw. sexuellen Bereich entnommen wurden.

4. Grundkonzept Der Ausgangspunkt für den Entwurf des Fragebogens lag für die Autoren in der Erkenntnis, daß die unsystematische und unstandardisierte Erfassung von Beschwerden, wie sie in der Regel vorgenommen wird, mit vielen Mängeln und Fehlern behaftet ist. Dieser Gegebenheit sollte ein Verfahren entgegenwirken, das ökonomisch und unter Einhaltung der Test-Gütekriterien eine breit gefächerte Beschwerdenerfassung im Sinne eines sog. Screenings ermöglicht. Zu diesem Zweck wurden zunächst zwei Vorformen erstellt, die 103 bzw. 87 Items im Rahmen von 13 hypothetischen Dimensionen enthielten. Die Vorformen wurden an verschiedenen Probandengruppen („Neurotikern“ sowie unauffälligen Kontrollgruppen) überprüft. Nach mehreren Analyseschritten (Items-, Faktoren- und Clusteranalysen) entstand die vorliegende Endform. Sie soll zur Erkennung und Differenzierung neurotischer Störungen beitragen und ist einsetzbar in der ärztlichen Praxis, in der Gesundheitsfürsorge, in Eignungsuntersuchungen, bei Belastungen am Arbeitsplatz und als Forschungsinstrument.

5. Durchführung **5.1 Alter:** Ab 18 Jahren.

5.2 Formen: Der Beschwerden-Erfassungsbogen kann als Einzel- und Gruppentest durchgeführt werden. Computergestützte Fassung im Hogrefe-Testsystem CORA.

5.3 Handhabung: Es handelt sich um einen Papier- und Bleistift-Test. Auf seiner Vorderseite befindet sich eine Instruktion, nach der der Proband die Auftretungshäufigkeit aktueller Beschwerden (von „nie“ bis „oft“) sowie deren Belastungsgrad (von „nicht“ bis „stark“) ankreuzen soll.

5.4 Zeit: Keine Zeitbegrenzung.

6. Auswertung

6.1 Modus: Der Fragebogen wird mit Hilfe einer Transparentschablone ausgewertet. Für jedes Item wird – je nach angekreuzter Häufigkeitsstufe – ein bestimmter Punktwert vergeben. Die Summe dieser Punktwerte ist der Rohwert (RW). Es werden drei Auswertungsebenen in Betracht gezogen: a) das allgemeine Beschwerdenniveau (RW), b) körperlich-funktionelle und psychische Beschwerden sowie c) die Einzel- und Zusatzskalen. Die Registrierung der erzielten Punktwerte erfolgt entweder in der Kopfleiste des Antwortblattes oder auf einem Profilblatt.
Die Bestimmung der Normwerte geschieht anhand graphischer Übersichten. Für eine Profilauswertung stehen zwei Schablonen zur Verfügung. Für die Interpretation der Befunde werden einzelne Hilfen angegeben.

6.2 Zeit: Keine Angaben. Die Auswertung dürfte aber nicht mehr als ca. 10 Minuten in Anspruch nehmen.

7. Gütekriterien

7.1 Objektivität: Hinsichtlich der Durchführung und Auswertung ist das Verfahren objektiv.

7.2 Reliabilität: Wiederholungszuverlässigkeit der einzelnen Skalen (Abstand: 30 Tage): $0{,}51 \leq r_{tt} \leq 0{,}80$ (N = 50, Kontrollstichprobe). Innere Konsistenz: $0{,}82 \leq r \leq 0{,}91$ für die Skalen und r = 0,94 für den Gesamttest, berechnet nach der Kuder-Richardson-Formel 8 (N = 3000, epidemiologische Kontrollgruppe); nach der Formel von HOYT: r = 0,69–0,88 für die Skalen und r = 0,93 für den Gesamttest (N = 3000, epidemiologische Kontrollgruppe).
Für jedes Item werden in der Handanweisung Schwierigkeits- und Trennschärfenkoeffizienten angegeben.

7.3 Validität: Zur Ermittlung der *externen* Validität wurden Korrelationen zwischen dem BEB und anderen Neuroseverfahren berechnet. Es ergaben sich u. a. folgende Zusammenhänge: Mit der Skala 1 („Nervosität“) des Freiburger Persönlichkeits-Inventars (FPI) (Adaptation) korrelieren alle BEB-Skalen sehr signifikant (r = 0,27–0,62). Weiterhin: BEB-SG („Soziale Gehemmtheit“)/FPI-8 („Gehemmtheit“): r = 0,63; BEB-Ps („Psychische Beschwerden“)/FPI-3 („Depressivität“): r = 0,46; BEB-Ps/FPI-N („Emotionale Labilität“): r = 0,43; BEB-SG/Skala „Unentschlossenheit“ aus dem Entscheidungs-Q-Sort (EQS): r = 0,52. – Zwecks Bestimmung der *faktoriellen* Validität wurden getrennte Faktorenanalysen an unterschiedlichen Stichproben (Neurotiker bzw. Epidemiologiestichprobe) durchgeführt. Aufgrund der festgestellten hohen Stichprobeninvarianz sehen die Autoren die faktorielle Validität des BEB als gesichert an. – Zum weiteren Nachweis der Gültigkeit des Verfahrens wurden mehrere Clusteranalysen gerechnet, die zeigten, daß der BEB zur Differenzierung verschiedener Neurotikergruppen geeignet ist. Außerdem konnte dargelegt werden, daß der BEB im Rahmen einer umfangreichen Testbatterie einen bedeutsamen Beitrag zur Unterscheidung verschiedener neurotischer Störungsklassen liefert.

7.4 Normen: Für jede einzelne Skala des BEB liegen C-Wert-Normen vor, und zwar getrennt nach Geschlecht und nach drei verschiedenen Stichproben: Neurotiker-Normen (ermittelt an stationär behandelten Neurotikern; N = 140), Normen von Patienten aus allgemein-ärztlichen Praxen (epidemiologische Untersuchungen, N = 3000) und Normen aus einer Normalstichprobe (freiwillige Personen außerhalb der medizinischen und psychischen Praxis; N = 174). Weiterhin kann das Profil des Probanden mit den Werten spezifischer Neurotiker-Gruppen verglichen werden, und zwar besonders für den Fall, daß der BEB mit bestimmten Skalen anderer neurosediagnostischer Verfahren (PPI, EQS und FBS-K (= Kurzform des Fragebogens zur Erfassung des Sozialverhaltens)) im Rahmen einer Testbatterie eingesetzt wird.

8. Literatur

EYSENCK, H.-J. & RACHMANN, S. (1970). *Neurosen, Ursachen und Heilmethoden.* Berlin: VEB Deutscher Verlag der Wissenschaften.

HELM, J., KASIELKE, E. & MEHL, J. (Hrsg.) (1974). *Neurosediagnostik. Beiträge zur Entwicklung klinisch-psychologischer Methoden.* Berlin: VEB Deutscher Verlag der Wissenschaften.

KASIELKE, E. (1982). *Neuroseklassifikation.* Berlin: VEB Deutscher Verlag der Wissenschaften.

KITTLAUS, H. (1977). Untersuchung mit dem Beschwerdenerfassungsbogen (BEB) an gesunden Personen und Neurosekranken. *Psychiatrie, Neurologie und medizinische Psychologie, 29,* 610–617.

Biographisches Inventar zur Diagnose von Verhaltensstörungen (BIV)

R. S. JÄGER, S. LISCHER, B. MÜNSTER und B. RITZ
unter Mitarbeit von H. FUCHS-ENTZMINGER
Göttingen: Hogrefe, 1976

---

1. Testart Klinischer Test

2. Testmaterial Handanweisung (DIN A4, 55 Seiten), Testheft (DIN A4, 13 Seiten), Antwortbogen, Auswertungsschablone; *zusätzlich:* Schreibgerät.

3. Testgliederung Der BIV besteht aus insgesamt 97 Items, die auf acht Subskalen zu je 10 bis 20 Items entfallen. Die Skalen heißen: 1. Familiäre Situation, 2. Ichstärke, 3. Soziale Lage, 4. Erziehungsverhalten, 5. Neurotizismus, 6. Soziale Aktivitäten, 7. Psychophysische Konstitution, 8. Extraversion.
Einige ergänzende Fragen zum Lebenslauf werden in den Skalen nicht verrechnet.

4. Grundkonzept Die Autoren gehen davon aus, daß sowohl aus psychoanalytischer als auch aus lerntheoretischer Sicht eine Kausalbeziehung zwischen vorangegangenen Erfahrungen und späteren Verhaltensweisen angenommen wird. Das BIV soll in relativ kurzer Zeit objektive und standardisierte Informationen über die Biographie, Umweltsituation und den psychischen Ist-Zustand eines Pb ermitteln. Als Anknüpfungspunkt für weiterführende Überlegungen diente das Determinationsmodell von Neurosen von BÖTTCHER (1968).
Anwendungsbereich: Klinik, Eheberatung, Rehabilitation.
Nicht anwendbar zu Selektionszwecken.

5. Durchführung **5.1 Alter:** Erwachsene (ab ca. 18 Jahren).

5.2 Formen: Gruppentest und Einzeltest. Keine Parallelformen. Computergestützte Fassung im Hogrefe-Testsystem CORA.

5.3 Handhabung: Das Heft (Testheft) enthält Instruktionen; trotzdem sollte für evtl. Fragen ein Tl als Ansprechpartner zur Verfügung stehen.

5.4 Zeit: Zwischen 15 und 45 Minuten.

6. Auswertung **6.1 Modus:** Manuelle Auswertung mittels Schablone.

6.2 Zeit: Ca. 5 Minuten pro Pb.

7. Gütekriterien **7.1 Objektivität:** Durchführungs- und Auswertungsobjektivität sind gesichert.

7.2 Reliabilität: Die innere Konsistenz wurde an mehreren größeren Stichproben mittels Skalenhalbierung (Split-Half und odd-even) überprüft. Dabei

streuten die Koeffizienten für die einzelnen Skalen zwischen r = 0,67 und 0,96 (korrigiert nach Spearman-Brown). Die überwiegende Mehrheit der Koeffizienten liegt bei r ≈ 0,75.
Die Homogenität der Skalen, geprüft nach Cronbachs Alpha, erreichte das Kriterium = 0,70 bezüglich aller Skalen und mehrerer großer Stichproben (N1 = 525, N2 = 1488).
Die Retest-Zuverlässigkeit wurde an Psychologie-Studenten (N = 31) und an einer Patientenstichprobe (N = 73) gemessen. Das Zeitintervall betrug 14 Tage. Die Stabilitätskoeffizienten reichen von r_{tt} = 0,61 bzw. 0,67) – vor allem unter Berücksichtigung des geringen Zeitabstands beider Testapplikationen.

7.3 Validität: Mehrere Ansätze zur Validierung werden in der Handanweisung mitgeteilt. Darunter sind Korrelationen mit dem FPI, der Freiburger Beschwerdenliste, dem EPI, dem MMQ.
Die Faktorenanalyse erbrachte eine dreifaktorielle Struktur: Faktor I: „neurotisches Syndrom“ mit substantiellen Ladungen der Skalen Ichstärke, Soziale Lage, Neurotizismus und psychophysische Konstitution. Faktor II: „Biographie“ mit substantiellen Ladungen der Skalen Familiäre Situation und Erziehungsverhalten. Faktor III: „Extra-Introversion“ mit substantiellen Ladungen der Skalen Soziale Aktivitäten und Extraversion.
Diskriminanzanalytische Untersuchungen lassen erkennen, daß mit den BIV-Skalen zwischen der Normalpopulation und Neurotikern unterschieden werden kann.

7.4 Normen: Normwerte Stanine liegen für eine „Normalpopulation“ (N = 751) und eine „Klinikpopulation“ (N = 737) vor. Außerdem stehen geschlechtsspezifische und altersspezifische Normen (aufgegliedert in die Altersgruppen 18 bis 30, 31 bis 50, 51 Jahre und älter) zur Verfügung.

c.I.-Skala

W. Weidenhammer und B. Fischer
Ebersberg: Vless, 1987

---

1. Testart Klinischer Test

2. Testmaterial Testmanual (62 Seiten), Fragebogenexemplar, Auswertungsschablone; *zusätzlich:* Schreibgerät.

3. Testgliederung Die c.I.-Skala besteht aus 38 Items zur Ermittlung cerebraler Insuffizienz (c.I.).

4. Grundkonzept Auf der Basis langjähriger praktischer Beschäftigung mit c.I.-Patienten wurde bei beginnender Erkrankung eine jeweils typische Symptomatik mit unterschiedlichen, individuellen Ausgestaltungen beobachtet. Eine Aufstellung der 15 häufigsten Symptome bildete die Basis für den Itempool der c.I.-Skala, die als standardisiertes Testverfahren möglichst viele Symptome für die Selbstbeurteilung heranzieht.

5. Durchführung **5.1 Alter:** Ab 17 Jahren.

5.2 Formen: Einzel- und Gruppentest, keine Parallelform. Computergestützte Fassung im Hogrefe-Testsystem LEILA.

5.3 Handhabung: Vor Anwendung des Verfahrens wird empfohlen, die sprachlichen und intellektuellen Anforderungen der Probanden zu berücksichtigen. Ein IQ unter 80 stellt damit ein Ausschlußkriterium dar. Entsprechend der Anweisung des Versuchsleiters füllt der Patient den Fragebogen aus, indem er – bezogen auf die letzten 7 Tage – die am ehesten für ihn zutreffende Antwort bei „ja" oder „nein" ankreuzt.

5.4 Zeit: Nicht begrenzt.

6. Auswertung **6.1 Modus:** Der Rohpunktwert der Skala wird mit der Antwortschablone ermittelt. Ein Punktwert von 20 und größer bestätigt hierbei den Verdacht auf ein organisches Psychose-Syndrom. Liegt der Punktwert unter 20, sollte zur Absicherung noch einmal ein Leistungsverfahren durchgeführt werden (c.I.-Test).

6.2 Zeit: Keine Angaben.

7. Gütekriterien **7.1 Objektivität:** Als standardisiertes Testverfahren sind Durchführungs-, Auswertungs- und Interpretationsobjektivität voll gegeben.

7.2 Reliabilität: Untersuchungen zur Test-Retest-Reliabilität mit einem Test-Wiederholungsintervall von 2 Wochen ergaben eine Korrelation von r = 0,87 (N = 80), bei einem Intervall von 6 Wochen, das therapeutisch grundsätzlich sinnvoll ist, lag der Koeffizient bei r = 0,52 (N = 320). Die prüfung der internen Konsistenz (Cronbach Alpha) ergab einen Koeffizienten von r = 0,94.

7.3 Validität: Augenscheinliche oder innere Validität ist bereits durch die symptomrelevanten Formulierungen der Items gegeben, die auf klinischen Beobachtungen beruhen. Die Unterscheidung zwischen Personen mit c.I. und ohne cerebrale Insuffizienz konnte anhand eines Profilvergleiches eindeutig belegt werden („Kriteriumsvalidität"). Im Hinblick auf die Konstruktvalidität ergaben faktorenanalytische Untersuchungen eine eindimensionale Skala.

7.4 Normen: Keine Angaben über Normwerte. Zur groben Orientierung können die angegebenen Werte (Mittelwerte, Standardabweichungen) zu Alter und Geschlecht ambulanter und stationärer Patienten aus 4 unterschiedlichen Studien herangezogen werden.

8. Literatur

FISCHER, B. & FISCHER, U. (1980). Beginnende und chronische zerebrovaskuläre Insuffizienz. *Der Praktische Arzt, 34,* 1998–2036.

FISCHER, B. (1985). Demenz – Versuch einer Begriffserklärung. In B. FISCHER & S. LEHRL (Hrsg.), *Zerebrale Insuffizienz im Alter.* Tübingen: Narr.

WEIDENHEMMER, W. & FISCHER, B. (1986). Ein Selbstbeurteilungsverfahren zur Erfassung leichter Formen der cerebralen Insuffizienz. *Romanian J. Geront. Geriat., 7,* 15–24.

Depressionsinventar für Kinder und Jugendliche (DIKJ)

J. STIENSMEIER-PELSTER, M. SCHÜRMANN und K. DUDA
Göttingen: Hogrefe, 1989

---

1. Testart

Klinischer Test

2. Testmaterial

Handanweisung (27 Seiten), Fragebogenexemplare, Auswertungsschablone; *zusätzlich:* Schreibgerät.

3. Testgliederung

Das DIKJ ist ein standardisiertes Fragebogenverfahren und besteht aus insgesamt 27 Items zu depressiven Symptomen.

4. Grundkonzept

Auffassungen bezüglich der Kindheitsdepression als eigenständiges Krankheitsbild haben sich in neuerer Zeit dahingehend geändert, „daß auch Kinder depressive Erkrankungen aufweisen können" (Manual, S. 2). Aufbauend auf dem CDI („Children's Depression-Inventory") von KOVACS (1982) wurde mit dem DIKJ eine deutsche Version des im anglo-amerikanischen Raum weit verbreiteten Verfahrens vorgelegt. Neben einer großen Bandbreite depressiver Symptome (Störungen der emotionalen und somatischen Befindlichkeit, Versagensgefühle, Schuldgefühle etc.) erfaßt das DIKJ auch Begleiterscheinungen und Konsequenzen depressiver Störungen, z. B. im Hinblick auf schulische Probleme. Das Hauptanwendungsgebiet des DIKJ ist die Diagnostik des Schweregrades einer depressiven Störung. Darüber hinaus kann das Verfahren im klinischen Bereich zur Therapiekontrolle herangezogen werden; auch unter dem Aspekt differentieller Stichprobenbildung bezüglich der Schwere von Depressionen kann das Verfahren im Bereich von Grundlagenuntersuchungen eingesetzt werden.

5. Durchführung

5.1 Alter: 10–17 Jahre.

5.2 Formen: Gesamtform als Einzel- und Gruppentest. Computergestützte Fassung im Hogrefe-Testsystem KIDIS.

5.3 Handhabung: Im Gruppenversuch wird eine Beaufsichtigung der Pbn für erforderlich gehalten. Als günstig hat sich eine seitenweise Beantwortung des Fragebogens erwiesen. Nach einer kurzen Einführung und der Instruktion wird der Fragebogen beantwortet. Nach Beendigung werden alle Antworten auf Vollständigkeit geprüft.

5.4 Zeit: Keine Angaben.

6. Auswertung

6.1 Modus: Eine Auswertung sollte nur erfolgen, wenn nicht mehr als 1–2 Items fehlerhaft oder nicht beantwortet wurden. Die Rohwerte („0" = Symptom liegt nicht vor; „1" = Symptom liegt in mittelstarker Ausprägung vor; „2" = Symptom liegt in sehr starker Ausprägung vor) werden mit Hilfe der Auswertungsschablone ermittelt und der Gesamtwert auf der letzten Fragebogenseite eingetragen.

6.2 Zeit: Keine Angaben; ca. 2–3 Minuten.

7. Gütekriterien

7.1 Objektivität: Bei Orientierung an den von den Autoren gegebenen Anweisungen sind Durchführungs-, Auswertungs- und Interpretationsobjektivität gegeben.

7.2 Reliabilitä: Es ergaben sich befriedigende Korrelationskoeffizienten von r > 0,80 für alle unterschiedenen Stichproben (Schulform, Alters-/Klassenstufe, Geschlecht). Die interne Konsistenz (Cronbach-Alpha) und Split-Half-Reliabilität lagen bei r = 0,84 (Gesamtstichprobe). Für die Klinikstichprobe (N = 83) wurden Koeffizienten von r = 0,87 (Cronbach-Alpha) und r = 0,91 (Split-Half) ermittelt.

7.3 Validität: Umfangreiche Untersuchungen belegen eine ausreichende Validität des DIKJ. Studien zur kriterienbezogenen Validität weisen Korrelationskoeffizienten zu anderen Verfahrenskennwerten, u. a. zur Einschätzung eigener Fähigkeiten, zum Selbstwertgefühl, zur Prüfungsangst und manifesten Angst auf; die ermittelten Werte lagen zwischen r = 0,45 und r = 0,69. Auch Untersuchungsergebnisse zu Beziehungen zwischen Aspekten der Attribution von Erfolg und Mißerfolg und der Schwere der depressiven Störung zeigten, daß Schüler mit stärkeren depressiven Symptomen Mißerfolge in stärkerem Maße auf den Mangel an eigenen Fähigkeiten zurückführten. Darüber hinaus ist das DIKJ gut geeignet, zwischen auffälligen Schülern (mit depressiver Symptomatik) und unauffälligen Schülern zu differenzieren.

7.4 Normen: Als Normen stehen für die Umrechnung der Werte der Gesamtstichprobe (N = 846) ein Rohwertband, Prozentränge, T-Werte und ein T-Wertband zur Verfügung.

8. Literatur

KOVACS, M. (1985²). The Children's Depression Inventory (CDI). *Psychopharmacology Bulletin, 21,* 995–999.

STIENSMEIER, J., KAMMER, D., PELSTER, A. & NIKETTA, R. (1985). Attributionsstil und Bewertung als Risikofaktoren der Depressiven Reaktion. *Diagnostica, 31,* 300–311.

STIENSMEIER, J. (1988). Die Erfassung von Depression bei Kindern. Eine deutsche Version des Children's Depression Inventory (CDI-d). *Diagnostica, 34,* 320–331.

Diagnostischer Elternfragebogen (DEF)

P. DEHMELT, W. KUHNERT und A. ZINN
Weinheim: Beltz, 1993[3]

---

1. Testart
Klinischer Test

2. Testmaterial
Manual mit Erhebungsbogen und Fall- bzw. Auswertungsbeispielen (16 Seiten); Fragebogen liegen in einer 5. veränderten Fassung vor.

3. Testgliederung
Der Test setzt sich aus insgesamt 77 Fragen zu sieben Themenbereichen zusammen:

I. Familienverhältnisse
II. Körperliche und geistige Entwicklung
III. Erziehung
IV. Interessen und Fähigkeiten
V. Beziehungen zu anderen Personen
VI. Schule
VII. Entwicklung des Problemverhaltens

4. Grundkonzept
Der DEF stellt ein Anamneseinstrument für die psychologische Beratung dar, das über den aktuellen Zustand eines Pb hinaus einen Einblick in die Persönlichkeitsentwicklung erlaubt. Darüber hinaus bietet er die Möglichkeit der systematischen, ökonomischen und vollständigen Anamnese, die als Grundlage für Therapieansätze und Förderdiagnostik im Beratungsbereich unentbehrlich ist. Der DEF entstand aus der praktischen Arbeit mehrerer psychologischer Beratungsstellen.

5. Durchführung
5.1 Alter: Eltern von Kindern und Jugendlichen im Alter von 5–13 Jahren.

5.2 Formen: Einzelbefragung.

5.3 Handhabung: Der nach Fragen und Antworten getrennte Erhebungsbogen kann durch die Eltern entweder zuhause als Grundlage für das Beratungsgespräch oder während der Sprechstunde ausgefüllt werden; weiterhin besteht die Möglichkeit, daß der Bogen auch vom Berater nach dem Elterngespräch ausgefüllt wird. In diesem Fall dient der Bogen als „Gedächtnisstütze".

5.4 Zeit: Keine Angaben.

6. Auswertung
6.1 Modus: Qualitative Auswertung unter Berücksichtigung von Fragenzusammenhängen und der Gesamtproblematik.

6.2 Zeit: Keine Angaben.

7. Gütekriterien
7.1 Objektivität: Keine Angaben.

7.2 Reliabilität: Keine Angaben.

7.3 Validität: Keine Angaben. Inhaltliche Validität ist gegeben.

7.4 Normen: Keine Angaben.

Erlanger Depressions-Skala (EDS)

S. Lehrl und A. Gallwitz
Vaterstetten-München: Vless, 1983[2]

---

1. Testart Klinischer Test

2. Testmaterial Handanweisung (44 Seiten), Fragebogenblatt; *zusätzlich:* Schreibgerät.

3. Testgliederung Die EDS besteht aus insgesamt 9 Items, denen zwei Faktoren zugrundeliegen:

Faktor I: Depressive Stimmung
Faktor II: Einschränkung der Expansion („Antriebsminderung").

4. Grundkonzept Grundlage der EDS waren Patientenaussagen, die für depressive Syndrome als charakteristisch bezeichnet wurden. Psychiater und Psychologen beurteilten diese Aussagen, und es verblieben in einer Testvorform 35 Items, die nach Unterschiedsprüfungen zwischen unauffälligen und endogen depressiven Patienten auf 17 reduziert wurden. Die statistisch ermittelten zwei Faktoren erlauben eine Bestimmung des Schweregrades depressiver Symptomatik. Der Anwendungsbereich des EDS liegt im Screening, der Schweregradmessung, der Entscheidung zur vorherrschenden Symptomatik, der therapeutischen Entscheidungshilfe sowie der Diagnosesicherung oder der Prüfung der Interventionsmaßnahmen.

5. Durchführung **5.1 Alter:** Keine Angaben; Erwachsene mit einem IQ > 80.

5.2 Formen: Durchführung als Einzel- oder Gruppentest.

5.3. Handhabung: Nach der festgelegten Instruktion kann der Pb eine Übungszeile bearbeiten, um zu belegen, daß die Anweisungen verstanden worden sind. Danach wird der EDS-Bogen selbständig durch Ankreuzen der fünfstufigen Skala (von „stimmt genau" bis „ganz falsch") beantwortet.

5.4 Zeit: Keine Angaben; ca. 3–5 Minuten.

6. Auswertung **6.1 Modus:** Die angekreuzten Kästchen werden entsprechend der Item- und Faktor-Codierung (Manual, S. 14) ermittelt und pro Faktor aufsummiert. Die Gesamtpunktzahl ergibt sich aus der Summation beider Faktoren.

6.2 Zeit: Keine Angaben; ca. 2 Minuten.

7. Gütekriterien **7.1 Objektivität:** Bei Einhaltung der von den Autoren vorgegebene Anweisungen sind Durchführungs-, Auswertungs- und Interpretationsobjektivität gegeben.

7.2 Reliabilität: Berichtet wird von einer Studie von 55 Zahnarztpatienten, die vor und nach der Behandlung mit der EDS untersucht wurden. Es ergaben sich folgende Retest-Reliabilitäten: r = 0,78 (EDS-Gesamt), r = 0,66 (EDS, Faktor I) und r = 0,81 (EDS, Faktor II).

7.3 Validität: Es wird eine Reihe von Studien dargestellt, die sowohl in Verlaufsuntersuchungen (3 Untersuchungen, Gesamt-N = 148) als auch in Querschnittsuntersuchungen (13 Untersuchungen, Gesamt-N = 1684) signifikante Zusammenhänge zwischen der EDS und anderen Verfahren sowie einer Vielzahl von Einzelskalen erbrachten. Die Ergebnisse (Handanweisung, S. 27 ff.) belegen insgesamt eine zufriedenstellende interne und externe Validität der EDS, die darüber hinaus an einem Leistungstest für endogene Depressionen (LtD) validiert wurde.

7.4 Normen: Es stehen Interpretationshilfen und Zuordnungshilfen für die EDS-Punktzahlen zur Verfügung. Sie bestehen aus Tabellen für eine Transformation von Punktzahlbereichen in eine Verbalisierung der Schwere depressiver Symptomatik und einer Zuordnung zum „Depressionstyp". Darüber hinaus liegt eine Zuordnungsgraphik vor, in der – in Abhängigkeit der EDS-Gesamtpunktzahl – die Zuordnung zu den mittleren 68% der Personen unterschiedlicher Gruppen vollzogen werden kann (Normalpersonen, Personen mit Befindensstörungen und Durchgangssyndrom, Personen mit endogener Depression, Personen mit reaktiver und neurotischer Depression).

8. Literatur

FISCHER, B. & LEHRL, S. (1982). *Differentialdiagnose Depression – beginnende sowie chronische zerebrovasculäre Insuffizienz.* München: Pharmazeutische Verlagsgesellschaft.

LEHRL, S., GALLWITZ, A., STRAUB, R., STRAUB, B. & KINZEL, W. (1979). *Manual zum Leistungstest für endogene Depression (LtD).* Vaterstetten-München: Vless.

LEHRL, S. & LEITNER, T. (1982). Erlanger Depressions-Skala EDS – ein Kurztest für depressive Störungen. *Z. Allg. Med., 58,* 1870–1874.

Fragebogen irrationaler Einstellungen (FIE)

U. Klages
Göttingen: Hogrefe, 1989

---

1. Testart

Klinischer Test

2. Testmaterial

Handanweisung (19 Seiten), Fragebogenexemplare, Auswertungsschablone (Klarsicht); *zusätzlich:* Schreibgerät.

3. Testgliederung

Es werden faktorenanalytisch 4 Skalen irrationaler Einstellungen ermittelt (Abkürzungen in Klammern).

Skala 1: Negative Selbsteinschätzung (NEG)
Skala 2: Abhängigkeit (ABH)
Skala 3: Internalisierung von Mißerfolgen (INT)
Skala 4: Irritierbarkeit (IRRIT)

4. Grundkonzept

Der FIE erlaubt im Rahmen einer Verhaltensanalyse die quantitative und vergleichbare Erfassung von kognitiven Problembereichen eines Patienten. Er entstand aus der langjährigen Beschäftigung mit Trainingsprogrammen zur Schmerz- und Streßbewältigung sowie mit Einzelpsychotherapie nach dem Konzept der Rational-Emotiven Therapie und der kognitiven Verhaltenstherapie.

5. Durchführung

5.1 Alter: Erwachsene im Alter von 18–80 Jahren, die einer ambulanten oder stationären psychotherapeutischen Betreuung bedürfen.

5.2 Formen: Einzel- und Gruppentest. Computergestützte Fassung im Hogrefe-Testsystem CORA.

5.3 Handhabung: Die Beantwortung der 30 Items des standardisierten Fragebogens erfolgt mit Hilfe einer sechsstufigen Antwort-Skala (0 = „stimmt gar nicht" bis 5 = „stimmt vollkommen").

5.4 Zeit: Keine Angaben.

6. Auswertung

6.1 Modus: Mit einer Klarsicht-Schablone werden die Itemrohwerte ermittelt, skalenweise addiert und als Skalenwerte in die Auswertungstabelle am Ende des Fragebogens eingetragen. Über die Möglichkeit einer computergestützten Durchführung informiert das Apparatezentrum.

6.2 Zeit: Keine Angaben.

7. Gütekriterien

7.1 Objektivität: Bei Berücksichtigung der Anweisungen sind Durchführungs-, Auswertungs- und Interpretationsobjektivität gegeben.

7.2 Reliabilität: Die Berechnung der internen Konsistenz (Cronbach Alpha) ergab Koeffizienten zwischen r = 0,68 und r = 0,83 (N = 1210). Die Retest-

Reliabilität der Skalen erreichte Koeffizienten zwischen r = 0,72 und 0,84 bei einem Intervall von vier Wochen.

7.3 Validität: Der Autor berichtet über eine Reihe von Untersuchungen zu Zusammenhängen des FIE mit anderen klinischen Meßverfahren („Übereinstimmungsvalidität").

7.4 Normen: Anhand der Eichstichprobe (N = 1210) wurden Normen für die Skalenrohwerte angegeben (Perzentil-Werte, Standard-T-Werte und Stanine-Werte).

8. Literatur

KLAGES, U., SERGL, H. G. & BARTH, V. (1989). Untersuchungen zur Wirksamkeit eines Entspannungstrainings auf die Angst vor zahnärztlicher Behandlung. In H. G. SERGL & H. MÜLLER-FAHLBUSCH (Hrsg.), *Angst und Angstabbau in der Zahnmedizin.* Berlin: Quintessenz.

PLUTSCHIK, R. (1976). The Self-Inventory: A measure of irrational attitudes and behavior. *Rational Living, 11,* 31–33.

Fragebogen zu körperbezogenen Ängsten, Kognitionen und Vermeidung (AKV)

A. Ehlers, J. Margraf und D. Chambless
Weinheim: Beltz, 1993

---

1. Testart Klinischer Test

2. Testmaterial Manual (59 Seiten), 3 Fragebogen; *zusätzlich:* Schreibgerät.

3. Testgliederung Der Test gliedert sich in 3 getrennte Fragebogen:
- Fragebogen zur Angst vor körperlichen Symptomen (BSQ), 18 Fragen
- Fragebogen zu angstbezogenen Kognitionen (ACQ), 15 Fragen
- Mobilitätsinventar (MI), 28 Fragen

4. Grundkonzept Der Fragebogen stellt die deutsche Bearbeitung des „Body Sensations Questionnaire", „Agoraphobic Cognitions Questionnaire" und „Mobility Inventory" von Chambless et al. dar. Er soll dazu dienen, die Frage: „Wovor haben Patienten mit Angstneurosen und Phobien Angst?" zu beantworten. Dabei werden körperliche Symptome ebenso berücksichtigt wie angstbezogene Kognitionen und das Vermeidungsverhalten eines Patienten. Hierbei wird besonders auf agoraphobische Symptome eingegangen. Der AKV soll der Therapieplanung und -erfolgskontrolle bei Patienten mit Angststörungen sowie psychosomatischen oder funktionellen Beschwerden dienen.

5. Durchführung **5.1 Alter:** Keine Angaben.

5.2 Formen: Einzel- und Gruppentest, keine Parallelform.

5.3 Handhabung: Der Proband bekommt die Fragebogen vorgelegt. Die Anweisung befindet sich auf dem Bogen. Der Proband bearbeitet ihn selbständig, wobei er angehalten wird, kein Item auszulassen.

5.4 Zeit: Ca. 10–20 Minuten für alle 3 Fragebogen.

6. Auswertung **6.1 Modus:** Für die 3 Fragebogen werden getrennt die Gesamtmittelwerte berechnet, für die Skala MI unterschieden nach „Vermeidung allein" und „Vermeidung in Begleitung". Anhand von Normentabellen lassen sich diese Werte mit sog. Referenzwerten vergleichen.

6.2 Zeit: Keine Angaben.

7. Gütekriterien **7.1 Objektivität:** Durchführungs- und Auswertungsobjektivität sind gegeben.

7.2 Reliabilität: Für die Skala BSQ lag die Retestreliabilität nach 28 Tagen bei r = 0,63 (N = 58) und nach 110 Tagen bei r = 0,66 (N = 41). Die Skala

ACQ erreichte Werte von r = 0,75 resp. 0,80 bei gleichem N und Intervall. Die Werte für die Skala MI lagen bei 0,92 bzw. 0,91.
Die Werte für die innere Konsistenz der Fragebogen sind befriedigend bis sehr gut. Die Werte für Cronbach Alpha lagen für die Skala BSQ zwischen 0,80 und 0,95, für die Skala ACQ zwischen 0,74 und 0,87, für MI zwischen 0,63 und 0,97.

7.3 Validität: Die Fragebogen wurden mit anderen Selbstbeurteilungsmaßen korreliert, so mit dem State-Trait-Angst-Inventar, mit der Angstskala SCL-90R, dem Beck-Angst-Inventar und dem Self-Report Inventory of Somatic Symptoms. Bei Stichprobengrößen zwischen N = 23 und N = 235 wurden Korrelationen unterschiedlicher Höhe (0,0 bis 0,68) ermittelt.

7.4 Normen: Es existieren sog. Referenzwerte für die einzelnen Skalen des Fragebogens. Diese sind in Form von Mittelwerten und Standarabweichungen angegeben. Die Stichprobengrößen sind sehr unterschiedlich: N = 11–232. Die Ergebnisse der deutschen Gesamtstichprobe, an der die Normen erhoben worden sind, sind in Mittelwerten und Standarabweichungen, Perzentil- und Stanine-Werten angegeben.

Fragebogen zum Eßverhalten (FEV)

V. PUDEL und J. WESTENHÖFER
Göttingen: Hogrefe, 1989

---

1. Testart Klinischer Test

2. Testmaterial Testmappe mit Manual (DIN A4, 38 Seiten), Fragebogen, 2 Auswertungsschablonen; *zusätzlich:* Schreibgerät.

3. Testgliederung Der FEV gliedert sich in drei Teile. Der 1. Teil (Items 1–8) erfaßt allgemeine anthropometrische und soziodemographische Daten. Beim 2. Teil (51 Items) handelt es sich um die deutsche Version des von STUNKARD und MESSICK (1985) entwickelten „Three-Factor-Eating-Questionnaire". Dieser item- und faktorenanalytisch konstruierte Fragebogen erfaßt drei bedeutsame Dimensionen menschlichen Eßverhaltens. Zusätzlich werden in einem dritten Teil des Verfahrens Fragen nach den wichtigsten Problemen des Eßverhaltens gefragt.

4. Grundkonzept Der FEV basiert auf Weiterentwicklungen der verhaltenspsychologischen Externalitätstheorie SCHACHTERS, wie sie von PUDEL et al. (1975) sowie HERMAN und POLIVY (1975) mit den Konzepten des „latent Adipösen" und des „gezügelten Essens" eingeführt und experimentell belegt wurden. Die Eindimensionalität dieser Ansätze wurde mit dem auf drei Verhaltensdimensionen erweiterten Konzept von STUNKARD und MESSICK (1985) und dem darauf basierenden Verhaltensinventar (Three-Factor-Eating-Questionnaire) überwunden. Die diesem Vorgehen zugrundeliegende theoretische Konzeption wird nicht näher erläutert und ist somit ohne zusätzliche Sekundärliteratur nicht voll erkennbar. Hingegen findet sich im Testmanual eine Beschreibung sowohl des allgemeinen soziodemographischen Teils des FEV als auch der drei Skalen:

1. kognitive Kontrolle des Eßverhaltens (gezügeltes Essen)
2. Störbarkeit des Eßverhaltens und
3. erlebte Hungergefühle.

5. Durchführung **5.1 Alter:** Der FEV ist bevorzugt dort anwendbar, wo psychologische Determinanten des Eßverhaltens reliabel und valide erfaßt werden sollen. Dies trifft auf Probanden mit Eßstörungen, vor allem aber auf die große Gruppe von Personen zu, die eine bewußte Einschränkung der Nahrungsaufnahme anstreben (z. B. junge Frauen).

5.2 Formen: Der Test ist als Einzeltest sowie zur Durchführung in Gruppensitzung einsetzbar. Computergestützte Fassung im Hogrefe-Testsystem CORA.

5.3 Handhabung: Der Fragebogen ist so konzipiert, daß er dem Beantworter ohne mündliche Anweisung ausgehändigt werden kann. Die knappe Instruktion befindet sich am Beginn des Fragebogens. Die Probanden haben ihre Zustimmung oder Ablehnung zu den Statements und Fragen an der vorgegebenen Stelle des Antwortbogens zu vermerken.

5.4 Zeit: Die Bearbeitungszeit dürfte 10 Minuten nicht überschreiten.

6. Auswertung

6.1 Modus: Man gewinnt den Rohwert für jede der drei Skalen durch Summation der in Schlüsselrichtung beantworteten Items. Dies erfolgt durch Auflegen der beiden Transparentfolien (FEV 1 für die Vorderseite, FEV 2 für die Rückseite).
Profildarstellungen zur Interpretation individueller Testergebnisse sind nicht vorgesehen.

6.2 Zeit: Die Auswertungszeit beträgt ca. 2–3 Minuten.

7. Gütekriterien

Die Grundlage für die Bestimmung der Itemkennwerte, Gütekriterien und die vorläufige Testeichung bilden die Resultate von drei großen Stichproben, die den FEV bearbeitet haben (N_1 = 35877 Frauen, N_{21} = 46128 Frauen, N_{22} = 1097 Frauen). Bezüglich der Repräsentativität geben die Autoren an, daß die Stichprobe 1 für jene 50 Prozent aller Frauen repräsentativ sei, die bereits mindestens eine Schlankheitsdiät durchgeführt haben. Für die beiden anderen Stichproben dürfte der geringe Männeranteil die Repräsentativität mindern. Ausführliche Beschreibungen der Stichproben finden sich im Testmanual auf den Seiten 10 bis 12.

7.1 Objektivität: Durchführungs- und Auswertungsobjektivität können als gesichert angesehen werden.
Die Interpretationsobjektivität erscheint durch die präzisen Angaben der Testautoren zur Bewertung hoher, mittlerer und niedriger Skalenwerte unter Berücksichtigung der individuellen Situation des Probanden (z. B. Maximalgewicht, aktuelles Gewicht, subjektiver Stellenwert von Schlankheit u. a.) besser gesichert als bei vergleichbaren Fragebogen.

7.2 Reliabilität: Die Untersuchungen zur Reliabilität betreffen die interne Konsistenz (Cronbach Alpha) und die Split-Half-Reliabilität nach Spearman-Brown. Die Ergebnisse zu den internen Konsistenzkoeffizienten basieren auf den Befunden der oben beschriebenen drei Stichproben. Sie variieren je nach Skala zwischen 0,87 und 0,75, wobei die Höhe der Koeffizienten mit der Anzahl der Items pro Skala kovariiert. Die Split-Half-Reliabilität wurde lediglich für die Stichproben 2 und 3 bestimmt. Die Koeffizienten liegen im Intervall von 0,86 und 0,74. Die Testautoren betonen die ausreichende Reliabilität des Verfahrens, die in den mitgeteilten Werten zur instrumentellen Reliabilität zum Ausdruck komme.

7.3 Validität: Die Autoren berichten hinsichtlich der Gültigkeit über Aspekte der differentiellen, kriterienbezogenen und Konstruktvalidität des Verfahrens. Die vorgelegten Ergebnisse zur differentiellen Validität beziehen sich auf die Berechnung von Beziehungen zwischen den Ausprägungsgraden der FEV-Skalen und soziodemographischen Variablen. Dabei erwiesen sich die Skalen insgesamt als relativ unabhängig von soziodemographischen Merkmalen. Weder bei Stichprobe 1 noch bei Stichprobe 2 fand sich ein überzufälliger Zusammenhang zwischen den FEV-Skalen und den Variablen Lebensalter, Dauer der Gewichtsprobleme und Bildungsniveau. Einen Beleg

Lebensalter, Dauer der Gewichtsprobleme und Bildungsniveau. Einen Beleg für die prognostische Validität des Fragebogens sehen die Autoren im Einfluß von Kontrolle und Störbarkeit des Eßverhaltens auf die Gewichtsreduktion. Es zeigte sich ein deutlicher Zusammenhang zwischen der anfänglichen Gewichtsabnahme der Probanden von der Stichprobe 2, die ein Training zur Gewichtsreduktion absolvierten, und dem Ausmaß der Kontrolle und Störbarkeit des Eßverhaltens zu Beginn der Behandlung. Eine höhere kognitive Kontrolle und geringere Störbarkeit des Eßverhaltens ist mit einer stärkeren Gewichtsreduktion assoziiert.

Die diagnostische Valenz des FEV im Sinne der Sicherheit, mit der der Test das ihm zugrundeliegende Konstrukt des Eßverhaltens mißt, stellen die Autoren durch faktorenanalytische Untersuchungen an den Erhebungsstichproben sowie durch Skaleninterkorrelationen fest. Zur Überprüfung der faktoriellen Validität wurden für alle Stichproben Faktorenanalysen auf Itemebene gerechnet. Die interpretierten 3-Faktor-Lösungen klären maximal 31 % der Gesamtvarianz auf. Bei allen drei Stichproben wurde der Faktor „kognitive Kontrolle“ eindeutig repliziert. Die Skalen „Störbarkeit“ und „erlebte Hungergefühle“ lassen sich faktorenanalytisch nicht eindeutig differenzieren. Innerhalb der Skala „Störbarkeit“ ließ sich ein eigenständiger Faktor „Störbarkeit durch emotionalen Streß“ identifizieren, der aber in den Auswertungsrichtlinien keine Beachtung findet. Die ungenügende Differenzierung der Skalen „Störbarkeit“ und „erlebte Hungergefühle“ wird von den Testautoren als wesentlicher Hinweis darauf gewertet, daß die Skalen keine unabhängigen Verhaltensdimensionen erfassen. Einen weiteren Beleg dafür liefert die Interkorrelation der drei Skalen. In allen untersuchten Stichproben zeigt sich eine deutliche Korrelation von $r = 0{,}6$ zwischen den Skalen 2 und 3 („Störbarkeit“ und „Hunger“), während die Korrelation zur Skala 1 („kognitive Kontrolle“) stets kleiner und stichprobenspezifisch positiv bzw. negativ ist.

Aspekte der Konstruktvalidität sehen die Autoren auch in der Bestimmung von Zusammenhängen zwischen Körpergewicht, Nahrungsaufnahme und Anzahl bisheriger Diäten auf der einen und den Skalenwerten der kognitiven Kontrolle bzw. der Störbarkeit des Eßverhaltens auf der anderen Seite. Gezügeltes Eßverhalten durch kognitive Kontrolle zielt durch die bewußte Einschränkung der Nahrungsaufnahme auf ein reduziertes Körpergewicht. Somit sollte sich erfolgreich gezügeltes Eßverhalten in einem niedrigeren Körpergewicht sowie in niedrigerer Energiezufuhr widerspiegeln. Um diesen Validitätsbeweis zu führen, wurde die Stichprobe 1 in 10 Gruppen unterschiedlich stark ausgeprägter Kontrolle und 8 Gruppen unterschiedlicher Störbarkeit eingeteilt. Als Maß für das relative Körpergewicht wurde der Body Mass Index (Gewicht/Größe zum Quadrat) gewählt. Es zeigt sich, daß geringere kognitive Kontrolle bei gleichzeitig höherer Störbarkeit mit einem höheren Körpergewicht verbunden ist. Weiterhin wurde ermittelt, daß die durchschnittliche Energiezufuhr mit zunehmender Kontrolle sinkt, mit zunehmender Störbarkeit des Eßverhaltens aber steigt. Die höchste Energiezufuhr mit durchschnittlich 2363 kcal pro Tag besteht bei Probanden mit geringer Kontrolle und hoher Störbarkeit, die geringste mit 1742 kcal bei Probanden mit hoher Kontrolle und geringer Störbarkeit des Eßverhaltens. Auf der Datengrundlage von Stichprobe 2 (s. o.) wurde die Energieaufnahme in Abhängigkeit von Kontrolle und Störbarkeit des Eßverhaltens in einem zweifaktoriellen varianzanalytischen Plan erfaßt. Das Ergebnis (Signifikanz der Prüfgrößen) kann als Beleg für die Extremgruppenvalidität des Verfahrens gewertet werden. In diesem Zusammenhang ist noch zu erwähnen, daß mit zunehmender Anzahl durchgeführter Diäten ein nahezu kontinuierlicher Anstieg „kognitiver Kontrolle“ verbunden ist.

7.4 Normen: Für den FEV existieren vorläufige Normen im Sinne einer Werteverteilung der unselektierten Stichprobe 3. Es handelt sich dabei um 1097 Frauen, die den FEV im Zeitraum von 1986 bis 1988 ausgefüllt haben und keine Gewichtsprobleme aufwiesen. Für die Klassifikation der Probanden wurde eine Einteilung nach Quintilen gewählt. Die Tabelle 11 auf Seite 18 des Testmanuals ermöglicht die Beurteilung des individuellen Summenwertes für die Skalen 1 bis 3. Verbale Verankerungen der Summenwertbereiche gestatten Benennungen der Ausprägungsgrade (z. B. „sehr hohe kognitive Kontrolle“ oder „mittlere Störbarkeit“ usw.) auf der jeweiligen Verhaltensdimension. Für Frauen mit Gewichts- oder Figurproblemen wird der Vergleich mit Werteverteilungen in Stichprobe 1 vorgeschlagen, für Teilnehmer an Programmen zur Gewichtsreduktion der Vergleich mit der Werteverteilung in Stichprobe 2, die für Männer und Frauen getrennt vorliegt. Die Tabellen 8 bis 10 des Testmanuals liefern die dafür nötigen Informationen.

8. Literatur

GUTHKE, J., BÖTTCHER, H. R. & SPRUNG, G. L. (1990). *Psychodiagnostik, Bd. 1.* Berlin: VEB, Deutscher Verlag der Wissenschaften.

HERMAN, C. P. & POLIVY. J. (1975). Anxiety, restraint and eating behavior. *Journal of Abnormal Psychology, 84,* 666–672.

JÄGER, R. S. (1988). *Psychologische Diagnostik – ein Lehrbuch.* München: Psychologie Verlags Union.

PUDEL, V., METZDORF, M. & OELTING, M. (1975). Zur Persönlichkeit Adipöser in psychologischen Tests unter Berücksichtigung latent Fettsüchtiger. *Zeitschrift für Psychosomatische Medizin und Psychoanalyse, 21,* 345–361.

STUNKARD, A. J. & MESSICK, S. (1985). The three-factor eating questionnaire to measure disinhibiton and hunger. *Journal of Psychosomatic Research, 29,* 71–83.

Fragebogen zum Hyperkinetischen Syndrom und Therapieleitfaden (HKS)

L. KLEIN
Weinheim: Beltz-Test, 1993

---

1. Testart Klinischer Test und Therapieplan

2. Testmaterial Mappe mit 1 Handbuch (DIN A4, 27 Seiten), 1 Block: Fragebogen zum HKS des Kindes, 5 Familien-Problemfragebogen (für den Therapieplan).

3. Testgliederung Der Fragebogen zum HKS besteht aus 15 Items mit 2 Antwortmöglichkeiten (Ja/Nein).

4. Grundkonzept Das hyperkinetische Syndrom fand seine wissenschaftliche Bestätigung (WEISS, 1985) und ist bei drei bis fünf Prozent der Kinder anzutreffen (SANDERVAL, LAMBERT & SASONNE, 1980). Nach KLEMM (1985) gelten im Säuglingsalter starke Unruhe, häufiges Schreien, schlechtes Einschlafen, Ernährungsschwierigkeiten und Berührungsängste als hinweisende Symptome. In der weiteren Entwicklung zeigen sich die Unfähigkeit, still zu sitzen, die mangelnde Konzentration, die Störung der Feinmotorik, die Unfähigkeit zu spielen und der Zerstörungs- und Bewegungsdrang.

Die Ursachenbegründung stützt sich auf verschiedene Theorieansätze wie das „Modell subgruppenspezifischer Teil-Ätiologien bei einheitlicher behavioraler Symptomatik" von BROKE (1984), die neurobiologischen Theorien von z. B. ZAMETKIN und RAPOPORT (1987), neurophysiologische Theorien z. B. von QUAY (1988) oder auch neuroanatomische Ansätze von z. B. NEEDLEMAN (1973), EGGER (1987) und KLEIN (1992). Häufig wird das HKS nicht erkannt und führt dann zu falschen Behandlungsansätzen.

Der Test HKS legt den Symptomcharakter der Störung zugrunde, d. h., verschiedene Symptome bilden das Syndrom. Im Fragebogen HKS werden verschiedene Symptombereiche überprüft. Durch Summationsdiagnose wird eine Aussage über das Vorliegen bzw. Nicht-Vorliegen des HKS gemacht. Der Test unterscheidet zwischen Symptomträgern und unauffälligen Probanden.

Das Hauptinteresse liegt in der anschließenden Therapie, für die ein ausführlicher und detaillierter Therapieplan im Manual gegeben ist.

5. Durchführung **5.1 Alter:** 5–10 Jahre.

5.2 Formen: Einzeltest für die Beratungsarbeit. Computergestützte Fassung im Hogrefe-Testsystem KIDIS.

5.3 Handhabung: Hauptbezugsperson des Kindes füllt den Fragebogen zum HKS aus.

5.4 Zeit: Keine Angaben.

6. Auswertung

6.1 Modus: Die Vollständigkeit der Antworten wird überprüft, bleiben unklare Antworten auch nach Rücksprache unbeantwortet, werden sie als „Nein"-Antworten gewertet.
Der Rohwert wird durch die Summe der „Ja"-Antworten gebildet.
Die „Ja"-Antworten der Items 1–8 werden zusätzlich zum Rohwert aufgeführt. Dieser zusätzliche Wert stellt eine Entscheidungshilfe bei den Fällen dar, in denen ein Rohwert zwischen 7 und 9 erreicht wurde. In diesem Fall läßt sich nicht alleine anhand des Rohwertes eine klare Entscheidung treffen.
Zur Interpretation der Ergebnisse liegt ein Interpretationsschema im Manual vor.
Es wird empfohlen, bei den Grenzfällen mit einem Rohwert zwischen 7 und 9 Punkten einer weiteren Bezugsperson den Fragebogen zur Ausfüllung vorzulegen.

6.2 Zeit: Geringer Zeitaufwand.

7. Gütekriterien

7.1 Objektivität: Keine Angaben.

7.2 Reliabilität: Interne Konsistenz wurde mit Kuder-Richardson-Formel 8 geschätzt.
Für den Gesamttest erhielt man $r_{tt} = 0{,}9059$, für die Subgruppen HKS und PA erhielt man $r_{tt} = 0{,}8641$, für HKS und PU erhielt man $r_{tt} = 0{,}9210$.

7.3 Validität: Kontrolle der Validität wurde mittels Extremgruppen-Methode mit Hilfe einer Varianzanalyse vorgenommen. Ein F-Wert von 667 bei $df = 2$ und $df = 372$ ergab sich zwischen den Gruppen. Das Ergebnis wird als hochsignifikant berichtet.
Inhaltliche Validität ist gegeben, da die Testfragen selbst das Kriterium für das zu untersuchende Persönlichkeitsmerkmal darstellen.
Bei einem Stichprobenvergleich der Geburtsumstände der HKS-Kinder und denen der restlichen Probanden ergab sich eine tetrachorische Korrelation von $r = 0{,}30$.

7.4 Normen: 5–10jährige Kinder (N = 375), die gleichmäßig auf die Gruppen HKS-Symptom, psychisch auffällige Kontrollgruppe (PA) und unauffällige Kontrollgruppe (PU) aufgeteilt waren. Eine parallelisierte Verteilung von Jungen und Mädchen war gegeben.

8. Literatur

BROKE, B. (1984). Zur Diagnose, Ätiologie und Therapie des Hyperkinese-Syndroms. *Praxis der Kinderpsychologie und Kinderpsychiatrie, 33,* 222–232.

EGGER, J. (1987). Das hyperkinetische Syndrom. *Ernährungsumschau, 34,* 555–557.

KLEIN, I. (1992). Zur Wirksamkeit einer phosphatreduzierten Ernährung bei hyperaktiven Kindern. *Sonderpädagogik, 2,* 64–69.

KLEMM, U. (1985). Zur Therapie schwer verhaltensgestörter Hyperkinetiker (nach Hertha Hafer). *Zeitschrift für Erfahrungsheilkunde, 9,* 47–54.

NEEDLEMAN, H. (1973). Lead poisoning in children: Neurologic implications of widespread subclinical intoxication. *Seminars in Psychiatry, 5,* 47–54.

QUAY, H. C. (1988). Theories of ADDH (ltr.). *Journal of the American Academy of Child and Adolescent Psychiatry, 27,* 262–263.

SANDOVAL, J., LAMBERT, N. M. & SASSONEA, D. (1980). The identification and labeling of hyperactivity in children: An interactive modell. In C. K. WHALEN & B. HENKER (Eds.), *Hyperactive Children.* New York: Holt.

WEISS, G. (1985). Hyperactivity: Overview and new directions. *Psychiatric Clinics of North America, 8,* 737–753.

ZAMETKIN, A. J. & RAPOPORT, J. L. (1987). Neurbiology of ADDH: Where have we come in 50 years? *Journal of the American Academy of Child and Adolescent Psychiatry, 26,* 676–686.

Fragebogen zum Umgang mit Belastungen im Verlauf (UBV)

M. Reicherts und M. Perrez
Bern: Huber, 1993

---

1. Testart

Klinischer Test, Persönlichkeitsstruktur-Test

2. Testmaterial

Handanweisung (56 Seiten), Testheft und Antwortblätter, Auswertungsbogen; *zusätzlich:* Schreibgerät und Taschenrechner.

3. Testgliederung

Der Test enthält Aussagen zu insgesamt 18 hypothetischen Belastungsepisoden. Jede dieser Belastungsepisoden aus dem Alltag ist in 3 Phasen gegliedert.

- Beginn einer Belastung (Phase 1)
- Fortbestehen (Phase 2) und
- Vorläufiger Abschluß (Phase 3).

Die einzelnen Episoden unterscheiden sich nach Belastungsart (aversive vs. Verlustsituationen), nach Lebensbereich (sozial vs. beruflich) und nach hypothetischem Ausgang (positiv oder negativ). Die Testepisoden und -variablen sind auf der Basis von Expertenratings und statistischen Kennwerten (Homogenität, Schwierigkeit, Trennschärfe etc.) entstanden und ermittelt. Es liegen insgesamt 5 übergeordnete Komponenten der Belastungsverarbeitung zugrunde sowie zusätzlich ein kleineres Inventar mit 8 Formen der Einflußnahme auf negative Zustände („Palliationsform").

4. Grundkonzept

Der UBV wird von den Autoren als mehrdimensionaler Situations-Reaktions-Prozeßfragebogen bezeichnet. Er schildert – handlungsorientiert – den hypothetischen Verlauf alltagsnaher Problemsituationen, die für Erwachsene Belastungen oder Stressoren darstellen. Prinzipiell können Verlaufsaspekte der Belastungsverarbeitung erfaßt werden; die Analyse kognitiver Aspekte ist ebenso möglich wie die Erfassung instrumenteller Bewältigungsdimensionen bzw. die problemlösungsorientierte, aktive Einflußnahme auf Streßereignisse. Der Situationsbezug und die instrumentelle Seite der Streßbewältigung stellen die Besonderheit dieses Verfahrens dar.

5. Durchführung

5.1 Alter: Frauen und Männer im Alter von 20–67 Jahren für den klinischen und nicht-klinischen Bereich.

5.2 Formen: Einzel- und Gruppentest; es liegen eine Lang- und eine Kurzversion vor sowie spezielle Testversionen für Jugendliche (12–18 Jahre); eine Bildschirmversion des UBV befindet sich in der Entwicklung.

5.3 Handhabung: Zur Durchführung werden Testheft und die Antwortblätter (für die Lang- oder Kurzversion) benötigt. Der Pb liest die Instruktionen und

Übersicht über Komponenten und Variablen des UBV

Komponente/Variable		Phase Episodenverlauf 1	2	3	Belastungsart aversiv	Verlust	Skalenstufen
(1_)	*Emotionale Streßreaktionen*						
(11)	Ängstlichkeit	x	x	x	x	x	0-5
(12)	Deprimiertheit	x	x	x	x	x	0-5
(13)	Aggressivität	x	x	x	x	x	0-5
(11,12,13)	Negative Emotionalität	x	x	x	x	x	0-5
(2_)	*Situationseinschätzungen*						
(21)	Wandelbarkeit	x	x		x	x	0-5
(22)	Kontrollierbarkeit	x	x		x	x	0-5
(23)	negative Valenz	x	x	x	x	x	0-5
(24)	Familiarität	x			x	x	0-5
(3_)	*Bewältigungsintensionen*						
(31)	Stressor beeinflussen	x	x		x		0-3
(32)	Konflikt meiden (mit Stressor)	x	x		x		0-3
(33)	Verlust abwenden	x	x			x	0-3
(34)	Verlust substituieren	x	x			x	0-3
(35)	Emotionale Equilibrierung	x	x		x	x	0-3
(36)	Selbstwert-Equilibrierung	x	x		x	x	0-3
(4_)	*Bewältigung selbstbezogen*						
(41)	Informationsunterdrückung	x	x	x	x	x	0-4
(42)	Palliation	x	x	x	x	x	0-4
(43)	Informationssuche	x	x	x	x	x	0-4
(44)	Umbewertung	x	x		x	x	0-4
(45)	Fremdbeschuldigung	x	x		x	x	0-4
(46)	Selbstbeschuldigung	x	x		x	x	0-4
(47)	Selbstbekräftigung			x	x	x	0-4
(48)	Soziale Unterstützung			x	x	x	0-4
(5_)	*Bewältigung umgebungsbezogen*						
(51)	Passivität (aversive Situationen)	x	x		x		0-4
(52)	Evasion	x	x		x		0-4
(53)	aktive Stressorbeeinflussung	x	x		x		0-4
(54)	aktives Verhindern	x	x			x	0-4
(55)	Passivität (Verlustsituationen)	x	x			x	0-4
(56)	aktives Umorientieren	x	x			x	0-4
(6_)	*Kausalattribution*						
(61)	intern: eigenes Verhalten			x	x	x	0-3
(62)	extern: Verhalten anderer			x	x	x	0-3
(63)	extern: Umstände			x	x	x	0-3
(7_)	*Palliationsinventar*						
„aktive Entspannung“ (71,73,74)							0-4
„Entlastung“ (72,75,87)							0-4
„Alltagsdrogen“ (76,77)							0-4

Benutzererklärungen. Das Antwortblatt wird neben die jeweils zu beantwortende Seite des Testheftes gelegt und ausgefüllt. Episodenkennung und Laufindex des Testheftes müssen dabei mit denen des Antwortblattes übereinstimmen. Bei Bearbeitungsproblemen kann bei Testbeginn eine Episode gemeinsam mit dem Versuchsleiter beantwortet werden.

5.4 Zeit: Kurzform: ca. 30–40 Minuten; Gesamtform: ca. 150 Minuten. Die Bearbeitung der Gesamtform kann auch in mehreren Teilen über mehrere Tage verteilt werden.

6. Auswertung

6.1 Modus: Für die Auswertung werden Auswertungsbogen, Fixierungshilfe für die Antwortblätter, ein Taschenrechner sowie die Normtabellen und Kennwerte benötigt. Es werden eine Hauptauswertung und eine Detailauswertung unterschieden. Begonnen wird mit der „Hauptauswertung", die sich auf die Variablen bezieht (Mittelwert). Die anschließende „Detailauswertung" bezieht sich auf die Auswertung des Verlaufes und schlüsselt hierzu die „Variablen" weiter auf, indem die Variablenwerte für die einzelnen Phasen aggregiert und zu Mittelwerten der 3 Phasen zusammengefaßt werden.

6.2 Zeit: Keine Angaben.

7. Gütekriterien

7.1 Objektivität: Aufgrund des hohen Standardisierungsgrades sind Durchführungs-, Auswertungs- und Interpretationsobjektivität bei Beachtung der Durchführungsanweisungen voll gegeben.

7.2 Reliabilität: Überprüfung der Testwiederholungszuverlässigkeit sowie der internen Konsistenz auf der Basis der Normierungsstichprobe (N = 205). Für die Gesamtform ergab sich nach Schätzung der internen Konsistenz ein durchschnittlicher Koeffizient von r = 0,90. Bei der Kurzform ergaben die Berechnungen einen durchschnittlichen Koeffizienten von r = 0,79 (Frauen) und r = 0,80 (Männer).
Die Retest-Reliabilität liegt bisher nur auf der Basis einer kleinen Stichprobe (N = 30; Intervall: 6 Wochen) vor. Im Durchschnitt lagen die Werte bei r = 0,80.

7.3 Validität: Es werden mehrere Untersuchungen zur prognostischen Validität berichtet, die die Vorhersagen aus den Testergebnissen bestätigen (Depressive, Alkoholabhängige, reale Streßverarbeitung, soziale Belastungssituationen etc.). Zusammenhänge mit anderen Verfahren (Übereinstimmungsvalidität) wurden mit dem Fragebogen zur Erfassung von Formen der Krankheitsverarbeitung (FEKB) von KLAUER und FILIPP (1987) gefunden. Weiterhin werden Untersuchungen zur Konstruktvalidität berichtet sowie zur „Treatmentsensitivität", die dem UBV ein gutes Abbildungsvermögen für Veränderungen nach Interventionen bescheinigen.

7.4 Normen: Es liegen Normwerte der aggregierten Variablen nach Geschlecht sowie der Kurz- und Langform als Stanine- und Prozentrangwerte für Studenten (N = 104) und nicht-studentische Erwachsene (N = 100) vor.

8. Literatur

PERREZ, M. (1988). Belastungsverarbeitung bei neurotisch und endogenen Depressiven. *Psychotherapie, Psychosomatik, Medizinische Psychologie, 38,* 59–66.

PERREZ, M. & REICHERTS, M. (1989). Belastungsverarbeitung: Computerunterstützte Selbstbeobachtung im Feld. *Zeitschrift für Differentielle und Diagnostische Psychologie, 10,* 129–139.

REICHERTS, M. (1985). Kriteriumsorientierte Messung in der Klinischen Psychologie: Die Entwicklung eines Tests zur Belastungsbewältigung. *Zeitschrift für Klinische Psychologie, Psychopathologie und Psychotherapie, 33,* 313–336.

REICHERTS, M. (1988). *Diagnostik der Belastungsverarbeitung. Neue Zugänge zu Streß-Bewältigungs-Prozessen.* Bern: Huber.

REICHERTS, M. & PERREZ, M. (1992). The impact of situation and process on stress and coping. In M. PERREZ & M. REICHERTS: *Stress, coping and health* (pp. 57–68). Seattle: Hogrefe & Huber Publishers.

Fragebogen zur Abschätzung des Psychosomatischen Krankheitsgeschehens (FAPK)

C. Koch

Weinheim: Beltz, 1996²

---

1. Testart Klinischer Test

2. Testmaterial Testmappe mit Manual (DIN A4, 101 Seiten), Fragenheft, Antwortbogen, Auswertungsschablone, Auswertungsbogen („Profilblätter"), „Item-Analysebogen"; *zusätzlich:* Schreibgerät.

3. Testgliederung Der FAPK umfaßt 202 Items, welche auf 10 Skalen verteilt sind (Anzahl der Items pro Skala: 10 bis 26). In vier der Skalen sind dichotome Antwortalternativen vorgegeben; die Items der übrigen Skalen lassen eine dritte Beantwortungsmöglichkeit („keine Meinung") zu. Konzeptuell ist der FAPK in folgende *drei Bereiche* gegliedert:

- Skala 10 prüft „allgemeine Belastungsfaktoren" (biographische, sozioökonomische und als bedrohend antizipierte), die einen Einfluß auf die subjektive Befindlichkeit haben können;
- die Skalen 1 („Realitätsbezug"), 2 („Phantasie"), 4 („Soziale Anpassung") und 7 („Hypochondrie") messen die *kognitiven* Anteile des „subjektiv intendierten Realitätsbezugs" (S. 4);
- wohingegen sich die Skalen 3 („Emotionale Beziehungsleere"), 5 („Aggression"), 6 („Aggressionsunfähigkeit"), 8 („Regression") und 9 („Abwehr sexueller Empfindungen") auf die eher *affektiven* Anteile des Realitätsbezuges einer Person beziehen.

2.3.1

4. Grundkonzept Der FAPK soll dazu dienen, den in die verschiedenen Modelle psychosomatischen Krankheitsgeschehens „eingegangenen Wissensstand zu erweitern und zu vertiefen" (S. 6). Als Rahmenkonzept zu einer möglichen Integration konkurrierender Theorien legt der Autor seine Konzeption vom „subjektiv intendierten Realitätsbezug" vor, welcher durch Skala 1 explizit, durch die Skalen 2 bis 9 implizit getestet werden soll. Der Theorie zufolge werden Probleme der äußeren Realität, welche vom Subjekt nicht bewältigt werden können, in die „innere Realität" zurückgenommen; somit werden „symptomatische Ersatzlösungen" gegenüber Lösungsversuchen lebenspraktischer Konflikte bevorzugt (S. 23). Der FAPK wird deshalb bei Patienten mit (subjektiven) somatischen Beschwerden eingesetzt, um abschätzen zu können, inwieweit psychische Faktoren bei der Symptomgenese beteiligt gewesen sein könnten. Gemäß der Theorie schlägt sich ein solcher Zusammenhang in einem verminderten subjektiven Realitätsbezug (Skala 1) und auffällig erhöhten Scores auf mindestens einer der Skalen nieder, die die damit einhergehenden affektiven und kognitiven Symptome abbilden.

Der Autor betont, daß das Verfahren „in erster Linie (...), auch unter Berücksichtigung seines derzeitigen Entwicklungsstandes, für *Forschungszwecke* gedacht (ist) (...)" (S. 7).

5. Durchführung

5.1 Population: Der FAPK soll angewendet werden bei Patienten, die über somatische Symptome klagen. Hier hilft der Fragebogen abzuschätzen, ob und in welcher Weise psychische Komponenten an der Entstehung der Beschwerden beteiligt sind. Alterseinschränkungen werden nicht gemacht.

5.2 Formen: Für den Einzel(Gruppen?)-Test existieren keine Parallelformen. Computergestützte Fassung im Hogrefe-Testsystem CORA.

5.3 Handhabung: Der Autor vermerkt: „Der Fragebogen ist so konzipiert und gestaltet, daß er den Pbn ohne mündliche Anweisung in die Hand gegeben werden kann" (S. 85). die Instruktionen befinden sich im Fragenheft; die Probanden haben ihre Antworten an der vorgesehenen Stelle des Antwortbogens zu vermerken.

5.4 Zeit: Die Bearbeitungszeit dürfte bei ca. 30 Minuten liegen.

6. Auswertung

6.1 Modus: Die per Transparentschablone abzulesenden und aufzusummierenden Punkte eines Probanden werden getrennt pro Skala auf das Profilblatt übertragen. Da auf eine Normierung des FAPK verzichtet wurde (s. u.), findet sich auf dem Formular kein Vergleichsprofil, so daß eine Interpretation individueller Testergebnisse schwierig wird. Einzig die Skalenmittelwerte der Kontrollgruppe aus einer Validierungsstichprobe sind angeführt und können als Vergleichsmaßstab herangezogen werde.

6.2 Zeit: Hierüber werden keine Angaben gemacht.

7. Gütekriterien

7.1 Objektivität: Durchführungs- und Auswertungsobjektivität können als hinreichend gesichert angesehen werden.
Interpretationsobjektivität im Sinne der Herstellung homomorpher Beziehungen zwischen Testscore und psychischen Dimensionen ist schon allein wegen der fehlenden Normierung nicht möglich und wird auch nicht angestrebt. Dagegen legt der Konstrukteur Wert auf eine Interpretation des Antwortverhaltens auf Itemebene; hierzu dient auch der sog. „Item-Analysebogen", auf dem alle Items des Fragebogens (in kleiner Schrift) aufgedruckt sind, so daß in der weiteren Besprechung mit dem Probanden auf spezielle Aussageninhalte direkt Bezug genommen werden kann. Dem Diagnostiker/Therapeuten werden jedoch keine speziellen Interpretationsregeln an die Hand gegeben.

7.2 Reliabilität: Die Konsistenz-Schätzungen der Zuverlässigkeit mittels Cronbachs Alpha bzw. dem HOYT-STUNKARD-Verfahren erfolgten für jede einzelne Skala und fünf verschiedene Patientengruppen. Die Koeffizienten liegen meist über 0,70. Andere Reliabilitätsarten, wie Stabilität, wurden nicht angegeben.

7.3 Validität: Den durchgeführten Validierungsuntersuchungen liegt folgende Logik zugrunde: Da der FAPK als ein Instrument zur Erfassung der psychischen Anteile psychosomatischen Krankheitsgeschehens eingesetzt werden soll und vorausgesetzt wird, daß sich dieses hinsichtlich seiner psychischen Dimensionalität sowohl von den anderen Formen „gestörten Realitätsbezugs" als auch von „psychischer Gesundheit" unterscheidet, wird

Voraussagegültigkeit des Instruments angenommen für den Fall, daß der Fragebogen einzelne, vorher mittels anderer Kriterien beschriebene klinische und nicht-klinische Personen-Gruppen (Stichproben) zu trennen vermag.
Es wurden sieben Personenstichproben mit N = 33 bis N = 83 gezogen. Die Gruppen werden beschrieben als: a) „Kontrollgruppe", b) „Psychosomatische Krankheiten", c) „Funktionelle Beschwerden 1", d) „Funktionelle Beschwerden 2", e) „Neurotisch Depressive", f) „Psoriatiker" und g) „Selbsterfahrungsgruppe".
Die Stichprobenzusammensetzung wurde bestimmt mittels:
- vorher erfolgter klinischer Diagnosen (b, c, e, f);
- Selektion aus einer Repräsentativ-Stichprobe mittels Fragebogen (BL) (Gruppen a, d) und
- Zugehörigkeit zu einer sozialen Gruppe (g).

Die *Vorhersagevalidität* wurde über folgende Verfahren berechnet:
- Mittelwertsvergleich der Personengruppen über die einzelnen Skalen (t-Test). Es konnte die Hypothese bestätigt werden, daß die Kontrollgruppe („psychisch Gesunde") in der Skala „Realitätsbezug" die höchsten Werte erzielt, in den übrigen Skalen hingegen tendenziell geringere Punktzahlen als die Vergleichsgruupen. Jedoch ist das Bild nicht einheitlich: In einigen Skalen finden sich nur wenige signifikante Mittelwertsdifferenzen; insbesondere sind die Unterschiede zwischen „Kontrollgruppe" und „Psychosomatischen Krankheiten" bei vier Skalen statistisch nicht bedeutsam.
- Die durchgeführten Diskriminanzanalysen zeigen, daß der FAPK die Gruppen der Probanden mit psychosomatischen Beschwerden als zwischen Kontrollgruppe und Neurotisch-Depressiven stehend abbildet. Der Testautor sieht darin eine Bestätigung der These von der Eigenständigkeit psychosomatischen Geschehens gegenüber anderen Formen gestörten Realitätsbezugs.

Übereinstimmungsvalidität der FAPK-Skalen mit anderen Tests wurde bestimmt anhand eines korrelativen Vergleichs mit der Beschwerden-Liste (BL) und der Depressions-Skala (DS) sowie den Skalen des Gießen-Tests. Bezüglich BL und DS korrelieren die Skalen „Realitätsbezug", „Emotionale Beziehungsleere" und „Belastungsfaktoren" am höchsten: für die Gesamtstichprobe zwischen 0,41 und –0,66 jeweils in hypothesenkonformer Richtung. Bei der Überprüfung der Übereinstimmung der FAPK-Skalen mit denen des Gießen-Tests ergaben sich teils nicht signifikante, teils mittlere bis hohe (um 0,55) Koeffizienten. Der Autor erklärt die Nichtübereinstimmungen und Übereinstimmungen mit konzeptionell-inhaltlichen Unterschieden bzw. Berührungspunkten der beiden Instrumente.
Als Aspekt der *Konstruktvalidierung* wird hier besprochen die Überprüfung der Faktorenstruktur des FAPK. Das rotierte Ergebnis einer Faktorenanalyse nach dem Hauptkomponentenmodell ergab für die Gesamtstichprobe (N = 354) drei Faktoren, welche folgendermaßen interpretiert worden sind:
- Faktor I „Steuerung von Konflikten durch soziale Anpassung und Aufgabe aktiv-fordernden Eingreifens in die reale Umwelt" (hohe negative Ladungen der Skalen 4, 7, 9, 8 und 6);
- Faktor II „Realitätsflucht in soziale Vorstellungsinhalte" (positive Ladungen: 2, 5 und 10);

- Faktor III „Gelungener Realitätsbezug„ (Skala 1 lädt positiv; 3, 6 und 10 negativ).

Auf die Faktorenlösungen der einzelnen Subgruppen wird hier nicht eingegangen, da die relativ geringen Stichprobengrößen keine Stabilität der Faktorenstruktur erwarten lassen. Insgesamt ergibt die empirische Prüfung der Dimensionalität des Tests eine Dreigliederung, die sich von der theoretischen Dreigliederung (s. o.) wesentlich unterscheidet.

7.4 Normen: Hierzu schreibt der Autor: „Auf eine Normierung wurde nicht zuletzt deswegen verzichtet, weil eine quantitative Bestimmung psychosomatischen Krankheitsgeschehens als ‚Abweichung' von normalem Realitätsbezug ihrem komplizierten Gegenstand nicht gerecht wird und auch in Hinblick auf ein therapeutisches Vorgehen nur wenig Sinn ergibt" (S. 7).

Fragebogen zur Messung der Psychotherapiemotivation (FMP)

W. SCHNEIDER, H.-D. BASLER und B. BEISENHERZ
Weinheim: Beltz, 1989

---

1. Testart Klinischer Test

2. Testmaterial Manual (44 Seiten), Fragebogen, 2 Auswertungsschablonen; *zusätzlich:* Bleistift.

3. Testgliederung Fragebogenstest, bestehend aus 4 Skalen mit insgesamt 47 Items: (1.) Krankheitserleben (11 Items), (2.) Laienätiologie (8 Items), (3.) allgemeine Behandlungserwartungen (8 Items), (4.) Erfahrungen mit psychotherapeutischen Behandlungskonzepten (20 Items).

4. Grundkonzept Der Test erfaßt verschiedene kognitive und affektive Prozesse und ihre Wechselwirkung, mit denen die Therapiemotivation verknüpft ist. So wird u. a. das Verhältnis von Leidensdruck zu Krankheitsgewinn untersucht.

5. Durchführung **5.1 Alter:** Keine Altersbeschränkung.

5.2 Formen: Eine Form, Einzel- und Gruppentest. Computergestützte Fassung im Hogrefe-Testsystem CORA.

5.3 Handhabung: Die Probanden bearbeiten den Fragebogen nach den gedruckt vorliegenden Anweisungen. Dabei haben sie die Wahl zwischen fünf Ratings: „stimmt uneingeschränkt" bis „stimmt überhaupt nicht".

5.4 Zeit: Dauer ca. 20–30 Minuten, keine Zeitbeschränkung.

6. Auswertung **6.1 Modus:** Die Auswertung erfolgt per Schablone. Die Punktwerte der Einzelitems werden addiert und so der Skalenscore und der Gesamtscore ermittelt. Eine Transponierung in T-Werte, PR-Normen und Stanine-Werte ist möglich. Ein Testprofil kann erstellt werden.

6.2 Zeit: Keine Angaben.

7. Gütekriterien **7.1 Objektivität:** Der Test kann als objektiv angesehen werden.

7.2 Reliabilität: Die Retest-Reliabilität (N = 45, Zeitintervall 4–6 Wochen) lieferte für die einzelnen Skalen Werte zwischen r = 0,671 und 0,963, für die Gesamtskala 0,859. Die interne Konsistenz der Skalen liegt zwischen Alpha = 0,71 und 0,86. Die Gesamtskala erreicht Alpha = 0,91.

7.3 Validität: Die einzelnen Skalen korrelieren mit dem Expertenrating zwischen 0,371 und 0,488. Der Validitätskoeffizient für den Gesamttest beträgt r = 0,569. Verschiedene andere Berechnungen (Cluster-Analyse, Faktorenanalyse) wurden ebenfalls angestellt. Des weiteren wurde eine Validierung am Außenkriterium FPI-R durchgeführt. Die Werte liegen zwischen 0,24 und 0,672.

7.4 Normen: Die Normierung erfolgte an einer Stichprobe aus psychosomatischen Fachkliniken (N = 464), und zwar getrennt nach Geschlechtern. Die Rohwerte lassen sich in T-Werte, PR-Werte und Stanine-Werte transformieren. Vergleichswerte diverser klinischer Patientengruppen (z.B. Suchtpatienten und psychoneurotische Patienten) werden mitgeteilt.

Frankfurter Befindlichkeits-Skala (FBS)

L. SÜLLWOLD und J. HERRLICH
Berlin: Springer, 1987

---

1. Testart Klinischer Test

2. Testmaterial Manual (12 Seiten), Fragebogenblätter; *zusätzlich:* Schreibgerät.

3. Testgliederung Der FBS besteht aus 36 Items zur Dokumentation aktueller Beschwerden von schizophren Erkrankten, die sich auf 2 Faktoren verteilen:

Faktor I: „Hypersyndrom" – Psychotische Desintegration („übermäßige Selbstbeobachtung"), innere Getriebenheit, Unruhe.

Faktor II: „Hyposyndrom" – Depressiv-ängstlich, Langsamkeit, Antriebsschwäche.

4. Grundkonzept Grundlage der Befindlichkeit von schizophren Erkrankten ist die „Instabilität und Inkohärenz psychischer Funktionsabläufe". Das Ausmaß einer auf dieser Basis erlebten Desintegration wird durch die Selbsteinschätzung auf der Grundlage von 36 Items erfaßt. Die FBS dient weniger der Diagnose einer schizophrenen Psychose, sondern eher der Erfassung des aktuellen inneren Zustandes im Krankheitsverlauf. Der Anwendungsbereich ist aufgrund der Eichstichprobe auf schizophren Erkrankte beschränkt.

5. Durchführung **5.1 Alter:** 17–59 Jahre (Eichstichprobe).

5.2 Formen: Standardisierter Fragebogen mit einer vierstufigen Antwortskalierung: nicht vorhanden (0) – gering (1) – mäßig (2) – stark (3).

5.3 Handhabung: Die Pbn werden in der kurzen Instruktion darauf hingewiesen, sich möglichst spontan für eine der 4 Antwortalternativen zu entscheiden und ausschließlich den momentanen Zustand als Beurteilungsgrundlage für die Antworten zu nehmen.

5.4 Zeit: Keine Angaben.

6. Auswertung **6.1 Modus:** Auswertung ohne Schablone durch Addition der Itemgewichte zu einem Gesamtcode.

6.2 Zeit: Keine Angaben.

7. Gütekriterien **7.1 Objektivität:** Durchführungs- und Auswertungsobjektivität gesichert.

7.2 Reliabilität: Untersuchungen erbrachten sehr hohe Werte für die interne Konsistenz: Split-Half, korrigiert nach Spearman-Brown r = 0,96, Guttman Split: r = 0,95, Cronbach Alpha: r = 0,95.

7.3 Validität: Korrelative Beziehungen wurden zur Befindlichkeitsskala (Bf-S) von ZERSSEN und zum Frankfurter Beschwerde-Fragebogen berechnet

(„Konstruktvalidität"). Es ergaben sich signifikante Koeffizienten zwischen r = 0,67 (zur Bf-S) und r = 0,97 (zum FBF). Als Außenkriterium wurde die klinische Besserung des Krankheitsbildes nach dem „Global Clinical Impression" als Einschätzung durch den behandelnden Arzt gewählt.

7.4 Normen: Es existieren Grobnormen (Prozentränge und Quartilsmaße) zur Einordnung der individuellen Testwerte (N = 170).

8. Literatur

SÜLLWOLD, L. (1986²). *Schizophrenie.* Stuttgart: Schattauer.

Frankfurter Beschwerde-Fragebogen (FBF)

L. Süllwold
Berlin: Springer, 1991

---

1. Testart Klinischer Test

2. Testmaterial Manual (15 Seiten), Fragebogenexemplar mit Antwortbogen; *zusätzlich:* Schreibgerät.

3. Testgliederung Die 98 Fragebogen-Items wurden nach phänomenalen, d. h. psychologisch plausiblen Gemeinsamkeiten geordnet. Es ergaben sich die folgenden 10 Kategorien:

- Verlust an Kontrolle (KO)
- Sensorische Indikationen (WAS)
- Sprache (SP)
- Denken (DE)
- Gedächtnis (GED)
- Motorik (MO)
- Automatismenverlust (AU)
- Anhedonie und Angst (AN)
- Reizüberflutung (REI)

4. Grundkonzept Der FBF ist aus einer Sammlung von Beschwerdeschilderungen schizophren Erkrankter entstanden. Die differenzierte Selbstwahrnehmung von Störungen schizophrener Patienten auch außerhalb akuter Krankheitsepisoden – bei Basisstörungen – stellen wesentliche Aspekte der Therapie und Rehabilitation dar und sind Grundlage des Verfahrens. Die ausgewählten Items beziehen sich auf affektiv und kognitiv repräsentierte Basisstörungen. Der Fragebogen erfaßt insgesamt das Ausmaß der erlebten Beeinträchtigungen und stellt darüber hinaus ein wichtiges Ausdrucks- und Kommunikationsmedium für die schizophren Erkrankten dar.

5. Durchführung **5.1 Alter:** Keine Angaben.

5.2 Formen: Keine Angaben; prinzipiell Einzel- oder Gruppentest möglich.

5.3 Handhabung: Fragebogenbeantwortung nach standardisierter Instruktion; als Antwortkategorie steht eine „ja-nein"-Skalierung zur Verfügung.

5.4 Zeit: Keine Angaben.

6. Auswertung **6.1 Modus:** In eine in jedem Fragebogenexemplar am Ende vorhandene Auswertungsmatrix wird für jede Kategorie der zugehörige Summenwert der Rohwerte eingetragen, so daß dieser quantitative Überblick Schwerpunkte der Störungen anzeigt. Die Polwerte ergeben sich aus der jeweiligen Zustimmung (ja = 1) zum Fragebogenitem.

6.2 Zeit: Keine Angaben.

7. Gütekriterien

7.1 Objektivität: Auswertungs- und Durchführungsobjektivität voll gegeben.

7.2 Reliabilität: Zur internen Konsistenz werden Reliabilitätskennwerte, im Mittel von r = 0,97, mitgeteilt.

7.3 Validität: Zur Dokumentation der Struktur des Verfahrens wurde die „faktorielle Validität" herangezogen. Es wurden insgesamt 4 Faktoren extrahiert, die Schwerpunkte der Selbstwahrnehmung darstellen und einen Gesamtvarianzanteil von 72% aufklären:

- Faktor 1: „Störung automatisierter Abläufe"
- Faktor 2: „Wahrnehmungsstörungen"
- Faktor 3: „Depressivität"
- Faktor 4: „Overinclusion"

7.4 Normen: Keine Angaben.

8. Literatur

SCHÜNEMANN-WURMTHALER, S. (1984). *Subjektive Basisstörungen der Schizophrenie.* Europäische Hochschulschriften. Frankfurt: Lang.

SÜLLWOLD, L. (1986). *Symptome schizophrener Erkrankungen. Uncharakteristische Basisstörungen.* Berlin: Springer.

SÜLLWOLD, L. (1986). *Schizophrenie.* Stuttgart: Kohlhammer.

SÜLLWOLD, L. (1986). Basisstörungen: Instabilität von Hirnfunktionen. In W. BÖKER & H. D. BRENNER (Hrsg.), *Bewältigung von Schizophrenie,* 42–46. Bern: Huber.

SÜLLWOLD, L. & HUBER, G. (1986). *Schizophrene Basisstörungen.* Berlin: Springer.

Frankfurter Körperkonzeptskalen (FKKS)

I. M. Deusinger
Göttingen: Hogrefe, in Vorbereitung

---

1. Testart Klinischer Test

2. Testmaterial Manual (dem Ref. lag eine Vorab-Version ohne Seitenangabe vor), Fragebogenexemplare, Auswertungsschablone, Auswertungsbogen; *zusätzlich:* Schreibgerät.

3. Testgliederung Die FKKS sind in unterschiedliche Selbstkonzeptbereiche mit insgesamt 9 Skalen und 64 Items unterteilt:
- Skala 1: Gesundheit – körperliches Befinden
- Skala 2: Pflege des Körpers und der äußeren Erscheinung
- Skala 3: Körperliche Effizienz
- Skala 4: Körperkontakt
- Skala 5: Sexualität
- Skala 6: Selbstakzeptanz des Körpers
- Skala 7: Akzeptanz des Körpers durch andere
- Skala 8: Aspekte der körperlichen Erscheinung
- Skala 9: Dissimilatorische Körperprozesse

4. Grundkonzept Das Frankfurter Körperkonzeptinventar besteht aus neun eindimensionalen Skalen zur Bestimmung des Selbstkonzeptes, das jede Person im auf den Körper bezogenen Bereich von sich selbst entwickelt hat. Mit dem Inventar werden Attitüden zur eigenen Person erfaßt, die als „konstituierend" für die Persönlichkeit betrachtet werden.

Das Selbstkonzept wird als organisiertes, konsistentes, aber veränderbares individuelles „Konzeptmuster" des Individuums zur eigenen Person verstanden, das auf der Basis von Erfahrungen, die in das eigene Bezugssystem eingeordnet werden und mit individuellen Bedeutungen und Werten verbunden werden, entsteht.

2.3.1

5. Durchführung **5.1 Alter:** Eichstichprobe: 20 bis über 60 Jahre.

5.2 Formen: Einzel- und Gruppentest.

5.3 Handhabung: Nach Lektüre der Anleitung werden die Fragebogen-Items mit Hilfe einer sechsstufigen Skala (1 = trifft sehr zu; 6 = trifft gar nicht zu) beantwortet.

5.4 Zeit: Noch keine Angaben in der rezensierten Vorab-Version der Handanweisung.

6. Auswertung **6.1 Modus:** Die Auswertung erfolgt nach der Methode der summierten Bewertungen nach Likert. Je nach Zustimmung sind für jede Antwort 1–6

Punkte möglich. Die Punktwerte werden über eine Auswertungsschablone ermittelt und als Skalen-Score dokumentiert. Auf einem weiteren Auswertungsbogen kann über die Summen-Scores und vorhandenen Grenzwerte ein positives, ein neutrales oder ein negatives Körperkonzept-Profil erstellt werden.

6.2 Zeit: Noch keine Angaben.

7. Gütekriterien

7.1 Objektivität: Bei Einhaltung der Durchführungs-, Auswertungs- und Interpretationshinweise gegeben.

7.2 Reliabilität: Die Reliabilitätsprüfungen nach der Methode der Test-Halbierung (Guttmann, Spearman-Brown) und der internen Konsistenz (Cronbach Alpha) erbrachten insgesamt sehr gute Werte mit Koeffizienten zwischen r = 0,82 bis r = 0,95 und geringen Schwankungen bezogen auf geschlechts- und altersspezifische Stichproben. Im Mittel liegt die Reliabilität deutlich über r = 0,90.

7.3 Validität: Es werdem mehrere Untersuchungen mit klinischen und normalgesunden Stichproben berichtet, die auf eine gute diskriminante Validität des Verfahrens schließen lassen. Weitere gezielte Validierungsstudien sind der Handanweisung zu entnehmen.

7.4 Normen: Noch keine Angaben.

8. Literatur

DEUSINGER, I. M. (1981). Untersuchungen über Selbstkonzepte älterer Menschen unter verschiedenen situativen Bedingungen mit den Frankfurter Selbstkonzepten. In W. D. OSWALD & U. M. FLEISCHMANN (Hrsg.), *Experimentelle Gerontopsychologie.* Weinheim: Beltz.

DEUSINGER, I. M. (1982). Untersuchungen zur Messung von Selbstkonzepten älterer Personen mit den Frankfurter Selbstkonzeptskalen – FSKN. *Zeitschrift für Gerontopsychologie, 15,* 38–41.

Frankfurter Selbstkonzeptskalen (FSKN)

I. M. DEUSINGER
Göttingen: Hogrefe, 1987

---

1. Testart Klinischer Test, Persönlichkeitsstruktur-Test

2. Testmaterial Handanweisung (169 Seiten), Fragebogenexemplare „Gesamtversion" und „Einzelversion", Auswertungsblätter, Auswertungsschablonen für Gesamt- und Einzelversion; *zusätzlich:* Schreibgerät.

3. Testgliederung Die FSKN umfaßt insgesamt 10 eindimensionale Selbstkonzept-Skalen:

1) FSAL Skala zur allgemeinen Leistungsfähigkeit
2) FSAP Skala zur allgemeinen Problembewältigung
3) FSVE Skala zur Verhaltens- und Entscheidungssicherheit
4) FSSW Skala zur Selbstwerteinschätzung
5) FSEG Skala zur Empfindlichkeit und Gestimmtheit
6) FSST Skala zur Standfestigkeit gegenüber Gruppen und bedeutsamen anderen
7) FSKU Skala zur sozialen Kontakt- und Umgangsfähigkeit
8) FSWA Skala zur Wertschätzung durch andere
9) FSIA Skala zur Irritierbarkeit durch andere
10) FSGA Skala über Gefühle und Beziehungen zu anderen

Es stehen 10 Fragebogen mit 6, 10 oder 12 Items für die „10 Selbstkonzepte" zur Verfügung. Die Gesamtversion umfaßt 78 Items.

4. Grundkonzept Grundlage der FSKN ist die Fähigkeit des Individuums zur verbalen Bestimmung des jeweiligen Bildes von sich selbst, das es in wichtigen Bereichen der Person entwickelt hat („Selbstkonzept"). Die Frankfurter Skalen versuchen, ein System von Einstellungen und Attitüden zur eigenen Person zu erfassen. Mit Hilfe differenzierter Skalen wird dieses Selbstkonzept-System bestimmt und nachgezeichnet, indem es als zur Persönlichkeit gehörend und diese konstituierend verstanden wird. Die Skalen eignen sich für den Einsatz im klinischen Bereich, für Therapieindikationen oder Effizienzkontrollen.

5. Durchführung **5.1 Alter:** Ab 13 Jahren.

5.2 Formen: Gesamtversion (78 Items); 10 Einzelversionen; Durchführung als Einzel- und Gruppenuntersuchung. Computergestützte Version im Hogrefe-Testsystem PERSYS.

5.3 Handhabung: Entsprechend der Testinstruktion beantworten die Pbn die Fragebogen mit Hilfe der sechsstufigen Antwortskala (von „trifft sehr zu" = 1 bis „trifft gar nicht zu" = 6).

DARSTELLUNGSBEISPIEL
FSKN-Auswertungsbogen II
Prof. I. M. Deusinger

Skala	Summen-Score	Selbstkonzept negativ		neutral		positiv
FSAL (Leistungsfähigkeit)	33	10	30		40	60
FSAP (Problembewältigung)	25	10	30		40	60
FSVE (Verhaltens- und Entscheidungssicherheit)	24	6	18		24	36
FSSW (Selbstwertschätzung)	33	10	30		40	60
FSEG (Empfindlichkeit und Gestimmtheit)	18	6	18		24	36
FSST (Standfestigkeit)	42	12	36		48	72
FSKU (Soziale Kontakt- und Umgangsfähigkeit)	23	6	18		24	36
FSWA (Wertschätzung durch andere)	17	6	18		24	36
FSIA (Irritierbarkeit durch andere)	23	6	18		24	36
FSGA (Gefühle und Beziehungen zu anderen)	23	6	18		24	36

Daten des Probanden: Kraftfahrer
Name/Kenn-Nr.: 7139
Geschlecht: ♂
Alter: 29
Pat. einer psychiatr. Klinik
Psychiatr. Diagnose: Prozeßpsychose

Datum: März 84
Testleiter: Wo
Auswerter: Deus

5.4 Zeit: Gesamtversion: 15 bis 25 Minuten; Einzelversion mit 6 Items ca. 3–5 Minuten, mit 10 Items 5–9 Minuten und mit 12 Items 6–10 Minuten.

6. Auswertung

6.1 Modus: Die Auswertung erfolgt – sowohl für die Gesamtversion als auch für die Einzelversion – mit der für die Gesamtversion vorgesehenen Schablone. Es kann nach Skalenwerten bzw. nach dem mittleren Skalenwert der Items, die mit "trifft sehr zu" oder „trifft zu" beantwortet werden, ausgewertet werden. Außerdem ist eine Auswertung möglich, die sich an den summierten Bewertungen nach Likert orientiert. Die Punktwerte, die mit Hilfe einer Schablone abgelesen werden, werden mit Hilfe des Auswertungsbogens in Bewertungspunkte transformiert. Als Bezugsgrößen stehen zur Verfügung:

a) Grenzwerte im Hinblick auf ein positives oder negatives Selbstkonzept,
b) Prozentrangnormen und Mittelwerte unterschiedlicher Bezugspopulationen (N = 2554) oder
c) die mittleren Scores der Bezugspopulation.

6.2 Zeit: Keine Angaben.

7. Gütekriterien

7.1 Objektivität: Bei Befolgung aller Instruktionen zur Durchführung, Auswertung und Interpretation ist die Objektivität bei diesem standardisierten Verfahren voll gegeben.

7.2 Reliabilität: Die Reliabilität wurde nach der Split-Half-Methode bestimmt und ergab im Rahmen von 6 Untersuchungen zur Testhalbierungsreliabilität an Stichproben von insgesamt 1794 Testpersonen reliable Koeffizienten zwischen r = 0,93 und r = 0,97. Bei den Einzelversionen streuen die Werte von r = 0,40 bis r = 0,95. Insgeamt sechs Studien zur Stabilität auf der Basis der Test-Wiederholung ergaben durchweg signifikante Spearman-Rangkorrelationen bis r = 0,88 (Intervalle zwischen 2 Wochen und 6 Monaten).

7.3 Validität: Es werden umfangreiche Studien zur Übereinstimmungsvalidität mit anderen Verfahren zur Selbstkonzepteinstufung berichtet, über Korrelationen zu Verfahren mit Verhaltenseinstufungen und Statusinformationen sowie Unterssuchungen zur diskriminanten Validität. Die Ergebnisse dieser Validierungsstudien sind in umfangreichen Tabellen in der Handanweisung dokumentiert.

7.4 Normen: Es liegen Prozentrangnormen für 10 unterschiedliche Stichproben (männlcih und weiblich) aus dem gesunden und klinischen Bereich vor (N = 2554).

8. Literatur

DEUSINGER, I. M. (1981). Untersuchungen über Selbstkonzepte älterer Menschen unter verschiedenen situativen Bedingungen mit den Frankfurter Selbstkonzepten. In W. D. OSWALD & U. M. FLEISCHMANN (Hrsg.), *Experimentelle Gerontopsychologie.* Weinheim: Beltz.

DEUSINGER, I. M. (1982 a). Untersuchungen zur Messung von Selbstkonzepten älterer Personen mit den Frankfurter Selbstkonzeptskalen – FSKN. *Zeitschrift für Gerontopsychologie, 15,* 38–41.

DEUSINGER, I. M. (1982 b). Zur Messung von Veränderungen von Selbstkonzepten mit den Frankfurter Selbstkonzeptskalen – FSKN. *Zeitschrift für Gerontopsychologie, 15,* 42–45.

DEUSINGER, I. M. (1982). Selbstwahrnehmung und soziale Anpassung – Differenziertere Bestimmungen von Selbstkonzepten delinquenter Personen (Poster). In G. LÜER, *Bericht über den 33. Kongreß der Deutschen Gesellschaft für Psychologie in Mainz, 1982* (S. 647–649). Göttingen: Hogrefe.

Freiburger Fragebogen zur Krankheitsverarbeitung (FKV)

F. A. MUTHNY
Weinheim: Beltz, 1989

---

1. Testart Klinischer Test

2. Testmaterial Manual (48 Seiten), Fragebogen, Auswertungsblätter; *zusätzlich:* Bleistift.

3. Testgliederung Der FKV besteht aus einer Langform mit 102 Items und zwei Kurzformen mit je 35 Items. Eine der beiden Kurzformen (FKV-LIS-SE) dient der Selbsteinschätzung, die andere (FKV-LIS-FE) der Fremdeinschätzung. Die Langform ist in 12 Skalen gegliedert; jeweils 5 Skalen bilden die Kurzformen.

4. Grundkonzept Ziel des Fragebogens ist es, möglichst viele, differenzierte Arten der Krankheitsverarbeitung zu erfassen. Dabei gingen theoretische, meßmethodische und praktisch-klinische Überlegungen in die Konstruktion ein. Berücksichtigt wurden neben der Verhaltensebene auch kognitive und emotionale Aspekte. Der Anwendungsbereich erstreckt sich vor allem auf chronisch Kranke mit physischen Leiden, Patienten mit Folgeerscheinungen akuter Erkrankunge, Rehabilitanden u. a. m. Die Kurzskalen sind z. B. einsetzbar zur Verlaufskontrolle der Verarbeitungsprozesse während einer Therapie.

5. Durchführung **5.1 Alter:** Patienten im Alter von 17–84 Jahren.

5.2 Formen: Eine Lang- und zwei Kurzformen; Einzeltests zur Fremd- und Selbsteinschätzung. Computergestützte Fassung im Hogrefe-Testsystem CORA.

5.3 Handhabung: Die Instruktionen, die vorgelesen werden, können dem jeweiligen Untersuchungszweck angepaßt werden. Aktuelle oder retrospektive Erhebung ist möglich.

5.4 Zeit: Keine Zeitbegrenzung. Für die Durchführung der Langform werden etwa 10–30 Minuten benötigt. Die Kurzformen beanspruchen ca. 5–15 Minuten.

6. Auswertung **6.1 Modus:** Die Auswertung erfolgt über die zugehörigen Auswertungsblätter. Die Zahlenwerte der zu der jeweiligen Skala gehörigen Items werden in das Auswertungsblatt eingetragen. Danach werden die Skalensummen gebildet, die mit Stichprobenergebnissen diverser klinischer Gruppen verglichen werden können.

6.2 Zeit: Keine Angaben.

7. Gütekriterien **7.1 Objektivität:** Bei Befolgung der standardisierten Anweisungen kann der FKV als objektiv angesehen werden.

7.2 Reliabilität: Zur Kontrolle der Zuverlässigkeit wurde die interne Konsistenz (Cronbach Alpha) an gemischten Stichproben (N = 107–319) mit unterschiedlichen chronischen Erkrankungen ermittelt. Während die Reliabilität der Langformskalen (FKV 102) über 0,80 liegt, streuen die Alpha-Werte für die Skalen der Kurzformen (FKV-LIS) zwischen 0,68 und 0,77.

7.3 Validität: Inhaltliche Validität wird beansprucht, weil sich das Verfahren auf der Basis theoretischer Coping-Konstrukte an Dimensionen der Krankheitsverarbeitung orientiert, die von verschiedenen Experten als relevant angesehen werden. Die weitgehend faktorenanalytisch fundierten Skalen sprechen für eine faktorielle Validität des Fragebogens. Auf die aus theoretischen Gründen begrenzten Aussagemöglichkeiten zur kriterienbezogenen Validität wird hingewiesen. Korrelationen mit diversen Außenkriterien streuen von r = –0,43 bis 0,5.

7.4 Normen: Verteilungskennwerte klinischer Stichproben stehen zu Vergleichszwecken zur Verfügung. Normen in konventionellem Sinn liegen nicht vor.

Geburts-Angst-Skala (GAS)

H. LUKESCH
Göttingen: Hogrefe, 1983

---

1. Testart
Klinischer Test

2. Testmaterial
Handanweisung (DIN A4, 29 Seiten), Fragebogen G, A, B und C; *zusätzlich:* Schreibgerät.

3. Testgliederung
Es handelt sich um eine eindimensionale Skala, die aus jeweils 77 Items (Gesamtform) bzw. 25 Items (Kurzformen A, B und C) besteht.

4. Grundkonzept
Die Entwicklung einer Skala zur Erfassung von Geburtsangst geht auf eine Idee von HAAS (1975) zurück. Eine solche Skala sollte in erster Linie dazu dienen, unterschiedliche Therapieansätze zur Minderung von Geburtsängsten auf ihre Wirksamkeit zu überprüfen (PERREZ et al., 1978). Auf der Grundlage weiterer Untersuchungen wurden Ergänzungen, Reduktionen und Überarbeitungen vorgenommen, die zur gegenwärtigen Version der GAS führten.
Die Geburtsangst-Skala kann als Indikator für die Einleitung psychotherapeutischer Interventionen und zur Kontrolle therapeutischer Maßnahmen angewendet werden.

5. Durchführung
5.1 Alter: Der Anwendungsbereich erstreckt sich auf schwangere Frauen ohne Altersbegrenzung.

5.2 Formen: Die Gesamtform G besteht aus 77 Items. Die Kurzformen A, B und C, die sich aus jeweils 25 Items zusammensetzen, werden als Parallelformen bei wiederholter Messung empfohlen.

5.3 Handhabung: Die Fragebogen sind mit einer genauen Anleitung versehen. Die Frauen haben anzukreuzen, ob sie bei der Vergegenwärtigung bestimmter Situationen (z.B. Entkleiden beim Frauenarzt, Wehen, Kaiserschnitt) „keine“ (0), „kaum“ (1), „mäßige“ (2) oder „starke“ (3) Angst haben.

5.4 Zeit: Keine Zeitbegrenzung; keine Angaben über die durchschnittliche Dauer.

6. Auswertung
6.1 Modus: Die angekreuzten Skalenwerte (von 0 bis 3) werden über alle Items der Skala addiert. Der Summenrohwert, nach Tabelle 14 (S.27) in Prozentrangklassen transformiert, gilt als Indikator für das Ausmaß der Geburtsangst, das eine Frau empfindet.

6.2 Zeit: Keine Angaben des Verfassers. (Geringfügiger Zeitbedarf.)

7. Gütekriterien
7.1 Objektivität: Keine Mängel an Objektivität hinsichtlich Durchführung und Auswertung.

7.2 Reliabilität: Zuverlässigkeitskontrollen bei den Analysestichproben Frühschwangerschaft (N = 105), Spätschwangerschaft (N = 85) und Wochenbett (N = 233) weisen das Verfahren als außerordentlich meßgenau aus. Homogenitätsprüfungen nach HOYT ergeben $r_{tt} = 0,97$; die Split-Half-Reliabilität, nach Spearman-Brown korrigiert, wird mit $r_{tt} = 0,99$ angegeben. Die Stabilität, an einer kleinen Therapiegruppe (N = 27) mittels mehrfacher Testwiederholung geprüft, erreicht Werte von $r_{tt} = 0,64$ bis 0,92.
Auch die verkürzten Parallelformen A, B und C sind in hohem Maße als homogen anzusehen (Homogenität nach HOYT r = 0,90–0,92). Die Paralleltestreliabilität dieser Formen liegt bei $r_{tt} \geq 0,90$.

7.3 Validität: Die Items der GAS sollen angstauslösende Aspekte des Geburtsvorganges „in repräsentativer und – darüber hinausgehend – sogar in möglichst vollständiger Weise“ (S. 21) erfassen und damit den Anspruch auf inhaltliche Gültigkeit rechtfertigen.
Zum Beleg der empirischen Gültigkeit werden Korrelationen der GAS bzw. ihrer Vorformen mit verschiedenen Variablen, darunter der manifesten Angst (SPREEN) r = 0,24 und der SSG (LUKESCH), referiert. Dabei ragen GAS-Korrelationen (1) mit der Skala „Geburtsangst“ der SSG (r = 0,48) und (2) mit einem spezifischen Neurotizismuswert (r = 0,51–0,62) über das durchweg geringe bis mäßige Korrelationsniveau erwartungsgemäß hinaus.
Mit der GAS war es möglich, Therapieeffekte zur Reduktion von Geburtsängsten nachzuweisen. Ansätze zur Konstruktvalidierung (im Sinne von nomologischen Aussagen über die Enge von Beziehungen zwischen bestimmten Konstrukten) liegen zwar vor, ergeben aber bislang kein klares, eindeutiges Bild von dem Beziehungsgeflecht zwischen den (sozio-demographischen) Variablen verschiedener Untersuchungen.

7.4 Normen: Da sich das Angstniveau innerhalb der Schwangerschaft und im Wochenbett verändert, werden für Früh-, Spätschwangerschaft und Wochenbett getrennte Prozentrangklassennormen gebildet, die allerdings nur auf einer insgesamt recht kleinen Analysestichprobe (N = 321) beruhen. Zur Gruppe „Spätschwangerschaft“ gehören davon nur 85 Frauen. Es fehlt im übrigen noch ein genauer Hinweis darauf, innerhalb welcher Grenzen der Verfasser von Früh- bzw. Spätschwangerschaft spricht, so daß die angebotenen Normwerte lediglich einer sehr groben vorläufigen Orientierung dienen können.

8. Literatur

HAAS, H. (1975). *Kognitive Faktoren bei der Angstreduktion.* Unveröff. Dipl.-Arbeit, Berlin.

PERREZ, M., SCHENKEL-HAAS, H. & STAUBER, M. Eine experimentelle Untersuchung zur psychologischen Geburtenvorbereitung. *Zeitschrift für Geburtenhilfe und Perinatologie, 182,* 149–155.

Gießener Beschwerdebogen (GBB)

E. Brähler und J. Scheer

Bern: Huber, 1983

---

1. Testart Klinischer Test

2. Testmaterial Handbuch (DIN A5, 175 Seiten) mit Antwortbogen und Auswertungsblatt; *zusätzlich:* Schreibgerät.

3. Testgliederung Der GBB besteht aus 57 Items, die den Bereichen Allgemeinbefinden, Vegetativum, Schmerzen und Emotionalität entstammen, sowie aus zwei Zusatzfragen, die sich auf die körperliche oder seelische Bedingtheit der Beschwerden beziehen. Es besteht die Möglichkeit, maximal 5 weitere Beschwerden anzugeben, die im Beschwerdebogen nicht vorkommen. Aus der Reihe der 57 Items werden 4 Skalen („Erschöpfung", „Magenbeschwerden", „Gliederschmerzen", „Herzbeschwerden") zu je 6 Items gebildet. Darüber hinaus gibt es eine fünfte Skala („Beschwerdedruck"), die alle 24 Items der vier Skalen beinhaltet.

4. Grundkonzept Ausgangspunkt für die Konzeption des Tests war die Erkenntnis, daß bei Patienten zwischen subjektiven Beschwerden und medizinisch objektivierbaren Symptomen unterschieden werden muß. Hierbei sind besonders diejenigen Fälle klinisch auffällig, bei denen eine Abweichung zwischen den geäußerten Beschwerden und den Körpersymptomen vorliegt, wie es beispielsweise bei den „psychoneurotisch Kranken" gegeben ist. Um eine Reihe solcher Beschwerden objektiv und ökonomisch erfassen zu können, wurde der Gießener Beschwerdebogen (GBB) – ursprünglich „Beschwerden- und Symptombogen (BSB)" – entwickelt. Bereits im Jahre 1967 wurden hierzu in der Psychosomatischen Klinik der Universität Gießen die ersten Vorarbeiten geleistet. Ihnen lag eine Itemsammlung von 77 Beschwerden zugrunde, die v. Zerssen in Hamburg zusammengestellt hatte. Seit 1968 wird der Bogen sowohl in der Praxis, insbesondere in psychosomatischen Einrichtungen, als auch in der Forschung verwendet. Die jetzt vorliegende, standardisierte Form soll nicht nur überdauernde Merkmale, sondern auch Veränderungen, z. B. aufgrund von Behandlungen, erfassen.

5. Durchführung: **5.1 Alter:** Ab 18 Jahren.

5.2 Formen: Der Beschwerdebogen kann als Einzel- und Gruppentest durchgeführt werden. Computergestützte Fassung im Hogrefe-Testsystem CORA.

5.3 Handhabung: Es handelt sich um einen Papier- und Bleistift-Test. Auf seiner Vorderseite befindet sich die Instruktion: Der Proband soll anhand einer fünfstufigen Skala ankreuzen, ob bzw. wie stark er sich durch bestimmte Beschwerden belästigt fühlt.

5.4 Zeit: Die Testdurchführung dauert etwa 10 Minuten.

6. Auswertung

6.1 Modus: Je nach Lage des vom Probanden gesetzten Kreuzes in der Antwortabstufung werden pro Item 0 bis 4 Punkte vergeben. Auf der Ebene der Einzelitems werden sodann hauptsächlich die extremen Werte ins Auge gefaßt, die Aussagen über sog. Leitbeschwerden ermöglichen. Auch aus fehlenden Angaben sowie aus der Beantwortung der Zusatzitems können Rückschlüsse auf eine bestimmte Problematik gezogen werden.
Die Punktwerte für jede einzelne Skala erhält man durch Addieren der Punktzahlen derjenigen Items, die jeweils der betreffenden Skala angehören. Die Rohwerte werden, getrennt für weibliche und männliche Probanden, in ein doppelseitiges Auswertungsblatt eingetragen und – nach Ermittlung der zugehörigen Normwerte – in Form eines Profils graphisch veranschaulicht. Bei Bedarf stellen die Autoren für größere Stichproben ein Programm zur elektronischen Auswertung zur Verfügung.Für die Interpretation der Befunde werden Interpretationshilfen, insbesondere durch ein ausführliches Fallbeispiel, gegeben.

6.2 Zeit: Keine Angaben.

7. Gütekriterien

7.1 Objektivität: Es liegt vollständige Durchführungs- und Auswertungsobjektivität vor.

7.2 Reliabilität: Es wurden aufgrund von neun verschiedenartigen Patienten-Stichproben ($22 \leq N \leq 100$) Test-Retest-Reliabilitäten ermittelt. Die Zeiträume zwischen der ersten und zweiten Testung waren sehr unterschiedlich (maximal bis zu vier Jahren). Über alle fünf Skalen hinweg ergaben sich mittlere Korrelationen von 0,43 bis 0,71. Für die Skala „Beschwerdedruck" wurden je nach Stichprobe Koeffizienten von 0,61 bis 0,93 erzielt. Die Split-Half-Reliabilitäten (odd-even) – berechnet für die Patienten- und für die Eichstichprobe (s. u.) – betrugen für die ersten vier Skalen 0,61 bis 0,73, für die Skala „Beschwerdedruck" 0,85 und 0,84.
Da der Beschwerdebogen auch zur Messung von *Veränderungen* konzipiert worden war, untersuchten die Autoren im Rahmen der Reliabilitätüberprüfung ebenfalls die Veränderung von Körperbeschwerden bei einigen ausgewählten klinischen Gruppen. Es ergab sich hierbei u. a., daß psychosomatische Patienten, die vor und nach einem Kuraufenthalt mit dem GBB getestet wurden, bei der Entlassung erwartungsgemäß einen bedeutsamen Rückgang fast aller in den Skalen ausgedrückten Beschwerden aufwiesen. Ähnliche Effekte zeigten sich bei Herzpatienten vor und nach einer Operation am offenen Herzen.

7.3 Validität: Es wurden Art und Ausmaß der Körperbeschwerden von fünf klinischen Gruppen (Ulkus-, Herzkatheter- und Rheumaptienten sowie Herzneurotiker und Studenten in psychotherapeutischer Beratung) festgestellt. Hierbei ergaben sich je nach Stichprobe umgrenzte Beschwerdebilder, die im Sinne der Erwartung ausfielen und so nach Meinung der Autoren den Validitätsanspruch des GBB unterstützen. Gleichzeitig wurden zum Zwecke einer Extremgruppenvalidierung die erhobenen Werte mit denen aus der Eichstichprobe verglichen. In der Mehrzahl aller Fälle gab es hochsignifikante Mittelwertsunterschiede zugunsten der jeweiligen Patientenstichprobe. Es wurden außerdem punktbiseriale Korrelationen zwischen der Stichprobenzugehörigkeit und derjenigen Skala berechnet, die in der betreffenden Gruppe am auffälligsten war. Folgende Koeffizienten stellten sich ein: Korrelation „Magenbeschwerden"/Zugehörigkeit zur Ulkus-Patientengruppe: r = 0,49 (N = 76, Männer); Korrelation „Herzbeschwerden"/Zugehörigkeit zur Gruppe der Herzpatienten: r = 0,54 (N = 48, Männer); Korrelation „Erschöpfung"/Zugehörigkeit zur Gruppe der männlichen Studenten: r = 0,43 (N = 592); Korrelation „Erschöpfung"/Zugehörigkeit zur Gruppe der weiblichen Studenten: r = 0,40 (N = 498).

7.4 Normen: Anhand der Eichstichprobe, die eine repräsentative Stichprobe der Bevölkerung der Bundesrepublik Deutschland darstellte (N = 1601; 18–60 Jahre), und anhand einer Patientenstichprobe, die das Klientel der psychosomatisch-psychotherapeutischen Ambulanz der Universität Gießen bildete (N = 4076; 16–75 Jahre), wurden die Normwerte erstellt.
Getrennt nach Geschlecht und Altersgruppe liegen für jede Skala und jeden Rohwert tabelliert zwei Prozentrangwerte vor, die sich auf die Eich- und auf die Patientenstichprobe beziehen. Hinsichtlich dieser beiden Personengruppen läßt sich außerdem auf dem Auswertungsblatt für jeden Skalenrohwert das zugehörige Quartil ablesen, wiederum getrennt nach Geschlechtszugehörigkeit und Altersgruppen.

8. Literatur

BRÄHLER, E. (1978). *Der Gießener Beschwerdebogen (GBB).* Gießen: Universität (Habil.-Schrift).

BRÄHLER, E., SURREY, H.W. & SCHEER, J.W. (1983). *Der Gießener Beschwerdebogen (GBB) – Tabellenband.* Gießen: Institut für Medizinische Psychologie der Universität.

NEERAL, T., MEYER, A. & BRÄHLER, E. (1983). Zur Anwendung des GT-Paartests in der Familiendiagnostik. *Praxis der Kinderpsychologie und Kinderpsychiatrie, 32,* 278–285.

Gießener Beschwerdebogen für Kinder und Jugendliche (GBB-KJ)

E. Brähler
Bern: Huber, 1992

---

1. Testart Klinischer Test

2. Testmaterial Handanweisung (20 Seiten), Fragebogen mit Auswertungsanhang; *zusätzlich:* Schreibgerät.

3. Testgliederung Der GBB-KJ besteht aus fünf Beschwerdenkomplexen mit insgesamt 59 Items:

- Skala 1 Erschöpfung
- Skala 2 Magensymptomatik
- Skala 3 Gliederschmerzen
- Skala 4 Kreislaufsymptomatik
- Skala 5 Erkältungssymptomatik

Die Summe der 5 Skalen ergibt den „Beschwerdedruck" (Skala 6).

4. Grundkonzept Der GBB-KJ wurde aus dem Gießener Beschwerde-Fragebogen (GBB) entwickelt, der seit 1978 verfügbar ist (Brähler & Möhring, 1978). Er stellt ein Verfahren dar, das die subjektiven körperlichen Beschwerden, wie sie aus dem Problemfeldern der Kinder- und Jugendpsychosomatik bekannt sind, standardisiert erfaßt. Während die bisher vorliegenden Beschwerdenfragebogen bei Kindern und Jugendlichen meist in der „Fremdbildform" vorliegen, trägt der GBB-KJ der Erkenntnis Rechnung, daß das Vorliegen subjektiver Beschwerden nicht unbedingt immer korreliert mit dem Vorliegen objektivierbarer Körperstörungen. Es ist erforderlich, sowohl die subjektive wie auch die objektive Ebene gleichermaßen einzubeziehen.

5. Durchführung **5.1 Alter:** 9–15 Jahre.

5.2 Formen: Einzel- und Gruppentest; zusätzlich liegt eine „Fremdbildform" vor, für die jedoch keine Normierung vorliegt. Computergestützte Fassung im Hogrefe-Testsystem KIDIS.

5.3 Handhabung: Der Fragebogen wird entsprechend der Anweisung am Anfang des Testbogens mit Hilfe der fünfstufigen Skalierung (nie (0), selten (1), manchmal (2), oft (3), dauernd (4)) beantwortet.

5.4 Zeit: 10–15 Minuten.

6. Auswertung **6.1 Modus:** Die Auswertung ist sowohl auf der Ebene einzelner Items („Leitbeschwerden") als auch auf Skalenebene („Beschwerdenprofil") möglich und sinnvoll. Die Skalenwerte ergeben sich durch Addition der Punktwerte der Antworten. Sie sind anhand von Prozenträngen für Kinder und Jugendliche im Alter von 9–15 Jahren transformierbar.

6.2 Zeit: Unter 5 Minuten.

7. Gütekriterien

7.1 Objektivität: Nach Angaben des Autors weitgehend objektiv in bezug auf Durchführung und Auswertung.

7.2 Reliabilität: Die Reliabilitätsuntersuchungen an einer Stichprobe N = 1047 nach der Methode der internen Konsistenz und der Split-Half-Methode ergaben Koeffizienten zwischen r = 0,74 und r = 0,90 bzw. r = 0,51 und r = 0,81.

7.3 Validität: Inhaltliche Validität gesichert; darüber hinaus berichtet der Autor von Hinweisen auf eine differentielle Validität.

7.4 Normen: Es liegen Normen für normalgesunde Kinder und Jugendliche (Prozentränge) für die Altersgruppen 9 bis 11 Jahre, 12 bis 13 Jahre und 14 bis 15 Jahre, getrennt nach Geschlecht, vor.

8. Literatur

BRÄHLER, E. (1978). *Der Gießener Beschwerdebogen (GBB).* Habilitationsschrift, Univ. Gießen.

BRÄHLER, E., ERNST, R., HETTICH, W., KLEIN, H. & OTTEN, A. (1986). Körperbeschwerden von Kindern im Alter von 8–15 Jahren. In E. BRÄHLER (Hrsg.), *Körpererleben – ein subjektiver Ausdruck von Leib und Seele.* Berlin: Springer.

BRÄHLER, E. & MÖHRING, P. (1986). Der Körper im Beschwerdebild – Erfahrungen mit dem Gießener Beschwerdebogen. In E. BRÄHLER (Hrsg.), *Körpererleben – ein subjektiver Ausdruck von Leib und Seele.* Berlin: Springer.

KUPFER, J., FELDER, H. & BRÄHLER, E. (1991). Zur Genese geschlechsspezifischer Somatisierung. In E. BRÄHLER & H. FELDER (Hrsg.), *Männlichkeit, Weiblichkeit und Gesundheit.* Opladen: Westdeutscher Verlag.

Hamburger Schmerz-Adjektiv-Liste (HSAL)

F. Hoppe

Weinheim: Beltz, 1991

---

1. Testart

Klinischer Test

2. Testmaterial

Manual (107 Seiten), Protokollbogen, 4 Auswertungsschablonen; *zusätzlich:* Schreibgerät.

3. Testgliederung

Die HSAL besteht aus einer Liste von 37 Adjektiven, die sich in 4 Primär- und 3 Zusatzskalen zusammenfassen lassen: Schmerzleiden (12 Items), Schmerzangst (9 Items), Schmerzschärfe (9 Items), Schmerzrhythmik (7 Items); die Zusammenfassung der ersten beiden Skalen ergibt die erste Sekundärskala (Affektiv, 21 Items), die der beiden zweiten Skalen die zweite Sekundärskala (Sensorisch, 16 Items). Diese beiden Skalen können zur Gesamtskala zusammengefaßt werden.

4. Grundkonzept

Der Test wurde zum Zweck der mehrdimensionalen Erfassung des Schmerz*erlebens* erwachsener Personen entwickelt. Dabei bleibt das Schmerz*verhalten* unberücksichtigt.

Zwei Skalen beschäftigen sich mit der affektiven, zwei mit der sensorischen Komponente des Schmerzes. Folgende Zielsetzungen bzw. Anwendungsbereiche können im Hinblick auf die Anwendung unterschieden werden:

- mehrdimensionale Erfassung des gegenwärtigen Schmerzzustandes
- mehrdimensionale Erfassung des Schmerzverlaufs über ein Zeitintervall ohne Behandlung
- mehrdimensionale Erfassung des Schmerzverlaufs über ein Zeitintervall mit Behandlung.

5. Durchführung

5.1 Alter: 18–70 Jahre.

5.2 Formen: Einzel- und Gruppentest, keine Parallelform. Computergestützte Fassung im Hogrefe-Testsystem CORA.

5.3 Handhabung: Die Anleitung befindet sich auf dem Testbogen. Dennoch sollte wegen eventueller Rückfragen ein Testleiter anwesend sein. Es muß gesichert sein, daß die deutsche Sprache von Probanden ausreichend beherrscht wird. Auf einer siebenstufigen Skala schätzt er seine Schmerzen mittels verschiedener Adjektive ein: von „stimmt gar nicht" bis „stimmt völlig".

5.4 Zeit: Keine Zeitbegrenzung, ca. 5–10 Minuten.

6. Auswertung

6.1 Modus: Die Auswertung erfolgt per Schablone. Für die 4 Primärskalen wird über die zugehörigen Items der Summenwert gebildet. Die Werte der 3 Zusatzskalen ergeben sich durch Addition der Skalenwerte der Primärskalen. Durch lineare Transformation lassen sich die Werte der verschiedenen Skalen vergleichbar machen.

6.2 Zeit: Keine Angaben.

7. Gütekriterien

7.1 Objektivität: Durchführungs- und Auswertungsobjektivität können als gegeben angesehen werden.

7.2 Reliabilität: Die Retest-Reliabilitäten aller HSAL-Skalen liegen um 0,8 (N = 50–170, Intervall: 2–4 Wochen). Die innere Konsistenz (r = 0,80 bis 0,90) weist insbesondere die affektiven Skalen als homogen aus.

7.3 Validität: Interkorrelationen der HSAL-Skalen ergeben Werte zwischen 0,32 und 0,84 je nach Stichprobe. Dabei korrelieren sinnvollerweise die Skalenbereiche des affektiven und sensorischen Schmerzerlebens durchweg weniger hoch miteinander als die Skalen innerhalb eines Bereichs.

7.4 Normen: Aus verschiedenen Gründen wurde auf die Erstellung von Normen verzichtet. Ein wesentlicher Grund besteht darin, daß die HSAL vornehmlich der Prozeßdiagnostik (Veränderungsmessung) und weniger der Statusdiagnostik dienen soll.

Hamburger Zwangsinventar (HZI)

W. Zaworka, I. Hand, G. Sauernig und K. Lünenschloss
Weinheim: Beltz, 1983

---

1. Testart Persönlichkeitsstruktur-Test, Klinischer Test

2. Testmaterial Handanweisung (DIN A4, 40 Seiten), Fragebogen, Auswertungsschablonen, Auswertungsbogen; *zusätzlich:* Schreibwerkzeug.

3. Testgliederung Es handelt sich um ein Verfahren mit fünf Skalen, deren Items in je vier Schwierigkeitsgrade (Schweregrade der Störungen) eingeteilt sind, sowie von vier Prüfskalen, die über alle Items jeder Schwierigkeitsstufe gebildet werden. Die fünf Skalen sind:

Skala A: kontrollieren, wiederholen, denken nach einer Handlung (36 Items)
Skala B: waschen, reinigen (36 Items)
Skala C: ordnen (36 Items)
Skala D: zählen, berühren, sprechen (28 Items)
Skala E: denken von Worten, Bildern, Gedankenketten, Gedanken vor einer Handlung (36 Items)
Skala F: Gedanken, sich selbst oder anderen ein Leid zuzufügen (16 Items)

Schematische Übersicht über formalen Aufbau und Itemaufteilung auf die fünf Skalen und Schwierigkeitsgrade

	Skala A	Skala B	Skala C	Skala D	Skala E	Skala F	Prüfskala
Stufe 1	9	9	9	7	9	4	47
Stufe 2	9	9	9	7	9	4	47
Stufe 3	9	9	9	7	9	4	47
Stufe 4	9	9	9	7	9	4	47
	36	36	36	28	36	16	188

4. Grundkonzept Das HZI erfaßt als Selbstratingverfahren die verbreitetsten Denk- und Handlungszwänge. Es bildet das Kontinuum von mehr oder weniger verbreiteten Alltagsgewohnheiten und -gedanken bis hin zu schwerer Behinderung des Alltagslebens durch Denk- und Handlungszwänge ab, was über 188 vorformulierte Denk- und Handlungsbeispiele geschieht, auf die der Proband mit „ja" oder „nein" reagiert.

Die Items repräsentieren sechs voneinander unabhängige Faktoren des Zwangsverhaltens und innerhalb eines jeden vier Schweregradstufen der

Gestörtheit. Durch eine zweite Auswertung aller Items können Prüfskalen gebildet werden, mit deren Hilfe Tendenzen in Richtung auf zu hohe oder zu niedrige Ratings, d. h. also auf eventuell gewollte Verfälschungsversuche, erkannt werden können.

Die Autoren geben fünf Indikationen der Anwendung an:

1. Differenzierungen zwischen ‚Zwanghaftigkeit' im Sinne normangepaßter, leistungsorientierter und kulturell geförderter Denk- und Handlungszwänge gegen Zwänge bei psychischen und (hirn-)organischen Störungen ...
2. Untersuchungen der Spezifität bestimmter Faktoren der Zwangssymptomatik für bestimmte Untergruppen neurotischer, psychotischer oder hirnorganischer Erkrankungen.
3. Überprüfung von Konstrukten und Hypothesen der Psychopathologie und Psychoanalyse ...
4. Untersuchung differentieller Therapieeffekte ...
5. Entwicklung eines experimentellen, multisymptomatischen Neurosen- und Motivationsmodelles, das therapie„schulen"unabhängig ist ... (S. 5).

Die Autoren führen jedoch auch Kontraindikationen für eine Anwendung ihres Verfahrens an: Bei Personen mit tiefer endogener oder neurotischer Depression sowie solchen mit ausgeprägten Kontrollzwängen sollte das HZI zumindest nicht als Selbstratingverfahren oder unbeaufsichtigt angewandt werden. Hier wäre es vorzuziehen, das Verfahren als Interview zu geben.

5. Durchführung

5.1 Alter: Keine Angaben, Erwachsene.

5.2 Formen: Der Test kann sowohl als Einzeltest als auch als Gruppentest durchgeführt werden. Es existiert keine Parallelform. Computergestützte Fassung im Hogrefe-Testsystem CORA.

5.3 Handhabung: Da die Testinstruktion auf der ersten Seite des Fragebogens abgedruckt ist, erübrigt sich eine mündliche Einführung durch den Versuchsleiter. Die Versuchsperson kreuzt bei jedem Statement an, ob es für sie zutrifft oder nicht. Eine Zeitbegrenzung ist nicht vorgegeben.

6. Auswertung

6.1 Modus: Die Auswertung erfolgt durch Auszählung der „Stimmt"-Antworten mit Hilfe der zwei Schablonen, die entsprechend der jeweiligen Markierung auf das Testheft aufgelegt werden. Auf dem Auswertungsbogen wird dann für jede positive Antwort ein Strich in dem entsprechenden Kästchen eingetragen. Man erhält so 24 Rohwerte:

- durch Addition der vier Rohwerte jeder Skala ergibt sich der Skalenrohwert;
- durch Addition der sechs Skalenrohwerte ergibt sich der Gesamtrohwert des HZI und
- durch Addition der jeweils sechs Rohwerte gleichen Schweregrades ergeben sich die vier Prüfskalenrohwerte.

6.2 Zeit: Keine Angaben.

7. Gütekriterien

7.1 Objektivität: Die einfache Durchführung und Auswertung des Fragebogens garantiert eine ausreichend hohe Durchführungs- und Auswertungsobjektivität.

Reliabilität (Test-Retest); Zeitintervall: 2 Wochen (N = 75 Zwangsneurotiker)

	Skala A	Skala B	Skala C	Skala D	Skala E	Skala F	Gesamttestwert
Stufe 1	0,77	0,84	0,77	0,78	0,79	0,85	
Stufe 2	0,83	0,90	0,87	0,87	0,77	0,62	
Stufe 3	0,84	0,91	0,90	0,89	0,77	0,70	
Stufe 4	0,84	0,95	0,79	0,91	0,80	0,78	
Gesamtskalenwert	0,88	0,96	0,94	0,95	0,86	0,78	0,93

7.2 Reliabilität: Die Reliabilität des Tests wurde über Retestreliabilitätsschätzung überprüft. Es ergab sich folgender Wert für den Gesamttest: r_{tt} = 0,93. Die Koeffizienten für die einzelnen Skalen sind:

7.3 Validität:

Inhaltsvalidität:
Die Autoren äußern, daß durch die Gewinnung der Items an einer Patientenpopulation und zweimaliger Selektion jedes einzelnen Items durch Expertenratings von einem so hohen Maß an inhaltlicher Validität ausgegangen werden kann, daß die empirische Validitätsprüfung, die sie auch durchführten, von geringer Aussagekraft sei.

Interkorrelationen:
Die mittlere Interkorrelation der Skalen liegt bei einer Gruppe von (N = 121) Zwangsneurotikern bei r = 0,35 und einer Gruppe von (N = 120) Normalpersonen bei r = 0,31, wobei die Korrelationsmuster bei beiden Gruppen ähnlich sind: Die ausschließlich handlungsbezogenen Skalen B und C korrelieren mit den eher gedankenbezogenen Skalen E und F nur gering, wohingegen verwandte Skalen höhere Korrelationen zeigen.

Kriteriumsvalidität:
Es wurde berechnet, inwieweit die Skalen mit dem subjektiven Gestörtheitsempfinden (ZAWORKA & HAND, 1980) eines jeden Patienten in Bezug steht: Sämtliche Koeffizienten sind größer als 0,50 und signifikant. Für den Gesamttestwert ergab sich ein Koeffizient von r = 0,56.
Weitere Validitätsbestimmungen wurden durch Korrelationen des HZI mit validitätsdivergenten Skalen aus dem Extraversion-Neurotizismus-Konzept

Zusammensetzung der Stichprobe (Gesamt-N = 216)

Diagnose*	Z		A		G		D	
Geschlecht	m	w	m	w	m	w	m	w
ambulant	24	27	3	24	13	10	2	3
stationär	32	48	2	5	6	2	6	19
N	121		34		31		30	

*Z = Zwangsneurotiker
A = Agoraphobiker
G = Gehemmt-neurotische Entwicklung
D = Depressiv-neurotische Entwicklung

und Skalen zur Erfassung anderer klinischer Symptombereiche durchgeführt. Sie zeigten die weitgehende Unabhängigkeit der HZI-Skalen von Skalen zur Erfassung der allgemeinen psychischen Labilität oder neurotischer Tendenzen. Des weiteren konnte die Unabhängigkeit der Testwerte vom Lebensalter und der Symptomdauer nachgewiesen werden.
Ein Gruppenvergleich Zwangsneurotiker – Normalpersonen per Varianzanalyse erbrachte hochsignifikante Gruppenunterschiede, wobei die Neurotiker erwartungsgemäß die höheren Werte hatten.
In einem letzten Validierungsschritt wurde eine Korrelation zwischen den HZI-Skalen und vier nach der ICD-Klassifikation eingeteilten klinischen Diagnosegruppen durchgeführt (vgl. Tabelle).
Alle sechs HZI-Skalen sowie der Gesamttestwert weisen signifikante Unterschiede zwischen den Diagnosegruppen auf.

7.4 Normen: Die Rohwerte der sechs HZI-Skalen, der Gesamtskala und der vier Prüfskalen lassen sich mit Hilfe von Normentabellen in Stanine-Werte umwandeln, die sich auf eine Eichstichprobe von (N = 121) zwangsneurotischen Patienten bezieht. Pro Skala sind drei Normbezugspunkte angegeben: Mittelwert 1 (Stanine 5) wurde aus den Testwerten aller Zwangsneurotiker der Eichstichprobe gewonnen, Mittelwert 2 (Extrembereich) aus den Werten schwergestörter Patienten des jeweiligen Zwangsbereichs, die sich auf der 99 mm-Skala (siehe 7.3) als schwer gestört eingeschätzt hatten, Mittelwert 3 (Normalbereich) wurde aus den Werten der getesteten Normalbevölkerung (N = 120) gewonnen.

8. Literatur

ZAWORKA, W. & HAND, I. (1980). Phänomenologie (Dimensionalität) der Zwangssymptomatik. *Archiv für Psychiatrie und Nervenkrankheit, 228,* 257–273.

2.3.1

Inventar zur Selbstkommunikation für Erwachsene (ISE)

S. TÖNNIES

Weinheim: Beltz, 1982

---

1. Testart

Klinischer Test

2. Testmaterial

Handanweisung (DIN A4, 23 Seiten), Testbogen (DIN A4, 2 Seiten), Auswertungsschablone; *zusätzlich:* Schreibgerät.

3. Testgliederung

Das ISE besteht aus 38 Items, die 6 verschiedenen Skalen zugeordnet sind. Von den 6 Skalen sind drei der positiven Selbstkommunikation (ISE 1: Selbstzufriedenheit (7 Items), ISE 3: Selbstermutigung (6 Items), ISE 5: Psychische Befindlichkeit positiv (7 Items)) und drei der negativen Selbstkommunikation (ISE 2: Selbstunzufriedenheit (8 Items), ISE 4: Selbstentmutigung (4 Items), ISE 6: Psychische Befindlichkeit negativ (6 Items)) zugehörig. Darüber hinaus existieren die Zusatzskalen ISE P: Positive Selbstkommunikation (20 Items), ISE N: Negative Selbstkommunikation (18 Items), ISE T: Totale Selbstkommunikation (38 Items), die aus allen Items bzw. aus Teilgruppen des ISE gebildet werden.

4. Grundkonzept

Das ISE wurde zur empirischen Erfassung der für das psychotherapeutische Geschehen wesentlichen Selbstkommunikation konstruiert. Selbstkommunikation wird dabei als die Art und Weise verstanden, wie Menschen sich selbst ansprechen und im Selbstgespräch behandeln. Es wird angenommen, daß Art und Ausmaß der intrapersonalen Kommunikation (= Selbstkommunikation) bedeutsam mit psychischen Beeinträchtigungen zusammenhängen und daß sie sich mit der Besserung der seelischen Funktionsfähigkeit ändern.

Seit 1986 existiert das Zusatzinventar ISE-Z.

5. Durchführung

5.1 Alter: Erwachsene (18–70 Jahre).

5.2 Formen: Gruppen- und Einzeltest. Keine Parallelform.

5.3 Handhabung: Der Testbogen enthält auf der Vorderseite eine generelle Instruktion und ein Beispiel, das demonstriert, wie die einzelnen Items (mit je vier Beantwortungsstufen: nie, selten, öfter, häufig) zu beantworten sind. Der Test ist ein Papier-Bleistift-Test.

5.4 Zeit: Zur Testdauer werden keine Angaben gemacht.

6. Auswertung

6.1 Modus: Der Test wird mit Hilfe einer Transparentschablone ausgewertet. Auf ihr sind die Skalenzugehörigkeit des jeweiligen Items sowie die Scorung aufgedruckt. Gesonderte Interpretationshinweise sind aus dem Testmanual zu erschließen.

6.2 Zeit: Zeitangaben zur Auswertung liegen nicht vor. Die Auswertung dürfte aber nicht länger als fünf Minuten dauern.

7. Gütekriterien

7.1 Objektivität: Das ISE ist hinsichtlich Durchführung und Auswertung objektiv.

7.2 Reliabilität: Für jedes Item liegen Schwierigkeits- und Trennschärfeindizes (bezogen auf die Referenzskala) vor. Da die Beantwortung vierstufig ist, kann eine Angabe eines Schwierigkeitsindex nur dann sinnvoll sein, wenn eine Dichotomisierung der Itembeantwortung stattfand. Entsprechende Angaben fehlen.
Die durchschnittlichen Schwierigkeits- und Trennschärfeindizes (Produkt-Moment-Korrelation, part-whole-korrigiert) betragen (Basis: Analysenstichprobe N = 460):

ISE-Skalen	1	2	3	4	5	6
mittl. Trennschärfe	0,58	0,41	0,47	0,64	0,62	0,58
mittl. Schwierigkeit	0,52	0,34	0,57	0,30	0,40	0,39

Die Reliabilitätsprüfungen wurden aufgrund verschiedener methodischer Zugänge durchgeführt (HOYT, Kuder-Richardson-8, Split-Half (Guttman)). Angaben liegen für die Geschlechter getrennt im Rahmen der Analysenstichprobe vor sowie für drei andere Stichproben: Studenten (N = 128), Soldaten (N = 55) und Krankenschwestern (N = 97). Nachfolgend sind die jeweils niedrigsten und höchsten Werte pro Skala (aufgrund KR-8) mitgeteilt:

ISE-Skalen	1	2	3	4	5	6
niedrigster Wert	0,78	0,68	0,70	0,79	0,79	0,71
höchster Wert	0,84	0,80	0,77	0,81	0,86	0,86

Die Retest-Reliabilität für die Skalen des ISE liegt bei $0{,}74 \leq r_{tt}$ 0,89 (N = 37 Lehrer; Zeitintervall 4–5 Wochen).
Die einzelnen Skalen des ISE sind statistisch nicht unabhängig voneinander. Die Skalen der negativen Selbstkommunikation interkorrelieren, genau wie die der positiven Selbstkommunikation, erwartungsgemäß hoch untereinander ($0{,}52 \leq r_{tc} \leq 0{,}69$).

7.3 Validität: Die Validität ist durch eine Faktorenanalyse auf Item- und Skalenebene, durch Übereinstimmungsüberprüfungen mit Statusmerkmalen sowie aufgrund von Mittelwertsunterschieden verschiedener Teilgruppen (mit und ohne Therapiemaßnahmen) und durch diskriminanzanalytische Untersuchungen nachgewiesen.
Die Faktorisierung der Items erbrachte zwei Faktoren: Auf dem ersten Faktor (19,5% der totalen Varianz) laden die Items der positiven Selbstkommunikation substantiell, auf dem zweiten Faktor (17,4%) laden die Items der negativen Selbstkommunikation.
Bedeutsame Zusammenhänge bestehen zwischen der negativen Selbst-

kommunikation und Skalen des FPI (Nervosität (0,53), Depressivität (0,63), Erregbarkeit (0,43), Gehemmtheit (0,48), Emotionale Labilität (0,59)).
Weniger bedeutsame Korrelationen wurden mit einer Übersetzung des POI gefunden (r_{tc} = –0,48 mit negativer Selbstkommunikation), der geringe Selbstachtung mißt.
Eine gemeinsame Faktorenanalyse der Skalenwerte der FPI und der des ISE erbrachte eine 6-Faktoren-Lösung, wobei die Skalen der negativen Selbstkommunikation (zusammen mit den FPI-Skalen Nervosität, Depressivität und Gehemmtheit) auf dem ersten Faktor (20,9% der totalen Varianz) und die Skalen der positiven Selbstkommunikation auf dem zweiten Faktor (14,9%) laden.
Die Statusvalidierung zeigte bei mehreren Skalen eine Abhängigkeit von Alter, Geschlecht sowie Einkommen der Probanden, Unabhängigkeit dagegen von der Schulbildung.
Die Mittelwertsüberprüfungen führten zu Unterschieden zwischen Gesunden (N = 50), Psychosomatikern (N = 49) und Psychoneurotikern (N = 49) in der Mehrheit der Skalen. Ebenso wurden Unterschiede aufgrund therapeutischer Einflußnahme vorgefunden.
Mit Hilfe der Diskriminanzanalyse konnten bis zu 88% der Personen richtig zugeordnet werden; die Falsch-Zuordnung betrug bis zu 22,7%.

7.4 Normen: Normen werden nicht angegeben. Statt dessen werden die Rohwerte jeder Skala durch die Anzahl der Items der Skala dividiert (= Mittelwert). Der Mittelwert dient als Ausgangspunkt für einen weiteren Vergleich mit einer Gruppe (s. Manual) oder für eine Wiederholungstestung.

8. Literatur

TÖNNIES, S. & TAUSCH, R. (1981). Inventar zur Selbstkommunikation für Erwachsene (ISE). *Ztschr. f. Klin. Psychol., 10,* 51–63.

Kieler Änderungssensitive Symptomliste (KASSL)

M. Zielke

Weinheim: Beltz, 1979

---

1. Testart Klinischer Test

2. Testmaterial Manual, Symptomliste, Auswertungsblatt, 6 Schablonen; *zusätzlich:* Bleistift.

3. Testgliederung Die Liste besteht aus 50 Items, die 7 Skalen zugeordnet sind:

- Symptombelastung (Sb)
- Soziale Kontaktstörungen (Sk)
- Verhaltensstörungen (Ve)
- Berufsschwierigkeiten (Be)
- Konzentrations- und Leistungsstörungen (KL)
- Skala C_2 (Sensitivität)
- Skala C_5 (Insensitivität)

Dabei ist zu beachten, daß die Skala Sb den Gesamtwert der vier folgenden Skalen bildet.

4. Grundkonzept Die Symptomliste dient dazu, die notwendige Voraussetzung für eine Therapie zu schaffen, nämlich die Diagnose. Diagnose und Therapie werden häufig getrennt betrachtet. Das eine ist aber nach Meinung des Testautors Voraussetzung für das andere. Daher die Entwicklung der KASSL.

5. Durchführung **5.1 Alter:** 16–65 Jahre.

5.2 Formen: Gruppen- und Einzeltest, eine Form. Computergestützte Fassung im Hogrefe-Testsystem CORA.

5.3 Handhabung: Nach Anweisung der Probanden werden die Testformulare selbständig ausgefüllt. Die Probanden kreuzen diejenigen Beschwerden und Probleme an, die für sie momentan zutreffen.

5.4 Zeit: Keine Angaben.

6. Auswertung **6.1 Modus:** Die Auswertung erfolgt in zwei getrennten Auswertungsschritten, die zwei verschiedene Auswertungsprozeduren erfordern. Es handelt sich um die Auswertung zur *Statusdiagnostik* und die zur *Veränderungsdiagnostik.*

Statusdiagnostik:
Mit Hilfe der sechs Schablonen werden die relevanten Items den entsprechenden Skalen zugeordnet. Jedes angekreuzte Item erhält einen Rohpunktwert von 1. Die Rohwerte werden zum Gesamtrohwert addiert. Die

Summe der Rohwerte der ersten vier Skalen ergibt den Rohwert für die Skala „Symptombelastung".
Die Rohwerte werden nun mit Hilfe der Tabellen im Manual in Normwerte transponiert. Die Tabellen sind nach Alter und Geschlecht differenziert.

Veränderungsdiagnostik:
(Wichtig im Rahmen von Therapien zur Feststellung u. a. von Therapieerfolg). Hierzu müssen Werte einer zweiten KASSL-Untersuchung vorliegen. Anhand von auf dem Auswertungsblatt angegebenen Rechenoperationen können Änderungen festgestellt werden. Dabei werden berücksichtigt: Zeitpunkt der Erhebung, Methode und Dauer der Therapie etc.
Die Berechnung der Veränderung erfolgt mit Standard-T-Werten

6.2 Zeit: Keine Angaben.

7. Gütekriterien

7.1 Objektivität: Der Test kann von Durchführung und Auswertung her als objektiv angesehen werden.

7.2 Reliabilität: Verschiedene Methoden zur Bestimmung der Reliabilität ergaben für alle Skalen relativ hohe Koeffizienten zwischen 0,68 und 0,89.

7.3 Validität: Neben anderen (mehr verfahrensspezifischen) Untersuchungsmethoden zur Feststellung der Validität wurde eine Korrelation mit anderen klinischen Meßverfahren durchgeführt (MMPI, ENNR, LPS). Die ermittelten Werte liegen im großen und ganzen im mittleren Bereich (0,40 bis 0,60).

7.4 Normen: Für die einzelnen Skalen liegen Normen vor, die nach Alter und Geschlecht differenziert sind. Die Größe der Eichstichprobe schwankt zwischen 76 und 299.

8. Literatur

ZIELKE, M. (1979). Entwicklung der Kieler Änderungssensitiven Symptomliste (KASSL). *Diagnostica, 25,* 78–97.

Kurz-Skala Stimmung/Aktivierung (KUSTA)

U. Binz und G. Wendt

Weinheim: Beltz, 1986[2]

---

1. Testart Klinischer Test

2. Testmaterial Manual (DIN A4, 28 Seiten), 31 Selbstbeurteilungs-Bogen; *zusätzlich:* Bleistift.

3. Testgliederung Die KUSTA ist ein Befindlichkeitstest für depressive Patienten, bestehend aus 10 Fragen, die an jedem Abend beantwortet werden sollen, sowie Angaben zur Person. Es werden erfragt:

- die drei bipolaren Faktoren S (Stimmung), A (Aktivität) und E (Spannung/Entspannung) in jeweils 17-facher Abstufung;
- Ein Ereignis, welches den Patienten am ausgelaufenen Tag bewegt hat;
- Qualität und Ausprägung der am jeweiligen Tag erlebten Gefühle (Freude, Angst, Wut, Verletztheit/Enttäuschung, 17-stufig);
- sowie die Schlafqualität (vierstufig).

4. Grundkonzept Die KUSTA ist eine Weiterentwicklung der Befindlichkeitsskala ASTA. Zielsetzung der Konstruktion beider Skalen war, ein Instrument vorzulegen, das von den Patienten aufgrund seiner leichten Verständlichkeit und geringen Zeitbeanspruchung beim Ausfüllen zur täglichen Benutzung akzeptiert wird, so daß zeit- und arbeitsökonomische Vorteile gegenüber anderen Formen der Befindlichkeitserfassung, wie den Skalen B-L und Bf-S oder der HAMD resultieren. Als besondere Merkmale der KUSTA werden von den Autoren angeführt:

- Mittels graphischer Verlaufsanalyse der drei Faktoren S, A und E ist eine Möglichkeit zur klinischen Überprüfung der Wirkung von Antidepressiva und ihrer Wirkungsprofile gegeben;
- die Verlaufskurven dienen auch zur Überprüfung psychotherapeutischer Interventionen;
- ferner sehen die Autoren mit dem Einsatz der KUSTA Möglichkeiten zur Erfassung chronobiologischer Phänomene gegeben;
- als eine Besonderheit der Skala ist ein Indikator für die Suizidgefährdung aus dem Tagesbogen anzuführen (vgl. 7.3).

5. Durchführung **5.1 Alter:** Über das Alter der Probanden, für die der Fragebogen eingesetzt werden kann, werden keine Angaben gemacht.

Die KUSTA ist aufgrund ihrer leichten Verständlichkeit für einen weiten Personenkreis geeignet (auch Patienten mit niedrigem IQ und/oder motorischer Hemmung).

5.2 Formen: Es handelt sich um einen Einzeltest. Paralleltestformen existieren nicht. Das Manual wurde in drei, der Fragebogen in 20 Sprachen übersetzt.

5.3 Handhabung: Die Autoren empfehlen eine genaue mündliche Instruktion zum Ausfüllen des Papier- und Bleistifttests. Die Einhaltung der Instruktion soll zwei- bis dreimal überprüft werden.

5.4 Zeit: Über die Beantwortungszeit werden keine Angaben gemacht; sie dürfte jedoch bei höchstens fünf Minuten pro Abend liegen.

6. Auswertung

6.1 Modus: Die Tagesprotokollbogen sind für einen Belegleser mit angeschlossenem Rechner konzipiert. Über die Auswertungssoftware werden keine Angaben gemacht. Der Print-Out ist eine graphische Verlaufsdarstellung der drei Faktoren S, A und E. „Für die übrigen Daten erfolgen tabellarische und graphische Darstellungen mit dem Ausdruck der entsprechenden Korrelationen.

6.2 Zeit: Hierzu werden keine Angaben gemacht. Eine manuelle Auswertung, die BINZ und WENDT neben der conputergestützten „ohne Schwierigkeiten" für möglich halten, ist allerdings mit einem nicht unerheblichen Zeitaufwand verbunden.

7. Gütekriterien

7.1 Objektivität: Durchführungs- wie Auswertungsobjektivität können als gesichert gelten.

7.2 Reliabilität: Die gängigen Reliabilitätsüberprüfungen wie Paralleltest- oder Split-Half-Methode scheiden aufgrund der Kostruktionsmerkmale des Tests aus. Auch die Retest-Methode kann hier nicht zur Anwendung kommen, da die KUSTA gerade nicht „stabil", sondern sensibel auf Schwankungen über die Zeit reagieren soll. Daher wird auf eine quantitative Bestimmung dieser Werte verzichtet.
Dagegen könnten geeignete Methoden zur Überprüfung der „Sensibilität" der KUSTA, z. B. zur Testung der getreuen Abbildung therapeutischer Interventionen, als Gütekriterien für dieses Verlaufsanalyseverfahren dienen.

7.3 Validität: Die Übereinstimmungsvalidität der Skala S (Stimmung) wurde überprüft anhand des Vergleichs mit den Skalen Bf-S, B-L und HAMD. Eine Studie mit N = 13 Patienten erbrachte nach 28 Behandlungstagen mit einem Antidepressivum Korrelationskoeffizienten von –0,78 (mit Bf-S), –0,70 (mit HAMD) und –0,23 (mit B-L) (negative Vorzeichen wegen gegenläufiger Polung). Die Korrelationen der KUSTA S (Stimmung) und KUSTA A (Antrieb) mit den Vorläuferinnen ESTA S und ESTA A ergab nach ebenfalls vier Wochen Behandlungsdauer Koeffizienten zwischen 0,80 und 0,87 (N = 13).
Vorhersagevalidität: Die oben angesprochene Besonderheit der KUSTA, eine augenfällige Ablesbarkeit von Suizidgefährdung aus dem Tagesprofilbogen zu bieten, indem die drei Komponenten der Gefährdung: bedrückte Stimmung, hoher Aktivitätsgrad und innere Unruhe auf dem Bogen so angeordnet sind, daß aus der Spitze des Winkels der Grad der Gefährdung abgeschätzt werden kann, wird von den Autoren als „prädiktive Validität" bezeichnet. Dazu wird ein empirisches Fallbeispiel im Manual ausgeführt.

7.4 Normen: Keine Angaben.

8. Literatur

REVENSTORF, D. & KEESER, W. (1979). Zeitreihenanalyse von Therapieläufen – ein Überblick. In F. PETERMANN & F.-J. HEHL (Hrsg.), *Einzelfallanalyse* (S. 183–228). München: Urban & Schwarzenberg.

Kurzfragebogen für Alkoholgefährdete (KFA)

W. FEUERLEIN, H. KÜFNER, C.-M. HAF, CH. RINGER und K. ANTONS
Weinheim: Beltz, 1989

---

1. Testart

Klinischer Test

2. Testmaterial

Testbogen (eine Seite, DIN A4).

3. Testgliederung

Der KFA besteht aus 22 Items, die vier diagnostisch relevanten Bereichen entnommen sind:
1) Somatischer Bereich (4 Items)
2) Psychischer Bereich (6 Items)
3) Sozialer Bereich (5 Items)
4) Abhängiges Trinkverhalten (7 Items)

4. Grundkonzept

Der KFA ist ein Selbstbeurteilungsfragebogen, der zur Vereinfachung und Standardisierung der Diagnosestellung des Alkoholismus entwickelt wurde. Der Fragebogen hat den Charakter eines Screening-Tests. Das zugrundeliegende diagnostische Konzept ist ein pragmatischer Ansatz, der sowohl Phänomene des Abhängigkeitssyndroms (nach EDWARDS & GROSS, 1976) wie auch psychosoziale Folgeprobleme berücksichtigt. Bei der Itemauswahl wurden u. a. der „Michigan Alcoholism Screening Test" (MAST) und ein Fragebogen einer Alkoholfachklinik (Fachklinik Riggenhof) berücksichtigt.

5. Durchführung

5.1 Alter: ab 16 Jahren.

5.2 Form: Einzeltest, keine Parallelform. Computergestützte Fassung im Hogrefe-Testsystem CORA.

5.3 Handhabung: Der Fragebogen enthält eine Instruktion. Die einzelnen Items können alternativ (ja/nein) beantwortet werden.

5.4 Zeit: Zur Bearbeitungsdauer gibt es keine Vorschrift; 10 Minuten sollten ausreichend sein.

6. Auswertung

6.1 Modus: In den Testscore gehen alle mit „ja" beantworteten Fragen ein; bei 3, 7, 8 und 14 wird jedes „ja" mit 4 Punkten bewertet, bei den übrigen Fragen mit je einem Punkt. Der daraus errechnete Summenscore gilt als Indikator für Alkoholismus: bei 6 und mehr Punkten legt der Test die Diagnose „Alkoholismus" nahe.

6.2 Zeit: Ca. 2 Minuten Auswertungsdauer.

7. Gütekriterien

7.1 Objektivität: Der KFA ist in Durchführung, Auswertung und Interpretation objektiv.

7.2 Reliabilität: Für die einzelnen Items liegen statistische Kennwerte

(Schwierigkeit, Trennschärfe, Cronbachs Alpha ohne Berücksichtigung des jeweiligen Items) aus zwei Erhebungen vor.
Die Split-Half-Reliabilität liegt bei 0,94 (Männerstichprobe, N = 200) und 0,89 (Frauenstichprobe, N = 228); innere Konsistenz (Cronbachs Alpha): 0,88. Die Retest-Reliabilität wurde nicht bestimmt.

7.3 Validität: Bei der Frauenstichprobe diente als Validitätskriterium der „Münchner Alkoholismustest" (MALT). Die Korrelation zwischen MALT und KFA betrug r = 0,90. Der Zusammenhang von KFA und MALT-F, dem Fremdbeurteilungsteil, lag bei r = 0,76.
Nach Dichotomisierung der Summenscores an den festgesetzten Trennpunkten errechnete sich ein PHI-Koeffizient von 0,85 und – bei Berücksichtigung des MALT-Verdachtsbereichs – ein CRAMER's V von 0,86.
Der Validitätskoeffizient als Korrelation von klinischer Diagnose und KFA-Summenscore betrug 0,81 (Männerstichprobe). Die folgenden beiden Tabellen informieren über Ergebnisse zur Klassifikationsleistung des KFA (aus zwei getrennten Erhebungen an Männern und Frauen).

KFA Summen-score	Männer (N = 200)		Frauen (N = 228)	
	Alkoholiker	Nicht-Alkoholiker	Alkoholiker	Nicht-Alkoholiker
0 bis 5	9 4,5%	70 35,0%	5 2,2%	58 25,4%
6 und mehr	111 55,5%	10 5,0%	156 68,4%	9 4,0%
Validitäts-kriterium	klinische Diagnose		Münchner Alkoholismustest MALT	

(die Prozentzahlen beziehen sich jeweils auf die Teilstichprobe der Männer bzw. Frauen)

	Männer	Frauen
Fehlklassifikation	9,5%	6,1%
Spezifität	87,5%	86,6%
Sensitivität	92,5%	96,9%

2.3.1

7.4 Normen: Normen liegen nicht vor, sind auch für die Testinterpretation nicht notwendig.

8. Literatur

EDWARDS, G. & GROSS, M. (1976). Alcohol dependence: provisional description of a clinical syndrome. *Brit. Med. J.*, *1*, 1058–1061

KÜFNER, H. (1989). Diagnostik des Alkoholismus. In H. W. SCHIED, H. HEIMANNN & K. MAYER (Hrsg.), *Der chronische Alkoholismus* (S. 15–29). Stuttgart: G. Fischer.

PFEIFFER, W. (1989). *Therapiemotivation bei Alkoholabhängigen. Vorhersage und Modifikation.* Frankfurt a. M.: P. Lang.

SELZER, M. L. (1971). The Michigan Alcoholism Screening Test. *Amer. J. Psychiat.*, *127*, 1653–1658.

Marburger Verhaltensliste (MVL)

B. Ehlers, Th. Ehlers und H. Makus

Göttingen: Hogrefe, 1978

---

1. Testart Klinischer Test

2. Testmaterial Handanweisung, Befragungsbogen, Auswertungsschablonen; *zusätzlich:* Bleistift.

3. Testgliederung 80 Items (Fragen) verteilen sich auf 5 Subskalen:
- Emotionale Labilität (EL)
- Kontaktangst (KA)
- Unrealistisches Selbstkonzept (SK)
- Unangepaßtes Sozialverhalten (US)
- Instabiles Leistungsverhalten (IL).

4. Grundkonzept Die Marburger Verhaltensliste dient dazu, „die Therapiebedürftigkeit von Kindern auf der Verhaltensebene quantitativ abzuklären“; dies geschieht mit Hilfe der entsprechenden Angaben der Eltern. Der Test ist mit Absicht einer Befragung bzw. Behandlung der Kinder vorgeschaltet, da 6- bis 12jährige nicht durchweg in der Lage sind, über sich selbst zu reflektieren.

Die Items beziehen sich ausdrücklich auf das Verhalten, das der direkten Beobachtung am besten zugänglich ist; die Beurteiler werden auf Verhaltensänderungen seitens der Kinder sensibilisiert.

5. Durchführung **5.1 Alter:** Eltern von 6- bis 12jährigen Kindern.

5.2 Formen: Gruppen- und Einzeltest, eine Form. Computergestützte Fassung im Hogrefe-Testsystem KIDIS.

5.3 Handhabung: Der Beurteiler liest die Instruktionen durch; anhand von Beispielen wird die Vorgehensweise erläutert. Es soll eingeschätzt werden, an wie vielen Tagen innerhalb der letzten Woche bestimmte Verhaltensweisen eines Kindes zu beobachten waren. Abschließend soll der Befragte angeben, wer er war, gegebenenfalls Zusätze und Bemerkungen notieren.

5.4 Zeit: In der Regel nicht länger als 20 Minuten.

6. Auswertung **6.1 Modus:** Die Auswertung erfolgt mit Hilfe von Schablonen, die für jedes Item angeben, „mit welcher Punktzahl und bei welcher Skala die einzelne Antwort zu verrechnen ist“. Die so ermittelten Punktzahlen werden nun spaltenweise aufsummiert und dann über die Seiten zum Rohwert (RW) addiert. Anhand von Normentabellen werden die für die Skalen ermittelten Rohwerte in Prozentränge transformiert. Bei den Skalen EL und SK liegen zusätzlich Altersnormen vor.

6.2 Zeit: Ca. 5 Minuten.

7. Gütekriterien

7.1 Objektivität: Keine Angaben; in formaler Hinsicht gegeben.

7.2 Reliabilität: Die Test-Retest-Reliabilität beträgt für die einzelnen Skalen:

r = 0,41	Emotionale Labilität (EL)
r = 0,80	Kontaktangst (KA)
r = 0,57	Unrealistisches Selbstkonzept (SK)
r = 0,84	Unangepaßtes Sozialverhalten (US)
r = 0,80	Instabiles Leistungsverhalten (IL)
r = 0,81	(Gesamtskala).

7.3 Validität: Die inhaltliche Gültigkeit ist durch kriteriumsorientierte Konstruktion gesichert. Weitere Untersuchungen fundierten inzwischen den Validitätsanspruch.

7.4 Normen: Die Eichstichprobe bestand aus 1172 Kindern zwischen 6 und 12 Jahren. Die Normen erlauben eine Transformation der Rohwerte in Prozentränge.

Maudsley-Persönlichkeitsfragebogen
Maudsley Medical Questionaire (MMQ)*

H. J. EYSENCK

Göttingen: Hogrefe, 1964[2]

---

1. Testart Klinischer Test; Persönlichkeitsstruktur-Test

2. Testmaterial Handanweisung (8 Seiten), Fragebogen; *zusätzlich*: Schreibmaterial.

3. Testgliederung Der MMQ besteht aus 56 Items, von denen 38 die Skala der neurotischen Tendenz und 18 die sog. „Lügenliste" konstituieren. Die letztere stellt eine Adaptation aus den entsprechenden Items des MMPI dar. Bei der vorliegenden Fassung handelt es sich um die Übersetzung der englischen Originalausgabe, auf die sich auch evtl. Daten zur Testkonstruktion beziehen.

4. Grundkonzept Der MMQ erfaßt die Persönlichkeitsdimension „Neurotische Tendenz" (N), über die der Autor an anderen Stellen theoretische Aussagen trifft. Die N-Items betreffen hauptsächlich körperliche Beschwerden, über die zu berichten der Neurotiker eher bereit sei, „weil diese als ‚richtige' Krankheitssymptome genereller anerkannt sind als seelische Beschwerden" (S. 3). Die Interpretierbarkeit der N-Werte soll durch eine „Lügenliste" (L) kontrolliert werden. Ihre Brauchbarkeit als Instrument zur Aussonderung simulierender bzw. dissimulierender Pbn ist stark angezweifelt worden (MICHEL, 1960), ohne daß diese Kritik in der 2. „verbesserten" Auflage berücksichtigt worden wäre. Eine spätere Bestätigung dieser Kritik stammt von HOETH, BÜTTEL und FEYERABEND (1967).

Da das Manual selbst kaum Informationen über den Test enthält, ist im Falle der Anwendung des MMQ die erste Veröffentlichung dieses Verfahrens in deutscher Sprache (EYSENCK, 1953) zu berücksichtigen.

Der Test ist in erster Linie zur Auslese von potentiellen Neurotikern gedacht, eigne sich aber auch für allgemein-diagnostische Zwecke. „Für differentialdiagnostische Zwecke innerhalb verschiedener psychiatrischer Kategorien besteht jedoch zur Zeit keine zuverlässige Anwendungsmöglichkeit" (S. 8).

5. Durchführung **5.1 Alter:** Keine Angaben. Analog MPI: Erwachsene ab 20 Jahren.

5.2 Formen: Der MMQ ist als Einzel- und als Gruppenverfahren einsetzbar.

5.3 Handhabung: Die Bearbeitung erfolgt schriftlich. Eine sehr kurze Instruktion ist auf dem Fragebogen zu lesen. Das Ausfüllen erfolgt durch Unterstreichen einer der beiden Antwortmöglichkeiten „Ja" und „Nein".

5.4 Zeit: Keine Zeitbegrenzung. Erfahrungsgemäß ca. 15 Minuten.

---

* Das Verfahren ist nicht mehr komplett lieferbar, eine Neuauflage ist nicht geplant.

6. Auswertung

6.1 Modus: Für die Auswertung empfiehlt es sich, eine Schablone anzufertigen.
Die Zuordnung der Items ist der Handanweisung zu entnehmen. Die Beantwortung der N-Items mit „Ja" und der L-Items mit „Nein" wird jeweils mit einem Punkt gewertet. Die Punkte pro Skala (N, L) werden summiert. Eine Transformation der Rohwerte findet nicht statt.

6.2 Zeit: (Bei Verwendung einer Schablone:) ca. 2–3 Minuten.

7. Gütekriterien

7.1 Objektivität: Bei rein formaler Auswertung voll gegeben.

7.2 Reliabilität: Für die Originalfassung befriedigende Werte. Keine Angaben für die deutsche Ausgabe im Manual.
Nach MICHEL (1960) Split-Half-Reliabilität für N mit $r_{tt} = 0{,}85$ und für L mit $r_{tt} = 0{,}72$; Test-Retest-Reliabilität (14 Tage) für N mit $r_{tt} = 0{,}87$ und für L mit $r_{tt} = 0{,}76$.

7.3 Validität: Zur Validität befriedigende Kriteriumsgruppen-Vergleiche für die N-Skala, bezogen auf die Originalausgabe; für die deutsche Ausgabe sind im Manual (auch der 2. Auflage) keine Angaben enthalten. Nach MICHEL (1960) befriedigende Kriteriumsvalidität der N-Skala; die L-Skala wird von ihm dagegen als „in der vorliegenden Form ... kaum brauchbar" (S. 150) bezeichnet; „(damit) ergeben sich ... auch Einschränkungen hinsichtlich der Brauchbarkeit der Neuroseliste" (S. 150).

7.4 Normen: Die Normen des Manuals (Teilung der Summenwerte von N und L in je vier verbal definierte Kategorien) beziehen sich auf die Verteilung der Scores von je 1000 Normalen und Neurotikern einer angelsächsischen Stichprobe.
MICHEL (1960) berichtet von möglicherweise höheren N-Werten deutscher Pbn, ohne neue Normen mitzuteilen. Die Angemessenheit der L-Normen wird von MICHEL (1960) und HOETH, BÜTTEL und FEYERABEND (1967) übereinstimmend zurückgewiesen.

8. Literatur

EYSENCK, H.-J. (1953). Fragebogen als Meßmittel der Persönlichkeit. Eine experimentelle Untersuchung. *Z. exp. angew. Psychol., 1*, 291–335

HOETH, F., BÜTTEL, R. & FEYERABEND, H. (1967). Experimentelle Untersuchungen zur Validität von Persönlichkeitsbogen. *Psychol. Rundsch., 18*, 169–184

MICHEL, L. (1960). Untersuchungen mit dem MMQ an normalen Erwachsenen. *Diagnostica, 6*, 136–151

Mehrdimensionale Schmerzskala (MSS)

S. LEHRL, R. CZISKE und L. BLAHA
Vaterstetten-München: Vless, 1980

---

1. Testart Klinischer Test

2. Testmaterial Handanweisung (75 Seiten), Testblatt, Auswertungsschablone, Mappe mit Klemmbrett und Kugelschreiber.

3. Testgliederung Der Test besteht aus einer Liste von 25 Eigenschaftswörtern, die die Beschaffenheit des Schmerzes beschreiben. Diese Wörter lassen sich in 6 Subskalen überführen:
- spitze Rhythmik
- begleitende Lästigkeit
- ausgebreitete Stumpfheit
- unberechenbarer Überfall
- stechendes Reißen
- andauernde Hartnäckigkeit

4. Grundkonzept Die Konstruktion der MSS ging von der Intention aus, ein Verfahren zu schaffen, das ökonomisch in der Durchführung ist, geringe Störanfälligkeit besitzt, Schmerzmerkmale gut differenzieren kann, wenig Widerstände beim Patienten hervorruft und valide Aussagen ermöglicht. Von einem Pool von 45 Adjektiven ausgehend, wurde durch Item-Analyse die endgültige Form gefunden. Die Skala erfaßt die Dimensionen aktueller Schmerzen.

5. Durchführung **5.1 Alter:** Erwachsene.

5.2 Formen: Einzel- und Gruppentest, keine Parallelform. Computergestützte Fassung liegt vor.

5.3 Handhabung: Der Patient füllt die Vorderseite des Testbogens aus (persönliche Daten) und bekommt dann vom Testleiter die Instruktion vorgelesen. Danach bearbeitet er die Adjektivliste, indem er eine der fünf vorgegebenen Abstufungen von „sehr" bis „entfällt" ankreuzt.

5.4 Zeit: Keine Zeitbegrenzung, normale Bearbeitungszeit 5–10 Minuten.

6. Auswertung **6.1 Modus:** Mit Hilfe der Auswertungsschablone werden die Punktwerte der einzelnen Adjektive festgestellt. Durch Addition der Punkte der vier jeweils zusammengehörenden Adjektive werden die Werte der Subskalen bestimmt. Ein Gesamtwert für die Skala kann nicht berechnet werden.

6.2 Zeit: Keine Angaben.

7. Gütekriterien **7.1 Objektivität:** Durchführungs- und Auswertungsobjektivität können als gegeben betrachtet werden.

7.2 Reliabilität: Die durchschnittlichen Reliabilitätskoeffizienten der Subskalen liegen je nach Stichprobe zwischen 0,83 und 0,93.

7.3 Validität: Ein direkt erfaßbares Validitätskriterium für Schmerzmessungen existiert nicht. Koeffizienten wurden nicht angegeben.

7.4 Normen: Es werden verschiedene Statistiken angegeben, betreffs Patienten mit unterschiedlicher Symptomatik.

MMPI – Minnesota Multiphasic Personality Inventory

Deutsche Kurzform

A. Gehring und A. Blaser

Bern: Huber, 1982

---

1. Testart Klinischer Test

2. Testmaterial Testheft, Antwortblätter, Auswertungsschablonen, Profilblätter, Handbuch, *zusätzlich*: Schreibmaterial (weicher Bleistift, Nr. 2).

3. Testgliederung Die MMPI-Kurzform besteht aus 221 Items, von denen aufgrund empirischer Untersuchungen ausgesagt werden kann, daß sie von den insgesamt 566 Items der Langfassung des MMPI den höchsten Beitrag zum Zustandekommen des MMPI-Profiles leisten. Auch in der Kurzform werden die Items zu 13 Skalen verrechnet, die psychopathologische, psychosomatische und sozialpsychologische Inhalte betreffen.

4. Grundkonzept Das Grundkonzept der MMPI-Kurzform entspricht dem MMPI- SAARBRÜKKEN (siehe auch: S. 784). Es sollen alle wesentlichen Persönlichkeitsbereiche eines Pb erfaßt werden.

Die 10 klinischen Skalen wurden aufgrund von Vergleichen zwischen „normalen“ und klinisch diagnostizierten Gruppen gewonnen. Sie bezeichnen: Hd: Hypochondrie, D: Depression, Hy: Hysterie, Pp: Psychopathie, Mf: (maskulin-feminine) Interessenskala, Pa: Paranoia, Pt: Psychasthenie, Sc: Schizoidie, Ma: Hypomanie und Si: Soziale Introversion. Ergänzt werden diese Skalen durch drei zusätzliche „Validitätsskalen“ L, F und K, die Aufschluß über die Interpretierbarkeit der erhobenen Daten geben.

Die Reduktion der Itemanzahl, bei der anhand einer Stichprobe von 1000 Antwortblättern des MMPI die Items ausgewählt wurden, die am höchsten mit ihrer Skala korrelierten, verkürzt die Bearbeitungszeit um etwa die Hälfte. Die Übereinstimmung zwischen Gesamtform und Kurzform ist so groß (nicht nur die Mittelwerte, sondern auch die Streuungen der Skalen-Werte sind als nahezu identisch zu betrachten), daß die Kurzform für den Praktiker eine deutliche Arbeitserleichterung darstellt.

5. Durchführung **5.1 Alter:** Keine Angaben; laut MMPI Saarbrücken: ab 16 Jahren.

5.2 Formen: Keine Angaben; laut MMPI Saarbrücken: durchführbar als Einzel- oder Gruppentest. Computergestützte Fassung im Hogrefe-Testsystem CORA.

5.3 Handhabung: Die Instruktion im Testheft wird dem Pb vorgelesen. Die Beantwortung der Items geschieht auf einem eingelegten Antwortbogen. Der VI sollte den Pb dahingehend zu motivieren versuchen, keine der Fragen auszulassen.

5.4 Zeit: Keine Zeitbegrenzung; die Durchführung erfordert erfahrungsgemäß 30–40 Minuten.

6. Auswertung

6.1 Modus: Neben der Möglichkeit zur Computer-Auswertung der Antwortbogen gibt die vorliegende Kurzform des MMPI ja gerade die Möglichkeit zur Handauswertung. Diese geschieht durch Auflegen von Schablonen (für jede Skala eine plus einer separaten Schablone je nach Geschlecht des Pb) auf den Antwortbogen. Die so bestimmten Rohwerte werden auf die Profilblätter übertragen.
Interpretationshilfen werden in Form von „flow charts“ gegeben.

6.2 Zeit: keine Angaben; Erstellung des Profils kann mit etwas Übung in wenigen Minuten erstellt werden.

7. Gütekriterien

7.1 Objektivität: Durchführung und formale Auswertung können als objektiv bezeichnet werden.

7.2 Reliabilität: Die nach der Retest-Methode an 69 Pbn überprüfte Reliabilität erbrachte Koeffizienten zwischen r = 0,861 und 0,968.
Die nach der Split-Half-Methode an 1000 MMPI-Antwortblättern bestimmte Reliabilität erbrachte Koeffizienten zwischen r = 0,839 und 0,947.

7.3 Validität: Die Korrelation der Profile zwischen der Gesamtform und der Kurzform erbrachte einen Korrelationskoeffizienten von r = 0,803 ± 0,154. Zur Validität des Verfahrens an sich siehe die umfangreiche Originalliteratur. Einen kurzen Überblick vermitteln einschlägige Lehrbücher und MITTENECKER (1982).

7.4 Normen: Die den Skalen-Rohwerten entsprechenden T-Werte können auf dem Profilblatt abgelesen werden. Darüber hinaus gibt es Umrechnungstabellen der Kurzform-Rohwerte in Gesamtformäquivalente T-Werte. In der Handanweisung zur Kurzform sind Mittelwerte und Streuungen der Normalpopulation aufgeführt. Darüber hinaus werden einige klinische Auswertungsbeispiele gegeben, die nach dem durch die 8. Revision der ICD (International Classification of Diseases) vorgegebenen Diagnoseschlüssel ausgewertet worden waren: Schizophrenien, Neurosen, Medikamentenabhängigkeit, Morphintyp Männer und körperliche Funktionsstörungen psychischen Ursprungs. Die Mittelwertsprofile mehrerer Gruppen wie Neurotiker, Depressiver, Psychopathen, verwahrloster Jugendlicher und Schizophrener können der Handanweisung des MMPI SAARBRÜCKEN entnommen werden.

8. Literatur

MITTENECKER, E. (1982). Subjektive Tests zur Messung der Persönlichkeit. In K.-J. GROFFMANN & L. MICHEL (Hrsg.) *Persönlichkeitspsychologie.* Enzyklopädie der Psychologie, Serie II, Band 3. Göttingen: Hogrefe.

MMPI Saarbrücken – Minnesota Multiphasic Personality Inventory

S. R. Hathaway und J. C. McKinley
Bearbeitung: O. Spreen
Herausgeber: Psychol. Institut der Universität des Saarlandes
Bern: Huber, 1963

---

1. Testart Klinischer Test

2. Testmaterial Testheft, Antwortblätter, Auswertungsschablonen, Profilblätter, Handanweisung; *zusätzlich:* Schreibmaterial.

3. Testgliederung Der MMPI besteht aus 566 Items (davon 16 Wiederholungen), die zu 13 Standardskalen verrechnet werden. Die in der Handanweisung angeführten 26 Bereiche, aus denen die Items stammen, beziehen sich auf psychopathologische, psychosomatische und sozialpsychologische Inhalte.

4. Grundkonzept Mit Hilfe des MMPI sollen „alle wesentlichen Persönlichkeitsbereiche" eines Pb erfaßt werden. Die Bedeutung eines Persönlichkeitsbezuges wurde unter dem Gesichtspunkt eines im klinischen Bereich oder in der Personalauslese Arbeitenden bestimmt, der diejenigen Züge erkennen möchte, die charakteristisch für krankhafte oder in anderer Weise störende psychische Auffälligkeiten sind.

Die 10 klinischen Skalen des MMPI wurden aufgrund von Vergleichen zwischen „normalen" und klinisch diagnostizierten Gruppen gewonnen. Die Bezeichnungen der Skalen orientieren sich überwiegend an (auf Kraepelin zurückgehende) psychiatrischen Klassifizierungen: Hd: Hypochondrie, D: Depression, Hy: Hysterie, Pp: Psychopathie, Mf: (maskulin-feminine) Interessen-Skala, Pa: Paranoia, Pt: Psychastenie, Sc: Schizoidie, Ma: Hypomanie und Si: Soziale Introversion – Extraversion. Die 4 zusätzlichen „Validitätsskalen" geben Aufschluß über die Interpretierbarkeit der erhobenen Werte.

Ungeachtet der bei der Konstruktion verwendeten psychiatrischen Klassifizierung soll das Verfahren auch bei persönlichkeitsdiagnostischen Fragestellungen allgemeiner Art Verwendung finden können. Neben der syndromatischen Interpretation des Testprofils kann als Interpretationshilfe der „Atlas" (Hathaway & Meehl, 1951) herangezogen werden, in dem die Falldarstellungen von über 900 Pbn, nach „Profilcodes" geordnet, angeführt sind.

5. Durchführung **5.1 Alter:** Ab 16 Jahren.

5.2 Formen: Der MMPI kann als Einzel- oder Gruppentest durchgeführt werden.

5.3 Handhabung: Die auf dem Testheft vorgedruckte Instruktion wird dem Pb vorgelesen. Die Beantwortung der Feststellungen im Testheft geschieht auf einem gesonderten Antwortbogen.

5.4 Zeit: Keine Zeitbegrenzung; die Durchführung erfordert im allgemeinen 60–90 Minuten.

6. Auswertung

6.1 Modus: Durch Auflegen von Schablonen auf den Antwortbogen wird für jede MMPI-Skala der Rohwert bestimmt und im Profilblatt eingetragen. Über die Möglichkeiten der Computer-Auswertung informieren BLASER und GEHRING (1972).

6.2 Zeit: Keine Angaben.

7. Gütekriterien

7.1 Objektivität: Durchführung und formale Auswertung können als objektiv bezeichnet werden.

7.2 Reliabilität: Die in der Handanweisung mitgeteilten Reliabilitätskoeffizienten beziehen sich überwiegend auf Untersuchungen mit der amerikanischen Originalausgabe des Tests. Bei Testwiederholung bei verschiedenen Gruppen mit unterschiedlichen Intervallen zwischen beiden Untersuchungen wurden Reliabilitätskoeffizienten zwischen r = 0,46 und r = 0,89 für die Standardskalen gefunden.
Daten für die deutsche Ausgabe:

- Split-Half-Methode: r = 0,53 bis 0,73 (N = 127) (BOTTENBERG & WEHNER, 1966);
- Testwiederholung: r = 0,57 bis 0,80 (N = 61, Intervall 10 Tage),
- r = 0,39 bis 0,71 (N = 65, Intervall 6 Monate) (WEHNER & BOTTENBERG, 1969).

7.3 Validität: Ebenso wie bei der Originalfassung des Verfahrens wurde bei der deutschen Ausgabe die Validität der Standardskalen durch Vergleiche verschiedener Personengruppen mit bekannter klinischer Diagnose mit einer Normalpopulation überprüft. Die in den klinischen Gruppen gefundenen Testprofile zeigten dabei überwiegend ähnliche Konfigurationen wie die entsprechenden Testprofile der amerikanischen Population.
Zur faktoriellen Validität führte HOBI (1972) eine Untersuchung an drei verschiedenen Stichproben durch und fand dabei zwar stabile Faktorenmuster, die aber nicht mit den Standardskalen übereinstimmten. Auch die von BOTTENBERG und WEHNER (1966) durch Testwiederholung geprüften Faktoren entsprechen nicht den MMPI-Skalen. In beiden Untersuchungen war die Anzahl der interpretierbaren Faktoren geringer als die der MMPI-Skalen.

7.4 Normen: Die den Skalen-Rohwerten entsprechenden T-Werte können auf dem Profilblatt abgelesen werden.
In der Handanweisung sind außerdem die Mittelwertsprofile mehrerer Gruppen (Neurotiker, Depressive, Psychopathen, verwahrloste Jugendliche, Schizophrene) angeführt.

8. Literatur

BLASER, P. & GEHRING, A. (1972). *MMPI. Ein programmierter Kurs zur deutschsprachigen Ausgabe des Minnesota Multiphasic Personality Inventory von S. R. HATHAWAY und J. C. MCKINLEY.* Bern: Huber.

BOTTENBERG, E. H. & WEHNER, E. G. (1966). Mitteilung zur Zuverlässigkeit und Interkonsistenz der Standardskalen des MMPI Saarbrücken. *Diagnostica, 12,* 85–86.

HATHAWAY, S. R. & MEEHL, P. E. (1951). *An atlas for the clinical use of the MMPI.* Minneapolis: University of Minnesota Press.

HOBI, V. (1972). Ein Beitrag zur Faktorenstruktur des MMPI. *Psychologie (Schweizer. Zeitschr. f. Psychol. und ihre Anwendungen), 31,* 298–305.

WEHNER, E. G. & BOTTENBERG, E. H. (1969). Wiederholungsreliabilität und faktorielle Konstanz des MMPI Saarbrücken. *Diagnostica, 15,* 36–40.

Montgomery and Asberg Depression-Rating-Scale (MADR-Skala)

S. A. Montgomery und M. Asberg
Deutsche Fassung: N.-U. Neumann und R.-M. Schulte
Erlangen: perimed Fachbuch-Verlagsgesellschaft, 1989

---

1. Testart Klinischer Test

2. Testmaterial Handanweisung (3 Seiten), Testbogen; *zusätzlich:* Schreibgerät.

3. Testgliederung Die MADR-Skala besteht lediglich aus 10 Items.

4. Grundkonzept Das Verfahren ist ein Fremdbeurteilungsinstrumentarium zur psychometrischen Beurteilung depressiver Syndrome. Auf der Grundlage einer psychiatrischen Exploration schätzt der Beurteiler den Schweregrad des jeweiligen Symptoms ein. Die MADR-Skala kann auch zur Einschätzung von Krankheitsverlaufsveränderungen eingesetzt werden.

5. Durchführung **5.1 Alter:** Erwachsene mit depressiven Syndromen.

5.2 Formen: Einzelverfahren. Es existieren keine Parallelformen. Computergestützte Fassung im Hogrefe-Testsystem CORA.

5.3 Handhabung: Der Testbogen enthält vollständige Anweisungen zur Fremdbeurteilung. Als Beantwortungsmodus wird das Auswahlantwortverfahren (multiple choice) verwendet.

5.4 Zeit: Keine Angaben.

6. Auswertung **6.1 Modus:** Die Summe der ermittelten Rohpunkte wird gebildet.

6.2 Zeit: Keine Angaben.

7. Gütekriterien **7.1 Objektivität:** Keine genauen Angaben.

7.2 Reliabilität: Zur Bestimmung der Reliabilität wurden Korrelationskoeffizienten für die Ratings der beiden jeweils untersuchenden Ärzte zu den drei Untersuchungszeitpunkten errechnet und eine Schweregradeinteilung nach Summenscores versucht.

7.3 Validität: Bei der Übereinstimmungsvalidität mit dem HAMDS lagen die Korrelationskoeffizienten zwischen 0,72 und 0,92. Es existieren auch Angaben zur Inhaltsvalidität.

7.4 Normen: In 58 psychiatrischen Kliniken/Abteilungen wurden von 116 Ärzten insgesamt 329 Patienten untersucht.

8. Literatur

MONTGOMERY, S. A. & ASBERG, M. (1979). A new depression scale designed to be sensitive to change. *British Journal of Psychiatry, 134,* 382–389.

SCHULTE, R.-M. & NEUMANN, N.-U. (1988). *Determination of the validity and inter-rater reliability of the German version of the Montgomery-Asberg-Depression Rating Scale.* Lecture, 16, C.I.N.P. Congress Munich, 15.–19. August 1988.

Münchner Alkoholismustest (MALT)

W. Feuerlein, Ch. Ringer, H. Küfner und K. Antons
Weinheim: Beltz, 1979

---

1. Testart Klinischer Test

2. Testmaterial Manual, Protokollbogen; *zusätzlich:* Bleistift.

3. Testgliederung Es handelt sich um einen Fragebogentest. Er gliedert sich in zwei Teile:

1. Ein sieben Items umfassender Fremdbeurteilungteil (MALT-F), der vom Arzt aufgrund von anamnestischen Untersuchungsergebnissen ausgefüllt wird.
2. Ein 24 Items umfassender Selbstbeurteilungteil (MALT-S), der vom Patienten ausgefüllt wird.

4. Grundkonzept Die Autoren wollten ein Verfahren entwickeln, das, im Gegensatz zu rein medizinischen bzw. rein psychologischen Verfahren (die oft Lücken in der Diagnose aufweisen), beide Aspekte miteinander verbindet und so die Diagnose des Alkoholismus (bzw. Verdacht auf Alkoholismus) möglichst sicher macht. Die drei durch den Test differenzierbaren Gruppen – unauffällige, gefährdete und Alkoholiker – können nur mit Sicherheit diagnostiziert werden, wenn beide Testteile (Fremdbeurteilung – Selbstbeurteilung) angewendet werden und die Pbn die direkten Fragen nach ihren Trinkgewohnheiten ehrlich beantworten.

5. Durchführung **5.1 Alter:** Keine Angaben.

5.2 Formen: Einzeltest, eine Form. Computergestützte Fassung im Hogrefe-Testsystem CORA.

5.3 Handhabung: Die Instruktion wird schriftlich vorgelegt, sie steht auf dem Fragebogen und ist leicht verständlich. Es ist darauf zu achten, daß der Proband nur den mit MALT-S überschriebenen Teil des Bogens erhält; dieser wird vorher von dem gesamten Fragebogen abgetrennt. Eventuelle Rückfragen zur Instruktion werden mit dem Hinweis beantwortet, daß die Fragen sich auf Phasen des Alkoholismus beziehen und nicht auf Abstinenzphasen.

5.4 Zeit: Keine Zeitbegrenzung.

6. Auswertung **6.1 Modus:** Beim MALT-F stellt man die Anzahl der mit „trifft zu“ beantworteten Fragen fest und multipliziert diesen Wert mit vier. Auch beim MALT-S wird die Summe der mit „trifft zu“ beantworteten Items gebildet, aber nicht multipliziert. Die beiden Werte von MALT-F und MALT-S werden addiert.
Die Ergebnisse werden folgendermaßen interpretiert:

0– 5 Punkte:	Unauffällig
6–10 Punkte:	Verdacht auf Alkoholismus, Alkoholgefährdung
11–52 Punkte:	Alkoholismus liegt mit hoher Wahrscheinlichkeit vor.

6.2 Zeit: Keine Angaben.

7. Gütekriterien

7.1 Objektivität: Durchführungs- und Auswertungobjektivität können als gegeben angesehen werden.

7.2 Reliabilität: Für den MALT–S ergab die Halbierungsmethode eine Zuverlässigkeit von 0,94. Für den MALT–F liegen keine Werte vor.

7.3 Validität: Bezogen auf das Außenkriterium Alkoholismus bzw. Nicht-Alkoholismus erreicht der MALT eine Validität von r = 0,85.

7.4 Normen: Die gesamte Eichstichprobe bestand aus 1335 Probanden, davon 661 Alkoholikern; diese Probanden verteilten sich auf vier verschiedene Erhebungen, die unterschiedliche Ziele hatten.
Bei der endgültigen Eichung bestand die Stichprobe aus 438 Männern und 410 Frauen.

8. Literatur

FEUERLEIN, W., RINGER, CH., KÜFNER, H. & ANTONS, K. (1977). Diagnose des Alkoholismus; der Münchner Alkoholismustest (MALT). *Münchner med. Wschr., 119,* 1275–1285.

Narzißmusinventar (NI)

F.-W. Deneke und B. Hilgenstock (unter Mitarbeit von R. Müller)
Bern: Huber, 1989

1. Testart Klinischer Test

2. Testmaterial Handbuch (84 Seiten), Fragebogenexemplare, Auswertungsbogen, 6 Auswertungsschablonen; *zusätzlich:* Schreibgerät.

3. Testgliederung Auf faktorenanalytischer Basis werden im Narzißmus-Inventar 4 Dimensionen (I. „Bedrohtes Selbst"; II. „Klassisch-narzißtisches Selbst"; III. „Ideal-Selbst"; IV. „Hypochondrisches Selbst") mit einer unterschiedlichen Anzahl von Einzelskalen – insgesamt 18 – unterschieden:

OHS OHnmächtiges Selbst
AIV Affekt-/ImpulskontrollVerlust
DRP DeRealisation/DePersonalisation
BAH BAsales Hoffnungspotential
KLS KLeinheitsSelbst
NEK NEgatives Körperselbst
SOI SOziale Isolierung
ARR ARchaischer Rückzug
GRS GRößenSelbst
SIS Sehnsucht nach Idealem Selbstobjekt
GLB Gier nach Lob und Bestätigung
NAW NArzißtische Wut
AUI AUtarkie-Ideal
OBA OBjektAbwertung
WEI WErte-Ideal
SYS SYmbiotischer Selbstschutz
HYA HYpochondrische Angstbildung
NAK NArzißtischer Krankheitsgewinn

4. Grundkonzept Das dem Narzißmus-Inventar zugrundeliegende Konzept wird im Sinne einer Systemkonzeption verstanden, mit der das „Selbstsystem" oder das „narzißtische Persönlichkeitssystem" beschreibbar ist. Mit narzißtisch werden solche Phänomene bezeichnet, die sich auf das „Selbsterleben" mit dessen Regulation beziehen. Die Autoren gehen mit Kohut (1969) davon aus, daß narzißtische Tendenzen und Regulationsvorgänge grundsätzlich bei allen Menschen beschreibbar sind.

5. Durchführung **5.1 Alter:** Normiert von 21 bis 60 Jahren; prinzipiell einsetzbar ab 15 Jahren.

5.2 Formen: Einzeltest und Gruppenverfahren.

5.3 Handhabung: Das Narzißmus-Inventar wird als zwölfseitiges Fragebogenheft mit insgesamt 163 Items und einer fünfstufigen Antwortskala (von „stimmt nicht“ bis „stimmt völlig“) vom Patienten entsprechend den Anweisungen ausgefüllt.

5.4 Zeit: Je nach Übung ca. 30–60 Minuten.

6. Auswertung

6.1 Modus: In einen gesonderten Auswertungsbogen werden die Anzahl der nicht beantworteten Items (maximal 16) eingetragen sowie die demographischen Daten übertragen; die Item-Rohwerte werden in das Antwortblatt eingetragen und mit Hilfe der 6 Auswertungsschablonen für alle 18 Skalen folgende Werte bestimmt:

- Summe der Itemantworten
- Anzahl der unbeantworteten Items

Abschließend werden durch einen spezifischen Verrechnungsalgorithmus die Skalenwerte („Summenscore“) bestimmt.

6.2 Zeit: Keine Angaben.

7. Gütekriterien

7.1 Objektivität: Bei Beachtung der Anweisungen zur Durchführung, Auswertung und Interpretation voll gegeben.

7.2 Reliabilität: Die Berechnung der internen Konsistenz (Cronbach Alpha) erbrachte für die 18 Skalen Koeffizienten zwischen r = 0,71 und r = 0,94 und damit befriedigende Kennwerte.

7.3 Validität: Übereinstimmungsvalidität zum Freiburger-Persönlichkeits-Inventar (FPI-R) mit Korrelationskoeffizienten zwischen r = 0,52 und r = 0,64. Im Rahmen der Dimensionierung des Verfahrens zur Ermittlung der faktoriellen Struktur kann die Konstruktvalidität, d. h. die Übereinstimmung des Verfahrens mit der theoretischen Konzeption, als gut und gesichert angesehen werden.

7.4 Normen: Es liegen flächentransformierte Normwerte für Patienten nach Geschlecht und Alter (21–60 Jahre) für die Skalenwerte (10–50) in abgestufter Form für alle 18 Skalen vor (N = 1202).

8. Literatur

DENEKE, F.-W. & MÜLLER, R. (1984). Selbstwert und dessen Regulation in der Selbstbeschreibung von Patienten. In D. CZOGALIK, W. EHLERS & R. TEUFEL (Hrsg.), *Perspektiven der Psychotherapie.* Freiburg: Freiburger Hochschulverlag.

DENEKE, F.-W., AHRENS, ST., BÜHRING, B., HAAG, A., LAMPARTER, U., RICHTER, R. & STUHR, U. (1987). Wie erleben sich Gesunde? *Psychother. Med. Psychol., 37,* 156–160.

DENEKE, F.-W. & HILGENSTOCK, B. (1988). Organisationsformen und Regulationsweisen des Selbstsystems. *Zeitschrift für Psychosomatische Medizin und Psychoanalyse, 34,* 178–185.

KOHUT, H. (1969). Die psychoanalytische Behandlung narzißtischer Persönlichkeitsstörungen. *Psyche, 23,* 321.

KOHUT, H. (1979). *Die Heilung des Selbst.* Frankfurt/M.: Suhrkamp.

KOHUT, H. (1983). *Narzißmus.* Frankfurt/M.: Suhrkamp.

Skala zur Erfassung der Selbstakzeptierung (SESA)

V. SOREMBE und K. WESTHOFF
Braunschweig: Westermann, 1979
Handanweisung: Göttingen: Hogrefe, 1985

---

1. Testart Klinischer Test

2. Testmaterial Handanweisung, 5 Testbogen, 2 Auswertungsschablonen; *zusätzlich:* Schreibgerät.

3. Testgliederung Bei der SESA handelt es sich um einen homogenen Test, bestehend aus 29 Items, die positive bzw. negative Aussagen zur eigenen Person erlauben.

4. Grundkonzept Der Test geht von der Persönlichkeitstheorie ROGERSs aus und benutzt die von BERGER empirisch gewonnenen Skalen, in denen „the relation between expressed acceptance of self and expressed acceptance of others" (1950, 1952) festgestellt werden soll, als Vorlage für eine deutsche Fassung. Diese Skalen (ursprünglich 36 Items zur Selbstakzeptanz und 38 Items zur Akzeptierung anderer) wurden nach der Analyse der Items – Untersuchung an 184 Probanden (Studenten und Schüler) – auf 29 Items reduziert. Ausschlußkriterien waren zu geringe Trennschärfe und/oder ein signifikanter Zusammenhang zwischen Geschlechtszugehörigkeit eines Pb und Selbsteinstufung in diesem Item. Nach diesem Ausschlußkriterium verblieben bei der Skala „Acceptance of Others" der Originalform nur 6 Items, so daß die Autoren diese Skala vollständig eliminierten.

Die Testendform soll den Grad der Selbstakzeptierung eines Klienten schnell, *objektiv, reliabel* und *valide* einstufen und somit vor allem Hinweise auf depressives Verhalten geben.

2.3.1

5. Durchführung **5.1 Alter:** Ab 15 Jahren.

5.2 Formen: Die SESA kann als Einzel- oder Gruppentest durchgeführt werden. Computergestützte Fassung im Hogrefe-Testsystem CORA.

5.3 Handhabung: Es handelt sich um einen Papier-Bleistift-Test. Auf jedem Testbogen ist auf der ersten Seite die Instruktion abgedruckt. Die fünf Antwortkategorien („Ich stimme sehr zu" bis „Ich lehne ganz entschieden ab") werden anhand eines Beispiels erläutert.

5.4 Zeit: Keine zeitliche Begrenzung. Von den Autoren werden 10–15 Minuten als Richtlinie genannt.

6. Auswertung **6.1 Modus:** Es stehen zwei Klarsichtfolien zur Verfügung, dadurch ist für jede Antwortkategorie eines jeden Items ein bestimmter Punktwert festgelegt. Die Summe dieser Punktwerte stellt den Rohwert des Probanden dar. Bei Abweichungen vom Mittelwert um mehr als eine Standardabweichung wird als Interpretationshilfe geraten, den Probanden einer differenzierteren Untersuchung zu unterziehen. Bei Testwerten, die um mehr als zwei Standardabweichungen unter dem Mittelwert liegen, sei sehr wahrscheinlich, daß diese Probanden an depressiven Störungen leiden.

6.2 Zeit: Die Auswertung dürfte nicht mehr als 5–10 Minuten in Anspruch nehmen.

7. Gütekriterien

7.1 Objektivität: Hinsichtlich der Durchführung und Auswertung ist das Verfahren objektiv.

7.2 Reliabilität: Für beide Eichstichproben – Nicht-Klienten (N = 311) und Depressive (N = 45) – wird von den Autoren eine Reliabilität (Kuder-Richardson Formel 20) von $r_{tt} = 0{,}83$ genannt.

7.3 Validität: Als Konstruktvalidität führen die Autoren den signifikanten Mittelwertsunterschied zwischen Nicht-Klienten (N = 311) und der Gruppe von depressiven Patienten (N = 45) an. Erwartungsgemäß zeigten Depressive einen geringeren Selbstakzeptierungswert im Test.
Als weiterer Hinweis für die diskriminante Gültigkeit des Verfahrens wird eine Korrelationsuntersuchung mit dem EPI dargestellt, wobei sich nur Nullkorrelationen zwischen SESA- und den Skalen E bzw. N ergeben hätten.
Weiterhin soll der höhere Summenwert der SESA bei Erwachsenen im Vergleich zu Jugendlichen einen Hinweis auf die Validität liefern.

7.4 Normen: Der Summenwert, der sich aus der Auswertung des Verfahrens ergibt, kann mit der Verteilung der Summenwerte von zwei Eichstichproben verglichen werden. Einmal mit der der „Nicht-Klienten", zum anderen mit der der „Depressiven". Weiterhin liegen für diese beiden Gruppen Häufigkeiten der gewählten Antwortkategorien für jedes Item vor.
Die Eichstichprobe setzt sich folgendermaßen zusammen: „Nicht-Klienten" N = 311 (50% w., 50% m.); Alter: 16–83 Jahre, Md = 29 Jahre, 41% zwischen 21 und 30 Jahren.
„Depressive": N = 45 (28 w., 17 m.); Alter: 19–71 Jahre, Md 45 Jahre, 33% zwischen 51 und 59 Jahren.

8. Literatur

BERGER, E. M. (1950). *The relation between expressed acceptance of self and expressed acceptance of others.* Pittsburgh.

BERGER, E. M. (1952). The relation between expressed acceptance of self and expressed acceptance of others. *Journal of Abnormal and Social Psychology, 47,* 778–782.

Skalen zur Erfassung von Hoffnungslosigkeit (H-Skalen)

G. KRAMPEN

Göttingen: Hogrefe, 1994

1. Testart

Klinischer Test, Persönlichkeitstest

2. Testmaterial

Handanweisung (91 Seiten), 6 Fragebogen: H-R-Skala, H-RA-Skala, H-RB-Skala, H-S-Skala, H-SA-Skala und H-SB-Skala, Schablonensatz; *zusätzlich:* Schreibgerät.

3. Testgliederung

Das Verfahren liegt in einer Standardform für klinische Gruppen (20 Items) und in einer revidierten Fassung für nicht-klinische Gruppen vor.

4. Grundkonzept

Bei den Skalen zur Hoffnungslosigkeit handelt es sich um eine deutschsprachige Bearbeitung und Weiterentwicklung der *Hopelessness Scale* von A. T. BECK, die dieser auf der Basis der kognitiven Theorie der Depression konstruierte. Die H-Skalen ermitteln die negativen Erwartungen einer Person (a) über sich selbst, (b) über die Umwelt und (c) über ihr zukünftiges Leben. Sie erfassen vorwiegend psychische Symptome und sind im Rahmen der Einzelfalldiagnostik, zur Kontrolle von Interventionseffekten und für psychologische und medizinische Forschungszwecke einsetzbar.

5. Durchführung

5.1 Alter: Ältere Jugendliche und Erwachsene.

5.2 Formen: Es existieren zwei Formen mit entsprechenden Parallelversionen. Die Standardform eignet sich vornehmlich für klinische Gruppen. Die revidierte Fassung ist für nicht-klinische Gruppen vorgesehen. Die Parallelversionen enthalten jeweils nur 10 Items.

5.3 Handhabung: Die Fragen der Standardversion sind von den Patienten mit „richtig" oder „falsch" zu beantworten. Die revidierte Form ermöglicht differenziertere Stellungnahmen auf einer sechsstufigen Skala.

5.4 Zeit: Ungefähr 10 Minuten.

6. Auswertung

6.1 Modus: Für die formale Auswertung steht ein Schablonensatz zur Verfügung. Hinweise für die Interpretation sind vorhanden.

6.2 Zeit: Keine Angaben.

7. Gütekriterien

7.1 Objektivität: Die Voraussetzungen für die Objektivität der Durchführung und Auswertung des Verfahrens sind gegeben.

7.2 Reliabilität: Angaben zur internen Konsistenz (r = 0,85), zur Paralleltestzuverlässigkeit (r = 0,84) und zur Retestreliabilität nach einem Intervall von vier Wochen (r = 0,80) können der Handanweisung entnommen werden.

7.3 Validität: Die inhaltliche Validität ist als gegeben anzusehen. Empirische Belege zur konvergenten, diskriminanten und faktoriellen Gültigkeit der H-Skalen liegen vor. Über den Nutzen des Verfahrens bei der Erfolgskontrolle von therapeutischen Maßnahmen wird berichtet.

7.4 Normen: Die Normen, ausgedrückt in T- und Prozentrangwerten, beruhen auf einer Stichprobe von N = 2051 Probanden.

State-Trait-Ärgerausdrucks-Inventar (STAXI)

P. SCHWENKMEZGER, V. HODAPP und C. D. SPIELBERGER
Bern: Huber, 1992

---

1. Testart Klinischer Test, Persönlichkeitstest

2. Testmaterial Manual (52 Seiten), Fragebogen, Schablone; *zusätzlich:* Bleistift.

3. Testgliederung Der Test umfaßt 44 Items, die fünf Skalen und zwei Zusatzskalen bilden:
- Ärger-Zustandsskala
- Ärger-Dispositionsskala (aufteilbar in: Ärger-Temperamentsskala und Ärger-Reaktionsskala)
- Skala zur Erfassung von nach innen gerichtetem Ärger
- Skala zur Erfassung von nach außen gerichtetem Ärger
- Kontrollskala

Der Test ist in drei Teile gegliedert: (1) 10 Zustandsitems, (2) 10 Dispositionsitems, (3) 24 Ausdrucksitems.

4. Grundkonzept Das STAXI ist ein kurzes, ökonomisches Verfahren zur Erfassung der Intensität von situativem und dispositionellem Ärger und Ärgerausdruck. Es wurde nach dem amerikanischen Vorbild von SPIELBERGER neu konstruiert.
Es kann als Meßinstrument verschiedener Ärgerkomponenten im Rahmen von persönlichkeitspsychologisch-differentialdiagnostischen, aber auch von allgemein- und sozialpsychologischen Fragestellungen eingesetzt werden. Praktische Verwendungsmöglichkeiten liegen in der klinischen Diagnostik (Psychosomatik). Es soll sich insbesondere zur Therapieverlaufskontrolle eignen.

2.3.1

5. Durchführung **5.1 Alter:** Normiert ab 14. Lebensjahr.

5.2 Formen: Als Einzel- und Gruppentest durchführbar. Computergestützte Version im Hogrefe-Testsystem PERSYS.

5.3 Handhabung: Der Fragebogen ist nach schriftlich vorgegebenen Anweisungen zu bearbeiten. (Auch computergestützt durchführbar.)

5.4 Zeit: Ca. 10 Minuten.

6. Auswertung **6.1 Modus:** Auszählung der Rohwerte, Zuordnung zu Teilskalen, Transformation in PR- und Stanine-Werte. Das Apparatezentrum informiert über die Möglichkeit einer computergestützten Testvorgabe und Auswertung.

6.2 Zeit: Keine Angaben.

7. Gütekriterien **7.1 Objektivität:** Durchführung und Auswertung können als objektiv angesehen werden.

7.2 Reliabilität: Die Konsistenzkoeffizienten liegen zwischen 0,71 und 0,95. Die Retest-Koeffizienten sind uneinheitlich, sie streuen von r_{tt} = 0,2 bis 0,93. Ob hierfür Stichprobeneigenschaften, unterschiedliche Größen (N = 20 bis N = 90) oder Zeitintervalle (2–8 Wochen) maßgeblich sind, muß noch untersucht werden.

7.3 Validität: Das STAXI wurde im Zuge einer Konstruktvalidierung mit verschiedenen konvergenten und diskriminanten Kriterien korreliert, u. a. mit State-Trait-Persönlichkeits-Inventar-Skalen, Prüfungsängstlichkeit, Streßverarbeitung etc. Faktorenanalytisch ließen sich die Ärgerzustandsskala, die Ärgerdispositionsskala sowie die drei Ausdrucksdimensionen hinreichend trennen.

7.4 Normen: Die alters- und geschlechtsspezifischen Normen, ausgedrückt in Stanine- und Prozentrangwerten, basieren auf einer Stichprobengröße von N = 990. Außerdem liegen Vergleichswerte aus den neuen Bundesländern vor (N = 106).

Stationsbeurteilungsbogen (SBB)

R. R. Engel, B. Knab, C. v. Doblhoff-Thun
Weinheim: Beltz, 1983

---

1. Testart Klinischer Test

2. Testmaterial Manual, Fragebogen, Auswertungsschablone, Auswertungsbogen; *zusätzlich:* Bleistifte.

3. Testgliederung Homogener Test, bestehend aus 100 Items.

4. Grundkonzept Bei dem SBB handelt es sich um die neu konstruierte Adaptation der Ward Atmosphere Scale (WAS) von Moos. Er dient zur Erfassung des sozialen Klimas auf Krankenhausstationen mit psychisch kranken Patienten. Als begleitende Maßnahme ist er auch zur Therapiebegleitung und Veränderungsmessung brauchbar.

Der SBB erfaßt drei Dimensionen: Soziale Beziehungen (Skala 1, 2, 3), Behandlungskonzept (Skalen 4, 5, 6, 7) und Systemerhaltung und Systemveränderung (Skalen 8, 9, 10) mit insgesamt 100 Items. Jede Skala besteht aus 10 Items. Die Skalen werden wie folgt benannt:

- Skala 1: Anteilnahme
- Skala 2: Unterstützung
- Skala 3: Spontaneität
- Skala 4: Autonomie
- Skala 5: Praxisorientiertheit
- Skala 6: persönliche Problemorientiertheit
- Skala 7: Ärger und Aggression
- Skala 8: Ordnung und Organisation
- Skala 9: Klarheit des Behandlungsprogramms
- Skala 10: Kontrolle durch das Personal

5. Durchführung **5.1 Alter:** Keine Altersangaben.

5.2 Formen: Gruppentest, keine Parallelform.

5.3 Handhabung: Der Testleiter hat eine standardisierte Instruktion zur Verfügung, die er den Probanden laut vorliest.

5.4 Zeit: Keine Angaben, da keine Zeitbegrenzung.

6. Auswertung **6.1 Modus:** Die Auswertung erfolgt per Schablone.

Die Fragen gehören zu 10 unterschiedlichen Skalen, die Zugehörigkeit ist anhand der Einerstelle der Frage zu ersehen. Der Skalen-Rohwert errechnet sich aus der Anzahl der in Schlüsselrichtung beantworteten Items pro Skala.

Es erfolgt eine Transformation in T-Werte. Das arithmetische Mittel der T-Werte aller Probanden pro Skala ist dann der Stationsmittelwert.

6.2 Zeit: Keine Angaben.

7. Gütekriterien

7.1 Objektivität: Durch die Vorgabe einer standardisierten Anweisung und die Auswertung per Schablone ist das Verfahren als objektiv zu bezeichnen.

7.2 Reliabilität:

Interne Konsistenz:
Die Reliabilitätskoeffizienten pro Skala, abgeleitet aus den durchschnittlichen Iteminterkorrelationen, liegen zwischen $0{,}63 \leq r_{consist.} \leq 0{,}81$.

Test-Retest-Reliabilität:
Da sich dafür nur 29 Patienten zur Verfügung stellten, war eine Berechnung nicht möglich.

7.3 Validität: Es wurden Gruppenvergleiche angestellt, und zwar zwischen verschiedenen Stationstypen, verschiedenen Klinikformen und verschiedenen Behandlungsformen. Die Darstellung der Zusammenhänge erfolgte graphisch, auf eine Präsentation in Tabellenform wurde verzichtet, desgleichen bei der Erfassung interner Patientenvariablen und bei der Erfassung der Beziehung Patient-Personal.

Externe Validierung:
Korrelationen zwischen Fragebogen-Ergebnissen und direkter Verhaltensbeobachtung bzw. Beobachtung der objektiv vorhandenen Ausstattungen: Der Rangkorrelationskoeffizient lag bei 0,89, signifikant auf dem 5%-Niveau bzgl. der Skala 10 (Kontrolle durch das Personal); bzgl. Skala 7 (Ärger und Aggression) liegt die Korrelation über 7 Krankenstationen bei 0,68, bzgl. Skala 8 bei 0,71.

7.4 Normen: Die Normierung erfolgte an einer Stichprobe von N = 798. Die Normentabelle erlaubt Transformationen der Rohwerte in T-Werte.

8. Literatur

ELLINGHAUS, R., GROENEWALD, H. B., BAUMANN, U. & ECKMANN, F. (1981). Analyse und Validierung eines Fragebogens zum Stationsklima. *Zeitschrift f. Klinische Psychologie, 10,* 241–264.

MOOS, R. H. (1974). *Ward Atmosphere Scale: Manual.* Palo Alto: Consulting Psychologists Press.

Test zur Erfassung der Schwere einer Depression (TSD)

S. OBERMAIR, K.-D. STOLL und K. RICKEL

Weinheim: Beltz, 1983

---

1. Testart Klinischer Test

2. Testmaterial Handanweisung (DIN A4, 16 Seiten), Testbogen (DIN A4, 1 Seite); *zusätzlich:* Schreibgerät.

3. Testgliederung Der TSD besteht aus 30 Items mit den vier Skalen „Schuldgefühle" (5 Items), „Schlafstörungen" (3 Items), „Agitierte Depression" (6 Items) und „Ängstlichkeit, gehemmte Depression" (16 Items).

4. Grundkonzept Ziel des TSD ist, auf der Grundlage von Selbstbeurteilungen den Schweregrad einer Depression anhand von verschiedenen Skalen zu erfassen, so daß eine Aufzeichnung von Depressionsverläufen unter medikamentöser Therapie möglich ist. Daneben geben die Autoren des TSD die phänomenologische Klassifikation in mehr agitierte Depressionen und eher gehemmte Formen an. Ausdrücklich heben die Autoren aber hervor, daß der TSD nicht geeignet ist, *Depression* zu diagnostizieren.
Der TSD besteht aus einer Untermenge der HSCL (DEROGATIS et al., 1973).

5. Durchführung **5.1 Alter:** Erwachsene.

5.2 Formen: Eine Form; als Einzeltest anwendbar. Computergestützte Fassung im Hogrefe-Testsystem CORA.

5.3 Handhabung: Der Testleiter liest zusammen mit dem Probanden die Instruktion vor, die auf dem Testbogen abgedruckt ist. Die Skalierung erfolgt auf einer fünfstufigen Skala.

5.4 Zeit: Keine Angaben.

6. Auswertung **6.1 Modus:** Aus dem Manual ist zu entnehmen, welches Item welcher Skala zugeordnet ist. Pro Skala wird durch Summieren der Itemscores ein Rohwert bestimmt. Es wird empfohlen, die Skalenwerte nur dann zu bestimmen, wenn alle 30 Items beantwortet sind. Bei 25 bis 29 beantworteten Items soll nur der Gesamtscore berechnet werden. In diesem Fall ist die Summe der Itemscores aus den bearbeiteten Items mit 30 zu multiplizieren und durch die Anzahl der bearbeiteten Items zu dividieren.

6.2 Zeit: Die Auswertungszeit pro Testbogen beträgt ca. 5 Minuten.

7. Gütekriterien **7.1 Objektivität:** Durchführungs- und Auswertungsobjektivität des TSD sind gewährleistet.

7.2 Reliabilität: Für jedes Item liegen Angaben über Mittelwert, Standard-

abweichung sowie über part-whole-korrigierte Trennschärfen zur Subskala und zur Gesamtskala vor.
Die Reliabilität wurde aufgrund von Cronbachs Alpha, Split-Half (aufgewertet), Flanagan und Kristof bestimmt. Alpha beträgt für den Gesamttest 0,94 und für die Skalen 0,84, 0,89, 0,78 und 0,92 (N = 162).
Die Retest-Reliabilität wurde nicht bestimmt.

7.3 Validität: Da von der HSCL ausgegangen wurde, fand eine Überprüfung der englischsprachigen Testitems an einer Stichprobe von 160 Patienten aus den USA statt. Die übersetzten Items wurden Deutschen (N = 162) vorgelegt. Kriterium für die Aufnahme in die Patientenstichprobe war jeweils die psychiatrische Diagnose „Depression". Eine Faktorenanalyse beider Datensätze mit anschließender Ähnlichkeitsrotation erbrachte eine weitgehende Übereinstimmung zwischen den Gruppen sowie eine Vier-Faktoren-Lösung, die zu den Skalen führte.
Eine Übereinstimmungsprüfung zwischen dem TSD und der Fremdbeurteilungsskala HAMD (Hamilton, 1960; s. a. CIPS, 1981) erbrachte ein r_{tc} von 0,51 bei Beginn einer Pharmako-Therapie; am Ende der Therapie betrug r_{tc} = 0,74 (N = 48).

7.4 Normen: Normen werden nicht mitgeteilt, da der Test lediglich zu Verlaufsstudien eingesetzt werden soll.

8. Literatur

CIPS (Collegium Internationale Psychiatriae Scalarum) (Hrsg.) (1981). *Internationale Skalen für Psychiatrie.* Weinheim: Beltz.

Derogatis, L. R., Lipman, R., Rickels, K., Uhlenhuth, E. & Covi, L. (1973). The Hopkins Symptom Checklist (HSCL): A measure of primary symptom dimensions. In P. Oichot (Ed.), *Psychological measurements in pharmacology. Modern problems in pharmacopsychiatry,* Vol. 7. Basel: Karger.

Hamilton, M. (1960). A rating scale for depression. *J. Neurol. Neurosurg. Psychiat., 23,* 56–62.

Trierer Alkoholismusinventar (TAI)

W. Funke, J. Funke, M. Klein und R. Scheller
Göttingen: Hogrefe, 1987

---

1. Testart Klinischer Test

2. Testmaterial Handanweisung (DIN A4, 49 Seiten), Fragebogen (DIN A4, 11 Seiten), Profilblatt, Auswertungsbogen; *zusätzlich*: Schreibgerät.

3. Testgliederung 90 Items sind auf insgesamt 7 Skalen angeordnet, die jeweils verschiedene Aspekte von Alkoholabhängigkeit repräsentieren:

1. Verlust der Verhaltenskontrolle und negative Gefühle nach dem Trinken (TAI 1, 24 Items)
2. Soziale Aspekte des Trinkens (TAI 2, 13 Items)
3. Süchtiges, andauerndes Trinken (TAI 3, 12 Items)
4. Positive Trinkmotive (TAI 4, 17 Items)
5. Psychoperzeptuelle Konsequenzen und Versuch der Selbstbehandlung von physiologischen Begleiterscheinungen (STAI 5, 11 Items)
6. Partnerprobleme wegen Trinkens (TAI 6, 6 Items)
7. Trinken wegen Partnerproblemen (TAI 7, 7 Items).

Die Items sind fast ausnahmslos Fragesätze, die möglichst einfach formuliert wurden. Die Antworten lauten für fast alle Items „oft“, „manchmal“, „selten“, „nie“. Die vorgegebenen Antwortalternativen lassen sich auf einer vierstufigen Ratingskala anordnen.

4. Grundkonzept Mit Hilfe des TAI werden spezifische Erlebens- und Verhaltensweisen fokussiert, wie sie von alkoholabhängigen Personen als Antezedenzien und Konsequenzen des exzessiven Alkoholkonsums in Selbstbeschreibung dargestellt werden. Mit Hilfe des Instruments sollen insbesondere für die Planung therapeutischer Interventionen relevante Daten bereitgestellt werden. Mit dem TAI liegt ein Deskriptionsansatz vor, der zur Vereinheitlichung und damit zur besseren Vergleichbarkeit von Stichprobenmerkmalen unterschiedlicher Studien im Bereich der Alkoholabhängigkeit (z. B. diagnostische Fragestellungen, Therapieverlaufsuntersuchungen, Katamnesen) genutzt werden kann. Ausgangsmaterial für das TAI war der Itempool eines englischsprachigen Instruments zur Erhebung unterschiedlicher Aspekte alkoholabhängigen Verhaltens. Das Inventar basiert unter anderem auf Phänomenologiebeschreibungen von Jellinek, Knight und Menninger.

5. Durchführung **5.1 Alter:** Jugendliche und Erwachsene.

5.2 Formen: Individual- und Gruppentest. Computergestützte Fassung im Hogrefe-Testsystem CORA.

5.3 Handhabung: Der Fragebogen enthält auf der ersten Seite ausführliche

Instruktionen zur Handhabung mit Beispielen. Auf der zweiten Seite werden einige soziodemographische und anamnestische Daten erhoben. Hier sind die Antworten zum Teil offen, zum Teil werden Antwortalternativen vorgegeben, von denen die zutreffenden angekreuzt werden sollen. Auf den Seiten drei bis neun befinden sich die Items der Skalen 1 bis 5. Die Fragen der Skalen 6 und 7 werden anschließend vorgegeben. Die insgesamt 90 Items werden anhand einer vierstufigen Ratingskala beantwortet.

5.4 Zeit: Zur Bearbeitung des Fragebogens werden durchschnittlich 30 Minuten benötigt.

6. Auswertung

6.1 Modus: Die Antworten werden auf einen Auswertungsbogen übertragen und skalenweise addiert. Die so erhaltenen Skalenrohwerte können mit Hilfe der Tabellen in Prozentrang-, T- und Stanine-Werte transformiert werden. Es steht auch ein Auswertungsprogramm für Personalcomputer zur Verfügung. Zur Veranschaulichung individueller Testergebnisse können die Stanine-Werte auf ein Profilblatt übertragen werden.

6.2 Zeit: Zur Auswertungsdauer werden keine Angaben gemacht.

7. Gütekriterien

7.1 Objektivität: Durchführungs- und Auswertungsobjektivität können als gewährleistet gelten. Für die Interpretation können die Ergebnisse auf Gesamtnormen oder geschlechtsspezifische Subnormen bezogen werden. Zur Profilinterpretation werden anhand von Fallbeispielen und „typischen" TAI-Profilen Vorschläge gemacht.

7.2 Reliabilität: Der Wert für die interne Konsistenz der Skalen (Cronbachs Alpha) ist nur für TAI 7 geringer als 0,80 (= 0,70). Die durchschnittlichen, part-whole-korrigierten Trennschärfen erreichen Werte um 0,50. Die durchschnittlichen Itemkorrelationen liegen um 0,30 (0,26–0,42). Die internen Konsistenzen (Guttman r_{tt}) schwanken zwischen 0,92 für TAI 1 und 0,71 für TAI 7. Zur Bestimmung der Stabilität wurden mit kleinen Stichproben Retests in kurzem Abstand (N = 39 bzw. N = 102) und bei N = 42 ein Retest nach 8 Wochen durchgeführt. Die Auswertung der Ergebnisse der ersten beiden Untersuchungen ergab für keine Skala Werte unter 0,80. Als Hinweis für die Validität des Verfahrens werden die deutlich geringeren Werte der dritten Untersuchung interpretiert (r_{tt} = 0,30 bis r_{tt} = 0,84), da sich Veränderungen der Patienten nach einer längeren Behandlungsdauer in den verschiedenen Skalenwerten widerspiegeln.

7.3 Validität: Die Ergebnisse aus mehreren Untersuchungen und Auswertungen können als Hinweise für die Gültigkeit des Instruments gelten:

a) Interkorrelationen der TAI-Skalen
b) Korrelationen der TAI-Skalen mit soziodemographischen und behandlungsspezifischen Merkmalen
c) Korrelationen mit Persönlichkeitsmerkmalen
d) Korrelationen mit ausgewählten somatischen Kennwerten (medizinische Laborbefunde)
e) Angaben über Querverbindungen zu einem anderen Alkoholismusfragebogen (GABS)
f) Katamnestische Erhebungen sprechen für die prognostische Validität des Verfahrens
g) Eine Hauptkomponentenanalyse mit einer 5-Faktoren-Lösung klärte 40% der Varianz auf.

7.4 Normierung: Die Normierungsstichprobe (N = 1275) ist eine von der Konstruktionsstichprobe unabhängige Probandengruppe. Es werden Prozentrang-, T- und Stanine-Werte für die Gesamtstichprobe und geschlechtsspezifische Substichproben angegeben.

Trierer Skalen zur Krankheitsbewältigung (TSK)

T. KLAUER und S. FILIPP
Göttingen: Hogrefe, 1993

---

1. Testart

Klinischer Test

2. Testmaterial

Manual (54 Seiten), Fragebogen, Profilbogen, Schablone; *zusätzlich*: Bleistift.

3. Testgliederung

Es handelt sich um einen Fragebogentest, bestehend aus 37 Items. Auf faktorieller Grundlage wurden folgende 5 Skalen gebildet:
- Rumination (RU)
- Suche nach sozialer Einbindung (SS)
- Bedrohungsabwehr (BA)
- Suche nach Information und Erfahrungsaustausch (SI)
- Suche nach Halt in der Religion (SR)

4. Grundkonzept

Die Skalen dienen dazu, unterschiedliche Arten der Bewältigung schwerer körperlicher Erkrankungen auf der Basis von Patienten-Selbstauskünften zu erfassen. Sie wurden entwickelt auf der Grundlage dimensionsanalytischer Strukturierungen eines vorgegebenen Item-Pools. Verwendet werden können die TSK im Rahmen der klinisch-psychologischen Diagnostik, der Rehabilitation und für Forschungszwecke.

5. Durchführung

5.1 Alter: Erwachsene mit schweren körperlichen Erkrankungen.

5.2 Formen: Gruppen- und Einzeltest, ohne Parallelform. Computergestützte Fassung im Hogrefe-Testsystem CORA.

5.3 Handhabung: Der Fragebogen beinhaltet die Instruktionen. Die Patienten haben die (selbst-)beobachtete Häufigkeit der einzelnen Bewältigungsreaktionen, bezogen auf einen vorgegebenen Zeitraum, auf einer sechsstufigen Skala einzuschätzen. Der Testleiter sollte für etwaige Rückfragen zur Verfügung stehen.

5.4 Zeit: Ca. 10–20 Minuten, keine Zeitbegrenzung.

6. Auswertung

6.1 Modus: Die Auswertung erfolgt manuell mittels Schablone.

6.2 Zeit: Ca. 5 Minuten pro Versuchsperson.

7. Gütekriterien

7.1 Objektivität: Durchführungs- und Auswertungsobjektivität sind – soweit dies bei Selbsteinschätzungsskalen möglich ist – gesichert.

7.2 Reliabilität: Die bei LIENERT (1969) formulierten Standards bezüglich der internen Konsistenz werden weitgehend erreicht ($r = 0{,}76–0{,}82$). Bei der Vergleichsstichprobe von Patienten mit chronischer Niereninsuffizienz werden diese Standards nicht erreicht, was möglicherweise an der geringen Größe (N = 45) der Stichprobe liegt.

7.3 Validität: Mehrere Ansätze zur Validierung werden beschrieben:
- faktorielle Validität
- konvergente/diskriminante Validität
- kriterienbezogene Validität
- differentielle Validität.

Die Validierungsstudien erbrachten teilweise statistisch signifikante Belege, oft aber nur tendenzielle Gültigkeitshinweise.

7.4 Normen: In den Tabellen sind für die Gesamtstichprobe (N = 878), getrennt für die männlichen und weiblichen Patienten sowie für eine Teilstichprobe von Krebspatienten (N = 408) den Skalenrohwerten entsprechende Normwerte (T-Werte, PR-Werte, Stanine-Werte) angegeben. Anhand der T-Werte läßt sich ein individuelles Skalenprofil erstellen.

Unsicherheitsfragebogen (UFB)

B. Behzadi

Berlin: Psychodiagnostisches Zentrum, Sektion Psychologie der Humboldt-Universität, 1983

---

1. Testart

Klinischer Test

2. Testmaterial

Handanweisung (DIN A4, 18 Seiten), 4 Fragenhefte, 50 Antwortblätter, 2 Auswertungsschablonen; *zusätzlich:* Schreibgerät.

3. Testgliederung

Der Unsicherheitsfragebogen besteht aus 47 Items. Er gliedert sich in die Skalen

- „Allgemeine Selbstunsicherheit" (Skala I, 35 Items)
- „Fehleinstellung zur eigenen Person und soziale Angst" (Skala II, 17 Items) und
- „Soziale Fertigkeiten" (Skala III, 8 Items).

4. Grundkonzept

Der UFB wurde konstruiert, um die Indikation und Effektivität eines speziellen Selbstsicherheitstrainings besser abschätzen zu können. Nach der Durchsicht zahlreicher psychodiagnostischer Verfahren, die Aspekte der Selbstunsicherheit enthielten, wurde von der Testautorin – ausgehend von zwei Vorformen – ein eigener Fragebogen entwickelt, der auf DDR-Verhältnisse zugeschnitten war und zugleich bestimmte Mängel zu umgehen suchte. (Solche Mängel bestehen z. B. darin, daß die vorliegenden Verfahren oft nur einen einzigen Aspekt des komplexen Konstruktes „Selbstunsicherheit" erfassen und/oder sehr situationsspezifisch aufgebaut sind.) Anwendungsbereiche sind die klinische Praxis (speziell die Indikationsdiagnostik zum Selbstsicherheitstraining und zur Überprüfung der Behandlungswirkung) sowie die psychologische Forschung (Aufklärung des Konstrukts „Selbstunsicherheit".

5. Durchführung

5.1 Alter: 18–60 Jahre.

5.2 Formen: Der UFB kann als Einzel- oder Gruppentest eingesetzt werden.

5.3 Handhabung: Das Verfahren ist ein Papier-Bleistift-Test. Eine exakte Instruktion ist vorhanden. Der Proband soll die 47 Items (Feststellungen) jeweils aufgrund einer vierstufigen Antwortskala mit den Endpolen „sehr zutreffend" und „kaum oder gar nicht zutreffend" beantworten.

5.4 Zeit: Die Durchführungsdauer beträgt etwa 20 Minuten.

6. Auswertung

6.1 Modus: Der Fragebogen wird mit Hilfe zweier Schablonen ausgewertet. Ermittelt werden sowohl der Gesamttestwert über alle 47 Items hinweg als auch die Rohwerte für die drei Skalen. Eine Normentabelle liefert für diese

Summenscores entsprechende Vergleichswerte. Interpretationshilfen sind vorhanden.

6.2 Zeit: Für die Auswertung werden ca. 10 Minuten benötigt.

7. Gütekriterien

7.1 Objektivität: Durchführung und Auswertung des Verfahrens sind objektiv.

7.2 Reliabilität: Für den Gesamttest ergab sich eine Retest-Reliabilität von $r_{tt} = 0{,}87$ (6–8 Wochen Abstand; N = 45). Für die einzelnen Skalen wurden folgende Retest-Reliabilitäten ermittelt: Skala I: $r_{tt} = 0{,}87$; Skala II: $r_{tt} = 0{,}82$; Skala III: $r_{tt} = 0{,}87$. – Die innere Konsistenz, berechnet nach der Spearman-Brown-Formel, betrug für den Gesamttest $r_{tt} = 0{,}95$, für Skala I 0,94, für Skala II 0,89 und für Skala III 0,81.

7.3 Validität: Der Unsicherheitsfragebogen besitzt nach Meinung seiner Autorin *inhaltliche* Validität.
Zur Bestimmung der *externen* Validität wurden bei zwei Patientenstichproben (stationär behandelte Neurotiker) die Ergebnisse aus dem UFB mit der Einschätzung des Arztes hinsichtlich des Kriteriums „unsicher ja/nein" verglichen. Es ergaben sich dabei Phi-Koeffizienten von 0,29 bzw. 0,30 (N = 70 bzw. 100).
Für die Ermittlung der *internen* Validität wurden anhand einer Neurotikerstichprobe (N = 100) die Zusammenhänge zwischen dem UFB und dem Freiburger-Persönlichkeits-Inventar (FPI) berechnet. Der UFB-Gesamttestwert zeigte mit folgenden FPI-Skalen signifikante Korrelationen: „Nervosität" (r = 0,56), „Depressivität" (r = 0,58), „Geselligkeit" (r = –0,43), „Gehemmtheit" (r = 0,56), „Extraversion" (r = –0,31), „Emotionale Labilität" (r = 0,49) und „Maskulinität" (r = —-0,54).
Hinsichtlich der *faktoriellen* Validität wurden innerhalb einer Gruppe von N = 170 Psychotherapiepatienten die oben genannten Skalen (Faktoren) gewonnen. Es zeigte sich, daß in Abhängigkeit von unterschiedlich gearteten Patienten-Stichproben (z. B. Neurotiker, Alkoholiker, Schizophrene) verschiedene Faktorenlösungen resultierten.

7.4 Normen: Es liegen C-Wert-Normen vor, und zwar sowohl für den Gesamttest als auch für die einzelnen Skalen. Die Standardisierungsstichprobe bestand aus 200 freiwilligen Versuchspersonen der Normalbevölkerung. Bezüglich Alter, Geschlecht und Bildung ist diese Stichprobe repräsentativ für die Bevölkerung der ehemaligen DDR (bzw. der Neuen Länder).

8. Literatur

ULLRICH DE MUYNCK, R. & FORSTER, T. (1974). Selbstsicherheitstraining. In C. KRAIKER (Hrsg.), *Handbuch der Verhaltenstherapie*. München: Kindler, 351–368.

SCHNEIDER, K. (1968). Selbstunsichere Psychopathen. In N. PETRILOWITSCH (Hrsg.), *Psychologie der abnormen Persönlichkeiten*. Darmstadt: Wissenschaftliche Buchgesellschaft, 102–113.

Veränderungsfragebogen des Erlebens und Verhaltens (VEV)

M. ZIELKE und C. KOPF-MEHNERT

Weinheim: Beltz, 1978

---

1. Testart Klinischer Test

2. Testmaterial Handanweisung (DIN A4, 44 Seiten), Fragebogen, Auswertungsschablone; *zusätzlich:* Schreibgerät.

3. Testgliederung Der VEV besteht aus 42 Items; 21 stammen aus dem Q-Sort BUTLER und HAIGH (1954), 11 Items aus der deutschen Übersetzung des Q-Sort von BROCKERT (1967). Die übrigen Items stammen aus Listen von Klientenäußerungen, die von 7 Psychotherapeuten vor, während und nach therapeutischen Sitzungen angefertigt wurden. Die Items (formuliert in Komparativform) enthalten Aussagen zu unterschiedlichen Aspekten der Selbstwahrnehmung.

4. Grundkonzept Der VEV soll Stärke und Richtung von Erlebens- und Verhaltensäußerungen bei Klienten nach Beendigung einer klientenzentrierten Psychotherapie (Gesprächspsychotherapie) erfassen. Grundlage der Veränderungsmessung sind die Veränderungstheorie der Gesprächspsychotherapie und Erfahrungskonzepte von Gesprächstherapeuten. Die Klienten haben die Aufgabe, Veränderungen durch die Therapie retrospektiv mit Hilfe des VEV einzuschätzen. Der Fragebogen ist auf die Erfassung qualitativ stabiler Merkmale angelegt, um zwischen Einschätzungen unterscheiden zu können, die aufgrund einer veränderten Sichtweise des Klienten bzw. aufgrund der Wirkung von Störvariablen zustande gekommen sind. Die Items erfassen insgesamt einen bipolaren Faktor mit den Polen „Entspannung, Gelassenheit, Optimismus“ und „Spannung, Unsicherheit, Pessimismus“. Der VEV eignet sich zur Erfassung der Wirksamkeit psychotherapeutischer Behandlungen klientenzentrierter Orientierung.

5. Durchführung **5.1 Alter:** Keine Angaben. (Sicher geeignet ab dem 18. Lebensjahr.)

5.2 Formen: Der VEV ist als Einzel- und als Gruppenuntersuchung durchführbar. Computergestützte Fassung im Hogrefe-Testsystem CORA.

5.3 Handhabung: Der Testleiter sollte den Zweck der Untersuchung erläutern und dann die auf dem Fragebogen aufgedruckte Instruktion vorlesen. Wichtig ist nach Meinung der Testautoren, darauf hinzuweisen, daß weder der Zustand vor der Therapie noch der gegenwärtige Zustand, sondern ein „interner Änderungsvergleich“ erfaßt werden soll.

5.4 Zeit: Die Testzeit beträgt 10 bis 15 Minuten.

6. Auswertung

6.1 Modus: Für das vollständig ausgefüllte Fragebogenprotokoll wird mit Hilfe einer Auswertungsschablone ein Testgesamtwert errechnet. Jede Ankreuzung wird mit Punkten zwischen 1 und 7 bei den positiv formulierten Items und – in entgegengesetzter Richtung – zwischen 7 und 1 bei negativ formulierten Items bewertet. Beide pro Fragebogenseite berechneten Summenwerte werden zum Gesamtwert (zwischen 42 und 294) addiert. Die Position des ermittelten Gesamtwertes wird durch Eintragen des Wertes auf die senkrechte Achse eines Veränderungsprofils festgestellt. Eine weitere Tabelle gibt die kritischen Spannen für die Beurteilungen der Veränderungen an.

6.2 Zeit: Keine Angaben.

7. Gütekriterien

7.1 Objektivität: Bei vorgeschriebener Durchführung und Auswertung gegeben.

7.2 Reliabilität: Aufgrund der ausgewiesenen Werte ist dem VEV eine extrem hohe Meßgenauigkeit zu attestieren. Testunterteilung (Vergleich zweier Testhälften) für die Gesamtgruppe: zwischen r = 0,975 und r = 0,987, für die Therapiegruppe zwischen r = 0,946 und für die „Wartegruppe" r = 0,989.

Anleitung

Bitte stellen Sie sich den Zeitpunkt vor _____ Wochen vor. Das war der ____________________ (Datum des Beginns des Beurteilungszeitraums).
Überlegen Sie, was Sie zu diesem Zeitpunkt machten und wie Sie sich fühlten. Überblicken Sie bitte nunmehr immer den Zeitraum vom obigen Datum bis heute.

Bitte prüfen Sie bei den nachfolgenden Fragen immer, ob sich bei Ihnen innerhalb dieses Zeitraums eine Änderung in die eine oder andere Richtung vollzogen hat. Das Ausmaß der Änderung geben Sie bitte durch Ankreuzen einer Zahl an.

Hier ein Beispiel:

Änderung						
in **gleicher** Richtung			**keine**	in **entgegengesetzter** Richtung		
+3 stark	+2 mittel	+1 schwach	0	−1 schwach	−2 mittel	−3 stark

Ich bin ruhiger geworden.	+3	+2	+1	☒	−1	−2	−3

Wenn Sie innerhalb des Zeitraums keine Änderung erlebt haben, wenn Sie also weder ruhiger noch unruhiger geworden sind, durchkreuzen Sie bitte die 0 (wie hier in diesem Beispiel).
Wenn Sie eine starke Änderung in entgegengesetzter Richtung erlebt haben, wenn Sie also während des Zeitraums unruhiger geworden sind, durchkreuzen Sie bitte die −3.
Wenn Sie eine starke Änderung in die gleiche Richtung erlebt haben, wenn Sie also während des Zeitraums ruhiger geworden sind, durchkreuzen Sie bitte die +3.

Beantworten Sie bitte zügig und spontan alle Fragen!

Anleitung zum Veränderungsfragebogen des Erlebens und Verhaltens (VEV)

Innere Konsistenz:
Für alle drei Gruppen zwischen r = 0,956 und r = 0,987. Der geringe Retest-Koeffizient von r = 0,61 ist plausibel, da die Erfassung von Veränderung Untersuchungsziel ist.

7.3 Validität: Für die kriterienbezogene Validität (als Übereinstimmungsvalidität zu konstruktnahen Veränderungsskalen) wurden Koeffizienten zwischen r = –0,29 und r = 0,63 (Ausnahme: Skala Hypochondrie r = –0,02) ermittelt. Für die diskriminante Validität (Korrelationen zwischen Veränderungen im VEV und Veränderungen von Intelligenzskalen des LPS (HORN, 1962) ergaben sich Werte zwischen r = –0,11 und r = –0,18. Die faktorielle Validität wurde anhand der Extraktion von drei relevanten Faktoren aus konstruktnahen Veränderungsskalen und dem VEV befriedigend belegt.

7.4 Normen: Der Normierung des VEV („Veränderungsnormen“) liegt ein Vergleich von Veränderungen in der Therapiegruppe zugrunde. Von therapiebedingten Veränderungen kann man dann sprechen, wenn die Veränderungswerte über die einer nichtbehandelten Gruppe hinausgehen. Theoretische Nullveränderung wird dann angenommen, wenn alle Items auf der mittleren Skalenstufe angekreuzt sind. Dies entspricht einem Gesamtwert von 168. Positive signifikante Veränderungen liegen zwischen den Gesamtwerten 187 und 294, negative zwischen 149 und 42. Die Veränderungsnormen werden mit Hilfe des abgebildeten Veränderungsprofils und einer zugehörigen Tabelle ermittelt. Die Testautoren weisen ausdrücklich darauf hin, daß die angegebenen Normen zunächst nur für die Bezugspopulation der untersuchten Klientengruppe (N = 90) Gültigkeit besitzen.

Zusatzinventar für Selbstkommunikation für Erwachsene (ISE-Z)

S. TÖNNIES

Weinheim: Beltz, 1986

---

1. Testart Klinischer Test

2. Testmaterial Handanweisung (DIN A4, 24 Seiten), Testbogen (DIN A4, 2 Seiten), 2 Auswertungsschablonen; *zusätzlich:* Schreibgerät.

3. Testgliederung Das Zusatzinventar besteht aus 62 Items, die sechs faktorenanalytisch gesicherten Skalen zugeordnet wurden. Die erste Skala („Wertschätzung anderer") und die zweite Skala („Geringschätzung anderer") erfassen hauptsächlich die psychosozialen Anteile des inneren Dialogs, die vertrauensvolle Hinwendung bzw. mißtrauische Ablehnung ausdrücken.

Mit den Skalen „Selbstkritik" und „Selbstkontrolle" werden Anteile an der kognitiven Selbstkommunikation gemessen. Ist der Proband „selbstkritisch", so zeigt er eine Auseinandersetzung mit sich selbst und hinterfragt sein eigenes Verhalten. Die Skala „Selbstkontrolle" enthält Äußerungen darüber, wie der Proband versucht, eigene Gedanken und Gefühle vor anderen Menschen zu verbergen.

In den beiden letzten Skalen „positive" und „negative psychosomatische Befindlichkeit" drückt der Proband eine positive oder negative Gefühlslage als seelisch-körperliche Befindlichkeit aus.

4. Grundkonzept Das ISE-Z wurde in Anlehnung an das ISE entwickelt und ist sowohl in der klinischen wie auch der psychotherapeutischen Praxis einsetzbar. Während das ISE Selbstäußerungen enthält, die die eigene Person und Gefühle betreffen, werden mit dem ISE-Z darüber hinaus auch kognitive Aspekte des inneren Dialogs erfaßt. Deshalb kann das Inventar auch von Vertretern der kognitiven Verhaltenstherapie und der rational-emotiven Therapie eingesetzt werden.

Es wird beim ISE-Z – wie beim ISE – angenommen, daß Art und Ausmaß der Selbstkommunikation mit psychischen Beeinträchtigungen zusammenhängen und sich bei Änderung der psychischen Befindlichkeit ebenfalls verändern. Selbstkommunikation wird dabei definiert als die Art, in der Menschen im Selbstgespräch mit sich selbst umgehen.

5. Durchführung **5.1 Alter:** Erwachsene.

5.2 Formen: Gruppen und Einzeltests.

5.2 Handhabung: Der Testbogen enthält auf der Rückseite eine kurze Anleitung und eine Erläuterung, wie die Items zu verstehen sind. Jedes Item kann auf vier Stufen beantwortet werden (nie, selten, öfter, häufig). Der Test ist ein Papier-Bleistift-Test.

5.4 Zeit: Zur Testdauer werden keine Angaben gemacht.

6. Auswertung

6.1 Modus: Der Test wird mit Transparentschablonen ausgewertet. Auf den Schablonen sind die Skalenzugehörigkeit eines Items und die Scorung aufgedruckt. Die Rohpunkte werden für jede Skala summiert und durch die Anzahl der Items der Skala dividiert. Dieser Quotient ist der Mittelwert. Gesonderte Interpretationshinweise werden nicht mitgeteilt. Sie sind aus dem Testmanual zu erschließen.

6.2 Zeit: Zeitangaben zur Dauer der Auswertung liegen nicht vor. Sie dürfte fünf Minuten aber nicht überschreiten.

7. Gütekriterien

7.1 Objektivität: Das ISE-Z ist hinsichtlich der Durchführung und der Auswertung objektiv.

7.2 Reliabilität: Für jedes Item liegen Trennschärfe- und Schwierigkeitsindizes, bezogen auf die Referenzskala, vor. Bei einer überwiegend mittleren Schwierigkeit sind die Trennschärfekoeffizienten (Produkt-Moment-Korrelation, part-whole-korrigiert) alle ≥ 0,4. Die durchschnittlichen Indizes betragen bei einer Stichprobe von 350 Gesunden, körperlich Kranken, psychosomatisch Kranken und psychosomatisch beeinträchtigten Personen:

ISE-Z	Z1	Z2	Z3	Z4	Z5	Z6
mittlere Trennschärfe	0,59	0,52	0,50	0,47	0,55	0,54
mittlere Schwierigkeit	0,53	0,40	0,51	0,51	0,44	0,36

Die Reliabilitätsprüfungen beschränken sich auf die Berechnung der internen Konsistenz nach der Kuder-Richardson-Formel 20. Sie wird getrennt bestimmt für die Teilstichproben der Gesunden (I; N = 106), körperlich Kranken (II; N = 88), psychosomatisch Kranken (III; N = 63) und der Psychoneurotiker (IV; N = 93):

		Stichprobe			
ISE-Z-Skala	Items	I	II	III	IV
1	10	0,89	0,85	0,83	0,88
2	12	0,82	0,85	0,84	0,85
3	10	0,78	0,83	0,78	0,78
4	7	0,70	0,75	0,80	0,74
5	9	0,82	0,84	0,84	0,84
6	14	0,84	0,87	0,85	0,85

Die Retest-Reliabilität bei 26 psychosomatisch kranken Personen und einem Zeitintervall von fünf Monaten, währenddessen die Patienten psychotherapeutisch behandelt wurden, beträgt je nach Skala r_{tt} = 0,55 bis r_{tt} = 0,85.

Ferner ergaben sich mittlere Korrelationen zwischen den Skalen „negative psychosomatische Befindlichkeit“, „Geringschätzung anderer“, „Selbstkritik“ uns „Selbstkontrolle“ (r = 0,45 bis 0,62). Der Zusammenhang zwischen den Skalen „positive psychosomatische Befindlichkeit“ und „Wertschätzung anderer" beträgt r = 0,46. Ferner korrelieren die Skalen „Selbstkritik", „Selbstkontrolle" und „Geringschätzung anderer" untereinander (r = 0,37 bis 0,55).

7.3 Validität: Die Validität kann aufgrund einer Faktorenanalyse auf Item- und Skalenebene sowie einer gemeinsamen Faktorenanalyse der ISE- und ISE-Z-Skalen, der Zusammenhänge zwischen den ISE-Skalen und zwischen den Zusatzskalen sowie zwischen ISE-Skalen und Zusatzskalen, außerdem aufgrund von Mittelwertsunterschieden verschiedener Teilgruppen und diskriminanzanalytischer Untersuchungen als nachgewiesen gelten.
Die Faktorenanalyse erbrachte aufgrund der „guten inhaltlichen Interpretierbarkeit" eine Sechsfaktorenlösung, durch die 45% der Gesamtvarianz erklärt wird. Auf dem ersten Faktor (18%) lagen die Items der Skalen „negative psychosomatische Befindlichkeit" substantiell, auf dem zweiten Faktor (11%) die Items der Skala „Wertschätzung anderer, auf dem dritten Faktor (6%) 11 Items der Skala „Geringschätzung anderer". Faktor 4 (3%) wird von der Skala „Selbstkritik" gebildet, Faktor 5 (3%) von der Skala „positive psychosomatische Befindlichkeit" und Faktor 6 von den Items der Skala „Selbstkontrolle".
Bei 104 psychosomatisch Kranken ergaben sich hohe Korrelationen zwischen den Skalen „psychosomatische Befindlichkeit" (ISE) und „psychosomatische Befindlichkeit" (ISE-Z). Die Korrelationen betrugen hier 0,70 bis 0,83. Außerdem zeigten sich Korrelationen zwischen „negative psychosomatische Befindlichkeit", „Selbstzufriedenheit", „Selbstentmutigung" (ISE) und „Selbstkontrolle", „Selbstkritik" und „Geringschätzung anderer" (ISE-Z). „Positive psychosomatische Befindlichkeit" (ISE-Z) hängt mit „Selbstzufriedenheit" und „Selbstermutigung" (ISE) zusammen.
Das ISE und ISE-Z wurden aufgrund der Interkorrelationen einer Sekundärfaktorenanalyse unterzogen. Es ergab sich eine Zweifaktorenlösung, die 67% der Gesamtvarianz erklärt. Faktor I (38%) enthält die Skalen der negativen Selbstkommunikation, Faktor II (28%) ergibt sich aus den Skalen zur positiven Selbstkommunikation.
Aufgrund der Daten aus der Analysenstichprobe wurden Korrelationen berechnet zwischen dem Zusatzinventar und einigen Skalen des FPI sowie der Beschwerdeliste (BL). Die Zusatzskala „negative psychosomatische Befindlichkeit" korreliert zu 0,54 mit den Skalen FPI 1 (psychosomatische Gestörtheit) und zu 0,63 mit den subjektiven körperlichen Beschwerden und Allgemeinbeschwerden aus der BL. Außerdem ergaben sich mittlere Zusammenhänge zwischen den Zusatzskalen „Selbstkritik", „Selbstkontrolle" und „Geringschätzung anderer" mit den Skalen „Neurotizimus" der FPI und der Häufigkeit allgemeiner körperlicher Beschwerden in der BL. Bei 104 psychosomatisch Erkrankten wurde zusätzlich der Gießener Beschwerdebogen eingesetzt. Die an Gesunden gefundenen Korrelationen konnten bestätigt werden. Ferner ergab sich ein Zusammenhang von r = 0,37 bis 0,57 zwischen den Zusatzskalen „negative psychosomatische Befindlichkeit" und dem Gießener Beschwerdebogen.
Die Mittelwertsüberprüfungen zeigten Unterschiede in der Selbstkommunikation zwischen Psychoneurotikern, psychosomatisch Kranken, körperlich Kranken und Gesunden. Psychosomatisch und psychoneurotisch kranke Frauen unterschieden sich in mehr Skalen von gesunden Frauen als die entsprechenden Männergruppen.

Aufgrund einer diskriminanzanalytischen Untersuchung wurden zwischen 47,6% und 73,3% richtige Zuordnungen gefunden.

7.4 Normen: Keine Angaben.

8. Literatur

TÖNNIES, S. (1986^2). *Inventar zur Selbstkommunikation für Erwachsene (ISE).* Weinheim: Beltz.

TÖNNIES, S. & TAUSCH, R. (1981). Inventar zur Selbstkommunikation für Erwachsene (ISE). *Zeitschrift für Klinische Psychologie, 10,* 51–63.

JÄGER, R. S. Inventar zur Selbstkommunikation für Erwachsene (ISE). *Diagnostica, 2,* 162–164.

2. PSYCHOMETRISCHE PERSÖNLICHKEITSTESTS

2.1 Persönlichkeits-Struktur-Tests

2.2 Einstellungs- und Interessentests

2.3 Klinische Tests

2.3.1 Fragebogen

2.3.2 Interviews

2.3.3 Sonstige klinische Verfahren

2.3 Klinische Tests

2.3.2 Interviews

● = ja
O = teilweise
○ = nein
k.A.= keine Angaben

Testname	Autor(en)	Seite	Durchführung: Gruppentest	Durchführung: Parallelform	Durchführung: Zeitangabe netto (Min.)	Durchführung: Zeitangabe brutto (Min.)	Auswertung: Schabl./Schlüss.	Auswertung: maschinell	Auswertung: Zeitangabe (Min.)	Gütekriterien: Objektivität	Gütekriterien: Reliabilität	Gütekriterien: emp. Validität	Gütekriterien: Normen	Alter (Jahre oder Schuljahre (J/Sj))
Basisdokumentation suizidalen Verhaltens	Kulessa u.a.	821	○	○			○	○		●	○	○	○	k.A.
Berner Bewältigungsformen (BEFO)	Heim u.a.	822	○	○			○	○		●	●	●	○	ab 18 J
Bonner Skala für die Beurteilung von Basissymptomen (BSABS)	Gross u.a.	826	○	○		60–120	○	○		○	○	○	○	k.A.
Composite International Diagnostic Interview (CIDI)	Wittchen u.a.	829	○	○			○	●		●	●	**O**	○	15–70 J
Computergestützte Diagn. n. ICD-10 u. DSM-III-R (CIDI)	Pfister u.a.	831	○	○			○	●		●	**O**	**O**	○	k.A.
Diagnostisches Interview bei psychischen Störungen (DIPS)	Margraf u.a.	833	○	○		ca. 60	○	○		●	●	●	**O**	k.A.
Diag. Interview b. psy. Störg. b. Kind. u. Jugdl. (Kinder-DIPS)	Unnewehr u.a.	836	○	○		60	○	○		●	●	●	○	5–17 J
Diagnostisches Interview für das Borderline-Syndrom (DIB)	Gunderson	839	○	○			○	○		●	**O**	●	●	k.A.
Impatient Multidimensional Psychiatric Scale (IMPS)	Hiller u.a.	841	○	○		ca. 60	○	○		●	●	●	●	k.A.
Mannheimer Elterninterview (MEI)	Esser u.a.	845	○	○		60–75	○	○		●	●	●	●	6–16 J
Mannheimer Skala z. Einschätzung sozialer Behinderung (DAS-M)	Jung u.a.	847	○	○		45–60	○	○		●	●	●	**O**	15–45 J
Mini-DIPS: Diagnostisches Kurz-Interview psychischer Störungen	Margraf	849	○	○		ca. 30	○	○		●	●	●	○	ab 16 J
Reisberg-Skalen GDS, BCRS, FAST	Ihl u.a.	853	○	○		ca. 20	○	○		●	●	●	○	k.A.

● = ja
○ = teilweise
❍ = nein
k.A.= keine Angaben

Testname	Autor(en)	Seite	Durchführung				Auswertung			Gütekriterien				Alter
			Gruppentest	Parallelform	Zeitangabe netto (Min.)	Zeitangabe brutto (Min.)	Schabl./Schlüss.	maschinell	Zeitangabe (Min.)	Objektivität	Reliabilität	emp. Validität	Normen	(Jahre oder Schuljahre (J/Sj))
Standard. Verf. z. Erhebg. d. Psychopathol. Befundes (PSE)	v. Cranach	855	❍	❍			❍	❍		❍	❍	❍	❍	k.A.
Struktur. Interview f. Schlafstörungen n. DSM-III-R (SIS-D)	Schramm u.a.	857	❍	❍		ca. 30	❍	❍		●	●	❍	❍	k.A.
Struktur. Klin. Interv. für DSM-III-R (SKID)	Wittchen u.a.	859	❍	❍		ca. 70	❍	❍		●	●	❍	❍	k.A.
Struktur. Klin. Interv. für DSM-III-R – Achse II (Persönlichkeitsstör.) (SKID II)	Wittchen u.a.	862	❍	❍			❍	❍		●	●	❍	❍	k.A.

Basisdokumentation suizidalen Verhaltens

Standardisierter Dokumentationsbogen für Patienten nach Suizidhandlungen (SH) – Kurzfassung

C. H. E., KULESSA, H.-J. MÖLLER, S. SCHALLER, A. SCHMIDTKE,
A. TORHORST, C. WÄCHTLER, P. WECHSUNG und H. WEDLER

Weinheim: Beltz, 1984

---

1. Testart Klinischer Test

2. Testmaterial Fragebogen; *zusätzlich:* Schreibgerät.

3. Testgliederung Die Basisdokumentation suizidalen Verhaltens ist ein Fragebogen mit 9 Teilen: Allgemeine Daten, Diagnose, soziodemographische Daten, Anamnese, Suizidhandlung, Befund, Betreuung/Behandlung, Indikation für weitere Betreuung/Behandlung, Behandlungsvorschlag.

4. Grundkonzept Das Verfahren dokumentiert suizidales Verhalten am Entlassungstag aus der Behandlung.

5. Durchführung

5.1 Alter: Keine Angaben.

5.2 Formen: Einzelfragebogen.

5.3 Handhabung: Das Verfahren wird vom Testleiter ausgefüllt.

5.4 Zeit: Keine Angaben.

6. Auswertung

6.1 Modus: Die Dokumentation wird per EDV ausgewertet.

6.2 Zeit: Keine Angaben.

7. Gütekriterien

7.1 Objektivität: Durchführungs- und Auswertungsobjektivität sind formal gegeben.

7.2 Reliabilität: Keine Angaben.

7.3 Validität: Keine Angaben.

7.4 Normen: Keine Angaben.

8. Literatur

SCHALLER, S., SCHMIDTKE, A., TORHORST, A., WÄCHTLER, C. und WEDLER, H. (1987). *Basisdokumentation suizidalen Verhaltens. Manual.* Weinheim: Beltz Test GmbH.

Berner Bewältigungsformen (BEFO)

E. Heim, K. Augustiny, A. Blaser und L. Schaffner
Bern: Huber, 1991

---

1. Testart Klinischer Test

2. Testmaterial Handanweisung (79 Seiten), Fremd-Ratingbogen; *zusätzlich:* Schreibgerät.

3. Testgliederung Die BEFO sind als strukturiertes Interview angelegt und folgen generell einem standardisierten Ablauf. Die BEFO umfassen folgende Dimensionen und Skalen:

A Handlungsanleitungen Bewältigungsformen

H1 Ablenkendes Anpacken
H2 Altruismus
H3 Aktives Vermeiden
H4 Kompensation
H5 Konstruktive Aktivität
H6 Konzentrierte Entspannung
H7 Rückzug (sozial)
H8 Solidarisieren
H9 Zupacken
H10 Zuwendung

B Kognitionsbezogene Bewältigungsformen

K1 Ablenken
K2 Aggravieren
K3 Akzeptieren, Stoizismus
K4 Dissimulieren
K5 Haltung bewahren
K6 Humor, Ironie
K7 Problemanalyse
K9 Religiosität
K10 Rumifizieren
K11 Sinngebung
K12 Valorisieren

C Emotionsbezogene Bewältigungsformen

E1 Hadern, Selbstbedauern
E2 Emotionale Entlastung
E3 Isolieren, Unterdrücken
E4 Optimismus
E5 Resignation, Fatalismus

E7 Selbstbeschuldigung
E8 Schuld zuweisen, Wut ausleben

4. Grundkonzept Krankheitsbewältigung stellt einen Prozeß dar, der im Rahmen eines integrierten Verständnisses einer biopsychosozialen Medizin eine Reaktion auf eine beliebige Krankheit zum Inhalt hat. Solche im Rahmen einer Krankheit zu bewältigenden psychosozialen Belastungen sind z. B. verändertes Wohlbefinden, gestörtes emotionales Gleichgewicht oder Verunsicherung hinsichtlich Rollenaufgaben. Das Gelingen einer Krankheitsbewältigung ist vorwiegend abhängig von den individuellen Ressourcen, die dem Kranken zur Verfügung stehen. Sie liegen in der psychischen Verfassung, der Intelligenz, der emotionalen Ausgeglichenheit oder auch im sozialen Umfeld.
Die BEFO wurden zur Ermittlung des Krankheits-Bewältigungsverhaltens – teils theoriegeleitet, teils klinisch-empirisch geleitet – als Fremdeinschätzungsverfahren im Sinne eines „partizipierenden Beobachtungsinterviews“ angelegt. Ihr Einsatzbereich sind akute und chronische somatische und psychische Krankheiten oder als Ausgangslage für Interventionen, die individuelles Bewältigungsverhalten berücksichtigen.

5. Durchführung **5.1 Alter:** Keine Angaben; Erwachsene aller Altersstufen.

5.2 Formen: Strukturiertes Einzelinterview als Fremdeinschätzung.

5.3 Handhabung: Die Durchführung des (semi-)strukturierten Interviews sollte nach Angaben der Autoren folgendem Ablaufschema folgen:

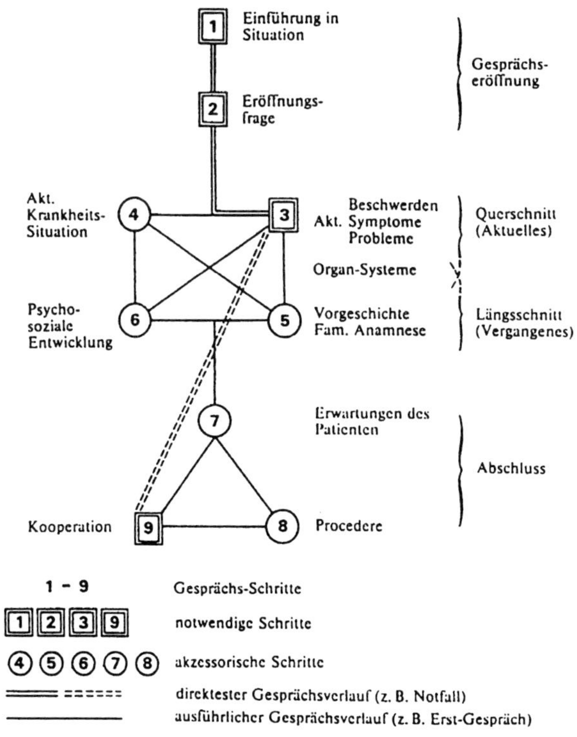

Die Datenaufnahme im freien Interview erfolgt über die Tonbandaufnahme. Darüber hinaus wird das Führen eines „Forscher-Tagebuchs“ empfohlen, in dem zusätzliche Eindrücke während des Interviews festgehalten werden können.

5.4 Zeit: Keine Angaben.

6. Auswertung

6.1 Modus: Die Auswertung erfolgt durch Zuordnung der Patientenaussagen im Interview zu den vorgegebenen Dimensionen. Die Zuordnung kann auf dreifache Weise erfolgen:
- *Nominal-Zuordnung* als Ja-Nein-Entscheidung
- *Ordinal-Zuordnung* als hierarchisch forcierte Zuteilung der einzelne Bewältigungsformen
- *Intervall-Zuordnung* auf einer fünfstufigen Skala von „0“ = nicht vorhanden bis „4“ = stark (ausgeprägt).

Die Zuordnung der Beobachtungen und Informationen aus den Interviews zu den einzelnen Kategorien (Bewältigungsformen) versucht letztlich eine Rekonstruktion der individuellen Copingstruktur.

6.2 Zeit: Keine Angaben.

7. Gütekriterien

7.1 Objektivität: Untersuchungen zur Inter-Rater- und Intra-Rater-Reliabilität decken in der Regel bei Fremdeinschätzungsverfahren die Verfahrens-Objektivität und -Reliabilität kombiniert ab. Daher sind die dargestellten Ergebnisse sowohl als Kriterium für die Durchführungs-, Auswertungs- und Interpretationsobjektivität als auch für eine Retest-Reliabilität zu werten. Die nachfolgende Übersicht zeigt die Ergebnisse der diesbezüglichen meßtheoretischen Untersuchungen, die insgesamt als befriedigend anzusehen sind.

Interraterreliab.	**Jahr**	**N**	**Verfahren**	**Wert**	**Art**
Coping-Forscher	1986	5	Mittl. Pearson-Korr.	r = .58	Rating
Coping-Forscher	1987	7	Mittl. Pearson-Korr.	r = .80	Rating
Coping-Forscher	1988	3	Mittl. Rang-Korr.	r = .76	Ranking
Hauptinterviewer	1986	2	Mittl. Rang-Korr.	r = .49	Ranking
Coping-Forscher	1986	42	Mittl. Pearson-Korr.	r = .70	Rating
Intrareliabilität					
Interviewer DK	1987/89	1	Mittl. Pearson-Korr.	Rz = .84	Rating
Interviewer MR	1987/89	1	Mittl. Pearson-Korr.	Rz = .78	Rating
Interviewer LS	1984/89	1	Mittl. Pearson-Korr.	Rz = .70	Raking

7.2 Reliabilität: siehe Objektivität.

7.3 Validität: Es wird über verschiedene Studien berichtet, die Aussagen zum Zusammenhang zwischen den Dimensionen der BEFO und externen Erhebungsverfahren sowie zum Zusammenhang der verschiedenen Erhebungs- und Auswertungsformen der BEFO liefern.
So liegen die korrelativen Zusammenhänge zwischen der Rating- und Ranking-Version der BEFO für die insgesamt 26 Kategorien zwischen r = 0,54

(„Akzeptieren, Stoizismus") und r = 0,90 („Altruismus", „Resignation, Fatalismus"). Im Mittel sind die Korrelationen vergleichbar und repräsentieren Werte, die man auch bei Paralleltests findet. Interkorrelationen zwischen BEFO und SVF (Streß-Verarbeitungsfragebogen von JANKE, ERDMANN & KALLUS, 1985) lagen für das Ranking-BEFO zwischen r = 0,26 und r = 0,28; für das Rating-Verfahren der BEFO und dem SVf ergaben sich Koeffizienten zwischen r = 0,37 und r = 0,50. Zur Klärung eines Zusammenhangs zwischen beiden Verfahren wurden kanonische Korrelationsanalysen durchgeführt, die 6 Faktoren erbrachten, in denen BEFO und SVF zusammengefaßt werden konnten. Der Prognosewert des SVF für die BEFO lag bei 22%, der umgekehrte Wert bei 13%. Die aufgeklärte Varianz für die BEFO lag bei 39%.

Darüber hinaus wird über Erfahrungen mit den BEFO in Klinik und Forschung im Zusammenhang mit verschiedenen Untersuchungen berichtet, die als Grundlage für den noch nicht abgeschlossenen Validierungsprozeß dienen können.

7.4 Normen: Keine Angaben.

8. Literatur

BLASER, A., AUGUSTINY, K.F., HEIM, E., KÜHNE, D., ROTHENBÜHLER, M., SCHAFFNER, L. & VALACH, L. (1989). Erfahrungen mit den „Berner Bewältigungsformen" (BEFO). In R. ERRES & M. HASENBRING (Hrsg.), *Jahrbuch Medizinische Psychologie, Themenband „Psychosoziale Aspekte der Krebsforschung".* Berlin: Springer.

BRODA, R. (1987). *Belastung von Medizinalpersonen in der Betreuung von AIDS-Patienten.* Unveröffentl. Dissertation, Universität Bern.

HEIM, E., AUGUSTINY, K.F. & BLASER, A. (1983). Krankheitsbewältigung (Coping) – ein integriertes Modell? *Psychother. Psychosom. med. Psychol., Sonderheft 1,* 35–40.

OLBRICH, E. (1990). Methodischer Zugang zu Erfassung von Coping – Fragebogen oder Interview. In F.A. MUTHNY (Hrsg.), *Krankheitverarbeitung.* Berlin: Springer.

Bonner Skala für die Beurteilung von Basissymptomen (BSABS)

(Bonn Scale for the Assessment of Basic Symptoms)

W. Gross, G. Huber, J. Klosterkötter und M. Linz

Berlin, Heidelberg: Springer, 1987

---

1. Testart Klinischer Test

2. Testmaterial 1 Buch, bestehend aus Manual (142 Seiten), Kommentar (32 Seiten), Literatur (4 Seiten), Dokumentationsbogen (17 Seiten). Anmerkung: Die Dokumentationsbogen sind gesondert erhältlich.

3. Testgliederung Die BSABS besteht aus 6 Skalen (nachfolgend mit ihren Subskalen aufgeführt):

A Dynamische Defizienzen mit direkten Minussymptomen (8 Subskalen mit bis zu 2 Kategorien)

A1 Erhöhte Erschöpfbarkeit (2 Kategorien)
A2 Erhöhtes Schlafbedürfnis
A3 Minderung an Spannkraft, Energie, Ausdauer, Geduld (2 Kategorien)
A4 Minderung an Antrieb, Aktivität, Schwung, Elan, Initiative
A5 Mangelnde Entscheidungsfähigkeit, Entschlußschwäche, Unschlüssigkeit
A6 Affektive Veränderungen (5 Kategorien)
A7 Störungen der Kontaktfähigkeit und des Inerscheinungtretens (2 Kategorien)
A8 Minderung der psychischen Belastungsfähigkeit gegenüber bestimmten Stressoren (4 Kategorien)

B Dynamische Defizienzen mit indirekten Minussymptomen (3 Subskalen mit 4 bis 6 Kategorien)

B1 Minderung der psychischen Belastungsfähigkeit gegenüber bestimmten Stressoren (6 Kategorien)
B2 Erhöhte Beeindruckbarkeit; erhöhte Erregbarkeit (4 Kategorien)
B3 Erhöhte Reflexivität; Zwang, Phobie, autopsychische Depersonalisation (4 Kategorien)

C Kognitive Denk-, Wahrnehmungs- und Handlungs-(Bewegungs-)störungen (3 Subskalen mit 5 bis 17 Kategorien)

C1 Kognitive Denkstörungen (17 Kategorien)
C2 Kognitive Denk- und Handlungsstörungen (11 Kategorien)
C3 Handlungs-(Bewegungs-)störungen (5 Kategorien)

D Coenästhesien
(15 Subskalen ohne weitere Aufspaltung)

D1 Taubheits- und Steifigkeitsempfindungen und Entfremdungserlebnisse am eigenen Körper – somatopsychische Depersonalisation
D2 Sensationen motorischer Schwäche
D3 Mehr umschriebene Schmerzsensationen
D4 Wandersensationen
D5 Elektrisierungssensationen
D6 Thermische Sensationen
D7 Bewegungs-, Zug- und Druckempfindungen im Körperinneren oder an der Körperoberfläche
D8 Sensationen abnormer Schwere, Leichtigkeit und Leere, Fall-, Sink-, Levitations- und Elevationsphänomene
D9 Sensationen der Verkleinerung, Schrumpfung und Einschnürung, der Vergrößerung und Ausdehnung
D10 Kinästhetische Sensationen
D11 Sog. vestibuläre Sensationen
D12 sensorisch und sensibel ausgelöste Dysästhesien
D13 nicht rubrizierbare Coenästhesien
D14 Dysästhetische Krisen
D15 Paroxysmale Angstzustände und Coenästhesien

E Zentral-vegetative Störungen incl. Schlafstörungen und Intoleranz gegen bestimmte Substanzen (3 Subskalen mit 4 bis 8 Kategorien)

E1 Zentral-vegetative Störungen (8 Kategorien)
E2 Schlafstörungen (5 Kategorien)
E3 Intoleranz gegen Alkohol, Coffein, Nikotin und andere Substanzen (4 Kategorien)

F Bewältigungsversuche (Zusatzkategorie mit 6 Subkategorien ohne weitere Aufspaltung)

F1 Vermeidungsverhalten
F2 Bestrebung nach Kompensation durch Verhaltensweisen
F3 Gewöhnung/Anpassung an die Krankheit
F4 Bemühung durch willensmäßige Anstrengung zu kompensieren
F5 Versuch, Funktionen zu trainieren
F6 „Selbstbehandlung“ durch Alkohol, Medikamente u. ä.

2.3.2

4. Grundkonzept

Die Verfasser beschreiben die BSABS als standardisiertes Verfahren zur Erhebung und Dokumentation von psychopathologischen und anderen phänomenologischen Aspekten von Patienten, bei denen die Diagnose einer schizophrenen, schizoaffektiven oder affektiven Psychose vorliegt oder vermutet werden muß. Es ist Hilfsmittel zur (Differential-)Diagnose, Früherkennung und Frühbehandlung sowie der sekundären Prävention von Psychosen i. e. S.

Die BSABS ist von ihrer Konzeption her klinisch-deskriptiv, symptom- und syndrombezogen ohne nosologische Bezüge, d. h., sie orientiert sich bewußt an keiner diagnostischen Gruppierung und strebt keine Zuordnung zu einer Diagnose an, sondern dient zunächst dazu, Basissymptome präzise zu inventarisieren.

Die BSABS wurde ausgehend von einer Heidelberger Checkliste zur spätkatamnestischen Untersuchung psychiatrischer Patienten entwickelt (HUBER, 1966) unter Berücksichtigung der Tatsache, daß Schizophreniepatienten während der meisten Zeit ihrer Erkrankung fähig sind, Auskünfte über Selbstwahrnehmung ihrer Defizienzen und ihrer Strategien zur Selbsthilfe, Kompensation und Bewältigung dieser Defizienzen zu geben. Die BSABS stützt sich auf die Selbstschilderung der Basissymptome durch die Patienten; gleichwohl ist die BSABS ein Fremdbeurteilungsverfahren: Die Patientenaussagen werden vom Befragenden im Dokumentationsbogen protokolliert und bewertet.

5. Durchführung

5.1 Alter: Keine Angabe (zum Einsatz bei erwachsenen bzw. kommunikationsfähigen psychiatrischen Patienten).

5.2 Formen: Befragung des Patienten, Dokumentation durch den Befragenden.

5.3 Handhabung: Neben den Basissymptomen werden zu Anfang der Untersuchung allgemeine Angaben des Patienten erfragt wie Name, Geburtsdatum, Familienstand, Ausbildung, Beruf, letzte Tätigkeit und anamnestische Daten (Verlaufsdauer (1. Prodrom und 1. Psychosemanifestation), Anzahl der psychotischen Manifestationen, prä-, intra- und postpsychotisches Basisstadium, Medikation, erfaßter Dokumentationszeitraum sowie Datum der Untersuchung).
Der eigentlichen Befragung geht eine freie psychopathologische Exploration voraus. Erst dann werden gezielte Fragen nach einzelnen Störungen gestellt. Diese Fragen können dem Manual entnommen werden. Verweise auf die jeweiligen Stellen im Manual finden sich im Dokumentationsbogen.
Die im Bogen vorgegebenen Basissymptome werden nach den Kriterien vorhanden, nicht vorhanden und fraglich nach Angabe des Patienten durch Ankreuzen im Bogen festgehalten. Das Ausfüllen des Bogens obliegt dem Befragenden.

5.4 Zeit: Keine Angabe (geschätzt 1–2 Stunden).

6. Auswertung

6.1 Modus: Keine Angaben.

6.2 Zeit: Keine Angaben.

7. Gütekriterien

7.1 Objektivität: Keine Angaben.

7.2 Reliabilität: Abhängig von der Vertrautheit mit dem Instrument und von der Fähigkeit, sich von traditionellen Nosologien zu lösen. Keine statistischen Angaben.

7.3 Validität: Keine Angaben.

7.4 Normen: Keine Angaben.

8. Literatur

HUBER, G. (1966). Reine Defektsyndrome und Basisstadien endogener Psychosen. *Fortschr. Neurol. Psychiatr., 34,* 409–426.

Composite International Diagnostic Interview (CIDI) nach ICD-10 und DSM-III-R

Herausgeber: World Health Organization (WHO)
Deutsche Bearbeitung: H.-U. WITTCHEN und G. SEMLER
Weinheim: Beltz Test GmbH, 1990

---

1. Testart Klinische Interviewsammlung

2. Testmaterial CIDI-Manual, Interviewheft; *zusätzlich:* Schreibgerät.

3. Testgliederung Das CIDI besteht aus folgenden Bereichen:

A Demographischer Teil
B Störungen durch Tabak
C Somatoforme und Dissoziative Störungen
D Phobien und andere Angststörungen
E Depressive Episoden
F Manie und bipolare affektive Störungen
G Schizophrenie und andere psychotische Störungen
H Eßstörungen
I Störungen durch Alkohol
K Zwangsstörungen
L Störungen durch andere psychotrope Substanzen
M Organische, einschließlich symptomatische psychische Störungen
N Sexuelle Funktionsstörungen
P Interviewbeobachtungen
X Interview-Beurteilung

4. Grundkonzept Das Composite International Diagnostic Interview (CIDI) ist ein standardisiertes Interview, das einen relativ weiten Bereich psychischer Störungen erfassen soll und international nutzbar ist. Entwickelt wurde das Verfahren in Zusammenarbeit der Weltgesundheitsorganisation (WHO) mit der US Alcohol, Drug Abuse und Mental Health Administration (ADAMHA). Die CIDI-Konzeption basiert auf den Definitionen und Kriterien der 10. Revision der International Classification of Diseases (ICD-10) und des Diagnostic and Statistical Manual of Mental Disorders (DSM-III-R) der American Psychiatric Association. Das Verfahren liegt auch in einer computerisierten Fassung vor. Siehe: „Computergestützte Diagnostik nach ICD-10 und DSM-III-R mit dem Composite International Diagnostic Interview (CIDI)".

5. Durchführung **5.1 Alter:** 15–70 Jahre.

5.2 Formen: Entfällt.

5.3 Handhabung: Der Interviewer stellt die standardisierten Fragen. Sie sind so einfach formuliert, damit sie sowohl in unterschiedlichen Kulturen als auch relativ unabhängig von Bildungsgrad und Intelligenz des Befragten verstanden und beantwortet werden können. Die Antworten werden protokolliert.

5.4 Zeit: Keine Angaben.

6. Auswertung

6.1 Modus: Inhaltliche Auswertung und Interview-Beurteilung.

6.2 Zeit: Keine Angaben.

7. Gütekriterien

7.1 Objektivität: Die Vorgabe standardisierter Fragen dient der bestmöglichen Sicherung der Objektivität des Verfahrens.

7.2 Reliabilität: Als Maß für die zufallskorrigierte Übereinstimmung von Beurteilern wurden Kappa-Koeffizienten berechnet. Sie liegen in den einzelnen diagnostischen Bereichen zwischen 0,60 und 0,90.

7.3 Validität: Empirische Belege für die Gültigkeit sind, soweit erforderlich, dem CIDI-Manual zu entnehmen.

7.4 Normen: Entfällt.

8. Literatur

AMERICAN PSYCHIATRIC ASSOCIATION (Ed.) (1989). *Diagnostisches und Statistisches Manual Psychischer Störungen (DSM-III-R).* Dt. Bearbeitung: H.-U. WITTCHEN, H. SASS, K. KOEHLER & M. ZAUDIG. Weinheim: Beltz.

FREYBERGER, H. J. & DILLING, H. (Hrsg.). *Fallbuch Psychiatrie, Kasuistiken zum Kapitel V (F) der ICD-10.* Bern: Huber.

DILLING, H., MOMBOUR, W. & SCHMIDT, M. H. (Hrsg.) (1993²). *Internationale Klassifikation psychischer Störungen. ICD-10 Kapitel V (F): Klinisch-diagnostische Leitlinien.* Bern: Huber.

Computergestützte Diagnostik nach ICD-10 und DSM-III-R mit dem Composite International Diagnostic Interview (CIDI)

World Health Organization
Deutsche Bearbeitung: H. PFISTER, H.-U. WITTCHEN und A. WEIGEL
Weinheim: Beltz Test GmbH, 1990

---

1. Testart Klinischer Test

2. Testmaterial 3 Disketten (5¼"), Handbuch; *zusätzlich:* IBM-PC oder kompatibler PC/AT mit MS-DOS (Version 2.11 und höher), Hercules, CGA, EGA oder VGA Graphik-Karte, Festplatte empfohlen.

3. Testgliederung Das Verfahren enthält ein Dateneingabe- und Überprüfungsprogramm (entry), das Diagnose-Programm für IDC-10 (icd10) und das Diagnose-Programm für DSM-III-R (dsm3r). In der vorliegenden Version des Programmpaketes sind alle Bildschirmausgaben (Benutzermenüs, Hilfstexte, Diagnosen) noch in englischer Sprache verfaßt. Spätere Versionen sollen dann in der jeweiligen Landessprache zur Verfügung stehen.

4. Grundkonzept Das CIDI ist ein umfassendes und voll standardisiertes Interviewverfahren zur diagnostischen Klassifikation psychischer Störungen, entsprechend den Nomenklaturen und Kriterien der 10. Aufl. der „International Classification of Diseases“ (WHO, 1990) sowie des Diagnostischen und Statistischen Manuals Psychischer Störungen. Die komplexe Beschaffenheit von CIDI, die Integration zweier diagnostischer Systeme und die Auswertungsobjektivität erfordern nach Aussage der Autoren eine computerunterstützte Auswertung, die hiermit vorliegt. Die „CIDI Computer Programme“ dienen der Eingabe, Analyse und Weiterverarbeitung der CIDI-Kodierungen am Personal Computer.

5. Durchführung **5.1 Alter:** Keine Angaben.

5.2 Formen: Keine Angaben.

5.3 Handhabung: Die Anwendung der vorliegenden Programme setzt die CIDI Interview Version 1.0 voraus. Man sollte das CIDI nicht ohne vorausgehendes, einwöchiges „CIDI Training“ einsetzen (Informationen hierzu können bei Prof. Dr. H.-U. Wittchen, Max-Planck-Institut für Psychiatrie, Kraepelinstr. 2–10, 80804 München, abgerufen werden).

5.4 Zeit: Keine Angaben.

6. Auswertung **6.1 Modus:** Die Programme erstellen die Diagnosen, die (noch) in englischer Sprache ausgegeben werden. Das Manual enthält die deutschen

Übersetzungen. Die Interpretation des diagnostischen Ausdrucks setzt profunde Kenntnisse in der psychiatrischen Klassifikation nach ICD-10 und DSM-III-R sowie allgemein psychiatrisch-diagnostische und klinisch-psychologische Grundkenntnisse voraus. In keinem Fall sollten die „CIDI Computer Programme“ diese Ausbildung ersetzen. Vor dem klinischen Einsatz sollten das DSM-III-R-Manual (WITTCHEN et al., 1989) und die „International Classification of Diseases“ in ihrer 10. Revision durchgearbeitet werden.

6.2 Zeit: Keine Angaben.

7. Gütekriterien

7.1 Objektivität: Kann als gegeben angesehen werden.

7.2 Reliabilität: Nach Angabe der Autoren ist das Verfahren bei strikter Einhaltung der Richtlinien für Training, Handhabung, Daten-Eingabe und Auswertung ein außerordentlich reliables und selbst über verschiedene Anwendungsfelder und Kulturen hinweg gültiges Verfahren. Die „CIDI Computer Programme“ konnten bisher jedoch noch nicht mit größeren Datenmengen getestet werden.

7.3 Validität: Siehe Angaben zur Reliabilität. Studien zur Überprüfung der diagnostischen Validität von CIDI werden zur Zeit durchgeführt.

7.4 Normen: Keine Angaben.

8. Literatur

WITTCHEN, H.-U., SASS, H., ZAUDIG, M. & KOEHLER, K. (1989). *Diagnostisches und Statistisches Manual Psychischer Störungen: DSM-III-R.* Weinheim: Beltz.

WORLD HEALTH ORGANIZATION (1990). *Das CIDI Manual. Einführung und Durchführungsbeschreibung für das Composite International Diagnostic Interview.* World Health Organization, MNH/MND/90.21, Geneva.

Diagnostisches Interview bei Psychischen Störungen (DIPS)

J. MARGRAF, S. SCHNEIDER und A. EHLERS
Berlin: Springer, 1991

---

1. Testart Klinischer Test

2. Testmaterial Interviewleitfaden, Protokollbogen, Handbuch; *zusätzlich:* Schreibmaterial.

3. Testgliederung Das DIPS erfaßt in seinem 76 Seiten umfassenden Interviewleitfaden folgende DSM-III-R (Diagnostic and Statistical Manual of Mental Disorders (APA, 1987)) Störungskategorien: alle Angststörungen, schweres depressives Syndrom, dysthymes Syndrom (mit und ohne schweres depressives Syndrom), manisches Syndrom, cyclothymes Syndrom, Anorexia nervosa, Bulimia nervosa und alle somatoformen Störungen. Weiterhin enthält der Leitfaden einen allgemeinen klinisch-demographischen Teil und Screenings für Alkoholismus und Drogenmißbrauch, körperliche Krankheiten, nicht-organische Psychosen, Tabak- und Koffeinkonsum sowie für Medikamentengebrauch. Darüber hinaus werden eine psychiatrische Anamnese, eine Familienanamnese psychischer Störungen und die Achsen IV und V des DSM-III-R erhoben.

4. Grundkonzept Das Grundkonzept des DIPS entspricht im großen und ganzen der 1983 revidierten amerikanischen Originalversion des strukturierten Interviews „Anxiety Disorders Interview Schedule (ADIS)" (DI NARDO et al., 1983).

Strukturierte Interviews erfassen anhand eines vorstrukturierten Leitfadens die für die Diagnostik notwendigen Informationen. Dabei sind der Wortlaut der Fragen, deren Reihenfolge, Sprungregeln zum Auslassen von Fragen und Antwortkategorien im Leitfaden vorgegeben. Dem Kliniker bleibt bei den strukturierten Interviews – anders als bei standardisierten Interviews – ein Variationsspielraum erhalten, in den sein klinisches Urteil mit einfließen soll.

5. Durchführung **5.1 Alter:** Keine Angaben.

5.2 Formen: Einzelinterview.

5.3 Handhabung: Die Durchführung des DIPS sollte nur von geschulten Fachleuten vorgenommen werden. Im Handbuch werden daher die zur Schulung notwendigen Trainingshinweise, Grundregeln, Durchführungsanweisungen und Auswertungsrichtlinien in ausführlicher Weise auf neun Seiten angegeben. Diesen Tips schließt sich ein Glossar der wichtigsten mit dem DIPS diagnostizierbaren Störungen an, eine Sammlung von Übungsfällen, die der Diagnostiker vor der Durchführung der ersten DIPS-Interviews durcharbeiten sollte, sowie beispielhafte Therapieindikationen aus den DIPS-Diagnosen.

Im Interviewleitfaden befinden sich die Interviewer-Fragen, Anweisungen und Antwortvorgaben. Die Antworten werden in einem separaten Protokollbogen (oder besser -heft) protokolliert.

5.4 Zeit: Keine Zeitbegrenzung; die Durchführung erfordert erfahrungsgemäß ca. 60 Minuten.

6. Auswertung

6.1 Modus: Am Ende eines jeden Störungsabschnittes sind die DSM-III-R Kriterien in Form einer Checkliste aufgeführt. Im Protokollbogen werden die kodierten Diagnosekriterien eingetragen und in das letzte Blatt des Protokollbogens „Klinische Einschätzung und Diagnose" zusammenfassend eingetragen.
Es können nun anhand der Einschätzung auf den DSM-III-R Achsen Diagnosen erstellt werden. Hierfür werden im Handbuch die wichtigsten mit dem DIPS diagnostizierbaren Störungen aufgeführt.

6.2 Zeit: Keine Angaben.

7. Gütekriterien

7.1 Objektivität: Strukturierte Interviews können nie die gleiche Objektivität wie voll standardisierte Interviews oder gar objektive Tests erreichen. Bei geübten Diagnostikern können die Interviewdurchführung und formale Auswertung aber als relativ objektiv bezeichnet werden.

7.2 Reliabilität: Zur Bestimmung der Retest-Reliabilität wurden an N = 201 Pb jeweils zwei Interviews im Abstand von einer Woche von unabhängigen Interviewern durchgeführt. Es wurden die für die Reliabilitätsbestimmung von diagnostischen Interviews üblichen Verfahren der prozentualen Übereinstimmung, der Diagnostiker, Kappa-Koeffizienten (COHEN, 1960) und Y-Koeffizienten (YULE, 1912) berechnet. Es ergaben sich %-Werte zwischen 85 und 100, Kappa-Koeffizienten zwischen 0,42 und 0,87 und Yules Y-Koeffizienten zwischen 0,66 und 1,0.
Die Interrater-Reliabilitäten lagen deutlich über den Retest-Reliabilitäten. Hauptfehlerquellen bei Nicht-Übereinstimmung waren unterschiedliche Informationen durch die Patienten (33%) und unterschiedliche Symptomgewichtung durch die Interviewer (25%), nur bei 14% Nicht-Übereinstimmungen ließ sich das DSM-III-R bzw. das DIPS als Fehlerquelle identifizieren.

7.3 Validität: Die Bestimmung der Validität erfolgte mit Hilfe einer Fragebogenbatterie – bestehend aus Standardverfahren, die sich in der internationalen Forschung eingebürgert haben –, die den Patienten vor den Interviews gegeben wurden, und durch die Erhebung von Körpergröße und Gewicht (für Eßstörungen). Durch multivariate Varianzanalyse wurde überprüft, ob sich Patientengruppen mit spezifischen Störungen signifikant von Patienten mit anderen Diagnosen bzw. ohne psychische Störungen unterscheiden. Die Ergebnisse können als sehr befriedigend angesehen werden. Insgesamt zeigte das DIPS bei der „schwierigen" klinischen Population und unter Praxisbedingungen eine gute Reliabilität und Validität.

7.4 Normen: Es gibt keine exakten Normen. Die sich an jede erhobene Störungsform anschließende Bestimmung der Diagnosekriterien kann jedoch als eine Art Normierung (gestört versus normal) angesehen werden.

8. Literatur

AMERICAN PSYCHIATRIC ASSOCIATION – APA (Ed.) (1987). *Diagnostic and Statistical Manual of Mental Disorders, Third Edition – Revised (DSM-III-R).* Washington, D.C.

COHEN, J. (1960). A coefficient of agreement for nominal scales. *Educational and Psychological Measurement, 20,* 37–46.

DI NARDO, P. A., O'BRIEN, G. T., BARLOW, D. H., WADDELL, M. T. & BLANCHARD, E. B. (1983). Reliability of DSM-III anxiety disorder categories using a new structured interview. *Archives of General Psychiatry, 40,* 1070–1074.

YULE, G. U. (1912). On the methods of association between two attributes. *Journal of the Royal Statistical Society, 75,* 581–642.

2.3.2

Diagnostisches Interview bei Psychischen Störungen bei Kindern und Jugendlichen (Kinder-DIPS)

S. UNNEWEHR, S. SCHNEIDER und J. MARGRAF
Berlin: Springer, 1995

---

1. Testart Strukturiertes Interview

2. Testmaterial Mappe mit Handbuch, Interviewleitfaden-Kinderinterview, Interviewleitfaden-Elterninterview, Protokollbogen-Kinderinterview und Protokollbogen-Elterninterview.

3. Testgliederung Das Kinder-DIPS umfaßt eine Kinderversion zur direkten Befragung des Kindes bzw. Jugendlichen sowie eine parallele Elternversion zur Befragung eines Elternteils oder sonstiger Erziehungspersonen. Das Interview gliedert sich in einen Überblicksteil (Screening zur Erfassung der im Vordergrund stehenden Probleme und belastenden Lebensereignisse in den vergangenen 6 Monaten) sowie einen Abschnitt zur Erhebung der psychiatrischen Anamnese und Familienanamnese psychischer Störungen.

4. Grundkonzept Das Kinder-DIPS gehört zu den sogenannten strukturierten Interviews, bei denen die Durchführung hinsichtlich der Art der Fragen und deren Abfolge sowie genaue Anweisungen zur Kodierung und Auswertung der Antworten vorgegeben sind. Der Diagnostiker hat im Gegensatz zu standardisierten Interviews jedoch die Möglichkeit, bei Unklarheiten nachzufragen, und soll außerdem sein klinisches Urteil in die Einschätzung mit einfließen lassen. Das Kinder-DIPS ermöglicht dadurch sowohl Forschern als auch Klinikern die Diagnostik derzeitiger und früher vorhandener psychischer Störungen bei Kindern und Jugendlichen anhand der Kriterien des DSM-III-R und der ICD-10. Es können folgende Störungen diagnostiziert werden:

1. Angststörungen mit Beginn in der Kindheit oder Adoleszenz
Störung mit Trennungsangst
Störung mit Überängstlichkeit
Störung mit Kontaktvermeidung
Schulphobie

2. Angststörungen
Paniksyndrom ohne Agoraphobie
Paniksyndrom mit Agoraphobie
Agoraphobie ohne Anamnese von Panikanfällen
Spezifische (einfache) Phobie
Sozialphobie
Zwangssyndrom
Generalisiertes Angstsyndrom
Posttraumatische Belastungsstörung

3. Expansive Verhaltensstörungen
Aufmerksamkeits- und Hyperaktivitätsstörung
Störung von oppositionellem Trotzverhalten
Störung des Sozialverhaltens

4. Störungen der Ausscheidung
Funktionelle Enuresis
Funktionelle Enkoresis

5. Affektive Störungen
Schweres Depressives Syndrom (SDS)
Dysthymes Syndrom (mit und ohne SDS)

6. Eßstörungen
Anorexia nervosa
Bulimia nervosa

7. Hinweise auf Teilleistungsstörungen
8. Hinweise auf Psychosen

Die Interviewfragen werden in einer syndromorientierten Abfolge vorgegeben. Das Interview enthält an entsprechenden Stellen Sprungregeln zur Vermeidung unnötiger Fragen und zur Zeitökonomie. Neben der Erfassung der für eine Diagnosestellung nach DSM-III-R oder ICD-10 erforderlichen Symptome wird außerdem nach auslösenden und modulierenden Faktoren gefragt, und es wird die durch die Störung bedingte Beeinträchtigung in verschiedenen Lebensbereichen eingeschätzt.

5. Durchführung

5.1 Alter: Das Interview kann mit Kindern und Jugendlichen vom 6. bis zum 18. Lebensjahr sowie deren Eltern oder sonstigen Erziehungspersonen durchgeführt werden.

5.2 Formen: Eltern- und Kinderinterview werden unabhängig voneinander durchgeführt, die Abfolge beider Interviews ist dabei nicht festgelegt.

5.3 Handhabung: Vor der routinemäßigen Anwendung des Kinder-DIPS sollte eine Vorbereitungs- und Trainingsphase stattfinden. Hinweise hierzu sind im Handbuch beschrieben.
Nachdem das Kind bzw. die Erziehungsperson über den Inhalt, Zweck und Ablauf des Interviews aufgeklärt wurde, beginnt das Interview mit der Erfassung der im Vordergrund stehend Problembereiche. Anschließend findet eine detaillierte Befragung zu den einzelnen Störungsbereichen statt. Am Ende des Interviews werden die psychiatrische Anamnese und die Familienanamnese psychischer Störungen erhoben.

5.2 Zeit: Die Interviewdurchführung beträgt sowohl für das Kinderinterview als auch für das Elterninterview durchschnittlich 60 Minuten.

6. Auswertung

6.1 Modus: Die Antworten des Patienten bzw. der Erziehungsperson werden auf einem Protokollbogen festgehalten. In den meisten Fällen werden die Symptome nach deren Auftretenshäufigkeit oder Intensität auf Ratingskalen kodiert. Ebenso wird der Grad der Beeinträchtigung durch die Symptomatik unter Berücksichtigung des klinischen Urteils des Diagnostikers eingeschätzt. Am Ende jedes Störungsabschnittes wird das Zutreffen der DMS-III-R- oder ICD-10 Kriterien für die entsprechende Diagnose kodiert.

Hierbei sollen auch die hierarchischen Regeln der zugrundeliegenden Klassifikationssysteme beachtet werden. Auf dem letzten Blatt des Protokollbogens werden abschließend die Diagnosen sowie deren Schweregrad und zeitliche Einordnung zunächst unabhängig für das Eltern- oder Kinderinterview bestimmt. Es werden außerdem bestimmte Richtlinien für die Bildung einer zusammengesetzten Diagnose aus dem Eltern- und Kinderinterview vorgegeben.

6.2 Zeit: Keine Angaben.

7. Gütekriterien

7.1 Objektivität: Durch die Vorgabe der Fragen sowie genauen Durchführungs- und Kodierungsregeln sind die Informations- und Kriteriumsvarianz gegenüber unstrukturierten Befragungen erniedrigt und somit die Objektivität erhöht.

7.2 Reliabilität: Zur Bestimmung der Interrater- (N = 113 Kinder und Jugendliche, N = 67 Eltern bzw. Erzieher) und der Retest-Reliabilität (N = 95 Kinder und Jugendliche, N = 53 Eltern bzw. Erzieher; Test-Retest-Intervall eine Woche) an einer kinder- und jugendpsychiatrischen Stichprobe wurden sowohl Kappa- als auch Yule-Koeffizienten als Übereinstimmungsmaße für derzeitige und Lebenszeitdiagnosen für Diagnoseoberklassen und spezifische Diagnosen berechnet. Insgesamt wird die Reliabilität sowohl für die Kinderversion als auch die Elternversion des Interviews von den Autoren als „mindestens zufriedenstellend" angesehen.

7.3 Kriteriumsbezogene Validität: Sowohl das Kinder- als auch das Elterninterview wurde für die Oberklassen Angststörungen, Expansive Verhaltensstörungen, Affektive Störungen, Ausscheidungsstörungen und Eßstörungen sowie die meisten der darunter subsumierten Störungen durch den Vergleich mit psychometrischen Fragebogenskalen (insbesondere der Child-Behavior-Checklist (CBCL) und dem Youth-Self-Report (YSR)) validiert. Für die meisten Störungsoberklassen und Störungen ergaben sich hinsichtlich der Ausprägung in den entsprechenden Fragebogenskalen bedeutsame Unterschiede in der vorhergesagten Richtung.

7.4 Normen: Keine.

Diagnostisches Interview für das Borderlinesyndrom (DIB)

J. G. GUNDERSON
Deutsche Bearbeitung: H. PÜTTERICH
Weinheim: Beltz Test GmbH, 1990[2]

---

1. Testart Klinischer Test

2. Testmaterial Interviewheft, Manual; *zusätzlich:* Schreibmaterial.

3. Testgliederung Im 16seitigen Interviewheft werden neben Daten zum Krankheitshintergrund/Demographische Daten Fragen zu den fünf Bereichen „Soziale Anpassung“, „Impulsivität“, „Affekte“, „Psychotisches Erleben“ und „Interpersonale Beziehungen“ gestellt. Die letzten beiden Seiten des Heftes dienen dem Ziehen von „Schlüsse(n) aus den Interviews“ und der „Diagnostische(n) Bewertung“.

4. Grundkonzept Das DIB stellt die deutsche Übersetzung des im angelsächsischen Sprachraum schon vielfach bewährten Verfahrens dar. Es dient der differentialdiagnostischen Abgrenzung von Borderlinesyndromen. Es läßt über die rein symptomatologische Differenzierungsfähigkeit hinaus auch Rückschlüsse zur Psychodynamik und Persönlichkeitsstruktur von Borderlinepatienten zu. Die verschiedenen Konzepte der Psychodynamik der Borderlinepersönlichkeit werden im Manual eingehend erörtert.

5. Durchführung **5.1 Alter:** Keine Angaben.

5.2 Formen: Einzelinterview.

5.3 Handhabung: Jeder der genannten Bereiche ist durch eine bestimmte Anzahl von Statements abgedeckt, welche durch den Interviewer skaliert werden.

5.4 Zeit: Keine Angaben.

6. Auswertung **6.1 Modus:** Die Scores der Statements werden für jeden Bereich gesondert addiert, und wegen der unterschiedlichen Statementzahl innerhalb der verschiedenen Bereiche erfolgt dann eine Transformierung der Werte in einen Scaled Section Score, so daß jeder der fünf Bereiche mit gleichem Gewicht in den Gesamtdiagnosescore, der von null bis zehn variieren kann, eingeht. Ergibt sich hier ein Wert > 7, ist von einer Borderline-Persönlichkeitsstörung auszugehen.

6.2 Zeit: Keine Angaben.

7. Gütekriterien **7.1 Objektivität:** Das Verfahren kann als objektiv angesehen werden.

7.2 Reliabilität: Bezüglich der Reliabilität des Verfahrens verweist der Autor auf eine Studie von CORNELL et al. (1983), deren Ergebnisse er jedoch nicht darstellt.

7.3 Validität: Es werden im Manual die Ergebnisse zahlreicher Studien, in denen die mit dem DIB gewonnenen Ergebnisse mit Ergebnissen aus anderen Verfahren verglichen wurden, beschrieben. Sie zeigen, daß das Verfahren sehr gut in der Lage ist, zwischen verschiedenen Krankheitsbildern zu trennen.

7.4 Normen: Es werden zahlreiche Vergleichsprofile und -skalen innerhalb des ausführlichen Textes zur Interpretation der Ergebnisse des Verfahrens angeführt.

8. Literatur

CORNELL, D. G. et al. (1983). Test-Retest reliability of the diagnostic interview for borderlines. *Arch. Gen. Psychiat., 40,* 1311–1318.

Inpatient Multidimensional Psychiatric Scale (IMPS)

(Eine multidimensionale Skala zur systematischen Erfassung des psychopathologischen Befundes)

W. HILLER, D. V. ZERSSEN, W. MOMBOUR und H.-U. WITTCHEN

Weinheim: Beltz, 1986

---

1. Testart Klinischer Test

2. Testmaterial Handanweisung, 20 Testbogen mit Auswertungsblatt und Profilbogen; *zusätzlich:* Schreibgerät.

3. Testgliederung Es handelt sich um ein mehrdimensionales Verfahren, mit dessen Hilfe jeder Patient anhand von 90 Items beschrieben wird (Fremdbeobachtung). Die Items verteilen sich auf 12 Subskalen.

1. Erregtheit (EXC, 10 Items)
2. Gereiztheit (HUS, 8 Items)
3. Wahrhaftigkeit (PAR, 8 Items)
4. Größenwahn (GRN, 4 Items)
5. Trugwahrnehmung (PCP, 7 Items)
6. Depressive Verstimmtheit (ANX, 9 Items)
7. Verlangsamung/Apathie (RTD, 8 Items)
8. Orientierungsstörungen (DIS, 6 Items)
9. Störungen der Psychomotorik (MTR, 5 Items)
10. Verwirrtes Denken (CNP, 5 Items)
11. Erschöpftheit/Vitalitätsstörungen (IMP, 8 Items)
12. Zwänge/Phobien (OBS, 3 Items)

2.3.2

4. Grundkonzept Der deutschsprachige Test basiert auf der in Amerika bereits in den 60er Jahren entwickelten IMPS (LORR, MCNAIR, KLETT & KASKY, 1963; LORR & KLETT, 1967, 1968), die ihrerseits die Multidimensional Scale for Psychiatric Patients (MSRPP; LORR, 1953) als Vorläufer hatten. Ziel dieser Verfahren war es, alle Hauptsyndrome psychotischen Verhaltens aufzuzeigen. Auf der Suche nach spezifischen, präzise definierbaren Verhaltenseinheiten als einfache und unipolare Symptome, die möglichst unabhängig voneinander sein sollten, wurde das Verfahren daher immer wieder überarbeitet und verbessert.

Die deutschsprachige IMPS ist mit der heute in Amerika verwandten Fassung (Revision durch LORR et al., 1967a) nicht mehr identisch; sie unterscheidet sich hinsichtlich Itemauswahl, Abfolge, Zusammensetzung und Anzahl bestimmter Symptome.

5. Durchführung **5.1 Alter:** Es wird keine Altersspanne genannt; da die Testkonstrukteure aber von Patienten mit psychischen Störungen ausgehen, ist die Referenzgruppe spezifiziert. Voraussetzung ist, daß die betreffende Person zu einem Explorationsgespräch in der Lage und dazu bereit ist.

5.2 Formen: Da es sich bei diesem Verfahren um eine Fremdbeobachtung handelt, kann es nur als Einzeldiagnostikum durchgeführt werden. Eine Parallelform liegt nicht vor. Computergestützte Fassung im Hogrefe-Testsystem CORA.

5.3 Handhabung: Die Handanweisung liefert ausführliche, klare Instruktionen, wie und wie lange das Explorationsgespräch durchgeführt werden sollte. Anschließend wird das Verhalten des Patienten anhand der 90 Items des Verfahrens beurteilt. Hierzu existieren ebenso genaue Richtlinien. Die Beurteilung erfolgt auf der Grundlage von vielstufigen, teilweise dichotom vorliegenden Items. Laut Instruktion sollten sowohl das Explorationsgespräch als auch die Beurteilungregeln vor einer Ernstphase an mehreren Patienten geübt werden.

5.4 Zeit: Die Autoren machen keine Zeitangabe, die die Beurteilung betreffen. Nimmt man die Zeit für das notwendige Explorationsgespräch hinzu, muß der Testleiter mindestens mit einer Durchführungszeit von 60 Minuten rechnen. Eine Variation ist aufgrund der jeweiligen Dauer der Exploration möglich.

6. Auswertung

6.1 Modus: Die Auswertung erfolgt durch Bildung von Rohwerten für alle 12 Skalen. Es stehen ausführliche Hinweise für die Interpretation zur Verfügung, die einmal für jedes Symptom einzeln, zum anderen für vier übergeordnete Syndrome (paranoid-halluzinatorische Symptomatik, andere psychotische Symptomatik, depressive Symptomatik, manische Symptomatik) als Faktoren zweiter Ordnung dargeboten werden. Hilfsmittel benötigt der Testleiter neben der Handanweisung keine.

6.2 Zeit: Auch bezüglich der Auswertung liegen keine Zeitangaben vor. Die in Anspruch genommene Zeit ist aber stark erfahrungsabhängig.

7. Gütekriterien

7.1 Objektivität: Die Durchführungsobjektivität ist durch den Rahmen der Fremdbeobachtung nicht gegeben. Die Autoren empfehlen aber eine Beurteilung durch einen zweiten Beobachter und eine anschließende Mittelwertbildung; sie erhoffen sich dadurch eine höhere Durchführungsobjektivität. Auswertungs- und Interpretationsobjektivität sind gegeben.

7.2 Reliabilität: Für das Verfahren liegen Reliabilitätsmaße für die Inter-Rater-Reliabilität und die interne Konsistenz aufgrund von Split-Half-Methoden vor. Eine Überprüfung der Stabilität mit Hilfe des Test-Retest-Vorgehens wäre wenig sinnvoll, da psychiatrische Symptome einer häufigen und schnellen Fluktuation unterliegen.
Die Inter-Rater-Reliabilität wurde von mehreren Autoren nach unterschiedlichen Vorgehensweisen berechnet. Beim Inter-Klassen-Korrelationskoeffizienten, der die Übereinstimmung der Urteile von je einem Diagnostiker mißt, liegen die Werte für die 12 Skalen der Syndrome zwischen 0,35 (OBS) und 0,94 (GRN) mit einem Median von 0,77. Beim Intra-Klassen-Korrelationskoeffizienten ergab sich ein Median von 0,94. Mit Hilfe der Produkt-Moment-Korrelation wurden Koeffizienten zwischen 0,81 (OBS) und 0,92 (EXC, DIS) mit einem Median bei 0,88 bestimmt.
Zur Schätzung der Inter-Rater-Übereinstimmungen auf Item-Ebene ermit-

telten CAIRNS et al. (1982b) bei N = 1654 drei Maße (Cronbachs Alpha, interne Konsistenz nach HOYT und split half-lower bound nach Guttmann). Insgesamt liegen bei fünf Skalen alle Koeffizienten über 0,80 (EXC, HOS, PAR, RTD, DIS) und bei einer (IMP) noch alle Werte oberhalb von 0,78. Die restlichen Syndrome liegen bei Werten zwischen 0,52 und 0,81.

7.3 Validität: Überprüft wurden die faktorielle Validität, die Kriterien- und die differentielle Validität. CAIRNS et al. (1983) bestimmten mit Hilfe von Clusteranalysen die Skaleninvarianz. Die Ergebnisse dieser Arbeiten deckten sich mit faktorenanalytischen Resultaten.
Veränderte Faktorenstrukturen ergaben sich nur, wenn die Daten aus Stichproben verschiedener, in sich aber relativ homogener Gruppen gezogen wurden.
Überdies bestehen Zusammenhänge zwischen IMPS-Befunden und der International Classification of Diseases (ICD).

7.4 Normen: Eine Interpretation der Rohwerte ist in zweifacher Weise möglich:
1. mit Hilfe der Werte für die 12 psychiatrischen Syndrome und
2. anhand von vier übergeordneten Syndromen (Faktoren 2. Ordnung; s. o.).

Für die 12 Syndrome stehen Normwerte zur Verfügung. Jedes Testergebnis kann mit psychiatrischen Patienten (N = 3292) in Beziehung gesetzt werden, mit homogenen klinischen Gruppen (hier stehen Profilblätter zur Verfügung), mit einer repräsentativen Bevölkerungsstichprobe (N = 416) aus der Bundesrepublik.

8. Literatur

BENDER, W. (1976). *Studie zur Reliabilität und differentiellen Validität der Lorr-Skala (IMPS).* Dissertation, Universität Hamburg.

CAIRNS, V., FALTERMAIER, T., WITTCHEN, H.-U., MOMBOUR, W. & ZERSSEN, D. V. (1982a). Some problems concerning the reliability and structure of the scales in the Inpatient Multidimensional Psychiatric Scale (IMPS). *Archiv für Psychiatrie und Nervenkrankheiten, 232,* 395–406.

CAIRNS, V., ZERSSEN, D. V., MOMBOUR, W. & RACKENSPERGER, W. (1983b). Internal reliabilities of the scales from the Inpatient Multidimensional Psychiatric Scale (IMPS). *Psychological Reports, 50,* 1223–1227.

CAIRNS, V., ZERSSEN, D. V., STUTTKE, K. H. & MOMBOUR, W. (1983). The stability of the system groupings in the Inpatient Multidimensional Psychiatric Scale (IMPS). *Journal of Psychiatric Research, 17,* 18–28.

CRONBACH, C. (1951). Coefficient alpha and the internal structure of tests. *Psychometrica, 16,* 297–334.

KLETT, C. J. & MCNAIR, D. M. (1966) Reliability of the acute psychotic types. In M. LORR (Ed.), *Explorations in typing psychotics.* London: Pergamon Press.

LIENERT, G. A. (1969). *Testaufbau und Testanalyse.* Weinheim: Beltz.

LORR, M. (1953). Multidimensional scale for rating psychiatric patients. Veterans Administration. *Technical Bulletin, Nov. 16,* TB 10-507.

LORR, M. & KLETT, C. J. (1967). *Inpatient Multidimensional Psychiatric Scale Manual* (revised). Palo Alto: Consulting Psychologists Press.

LORR, M., MCNAIR, D.M., KLETT, C.J. & LASKY, J.J. (1967a). Higher-level psychotic syndromes. *Journal of Abnormal Psychology, 72,* 74–77.

LORR, M. & KLETT, C.J. (1968). Major psychotic disorders: A crosscultural study. *Archives of General Psychiatry, 19,* 652–658.

Mannheimer Elterninterview (MEI)

G. Esser, B. Blanz, B. Geisel und M. Laucht
Weinheim: Beltz Test GmbH, 1989

---

1. Testart Klinischer Test

2. Testmaterial Interviewleitfaden, Manual; *zusätzlich:* Schreibmaterial.

3. Testgliederung Das Interview ist in drei in sich geschlossene Teile gegliedert: „Demographie und Sozialstatistik von Eltern und Kind", „Kinder- und jugendpsychiatrische Symptomatik (je nach Alter bis zu 40 Symptomen)" und „Sozio-familiäre Bedingungen und wichtige Lebensereignisse".

4. Grundkonzept Das MEI dient der Erhebung kinder- und jugendpsychiatrischer Auffälligkeiten. Es bietet relevante Hinweise auf das Vorliegen behandlungsbefürftiger psychischer Störungen und Art und Ausprägung der Störungen.

5. Durchführung **5.1 Alter:** 6–16 Jahre.

5.2 Formen: Einzelinterview (kann mit einem oder auch beiden Elternteilen gemeinsam durchgeführt werden).

5.3 Handhabung: Es werden alle im Fragebogen vorgegebenen Fragen gestellt und die Antworten in vorgegebener Form meist durch Ankreuzen einer Kategorie beantwortet. Sie sind so angeordnet, daß die belastenden Fragen erst dann gestellt werden, wenn eine größere Vertrautheit entstanden ist. Die drei Teile des Verfahrens können auch einzeln durchgeführt werden.

5.4 Zeit: Die Durchführung erfordert erfahrungsgemäß zwischen 60 und 75 Minuten.

6. Auswertung **6.1 Modus:** Im jeweils rechten Drittel jeder Fragebogenseite werden dem Interviewer Hinweise zur Interpretation der einzelnen Fragen und ihrer Beantwortung gegeben. Mit Hilfe dieser Definitionen wird bezüglich jeden Symptomes bestimmt, ob es vorhanden oder nicht vorhanden ist bzw. wie stark es ausgeprägt ist. Diese Ergebnisse werden in eine Symptomliste am Ende des Fragebogens übertragen, die einen Gesamtüberblick bietet.

6.2 Zeit: Keine Angaben.

7. Gütekriterien **7.1 Objektivität:** Die ausführliche Anleitung zur Interpretation jeder Frage garantiert eine hohe Objektivität des Verfahrens.

7.2 Reliabilität: Die Bestimmung der Inter-Raterreliabilität ergab bezüglich der Symptome eine Übereinstimmung von 96% (Kappa = 0,77) und bezüglich der Schweregrade kinder-psychiatrischer Auffälligkeit eine Übereinstimmung von 74% (Kappa = 0,62).

7.3 Validität: Sowohl die Bestimmung der Inhaltsvalidität als auch der „concurrent validity“ ergab ein ausreichend hohes Maß an Validität des Verfahrens.

7.4 Normen: Es liegen Tabellen zur Bestimmung des Schweregrades kinderpsychiatrischer Auffälligkeit, getrennt für 6–10jährige und 11–16jährige Kinder vor.

Mannheimer Skala zur Einschätzung sozialer Behinderung (DAS-M)

(Disability Assessment Schedule)
E. JUNG, B. KRUMM, H. BIEHL, K. MAURER und C. BAUER-SCHUBART
Weinheim: Beltz, 1989

---

1. Testart Klinischer Test

2. Testmaterial Manual (56 Seiten), Testheft; *zusätzlich:* Bleistift.

3. Testgliederung Es handelt sich bei der DAS-M um die deutsche Bearbeitung eines semistrukturierten Interviews, das in folgende Sektionen gegliedert ist:

1. Allgemeinverhalten
2. Verhalten in speziellen Rollen
3. Gesamteinschätzung der sozialen Anpassung
4. Eigenschaften des Informanten
5. Soziodemographische Informationen

4. Grundkonzept Die DAS-M soll den Grad sozialer Behinderung – einen diagnostischen Aspekt nach dem Konzept der „International Classification of Impairments, Disabilities and Handicaps" (ICIDH, WHO, 1980) – unabhängig von psychiatrischen Symptomen und psychologischen Funktionseinschränkungen erfassen. Unter sozialer Behinderung wird ein Abweichen individuellen Verhaltens von den sozialen Erwartungen seiner normativen Bezugsgruppe verstanden. Die Skala wurde im Rahmen eines WHO-Projekts zur Identifikation von sozialer Behinderung konstruiert, um jene Verhaltensbereiche zu eruieren, die am stärksten beeinträchtigt sind, damit Interventionen und Hilfen gezielt eingeleitet werden können. Im Manual wird der theoretische Hintergrund der DAS-M eingehender erläutert. Als Anwendungsstätten kommen Rehabilitations- und Tageskliniken, psychosoziale und sozialpsychiatrische Dienste in Betracht. Nach Ansicht der Autoren eignet sich das Verfahren insbesondere für die Verlaufsforschung. Vornehmlich bei schizophrenen Patienten habe sich die Skala als Prädiktor bestimmter Aspekte des Krankheitsverlaufs bewährt.

5. Durchführung **5.1 Alter:** 15–45 Jahre (Rehabilitanden).

5.2 Formen: Semistrukturiertes Interview ohne Parallelform.

5.3 Handhabung: Der Interviewer richtet sich inhaltlich nach den Instruktionen, wobei er die einzelnen Formulierungen der Auffassungsgabe des Patienten anzupassen hat. Anhand der fünfstufig skalierten Items wird jeweils das Ausmaß der Abweichung des Patientenverhaltens von den Erwartungen, die von seiner Umwelt an ihn gestellt werden, abgeschätzt.

5.4 Zeit: Je nach Übungsgrad des Interviewers 45–60 Minuten.

6. Auswertung

6.1 Modus: Die Rohwerte werden in den Auswertungsbogen eingetragen. Eine Transformation in PR-Werte zum Vergleich mit der Normstichprobe ist möglich.

6.2 Zeit: Keine Angaben.

7. Gütekriterien

7.1 Objektivität: Die flexible Handhabung des semistrukturierten kann die Objektivität des Verfahrens beeinträchtigen.

7.2 Reliabilität: Diese wurde mit Hilfe der Methode der Inter-Rater-Reliabilitätsprüfung festgestellt. Die Werte liegen, von wenigen Ausnahmen abgesehen, oberhalb von 0,7 (kritischer Wert).

7.3 Validität: Hier wurde der Grad der Übereinstimmung der Geamteinschätzung von klinischen Experten und Beurteilern überprüft, der sich bei einem Mittelwert von r = 0,79 als relativ hoch erwies. Der Behinderungsscore des Gesamttests korrelierte mit dem Expertenurteil zufriedenstellend (r = 0,68).

7.4 Normen: Für die Items aus Sektion 1 + 2 liegen Werte von Vergleichsgruppen vor, für Sektion 4 nicht. Vergleiche mit verschiedenen Stichproben klinischer Gruppen und der Allgemeinbevölkerung, getrennt nach Alter, Geschlecht und Schichtzugehörigkeit, sind möglich.

Mini-DIPS

Diagnostisches Kurz-Interview psychischer Störungen
J. MARGRAF
Berlin: Springer, 1994

---

1. Testart Strukturiertes Interview

2. Testmaterial Handbuch mit Interviewleitfaden; *zusätzlich:* Schreibgerät.

3. Testgliederung Zentraler Bestandteil des Mini-DIPS ist der strukturierte Interviewleitfaden, der in einen kurzen Überblicksteil (Basisdaten und offene Problembeschreibung), einen speziellen Teil (Erfassung von insgesamt 17 spezifischen psychischen Störungen, die zu sechs Problembereichen gruppiert sind) sowie in ein Psychosen-Screening und eine Kurzanamnese gegliedert ist. Daneben enthält das Interview eine störungsübergreifende Checkliste für die Differentialdiagnose und für jeden Störungsbereich spezielle diagnostische Hinweise oder Kriterien.

4. Grundkonzept Das Mini-DIPS dient der raschen, überblicksartigen Erfassung der für den psychotherapeutischen Bereich wichtigsten psychischen Störungen nach den Kriterien der international gebräuchlichen Diagnosesysteme (DSM-IV (APA, 1994) und ICD-10 (WHO, 1991). Es ist eine Kurzfassung des „Diagnostischen Interviews bei psychischen Störungen (DIPS)" (MARGRAF et al., 1991 a), mit dem eine reliable und valide Diagnosestellung sowie die Sammlung therapierelevanter Daten möglich sind (MARGRAF et al., 1991 b, SCHNEIDER et al., 1992). Beide Verfahren gehören zu den sogenannten strukturierten diagnostischen Interviews, bei denen die Durchführung hinsichtlich Art und Abfolge der Fragen sowie Kodierung und Auswertung der Antworten in einem Leitfaden vorgegeben sind. Im Gegensatz zu standardisierten Interviews haben die Diagnostiker jedoch die Möglichkeit, bei Unklarheiten nachzufragen und ihr klinisches Urteil in die Diagnose einfließen zu lassen. Da nicht alle Diagnosekriterien explizit ausformuliert vorgegeben werden, setzt die valide Anwendung dieses Verfahrens ein höheres Ausmaß an diagnostischen Kenntnissen und Erfahrungen voraus als die vollständige Version des DIPS. Darüber hinaus wird die starke Verkürzung des Interviews (Dauer unter einer halben Stunde) selbstverständlich mit einer Einbuße an Genauigkeit erkauft. Das Mini-DIPS wurde so konzipiert, daß die nicht zu vermeidenden Fehler möglichst in Form von falsch-positiven und nicht in Form von falsch-negativen Diagnosen auftreten, wie dies für Screening-Verfahren generell wünschenswert ist. Die außerordentlich kurze Durchführungszeit wird durch einen besonderen Aufbau des Interviews und den Verzicht auf rein therapierelevante Fragen sowie weitergehende Intensitätsratings möglich. Im Mini-DIPS sind die einzelnen Diagnosen zu Problembereichen mit „Vor-Screening-Fragen" für die einzelnen Störungen zusammengefaßt. Dies maximiert die Möglichkeit, unnötige Fragen auszulassen. Darüber hinaus sind störungsübergreifende differentialdiagnostische Aspekte nicht in immer wiederkehrende Fragen gekleidet, sondern werden in Form einer „Checkliste“ vorangestellt. Sie müssen nur dann geklärt werden, wenn die anderen Kriterien für die jeweilige Störung erfüllt sind. Um trotz der Kürze eine hinreichende Genauigkeit der Diagnose zu gewährleisten, werden die diagnostischen Fragen durch eigens zusammengestellte stichwortartige Hinweise ergänzt. Die Gefahr des Übersehens komorbider Störungen wird dadurch minimiert, daß die Diagnose erst am Ende des gesamten Interviews gestellt wird. Das Mini-DIPS eignet sich für die Diagnostik im klinischen und forscherischen Bereich sowie für den Einsatz in Screening-Untersuchungen. Die folgenden Störungen können festgestellt bzw. ausgeschlossen werden:

1) Angststörungen (Paniksyndrom, Agoraphobie, Sozialphobie, Spezifische Phobie, Generalisiertes Angstsyndrom, Posttraumatische Belastungsreaktion, Zwangssyndrom)
2) Affektive Störungen (Schweres depressives Syndrom, Dysthymes Syndrom, Manische Episode)
3) Somatoforme Störungen (Somatisierungssyndrom, Hypochondrie, Somatoformes Schmerzsyndrom, Konversionssyndrom)
4) Eßstörungen (Anorexia nervosa, Bulimia nervosa)
5) Abusus von Alkohol, Medikamenten oder Drogen
6) Ausschluß von Psychosen

5. Durchführung

5.1 Alter: Das Interview kann mit Erwachsenen und Jugendlichen ab dem 16. Lebensjahr durchgeführt werden. Für Kinder und Jugendliche unter 16 Jahren steht mit dem Kinder-DIPS (UNNEWEHR et al., 1994) ein eigenes Verfahren zur Verfügung.

5.2 Handhabung: Nach dem einleitenden Überblicksteil werden die Interviewfragen in einer syndromorientierten Abfolge vorgegeben, wobei die Syndrome bzw. psychischen Störungen zu Problembereichen gruppiert sind. Jeder Problembereich beginnt mit einer Problem-Übersicht, die „Vor-Screening-Fragen“ für die einzelnen Störungen enthält. Alle Störungen, für die diese Fragen bejaht wurden, müssen einzeln abgeklärt werden, die anderen Störungen können übersprungen werden. Wenn keine der Vor-Screening-Fragen bejaht wird, kann der ganze Problembereich übersprungen werden. Auf jeden Fall müssen aber alle Problembereiche durchgegangen werden, auch wenn bereits eine andere Diagnose gestellt wurde. Die Fragen sind jeweils auf der rechten Seite (ungerade Zahlen) in Kursivschrift aufgeführt. Dort sollen auch die Antworten der Patienten kodiert werden. Auf der linken Seite (gerade Seitenzahlen) befinden sich jeweils stichwortartig abgefaßte besondere Hinweise, Diagnosekriterien oder Darstellungen der gerade auf den gegenüberliegenden Seiten besprochenen Störungen bzw. Problembereiche. Störungsübergreifende differentialdiagnostische Inhalte werden mit Hilfe einer vorab aufgeführten Checkliste geklärt. Die endgültige Diagnose wird erst gestellt, nachdem das gesamt Mini-DIPS durchgeführt wurde. Auf diese Weise soll das sonst häufige Übersehen komorbider Störungen verhindert werden und die Abklärung möglicher Zusammenhänge einzelner Beschwerden mit anderen psychischen Störungen erleichtert werden.

5.3 Zeit: Die Durchführungsdauer hängt von der Anzahl der vorliegenden Störungen, dem Antwortstil der untersuchten Personen sowie der Kompetenz der Interviewer ab. Bei einem geschulten Interviewer sollte die Diagnose eine „durchschnittlichen" Patienten mit zwei bis drei Störungen maximal 30 Minuten in Anspruch nehmen.

6. Auswertung

6.1 Modus: Das Interviewergebnis wird in Form klinischer Einschätzungen und Diagnosen nach DSM-IV und ICD-10 festgehalten. Zu diesem Zweck werden die Antworten der untersuchten Personen an dafür im Interviewleitfaden vorgesehenen Stellen protokolliert. Unter Berücksichtigung des klinischen Urteils der Diagnostiker wird am Ende des gesamten Interviews festgestellt, inwieweit die Diagnosekriterien des DSM-IV oder der ICD-10 für die verschiedenen Störungskategorien erfüllt sind. Dabei sollen auch die hierarchischen Regeln dieser Klassifikationssysteme beachtet und die Achsen II bis V des DMS-IV eingeschätzt werden. Weiterhin werden der Schweregrad der vorliegenden Störungen auf einer achtstufigen Ratingskala eingeschätzt und eine Einteilung in primäre (hauptsächlich beeinträchtigende oder zur Behandlung motivierende) und zusätzliche Störungen vorgenommen.

6.2 Zeit: Keine Angaben.

7. Gütekriterien

7.1 Objektivität: Durch die Vorgabe von Fragen, die Festlegung der Interviewstruktur sowie die genauen Durchführungs- und Auswertungsregeln sind die Informations- und Kriteriumsvarianz gegenüber unstrukturierten Befragungen verringert und die Objektivität erhöht. Dennoch ist die Objektivität geringer als diejenige von Fragebogen oder vollstandardisierten Interviews.

7.2/7.3 Reliabilität und Validität: Zur Bestimmung der Zuverlässigkeit und Gültigkeit des Verfahrens wurde die Übereinstimmung der Diagnosen nach dem Mini-DIPS mit denjenigen nach dem vollständigen DIPS festgestellt. Unausgelesene Patienten aus einer stationären und einer ambulanten Therapieeinrichtung wurden von voneinander unabhängigen Interviewern einmal mit Hilfe des Mini-DIPS und einmal mit Hilfe des DIPS untersucht. Die Übereinstimmung wurde für jede einzelne Diagnose sowie für die Oberkategorien Angststörungen, affektive Störungen, somatoforme Störungen und Eßstörungen in Form von Kappa- und Yule-Koeffizienten berechnet. Insgesamt ergaben sich zumindest befriedigende Übereinstimmungswerte. Zur weiteren Validierung wurden außerdem die nach dem Mini-DIPS diagnostizierten Patientengruppen anhand psychometrischer Fragebogenskalen einer klinischen Testbatterie verglichen. Für alle untersuchten Störungskategorien ergaben sich hypothesenkonforme bedeutsame Unterschiede hinsichtlich der Ausprägung in den störungsrelevanten Fragebogenskalen. Insgesamt belegen die Untersuchungen eine hinreichende Reliabilität und Validität des Verfahrens für Forschung und Praxis.

7.4 Normen: Keine.

8. Literatur

AMERICAN PSYCHIATRIC ASSOCIATION (Ed.) (1994). *Diagnostic and Statistical Manual of Mental Disorders, Fourth Edition (DSM-IV).* Washington, D.C.: American Psychiatric Press.

WELTGESUNDHEITSORGANISATION (1991). *Internationale Klassifikation psychischer Störungen. ICD-10 Kapitel V (F): Klinisch-diagnostische Leitlinien.* Hrsg. von H. DILLING, W. MOMBOUR & M. SCHMIDT. Bern: Huber.

MARGRAF, J., SCHNEIDER, S. & EHLERS, A. (1991 a). *Diagnostisches Interview bei psychischen Störungen (DIPS).* Berlin: Springer.

MARGRAF, J., SCHNEIDER, S. & SPÖRKEL, H. (1991 b). Therapiebezogene Diagnostik: Validität des Diagnostischen Interviews bei psychischen Störungen. *Verhaltenstherapie, 1,* 110–119.

SCHNEIDER, S., MARGRAF, J., FRANZEN, U. & SPÖRKEL, H. (1992). Therapiebezogene Diagnostik: Reliabilität des Diagnostischen Interviews bei psychischen Störungen. *Diagnostica, 38,* 1–19.

UNNEWEHR, S., SCHNEIDER, S. & MARGRAF, J. (Hrsg.) (1994). *Diagnostisches Interview psychischer Störungen bei Kindern und Jugendlichen (Kinder-DIPS).* Berlin: Springer.

Reisberg-Skalen GDS, BCRS und FAST

R. IHL und L. FRÖLICH

Weinheim: Beltz Test GmbH, 1991

1. Testart Klinischer Test

2. Testmaterial Testheft inklusive Auswertungsbogen, Manual; *zusätzlich:* Schreibmaterial.

3. Testgliederung Das Instrument erfaßt die „Globale Deterioration Scale (GDS)", „Brief Cognitive Rating Scale (BCRS)" und die „Functional Assessment Staging (FAST)".

4. Grundkonzept Die GDS und die BCRS dienen der Schweregradeinstufung von Demenzen bei älteren Menschen. Jede der beiden Skalen kann für sich alleine angewendet werden, es wird aber eine kombinierte Anwendung empfohlen. Die GDS stellt eine Fremdbeurteilungsskala dar. Die BCRS liefert eine Operationalisierung der Stadienbeschreibung in Testform mit den Untertests „Konzentration", „Beeinträchtigung des Kurzzeitgedächtnisses", „Beeinträchtigung des Langzeitgedächtnisses", „Orientierung", „Alltagskompetenz und selbständige Versorgung der Person", „Sprache", „Psychomotorik", „Stimmung und Verhalten", „Konstruktive Zeichenfähigkeit" und „Rechenfähigkeit". Die FAST stellt eine ausführliche Skala zum Beurteilungsbereich V der BCRS dar. Sie ermöglicht eine Beurteilung der „activities of daily living" unter Berücksichtigung schwerer Demenzstadien.

5. Durchführung **5.1 Alter:** Keine Angaben.

5.2 Formen: Einzelinterview; wird eine Testperson vom Ehepartner oder einer Betreuungsperson begleitet, sollten immer beide Personen interviewt werden. Computergestützte Fassung im Hogrefe-Testsystem CORA.

5.3 Handhabung: Der Interviewer führt ein klinisches Interview durch, in das er die Items der GDS einfließen läßt (hierzu werden im Manual keine weiteren Angaben gegeben), und bewertet dann die kognitive Leistungsfähigkeit des Patienten durch Markieren des zutreffenden Stadiums auf dem Auswertungsbogen.
Auch bei der BCRS schätzt der Interviewer die Beeinträchtigung auf einer (siebenstufigen) Skala ein. Welche Aufgaben man den Probanden hier stellt, erschließt sich durch aufmerksames Lesen des Manuals, Kapitel 7.2.
Die Einschätzung des Schweregrades der Demenz mit Hilfe der FAST erfolgt ebenfalls durch Einschätzung einzelner Stadien des Abbaus (auch hier muß man das Manual aufmerksam lesen, um die Einteilung in die siebenstufige Beurteilungsskala durchführen zu können).

5.4 Zeit: Keine Zeitbegrenzung; die Durchführung erfordert erfahrungsgemäß ca. 20 Minuten.

6. Auswertung

6.1 Modus: Testdurchführung und -auswertung liegen so nah beieinander, daß man von einer getrennten Auswertung gar nicht sprechen kann.

6.2 Zeit: Keine Angaben.

7. Gütekriterien

7.1 Objektivität: Ist die Person des Interviewers mit den Durchführungs- bzw. Interpretationsvorschriften vertraut, kann das Verfahren mit genügender Objektivität durchgeführt werden.

7.2 Reliabilität: Inter-Raterreliabilitäten: Für die GDS werden Werte zwischen 0,82 und 0,92 genannt. Für die BCRS wurden Werte zwischen 0,76 und 0,97 ermittelt. Für die FAST liegen keine Daten vor.
Test-Retest-Reliabilitäten: Für die GDS ergab sich ein Wert von 0,92. Für die BCRS ergaben sich Werte zwischen 0,82 und 0,86 für die einzelnen Beurteilungsbereiche und ein Wert von 0,96 für die Summe aller Bereiche. Bezüglich der FAST liegen keine Werte vor.

7.3 Validität: Die Validität der GDS wurde über die Wege der Psychometrie, Computertomographie und Positronen Emissonen Tomographie ermittelt. Die Korrelationen zwischen diesen physiologisch bestimmten Korrelaten der Demenzen und den mittels der GDS ermittelten Schweregraden der Störungen waren signifikant. Die Korrelationen zwischen GDS und anderen psychometrischen Verfahren schwankten zwischen 0,54 und 0,70. Für die BCRS gelten analoge Angaben. Für die FAST ergaben sich ebenfalls hohe Korrelationen zu anderen entsprechenden Verfahren.

7.4 Normen: Keine Angaben.

Standardisiertes Verfahren zur Erhebung des Psychopathologischen Befundes

Present State Examination (PSE)

J. K. Wing, J. E. Cooper und N. Sartorius

Deutsche Bearbeitung: M. v. Cranach

Weinheim: Beltz, 1977

---

1. Testart Klinisches Verfahren

2. Testmaterial Manual mit Durchführungsrichtlinien und Interview (64 Seiten); *zusätzlich:* Schreibgerät.

3. Testgliederung Das PSE besteht aus 140 Symptomkategorien, die durch Ratings erfaßt und zu je 20 Sektionen gebündelt werden:

Sektion 1:	Einführung
Sektion 2–11 :	neurotische Symptome
Sektion 12–15:	psychotische Symptome
Sektion 16–17:	Bewußtseinslage, Krankheitseinsicht
Sektion 18–20 :	Verhalten, Affekt und Sprache während der Exploration

Die Reihenfolge der Fragen sowie der Abarbeitung der Sektionen ist nicht festgelegt, sondern kann situativ angepaßt werden.

4. Grundkonzept Das PSE ist ein standardisiertes Verfahren zur Erhebung des psychopathologischen Befundes. Die Durchführung des Verfahrens setzt die Kenntnis eines ausführlichen Glossars (Buch zum PSE-Verfahren) voraus. Darüber hinaus wird es als erforderlich angesehen, sich für eine Durchführung des Verfahrens mindestens die Erfahrungsgrundlage von 10–12 Übungsexplorationen (mit Supervision) anzueignen.

5. Durchführung **5.1 Alter:** Keine Angaben; Erwachsene, psychiatrische Patienten.

5.2 Formen: Exploratives Interview.

5.3 Handhabung: Standardisierte Einführung und Interviewleitfaden mit Beurteilungsraster und quantitativer Registrierung.

5.4 Zeit: Keine Angaben.

6. Auswertung **6.1 Modus:** Nominale „Bewertung“ von Patientenaussagen auf der Grundlage einer standardisierten, symptombezogenen Kriteriensammlung („Glossar“). Zusätzlich besteht die Möglichkeit, mit Hilfe einer „Syndrome Check List (SCL)“ 38 Syndrome zu ermitteln (z. B. Hypochondrie, Energiemangel, inkohärente Sprechweise etc.).

6.2 Zeit: Keine Angaben.

7. Gütekriterien

7.1 Objektivität: Keine Angaben.

7.2 Reliabilität: Keine Angaben.

7.3 Validität: Keine Angaben.

7.4 Normen: Keine Angaben.

Strukturiertes Interview für Schlafstörungen nach DSM-III-R (SIS-D)

E. SCHRAMM, F. HOHAGEN, U. GRASSHOFF und M. BERGER (in Zusammenarbeit mit der Arbeitsgemeinschaft Klinischer Schlafzentren – AKS)
Weinheim: Beltz, 1991

---

1. Testart Klinischer Test

2. Testmaterial Manual (21 Seiten), Interviewheft; *zusätzlich:* Schreibgerät.

3. Testgliederung Zur Erfassung von Schlafstörungen ist das SIS-D in folgende Gruppen untergliedert:

- DYSSOMNIEN
  Insomnien (organisch/nicht organisch)
  Hypersomnien
  Störungen des Schlaf-Wach-Rhythmus
- PARASOMNIEN
  Schlafstörung mit Angstträumen
  Pavor Nocturnus
  Schlafwandeln
  Parasomnien (NNB)

Zusätzlich sind acht Achse-III-Diagnosen aufgenommen (körperliche Störungen und Zustände, z. B. Schmerzsyndrom oder Atemstörungen).

2.3.2

4. Grundkonzept Der SIS-D ist ein strukturiertes Interview zur Erfassung von DSM-III-R-Schlafstörungen. Mit dem Interview können nur chronisch verlaufende und über mehr als einen Monat bestehende Schlafstörungen beurteilt werden. Die Diagnose einer Schlafstörung wird dann gestellt, wenn es sich bei der Beeinträchtigung des Schlafs um die Hauptbeschwerde (und nicht um Symptome anderer psychischer Erkrankungen) handelt.

5. Durchführung **5.1 Alter:** Keine Angaben.

5.2 Formen: Einzelinterview.

5.3 Handhabung: Folgende Reihenfolge der Durchführung wird von den Autoren empfohlen:

1. Einleitungsgespräch zur Klärung der Bedingungen von Schlafstörungen, z. B. organischen Erkrankungen oder Medikamentenmißbrauch.
2. Strukturierter Interviewteil mit Fragen zu spezifischen Symptomen und zum zeitlichen Verlauf der Störungen.
3. Diagnosekodierung unter Hinzuziehung aller verfügbaren Informationen

5.4 Zeit: Ca. 30 Minuten.

6. Auswertung

6.1 Modus: Die Interviewergebnisse werden auf dem Bogen zur Diagnosenkodierung dokumentiert. Aktuelle und überdauernde Störungen, Art und Schweregrad sowie zeitlicher Verlauf der Störungen werden dabei auf die Erfüllung des Kriteriums bezogen (? = Informationen reichen noch nicht aus, 1 = nicht vorhanden, 2 = unterschwellig vorhanden, 3 = Kriterium voll erfüllt).

6.2 Zeit: Keine Angaben.

7. Gütekriterien

7.1 Objektivität: Durchführungs- und Auswertungsobjektivität bei Einhaltung der im Manual angegebenen Hinweise gegeben.

7.2 Reliabilität: Retest-Reliabilitäten werden von den Autoren mit Kappa-Koeffizienten zwischen r = 0,45 und r = 0,76 („lifetime") sowie r = 0,38 und r = 0,91 („derzeit") angegeben (Zeitintervall 1–3 Tage).

7.3 Validität: Keine Angaben.

7.4 Normen: Keine Angaben.

8. Literatur

WITTCHEN, H.-U., ZAUDIG, M., SCHRAMM, E., SPENGLER, P., MOMBOUR, W., KLUG, J. & HORN, R. (1990). *Strukturiertes Klinisches Interview für DSM-III-R (SKID, Version 2.0).* Weinheim: Beltz Test GmbH.

SCHRAMM, E. (1990). Test-retest reliability and validity of a Structured Interview for Sleep Disorders according DSM-III-R (SIS-D). In J. HORN (Ed.), *Sleep '90.* Bochum. Potenagel.

Strukturiertes Klinisches Interview für DSM-III-R (SKID)

H.-U. WITTCHEN, E. SCHRAMM, M. ZAUDIG, P. SPENGLER, R. RUMMLER und W. MOMBOUR

Weinheim: Beltz, 1990 (Manual), 1991[2] (Interviewheft)

---

1. Testart Klinischer Test

2. Testmaterial Manual, Interviewheft; *zusätzlich:* Schreibgerät.

3. Testgliederung Mit dem SKID können folgende DSM-III-R Diagnosen auf Achse I beurteilt werden:

- *Sektion A und D: Affektive Störungen*
  Bipolare Störung
  Bipolare Störungen NNB* (*NNB = nicht näher bezeichnet)
  Major Depression
  Dysthyme Störung (nur derzeitige)
  Depressive Störung NNB
- *Sektion B und C: Psychotische Störungen*
  Schizophrenie
  Schizophreniforme Störung
  Schizoaffektive Störung
  Wahnhafte Störung
  Kurze reaktive Psychose
  Psychotische Störung NNB
- *Sektion E: Störungen durch Psychotrope Substanzen*
  Alkohol
  Sedativa, Schlafmittel, Anxiolytika
  Cannabis
  Stimulantien
  Opiate
  Kokain
  Halluzinogene-PCP
  Polytoxikomanie
  Andere
- *Sektion F: Angststörungen*
  Panikstörung
  Agoraphobie
  Soziale Phobie
  Einfache Phobie
  Zwangsstörungen
  Generalisierte Angststörung
- *Sektion G: Somatoforme Störungen*

Somatisierungsstörung (nur derzeitige)
Hypochondrie (nur derzeitige)
Undifferenzierte Somatoforme Störung
- *Sektion H: Eßstörungen*
  Anorexia Nervosa
  Bulimia Nervosa
- *Sektion I: Anpassungsstörungen*
  (nur derzeitige)

4. Grundkonzept

Das SKID dient der Erfassung und Diagnostik ausgewählter psychischer Syndrome und Störungen, wie sie im DSM-III-R auf der Achse I definiert werden. Außerdem werden Kodierungsmöglichkeiten für die Beurteilung der Achse III (Körperliche Störungen) und Achse V (Psychosoziales Funktionsniveau) angeführt.

5. Durchführung

5.1 Alter: Keine Angaben

5.2 Formen: Einzelinterview

5.3 Handhabung: Zunächst dient ein kurzer Explorationsleitfaden dazu sich einen ersten klinischen Eindruck und einige relevante Informationen (demographische Daten, Hauptsymptome, organische Erkrankungen, bisherige Behandlungen, Krankheitsverlauf) für das anschließende strukturierte Interview zu verschaffen. Diese Exploration sollte solange andauern, bis ausreichende Informationen zur Verfügung stehen, um eine vorläufige Differentialdiagnose stellen zu können. Im anschließenden strukturierten Interview wird der Proband mit vielen offenen Fragen dazu aufgefordert seine Symptome ausführlicher zu beschreiben. Der Interviewer trifft bei jeder Frage eine klinische Entscheidung, ob das diagnostische Kriterium (auf der Grundlage des DSM-III-R) erfüllt ist.

5.4 Zeit: Die Durchführungszeit beträgt etwa 70 Minuten und teilt sich in einen „freien" (ca. 10 Minuten) und einen strukturierten Interviewanteil (ca. 60 Minuten).

6. Auswertung

6.1 Modus: Nach Beendigung des Interviews trägt der Interviewer die zutreffenden Diagnosen auf der Diagnosenkodierungsübersicht ein. Der Diagnose-Index (? = die Information reicht nicht aus, um die Diagnose der Störung auszuschließen oder zu bestätigen; 1 = Kriterium nicht vorhanden; 2 = Kriterium unterschwellig vorhanden; 3 = Kriterium vorhanden) auf dem Beurteilungsbogen gibt an, inwieweit die Kriterien der SKID-Störungen erfüllt sind. Bei Vorliegen einer Störung sind immer „Lifetime" und „Derzeit" Kodierungen vorzunehmen. Die abschließende Gesamtbeurteilung umfaßt eventuell zu beachtende körperliche Erkrankungen (Achse III), die Hauptdiagnose (Achse I) sowie die Beurteilung des Sicherheitsgrades der diagnostischen Entscheidung. Darüber hinaus kann der Achse V-Code angegeben und gegebenenfalls vom Interviewer gestellte DSM-III-R Diagnosen notiert werden, die von der gestellten Hauptdiagnose abweichen.

6.2 Zeit: Keine Angaben.

7. Gütekriterien

7.1 Objektivität: Bei Einhaltung der Hinweise und Anweisungen im Manual und Interviewheft sind Durchführungs- und Auswertungsobjektivität gegeben.

7.2 Reliabilität: Auf der Basis einer Test-Retest-Reliabilitätsstudie (Intervall 1–3 Tage, unterschiedliche Interviewer) mit 103 klinischen Probanden ergaben sich Koeffizienten (Kappa- bzw. Yule's Y-Werte) zwischen r = 0,27 und r = 1,0.

7.3 Validität: Keine Angaben.

7.4 Normen: Keine Angaben.

Strukturiertes klinisches Interview für DSM-III-R Achse II (Persönlichkeitsstörungen) (SKID-II)

H.-U. WITTCHEN, E. SCHRAMM, M. ZAUDIG und H. UNLAND
Weinheim: Beltz, 1993

---

1. Testart Klinischer Test

2. Testmaterial Manual (12 Seiten) und Interviewheft, Fragebogen mit 113 Items; *zusätzlich:* Schreibgerät.

3. Testgliederung Mit dem SKID-II werden insgesamt 12 Persönlichkeitsstörungen erfaßt:

- Schizoide (SD)
- Selbstunsichere (SU)
- Dependenten (DE)
- Schizotypische (ST)
- Zwanghafte (ZW)
- Passiv-Aggressive (PS)
- Selbstschädigende (SÄ)
- Paranoide (PD)
- Histrionische (HI)
- Narzißtische (NA)
- Borderline (BO)
- Antisoziale (AS)

4. Grundkonzept Das SKID-II versucht, auf der Achse II (Persönlichkeitsstörungen) eindeutige und nachvollziehbare Kriterien von klinisch relevanten Persönlichkeitsstörungen zu liefern und zu formulieren. Wichtig ist hierbei die diagnostisch saubere Trennung von Störungen der Achse I (Psychopathologie) und Persönlichkeitsstörungen. Daher muß der Anwendung des SKID-II immer eine psychopathologische Abklärung auf Achse I (SKID-I) vorausgehen.

5. Durchführung **5.1 Alter:** Keine Angaben.

5.2 Formen: Einzelinterview. Computergestützte Fassung im Hogrefe-Testsystem CORA.

5.3 Handhabung: Zuerst wird der SKID-II-Fragebogen (113 Items) vom Pb ausgefüllt und anschließend vom Interviewer ausgewertet. Im zweiten Schritt werden konkrete Items der Fragebogenversion im Interview überprüft, wobei es der klinischen Erfahrung des Interviewers überlassen bleibt, welche Items er auswählt. Grundsätzlich sind alle mit „Ja" beantworteten Fragebogenitems Gegenstand des Interviews, da die Möglichkeit besteht, daß das jeweilige Beeinträchtigungskriterium erfüllt ist.

5.4 Zeit: Keine Angaben.

6. Auswertung

6.1 Modus: Der SKID-II-Fragebogen wird mit der Schablone (oder rechnergestützt) ausgewertet und die jeweiligen Antworten (ja/nein) im Interviewheft neben der jeweiligen Frage eingekreist. Für die Auswertung des Interviews wird der gleiche diagnostische Kriterien-Index wie beim SKID-I verwendet (Index 1 = nicht erfüllt, 2 = unterschwellig, 3 = voll erfüllt).

6.2 Zeit: Keine Angaben.

7. Gütekriterien

7.1 Objektivität: Bei Einhaltung der Hinweise und Anweisungen im Manual und Interviewheft sind Durchführungs- und Auswertungsobjektivität gegeben.

7.2 Reliabilität: Auf der Basis einer Test-Retest-Reliabilitätsstudie mit 103 klinischen und 181 gesunden Pbn ergaben sich Koeffizienten (Kappa-Werte) bei der klinischen Stichprobe im Durchschnitt zwischen r = 0,51 und r = 0,66 sowie bei der „gesunden" Stichprobe zwischen r = 0,36 und r = 0,48.

7.3 Validität: Keine Angaben.

7.4 Normen: Keine Angaben.

8. Literatur

WITTCHEN, H.-U., SASS, H., ZAUDIG, M. & KOEHLER, K. (Hrsg.) (1989). *Diagnostisches und Statistisches Manual Psychischer Störungen.* Weinheim: Beltz.

WITTCHEN, H.-U. & UNLAND, H. (1991). Neue Ansätze zur Symptomerfassung und Diagnoseerstellung nach ICD-10 und DSM-III-R: Strukturierte und standardisierte Interviews. *Zeitschrift für klinische Psychologie, 4,* 321–342.

WITTCHEN, H.-U., ZAUDIG, M., SCHRAMM, E., SPENGLER, P., MOMBOUR, W., KLUG, J. & HORN, R. (1990). *Strukturiertes Klinisches Interview für DSM-III-R (SKID).* Weinheim: Beltz Test Gesellschaft.

2. PSYCHOMETRISCHE PERSÖNLICHKEITSTESTS

2.3 Klinische Tests

2.3.3 Sonstige klinische Verfahren

● = ja
◎ = teilweise
○ = nein
k.A. = keine Angaben

Testname	Autor(en)	Seite	Durchführung				Auswertung			Gütekriterien				Alter
			Gruppentest	Parallelform	Zeitangabe netto (Min.)	Zeitangabe brutto (Min.)	Schabl./Schlüss.	maschinell	Zeitangabe (Min.)	Objektivität	Reliabilität	emp. Validität	Normen	(Jahre oder Schuljahre (J/Sj))
Aachener Aphasietest (AAT)	Huber u.a.	869	○	○		60–90	○	◎	30–60	●	●	●	●	21–70 J
Alzheimer's Disease Assessment Scale (ADAS)	Ihl u.a.	874	○	◎		ca. 45	○	○		●	●	●	●	k.A.
Benton-Test	Spreen	876	○	●		15	○	○	5	●	●	●	●	ab 7 J
Berliner Amnesietest (BAT)	Metzler u.a.	878	○	○		45–55	○	●		●	●	●	●	20–65 J
c.I.-Test zur Frühdiagnostik von Demenzen	Lehrl u.a.	881	○	○			○	○		●	○	◎	●	ab 17 J
Demenztest	Kessler u.a.	883	○	○			○	○		●	●	●	●	k.A.
Diagnost. u. Evaluatives Instrument. z. Autog. Training (AT-EVA)	Krampen	885	●	○		60	◎	●		●	●	●	●	ab 15 J
Fragmentierter Bildertest (FBT)	Kessler u.a.	888	○	○			○	○		●	●	●	●	ab 10 J
Göttinger Formreproduktions-Test (GFT)	Schlange u.a.	890	○	○		6–10	●	○	15–20	●	●	●	●	6–15 J
Hintergrund-Interferenz-Verf. f. d. Bender Gestalt Test (HIV)	Wallasch	892	○	○			○	○		●	●	●	◎	ab 13 J
Kahn Test of Symbol Arrangement	Plaum	896	●	○		2	○	○	45	●	●	●	○	k.A.
Kognitives Minimal-Screening (KMS)	Kessler u.a.	898	○	○			○	○		●	●	●	◎	ab 40 J
Mini-Mental-Status-Test (MMST)	Kessler u.a.	899	○	○		5–10	○	○		●	●	●	○	k.A.

2.3.3 Sonstige klinische Verfahren (Forts.)

● = ja
◉ = teilweise
○ = nein
k.A.= keine Angaben

Testname	Autor(en)	Seite	Durchführung				Auswertung			Gütekriterien				Alter
			Gruppentest	Parallelform	Zeitangabe netto (Min.)	Zeitangabe brutto (Min.)	Schabl./Schlüss.	maschinell	Zeitangabe (Min.)	Objektivität	Reliabilität	emp. Validität	Normen	(Jahre oder Schuljahre (J/Sj))
Pädag. Analyse u. Curricul. d. sozial. u. persönl. Entwickl. d. geistig beh. Menschen (PAC)	Günzburg	901	○	○			○	○		●	●	○	○	k.A.
Rivermead Behavioral Memory Test (RBMT)	Wilson u.a.	903	○	●			○	○		●	●	●	●	ab 11 J
TARC-Methode	Niedermann u.a.	906	○	○			○	○		●	●	●	●	3–16 J
Testbatterie für visuelle Objekt- und Raumwahrnehmung (VOSP)	Warrington u.a.	908	○	○			○	○		●	○	●	●	20–69 J
Token-Test (TT)	Orgass	910	○	○			○	○		◉	●	●	●	15–75 J
Tübinger Luria-Christensen Neurops. Unters.reihe (TÜLUC)	Hamster u.a.	912	○	○		ca. 180	○	○		●	○	●	○	k.A.
Tübinger Luria-Christensen Neurops. Unters.reihe f. Kinder (TÜKI)	Deegener u.a.	916	○	○		90–135	○	○		○	●	●	◉	5–16 J
Verhaltensfrageb. f. geistig- und lernbehinderte Heimkinder (VFHK)	Stahl	919	○	○			●	○		●	●	●	●	6–16 J
Visual Gestalt Ability Test (VGA)	Borg	922	○	○			○	○		●	●	○	◉	k.A.

Aachener Aphasie-Test (AAT)

W. Huber, K. Poeck, D. Weniger und K. Willmes
Göttingen: Hogrefe, 1983

---

1. Testart Klinischer Test

2. Testmaterial Handanweisung (DIN A4, 153 Seiten), Untersuchungsmappe, Protokollheft, 1 Tonkassette, 1 Satz Vorlagen (Token Test), 2 Sätze Vorlagen (Schriftsprache); *zusätzlich:* Schreibgerät, Kassettenrecorder, leere Tonkassette.

3. Testgliederung Der AAT besteht aus fünf Untertests mit insgesamt 210 Items und dem Untertest Spontansprache, mit denen Leistungen in verschiedenen sprachlichen Modalitäten erfaßt werden können. Innerhalb der Untertests sind die einzelnen Aufgabengruppen – jeweils bestehend aus 10 Items – zunehmend sprachlich komplexer aufgebaut.

1. Spontansprache
2. Token Test (50 Items)
3. Nachprechen (50 Items)
   - von Lauten,
   - von einsilbigen Wörtern,
   - von Lehn- und Fremdwörtern,
   - von zusammengesetzten Wörtern,
   - von Sätzen.
4. Schriftsprache (30 Items)
   - Lautes Lesen,
   - Zusammensetzen nach Diktat,
   - Schreiben nach Diktat.
5. Benennen (40 Items)
   - von Objekten durch einfache Nomina,
   - von Farben,
   - von Objekten durch Nomina Komposita,
   - Beschreibendes Benennen von Situationen und Handlungen durch Sätze.
6. Sprachverständnis (40 Items)
   - Auditives Verständnis für Wörter,
   - Auditives Verständnis für Sätze,
   - Lesesinnverständnis für Wörter,
   - Lesesinnverständnis für Sätze.

Der Untertest Spontansprache bildet insofern eine Ausnahme, als hier sprachliches Material anhand vorgegebener Fragen gewonnen und hinsichtlich sechs verschiedener Beobachtungsebenen beschrieben wird. Bei den übrigen Untertests besteht das Stimulusmaterial aus verbalen Vorgaben, farbigen geometrischen Formen und/oder Strichzeichnungen.

4. Grundkonzept

Der AAT wird von den Autoren als erstes standardisiertes und validiertes Testinstrument zur speziellen Diagnose von Aphasien bei deutschsprachigen Patienten charakterisiert.
Die Konstruktion der Aufgaben erfolgte nach vorher definierten neurolinguistischen Kriterien. Die diagnostische Relevanz der für den AAT ausgewählten Aufgabentypen wurde in einer Reihe von Voruntersuchungen sowie mit Hilfe von Aufgabensammlungen überprüft, die als Vorläufer des AAT anzusehen sind (KERSCHENSTEINER et al., 1975). Kriterien waren u. a. die Durchführbarkeit mit fast allen aphasischen Patienten sowie das Auftreten aphasischer Fehler in großer Variationsbreite. Als ein Subtest wurde die deutsche Fassung des Token Test von ORGASS (1976) – abgesehen von einigen Präzisierungen – übernommen. Die Beschreibungsebene „Kommunikationsverhalten" im Untertest Spontansprache stammt aus dem Bostoner Aphasie Test von GOODGLASS und KAPLAN (1972). In mehreren Untersuchungen erfolgte die Erstellung charakteristischer Leitsymptome für die einzelnen aphasischen Syndrome.
Aphasische Störungen werden aufgefaßt als Beeinträchtigung in verschiedenen Komponenten des Sprachsystems (Phonologie, Lexikon, Syntax, Semantik), die sich auf alle expressiven und rezeptiven Modalitäten (Sprechen, Verstehen, Lesen, Schreiben) erstrecken. Mit dem AAT können sprachliche Störungen sowohl in den einzelnen Modalitäten als auch hinsichtlich der Komponenten des Sprachsystems beschrieben werden. Außerdem ist mittels des AAT eine Auslese von aphasischen Patienten aller Ätiologien aus einer Population hirngeschädigter Patienten ohne Aphasie sowie eine Klassifikation von Aphasikern nach den vier Standard-Syndromen (globale, Wernicke-, Broca- und amnestische Aphasie) möglich. Mit dem AAT lassen sich darüber hinaus nicht-klassifizierbare Aphasien, Nicht-Standard-Aphasien sowie weitere modalitätsspezifische Sprachstörungen identifizieren. Er eignet sich auch für die wiederholte Anwendung zur Kontrolle des Krankheits- resp. Therapieverlaufs. Als mögliche Testanwender werden Logopäden, klinische Psychologen, klinische Linguisten, Sprachheilpädagogen und Ärzte genannt.

5. Durchführung

5.1 Alter: Keine Angaben. In der Eichstichprobe sind Patienten im Alter von 21–70 Jahren vertreten.

5.2 Formen: Der AAT ist nur als Einzeltest anwendbar. Er liegt in einer Form vor.

5.3 Handhabung: Die Instruktionen sind in der Untersuchungsmappe enthalten, und die Durchführung wird näher erläutert. Anhand der Ergebnisse im ersten Untertest Spontansprache muß der TI seine Instruktionen dem Grad der sprachlichen Kommunikationsstörung des Patienten anpassen. Der Wortlaut der Testaufgaben ist im Protokollheft angegeben. Wenn der Allgemeinzustand des Patienten es erlaubt, ist der gesamte Test in einer Sitzung durchzuführen. Der Untersucher sollte den Pbn während der Testung durch wiederholtes Lob und Zuspruch allgemein motivieren.
Alle expressiven lautsprachlichen Testabschnitte werden auf Tonband bzw. Tonkassette aufgenommen. Außerdem protokolliert der TI auch die sprachlichen Leistungen mit und vervollständigt sie später ggf. anhand der Tonaufnahmen.
Neben schriftsprachlichen, lautsprachlichen und Zeige-Reaktionen erfor-

dern zwei Untertests (Schriftsprache und Token Test) auch Manipulationen mit Buchstaben- und Wortplättchen bzw. Farbplättchen.

5.4 Zeit: Ca 60–90 Minuten.

6. Auswertung

6.1 Modus: Anhand der ausführlich mit Beispielen beschriebenen Bewertungskriterien erfolgt die quantitative Einstufung jedes Items auf einer vierstufigen Skala. Lediglich für den Token Test wird die Beurteilung nach richtig/falsch vorgenommen, und bei der Spontansprache basiert die Auswertung auf einer Bewertung hinsichtlich sechs Beschreibungsebenen mittels sechsstufiger Skalen. Hierzu ist es notwendig, sich zuvor mit den Beispielen auf der zum Test gehörigen Tonkassette vertraut zu machen.
Die Rohwerte pro Untertest, ermittelt durch Summierung der Itempunktewerte, werden in das Protokollheft eingetragen, zusätzlich die entsprechenden Prozentränge, die Stanine-Werte für den allgemeinen Schweregrad der Aphasie und die Terzile für den Schweregrad des mit dem AAT diagnostizierten Syndroms. Nur beim Untertest Spontansprache sind lediglich die sechs Einzelwerte zu übertragen. Auf der Rückseite der Protokollhefts kann ein T-Wert-Profil erstellt werden.
Interpretationshinweise sind im Manual enthalten. Ob eine Aphasie vorliegt oder nicht, wird anhand der Punktwerte für Token Test und Schriftsprache in der entsprechenden Auslesetabelle nachgeschlagen bzw. mit ALLOC-Programm entschieden. Alle aphasischen Patienten werden hinsichtlich der vier Standard-Syndrome klassifiziert. Ein modifiziertes ALLOC-Programm in Standard-FORTRAN zur Auslese und Syndromklassifikation ist bei den Autoren erhältlich. Sonderformen lassen sich nach vorgegebenen operationalen Kriterien diagnostizieren. Bei wiederholter Testanwendung sind Profil- und Untertestvergleiche möglich. Die Testergebnisse können in einem standardisierten Befundbogen zusammengefaßt werden.

6.2 Zeit: Ca. 30–60 Minuten.

7. Gütekriterien

7.1 Objektivität: Aufgrund der in der Untersuchungsmappe enthaltenen detaillierten Anweisungen für den TI gehen die Autoren davon aus, daß Durchführungsobjektivität gegeben ist. Die Auswertungsobjektivität des AAT wurde empirisch überprüft (WENIGER et al., 1981).

7.2 Reliabilität: Die Itemanalyse und die Reliabilitätsbestimmung erfolgten an der Validierungsstichprobe. Diese bestand aus je 30 Patienten mit den vier Standard-Aphasiesyndromen vorwiegend vaskulärer Ätiologie sowie zwei Kontrollgruppen von je 30 Patienten mit rechtsseitiger Hirnschädigung und hirnorganisch Gesunden. Die Daten wurden innerhalb von 21 Monaten erhoben.
Für jeden Untertest bzw. jede Aufgabengruppe werden Mittelwerte, Standardabweichungen und Standardmeßfehler angegeben. Weiterhin sind die Mediane, die Minima und Maxima der Itemmittelwerte, -standardabweichungen sowie der Itemschwierigkeiten und -trennschärfen für jeden Untertest aufgeführt.

Interne Konsistenz:
Für die Untertests (ohne Spontansprache und Token Test) ergaben sich für die Gesamtgruppe der Aphasiker (N = 120) Konsistenzwerte von $0{,}93 \leq r_{consist} \leq 0{,}99$. Bei Unterteilung der Stichprobe in die vier Standard-Syndrome

liegen die niedrigsten Werte bei 0,71 und 0,76, die übrigen Werte deutlich darüber ($r_{consist} \geq 0,84$).
Zusätzlich zur Konsistenzanalyse wurden Generalisierungsstudien nach Cronbach (1972) für die vier Untertests durchgeführt. Es zeigte sich, daß die im AAT verwendeten Aufgabengruppen Aufgaben enthalten, die weitgehend einheitliche Fähigkeiten ansprechen.
Die Profilreliabilität für die vier sprachlichen Untertests und den Token Test liegt bei $r_{prof} = 0,86$.

Stabilität:
Die Stabilität wurde an einer Stichprobe von N = 40 Patienten (10 pro Standard-Syndrom) nach einem Zeitintervall von 2 Tagen bestimmt. Die Werte für die einzelnen Untertests (ohne Spontansprache) betrugen bei Unterteilung der Patienten in solche mit kurzer und langer Dauer der Aphasie $0,86 \leq r_{tt} \leq 0,97$. Nur beim Untertest Sprachverständnis ergaben sich überzufällige Veränderungen. In einer weiteren Generalisierbarkeitsstudie zeigten die durchgehend hohen G-Koeffizienten (≥ 0,86) ebenfalls eine hohe Stabilität der Leistungen (einschließlich des Untertests Spontansprache).

7.3 Validität: Die Konstruktvalidität wird durch verschiedene Untersuchungen belegt:
- Durch eine Hauptkomponentenanalyse konnten HUBER et al. (1980) zeigen, daß durch den AAT aphasiespezifische Leistungsstörungen, d. h. in erster Linie Störungen der Sprache im Gegensatz zu Störungen des Sprechens, erfaßt wurden.
- Eine hierarchische Clusteranalyse bestätigte insgesamt die Zusammenfassung der Aufgabengruppen zu Untertests. Die Aufgabengruppen des Untertests Sprachverständnis sind untereinander allerdings weniger ähnlich als die der drei übrigen sprachlichen Untertests.
- Über MDS-Analysen ließen sich die bei der Testkonstruktion variierten Dimensionen „Modalitäten“ und „sprachliche Komplexität“ empirisch nachweisen.

Weitere Untersuchungen befaßten sich mit einem empirischen Beleg der differentiellen Validität:
- Bis auf einige plausibel zu erklärende Ausnahmen ergaben sich erwartete Unterschiede im Niveau der Leistungen in einzelnen Aufgabengruppen bzw. Untertests bei den verschiedenen Patientengruppen.
- Die Diskriminanz zwischen aphasischen und nicht-aphasischen Patienten mittels des AAT ist gewährleistet (Klassifikationsraten über 90%). Als am besten diskriminierende Variablen ergaben sich die Kombinationen Token Test/Schriftsprache und Schriftsprache/Sprachverständnis.
- Bei der Klassifikation der aphasischen Patienten nach klinischen Syndromen resultierten bei Selektion der am stärksten diskriminierenden Variablen Klassifikationsraten von 82% (Diskriminanzanalyse der sechs Beschreibungsebenen der Spontansprache) bzw. 86% (Diskriminanzanalyse aller Untertests). Die differenzierte neurolinguistische Beurteilung der Spontansprache führte also zu einer fast ebenso guten Trennung der Syndrome wie die Berücksichtigung des gesamten Tests, da einige Untertests weniger syndromspezifische Störungen erfassen als vielmehr den allgemeinen Schweregrad der Aphasie. Clusteranalytisch konnte die gute Klassifikationsfähigkeit des AAT bestätigt werden.

7.4 Normen: Die Eichstichprobe umfaßte 376 aphasische und 100 nichtaphasische Kontrollpatienten (einschließlich der Validierungsstichprobe). Die Zuordnung zu einem der vier Standard-Syndrome wurde nach Übereinstimmung zwischen der klinischen Beurteilung der Spontansprache und der diskriminanzanalytischen Klassifikation vorgenommen. Bei fehlender Übereinstimmung galt die Störung als nicht-klassifizierbar.
Die Auslese zwischen Aphasikern und Nicht-Aphasikern bzw. die Klassifikation nach aphasischen Syndromen erfolgte mittels des ALLOC-Programmpakets (nichtparametrische Diskriminanzanalyse) oder anhand der Testwerte in Token Test und Schriftsprache (Punktwertebereiche siehe Anhang) bzw. über die ebenfalls im Anhang angegebenen Diskriminanzwerte.
Zur Bestimmung des allgemeine Schweregrades der Aphasie stehen Prozentränge, T- und Stanine-Werte für die Untertests und die Aufgabengruppen zur Verfügung. Die Einschätzung des Schweregrads pro Syndrom erfolgt wegen geringer Stichprobenumfänge über Terzile (schwere, mittlere, leichte Störung).

8. Literatur

CRONBACH, L. J., GLESER, G. C., NANDA, H. & RAJARATNAM, N. (1972). *The dependability of behavioral measurements: Theory of generalizability for scores and profiles.* New York: Wiley.

GOODGLASS, H. & KAPLAN, E. (1972). *The assessment and related disorders.* Philadelphia: Lea and Febiger.

HUBER, W., WENIGER, D., POECK, K. U. & WILLMES, K. (1980). Der Aachener Aphasietest. Aufbau und Überprüfung der Konstruktion. *Nervenarzt, 51,* 475–482.

KERSCHENSTEINER, M., POECK, K. U., HUBER, W. & STACHOWIAK, F.-J. (1975). Die Untersuchung auf Aphasie. *Aktuelle Neurologie, 2,* 151–157.

ORGASS, B. (1976). Eine Revision des Token Tests, Teil I und II. *Diagnostica, 22,* 70–87, 141–156.

WENIGER, D., WILLMES, K., HUBER, W. & POECK, K. U. (1981). Der Aachener Aphasietest. Reliabilität und Auswertungsobjektivität. *Nervenarzt, 52,* 269–277.

Alzheimer's Disease Assessment Scale (ADAS)

R. Ihl und G. Weyer
Weinheim: Beltz, 1993

---

1. Testart Klinischer Test

2. Testmaterial Test-Kolleg-Mappe, Manual (54 Seiten), Auswertungsbogen Form A-E, Aufgabenringhefte Serie A-E, 12 Bildkarten; *zusätzlich:* Schreibgerät, Uhr, mehrere Blätter DIN A4-Papier, Briefumschlag, Briefmarke, Postkarte.

3. Testgliederung Der Test gliedert sich in folgende Teile:

1) Aktiver Testteil
   - Freie Reproduktion (10 Wörter)
   - Orientierung
   - Vorstellungsvermögen
   - Zeichnen
   - Befolgen von Anweisungen
   - Benennen von Fingern und Gegenständen
   - Wort Wiedererkennen (12 aus 24 Wörtern)
   - Erinnerung an Prüfungsanweisung
   - Tremor
2) Interview
   - Umherlaufen
   - Motorische Unruhe
   - Weinen
   - Depressive Verstimmung
   - Wahnvorstellungen
   - Halluzinationen
   - Gesteigerter/verminderter Appetit
3) Verhaltensbeobachtung
   - Konzentration/Ablenkbarkeit
   - Mangelnde Kooperation
   - Sprachliche Ausdrucksfähigkeit
   - Verständnis gesprochener Sprache
   - Wortfindungsstörungen

4. Grundkonzept Es handelt sich bei der ADAS um eine Beurteilungsskala zur Einschätzung des Schweregrades dementieller Symptome. Sie wurde als Forschungsinstrument für klinische Studien zur Alzheimerschen Krankheit (spezielle therapeutische Maßnahmen) entwickelt. Doch ist sie auch bei anderen Demenzformen einsetzbar.

5. Durchführung **5.1 Alter:** Keine Angaben.

5.2 Formen: Einzeltest. 5 Parallelformen für die Gedächtnisprüfungen 1 und 7.

5.3 Handhabung: Die ADAS setzt sich aus 3 Teilen zusammen, die durchführungstechnisch unterschiedlich sind: Im Teil 1 gibt der Versuchsleiter die schriftlich fixierten Anweisungen, nach denen der Proband seine Aufgaben zu erfüllen hat. Z. B. soll er einen Brief an einen Freund schicken, eine vorgegebene Figur abzeichnen etc. Im Teil 2 werden psychische Gegebenheiten erfaßt, wie z. B. motorische Unruhe, Halluzinationen, Appetit etc. Der Teil 3 besteht aus Verhaltensbeobachtung. Der Proband beobachtet und erfaßt Dimensionen wie Konzentration, Kooperation, Ausdrucksfähigkeit etc.

5.4 Zeit: Ca. 45 Minuten.

6. Auswertung

6.1 Modus: Die Punktwerte werden vom Versuchsleiter in den Auswertungsbogen eingetragen. In den meisten Fällen (3 Ausnahmen) wird die Beurteilung auf einer sechsstufigen Skala abgegeben. Bei den Testteilen „Freie Reproduktion", „Orientierung" und „Wort Wiedererkennen" entspricht die Bewertung der Fehlerzahl. Es besteht die Möglichkeit, die Scores für den kognitiven und den nichtkognitiven Teil getrennt zu errechnen. Aus der Summe der Bewertung aller Items ergibt sich der Gesamtwert.

6.2 Zeit: Keine Angaben.

7. Gütekriterien

7.1 Objektivität: Setzt man einen gewissen Übungsgrad des Versuchsleiters voraus, kann der Test in Durchführung und Auswertung als objektiv angesehen werden.

7.2 Reliabilität: Bisher liegen nur Angaben zur internen Konsistenz (Cronbachs Alpha) vor. Der Gesamtwert liegt für eine Stichprobe von N = 101 Demenzpatienten bei r = 0,76, für eine Stichprobe von 116 „unausgelesenen" Probanden bei r = 0,87.

7.3 Validität: Rangkorrelationen des Gesamtwertes mit verschiedenen anderen psychometrischen Testverfahren lagen für eine Stichprobe von N = 49 zwischen r = –0,78 (Zahlennachsprechen) und r = 0,76 (Brief Cognitive Rating Scale). Für eine Stichprobe von 64 Demenzpatienten ergaben Korrelationen mit Alter, Geschlecht, Schweregrad der Erkrankung, Mini-Mental-State Examination, Zahlen-Verbindungstest und Instrumental Activities of Daily Living Scale Werte zwischen r = –0,62 (MMS) und r = 0,69 (CGI), bezogen auf den Gesamtscore. Für eine Stichprobe von N = 116 unausgelesenen Probanden ergaben Korrelationen mit Alter, Geschlecht, Zahlensymboltest, Mehrfachwahl-Wortschatz-Test und der Nürnberger Selbsteinschätzungsliste Werte zwischen r = –0,61 und 0,74, bezogen auf den Gesamtwert.

7.4 Normen: Anhand der Testwerte lassen sich Symptomprofile erstellen, deren differentialdiagnostische Wertigkeit bisher nicht untersucht wurde. Immerhin differenziert der Gesamtwert der ADAS signifikant zwischen Patienten und Kontrollgruppe. Als Referenzwerte für die Subskalen sind Mittelwert und Standardabweichung, Median, 1. und 3. Quartil, Minimum und Maximum angegeben.

Benton-Test

A. L. BENTON
Bearbeitung: O. SPREEN
Bern: Huber, 1972[4]

---

1. Testart Klinischer Test

2. Testmaterial 2 Testhefte, Handanweisung, Protokollbogen; *zusätzlich:* Bleistift, Radiergummi, 10 Zeichenbogen (DIN A5), Stoppuhr.

3. Testgliederung Die Zeichenform des Tests besteht aus drei Serien von je 10 Abbildungen geometrischer Figuren, die Wahlform aus zwei Serien von je 15 Abbildungen.

4. Grundkonzept Mit Hilfe des Benton-Tests können Störungen in der Leistungsfähigkeit der visuellen Merkfähigkeit festgestellt werden, die zumeist auf Hirnverletzungen oder Hirnerkrankungen hinweisen. Da bei Kindern die Testleistungen nur geringfügig durch emotionale Störungen beeinflußt werden, sind mit Hilfe des Benton-Tests häufig Unterscheidungen zwischen psychogen bedingten und hirnorganisch bedingten Verhaltensstörungen möglich. Bei Erwachsenen sind in stärkerem Maße als bei Kindern auch Faktoren wie Leistungsmotivation oder psychopathologische Störungen zu berücksichtigen, so daß ungenügende Testleistungen keinen unbedingten Schluß auf das Vorliegen cerebral-pathologischer Erscheinungen gestatten.
Weitere Anwendungsmöglichkeiten des Verfahrens ergeben sich bei Entwicklungs- und Intelligenzdiagnosen.

5. Durchführung **5.1 Alter:** Ab 7 Jahren.

5.2 Formen: Der Benton-Test kann als Zeichenform oder als Wahlform durchgeführt werden. Für die Zeichenform stehen drei Parallelserien (C, D, E) zur Verfügung, für die Wahlform zwei (F, G). Der Test wird als Einzeltest durchgeführt. Computergestützte Fassung im Hogrefe-Testsystem LEILA.

5.3 Handhabung:

Zeichenform:
Dem Pb werden die einzelnen Abbildungen (geometrische Figuren) mit der Aufforderung, sie nachzuzeichnen, vorgelegt. Es sind mehrere Versuchsanordnungen mit mehreren Instruktionen möglich:

A: (Standardversuchsanordnung): Darbietung mit unmittelbar anschließender Reproduktion
B: wie A, aber mit verkürzter Darbietungszeit
C: Darbietung mit gleichzeitiger Reproduktion
D: Darbietung mit verzögerter Reproduktion
CR: (in Kombination mit A, B oder C): Nach Durchführung des Versuchs wird zusätzlich die Wahlform des Benton-Tests vorgelegt und der Pro-

band aufgefordert, die bei der Durchführung gesehenen Vorlagen herauszusuchen.

Wahlform:
Bei Pbn mit behinderter Zeichenfähigkeit kann die Wahlform durchgeführt werden. Der Pb hat hier die Aufgabe, die dargebotene Vorlage auf einer Tafel von 4 Vorlagen zu bezeichnen. Auch bei der Wahlform des Benton-Tests sind verschiedene Versuchsanordnungen (analog der Zeichenform) möglich.

5.4 Zeit: Die Darbietungszeit der Vorlage beträgt 10 (Standardversuchsanordnung) bzw. 5 Sekunden. Bei der Durchführung mit verzögerter Reproduktion (bzw. Wahl) wird zwischen Darbietung und Reproduktion eine Pause von 15 Sekunden eingelegt. Die Gesamtdurchführungszeit für eine Serie von Abbildungen beträgt etwa 5 Minuten.

6. Auswertung

6.1 Modus:

Zeichenform:
Die Auswertung kann nach zwei Gesichtspunkten vorgenommen werden: Einmal wird die Anzahl richtiger Reproduktionen festgestellt und mit dem durch die Intelligenzhöhe des Pb bestimmten Erwartungswert verglichen, zum anderen können die einzelnen Fehler qualitativ erfaßt werden. Für alle Vorlagen sind Beispiele richtiger und falscher Reproduktionen in der Handanweisung angeführt.

Wahlform:
Die Zahl der richtigen Wahlen bildet den Testwert des Pb, der mit dem Erwartungswert (s. Zeichenform) verglichen wird. Außerdem können die sog. Spiegelbildfehler festgestellt werden

6.2 Zeit: In der Regel 5 Minuten.

7. Gütekriterien

7.1 Objektivität:

Zeichenform:
Untersuchungen zur Übereinstimmung zwischen mehreren Auswertern ergaben Korrelationen zwischen 0,75 und 0,98 je nach Auswertung.

Wahlform:
Durchführung und Auswertung können als objektiv bezeichnet werden.

7.2 Reliabilität: Für die Zeichenformen C, D und E wird eine durchschnittliche Retest-Zuverlässigkeit von 0,85 angegeben. Vergleiche zwischen den einzelnen Serien ergaben Korrelationen zwischen 0,79 und 0,84.
Zwischen Zeichen- und Wahlform zeigen sich geringere Zusammenhänge ($r = 0{,}55$).

7.3 Validität: Der Autor sieht die Validität des Verfahrens als hinreichend gesichert an. Insbesondere zur Validität in bezug auf die Erfassung von Hirnschädigungen werden in der Handanweisung zahlreiche Untersuchungen zitiert.

7.4 Normen: Für die verschiedenen Instruktionen liegen getrennte Normentabellen vor, die allerdings aus amerikanischen Untersuchungen stammen. Da der Benton-Test ein sprachfreies Verfahren ist, können diese Werte wahrscheinlich übernommen werden.

Berliner Amnesietest (BAT)

P. METZLER, J. VOSHAGE und P. RÖSLER
Göttingen: Hogrefe, 1992

---

1. Testart Klinischer Test

2. Testmaterial Handanweisung (74 Seiten), Arbeitsmaterialien für die 8 Untertests (Arbeitsblätter, Kartensätze), Magnetplatte mit Plättchen, Protokollbogen; *zusätzlich:* Schreibgerät, Stoppuhr, Papier.

3. Testgliederung Der Test besteht aus 8 Untertests:

UT 1	Recall unstrukturiert (Freies Reproduzieren einer Wortliste)
UT 2	Semantische Interferenz
UT 3a	Recognition
UT 3b	Proaktive Interferenz (PI)
UT 3c	PI-Korrektur
UT 4	Musterrecognition
UT 5	Kurzzeitgedächtnisspanne (KZG-Spanne)
UT 6	Musterrecall
UT 7a	Recall, begrifflich assoziierbare Muster
UT 7b	Recall nach Distractor
UT 8	Recall bei semantischer Struktur

Die genannten Untertests bestimmen nach dem unten angegebenen Plan die prüfbaren Einflußfaktoren:

Untertests	Prüfbare Einflußfaktoren	
UT 1: Recall, unstrukturiert UT 3A: Recognition, unstrukt.	Retrievalbed. (verb.)	verbal
UT 8: Recall, sem. Strukt. UT 7A: Recall, assoz. Muster	aktive Kodierung	verbal / figural
UT 6: Musterrecall UT 4: Musterrecognition	Retrievalbed. (fig.)	figural
UT 7B: Recall n. Distractor UT 5: KZG-Spanne	Vergessensprozeß	
UT 3B: Proaktive Interferenz UT 2: Semant. Interferenz	Interferenz	

4. Grundkonzept

Der BAT ist als standardisiertes Verfahren zur Erfassung von Gedächtnisstörungen entwickelt worden, die als organisch bedingte, kognitive Leistungsdefizite im Zusammenhang mit Erkrankungen des ZNS auftreten. Untersuchungsgegenstand des BAT ist in diesem Rahmen die organisch bedingte, anterograde Amnesie. Mit anterograder Amnesie wird in Abhebung zur retrograden Amnesie – der Erinnerungsstörung – die Störung bei der Bildung und beim Ablauf neuer Gedächtnisinhalte bezeichnet (Lern- und Merkfähigkeitsstörungen). Ziel der Testentwicklung ist die Unterstützung bei der Abbildung und quantitativen Erfassung von Amnesiemerkmalen, der Differenzierung unterschiedlicher Schweregrade amnestischer Defizite sowie die Anwendbarkeit in Klinik und Forschungsbereich sowohl für die Kasuistik als auch für Stichprobenuntersuchungen. Diese Ziele sollen auf der Grundlage eines hohen psychometrischen Standards erreicht werden.

5. Durchführung

5.1 Alter: Erwachsene bis ins hohe Alter; Eichstichprobe: 20–65 Jahre.

5.2 Formen: Einzeltest; es stehen eine Langform und eine Kurzform (mit den Untertests UT 1, UT 2, UT 3 und UT 7) zur Verfügung.

5.3 Handhabung: Der BAT beginnt mit einer allgemeinen Instruktion, der dann die für jeden Untertest spezifische Instruktion – wie in der Handanweisung angegeben – folgt. Die vorgegebene Reihenfolge der Untertests muß eingehalten werden. Über die in den Instruktionen gegebene hinausgehende Hinweise sind nicht zugelassen. Für die Aufgabenlösung ist keine Zeitbegrenzung vorgesehen. Der jeweilige Untertest kann dann als beendet betrachtet werden, wenn der Pb seine Entscheidung getroffen hat.

5.4 Zeit: Die Test-Gesamtzeit liegt zwischen 45 und 55 Minuten.

6. Auswertung

6.1 Modus: Die Ermittlung der Rohpunktwerte erfolgt für jeden Untertest anhand der Aufzeichnungen auf dem Protokollbogen und den Arbeitsblättern (UT 2 und UT 7). Hierbei bedeuten hohe Werte eine gute, niedrige Werte eine schlechte Leistung. Die Vorgehensweise bei der Rohpunktwertermittlung ist in der Handanweisung detailliert vorgegeben (S. 49–53).
Für die Bestimmung des Testprofils der Langform wird die Verwendung eines TURBO-PASCAL-Programmes empfohlen und angeboten, das auf der Basis der Rohwerteingabe das Testprofil und alle gewünschten Scores ausgibt. Hierzu gehören auch weitere, zusätzliche Skalen:
- Amnesie-Skala
- Korsakow-Skala
- Figural- und Verbal-Skala

Angaben für die Handauswertung sind ebenfalls in der Handanweisung dargestellt. Die Auswertung der Test-Kurzform entspricht der der Langform. Die Ausgabe der differentialdiagnostischen Skalenwerte ist in der Kurzform nicht vorgesehen.

6.2 Zeit: Keine Angaben; entsprechend der gewählten Auswertungsart und Testform.

7. Gütekriterien

7.1 Objektivität: Bei Beachtung der Anweisungen zur Durchführung, Auswertung und Interpretation des BAT ist Objektivität gegeben.

7.2 Reliabilität: In die Reliabilitätsuntersuchung wurden insgesamt 42 Pbn einbezogen. Die Werte wurden nach der Methode der Retest-Reliabilität ermittelt und lagen für die Untertests zwischen r = 0,52 (UT 2) und r = 0,94 (UT 7B), für die Gesamtscores (Zusatzskalen) zwischen r = 0,75 (Verbalscore) und r = 0,93 (Amnesiescore, CVI-Score). Die Reliabilitätsschätzungen für die 3 Untertests, die „recognition-Leistungen" erfassen (UT 3A, UT 2 und UT 4), werden von den Autoren als nicht zufriedenstellend bewertet.

7.3 Validität: Die Validierung des BAT erfolgte im Rahmen des zugrundeliegenden, hypothetischen Meßmodells. Die Schätzungen des Meßmodells erfolgten über die statistischen Verfahren der latenten Klassenanalyse, der latenten Profilanalyse, der dichotomen oder ordinalen Faktorenanalyse sowie der normalen Faktorenanalyse. Die Schätzung wurde mit dem Ziel durchgeführt, einen möglichst großen statistischen Abstand zwischen den Stichproben „Normale" und „Amnestiker" unter Optimierungsgesichtspunkten zu erreichen. Als zentrales Resultat dieser umfangreichen Untersuchungen zeigten sich sehr gute Klassifikations- und Reklassifikationsergebnisse zwischen den Extremstichproben, die von den Autoren neben der guten Reliabilität als wichtigstes Prüfkriterium für die Skalengüte bezeichnet werden.

7.4 Normen: Für die Testauswertung wurden alle Skalen der Untertests, die abgeleiteten Skalen und die Gesamtscores an der Norm-Stichprobe (N = 227) standardisiert. Für die Umrechnung von Rohwerten in Standardwerte (z-Werte) stehen in der Anlage der Handanweisung für die einzelnen Untertests Tabellen zur Verfügung; ebenso entsprechende Tabellen für die Alters- und Intelligenzkorrektur für die Untertestergebnisse UT 1, UT 7A und UT 7B.

8. Literatur

METZLER, P. (1991). Zur Konstruktion klinisch psychologischer Tests: Darstellung einer Validierungsmethodik am Beispiel des Berliner Amnesie Tests (BAT). *Diagnostica, 37,* 109–119.

METZLER, P., RUDOLPH, M., VOSHAGE, J. & NICKEL, B. (1991). Zum Begriff der Amnesie und zur quantitativen Beurteilung amnestischer Störungen. *Fortschr. Neurol. Psychiatr., 59,* 207–215.

WOLFRAM, H., NEUMANN, J. & WIECZOREK, V. (1986). *Psychologische Leistungstest in der Neurologie und Psychiatrie.* Leipzig: Thieme.

c.I.-Test zur Frühdiagnostik von Demenzen

S. LEHRL und B. FISCHER
Ebersberg: Vless, 1992[4]

---

1. Testart Klinischer Test

2. Testmaterial Testmanual (51 Seiten); zweiseitig bedruckte, kartonierte Vorlage mit Symbolen und Buchstaben; Stoppuhr zur Zeitmessung während der Testdurchführung (nicht im Testumfang enthalten); Testprotokoll (Patientenkarte); *zusätzlich:* Test zur Erfassung des prämorbiden Intelligenzniveaus.

3. Testgliederung Der c.I.-Test gliedert sich in zwei Teile:
1. Symbole zählen
2. Interferenz

Mit diesen beiden Aufgaben soll die maximale momentane Leistungsfähigkeit des Patienten überprüft werden.

4. Grundkonzept Cerebrale Insuffizienz deckt den Bereich der psychischen und somatischen Seite der Hirnfunktionsminderungen ab, der Begriff „Demenz" eher die geistige Seite. Da die Demenzen jedoch einen relativ großen Bereich der cerebralen Insuffizienz abdecken, werden sie bevorzugt als diagnostische Hilfe und zur Therapiekontrolle herangezogen. Sie sind vor allem schnell, objektiv und valide meßbar. Mit dem c.I.-Test werden Leistungsminderungen aufgrund von Demenzen erfaßt und dann der Schluß auf cerebrale Insuffizienz vollzogen.

5. Durchführung **5.1 Alter:** Ab 17 Jahren.

5.2 Formen: Einzeltest und als Kurzform der Syndrom-Kurztest (SKT).

5.3 Handhabung: Im ersten Durchgang sind auf der Symbole-Tafel alle Vierecke so schnell wie möglich zu zählen. Die Dauer wird in Sekunden festgehalten. Im zweiten Durchgang hat der Pb auf der Tafel-Rückseite eine Buchstabenfolge aus A und B so zu lesen, daß er für A immer B und für B immer A sagt. Auch bei dieser Interferenzaufgabe wird die Zeit festgehalten.

5.4 Zeit: Patientenabhängig, zwischen 15 uns 24 Sekunden beim Symbolezählen und zwischen 19 und 40 Sekunden bei der Interferenz-Aufgabe (je nach IQ).

6. Auswertung **6.1 Modus:** Die für die Aufgaben „Symbole zählen" und „Interferenz" jeweils erreichte Zeit wird in das Testprotokoll eingetragen. Für das Überschreiten bzw. Nicht-Überschreiten der Zeit werden sog. Wertpunkte vergeben.
0 Punkte für Zeiteinhaltung, 1 Punkt für die Zeitüberschreitung in einer, 2 Punkte für die Überschreitung in beiden Aufgaben. Ein Ergebnis von 0 Punkten spricht gegen eine cerebrale Insuffizienz.

6.2 Zeit: Keine Angaben.

7. Gütekriterien

7.1 Objektivität: Aufgrund der gegebenen Durchführungs-, Auswertungs- und Interpretationsobjektivität gesichert.

7.2 Reliabilität: Keine Angaben.

7.3 Validität: Keine genaueren Angaben; im Zusammenhang mit dem Screening-Verfahren „SKT" berichten die Autoren lediglich über eine Kreuzvalidierungsstudie.

7.4 Normen: Es liegen für beide Aufgaben Zeitnormen für unterschiedliche Altersstufen und Intelligenzniveaus vor.

8. Literatur

ERZIGKEIT, H. (1977). *Manual zum Syndrom-Kurz-Test SKT.* Ebersberg: Vless.

WEIDENHAMMER, W. & FISCHER, B. (1987). *c.I.-Skala. Ein Selbstbeurteilungsverfahren zur Objektivierung leichter cerebraler Insuffizienz. Manual.* Ebersberg: Vless.

LEHRL, S., SCHULTE, R.-M., BURKARD, G. & GRAF, K. (1988). Testsystem zur Früherkennung organischer Psychosyndrome im höheren Lebensalter. Ergebnisse von zwei Multicenterstudien in ärztliche Praxen. *Geriatrie & Rehabilitation, 1,* 151–163.

LEHRL, S., GALLWITZ, A., BLAHA, L. & FISCHER, B. (1991[12]). *Geistige Leistungsfähigkeit: Theorie und Messung der biologischen Intelligenz mit dem Kurz*test KAI. Ebersberg: Vless.

Demenztest

J. Kessler, P. Denzler und H. J. Markowitsch
Weinheim: Beltz, 1988

---

1. Testart Klinischer Test

2. Testmaterial Manual (63 Seiten), Protokollbogen, Kartensatz; *zusätzlich:* Bleistift.

3. Testgliederung Der Test besteht aus den Untertests

- Mini-Mental-State (MMS)
  1. Orientierung
  2. Merkfähigkeit
  3. Aufmerksamkeit und Zahlenverständnis
  4. Erinnerungsfähigkeit
  5. Sprache
- Skalen zur Einschätzung des Alltagsverhaltens
- Ischämie-Score
- Reproduktions-Gedächtnis-Test (SRT)
- Wortproduktionstest
- Handlungstests
  a) Briefaufgabe (ideatorische Praxie)
  b) Anweisungsaufgabe (ideomotorische Praxie)
- Gedächtnistext
  Wiedererkennen
- Fragen zur Orientierung

2.3.3

4. Grundkonzept Der Demenztest ist ein psychopathometrisches Verfahren zur Differenzierung dementieller Alterskrankheiten, das vornehmlich bei hospitalisierten Patienten angewandt werden kann und eine Verlaufskontrolle ermöglicht. Die Auswahl der Subtests orientiert sich an den am häufigsten auftretenden Mangelsymptomen dementer Patienten.

5. Durchführung **5.1 Alter:** Der Test ist anwendbar bis in eine Altersstufe von über 90 Jahren, eine Untergrenze wurde nicht angegeben.

5.2 Formen: Einzeltest, keine Parallelform.

5.3 Handhabung: Die Reihenfolge der Tests entspricht der im Testheft. Die Anweisungen sind schriftlich vorgegeben.

5.4 Zeit: Keine Angaben.

6. Auswertung **6.1 Modus:** Die Auswertung erfolgt nach Anweisung aus dem Manual. Im allgemeinen werden pro Untertest die Rohpunkte ausgezählt und je nach Untertest in Wertpunkte transponiert.

6.2 Zeit: Keine Angaben.

7. Gütekriterien

7.1 Objektivität: Der Test kann, von den Fremdeinschätzungsskalen abgesehen, als objektiv gelten.

7.2 Reliabilität: Als Maß wurde die innere Konsistenz gewählt. Die Koeffizienten (Cronbachs Alpha) liegen für die einzelnen Skalen zwischen 0,52 und 0,95 (N = 505).

7.3 Validität: Es wurden Kreuzvalidierungen angestellt, deren Ergebnisse in Übereinstimmungsprozentwerten angegeben werden. Die Diskriminanzanalysen wurden getrennt für die einzelnen Gruppen durchgeführt. Dabei wurde die vorhergesagte Gruppenzugehörigkeit mit der tatsächlichen verglichen.

7.4 Normen: Die Normierungsstichproben umfaßten je nach Symptom unterschiedliche Größen (N = 16–97). Sie entstammen der Eichstichprobe von N = 505.

Diagnostisches und Evaluatives Instrumentarium zum Autogenen Training (AT-EVA)

G. Krampen

Göttingen: Hogrefe, 1991

---

1. Testart Klinischer Test

2. Testmaterial Handanweisung (53 Seiten), sechs separate Fragebogenformulare, ein Auswertungs- und Dokumentationsbogen; *zusätzlich:* Schreibgerät.

3. Testgliederung Die Bestandteile des AT-EVA zur direkten und indirekten Veränderungsmessung von Autogenem Training sind (Abkürzungen in Klammern):

1 Biographische Anamnese und AT-Anamnesebogen (AT-ANAM)
2 Stundenbogen zu den Gruppensitzungen (AT-STD)
3 Protokoll für die Übungen außerhalb der Gruppe (AT-PROTO)
4 Änderungssensitive Symptomliste (AT-SYM)
5 Veränderungsfragebogen zum Entspannungserleben und Wohlbefinden (VFE)
6 Katamnese und Katamnesebogen (AT-KATAM)

Zusätzlich: Dokumentationsbogen (AT-DOKU)
Die genannten Verfahren werden jeweils zu unterschiedlichen Zeitpunkten im Rahmen eines Autogenen Trainings eingesetzt (vgl. Tab.).

4. Grundkonzept Das vorliegende diagnostische und evaluative Instrumentarium ist auf dem Hintergrund langjähriger Erfahrung mit Kursen zur Einführung des Autogenen Trainings entstanden. Zur systematischen Kontrolle der Vorgehensweise im Rahmen der „indikationsorientierten Diagnostik als auch in der Effektkontrolle" lagen bisher keine geeigneten Verfahren vor. Das AT-EVA ist speziell auf Interventionsmethodik – wie sie das Autogene Training darstellt – ausgerichtet. Es beschränkt sich dabei auf die Erfassung psychologischer Variablen und geht durch systematische Effektkontrolle über rein zufällige und kursorische Evaluationen hinaus.

5. Durchführung **5.1 Alter:** Jugendliche ab 15 Jahren und Erwachsene bis ins höhere Lebensalter.

5.2 Formen: Diagnostische und evaluative Bestandsaufnahme von Einführungskursen zum Autogenen Training durch die Kursteilnehmer.

5.3 Handhabung: Entsprechend der 6 vorgegebenen Dokumentationsbogen (Testgliederung, S. 3) werden die diagnostischen Daten vor Beginn, die evaluativen Daten nach Abschluß des Kurses erhoben. Alle Bogen enthalten kurze Instruktionen, so daß sie einfach zu bearbeiten sind.

5.4 Zeit: Pro AT-EVA-Bogen zwischen 10–15 Minuten (für kürzere Listen ca. 2–5 Minuten); Gesamtaufwand ca. 60 Minuten.

6. Auswertung

6.1 Modus: Manuelle (mit Hilfe des Auswertungs- und Dokumentationsbogens) oder rechnergestützte Auswertung der Verfahrensteile. Die Rohwerte können in T- und Prozentrangwerte transformiert werden. Neben Normen, die eine sozial vergleichende Interpretation gestatten, liegen auch Normwerttabellen zu intra-individuellen Veränderungswerten vor.

6.2 Zeit: Keine Angaben.

7. Gütekriterien

7.1 Objektivität: Bei strikter Einhaltung der in der Handanweisung und bei den Verfahrensteilen angegebenen Anweisungen sind Durchführungs- und Auswertungsobjektivität gegeben. Dies gilt ebenso für die Interpretationsobjektivität, wenn die vorgegebenen Hinweise beachtet werden.

7.2 Reliabilität: Auf der Basis von Untersuchungen an verschiedenen Stichproben werden Koeffizienten zur internen Konsistenz (Cronbach Alpha) r = 0,73 bis r = 0,95, zur Testhalbierungsreliabilität zwischen r = 0,68 und r = 0,91 mitgeteilt. Die Retest-Reliabilität beträgt r = 0,40 bis r = 0,92. Die Koeffizienten sind insgesamt befriedigend.

7.3 Validität: Es werden umfangreiche Befunde zur inhaltlichen Validität, Konstruktvalidität (Lernerfolge beim Autogenen Training) mitgeteilt. Insgesamt ist die „Tauglichkeit“ des AT-EVA umfassend und differenziert untersucht und bestätigt worden.

7.4 Normen: Als Normen stehen nicht-lineare (Flächen-)Transformationen der Rohwerte in T- und Prozentrangwerte zur Verfügung, wobei die Rohwerte auf die einzelnen Sitzungstermine (1., 2., 4. und 8.) bezogen wurden. Darüber hinaus sind für Rohwertgruppen sowohl Vergleichs- und intraindividuelle Veränderungsnormen verfügbar.

Vor oder zu Beginn des Kurses	Am Ende jeder Gruppensitzung	Zwischen allen Gruppen sitzungen	Nach Abschluß des Kurses/ letzte Gruppensitzung	3 Monate nach Kursabschluß oder später
AT-ANAM – persönliche Daten – relative Kontraindikationen – Motivation	AT-STD – Prozeßevaluation für Gruppensitzung und Übungserfolg	AT-PROTO – Prozeßevaluation und Selbstkontrolle der häuslichen Übungen	AT-SYM – indirekte Veränderungsmessung (unter Bezug auf die Indikationsbereiche	AT-KATAM – längerfristige Erfolgskontrolle
AT-SYM – Indikationsbereiche (psychische u. psychosomatische Störungen; Selbstaktualisierungswünsche			VFE – direkte Veränderungsmessung	(AT-SYM)

8. Literatur

KRAMPEN, G. & VON DELIUS, A. (1981). Zur direkten Messung subjektiv erlebter gesundheitlicher Veränderungen. *Medizinische Psychologie, 7,* 166–174.

KRAMPEN, G. (1991 a). *Einführungskurse zum Autogenen Training: Ein Lehr- und Übungsbuch für die psychosoziale Praxis.* Stuttgart: Verlag für Angewandte Psychologie.

KRAMPEN, G. (1991 b). *Übungsheft zum Autogenen Training.* Stuttgart: Verlag für Angewandte Psychologie.

Fragmentierter Bildertest (FBT)

J. KESSLER, A. SCHAAF und R. MIELKE
Göttingen: Hogrefe, 1993

---

1. Testart Klinischer Test

2. Testmaterial Handanweisung (34 Seiten), Bildband, Protokollbogen.

3. Testgliederung Der Test besteht aus einem Set von 10 Bildern (+ 1 Beispiel), die als jeweils 5 Fragmente mit immer klarer werdenden Linienführungen („Bildfragmente") dargeboten werden. Die Bilder stellen bekannte Objekte dar: Kommode, Elefant, Schwein, Topf, Schere, Schuh, Hase, Tasche, Pfeife, Hemd.

4. Grundkonzept Der FBT ist ein visueller Wahrnehmungs- und Gedächtnistest, der auf ein Verfahren von GOLLIN (1960) zurückgeht. Auf der Basis von sog. Priming-Experimenten, bei denen erst ein vollständiges Bild („Stimulusexposition") dargeboten wird und anschließend durch Wiedererkennen von Bildfragmenten auf den Grad der individuellen Verarbeitung dieses Stimulus geschlossen wird, war es möglich, z. B. Gesunde und Patienten mit Erkrankungen des ZNS zu unterscheiden.

Der FBT weicht von diesen klassischen Priming-Experimenten ab, indem umgekehrt zuerst die Bildfragmente, dann erst das vollständige Bild gezeigt werden. Aufgrund des sehr hohen Bekanntheitsgrades der Abbildungen wurde diese Darbietungsart gewählt.

5. Durchführung **5.1 Alter:** Ab ca. 10 Jahren.

5.2 Formen: Einzeltest. Computergestützte Fassung im Hogrefe-Testsystem LEILA.

5.3 Handhabung: Der Test wird in zwei Versuchsdurchgängen durchgeführt: Bei der Erstpräsentation (A) werden „perceptive Fähigkeiten" und „Gestaltvorstellungen" erfaßt, im zweiten Durchgang (B) – der nicht angekündigt wird – wird das „perceptive Gedächtnis" für Bildfragmente überprüft. Zwischen den beiden Durchgängen besteht ein Zeitintervall von 15 Minuten.

5.4 Zeit: Keine Angaben.

6. Auswertung **6.1 Modus:** In dem Protokollblatt wird die Anzahl der pro Bild dargebotenen Tafeln eingetragen, anschließend über alle 10 Bilditems summiert und das Ergebnis des Durchgangs B von dem in Durchgang A abgezogen.

6.2 Zeit: Keine Angaben.

7. Gütekriterien **7.1 Objektivität:** Keine Angaben; aufgrund der verwandten Testwerte – Anzahl benötigter Tafeln pro Bild – formal gegeben.

7.2 Reliabilität: Eine klassische Reliabilitätsberechnung ist nach Angaben der Autoren aufgrund der Abhängigkeit beider Versuchsdurchgänge nicht durchgeführt worden. Es werden korrelative Zusammenhänge zwischen Versuchsdurchgang A und B mitgeteilt: bei der Kontrollgruppe r = 0,71, bei Dementen r = 0,89, bei Epilepsiepatienten r = 0,44 und bei diffus Hirngeschädigten r = 0,84.

7.3 Validität: Es werden keine Validitätskoeffizienten mitgeteilt. Die Autoren verweisen auf die „augenscheinliche Validität" des Verfahrens als visueller Wahrnehmungs- und Gedächtnistest. Darüber hinaus wird versucht, als externes Kriterium die Darstellung von Hirnstrukturen als Überlagerung von aussagefähigen Bildern, die durch Kernspintomographie und Positronen-Emissions-Tomographie (PET) erreicht werden, heranzuziehen. Weiterhin wird über einen funktionalen Zusammenhang zwischen der visuellen Informationsverarbeitung, die sich mit dem FBT nachweisen läßt, und funktionellen Beeinträchtigungen des visuellen Assoziationskortex berichtet.

7.4 Normen: Mitgeteilt werden lediglich Testwerte von gesunden Pbn im Alter von 10–90 Jahren (N = 280), Dementen (N = 166), Epileptikern (N = 87) und Patienten mit diffusen Hirnschädigungen (N = 60).

8. Literatur

GOLLIN, E. S. (1960). Developmental studies of visual recognition of incomplete objects. *Perceptual and Motor Skills, 11,* 289–298.

KESSLER, J., DENZLER, P. & MARKOWITSCH, H. J. (1988). *Der Demenz-Test.* Weinheim: Beltz.

KESSLER, J., MARKOWITSCH, H. J. & DENZLER, P. (1990). *MMST Mini-Mental-Status-Test.* Weinheim: Beltz.

MIELKE, R., HERHOLZ, K., GROND, M., KESSLER, J. & HEISS, W. D. (1992). Severity of vascular dementia is related to volume of metabolically impaired tissue. *Archives of Neurology, 49,* 909–913.

SCHAAF, A., KESSLER, J., GROND, M. & FINK, G. R. (1992). *Memo-Test.* Weinheim: Beltz.

Göttinger Formreproduktions-Test (GFT)

H. SCHLANGE, B. STEIN, I. V. BOETTICHER und S. TANELI
Göttingen: Hogrefe, 1977[3]

---

1. Testart Klinischer Test

2. Testmaterial Testmappe mit Handanweisung, Beiheft, Testbogen, Kartensatz, Auswertungsschablonen; *zusätzlich:* ein Bleistift No. 2, ein Zeichenbogen DIN A4 mit Randmarkierung, Lupe und Lineal als Auswertungshilfen, Stoppuhr.

3. Testgliederung Der GFT besteht aus 9 Abbildungen geometrischer Figuren, die aus dem „Visual Motor Gestalt-Test" von BENDER übernommen wurden.

4. Grundkonzept Mit Hilfe des GFT soll die Diagnose von Hirnschäden bei Kindern ermöglicht werden. Der Test liefert dabei lediglich Anhaltspunkte für das Vorliegen derartiger Störungen. Der Befund ist durch zusätzliche medizinische Untersuchungen abzusichern. Der Diagnose auch leichterer hirnorganischer Auffälligkeiten bei verhaltensgestörten Kindern ist nach Auffassung der Autoren deshalb größeres Gewicht beizumessen, da gerade in diesem Stadium Kompensationsmöglichkeiten bestehen.

5. Durchführung

5.1 Alter: 6–15 Jahre.

5.2 Formen: Der GFT wird im Einzelversuch durchgeführt.

5.3 Handhabung: Dem Kind werden die einzelnen Vorlagen nacheinander mit der Anweisung, sie abzuzeichnen, vorgelegt. Sämtliche Figuren werden auf ein Blatt gezeichnet, während des Versuchs wird ein Protokoll geführt, in dem Besonderheiten der Durchführung (z. B. Drehen der Vorlage) und die Gesamtzeit vermerkt werden. Die Zeitnahme sollte unauffällig geschehen.

5.4 Zeit: Keine Zeitbegrenzung. Die Durchführung erfordert in der Regel 6–10 Minuten.

6. Auswertung

6.1 Modus: Alle bei einer Reproduktion möglichen Fehler sind auf dem Testbogen angegeben. Durch Vergleich mit den Vorlagen und mit den in der Handanweisung angeführten Beispielen wird die Gesamtzahl der Fehler festgestellt und mit Normen verglichen. Die Schablonen sowie Lupe und Lineal dienen zur Ermittlung bestimmter Fehler bei einigen Reproduktionen.

6.2 Zeit: 15–20 Minuten.

7. Gütekriterien

7.1 Objektivität: Für die Auswertung wurde ein Objektivitäts-Koeffizient von 0,976 festgestellt (4 Auswerter, 20 Testprotokolle).

7.2 Reliabilität: Die Schätzung der inneren Konsistenz nach Kuder-Richardson, Formel 8, ergab $r_{tt} = 0,96$.

7.3 Validität: Bei zwei Kreuzvalidierungen an den Stichproben KH (kein Hirnschaden), HV (Hirnschaden-Verdacht) und H (Hirnschaden), die aufgrund anamnestischer Daten, des neurologischen, des EEG- und des psychiatrischen Befunds gebildet worden waren, ergaben sich folgende Koeffizienten:

KH vs. H: 0,66 (bei beiden Untersuchungen)
KH vs. HV: 0,50 bzw. 0,63

Beim Vergleich der Testergebnisse (transformiert in T-Werte) der Gruppen KH und H + HV wurden je nach Altersstufe Koeffizienten zwischen 0,72 und 0,88 gefunden.
Die GFT-Werte werden nach den Ergebnissen von Vergleichen mit HAWIK und Göllnitz-Oseretzky-Skala (GOS) zwar durch Intelligenzunterschiede beeinflußt, diese tragen aber erheblich weniger zu den unterschiedlichen Ergebnissen der Kriterien-Gruppen bei, als dies z. B. bei der GOS der Fall ist.

7.4 Normen: Für die Gruppen KH, HV und H sind sowohl Mittelwerte und Streuungen der Testrohwerte als auch die den Rohwerten entsprechenden Prozentrangwerte nach Altersgruppen getrennt in der Handanweisung angegeben.

Hintergrund-Interferenz-Verfahren für den Bender-Gestalt-Test (HIV)

Background Interference Procedure for the Bender Gestalt Test
A. CANTER
Bearbeitung: R. WALLASCH
Weinheim: Beltz, 1979

---

1. Testart Klinischer Test

2. Testmaterial Handanweisung (DIN A4, 93 Seiten), Auswertungsrichtlinien (DIN A4, 77 Seiten), 9 Karten mit Figuren, 1 Block mit „Interferenzpapier", 1 Block mit Auswertungsblättern; *zusätzlich:* Schreibgerät.

3. Testgliederung Der HIV besteht aus drei aufeinanderfolgenden Phasen: die erste entspricht der Durchführung des Bender-Gestalt-Tests, die zweite besteht in der Durchführung einer interpolierten Tätigkeit, der die dritte Phase, die Testwiederholung mit dem HIV, folgt.

4. Grundkonzept Das HIV – entwickelt auf der Grundlage des Bender-Gestalt-Tests (BENDER, 1938) – ist ein Verfahren, das eine Bearbeitung und Übersetzung der *Background Interference Procedure* von CANTER (1970) darstellt. Es versucht, die Fähigkeiten der Reproduktion integrativer Reizmuster („Gestalten") zu erfassen, die sich im Laufe der Kindheit entwickeln. Zerebralpathologische Zustände oder Veränderungen können zu Verlust der erworbenen Fähigkeit führen, komplexe viso-motorische Reaktionen auszuführen. So sind Reaktionen erwachsener, hirngeschädigter Personen beim Abzeichnen der Bender-Gestalt-Test-(BGT-)Figuren denen eines Kindes ähnlich, dessen visomotorische Fähigkeiten noch nicht voll entwickelt sind. Untersuchungen zum BGT zeigen, daß diesem Verfahren die Präzision zur exakten Unterscheidung von Leistungsdefiziten fehlt, die einerseits auf zerebralpathologischen Veränderungen, andererseits auf nicht zerebral verursachten Störungen beruhen. Das Ziel des HIV besteht in der „Erfassung der Interferenzneigung oder Störanfälligkeit gegenüber aufgabenrelevanten Störreizen beim visomotorischen Leistungsvollzug im Sinne der graphomotorischen Reproduktion simultan dargebotener visueller Reizkonfigurationen" (Manual, S. 9).

5. Durchführung **5.1 Alter:** Durchführbar ab 13 Jahren.

5.2 Formen: Keine Angaben. Individualtest (ggf. auch als Gruppentest durchführbar).

5.3 Handhabung: Die Durchführung des HIV unterscheidet sich vom Vorgehen beim Bender-Gestalt-Test lediglich in einer Testwiederholung, die nach einer „interpolierten" Tätigkeit stattfindet. Der erste Durchgang – der

BGT – verlangt vom Pb, nach Vorlage der einzelnen Figurenkarten die jeweils abgebildete Figur freihändig auf ein weißes, hochkant liegendes Blatt zu zeichnen. Die entsprechende Instruktion ist der Handanweisung zu entnehmen. Nach dem ersten Durchgang wird für etwa 10 Minuten eine andere Tätigkeit „interpoliert", die in ihrem Inhalt unterschiedlich sein kann (z.B. Anamnese, Interview, Pause), jedoch für alle Patienten gleich sein sollte. Danach beginnt der zweite Durchgang – das HIV –, in dem der Pb nach der in der Handanweisung formulierten Instruktion die gleichen Figuren von den dargebotenen Karten abzuzeichnen hat, diesmal jedoch auf das „Interferenzpapier", ein von schwarzen, durcheinander verlaufenden Schlangenlinien durchzogenes DIN A4-Blatt. Auffälligkeiten im Verhalten des Pb sind vom Testleiter festzuhalten.

5.4 Zeit: Keine Zeitbegrenzung.

6. Auswertung

6.1 Modus: Jede einzelne Zeichnung wird hinsichtlich ihrer Abweichungen (Fehler) vom Original unter Verwendung des Auswertungsblattes paarweise erst unter Standardbedingungen (BGT) und danach unter HIV-Bedingungen ausgewertet. Das Auswertungsblatt dient hierbei als Checkliste. Die Auswertung besteht in der Bestimmung der HIV-Kennwerte: Der Gesamtfehlerwert ergibt sich durch Summieren gewichteter Maßzahlen der Einzelfehler (s. Auswertungsblatt) eines jeden Designs. Dies geschieht für beide Durchführungsmodi, so daß man einen Standard-BGT-Wert und einen HIV-Fehlerwert erhält. Weiter HIV-Kennwerte sind der HIV-Differenz-Score (Sub-

2.3.3

Abweichung	BGT	HIV
FIGUR A (MAW = 20)		
1. Überlappung/Trennung: 2 od. 4		2
2. Rotation des Quadrats: 5		
3. Design Rotation: 8		
4. Überarbeitung: 2		2
5. Größenmißverhältnis: 3		
6. Entstellung: 5 od. 10		
7. Zusätzl. Linie(n): je 1		
Summe	/	4

Beispiel einer Patientenzeichnung der Figur A auf Hintergrund-Interferenz-Papier und Auswertungsmuster

traktion des BGT-Gesamtfehlerwertes vom Gesamtfehlerwert unter HIV-Bedingungen), die Anzahl der Reproduktionen mit einem positiven HIV-Effekt und die Design-Überschneidungsscore-Differenz (DÜD), die die Anzahl der sich überschneidenden Reproduktionen für die Differenz BGT – HIV angibt. Unauswertbare Reproduktionen erhalten grundsätzlich den Maximalen Abweichungswert (MAW) als Maß für die Abweichung des Designs vom Original. Für die weitere Auswertung und Interpretation stehen Tabellen und Hinweise zur Klassifikation der HIV-Leistung auf der Grundlage sieben definierter Ausgangsniveaus (Gesamtfehlerwertklassen) zur Verfügung.

6.2 Zeit: Keine Angaben.

7. Gütekriterien

7.1 Objektivität: Bezüglich der Inter-Rater-Konformität ergaben sich für die D-Scores Koeffizienten zwischen r = 0,84 und r = 0,96. Bei unabhängiger Auswertung derselben Protokolle erzielten der Autor und ein Mitarbeiter Übereinstimmungen mittels des Klassifikationssystems von 90%, bezogen auf das Leistungsniveau der Pbn von 80%. Unerläßlich ist eine hohe Vertrautheit mit dem Auswertungssystem.

7.2 Reliabilität: Für die Retest-Reliabilität des Scoringsystems von CANTER wurde nach zweimaliger Durchführung des BGT auf der Basis des Gesamtfehlerwertes ein Koeffizient von r = 0,88 ermittelt.
Die Beurteilung der Stabilität des HIV erwies sich als problematisch, da das HIV wie alle klinischen Verfahren auf die Erfassung von Zuständen und deren Veränderung ausgerichtet ist; daher sollte eine Kontrolle der Stabilität der Meßwerte nicht ohne gleichzeitige Kontrolle der sich verändernden Zustände vorgenommen werden.

7.3 Validität: Die Bestimmung der klinischen Gültigkeit des BGT und des HIV bei Erwachsenen wurde in Untersuchungen zur Klassifikationsgenauigkeit bzw. -effizienz zuerst in den USA (zwischen 1966 und 1977) und danch auch in Deutschland vorgenommen. Aufbauend auf der Pilot-Studie von CANTER (1966) konnte die diagnostische Effizienz der auf den BGT angewandten HIV-Technik nachgewiesen werden. In vielen Replikationsstudien wurde mit dem HIV vor allem bezüglich der Unterscheidung zwischen hirnorganisch geschädigten und nicht geschädigten Patienten eine beachtliche Klassifikationsgenauigkeit erzielt, für die Prozentwerte zwischen 76% und 96,6% errechnet wurden. Validierungen im deutschen Raum beziehen sich vor allem auf die Studien von BECKER (1979), LEONE (1979) und KAUTENBURGER (1979) sowie auf eine Kreuzvalidierungsstudie von WALLASCH und MÖBUS (1977). Zusammenfassend läßt sich für die Ergebnisse dieser Studien folgendes ausführen: Von 56 Pbn eines Normkollektivs konnten mit Hilfe des von CANTER vorgeschlagenen Klassifikationssystems 53 Pbn als nicht hirngeschädigt diagnostiziert werden. Dies entspricht einer validen negativen Zuordnungsrate (Ausschluß) von 94,6% und entsprechend falscher positiver Zuordnung von 5,36%. Das zeigt die hohe Treffsicherheit des Verfahrens beim Ausschluß von Hirnschädigungen und bestätigt die Ergebnisse der vorliegenden amerikanischen Studien.
Im einzelnen konnten für unterschiedliche klinische Gruppen (Neurotiker, Schizophrene, Epileptiker, hirn- und nicht hirngeschädigte Patienten) korrekte Zuordnungsraten zwischen 79,76% und 89,34% erzielt werden.
Auch Untersuchungen zur differentialdiagnostischen Effizienz des HIV für

den Bender-Gestalt-Test konnten den Nachweis erbringen, daß der HIV hinsichtlich der Unterscheidung hirngeschädigter, nicht hirngeschädigter normaler sowie nicht hirngeschädigter psychiatrischer Patienten ein brauchbares und im Vergleich zu anderen neurodiagnostischen Untersuchungsverfahren ein ökonomisches Verfahren darstellt. Neben Validierungsstudien mit Stichproben von Erwachsenen wurden sowohl amerikanische als auch deutsche Untersuchungen an Kindern durchgeführt. Hierbei erwies sich das HIV in den amerikanischen Untersuchungen auch bei Kindern bis zum Alter von 12 Jahren hinunter als sinnvoll anwendbar.
Vergleiche der Leistungen von normalen und hirngeschädigten Kindern in den HAWIK-Untertests, im BGT, im HIV, im GFT (Göttinger Formreproduktions-Test), im CEFT (Children Embedded Figure Test) sowie im TMT (Trail Making Test) zeigen bei drei unterschiedlichen Auswertungssystemen des HIV die höchsten Validitätskoeffizienten, die zwischen $r = 0{,}267$ und $r = 0{,}534$ liegen und auch die BGT-Standardversion übertreffen. Auch bei der Diagnose von hirngeschädigten bzw. nicht hirngeschädigten Kindern erweist sich das HIV als durchaus befriedigend valide.

7.4 Normen: Als Normen stehen statistische Kennwerte verschiedener normaler und klinischer Stichproben aus amerikanischen und deutschen Untersuchungen zur Verfügung.

8. Literatur

CANTER, A. (1966). A Background Interference Procedure to increase sensitivity of the Bender Gestalt Test to organic brain damage. *J. Consult. Psychol., 32,* 522–526.

CANTER, A. (1970). *The Canter Background Interference Procedure for the Bender Gestalt Test. Manual for administration, scoring and interpretation.* Iowa City, Iowa: Iowa Psychopathic Hospital.

WALLASCH, R. & MÖBUS, C. Validierung und Kreuzvalidierung des Göttinger Form-Reproduktionstest von SCHLANGE et al. und der Background Interference Procedure von CANTER (1970) zur Erfassung von Hirnschädigungen bei Kindern zusammen mit zwei anderen Auswertungssystemen für den Bender-Gestalt-Test sowie weiteren Verfahren. *Diagnostica, 23,* 156–172.

Kahn Test of Symbol Arrangement (KTSA)

T. C. Kahn
Deutsche Bearbeitung: E. Plaum
Weinheim: Beltz, 1984

---

1. Testart Klinischer Test

2. Testmaterial 15 (+ 1) Symbolfiguren mit kulturell bedingter Sinngebung, Filzstreifen mit Zahlen von 1–15, auf dem die Symbolfiguren anzuordnen sind; Protokollbogen.

3. Testgliederung Das Stimulusmaterial wird unter 5 verschiedenen Test-Bedingungen angeordnet. Es besteht aus:

1 Anker	1 grünes, phallisches Symbol/Papagei
2 Falter	1 Kreis (durchsichtig)
3 Sterne	1 schwarzes Kreuz
3 Hunde	3 Herzen
zusätzlich:	ein Kreissegment

4. Grundkonzept Der KTSA ist ein projektives, psychodiagnostisches Verfahren zur klinischen Einzelfallanalyse. Er wird von seinem Autor als „projektives Werkzeug mit objektiven Auswertungskriterien" bezeichnet. Nach Art der Symbolverwendung im Test lassen sich 4 Persönlichkeitstypen mit Hilfe des Verfahrens unterscheiden:

Typ A: Mangelnde Einsicht; stereotypisch; Beziehungen zu Zwangsneurose, Depression oder paranoiden Zuständen.

Typ B: Unscharfe Realitätsbeziehungen; klinische Beziehungen zu Hysterie, affektiver Unreife und Psychopathie.

Typ C: Realitätsbezogene Wahrnehmungskonfiguration; Integrationsfähigkeit für neue Erfahrungen; flexibel und selektiv; Beziehungen zu guter Anpassung.

Typ D: Fehlende Fähigkeit zur Symbolbildung; fehlendes symbolisches Bezugssystem zur Interpretation neuer Erfahrungen; klinische Beziehungen zu Hypomanie, manischer Psychose, Echolalie oder flachem Affekt.

5. Durchführung **5.1 Alter:** Keine konkreten Angaben („vom Kindesalter bis ins höhere Alter").

5.2 Formen: Einzeltest, Gruppentest, Kurzform.

5.3 Handhabung: Der Pb legt die 15 Symbole unter 5 verschiedenen, vorgegebenen Bedingungen aus (z. B. Legen der Gegenstände nach eigenem Belieben; möglichst exakte Wiederholung der zweiten Anordnung; Wahl der Reihenfolge nach individueller Beliebtheit). Gibt der Pb keine Begründungen für seine Arrangements und die Beliebtheit oder Unbeliebtheit der Objekte, ist ein 6. Durchgang erforderlich. Nach der 1. Anordnung muß er die Gegenstände benennen, nach der 2. Anordnung Angaben über die Symbolträchtigkeit machen. Abschließend sind die Gegenstände auf der letzten Seite der Protokollbogen in verbal benannte Rechtecke zu sortieren. Die Verbalisierungen lauten: Liebe, Haß, schlecht, gut, lebendig, tot, klein, groß. Alle Antworten werden im Protokollbogen notiert bzw. signiert.

5.4 Zeit: 15 Sekunden bis > 2 Minuten.

6. Auswertung

6.1 Modus: Die Testvariablen bilden die motorischen und verbalen Reaktionen bei der Testdurchführung: 12 objektive Auswertungskriterien als Zahlen- und Buchstabensignierungen (u. a. Formen, die am besten oder am wenigsten gefallen, Fehlerzahl bei wiederholter Anordnung, Anordnungszeit, Reaktionszeit bei der Symbolanordnung etc.); 3 semi-objektive Auswertungskriterien („Symbolmuster“): Symbolisierungsniveau, Begründung für die Anordnungen; Begründungen für die Ablehnung oder Bevorzugung bestimmter Gegenstände.
Im Manual werden detaillierte Interpretationshilfen in Form von 5 Diagnoseschritten zur Differentialdiagnose gegeben.

6.2 Zeit: Nach Einübung maximal 45 Minuten.

7. Gütekriterien

7.1 Objektivität: Interrater-Korrelation (6 Rater und 180 Protokolle) lag hinsichtlich der Bewertung des Zahlenelements zwischen r = 0,77 und r = 0,98. Die Übereinstimmungen bei den Buchstabensignierungen fallen geringer aus; bei der Auswahl von Experten mit über zehnjähriger Erfahrung wurden auch z. T. 98 %ige Übereinstimmungen erreicht.

7.2 Reliabilität: Retest-Reliabilität (des Zahlenelements) zwischen r = 0,66 und r = 0,95 bei zwei verschiedenen Untersuchungen (Intervalle: 10 und 210 Tage).

7.3 Validität: Es werden lediglich Angaben zur Fehlerrate bei verschiedenen Verteilungsklassifikationen gemacht. Hierbei wird ein Phi-Koeffizient von r = 0,80 als Maß für die Unterscheidungsgüte zwischen tatsächlicher Diagnose und Kahn-Test-Qualifikation angegeben, der als Validitätsangabe verwandt werden kann. Insgesamt kann aus einer Reihe von Studien zumindest eine Grobklassifikation durch das Verfahren in Probanden mit psychotischen und nicht-psychotischen Störungen angegeben werden. Weitere Zahlenangaben zu Validitätskoeffizienten liegen nicht vor.

7.4 Normen: Deutsche Normen liegen nicht vor.

8. Literatur

KAHN, T. C. (1949). *Manual for the Kahn Test of Symbol Arrangement.* Beverly Hills, Calif.: Western Psychological Services.

KAHN, T. C. (1951). An original test of symbol arrangement validated on organic psychotics. *J. Consult. Psychol., 15,* 439–444.

KAHN, T. C. (1953). *Manual for the Kahn Test of Symbol Arrangement (Rev. ed.).* Beverly Hills, Calif.: Western Psychological Services.

KAHN, T. C. (1965). Kahn Test of Symbol Arrangement: Administration and scoring. *Percept. Mot. Skills, 6 (Monogr. Suppl. 4),* 299–334.

PLAUM, E. (1978). Ein Bericht über den Kahn Test of Symbol Arrangement unter Berücksichtigung der Problematik sogenannter projektiver Verfahren. *Psychotherapie und medizinische Psychologie, 28,* 121–134.

Kognitives Minimal-Screening (KMS)

J. Kessler, M. Grond und A. Schaaf
Weinheim: Beltz Test GmbH, 1991

---

1. Testart

Klinischer Test

2. Testmaterial

Protokollbogen, Handbuch; *zusätzlich:* Schreibmaterial.

3. Testgliederung

Das Verfahren gliedert sich in 5 Untertests „Datum“, „Merkfähigkeit“, „Aufmerksamkeit und Zahlenverständnis“, „F“ und „Erinnerungsfähigkeit“.

4. Grundkonzept

Das KMS kann bei Probanden/Patienten angewandt werden, die älter als 40 Jahre sind und bei denen das Vorhandensein einer dementiellen Erkrankung oder einer kognitiven Beeinträchtigung überprüft werden soll. Es wurde für den niedergelassenen Arzt und für neurologische und psychiatrische Kliniken konzipiert, um kognitiv Unbeeinträchtigte von kognitiv Beeinträchtigten zu trennen und das Ausmaß der kognitiven Beeinträchtigung zu beschreiben. Es ersetzt keine neurophysiologische Testung.

5. Durchführung

5.1 Alter: Über 40 Jahre.

5.2 Formen: Einzeltest. Computergestützte Fassung im Hogrefe-Testsystem CORA.

5.3 Handhabung: Der Testleiter gibt den Probanden die Aufgaben mündlich und protokolliert die Aufgaben auf dem Protokollbogen mit.

5.4 Zeit: Keine Zeitbegrenzung; die Durchführung erfordert erfahrungsgemäß nur wenige Minuten.

6. Auswertung

6.1 Modus: Die Auswertung erfolgt durch die Addition der vergebenen Punkte in den einzelnen Subtests. Die Interpretation der Zahlenwerte ergibt sich durch die Überschreitung bestimmter Grenzwerte, die im Handbuch angegeben sind.

6.2 Zeit: Keine Angaben.

7. Gütekriterien

7.1 Objektivität: Die Einfachheit des Verfahrens und die genaue Anweisung für den Testleiter garantieren eine hohe Objektivität des Verfahrens.

7.2 Reliabilität: Bei einer Testwiederholung nach 24 Stunden lag die Retest-Reliabilität bei 22 Patienten bei $r = 0{,}94$.

7.3 Validität: Die Punktwerte korrelieren mit der Demenzeinstufung der Beurteilungsskala GDS (Global Deterioration Scale) mit $r = 0{,}86$.

7.4 Normen: Es werden Vergleichswerte für unterschiedliche Altersgruppen und Schulbildung angegeben.

Mini-Mental-Status-Test (MMST)

M. F. Folstein, S. E. Folstein und P. R. McHugh
Deutsche Bearbeitung: J. Kessler, H. J. Markowitsch und P. Denzler
Weinheim: Beltz, 1990

---

1. Testart Klinischer Test

2. Testmaterial Handanweisung (6 Seiten), Testbogen.

3. Testgliederung Der MMST besteht aus insgesamt 11 Aufgaben zu

- Orientierungsfähigkeit
- Aufnahmefähigkeit
- Aufmerksamkeit und Rechnen
- Gedächtnis
- Sprache
- Ausführung einer Anweisung
- Lesen
- Schreiben
- Konstruktive Praxie.

4. Grundkonzept Der MMST ist ein Screening-Verfahren zur Erfassung kognitiver Störungen bei älteren Personen mit Demenzverdacht. Er besteht aus einem kurzen Interview mit alltagsnahen Fragen, die von nicht-beeinträchtigten Personen problemlos beantwortet werden können.

5. Durchführung **5.1 Alter:** Ältere Probanden; keine konkreten Angaben.

5.2 Formen: Einzelinterview. Computergestützte Fassung im Hogrefe-Testsystem CORA.

5.3 Handhabung: Entsprechend der Instruktionen zu den 11 Aufgaben in der Handanweisung wird das Interview durchgeführt.

5.4 Zeit: 5–10 Minuten.

6. Auswertung **6.1 Modus:** Die Antworten des Pb werden mit Punkten bewertet, die anschließend aufsummiert werden. Die maximale Punktzahl liegt bei 30 Punkten. Der „Cut-off-Score" liegt bei ca. 23/24 Punkten und darunter, ab dem auf eine kognitive Beeinträchtigung zu schließen ist.

6.2 Zeit: Keine Angaben.

7. Gütekriterien **7.1 Objektivität:** Keine Angaben; bei Einhaltung der Anweisungen sind zumindest Auswertungs- und Interpretationsobjektivität gegeben.

7.2 Reliabilität: Die Interrater-Reliabilität (2 Tester, 24-Std.-Intervall) liegt bei r = 0,83, die Wiederholungszuverlässigkeit (Intervall: 24 Std.) bei r = 0,89.

7.3 Validität: In Untersuchungen zur inhaltlichen Validität konnten kognitive Defekte nach „Schwere“ und „Vorhandensein“ bei unterschiedlichen Gruppen abgegrenzt werden. Die kriterienbezogene Validität (Übereinstimmung mit HAWIE) liegt beim Verbal-IQ bei r = 0,78 und beim Handlungs-IQ bei r = 0,66 (Pearson-Korrelationskoeffizient). Weiterhin wird von Untersuchungen berichtet, die Zusammenhänge zwischen Stoffwechselprozessen im Gehirn und Demenzausprägung bei Alzheimer-Patienten zeigen. Es besteht eine Vorhersagemöglichkeit von der gemessenen Stoffwechselaktivität zur Leistung im MMST.

7.4 Normen: Keine Angaben; es liegen Stichprobenergebnisse mit Mittelwerten und Standardabweichungen von folgenden klinischen Gruppen vor: Demente (N = 169), Schizophrene (N = 51), Parkinson-Kranke (N = 50), Depressive (N = 41), Alkoholiker (N = 41), Altenheimbewohner (N = 63) und nichtinstitutionalisierte Personen (N = 69).

8. Literatur

KESSLER, J., DENZLER, P. & MARKOWITSCH, H. J. (1988). *Demenz-Test.* Weinheim: Beltz Test Gesellschaft.

Pädagogische Analyse und Curriculum der sozialen und persönlichen Entwicklung des geistig behinderten Menschen (PAC)

H. C. GÜNZBURG

Stratford-upon-Avon, England: SEFA (publications) Ltd., The Globe
1977–1991.

---

1. Testart Klinischer Test

2. Testmaterial Formulare P=P-A-C, S/P=P-A-C, M=P-A-C 1, P-A-C 1, P-A-C 2, S/P-A-C 1, S/P-A-C 2, Mappen, die den Formularen entsprechend den jeweils unterschiedlichen Pädagogischen Einschätzungs-Index (P-E-I) enthalten, Handbücher Bände 1 und 2, S/P=P-A-C Leitfaden; *zusätzlich:* Schreibmaterial.

3. Testgliederung Das Verfahren enthält mehrere unterschiedliche Formulare zur Einschätzung der Entwicklung geistig behinderter Menschen: Das Formular P=P-A-C kann bei Kleinkindern angewandt werden, das Formular S/P=P-A-C ist eine Abwandlung des P=P-A-C für geistig Schwerbehinderte – gleich ob Kind oder Erwachsener, das Formular P-A-C 1 betrifft geistig behinderte Kinder im Schulalter, das Formular M=P-A-C 1 bezieht sich auf Kinder mit Down-Syndrom, P-A-C 2 auf geistig behinderte Erwachsene. Das Formular S/P-A-C 1 richtet sich an Jugendliche und Erwachsene und das Formular S/P-A-C 2 an reifere schwer behinderte Menschen.

4. Grundkonzept Die P-A-C stellen zum einen Meßinstrumente zur Feststellung des Entwicklungsstandes eines behinderten Menschen dar, wobei darauf hingewiesen werden muß, daß die Instrumente sich nicht als klassische Tests verstehen, sondern vielmehr als Inventare „sozialer Fertigkeiten". Diese betreffen die Aspekte „Selbsthilfe" (Essen, Toilette und Waschen, Aus- und Anziehen), „Verständigungsvermögen" (Wahrnehmung und Verarbeitung, Aktive Verständigung, Passive Verständigung), „Sozialanpassung" und „Motorik" (Finger- und Handgeschicklichkeit, Bewegungsfähigkeit).
Laut des Autors ist der positivste und wertvollste Beitrag der P-A-C zum anderen aber dann gegeben, wenn sie dazu beiträgt, Fördermaßnahmen bei den behinderten Menschen zu überprüfen und eventuell berichtigen zu helfen.

5. Durchführung **5.1 Alter:** Nur Grobangaben (Erwachsener, Schulkind, Jugendlicher usw.)

5.2 Formen: Einzelverfahren.

5.3 Handhabung: Die in den jeweiligen Formularen vorgegebenen Tätigkeiten/Leistungen werden beobachtet. Ist der Proband in der Lage, die betreffende Tätigkeit auszuführen, wird in der Bewertungsrosette auf dem Form-

blatt das entsprechende Kästchen kräftig schraffiert; zeigt ein Behinderter die geforderte Leistung nur zum Teil, wird das Kästchen nur leicht schraffiert, bei völligem Ausfall nur mit einem diagonalen Strich versehen.
Je nach Formblatt unterscheidet sich die Handhabung in gewissen Aspekten. Daher muß auf jeden Fall vor Anwendung das betreffende Handbuch gelesen werden. Die zu den jeweiligen Formblättern gehörenden Handbücher zu finden, erfordert eine gewisse Konzentration, da teilweise die Beschriftungen und Bezeichnungen unterschiedlich sind. Hier könnte eine ordnende und vereinheitlichende Überarbeitung dem Verfahren noch zu einer deutlicheren Anwendungsvereinfachung und Übersichtlichkeit verhelfen.

5.4 Zeit: Keine Zeitbegrenzung.

6. Auswertung

6.1 Modus: Nach Durchführung des Verfahrens erhält der Untersucher ein Diagramm (Rosette), das ihm erlaubt, den Umfang der Leistungsfähigkeit des Probanden zu bestimmen und durch Vergleich mit den P-E-I Diagrammen die Leistungen als unterdurchschnittlich, durchschnittlich oder überdurchschnittlich zu bewerten.

6.2 Zeit: Keine Angaben.

7. Gütekriterien

7.1 Objektivität: Hält sich der Untersucher an die ausführlichen Anweisungen in den jeweiligen Handbüchern und auf den Formblättern, sollten unterschiedliche Beobachter zu gleichen Ergebnissen kommen.

7.2 Reliabilität: Der Autor gibt in einem der Handbücher Koeffizienten zwischen $r = 0{,}87$ und 0,97 an.

7.3 Validität: Nach Aussage des Autors liefert die Untersuchung, obwohl die Ergebnisse, die in der P-A-C festgehalten werden, nicht unter streng vorgeschriebenen Testbedingungen erreicht wurden und von wechselnden Umständen sehr beeinflußbar sind, valide Möglichkeiten für die Aufnahme eines intensiven Förderprogramms, das sich auf die wichtigsten Schwächen bei jedem einzelnen Menschen konzentriert.

7.4 Normen: Es gibt keine „klassischen" Normen. Im Gegensatz zu den üblichen Testmethoden wird der einzelne geistig Behinderte nicht mit dem durchschnittlichen Leistungsstand einer unausgelesenen Population (dem „Normal"-Niveau) verglichen, sondern vielmehr die soziale Entwicklung eines bestimmten geistig behinderten Kindes oder Erwachsenen mit der durchschnittlich erreichten sozialen Anpassung anderer bestimmter geistig behinderter Personen.

Rivermead Behavioral Memory Test (RBMT)

B. WILSON, J. COCKBURN und A. BADDELEY
Deutsche Fassung: K. BECKERS, U. BEHRENDS und A. CANAVAN
Düsseldorf: Neurologisches Therapie Centrum, 1992

---

1. Testart Klinischer Test

2. Testmaterial 1 Handbuch, 1 Tonbandcassette, 25 Ergebnisbogen, 1 Bogen mit 4 Geschichten, 1 Ergänzungsheft mit Informationen zur Testentwicklung und englischer Standardisierung, 1 Ergänzungsheft mit Ergebnissen von einer deutschen Stichprobe von Patienten und Normalpersonen, 1 Wecker, 120 Karten mit Zeichnungen, 60 kleine Photographien von Gesichtern, 4 große Photographien, 1 Briefumschlag; *zusätzlich*: Schreibgerät.

3. Testgliederung Der Test besteht aus 11 Items bzw. Aufgaben, für deren erfolgreiche Bearbeitung verschiedenste Anforderungen in Bezug auf Reproduktions- und Wiedererkennungsleistungen bewältigt werden müssen. Für wiederholte Messungen stehen insgesamt 4 Parallelformen zur Verfügung.

4. Grundkonzept Der RBMT wurde entwickelt, um Störungen von Gedächtnisfunktionen bei Leistungsbeeinträchtigungen in Folge von Hirnverletzungen zu diagnostizieren, und um die Veränderung dieser Gedächtnisprobleme im Verlauf der Behandlung zu erfassen. Besonderer Wert wurde bei der Konstruktion des Verfahrens auf die Validität gelegt. Mit der Alltagsrelevanz der im folgenden aufgeführten Items sollen somit auch behandlungbedürftige Probleme, die für hirnverletzte Patienten typisch sind, identifizierbar sein:

1. und 2. Namen und Vornamen einer Person lernen und zu einem späteren Zeitpunkt erinnern.
3. Erinnern, daß man etwas verliehen hat.
4. An eine Verabredung erinnern.
5. Bilder alltäglicher Gegenstände wiedererkennen und von Distraktoren unterscheiden.
6. Eine Geschichte wiedergeben.
7. Gesichter wiedererkennen.
8. Eine Wegbeschreibung erinneren.
9. Eine Mitteilung an einem bestimmten Ort hinterlegen.
10. und 11. Fragen zu Orientierung und Datum beantworten.

5. Durchführung **5.1 Alter:** Geeignet ab 11 Jahre.

5.2 Formen: Darbietung als Einzeltest; es liegen 4 Parallelformen für Wiederholungsmessungen vor.

5.3 Handhabung: Die Aufgaben werden dem Probanden, entsprechend der ausführlichen Instruktion, nach einer festgelegten Reihenfolge, mündlich vorgegeben. Die Antworten werden vom Versuchsleiter auf dem Ergebnisbogen, unmittelbar gemäß den Vorgaben, kodiert.

5.4 Zeit: Keine Angaben.

6. Auswertung

6.1 Modus: Zu jeder Aufgabe werden in der Handanweisung (ausführlich) und auf den Ergebnisbögen (in Kurzform) spezielle Auswertungsrichtlinien zur Ermittlung der Rohwerte vorgegeben. Auf der Basis der Rohwerte können ein *Screening-Wert* (einfacher Wert für die Bewertung normal versus gestört) und/oder ein sensitiverer *standardisierter Profilwert* (zur einheitlichen Gewichtung und damit Vergleichbarkeit der Untertests und zur Bestimmung von Leistungsveränderungen) berechnet werden.

6.2 Zeit: Keine Angaben.

7. Gütekriterien

7.1 Objektivität: Zur Bestimmung der Auswertungsobjektivität wurde bei 40 Patienten die Bewertung der Testleistung simultan von 2 unabhängig wertenden Beobachtern vorgenommen. Die Ermittlung der Inter-Rater-Reliabilität zeigte eine Übereinstimmung von 100 % für beide Punktesysteme.

7.2 Reliabilität: Die Ermittlung der Paralleltest-Reliabilität erfolgte an einer Stichprobe von 118 Patienten. Berechnet wurde die Übereinstimmung von Form A mit entweder Form B, Form C oder Form D. Für den Screening-Wert ergaben sich (in entsprechender Reihenfolge) die Werte $r = 0{,}84$, 0,80 und 0,67. Für den Profilwert lagen die Korrelationen bei $r = 0{,}86$, 0,83 und 0,88. Die Retest-Reliabilität bewegt sich zwischen 0,78 für den Screening-Wert und 0,85 für den Profilwert.

7.3 Validität: Die Korrelationsuntersuchungen der Testleistung im RBMT mit verschiedenen anderen Testleistungen [Recognition Memory Test (WARRINGTON, 1984), Zahlenspanne, visuelle Gedächtnisspanne sowie Paarassoziationslernen von RANDT, BROWN und OSBORNE (1980) und einer Aufgabe zur Messung der Zugriffsgeschwindigkeit auf das semantische Gedächtnis (BADDELEY, 1981)] zeigen in allen Fällen positiv signifikante Zusammenhänge auf, was als Indiz zur Messung ganz allgemeiner Gedächtnisleistungen mit dem RBMT gewertet wird. Um zu überprüfen, ob die Items des RBMT tatsächlich alltägliche Gedächtnisprobleme reflektieren, wurde die Testleistung mit den Beobachtungen von Gedächtnisschwierigkeiten durch die behandelnden Therapeuten (erfaßt über eine Checkliste) korreliert. Die ermittelten Werte liegen zwischen $r = -0{,}71$ für den Screening-Wert und $r = -0{,}75$ für den Profilwert.

7.4 Normen: Die englische Normierung (Ergänzungsheft 1) liefert Daten und Vergleichswerte verschiedener Patientengruppen und Normen für die Altersgruppen 16–69 Jahre. Die deutschen Normdaten (Ergänzungsheft 2) basieren auf einer Stichprobe von 90 gesunden Personen im Alter zwischen 20 und 90 Jahren (Einteilung in 3 Altersgruppen: 20–39 Jahre, 40–59 Jahre und Ältere) und einer Gruppe von 67 neurologischen Patienten im Alter von 15–69 Jahren.

8. Literatur

BADDELEY, A. D. (1981). The cognitive psychology of everyday life. *British Journal of Experimental Psychology, 72,* 257–269.

RANDT, C. T., BROWN, E. R. & OSBORNE, D. P. (1980). A memory test for longitudinal measurement of mild to moderate deficits. *Clinical Neuropsychiatry, 2,* 184–194.

WARRINGTON, E. K. (1984). *The Recognition Memory Test.* Windsor: NFER-Nelson.

TARC-Methode von W. Sailor und B.J. Mix

A. NIEDERMANN, M. MÜLLER und R. SIMMEN
Bern: Huber, 1987

---

1. Testart
Klinischer Test

2. Testmaterial
Manual (25 Seiten), Beurteilungsbogen; *zusätzlich:* Schreibgerät.

3. Testgliederung
Der Fragebogen erfaßt vier Bereiche
- Lebenspraxis (Sauberkeit, Waschen, Essen, Umgang mit Kleidung)
- Motorik (Beherrschung der Feinmotorik, Beherrschung der Grobmotorik, vorschulische Fertigkeiten)
- Kommunikation (Verstehen der Sprache, Gebrauch der Sprache, vorschulische Fertigkeiten)
- Sozialverhalten (Beobachtetes Verhalten, vorschulische Fertigkeiten)

Jeder Bereich ist in verschiedene Subbereiche untergliedert, die einzeln abgefragt werden.

4. Grundkonzept
Die TARC-Methode von Wayne SAILOR und Bonnie Jean MIX ist ein Hilfsmittel zur Beurteilung der heilpädagogischen Bildungsfähigkeit geistig Behinderter. Ziel des Fragebogens ist, (1) den Bezugspersonen schwerstbehinderter Kinder die Therapie- und Förderplanung zu erleichtern, (2) den Erfolg bzw. Mißerfolg pädagogischen Handelns durch das Verfahren festzuhalten, (3) Evaluationsstudien zu ermöglichen, d. h. einzelne therapeutische Verfahren auf Wirkungen und Nebenwirkungen hin zu untersuchen.

5. Durchführung
5.1 Alter: Kinder und Jugendliche von 3–16 Jahren.

5.2 Formen: Eine Form, Einzelanwendung.

5.3 Handhabung: Die Einschätzung eines Kindes erfolgt von einer Bezugsperson, die das Kind kennt. Zwei Arten von Items werden unterschieden: abgestufte Items und kategorisierte Items.

5.4 Zeit: Keine Angaben.

6. Auswertung
6.1 Modus: Die Punktwerte werden auf dem Übersichtsblatt vermerkt. Die Summe der vier Hauptbereiche bildet die Gesamtsumme. Anschließend erfolgen eine Übertragung in den Profilbogen und ein Vergleich mit den Standardwerten.

6.2 Zeit: Keine Angaben.

7. Gütekriterien
7.1 Objektivität: Die TARC-Methode verlangt subjektive Einschätzungen, die durch Einsatz mehrerer unabhängiger Beurteiler objektivierbar sind.

7.2 Reliabilität: Die Werte der Interrater-Reliabilität liegen zwischen 0,59 und 0,85. Die Werte für die Retest-Reliabilität (Intervall: 6 Monate) liegen oberhalb von 0,8.

7.3 Validität: Bei einer vorgenommenen internen Validierung entstanden Werte, die mit mindestens r = 0,54 als ausreichend hoch angesehen werden dürfen.

7.4 Normen: Die Standardisierungs-Stichprobe umfaßt N = 283 schwerbehinderte Kinder beiderlei Geschlechts im Alter von 3–16 Jahren. Es erfolgt ein Vergleich mit Standardwerten.

Testbatterie für visuelle Objekt- und Raumwahrnehmung (VOSP)

E. K. Warrington und M. James
Bury St Edmunds: Thames Valley Test Company, 1992

---

1. Testart Klinischer Test

2. Testmaterial Manual (20 Seiten), Protokollbogen, drei Ringbücher mit Aufgaben; *zusätzlich:* Schreibgerät.

3. Testgliederung Der Test besteht aus 8 Untertests plus einem vorgeschalteten Screening-Test (20 Aufgaben). Die Untertests haben folgende Namen:

- unvollständige Buchstaben (20 Aufgaben)
- Silhouetten (30 Aufgaben)
- Objekterkennung (20 Aufgaben)
- zunehmende Silhouetten (2 Aufgaben)
- Punkte zählen (10 Aufgaben)
- Positionen unterscheiden (20 Aufgaben)
- Zahlen lokalisieren (10 Aufgaben)
- Würfelzahl analysieren (10 Aufgaben)

4. Grundkonzept Der Test dient dazu, Störungen kognitiver Funktionen nach Hirnverletzungen zu diagnostizieren. Selektive Defizite in der Objekt- und Raumwahrnehmung sind zu beobachten. Jeder Untertest konzentriert sich auf eine Komponente der visuellen Wahrnehmung unter weitestgehendem Ausschluß anderer Komponenten. Vier Subtests messen die Objekt-, vier die Raumwahrnehmung.

5. Durchführung **5.1 Alter:** 20–69 Jahre.

5.2 Formen: Einzeltest, keine Parallelform.

5.3 Handhabung: Das Manual enthält die Anweisungen für die einzelnen Untertests. In den Testheften befinden sich die Aufgaben mit den Übungsbeispielen. Die Versuchspersonen werden ermutigt zu raten, wenn sie eine Aufgabe nicht lösen zu können glauben.

5.4 Zeit: Keine Angaben.

6. Auswertung **6.1 Modus:** Die Anzahl der richtig gelösten Aufgaben pro Subtest wird festgestellt. Anhand von Normwerten kann der Grad der Behinderung in den einzelnen Dimensionen festgestellt werden.

6.2 Zeit: Keine Angaben.

7. Gütekriterien

7.1 Objektivität: Durchführung und Auswertung des Tests können als objektiv angesehen werden.

7.2 Reliabilität: Keine Angaben.

7.3 Validität: Im Zuge der Validierungsstudien wurden die Sensitivität und Selektivität der Tests überprüft. Statistische Gruppenvergleiche fanden mit Hilfe des Mann-Whitney-U-Tests statt. Der 5%-cut-off-score wurde als Kriterium für die Beurteilung eines signifikanten Defizits gewählt. Im Test 2 und Test 4 erlaubt die Testwertverteilung eine Einteilung der Leistung in vier Größen: Grad 4 < 5%, Grad 3 > 5% und < 25%, Grad 2 > 25% und < 50%, Grad 1 > 50% der normalen Testwerte.

7.4 Normen: Die Standardisierungsstichproben bestanden aus 200 resp. 150 Personen (S1 und S2). Das Alter lag zwischen 20 und 69 Jahren. Bei der Patientengruppe werden für jeden Untertest z- und p-Werte angegeben, bei der normalen Stichprobe der 5%-cut-off-score.

Token-Test (TT)

B. ORGASS
Weinheim: Beltz, 1982

---

1. Testart Klinischer Test

2. Testmaterial Manual (16 Seiten), Protokollbogen, Schachtel mit 20 Token (Spielmarken); *zusätzlich:* Schreibgerät.

3. Testgliederung Der Test besteht aus fünf Aufgabengruppen zu jeweils 10 Aufgaben.

4. Grundkonzept Der Test von ORGASS stellt die deutsche Bearbeitung des Token-Test von E. DERENZI und L. A. VIGNOLO (1962) dar. Er dient der Diagnose rezeptiver Störungen bei Aphasikern.

5. Durchführung

5.1 Alter: 15–75 Jahre.

5.2 Formen: Einzeltest, keine Parallelform.

5.3 Handhabung: Ein standardisierte Anweisung liegt nicht vor. Die Instruktionen sollen der Auffassungsgabe der einzelnen Probanden angepaßt werden. Die Aufgaben bestehen darin, die Spielmarken nach unterschiedlichen Kriterien vor sich anzuordnen. Im Protokollbogen wird vom Testleiter notiert, ob die Aufgabe gelöst wurde. Die Abbruchkriterien sind je nach Anwendungszweck des Tests verschieden.

5.4 Zeit: Keine Angaben.

6. Auswertung

6.1 Modus: Die Summe aller Fehlerpunkte ergibt den Gesamtrohwert (Maximum: 50). Ab dem 45. Lebensjahr wird eine Alterskorrektur durchgeführt. Eine Umwandlung der Rohwerte in PR-Werte ist möglich.

7. Gütekriterien

7.1 Objektivität: Wegen fehlender standardisierter Instruktionen kann eine Beeinträchtigung der Durchführungsobjektivität nicht ganz ausgeschlossen werden.

7.2 Reliabilität: Die Teststruktur ist in hohem Maße homogen. Der Konsistenzkoeffizient beträgt 0,963. Die Retest-Reliabilität erreichte einen Wert von 0,966 bei N = 20 Patienten mit kürzlich erworbener Aphasie, 0,956 bei N = 20 Patienten mit schon länger bestehender Aphasie (jeweils Spearman-Rangkorrelation). Die Testwiederholung erfolgte nach 2 Tagen.

7.3 Validität: Das Verfahren von ORGASS differenziert zwischen Patienten mit diversen aphasischen Syndromen einerseits und normalen Probanden sowie Hirngeschädigten ohne Aphasie andererseits. Die Häufigkeitsverteilungen der Testwerte von Aphasikern und Nicht-Aphasikern überschneiden sich nur geringfügig. Für die Verwendbarkeit des TT als Ausleseverfahren spricht die hohe Trefferquote von 90% richtiger Zuordnungen.

7.4 Normierung: Der Normierung liegt eine Stichprobe von 100 Aphasikern und 100 nicht-aphasischen Patienten im Alter von 15–75 Jahren zugrunde. Angegeben sind PR-Werte.

8. Literatur

ORGASS, B. (1976 a). Eine Revision des Token-Test: I. Vereinfachung der Auswertung, Item-Analyse und Einführung einer Alterskorrektur. *Diagnostica, 22,* 70–87.

ORGASS, B. (1976 a). Eine Revision des Token-Test: II. Validitätsnachweis, Normierung und Standardisierung. *Diagnostica, 22,* 141–156.

Tübinger-Luria-Christensen Neuropsychologische Untersuchungsreihe (TÜLUC)

Deutsche Bearbeitung der „Luria's Neuropsychological Investigation"

W. HAMSTER, W. LANGNER und K. MAYER

Weinheim: Beltz, 1980

---

1. Testart Klinischer Test

2. Testmaterial Testkoffer mit Handanweisung (DIN A4, 76 Seiten), Protokollheft, Befundbogen, Karten D–N, Q-Tip, Stecknadel, Zweipunktdiskriminator, Holzstäbchen, Büroklammer, Taschenmesser, Bleistiftspitzer, Radiergummi, Gummiband, 10-Pfennig-Münze, Kinderuhrmodell, 6 Plättchen, Schlüssel, Taschenkamm, 3 Kugeln, 20 Tokenplättchen, Bleistift; *zusätzlich:* Konzeptpapier, Lineal und Buch.

3. Testgliederung Die TÜLUC besteht aus 12 Abschnitten, die mit den Buchstaben B bis N in alphabetischer Folge bezeichnet sind.

B orientierendes Explorationsgespräch
C orientierende Bestimmung der Hemisphärendominanz
(B+C) vorläufige Klassifikation der neuropsychischen Störungen
D motorische Funktionen
E akustisch-motorische Organisation
F höhere hautkinästhetische Funktionen
G höhere visuelle Funktionen
H rezeptive Sprache
J expressive Sprache
K Schreiben und Lesen
L Rechnen
M mnestische Prozesse
N Denkprozesse

Jeder Abschnitt ab D ist ungefähr nach folgendem Strukturschema aufgegliedert (Beispiel, S. 7):

4. Grundkonzept

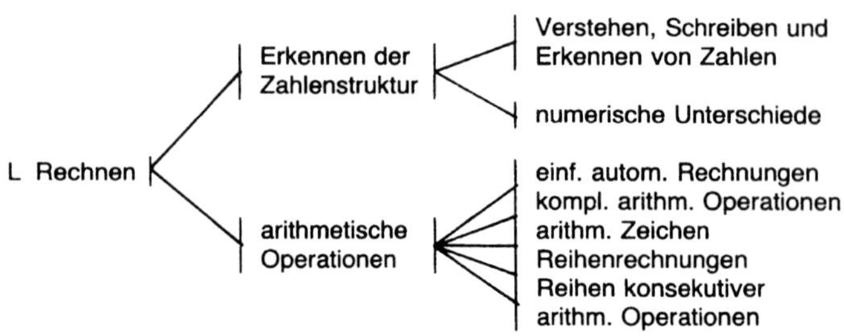

Das Hauptziel LURIAs bestand darin, eine diagnostische Methode zu entwickeln, die eine eingehende Analyse psychischer Funktionen in ihrer ganzen Spannweite (von der Psychomotorik bis zu den Denkprozessen) ermöglicht. CHRISTENSEN (1974, 1975) hat mit „Luria's Neuropsychological Investigation" versucht, die Arbeit, die LURIA am Moskauer Burdenko-Institut durchführte, zu einem systematischen diagnostischen Instrumentarium zusammenzufassen und der Praxis zugänglich zu machen. HAMSTER et al. adaptierten die englische Version für den deutschen Sprachraum, fügten neue Elemente speziell für deutsche Patienten hinzu und verwendeten neuere Methoden der Auswertung und Skalierung, die als eine Weiterentwicklung gelten können. Als Anwendungsgebiete kommen Differentialdiagnosen neuropsychischer Störungen, Therapieindikationen und Therapiekontrollen in Betracht. Klassifikations- und lokalisationsspezifische Aspekte finden sich in dem Buch von CHRISTENSEN (1974).

5. Durchführung

5.1 Alter: Patienten mit neuropsychischen Störungen. Kein definierter Altersbereich.

5.2 Formen: Einzeluntersuchung. Keine Parallelform.

5.3 Handhabung: Die Untersuchung beginnt mit einem orientierenden Explorationsgespräch über die Bewußtseinslage, das prämorbide Niveau, das Beschwerdenbild, sie wird mit einer orientierenden Bestimmung der Hemisphärendominanz fortgesetzt, bevor die eigentlichen Funktionsprüfungen D bis N (siehe Testgliederung) durchgeführt werden.
Während CHRISTENSEN (1974) die Möglichkeit einer Selektion von Untersuchungsbereichen diskutiert, sprechen sich die deutschen Autoren für eine Erfassung *aller* mit diesem Verfahren erreichbaren Funktionen aus.
Die Anweisungen zur Durchführung der einzelnen Untersuchungen sind standardisiert.

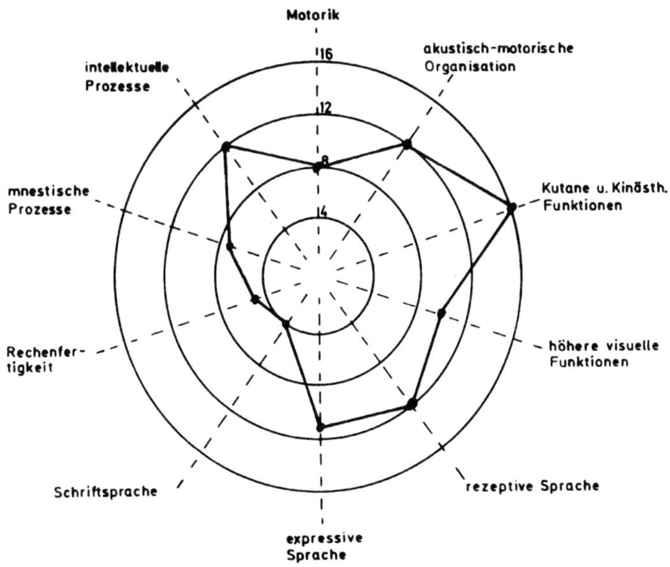

Leistungsprofil: Pat. N. N.

Beispiel für ein Leistungsprofil: Neuropsychologischer Befund

2.3.3

5.4 Zeit: Die Dauer der Untersuchungen hängt von der Art und Ausprägung der neuropsychischen Störungen und der Belastbarkeit des Patienten ab. Sie kann ca. drei Stunden in Anspruch nehmen, so daß im Einzelfall eine Aufteilung in zwei Sitzungen anzuraten ist.

6. Auswertung

6.1 Modus: Die Auswertung wird nach einem multidimensionalen Scoringsystem von PORCH (1971) vorgenommen, das folgende quantitative und qualitative Aspekte erfassen soll:

1. Korrektheit der Reaktion
2. Responsibilität des Patienten
3. Vollständigkeit der Reaktion
4. Benötigte Zeit
5. Effektivität der Reaktion.

Die Leistungen des Patienten sind auf einer sechszehnstufigen Skala zu bewerten, die die oben genannten Aspekte einschließt. Einige Auswertungsbeispiele und eine kleine Kasuistik sollen diese Prozedur veranschaulichen.
Die hierarchische Struktur des Verfahrens erlaubt eine Auswertung auf fünf Ebenen (1. Itemebene, 2. Spaltenebene, 3. Teilfunktion, 4. Gesamtfunktion, 5. Gesamttestwert). Unterschieden wird zwischen einer Makro- und Mikroanalyse der Störungen, die in einem Leistungsprofil graphisch (Sterndiagramm) veranschaulicht werden können.

6.2 Zeit: Die Auswertung ist relativ aufwendig. Angaben über die Dauer liegen nicht vor.

7. Gütekriterien

7.1 Objektivität: Obwohl die Auswertungsobjektivität in den Untersuchungen von PORCH (1971) erstaunlich hoch (r = 0,90) war, erscheint es fragwürdig, ob verschiedene Beurteiler die relativ komplizierte Auswertungstechnik aufgrund der begrenzten Angaben der Handanweisung so handhaben können, daß sie zu vergleichbar hohen Übereinstimmungen gelangen.

7.2 Reliabilität: Keine Angaben.

7.3 Validität: Zur Absicherung der Gültigkeit liegen Ergebnisse zur konvergenten Validität (Gesamttestwert TÜLUC-Leistungsdefizit im Token-Test von DERENZI & VIGNOLO (1972) T (KENDALL-Rangkorrelation) = 0,69), Interkorrelationen, Faktorenanalysen (R- und Q-Technik) und Musteranalysen vor.

7.4 Normen: Normwerte liegen nicht vor.

8. Literatur

CHRISTENSEN, A. L. (1974). *Luria's Neuropsychological Investigation. Text.* Copenhagen: Munksgaard.

CHRISTENSEN, A. L. (1975). *Luria's Neuropsychological Investigation. Manual.* Copenhagen: Munksgaard.

DERENZI, E. & VIGNOLO, L. A. (1972). The Token Test: A sensitive test to detect receptive disturbances in aphasics. *Brain, 85,* 665–678.

LURIA, A. R. (1970). *Die höheren kortikalen Funktionen des Menschen und ihre Störungen bei örtlichen Hirnschädigungen.* Berlin: VEB Deutscher Verlag der Wissenschaften.

LURIA, A. R. (1973). *The working brain. An introduction to neuropsychology.* Harmondsworth: Penguin Books.

LURIA, A. R. & HUTTON, J. T. (1977). A modern assessment of the basic forms of aphasia. *Brain and Language, 4,* 129–151.

PORCH, B. E. (1971). Multidimensional scoring in aphasia testing. *J. Speech Hear. Res., 14,* 776–792.

Tübinger Luria-Christensen Neuropsychologische Untersuchungsreihe für Kinder (TÜKI)

G. Deegener, B. Dietel, W. Hamster, C. Koch, R. Matthaei, H. Nödl,
N. Rückert, U. Stephani und E. Wolf
Weinheim: Beltz Test GmbH, 1993

---

1. Testart Klinischer Test

2. Testmaterial Koffer mit Anweisungen zur Testdurchführung, Protokollheft, Profilauswertungsbogen, 4 Vorlagen DIN A5, 3 Ringbuchvorlagen DIN A4, 2 Vorlagen DIN A4, „Wegvorlage“ mit Auswertungsschablone DIN A4, Kasten mit Reizmaterialkarten zu 8 Themen, Teppichstreifen, Tennisball, Spielzeuguhr, Holzstange, Holzwürfel, Glockenspiel mit Anleitung, Spielzeugauto, kleine Holzkugel, Würfel, Gummiring, 6 Mosaikholzplättchen, Plastikschachtel (mit Taschenmesser, Spitzer, Radiergummi, Schlüssel, Nagel, Schraube, Knopf, Draht, Holzstäbchen, Kamm, 10-Pfennig-Stück, Bleistift, Lineal, 5 bunte Token-Chips).

3. Testgliederung Die TÜKI gliedert sich in 9 Untertestbereiche:

C Lateralität:
- C1 Präferenzdominanz
- C2 Leistungsdominanz

D Motorische Funktionen:
- D1 Gesamtkörperkoordination
- D2 Feinmotorik
- D3 Motorische Funktionen der Hände
- D4 Orale Praxie
- D5 Sprachliche (innere und äußere) Regulation motorischer Vollzüge

E Akustisch-motorische Koordination:
- E1 Wahrnehmung und Reproduktion von Tonhöhenverhältnissen
- E2 Wahrnehmung und Reproduktion von rhythmischen Strukturen

F Höhere Hautkinästhetische Funktionen:
- F1 Hautempfindungen
- F2 Muskel- und Gelenksensibilität
- F3 Stereognosie

G Höhere visuelle Funktionen:
- G1 Visuelle Wahrnehmung
- G2 Räumliche Orientierung
- G3 Räumliches Denken

H Rezeptive Sprache:
- H1 Wortverständnis
- H2 Verständnis für einfache Sätze
- H3 Verständnis für logisch-grammatikalische Strukturen

J Expressive Sprache:
- J1 Artikulation von Sprachlauten
- J2 Reproduzierende Sprache
- J3 Nominative Funktionen des Sprechens
- J4 Erzählende Sprache

M Mnestische Prozesse:
- M1 Lernprozeß
- M2 Behalten und Wiedererinnern

N Denkprozesse:
- N1 Verständnis für Situationsbilder und Texte
- N2 Begriffsbildung

4. Grundkonzept

Die TÜKI, basierend auf LURIAS Modell der funktionalen Organisation des Gehirns (LURIA, 1970), geht u. a. davon aus, daß alle höheren psychischen Prozesse und Handlungen des Organismus durch das Zusammenarbeiten verschiedener Basisfunktionen spezialisierter Teile des Gehirns vermittelt werden. Die Untersuchung von Störungen komplexer Funktionen darf sich daher nicht nur auf einzelne Leistungsparameter beschränken (S. 42, Handbuch zur TÜKI). Die TÜKI ermöglicht mit ihrem breitgefächerten Untersuchungsbereich die neuropsychologische Untersuchung zumindest der wichtigsten hirnleistungskorrelierten Basisfunktionen. Die Spannbreite der Untersuchung reicht von der Psychomotorik bis hin zu den Denkprozessen. Die Ziele des Untersuchungsansatzes beschreiben die Autoren folgendermaßen (S. 42, Handbuch zur TÜKI): Qualitative Analyse und Beschreibung des Syndroms, Bestimmung der Stärke der Funktionsausfälle, Verknüpfung der Beobachtungen auf der Grundlage einer Theorie der Hirnfunktionen, Bestimmung von Kompensationsmöglichkeiten und Schwächen des Patienten, Formulierung eines Grundkonzeptes für Rehabilitationsmaßnahmen und Berücksichtigung und therapeutische Einschätzung des Entwicklungsstandes des Kindes.

5. Durchführung

5.1 Alter: Kinder und Jugendliche von 5–16 Jahren.

5.2 Formen: Einzeltestung.

5.3 Handhabung: Zu jedem Untertest liegt eine detaillierte Durchführungsanweisung vor (S. 57 ff., Handbuch zur TÜKI). Die Ergebnisse werden in das Protokollheft eingetragen.

5.4 Zeit: Etwa 1½ bis 2¼ Stunden.

6. Auswertung

6.1 Modus: Die quantitative Auswertung erfolgt nach 17 Funktionsbereichen. Mit der Durchführungsanweisung wird jeweils auch der Auswertungsmodus für jede Aufgabe, d. h. der maximal zu erreichende Punktwert, der sich z. B. nach der Anzahl der richtigen Antworten oder Anzahl der Sprünge in einer bestimmten Zeit berechnet, angegeben (S. 136 ff., Handbuch zur TÜKI). Das individuelle Fähigkeits- und Leistungsprofil eines Probanden kann erstellt werden, indem die erreichte Punktzahl für jeden der 17 Funktionsbereiche in den Profilauswertungsbogen, der nach Altersgruppen (5 Jahre, 6–8 Jahre, 9–16 Jahre) gestaffelt ist, eingetragen wird.

6.2 Zeit: Keine Angaben

7. Gütekriterien

7.1 Objektivität: Keine Angaben.

7.2 Reliabilität: Die Berechnung der Reliabilitätswerte wurde an einer Stichprobe mit N = 282 Probanden für alle Subskalen, mit Ausnahme der Skala *Lernprozeß: Wortreihe* vorgenommen. Die Korrelationskoeffizienten für die interne Konsistenz streuen hier im Bereich von r = 0,60 bis 0,91 (odd-even-Methode nach Spearman-Brown) bzw. r = 0,55 bis 0,90 (nach Guttman). Die Retest-Reliabilitäten liegen zwischen r = 0,36 bis 0,88.

7.3 Validität: Im Sinne des theoretischen Konstrukts finden sich in der Interkorrelationsmatrix überwiegend signifikante Zusammenhänge zwischen den TÜKI-Subtests. Die Bildung von Extremgruppen (Kinder ohne und mit Hirnschaden) erfolgte aufgrund einer Klassifikation mit dem Göttinger Formreproduktions-Test (SCHLANGE, STEIN, BÖTTICHER & TANELI, 1972). In zwei Studien (N = 39 bzw. 28) zeigen die Ergebnisse, daß 6 Subtests in Studie 1 (D5, E2, F3, G3, H1, Teilaufgabe M2) und 3 Subtests in Studie 2 (G3, H2, Teilaufgabe M2) signifikant zur Differenzierung zwischen den Gruppen beitragen.

7.4 Normen: Es liegen „Grobnormen" in Form von Prozentwertverteilungen, differenziert nach Altersgruppen (5 Jahre (N = 53), 6–8 Jahre (N = 95), 9–16 Jahre (N = 123)) vor.

8. Literatur

DEEGENER, G., DIETEL, B., KASSEL, H., MATTHAEI, R. & NÖDL, H. (1992). *Neuropsychologische Diagnostik bei Kindern und Jugendlichen.* Handbuch zur TÜKI. Weinheim: PVU.

LURIA, A.R. (1970). The functional organization of the brain. *Scientific American 222,* 66–78.

Verhaltensfragebogen für geistig und lernbehinderte Heimkinder (VFHK)

B. STAHL
Weinheim: Beltz, 1985

1. Testart Klinischer Test

2. Testmaterial Handanweisung (DIN A4, 35 Seiten), 25 Verhaltensbeurteilungsbogen, 4 Transparentschablonen; *zusätzlich:* Schreibgerät.

3. Testgliederung Beim VFHK handelt es sich um ein mehrdimensionales Verfahren, das vier Skalen mit insgesamt 77 Items umfaßt:

Skala I: Selbständigkeit und Ausdauer (23 Items)
Skala II: Durchsetzungsfähigkeit (20 Items)
Skala III: Kommunikations- und Kooperationsbereitschaft mit Erwachsenen und Kindern (22 Items)
Skala IV: Unsicherheit, psychische Labilität (12 Items)

Die Häufigkeit des Auftretens bestimmter Verhaltensweisen wird auf einer fünfstufigen Rating-Skala durch den Testleiter beurteilt.

4. Grundkonzept Mit dem VFHK soll dem praktisch tätigen Psychologen erstmalig ein deutschsprachiges Diagnoseinstrument zur Erfassung des Verhaltens im sozialen und emotionalen Bereich bei geistig und lernbehinderten Heimkindern zur Verfügung gestellt werden. Über eine einfache Diagnose hinaus, die sich nur auf die Identifizierung von Defiziten oder Defekten beschränkt, soll der VFHK als Informationsquelle bei der Planung therapeutischer Interventionen dienen und gleichzeitig im Sinne einer Therapiekontrolle für Veränderungen sensibel sein. Das neuentwickelte Testverfahren basiert sowohl auf Items aus bereits bewährten Testverfahren (JEPI, EPI, CMAS, HANES, KAT) als auch selbst konstruierten, die sich für die Erfassung von Persönlichkeitsmerkmalen behinderter Kinder eignen. Zur quantitativen Erfassung des Ausprägungsgrades der verschiedenen Verhaltensattribute wurde eine Kombination aus numerischer Schätzskala und Zwangs-Wahl-Schätzskala (vgl. GUILFORD, 1954) gewählt. Eine solche Vorgehensweise ermöglicht nach Ansicht des Testautors ein ökonomisches Beurteilungsverfahren, das auch von nicht psychologisch vorgebildeten Beurteilern in der natürlichen Umwelt des jeweiligen Probanden eingesetzt werden kann.

5. Durchführung **5.1 Alter:** Schulfähige, intelligenzgeminderte Heimkinder von 6–16 Jahren.

5.2 Formen: Einzeltest. Computergestützte Fassung im Hogrefe-Testsystem KIDIS.

5.3 Handhabung: Keine Angaben.

5.4 Zeit: Keine Angaben.

6. Auswertung

6.1 Modus: Für die Auswertung stehen vier Transparentschablonen zur Verfügung. Auf den Schablonen sind die den Antwortalternativen zugeordneten Zahlenwerte aufgedruckt, die für jede der vier Skalen zu Rohwerten aufsummiert werden müssen.

6.2 Zeit: Keine Angaben.

7. Gütekriterien

7.1 Objektivität: Im Rahmen der Voruntersuchung wurde die Inter-Rater-Reliabilität von 3 Beurteilern an einer Stichprobe von N = 30 Kindern überprüft. Für die Fünf-Faktoren-Lösung der Voruntersuchung (vgl. 7.2) ergaben sich Reliabilitätskoeffizienten zwischen $0{,}65 \leq r_{tt} \leq 0{,}78$. Als weiteres Maß für die Objektivität des VFHK wurde die Korrelation zwischen getrennter und gemeinsamer Beurteilung berechnet. „Zu diesem Zweck wurde aus den getrennten Ratings mathematisch der Mittelwert errechnet und dieser mit dem Wert der gemeinsamen Beurteilung korreliert" (S. 20/21). Die Korrelationskoeffizienten für die Fünf-Faktoren-Lösung liegen zwischen $0{,}71 \leq r_{xy} \leq 0{,}85$.

7.2 Reliabilität: Die Überprüfung der internen Konsistenz wurde mittels der Kuder-Richardson-Formel 8 sowie der Split-Half-Methode und dem Verfahren nach HOYT durchgeführt. Die berechneten Koeffizienten betragen für die Skala I (Selbständigkeit und Ausdauer): $0{,}930 \leq r_{tt} \leq 0{,}931$, für die Skala II (Durchsetzungsfähigkeit): $0{,}904 \leq r_{tt} \leq 0{,}922$, für die Skala III (Kommunikations- und Kooperationsbereitschaft mit Erwachsenen und Kindern): $0{,}902 \leq r_{tt} \leq 0{,}922$ und für Skala IV (Unsicherheit, psychische Labilität): $0{,}746 \leq r_{tt} \leq 0{,}766$ (N = 591).
Die Retestreliabilität wurde nur für die Fünf-Faktoren-Lösung der Voruntersuchung berechnet, bei der die Kommunikations- und Kooperationsbereitschaft mit Erwachsenen (Skala III) und mit Kindern (Skala V) zwei getrennte Skalen darstellen. Die Retestkorrelationen dieser fünf Skalen nach einem halben und nach einem Jahr liegen zwischen $0{,}38 \leq r_{tt} \leq 0{,}62$ (N = 80). Der Testautor weist darauf hin, daß er keinen großen Wert auf eine hohe Retestreliabilität legt, da der VFHK im Sinne einer Therapiekontrolle für Veränderungen sensibel sein soll. Entsprechende Berechnungen der Retestreliabilität liegen auch auf Itemebene vor. Weiterhin sind für jedes Item die Trennschärfe, die Itemschwierigkeit und ein Selektionskennwert angegeben.

7.3 Validität: Der Testautor hält eine hohe *faktorielle Validität* für nachgewiesen. Die vier extrahierten Faktoren erklären insgesamt 42,13% der Gesamtvarianz. Im Testmanual sind für sämtliche Items die Kommunalitäten und die Faktorenladungen ≤{0,40{ angegeben (N = 591).
Zur Ermittlung der *differentiellen Validität* wurden die vier Skalen des VFHK mit den sieben Skalen der Testbatterie für geistig behinderte Kinder (TBGB) von BONDY et al. (1971) korreliert. Auf dem 1%-Niveau signifikante Korrelationen ergaben sich zwischen der VFHK-Skala I (Selbständigkeit und Ausdauer) und den TBGB-Skalen LOS-KF 18 und VSMS sowie zwischen den TBGB-Skalen CMM, BM/CM und PPVT. Die Stichprobengröße variierte von N = 34 bis N = 69.

7.4 Normen: Von einer Standardisierungsstichprobe mit N = 592 geistig und lernbehinderten Heimkindern im Alter von 6–16 Jahren liegen für die Skalen I bis III Stanine-Werte und eine Umrechnung der Stanine-Werte in Prozentwerte vor. Für die Skala IV (Unsicherheit, psychische Labilität) existieren nur Ankerwerte (Mittelwert und Streuung). Wegen der geringen Homogenität dieser Skala wurde auf eine Normierung verzichtet, und der Testautor empfiehlt, sie als zusätzliche klinische Symptomskala zu verwenden. Eine Normierung nach Geschlecht und Alter wurde nicht durchgeführt, weil diese Variablen auf Rohwertebene weder deutlich noch einheitlich innerhalb der vier Skalen differenzieren.

8. Literatur

BONDY, C., COHEN, R., EGGERT, D. & LÜER, G. (1971). *Testbatterie für geistig behinderte Kinder (TBGB).* Weinheim: Beltz.

GUILFORD, J. P. (1954). *Psychometric methods.* New York: McGraw-Hill.

PETERMANN, F. (1978). *Veränderungsmessung.* Stuttgart: Kohlhammer.

Visual-Gestalt-Ability-Test (VGA)

G. Borg

Bern: Huber, 1992

---

1. Testart Klinischer Test

2. Testmaterial Bilderheft, Antwortbogen; *zusätzlich:* Schreibgerät und Stoppuhr.

3. Testgliederung Der VGA besteht aus 3 Teilen („VGA I", „VGA II" und „VGA III"). Jeder Teil enthält 14 Aufgaben. Jede Aufgabe besteht aus 4 Strich-Figuren, die von einem fragmentarischen bis zu einem vollständigen Bild variiert werden: In den ersten beiden Teilen VGA I, II werden verschiedene Gebrauchsgegenstände (Kreuz, Regenschirm etc.) dargestellt. VGA II enthält geometrische Figuren, Ziffern und Buchstaben.

4. Grundkonzept Der VGA wurde im Rahmen klinischer Fragestellungen entwickelt. Grundlage war ein von Borg (1967) verwendetes Verfahren zur Bestimmung des visuellen Gestaltungsvermögens. Die Fähigkeit, fragmentarisches Material zu einem Ganzen zu gestalten, wird als kognitiver Faktor gesehen. Beeinträchtigungen des Gestaltungsvermögens können Hinweise auf etwaige Hirnschäden geben. Darüber hinaus gilt die Störung der Gestaltungsfunktion als ein wichtiges differentialdiagnostisches Kriterium.

5. Durchführung **5.1 Alter:** Keine Angaben; Eichstichprobe: Schüler des 9. Jahrgangs in Schweden.

5.2 Formen: Einzeltest.

5.3 Handhabung: Das Bilderheft mit dem jeweiligen Teiltest (I, II oder III) wird dem Probanden vorgelegt. Jedes Bild wird 7 Sekunden gezeigt. Der/die Tl trägt die richtigen Antworten als Punktwert in den Antwortbogen ein (0–4 Punkte).

5.4 Zeit: Keine Angaben.

6. Auswertung **6.1 Modus:** Die Punktwerte werden summiert und stellen die Rohwerte dar (max. Punktwert pro Teilheft = 14 × 4 = 56). Es kann auch ein Gesamtscore aus allen 3 Teiltests durch Summation der Einzelergebnisse berechnet werden.

6.2 Zeit: Keine Angaben.

7. Gütekriterien **7.1 Objektivität:** Bei Beachtung der Anweisung zur Durchführung, Auswertung und Interpretation gegeben.

7.2 Reliabilität: Die Reliabilitätsbestimmung erfolgte nach der Split-Half-Methode an einer Stichprobe von N = 93 (Schüler des 9. Jahrgangs der schwedischen Grundschule) und ergab einen Koeffizienten für den Gesamttest von r = 0,74.

7.3 Validität: Keine Angaben.

7.4 Normen: Es liegt eine Normwerttabelle mit Stanine-Werten für die 3 Teiltests (VGA I, II und III) sowie für den Gesamttest (VGA-Gesamt) für die Schülerstichprobe (N = 93) vor.

8. Literatur

BORG, G. V. (1967). Ett nytt test för bestämming av visuell gestaltnings-förmägn. *Kliniskt psykologiska laboratorie, 12.* Umeå, Schweden.

3. PERSÖNLICHKEITS-ENTFALTUNGSVERFAHREN

3.1 Formdeuteverfahren

● = ja
o = teilweise
○ = nein
k.A.= keine Angaben

Testname	Autor(en)	Seite	Durchführung				Auswertung			Gütekriterien				Alter
			Gruppentest	Parallelform	Zeitangabe netto (Min.)	Zeitangabe brutto (Min.)	Schabl./Schlüss.	maschinell	Zeitangabe (Min.)	Objektivität	Reliabilität	emp. Validität	Normen	(Jahre oder Schuljahre (J/Sj))
Deutungstest	Vetter	927	○	○			○	○		○	○	○	○	k.A.
Diapositiv-Z-Test	Zulliger	929	●	○		20	○	○		○	○	●	●	k.A.
Holtzman Inkblot Technik (HIT)	Holtzman	931	○	●			○	○		●	●	●	○	k.A.
Rorschach-Test	Rorschach	936	○	○			○	○		●	●	●	●	k.A.
Zulliger Tafeln-Test (Tafeln-Z-Test)	Zulliger	940	○	○			○	○		○	○	○	**o**	k.A.

Deutungstest (Auffassungstest)*

Wartegg-Vetter
A. VETTER
Stuttgart-Bad Cannstatt: Wolf, 1954

---

1. Testart Formdeuteverfahren

2. Testmaterial Handbuch, 6 Bildtafeln, in der Art der Rorschachtafeln; *zusätzlich:* Schreibmaterial.

3. Testgliederung Der Vp werden 6 Bildtafeln mit unterschiedlichen Anmutungsqualitäten vorgelegt. VETTER kennzeichnet den Anmutungsgehalt der einzelnen Tafeln folgendermaßen: Tafel I soll die Fähigkeit des Verstandes ansprechen; Tafel II die Empfindsamkeit, Tafel III die bildhafte Phantasie; Tafel IV soll Einblick geben, ob mehr die ganzheitlich gefühlsgebundene oder die kritisch zerlegende Auffassung bevorzugt wird. Tafel V soll die Gestimmtheit oder Erregbarkeit des Gefühls ansprechen (Lebensgrundstimmung), während Tafel VI auf das „elementare Sinnesleben" wirken soll.

4. Grundkonzept VETTER beschreibt den Deutungs- oder Auffassungstest als die Weiterführung der Erkenntnisse aus dem Wartegg-Zeichen-Test. Die Testergebnisse bei diesem zeichnerischen Verfahren lenkten die Aufmerksamkeit der Autoren immer stärker auf die Bedeutung der Anmutungserlebnisse durch die vorgegebenen Zeichen. Die Einfälle der Vpn werden jedoch beim WZT von vornherein durch die Beschränkung auf ein einziges Motiv und durch die zeichnerischen Möglichkeiten eingeengt. Um die „pathische" Seite des menschlichen Wesens besser erfassen zu können, wurde die Anregung des Rorschachtests aufgenommen und eine Serie von teils farbigen, teils schwarz-weißen Bildtafeln entwickelt. Im Unterschied zu den Rorschach-Tafeln handelt es sich dabei nicht um Zufallsbilder aus Klecksversuchen, sondern um Vorlagen, die nach ausdruckswissenschaftlichen Gesichtspunkten, nach graphischer Darstellung und Farbgebung gestaltet wurden. Der Eigengehalt der verschiedenen Bilder soll jeweils andere Bereiche des Seelenlebens ansprechen. Aus der Reaktion der Vp auf diese „natürlichen Lösungen" lassen sich die individuellen Besonderheiten der Vp bestimmen.

Die Autoren vertreten eine strukturpsychologische Charaktertheorie, in die Teile aus der Tiefenpsychologie und der Natursymbolik mit eingearbeitet sind.

Die Auswertung zielt auf eine strukturpsychologische Erfassung des ganzen Menschen ab.

---

* Das Verfahren ist nicht mehr komplett lieferbar, eine Neuauflage ist nicht geplant.

5. Durchführung

5.1 Alter: Keine genauen Angaben; Kinder und Erwachsene.

5.2 Formen: Einzeltest.

5.3 Handhabung: Der VI soll die Tafeln einzeln und in der vorgegebenen Reihenfolge der Vp darbieten. Dabei sollen die Tafeln von der Vp *nicht* in die Hand genommen und nicht gedreht werden (im Gegensatz zum Rorschachtest und anderen Formdeuteverfahren). Der Autor empfiehlt, die Tafeln gut beleuchtet vor einem ruhigen Hintergrund und in angemessener Entfernung aufzustellen.
Die Vp wird dann gebeten, die vorgelegten Tafeln, die nichts Bestimmtes darstellen, auf sich wirken zu lassen und ihre Einfälle dazu zu berichten. Es wird ihr gesagt, daß nichts falsch sein kann und daß sie sich nicht auf einen einzigen Einfall zu beschränken braucht.
Falls die Vp mit dieser Instruktion nicht zurechtkommt, verweist der TI auf Wolkenbilder und Schattenformen, in denen man Figuren entdecken kann.
Der TI soll die Äußerungen der Vp wörtlich mitschreiben, ebenso Auffälligkeiten im Verhalten protokollieren. Auf eventuelle Fragen darf er nicht mit suggestiven Äußerungen antworten.
Kommen zu Tafel I gar keine Deutungen, kann sie zum Schluß noch einmal vorgelegt werden. Nach Beendigung des Versuchs werden alle Tafeln noch einmal vorgelegt, mit der Frage, welche Tafel bevorzugt und welche abgelehnt wurde (und welche Gründe für diese Wahl ausschlaggebend waren).

5.4 Zeit: Keine Zeitbegrenzung.

6. Auswertung

6.1 Modus: Die Antworten im Deutungstest werden nach Form-, Sach-, Bildlösungen und Sinndeutungen unterschieden (eine Auswahl an Beispielen als Zuordnungshilfe wird angeboten) und in einer Tabelle graphisch dargestellt. Jede Deutung wird mit der Eigenqualität der Vorlage verglichen und Abweichungen oder Übereinstimmungen notiert und interpretiert. Im Mittelpunkt der diagnostischen Auswertung steht die Untersuchung, ob die Aufeinanderfolge der Antworten einen einheitlichen oder wechselnden Verlauf zeigt. In diese Verlaufsanalyse sollen auch die Verhaltensauffälligkeiten einbezogen werden.
Bei der Zusammenfassung der Testergebnisse zu einem vorläufigen Persönlichkeitsbild geht es nicht darum, auffällige Einzelmerkmale herauszufinden, sondern die wechselseitigen Beziehungen aller Persönlichkeitszüge zu beschreiben.

6.2 Zeit: Keine Angaben.

7. Gütekriterien

7.1 Objektivität: Keine hinreichenden Angaben.

7.2 Reliabilität: Keine Angaben.

7.3 Validität: Keine Angaben.

7.4 Normen: Keine Angaben.

Diapositiv-Z-Test (DZT)*

H. ZULLIGER
Bern: Huber, 1955[2]

---

1. Testart Formdeuteverfahren

2. Testmaterial Handbuch, 3 Diapositive mit Klecksbildern nach Art der Rorschachtafeln, Schemablock; *zusätzlich:* Diaprojektor, Leinwand, Schreibmaterial.

3. Testgliederung Der Dia-Z-Test besteht aus drei Tafeln. Sie haben verschiedene Aufforderungscharaktere: Tafel I (schwarz-weiß) läßt sowohl abstrakte wie auch kinästhetische Antworten zu; Tafel II (farbig) fordert zu Farbdeutungen heraus; Tafel III (schwarz-rot) bringt häufig Form- und Bewegungsantworten.

4. Grundkonzept Der Dia-Z-Test basiert auf denselben Annahmen wir der Rorschach-Test, daß nämlich die Deutung von unbestimmten Zufallsbildern gewisse Rückschlüsse auf den Deutenden zuläßt.
Im Unterschied zum Rorschach-Test ist der Dia-Z-Test als Gruppenverfahren entwickelt worden. Er soll als zeitsparendes Hilfsmittel zur groben Auslese dienen, wenn es darum geht, aus einer großen Anzahl von Bewerbern diejenigen auszusuchen, die in die engere Wahl gezogen werden können.
Der Dia-Z-Test sollte nicht für charakterologische Kurzgutachten verwendet werden, sondern nur als Ausleseverfahren und in Verbindung mit anderen Tests.

5. Durchführung **5.1 Alter:** Keine Angaben.

5.2 Formen: Gruppentest.

5.3 Handhabung: Die Dias werden der Reihe nach auf eine Leinwand projiziert, wobei die Bildbreite der projizierten Tafel 1,0–1,2 m betragen soll. Jedes Bild wird 12–15 Sekunden lang bei Verdunkelung gezeigt, bleibt aber auch bei Licht – um die Pbn nicht zu beunruhigen – so lange zu sehen, bis mit der Vorführung des nächsten Bildes begonnen werden kann. Die Pbn werden gebeten, die dargebotenen Bilder zu deuten und diese Deutungen der Reihe nach auf ihren Protokollbogen zu notieren. Es wird betont, daß es dabei keine richtigen oder falschen Antworten gibt, da es sich um Zufallsbilder ohne bestimmte Form handelt. Den Pbn wird gesagt, daß sie möglichst viele Antworten geben sollen.
Tauchen Fragen auf, sollte der Tl suggestive Antworten vermeiden und besser die Testanweisung noch einmal wiederholen. Er sollte zur Projektion des nächsten Dias erst dann übergehen, wenn alle Pbn ihre Deutungen aufgeschrieben haben.

---

* Der DZT ist nicht mehr komplett lieferbar, eine Neuauflage ist nicht geplant.

Der Autor schlägt vor, sich zur leichteren Lokalisation die Deutungen nach ihrer Lage auf dem Ziffernblatt der Uhr (1–12) von den Vpn bezeichnen zu lassen.
(Man kann auch Lokalisationsbogen verwenden.)

5.4 Zeit: Keine Zeitbegrenzung. Der Autor gibt als Erfahrungswert 15–20 Minuten an.

6. Auswertung

6.1 Modus: Die Auswertung gliedert sich in einen formalen und in einen inhaltlichen Teil und entspricht dem Auswertungsgang im Rorschachverfahren.

6.2 Zeit: Keine Angaben.

7. Gütekriterien

7.1 Objektivität: Keine Angaben. Die Durchführung des Tests kann als relativ objektiv angesehen werden.

7.2 Reliabilität: Keine Angaben.

7.3 Validität: Die Testergebnisse im Dia-Z-Test von 800 Vpn (Angehörige des Schweizer Militärdienstes) wurden mit den Ergebnissen des Rorschachtests verglichen. Außerdem dienten ein abgeänderter Wartegg-Zeichen-Test, ein „differenziertes Intelligenzprüfungsverfahren", eine graphologische Kurzanalyse und ein typologischer Blutgruppentest nach SCHAER als Kontrollverfahren. Der Autor fand dabei Übereinstimmungen.

7.4 Normen: Es werden zwar für alle drei Tafeln Normen für die Verrechnung angegeben, die Daten stützen sich jedoch zu zwei Drittel auf Testergebnisse von Schweizer Militärangehörigen im Alter von 20–25 Jahren.

Holtzman Inkblot Technik (HIT)

W. H. HOLTZMAN
Deutsche Bearbeitung: Lehrbuch der HIT von H. A. HARTMANN, L. VON ROSENSTIEL und P. NEUMANN
Bern: Huber, 1977

---

1. Testart Formdeuteverfahren

2. Testmaterial Lehrbuch (Das Lehrbuch besteht aus drei Bänden: 1. Formdeuteverfahren und Signierungssystem (214 Seiten) von H. A. HARTMANN; 2. Lehrprogramm zur Durchführung, Signierung und Verrechnung (226 Seiten) von P. NEUMANN und 3. Beiheft zur Durchführung, Signierung und Verrechnung, adaptiert und bearbeitet von P. NEUMANN.), Testtafeln-Set für die Parallelformen A und B, scoring guide mit Testbogen (über Testzentrale erhältlich); *zusätzlich:* Stoppuhr und Schreibgerät.

3. Testgliederung Das Verfahren besteht aus 2 Parallelformen mit je 45 Bildtafeln.

4. Grundkonzept Die HIT stellt den bisher erfolgreichsten Versuch dar, das Formdeuteverfahren nach RORSCHACH psychometrischen Grundsätzen anzupassen. HOLTZMAN beabsichtigte, ein neues Verfahren zu entwickeln, das nachgewiesenermaßen von psychometrischem Wert sein sollte, ohne die besonderen Qualitäten der Rorschach-Technik aufzugeben.

Sein Ansatz baut inhaltlich auf Arbeiten von ELIZUR (1949), FISHER und CLEVELAND (1958) und RAPAPORT et al. (1968) auf, während methodische Impulse von ZUBIN et al. (1943) aufgegriffen wurden. Um bestimmte Mängel der Rorschach-Technik abzustellen, wurde das Stimulus-Material auf das 4½fache (45 Tafeln) erweitert. Dabei „bemühte sich HOLTZMAN um eine annähernd systematische Variation der ‚pulling power' der Tafeln" (S. 111), womit die Intensivierung der Reizqualitäten gemeint ist. Die Meßprobleme des Rorschach-Tests, die sich aus der variablen Zahl der Antworten ergaben, wurden durch Begrenzung der Antwortenzahl auf eine einzige pro Tafel umgangen. Das ausgeuferte Signierungssystem des Rorschach-Tests führte er wieder auf 45 substantielle Scoring-Kategorien zurück.

Für die weite Verbreitung und die Nutzung als Forschungsinstrument spricht, daß eine Bibliographie von DYKE (1972) bereits über 200 Titel von Arbeiten verzeichnet, die sich mit dieser Technik beschäftigten. GAMBLE (1972) bringt eine kritische Auseinandersetzung in seinem Überblicksreferat.

5. Durchführung **5.1 Alter:** Keine genauen Angaben.

5.2 Formen: Zwei Parallelformen A und B, Individualtest; Diapositiv-Serien für die Gruppenanwendung (HOLTZMAN et al., 1963, SWARTZ et al., 1970) und für eine Kurzform (HERRON, 1963) liegen vor.

5.3 Handhabung: Weitgehend analog dem Rorschach-Test mit der Einschränkung, daß lediglich eine Antwort pro Tafel verlangt wird. Differenzierte Einführung in Band 2 und 3 des Lehrbuches.

5.4 Zeit: Keine Angaben; erhebliche interindividuelle Unterschiede müssen einkalkuliert werden.

6. Auswertung

6.1 Modus: Die Kategorisierung der Antworten erfolgt nach 22 Merkmalen, die teilweise in mehrere Skalenwerte unterteilt sind, so daß schließlich insgesamt 46 substantielle Kategorien (Skalenwerte) berücksichtigt werden. In der folgenden Tabelle sind die deutschen Bezeichnungen der Merkmale, die (englischen) Abkürzungen und die Anzahl der substantiellen Kategorien angegeben.

6.2 Zeit: Keine Angaben.

7. Gütekriterien

7.1 Objektivität: Zur Durchführungsobjektivität gehört, daß alle Pbn unter den gleichen Testbedingungen untersucht werden und unbedingt gleichen Reizeinflüssen ausgesetzt sind. Dies (die interindividuelle Reizkonstanz) ist bei der Individualform jedoch nicht gewährleistet, weil das beliebige Drehen der Tafeln erlaubt bleibt. Was die Protokollierung angeht, wird von HOLTZMAN nicht eindeutig festgelegt, ob alle Aussagen im vollen Wortlaut oder lediglich Abkürzungen, auf Wesentliches reduzierte Antworten, mitzuschreiben sind. HARTMANN (S. 163) kritisiert in diesem Zusammenhang die äußerst knapp gehaltenen Protokolle von HILL (1972), die sich offenbar selbst nicht an ihre Empfehlung, praktisch alle Äußerungen des Pb zu protokollieren, hält. Nach LIEBEL (1972) liegen die „Intra-Scorer-Konsistenzen" (Korrelationskoeffizienten für die Total-Scores aus Erst- und Zweitsignierung bei einem Zeitintervall von mehreren Monaten) für die wichtigsten 10 Variablen ausnahmslos über $r = 0{,}90$, also sehr hoch. Was die „Inter-Scorer-Konsistenzen" anbelangt, d. h. die Konkordanz unterschiedlicher Beurteiler, muß zwischen speziell trainierten und unterschiedlich trainierten Beurteilern unterschieden werden. Die letzteren zeigen größtenteils deutlich geringere Übereinstimmungen. Zu den Variablen, die extrem niedrige Übereinstimmungen unabhängiger Beurteiler erbrachten, gehören insbesondere FA (Formangemessenheit), Sh (Schattierung), V (pathognome Verbalisierung), J (Integration), Ab (Abstrakte Inhalte). Die Korrelationskoeffizienten liegen deutschen Untersuchungsergebnissen zufolge im Bereich von 0,42 bis 0,85 bei einem Mittelwert von $\bar{r} = 0{,}57$, der natürlich nicht als ausreichend gelten kann.
Genauere Auswertungsrichtlinien bzw. spezielles Training sind nötig. Relativ hohe Grade von Übereinstimmung werden (nach deutschen Ergebnissen) bei den Merkmalen H (Menschinhalte), A (Tierinhalte), AT (Anatomieinhalte), Sx (Sexuelle Inhalte) und P (Populärantworten) erzielt. Die Korrelationskoeffizienten liegen bei diesen Variablen nahezu alle über 0,90.

7.2 Reliabilität: Es liegen eine Reihe von Überprüfungen der inneren Konsistenz vor, die eine hohe Stichprobenabhängigkeit der Daten nahelegen. Geht man von Medianwerten der Zuverlässigkeitskoeffizienten aus, kann man drei Merkmalsgruppen unterscheiden:

1. Variablen, die den Anforderungen an die Meßgenauigkeit (innere Konsistenz) im allgemeinen voll entsprechen. Dazu gehören RT (Reaktionszeit), L (Lokalisierung) und R (Versager): Median $r_{tt} > 0{,}90$.
2. Variablen, die im allgemeinen als ausreichend konsistent eingeschätzt

werden können. Es sind dies F (Formbestimmtheit), FA (Formangemessenheit), C (Farbe), M (Bewegung), V (Abwegige Verbalisierung): Median $r_{tt} > 0{,}80$.

3. Variablen mit zweifelhafter bzw. unzureichender Konsistenz: Median $r_{tt} <$ 0,80. Dazu gehören alle übrigen Variablen.

Die Stabilitätskoeffizienten (intra-subject stability), mittels Paralleltest erhoben, fallen erwartungsgemäß mit zunehmendem Zeitintervall deutlich ab. Immerhin werden nach einem Jahr noch Koeffizienten in Höhe von $r_{tt} = 0{,}35$ bis 0,75 an amerikanischen Stichproben (N = 42 bis 48) für die relativ konsistenten Variablen RT, L und R berichtet. Auch C, M, H, A und Ax gehören nach einem Jahresintervall noch zu den relativ stabilen Variablen: $r_{tt} = 0{,}42$ bis 0,72. Durchweg instabil waren die Variablen P, S, At, Sx, Ab, B: $r_{tt} = 0{,}28$.

Deutsche Bezeichnung der Merkmale	Englische Abkürzung	(Englische Bezeichnung)	Anzahl der subtantiellen Kategorien
Reaktionszeit	RT	(Reaction Time)	–
Versager	R	(Rejection)	1
Lokalisation	L	(Location)	3*
Zwischenfigur	S	(Space)	1
Formbestimmtheit	F	(Form Definiteness)	5*
Formangemessenheit	FA	(Form Appropriateness)	3*
Farbe	C	(Colour)	3
Schattierung	Sh	(Shading)	2
Bewegung	M	(Movement)	4
Abwegige Verbalisierung	V	(Pathognomic Verbalisation)	4
Integration	I	(Integration)	1
Menschinhalte	H	(Human)	2
Tierinhalte	A	(Animal)	2
Anatomieinhalte	At	(Anatomy)	2
Sexuelle Inhalte	Sx	(Sex)	2
Abstrakte Inhalte	Ab	(Abstract)	2
Angst	Ax	(Anxiety)	2
Feindseligkeit	Hs	(Hostility)	3
Begrenzung	Br	(Barrier)	1
Durchdringung	Pn	(Penetration)	1
Symmetriebetonung	B	(Balance)	1
Populärantwort	P	(Popular)	1

*) Mit Ausnahme dieser so gekennzeichneten Fälle erhöht sich die Anzahl der Kategorien jeweils um eine, wenn man einen Skalenwert 0 = («Merkmal tritt nicht auf») mitzählt. Die Bewertung ist trainingsbedürftig. Geneuere Anleitung im Band 2 des Lehrbuches.

7.3 Validität: HOLTZMAN und Mitarbeiter unterzogen die HIT-Daten aus 15 Stichproben (Kinder, Schüler verschiedener Jahrgänge, Studenten, normale und klinische Erwachsenenstichproben) korrelationsstatistischen Analysen und Faktorenanalysen (THURSTONE Zentroidmethode, nach KAISER Varimax-Kriterium zur Einfachstruktur rotiert). Dabei traten in den Ladungsgewichten erhebliche, stichprobenabhängige Differenzen auf. „Nach Augenmaß wurden sodann in einem nächsten Schritt solche ‚pattern' von Faktorenladungen zu identifizieren versucht, die in den einzelnen Lösungen

häufig genug auftraten, um eine Definition des jeweiligen Faktors über alle Stichproben hinweg zu ermöglichen“ (S. 128).
Dabei zeigten sich folgende faktorielle Beziehungen (S. 129):

Faktor	Definierende Variablen	Spätere Interpretation
I	Integration, Bewegung, Menschinhalte, populär, Formbestimmtheit	Wahrnehmungsreife, gut organisierte und integrierte Vorstellungskraft bei gleichzeitiger Verfügung über konventionelle Konzepte
II	Farbe, Schattierung, Formbestimmtheit (negative Ladung)	Sensibilität für nicht formale Stimulusqualitäten (bipolar)
III	Abwegige Verbalisierung, Angst, Feindseligkeit, Bewegung	Gestörte Denkprozesse verbunden mit autistischem, affektbestimmtem Phantasieleben
IV	Lokalisation, Formangemessenheit	Wenig prägnant, bipolar, differenzierte vs. diffuse Wahrnehmungsweise
V	Reaktionszeit, Versager, Tierinhalte (negative Ladung)	Von geringer Bedeutung. Nicht substantiell interpretierbar (Einfallslosigkeit?)
VI	Restvariablen, vor allem Durchdringung, Anatomie, Sex	Residualfaktor (Körperfixierung?)

DOEPNER (1973) konnte die „ermutigenden“ Klassifikationsleistungen der HIT bei der Differentialdiagnose schizophrener Patienten und normalgesunder Pbn (vgl. HOLTZMAN et al., 1961, S. 214 ff.) an deutschen Stichproben annähernd bestätigen.
Grundsätzlich bleiben aber weiterhin unterschiedliche Einschätzungen des Verfahrens bestehen. Beispielhaft dafür sind die sehr kritischen Stellungnahmen EYSENCKs (1965) einerseits und das Sammelreferat vom GAMBLE (1972) andererseits. Während EYSENCK die Meinung vertritt, daß die Validierungsansätze darauf schließen lassen, daß der Grundgedanke des Rorschach-Tests falsch sei, bezweifelt GAMBLE, der sich etwas differenzierter mit den Möglichkeiten und Grenzen des Verfahrens auseinandersetzt, daß eine solche Meinung gerechtfertigt ist.

7.4 Normen: Obwohl in Deutschland mehrere Versuche einer Normierung unternommen wurden, liegen Normen (bisher) nicht vor.

8. Literatur

DOEPNER, R. (1973). *Die Holtzman Inkblot Technique als Instrument der Schizophrenie-Diagnostik.* Philosoph. Diss., Univ. Freiburg.

DYKE, P. S. VAN (1972). The Holtzman Inkblot Technique: A bibliography, 1956–1970. *Perceptual and Motor Skills, 35,* 647–658.

ELIZUR, A. (1949). Content analysis of the Rorschach with regard to anxiety and hostility. *Rorschach Research Exchange and Journal of Projective Techniques, 13,* 247–287.

EYSENCK, H. J. (1965). Review of the Holtzman Inkblot Technique. In BUROS (Ed.), *The sixth mental measurements yearbook, Nr. 217* (pp. 440–441). Highland Park: Gryphon Press.

FISHER, S. & CLEVELAND, S. E. (1958). Bo*dy image and personality.* Princeton, N. J.: Van Nostrand.

GAMBLE, K. R. (1972). The Holtzman Inkblot Technique: A review. *Psychological Bulletin, 77,*172–194.

HARTMANN, H. (1973[2]). *Psychologische Diagnostik.* Stuttgart: Kohlhammer.

HILL, E. F. (1972). *The Holtzman Inkblot Technique. A handbook for clinical application.* San Francisco: Jossey-Bass.

HOLTZMAN, W. H., THORPE, J. S., SWARTZ, J. D. & HERRON, E. W. (1961). *Inkblot perception and personality. Holtzman Inkblot Technique.* Austin: University of Texas Press.

LIEBEL, H. (1972). *Analyse der Beziehungen zwischen Merkmalen der Holtzman Inkblot Technique, Intelligenzkriterien und Maßen der Soziabilität.* Philoph. Diss., Univ. Freiburg.

RAPAPORT, D., GILL, M. M. & SCHAFER, R. (1968[3]). *Diagnostic psychological testing.* New York: International University Press.

ZUBIN, J., CHUTE, E. & VENIAR, S. (1943). Psychometric scales for scoring Rorschach test responses. *Character and Personality, 11,* 277–301.

Rorschach-Test

H. Rorschach
Bern: Huber, 1962[8]

---

1. Testart Formdeuteverfahren

2. Testmaterial 10 Bildtafeln, Schemablock; *zusätzlich:* Schreibmaterial, Stoppuhr.

3. Testgliederung Das Rorschachverfahren besteht aus 10 Untertests, d. h. aus 10 Bildvorlagen mit zufällig entstandenen, nach bestimmten Kriterien sorgfältig ausgesuchten symmetrischen Klecksgebilden, deren Sinn unbestimmt und vieldeutig ist. Die Tafeln 1, 4, 5, 6 und 7 zeigen schwarz-weiße Abbildungen, bei den Tafeln 2 und 3 kommt die Farbe „rot“ hinzu, die Tafeln 8 bis 10 sind mehrfarbig. Alle Tafeln haben einen unterschiedlichen Aufforderungscharakter.

4. Grundkonzept Rorschach begann mit der Entwicklung des Verfahrens um 1911. Ursprünglich interessierte ihn die Frage des Zusammenhangs zwischen Intelligenz und Phantasie. Er bezeichnet die Deutung der Bildtafeln durch den Pb als wahrnehmungsdiagnostisches Experiment: Vorhandene Engramme (Erinnerungsbilder) werden von dem Pb an rezente Empfindungskomplexe angeglichen, ausgelöst durch die Vorlage des unstrukturierten Testmaterials. Aus seinen Forschungsergebnissen kam Rorschach zu der Überzeugung, daß sich aus diesem Vorgang der Deutung Rückschlüsse auf die Persönlichkeitsstruktur und -dynamik eines Menschen ziehen lassen können. Beim Rorschach-Test handelt es sich also um eine projektive Technik.
Der Rorschach-Test ist heute ein weit verbreitetes psychologisches Verfahren, das besonders bei klinischen Fragestellungen angewendet wird. – Bisher sind über 4000 Publikationen zum Rorschach-Test erschienen.
Allerdings wird die Gruppe der Kritiker größer, die dem Verfahren mangelnde Wissenschaftlichkeit vorwirft. Auf der anderen Seite mehren sich die Bemühungen der Anhänger des Rorschach-Tests, das Verfahren zu präzisieren. Die bisher vorliegenden Untersuchungen zur Brauchbarkeit des Rorschach-Tests sind sehr widersprüchlich.

5. Durchführung **5.1 Alter:** Keine genauen Angaben; ab 3 Jahren liegen (amerikanische) Normen vor.

5.2 Formen: Das Rorschachverfahren wird als Einzeltest durchgeführt. Es liegen verschiedene Varianten vor, die als Paralleltests zum Rorschach-Test bezeichnet werden: BeRo (Zulliger) FuRO (Drey-Fuchs). Der Ro 30 von Bottenberg (1967) ist eine Modifikation des traditionellen Rorschach-Tests. Dabei werden von den Pbn zu jeder Tafel drei Deutungen gefordert. Weitere Varianten des Rorschach-Tests sind: Zulliger-Test (Zulliger, 1955[2]), Structured Objective Rorschach Test (SORT, Stone, 1958), Concept Evaluation Test (McREYNOLDS, 1951), Levy Movement Blots (LEVY, 1948), Holtzman Inkblot Technique (HIT, HOLTZMAN et al., 1961).

5.3 Handhabung: Der TI reicht dem Pb in vorgegebener standardisierter Reihenfolge die Tafeln mit der Frage „Was könnte das sein?“ Kommt der Pb mit dieser Instruktion nicht zurecht, dann kann die Instruktion noch erweitert werden.
Der Pb darf die Tafeln beliebig drehen. Beginnt er nicht spontan bei Tafel 1 damit, dann macht ihn der TI auf diese Möglichkeit aufmerksam.
Fängt der Pb bei der ersten Bildvorlage noch nicht an zu deuten, sollte der TI ihn ermuntern, ohne suggestiv zu wirken. Werden während der Testaufnahme vom Pb Fragen gestellt, sollten sie möglichst erst nach Beendigung des Tests beantwortet werden, oder sie sollten so allgemein beantwortet werden, daß damit dem Pb möglichst nicht eine bestimmte Art des Deutens nahegelegt wird.
Der TI protokolliert die Antworten entweder durch ein Tonbandgerät, oder er schreibt sie wörtlich mit und notiert Reaktions- und Antwortenzeit sowie Verhaltensauffälligkeiten. Außerdem muß die Tafellage, in der gedeutet wurde, genau mit bestimmten Symbolen gekennzeichnet werden. Um die Deutungen später wieder auffinden zu können, stehen Lokalisationsbogen zur Verfügung, auf denen der entsprechende Bildteil gekennzeichnet werden kann.
Nach KLOPFER gehören zur Testdurchführung noch die Nachbefragung, in der der TI noch einmal jede Deutung mit dem Pb durchgeht, und, wenn nötig, das „testing the limits“ (Prüfung, ob der Pb zu bestimmten von der Tafel intendierten Reaktionsweisen in der Lage ist).

5.4 Zeit: Keine Zeitbegrenzung.

6. Auswertung

6.1 Modus: Die Auswertung gliedert sich in eine formale und eine inhaltliche Analyse. RORSCHACH sah vor allem den formalen Aspekt der Auswertung als bedeutungsvoll an.
Jede Antwort wird nach vier Gesichtspunkten beurteilt und signiert: nach Erfassungsmodus (Ganz- oder Detaildeutung), nach den Determinanten (Form, Farbe, Bewegung), nach dem Inhalt und dem Grad der Originalität.
In einem „Psychogramm“ werden dann die Antworten folgendermaßen verrechnet:
Antwortenzahl, Sukzession der Erfassungsmodi, Erfassungstypus, Erlebnistypus, Form- und Tierprozent, Vulgärantworten (%) und Originalantworten (%). Danach wird das Protokoll des Pb auf Versager, auf Hell-Dunkel- oder Farbschocks, auf Perseverationen, Kontaminationen oder Komplexantworten untersucht. Erst dann wendet man sich der Inhaltsanalyse zu, die an der Tiefenpsychologie orientiert ist.
Es geht nicht darum, Faktoren isoliert zu erheben und zu interpretieren, sondern jedes einzelne Element im Gesamtgefüge zu bewerten.
Eine Präzisierung der Auswertungsmodi liefert das amerikanische Signierungs- und Interpretationssystem von KLOPFER.

6.2 Zeit: Keine Angaben.

7. Gütekriterien

7.1 Objektivität: Es liegen verschiedene Untersuchungen zur Objektivität vor. Sie sind z. T. nach der Objektivität der Durchführung, der Signierung und der Interpretation gegliedert.
Die Untersuchungen zur Durchführungsobjektivität legen nahe, daß das

Verhalten des TI auf Menge und Art der Antworten einen Einfluß ausübt (z. B. LORD, 1950, LUFT 1953).
Bei der Signierungsobjektivität werden Werte von r = 0,64 (LISANSKY, 1956) bis r = 0,94 (MACHL, 1965) angegeben. Andere Autoren (GIBBY, MILLER & WALTER, 1953) beurteilen die Übereinstimmung der Signierung der Tafeln noch geringer. Die Ergebnisse zur Interpretationsobjektivität schwanken zwischen r = –0,13 (LITTLE & SHNEIDMAN, 1959) bis r = 0,98 (MICHEL, 1961). Zusammenfassend läßt sich sagen, daß die derzeitigen Objektivitätsangaben sehr widersprüchlich sind und weitere Forschungsarbeit notwendig ist, damit die Objektivität des Rorschach-Tests wissenschaftlichen Kriterien besser genügt.

7.2 Reliabilität: Auch zur Reliabilität liegt eine Vielzahl von Untersuchungen vor. Die Signierungsreliabilität nach der Halbierungsmethode ergab bei VERNON (1933) für 8 Variablen einen durchschnittlichen Wert von r = 0,53 (Schwankungen von 0,18 bis 0,96). Die Retestreliabilität der Signierung wurde von mehreren Autoren mit verschiedenen Versuchsanordnungen überprüft. Wie auch schon bei der Halbierungsmethode zeigte sich, daß die Reliabilität für einzelne Variablen hoch war, für andere unzureichend.
Die Interpretationsreliabilität lag bei der Beurteilung des Merkmals Intelligenz am höchsten (durchschnittlich r = 0,60), bei der Beurteilung anderer Persönlichkeitsmerkmale weitaus niedriger. Sie reicht von r = 0,26 bis r = 0,81 (LITTLE & SHNEIDMAN, 1959).

7.3 Validität: Zur Validität liegt auch eine Fülle von Untersuchungen vor. Die Arbeiten zur Konstruktvalidität legen häufig unterschiedliche theoretische Konzepte des Rorschach-Tests zugrunde, so daß es verständlich ist, daß die Ergebnisse uneinheitlich sind.
Als Außenkriterien für die Gültigkeit des Rorschach-Tests wurden die Ergebnisse mit anderen psychodiagnostischen Tests herangezogen und mit denen des Rorschach-Tests verglichen. Nach BOTTENBERG (1967) waren die Resultate dabei zwar recht heterogen, aber es konnten doch einige relevante Variablen herausgefunden werden. Eine Reihe anderer Autoren konnte keinen Zusammenhang zwischen dem Rorschach-Test und anderen Tests finden.
Die Übereinstimmung zwischen klinischer Diagnose und Rorschach-Ergebnis wurde ebenfalls in zahlreichen Untersuchungen überprüft, die aus Platzgründen hier nicht alle erwähnt werden können. Die Ergebnisse sind auch hier wieder sehr unterschiedlich. Lediglich die Intelligenzbeurteilung zeigte einige Übereinstimmung.

7.4 Normen: In mehreren Untersuchungen, denen z. T. nur eine kleine Anzahl von Pbn zugrunde liegt, werden Normhinweise zu einzelnen Variablen gegeben. – Im deutschen Sprachraum liegen Normen für normale und klinische Gruppen von RORSCHACH (1962), BOHM (1957, 1967), ZULLIGER (1955, 1962) und LOOSLI-USTERI (1961) vor. Bei KLOPFER, AMES, CASS und MCREYNOLDS und einer Reihe weiterer Autoren sind Normdaten für den amerikanischen Bereich zu finden. Dennoch wird in Zukunft weitere Arbeit zur Erstellung von Normdaten erforderlich sein.

8. Literatur

BOHM, E. (1957²). *Lehrbuch der Rorschach-Diagnostik.* Bern: Huber.

BOHM, E. (1967²). *Psychodiagnostisches Vademecum.* Bern: Huber.

BOTTENBERG, E.H. (1972). Rorschach-Test und Modifikationen. In *Psychologisches Praktikum, Band 2.* Stuttgart: Fischer.

CASS, W.A. & MCREYNOLDS, P. (1951). A contribution to Rorschach norms. *J. Consult. Psychol., 15,* 178–184.

GIBBY, R.C. et al. (1953). The relation of Rorschach free association to inquiry. *J. Consult. Psychol., 17,* 359–363.

KLOPFER, B. & DAVIDSON, H.H. (1971[2]). *Das Rorschach-Verfahren. Eine Einführung* (aus dem Amer.). Bern: Huber.

LEVY, G.M. (1948). *Levy Movement Cards.* Madison: College Typing Co.

LISANSKY, E.S. (1956). The inter-examiner reliability of the Rorschach test. *J. Proj. Technique, 20,* 310–317.

LITTLE, K.B. & SHNEIDMAN, E.B. (1959). *Congruencies among interpretation of psychological test and amnestic data.* (Psychol. Monogr. 73, No. 6, Whole No. 476).

LOOSLI-USTERI, M. (1961). *Praktisches Handbuch des Rorschach-Tests.* Bern: Huber.

LORD, E. (1950). *Experimentally induced variations in Rorschach performance.* (Psychol. Monogr. 66, Whole No. 316).

MCREYNOLDS, P. (1951). Perception of Rorschach concepts as related to personality deviations. *J. Abn. Soc. Psychol., 46,* 131–141.

MICHEL, L. (1961). Zuverlässigkeit und Gültigkeit von quantitativen Intelligenzdiagnosen aus dem Rorschach-Test. *Diagnostica, 7,* 44–60.

RORSCHACH, H. ORSCHACH, H.(1962[8]). *Psychodiagnostik, Methodik und Ergebnisse eines wahrnehmungsdiagnostischen Experiments.* Bern: Huber.

SCHNEIDER, E. (1953[4]). *Psychologisches Praktikum. Einführung in Rorschachs Formdeuteversuch.* Bern: Huber.

STONE, I.B. (1956). *S-O Rorschach test.* Los Angeles California Test Bureau.

VERNON, P.E. (1933). The Rorschach inkblot test. *Brit. J. Med. Psychol., 13,* 179–200, 271–291.

ZULLIGER, H. (1955[2]). *Der Z-Test.* Bern: Huber.

ZULLIGER, H. (1962[2]). *Der Zulliger-Tafeln-Test.* Bern: Huber.

Zulliger-Tafeln-Test (Tafeln-Z-Test)

H. ZULLIGER

Bern: Huber 1969[3]

---

1. Testart Formdeuteverfahren

2. Testmaterial Handbuch, 3 Testtafeln (die gleichen wie im Diapositiv-Z-Test), Schemablock; *zusätzlich:* Schreibmaterial, Stoppuhr, Lokalisationsbogen.

3. Testgliederung Es handelt sich um dieselben Zufallsbilder wie beim Dia-Z-Test, somit ist die Aufgabenstellung die gleiche geblieben. Der Unterschied zwischen beiden Tests besteht darin, daß der Tafeln-Z-Test für eine Einzeluntersuchung, der Dia-Z-Test für ein Gruppenverfahren verwendet wird.

4. Grundkonzept Siehe Rorschachtest.

5. Durchführung

5.1 Alter: Keine Angaben.

5.2 Formen: Einzeltest.

5.3 Handhabung: s. Rorschachtest.
Im Unterschied zu RORSCHACH empfiehlt der Autor des Tafeln-Z-Tests, bei unklaren Deutungen nach Beendigung der Testdurchführung eine Befragung anzuschließen, jedoch nicht nach der Art, wie KLOPFER sie vorschlägt.

5.4 Zeit: Keine Zeitbegrenzung.

6. Auswertung

6.1 Modus: s. Rorschachtest.
Ein Antwortenverzeichnis, das an 1000 Vpn beiderlei Geschlechts in verschiedenen Altersgruppen gewonnen wurde, bietet eine Hilfe beim Signieren der Antworten. Im Unterschied zum Dia-Z-Test wird hier die Reaktionszeit in die Auswertung einbezogen.

6.2 Zeit: Keine Angaben.

7. Gütekriterien

7.1 Objektivität: Keine Angaben.

7.2 Reliabilität: Keine Angaben.

7.3 Validität: Beim Vergleich der Testdaten von 300 Vpn im Tafeln-Z-Test mit ihren Ergebnissen im Rorschach-, Bero-, Wartegg-, Baum-, Düss- und teilweise im Farbpyramidentest fand der Autor eine hohe Übereinstimmung; genauere Angaben fehlen allerdings.

7.4 Normen: Es wird eine „Durchschnittsverrechnung" angeboten, die auf den Testergebnissen von 300 „normalen" Vpn beruht.

3. PERSÖNLICHKEITS-ENTFALTUNGSVERFAHREN

3.1 Formdeuteverfahren

3.2 Verbal-thematische Verfahren

3.3 Zeichnerische und Gestaltungsverfahren

3.2 Verbal-thematische Verfahren

● = ja
o = teilweise
○ = nein
k.A.= keine Angaben

Testname	Autor(en)	Seite	Durchführung				Auswertung			Gütekriterien				Alter
			Gruppentest	Parallelform	Zeitangabe netto (Min.)	Zeitangabe brutto (Min.)	Schabl./Schlüss.	maschinell	Zeitangabe (Min.)	Objektivität	Reliabilität	emp. Validität	Normen	(Jahre oder Schuljahre (J/Sj))
Apperzeptiver Situationstest (AST)	Laufs	943	●	○		15	○	○		●	○	○	○	ab 14 J
Familien-Beziehungs-Test (FBT)	Howells u.a.	945	○	●		2 × 30	○	○		○	○	●	○	k.A.
Hamster-Test (HT)	Deegener u.a.	947	○	○		15–20	○	○		●	●	●	○	ca. 5–8 J
Kinder-Apperzeptions-Test (CAT)	Bellak u.a.	949	○	○		30	○	○		○	○	○	○	3–10 J
Rosenzweig P-F Test (PFT) – Erwachsene	Hörmann u.a.	951	●	○		20	○	○		●	●	●	●	14–85 J
Rosenzweig P-F Test (PFT) – Kinder	Duhm u.a.	951	●	○		20	○	○		●	●	●	●	7–14 J
Schulangst-Test (SAT)	Husslein	953	○	○			○	○		●	●	●	○	7–13 J
Schwarzfuß-Test (SF-Test)	Corman	955	○	○			○	○		○	○	○	○	k.A.
Thematischer Apperzeptionstest (TAT)	Murray	957	○	○		2 × 50	○	○		●	●	○	○	ab 4 J
Thematischer Gestaltungstest (Salzburg) [TGT-(S)]	Revers u.a.	960	○	○		2 x 60	○	○		○	○	○	○	ab 7 J

Der apperzeptive Situationstest (AST)

K. W. LAUFS

Ebersberg: Vless, 1990.

---

1. Testart Verbal-thematisches Verfahren

2. Testmaterial Manual, 9 Testbilder, Testformular, Auswertungsblatt, Auswertungsformular „Raummodell"; *zusätzlich:* Schreibgerät.

3. Testgliederung Anhand der Einschätzung von 9 Testbildern auf einer Eigenschaftenliste mit 9 bipolaren Eigenschaftspaaren (Konstrukte versus Kontraste), werden in einem dreidimensionalen Modell die Dimensionen Soziales (Extraversion/Introversion), Emotionales (Neurotizismus) und Normatives (Autoritarismus) erfaßt.

4. Grundkonzept Für die Modellkonzeption des AST wurden S. FREUDS Ich-theoretisches Strukturmodell, C. G. JUNGS Typologie des Extravertierten versus Introvertierten sowie die nach P. JANET weiterentwickelte Vorstellung hinsichtlich rechts- linkshämisphärischer Hirnfunktionen in Zusammenhang gestellt. Ziel der AST-Entwicklung war es, einen projektiven Test zu entwerfen, der eine weitgehende Objektivierung hinsichtlich Durchführung und Auswertung aufweist.

Das Einsatzgebiet liegt im Rahmen tiefenpsychologischer und hypnoanalytischer Behandlungen und im Bereich der Therapieverlaufsdokumentation.

5. Durchführung **5.1 Alter:** Ab 14 Jahren.

5.2 Formen: Einzel- und Gruppentestung möglich.

5.3 Handhabung: Der Proband erhält 9 Testformulare, in die er getrennt für jedes der 9 Testbilder, spontan mit einem Wort oder einem kurzen Satz einträgt, was Ihm zu dem Bild als „Motto" einfällt. Weiterhin kreuzt er in der vorgegebenen Eigenschaftenliste auf dem Testformular zu jedem Bild diejenigen Eigenschaften an, die seiner Meinung nach am ehesten zu dem Bild passen. In einem zweiten Durchgang legt der Diagnostiker dem Probanden nochmals alle Bildtafeln vor und fordert den Probanden auf, nochmals die Themenbezeichnungen (Motto) der Bilder mündlich wiederzugeben.

5.4 Zeit: Etwa 15 Minuten.

6. Auswertung **6.1 Modus:** Die Auswertung kann nach inhaltlichen Gesichtspunkten in Analogie zur Bearbeitung von Verfahren wie z. B. dem Rorschach-Test erfolgen. Darüber hinaus ist eine quantitative Auswertung der Eigenschaftenliste nach vorgegebenen Richtlinien möglich. Die Testwerte ergeben sich durch die Summation der Eigenschaftskonstrukte und der Eigenschaftskontraste in den Eigenschaftenlisten 1 bis 9. Die erhaltenen 6 Skalenwerte (Soziales-Konstrukte, Soziales-Kontraste; Emotionales-Konstrukte, Emotionales-Kontraste; Normatives-Konstrukte, Normatives-Kontraste) können Werte zwischen +27 und –27 einnehmen. Für jede Dimension muß die Summe der Kontraste von der Summe der Konstrukte subtrahiert werden und man erhält die möglichen Werte $T_{SKonstrukt}$ bzw. $T_{SKonstrast}$; $T_{EKonstrukt}$ bzw. $T_{EKontrast}$ und $T_{NKonstrukt}$ bzw. $T_{NKontrast}$. Diese Werte können dann in ein dreidimensionales Modell übertragen und zu weiteren psychoanalytischen Interpretation herangezogen werden

6.2 Zeit: Keine Angaben

7. Gütekriterien

7.1 Objektivität: Die Instruktion und Durchführung kann als objektiv bezeichnet werden. Bei der Auswertung existieren Interpretationsspielräume.

7.2 Reliabilität: Keine Angaben.

7.3 Validität: Keine Angaben.

7.4 Normen: Keine Angaben.

Familien-Beziehungs-Test (FBT)

J. G. Howells und J. R. Lickorish
(Deutsche Übersetzung: K. Klüwer)
München: Reinhardt, 1994[5]

---

1. Testart Verbal-thematisches Verfahren

2. Testmaterial Gebundene Handanweisung mit 24 Bildkarten, Auswertungsbogen (Beziehungsraster); *zusätzlich:* Schreibmaterial für den Untersucher bzw. Tonbandgerät.

3. Testgliederung Die 24 Bildkarten sind in 4 Parallelserien angeordnet und z. T. doppelseitig bedruckt. Die Karten enthalten insgesamt 40 zeichnerische Darstellungen von Eltern- und Kinderfiguren in verschiedenen mehrdeutigen Situationen. Jede Serie besteht aus 6 Karten, die wahlweise Familien mit Jungen und/oder Mädchen dargeboten werden können. Die Zeichnungen sind modern gehalten; kulturelle und soziale Bezüge wurden weitgehend vermindert.

4. Grundkonzept Der Titel der englischen Originalausgabe lautet: Family Relations Indicator. Nach Angaben der Testautoren handelt es sich beim FBT um eine projektive Technik zur Erfassung interpersonaler familiärer Beziehungen. Gleichzeitig kann das Verfahren Aufschlüsse über Gefühle und Haltungen einzelner Familienmitglieder geben. Die Autoren gehen davon aus, daß bei unbestimmten Wahrnehmungsobjekten die Wahrnehmung des Pb durch dessen Erfahrung beeinflußt wird.

5. Durchführung **5.1 Alter:** Der FBT kann bei Kindern, Eltern und auch bei Erwachsenen angewendet werden. Präzise Altersangaben liegen nicht vor. Die einzelnen Zeichnungen sind so gehalten, daß das Alter der Kinder zwischen 7 und 12 Jahren liegt mit entsprechendem Alter für die Elternfiguren.

5.2 Formen: Einzeltest. 24 der insgesamt 40 Bilder eignen sich nach Angaben der Testautoren für jede Familie. Bei Bedarf können die 4 Parallelserien in 2 Folgen mit je 12 Bildern dargeboten werden, so daß die Möglichkeit der Wiederholbarkeit des FBT gegeben ist.

5.3 Handhabung: Der Untersucher sollte vor der Testdurchführung zum Kind bereits eine intensive Beziehung hergestellt haben. Die Autoren empfehlen deshalb, den FBT nach Möglichkeit erst bei einem zweiten oder späteren Besuch des Kindes durchzuführen. Die Bilder sollten dann ganz beiläufig mit einer kurzen Instruktion vorgelegt werden. Bei Erwachsenen soll eine genauere Einführung gegeben werden. Die Antworten des Pb zu den Bildern werden vom Untersucher wörtlich notiert bzw. auf Tonband aufgenommen.

5.4 Zeit: Keine Zeitbegrenzung. Nach Angaben der Autoren benötigt man bei Darbietung aller 40 Zeichnungen durchschnittlich zwei halbstündige Sitzungen.

6. Auswertung

6.1 Modus: Die Auswertung ist inhaltsorientiert. Die Antworten werden in syntaktische Informationseinheiten zerlegt und nach folgenden vier Kategorien klassifiziert:

1. einfache Beschreibungen
2. Interaktionen
3. Persönlichkeitsmerkmale
4. Originalausdrücke.

Für eine gesamte inhaltliche Analyse werden alle Kategorien benötigt, während sonst die Kategorien 2 und 3 ausreichend sind. Diese werden in den Beziehungsraster eingetragen, so daß die verschiedenen Beziehungen und Charakterzüge innerhalb einer Familie auf einen Blick erfaßt werden können.

6.2 Zeit: Keine Angaben.

7. Gütekriterien

7.1 Objektivität: Keine Angaben.

7.2 Reliabilität: Keine Angaben.

7.3 Validität: Nach Angaben der Testautoren handelt es sich beim FBT um eine gültige Technik, „um zu untersuchen, wie die einzelnen Familienmitglieder die Beziehungen in ihrer eigenen Familie sehen“ (S. 16). Die Validierung erfolgte ansatzweise im Institut für Familienpsychotherapie. Nähere Angaben hierzu sind der Handanweisung zu entnehmen.

7.4 Normen: Keine Angaben.

Hamster-Test (HT)

G. DEEGENER, M. ALT, E. ENGEL-SCHMITT, B. JANTHUR und S. LAMBERT
Weinheim: Beltz Test GmbH, 1988

---

1. Testart Verbal-thematisches Verfahren

2. Testmaterial Manual, Testheft, Protokollbogen.

3. Testgliederung In Form einer vorgelesenen Bildergeschichte werden den Kindern insgesamt 19 Fragen gestellt, welche den folgenden Themenbereichen zugeordnet werden können: Ängste, kindliche Gewohnheiten und Interessen, Verhalten bei Frustration, Beziehung zu anderen Kindern und Erwachsenen.

4. Grundkonzept Der HT beruht auf dem „Illustrierten Projektiven Fragebogen zur Untersuchung der Emotionalen Stabilität von Kindern (IPUES)" von M. KRIZMANIC. Ziel der deutschen Bearbeitung war es, ein siebdiagnostisches, der Prophylaxe dienendes Verfahren im Rahmen der Persönlichkeitsdiagnostik von Vorschulkindern vorzulegen, das die Vorteile der Fragebogentechnik (u. a. Zeitökonomie und Auswerterobjektivität) mit den Vorteilen der klassischen projektiven Verfahren (z. B. Einblick in Persönlichkeitsbereiche, die der direkten Befragung schwer zugänglich sind) vereint.

5. Durchführung

5.1 Alter: Vorschulalter und frühes Schulalter.

5.2 Formen: Einzeltestung.

5.3 Handhabung: Der Diagnostiker liest dem Kind eine Geschichte vor. Die Rahmengeschichte handelt von einem Hamsteronkel, der mit seinen 5 Hamsterneffen und einem hinzukommenden Gast in die Ferien fahren will. Um den gemeinsamen Urlaub gut vorbereiten zu können, möchte der Onkel zuvor noch etwas von den Ängsten, Gewohnheiten und Interessen seiner Neffen und des Gastes erfahren. Auf jede Frage geben die Neffen verschiedene Antworten. Das Kind soll anstelle des Gastes antworten. Die von dem Kind gegebenen Antworten werden auf dem Protokollbogen fortlaufend notiert.

5.4 Zeit: Die Durchführungsdauer beträgt etwa 15 bis 20 Minuten.

6. Auswertung

6.1 Modus: Die Auswertung erfolgt mit Hilfe eines Auswertungsschemas, in dem den 19 Antworten des Kindes 0, 1, 2, oder 3 Punkte zugewiesen werden. Die Summe der erreichten Punkte gibt Auskunft über den Grad der emotionalen Stabilität: ein hoher Punktwert ist als Indiz für emotionale Labilität anzusehen, ein niedriger Punktwert dagegen läßt auf emotionale Stabilität schließen. Die Autoren schlagen zur Bewertung der Ergebnisse folgende Abstufung vor (S. 18 im Manual): 0–10 Punkte: „normal; gesund; nicht behandlungsbedürftig"; 11–15 Punkte: „leicht problematisch; fraglich behandlungsbedürftig"; 16 und mehr Punkte: „stark problematisch; sicher behandlungsbedürftig".

6.2 Zeit: Keine Angaben.

7. Gütekriterien

7.1 Objektivität: Die Auswerterobjektivität wurde anhand einer zufällig ausgewählten Stichprobe von 50 Testprotokollen bestimmt, welche von fünf Beurteilern unabhängig voneinander ausgewertet wurden. Die Übereinstimmungskoeffizienten des Durchschnitts der fünf Rater liegen für die 19 Items zwischen r = 0,68 und r = 1,0, über alle Items hinweg bei r = 0,99.

7.2 Reliabilität: Die Retestreliabilität (N = 37, Intervall: 6 bis 8 Wochen) liegt bei r = 0,67.

7.3 Validität: In einer Untersuchung von N = 139 Kindern liegt die Produkt-Moment-Korrelation zwischen dem Erzieherurteil und dem HT bei r = 0,12. In einer Untersuchung von N = 59 Kindern liegen die Korrelationen zwischen dem HT und dem BBK (Beobachtungsbogen für Kinder im Vorschulalter von DUHM & ALTHAUS, 1979) bei r = –0,19, dem Erzieherurteil bei r = –0,09, der Skala „Betragensschwierigkeiten" des VBK (Verhaltens-Beurteilungsbogen von STERN, 1982) bei r = 0,19, der Skala „Leistungshaltung und soziale Angepaßtheit" des VBK bei r = 0,09, der Skala „Soziale Gehemmtheit" des VBK bei r = –0,13, der Skala „Furcht" des VBK bei r = 0,04 und der Skala „Neurotisch funktionelle Störungen" des VBK bei r = 0,09.

7.4 Normen: Keine Angaben.

8. Literatur

DUHM, E. & ALTHAUS, D. (1979). *Beobachtungsbogen für Kinder im Vorschulalter (BBK).* Braunschweig: Westermann.

STERN, K. (1982). *Verhaltens- und Beurteilungsbogen für Kinder (VBK).* Berlin: Psychodiagnostisches Zentrum der Sektion Psychologie der Humboldt-Universität.

Kinder-Apperzeptions-Test (CAT) (Children's Apperception Test)

L. BELLAK und S. S. BELLAK – Übersetzung: W. MOOG
Göttingen: Hogrefe, 1955

---

1. Testart

Verbal-thematisches Verfahren

2. Testmaterial

Testmappe mit Handanweisung, 10 Bildtafeln, Auswertungsheft. Außerdem liegt ein CAT-Supplement (CAT-S), bestehend aus Testmappe mit Manual und 10 weiteren Bildtafeln, vor; *zusätzlich:* Schreibmaterial für den Untersucher bzw. Tonbandgerät.

3. Testgliederung

Der CAT besteht aus 10 Bildtafeln, auf denen Tiere in verschiedenen Situationen dargestellt sind. Das Testverfahren geht auf den Thematischen Apperzeptions Test (TAT) von MURRAY (1943) zurück, überschneidet sich jedoch in seinen engeren Zielsetzungen nicht mit diesem. Im Manual wird sowohl eine Beschreibung der Bildtafeln als auch eine Zusammenstellung typischer Themen innerhalb der Antworten gegeben.

4. Grundkonzept

Der CAT wird von den Testautoren als apperzeptive Methode zur Persönlichkeitsuntersuchung gekennzeichnet. Dabei gehen die Autoren von der Annahme aus, daß Tiere für Kinder im Alter von 3 bis möglicherweise 10 Jahren bevorzugte Identifikationsfiguren sein können. Da die Situationen auf den Bildtafeln mehrdeutig erscheinen, befaßt sich der CAT ebenso wie der TAT vor allem mit den inhaltlichen Gestaltungen. Mit Hilfe des Verfahrens soll das Verhältnis des Kindes zu seinen wichtigsten Bezugspersonen verdeutlicht werden, wobei Aufschlüsse über Persönlichkeitsdynamik und -struktur des Kindes gewonnen werden können. Nach Angaben der Testautoren kann der CAT u.a. vom Psychoanalytiker, Psychiater und Psychologen verwandt und unmittelbar in der Therapie als Spieltechnik eingesetzt werden. Ferner bietet sich der CAT bei Längsschnittuntersuchungen der Kindheitsentwicklung an. Als günstig bei seiner Verwendung wird hervorgehoben, daß er relativ unabhängig von kulturellen Faktoren ist.

5. Durchführung

5.1 Alter: 3 bis 10 Jahre.

5.2 Formen: Einzeltest. Als Ergänzung kann das CAT-Supplement (CAT-S) dem Pb zusätzlich zu den regulären Bildtafeln vorgelegt werden, wenn es notwendig erscheint, über bestimmte Situationen Aufschlüsse zu erlangen.

5.3 Handhabung: Nachdem ein guter Kontakt zum Kind hergestellt ist, sollte der CAT in der vorgegebenen Reihenfolge als Spiel gegeben werden, bei dem es darum geht, Geschichten zu Bildern zu erzählen. Dabei ist unbedingt darauf zu achten, daß alle Bilder bis auf das gerade behandelte außerhalb der Sichtweite des Kindes sind. Im Anschluß an die Geschichten

kann der Untersucher die einzelnen Bildtafeln noch einmal durchgehen und bei einzelnen Punkten nachfragen. Erweist sich die Aufmerksamkeitsspanne des Kindes als zu gering, so sollte man die Fragen zu einem späteren Zeitpunkt nachholen oder aber, falls die Problematik bekannt ist, den CAT auf die wenigen, dieser spezifischen Problemstellung angemessenen Bilder beschränken.
Dem Untersucher kommt die Aufgabe zu, alle Aussagen, Nebenbemerkungen und Verhaltensweisen des Kindes zu notieren.

5.4 Zeit: Keine Zeitbegrenzung. Nach HILTMANN (1966) nimmt die Testdurchführung in der Regel 15 bis 30 Minuten in Anspruch.

6. Auswertung

6.1 Modus: Normen liegen nicht vor. Die Interpretation der Testresultate erfolgt nach inhaltlichen Gesichtspunkten. Zur Erleichterung der Auswertung entwarfen die Testautoren ein standardisiertes Auswertungsverfahren in Form des CAT-Formulars und des Auswertungsbogens (zusammengefaßt zu einem Auswertungsheft). Auf der freien linken Seite kann das Protokoll des Untersuchers aufgenommen werden, auf der gegenüberliegenden rechten Seite die schematisierte Auswertung erfolgen. Auf der letzten Seite sollte eine Zusammenfassung der Hauptdaten, auf der ersten Seite der Abschlußbericht erfolgen.

6.2 Zeit: Keine Angaben.

7. Gütekriterien

7.1 Objektivität: Keine Angaben.

7.2 Reliabilität: Keine Angaben.

7.3 Validität: Keine Angaben.

7.4 Normen: Normentabellen liegen nicht vor. Die im Manual gemachten Angaben beziehen sich auf annähernd 200 Testbefunde von Kindern zwischen 3 und 10 Jahren. Zur relativ kleinen Stichprobe bemerken die Autoren, daß nach ihrer Auffassung ein projektiver Test nicht im gleichen Sinne einer Validierung und Aufstellung von Normen bedarf wie beispielsweise ein Intelligenztest, bei dem Angaben nur im Hinblick auf das Bezugssystem seiner Stichprobenbevölkerung von Bedeutung sind. Unter der Hypothese projektiver Phänomene läßt sich ihrer Meinung nach bei projektiven Methoden der individuelle Fall für sich sehen, da hierbei das offen sichtbare Verhalten mit unbewußten Tendenzen des gleichen Pb verglichen wird.
Als Fernziel erstreben die Autoren eine Katalogisierung von etwa tausend Antworten für jedes Bild, aufgeschlüsselt nach einjährigen Altersintervallen (z. B. für dreijährige, vierjährige usw.) mit einer Analyse der dynamischen Probleme, getrennt nach verschiedenen sozioökonomischen, Intelligenz- und Völker-Gruppen.

8. Literatur

BELLAK, L. & BELLAK, S. S. (1969[6]). *The Supplement to the Children's Apperception Test (CAT-S).* Larchmont, N.Y.: C.P.S. Inc.

HILTMANN, H. (1966[2]). *Kompendium der Psychodiagnostischen Tests.* Bern-Stuttgart: Huber.

MURRAY, H. A. (1943). *The Thematic Apperception Test.* Cambridge, Mass.: Harvard University Press.

Rosenzweig P-F Test (PFT)

S. Rosenzweig
Form für Erwachsene: Deutsche Bearbeitung H. Hörmann und W. Moog
Form für Kinder: Deutsche Bearbeitung E. Duhm und J. Hansen
Göttingen: Hogrefe, 1957

---

1. Testart Verbal-thematisches Verfahren

2. Testmaterial Für beide Formen getrennte Testmappe mit Handanweisung und Testheften; *zusätzlich:* Schreibgerät für den Pb. Empfohlen werden das Handbuch zum PFT von Rauchfleisch und die Bestellung von Profilblättern.

3. Testgliederung Beide Formen enthalten jeweils 24 Items, die nicht in Subtests unterteilt sind.

4. Grundkonzept Der PFT ist ein „semi-projektives" Verfahren zur Untersuchung der Frustrationstoleranz. Es soll Aufschluß über die Belastbarkeit in sozialen Konfliktsituationen geben. Den theoretischen Hintergrund bildet die von Rosenzweig entwickelte Frustrationstheorie (1944). Danach tritt Frustration dann auf, wenn ein Organismus an der Befriedigung eines vitalen Bedürfnisses gehindert wird. Mit Hilfe des PFT wird erfaßt und theoriegeleitet analysiert, wie der Pb auf alltägliche Frustrationen reagiert.

Der PFT gehört nach Schorr (1995) zu den zehn am häufigsten verwendeten projektiven Verfahren in Deutschland. Eine wichtige Ergänzung zur deutschen Ausgabe bildet das Handbuch zum Rosenzweig-Picture-Frustration-Test von Rauchfleisch (1979).

Neben der amerikanischen Originalform und der deutschen Testversion existieren noch weitere Bearbeitungen in französischer, finnischer, italienischer, indischer, japanischer, portugiesischer, schwedischer und spanischer Sprache.

5. Durchführung **5.1 Alter:** Die Form für Kinder ist für 7- bis 14jährige Probanden vorgesehen. Die Form für Erwachsene kann ab 14 Jahren (bis 85) angewandt werden. Bei Vierzehnjährigen muß entschieden werden, welche der beiden Formen vorgegeben werden soll.

5.2 Formen: Einzel- und Gruppentest. Zwei Formen für unterschiedliche Altersgruppen, wie oben angegeben.

5.3 Handhabung: Der Pb erhält das Testheft mit 24 skizzenhaft dargestellten Alltagssituationen. Auf jedem Bild wird eine Person von einer anderen durch bestimmte Äußerungen, die in einer Sprechblase abgedruckt sind, frustriert. Der Pb soll darauf – anstelle der frustrierten Person – eine Antwort geben und in die dafür vorgesehen leere Sprechblase eintragen.

5.4 Zeit: Keine Zeitbegrenzung. Die durchschnittliche Durchführungszeit beträgt etwa 20 Minuten.

6. Auswertung

6.1 Modus: Die Antworten des Pb werden nach einem vorgegebenen Auswertungsschema signiert, das drei Aggressionsrichtungen („Extra-, Intro- und Impunitivität") und drei Reaktionstypen („Obstacle-Dominance, Ego-Defense und Need-Persistence") berücksichtigt. (Die erforderliche Einarbeitung in die Signierungstechnik wird durch die in beiden Formen vorhandenen Signierungskataloge erleichtert.) Die Signierungswerte können anhand von Normentabellen in Stanine-Werte transformiert und zur Veranschaulichung der Ergebnisse in ein Profil übertragen werden.

6.2 Zeit: Keine Angaben. Der Zeitbedarf hängt wesentlich von der Kenntnis und Beherrschung des Signierungssystems ab.

7. Gütekriterien

7.1 Objektivität: Die *Erwachsenenform* der PFT erreicht eine relativ hohe Auswertungsobjektivität. Der Grad der Übereinstimmungen verschiedener Auswerter liegt zwischen 72% und 100%. Auch die Auswertung der *Kinderform* kann nach den Untersuchungsergebnissen verschiedener Autoren als verhältnismäßig objektiv angesehen werden. Es werden Übereinstimmungen von 85% bzw. 89% berichtet. Signierungsergebnisse unabhängiger Auswerter korrelieren um r = 0,80 (ROSENZWEIG).

7.2 Reliabilität: Überprüfungen der inneren Konsistenz mit Hilfe des Split-Half-Verfahrens erbrachten durchweg niedrige Koeffizienten bei beiden Testformen. ROSENZWEIG hält wegen der fehlenden Item-Homogenität die Retest-Methode für das angemessenere Verfahren zur Beurteilung der Reliabilität des PFT. Tatsächlich zeigen sich hinsichtlich der Stabilität der Hauptauswertungskategorien des PFT deutlich bessere Ergebnisse. Auffällig bleibt jedoch die hohe Streubreite der Ergebnisse diverser Reliabilitätsschätzungen nach der Retest-Methode. Dies gilt insbesondere dann, wenn differenziertere Auswertungskategorien zugrundegelegt werden.

7.3 Validität: Entsprechend der nahezu weltweiten Nutzung liegen außergewöhnlich zahlreiche Publikationen zur Gültigkeit des PFT vor. Sie vermitteln ein differenziertes Bild, das sich einer pauschalen Bewertung entzieht. Es gibt u. a. Belege für die vielfältigen Einflüsse auf die Frustrationsreaktionen, faktorenanalytische Untersuchungen aus unterschiedlichen Kulturkreisen und Bewährungskontrollen zum differentialdiagnostischen Wert des Verfahrens.

7.4 Normen: Die Normen liegen in Stanine-Werten vor. Die Form für Erwachsene wurde von RAUCHFLEISCH an N = 1040 psychisch gesunden Erwachsenen im Alter von 14–85 Jahren geeicht. RAUCHFLEISCH erstellte auch die Normen der Kinderform, die auf einer Stichprobe von N = 950 Kindern im Alter von 6;0 bis 13;11 Jahren basieren.

8. Literatur

RAUCHFLEISCH, U. (1979). *Handbuch zum Rosenzweig-Picture-Frustration-Test (PFT). Band 1:* Grundlagen, bisherige Resultate und Anwendungsmöglichkeiten des PFT. Bern: Huber.

RAUCHFLEISCH, U. (1979). *Handbuch zum Rosenzweig-Picture-Frustration-Test (PFT). Band 2:* Manual zur Durchführung des PFT und Neueichung der Testformen für Kinder und Erwachsene. Bern: Huber.

Schulangst-Test (SAT)

E. HUSSLEIN

Göttingen, Hogrefe, 1978

---

1. Testart

Verbal-thematisches Verfahren

2. Testmaterial

Handanweisung, Bildersatz (10 Bildtafeln) und Auswertungsbogen; *zusätzlich:* Schreibwerkzeug und Uhr mit Sekundenzeiger, möglichst auch Tonbandgerät.

3. Testgliederung

Die zehn Bildtafeln zeigen folgende Situationen: 1. Vor dem Schulgebäude, 2. Unterrichtsgespräch, 3. Zuspätkommende Schüler, 4. Gespräch mit dem Schüler, 5. Pausenspiel, 6. Drankommen im Unterricht, 7. Nachsitzen, 8. Elterngespräch, 9. Schlüssellochgucker, 10. Zeugnisverteilung. Die inhaltsanalytische Auswertung der dazu erzählten Geschichten soll nach fünf „Dimensionen" erfolgen: „EB Emotionale Befindlichkeit", „KZ Körperliche Angstzeichen", „IA Ich-Abwertung", „SA Soziale Angst", „ZB Zukunftsorientierte Bedrohung".

4. Grundkonzept

Der Autor versucht, mit dem SAT, einem projektiven Verfahren, überdauernde Züge der Angst auf dem Hintergrund psychodynamischer Persönlichkeitstheorien zu diagnostizieren. Im Gegensatz zum TAT-Konzept von MURRAY werden thematisch vorstrukturierte Bildinhalte verwendet.

5. Durchführung

5.1 Alter: Kinder im schulpflichtigen Alter; ca. 7 bis 13 Jahre.

5.2 Formen: Individualtest ohne Parallelform.

5.3 Handhabung: Sukzessive Vorgabe der Bildtafeln und Aufzeichnung der erzählten Geschichten mit einem Tonbandgerät. Messung der Reaktionszeiten mit einer (Armband-)Uhr mit Sekundenzeiger.

5.4 Zeit: Keine Angaben.

6. Auswertung

6.1 Modus: Die Auswertung soll nach komplizierten Verfahrensregeln erfolgen, deren Zustandekommen nicht näher erläutert wird. Da diese Regeln „vor *jeder* neuen Beurteilung" (S. 32) erneut durchzulesen sind, ist die Auswertungsprozedur recht aufwendig und unökonomisch.

6.2 Zeit: Keine Angaben.

7. Gütekriterien

7.1 Objektivität: Durchführungsobjektivität gegeben. Eine hinreichende Objektivität der Auswertung dürfte nur nach einem vorherigen Training erreichbar sein. Als „Gesamt-Zuverlässigkeitskoeffizient der Auswertung" bei drei Beurteilern wird 0,966 (!) angegeben.

7.2 Reliabilität: Die Retest-Zuverlässigkeit, ermittelt an N = 25 nicht verhaltensgestörten Kindern, liegt für die „Dimensionen" EB und ZB knapp über r = 0,70, während die übrigen drei „Dimensionen“ lediglich Retest-Koeffizienten unter r = 0,60 aufweisen. Das Intervall zwischen den beiden Testdarbietungen betrug annähernd sechs Wochen.

7.3 Validität: Angegeben sind z. B. die Interkorrelationen der „Dimensionen“. Korrelationen zwischen diversen Außenkriterien (TASC von SARASON, Schulleistungen) und den „SAT-Dimensionen“ liegen im internen Bereich vornehmlich zwischen r = 0,15 und 0,37.

7.4 Normen: Es fehlen brauchbare Normen. Vorhanden sind Experten-Ratings zur Gewichtung von Angstaussagen.

Schwarzfuß-Test (SF-Test)

L. Corman

Beiträge zur Psychodiagnostik des Kindes, Bd. 5

München: Reinhardt, 1992[2]

---

1. Testart Verbal-thematisches Verfahren

2. Testmaterial Buch (150 Seiten), Testmappe mit 18 Bildkarten (Format 18 × 13 cm); *zusätzlich:* Schreibmaterial und/oder Tonbandgerät.

3. Testgliederung Das Verfahren besteht aus einer Titelkarte, die eine Tierfamilie (Schweinchen) darstellt und dazu dienen soll, daß sich das Kind mit dem „Helden" identifiziert. Dieser „Held" ist zur Unterscheidung an der linken Hinterpfote mit einem schwarzen Flecken versehen.
Die weiteren Zeichnungen sollen folgende Bedeutungsgehalte thematisieren (S. 12):

1. Trog	Urethralsadistisches Thema
2. Kuß	Ödipales Thema
3. Streit	Oralsadistisches Thema der Geschwisterrivalität
4. Karren	Sadistisches Thema, bei dem die Strafe oft gegen die eigene Person gerichtet wird
5. Ziege	Thema der Adoptiv- oder Ersatzmutter
6. Aufbruch	Abschiedsthema
7. Zögern	Thema der Ambivalenz, der Geschwisterrivalität oder des Ausgeschlossenseins
8. Gänserich	Sadistisches Thema, bei dem die Strafe gegen die eigene Person gerichtet wird, oder Kastrationsthema
9. Schmutzspiele	Analsadistisches Thema
10. Nacht	Ödipales Thema, das den Schautrieb ins Elternschlafzimmer darstellt
11. Wurf	Thema von Geburt und Geschwisterrivalität
12. Traum M	Idealthemen des Ich und der
13. Traum V	Objektliebe (je nachdem, um welches Geschlecht es sich handelt)
14. Säugen 1	Orales Thema
15. Säugen 2	Orales Thema mit Geschwisterrivalität
16. Loch	Thema der Einsamkeit, Ausgeschlossenheit, Strafe
17. Fee	Die Vp soll raten, welche vier Wünsche Schwarzfuß an die Fee richtet.

4. Grundkonzept Das Verfahren entstand im medizinisch-pädagogischen Zentrum in Nantes. Angeregt wurde die Konstruktion des SF-Tests durch „die Abenteuer des Hundes Blacky" (Blacky-Test) von Blum, dessen psychoanalytisches

Grundkonzept weitgehend übernommen wurde. Dementsprechend sind die Bildthemen auf die Phaseneinteilung nach FREUD (passiv-orale, oral-sadistische, anal-sadistische, ödipale Phase) bezogen und auf Geschwisterrivalitäts-, Abhängigkeits- und Unabhängigkeitskonflikte ausgerichtet. Es soll möglich sein, diverse Mechanismen der Anpassung und der Ich-Abwehr zu diagnostizieren. Gegenüber dem Blacky-Test werden die strikten Anweisungen, die BLUM gibt, „durch die sehr viel freiere Projektion ersetzt" (S. 13). Außerdem – und darin sieht der Autor das eigentlich Neue seines Verfahrens – wurde unter dem Begriff *„bevorzugte Identifikationen (BI)* eine völlig neue Methode entwickelt, die die Abwehrmechanismen des Ichs in ihrer ganzen Bedeutung anerkennt" S. 13). Neben der sog. „Tendenzidentifikation", bei der sich die Pbn mit den handelnden Helden identifizieren, gibt es Ausnahmefälle, in denen sich Pbn mit anderen Figuren, z. B. einem Neugeborenen, identifizieren. CORMAN spricht davon, daß die Realitätsidentifikation durch eine Wunsch-Identifikation in solchen Fällen ersetzt werde.

5. Durchführung

5.1 Alter: Kinder (keine Altersbegrenzung).

5.2 Formen: Individualtest ohne Parallelform.

5.3 Handhabung: Wie bei anderen verbalthematischen Verfahren sollen die Kinder zu den Bildtafeln Geschichten erzählen. Die Reihenfolge soll von den Pbn frei gewählt werden. Die Geschichten werden vom TI protokolliert.

5.4 Zeit: Keine Angaben.

6. Auswertung

6.1 Modus: Nach Ansicht von CORMAN kann die Auswertung *nur qualitativ* und *konfliktdynamisch* erfolgen. „Man kann hier natürlich noch versuchen, die miteinander in Konflikt stehenden Kräfte zu bewerten, *die Messung muß jedoch der Intuition weichen*" (S. 103).
Im Kapitel über die Deutung des Schwarzfuß-Tests wird versucht, die Methode und ihre Voraussetzungen (z. B. psychoanalytische Kenntnisse, Vertrautheit mit den Bildkarten) darzustellen.

7. Gütekriterien

7.1 Objektivität: Das Testmaterial (Bildkarten) ist standardisiert, aber die freie Art der Durchführung und Interpretation steht im bewußten Gegensatz zu Objektivitätsansprüchen. Die Deuteregeln lassen, wie CORMAN betont (S. 149), „einen großen Spielraum für die persönliche Eingebung des Psychologen".

7.2 Reliabilität: Ergebnisse von Zuverlässigkeitskontrollen liegen nicht vor.

7.3 Validität: Empirische Untersuchungen zur Absicherung des Gültigkeitsanspruchs werden nicht vorgelegt.

7.4 Normen: Sieht man von einigen unzureichenden Angaben über die prozentuale Häufigkeit von Themen ab, werden keine Normwerte mitgeteilt.

8. Literatur

Das Buch enthält keine Literaturliste.

Thematischer Apperzeptionstest (TAT)

H. A. MURRAY

Cambridge, Mass.: Harvard University Press, 1991[3]

---

1. Testart Verbal-thematisches Verfahren

2. Testmaterial 31 Bildtafeln, kurze Anleitung (englisch); *zusätzlich:* Schreibmaterial für den Untersucher bzw. Tonbandgerät.

3. Testgliederung Der TAT besteht insgesamt aus 31 Tafeln. Die Bildtafeln sind mehrdeutig und enthalten größtenteils menschliche Figuren in verschiedenen Situationen. Auf ihrer Rückseite sind die Tafeln durchnumeriert und teilweise nach Alter und Geschlecht des Pb differenziert. So steht B auf der Rückseite für Jungen (boy), G für Mädchen (girl), M für männliche Erwachsene (male adult) und F für weibliche Erwachsen (female adult). Elf Tafeln, die nicht durch Buchstaben markiert sind, werden bei allen Altersstufen beider Geschlechter benutzt. Insgesamt ergeben sich so 30 schwarz-weiße bzw. schwarz-graue Bildtafeln und eine leere weiße Tafel, aus denen zwei Serien zu je 10 Bildern (je nach Alter und Geschlecht) zusammengestellt werden können.

4. Grundkonzept Da die Bilder mehrdeutig sind, geht MURRAY davon aus, daß der Deutungsprozeß in Abhängigkeit von der Persönlichkeit des Pb, seinen bisherigen Erlebnissen und seinen Wünschen zu sehen ist. Der TAT kann somit als Explorationsmittel dienen, um die innere Problematik eine Pb zu erhellen. Mit Hilfe des Verfahrens sollen nach seinem Autor dominante Triebe, Gefühle, Gesinnungen, Komplexe und Konflikte einer Persönlichkeit erkennbar sein. Nach REVERS (1973), der den TAT als Verfahren zur psychologischen Persönlichkeitsdiagnostik ausführlich darstellt, dient der TAT der Erfassung entscheidender Züge der dynamischen Persönlichkeitsstruktur, wobei gleichzeitig auch Einblicke in deren Entstehung gegeben sein können.

Die Verwendbarkeit des TAT liegt nach REVERS vor allem auch im Bereich der Klinischen Psychologie, der Psychotherapie und der psychologischen Beratung, wobei REVERS jedoch darauf hinweist, daß eine vollständige psychologische Ausbildung, diagnostische Erfahrung und auch tiefenpsychologische Kenntnisse Voraussetzung bei der Anwendung des TAT sein sollten.

5. Durchführung **5.1 Alter:** Ab 4 Jahren nach MURRAY. Bis zum Alter von 14 Jahren sollen die B- und G-Tafeln gegeben werden, älteren Pbn die Tafeln für Erwachsene. REVERS vertritt die Auffassung, daß individuell entschieden werden müsse, ob man die Tafeln für Kinder oder Erwachsene verwende, da etwa bei akzelerierten Kindern unter 14 Jahren die Tafeln für Erwachsene ergiebiger sein könnten. Zur Frage der unteren Altersbegrenzung bemerkt REVERS, daß bei 4jährigen das Testergebnis in keinem rechten Verhältnis zu Mühe und Zeitaufwand bei der Anwendung und Auswertung des TAT stünde. REVERS hält statt dessen die Anwendung des CAT für ratsamer, während er bei Pb ab etwa 8 Jahren jedoch den TAT vorziehen würde.

5.2 Formen: Einzeltest. REVERS weist auf einige Modifikationen der Testdurchführung hin, wie sie von verschiedenen Autoren vorgeschlagen werden, so etwa, den TAT in abgekürzter Form durchzuführen oder mit anderen Bildern zu kombinieren.

5.3 Handhabung: Die Tafeln sind z. T. nach Jungen oder Mädchen, männlichen oder weiblichen Erwachsenen getrennt und müssen vor der Durchführung vom Untersucher entsprechend der Numerierung zu zwei Serien mit je 10 Tafeln zusammengestellt werden. Beide Serien sollen getrennt voneinander während zwei verschiedener Sitzungen, zwischen denen mindestens 24 Stunden liegen, gegeben werden. Von MURRAY liegen zwei Instruktionen für Jugendliche und Erwachsene (Form A) und für Kinder und Erwachsene mit niedrigerer Intelligenz (Form B) vor. In beiden Instruktionen, die zu Beginn der Untersuchung gegeben werden, kommt zum Ausdruck, daß es sich um einen Erzähltest handelt, bei dem es darauf ankommt, der Phantasie freien Lauf zu lassen und möglichst dramatische Geschichten zu den Bildern zu erzählen. Die Geschichten sind vom Untersucher mitzuprotokollieren oder auf Tonband aufzunehmen. Während der Untersuchung sollte sich der Diagnostiker möglichst zurückhalten und nur bei Stockungen fragen oder ermuntern. Suggestivfragen sind grundsätzlich zu vermeiden. Im Anschluß an beide Serien sollte ein ergänzendes Interview erfolgen, in dem den Quellen der Erzählungen nachgegangen wird.

5.4 Zeit: MURRAY räumt den Pbn pro Geschichte etwa 5 Minuten ein, so daß für die Durchführung einer Serie ca. 50 Minuten benötigt werden. Für den Gesamttest wären somit 100 Minuten erforderlich, wobei jedoch zu berücksichtigen ist, daß beide Serien an zwei verschiedenen Tagen gegeben werden sollen.

6. Auswertung

6.1 Modus: Die Auswertung erfolgt nach inhaltlichen Gesichtspunkten. MURRAY hat hierfür eine spezielle Auswertungsmethode entwickelt, die in der Praxis jedoch recht aufwendig ist. Gemäß seinem Konzept der „needs" und „presses" ermittelt MURRAY zunächst in jeder Erzählung die Hauptfigur („Held" oder „Heldin"), um dann satzweise zu untersuchen, in welcher Weise deren Verhältnis einerseits durch innere Kräfte (needs), andererseits durch äußere Einflüsse (presses) bestimmt wird. Nach der Stärke ihres Auftretens werden die inneren oder äußeren Einflüsse mit Ziffern von 1 bis 5 benotet. Anschließend wird für jede innere Kraft und für jeden äußeren Einfluß die jeweilige Gesamtstärke errechnet. REVERS weist darauf hin, daß Normentabellen jedoch nicht zur Verfügung stehen.

Weitere Auswertungsmöglichkeiten werden bei REVERS beschrieben, der feststellt, daß bislang ein einheitliches und geeichtes Auswertungsverfahren fehlt. REVERS selbst schlägt ein Verfahren vor, bei welchem die Testauswertung auf die biographischen Daten des Pb bezogen wird. Die einzelnen Geschichten werden von ihm nach ihrem Thema, dem situationalen Kontext des Problems und nach ihrem Verlauf und Ausgang ausgewertet.

Inzwischen kann die Auswertung auch mit Hilfe eines Testauswertungsprogrammes vorgenommen werden.

6.2 Zeit: Genaue Angaben liegen nicht vor. Die Auswertungszeit ist jedoch in Abhängigkeit von der Länge einer Geschichte sowie von der gewählten Auswertungsmethode zu sehen.

7. Gütekriterien

7.1 Objektivität: REVERS berichtet, daß Untersuchungen zur Auswertungsobjektivität ein z. T. fragwürdiges Bild ergäben, wobei deutlich wird, daß die Diagnose vom Diagnostiker nicht gänzlich unabhängig ist.

7.2 Reliabilität: Nach REVERS zeigte eine Untersuchung der Retestreliabilität unbefriedigende Resultate, da bei den diagnostizierten Eigenschaften offenbar erhebliche Schwankungen auftraten. REVERS hält es deshalb für angebracht, zwischen relativ konstanten und variableren Persönlichkeitszügen zu unterscheiden, die alltäglicheren Einflüssen unterliegen.

7.3 Validität: Wie REVERS mitteilt, gelang ein statistischer Nachweis bisher nicht. REVERS diskutiert jedoch ausdrücklich die Problematik eines solchen Nachweises, da sich die Persönlichkeit einer mathematischen Erfassung als unzugänglich erweise, während eine kriteriumsorientierte Validitätsüberprüfung nur dann möglich erscheint, wenn zahlenmäßig faßbare Größen miteinander korreliert werden. Einen möglichen Ansatz zur Lösung des Validitätsproblems sieht REVERS in der Konstruktvalidität.

7.4 Normen: Die Anleitung enthält keine Normentabellen.

8. Literatur

KORNADT, H.-J. & ZUMKLEY, H. (1982). Thematische Apperzeptionsverfahren. In K.-J. GROFFMANN & L. MICHEL (Hrsg.) *Persönlichleitsdiagnostik.* Enzyklopädie der Psychologie, Serie II, Band 3. Göttingen: Hogrefe.

RAUCHFLEISCH, U. (1989). *Der Thematische Apperzeptionstest (TAT) in Diagnostik und Therapie. Eine psychoanalytische Interpretationsmethode.* Stuttgart: Enke.

REVERS, W. J. (1973³). *Der Thematische Apperzeptionstest (TAT). Handbuch zur Verwendung des TAT in der psychologischen Persönlichkeitsdiagnostik.* Bern: Huber.

Thematischer Gestaltungstest (Salzburg) (TGT-S)

W. J. Revers und H. Widauer
Weinheim: Beltz Test, 1985

---

1. Testart Verbal-thematisches Verfahren

2. Testmaterial Handbuch (von W. J. Revers & C. G. Allesch), 33 Bildvorlagen (von W. J. Revers & H. Widauer), Datenkatalog für die biographische Anamnese (von W. J. Revers).

3. Testgliederung Der TGT besteht insgesamt aus 33 Bildtafeln (22 Schwarzweißbilder, 10 Buntbilder und 1 leere, weiße Tafel). Einige Bilder sind bei allen Probanden anwendbar und auf der Rückseite nur mit Zahlen bezeichnet, welche die Reihenfolge der Darbietung angeben. Eine Reihe anderer Bilder ist je nach Lebensalter und Geschlecht auswechselbar. Bei diesen sind neben der Zahl die Buchstaben E (für Erwachsene), K (für Kinder), M (für männlich) und W (für weiblich) zu finden. Aus den 33 Tafeln können zwei Serien zu 10 Bildern (je nach Geschlecht und Alter des Probanden) zusammengestellt werden.

4. Grundkonzept Der TGT ist auf die Prinzipien des TAT von Murray aufgebaut. Aufgrund der Kritik an einzelnen TAT-Bildern wurden einige Testbilder ersetzt und ergänzt. Der TGT ist eine Bildreihe biographischer Themata mit der diagnostischen Absicht, biographisch durchlebte Konflikte des Probanden greifbar zu machen, d. h. zu erkennen, wie das Problem auf den Einzelnen einwirkte und welchen Lösungsweg er fand oder nicht fand. Der TGT ist kein Test zur Erfassung der Gesamtpersönlichkeit, er richtet sich vielmehr auf markante Schwellen-Situationen im Zuge der Biographie der persönlichen Entwicklung.

Die Einsatzgebiete des TGT liegen im Bereich der Klinischen Psychologie, in der Vorbereitung einer psychologischen Beratung und Behandlung.

5. Durchführung **5.1 Alter:** Kinder (ab etwa 7/8 Jahren) und Erwachsene. Für Kinder jüngeren Alters empfiehlt Revers die Anwendung des CAT (Bellak & Bellak, 1952), da das Testergebnis beim TGT bei Kindern im Vorschulalter in keinem rechten Verhältnis zu der Mühe und dem Zeitaufwand bei der Anwendung und Auswertung des TGT stehen. Ob die Bildserie für Kinder oder Erwachsene anzuwenden ist, sollte man nicht alleine vom Lebensalter abhängig machen, sondern auch von Art der Probleme, die der jeweilige Einzelfall stellt.

5.2 Formen: Einzeltest.

5.3 Handhabung: In der Regel sollte vor der Anwendung des TGT die biographische Anamnese erfolgen, mit dem Ziel, eine möglichst kontinuierliche Chronologie des Lebenslaufs zu erfassen. Vor der Durchführung des TGT muß der Untersucher aus den 33 Bildvorlagen entsprechend der Numerierung zwei Serien mit je zehn Tafeln zusammenstellen (Serie 1: Schwarzweißbilder; Serie 2: Buntbilder). Die Zusammenstellung der Serien erfolgt nach Geschlecht und Alter des Probanden. Beide Serien sollen getrennt voneinander, während zweier Sitzungen, vorgegeben werden. Je nach Lebensalter, Intelligenz und Bildungsstand kann eine der beiden vorliegenden Testinstruktionen (S. 45f. und 56f. im Handbuch) gewählt werden. In beiden Instruktionen wird der Proband darauf hingewiesen, daß er seiner Phantasie freien Lauf lassen soll und daß er eine möglichst dramatische Geschichte erfinden soll, indem er das gegenwärtige Geschehen auf dem Bild beschreibt und die Vorgeschichte, die weitere Entwicklung sowie den Ausgang der Geschichte nach eigener Vorstellung ergänzt. Die Geschichten sind vom Untersucher zu protokollieren oder auf Tonband aufzunehmen. Während der Untersuchung sollte sich der Diagnostiker möglichst zurückhalten und nur bei Stockungen fragen oder ermuntern. Suggestivfragen sollten auf jeden Fall vermieden werden. Im Anschluß an die beiden Testsitzungen findet ein Interview statt, um das Testprotokoll zu ergänzen.

5.4 Zeit: Für die biographische Anamnese – vor dem TGT – benötigt man zumindest zwei Stunden. Die Durchführung des TGT soll in zwei Sitzungen, mit einem Mindestabstand von 24 Stunden, erfolgen, die ebenfalls pro Sitzung etwa eine Stunde beansprucht. Hinzu kommt noch die Zeit, die man für das ergänzende Interview benötigt.

6. Auswertung

6.1 Modus: Grundsätzlich kann bei der Auswertung von Testgeschichten zwischen einem quantitativen und qualitativen Vorgehen unterschieden werden. Die von REVERS vorgeschlagene Analyse der Testgeschichten vollzieht sich in zwei Abschnitten, der *Querschnittanalyse*, bei der die einzelnen Geschichten für sich und unter Berücksichtigung der thematischen Valenz der Bildtafeln analysiert werden, und der *Längsschnittanalyse*, bei der die Geschichten in ihrer zeitlichen Abfolge und in ihrem inneren Zusammenhang zu betrachten sind.
REVERS empfiehlt, die Auswertung zunächst mit einer kursorischen, vorbereitenden Durchsicht der Testgeschichten zu beginnen, um grundlegende Auffälligkeiten in der Verwendung stilistischer Darstellungsmittel zu erheben. Die sich daran anschließende Querschnittanalyse vollzieht sich in zwei Stufen, nämlich der deskriptiven Übersetzung (die thematische Entwicklung der Handlung soll möglichst knapp und präzise in ihrer psychologischen Charakteristik dargestellt werden) und der schematischen Auswertung (inhaltsanalytische Deutung des aufbereiteten Materials auf dem Hintergrund der Biographie und der aktuellen Situation des Probanden). Die Längsschnittanalyse wendet sich dem inneren Zusammenhang der Testgeschichten untereinander zu. Bei den quantitativen Auswertungsmethoden besteht die Längsschnittanalyse im wesentlichen in einer bloßen Summation der numerischen Größen, die den einzelnen Motivbereichen bzw. Kategorien bei den einzelnen Testgeschichten zugeordnet wurden. Bei den qualitativen Auswertungsverfahren weist die Längsschnittanalyse stets interpretativen Charakter auf. Fragen, die mangels entscheidender Informationen aus der biographischen Anamnese oder der Quer- und Längsschnittanalyse noch offen bleiben, können in einem ergänzenden Interview geklärt werden.

Diese Form der Gliederung der Auswertung stellt nur eine von verschiedenen Möglichkeiten dar und ist auch für fallspezifische Modifikationen offen.

6.2 Zeit: Genaue Angaben liegen nicht vor. Die Auswertungszeit ist jedoch in Abhängigkeit von der gewählten Auswertungsmethode zu sehen.

7. Gütekriterien

7.1 Objektivität: Keine Angaben.

7.2 Reliabilität: Keine Angaben.

7.3 Validität: Es liegen keine Studien zur Validität vor. REVERS und ALLESCH (S. 150 ff. im Handbuch) diskutieren jedoch ausführlich die Problematik, die mit der Validierung verbalthematischer Verfahren, wie dem TGT oder TAT, verbunden ist.

7.4 Normen: Keine Angaben.

8. Literatur

BELLAK, L. & BELLAK, S. S. (1952). *The Supplement to the Children's Apperception Test (C.A.T.-S.).* C.P.S. Co., New York.

MURRAY, H. A. et al. (1943). *Thematic Apperception Test Manual.* Cambridge Mass.: Harvard Univ. Press.

REVERS, W. J. & ALLESCH, C. G. (1985). *Handbuch zum Thematischen Gestaltungstest (Salzburg).* Weinheim: Beltz.

3. PERSÖNLICHKEITS-ENTFALTUNGSVERFAHREN

3.3 Zeichnerische und Gestaltungsverfahren

● = ja
○ = teilweise
❍ = nein
k.A.= keine Angaben

Testname	Autor(en)	Seite	Durchführung				Auswertung			Gütekriterien				Alter
			Gruppentest	Parallelform	Zeitangabe netto (Min.)	Zeitangabe brutto (Min.)	Schabl./Schlüss.	maschinell	Zeitangabe (Min.)	Objektivität	Reliabilität	emp. Validität	Normen	(Jahre oder Schuljahre (J/Sj))
Baum-Test	Koch	965	●	❍			❍	❍	5–10	❍	❍	○	●	ab 6 J
Familie in Tieren	Brem-Gräser	968	○	❍			❍	❍		❍	❍	❍	○	4–15 J
Familiensystemtest (FAST)	Gehring	970	●	❍		10–30	❍	❍		●	●	●	❍	ab 6 J
Frieling-Test	Frieling u.a.	972	❍	❍		5–15	❍	❍	240	●	❍	❍	○	ab 5 J
Mann-Zeichen-Test (MZT)	Ziler	973	●	❍			❍	❍		●	○	●	●	4–14 J
Mehrdimensionaler Zeichentest (MDZT)	Bloch u.a.	976	❍	❍	33	45	❍	❍	30	●	●	●	○	k.A.
Mensch-Test	Abraham	979	❍	❍		20	❍	❍		●	●	○	❍	k.A.
Scenotest	von Staabs	981	❍	❍		ca. 30	❍	❍		○	○	○	❍	ab 3 J
Sterne-Wellen-Test (SWT)	Avé-Lallemant	983	●	❍			❍	❍		❍	❍	❍	❍	ab 3 J
Verzauberte Familie (VF)	Kos u.a.	985	❍	❍			❍	❍		○	❍	❍	○	k.A.
Wartegg-Zeichen-Test (WZT)	Wartegg	987	●	❍		20–30	❍	❍		❍	❍	●	○	k.A.

Baum-Test

K. Koch
Bern: Huber, 1986[8]

---

1. Testart Zeichnerisches und Gestaltungsverfahren

2. Testmaterial Textband (258 Seiten); *zusätzlich:* Schreibmaterial (mittelweicher Bleistift), weißes Schreibmaschinenpapier (DIN A4), glatte, harte Unterlage.

3. Testgliederung Entfällt.

4. Grundkonzept Nach Auffassung des Autors liefert der Baumtest – in Verbindung mit anderen Verfahren – wertvolle Beiträge zur Erfassung der Persönlichkeitsstruktur eines Menschen. Er sieht den Baum als idealen Projektionsträger an, da der Baum zu den ältesten Symbolen der Menschheit überhaupt gehört. Darin zeige sich die enge Verbundenheit zwischen Mensch und Baum. Als Beleg dienen dem Autor Hinweise aus der Geschichte der Religionen, aus der Mythologie, aus Märchen und Sagen. In allen diesen Zeugnissen wird der Baum als Gleichnis angesehen, vor allem als Symbol der Fruchtbarkeit, des Lebens.

Der Baumtest wird als projektives Verfahren – zusammen mit anderen – auch als Entwicklungstest angewandt.

5. Durchführung **5.1 Alter:** Ab 6 Jahren.

5.2 Formen: Einzel- oder Gruppentest.

5.3 Handhabung: Dem Pb wird ein weißes Stück Papier (DIN A4) hochkant mit der Aufforderung vorgelegt: „Zeichnen Sie bitte einen Obstbaum, so gut Sie es können."

Während des Tests sollte der Tl das Verhalten des Pb protokollieren, z. B. auch, was ausradiert wird.

Für kleine Kinder wird die Instruktion abgewandelt in „Zeichne einen Apfelbaum" oder „Zeichne ein Haus mit Baum".

Werden schulmäßige oder sonst wenig ergiebige Formen gezeichnet, so läßt man den Versuch einmal oder mehrmals mit der Aufforderung wiederholen, einen Baum zu zeichnen, der völlig anders aussieht.

5.4 Zeit: Keine Zeitbegrenzung.

6. Auswertung **6.1 Modus:** Der Autor meint, daß die Baumzeichnung dem ganzheitlichen, intuitiven Erfassen zugänglich sei, so daß man ohne Merkmalsanalyse schon zu einem Eindruck komme.

Will man genauer vorgehen, so können zahlreiche graphische Merkmale analysiert werden. Der Autor beschreibt die Merkmale ausführlich, veranschaulicht sie durch beigefügte Zeichnungen und deutet sie (vgl. Abb.).

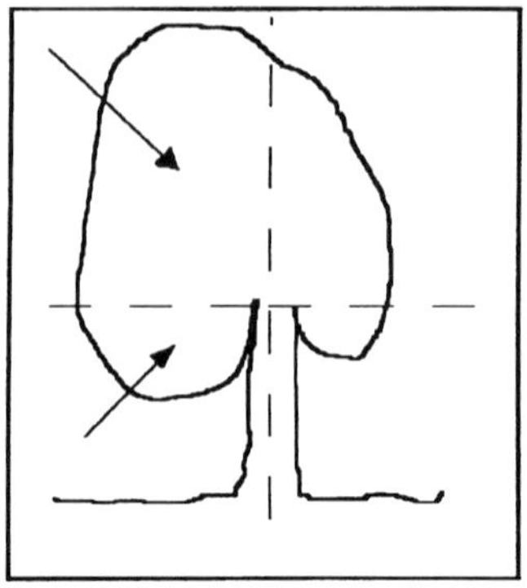

Linksbetonung mit sackartig durchhängender Krone

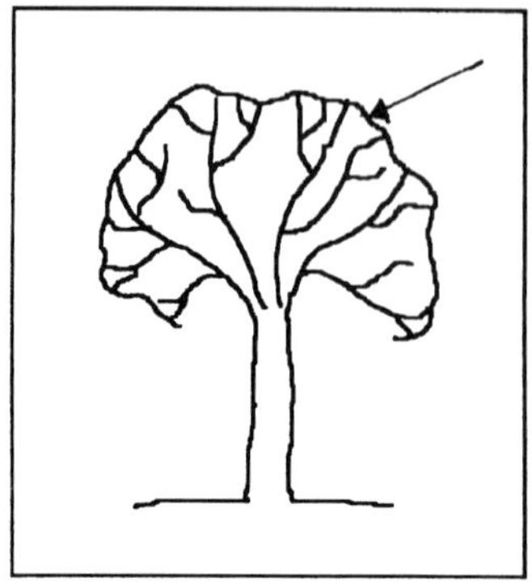

Kronengeäst mit einer Haut überzogen

Arkadenkrone

Umhüllte Äste

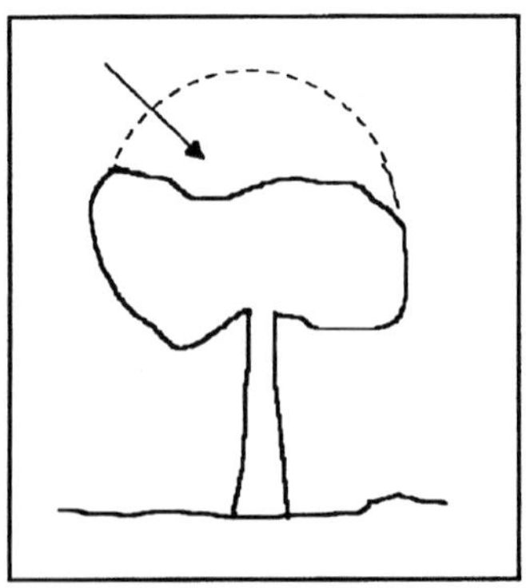

Eingedrückte Krone

Schraffierte Krone mit Leerstellen

Schemazeichnungen von diversen Baumkronen zum Baumtest

Für fast alle Merkmale werden Häufigkeitstabellen für die Altersgruppen 6 bis 16 Jahre nach Geschlechtern und Teilpopulationen getrennt aufgeführt.

6.2 Zeit: 5 bis 10 Minuten.

7. Gütekriterien

7.1 Objektivität: Keine Angaben.

7.2 Reliabilität: Keine Angaben.

7.3 Validität: Vom Autor werden ausführlich mehrere Hypnoseexperimente mit dem Baumtest geschildert, die für ihn Beweiskraft einer Validitätsuntersuchung zu haben scheinen.
Der Autor macht keine Angaben darüber, wie er zu seinen Deutungen der analysierten Merkmale kommt. An manchen Stellen verweist er auf die Erkenntnisse der Graphologie.
So zieht er beispielsweise aus der Betonung der Oberlänge (Kronenhöhe) bzw. der Unterlänge (Stammlänge) den Schluß: „Mädchen und Knaben nebeneinander (d. h. im Vergleich zueinander; der Ref.) ergeben: Mädchen sind emotionaler, etwas weniger bewußt, weniger geistig schweifend, weniger vom Ursprung entfernt als Knaben. Damit wird aber nur bestätigt, was man schon weiß" (S. 85).

7.4 Normen: Es liegen Häufigkeitstabellen für fast alle Einzelmerkmale vor, erhoben im Frühjahr 1953 an Züricher Schülern im Alter von 6 bis 16 Jahren (699 Mädchen und 718 Jungen). Die Altersgruppe der 6- bis 7jährigen ist mit je einer Baumzeichnung vertreten, die übrigen mit je zwei Zeichnungen, so daß insgesamt 2641 Protokolle ausgewertet werden konnten.
Außerdem wurden von verschiedenen Institutionen und Betrieben in der Schweiz 822 Zeichnungen von lernbehinderten Schülern (Debilen), 56 von geistig Behinderten (Imbezillen), 598 Zeichnungen von angelernten ArbeiterInnen und die Zeichnungen von 66 kaufmännischen Angestellten zur Verfügung gestellt. Die Tabellen zur Baumstatistik im Anhang geben, nach Geschlechtern sowie für die zuvor genannten Teilpopulationen getrennt, die absolute Häufigkeit eines Merkmals in einer Altersgruppe, die Gruppengröße und den entsprechenden Prozentwert wieder.
Der Autor selbst versteht die Ergebnisse der beschriebenen Statistik als vorsichtig gemeinte Hinweise und Hilfen zur vergleichenden Merkmalsanalyse, deren Deutung allerdings „abhängig von der Fähigkeit des Schauens" sei.

Familie in Tieren

L. Brem-Gräser
München: Reinhardt, 1995[7]

---

1. Testart Zeichnerisches und Gestaltungsverfahren

2. Testmaterial Handbuch; *zusätzlich:* Papier, Bleistift.

3. Testgliederung Entfällt.

4. Grundkonzept Dieser Test wurde für die Praxis der Erziehungsberatung und der Schulberatung entwickelt, in der Absicht, einen Einblick in die Familienkonstellation – wie sie vom Kind erlebt wird – zu bekommen.
Dieser Zeichentest gehört zu den thematischen Verfahren in der Reihe der graphischen Gestaltungstests, d. h., der Pb kann seiner Phantasie nicht einfach freien Lauf lassen, sondern ist beim Zeichnen an eine Aufgabe gebunden. Die Autorin betont, daß sich beim Zeichnen dabei ohne sein Wissen Affekte und Emotionen lösen, die in den Zeichnungen ihren Ausdruck finden und Rückschlüsse auf die Persönlichkeit zulassen. Somit basiert dieser Test überwiegend auf der Deutung projektiver Vorgänge.
Aufgrund geistesgeschichtlicher und anthropologischer Betrachtungen kommt die Autorin zu der Überzeugung, daß gerade das Tier ein besonders günstiger Projektionsträger für das Erleben des Kindes sei, da zwischen Mensch und Tier seit jeher eine enge Beziehung besteht und sie die „Verwandtschaft alles Kreatürlichen" verbindet.

5. Durchführung **5.1 Alter:** Ab 4–5 Jahren bis über die Pubertät hinaus.

5.2 Formen: Der Test „Familie in Tieren" ist als Einzeltest konzipiert, da sich an jeden Test eine Befragung der Pb anschließen sollte; er kann jedoch wenigstens teilweise auch als Gruppentest durchgeführt werden.

5.3 Handhabung: Der Pb wird aufgefordert, sich die eigene Familie als Tierfamilie vorzustellen und jedes Familienmitglied, auch sich selbst, als Tier zu zeichnen. Er soll dabei die Reihenfolge der Zeichnungen notieren und auch jedes Tier benennen und einem Familienmitglied zuordnen. Der Tl sagt dem Pb außerdem, daß es dabei nicht auf die Schönheit der Zeichnung ankommt, sondern nur auf den Inhalt.

5.4 Zeit: Keine Zeitbegrenzung.

6. Auswertung **6.1 Modus:** Die Zeichnungen werden formal und inhaltlich gedeutet.
Die formale Deutung basiert auf der Auswertung der graphischen Merkmale – Strichstruktur, Flächenbehandlung, Formbehandlung – und entspricht den Deutungsvorgängen der Graphologie.
Die inhaltliche Analyse oder Bildanalyse berücksichtigt folgende Punkte:

Reihenfolge der Tiere, Darstellung gleicher Tiere, Gruppierungen, Größenverhältnis, Charakter der Tiere, Ausdrucksgebaren der Tiere. Für die Deutung dieser inhaltlichen Momente gibt die Autorin Interpretationshinweise. An ausführlicher dargestellten Fallbeispielen erläutert sie ihre Deutungspraxis. Bildtafeln veranschaulichen die Vorgehensweise.

6.2 Zeit: Keine Angaben.

7. Gütekriterien

7.1 Objektivität: Keine Angaben.

7.2 Reliabilität: Keine Angaben.

7.3 Validität: Bei 301 von 372 neurotisch gestörten Kindern ließ sich ein enger Zusammenhang zwischen psychologischem Gutachten und Testergebnis bei „Familie in Tieren" feststellen.
Berichtet werden Vergleiche von Testzeichnungen („Familie in Tieren") mit den jeweiligen Ergebnissen der gesamten psychologischen Untersuchung. Sie stammen aus der Erziehungs- bzw. Schulberatungspraxis und schließen 800 Fälle ein.
LANGEMAYR (1974) untersuchte die Einstellung von Kindern berufstätiger Mütter zu ihren Eltern. Dabei stellte er fest, daß diese Kinder berufstätige Mütter signifikant häufiger negativ, aggressiv und mächtiger erleben als nichtberufstätige Mütter. FELDMANN-BANGE (1973) ermittelte bei depressiv strukturierten Kindern Auffälligkeiten in den Familienzeichnungen, die sonst nicht beobachtet werden.

7.4 Normen: Anhand von ca. 2000 Kinderzeichnungen hat man ungefähre Angaben darüber erhalten, welche Tiere am häufigsten gezeichnet werden, mit welcher Häufigkeit bestimmte Tiere einzelnen Familienmitgliedern zugeordnet werden und welche positiven und negativen Eigenschaften den Tieren zugeschrieben werden.

8. Literatur

FELDMANN-BANGE, G. (1973). Die psychologische Untersuchung depressiv strukturierter Kinder. *Praxis der Kinderpsychologie und Kinderpsychiatrie, 22,* 208–209.

LANGEMAYR, A. (1974). Die Einstellung des Kindes berufstätiger Mütter zu seinen Eltern und sich selbst. *Praxis der Kinderpsychologie und Kinderpsychiatrie, 23,* 209–212.

Familiensystemtest (FAST)

T. M. Gehring
Weinheim: Beltz, 1993

---

1. Testart Gestaltungsverfahren

2. Testmaterial Manual (DIN A4, 79 Seiten), vierteiliges Testformular und Ergänzungsblätter, einfarbiges quadratisches Brett mit 81 Feldern, 6 männliche und 6 weibliche Figuren, je 1 männliche und weibliche Figur in orange, violett und grün, 18 zylindrische Klötzchen in drei verschiedenen Höhen.

3. Testgliederung Der Test gliedert sich in den Handlungsteil, in dem die Familienbeziehungen auf dem Testbrett dargestellt werden, und in die sich anschließende Nachbefragung.

4. Grundkonzept Der Test dient der quantitativen und qualitativen Erfassung familiärer Beziehungsstrukturen. Er basiert auf der systemischen Familientheorie. Einerseits soll er die Erfassung psychosozialer Problemstellungen in der Familie ermöglichen, andererseits Planung und Durchführung therapeutischer Maßnahmen erleichtern.

5. Durchführung **5.1 Alter:** Ab 6. Lebensjahr.

5.2 Formen: Der Test ist als Einzel- und als Gruppentest konzipiert.

5.3 Handhabung: Als Einzeltest: Der Proband soll mit Hilfe der Testfiguren und des Bretts
1. die typische Konstellation der Familienmitglieder darstellen.
2. Anschließend findet eine Nachbefragung statt.
3. Nun wird die ideale Repräsentation dargestellt.
4. Es erfolgt eine erneute Nachbefragung.
5. Konfliktrepräsentation.
6. Nachbefragung.

Als Gruppentest:
1. Typische Repräsentation.
2. Interaktionsbeobachtung bei Meinungsverschiedenheiten.
3. Nachbefragung.
4. Ideale Repräsentation.
5. Konfliktrepräsentation.

Danach können als Ergänzung die Farbfiguren eingesetzt werden, durch die die Familienmitglieder zusätzlich charakterisiert werden könne.

5.4 Zeit: Einzeltest: 5–10 Minuten, Gruppentest: 10–30 Minuten.

6. Auswertung **6.1 Modus:** Die qualitative Auswertung des Tests erfolgt nach den Kriterien

Kohäsion, Hierarchie und Beziehungsstrukturtypen sowie Wahrnehmungsunterschiede und Flexibilität. Die qualitative Auswertung bezieht sich auf Testverhalten, Interaktion und Nachbefragung.

6.2 Zeit: Keine Angaben.

7. Gütekriterien

7.1 Objektivität: Bei exakter Befolgung der Durchführungs- und Auswertungshinweise kann der Test als hinreichend objektiv angesehen werden.

7.2 Reliabilität: Die Retest-Reliabilität des Verfahrens ergab Werte zwischen r = 0,47 und r = 0,87 je nach Dimension.

7.3 Validität: Hier wurden verschiedene Methoden angewendet. So wurden u. a. Zusammenhänge zwischen der Darstellung verschiedener Dyaden untersucht. Es ergaben sich Werte zwischen r = 0,18 und r = 0,57; der Zusammenhang zwischen der Darstellung von Dyaden und ganzer Familien lag zwischen r = 0,04 und r = 0,95. die Konvergenzvalidität des Verfahrens lag zwischen r = 0,21 und r = 0,49.

7.4 Normen: Keine.

Frieling-Test

H. Frieling und E. Schmidt
Göttingen: Musterschmidt, 1974[2]

---

1. Testart Projektives Gestaltungsverfahren (Persönlichkeitstest/Klinischer Test)

2. Testmaterial Manual (112 Seiten), Testheft, Auswertungsblatt, schwarze und weiße Feldunterlage.

3. Testgliederung Der Test besteht aus einem Set von 23 unterschiedlichen Farbkärtchen (je 5 Stück von jedem Farbton). Anhand der Anordnung der Plättchen in mehreren Durchgängen sollen sich bestimmte Persönlichkeitstypen bestimmen lassen.

4. Grundkonzept Es handelt sich um ein projektives Verfahren. Es soll das Individuum mit seinem sozialen Umfeld erfassen und so nicht nur seinen Standort, sondern auch sein Bezugssystem sichtbar machen.

5. Durchführung **5.1 Alter:** Ab 5 Jahren, keine Obergrenze.

5.2 Formen: Individualtest, keine Parallelform.

5.3 Handhabung: Der Testleiter gibt die Anweisung, aus der sich oft ein Dialog ergibt. Die Antworten auf Fragen des Probanden sind sinngemäß festgelegt. Die Farbplättchen sollen auf den Feldunterlagen mehrmals nach verschiedenen Gesichtspunkten (2 Plättchen, 4 Plättchen etc.) angeordnet werden. Die Farben werden protokolliert.

5.4 Zeit: Keine Zeitbegrenzung, Dauer: ca. 5–15 Minuten.

6. Auswertung **6.1 Modus:** Mit Hilfe von Tabellen erfolgt die Auswertung, die viel Übung erfordert. Verschiedene Typen werden bestimmt, und zwar nach Syndrom-Kurve und Ablauf-Diagramm.

6.2 Zeit: Die Ausarbeitung einer gründlichen Diagnose nimmt ca. einen halben Tag in Anspruch. Eine computerisierte Auswertung liegt nicht vor.

7. Gütekriterien **7.1 Objektivität:** Die Durchführung des Tests kann, geht man von geübten Testleitern aus, als objektiv angesehen werden

7.2 Reliabilität: Keine Angaben.

7.3 Validität: Keine Angaben.

7.4 Normen: Die Normierungsstichprobe umfaßt verschiedene Gruppen von „normalen“ und psychisch kranken Menschen. Hauptgewicht der Normierung wurde auf Angaben von Kindern gelegt, ansonsten spielen Normwerte keine große Rolle. Bezüglich genauer Angaben über den Umfang der Stichprobe verweist der Autor auf sein Buch „Gesetz der Farbe“, Göttingen: Musterschmidt.

Mann-Zeichen-Test (MZT)

H. ZILER

Münster: Aschendorff, 1996[9]

---

1. Testart Zeichnerisches Verfahren

2. Testmaterial Handanweisung; *zusätzlich:* Papier in DIN A5-Format, Bleistift.

3. Testgliederung Entfällt.

4. Grundkonzept Der MZT stellt eine Weiterentwicklung des Draw-a-Man-Test (DAM) von GOODENOUGH (1926) dar. Mit seiner Zeichnung zeigt das Kind, wie es den Menschen sieht und sein Wahrnehmungsfeld gliedert. Die Menge an Details, die das Kind erfaßt und darstellt, wird als Ausdruck des intellektuellen Entwicklungsstandes und somit als Intelligenzindikator gewertet.

Das Verfahren ist sehr einfach durchführbar. Es hat sich vor allem in der Eingewöhnungszeit zu einer psychologischen Untersuchung bewährt und kann zusammen mit anderen Tests zu Einschulungsuntersuchungen für Grund- und Sonderschulen sowie in der kinderpsychologischen Praxis eingesetzt werden.

5. Durchführung **5.1 Alter:** 4 bis 14 Jahre; bei intellektueller Retardierung auch von 14 bis 16 Jahren.

5.2 Formen: Individual- und Gruppentest.

5.3 Handhabung: Die Instruktion lautet: „Male einen Mann, so gut du kannst!". Der Testleiter hat darauf zu achten, daß die Aufgabe von den Kindern, insbesondere bei älteren Schülern, ernst genommen wird.

5.4 Zeit: Keine Angaben.

6. Auswertung **6.1 Modus:** Ausgezählt wird die Anzahl zeichnerischer Details. Beispiele erleichtern die Auswertung. Analog zur STERNschen IQ-Berechnung können ein MZA (Mann-Zeichen-Alter) und ein Leistungsquotient MZQ (Mann-Zeichen-Quotient) ermittelt werden.

6.2 Zeit: Keine Angaben.

7. Gütekriterien **7.1 Objektivität:** Um die Auswertungsobjektivität zu erhöhen, wurde die Auswertetabelle für die zeichnerischen Details mehrmals überarbeitet. Zusätzliche Richtlinien sollen dazu verhelfen, ein Detail eindeutig beurteilen zu können.

7.2 Reliabilität: Die Zuverlässigkeit einzelner Merkmale erweist sich bei Zeichentests im allgemeinen als wesentlich geringer als die globaler Beurteilungen, die als zufriedenstellend gelten kann (vgl. SWENSEN, 1968).

Kopffüßler und weitere Mann-Zeichnungen unterschiedlicher Entwicklungsgrade.

7.3 Validität: Es liegen zahlreiche Studien zur Validität vor, die jedoch ein uneinheitliches Bild ergeben und zur Vorsicht mahnen, Diagnosen nicht allein auf die Ergebnisse eines Zeichentests zu stützen.

Kriterienbezogene Validität
Zwischen dem MZQ und der Gesamtnote für 3 Hauptfächer in der Volksschule wurden für alle 8 Klassen Kontingenzkoeffizienten (C), für Jungen und Mädchen getrennt, berechnet. Jede Variable wurde dreigeteilt: in die MZQ-Bereiche > 101, 86–100, < 85 und in die Notenbereiche 1–3 (überdurchschnittlich), 4 (durchschnittlich) und 5–6 (unterdurchschnittlich). Es ergaben sich durchweg signifikante C-Werte für alle 16 Gruppen (N = 61 bis 113), und zwar zwischen C = 0,40 und 0,66. Diese beiden Werte unterscheiden sich signifikant voneinander. Der Autor gibt als Erklärung an, daß für den niedrigsten Wert Jungen der 8. Klasse verantwortlich zu machen wären, die ihren Arbeitsauftrag nicht ernst nähmen. Infolge des recht unzuverlässigen Validitätskriteriums muß ein relativ breiter Zufallsbereich einkalkuliert werden. Weiterhin muß für die Ausgangsdaten der C-Koeffizienten kritisch angemerkt werden, daß die drei Schulleistungsbereiche zumindest dem Namen nach nicht mit der Dreiteilung der MZQ-Skala übereinstimmen.
Weitgehend ungeklärt ist die Frage, was solche Zeichentests, die die Intelligenz prüfen sollen, eigentlich messen. Eine kleine Untersuchung mit dem DAM und verschiedenen Intelligenztests ergab, daß über die Hälfte der Gesamtvarianz faktorenanalytisch nicht aufgeschlüsselt werden konnte (COHEN, 1964).

7.4 Normen: In altersseparaten Tabellen wird die prozentuale Häufigkeit aller Details für jedes Lebensjahr von 4 bis 14 angegeben. Außerdem werden die MZQ in altersspezifischer Verteilung aufgeführt.

8. Literatur

COHEN, R. (1964). Zeichentests zur Prüfung der Intelligenz. In *Handbuch der Psychologie, Band 6*, 260–279. Göttingen: Hogrefe.

GOODENOUGH, F. L. (1926). *Measurement of intelligence by drawings.* New York: Harcourt, Brace & World.

SWENSEN, C. H. (1968). Empirical evaluations of human figure drawings. *Psychological Bulletin, 54,* 431–466.

3.3

Mehrdimensionaler Zeichentest (MDZT)

R. Bloch, U. Meier und P. Schmid
Herausgeber: R. Bloch
Bern: Huber, 1971

---

1. Testart

Zeichnerisches und Gestaltungsverfahren, Klinischer Test

2. Testmaterial

Auswertungsbogen; *zusätzlich:* Notizblock (DIN A6-Format), 7 verschiedenfarbige Filzstifte, Bleistift, Stoppuhr.

3. Testgliederung

Der MDZT besteht aus 30 Zeichnungen, die der Pb in 30 Minuten anfertigen soll.

4. Grundkonzept

Vom Pb wird verlangt, unter Zeitdruck seine freien Einfälle zeichnerisch zu gestalten; damit ist der MDZT nicht nur ein Zeichentest, sondern vor allem auch ein Assoziationsexperiment. Die beim MDZT hergestellten Bedingungen – geringe Strukturiertheit des Testmaterials, Zeitdruck und eine Vielzahl der verlangten Zeichnungen – sind günstige Voraussetzungen zur Projektionsbildung. „Es kommt zu einem Übergang der Denkverläufe von der Abstraktion ins Anschaulich-Bildhafte und zu einer anschaulichen Repräsentanz gedanklicher und gefühlhafter Erlebnisse“ (S. 66).
Der Autor setzt die Bilder des MDZT mit dem Symbolgehalt von Träumen gleich und meint, daß folgende psychische Bereiche „autosymbolisch“ zu Ausdruck kommen:

- „die motivationale Gerichtetheit der Persönlichkeit; ihre Einstellung und ihre Strebungen emotional-triebhafter oder geistig-religiöser Art
- seelische Konflikte
- der aktuelle Zustand von Stimmungen und Affektivität
- die Prozeßmerkmale der erwähnten Bereiche“ (S. 79).

Der Test ist für den klinischen Bereich entwickelt worden, mit dem Ziel, ein Testinstrument für die Differentialdiagnose der endogenen Psychosen zu erhalten. Der Autor empfiehlt den MDZT auch für die differenzierte Neurosendiagnostik und als Grundlage für therapeutische Gespräche.

5. Durchführung

5.1 Alter: Jugendliche und Erwachsene.

5.2 Formen: Einzeltest.

5.3 Handhabung: Die Testaufnahme sollte in einem möglichst spärlich eingerichteten Raum stattfinden, um dem Pb so gut wie keine Außenreize zu bieten. Dem Pb werden ein Notizblock im DIN A6-Format und sieben farbige Filzstifte vorgelegt, mit der Anweisung zu zeichnen, was ihm gerade in den Sinn kommt, wobei er für jede Zeichnung eine Minute Zeit habe. Die Instruktion wird in standardisierter Form gegeben. Der Pb darf während der Test-

aufnahme nicht darüber informiert werden, daß er insgesamt 30 Zeichnungen anfertigen soll.
Der Tl sollte möglichst zurückhaltend sein, auf Fragen nicht-direktiv antworten und auf Kommentare oder Gelächter des Pb nicht eingehen. Er darf sich auch vom Pb nicht in ein Gespräch verwickeln lassen.
Der Tl fordert den Pb nach genau 60 Sekunden auf, mit der nächsten Zeichnung zu beginnen. Jedes fertige Blatt reißt der Pb vom Block ab, der Tl nimmt es entgegen und numeriert es. Der Tl greift nur in Ausnahmefällen in den Versuch ein, nämlich dann, wenn der Pb mehrmals versagt oder abstrakte Kompositionen oder stereotype Wiederholungen zu reproduzieren beginnt. Nach Beendigung der Zeichnungen erfolgt eine kurze Befragung: Der Tl läßt sich zu den 30 Bildern stichwortartig einen Titel geben. Steht genügend Zeit zu Verfügung, kann man den Pb zu einigen oder zu allen Zeichnungen frei assoziieren lassen.
Nach Abschluß des ganzen Untersuchungsvorganges empfiehlt es sich, eventuelle Verhaltensauffälligkeiten zu notieren.

5.4 Zeit: Für die Anfertigung der Zeichnungen 33 Minuten; dazu kommt noch der Zeitaufwand für die Nachbefragung.

6. Auswertung

6.1 Modus: Beim MDZT wird bewußt auf farbqualitative und graphologische Aspekte verzichtet. Der Auswertungsrang führt von formal-quantitativen Gesichtspunkten über inhaltlich-quantitative zu inhaltlich-qualitativen Gesichtspunkten. Schließlich wird der Verlauf der Bildabfolge noch inhaltlich und formal berücksichtigt.
Als erstes trägt man mit Hilfe eines vorgegebenen Signierungskatalogs die formalen und inhaltlichen Merkmale jeder einzelnen Zeichnung in den Auswertungsbogen ein. Danach wird die Farbzahl (= Anzahl der verwendeten Filzstifte in einer Zeichnung) für jedes Blatt festgestellt und in einer Farbzahlkurve festgehalten.
Beim Signieren der inhaltlich-quantitativen Merkmale stellt man fest, ob Inhalte einer bestimmten Kategorie – die MDZT-Inhalte entsprechen etwa denen des Rorschachtests – in einem Bild gezeichnet worden sind oder nicht. Aufgrund dieser Daten werden dann einige einfache Berechnungen vorgenommen, die zu den Testvariablen führen. Für die Interpretation dieser Testvariablen und der inhaltlichen Faktoren werden vom Autor ausführliche Hinweise gegeben.

6.2 Zeit: Bei geübten Untersuchern nicht mehr als 30 Minuten.

7. Gütekriterien

7.1 Objektivität: Keine Angaben. Die Aufnahme und formale Auswertung des Tests können als objektiv angesehen werden.

7.2 Reliabilität: Es wurden Retest-Koeffizienten für die formal-quantitativen und die inhaltlich-quantitativen Testmerkmale berechnet und befriedigende Ergebnisse erzielt (nach Aussage des Autors). Für die Testvariable f% wird z. B. nach einem Intervall von 3–4 Wochen eine Retest-Reliabilität von r_{tt} = 0,89 erreicht.

7.3 Validität: Es wurde ein statistischer Vergleich zwischen klinischen Gruppen und einer nicht-klinischen Gruppe sowie zwischen klinischen Gruppen untereinander (Schizoide Psychopathie, chronische Schizophrenie, Hebephrenie, Mischpsychosen) angestellt. Geprüft wurden einzelne Testvariablen (mit dem t-Test) und Syndrome dieser Variablen (mit den Distanzquadraten von MAHALANOBIS), wobei sich überwiegend signifikante Werte ergaben.

7.4 Normen: Angegeben werden Erwartungswerte über einzelne Testvariablen für die Gruppe der Gesunden und kritische Differenzwerte für die verschiedenen klinischen Gruppen.

Mensch-Test

Zeichentest von MACHOVER
A. ABRAHAM
München: Reinhardt, 1978

---

1. Testart Zeichnerisches Gestaltungsverfahren

2. Testmaterial Buch „Der Mensch-Test auf der Grundlage des Mensch-Zeichentests Karen MACHOVERS“; *zusätzlich:* Papier DIN A4, Bleistift (mittlere Härte) und Radiergummi.

3. Testgliederung Keine.

4. Grundkonzept Die Mensch-Zeichnungen werden unter projektivem Aspekt und weitgehend auf der Basis der Psychoanalyse ausgedeutet. Die Interpretationen sollen einerseits die verschiedenen Körperteile und ihre Einzelheiten betreffen, d. h. das, was MACHOVER als Inhalt der Zeichnung ansieht, und sich andererseits mit dem formalen und strukturalen Aspekt (Bewegung, Symmetrie, Größe, Perspektive und graphische Qualitäten) beschäftigen.
Das Buch von ABRAHAM soll eine Auseinandersetzung mit den Grundlagen des Tests selbst darstellen und seine Ergebnisse unter dem Blickwinkel theoretischer Konzepte – wie Körperbild oder die Ausdrucksfähigkeit – beurteilen und den Stand der bisherigen Forschung über diesen Test ermitteln.

5. Durchführung **5.1 Alter:** Keine Angaben genauer Altersgrenzen.

5.3 Formen: Der Test soll als Einzelversuch durchgeführt werden.

5.3 Handhabung: Der Pb wird gebeten, einen Menschen zu zeichnen. Der Tl protokolliert die Durchführungszeit, die Reihenfolge der gezeichneten Körperpartien, das Geschlecht des gezeichneten Menschen und evtl. spontane Kommentare des Pb. Nach Fertigstellung wird der Pb gebeten, nun einen Menschen des anderen Geschlechts auf einen zweiten Bogen gleicher Größe zu zeichnen.
Nach MACHOVER schließt sich eine Nachbefragung (Postdrawing Inquiry) an, die von Merkmalen der individuellen Zeichnungen ausgeht und Beziehungen zwischen Zeichnung und Urheber einer psychoanalytischen Deutung zugänglich machen soll.

5.4 Zeit: Ca. 20 Minuten einschließlich Nachbefragung.

6. Auswertung **6.1 Modus:** Ausgewertet wird nach formalen, strukturalen Gesichtspunkten und nach projektiven Aspekten. ABRAHAM gibt dazu kaum praktisch verwendbare systematisierte Konzepte, so daß man auf MACHOVERS Schema der 3 Grundfaktoren (Allgemeine Aspekte, Details, Beiwerk der Zeichnungen) zurückgreifen wird.

6.2 Zeit: Keine Angaben.

7. Gütekriterien

7.1 Objektivität: Nach GOLDWORTH (1950) liegt die Konkordanz verschiedener Beurteiler zwischen r = 0,52 und 0,85.

7.2 Reliabilität: Die Autorin versucht, die Zuverlässigkeit des MMT damit zu begründen, daß sie „zuweilen eine solche Ähnlichkeit der Zeichnungen ein und derselben Person nach einer Periode von einem Monat bis zu zwei Jahren festgestellt" hat, daß sie „geradezu als identisch angesehen werden" könnten (S. 83). An anderer Stelle (S. 84) interpretiert sie einige Untersuchungen dahingehend, „daß die Reliabilität gegeben ist, allerdings ist sie keineswegs zufriedenstellend". Sie räumt ein, daß im MMT auch situationsbezogene „variable" Merkmale auftreten können, die von aktueller Bedeutung sind, aber keine überdauernden Merkmale darstellen.
OSTERRIETH (1957) hat vorgeschlagen, mehrere Zeichnungen anfertigen zu lassen und nur die sich wiederholenden Charakteristika zu interpretieren. Er erhofft sich dadurch eine Verbesserung der Stabilität des Verfahrens.

7.3 Validität: Referiert werden einige Untersuchungen bzw. Fallstudien, die erste Ansätze zur Validierung darstellen.

7.4 Normen: Normwerte liegen nicht vor.

8. Literatur

GOLDWORTH, S. A. (1950). *A comparative study of the drawings of a man and woman done by normal, neurotic, schizophrenic and braindamaged individuals.* Unpublished doct. dissert. Univ. Pittsburgh (zit. nach ABRAHAM).

MACHOVER, K. (1949). *Personality projection in the drawing of the human figure.* Springfield, Ill.: C. C. Thomas.

MACHOVER, K. (1953). Human figure drawings of children. *J. Proj. Techn., 17,* 85–91.

OSTERRIETH, P. A. (1957). Le dessin dans le diagnostic de la personalité en psychologie clinique. *Bul. Assoc. Intern. Psychol. Appl., 1,* 4–27.

Scenotest

G. VON STAABS
Bern: Huber, 1992[8]

---

1. Testart Zeichnerisches und Gestaltungsverfahren

2. Testmaterial Testkasten mit standardisiertem Spielmaterial, Textband; *zusätzlich:* Papier und Schreibmaterial für den Tl.

3. Testgliederung Das Spielmaterial besteht aus 16 biegsamen Puppenfiguren (8 Erwachsene, 8 Kinder) in verschiedener Größe und Kleidung und mit unterschiedlichem Gesichtsausdruck, aus Bausteinen und aus Zusatzmaterial (Tiere, Fahrzeuge, Symbolfiguren, Bäume, Beete, Blumen und alltägliche Gebrauchsgegenstände).

4. Grundkonzept Mit Hilfe des Spielmaterials soll der Pb die Möglichkeit erhalten, seine Welt und sein Erleben von der Welt gleichsam in einer Miniaturwelt darzustellen. Das Material wurde unter tiefenpsychologischen und dynamischen Aspekten ausgewählt und soll den Pb anregen, sich mit seinen Affekten und Konflikten im Spiel auseinanderzusetzen. So lassen sich im Scenotest nicht nur Einstellungen des Pb zu seinen Beziehungspersonen und zu seiner Umwelt erkennen, sondern gleichzeitig werden Einblicke in die Struktur seiner Persönlichkeit und in ihre Dynamik gewährt. Da durch das Verfahren Aufschlüsse über unbewußte seelische Zusammenhänge, Problematiken und Konflikte ermöglicht werden, sind für seine Anwendung tiefenpsychologische und symbolische Kenntnisse Voraussetzung. Der Scenotest wurde von seiner Autorin primär als Test konzipiert, kann jedoch auch zu therapeutischen Zwecken eingesetzt werden. Für seine Anwendung finden sich bei v. STAABS zahlreiche kasuistische Beispiele. Die Autorin weist darauf hin, daß der Scenotest auch Einblicke in das Erleben von Sinnesbehinderten, Schwerhörigen, Taubstummen und Sehgestörten geben kann, da seine Anwendung nicht unbedingt an Sprache, Gehör oder vollkommenes Sehvermögen gebunden ist.

5. Durchführung **5.1 Alter:** Ab 3 Jahren.

5.2 Formen: Einzeltest.

5.3 Handhabung: Als Spielfläche dient die Innenseite des Testkastendekkels, die mit ihrer Breitseite vor den Pb gelegt wird. Rechts daneben wird der Testkasten mit der Schmalseite, in der sich die Puppenfiguren befinden, zum Pb gestellt. Der Pb wird aufgefordert, irgendetwas mit dem Material auf der Spielfläche aufzubauen. Bei Verwendung des Tests in der Diagnostik wird dem Pb zu Beginn gesagt, er solle mitteilen, wenn er den Szenenaufbau beendet habe. Im Rahmen einer therapeutischen Anwendung erfolgt kein derartiger Hinweis. Der Untersucher sollte sich Stellungnahmen und Suggestivfragen enthalten und auf keinen Fall in das Spielgeschehen eingreifen. VON STAABS hat einen Beobachtungsbogen entworfen, aus dem hervorgeht, worauf der Untersucher während der Untersuchung achten sollte. Im Anschluß an den Szenenaufbau wird der Pb aufgefordert zu schildern, was er dargestellt hat. Nach Abschluß der Untersuchung wird die Szene vom Untersucher fotografiert oder skizziert und kurz protokolliert. v. STAABS hat hierzu einen Protokollbogen entwickelt.

5.4 Zeit: Keine Zeitbegrenzung. Nach v. STAABS wird für den Aufbau der Szenen in der Regel eine halbe Stunde benötigt. Gelegentlich werde auch Szene in 10 Minuten aufgebaut. In seltenen Fällen braucht der Pb eine Stunde.

6. Auswertung

6.1 Modus: Die Auswertung des Szenenaufbaus erfolgt nach tiefenpsychologischen Gesichtspunkten, wobei die inhaltliche und formale Gestaltung der Szene sowie die anschließende Exploration und Verhaltensmerkmale des Pb berücksichtigt werden.

6.2 Zeit: Keine Angaben.

7. Gütekriterien

7.1 Objektivität: Ansätze zur empirischen Kontrolle der Auswertungsobjektivität finden sich bei MUSIOL (1970).

7.2 Reliabilität: / 7.3 Validität: KÜHNEN (1974) gibt eine Übersicht über die bisherigen Untersuchungen zu formalen Kriterien des Sceno-Tests. Inhaltsanalytisch wurde das Verfahren u. a. am Außenkriterium anamnestischer Befunde validiert (vgl. auch KNEHR, 1961).

7.4 Normen: Keine Angaben.

8. Literatur

KNEHR, E. (1961). *Konflikt-Gestaltung im Sceno-Test.* München: Reinhardt.

KÜHNEN, I. (1974). *Das Formale im Scenotest.* Unveröffentlichte Dissertation, Universität München.

MUSIOL, B. (1970). *Numerische Bestimmung der Auswertungsobjektivität beim Scenotest.* Unveröffentlichte Dissertation, Universität Innsbruck.

Sterne-Wellen-Test (SWT)

U. Avé-Lallemant

München: Reinhardt, 1994[2]

---

1. Testart Zeichnerisches und Gestaltungsverfahren

2. Testmaterial Buch und Testformular (DIN A5); *zusätzlich:* Bleistifte.

3. Testgliederung Lediglich bezüglich verschiedener Auswertungsaspekte gegliedert, nämlich als Persönlichkeits- und als Funktionstest.

4. Grundkonzept Im SWT soll der Zeichner „das Erleben seiner Beziehung zur Welt" gestalten: „Landschaft, Welt, Ursymbole der Ferne". Dabei wird – wie bei anderen zeichnerischen und Gestaltungsverfahren auch – die Ausdruckshaltigkeit als individuelle Abweichung vom zugrundeliegenden Standard gedeutet. Einerseits werden die Bewegungsspur, die graphische Gestaltung und die räumliche Anordnung analysiert. Andererseits soll eine inhaltliche Auswertung die Projektionen von Erlebnisinhalten erfassen.

5. Durchführung **5.1 Alter:** Etwa ab 3 Jahren einsetzbar.

5.2 Formen: Individualtest, auch in Gruppen durchführbar. Keine Parallelform.

5.3 Handhabung: Das Testformblatt ist mit einem schwarzen Rahmen bedruckt. Nebem dem Raum für die wichtigsten Personalien ist die Aufforderung abgedruckt: „Zeichnen sie, möglichst mit Bleistift, einen STERNENHIMMEL ÜBER MEERESWELLEN".

5.4 Zeit: Keine Zeitbegrenzung.

6. Auswertung **6.1 Modus:** Die Autorin deutet die Bilder weitgehend intuitiv. Ihr Buch enthält zahlreiche Bildbeispiele (Fallstudien) von Pbn verschiedenen Alters, unterschiedlicher Herkunft, mit und ohne Verhaltensstörungen. Ein relativ breiter Raum ist dabei den Zeichnungen von Kindergarten-Kindern gewidmet. Sie sind mit einfachen schematischen Beurteilungen der Erzieher über das Leistungs-, Kontakt- und Spielverhalten der Kinder sowie über deren körperlichen Zustand, etwaige Verhaltensstörungen und das soziale Umfeld versehen. Die Autorin kommentiert jedes dieser Bilder kurz. Die Fallbeispiele sollen im Zusammenhang mit einigen wenig präzisen Auswertungskriterien die Auswertung erleichtern. Die Subjektivität der Bildinterpretationen wird dabei augenfällig.

6.2 Zeit: Keine Angaben.

7. Gütekriterien **7.1 Objektivität:** Die Auswertungsobjektivität muß erheblich bezweifelt werden. Sie ließe sich bestenfalls durch verbindliche und eindeutig formulierte Auswertungskriterien und ein spezielles Training der Beurteiler erreichen.

7.2 Reliabilität: Keine Angaben.

7.3 Validität: Keine Angaben.

7.4 Normen: Die Ergebnisse statistischer Erhebungen informieren über prozentuale Häufigkeiten einiger Auswertungsmerkmale bei Kindern und Jugendlichen. Als Normen sind sie unbrauchbar.

Verzauberte Familie (VF)

M. Kos und G. Biermann
München: Reinhardt, 1995[4]

---

1. Testart Tiefenpsychologischer Zeichentest

2. Testmaterial Handbuch; *zusätzlich:* DIN A4-Blatt, weicher Bleistift (Nr. 2).

3. Testgliederung Entfällt.

4. Grundkonzept Mit dem Zeichentest VF soll der familiäre Hintergrund von Kindern einer psychoanalytisch orientierten Analyse zugänglich gemacht werden. Die Freud'sche Phasenlehre und das Entwicklungsbild dienen als Basis für das Diagnose-Schema.
Über Anwendungsgebiete (Erziehungsberatung, Kinderpsychotherapie und angrenzende Bereiche) wird ausführlich informiert.

5. Durchführung **5.1. Alter:** Kinder und Jugendliche.

5.2 Formen: Einzeltest mit anschließender Befragung und Pigemtest.

5.3 Handhabung: Der Proband wird aufgefordert, sich vorzustellen, ein Zauberer habe seine Familie verzaubert. Er soll nun aufzeichnen, was dabei geschehen ist.
Danach soll er erzählen (bzw. aufschreiben), was bei der Verwandlung passiert ist, also die Geschichte der Verzauberung.
Es folgt der Pigemtest, bei dem der Proband sagen soll, in welches Tier er am liebsten verwandelt sein möchte (und warum) und in welches Tier auf keinen Fall (und warum nicht).

5.4 Zeit: Keine Angaben.

6. Auswertung **6.1 Modus:** Formale und inhaltliche Auswertung. Bei der formalen Auswertung werden Gesichtspunkte wie Raumordnung und Zeichenart gewertet. Zur Raumordnung gehören beispielsweise Reihungen auf bestimmten Teilen des Blattes. Zur Zeichenart gehören u. a. die Größenverhältnisse und Blickrichtungen der einzelnen Figuren.
Die inhaltliche Auswertung richtet sich auf die Verwandlung in bestimmte Tiere, Pflanzen oder Gegenstände und deren Symbolgehalt.
Der Pigem-Test (Tier-Wunsch-Probe) dient der Kontrolle.

6.2 Zeit: Keine Angaben.

7. Gütekriterien **7.1 Objektivität:** Nach Angaben der Autoren konnte festgestellt werden, daß bei einer großen Anzahl von Testprotokollen, die durch drei Beurteiler unabhängig voneinander ausgewertet wurden, übereinstimmende Ergebnisse gefunden wurden.

7.2 Reliabilität: Die Autoren halten eine Quantifizierung der Zuverlässigkeit für nicht möglich, da eine Parallelform nicht existiert und die untersuchten Persönlichkeitsmerkmale, die vermutlich zusätzlich noch mehrdimensional sind, selbst nicht stabil sind.

7.3 Validität: Keine Angaben.

7.4 Normen: Umfangreiche statistische Angaben über einige Testkriterien (Raumanordnung, Reihenfolge, Zeichenobjekte) werden mitgeteilt. Bildmaterial liegt vor. Die Autoren geben Interpretationshinweise aus ihrer Sicht.

Wartegg-Zeichen-Test (WZT)

E. Wartegg

Göttingen: Hogrefe, 1968[2]

---

1. Testart	Zeichnerisches und Gestaltungsverfahren
2. Testmaterial	Vordrucke, Auswertungsformulare, Textbuch („Schichtdiagnostik. Der Zeichentest (WZT)"; *zusätzlich:* Schreibmaterial (Bleistift Nr. 2 HB).
3. Testgliederung	Der WZT besteht aus acht quadratischen Feldern, zweireihig auf einem DIN A5-Blatt angeordnet, die sich scharf umgrenzt von einem dunklen Untergrund abheben. Diese Felder enthalten jeweils ein Anfangszeichen, dem eine archetypische Funktion zugesprochen wird und das der Pb zu einer Zeichnung ergänzen soll.
4. Grundkonzept	Der WZT soll Einblick „in den Schichtenaufbau kortikaler Steuerung von reflexiblen Ausgangspositionen bis zu qualitativer Differenzierung geistiger Sinnbezüge" (S. 9) eines Menschen ermöglichen. Der Schichtgedanke wird auf die Entwicklungsstufen in der graphischen Reizverarbeitung bezogen, wobei diese in Richtung Komplexität fortschreitet. Durch die Darbietung planmäßig variierter Reizgegebenheiten im optischen Bereich (= Anfangszeichen im Vorlagebogen) soll der damit intendierte Ausgleich der Antriebs- und Empfindungsfunktionen erfaßbar und meßbar gemacht werden, der gefügehafte Aufbau der geistig gesteuerten Gesamtpersönlichkeit erkennbar werden.
5. Durchführung	**5.1 Alter:** Genaue Angaben fehlen: bei Kindern und Erwachsenen anwendbar. **5.2 Formen:** Der WZT ist als Einzeltest konzipiert; er ist auch als Gruppentest durchführbar. Der Autor empfiehlt in jedem Fall eine Testwiederholung unter variierten Bedingungen. **5.3 Handhabung:** Der TI bittet den Pb, die begonnenen Zeichnungen auf der Vorlage sinnvoll fortzusetzen, wobei es nur auf den Einfall, nicht auf die zeichnerischen Fähigkeiten des Pb ankommt. Der Pb bekommt dafür einen Bleistift (Nr. 2 HB), darf kein Lineal und keinen Zirkel verwenden, Radiergummi nur auf besonderen Wunsch. Am Schluß wird der Pb gefragt, was die einzelnen Zeichnungen darstellen, welche ihm am besten gelungen und welche am wenigsten gelungen erscheint. Beim *Einzeltest* hat der TI Reihenfolge, benötigte Zeit pro Bild und Inhalte der Zeichnungen zu notieren, außerdem alle mimischen, gestischen und verbalen Reaktionen zu vermerken. Nach Beendigung des Tests sollte er

durch Befragen feststellen, welche Vorstellungen der Zeichner bei den einzelnen Bildern hatte.
Beim *Gruppenversuch* (mit höchstens 25 Teilnehmern) ist die Möglichkeit der wechselseitigen Beeinflussung völlig auszuschalten. Der Tl sollte streng darauf achten, daß die Vpn gleich nach Beendigung der Einzelbilder die Nummern mit den zugehörigen Inhaltsbezeichnungen notieren.
Der Gruppenversuch sollte nach 30 Minuten mit dem Hinweis abgebrochen werden, daß die meisten Personen nur 20 Minuten dafür benötigen.
Bei der Testaufnahme mit Kindern und Jugendlichen ist die Instruktion der jeweiligen Altersstufe anzupassen.

5.4 Zeit: 20–30 Minuten Durchführungszeit.

6. Auswertung

6.1 Modus: Aus einer formalen und einer inhaltlichen Analyse der Zeichnungen soll sich am Ende ein geschlossenes Strukturbild der Persönlichkeit ergeben.
Die formale Auswertung des WZT besteht aus folgenden Einzelauswertungen:

1. *Bildabfolge und Zeit:* Es werden die Bearbeitungsreihenfolge der Zeichnungen und ihre Abweichung von der statistischen Norm notiert.
2. *Schichtprofil:* Es werden die zutreffenden Einzelmerkmale der Schichten für jedes Bild angekreuzt und als Punktzahlen zunächst für jedes einzelne Merkmal und dann für jede der acht Schichtgruppen addiert.
3. *Qualitätenprofil:* Mit Hilfe einer Tabelle wird für jedes der Anfangszeichen alternativ festgestellt, ob eine qualitativ adäquate Auffassung des Anfangszeichens nach Größe, Form und Lage sowie nach Ausdrucksqualität und Sinnakzent vorliegt oder nicht. Die zahlenmäßig addierten Plus- oder Minus-Qualitäten zeigen an, welche Zeichen im Gesamtbogen bevorzugt oder vernachlässigt werden.
4. *Qualitative Dominante:* Die im Gesamtbogen hervortretenden Qualitäten werden in der Reihenfolge ihrer Gewichtigkeit notiert.
5. *Qualitatives Polverhältnis:* Die im Gesamtbogen addierten Plus- und Minuspunkte werden als qualitatives Polverhältnis festgehalten.
6. *Bildgefüge:* Die Zeichnungen werden unter den Leitbegriffen „Perseveration", „Assoziation", „Verlagerung" und „Ergänzung" zunächst einzeln und dann noch einmal im Gesamtbogen betrachtet.
7. *Charakterologische Projektion der Darstellungs-(D) und Sinnakzente (S):* Es wird folgendes, an Lersch orientiertes charakterologisches Kategorienschema angegeben (S. 96):

Endothymer Grund:	Antrieb, Empfindsamkeit, Aufgeschlossenheit Gemüt, Geltungsstreben, Idealismus
Oberbau:	Willensgerichtetheit, Willensfestigkeit Nüchternheit, Genauigkeit, Geistigkeit Kollektivität, Formalität, Originalität

Die Kategorien sind unterteilt in Darstellungs- und Sinnakzente. Die unter D und S angegebenen zutreffenden Gestaltungsmomente werden für jedes Bild fixiert (als Punktzahl). Danach sind die Punktzahlen der Einzelbilder zu ermitteln, die zusammen die Gesamtpunktzahl des Testbogens ausmachen. Als nächstes soll durch Addition der Punktsummen der zusammengehören-

den Darstellungs- und Sinnakzente (D + S) die charakterologische Funktionszahl gewonnen werden. Durch das Eintragen dieser Werte in das „Schema des strukturellen Gefüges" erhält man eine Kurve, welche die Ausprägung der einzelnen Charakterzüge bildlich darstellt.
Die dominierenden Züge werden dann in der Reihenfolge der Zeichenbearbeitung als Gefügezeichen vermerkt.
RENNER (1969) gibt eine graphologische Formalauswertung und eine tiefenpsychologisch orientierte Inhaltsinterpretation an.

6.2 Zeit: Keine Angaben.

7. Gütekriterien

7.1 Objektivität: Keine Angaben.

7.2 Reliabilität: Keine Angaben.

7.3 Validität: Im Textbuch keine Angaben. SEHRINGER (1964, 1982) gibt mehrere Arbeiten zur Itemvalidierung und zur Differentialdiagnose von Psychose, Süchtigkeit und Sonderschulbedürftigkeit an. Außerdem wurden Untersuchungen über den Zusammenhang mit anderen Tests (MPI, Manifest Anxiety Scale u. a.) durchgeführt. Zwischen der Wechsler Intelligence Scale for Children (WISC) und dem WZT wurde eine Korrelation von $r_{tc} = 0{,}79$ gefunden (SEHRINGER, 1964). Der Autor betont die Wichtigkeit, „den vielleicht situativ beeinflußten Befund durch Wiederholungsversuche, durch Verhaltensbeobachtung und Schicksalsanalyse zu überprüfen" (S. 53).

7.4 Normen: Für die Altersstufen 3–6 Jahre wird eine sog. „ontogenetische Grundreihe" angegeben, welche die gesetzmäßige Entwicklung zeichnerischer Gestaltung beschreibt.
Für alle Anfangszeichen ist eine sog. „Normalreihe" jener Sinnmotive vorgegeben, die unter 100 Lösungen mehr als einmal vorkommen. Diese Normallösungen werden noch einmal unterteilt in adäquate, inadäquate und pathologische.
Es werden keine Angaben über die Herkunft der Daten gemacht.
Nach einer Untersuchung von LOSSEN und SCHOTT (1952) liegen Normen über die Verlaufsform bei der Bildabfolge vor.

8. Literatur

RENNER, M. (1969[4]). *Der Wartegg-Zeichentest im Dienste der Erziehungsberatung.* München: Reinhardt.

SEHRINGER, W. (1964). Zeichnerische Gestaltungsverfahren. In R. HEISS (Hrsg.), *Psychologische Diagnostik. Handbuch der Psychologie, Band 6.* (S. 706–743). Göttingen: Hogrefe.

SEHRINGER, W. (1982). Zeichnerische und spielerische Gestaltungsverfahren. In K.-J. GROFFMANN & L. MICHEL (Hrsg.) *Persönlichkeitsdiagnostik.* Enzyklopädie der Psychologie, Band 3. Göttingen: Hogrefe.

ANHANG

Computergestützte Testsysteme

Allgemeine Hinweise

Äquivalenz

Im Zusammenhang mit der zunehmenden Verbreitung von Personalcomputern werden von vielen herkömmlichen psychologischen Testverfahren, vor allem von Fragebogen und anderen Papier-und-Bleistift-Tests, computergestützte Versionen entwickelt und publiziert. In der Regel sollen sie als Paralleltests der Originalverfahren einsetzbar sein. Deshalb müssen sie im Prinzip die gleichen Äquivalenzkriterien erfüllen, die auch für andere Parallelformen gelten. Es ist also eine Überprüfung der Äquivalenzkriterien erforderlich, die den Nachweis zu erbringen hat, daß der Originaltest und die Computerversion den gleichen Mittelwert, die gleiche Varianz, die gleiche Verteilungsform und eine hohe (Paralleltest-)Korrelation aufweisen. Nur unter diesen Voraussetzungen ist die Annahme gerechtfertigt, daß die Computerversion die gleichen diagnostischen und prognostischen Qualitäten besitzt wie die herkömmliche Originalform. Anderenfalls handelt es sich um einen anderen Test, der völlig neu standardisiert werden muß.

Wenn derartige Kontrolluntersuchungen noch ausstehen, erscheint die Äquivalenzannahme grundsätzlich fragwürdig. Eine Umsetzung herkömmlicher Papier-und-Bleistift-Verfahren in computerunterstützte Testversionen führt nach dem derzeitigen Erfahrungsstand fast immer zu einer statistischen Inäquivalenz der Testergebnisse. Auch eine weitgehend originalgetreue Adaptation des Originals schützt nicht sicher vor differenten Ergebnissen. Die Übertragbarkeit der am Original ermittelten statistischen Daten auf die Computerversion ist dann nicht gewährleistet.

Objektivität

Die besondere standardisierte Darbietungsform computergestützter Verfahren sichert die Durchführungsobjektivität. Die automatische Evaluation verhindert Fehler, die sich bei manueller Auswertung (mit oder ohne Schablone) nie ganz ausschließen lassen. In bestimmten Fällen, wo subjektive Beurteilungsgesichtspunkte einfließen können, lassen sich subjektive Beurteilungsfehler durch ein differenziertes Auswertungssystem besser minimieren. Wesentliche Aspekte der Interpretationsobjektivität hängen, wie bei herkömmlichen Tests auch, von der Güte und Repräsentativität der Normierung ab. Computergestützte Tests haben aber gegenüber üblichen Verfahren, die mit Normentabellen ausgestattet sind, noch den Vorteil, daß sie etwaige Ablesefehler ausschließen.

Reliabilität

Wenn die oben genannten Äquivalenzkriterien erfüllt sind, wenn also die Verteilungskennwerte beider Testformen nicht signifikant differieren und eine hohe Paralleltestkorrelation vorliegt, kann im allgemeinen auch die Äquivalenz der Reliabilität insgesamt als hinreichend gesichert gelten. Besser wäre eine Überprüfung der Reliabilität mit weiteren Methoden (innere

Konsistenz, Stabilität), die bei nachgewiesener oder vermutlicher Inäquivalenz zum Standard gehört.

Validität Für die Validität dürfte nach heutigem Wissensstand sinngemäß das gleiche gelten wie für die Reliabilität. Größeres Vertrauen verdienen jedoch Computertests, deren Validität empirisch bestätigt wurde.

Normen Bei nachgewiesener Äquivalenz können die Normen der herkömmlichen Originalfassung verwendet werden. Ansonsten wird man von Inäquivalenz der beiden Testformen ausgehen müssen. Beispielsweise erzielen Probanden in einzelnen computerunterstützten Intelligenztests höhere Leistungswerte als in den entsprechenden Papier-und-Bleistift-Versionen. In solchen Fällen sind die Normen der Originalversion auf die Computerform nicht übertragbar. Spezielle Normen für die Computerversion sollten vorhanden sein.

Fairneß Häufig erreichen computergestützte Tests – insbesondere bei jüngeren Probanden, die an den Umgang mit Computern gewöhnt sind – einen höheren Grad an Akzeptanz als herkömmliche Papier-und-Bleistift-Tests. Computerisierte Leistungstests werden von ihnen oft als „leichter“ und „beliebter“ eingestuft. Es gibt aber auch Probanden, die mit Papier-und-Bleistift-Versionen vertrauter sind und diese bevorzugen.

Ökonomie Die ökonomischen Vorteile computergestützter Verfahren liegen in der einfacheren Handhabung und in der verkürzten Auswertungszeit, die um so mehr Bedeutung erhält, je umfangreicher, differenzierter und zeitraubender die manuelle Auswertungsprozedur der herkömmlichen Fassung ist. Beeinträchtigt wird die Ökonomie dadurch, daß an einem Personalcomputer jeweils nur ein Proband getestet werden kann, während die entsprechenden Papier-und-Bleistift-Tests meistens als zeitsparende Gruppentests durchführbar sind. Ob die Computerversion letztlich doch noch einen ökonomischen Vorteil gegenüber der Originalfassung eines Verfahrens hat, kann nicht allgemeinverbindlich festgestellt werden. Das hängt nicht nur vom Test, sondern auch von verschiedenen anderen Gegebenheiten ab. Darunter fallen beispielsweise Kostenfaktoren, die Anzahl der zu untersuchenden Personen im Verhältnis zur Anzahl der verfügbaren Computer u. a. m.

Der Trend der Zeit spricht für eine wachsende Bedeutung computergestützter Tests, auch wenn die Vorzüge in Wirklichkeit geringer sind als manche Enthusiasten annehmen. Die Angaben zu den Gütekriterien im vorliegenden Handbuch beziehen sich im Regelfall auf die Originalfassung des Verfahrens, nicht aber auf eine zusätzliche Computerversion. Deshalb wird den Benutzern empfohlen, sich darüber zu informieren, ob die Äquivalenz- bzw. Gütekriterien der Computerfassung bereits realisiert wurden. Wünschenswert wäre, die Entwicklung computergestützter Verfahren durch geeignete Untersuchungen – wo immer das möglich ist – zu fördern.

Hogrefe Testsystem

Computer-Diagnostik für die Praxis
Göttingen: Hogrefe

Unter einem einheitlichen Betriebssystem bietet das Hogrefe Testsystem aufgabenspezifisch zusammengestellte Programmsysteme:

CORA

Computerbasiertes Ratingsystem psychopathologisch relevanter Urteilsdaten
Herausgeber: K.-D. HÄNSGEN

Das System enthält zur Zeit über 70 Verfahren und ist offen für die Aufnahme weiterer Tests. Mit CORA lassen sich verschiedene Aspekte folgender Merkmalsbereiche diagnostizieren:

- Depressionen und Manie
- Schizophrenie
- Zwangsstörungen
- Angststörungen
- Alkoholismus
- Demenzen
- Psychosomatische Beschwerden, Befindlichkeit
- sonstige Syndrome

KIDIS

Kinderdiagnostisches System
Herausgeber: G. LAUTH und K.-D. HÄNSGEN

Das System enthält zur Zeit etwa 30 Verfahren und ist offen für die Aufnahme weiterer Tests. Mit KIDIS lassen sich verschiedene Aspekte folgender Merkmalsbereiche diagnostizieren:

- Motivation
- Leistung
- Problemerfassung (Selbstbild und Fremdbild)
- Interessen
- Persönlichkeit
- Spezielle Syndrome

LEILA

Leistungsdiagnostisches Labor
Erfassung der geistigen Leistungsfähigkeit und ihrer Störungen
Herausgeber: K.-D. HÄNSGEN

Das System enthält zur Zeit etwa 45 Tests und ist offen für die Aufnahme weiterer Verfahren. Mit LEILA lassen sich verschiedene Aspekte folgender Merkmalsbereiche diagnostizieren:

- Intelligenz
- Gedächtnis

- Aufmerksamkeit
- Lernfähigkeit

PERSYS

Computerbasierte Persönlichkeitsdiagnostik
Differentialdiagnostik von Persönlichkeit, Selbstkonzept und Einstellungen
Herausgeber: A. ANGLEITNER, P. BORKENAU und K.-D. HÄNSGEN

Das System enthält zur Zeit etwa 20 Verfahren und ist offen für die Aufnahme weiterer Tests. Mit PERSYS lassen sich verschiedene Aspekte folgender Merkmalsbereiche diagnostizieren:
- Persönlichkeitsstruktur (mehrdimensionale Inventare)
- Aggressivität, Kontrollüberzeugungen etc. (Einzelmerkmale/Merkmalsgruppen)
- Selbstkonzept
- State-Trait-Inventare

Die Anwendungsvoraussetzungen für das Hogrefe Testsystem:
Die Programme laufen auf Standard-Hardware (ab 386er Prozessor, Farbmonitor) unter dem Betriebssystem MS-DOS ab 4.0 oder kompatibel und erfordern etwa 4 MB HD Speicher.

HiΨ®

Computerunterstützte Testverfahren

H. HÄCKER und ST. BULHELLER

Frankfurt/Main: Swets Test Services Deutschland

Unter dem Markenzeichen HiΨ® (Originalschriftzug siehe oben) werden computerunterstützte Tests angeboten, die einer Kooperation entstammen zwischen der Gesamthochschule Wuppertal – Bergische Universität mit dem niederländischen Verlag Swets, der in Frankfurt/Main eine deutsche Niederlassung gegründet hat. Als Ziel der Kooperation wird angegeben, „für die Personalauswahl relevante Persönlichkeitseigenschaften zu generieren, die zu einer verbesserten Verhaltensvorhersage von beruflichen Qualifikationen eingesetzt werden.“ Entwickelt werden neben interaktiven Verfahren auch sogenannte „objektive Persönlichkeitstests“ (vgl. HÄCKER, 1982). Diese können beispielsweise aus Wahrnehmungs-, Lern- und Reaktionsaufgaben bestehen und vordergründig bestimmte Leistungen messen. Tatsächlich sollen aber mit diesen Verfahren – für den Probanden undurchschaubar – bestimmte Persönlichkeitsmerkmale erfaßt werden. Wegen der „Undurchschaubarkeit des Testprinzips“ (FAHRENBERG, 1964) erwartet man, daß die Verfälschbarkeit dieser Verfahren auf ein Minimum gesenkt wird.

Beispiele für Merkmale, die sich ansatzweise in „objektiven Persönlichkeitstests“ messen lassen, sind:

- Emotionale Belastbarkeit
- Soziale Kompetenz
- Führungsstil
- Teamfähigkeit
- Verantwortlichkeit
- Streßbewältigung
- Problemerkennung und Problemverarbeitung

Zur Zeit können folgende Persönlichkeitseigenschaften und Fertigkeiten diagnostiziert werden:

Diagnose der Intelligenz

- Meta-Test: sprachfreies logisches Denken
- Rechnen mit Symbolen: logisches Denken mit Zahlen und Rechenoperationen

Diagnose von Persönlichkeitseigenschaften

- Gestaltwahrnehmung: Beeinflußbarkeit
- Arbeitshaltungen: Impulsivität vs. Reflexivität; Anspruchsniveau; Frustrationstoleranz; Leistungsmotivation

Diagnose von Planungs- und Organisationsfähigkeiten

- ILICA: Planung eines Tages, an dem vorgegebene Aktivitäten zu erledigen sind.

Autorenregister

Sachregister

Hinweise auf Untertests und Subtestskalen sind *kursiv* gesetzt. Die Klammern enthalten die Abkürzung des übergeordneten Verfahrens und gegebenenfalls noch die vom Autor verwendete Abkürzung des Untertests beziehungsweise der Subtestskala.

B

C

E

G

I

L

S

Testregister

Abkürzungsverzeichnis der Testnamen

16 PF	16-Persönlichkeits-Faktoren-Test
3 DW	Dreidimensionaler Würfeltest
80 WT	80-Wort-Test 4–5
AAT	Aachener Aphasie-Test
ABAT-R	Revidierter Allgemeiner Büroarbeitstest
ADAS	Alzheimer's Disease Assessment Scale
ADS	Allgemeine Depressions Skala
ADST	Allgemeiner deutscher Sprachtest
AFS	Angstfragebogen für Schüler
AGAS	Allgemeine Behindertenverhaltensskala
AID	Adaptives Intelligenz Diagnostikum
AIST/UST	Allgemeiner Interessen-Struktur-Test / Umwelt-Struktur-Test
AIT	Analytischer Intelligenztest
AKT	Alters-Konzentrations-Test
AKV	Fragebogen zu körperbezogenen Ängsten, Kognitionen und Vermeidung
ALS	Aussagen-Liste zum Selbstwertgefühl für Kinder und Jugendliche
APM	Raven-Matrizen-Test: Advanced Progressive Matrices
AST	Apperzeptiver Situationstest
AST 2	Allgemeiner Schulleistungstest für 2. Klassen
AST 3	Allgemeiner Schulleistungstest für 3. Klassen
AST 4	Allgemeiner Schulleistungstest für 4. Klassen
ASVT	Anweisungs- und Sprachverständnistest
AT-EVA	Diagnostisches und Evaluatives Instrumentarium zum Autogenen Training
AVT	Anstrengungsvermeidungstest
AWST 3–6	Aktiver Wortschatztest für 3–6jährige Kinder
AzN 4+	Aufgaben zum Nachdenken
BAI	Beck Angst-Inventar
BAT	Berliner Amnesietest
BAT	Bilder-Angst-Test für Bewegungssituationen
BBS	Basler Befindlichkeits-Skala
BBT	Berufsbilder-Test
BBT 3–4	Bildungs-Beratungs-Test für 3. und 4. Klassen
BBT 4–6	Bildungs-Beratungs-Test für 4. bis 6. Klassen
BDI	Beck-Depressions-Inventar
BDT 6	Bruch- und Dezimalrechentest 6
BEB	Beschwerden-Erfassungsbogen
BEFO	Berner Bewältigungsformen
BET	Berufseignungstest
Bf-S	Befindlichkeits-Skala
BFL	Beurteilungshilfen für den Lehrer

BILKOG	Diagnosticum für bildlich angeregte kognitive Leistung
BIS-Test	Berliner Intelligenzstruktur-Test
BIT II	Berufs-Interessen-Test II
BIV	Biographisches Inventar zur Diagnose von Verhaltensstörungen
BKT	Bonner Konzentrationstest
BL	Beschwerden-Liste
BMS	Ermüdung – Monotonie – Sättigung – Streß
BMT	Bildungsmotivationstest
BRT	Berufsbezogener Rechentest
BSABS	Bonner Skala für die Beurteilung von Basissymptomen
BSK	Binet-Simon-Kramer-Test
BT	Büro-Test
BT 1–2	Bildertest für 1. und 2. Klassen
BT 2–3	Bildertest für 2. und 3. Klassen
BTS	Begabungs-Test-System
BVND	Berliner Verfahren zur Neurosendiagnostik
CAT	Kinder-Apperzeptions-Test (Children's Apperception Test)
CFT 1	Grundintelligenztest Skala 1
CFT 20	Grundintelligenztest Skala 2
CFT 3	Grundintelligenztest Skala 3
CIDI	Composite International Diagnostic Interview
CIDI	Computergestützte Diagnostik nach ICD-10 und DSM-III-R mit dem Composite International Diagnostic Interview
CMM 1–3	Columbia Mental Maturity Scale
CMM-LB	Gruppenintelligenztest für lernbehinderte Sonderschüler
CMV	Checklist motorischer Verhaltensweisen
CPM	Raven-Matrizen-Test: Coloured Progressive Matrices
d2	Aufmerksamkeits-Belastungs-Test
DAS-M	Mannheimer Skala zur Einschätzung Sozialer Behinderung
DBP	Drahtbiegeprobe
DEF	Diagnostischer Elternfragebogen
DFT	Differentieller Fähigkeitstest
DIB	Diagnostisches Interview für das Borderlinesyndrom
DIKJ	Depressionsinventar für Kinder und Jugendliche
DIPS	Diagnostisches Interview bei Psychischen Störungen
DIT	Differentieller Interessen-Test
DL-KE	Differentieller Leistungstest – KE
DL-KG	Differentieller Leistungstest – KG
DLE 5–6	Diagnostischer Leistungstest Englisch 5–6
DLF 1–2	Diagnostischer Lesetest zur Frühdiagnose von Lesestörungen
DLT 1–2	Diagnostischer Lesetest für 1. und 2. Klassen
DRT 1	Diagnostischer Rechtschreibtest für 1. Klassen
DRT 2	Diagnostischer Rechtschreibtest für 2. Klassen
DRT 3	Diagnostischer Rechtschreibtest für 3. Klassen
DRT 4–5	Diagnostischer Rechtschreibtest für 4. und 5. Klassen
DSL	Dortmunder Skala zur Erfassung von Lehrerverhalten durch Schüler
DSO	Diagnostisches Soziogramm
DST	Denksport-Test
DTD	Diagnostischer Test Deutsch
DVET	Duisburger Vorschul- und Einschulungstest

DWT	Differentieller Wissenstest
DZT	Diapositiv-Z-Test
EAS	Erfassungsbogen für aggressives Verhalten in konkreten Situationen
EDS	Erlanger Depressions-Skala
EFB	Erzieherfragebogen
ENNR	Extraversion, Neurotizismus, Rigidität
EPI	Eysenck-Persönlichkeits-Inventar
ESI	Erziehungsstil-Inventar
EWL	Eigenschaftswörterliste
FAPK	Fragebogen zur Abschätzung des Psychosomatischen Krankheitsgeschehens
FAST	Familiensystemtest
FAT 4–6	Frankfurter Analogietest 4–6
FAT 6–9	Frankfurter Analogietest 6–9
FBF	Frankfurter Beschwerde-Fragebogen
FBS	Frankfurter Befindlichkeits-Skala
FBT	Familien-Beziehungs-Test
FBT	Fragmentierter Bildertest
FDE	Fragebogen zur Direktiven Einstellung
FDI 4–6	Fragebogen zur Erfassung von Dimensionen der Integration von Schülern
FEKB	Fragebogen zur Erfassung von Formen der Krankheitsverarbeitung
FEKS	Fragebogen zur Erfassung kindlicher Steuerung
FEO	Fragebogen zur Erfassung des Organisationsklimas
FEV	Fragebogen zum Eßverhalten
FEW	Frostigs Entwicklungstest der visuellen Wahrnehmung
FIE	Fragebogen irrationaler Einstellungen
FKK	Fragebogen zu Kompetenz- und Kontrollüberzeugungen
FKKS	Frankfurter Körperkonzeptskalen
FKL	Fragebogen zur Kausalattribuierung in Leistungssituationen
FKV	Freiburger Fragebogen zur Krankheitsverarbeitung
FLL	Fragebogen zu Lebenszielen und zur Lebenszufriedenheit
FLT	Form-Lege-Test
FMP	Fragebogen zur Messung der Psychotherapiemotivation
FPI	Freiburger Persönlichkeitsinventar
FRT	Figure Reasoning Test
FSKN	Frankfurter Selbstkonzeptskalen
FST	Frankfurter Schulreifetest
FTM	Frostig Test der motorischen Entwicklung
FVVB	Fragebogen zur Vorgesetzten-Verhaltens-Beschreibung
GAS	Geburts-Angst-Skala
GATB	General Aptitude Test Battery
GB II	Geist-Bilder-Interessen-Inventar
GBB	Gießener Beschwerdebogen
GBB-KJ	Gießener Beschwerdebogen für Kinder und Jugendliche
GES	Griffiths-Entwicklungsskalen
GFT	Göttinger Formreproduktions-Test
GIS	Generelle Interessen-Skala
GLP	Göppinger Leistungsprüfung
GMT	Graphomotorische Testbatterie
GRT 4+	Grundwortschatz Rechtschreibtest für 4. und 5. Klassen
GT	Gießen-Test

H-Skalen	Skalen zur Erfassung von Hoffnungslosigkeit
HAMEL	Hamburger Erziehungsverhaltensliste für Mütter
HAMET-R	Handwerklich-motorischer Eignungstest
HANES-KJ	Hamburger Neurotizismus- und Extraversionsskala für Kinder und Jugendliche
HAPEF-K	Hamburger Persönlichkeitsfragebogen für Kinder
HAT 9	Hauptschul-Abschluß-Test für 9. Klassen
HAVEL	Hamburger Verhaltensbeurteilungsliste
HAWIE-R	Hamburg-Wechsler-Intelligenztest für Erwachsene Revision 1991
HAWIK-R	Hamburg-Wechsler-Intelligenztest für Kinder Revision 1983
HAWIVA	Hannover-Wechsler-Intelligenztest für das Vorschulalter
HDT	Hand-Dominanz-Test
HIT	Holtzman Inkblot Technik
HIT 1–2	Heidelberger Intelligenztest für 1. und 2. Klassen
HIT 3–4	Heidelberger Intelligenztest für 3. und 4. Klassen
HIV	Hintergrund-Interferenz-Verfahren für den Bender-Gestalt-Test
HKS	Fragebogen zum Hyperkinetischen Syndrom und Therapieleitfaden
HNT	Heidelberger Nonverbaler Test
HSAL	Hamburger Schmerz-Adjektiv-Liste
HSET	Heidelberger Sprachentwicklungstest
HT	Hamster-Test
HVT 4–7	Hörverstehenstest für 4. bis 7. Klassen
HWY	Hamburg-West Yorkshire Gruppentest zur Intelligenzprüfung
HZI	Hamburger Zwangsinventar
IMPS	Inpatient Multidimensional Psychiatric Scale
ISE	Inventar zur Selbstkommunikation für Erwachsene
ISE-Z	Zusatzinventar für Selbstkommunikation für Erwachsene
IST	Intelligenz-Struktur-Test
IST 70	Intelligenz-Struktur-Test 70
ITK 6–14	Intelligenztest für 6- bis 14jährige körperbehinderte und nichtkörperbehinderte Kinder
K-ABC	Kaufman-Assessment Battery for Children
KAI	Kurztest für Allgemeine Intelligenz
KASSL	Kieler Änderungssensitive Symptomliste
KAT	Kinder-Angst-Test
KBB	Kinderbeobachtungsbogen
KEV	Kieler Einschulungsverfahren
KFA	Kurzfragebogen für Alkoholgefährdete
KFP 30	Kurzfragebogen für Problemfälle
KFT 1–3	Kognitiver Fähigkeits-Test für 1. bis 3. Klassen
KFT 4–13+	Kognitiver Fähigkeits-Test für 4. bis 13. Klassen
KFT-K	Kognitiver Fähigkeits-Test, Kindergartenform
KHT	Kretschmer-Höhn-Test
Kinder-DIPS	Diagnostisches Interview bei Psychischen Störungen bei Kindern und Jugendlichen
KIT	Kramer-Intelligenztest
KKG	Fragebogen zur Erhebung von Kontrollüberzeugungen zu Krankheit und Gesundheit
KLI 4–5	Kombinierter Lern- und Intelligenztest
KLT	Konzentrations-Leistungs-Test
KMS	Kognitives Minimal-Screening

KPB-Test	Verfahren zur Diagnostik des kooperationsbezogenen Partner-Fremdbildes im Kindesalter
KS 3, 4, 5	Kombinierter Schultest
KSb-S	Klinische Selbstbeurteilungs-Skalen
KST	Kettwiger Schuleingangstest
KT 3–4	Konzentrationstest für 3. und 4. Klassen
KTK	Körperkoordinationstest für Kinder
KTSA	Kahn Test of Symbol Arrangement
KUSTA	Kurz-Skala Stimmung/Aktivierung
KVT	Konzentrations-Verlaufs-Test
LASSO 4–13	Landauer Skalen zum Sozialklima. 4.–13. Klassen
LBT und DLBT	Lautbildungstest für Vorschulkinder
LGT 3	Lern- und Gedächtnistest
LMT	Leistungsmotivationstest
LMT-J	Leistungsmotivationstest für Jugendliche
LOS KF 18	Lincoln-Oseretzky-Skala Kurzform 18
LPS	Leistungsprüfsystem
LPS 50+	Leistungsprüfsystem für 50–90jährige
LT	Labyrinth-Test
LT 2	Lesetest für 2. Klassen
LtD	Leistungstest für endogene Depressionen
LUV	Lesen und Verstehen – Diagnose – Training
MADR-Skala	Montgomery and Asberg Depression-Rating-Scale
MALT	Münchner Alkoholismustest
MAS	Manifest Anxiety Scale
MBTI	Myers-Briggs Typenindikator
MDZT	Mehrdimensionaler Zeichentest
MEI	Mannheimer Elterninterview
MEIL	Marburger Einstellungs-Inventar zu Liebesstilen
MFT	Mengenfolgen-Test
MIT	Mannheimer Intelligenztest
MIT-KJ	Mannheimer Intelligenztest für Kinder und Jugendliche
MMPI	Deutsche Kurzform – Minnesota Multiphasic Personality Inventory
MMPI	Saarbrücken – Minnesota Multiphasic Personality Inventory
MMQ	Maudsley-Persönlichkeitsfragebogen
MMST	Mini-Mental-Status-Test
MOT 4–6	Motoriktest für vier- bis sechsjährige Kinder
MPT-E	Mehrdimensionaler Persönlichkeitstest für Erwachsene
MPT-J	Mehrdimensionaler Persönlichkeitstest für Jugendliche
MRT	Mannheimer Rechtschreib-Test
MSD	Mannheimer Schuleingangs-Diagnostikum
MSS	Mehrdimensionale Schmerzskala
MTAS	Mathematiktest für Abiturienten und Studienanfänger
MTP	Mannheimer Test zur Erfassung des physikalisch-technischen Problemlösens
MTVT	Mechanisch-technischer Verständnistest
MVL	Marburger Verhaltensliste
MWT-A	Mehrfachwahl-Wortschatz-Intelligenztest: MWT-A
MWT-B	Mehrfachwahl-Wortschatz-Intelligenztest: MWT-B
MZT	Mann-Zeichen-Test
NEO-FFI	Neo-Fünf-Faktoren Inventar

NI	Narzißmusinventar
NST	Neigungs-Struktur-Test
PAC	Pädagogische Analyse und Curriculum der sozialen und persönlichen Entwicklung des geistig behinderten Menschen
PEF	Psychosomatischer Einstellungs-Fragebogen
PET	Psycholinguistischer Entwicklungstest
PF 11–14	Problemfragebogen für 11- bis 14jährige
PFK 9–14	Persönlichkeitsfragebogen für Kinder 9–14
PFT	Rosenzweig P-F Test – Erwachsene
PFT	Rosenzweig P-F Test – Kinder
PIT	Persönlichkeits-Interessen-Test
POD	Prüfung optischer Differenzierungsleistungen
PRF	Deutsche Personality Research Form
PSB	Prüfsystem für Schul- und Bildungsberatung
PTV	Test zur Untersuchung des praktisch-technischen Verständnisses
RBMT	Rivermead Behavioral Memory Test
Rev.-T	Revisions-Test
RGT	Repertory Grid Technik
RST 1	Rechtschreibtest für 1. Klassen
RST 6–7	Rechtschreibtest für 6. und 7. Klassen
RT	Rechtschreibungstest
RTS	Reutlinger Test für Schulanfänger
SABET 8+	Schulabschluß- und Berufseintrittstest für 8. und höhere Klassen
SAM-Fragebogen	Fragebogen zur Erfassung dispositionaler Selbstaufmerksamkeit
SAT	Schulangst-Test
SBB	Stationsbeurteilungsbogen
SBL I	Schulleistungstestbatterie für Lernbehinderte und für schulleistungsschwache Grundschüler
SBL II	Schulleistungstestbatterie für Lernbehinderte Leistungsstufe II
SESA	Skala zur Erfassung der Selbstakzeptierung
SET	Gruppentest für die Soziale Einstellung
SF-Test	Schwarzfuß-Test
SFB	Das Subjektive Familienbild
SFS 4–6	Sozialfragebogen für Schüler für 4. bis 6.Klassen
SIS-D	Strukturiertes Interview für Schlafstörungen nach DSM-III-R
SKID	Strukturiertes Klinisches Interview für DSM-III-R
SKID-II	Strukturiertes klinisches Interview für DSM-III-R – Achse II Persönlichkeitsstörungen
SKS I	Leistungs- und Bildungsberatungstest I
SKS II	Leistungs- und Bildungsberatungstest II
SLS	Schulleistungstest lernbehinderter Schüler
SON-5½-17	Snijders-Oomen Nicht-verbaler Intelligenztest
SPM	Raven-Matrizen-Test: Standard Progressive Matrices
SRKT-K	Selbstregulations- und Konzentrationstest für Kinder
SRST-K	Selbstregulations-Strategientest für Kinder
SSG	Fragebogen zur Messung von Einstellungen zu Schwangerschaft, Sexualität und Geburt
ST 3–7	Soziometrischer Test für 3.–7. Klassen
STAXI	State-Trait-Ärgerausdrucks-Inventar
SWT	Standardisierter Waben-Test

SWT	Sterne-Wellen-Test
TAI	Trierer Alkoholismusinventar
TAL	Tätigkeits-Analyse-Liste
TAT	Thematischer Apperzeptionstest
TBGB	Testbatterie für geistig behinderte Kinder
TBS-GA	Tätigkeitsbewertungssystem – Geistige Arbeit
TEKO	Testbatterie zur Erfassung kognitiver Operationen
TGK	Testbatterie grammatische Kompetenz
TGR 1/2	Test Grundanforderungen Rechtschreibung für die 1. und 2. Klasse
TGT-S	Thematischer Gestaltungstest Salzburg
THK	Testsystem für hörgeschädigte Kinder
TIBS 1	Testverfahren für Interessen: Beruf – Schule
TPF	Trierer Persönlichkeitsfragebogen
TSD	Test zur Erfassung der Schwere einer Depression
TSF 6–7	Test für Schulrelevante Fähigkeiten
TSK	Trierer Skalen zur Krankheitsbewältigung
TT	Token-Test
TÜKI	Tübinger Luria-Christensen Neuropsychologische Untersuchungsreihe für Kinder
TÜLUC	Tübinger-Luria-Christensen Neuropsychologische Untersuchungsreihe
UBV	Fragebogen zum Umgang mit Belastungen im Verlauf
UFB	Unsicherheitsfragebogen
VEV	Veränderungsfragebogen des Erlebens und Verhaltens
VF	Verzauberte Familie
VFHK	Verhaltensfragebogen für geistig und lernbehinderte Heimkinder
VGA	Visual-Gestalt-Ability-Test
VKI	Verbaler Kurz-Intelligenztest
VKT	Verbaler Kreativitätstest
VLT	Vorschul-Lerntest
VOSP	Testbatterie für visuelle Objekt- und Raumwahrnehmung
VSRT	Visuomotorischer Schulreifetest
WIT	Wilde-Intelligenz-Test
WMT	Wiener Matrizen Test
WRT 1+	Weingartener Grundwortschatz Rechtschreib-Test für erste und zweite Klassen
WRT 2+	Weingartener Grundwortschatz Rechtschreib-Test für zweite und dritte Klassen
WRT 3+	Weingartener Grundwortschatz Rechtschreib-Test für dritte und vierte Klassen
WRT 4/5	Westermann Rechtschreibtest 4/5
WRT 6+	Westermann Rechtschreibtest 6+
WST	Wortschatztest
WTA	Weilburger Testaufgaben für Schulanfänger
WZT	Wartegg-Zeichen-Test
ZLT	Zürcher Lesetest
ZLVT	Zürcher Leseverständnistest
ZVT	Zahlen-Verbindungs-Test